日華大辭典

（三）

林茂 編修

蘭臺出版社

注音索引

ㄌ

拉、拉(ㄌㄚ) 1487
喇、喇(ㄌㄚˇ) 1487
辣(ㄌㄚˋ) 1487
臘(ㄌㄚˋ) 1488
臈(ㄌㄚˋ) 1488
蠟、蝋(ㄌㄚˋ) 1488
鑞(ㄌㄚˋ) 1489
肋(ㄌㄜˋ) 1489
垃(ㄌㄜˋ) 1490
勒(ㄌㄜˋ) 1490
楽、楽(樂)(ㄌㄜˋ) 1491
来(來)(ㄌㄞˊ) 1496
賴(ㄌㄞˋ) 1504
瀨(ㄌㄞˋ) 1506
癩(ㄌㄞˋ) 1507
雷(ㄌㄟˊ) 1508
擂(ㄌㄟˊ) 1509
縲(ㄌㄟˊ) 1512
羸(ㄌㄟˊ) 1512
累(ㄌㄟˇ) 1512
壘(壘)(ㄌㄟˇ) 1513
誄(ㄌㄟˇ) 1514
磊(ㄌㄟˇ) 1514
蕾(ㄌㄟˇ) 1514
類(ㄌㄟˋ) 1515
泪(ㄌㄟˋ) 1518
涙(ㄌㄟˋ) 1519
撈(ㄌㄠ) 1521
労(勞)(ㄌㄠˊ) 1521
牢(ㄌㄠˊ) 1525
癆(ㄌㄠˊ) 1526
老(ㄌㄠˇ) 1526
姥、姥(ㄌㄠˇ) 1536
烙(ㄌㄠˋ) 1536
僂、僂(ㄌㄡˊ) 1536
楼(樓)(ㄌㄡˊ) 1536
螻(ㄌㄡˊ) 1537
陋(ㄌㄡˋ) 1537
漏(ㄌㄡˋ) 1538
瘻、瘻(ㄌㄡˋ) 1540
鏤、鏤(ㄌㄡˋ) 1540
嵐(ㄌㄢˊ) 1540
蘭(ㄌㄢˊ) 1541
藍(ㄌㄢˊ) 1542
襤(ㄌㄢˊ) 1542
欄(ㄌㄢˊ) 1543
蘭(ㄌㄢˊ) 1544
覽(覽)(ㄌㄢˇ) 1544
纜(ㄌㄢˇ) 1546
懶、懶(ㄌㄢˇ) 1546
爛(ㄌㄢˋ) 1547
濫(ㄌㄢˋ) 1548
郎(ㄌㄤˊ) 1550
狼(ㄌㄤˊ) 1550
琅(ㄌㄤˊ) 1551
廊(ㄌㄤˊ) 1551
朗(ㄌㄤˇ) 1552
浪、浪(ㄌㄤˋ) 1553
稜(ㄌㄥˊ) 1555
冷(ㄌㄥˇ) 1555
厘(ㄌㄧˊ) 1563
漓(ㄌㄧˊ) 1563
狸(ㄌㄧˊ) 1563
梨(ㄌㄧˊ) 1564
犂(ㄌㄧˊ) 1564
糎(ㄌㄧˊ) 1564
黎(ㄌㄧˊ) 1564
罹(ㄌㄧˊ) 1564
離(ㄌㄧˊ) 1568
藜、藜(ㄌㄧˊ) 1573
籬(ㄌㄧˊ) 1573
礼、礼(禮)(ㄌㄧˇ) 1574
李(ㄌㄧˇ) 1577
里(ㄌㄧˇ) 1577
俚(ㄌㄧˇ) 1579
哩(ㄌㄧˇ) 1579
理(ㄌㄧˇ) 1579
裏、裡(ㄌㄧˇ) 1585
鯉(ㄌㄧˇ) 1592
鱧(ㄌㄧˇ) 1593
力、力(ㄌㄧˋ) 1593
立(ㄌㄧˋ) 1600
吏(ㄌㄧˋ) 1619
利(ㄌㄧˋ) 1619
励(勵)(ㄌㄧˋ) 1629
戾(ㄌㄧˋ) 1630
例(ㄌㄧˋ) 1632
栗(ㄌㄧˋ) 1636
荔(ㄌㄧˋ) 1636
慄(ㄌㄧˋ) 1636
歷(歷)(ㄌㄧˋ) 1637
櫟(ㄌㄧˋ) 1640
麗(ㄌㄧˋ) 1640
礫(ㄌㄧˋ) 1641
轢(ㄌㄧˋ) 1642
曆(ㄌㄧˋ) 1643
隸(ㄌㄧˋ) 1644
瀝(ㄌㄧˋ) 1644
笠(ㄌㄧˋ) 1645
粒(ㄌㄧˋ) 1646
列(ㄌㄧㄝˋ) 1647
劣(ㄌㄧㄝˋ) 1651
冽(ㄌㄧㄝˋ) 1652
烈(ㄌㄧㄝˋ) 1653
捩(ㄌㄧㄝˋ) 1654
猟(獵)(ㄌㄧㄝˋ) 1656
裂(ㄌㄧㄝˋ) 1658
躐(ㄌㄧㄝˋ) 1660
僚(ㄌㄧㄠˊ) 1660
寥(ㄌㄧㄠˊ) 1661
寮(ㄌㄧㄠˊ) 1661
撩(ㄌㄧㄠˊ) 1661
潦(ㄌㄧㄠˊ) 1662
燎(ㄌㄧㄠˊ) 1662
遼(ㄌㄧㄠˊ) 1662
療(ㄌㄧㄠˊ) 1662
繚(ㄌㄧㄠˊ) 1663
聊(ㄌㄧㄠˊ) 1663
了(ㄌㄧㄠˇ) 1663
瞭(ㄌㄧㄠˇ) 1665
料(ㄌㄧㄠˋ) 1665
溜(ㄌㄧㄡ) 1668
榴(ㄌㄧㄡˊ) 1670
瑠(ㄌㄧㄡˊ) 1670
瀏(ㄌㄧㄡˊ) 1671
流(ㄌㄧㄡˊ) 1671
琉(ㄌㄧㄡˊ) 1684
留、留(ㄌㄧㄡˊ) 1684
硫(ㄌㄧㄡˊ) 1692
柳(ㄌㄧㄡˇ) 1692
六、卆(ㄌㄧㄡˋ) 1693
怜(ㄌㄧㄢˊ) 1697
蓮(ㄌㄧㄢˊ) 1697
廉(ㄌㄧㄢˊ) 1709
漣(ㄌㄧㄢˊ) 1711
憐(ㄌㄧㄢˊ) 1711
蓮(ㄌㄧㄢˊ) 1712
聯(ㄌㄧㄢˊ) 1713
鐮(ㄌㄧㄢˊ) 1715
簾(ㄌㄧㄢˊ) 1716
恋(戀)(ㄌㄧㄢˋ) 1717
楝(ㄌㄧㄢˋ) 1720
煉(ㄌㄧㄢˋ) 1720
練(ㄌㄧㄢˋ) 1722
錬(ㄌㄧㄢˋ) 1725
鏈(ㄌㄧㄢˋ) 1727
林(ㄌㄧㄣˊ) 1727

注音索引			
淋(ㄌㄧㄣˊ) 1728	嶺(ㄌㄧㄥˇ) 1776	乱(亂)(ㄌㄨㄢˋ) 1818	蛤(ㄍㄜˊ) 1873
隣(鄰)(ㄌㄧㄣˊ) 1730	令(ㄌㄧㄥˋ) 1776	倫(ㄌㄨㄣˊ) 1823	隔(ㄍㄜˊ) 1873
燐(ㄌㄧㄣˊ) 1732	蘆、芦(ㄌㄨˊ) 1778	淪(ㄌㄨㄣˊ) 1823	閣(ㄍㄜˊ) 1875
霖(ㄌㄧㄣˊ) 1733	炉(爐)(ㄌㄨˊ) 1779	輪(ㄌㄨㄣˊ) 1823	葛(ㄍㄜˇ) 1875
臨(ㄌㄧㄣˊ) 1733	櫨(ㄌㄨˊ) 1779	論(ㄌㄨㄣˋ) 1827	咎(ㄍㄜˋ) 1876
鱗(ㄌㄧㄣˊ) 1736	艫(ㄌㄨˊ) 1779	隆(ㄌㄨㄥˊ) 1833	個、个(ㄍㄜˋ) 1877
麟(ㄌㄧㄣˊ) 1736	顱(ㄌㄨˊ) 1780	滝(瀧)(ㄌㄨㄥˊ) 1834	箇、个(ㄍㄜˋ) 1879
凛(ㄌㄧㄣˇ) 1736	鱸(ㄌㄨˊ) 1780	竜、竜(龍)(ㄌㄨㄥˊ) 1834	該(ㄍㄞ) 1880
吝(ㄌㄧㄣˋ) 1737	卤(ㄌㄨˇ) 1781	籠(ㄌㄨㄥˊ) 1835	改(ㄍㄞˇ) 1881
賃(ㄌㄧㄣˋ) 1738	虜(ㄌㄨˇ) 1781	聾(ㄌㄨㄥˊ) 1837	蓋(ㄍㄞˋ) 1884
藺(ㄌㄧㄣˋ) 1740	魯(ㄌㄨˇ) 1781	朧(ㄌㄨㄥˊ) 1838	概(ㄍㄞˋ) 1885
躪(ㄌㄧㄣˋ) 1740	櫓(ㄌㄨˇ) 1781	壟(ㄌㄨㄥˇ) 1839	給(ㄍㄟˇ) 1887
良(ㄌㄧㄤˊ) 1741	陸(ㄌㄨˋ) 1782	驢(ㄌㄩˊ) 1839	高(ㄍㄠ) 1889
梁(ㄌㄧㄤˊ) 1750	鹿(ㄌㄨˋ) 1786	呂(ㄌㄩˇ) 1839	皋(ㄍㄠ) 1902
涼(ㄌㄧㄤˊ) 1751	碌(ㄌㄨˋ) 1787	旅(ㄌㄩˇ) 1839	睾(ㄍㄠ) 1902
糧(ㄌㄧㄤˊ) 1752	禄(祿)(ㄌㄨˋ) 1788	屡(屢)(ㄌㄩˇ) 1843	膏(ㄍㄠ) 1902
両(兩)(ㄌㄧㄤˇ) 1753	賂(ㄌㄨˋ) 1788	膂(ㄌㄩˇ) 1844	稿(ㄍㄠˇ) 1903
裲(ㄌㄧㄤˇ) 1760	路(ㄌㄨˋ) 1789	履(ㄌㄩˇ) 1844	縞(ㄍㄠˇ) 1903
亮(ㄌㄧㄤˋ) 1760	漉(ㄌㄨˋ) 1793	縷(ㄌㄩˇ) 1847	藁(ㄍㄠˇ) 1904
喨(ㄌㄧㄤˋ) 1760	戮(ㄌㄨˋ) 1794	濾(ㄌㄩˇ) 1847	鎬(ㄍㄠˇ) 1905
諒(ㄌㄧㄤˋ) 1760	蓼(ㄌㄨˋ) 1794	鑢(ㄌㄩˇ) 1848	告(ㄍㄠˋ) 1905
量(ㄌㄧㄤˋ) 1761	録(錄)(ㄌㄨˋ) 1794	緑(綠)(ㄌㄩˋ) 1848	勾(ㄍㄡ) 1907
伶(ㄌㄧㄥˊ) 1763	轆(ㄌㄨˋ) 1795	慮(ㄌㄩˋ) 1850	鉤(鈎)(ㄍㄡ) 1907
玲(ㄌㄧㄥˊ) 1763	麓(ㄌㄨˋ) 1796	律(ㄌㄩˋ) 1850	溝(ㄍㄡ) 1908
鈴、鈴(ㄌㄧㄥˊ) 1764	露(ㄌㄨˋ) 1796	掠(ㄌㄩㄝ) 1851	篝(ㄍㄡ) 1909
凌(ㄌㄧㄥˊ) 1765	鷺(ㄌㄨˋ) 1800	略(ㄌㄩㄝˋ) 1852	枸(ㄍㄡˇ) 1909
陵(ㄌㄧㄥˊ) 1766	螺(ㄌㄨㄛˊ) 1800	ㄍ	苟(ㄍㄡˇ) 1909
菱(ㄌㄧㄥˊ) 1766	羅(ㄌㄨㄛˊ) 1801	戈(ㄍㄜ) 1856	狗(ㄍㄡˇ) 1909
綾(ㄌㄧㄥˊ) 1766	騾(ㄌㄨㄛˊ) 1801	割(ㄍㄜ) 1856	垢(ㄍㄡˋ) 1910
零(ㄌㄧㄥˊ) 1767	邏(ㄌㄨㄛˊ) 1802	歌(ㄍㄜ) 1863	媾(ㄍㄡˋ) 1911
霊(靈)(ㄌㄧㄥˊ) 1770	裸(ㄌㄨㄛˇ) 1802	擱(ㄍㄜ) 1866	構(ㄍㄡˋ) 1911
齢(ㄌㄧㄥˊ) 1773	瘰(ㄌㄨㄛˇ) 1803	鴿(ㄍㄜ) 1868	購(ㄍㄡˋ) 1913
櫺(ㄌㄧㄥˊ) 1774	落(ㄌㄨㄛˋ) 1803	挌(ㄍㄜˊ) 1868	竿(ㄍㄢ) 1914
羚(ㄌㄧㄥˊ) 1774	落(ㄌㄨㄛˋ) 1803	革(ㄍㄜˊ) 1868	甘(ㄍㄢ) 1917
領(ㄌㄧㄥˇ) 1774	絡(ㄌㄨㄛˋ) 1815	格(ㄍㄜˊ) 1870	肝(ㄍㄢ) 1922
	酪(ㄌㄨㄛˋ) 1816		玕(ㄍㄢ) 1923
	駱(ㄌㄨㄛˋ) 1816		柑(ㄍㄢ) 1923
	卵(ㄌㄨㄢˇ) 1817		竿(ㄍㄢ) 1923

猴(ㄍㄢ) 1924	穀(ㄍㄨˇ) 1967	鮭(ㄍㄨㄟ) 2009	供、供、供(ㄍㄨㄥ) 2061
乾(ㄍㄢ) 1924	轂(ㄍㄨˇ) 1968	癸(ㄍㄨㄟˇ) 2010	肱(ㄍㄨㄥ) 2065
稈(ㄍㄢˇ) 1928	瞽(ㄍㄨˇ) 1968	軌(ㄍㄨㄟˇ) 2010	宮、宮、宮(ㄍㄨㄥ) 2064
敢(ㄍㄢˇ) 1928	鵠(ㄍㄨˇ) 1969	鬼(ㄍㄨㄟˇ) 2011	恭(ㄍㄨㄥ) 2065
幹(ㄍㄢˋ) 1929	蠱(ㄍㄨˇ) 1969	詭(ㄍㄨㄟˇ) 2013	躬(ㄍㄨㄥ) 2065
憾(ㄍㄢˋ) 1929	固(ㄍㄨˋ) 1969	跪(ㄍㄨㄟˇ) 2013	拱(ㄍㄨㄥˇ) 2065
橄(ㄍㄢˋ) 1936	故(ㄍㄨˋ) 1972	櫃(ㄍㄨㄟˋ) 2014	鞏(ㄍㄨㄥˇ) 2065
淦(ㄍㄢˋ) 1936	雇(ㄍㄨˋ) 1975	桂(ㄍㄨㄟˋ) 2014	共(ㄍㄨㄥˋ) 2066
紺(ㄍㄢˋ) 1937	痼(ㄍㄨˋ) 1976	貴(ㄍㄨㄟˋ) 2014	貢(ㄍㄨㄥˋ) 2071
幹(ㄍㄢˋ) 1937	顧(ㄍㄨˋ) 1976	管(ㄍㄨㄢ) 2016	**ㄎ**
粮(ㄍㄣ) 1938	瓜(ㄍㄨㄚ) 1977	冠(ㄍㄨㄢ) 2020	刻(ㄎㄜ) 2072
岡(ㄍㄤ) 1944	刮(ㄍㄨㄚ) 1977	棺(ㄍㄨㄢ) 2022	科(ㄎㄜ) 2073
肛(ㄍㄤ) 1945	括(ㄍㄨㄚ) 1977	綸(ㄍㄨㄢ) 2022	苛(ㄎㄜ) 2076
剛(ㄍㄤ) 1945	蝸(ㄍㄨㄚ) 1978	関(關)(ㄍㄨㄢ) 2022	痾(ㄎㄜ) 2077
綱(ㄍㄤ) 1946	寡(ㄍㄨㄚˇ) 1978	観(觀)(ㄍㄨㄢ) 2026	蝌(ㄎㄜ) 2077
鋼(ㄍㄤ) 1947	挂(ㄍㄨㄚˋ) 1979	鰥(ㄍㄨㄢ) 2031	顆(ㄎㄜ) 2077
港(ㄍㄤˇ) 1948	袿(ㄍㄨㄚˋ) 1979	管(ㄍㄨㄢˇ) 2031	咳(ㄎㄜˊ) 2077
槓(ㄍㄤˋ) 1948	卦(ㄍㄨㄚˋ) 1979	館(ㄍㄨㄢˇ) 2033	殼(ㄎㄜˊ) 2080
羹(ㄍㄥ) 1948	郭(ㄍㄨㄛ) 1980	罐、缶(ㄍㄨㄢˋ) 2034	可(ㄎㄜˇ) 2082
更(ㄍㄥ) 1948	鍋(ㄍㄨㄛ) 1980	鐘(ㄍㄨㄢˋ) 2035	渴(ㄎㄜˇ) 2087
廣(ㄍㄥ) 1951	摑(ㄍㄨㄛˊ) 1980	鸛(ㄍㄨㄢˋ) 2035	克(ㄎㄜˋ) 2088
耕(ㄍㄥ) 1951	馘(ㄍㄨㄛˊ) 1982	貫(ㄍㄨㄢˋ) 2035	客、客(ㄎㄜˋ) 2089
鞭(ㄍㄥ) 1951	国(國)(ㄍㄨㄛˊ) 1982	慣(ㄍㄨㄢˋ) 2036	恪(ㄎㄜˋ) 2092
耿(ㄍㄥˇ) 1951	菓(ㄍㄨㄛˇ) 1990	盥(ㄍㄨㄢˋ) 2038	喀(ㄎㄜˋ) 2092
梗(ㄍㄥˇ) 1951	菓(ㄍㄨㄛˇ) 1992	灌(ㄍㄨㄢˋ) 2038	課(ㄎㄜˋ) 2092
亙、亘(ㄍㄥˋ) 1952	過(ㄍㄨㄛˋ) 1993	袞(ㄍㄨㄣˇ) 2039	開(ㄎㄞ) 2093
姑(ㄍㄨ) 1953	乖(ㄍㄨㄞ) 1998	滾(ㄍㄨㄣˇ) 2039	楷(ㄎㄞˇ) 2102
孤(ㄍㄨ) 1953	拐(ㄍㄨㄞˇ) 1998	棍(ㄍㄨㄣˋ) 2039	鎧(ㄎㄞˇ) 2102
沽(ㄍㄨ) 1954	怪、恠(ㄍㄨㄞˋ) 1998	光(ㄍㄨㄤ) 2040	凱(ㄎㄞˇ) 2103
菇(ㄍㄨ) 1954	圭(ㄍㄨㄟ) 2000	広(廣)(ㄍㄨㄤˇ) 2043	剴(ㄎㄞˇ) 2103
箍(ㄍㄨ) 1954	硅、珪(ㄍㄨㄟ) 2000	工、㣺、工(ㄍㄨㄥ) 2047	慨(ㄎㄞˋ) 2103
古(ㄍㄨˇ) 1954	帰(歸)(ㄍㄨㄟ) 2001	弓(ㄍㄨㄥ) 2050	尻(ㄎㄠ) 2103
谷(ㄍㄨˇ) 1960	規(ㄍㄨㄟ) 2005	公(ㄍㄨㄥ) 2051	考(ㄎㄠˇ) 2107
股(ㄍㄨˇ) 1961	瑰(ㄍㄨㄟ) 2007	功、㣺(ㄍㄨㄥ) 2058	拷、栲(ㄎㄠˇ) 2112
骨(ㄍㄨˇ) 1962	閨(ㄍㄨㄟ) 2007	攻(ㄍㄨㄥ) 2059	犒(ㄎㄠˋ) 2112
賈(ㄍㄨˇ) 1966	槻(ㄍㄨㄟ) 2008		靠(ㄎㄠˋ) 2112
鼓(ㄍㄨˇ) 1966	龜(龜)(ㄍㄨㄟ) 2008		
穀(ㄍㄨˇ) 1967			

注音索引

叩、凸(ㄎㄡ) 2112
叩(ㄎㄡˋ) 2128
佝(ㄎㄡˋ) 2130
寇(ㄎㄡˋ) 2131
釦(ㄎㄡˋ) 2131
刊(ㄎㄢ) 2131
栞(ㄎㄢ) 2131
勘(ㄎㄢ) 2132
堪(ㄎㄢ) 2134
戡(ㄎㄢ) 2138
龕(ㄎㄢ) 2138
侃(ㄎㄢˇ) 2138
轗(ㄎㄢˇ) 2138
檻(ㄎㄢˇ) 2138
看(ㄎㄢˋ) 2139
瞰(ㄎㄢˋ) 2143
肯(ㄎㄣˇ) 2143
墾(ㄎㄣˇ) 2143
懇(ㄎㄣˇ) 2143
慷(ㄎㄤ) 2145
糠(ㄎㄤ) 2145
扛(ㄎㄤˊ) 2145
亢(ㄎㄤˋ) 2145
伉(ㄎㄤˋ) 2146
抗(ㄎㄤˋ) 2146
坑(ㄎㄥ) 2147
剋(ㄎㄜ) 2147
枯(ㄎㄨ) 2148
窟(ㄎㄨ) 2150
哭(ㄎㄨ) 2150
苦(ㄎㄨˇ) 2150
庫、庫(ㄎㄨˋ) 2156
袴(ㄎㄨˋ) 2156
酷(ㄎㄨˋ) 2156
誇(ㄎㄨㄚ) 2158
跨(ㄎㄨㄚˋ) 2159
胯(ㄎㄨㄚˋ) 2160
蛞(ㄎㄨㄛˋ) 2160

拡(擴)(ㄎㄨㄛˋ) 2160
廓(ㄎㄨㄛˋ) 2161
闊(ㄎㄨㄛˋ) 2162
快(ㄎㄨㄞˋ) 2162
塊(ㄎㄨㄞˋ) 2165
檜(ㄎㄨㄞˋ) 2165
膾(ㄎㄨㄞˋ) 2166
窺(ㄎㄨㄟ) 2166
葵(ㄎㄨㄟˊ) 2167
魁(ㄎㄨㄟˊ) 2167
傀(ㄎㄨㄟˇ) 2167
喟(ㄎㄨㄟˋ) 2167
愧(ㄎㄨㄟˋ) 2167
潰(ㄎㄨㄟˋ) 2167
簣(ㄎㄨㄟˋ) 2170
寬(ㄎㄨㄢ) 2170
款(ㄎㄨㄢˇ) 2171
坤(ㄎㄨㄣ) 2171
崑(ㄎㄨㄣ) 2171
焜(ㄎㄨㄣ) 2172
褌(ㄎㄨㄣ) 2172
梱(ㄎㄨㄣˇ) 2172
困(ㄎㄨㄣˋ) 2172
匡(ㄎㄨㄤ) 2175
框(ㄎㄨㄤ) 2175
筐(ㄎㄨㄤ) 2175
狂(ㄎㄨㄤˊ) 2175
誑(ㄎㄨㄤˊ) 2179
況(ㄎㄨㄤˋ) 2179
絖(ㄎㄨㄤˋ) 2179
鉱(鑛)(ㄎㄨㄤˋ) 2179
曠(ㄎㄨㄤˋ) 2180
空(ㄎㄨㄥ) 2181
箜(ㄎㄨㄥ) 2198
崆(ㄎㄨㄥ) 2198
孔、孔(ㄎㄨㄥˇ) 2198

恐(ㄎㄨㄥˇ) 2199
控(ㄎㄨㄥˋ) 2204

拉、拉（ㄌㄚ）

拉、拉〔漢造〕拉、拉走、拉丁（=拉丁、羅甸、ラテン-音字）

拉する〔他サ〕強行帶走（=拉致する）
- 拉し去る（拉去）
- 拉し來る（拉來）

拉致、拉致〔名、他サ〕強行拉走、劫持、綁架
- 犯人を拉致する（把犯人抓走）
- 何者かに拉致された（不知被誰綁架了）

拉丁、羅甸、ラテン〔名〕拉丁
- ラテンAmerica（拉丁美洲）
- ラテン音楽（拉丁音樂）
- ラテン民族（拉丁民族）
- ラテン文字（拉丁文字）
- ラテン語（拉丁語）
- ラテン化（拉丁化）

ラッサ〔名〕〔地〕西藏拉薩

ラーメン、老麵〔名〕（來自中國語）。〔烹〕中式麵條（=中華蕎麦）
- 味噌ラーメン（炸醬麵）
- バターラーメン（奶油湯麵）
- インスタントラーメン（速食麵、方便麵）
- ラーメン屋（麵館）

拉ぐ〔他五〕壓碎，壓癟，壓扁、挫敗
- 鬼をも拉ぐ勢い（勢不可擋）
- 荒肝を拉ぐ（嚇破膽子）
- 自慢の鼻を拉ぐ（挫其傲氣）
- 相手の勢いを拉ぐ（挫敗對方的銳氣）

拉げる〔自下一〕壓癟，壓扁、被壓碎、消沉
- 拉げたマッチ箱（被壓扁了火柴盒）
- 胸が拉げる（洩氣、消沉）

拉ぐ〔他五〕〔俗〕壓碎、壓癟、壓扁（=拉ぐ）

喇、喇（ㄌㄚˇ）

喇、喇〔漢造〕喇叭

喇嘛、剌嘛、ラマ〔名〕〔佛〕喇嘛
- 喇嘛教（喇嘛教=チベット仏教）
- 喇嘛僧（喇嘛僧侶）
- ダライラマ（達賴喇嘛）
- ハンゼンラマ（班禪喇嘛）

喇叭〔名〕〔樂〕喇叭、小號、軍號
- 進軍喇叭（進軍的號角）
- 起床喇叭（起床號）
- 喇叭を吹く（吹喇叭、〔轉〕說大話，吹牛）
- 彼奴は何時も喇叭を吹く（那傢伙經常吹牛）
- 突擊喇叭を吹く（吹衝鋒號）
- 喇叭鼓隊（喇叭鼓隊）
- 喇叭手（喇叭手、號手）
- 喇叭飲み、喇叭飲（嘴對瓶口喝）
- コーラの喇叭飲みを為る（嘴對著瓶口喝可樂）
- ごくごくとコーラを喇叭飲みする（嘴對瓶口咕嚕咕嚕地喝可樂）
- ビールの喇叭飲みを遣る（嘴對瓶口喝啤酒）
- 喇叭管（〔解〕喇叭管、輸卵管=輸卵管、卵管）
- 喇叭管炎（輸卵管炎）
- 喇叭管妊娠（輸卵管妊娠）
- 喇叭管を結紮する（結紮輸卵管）
- 喇叭水仙（〔植〕黃水仙）
- 喇叭ズボン（喇叭褲）

辣（ㄌㄚˋ）

辣〔漢造〕辣味、做事猛烈
- 辛辣（辛辣、尖刻）

悪辣（毒辣、陰險）

辣韮、薤〔名〕〔植〕薤

辣韮の漬物（薤醬）

辣腕〔名、形動〕精明能幹（＝腕利、敏腕）

辣腕を振るう（大顯身手）振う奮う篩う揮う震う

経営の合理化に辣腕を振う（在經營合理化上大顯身手）

外交問題で辣腕を振う（在外交問題上大顯身手）

辣腕の記者（精明能幹的記者）

辣腕家（精明能幹的人）

彼は稀に見る辣腕家（他是很少見到的精明能幹的人）

彼は中中の辣腕家だ（他是個精明能幹的人）

臈（ㄌㄚˋ）

臈、臘〔名〕（臈為"臘"的俗字）冬至後第三個戌日舉行的祭典、年末、陰暦十二月的異稱

臈次，蠟次，臈次，蠟次〔名〕出家後的年數、事物的順序

臘（ㄌㄚˋ）

臘〔漢造〕陰暦十二月

旧臘（去年臘月）

臘月、蠟月〔名〕陰暦十二月（＝師走、極月）

臘月の寒空（臘月的寒天）

臘月も押し詰まって来た（眼看來到臘月了、快過年了）

臘月も暮れ掛かっている（臘月也快要過去了）

臘月の十四日（臘月十四）

臘日〔名〕一年的最後一天（＝大晦日、大晦）

臘雪〔名〕陰暦十二月的雪

臘八〔名〕〔佛〕臘八（陰暦十二月八日-釋迦成道之日）

臘八粥（臘八粥＝温糟粥）

臘八会（臘八佛會）

臘梅、蠟梅〔名〕〔植〕臘梅（＝唐梅）

臘尾〔名〕年末、歲末、歲尾

蠟、蝋（ㄌㄚˋ）

蠟、蝋〔名〕蠟、蠟油

蠟を引く（塗蠟）引く弾く轢く挽く惹く曳く牽く退く

蠟で型を取る（用蠟套製模型）取る捕る摂る採る撮る執る獲る盗る

蠟燭の蠟が垂れた（蠟燭的蠟油滴下來了）

蠟を嚙むが如く（味如嚼蠟）

蠟人形（蠟像）人形人形

蠟色〔名〕塗黒漆乾後磨光（＝蠟色塗り）

蠟色塗り（塗黒漆乾後磨光）

蠟色漆（加了硫酸鐵的黑色油漆）

蠟紙、蝋紙〔名〕蠟紙

蠟紙で包めば防水出来る（用蠟紙包裝就可以防水）

蠟纈、﨟纈、蠟纈、﨟纈〔名〕蠟染（＝蠟染め、蠟染、蠟纈染、﨟纈染、蠟書染）

蠟染め、蠟染〔名〕蠟染（＝蠟纈、﨟纈、蠟纈、﨟纈）

蠟月、臘月〔名〕陰暦十二月（＝師走）

臘月の寒空（臘月的寒天）

臘月も押し詰まって来た（眼看來到臘月了、快過年了）

蠟細工〔名〕蠟製工藝（品）

蠟細工の人形（蠟製偶人）

蠟細工の人体標本（蠟製的人體標本）人体人体

此の果物は蠟細工だから食べられない（這水果是蠟製工藝品所以不能吃）

蠟石〔名〕〔礦〕壽山石（滑石的一種）

蠟燭〔名〕蠟燭
　蠟燭の燃え止し（燒剩的蠟燭）
　蠟燭の明かりで読書する（借燭光讀書）
　蠟燭の芯を切る（剪蠟芯）
　蠟燭の蕊（蠟燭蕊）蕊蕋
　蠟燭を点す（點蠟燭）
　蠟燭を付ける（點蠟燭）
　蠟燭が尽きる（蠟燭燃盡）
　蠟燭が消えた（蠟燭滅了）
　蠟燭を吹き消す（吹滅蠟燭）
　蠟燭立て、蠟燭立（蠟燭臺）
　蠟燭の立てられて有る誕生日の
　デコレーション・ケーキ（立著蠟燭的花式生日蛋糕）

蠟人形〔名〕蠟偶人、蠟製娃娃
蠟の木〔名〕〔植〕野漆樹（=黃櫨）
蠟梅、臘梅〔名〕〔植〕臘梅
蠟引き〔名、自サ〕塗蠟
　蠟引きの紙（〔包裝用的〕蠟紙）
蠟膜〔名〕〔動〕（鳥類嘴上的）蠟膜
蠟涙〔名〕蠟淚、蠟油
蠟色〔名〕（漆器加工法之一）塗上帶黑色生漆磨光（的漆器）（=蠟色塗り）
　蠟色鞘（塗上黑漆磨光的刀鞘）
蠟嘴鳥、鵤〔名〕〔動〕（歐亞的）蠟嘴雀、錫嘴雀

鑞（ㄌㄚˋ）

鑞〔名〕焊劑、焊錫（=半田、範陀）
　鑞付く（焊接）付く着く突く就く衝く憑く点く尽く
　鑞付け（焊接）
　鑞付け道具（焊接工具）
　鑞付けに為る（焊上）摩る刷る摺る擦る掏る磨る擂る
　鑞で接合する（用焊錫焊上）
鑞付け，鑞付、鑞附け，鑞附〔名、他サ〕焊接、焊接物（=半田付け、範陀付け、鑞接）
　鑞付道具（焊接用具）
　鑞付出来ない（不能焊接）
　鑞付合金（焊接合金）

肋（ㄌㄜˋ）

肋〔漢造〕肋、〔船〕肋材
　鶏肋（雞肋、用處不大仍掉又可惜的東西、〔喻〕瘦弱的身體）
肋間〔名〕〔解〕肋間、肋骨之間
　肋間神経痛（〔醫〕肋間神經痛）
肋骨〔名〕〔解〕肋骨（=肋骨）、船舶的）肋材。〔俗〕（日俄戰爭前日本陸軍制服胸部形同肋骨的）飾帶
　肋骨を二本折る（肋骨折斷兩根）
　遊離肋骨（浮動肋骨）
　肋骨痛（肋骨痛）
　肋骨軍服（帶肋骨形飾帶的軍服）
肋骨〔名〕〔解〕肋骨
　肋骨一本（一根肋骨）
　肋骨が見えている（露出肋骨來）
　肋骨を折る（折斷肋骨）
　豚の肋骨で吸物を作る（用猪排骨作湯）作る造る創る
肋材〔名〕〔船〕肋材
　肋材を竜骨に取り付ける（把肋材裝在龍骨）
肋軟骨〔名〕〔解〕肋軟骨
肋板〔名〕〔船〕肋板
肋木〔名〕〔體〕肋木、攀登木
　肋木に登る（攀肋木）上る登る昇る
肋膜〔名〕〔解〕肋膜、胸膜、肋膜炎（=肋膜炎）
　肋膜肺炎（胸膜肺炎）

肋膜炎を患う（患胸膜炎）患う煩う

肋膜炎（肋膜炎＝胸膜炎）

肋膜に水が溜まる（肋膜裡積水）溜まる貯まる堪る

肋〔名〕肋骨（＝肋骨）、（食品）（帶肉的）排骨

痩せて肋が出て来た（瘦得肋骨都露出來了）痩せ瘠せ痩せ

埒（ㄌㄜˋ）

埒〔名〕（馬場周圍的）柵欄（＝柵）、（事物的）界限，範圍（＝句切り、けじめ）

埒の外に飛び出す（跑出柵欄）

馬が埒の外に飛び出す（馬跑出柵欄）

礼儀の埒を超える（超出禮節的範圍）

代表と為ての埒を越えた発言（超越了作為一個代表的界限的發言）越える超える肥える

埒が開く、埒が明く（得到解決、取得很大進展）開く明く空く飽く厭く

埒が開かない（得不到解決、沒有什麼進展）

交渉は何時迄だっても埒が開かない（交涉始終也沒有個歸結）

君が相手では何時迄だっても埒が開かない（跟你談話談到什麼時候也沒著落）

此の事は未だ埒が開かない（這件事還沒著落）未だ未だ

其は一寸埒が開き然うも無い（那件事可不大容易解決）

一向に埒が開かない（毫無進展）

中中埒の開かない（沒完沒了的事情）

埒も無い（無頭無腦、不成體統、沒有秩序、亂七八糟）

埒も無い事を言う（語無倫次）

彼女は埒も無い事許り言っている（她淨說些沒有用的話）

埒を付ける（處理、解決）付ける尽ける点ける衝ける憑ける就ける突ける着ける

何とか早く埒を付ける（不管怎樣趕快處理一下吧！）

放埒（放縱、放蕩不羈）

放埒者（浪子）

放埒な生活を為る（生活放蕩）

埒外〔名〕柵欄（＝外垣の外、囲いの外）、範圍外，限度以外←→埒内

埒外に出る（超出範圍）

埒外に出ない（不超出範圍）

埒外に在る（在圈外）

埒外に立つ（站在圈外）

学生と為て埒外の行動だ（以身為學生而言是越軌行為、超出學生身分的行為）

此れは学生と為て埒外の行動だ（這是超出學生身分的行為）

其の事は私の権限の埒外に在る（那件事在我權限以外）在る有る或る

埒内〔名〕柵欄（＝外垣の内、囲いの内）、限度内，允許範圍←→埒外

勒（ㄌㄜˋ）

勒〔漢造〕馬具的一種（＝轡）、勒，控制，駕馭（＝抑える、押える）、刻，銘刻（＝彫る、刻む）、音字

弥勒（彌勒佛）

勒する〔他サ〕勒，控制，駕馭（＝抑える、押える）、刻，銘刻（＝彫る、刻む）、統率，取締（＝率いる、取り締まる）、整理，歸納（＝統べる、纏める）

馬を勒する（勒馬）勒する録する

石に勒する（勒於石上）石石岩磐石（容積單位）

兵を勒する（統兵）

部下の兵を勒する（統率部下的軍隊）

勒して二十巻と為る（整理為二十卷）

一巻に勒する（編為一冊）

勒犬、豺〔名〕（朝鮮 nug-dai）〔動〕山犬、朝鮮狼

楽、楽〔樂〕（ㄌㄜˋ）

楽〔名〕樂、音樂、雅樂。

〔漢造〕音樂、快樂、容易

　楽を奏する（奏樂）奏する相する草する走する

　楽を奏でる（奏雅樂）

　楽の音が聞こえる（傳來音樂聲）

　軍楽（軍樂）

　唐楽（唐代音樂、古時由中國傳到日本的音樂、日本仿古中國音樂的樂曲、歌舞伎的一種伴奏樂）

　音楽（音樂）

　雅楽（宮廷古樂）

　舞楽（伴隨著舞蹈的雅樂）

　礼楽（禮儀和音樂）

　器楽（器樂）←→声楽

　声楽（聲樂）

　聖楽（基督教的聖樂）

　管弦楽（管絃樂＝オーケストラ）

楽員〔名〕音樂隊員

　交響楽団の楽員（交響樂團的團員）

楽音〔名〕（構成音樂主要素材的）樂音←→騒音

楽界〔名〕音樂界（＝楽壇）

　楽員の新進を紹介する（介紹音樂界的新人）

楽器、楽器〔名〕樂器

　弦楽器（弦樂器）

　管楽器（管樂器）

　打楽器（打樂器）

　楽器を演奏する（奏樂）

　楽器を鳴らす（奏樂）鳴らす慣らす馴らす生らす為らす成らす均す

　楽器で伴奏する（用樂器伴奏）

楽器店（樂器店）

楽曲〔名〕樂曲

　三拍子の楽曲（三拍的樂曲）

楽劇〔名〕歌劇、音樂劇

　楽劇を演じる（演音樂劇）

楽才〔名〕音樂的才能

　楽才に長けている（長於音樂才能）長ける闌ける炊ける焚ける猛る

楽師、楽士〔名〕樂師、音樂家、音樂演奏者

　バンドの楽師（樂隊隊員）

　芝居の楽師を勤める（當戲劇的樂師）勤める努める務める勉める

　オーケストラの楽師を勤める（當管弦樂團的音樂演奏者）

楽手〔名〕樂手、音樂演奏者

楽匠〔名〕大音樂家、大作曲家、傑出的指揮

楽章〔名〕〔樂〕樂章

　ベートーベンの第九交響曲の第一楽章（貝多芬第九交響曲的第一樂章）

　第二楽章はアレグロです（第二樂章是快板）

楽人、楽人〔名〕奏樂者、樂器演奏者（＝楽師、楽士）

　楽人に為る（當樂師）擂る磨る摩る掏る擦る摺る刷る

楽人〔名〕悠閒自在的人

楽手〔名〕樂手

楽聖〔名〕樂聖、大音樂家

　ベートーベンは楽聖である（貝多芬是樂聖）ベートーベン ベートーウェン

　楽聖ベートーウェン（樂聖貝多芬）

楽節〔名〕〔樂〕樂節（構成樂章的單位）

楽想〔名〕樂曲的構思

　楽想を練る（反復琢磨樂曲的構想）

　新しい楽想（新的樂曲構想）

楽隊〔名〕樂隊

　軍楽隊（軍樂隊）

ㄉ

楽隊で伴奏する（由樂隊伴奏）
楽隊を先頭に行進する（以樂隊為前導列隊前進）
楽隊を先頭に為て練り歩く（以樂隊為先導遊行）

楽団〔名〕樂團
管弦楽団（管弦樂團）
楽団を組織する（組織樂團）

楽壇〔名〕音樂界
楽壇から引退する（退出音樂界）
楽壇にデビューする（初次登上樂壇）
新たに咲いた楽壇の花（音樂界開的新花）
彼は楽壇のエリートである（他是音樂界的菁英）
楽壇を驚かした作品（震驚了音樂界的作品）驚かす愕かす

楽長〔名〕樂團長、樂隊指揮
軍楽隊の楽長（軍樂隊的指揮）

楽調〔名〕〔樂〕樂調

楽典〔名〕〔樂〕樂典、西樂的基礎課本
楽典を研究する（研究樂典）

楽都〔名〕音樂城、音樂之都
楽都ウイン（音樂之都維也納）

楽譜〔名〕樂譜（＝音譜）
楽譜を見乍ピアノを弾く（看著樂譜彈鋼琴）
楽譜を見ずに演奏する（不看樂譜演奏）
私は楽譜が読めない（我看不懂樂譜）

楽屋〔名〕〔劇〕後台，演員休息所。〔轉〕內幕，幕後（＝內幕、內緒、內所、內証）、雅樂的奏樂處
一幕終えて楽屋に帰る（演完一幕回到後台）
早朝から楽屋入りを為る（大清早就到後台去）
楽屋を訪ねる（訪問後台）訪ねる尋ねる訊ねる

政界の楽屋（政界的內幕）
彼は政界の楽屋に詳しい（他通曉政界的內幕）詳しい委しい精しい
楽屋裏の陰謀（幕後的陰謀）
楽屋を覗けば実は簡単な物だ（揭穿了內幕其實卻很簡單）
楽屋話（內幕消息、秘密的話）
楽屋裏（後台、內幕、內情）
楽屋雀（戲劇通、社會通＝芝居通）
楽屋から火を出す（自惹災禍、從內部發生糾紛）
楽屋で声を嗄らす（徒勞無益、勞而無功）
楽屋落ち、楽屋落（局外人不能理解、內幕消息）
君の洒落は楽屋落ちだ（你的俏皮話局外人不懂）
君の洒落は独り善がりの楽屋落ちだよ（你的俏皮話只有你自己覺得有意思）独り一人一人一人

楽屋雀〔名〕（經常出入後台的）戲劇通、劇界消息靈通人士。〔轉〕某界的消息靈通人士

楽屋落ち、楽屋落〔名〕（曲藝，戲劇等只內行人懂）觀眾不懂。〔轉〕局外人不懂
君の洒落は楽屋落ちだ（你說的俏皮話局外人不懂）
楽屋落ちに終る（結果局外人不懂）

楽屋裏〔名〕幕後

楽屋話〔名〕內幕消息、秘密的話

楽府〔名〕〔史〕樂府（漢武帝時所設掌管宮廷中音樂的部門）、樂府（漢詩體之一）

檀車、山車、壇尻〔名〕（廟會或祭典時載有假山，人物，草木，禽獸等伴以笛鼓吹打的）花車（＝山車、山、山鉾）

楽〔名，形動〕快樂，舒適←→苦、容易，簡單，輕鬆、富裕，充裕、閉幕演出（＝千秋楽）、粗陶器（＝楽焼）

〔漢造〕快樂
老後を楽に暮らす（快樂地度過晚年）

両親を楽に為せる（讓父母過上舒適的生活）

仕事が一段落して気が楽に為った（工作告一段落心情輕鬆多了）

此の薬を呑んでから大分楽に為った（吃了這藥後舒服多了）

横に為って体を楽に為さい（躺下來舒舒身體）

何卒御楽に（請隨便點、請不要拘束、別客氣）

楽有れば苦有り（有樂就有苦）

早く楽に為り度い（想快點死去、早死了早舒服）

一番楽な方法を取る（用最簡便的方法）

一日に十ページは楽だ（一天看十頁很輕鬆）

楽に勝つ（毫不費力地獲勝）

試験は思ったより楽だった（考試比想像的容易得多）

決して楽な仕事ではない（決不是輕鬆的工作）

楽な事は人に譲り、困難は自分で引き受ける（輕鬆的事讓給別人困難的留給自己）

楽に六人乗れる車（坐六個人綽綽有餘的車）

生活が楽に為る（生活富裕起來）

安楽（安樂、舒適）

快楽（快樂）

怡楽（怡樂）

慰楽（欣慰、安慰和快樂）

苦楽（苦樂、甘苦）

娯楽（娛樂、文娛）

歓楽（歡樂、快樂）

哀楽（哀樂、悲歡）

極楽（天堂、極樂世界）

道楽（愛好，嗜好，放蕩，墮落，不務正業，吃喝嫖賭）

易易楽楽（非常容易）

楽に〔副〕舒適地、安逸地、容易地、富裕地

毎日を楽に過す（快樂地過日子）

熱が下がったので楽に為った（退了燒舒服多了）

切符は楽に手に入った（票輕易弄到手了）

楽に暮している（過著富裕的生活）

早く楽に為り度い（〔人在生病時為了擺脫痛苦說的喪氣話〕早死早舒服）

楽隠居〔名、自サ〕（年老）退休後過舒服生活（的人）、舒適的退休者

今は楽隠居して静かに世を送っている（現在退休安閒度日）送る贈る

今は楽隠居して静かに日を送っている（現在退休安閒度日）

楽隠居の身である（是安閒退休隱居之身）

楽園〔名〕樂園、天堂（=楽土、パラダイス）

子供の楽園（兒童樂園）

地上の楽園（地上天堂、世外桃源）

楽書き，楽書、落書き，落書〔名、自サ〕亂寫亂畫、胡亂塗的畫（=落書）

壁に鉛筆で楽書きが為て有る（牆上有用鉛筆亂塗的東西）

ペンキで塀に楽書きを為る（用漆在牆上亂寫亂畫）

ノートに楽書きする（在筆記簿上亂寫亂畫）

楽書きす可からず（勿亂塗畫）

楽書き無用（不准亂寫亂畫）

楽髪〔名〕樂髮（人在安樂時頭髮長得快）

楽髪苦爪（樂髮苦爪－安樂時頭髮長得快、艱難時指甲長得快）

楽観〔名、他サ〕樂觀←→悲観

目下の形勢は楽観を許さない（目前的情勢不容樂觀）

前途を楽観する（對前途抱樂觀）

楽観論者（樂觀主義者）

ㄌ

らっかんてき
楽観的（樂觀的、樂觀主義的）
　らっかんてきじんせいかん　も
　楽観的人生観を持つ（懷有樂觀主義人生觀）
　もんだい　らっかんてき　かんが
　問題を楽観的に考える（樂觀地考慮問題）
　らっかんてき　かんが
　楽観的な考え（樂觀的想法）
　らっかんてきざいりょう
　楽観的材料（有利因素）

らっきょう
楽境〔名〕樂境

らくしょう　　　　　　　　　　　　　　しんしょう
楽勝〔名、自サ〕輕易取勝、不費力地戰勝←→辛勝
　あいて　よわ　　　らくしょう
　相手が弱いので楽勝するだろう（因對手不強將會毫不費力地取勝）
　やきゅう　しあい　じゅうごたいに　らくしょう
　野球の試合は十五対二で楽勝した（棒球比賽輕易地以十五比二獲勝了）

らくち
楽地〔名〕樂土、樂境、安樂的土地

らくてん　　　　　　　　　えんせい
楽天〔名〕樂天、樂觀←→厭世
　らくてんしゅぎ　　　　　　　　optimism　　　えんせいしゅぎ
　楽天主義（樂觀主義＝オプチミズム←→厭世主義、樂天知命）
　らくてんてき
　楽天的（樂觀的、隨遇而安的、逍遙自在的）
　らくてんてき　かんが　かた
　楽天的な考え方（樂觀的想法）
　きみ　ものごと　らくてんてき　み　す
　君は物事を楽天的に見過ぎる（你看問題過於樂觀）
　らくてんち
　楽天地（樂園、遊樂場）
　らくてんか
　楽天家（樂觀者、樂天派、樂觀主義者）
　らくてんかん　　　　　　えんせいかん
　楽天観（樂觀）←→厭世観

らくど
楽土〔名〕樂土、樂園
　ちじょう　らくど　けんせつ
　地上に楽土を建設する（在地上建設樂土）
　こ　よ　らくど
　此の世の楽土（地上天堂）

らくね
楽寝〔名、自サ〕舒服覺、舒坦覺、懶睡
　らくね　す
　楽寝を為る（睡舒坦覺）
　ふろ　　あ　　　らくね
　風呂から上がって楽寝する（洗過澡後舒舒服服地睡著）上がる挙がる揚がる騰がる
　にちよう　　　じゅうじまでらくね
　日曜なので十時迄楽寝する（因為是星期天懶睡到十點鐘）

らくび
楽日〔名〕〔相撲〕最後一天的比賽、（戲劇或歌舞等）最後一天的演出（＝千秋楽）

らくやき　らくやき
楽焼き、楽焼〔名〕（用手工造坯低溫燒成的）粗陶器、（顧客在素陶上畫畫留念）當場燒成的陶器

らくらく
楽楽〔副〕舒服，安適、非常容易，毫不費力
　　　　bed　ひろ　　　らくらく　　ね
　ベットが広いので楽楽と寝られる（因床很大可以舒舒服服地睡）
　らくらく　と　　もんだい
　楽楽と解ける問題（很容易解答的問題）
　らくらく　ひ　おく
　楽楽と日を送る（很安適地過日子）送る贈る
　らくらく　いす　こし　お
　楽楽と椅子に腰を下ろす（很舒適地坐在椅子）下す降ろす卸す
　しゃない　あ　　　　らくらく　すわ　い
　車内は空いていて楽楽と坐って行けた（車內空得很很舒服地坐著去了）空く開く明く飽く厭く
　こどもだち　こうえん　らくらく　もくば　の　あそ
　子供達が公園で楽楽と木馬に乗って遊んでいる（孩子們在公園裡很快樂地騎著木馬玩著）
　これだけあ　　　ふたりらくらくくら　い
　此丈有れば二人楽楽暮して生ける（有這些兩個人就能很舒服地活下去）生ける活ける
　いだいてき　じぎょう　らくらく　でき　こと
　偉大的な事業は楽楽と出来る事ではない（偉大的事業不是輕易能創建出來的）
　ゆうしゅう　せいせき　らくらく　しけん　ごうかく
　優秀な成績で楽楽と試験に合格した（以優秀的成績毫不費力地考上了）
　らくらく　しあい　か
　楽楽と試合に勝った（毫不費力地贏了比賽）勝つ克つ且つ
　かれ　かわ　らくらく　と　こ
　彼は川を楽楽と跳び越した（他輕易地跳過了河）
　かれ　そ　もんだい　らくらく　と
　彼は其の問題を楽楽と解いた（他毫不費力地解決了那個問題）解く説く溶く

たの
楽しい〔形〕快樂的、愉快的、高興的。〔古〕富裕←→苦しい
　たの　　おしょうがつ
　楽しい御正月（快樂的新年）
　たの　　にちようび
　楽しい日曜日（愉快的星期天）
　たの　　りょこう
　楽しい旅行（快樂的旅行）
　りょこう　たの　　もの
　旅行は楽しい物ですね（旅行是件愉快的事啊！）
　たの　　いちにち　す　　　　　　　　　　　　　いちにち
　楽しく一日を過す（愉快地度過一天）一日
　いちじつひとひついたちついたちひとひ
　一日一日一日　朔　一日

クリスマスを楽しく過す（歡度聖誕節）

楽しくて堪らない（高興得不得了）堪る溜まる貯まる

子供達を教える事は楽しい（教導孩子們是很愉快的）

御祖父さんは孫達に囲まれて実に楽しい然うだ（爺爺被孫子們圍繞著顯得高興）実に 実に

楽しい音楽の中で（在歡樂的樂曲聲中）

楽しがる（高興）

子供は楽しがって雪の中を跳ね回る（孩子高高興興在雪中亂蹦亂跳）

楽しむ〔他五〕快樂，享受，欣賞，以…為消遣，使快活、期待，以愉快的心情盼望

音楽を楽しむ（欣賞音樂）

衆と共に楽しむ（與眾同樂）

人生を楽しむ（享受人生的樂趣）

毎日の生活を楽しむ（每天的生活過得很快樂）

釣を楽しむ（以釣魚作為消遣）

人助けを楽しむ（助人為樂）

皆が陽気に騒ぐ中で彼一人楽しめない様子だった（大家高興地鬧著他一個人卻悶悶不樂）

楽しめるのに楽しもうと為ない（有福不享）様子容子

人を嬲者に為て楽しむ（拿別人開心）

私は旅行を十分楽しんだ（我飽嘗了旅行的快樂）訪ねる尋ねる

花は満開で訪れる人の目を楽しませている（花正盛開使來訪的人賞心悅目）訪れる

引けてからピンポンを楽しむ（下班後玩桌球）

楽しんで淫せず（樂而不淫）

良い音楽は人の心を楽しませる（好的音樂使人心曠神怡）

子供の成長を楽しむ（盼望孩子長大成人）成長 生長

孫の成長を楽しむ（盼望孫子長大成人）

子女の成長を楽しむ（盼望子女長大成人）

上達を楽しむ（期望取得進步）

楽しみ〔名〕愉快，樂趣、消遣，安慰，興趣、希望，期望

人生の楽しみ（人生的樂趣）

楽しみの無い人（缺乏樂趣的人）

楽しみが多い（快樂多）

楽しみを共に為る（同樂）

釣を楽しみと為る（以釣魚為樂）

良い音楽を聞くのが、私の楽しみです（聽好音樂是我的樂趣）

晩酌が何よりの楽しみだ（晚飯時喝杯酒是我最大的快樂）

楽しみ尽きて悲しみ来る（樂極生悲）来る来た

老後の楽しみ（老年的安慰）

郵便切手の収集が私の唯一の楽しみです（集郵是我唯一的興趣）

子弟の教育を唯一の楽しみと為る（以教育子弟為唯一的興趣）

楽しみに本を読む（為消遣而讀書）

何を楽しみに為ているのか（你期望著什麼呢？）

其の男の子は両親の唯一つの末の楽しみである（這個男孩是他父母將來唯一的期望）

楽しみ酒（消遣酒）

楽しみ鍋（自煮自吃的什錦火鍋）

楽しみ煙管（為消遣而拿的煙斗）煙管 キセル

楽しみ極まりて哀情多し（歡樂極兮哀情多-漢武帝秋風辭）

楽しみ尽きて哀しみ来る（樂極生悲）

楽しめる〔自下一〕能享樂、能享受、能欣賞

此の映画は楽しめる（這部電影能使人感到快樂）

十分楽しめる劇（十分有趣的戲劇）

其の金が有れば一日楽しめる（有這筆錢的話可以玩樂一天）

テレビが有れば、家で楽しめる（有電視的話可以在家裡欣賞）

中中難しい音楽なので素養の無い人は迚も楽しめない（音樂很深奧沒有素養的人欣賞不了）

来（來）（ㄌㄞˊ）

来〔接頭〕來、下

〔接尾〕未來、以來、由來

来学期（下學期）

来年度（下年度）

来年（明年）

来月（下個月）

来日（來日）

来日（來到日本）

来春、来春（明年春天）

来週（下星期）

来夏（明年夏天）

来秋（明年秋天）

往来（往來，通行〔=行き来、行き来、〕大街，馬路，升降，漲落，交際，來往，往返，縈廻，俳徊）

行き来，往き来，行き来，往き来（往返，往來，交往，來往）

去来（去來=行き来，往き来，行き来，往き来）

外来（外來，舶來，醫院的門診）

渡来（舶來、由外國輸入）

舶来（舶來，進口，進口貨，外國貨）←→国産

伝来（傳來，傳入，祖傳，世傳）

天来（天降）

光来（〔敬〕光臨、駕臨）

到来（來到、別人送來、送到的禮物）

当来（〔佛〕來世）

未来（未來、將來、〔佛〕來生，來世）

将来（將來，未來，前途，拿來，帶來，招致=招来）

招来（招致，導致，引起，邀請，請來）

請来（〔從國外〕請來〔佛像佛經等〕）

生来、生来（生來，生就，天生，從來，有生以來）

従来（從來、以前、直到現在）

襲来（襲來、攻來）

以来（以來，以後，將來，今後）

由来（由來、來歷、本來、原來）

本来（本來、原來）

元来（本來、原來）

新来（新來）

数日来（幾天以來）

昨年来（去年來）

此の問題は昨年来の懸案である（這個問題是去年以來的懸案）

二十年来の暑さだ（二十年以來的炎熱、二十年以來未曾有的炎熱）

来意〔名〕來意，來訪的用意，來信的用意，來人的用意（=来旨）

来意を告げる（告訴來意）付ける漬ける着ける就ける突ける衝ける附ける点ける

来意を尋ねる（詢問來意）尋ねる訪ねる訊ねる

彼の来意が分からない（不懂他的來意）分る解る判る

御来意を伺い度い（請說明來意、想知道您的來意）伺う窺う覘う

御来意は承知致しました（來函敬悉）

来旨〔名〕來信（來人）的用意（意旨）

御来旨承知しました（來函奉悉）

御来旨了承掴まりました（奉悉意旨）掴まる捕まる捉まる
来旨を告げる（説明來意）

来援〔名、他サ〕前來救援、前來支援

来援を乞う（請來支援）乞う請う斯う請ける受ける享ける浮ける 請 じる 請 ずる
来援を頼む（請來支援）
来援を求める（求援）
外国の音楽家が来援する（外國音樂家前來支援）

来演〔名、自サ〕前來演出、前來表演

外国の音楽家が来演する（外國音樂家前來演出）
オペラ劇団に来演を依頼する（請歌劇團來本地演出）
ウインナ交響楽団が来演する（維也納交響樂團前來表演）
サーカスが来演する（馬戲團前來表演）

来往〔名、自サ〕來往、往來（=行き来，往き来，行き来，往き来）

盛んに来往する（頻繁往來）
友好団体が盛んに来往する（友好團體頻繁來往）友好友交
来往が頻繁である（來往頻繁）

来夏〔名、副〕明年夏天

来夏渡英の予定（預定明夏赴英）

来駕〔名〕來臨、駕臨

明日御来駕を請う（請明日光臨）乞う請う斯う
御来駕を御待ちして居ります（恭候駕臨）
御来駕の程御待ち致します（恭候駕臨）
御来駕の程御待ちして居ります（恭候駕臨）

来賀〔名〕前來祝賀、前來慶賀

御来賀下さり感謝の至りに存じます（前來祝賀感激不盡）至る到る存する損する

来会〔名、自サ〕到會、莅會、出席

御来会の皆様（到會的諸位先生們）
来会者に謝辞を述べる（向到會者致詞）述べる陳べる延べる伸べる
レセプションの来会者に挨拶する（向出席招待會的人致詞）遠路遠路
本日は遠路御来会下さいまして有り難う御座いました（今天承各位遠道前來莅會太謝謝了）

来学年〔名〕下學年

来学年には新校舎へ移転する（下學年搬到新校舍去）

来学期〔名〕下學期

来学期に転学する予定です（預定下學期轉學）

来館〔名、自サ〕來館（指博物館、圖書館、電影院等）

早朝から来館する（一早就到館裡來）
来館者（來館者、來館參觀的人、到電影院看電影的觀眾）

来観〔名、他サ〕前來參觀、前來觀看

来観者（前來參觀的人）
其の展覧会は来観者が多かった（有許多人來參觀那個展覽會）
美術館が来観者が多かった（有許多人參觀美術館）
多数の来観者が有った（有許多人來參觀）有る在る或る
中国工業展覧会は来観する人で会場が賑わっている（中國工業展覽會會場因觀眾多很熱鬧）

来簡、来翰〔名〕來信

来簡了承致しました（來信奉悉）

来書〔名〕來函、來信、來翰（=来状）

来書を受け取りました（來信收悉）

来状〔名〕來函、來信、來翰（=来書）

御来状（您的來信）
来状を拝読致しました（來翰奉悉）

来信〔名〕來信（=来簡、来翰、来書、来状）

カ

ㄌ

友人からの来信（朋友的來信）
友達からの来信が有った（朋友的來信）
来信拝誦しました（拜讀了你的來信）
来信を拝見致しました（來翰奉悉）
来信が有る（有信來）
来信に返事を書く（答覆來信）
来信箱（信箱）

来客、来客〔名〕來客（＝来訪客、訪問客）
生憎の来客（不速之客）
来客で賑わう（因來客人很熱鬧）
今日の午後は来客が有る（今天下午有客人來）今日今日
御来客ですか（現在有客人嗎？）
御来客の様ですね（是來了客人吧！）
来客を応接間へ通す（請來訪的客人到客廳）
日曜日には来客を絶え間無い（星期日來客不斷）絶え間無い＝絶えず
来客はぽつぽつ帰って行った（客人一個一個地回去了）

来月〔名、副〕下個月←→先月（上個月）
来月一日（下個月一日）一日 朔 一日（初一）一日一日一日
来月の十日（下個月十號）行く 往く 逝く 行く 往く 逝く
来月の三日に日本へ行く（下個月三日到日本去）日本日本日本大和 倭 日の本
来月中に出来る（下個月裡完成）
来月中に出来上がる（下個月中完成）

来県〔名、自サ〕（從他處）來到本縣
教育視察団が来県する（教育考察團來到本縣）

来光〔名〕（從高山上看到的）日出、佛光（高山上日出日落時因雲霧而出現人影頭上有光圈的現象＝来迎）
御来光を拝する（〔在高山上〕迎接日出）拝する 配する 廃する 排する
富士山頂の御来光（富士山頂莊嚴的日出）

来航〔名、自サ〕來航（指外國船隻的到來）
英国艦隊の来航（英國艦隊的來訪問）
練習艦隊が日本から来航する（練習艦隊從日本航行前來）

来貢〔名、自サ〕前來進貢（＝朝貢）
ペルシアから来貢する（從波斯前來朝貢）

来校〔名、自サ〕到校、來到學校
運動会の日、多数の父兄が来校した（運動會那天許多家長到學校來了）

来寇〔名〕入寇、入侵
外敵の来寇を退ける（擊退外敵的入侵）退ける 除ける 退ける 斥ける
外敵の来寇を撃退する（擊退外敵的入侵）

来迎〔名〕〔佛〕來迎（佛教所謂人死時菩薩來迎往淨土）、佛光（高山上日出日落時因雲霧而出現人影頭上有光圈的現象）、登高山觀看日出（＝来光）
阿弥陀如来の御来迎を待つ（眼看就要歸天了）
泰山で御来迎を拝む（登上泰山觀日出）

来今〔名〕未來和現在、今後、自今

来歳、来載〔名〕來年

来札〔名〕來函、來信

来示〔名〕來信所示
御来示（您的來信所示）
御来示の通り取り計らいましょう（將按函示辦理）

来日〔名〕來日、將來←→往日
来日方に長し（來日方長）正に 当に 将に 雅に 方に

来日〔名、自サ〕（外國人）來日本
外人観光客が来日して各地を見物する（外國旅客來日本到各地遊覽）見物（值得看的東西）

友好国の特使が来日した（友好國家的特使來到日本）

来車〔名、自サ〕光臨、駕臨（=来駕）

御来車（光臨）

御来車の程御願い申し上げます（敬請光臨）

来社〔名〕前來報社、前來公司

明日九時に御来社下さい（明天九點請來報社〔公司〕）明日明日明日

小学生が見学に来社する（小學生來社參觀）中学生大学生

来者〔名〕來客、將來、後輩

来者を拒まず（來者不拒）拒む

以往の諫められざるを悟り来者の追う可きを知る（悟已往之不諫知來者之可追）追う負う

往者は諫む可からず来者は猶追う可し（往者不可諫來者猶可追）

来秋〔名、副〕明年秋天

来秋落成する（明年秋天落成）

来秋上京する予定（預定明秋進京）

来週〔名、副〕下星期

来週の月曜日（下星期一）

来週中に返して貰い度い（希望下星期還給我）

会議は来週に延ばそう（會議延到下星期開吧！）延ばす伸ばす展ばす

其は来週に延ばそう（那個挪到下星期吧！）

座談会は来週に延ばそう（座談會延到下星期吧！）

来週から新入社員が来る（新職員下星期起上任）來る繰る刳る

来集〔名、自サ〕前來聚會、前來集合

来集する者三千余名（來聚會的有三千多人）

来襲〔名、自サ〕前來襲撃（=襲来）

敵の来襲に備える（防備敵人前來襲撃）備える供える具える

来襲した敵機を撃墜する（撃落來襲的敵機）敵艦敵艦

来春〔名、副〕明年春天（=来春、明春）、明年正月

来春結婚式を挙げる（明年春天舉行婚禮）上げる揚げる挙げる博士博士

来春〔名〕明年春天（=来春）

来春東京大学の大学院の修士課程に入る（明年春天進入東京大學研究所碩士班）入る入る

来場〔名、自サ〕到場、出席

各界の代表者が来場する（各界代表來到會場）各界各界

各界の名士が来場する（有各界知名人士出席）

来場の代表団が国旗を上げる（到場的代表團昇起國旗）

御来場の皆様に感謝の意を表します（向到場的各位表示感謝）表す現す著す顕す

御来場有り難う御座います（感謝各位的出席）

来場者（出席者、到場者）

来診〔名、自サ〕（患者請醫生）來看病、出診

医者に来診を御願いする（請醫生來家看病）

来世、来世〔名〕〔佛〕來世、來生（=後世、後生、彼世）←→前世、現世

来世観（來世觀）

来世の冥福を祈る（祈禱來世的冥福）

来征〔名、自サ〕前來征戰、前來比賽

日本水泳選手団の来征（日本游泳運動隊前來比賽）

来属〔名〕來服（前來服從）

来宅〔名、自サ〕來舍下、到我家來

明日御来宅下さい（明天請來舍下）

昨日来宅の方が非常に多かった（昨天到我家來的客人非常多）

来談〔名、自サ〕前來面談

希望者は御来談を請う（願意者請來面談）乞う請う斯う

御不審の点は御来談下さい（如有疑問請前來面談）

明日午後二時御来談下さい（明天下午兩點請來面談）明日明日明日

来着〔名、自サ〕到達、來到

友好国の使節団が来着する（友好國家的代表團到達本地）

近近当地来着の筈（定於最近到達本地）近近近近

教育視察団一行五十人が午前八時に来着する（教育考察團一行五十人上午八時到達）

日本貿易代表団は明日台北に来着する予定です（日本貿易代表團預定明天到達台北）

来朝〔名、自サ〕（外國人）來日本

某国の学術代表団が来朝予定（某國的學術代表團預定來訪日本）

昨年の来朝人数は千二百万人の多きに達した（去年來到日本的外國人人數達一千兩百萬人之多）人数人数人かず

貴方の来朝を歓迎します（歡迎您來到日本）貴方貴女貴男

来聴〔名、自サ〕來聽（報告、講演等）

来聴者（來聽的人）

多数の来聴者（人數多的聽眾）

少数の来聴者（人數少的聽眾）

皆さんの御来聴を歓迎致します（歡迎諸位前來聽講）

今晩の音楽会の来聴人数は無慮三千人の上った（今晚來聽音樂會的人數大概有三千人）

来聴自由（聽講自由）

来邸〔名〕前來公館、到公館訪問

来店〔名、自サ〕來商店

御来店を御待ち致して居ります（恭候光顧本店）

御来店下さいまして有り難う御座いました（銘謝光臨本店）

御来店の御客様の御案内申し上げます（向光臨本店的顧客介紹一下）

御来店の御客様は記念品を贈呈致します（對光臨本店的顧客贈送紀念品）

御来の御客様には粗茶をサービス致します（對光臨本店的顧客備有茶水招待）

来電〔名〕來電、發來（的）電報

ニューヨーク来電（紐約來電）

大阪来電に依れば（據大阪來電）

来電に接する（接到來電）接する節する

来島〔名、自サ〕來到島上

知事が視察に来島する（知事到島上來視察）

来同〔名、自サ〕聚會、集會、來到一起

来任〔名、自サ〕到任、到職、來上任

イギリスの日本駐在大使が来任する（英國駐日大使上任）

新しい工場が来任した（新廠長到任了）工場工場工廠（兵工廠）

来年〔名、副〕來年、明年（=來る年）←→行く年

来年の冬（明年冬天）

来年の春に華燭の典を上げる（明年春天舉行婚禮）上げる揚げる挙げる

来年の果報は今年の稲で待つ（明年收成好不好要看今年收多少）

来年の事を言えば鬼が笑う（明年的事甭提、不要打明年的算盤、未來的事不可預知）

来年の事を言うと鬼が笑う（明年的事甭提、不要打明年的算盤、未來的事不可預知）

来否〔名〕來否、是否來

来否を確かめる（問清是否來）

来賓〔名〕來賓
　来賓が挨拶する（來賓致詞）
　来賓席（來賓席）
　来賓席を用意する（準備來賓席）
　来賓の中には日本の友人も居る（來賓當中也有日本朋友）
　来賓室（客房）
　来賓名簿（來賓簽名簿）
　来賓祝辞（來賓祝詞）

来復〔名、自サ〕來復、復歸
　一陽来復（一陽來復、一元復始）

来聘〔名〕來聘

来訪〔名、自サ〕來訪←→往訪
　旧友の来訪を受ける（承老友來訪）
　御暇の折御来訪下さい（有空請來玩）御暇（告辭）
　来訪者の氏名を控える（記下來客姓名）
　来訪者の氏名をメモする（記下來客姓名）
　来訪者名簿（來客簽名簿）

来報〔名、他サ〕來通知、來的報告
　現地からの来報を待つ（等待現場的報告）

来命〔名〕來示、您的指示

来由、来由〔名〕來由、由來、來歷（＝謂、訳、由諸）
　名称の来由を尋ねる（探求名稱的由來）
　尋ねる 訪ねる 訊ねる 訪れる
　事件の来由を尋ねる（探尋事件的來由）

来諭〔名〕來諭、您的指示
　御来諭を拝読致しました（來諭奉悉）

来遊〔名、自サ〕來遊覽、來觀光
　夏に為ると各地から来遊する客で賑わう（一到夏天各地來的遊客熙熙攘攘）
　我国に来遊する外国人が益益多く為って来た（來我國遊覽的外國人越來越多了）
　御来遊を御待ちして居ります（等著你來玩一玩）

其の内御来遊下さい（日内請來玩）
　来遊者（遊客、遊覽者、觀光者）

来来週〔名〕下下星期、大下星期

来臨〔名、自サ〕來臨、光臨、駕臨
　御来臨を請う（恭請駕臨）

来歴〔名〕來歷，來由、經歷
　故事来歴（典故）
　研究会の来歴を披露する（介紹研究會的來歷）
　半生の来歴（半生的經歷）
　来歴を糺す（查明經歷）糺す 正す 質す 糾す
　事の来歴を糺す（追究事情的來歷）
　彼の人は種種の来歴が有る（他的經歷很複雜）種種 種種 種種 色色
　来歴の不明な男（來歷不明的人）
　彼の来歴を調べる（調査他的來歷）
　来歴を明らかに為る（弄清來歷）
　今迄の来歴を披露する（發表出來到現在為止的經歷）

来話〔名、自サ〕來談
　一度御来話下さい（請來一談）

来たす、来す〔他五〕引起、惹起、招致、招來、造成（＝齎す、招く）
　悪性インフレを来たす（引起惡性通貨膨脹）
　失敗を来たす（招致失敗）
　破局を来たす（招致悲慘的結局）
　変化を来たす（引起變化）
　災いを来たす（招致災禍）禍 厄
　災害を来たす（引起災禍）
　変化を来たす（發生變化）
　大恐慌を来たす（大感恐慌）
　損害を来たす（造成損失）
　損害の結果を来たす（造成損害的結果）
　運輸の混乱を来たす（造成運輸上的混亂）

ㄌ

作戦に支障を来たす（給作戰造成障礙）

来たる、来る〔自五〕來、到來、引起、發生←→去る

〔連體〕下次的

冬過ぎて春来たる（冬去春來）

大歌劇団来たる（大歌劇團到來）

台風来たる（颱風襲來）

来たる物は拒ます、去る物を追わず（來者不拒去者不追）

風の如く来たり、風の如く去る（如風而來如風而逝）

来たり往かざるは礼無く也（來而不往非禮也）

此れは諸種の原因より来たる物也（這是由各種原因引起的）

来たる金曜日（下星期五）

来たる二十日に集まる（本月二十日那天集會）

来たる十二月十一日に締め切る（到十二月十一日截止）

来たる可き、来る可き〔連體〕下次的

来たる可き総選挙（下次大選）

来たる可き入学試験（下次入學考試）

来る〔自力〕來，來到，到來，由來，引起，產生，發生、出現、提起，說起

〔補動〕（表示動作、狀態的繼續）一直在、起來、回來

汽車が来た（火車來了）

春が来た（春天來了）

駅へ迎えに来る（到車站來迎接）来る繰る刳る

来る日（來日）

来る年（明年）

切手を買って来るよ（我去買郵票來）

食事に行って来ます（我去吃飯）

遠くから来た客（從遠方來訪的客人）

英語から来た詞（由英文轉來的詞）

彼の病気は過労から来た物だ（他的病是由於過度勞累引起的）

食べ過ぎから来る病気（因吃太多引起的疾病）

疲れから来たのだと思います（我想是過勞所引起）

来る日も来る日も（天天、日復一日）

北京へ来る途中で（在來北京的路上）

そら、バスが来た（喂！公車來了）

御客が沢山来た（來了很多客人）

何時中国に来たのですか（你是什麼時候來到中國的？）

春が来た（春天來到了）

もう直に正月が来る（新年馬上到來）

春の来るのももう間の無い（春天的來臨已經迫近）

手紙が来ていないか（沒來信嗎？）

御手紙が来ました（這裡有給您的信）

自動車が来ています（汽車已經來了）

事務室には未だ電気が来ていなかった（辦公室還沒拉上電線）

来る者は拒まない（來者不拒）

其の思想はInd iaから来た（那種思想來自印度）

Latin語から来た言葉（來自拉丁語的詞）

彼の病気は疲労から来るのだ（他的病是由於疲勞而引起的）

ぴんと来る（馬上意識到）

頭に来る（頭痛、瘋狂、非常生氣）

野球と来たら飯より好きだ（一提起棒球比吃飯還喜愛）

其の人と来たら全く問題に為らない（提到那個人簡直不在話下）

今迄喋って来た（一直說到現在）

疲れて来る（疲倦起來）

電車が混んで来る（電車壅擠起來）
忘れ物を取って来る（把忘帶的東西取來）
用を済まして来る（辦事情去）
図書館へ行って来た（我到圖書館去了）
本を買って来る（我去買書來）
友人を迎えに駅へ行って来ました（到車站去接了朋友）
今展示会を見て来た所です（我剛才去看了一下展覽會）
落ちて来る（落下來）
帰って来る（歸來）
雨が降って来た（下起雨來了）
向うから歩いて来た（從對面走過來）
今迄喋って来た（一直說到現在）
何とか今日迄遣って来た（好歹熬到了今天）
世の中が段段分って来た（社會上的事情漸漸明白）
六十年生きて来た（一直活了六十年了）
面白く為って来た（愈來愈有趣了）
暖かく為って来た（暖和起來了）
寒く為って来た（冷起來了）
日増しに良く為って来た（一天比一天好起來）
疲れて来る（疲倦起來）
彼は映画と来たら丸で気違い（一提到電影他就什麼也不顧了）
野球と来ると飯より好きだ（一提到棒球連飯也不吃）
甘い物と来たら目が無い（一提到甜食沒有不喜歡）
春が遣って来る（春天的氣息一步一步地接近了）
彼奴は又遣って来た（那傢伙又大搖大擺地來了）又復亦又股

友達がアメリカから遣って来た（朋友從美國老遠地來）
来〔自力〕〔古〕來（=来る）
来合わせる、来合せる〔自下一〕同時來到、恰好遇上
結婚式に来合わせた（偶然遇上結婚典禮）
来合わせたバスに乗る（公車來得巧不用等就坐上了）
私が駅に着いた時、彼も来合わせていた（我到車站時他也恰好來到）
彼は良い所へ来合わせた（他來得正湊巧）
其の時彼も来合わせて居た（那時他也恰巧在場、那時他也恰巧來到了）
来掛かる、来掛る〔自五〕即將到來、正好來到
革命の高まりが来掛かっている（革命高潮即將到來）
上りの列車が来掛かっている（上行列車即將到來）上り登り昇り
踏切に来掛かった時、汽車が遣って来た（正當來到平交道時火車來了）
来掛け〔名〕來的途中，來的時候（=来しな）、來時順便
来掛けに雨が降り出した（來的途中下起雨來了）
会場の来掛けに社に寄った（去會場時順便到公司走一趟）
来掛けに本を買った（來時買了一本書）
来掛けに立ち寄る（來時順便到這裡）
来しな〔名〕來時、來的途中（=来掛け）
来しなに寄る（來時順便去一趟）
来しなにデモの行列に逢った（來時遇見示威遊行的隊伍）逢う会う遭う遇う合う
来しなに先生に逢った（來時遇見老師）
此処へ来しなに中央公論を買った（來的時候買了一本中央公論）
来方〔名〕來時（=来る時）、來的方式、來頭
来方が遅い（來得太慢、慢吞吞地來）襲う

ㄌ

来し方〔名〕過去、以往（=来し方）
来し方行く末（過去和將來）

来し方、越し方〔名〕過去、既往、走過來的地方
越し方行く末を考える（思前想後）
越し方を思うと夢の様だ（想起往事猶如一場夢）

来立て〔名〕新來、剛剛來到
田舎から来立ての人（剛從鄉村來的人）
此処へ来立ての外国人（新來的外國人）

来手〔名〕來者、來的人
あんな人は嫁の来手が無い（那樣人沒有女人肯嫁他）

来通し〔名〕常來的

来様〔名〕來的方法、來的時間（=来方）
来様が遅い（來得晚、來得太慢）
招かれて居ないので来様が無い（因為沒被邀請所以沒法來）

来悪い〔形〕不好意思的
先月の掛けが未だ払って居ないので来悪く為った（上個月的賒帳還沒有付清所以不好意思來了）悪い憎い難い難い硬い堅い固い

良し来た〔感、連語〕（表示同意、決心或接受挑戰等）好！行！可以！
良し来た、引き受けた（行！我包下了）
良し来た、一番遣ろう（好！來下一盤棋吧！）

頼（ㄌㄞˋ）

頼、賴〔名〕依賴
信頼（信賴）
依頼（依靠、委託、托付、請求、要求、期望）
無頼（無賴、流氓、惡棍、壞蛋、流浪者、無業遊民）

頼信紙〔名〕〔舊〕（=電報頼信紙）電報紙（=電報発信紙）

頼む、恃む、憑む〔他五〕請求、懇求（=願う）、委託、托付、依靠、依仗（=頼る）、請、雇〔感〕借光、勞駕（=頼もう、御免下さい）
借金を頼む（請求借款）
留守を頼む（請代為看一下家）
神仏を頼む（託神託佛）
頭を下げて頼む（俯首請求）
秘密に為て置いて呉と頼む（請求保守秘密）
此の荷物を頼みますよ（這件行李求你照看一下）
先生に子供の教育を頼む（拜託老師教育孩子）
女中に赤ん坊を頼んで芝居を見に行きました（把嬰兒托給女傭看戲去了）
君に一寸頼み度い事が有る（有件事想拜託你）
権力を頼んで暴行を働く（依仗權勢使用暴力）
味方に頼む友達も無い（也沒有可依靠的朋友）
自分の才に頼む（仗自己的能力）
医者を頼む（請醫師）
大工を頼む（雇請木匠）
家庭教師を頼む（聘請家庭教師）
息子に家庭教師を頼む（給兒子聘請家庭教師）
自動車を頼んで下さい（請雇一輛汽車）

頼み、頼〔名〕請求、懇求、信賴、依靠
頼みが有る（有事相求）
頼みを聞き入れる（答應請求）
留守を頼む（請代為看一下家）
君に一つ頼みが有るんだが（我對你有個請求）
君の御頼みなら何でも（要是你的要求無論什麼我都照辦）

頼みに為る友人（可以信賴的朋友）

頼みと為るのは君一人だ（可信賴的只有你一個人）

紛れ当りを頼みに為て（靠僥倖）

彼はたった一人の知人を頼みに為て上京した（他只靠一位熟人就進京了）

頼みの綱（唯一的希望、唯一的指望）

苦しい時の神頼み（平時不燒香臨時抱佛腳）

頼み入る、頼入る〔他五〕懇求、一再請求（=頼み込む）

是非教えて下さいと頼み入る（懇求務必給以指導）

頼み込む、頼込む〔他五〕懇求、一再請求

是非応援して呉れと頼み込む（一再懇求務必給以支援）

是非教えて呉れと頼み込む（一再請求務必給予指導）

頼み少ない、頼少い〔形〕不可指望的、希望渺茫的、沒有依靠的

彼女は頼み少ない身の上です（她孤身一人沒有依靠）

頼うだ人〔名、連語〕主人、主君、依靠的人

頼もう、頼まう〔感〕借光、勞駕（古時武士拜訪時請求傳達或帶路的用語）←→どうれ（來啦！誰呀！）

頼もしい〔形〕可靠的，靠得住的、有望的、有出息的←→頼り無い

彼は頼もしい人だ（他是一位靠得住的人）

頼もしい音楽家（前途有望的音樂家）

彼は頼もしい若者だ（他是個有出息的青年）

がっちりした体格が如何にも頼もしく見える（身體健壯讓人覺得靠得住）がっちり がっしり

頼母子、憑子、頼もし〔名〕標會、互助會（=頼母子講）

頼母子講〔名〕標會

頼母子講を作る（組標會）作る 創る 造る

頼母子講に入る（入會）入る 入る

頼る〔自五〕依靠、依仗、仰仗、倚賴、拄（=縋る）、投靠，找門路，找關係

息子に頼る（依靠兒子）

一家の柱と頼る人（支撐一家頂樑柱的人）

人に頼らないのが彼の主義だ（他一向主張不依靠別人）

自分の力に頼って生活する（自食其力）

神仏の加護に頼る（靠神佛保佑）

此の上は彼に頼るしかない（事到如今只好依靠他了）

地図に頼って山を登る（仰仗地圖登山）

杖に頼って歩く（拄著拐杖走路）

親戚に頼って上京して来た（投靠親戚進京來）

友人を頼って渡米する（投靠朋友而去美國）

頼り〔名〕依靠，依仗、倚賴、信賴、借助、依靠的東西、門路、關係（=伝手、手蔓）

老後の頼り（老年的依靠）便り

彼は老母の唯一の頼りだ（他是老母唯一的依靠）

息子を頼りに暮らす（依靠兒子生活）

貴方を頼りに為ています（全指望你了）

頼りに為る友（可靠的朋友）

頼りに為らない人（不可靠的人、靠不住的人）

誰も頼りに為る人が無い（無依無靠）

多くの人に頼りと為れている（受很多人的信賴）

漢字を頼りに新聞を読む（借助漢字讀報）

杖を頼りに歩く（靠拐杖走路）

頼りを求めて就職する（找門路就職）

便り〔名〕信，消息。〔舊〕便利，方便

家からの便り（家信、家書）

便りを為る（通信）

折折便りを寄越す（時常寄信）
長い事便りを為ない（好久不通音信）
戦地からの便り（前線消息）
便りが無いのは無事の便り（不來信就證明平安無信）

頼所、便所〔名〕依靠的地方（=頼み所）

頼り無い〔形〕無依靠的、沒把握的、不放心的、不可靠的←→頼もしい

頼り無い身の上だ（無依無靠的處境）
頼り無い孤児の身の上（無依無靠的孤兒的境遇）
頼り無い老人（無依無靠的老人）
頼り無い返事（不可靠的回答）
彼では頼り無い（若叫他做是不可靠的）
頼り無い感じが為る（感覺沒有依靠）
此の使いは彼では頼り無い（這差事他可靠不住）
頼り無い英語だ（沒把握的英語）
頼り無い話（不可靠的話）

瀬（ㄌㄞˋ）

瀬、瀨〔漢造〕淺流、急流

急瀬（急流）
火口瀬（噴火口淺流）

瀬、湍、灘〔名〕淺灘，河水淺處（=浅瀬）、急湍，水流急處（=早瀬）、時機，機會（=折、場合）、立足點，立足之地←→淵

瀬を渡る（渡過淺灘）渡る亘る背脊畝
船が瀬に乗り上げる（船擱在淺灘上）
瀬を下る（沿急流而下）下りる降りる下る降る下る下がる
此の川の瀬は荒いか（這條河的水流急嗎？）
逢う瀬（見面的機會、〔特指男女的〕幽會）
浮ぶ瀬が無い（沒有翻身的日子）
身を捨ててこそ浮ぶ瀬も有れ（敢於犧牲才能勝利、不入虎穴焉得虎子）
立つ瀬が無い（沒有立場、沒臉見人、無法做人）
然う言われたので僕の立つ瀬が無い（那麼說的話我就無地自容了）

脊、背〔名〕脊背，脊梁（=背中）、後方，背景（=後ろ、裏）、身材，身高（=脊、背、背丈）、山脊（=尾根）

背を伸ばす（伸腰）
背を壁に凭せ掛ける（背靠在牆上）
猫が背を立てた（貓弓起背來了）
彰化は山を背に為ている（彰化背後是山）
塔を背に為て写真を取る（以塔為背景拍照）
背が高い（低い）（身材高大〔矮小〕）
山の背を伝わって登る（沿著山脊往上攀登）
背に腹は替えられぬ（逼得無可奈何、為了解救燃眉之急顧不得其他）
背を見せる（敗走）
背を向ける（轉身、不加理睬、背叛）
背を縒る（辛苦不已、痛苦得難受）

脊、背〔名〕身材，身高（=脊、背、背丈）

背の高い（低い）人（身材高〔矮〕的人）
中位の背の人（中等身材的人）
背が伸びる（身材長高）
背を測る（量身高）
君の背は幾等有るかね（你的身高有多高呀！）
其処は背が立つかい（在水中那裏你的腳能夠到底嗎？）

畝〔名〕地積的單位、一段的十分之一、三十步、約一百平方公尺（即一公畝）

兄、夫〔名〕〔古〕（女子對兄弟、愛人等的親密稱呼）夫、君←→妹

兄の君（夫君）君君

兄〔名〕兄，哥哥，家兄，舍兄、夫兄、大伯，内兄，大舅，姉夫（=義兄）←→弟、弟

兄弟（兄弟、弟兄）

一番上の兄（大哥）

兄は中学生で、弟は小学生だ（哥哥是中學生弟弟是小學生）

私は兄が二人居る（我有兩個哥哥）勤める努める務める勉める

上の兄は銀行に、次の兄は学校に勤めている（大哥在銀行裡工作二哥在學校裡工作）

御兄さんは今いらっしゃいますか。兄は今出掛けた許りです（令兄現在在家嗎？-家兄剛才出去了）

＊（直接稱呼自己的哥哥或尊稱別人的哥哥時用兄さん、御兄さん、御兄様）

瀬頭〔名〕灘頭、淺灘的上游（緩流開始急流的地方）

瀬切る〔他五〕攔水、斷流、堵住（=堰き止める）

小川の流れを瀬切る（堵住小河的流水）

瀬尻〔名〕灘尾←→瀬頭

瀬戸〔名〕（狹窄的）海峽、緊要關頭（=瀬戸際）、瀬戸產陶瓷（=瀬戸焼）

音戸の瀬戸（音戸海峽）

瀬戸内海（瀬戸內海）内海内海

瀬戸内（瀬戸內海及其沿岸地帶）

瀬戸際（小海峽與海的境界、〔轉〕緊要關頭、危險的邊緣）

今が大事の瀬戸際だ（現在是有關大局的緊要關頭）

伸るか反るかの瀬戸際に立っている（面臨生死存亡的緊要關頭）

死の瀬戸際から命を救って貰った（從死亡線上被救出命來了）

其の一連の行動は、既に両国の関係を決裂の瀬戸際に推し遣った（那一系列的行動已經把兩國關係推向破裂的邊緣）

瀬戸際で踏み止まる（懸崖勒馬）

戦争の瀬戸際（戰爭邊緣）

瀬戸際政策（戰爭邊緣政策）

瀬戸際政策を行う（實行戰爭邊緣政策）

瀬戸引き、瀬戸引（往鐵製器皿上掛釉、搪磁品）

瀬戸引き鍋（搪磁鍋）

瀬戸物（陶瓷器）

瀬戸物類（陶瓷器類）

瀬戸物屋（瓷器店）

瀬戸焼（瀬戸陶瓷-產於愛知縣瀬戸市附近）

瀬戸口（海峽的入口、事情的開始）

瀬戸口から失敗した（一開始就失敗了）

瀬踏み〔名、自サ〕涉水測試深淺、（進行某項工作之前的）試驗，試探（=試し試み）

瀬踏みを為る（進行試驗）

彼は量産前の瀬踏みだ（那是成批生產之前的試生產）

相手の出方を瀬踏みして見よう（試探一下對方的態度）

瀬踏み交渉（試探性會談、摸底）

癩（ㄌㄞˋ）

癩〔名〕〔醫〕痲瘋（=癩病、lepra 拉）

救癩事業（救濟痲瘋病而興辦的事業）

癩者〔名〕痲瘋病患者

癩者を隔離して治療する（把痲瘋病人隔離治療）

癩病〔名〕〔舊〕痲瘋病（Hansen病的舊稱）（=ハンセン病、ハンセン氏病、レプラ、天刑病、癩）

癩病患者を隔離する（隔離痲瘋病人）

癩病患者（痲瘋病人）

癩病病（痲瘋病人）病病

癩病院（痲瘋院）

癩病に罹る（患痲瘋病）

癩坊〔名〕〔俗、舊〕痲瘋病患者

ㄌ

<ruby>癩<rt>かったい</rt></ruby>、<ruby>癩<rt>かたい</rt></ruby>〔名〕〔舊〕痲瘋病

<ruby>癩<rt>かったい</rt></ruby>の<ruby>瘡怨<rt>かさうら</rt></ruby>み（痲瘋病患者羨慕花柳病患者、〔喻〕羨慕比自己稍好的同類）

<ruby>雷<rt>らい</rt></ruby>（ㄌㄟˊ）

<ruby>雷<rt>らい</rt></ruby>〔名〕〔舊〕雷（＝雷、雷）

〔漢造〕雷、雷電、爆炸武器

<ruby>雷<rt>らい</rt></ruby>が<ruby>鳴<rt>な</rt></ruby>る（雷鳴）<ruby>閃電<rt>いなずま</rt></ruby>（閃電=稲妻、稲光）

<ruby>雷<rt>らい</rt></ruby>に<ruby>打<rt>う</rt></ruby>たれて<ruby>死<rt>し</rt></ruby>んだ（被雷打死了）

<ruby>鼾声雷<rt>かんせいらい</rt></ruby>の<ruby>如<rt>ごと</rt></ruby>し（鼾聲如雷）

<ruby>春雷<rt>しゅんらい</rt></ruby>（春雷）

<ruby>遠雷<rt>えんらい</rt></ruby>（遠處打的雷）

<ruby>落雷<rt>らくらい</rt></ruby>（落雷、霹雷）

<ruby>百雷<rt>ひゃくらい</rt></ruby>（百雷、眾雷）

<ruby>避雷針<rt>ひらいしん</rt></ruby>（避雷針）

<ruby>避雷器<rt>ひらいき</rt></ruby>（避雷器）

<ruby>疾風迅雷<rt>しっぷうじんらい</rt></ruby>（神速、迅雷不及掩耳）

<ruby>魚雷<rt>ぎょらい</rt></ruby>（魚雷）

<ruby>水雷<rt>すいらい</rt></ruby>（水雷、魚雷）

<ruby>機雷<rt>きらい</rt></ruby>（水雷＝機械水雷）

<ruby>地雷<rt>じらい</rt></ruby>、<ruby>地雷<rt>ちらい</rt></ruby>（地雷）

<ruby>界雷<rt>かいらい</rt></ruby>（雷暴、春雷）

<ruby>熱雷<rt>ねつらい</rt></ruby>（夏季的雷）

<ruby>万雷<rt>ばんらい</rt></ruby>（萬雷）

<ruby>雷雨<rt>らいう</rt></ruby>〔名〕雷雨

<ruby>雷雨<rt>らいう</rt></ruby>に<ruby>遭<rt>あ</rt></ruby>う（遇上雷雨）<ruby>遭<rt>あ</rt></ruby>う<ruby>会<rt>あ</rt></ruby>う<ruby>逢<rt>あ</rt></ruby>う<ruby>遇<rt>あ</rt></ruby>う<ruby>合<rt>あ</rt></ruby>う

<ruby>山中<rt>さんちゅう</rt></ruby>で<ruby>雷雨<rt>らいう</rt></ruby>に<ruby>出会<rt>であ</rt></ruby>う（在山中遇到雷雨）

<ruby>途中<rt>とちゅう</rt></ruby>で<ruby>雷雨<rt>らいう</rt></ruby>に<ruby>出合<rt>であ</rt></ruby>う（在途中遇到雷雨）

<ruby>雷雨<rt>らいう</rt></ruby>が<ruby>晴<rt>は</rt></ruby>れた（雷雨過了）

<ruby>今夕<rt>こんゆう</rt></ruby>から<ruby>夜半<rt>やはん</rt></ruby>に<ruby>掛<rt>か</rt></ruby>けて、<ruby>所<rt>ところ</rt></ruby>により<ruby>雷雨<rt>らいう</rt></ruby>が<ruby>有<rt>あ</rt></ruby>るでしょう（今天傍晚到半夜間有的地區將有雷雨）

<ruby>雷雲<rt>らいうん</rt></ruby>〔名〕產生雷電的雲，<ruby>積雨雲<rt>せきううん</rt></ruby>，雷雨雲（＝<ruby>積乱雲<rt>せきらんうん</rt></ruby>、<ruby>入道雲<rt>にゅうどうぐも</rt></ruby>）、烏雲（＝<ruby>黒雲<rt>こくうん</rt></ruby>、<ruby>黒雲<rt>くろくも</rt></ruby>）

<ruby>空<rt>そら</rt></ruby>に<ruby>雷雲<rt>らいうん</rt></ruby>が<ruby>発生<rt>はっせい</rt></ruby>する（天空出現了雷雨的<ruby>烏雲<rt>そらぞら</rt></ruby>）空虛

<ruby>雷火<rt>らいか</rt></ruby>〔名〕雷電引起的火災、雷電，閃電（＝<ruby>稲妻<rt>いなずま</rt></ruby>、<ruby>稲光<rt>いなびかり</rt></ruby>）

<ruby>五重<rt>ごじゅう</rt></ruby>の<ruby>塔<rt>とう</rt></ruby>は<ruby>雷火<rt>らいか</rt></ruby>で<ruby>焼失<rt>しょうしつ</rt></ruby>した（五層塔被雷火燒毀了）

<ruby>雷管<rt>らいかん</rt></ruby>〔名〕雷管、火帽、起爆管

<ruby>砲弾<rt>ほうだん</rt></ruby>の<ruby>雷管<rt>らいかん</rt></ruby>（砲彈的雷管）

<ruby>雷管火薬<rt>らいかんかやく</rt></ruby>（〔軍〕起爆火藥）

<ruby>雷管装置<rt>らいかんそうち</rt></ruby>（〔軍〕擊發裝置）

<ruby>雷魚<rt>らいぎょ</rt></ruby>、<ruby>雷魚<rt>ライヒイ</rt></ruby>〔名〕〔動〕鱧魚（＝<ruby>台湾泥鰌<rt>たいわんどじょう</rt></ruby>）

<ruby>雷魚<rt>かみなりお</rt></ruby>〔名〕〔方〕日本叉牙魚（＝<ruby>鰰<rt>はたはた</rt></ruby>、<ruby>鱩<rt>はたはた</rt></ruby>）

<ruby>雷金<rt>らいきん</rt></ruby>〔名〕〔化〕雷爆金、雷酸金

<ruby>雷銀<rt>らいぎん</rt></ruby>〔名〕〔化〕雷酸銀

<ruby>雷撃<rt>らいげき</rt></ruby>〔名、他サ〕用魚雷攻擊

<ruby>敵艦<rt>てきかん</rt></ruby>を<ruby>雷撃<rt>らいげき</rt></ruby>する（放魚雷攻擊敵艦）<ruby>敵艦<rt>てきかん</rt></ruby>敵艦

<ruby>雷撃機<rt>らいげきき</rt></ruby>（魚雷轟炸機）

<ruby>雷撃機<rt>らいげきき</rt></ruby>が<ruby>魚雷<rt>ぎょらい</rt></ruby>を<ruby>搭載<rt>とうさい</rt></ruby>する（裝載魚雷轟炸機）

<ruby>雷公<rt>らいこう</rt></ruby>〔名〕〔俗〕雷、雷公（＝<ruby>雷<rt>かみなり</rt></ruby>、<ruby>雷<rt>いかずち</rt></ruby>）

<ruby>雷公<rt>らいこう</rt></ruby>が<ruby>太鼓<rt>たいこ</rt></ruby>を<ruby>敲<rt>たた</rt></ruby>いている（打雷）<ruby>敲<rt>たた</rt></ruby>く<ruby>叩<rt>たた</rt></ruby>く<ruby>戦<rt>たたか</rt></ruby>う<ruby>闘<rt>たたか</rt></ruby>う

<ruby>雷光<rt>らいこう</rt></ruby>〔名〕雷光

<ruby>雷汞<rt>らいこう</rt></ruby>〔名〕〔化〕雷酸汞

<ruby>雷酸<rt>らいさん</rt></ruby>〔名〕〔化〕雷酸

<ruby>雷酸塩<rt>らいさんえん</rt></ruby>（雷酸鹽）

<ruby>雷獣<rt>らいじゅう</rt></ruby>〔名〕雷獸（傳說打雷時落地傷害人畜的怪獸）

<ruby>雷神<rt>らいじん</rt></ruby>〔名〕雷神、雷公

<ruby>風神雷神共<rt>ふうじんらいじんとも</rt></ruby>に<ruby>現<rt>あらわ</rt></ruby>れる（風雷交加）<ruby>現<rt>あらわ</rt></ruby>れる<ruby>表<rt>あらわ</rt></ruby>れる<ruby>顕<rt>あらわ</rt></ruby>れる

<ruby>雷鳥<rt>らいちょう</rt></ruby>〔名〕〔動〕雷鳥

<ruby>蝦夷雷鳥<rt>えぞらいちょう</rt></ruby>（榛雞）

雷霆〔名〕雷霆（＝雷、雷）、怒氣，怒火（＝怒り）
　大いに雷霆を轟かす（大發雷霆）
　雷霆を家を震わす（雷霆震動房屋）家家家家家震わす奮わす振わす揮わす篩わす
雷電〔名〕雷電（＝雷と稲妻）
　雷電が入り交じる（雷電交加）
雷同〔名、自サ〕雷同、附和（＝付和雷同）
　付和雷同（隨聲附和）
　彼の意見に付和雷同する（隨聲附和他的意見）
雷動〔名〕雷動
雷難〔名〕雷難
雷斧〔名〕（石器時代的）石斧
雷粉〔名〕〔化〕雷爆火藥
雷名〔名〕大名、盛名
　御雷名か兼ねて伺って居ります（久仰大名-如雷貫耳）
　雷名天下に轟く（名震中外）
雷鳴〔名〕雷鳴、雷聲
　雷鳴が轟く（雷聲隆隆）
　俄か雨に続いて雷鳴が起こった（驟然陣雨響起了雷聲）
　遠く雷鳴を聞く（遠聞雷聲）
　波は逆巻き雷鳴は轟く（波濤翻滾雷聲隆隆）
　雷鳴を伴って激しい夕立が遣って来た（隨著雷聲下起強烈的驟雨來）激しい烈しい劇しい
　雷鳴は益益近く為って来た（雷聲愈響愈近了）
　耳を劈く様な雷鳴（震耳欲聾的雷聲）
雷文〔名〕〔建〕回紋飾、波形飾
　雷文細工（〔建〕浮雕細工）
雷除け，雷除、雷除け，雷除〔名〕避雷針（＝避雷針）、（迷信）避雷符
雷龍〔名〕（古生物）雷龍

雷〔名〕雷（＝雷）、雷神。〔轉〕大發雷霆（的人），咆嘯如雷（的人）
　雷が鳴る（打雷、雷鳴）
　雷に打たれて死ぬ（被雷打死）
　雷が家に落ちた（雷劈了房屋）
　雷が落ちる（雷擊、落雷）
　雷様（雷神爺）
　初雷（初雷）
　到頭親父の雷が落ちた（老爺子終於大發雷霆了）
　雷を落す（暴跳如雷）
稲妻〔名〕閃電（＝稲光）、飛快，閃電一般
　稲光が光る（打閃）
　稲光が走り、雷鳴が轟いた（電光閃閃雷聲隆隆）
　稲妻形（電光形、之字形）
　稲妻の様な速さで身を隠した（飛快地躲了起來）
　稲妻の如く眉を動かした（閃電似地飛動了一下眉頭）
稲光〔名〕閃電（＝稲妻）
　稲光が光る（打閃）
　稲光が為る（打閃）
雷親父〔名〕嚴厲的老人、動輒大聲怒喝的父親、好發脾氣的上司
雷族〔名〕〔俗〕飛車黨
雷〔名〕雷（＝雷）

擂（ㄌㄟˊ）

擂〔漢造〕研磨、磨碎
擂る、擦る、摩る、磨る、摺る、刷る〔他五〕摩擦（＝擦る）、研磨，磨碎（＝磨く、研ぐ）、損失，消耗，賠，輸
　タオルで背中を擦る（用毛巾擦背）
　タオルで背中を擦って垢を落とす（用毛巾擦掉背上的污垢）
　寒いので手を擦る（因為冷所以搓手）

ㄘ

鑢(やすり)で磨(す)ってから鉋(かんな)を掛(か)ける(用銼刀銼後再用刨子刨)

マッチ(match)を擦(す)って明(あ)かりを点(つ)ける(劃火柴點燈)

擂(す)って細(こま)かくする(磨成細粉)

擦(す)った揉(も)んだ(糾紛)

擦(す)った揉(も)んだの挙句(あげく)、到頭(とうとう)離縁(りえん)に為(な)った(鬧了糾紛之後終於離婚了)

墨(すみ)を磨(す)る(研墨)

味噌(みそ)を擂(す)る(把醬磨碎、奉承,諂媚)

胡麻(ごま)を擂(す)る(把芝麻磨碎、阿諛、逢迎、拍馬屁)

擂鉢(すりばち)で胡麻(ごま)を擂(す)る(用研鉢磨碎芝麻)

胡麻擂(ごます)り、胡麻擂(ごまする)(阿諛者、拍馬屁的人)

株(かぶ)に手(て)を出(だ)して大分(だいぶ)磨(す)った(做股票投機賠了不少錢)

すっからかんに磨(す)って終(しま)った(輸得精光)

財産(ざいさん)を擂(す)る(耗盡財産)

元(もと)を擂(す)る(賠本)

競馬(けいば)で金(かね)を擂(す)って終(しま)った(買馬票把錢輸光了)

競馬(けいば)で現金(げんきん)を擂(す)って終(しま)った(賽馬把現款輸光了)

商売(しょうばい)で二十万円(にじゅうまんえん)擂(す)って終(しま)った(做生意賠了二十萬元)

刷(す)る、摺(す)る〔他五〕印刷

色刷(いろず)りに刷(す)る(印成彩色)掏(す)る剃(す)る

千部刷(せんぶす)る(印刷一千份)

良(よ)く刷(す)れている(印刷得很漂亮)

鮮明(せんめい)に刷(す)れている(印刷得很清晰)

此(こ)の雑誌(ざっし)は何部(なんぶ)刷(す)っていますか(這份雜誌印多少份?)

ポスター(poster)を刷(す)る(印刷廣告畫)

輪転機(りんてんき)で新聞(しんぶん)を刷(す)る(用輪轉機印報紙)

掏(す)る〔他五〕扒竊、掏摸

掏摸(すり)に掏(す)られた(被小偷偷了)掏(す)る磨(す)る擂(す)る刷(す)る摺(す)る擦(す)る摩(す)る為(す)る

掏摸(すり)に御金(おかね)を掏(す)られた(錢被小偷偷走了)

電車(でんしゃ)の中(なか)で財布(さいふ)を掏(す)られた(在電車裡被扒手扒了錢包)

人(ひと)の懐中(かいちゅう)を掏(す)ろうと為(す)る(要掏人家的腰包)

剃(す)る〔他五〕〔方〕剃(=剃(そ)る)

鬚(ひげ)を剃(す)る(刮鬍子)刷(す)る磨(す)る摩(す)る摺(す)る擦(す)る掏(す)る擂(す)る為(す)る

為(す)る〔自サ〕(通常不寫漢字、只假名書寫)(…が為(す)る)作,發生,有(某種感覺)、價值、表示時間經過、表示某種狀態。

〔他サ〕做(=為(な)す,行(おこな)う)充,當做、(を…に為(す)る)作成,使成為,使變成(=に為(な)る)

(…事(こと)に為(す)る)(に為(す)る)決定,決心、(…と為(す)る)假定,認為,作為、(…ようと為(す)る)剛想,剛要。

(御(お)…為(す)る)〔謙〕做

物音(ものおと)が為(す)る(作聲、發出聲音、有聲音=音(おと)を為(す)る)音音音音

稲光(いなびかり)が為(す)る(閃電、發生閃電、有閃電)稲妻(いなずま)

寒気(さむけ)が為(す)る(身子發冷、感覺有點冷)

気(き)が為(す)る(覺得、認為、想、打算、好像)←→気(き)が為(し)ない

此(こ)のカメラ(camera)は五千円為(ごせんえんす)る(這個照相機價值五千元)

彼(かれ)は五百万円為(ごひゃくまんえんす)る車(くるま)に乗(の)っている(他開著價值五百萬元的車)

こんな物(もの)は幾等(いくら)も為(し)ない(這種東西值不了幾個錢)

デパート(department store)で買(か)えば十万円(じゅうまんえん)は為(す)る(如果在百貨公司買要十萬元)

一時間(いちじかん)も為(し)ない内(うち)にすっかり忘(わす)れて終(しま)った(沒過一小時就給忘得一乾二淨了)

三日(みっか)も為(す)れば帰(かえ)って来(く)る(三天後就回來)

さっぱり為(し)た人(ひと)(爽快的人)

彼(かれ)の男(おとこ)はがっちり為(し)ている(那傢伙算盤打得很仔細)

頭がくらくらと為てぼっと為る（頭昏腦脹）
幾等待っても来為ない（怎麼等也不來）
仕事を為る（做工作）
話を為る（說話）
勉強を為る（用功、學習）
為る事為す事（所作所為的事、一切事）
為る事為す事旨く行かない（一切事都不如意）
為る事為す事皆出鱈目（所作所為都荒唐不可靠）
何も為ない（什麼也不做）
其を如何為ようと僕の勝手だ（那件事怎麼做是隨我的便）
私の言い付けた事を為たか（我吩咐的事情你做了嗎？）
此から如何為るか（今後怎麼辦？）
如何為る（怎麼辦？怎麼才好？）
如何為たか（怎麼搞得啊？怎麼一回事？）
如何為て（為什麼、怎麼、怎麼能）
如何為ても旨く行かない（怎麼做都不行、左也不是右也不是）
如何為てか（不知為什麼）
今は何を為て御出でですか（您現在做什麼工作？）
委員を為る（當委員）
世話役を為る（當幹事）
学校の先生を為る（在學校當老師）
子供を医者に為る（叫孩子當醫生）
彼を議長に為る（叫他當主席）
彼は娘をピアニストに為る積りだ（他打算要女兒當鋼琴家）積り心算心算
本を枕に為て寝る（用書當枕頭睡覺）眠る
彼は事態を複雑に為て終った（他把事態給弄複雜了）終う仕舞う

品物を金に為る（把東西換成錢）金金
借金を棒引に為る（把欠款一筆勾銷）
三階以上を住宅に為る（把三樓以上做為住宅）
絹を裏地に為る（把絲綢做裡子）
顔を赤く為る（臉紅）
赤く為る（面紅耳赤、赤化）
仲間に為る（入夥）
私は御飯に為ます（我吃飯、我決定吃飯）
今度行く事に為る（決定這次去）
今も生きていると為れば八十に為った筈です（現在還活著的話該有八十歲了）
卑しいと為る（認為卑鄙）卑しい賤しい
此処に一人の男が居ると為る（假定這裡有一個人）
行こうと為る（剛要去）
出掛けようと為ていたら電話が鳴った（剛要出門電話響了）
隠そうと為て代えて馬脚を現す（欲蓋彌彰）表す現す著す顕す
御伺い為ますが（向您打聽一下）
御助け為ましょう（幫您一下忙吧！）

擂り芋、擂芋〔名〕〔烹〕山芋泥
擂り餌，擂餌，摺り餌，摺餌〔名〕磨碎的鳥食
擂り砕く、磨り砕く〔他五〕磨碎、擂碎、研碎
　ピーナッツを磨り砕く（磨碎花生米）
擂り粉、磨り粉〔名〕米磨粉（代奶粉）
擂り粉木、擂粉木〔名〕研磨杵，研缽杵（作菜泥等用的木棒）（＝連木）。〔俗〕越來越無用（的人），越來越退步（的人）
　擂り粉木で味噌を擂る（用研磨杵磨醬）
　足を擂り粉木に為て歩き回る（各處奔走腿都跑細了）
　擂り粉木で芋を盛る（〔喻〕不可能、辦不到）

擂り粉木で腹を切る（〔喻〕不可能、辦不到）

擂り込む、擦り込む〔他五〕擦進去、揉搓進去、研磨進去

〔自五〕諂媚、逢迎

クリームを皮膚に擦り込む（把面霜擦在皮膚裡）

蜂に刺された患部にアンモニア水を擦り込む（在被蜜蜂叮的患處擦些氨水）

塩の中に胡麻を擦り込む（把芝麻研進鹽裡〔做芝麻鹽〕）

擂り潰す、磨り潰す〔他五〕磨碎，研碎、耗盡，折本

胡麻を磨り潰す（把芝麻磨碎）

胡桃を磨り潰す（把核桃仁磨碎）

元手を磨り潰した（把本錢耗盡了）

財産を磨り潰した（把財產花光了）

擂り鉢、擂鉢〔名〕研缽、擂缽（=当り鉢）

擂鉢で擂る（用研缽磨碎）

擂り鉢虫、擂鉢虫〔名〕〔動〕蟻獅（蛟蜻蛉的幼蟲）（=蟻地獄）

擂り棒，擂棒、擦り棒，擦棒〔名〕研杵、擂杵

擂り身、擂身〔名〕（作魚糕等用）磨碎的魚肉

縲（ㄌㄟˊ）

縲〔漢造〕綁犯人的繩索

縲絏、縲紲〔名〕綁犯人的繩索。〔轉〕坐牢，入獄

縲絏の辱めを受ける（受到拘捕的恥辱、被繩之以法）

縲絏の恥を受ける（受到拘捕的恥辱、被繩之以法）恥辱

羸（ㄌㄟˊ）

羸〔名〕羸弱、疲憊

羸弱〔名、形動〕羸弱、瘦弱（=虚弱）

羸弱の身（瘦弱的身體）

体が羸弱なので始終欠勤する（因為身體虛弱所以經常請假）体 身体身體

羸痩〔名〕羸痩、痩弱（=痩せ過ぎ）

羸痩にて休養を取る（由於瘦弱而休養）捕る摂る取る採る撮る執る獲る盗る

羸痩なので休養を要する（由於瘦弱需要休養）要する擁する

累（ㄌㄟˇ）

累〔名、漢造〕連累，牽累，株連（=患い、煩い、迷惑、掛かり合い、巻き添え）、積累（=重なり）

他人に累を及ぼす（連累別人）

人に累を及ぼす（連累別人）

延いては累を両国の関係を及ぼす（進而影響兩國的關係）

累を家庭に及ぼす（連累家庭）

累を避ける（避免重覆）避ける避ける除ける

俗累（俗累）

係累、繋累（繋留、繋住、拴住）

連累（連累、牽連）

累加〔名、自他サ〕遞增、累進、累積。〔數〕累加

人口は累加の一途を辿る（人口遞增無已）

所得の増加に連れて税率も累加される（隨著收入的增加稅率也要累進）

日に日に累加する（一天一天地積累）

累計〔名、他サ〕累計、計算總數

毎月の経費を累計する（累計每月的經費）毎月毎月

世界の人口の累計を出す（算出世界人口的總數）

累計十万円に達する（累計達十萬日元）

累月〔名〕接連幾個月、連續幾個月（=連月）

発病して累月に及ぶ（生病已達數月）

累月の天候不順（連續幾個月的氣候不正常）

累減〔名、自他サ〕遞減、逐漸減少←→累増

税率を累減する（遞減稅率）

累減税（遞減稅）

累差〔名〕累差、累積的誤差

累歳〔名〕累年、積年、連年（=累年、連年）

累算〔名、他サ〕累計、合計（=累計）

月月の出費を累算する（累計每月的開銷）

累算器（累加器）

累次〔名〕累次、屢次、多次、接二連三

累次の災難（接二連三的災難）

累次の火災で無一物に為る（由於累次的火災燒得精光）

累日〔名〕累日、連日（=連日）

累日の疲れて終に倒れて終った（由於連日的疲勞終於病倒了）

累乗〔名、自サ〕〔數〕乘方、乘冪（=連乘）

累乗積（乘冪）

六二五は五を三回累乗した数である（六二五是把五連乘三次的數）

累乗地層（〔地〕超複地層）

累進〔名、自サ〕連續晉升、累進，遞增

部長に累進する（連升到部長）

累進的に課税する（用遞增方式徵稅）

累進税（累進稅）

累進課税（累進稅）

累世、累世〔名〕世代、歷代

累世の臣（歷代之臣）

累積〔名、自他サ〕積累、積壓

累積した鬱憤が爆発した（積累的憤怒爆發出來了）

未整理の書類が累積する（未處理的文件積壓下來）

累積赤字（累積的赤字）

累遷〔名〕連續晉升、連續升遷（=累進）

累祖〔名〕歷代祖先

春分と秋分の日に累祖を祭る（春分和秋分日祭祀歷代祖先）

累層〔名〕累層（地層區分之一）

累増〔名〕遞增、逐步增加←→累減

輸出総額が累増する（出口總額逐年增加）

累代〔名〕累世、世世代代（=代代）

累代学者の家柄（輩輩出學者的家庭、書香門第）

先祖累代の墓（歷代祖墳）

累帯構造〔名〕〔地〕環帶構造、帶狀構造

累年〔名〕連年、逐年（=年年）

累年の災害（連年災害）

累年死亡率は減少の傾向に有る（死亡率有逐年降低的傾向）

累犯〔名〕〔法〕累犯

累犯加重（累犯加重-對刑滿釋放五年內重新犯罪者加重懲處）

累犯者（累犯、重犯）

累卵〔名〕累卵、（形勢）危急、（處境）危險

累卵の危きに在る国家を救う（挽救處於累卵之危的國家）

累卵の危機（累卵之危）

累累〔形動タルト〕累累、層層疊疊（=ごろごろ）

戦場は死体累累山を成した（戰場上死屍累累堆積如山）

累累と重なる（層層重疊）

累累たる瓦礫（堆積如山的瓦礫）

累累たる死体（屍骨成堆）

壘（壘）（ㄌㄟˇ）

壘〔名、漢造〕堡壘（=砦）。〔棒球〕壘（=ベース）

壘を設ける（築堡壘）設ける 儲ける

壘に出る（進到壘上）

壘を踏む（踏壘）

壘を離れる（離壘）離れる 放れる

壘と壘を結ぶ線（壘線）

第三回には両軍共塁を踏んだ者が無かった（在第三局兩隊無一人踏過壘）

走者は夫夫塁を進めた（跑壘員各自進了壘）夫夫其其進める勧める薦める奨める

塁を摩す（る）（逼近、接近…水平）

専門家の塁を摩す（接近專家的水準）

君は其の点では彼の塁を摩している（你在那一方面已接近他的水準）

堡塁（堡壘）

敵塁（敵人的堡壘）

土塁（野戰工事）

孤塁（孤壘）

一塁（一壘）

本塁（本壘、根據地）

満塁（滿壘＝フル、ベース）

盗塁（盜壘）

残塁（殘壘、剩下的堡壘）

塁間〔名〕〔棒球〕壘距、兩壘之間

塁砦〔名〕堡壘、城堡（＝砦、城壘）

塁上〔名〕壘上

塁手〔名〕壘手

一塁手、フィースト（一壘手）

二塁手、セカンド（二壘手）

三塁手、サード（三壘手）

塁審〔名〕〔棒球〕壘審、壘裁判員（＝ベース、アンパイヤ）
←→球審

一塁、二塁、三塁に夫夫塁審が居る（一壘二壘三壘各有壘審）夫夫其其

塁打〔名〕〔棒球〕安打（＝安打）

塁打数（安打上壘總數）

塁壁〔名〕堡壘，要塞（＝砦）、城牆，堡壘的圍牆

堅固な塁壁を築く（構築兼顧的城牆）

誄（ㄌㄟˇ）

誄〔名〕祭文、悼詞（＝弔辭、誄詩、 誄）

誄を賜る（欽賜悼詞）

霊前で涙ぐみつつ誄を読む（在靈前含淚讀祭文）

誄歌〔名〕輓歌（頌揚死者生前功德的歌）

誄詞〔名〕悼詞

誄〔名〕（偲び言之意）〔古〕悼詞

磊（ㄌㄟˇ）

磊〔漢造〕胸懷坦白、石頭眾多

磊落〔名、形動〕磊落、豁達、胸襟開闊

豪放磊落（豪放磊落）

磊落な性格（性情豪爽）

磊落な風を為ている（舉止落落大方）

彼は磊落な人柄だ（他為人豪爽）

豪放磊落な性質を持っている人（具有豪爽磊落的性質的人）

蕾（ㄌㄟˇ）

蕾〔漢造〕花蕾（＝花の蕾）

味蕾（〔解〕味蕾）

蕾む、蕾む〔自五〕（花）含苞、打苞

梅が蕾んで来た（梅花含苞了）蕾む莟む窄む

桜は未だ蕾んでいる（櫻花還在含苞待放）

蕾、莟〔名〕花苞，花蕾。〔轉〕（前途有為而）未達成年（的人）

桜の蕾（櫻花花苞）蕾み莟み窄み

蕾が付く（長花苞）

蕾を付ける（長花苞）

未だ蕾だ（還在含苞待放）

牡丹はもう蕾が出た（牡丹已經含苞了）

桜の蕾が綻び始めた（櫻花含苞欲放）

蕾が膨らんで、正に綻び様と為ている（正在含苞待放）

蕾の中に死んで（沒有成年就夭折了）

可惜蕾の花を散らした（可惜她夭折了）

蕾形装飾〔名〕〔建〕頂華

類（ㄌㄟˋ）

類〔名、接尾、漢造〕類、種類、類型、同類、一類、類似（＝類い、比い）

類が無い（希奇無比）

類の無い（無與倫比的）

他に類の無い珍しい事件（希奇無比的事件）他他

他に類を見ないコレクション（希奇無比的收藏品）

然う言い事は今迄に類の無い事だ（那種事是未曾有的）

類を異に為る（種類不同）

教え有りて類無し（有教無類）

類の無い事件（空前的事件、獨一無二的事件）

此の類の本（這一類的書）

其等は此の類に属する（那些屬於這一類）

其は世界でも類の無い事だ（那是在世界上史無前例的）

類は友を呼ぶ（物以類聚、同氣相投）

類は悖らず（同類不悖）

類を以て集まる（物以類聚）

類を以て類を度る（觸類旁通）

類に分ける（分類）分ける別ける

私は果物類が大好きだ（我最喜歡水果之類的東西）

野菜類を多く食べないとビタミン類が足りなく為る（不多吃青菜類就要缺少維他命之類的東西）

蔓足類（〔動〕蔓足亞綱）

羊歯類（羊齒類）

野菜類（蔬菜類）

文房具類（文具類）

果物類（水果類）

種類（種類）

酒類（酒類、酒的種類）

同類（同類、同夥）

糖類（糖類）

党類（黨羽、黨徒）

人類（人類）

族類（族類、同類、一族）

生類（〔古〕生物、動物）

獣類（獸類、野獸）

醜類（壞蛋們、醜惡的伙伴）

畜類（家畜、畜牲）

魚類（魚類）

鳥類（鳥類）

蝶類（蝶類）

衣類（衣服）

異類（種類不同、種族不同、〔佛〕人類以外的動物）

分類（分類、分門別類）

部類（部類、種類）

縁類（親戚、姻親）

親類（親戚，親屬、同類，類似）

比類（倫比）

無類（無以倫比）

同値類（等值類）

語類（詞類）

哺乳類（哺乳類）

昆虫類（昆蟲類）

食肉類（食肉類）

類する〔自サ〕類似，相似（＝似る、似通う）。〔轉〕匹敵，媲美。〔古〕模仿（＝倣う、従う）

此れに類する品物（與此類似的東西）

此れに類する事（與此類似的事情）

武器に類した玩具（類似武器的玩具）玩具 玩具

ストに類した行動を禁止する（禁止類似罷工的行動）

此に類する風習は各地に見られる（類似這樣的風俗習慣在各地都可看到）

味はバターに類する（味道像奶油）

此の映画は他に類する物が無い（這部影片別具一格）

数学では吉田君に類する者がクラスには居ない（在數學上班裡沒人比得上吉田）

ピカソの作品は他に類する者が無い（畢卡索的作品別人沒有能比得上的）

類縁〔名〕血緣、親族、類似、接近

類縁関係（〔生〕親緣關係）

二つの事柄の間に類縁関係が有る（兩件事有類似關係）

類音〔名〕發音相近的音

類音語（發音相近的詞-如叔母さん、御祖母さん）

類化〔名、自他サ〕〔生〕同化（＝同化）。（根據不同點或共同點）分類

類化作用（同化作用）

異民族を類化する（同化異民族）

類火〔名〕延燒火災（＝類焼、貰い火）

類火に遭う（遭受延燒火災）遭う 会う 遇う 逢う 合う

類火を免れる（免於延燒火災）免れる 免れる

類火見舞（慰問延燒火災者）

類焼〔名、自サ〕（因附近失火）延燒（＝延焼）

類焼に遭う（遭受延燒）遭う 会う 遇う 逢う 合う

類焼を免れる（免遭延燒）免れる 免れる

家を毀して類焼を防ぐ（拆毀房屋以防延燒）毀す 壊す 努める 勤める 務める 勉める

幸いに我が家は類焼を免れる（幸而我家未被延燒）家 家 家 家

大火で多くの家が類焼した（大火延燒了很多人家）

防火に努めたが僕の家も類焼した（雖然盡力防火了但我家也因火災蔓延而燒著了）

類歌〔名〕同類的和歌、相似的和歌

類歌の曲を作って見る（試作同類的歌）創る 作る 造る

類概念〔名〕〔邏〕種、類概念（如哺乳類對牛、馬就是類概念）←→種概念

木は梅、松、杉の類概念である（樹是梅松杉的類概念）木 樹 木 木

類規〔名〕同類的法規

類規が余りにも多過ぎる（同類的法規太多了）

類義語〔名〕〔語〕近義詞、類義詞、同義詞（如対照和対比、両親和父母）（＝類語、同義語）

類義語辞典（同義詞辭典）

頭、頭、頭、頭、頭、頭、頭は類義語である（頭、頭、頭、頭、頭、頭、頭、頭是同義詞）

類語〔名〕近義詞，同義詞（＝類義語）、同類語，同類的詞

両親は父母の類語である（雙親和父母是同義詞）

類語反復（同義反復）

万葉類語（萬葉集類語）

類語辞典（同義詞辭典）辞典 字典 使う 遭う 多い 覆い 被い 蔽い 蓋い

日本語は漢語と外来語を使うので類語が多い（因為日語使用漢語和外來語所以同義詞很多）

類金属〔名〕〔礦〕類金屬、准金屬、賽金屬

類句〔名〕類似的詞句、類似的俳句、類句（把和歌或俳句的各句按五十音順序或依呂波順序排列起來便於檢索的書）

此の句は旨いが先人に類句が有る（這首俳句很好但前人已有過類似的句子）

万葉集類句（萬葉集類句）

類形〔名〕〔生〕同功

類型〔名〕類型、典型、類似的型，同様類型、（特指小說裡描寫的人物）刻板，概念化，公式化

類型に依って分ける（按類型分類）

此の童話は、世界に幾つか類型が見られる（這個童話世界上有些同樣的類型）

登場人物が類型的で新しみが無い（出現的人物概念化不新穎）

此の小説の人物は類型に堕している（這本小說裡的人物流於公式化）

類腱腫〔名〕〔醫〕硬纖維瘤

類纂〔名、他サ〕彙編、分類編撰

法規類纂（法規彙編）

文芸類纂（文藝彙編）

散文を類纂する（彙編散文）

半年掛けて類纂した書物（花了半年所彙編的書籍）

類纖維腫〔名〕〔醫〕纖維瘤、纖維肌瘤

類字〔名〕（形狀）類似的字（如体和休、人和入）

漢字には類字が沢山有る（漢字有很多類似的字）

類似〔名、自サ〕類似、相似

色の類似（顔色相似）

類似の事件（類似事件）

茶、coffee、其の他類症の商品（茶咖啡和其他類似的商品）

両者は性格が類症している（兩個人的性格相似）

魚類の鰓は地上動物の肺と類似の器官である（魚類的鰓和陸上動物的肺是類似器官）

動物の中で猿は最も人間に類似している（在動物裡猴子最像人）

此の症状は癌に極めて類似している（這症狀和癌症極為相似）

両者には類似点が無い（兩者間沒有類似之處）

類似点（類似之點、相似之處）

類似品（類似物、仿製品、偽製品）

類似症（症狀相似的病＝類症）

類似宗教（類似宗教）

類似保険（類似保險）

類脂質〔名〕〔生化〕類脂質

類集、類集〔名、他サ〕類聚、歸類（＝類従、類聚）

類従，類従，類聚，類聚〔名、他サ〕（舊讀法也作類従、類聚）類聚，歸類（＝類纂）、類書，分類叢書（＝類書）

群書類聚（群書類叢）

群書類聚を出版する（出版群書類叢）

第二次大戦の類聚のseriesを出版する（出版二次大戰歸類的叢書）

類書〔名〕類書(特指分門別類的漢文百科全書)、同類的書，內容相似的書（＝類本）

類書の中の模範の著作（同類書中的範本）

小学校の参考書には類書が多い（小學生的參考書中同類的書很多）

類書に其の比を見ない（同類書中無與倫比）

類本〔名〕類書，同類的書，內容類似的書（＝類書）、〔古〕分類體的百科全書

日本語の手引の類本が多い（日語指南的類書很多）

類症〔名〕症狀相似的病（＝類似症）

類人猿〔名〕〔動〕類人猿（有オランウータン〔猩猩〕、ゴリラ〔大猩猩〕、手長猿〔長臂猿〕、チンパンジー〔黑猩猩〕等四種）

類推〔名、他サ〕類推、〔邏〕類比推理（＝アナロジー、類比）

誤った類推（錯誤的類推）誤る 謝る

未開人の生活から、大昔の人の生活を類推する（從未開化人的生活推測上古時代人類的生活方式）

ㄌ

此等の事から次の様に類推出来る（由此可以類推如下）

其の他の事は類推で知る事が出来る（其他的事情可以類推來了解）

彼の性質から類推すると彼の両親は非常に厳格な人で有る様だ（從他的性格來推測他的父母似乎是很嚴格的人）

例を挙げて人に其の他のもっと重要な事物を類推させる（舉例使人類推其他更重要的事物）

類比〔名、他サ〕比類，比較，倫比、類推（＝類推）

他に類比する物が無い（無與倫比＝類比する物無し）

此の作品は他に類比する物が無い（這個作品別無倫比）他他

ジンギスカンは類比の無い英雄である（成吉思汗是無與倫比的英雄）

類比推理（〔邏〕類比推理）

犯罪の経過を類比する（類推犯罪的經過）

類族〔名〕同類、同族、親族

鯉と鮒は類族である（鯉魚和鯽魚是同類的）

類題〔名〕同類問題，類似問題、（日本詩歌的）同類題目

ピタゴラスの定理の類題を解く（解勾股弦定理的同類幾何題）解く説く溶く

類題歌集（同類題目詩歌集）

類同〔名、自サ、形動〕類同、同類、類似（＝似寄）

此れに類同した研究は各分野で為されている（與此類同的研究正在各個領域進行）

類同法（〔邏〕類同法）

類同語（〔語〕類似語、同源語）

類粘質〔名〕〔生化〕類黏朊

類別〔名、他サ〕類別、分類（＝分類）

集まった投書をテーマに従って類別する（把收集的稿件按主題進行分類）従う随う遵う

図書館では本を類別して在る（圖書館裡對書進行了分類）

類名〔名〕〔生〕屬名

類薬〔名〕〔藥〕配方或效果類似的藥

類例〔名〕類似的例子

他に類例が無い（找不到類似的例子）

歴史上類例が無い（史無前例）

類例は此れに止まらない（類似的例子還不止於此）止まる留まる止まる留まる泊まる

類う、比う〔自五〕類比、相匹敵。〔古〕陪伴，並排（＝伴う、並ぶ）

類う物無し（無與倫比、沒有匹敵者）

類い，類，比い，比〔名〕同類，同等貨色、比擬，類比，匹敵

其れは与太者の比が為る事だ（那是流氓之類幹的事）

其れは空中に楼閣を築くの比だ（那等於在空中築樓閣）

比稀に名器（絕世珍品）

彼は比稀な人物だ（他是罕見的人物）

世に比が無い（世上無比）

世界に比が無い（世上無比）

比無く美しい（無比美麗）

比無く美貌の持主（美麗無比的女人）

類える、比える〔他下一〕比較、比擬、相匹敵（＝比べる、較べる、競べる）。〔古〕陪伴，並排（＝伴う、並ぶ）

比える者は無い（無與倫比、無可比擬）

彼の演技に他に比える者が無い（他的演技無與倫比）

泪（ㄌㄟˋ）

泪〔漢造〕淚

泪、涙、涕〔名〕淚，眼淚、哭泣，同情（＝人情、同情心）

熱い涙（熱淚）厚い熱い暑い篤い

御涙頂戴物（引人流涙的情節〔故事、節目等〕）
御涙頂戴の映画（賺人眼涙的電影）
血の涙（血涙、辛酸涙）
血の涙を流す（慟哭）
空涙（假哭、假眼涙、貓哭耗子假慈悲）
嘘の涙（假哭、假眼涙、貓哭耗子假慈悲）
其は空涙だろうよ（那是貓哭耗子假慈悲吧！）
涙を拭く（拭涙）拭く吹く噴く葺く
目から涙が溢れ出る（眼涙奪眶而出）
涙を一杯溜めた目（眼涙汪汪的眼睛）溜める貯める矯める
涙が出る程笑う（笑得流涙）
思わず嬉し涙が出た（不禁高興得流出眼涙）
涙を流す（流涙）
涙を流して（流著眼涙）
涙を流し乍（邊流著眼涙）
母は涙乍に娘に秘密を打ち明けた（母親邊哭邊將心裡的秘密告訴女兒）
眠っている子供の頬に涙の跡が付いていた（正在睡覺的孩子臉頰上留有涙痕）
目に涙を湛える（眼裡充滿涙水）
涙を湛え乍話して呉れた（邊眼涙汪汪地講給聽了）湛える称える讃える
涙を堪えて可愛い息子を懲らしめた（含著涙處罰心疼的兒子）
涙を抑える（忍住眼涙）抑える押える
涙を催す（催涙、感動得流涙）
涙を浮かべて発言する（含著眼涙發言）
目に涙を浮かべる（含涙）
涙をぽろぽろ（と）溢す（涙珠簌簌掉下來）溢す零す
彼女の目から涙が溢れた（她的眼涙奪眶而出）
玉葱を刻んでいたら涙が出て来た（一切洋葱眼涙就流了出來）

嬉し涙をぽろぽろ（と）落す（樂得吧搭吧搭地掉涙）
涙の零れる話（令人同情的故事）零れる溢れる
雀の涙（一點點、少許）
雀の涙程の同情心も無い（一點同情心都沒有）
血も涙も無い（狠毒、冷酷無情）
聞くも涙語るも涙の物語（所聽所講都是令人淒然涙下的故事）
涙片手に（聲涙俱下地）
涙勝ち（愛哭、愛流涙）
涙に暮れる（悲痛欲絕、涙眼朦朧）暮れる昊れる繰れる剌れる
涙に沈む（非常悲痛）
涙に咽ぶ（哽咽、抽抽搭搭地哭）咽ぶ噎ぶ
涙を呑む（飲泣吞聲）呑む飲む
涙を振るう（揮涙）振う奮う揮う篩う震う
涙を払う（擦乾眼涙）
涙を払って別れた（灑涙而別）

泪夫藍、サフラン〔荷 saffraan〕〔名〕〔植〕番紅花、藏紅花

涙（ㄌㄟˋ）

涙〔漢造〕眼涙

紅涙（〔美人的〕紅涙，珠涙、血涙）
血涙（血涙、辛酸涙）
声涙（聲涙、聲音和眼涙）
悲涙（悲涙）
暗涙（暗自流涙、暗中流涙）
落涙（落涙、流涙）
感涙（感激的眼涙、感動的眼涙）

涙液〔名〕涙液（＝涙）
涙淵〔名〕涙淵、涙海
涙管〔名〕〔解〕涙管

涙管炎（涙管炎）

涙管狭窄（淚管狹窄）
涙眼、涙目〔名〕淚眼、含淚的眼睛
　涙眼を拭き乍語る（邊擦淚眼邊說）拭く 吹く 噴く 葺く
涙器〔名〕〔解〕淚器（淚腺、淚管、淚囊的總稱）
涙骨〔名〕〔解〕淚骨、淚小骨
涙痕〔名〕淚痕
　涙痕の有る顔（有淚痕的臉）有る 在る 或る
　涙痕がはっきりしている（淚痕顯著）
涙小管〔名〕〔解〕淚小管
涙腺〔名〕〔解〕淚腺
　涙腺炎（淚腺炎）
　涙腺から涙を分泌する（從淚線分泌眼淚）分泌分泌
涙点〔名〕〔解〕淚點
涙道〔名〕〔解〕淚道
涙囊〔名〕〔解〕淚囊
涙、泪、涕〔名〕淚，眼淚，哭泣，同情（=人情、同情心）
　熱い涙（熱淚）厚い 熱い 暑い 篤い
　御涙頂戴物（引人流淚的情節〔故事、節目等〕）
　御涙頂戴の映画（賺人眼淚的電影）
　血の涙（血淚、辛酸淚）
　血の涙を流す（慟哭）
　空涙（假哭、假眼淚、貓哭耗子假慈悲）
　嘘の涙（假哭、假眼淚、貓哭耗子假慈悲）
　其は空涙だろうよ（那是貓哭耗子假慈悲吧！）
　涙を拭く（拭淚）拭く 吹く 噴く 葺く
　目から涙が溢れ出る（眼淚奪眶而出）
　涙を一杯溜めた目（眼淚汪汪的眼睛）溜める 貯める 矯める
　涙が出る程笑う（笑得流淚）
　思わず嬉し涙が出た（不禁高興得流出眼淚）

　涙を流す（流淚）
　涙を流して（流著眼淚）
　涙を流し乍（邊流著眼淚）
　母は涙乍に娘に秘密を打ち明けた（母親邊哭邊將心裡的秘密告訴女兒）
　眠っている子供の頬に涙の跡が付いていた（正在睡覺的孩子臉頰上留有淚痕）
　目に涙を湛える（眼裡充滿淚水）
　涙を湛え乍話して呉れた（邊眼淚汪汪地講給聽了）湛える 称える 讃える
　涙を堪えて可愛い息子を懲らしめた（含著淚處罰心疼的兒子）
　涙を抑える（忍住眼淚）抑える 押える
　涙を催す（催淚、感動得流淚）
　涙を浮かべて発言する（含著眼淚發言）
　目に涙を浮かべる（含淚）
　涙をぽろぽろ（と）溢す（淚珠簌簌掉下來）溢す 零す
　彼女の目から涙が溢れた（她的眼淚奪眶而出）
　玉葱を刻んでいたら涙が出て来た（一切洋蔥眼淚就流了出來）
　嬉し涙をぽろぽろ（と）落す（樂得吧搭吧搭地掉淚）
　涙の零れる話（令人同情的故事）零れる 溢れる
　雀の涙（一點點、少許）
　雀の涙程の同情心も無い（一點同情心都沒有）
　血も涙も無い（狠毒、冷酷無情）
　聞くも涙語るも涙の物語（所聽所講都是令人淒然淚下的故事）
　涙片手に（聲淚俱下地）
　涙勝ち（愛哭、愛流淚）
　涙に暮れる（悲痛欲絕、淚眼矇矓）暮れる 呉れる 繰れる 刳れる

涙に沈む（非常悲痛）

涙に咽ぶ（哽咽、抽抽搭搭地哭）咽ぶ噎ぶ

涙を呑む（飲泣吞聲）呑む飲む

涙を振るう（揮涙）振う奮う揮う篩う震う

涙を払う（擦乾眼涙）

涙を払って別れた（灑涙而別）

涙する〔自サ〕哭、流涙（＝泣く）

戦友の遺骸を見て涙する（看到戰友的遺骸而落涙）

悲しくて涙する（傷心落涙）

涙雨〔名〕微雨、（送葬等）悲傷時下的雨

涙顔〔名〕涙痕滿面

涙霞〔名〕涙眼矇矓

涙勝、涙勝ち〔名〕愛哭、好哭

涙川〔名〕涙如泉湧

涙金〔名〕（斷絕關係時給的）少額慰藉金（退職金、贍養費等）

涙金で縁を切る（給少許贍養費離婚）

本の涙金程度の退職手当（少得可憐的退職金）

涙含ましい〔形〕（因同情或感佩而）令人要流眼涙

日夜涙含ましい努力を続ける（夜以繼日動人地努力）含む

涙含ましい光景（令人心酸的情景）

涙含ましく為る（令人眼圈發紅）

涙含ましい話（令人深受感動的故事）

涙含む〔自五〕含涙、眼涙汪汪

涙含んだ目（涙汪汪的眼睛）

涙含み乍微笑む（含涙微笑）

話の途中で涙含む（說著說著眼涙汪汪）

涙曇り〔名〕涙眼矇矓

涙声〔名〕嗚咽聲、含涙欲哭的聲音、哭哭啼啼的聲音

涙声で語る（哭哭啼啼地說）

叱られると直ぐ涙声に為る（一挨申斥馬上哭哭啼啼）

涙壺〔名〕（考古）涙壺（古羅馬的墳墓中積盛哀悼者涙水的小瓶）

涙乍に〔連語、副〕涕泣、流涙

涙乍に別れる（涕泣而別）

今迄の苦しかった事を涙乍に話して聞かせた（流著眼涙講了以前所受的痛苦）

涙脆〔名〕心軟、愛落涙、涙窩淺

涙脆い〔形〕心軟的、愛落涙的、涙窩淺的

涙脆い少女（多愁善感的少女）

彼は涙脆くて閉口だ（他動不動就淌眼涙真沒有辦法）

年を取ってから涙脆く為った（上了年紀以後涙窩淺了）

涙〔名〕〔舊〕眼涙（＝涙）

撈（ㄌㄠ）

撈〔漢造〕撈取（水裡取物）

漁撈、漁労（漁撈、大規模捕魚、撈取水產物）

撈海〔名〕撈取海底沉積物和海中浮游物

撈魚〔名〕漁撈、大規模捕魚、撈取水產物

労（勞）（ㄌㄠˊ）

労〔名〕勞苦，辛勞（＝骨折り、苦労、働き）、功勞，勞績（＝手柄）、工會（＝労働組合）、工人（＝労働者）

〔漢造〕勞苦，辛勞、勞工，工人

通訳の労を要する（需要翻譯一下）要する擁する

労を惜しむ（不肯出力、不肯賣力）←→労も惜しまない

労を惜しまない（不辭辛苦）

労に酬いる（酬勞）報いる酬いる

労を厭わず（不辭辛苦＝労苦を厭わず）

彼は労を厭わず働く（他不辭辛苦地工作）

ㄌ

彼の為に斡旋の労を取る（為他進行斡旋）
どんな労も惜しまない（不辞任何辛勞）
斯う為れば大分労が省ける（這樣可省力多了）
労多くして、功少なし（事倍功半）
労して、功無し（勞而無功）
労を犒う（慰勞）
永年の労を犒う（表揚多年的勞績）犒う労う
多年の労を称える（表揚多年的勞績）称える湛える讃える
其の労を多と為す（感激他的功勞）
犬馬の労を取る（效犬馬之勞）
労を施す勿れ（不要施勞）勿れ莫れ
疲労（疲勞、疲乏）
過労（過勞、疲勞過度）
心労（擔心・害怕、勞心，操心）
辛労（辛苦、勞苦）
慰労（慰勞＝労う、犒う）
苦労（辛苦，勞苦，艱苦、擔心，操心，煩惱）

労する〔自サ〕勞苦、辛苦、出力（＝骨折る、働く）
〔他サ〕費勁、費力、勞累（＝煩わす）、慰勞（＝労う、慰める）
労せずして得る（不勞而獲）労する弄する聾する得る得る
労して功無し（勞而無功）
心身を労する（勞累身心）
身も心も労する仕事だ（是一項既費心又費力的工作）
心身を労する仕事（勞累身心的工作）
人手を労する（勞累他人）
日本語教育を労する（為日文教育而操勞）
軍隊を労する（慰勞軍隊）

労委〔名〕勞動委員會（＝労動委員会）

労役〔名〕勞役、勞工
労役に服する（服勞役）服する復する伏する
辛い労役に耐える（忍受繁重的勞役）堪える絶える耐える
労役場に留置する（關押在勞役所）

労音〔名〕工人音樂協會（＝労働者音楽協議会）

労咳、癆痎〔名〕〔舊〕肺病、肺癆、癆病（＝肺結核）
癆痎を罹る（得了肺病）掛かる架かる懸かる係る繋る
癆痎を治す（治療肺病）治す直す

労基法〔名〕勞動基準法（＝労働基準法）

労金〔名〕工人金庫（＝労働金庫）、勞動所得

労銀〔名〕工資（＝賃金、労働賃金、労賃、工賃）
労銀の安い労働者（工資低的工人）
労銀物価調節（調整工資和物價）
労銀引き上げ（增加工資）
労銀を払う（付工資）

労賃〔名〕工資（＝労働賃金、労銀、工賃）
労賃は年年高く為りつつ在る（工資在年年提高）
労賃制度（工資制度）
労賃基金説（工資基金學說）
労賃を支払う（付工資）

労苦〔名〕勞苦，辛苦、努力（＝骨折り、苦労）
労苦を惜しまない（不辭辛苦）
労苦を厭わない（不辭辛苦）
労苦を犒う（慰勞）犒う労う
部下の労苦を犒う（慰勞部屬的辛勞）
多年の労苦を感謝する（感謝多年的辛勞）
多年の労苦を報いられた（多年的辛勞終於得到報償）報いる酬いる
其の労苦に堪えられない（吃不消那種苦）堪える耐える絶える

此の著作は彼の畢生の労苦の結晶だ（這個著作是他畢生努力的結晶）

労組、労組〔名〕工會、勞動組合（=労働組合）

労災〔名〕工人災害補償保險（=労働者災害補償保険）
　労災病院（工人災害補償保險醫院）
　労災法（工人災害補償保險法）
　労災保険（工人災害補償保險=労働者災害補償保険）

労作〔名自サ〕辛勤勞動，勤奮工作（=骨折り技、力技）、精心著作（=力作）
　本書は著者多年の労作である（本書是作者多年的精心著作）
　長年に亘って書き上げた労作（經過多年寫成的勞作）長年長年
　労作の名に値する（稱得上是一部勞作）

労資、労使〔名〕勞資、工人和資本家
　労資紛争（勞資糾紛）
　労資争議（勞資糾紛）
　労資比率（勞資比率）
　労資懇談会（勞資懇談會）
　労資協調、労使協調（勞資協調）
　労資の関係が極めて良い（勞資關係非常好）善い好い佳い良い

労相〔名〕勞動大臣、勞動部長（=労働大臣）

労政〔名〕勞動行政

労調法〔名〕勞動關係調整法（=労働関係調整法）

労働〔名、自サ〕勞動，工作、勞動力、工人
　激しい労働に堪える（經得起激烈的勞動）
　労働を共に為、互いに学ぶ合う（共同做事相互學習）
　家庭菜園も中中の労働だ（在庭院裡種些蔬菜也很不輕鬆）
　重労働（重體力勞動）
　一日八時間労働（一天工作八小時）
　時間外労働（加班勞動）
　肉体労働（體力工作）
　肉体労働を為ているので丈夫に為って来た（因為做體力勞動身體強壯起來了）
　頭脳労働（腦力工作）
　精神労働（腦力工作）
　労働に依って生活する（靠勞動謀生）
　汗を流して労働する（流汗幹活、努力工作）
　労働ノルマ 俄 norma（勞動規範）
　労働服（勞動服、工作服）
　労働価値説（勞動價值學說）
　労働条件（勞動條件）
　労働権（勞動權）
　労働同盟（勞動同盟）
　労働会館（勞動會館）
　労働貴族（工人貴族）
　労働人口（勞動人口）
　労働金庫（工人金庫）
　労働紹介所（職業介紹所）
　労働契約（勞動契約）
　労働問題（工人問題）
　労働経済学（勞動經濟學）
　労働移動率（工人移動率）
　労働運動（工人運動）
　労働三法〔法〕勞動三法=勞動基準法、工會法、勞動關係調整法）
　労働三権〔法〕工人三權=團結權、團體交涉權、爭議權）
　労働大臣（勞動部長=労相）
　労働力（勞力、勞動力）
　労働市場〔經〕勞動市場）
　労働行政（勞動行政）
　労働条件（工作條件）
　労働争議（勞資糾紛）
　労働法〔法〕勞動法

ㄌ

労働者（工人）

労働者災害補償保険（工人災害補償保険）

労働者階級（工人階級）

労働委員会（勞動委員會－根據工會法規定由工人，資方，公益三方代表組成的勞資糾紛調停機構）

労働基準法（〔法〕勞動基準法－規定勞動條件最低標準的法律）

労働省（日本內閣的勞動部）

労働党（工人黨、英國工黨）

労働組合（工會）

労働組合法（〔法〕工會法）

労働祭（五一國際勞動節＝メーデー）

労働時間（勞動時間、工作時間）

労働賃金（工資）

労働歌（勞動歌、工人運動中鼓舞鬥志的歌）

労働協約（〔法〕勞動協約－工會與資方關於勞動條件等的協約）

労働関係調整法（〔法〕勞動關係調整法）

労農〔名〕工人和農民

労農政府（工農政府）

労農提携（工農合作）

労農ロシア（〔舊〕蘇維埃俄國）

労農同盟（工農同盟）

労兵〔名〕疲勞的士兵、工人和士兵

労務〔名〕（雇傭）勞動、勞動事務

労務の請負（包工勞動）

労務を提供する（提供勞動力）

日雇い労務（日工）

労務管理（勞務管理）

労務者（雇傭勞動者）

労務法（勞務法）

労力〔名〕費力，出力（＝骨折り）。〔經〕勞力，勞動力（＝労働力）

労力を要する仕事（費力氣的工作）要する擁する

金の代りに労力を提供する（以出力代替出錢）

未組織労働者を組織化するには可也の労力が必要である（把未組織起來的工人組織起來須費相當大的力氣）

労力が不足する（勞動力不足）

機械化で労力を省く（用機械化來節省勞力）

人間の労力には限界が有る（人的勞力是有限度的）

労連〔名〕勞聯、工聯（＝労働組合連盟 労働組合連合、労働組合連絡協議会）

労、労〔名〕〔古〕勞苦，辛勞、功勞、疾病

労づがはし、労つかはし〔形シク〕〔古〕辛勞、麻煩

労る〔他五〕憐憫，照顧（＝憐れむ）、安慰，慰勞（＝労う）

〔自五〕患病、得病（＝患う）

老人を労る（憐憫老人、愛護老人）

老人を労って席を譲る（照顧老人讓座位）

病人を労る（慰問病人、安慰病人、照料病人）

優しい言葉で病人を労る（用溫存的話安慰病人）優しい易しい

店員を労る（慰問店員）

労り、労〔名〕照拂，照顧、苦勞、功勞、慰勞，安慰、病，患病

老人に対する労り（對老人的照顧）

弱い者に対する労りが無い（對於弱者沒有照料）

病院へ労りに行く（到醫院去慰問）

労しい〔形〕可憐的、悲慘的、淒慘的（＝気の毒だ、痛ましい）。〔古〕病痛，非常辛苦，覺得很重要

本当に御労しい事です（真是可憐）

労しい母子二人（可憐的母子倆）母子
母子

親を失った子の労しい姿（失去父母的孩子的可憐樣子）

労しい有様（悲慘的景象）

労しい身の上を語る（談悲慘身世）

年寄りが働いている有様は実に労しい（上了年紀的人勞動的樣子真可憐）

労う、犒う〔他五〕犒勞、慰勞

兵士を労う（犒勞戰士）

部隊を労う（犒勞部隊）部隊舞台

人の労を労う（慰勞別人的辛苦）

従業員の労を労う（慰勞員工）

御馳走して労を労う（以酒席慰勞）

牢（ㄌㄠˊ）

牢〔名〕牢房、監獄（=牢屋、人屋，獄，囚獄）

〔漢造〕監獄、牢實、祭祀用牲畜

牢に入れる（關進監獄）

牢に投ずる（關進監獄）

牢に入る（坐牢）

牢に入っている（在押、關在獄裡）

牢に繋がれる（被關在牢獄裡）

牢を出る（出獄）

牢を破る（破獄、越獄）

土牢（〔古〕土牢、地牢）

座敷牢（〔家庭中禁閉瘋人等用的〕禁閉室）

堅牢（堅牢、堅固、牢固）

太牢、大牢（太牢-祭祀用的豬牛羊三牲←→少牢、盛饌、大牢-江戸時代監禁平民的監獄）

牢記〔名、他サ〕牢記、牢實記住

先生の教訓を牢記する（牢牢記住老師的教訓）

先人の教えを牢記して忘れず（牢記不忘前輩的教導）

牢記す可き方程式（必須牢記的方程式）

牢乎、牢固〔名、副、形動タルト〕牢固、堅固、堅定（=強固、鞏固）

牢固たる決意（堅定的決心）

彼等の決意は牢固と為て動じない（他們的決心是堅定不移的）

牢固な城塞（牢固的城堡）

牢固たる意志（堅定的意志）

牢固たる基礎を固めた（打下了堅固的基礎）

牢固たる基礎を築いた（打下了堅固的基礎）

牢固と為て抜く可からざる決心（堅定不可動搖的決心）

牢固と為て揺るぎ無い決心（堅定不可動搖的決心）

牢乎たる決心（堅定的決心）

牢乎と為て動じない（堅定不移）

彼等の決意は牢乎と為て動じない（他們的決心是堅定不移的）

牢乎と為て抜く可からざる（堅定不移=牢乎と為て抜く可からず）

牢獄〔名〕〔舊〕牢獄、監獄、監牢（=牢屋、人屋，獄，囚獄）

牢獄に繋ぐ（下獄、關進牢獄）

牢獄に入る（下獄、關進牢獄）

牢獄に於ける作品（在牢中的作品）

牢獄で果てる（死在獄裡）

牢屋〔名〕牢獄、監獄（=牢屋、人屋，獄，囚獄，牢獄）

牢屋に入れられる（被捕入獄、被關進監獄）

牢屋に入れる（下獄、關進牢獄）

罪人を牢屋に入れる（把罪犯關進監獄）

牢屋に入る（坐牢、進監牢）入る入る

ㄌ

牢屋に繋ぐ（下獄、關進牢獄）
牢屋を出る（出獄）出す
牢屋を破る（越獄）破る敗る
捕らえて牢屋に押し込める（被捕入獄）捕える捉える

牢舎、籠舎〔名〕牢獄、監獄、監牢（=牢屋、人屋、獄、囚獄、牢獄）
牢舎に打ち込む（關進監牢）

牢死〔名、自サ〕囚死、死在獄中（=獄死）
牢死した志士（死在獄裡的志士）

牢者、籠者〔名〕囚犯（=囚人）

牢晴〔名、形動〕晴朗

牢と為て〔副〕牢不可破、根深蒂固
牢と為て抜く可からず（牢不可破）
牢と為ている信念（堅定的信念）
永年の積弊牢と為て抜き難し（長年積弊牢不可破）
多年の積弊牢と為て抜く可からざる物が有る（多年的積弊大有牢不可破之勢）
多年の積弊牢と為て破る事が出来ない物が有る（多年的積弊大有牢不可破之勢）

牢名主〔名〕〔史〕（江戸時代）獄中管理新囚的老囚犯

牢人、浪人〔名〕（幕府時代）離開主家四處流浪的武士（=浪士）、（未被錄取）失學的學生、流浪者，無業遊民
浪人に為る（成為流浪武士）
二年浪人の生活を為た（過了二年失學的生活）
大学試験を失敗して浪人している（沒考上大學現在失學）

老人〔名〕老人、老年人（=年寄）
老人を敬う（敬老）
老人は保守的だ（老人保守）
身寄りの無い老人（無依無靠的老人）
老人に為る（老了）

乗り物の中で老人に座席を譲る（在車上要讓位給老人）
元気な老人（精力旺盛的老年人）
老人の日（敬老日-毎年九月十五日）
老人呼ばわり（被稱呼為老人）
老人扱い（以老人對待）
老人の子には影無し（老秧的孩子不結實、秋後的梨長不大）
老人星（〔天〕壽星、南極老人星）
老人病（〔醫〕老人病=老年病）
老人語（老人用語）
老人医療保険（老人醫療保險）
老人福祉電話（老人福利電話-政府給六十五歳以上的孤獨家裡裝的電話）
老人ホーム（養老院、老人之家）
老人学（老人學、長壽學）

牢脱け、牢脱〔名、自サ〕越獄、越獄的犯人（=牢破り、脱獄）
牢脱けした犯人を逮捕する（逮捕越獄犯人）

牢破り〔名、自サ〕越獄（=脱獄、破牢）、越獄的犯人（=脱獄人）

牢番〔名〕獄卒、監獄的看守（=獄卒、獄丁）

牢扶持〔名〕監獄囚犯吃的食物

牢役人〔名〕獄吏、監獄的看守

癆（ㄌㄠˊ）

癆〔漢造〕〔舊〕肺病、肺癆、癆病（=肺結核）

癆瘵、労咳〔名〕〔舊〕肺病、肺癆、癆病（=肺結核）
癆瘵に罹る（得了肺癆）罹る掛かる斯かる架かる懸かる係る
癆瘵を治す（治肺病）治す直す

老（ㄌㄠˇ）

老〔名〕老年人（=年寄）←→幼。

〔漢造〕年老、年長者，久經世故者、圓滑、老人的敬稱、老人的自稱、古老、老子簡稱

老を労る（憐恤老人）

老を敬う（尊敬老人）

有名な老教育家（有名的老教育家）

不老長生（長生不老）

不老不死（不老不死）

不老長寿（長生不老）

中老（中年人，五十歳左右的人、〔史〕中老-次於家老的重臣、〔史〕將軍或諸侯的内宅女侍-地位在老女之下）

敬老（敬老）

養老（養老、贍養老人）

長老（長老，耆宿，老前輩、〔佛〕高僧，方丈、〔宗〕長老）

元老（元老，元勳、各界有功的人士）

宿老（宿老，耆宿，老前輩、〔武士統治時代的〕高官-指江戸幕府的老中或諸侯的家老、〔江戸時代的〕村鎮總管）

家老（〔史〕幕府時代諸侯的家臣之長-統轄武士，總管家務）

古老、故老（故老、深知往事的老人）

孤老（孤老）

父老（父老）

田原老（田原老）

佐藤老の言葉（佐藤老先生的話）

愚老（老朽-老年人自己的謙稱）

老嫗〔名〕老嫗、年老的女人（=老嫗）⇔老翁

老翁〔名〕老翁、老頭（=翁、御爺さん）⇔老嫗、老媼

森の中から一人の老翁が出て来る（從森林裡走出一個老翁來）一人独り来る来る

老嫗〔名〕老嫗、老太婆（=老嫗、老女，嫗，嫗、老女、御婆さん）⇔老翁

老嫗が孫の手を引いて歩いている（老太太牽著孫子的手走著）

老鶯〔名〕老鶯、晚鶯、春過猶啼的黃鶯

春を懐かしんで鳴く老鶯（懷念春天而啼的晚鶯）鳴く泣く啼く無く

老化〔名、自サ〕（生理機能、橡膠等的）老化、衰老

護謨製品の老化防止劑（橡膠製品的老化防止劑）護謨ゴム

ゴムが老化する（橡膠變硬）

老化現象（衰老現象）

体の老化が始まっている（身體開始老化）体身体身体未だ未だ

未だ七十歳にも為って居ないのにもう老化した（還不到七十歳卻已衰老了）七十七十

老獪〔名、形動〕老奸巨猾、極其狡猾

老獪な人（老奸巨猾的人）

老獪な男（老奸巨猾的男人）

老獪な奴老奸巨猾的傢伙

老獪な手段（狡猾的方法）

老獪な手段を弄する（玩弄狡猾的手段）弄する労する聾する

益益老獪に為る（越發狡猾起來）

彼は老獪極まる人物だ（他是個極其狡猾的人）

老獪極まる人物で名が知られている（以極端狡猾聞名）名名極まる窮まる谷まる

彼の老獪さは有名だ（他那種老奸巨猾誰都知道）

老艦〔名〕舊艦

老眼〔名〕〔醫〕老花眼

老眼の人（老花眼的人）

老眼に為る（眼睛老花）為る成る鳴る生る

何時の間にか老眼に為った（不知不覺間成為老花眼）

老眼鏡（老花眼鏡）

四百度の老眼鏡を掛けて新聞を読む（戴四百度的老花眼鏡看報紙）

老眼を掛ける（戴老花眼鏡）

老眼で眼鏡を掛け出した（由於老花眼而開始戴眼鏡）眼鏡眼鏡

老視、老視眼〔名〕老花眼（＝老眼）

老顔〔名〕年老力衰的臉色

老驥、老驥〔名〕老驥，老馬。〔轉〕老英雄

老驥伏櫪（老驥伏櫪）

老驥千里を思う（老驥伏櫪志在千里）

老驥櫪を伏す（老驥伏櫪）伏す臥す付す附す賦す

老妓〔名〕年老的藝伎、年老色衰的妓女

見る影も無い老妓（人老珠黃的妓女、變得不成樣子的老妓女）

老朽〔名、自サ〕老朽、陳舊、年邁無用（＝腐朽）

老朽で淘汰された（因老朽而被淘汰了）

老朽した校舎を建て直す（重建破舊的學校）

老朽化する（老朽化）化する架する課する科する嫁する掠る

老朽車（破舊的車）

老朽家屋（破舊的房屋）

老朽船を解体する（解體老朽的船）

老朽設備（陳舊的設備）

老朽設備を取り替える（換掉破舊的設備）

設備も大分老朽した（設備也相當陳舊）

老朽して仕事に耐えられない（年邁無用而無法勝任工作）耐える堪える絶える

老朽社員を淘汰する（淘汰年邁無用的公司職員）

老い朽ちる、老朽ちる〔自上一〕（人或樹木等）老朽

未だ老い朽ちる年でもない（還沒有到老朽的年齡）

もう老い朽ちて終って役に立たない（已經老朽不堪所以沒有用處）終う仕舞う

老牛〔名〕老牛

老牛犢を舐る（老牛用舌頭舔小牛、〔喻〕人的疼愛子女）

老境〔名〕老境、老年

老境に入る（進入老境、年邁）入る入る

老境を物語る（敘述老年的心境）

老躯〔名〕老軀，衰老的身體（＝老体）、老年人（＝年寄）

老躯を駆って働く（拼老命幹活）

此れこそ老躯を引っ提げて立候補した所以で在る（這正是我以年邁之軀參加競選的原因）

老躯に鞭打つ（鞭策老軀、不顧年邁猶自奮勉）

老躯を厭わず戦場を赴く（不辭年邁奔赴戰場）

老躯を惜しんで外国へ出掛ける（不辭年邁出國去了）

七十の老躯を引っ提げて勇躍科学調査団に参加する（以七十歲的年邁還踴躍參加科學調查團）

八十の老躯を引っ提げて遺跡の発掘に参加する（以八十歲的年邁還參加遺跡的發掘）

老体〔名〕老軀，衰老的身體（＝老躯、老身）、老人（＝年寄）

御老体には無理な旅行です（這樣的旅行對老人家太勉強了）

老体故無理は利かない（年老體衰不能硬撐）利く効く聞く聴く訊く

御老体を煩わす（麻煩您老人家）煩わす患わす

御老体御苦労に存じます（您老人家辛苦了）

老体を労る（關心老年人）

老体に鞭打って働く（驅策老弱之身勞動）

老骨〔名〕老骨、老年人（＝老躯、老体、老いの身）

私の様な老骨は何処でも使って呉れない（像我這樣的老骨頭哪裡也不採用）
老骨に鞭打つ（鞭策老軀、不顧年邁猶自奮勉）
老骨を提げて社会奉仕を為る（拼老命為社會服務）提げる下げる

老君〔名〕（老人敬稱）老君、年老的君王

老兄〔名〕（書信用語）老兄、仁兄、年老的哥哥

老犬〔名〕老犬、老狗

老健〔名〕年老而健康

老後〔名〕晚年（=晚年）
老後の楽しみ（晚年的樂趣）
老後を楽しく過す（愉快地度過晚年）
老後に備える（作養老的準備）備える供える具える
老後の生活に何の憂いも無い（對於晚年的生活沒有任何掛慮）憂い愁い患い患い煩い
老後の生活に何の気に掛ける事も無い（對於晚年的生活沒有任何掛慮）
老後の事を思うと悲しさが込み上がって来る（想起晚年的事就悲從中來）来る来る繰る刳る
老後で田舎で送る（在鄉下度晚年）送る贈る
彼は彼女の老後の唯一つの支えだ（他是她晚年唯一的依靠）

老公〔名〕老公（對年老貴人的敬稱）
水戸老公（水戶老公）

老巧〔名、形動〕老練（=老練）
老巧な彫刻師（熟練的雕刻家）
老巧な政治家（老練的政治家）
老巧なプレ（老練的演技）
教え方が老巧だ（教法老練）
未だ若いのに遣り方は老巧だ（雖然還年輕做法卻老練）未だ未だ

老者、老者〔名〕老人（=年寄）

座席を老者に譲る（讓座給老年人）
老者を敬う（敬老）

老妻〔名〕老妻、年邁的妻子←→老夫
老妻と二人で暮らしている（和老妻兩人生活著）

老夫〔名〕老翁←→老婦、老女、老妻
独り暮しの老夫（獨自生活的老翁）独り一人

老女〔名〕年老的婦女（=老婦）、〔史〕武家的侍女長

老女、嫗、媼〔名〕老嫗（=老女）←→翁

老婦〔名〕老太婆（=老婆）、老婆←→老夫

老夫婦〔名〕老夫婦、老夫妻
子女の居ない老夫婦（子女不在家的老夫妻）

老父〔名〕年邁的父親←→老母
老父を養う（孝養年邁的父親）
彼の老父は病気中だ（他的老父親現在患病）
老父が丁度夏休み中の妹を連れて来る（老父帶正好放暑假的妹妹來）一寸

老母〔名〕老母親←→老父
老母を養う（孝養年邁的母親）
僕の老母は迚も丈夫だ（我的老母親身體非常健康）
老母が一針一針縫って呉れた真綿入りのちゃんちゃんこ（老母一針一針為我縫的長棉背心）

老杉〔名〕老杉樹
高く空に聳える老杉の巨木（高聳天空的老杉巨樹）聳立

老残〔名〕年老體衰
老残の身と為った女の境涯（風燭殘年的婦女境遇）
静かに老残の生活を送る（安詳地過苟延殘年的生活）送る贈る

老子〔名〕老子、老子所著的〝道德經〞
老子の教え（老子之教）

ㄌ

孔子は周に行き老子に礼を聞いた（孔子適周問禮於老子）聞く聴く訊く利く效く

老死〔名、自サ〕老死、衰老而死
如何為る人も老死を免れる事は出来ない（任何人都不能免於老死）

老師〔名〕老教師、年老的老師、對老僧的尊稱

老疾〔名〕老毛病、老人病

老実〔名、形動〕老練忠實
老実な御手伝いさん（工作熟練而忠實的女傭）

老若、老若〔名〕老幼、老少（＝老少）
老若を問わず（不問童叟）
老若男女、老若男女（男女老幼）絶つ経つ立つ建つ発つ断つ裁つ
老若男女を問わず（不問男女老少）
老若男女を問わず皆楽しく日を過している（不問男女老少都快樂地過日子）
老若男女拘らず（男女老少不拘）拘る関る係る
老若男女の参拝客が跡を絶たない（參拜的男女老幼絡繹不絕）

老弱〔名、形動〕老幼、年老體弱
老弱を労る（照顧老幼）
老弱な人（年老體弱的人）
老弱に席を譲る（讓座給老弱）

老少〔名〕老少、老幼（＝老若、老若）
老少不定（黃泉路上無老少、〔喻〕人間壽命無定數）
老少不定は世の習い（黃泉路上無老少）
老少を問わず（不分老少）

老幼〔名〕老幼、老少（＝老若、老若、老少）
老幼を問わず（無論老幼）
男女老幼を問わず誰でも参加出来ます（不論男女老幼誰都能参加）男女男女男女
老幼を労る（照顧老幼）

老手〔名〕老練的人、老練的手法

魚釣に掛けては世界一の老手だ（事關釣魚是世界第一的老手）魚釣魚釣

老酒〔名〕陳酒，儲藏多年的酒（＝古酒）←→新酒、紹興酒（＝ラオチュー）
三十年も貯蔵した老酒（儲藏了長達三十年的陳年酒）三十三十

老酒、ラオチュー〔名〕紹興酒

老寿〔名〕老壽、長壽

老儒〔名〕老儒、宿儒。〔謙〕腐儒
碩学の老儒に教えを請う（請教博學的碩儒）請う乞う斯う

老樹〔名〕老樹、古樹、古木（＝古木、老木老い木）
老樹の前で根の浅い自分を恥じた（在老樹前面慚愧沒有紮下根的自己）恥じる羞じる愧じる

老木〔名〕老樹、古樹（＝老樹、古木）
松の老木（老松樹）
梅の老木に鶯が止まっている（黃鶯停在梅花的老樹上）止まる留まる泊まる留まる止まる

老い木、老木〔名〕老樹。〔轉〕衰老的身體←→若木
老い木に花（老樹開花、枯木逢春、〔喻〕衰而復榮）

老醜〔名〕老醜、老而醜陋、老而無恥、老而丟醜
老醜を曝す（丟老醜、丟了老臉皮）曝す晒す
彼は此れ以上老醜を曝し度くなかったのであろう（他不願再丟老醜了吧！）
老醜を棚に上げて妙齢の女の子に恋する（把老醜束之高閣而愛慕妙齡女子）

老中、老中〔名〕老中（江戶時代直屬將軍，總理政務的最高官員）

老熟〔名、自サ〕熟練、圓熟、成熟老練（＝熟練、老練、円熟）
老熟した演技（熟練的演技）
老熟した思想家（成熟老練的思想家）
彼の為る事は実に老熟している（他做得真夠老練）実に実に

彼の為る事為す事は極めて老熟している（他的所作所為非常老練）極める窮める究める

老熟の域に達する（已經達到熟練的地步）

もう老熟の域に達する（達到熟練的地步）

如何にも老熟したと言う仕草で筆を取り上げた（以非常熟練的動作拿起筆來）

老松〔名〕蒼松、古老的松樹

天を目差して立っている老松（參天的老松樹）

老い松〔名〕老松樹

老将〔名〕年老的將軍、老練的將軍、經驗豐富的將軍

戦場を駆け回った老将（馳騁過沙場的老將軍）

百戦を経て老将（身經百戰的老練將軍）經る減る経つ

老嬢〔名〕老姑娘、老處女（=オールドミス、ハイミス）old miss high miss

勝気な老嬢（剛強的老處女）

台北から一緒のAmerica老嬢が二人居る（有兩位從台北一起來的美國老處女）

老臣〔名〕年老的家臣、身分高的家臣、功臣

老臣を労う（慰勞老臣）

老臣の諫めを聞き入れる（採納重臣的諫言）

老身〔名〕老軀、衰老的身體（=老躯、老体）

此の寒さは老身に堪える（這樣冷天年邁的身體吃不消）堪える答える応える堪える耐える

矍鑠たる老身（健壯的老軀）

老親〔名〕年邁的雙親

老親に孝行を尽くす（向年老的雙親盡孝道）

老親を世話する（照顧年老的父母親）

老人〔名〕老人、老年人（=年寄）

老人を敬う（敬老）

老人は保守的だ（老人保守）

身寄りの無い老人（無依無靠的老人）

老人に為る（老了）

乗り物の中で老人に座席を譲る（在車上要讓位給老人）

元気な老人（精力旺盛的老年人）

老人の日（敬老日-每年九月十五日）

老人呼ばわり（被稱呼為老人）

老人扱い（以老人對待）

老人の子には影無し（老秧的孩子不結實、秋後的梨長不大）

老人星（〔天〕壽星、南極老人星）

老人病（〔醫〕老人病=老年病）

老人語（老人用語）

老人医療保険（老人醫療保險）

老人福祉電話（老人福利電話-政府給六十五歲以上的孤獨家裡裝的電話）

老人ホーム（養老院、老人之家）

老人学（老人學、長壽學）

老紳士〔名〕老紳士、年老的紳士

優しい老紳士（典雅的老紳士）優しい易しい

老衰〔名、自サ〕衰老

老衰で死ぬ（衰老而死）

老衰を防ぐ（預防衰老）

息子を失ってから急に老衰した（兒子死後突然衰老了）

此の頃めっきり老衰して来た（最近顯著地衰老起來了）

病人は目に見えて老衰して来た（病人明顯地衰老起來了）

体は老衰しても頭は確りした僕の御祖父さん（身體雖衰老但頭腦很清楚的我的祖父）

老衰期（衰老期）

老衰病（老化病）

老悴〔名〕年老憔悴

老生〔代〕（老人自稱）老夫

老生の出る幕では無い（不是老夫該露面的場合）

老成〔名、自サ〕老成（=大人びる）、老練，久經考驗（=老熟）

老成した考え（老成的想法）

年の割には老成している（按年紀說來卻比較老成）

彼は年の割には老成の方だ（他按年紀說來比較老成）

老成した青年（老成的青年）

老成の筆致（純熟的筆鋒）

老成の文章（練達的文章）

老成した人物（久經鍛鍊的人物）

老成る〔自上一〕上年紀、少年老成

老成た子供（少年老成的孩子）老成

老成る〔自下一〕老成、早熟（=大人びる）

老成た子供（老成的孩子、早熟的孩子）

子供の癖に老成ている（雖然是個孩子卻不天真）

年の割に老成ている（年青青的卻很老成）

子供が老成た事を言う（小孩子說大人話）

彼の子は年の割に老成ている（那個孩子年輕輕的很老成）

老い成る〔自ラ四〕變老、年老體衰

老成る〔自上一〕老成、像大人樣、上年紀

老成た子供（帶大人氣的孩子）

老措大〔名〕老生、年老書生

老壯〔名〕老年和壯年

老壯を対象と為た雑誌（以老年和壯年為對象之雑誌）

老莊〔名〕老子和莊子

老莊の学（老莊之學、老莊思想）

老莊学（老莊之學、老莊思想）

老叟〔名〕老叟

老僧〔名〕老僧、老和尚

伽藍の前に立っている老僧（站在寺院前面的老和尚）

老僧の説教を聞く（聽老僧講道）

老大〔名〕老大，年老，上年紀、老衰、要不得

老大振るわず（年老不振、年邁體衰）振るう振う奮う篩う揮う震う

自身の老大を悲しむ（哀傷自己的老衰）

真に自身の老大を悲しむと言う情が表れる（真的露出自己晚年的悲傷）

老大人（上年紀的人）

老大家〔名〕年老經驗豐富的人、耆老

文壇の老大家（文壇的耆宿）

文壇の老大家を招待する（招待文壇的耆宿）

科学界の老大家（科學界的老專家）

書道の老大家（書法界的耆宿）

画壇の老大家（繪畫界的耆老）

老大国〔名〕衰老的大國

老大国では在るが未だ底力が有る（雖是衰落的大國但是還有潛力）未だ未だ有る在る或る

老台〔代〕（書信用語）（對老人的尊稱）老伯

老尼〔名〕老尼姑

老年〔名〕老年（=老齢、老境、年寄）←→若年、少年、青年

老年に為る（年老）

老年の境に入る（進入老境）

老年の両親を扶養する（扶養年老的雙親）

老年に為っても若若しい情熱を失わない（雖然年老並沒有失去青春的熱情）

人の一生は幼年期、少年期、青年期、壯年期、老年期に分けられる（人的一生被分為幼年期少年期，青春期，壯年期，老年期）

老年学（老年醫學）

老年期（老年期）

老年期に入る（進入老年期）

老年痴呆（老年痴呆症）

老年病（老年病）

老年の病（老年病）病病

老農〔名〕年老的農民、有經驗的農民

幾十年来田畑で働いて来た老農（幾十年來在田地工作的老農民）田畑田畑

老馬〔名〕老馬、〔喻〕年老無用的人

老馬の智（老馬之智、各有所長）

老馬道を知る（老馬識途）

老婆〔名〕老媼、老嫗、老太婆（=老女、媼、嫗、老女）←→老爺

腰を屈めてとぼとぼ歩く老婆の姿（彎著腰蹣跚腳步走路的老太婆的樣子）

老婆心〔名〕婆心、懇切之心（=御節介）

私は老婆心で斯う言うのだ（我這樣說是出於一片婆心）

口説く言うのも老婆心からです（我屢次三番地說也是出於一片婆心）

老婆心迄に申し上げますが、今度の計劃は御止め為さい（我懇切相告請您停止這次計劃）

老婆親切〔名〕〔古〕婆心、懇切之心（=老婆心）

老爺〔名〕老爺、老翁（=御爺さん）←→老婆

老爺の言う事を聞く（聽老爺的話）

老廢〔名、自サ〕老邁，老衰（=老衰）、老朽無用（=老朽）

老廃物（身體的排泄物）

老輩〔名〕老一輩人。〔謙〕老年人

老輩等の及ぶ所ではない（不是我這樣老一輩的人趕得上的）

老梅〔名〕老梅樹

風雪に耐えた老梅（能耐風雪的老梅樹）絶える堪える耐える

老婢〔名〕年老的女佣人←→老僕

老婢に暇を遣る（解雇年老的女僕）

老僕〔名〕老僕人←→老婢

老僕に暇を遣る（解雇老僕人）

老病〔名〕衰老病、衰老引起的病症（=老衰病）

老病で死んだ（因衰老而病死）

老兵〔名〕老兵、老練的兵（=ベテラン）。〔喻〕老傢伙，老氣橫秋的人

老兵は去るのみ（老兵唯有下陣）

老兵死なず只消え去るのみ（老兵不死只是消逝而已）只唯徒

我我の様な老兵の出る幕ではない（不是像我們這樣老傢伙出頭露面的時候）

老舗、老舗〔名〕老舖、老店、老字號

江戸時代から暖簾の続いている老舗（江戶時代招牌一直延續到現在的老店）

彼の店は九代続いた老舗だ（那家店是延續了九代的老字號）

町では老舗を誇る店だ（是個鎮上號稱老舖的商店）

老舗は信用が有る（老舖子有信用）

老耄〔名、自サ〕老耄、衰老（=老衰、老い耄れる）

老耄して記憶力が鈍い（衰老而記憶力遲鈍）鈍い呪い

もう八十歳に為るが少しも老耄していない（已經快要八十歲可是一點也沒有衰老）

老耄の身を橫たえる（老軀臥床）

老耄、老い耄れ〔名、自サ〕〔罵〕老東西，老糊塗、（老人自謙語）老朽

老耄婆（糊塗老太婆）

彼は老耄だ（他老糊塗了）

此の老耄奴（你這個老東西！）

私みたいな老耄はもう駄目だ（像我這樣老朽的人已經不中用了）

其は此の老耄の唯一つの念願です（那是我這個老朽的唯一願望）

老い耄れる、老耄れる〔自下一〕衰老、老朽、老糊塗（=耄碌する）

老い耄れた親爺（老糊塗的老頭）親爺親父

老い耄れた様（老氣橫秋、老態龍鍾）

彼は此の一、二年の間にめっきり老い耄れた（他這一兩年間顯著老昏聵了）

老友〔名〕老友、年老的朋友

入院した老友を見舞いに行く（去探視住院的老友）

老雄〔名〕老英雄

老雄の末路（老英雄的末路、老英雄的下場）

老優〔名〕老演員、藝技高超的演員

老来〔副〕老來、上年紀以後

老来愈愈壮健（老來越發健壯）

彼の芸は老来益益円熟味を加えて来た（他的技藝老來越發成熟了）

老来何事にも物憂く為った（老來對什麼事都不感興趣了）物憂い 懶い

老吏〔名〕年老的官吏、老練的官吏

老吏を停年退職させる（叫年老的公務員退休）

流石老吏丈合って無理難題を旨く処理した（不愧是幹練公務員很順利地處理了難題）

老涙〔名〕老淚

老齢〔名〕老年、高齢（＝高齢、老年）

八十の老齢で今尚活躍している（年已八十高齢仍還活躍）八十八十

もう八十の老齢では在るが今尚元気で働いている（雖已八十高齢但還健朗地工作著）

彼は老齢にも拘らず矍鑠と為て働いている（他雖年邁還是很硬朗地工作著）

老齢の教授（老教授）

老齢に達する（已達高齢）

老齢年金を貰っている人（領養老金的人）

老齢其の職に堪えず（年老不稱其職）堪える 堪える

老齢の人を労る（照顧老年人）

老齢艦（被淘汰的老艦）

老齢人口（老年人口）

老齢年金（養老年金）

老齢福祉年金（老年福利年金）

老練〔名、形動〕老練、熟練、成熟（＝老成、老巧）

老練な労働者（熟練的工人）

老練な工員（熟練的工人）

老練な船長（老練的船長）

益益老練に為る（越來越老練）

老練な腕を認められた（被賞識的老練的本領）

彼は老練な技術を持ち人柄も重厚だ（他技術老練為人穩重）

老麵、拉麵〔名〕（來自中國語）。〔烹〕中式麵條（＝中華蕎麦）

味噌拉麵（炸醬麵）

バター拉麵（奶油湯麵）

インスタント拉麵（速食麵、方便麵）

拉麵屋（麵館）

老酒、ラオチュー〔名〕紹興酒

老いる〔自上一〕，年老，上年紀、衰老、（季節）將盡，垂暮←→若やぐ

老いた人（老人、上年紀的人）

老いた人を養う（扶養老人）

年を老いても顔は若い（老來少）

老いては麒麟も駑馬（麒麟老了如駑馬）

老いて再び稚児に為る（人老了又變得像小孩一樣）稚児稚児

此処数年彼も漸老いた様だ（這幾年他有點衰老了）漸稍稍稍

春も老いる（春亦老、春也將逝）

老いた木（老樹）

老いては子に従え（老了聽從子女）

老いては益益壮る可し（老當益壯-後漢書馬援傳）

老いたる馬は道を忘れず（老馬識途）

老いて妬婦の功を知る（妻子老壞到老方知）

老い、老〔名〕老，老年，衰老、老人，老年人 ←→若き

老いを忘れる（忘了年老）

老いも若きも揃ってラジオ体操を為る（老老少少一起做廣播操）

老いも若きも挙って戦場に赴く（老少一齊上戰場）

老いも若きも向く（老少咸宜）向く剥く

老いの坂（老境）

老いの僻耳（老人的聽錯話、老人易患疑心病）

老いの一徹（老年人的固執、越老越頑固）

老いの学問（晚學、上了年紀才發奮讀書）

老いの繰り言（老年人的嘮叨、人老了愛嘮叨）

老いの寝覚め（老年人睡覺易醒）

老いを労る（憐恤老人）

老いを養う（養老、頤養老人、厚養老人）

老い先が短い（風燭殘年、行將就木）

老頭〔名〕（漢字部首）老（＝老冠）

老頭児〔名〕（來自中國語）老頭、老年人（＝年寄）

老冠、耂〔名〕（漢字部首）老

老い屈まる〔自五〕年老彎腰、衰老

何時の間にか老い屈まって来た（不知不覺間年老彎腰了）

老い心、老心〔名〕老人的心情、老人的頑固性情

老い込む、老込む〔自五〕老衰、衰老起來←→若返る

けっきり老い込む（顯著地衰老起來）

彼は此の頃けっきり老い込む（他近來顯著地衰老起來）

彼は此の頃一際老い込んだ感が為る（他最近格外感到衰老）

老い込んだ様（老態龍鍾）

老い込んだ様子（老態龍鍾）

老い先、老先〔名〕老人晚景

老い先が短い（來日苦短、風燭殘年、行將就木）

老い先の短い老人（風燭殘年的老人）

老い先（の）短い命を投げ出して飽く迄闘う（豁出來命來拼到底）戦う闘う

老い曝ふ〔自四〕〔古〕衰老不堪、老態龍鍾

老いさらばえる〔自下一〕衰老不堪、老態龍鍾

老い恥〔名〕丟老臉、老年丟醜

老い恥を掻く（丟老臉）掻く欠く書く描く斯く

老い果てる、老果てる〔自下一〕非常衰老、老朽不堪

老い果てて元気が無い（衰老沒勁）

老い果てた様子（老態龍鍾）

老い緑、老緑〔名〕深綠、黛綠、老綠色

老いらく〔名〕老年、年邁

老いらくの恋（老年風流）

老ける、化ける〔自下一〕老、上年紀、變質、發霉

年寄老けて見える（顯得比實際年紀老）老ける化ける耽ける更ける深ける

彼女は老けるのが早い（她老得快）早い速い

彼は年より老けて見える（他看起來比實際年齡老）

彼は年齢よりも老けている（他比實際歲數看起來老）

三十に為ては彼は老けて見える（按三十歲說他面老、他三十歲顯得比實際年紀老）

彼は此の数年来めっきり老けた（他這幾年來顯著地蒼老）

米が老けた（米發霉了）

芋が良く老けた（白薯蒸透了）

石灰が老ける（石灰風化）石灰石灰

更ける、深ける〔自下一〕（秋）深、（夜）闌

ㄌ

秋が更ける（秋深、秋意闌珊）老ける耽る蒸ける

夜が更ける（夜闌、夜深）

耽る〔自五〕耽於，沉湎，沉溺，入迷，埋頭，專心致志

飲酒に耽る（沉湎於酒）老ける更ける深ける吹ける拭ける噴ける葺ける

贅沢に耽る（窮奢極侈）

空想に耽る（想入非非）

小説を読み耽る（埋頭讀小説）

老け役、老役〔名〕〔劇〕老人角色、扮演老人的演員

老け役を演じる（扮演老人）

姥、姥（ㄌㄠˇ）

姥、姥〔漢造〕老婦人、同"姆"字

姥嬶〔名〕老太婆（＝婆、老女、嫗）、乳母（＝乳母）、祖母（＝祖母）←→孃、娘

姥貝〔名〕〔動〕姥蛤（＝北寄貝）

姥桜〔名〕〔植〕緋櫻的一種（＝彼岸櫻）。〔喻〕（風韻猶存的）半老徐娘

彼女は年の頃四十七、八の姥桜だ（她是個年當四十七，八的半老徐娘）

彼女はもう盛りを過ぎた姥桜（她是個青春已過的半老徐娘）

姥鮫〔名〕〔動〕姥鯊

姥捨山〔名〕姥捨山（日本長野縣山名，有著名的孝敬老人的傳説）。〔喻〕安置老人的地方

姥鱶〔名〕〔動〕姥鯊（＝姥鮫）

姥女〔名〕老太婆（＝姥、老女、嫗）。〔植〕烏冈棟（山毛欅科常綠喬木）（＝姥女樫）

姥女樫〔名〕〔植〕烏冈棟、馬目（山毛欅科，常綠喬木）

烙（ㄌㄠˋ）

烙〔漢造〕炮烙（＝火炙り）

炮烙、焙烙（炮烙-用燃燒的金屬來燙東西、中國商代紂王用的酷刑）

烙印〔名〕烙印、火印

烙印を押す（打上烙印）押す推す圧す捺す牡雄

烙印を押される（被加上無法洗掉的醜名）

裏切者の烙印を押される（被打上叛徒的烙印）

僂、僂（ㄌㄡˊ）

僂〔漢造〕曲背、曲指（＝屈まる）

佝僂、痀瘻（佝僂＝傴僂）

傴僂（傴僂病、駝背）

僂佝〔名〕佝僂、駝背（＝佝僂）

僂指、瘻指〔名〕曲指

楼（樓）（ㄌㄡˊ）

楼〔名〕樓、高樓（＝高殿）。

〔漢造〕樓閣、瞭望樓（＝櫓、矢倉）、高樓或飯館等名

楼に登る（登樓）登る昇る上る

楼に上がって見張る（上瞭望台守望）上がる挙がる揚がる騰がる

三層楼（三層樓）

高楼（高樓）

高楼大廈（高樓大廈）

玉楼（玉樓、白玉樓）

金殿玉楼（金殿玉樓）

青楼（青樓、妓館＝女郎屋、遊郭）

鐘楼（鐘樓）

檣楼（〔船〕桅樓）

摩天楼（摩天樓）

蜃気楼（海市蜃樓、幻景）

登楼（登上高樓、逛妓館）

望楼（望樓、瞭望塔）

岳陽楼（岳陽樓）

春帆楼（春帆樓）
楼閣〔名〕樓閣（=高殿）
　金殿楼閣（金殿樓閣）
　楼閣が林立している（高樓林立）
　砂上の楼閣（沙上樓閣、空中樓閣）
　砂上の楼閣を築く（在沙上築起樓閣、耽於幻想）
　空中に楼閣を描く（空中畫樓閣、耽於幻想）書く欠く描く
楼観〔名〕瞭望台
楼主〔名〕樓主、樓閣主人、酒樓主人、妓館的主人
楼上〔名〕樓上、二樓（=二階）、高樓上面
　楼上の眺め（樓上眺望的景緻）
　楼上のベランダに花園を造る（在樓上陽台布置花園）造る作る創る
楼台〔名〕高樓，樓閣（=高殿）、亭台
楼門〔名〕樓門（寺廟或城樓等兩層式的大門）
　朱塗りの楼門（朱漆的樓門）
　楼門を潜って本堂に向う（潛入樓門前往正殿）潜る潜る

螻（ㄌㄡˊ）

螻〔漢造〕〔動〕螻蛄
螻蛄、螻蛄、螻蛄〔名〕〔動〕螻蛄，土狗子。〔俗〕窮光蛋（=素寒貧、一文無し）
　螻蛄の水渡り（東施效顰）啄木啄木鳥　啄木鳥朮白朮
　螻蛄腹立つれば鶫喜ぶ（幸災樂禍-捕鶫用螻蛄做餌）喜ぶ慶ぶ歡ぶ悦ぶ
螻蛄首〔名〕長矛頭和桿相連接部分。〔建〕接頭處變細部分
螻蛄芸〔名〕藝多而不精
　螻蛄芸で恥ずかしく思う（藝多而不精感到慚愧）思う想う
螻蛄才〔名〕懂得各種技藝但都不高明
螻蛄羽〔名〕〔建〕三角形屋頂的邊緣
螻蛄羽瓦〔名〕〔建〕三角形屋頂的邊緣上的瓦

陋（ㄌㄡˋ）

陋〔漢造〕簡陋、醜陋、卑鄙，卑賤（=卑しい事）、低級，下流（=低い事）
　固陋（頑固、守舊）
　醜陋（醜陋）
陋屋〔名〕陋室（=荒屋）。〔謙〕敝舍，草舍，寒舍（=陋居）
　陋屋に住む（住在陋室）住む棲む済む清む澄む
陋居〔名〕簡陋的房屋（=荒屋）。〔謙〕敝舍，草舍，寒舍（=陋屋）
　陋居に御来遊下さい（請到寒舍一叙）
陋見〔名〕浮淺的見解。〔謙〕愚見
陋巷〔名〕陋巷（=狭い苦しい路地、裏町）
　陋巷に住む（住在陋巷裡）
　陋巷に窮死する（窮死在陋巷）
　陋巷で生命を繋ぐ（在陋巷維生）
陋策〔名〕拙策、下策（=拙策）
陋室〔名〕簡陋房屋（=陋屋）。〔謙〕敝室
陋質〔名〕天生卑鄙、下賤的性質
陋習〔名〕陋習、惡習（=悪習、弊風）
　旧来の陋習（從來的陋習）
　陋習を打破する（廢除陋習）
　旧来の陋習を打ち破る（打破以往的陋習）
　陋習を打ち破った若者達（破除惡習的青年們）
陋拙〔名形動〕簡陋拙劣
陋俗〔名〕陋俗
陋態〔名〕醜態
陋宅〔名〕陋室。〔謙〕敝室
陋風〔名〕陋習
陋劣〔名、形動〕卑劣、卑鄙（=卑劣）
　陋劣な男（卑鄙的男人）
　陋劣な手段を弄する（玩弄卑劣的手段）弄する労する聾する

陋劣な手段で人を陥れる（用卑劣的手段陷害人）陥れる落し入れる

根性の陋劣な人間（性情卑鄙的人）人間（人）人間（無人的時候、沒人看見的地方）

陋劣為る愚かな人物（卑鄙愚蠢的人物）

漏（ㄌㄡˋ）

漏〔漢造〕漏、漏壺

疎漏（疏忽、潦草、不周到）

粗漏（粗漏）

遺漏（遺漏）

脱漏（遺漏、漏掉）

漏洩, 漏泄、漏洩, 漏泄〔名、自他サ〕（漏洩是漏洩的通俗讀法）洩漏

機密の漏洩（洩漏機密）

国家の機密が漏洩した（國家的機密洩漏了）

秘密を漏洩する（洩漏秘密）

会社の秘密を漏洩する（洩漏公司的秘密）

漏洩電流（〔理〕漏電流）

漏壺〔名〕一種古代計時器

漏鼓〔名〕報時大鼓、報時大鼓聲

漏口〔名〕漏口、漏洞

漏口を塞ぐ（堵住漏洞）

漏れ口〔名〕漏孔

漏れ口を塞ぐ（堵漏孔）

漏れ口を作る（〔海〕把船舺部鑿破）

漏刻〔名〕漏刻，漏壺（=水時計、漏壺-一種古代計時器）、漏刻上的刻度

漏失〔名〕漏失、夢遺

漏出〔名、自他サ〕漏出（=漏れる、洩れる）

ホースから水が漏出する（水從水管漏出）

水がホースから漏出する（從軟水管漏水）

油のタンクから石油を漏出する（從油槽裡漏出石油）油脂膏

漏水〔名、自サ〕漏水（=水漏、水洩）

鉛管から漏水する（從鉛管漏水）

水道管から漏水する（從自來水管漏水）

堤防の漏水を防ぐ（防止堤防漏水）

船が漏水し始めた（船開始漏水了）

水タンクの漏水を発見した（發現水槽漏水）

漏水箇所（漏水處）箇所個所

漏水事故（漏水事故）

漏精〔名〕漏精

漏損〔商〕（許可的）漏損量

漏脱〔名、自他サ〕脱漏、漏出

油タンクの中から漏脱する（從石油槽裡漏出）

漏電〔名、自サ〕漏電（=リーク）

電気釜が漏電する（電鍋漏電）

漏電に因る火災（由於漏電引起的火災）因る寄る拠る縁る依る由る選る

漏電から火事が起きる起きる熾きる（由漏電引起火災）

火事の原因は漏電と為れている（火災的原因被認為是由漏電引起的）

漏電を起こす（引起漏電）

スピーカーの回路のコンデンサーが漏電している様だ（擴音機迴路的電容器好像漏電）

漏電計（漏電指示器）

漏斗、漏斗〔名〕漏斗、漏斗狀

漏斗形（漏斗形）

瓶に漏斗で油を注ぐ（用漏斗往瓶裡倒油）注ぐ継ぐ接ぐ告ぐ次ぐ注ぐ雪ぐ濯ぐ潅ぐ

漏斗を使って油を瓶に入れる（使用漏斗把油裝進瓶裡）使う遣う入れる容れる

漏斗を使って瓶の中に酒を詰める（使用漏斗把酒裝進瓶裡）

徳利に漏斗で酒を注ぐ（用漏斗往酒壺裡倒酒）徳利徳利注ぐ注ぐ

漏聞〔名〕漏聞

漏話〔名〕（電話）串話、串音

漏らす，漏す、洩らす〔他五〕漏，漏掉，露出，灑，遺漏，洩漏，流露，發出，發洩，遺尿，尿床

〔接尾〕遺漏、漏寫

明りを洩らすな（別透亮光）

布団の上に水を洩らさない様に（別把水灑在被子上）

道の両側には巡査が並び、水も洩らさぬ警戒振りだった（道路兩旁排滿警察水洩不通地戒備十分森嚴）

用件を洩らさない様にメモを取る（為了不遺漏要緊的事記在本子上）

細大洩らさず話す（詳盡無遺地講述）

名簿に其の名前を洩らさない様気を付け為さい（注意名單上不要把那個人名漏掉）

秘密は無闇に洩らす物ではない（不可隨便洩密）

其れと話に辞意を洩らした（婉轉地透露出辭職的意思）

不満を友人に洩らす（向朋友吐露不滿）

彼は又溜息を洩らした（他又唉聲嘆氣了）

二人は顔を見合わせて、思わず微笑を洩らした（兩人你看我我看你不由得發出了微笑）

子供が小便を洩らして仕舞った（孩子尿床了）

手紙に書き漏らした事は、後から電話で申しましょう（信裡漏寫的事回頭掛電話告訴您吧！）

一番大事な事を聞き漏らして仕舞った（把最重要的事聽漏了）

天機洩らす可からず（天機不可洩漏）

天機を洩らす（洩漏天機）

漏し弁〔名〕〔機〕排氣閥

漏る、洩る〔自五〕漏（=漏れる、洩れる）

水が洩るバケツ（漏水的水桶）漏る洩る盛る守る

木の間洩る月影（樹葉間透過來的月光）

天井から雨が洩って来た（雨水從頂蓬漏下來了）

水道の栓が良く閉まらなかったので、水が洩っている（自來水龍頭沒關緊所以漏水）

守る〔他五〕〔方〕看守、守護（=守る、守りを為る）

盛る〔他五〕盛，裝滿、（把砂或土等）堆高，堆起來、配藥，使服藥、刻度

御飯を盛る（盛飯）盛る守る漏る洩る

サラダを皿に盛る（把沙拉盛在碟子裡）

半分程盛る（盛一半、盛半碗）

花を盛ったテーブル（堆滿鮮花的桌子）

小高く土を盛って、上に記念の石を据えた（把土堆高一點上面安放了紀念的石碑）

薬の盛り過ぎを為る（藥劑配過量）

毒を盛る（下毒藥）

一服盛る（下毒藥）

温度計に目盛を盛る（在溫度計上刻度）

碁盤の目を盛る（畫圍棋盤格）

漏り、漏〔名〕漏、漏雨（=漏る事、雨漏り）

雨漏り（漏雨）漏り洩り盛り守り

屋根が傷んで酷い漏りだ（屋頂壞了漏得厲害）傷む痛む悼む

漏れる、洩れる〔自下一〕漏，漏出（=漏る、洩る）、洩漏，走漏、遺漏、被淘汰、流露

雲間から洩れて来る月の光（從雲間透出來的月光）漏れる洩れる盛れる守れる

ガスが洩れない様に気を付け為さい（注意不要漏煤氣）

声が部屋の外に洩れると行けないから小さい声で話しましょう（聲音傳到室外不合適我們小聲說吧！）

雨の滴が木の葉を洩れて落ちて来る（雨滴穿過樹葉落了下來）

秘密は兎角洩れ易い（秘密總是容易洩漏的）

ㄌ

此の事件は洩れて、大きく世間に伝わった（這個事件洩漏後廣泛傳到社會上去了）

名簿に私の名前が洩れていた（名冊上把我的名字漏掉了）

抽選で洩れた（抽籤沒中）

其の作品は惜しくも選に洩れた（很可惜那作品落選了）

口から洩れる（從嘴裡流露出）

漏れ，漏、洩れ，洩〔名〕漏，漏出，遺漏，漏掉

ガスの洩れに注意せよ（注意不要漏煤氣）

漏れ洩れ盛れ守れ

記載洩れ（記載遺漏）

名簿の洩れを拾う（檢查名冊上的遺漏）

洩れの無い様に願います（請注意不要有遺漏）

漏れ聞く，漏聞く、洩れ聞く，洩聞く〔他五〕風聞，偶而聽到、（聞く的自謙說法）聽，聞

漏れ聞く所に拠れば（據聞、據風聞）

ニュースを漏れ聞いた（偶然聽到消息）

漏聞〔名〕風聞、聽聞

漏れ無く〔副〕統統、全部、無遺漏地（=殘らず、悉く、尽く、ことごと、ことごとく）

漏れ無く調査する（進行普遍調查）

全員漏れ無く参加する（全體人員一律參加）

其の件は学生に漏れ無く通知した（那件事已向全體學生一一通知了）

必要な事柄は漏れ無くメモする（所有的必要事項都記筆記）

瘻、瘘（ㄌㄡˋ）

瘻、瘘〔名〕〔醫〕瘻

痔瘻（〔醫〕痔瘻）

痀瘻、佝瘻（佝瘻=傴僂）

瘻管〔名〕〔醫〕瘻管

瘻管を付けて排泄させる（裝上瘻管使其排泄）

瘻孔〔名〕〔醫〕瘻孔

鏤、镂（ㄌㄡˋ）

鏤、镂〔漢造〕鏤刻（=彫り付ける、刻む）、鏤嵌（=鏤める）

鏤刻、镂刻〔名、他サ〕鏤刻、精心雕琢（=鏤刻）（詩文等的）推敲，潤飾

鏤刻した銅版（鏤刻的銅版）

文章を鏤刻する（精心推敲文章）文章

鏤骨、镂骨〔名、他サ〕苦心慘淡、精心製作、費盡心血

鏤骨の作品（嘔心瀝血的作品）

彫心鏤骨の作品（嘔心瀝血的作品）

鏤金〔名〕鏤金（金屬器物上刻畫山水花鳥的美術品）

鏤める〔他下一〕鑲嵌

ダイヤモンドを鏤めた王冠（鑲嵌鑽石的王冠）

宝石を鏤めた王冠（鑲嵌寶石的王冠）

宝石を鏤めた冠（鑲嵌寶石的冠）冠

星を鏤めた空（滿天星斗）

嵐（ㄌㄢˊ）

嵐〔漢造〕山裡霧氣

青嵐、青嵐（山靄，翠微、綠葉季節的薰風）

晴嵐（晴靄，晴煙，煙霞、強烈的山風）

翠嵐（翠綠山嵐）

嵐気〔名〕〔古〕山中的雲煙（=山気）

嵐気が頬を撫でる（山氣掠過面頰）

嵐〔名〕風暴、暴風雨

政界の嵐（政界的風暴）

嵐が起こる（起風暴）

嵐に遭う（碰到暴風雨）
嵐が静まる（風暴平息下來）
嵐の様な拍手（暴風雨般的掌聲）
嵐の前の静けさ（暴風雨前的平靜）
嵐が吹き荒ぶ（狂風暴雨）
此は嵐の前の触れた（山雨欲來風滿樓）触れる振れる降れる
青年達は嵐の中で鍛えられて成長する（青年們在大風大浪中鍛鍊成長）鍛鍊
経済不景気の嵐が全世界を巻き込む（經濟不景氣風暴席捲全球）

蘭（ㄌㄢˊ）

蘭〔漢造〕同〝欄〞欄杆、晚、將盡

蘭干、欄干〔形動タリ〕散亂貌、淚水流個不停貌、星月光輝貌

蘭干、欄干、欄檻〔名〕欄杆、扶手（＝手摺、欄）
橋の欄干に凭れる（倚在橋的欄杆上）凭れる靠れる
彼は橋の欄干に凭れていまする（他倚在橋的欄杆上）

蘭れる、尽れる、未枯れる〔自下一〕（草木梢上開始）枯萎，凋謝、（人壯年已過）衰老
草木の蘭れている晩秋の野（草木枯萎的深秋原野）縋れる草木草木
蘭れた花（凋謝了的花）
蘭れた晩秋の野原（草木枯萎的深秋原野）
持病で随分蘭れている（因患宿疾衰老得很）
彼女はもう蘭れた（她已經徐老半老了）

蘭、酣〔名、形動〕酣、方酣、高潮、旺盛（＝真っ最中、最中）、晚、深
夜も酣に為る迄話す（談到深夜）
私達は夜も酣に為る迄話した（我們談到深夜）
酒宴が酣に為る（酒宴方酣）
宴が酣に為る（酒宴方酣）
秋も酣の頃と為る（時至深秋）
秋の色正に蘭である（秋色正濃）正に当に将に雅に
秋色正に蘭である（秋色正濃）
春正に蘭である（春意正濃）
興正に蘭である（興趣正濃）
試合は今正に酣だ（比賽現在正是高潮）正に当に将に雅に
齢酣也（年紀已過中年）
間も無く選挙戦も酣に為るだろう（不久競選活動也要達到高潮了）

蘭ける、長ける〔自下一〕擅長、年老、（寫作蘭ける）高升、（寫作蘭ける）正盛，旺盛，過盛，盛期已過
彼は中国語に蘭けている（他擅長華語）蘭ける長ける炊ける焚ける猛る哮る
彼は音楽に蘭けている（他擅長音樂）
彼は語学の才に蘭けている（他擅長外語）
世故に蘭ける（老於世故）
彼は世故に蘭けている（他老於世故）
世才に蘭けた人（長於世故的人）
齢蘭けて後（老後）後後
年が蘭けている（年華正茂）
年蘭けた人（上了年紀的人）
日が蘭けて起きる（紅日高升才起床）
夜が蘭ける（夜深了）
秋も蘭けた（秋色已濃）
山里の秋も蘭けた（山村的秋色已濃）
春が蘭けた（春意蘭珊）
春蘭けて鶯が鳴く（春意深黃鶯啼）鳴く泣く無く啼く

猛る〔自五〕激昂（＝勇み立つ）、狂暴（＝暴れ回る、荒れ狂う）
スタート前に猛る心を鎮める（在開跑之前鎮定雀躍的心情）鎮める沈める静める

ㄉ

猛る獅子（發兇的獅子）猛る哮ける焚ける長ける闌ける

猛り狂う荒波（洶湧的波濤）

海は猛り狂っている（大海在狂吼著）

哮る〔自五〕咆哮、怒吼、大吼大叫

猛虎の哮る声（猛虎的吼聲）哮る猛る炊ける焚ける長ける

声高く哮る（大聲吼叫）

炊ける〔自下一〕煮成飯、做成飯

更ける、深ける〔自下一〕（秋）深、（夜）闌

秋が更ける（秋深、秋意闌珊）老ける耽る蒸ける

夜が更ける（夜闌、夜深）

老ける、化ける〔自下一〕老、上年紀、變質、發霉

年寄老けて見える（顯得比實際年紀老）老ける化ける耽る更ける深ける

彼女は老けるのが早い（她老得快）早い速い

彼は年より老けて見える（他看起來比實際年齡老）

彼は年齡よりも老けている（他比實際歲數看起來老）

三十に為ては彼は老けて見える（按三十歲說他面老、他三十歲顯得比實際年紀老）

彼は此の数年来めっきり老けた（他這幾年來顯著地蒼老）

米が老けた（米發霉了）

芋が良く老けた（白薯蒸透了）

石灰が老ける（石灰風化）石灰

耽る〔自五〕耽於，沉湎，沉溺，入迷、埋頭，專心致志

飲酒に耽る（沉湎於酒）老ける更ける深ける吹ける拭ける噴ける葺ける

贅沢に耽る（窮奢極侈）

空想に耽る（想入非非）

小説を読み耽る（埋頭讀小說）

藍（ㄌㄢˊ）

藍〔漢造〕藍色、（與襤通）破爛（=襤褸、襤褸）

出藍（青出於藍而勝於藍）

甘藍（包心菜=キャベツ、葉牡丹=葉牡丹）

藍玉〔名〕〔礦〕藍晶、海藍寶石

藍紫色〔名〕紫藍色

藍綬褒章〔名〕（政府授於對教育，社會福利，衛生保健等方面作出貢獻的人的）藍色綬帶獎章

藍晶石〔名〕〔礦〕藍晶石

藍青〔名〕靛藍（色）

藍青色（靛藍色）

藍閃石〔名〕〔礦〕藍閃石

藍藻類〔名〕〔植〕藍藻類

藍鉄鉱〔名〕〔礦〕藍鐵礦

藍鉄土〔名〕〔礦〕藍鐵土

藍銅鉱〔名〕〔礦〕藍銅礦、石青

藍碧〔名〕碧藍色

藍本〔名〕藍本、原本（=粉本）

藍〔名〕〔植〕蓼藍、靛青、藍色（=藍色）

藍で染める（用靛青染）

藍に染める（染成藍色）

藍色〔名〕藍色、深藍色

襤（ㄌㄢˊ）

襤〔漢造〕破布，破爛衣服

襤衣〔名〕破衣（=襤褸、襤褸、綴れ、綴）

襤衣を纏っている男（穿著破衣的男人）纏う

襤褸、襤褸〔名〕破布，破爛衣服（=綴れ）。〔轉〕缺點、破爛不堪的東西⇔錦

襤褸を纏う（衣著襤褸）

襤褸（切れ）でも役に立つ（破布也有用處）

襤褸で自転車の掃除を為る（用破舊衣物擦拭腳踏車）

襤褸を纏っている（穿著破爛衣服）
襤褸を曝け出す（暴露缺點）
襤褸を隠す（掩蔽缺點）
襤褸隠しにコートを着る（穿大衣遮住襤褸處）
口数の多い者は襤褸を出す（言多必失）
口数口数
調子に乗り過ぎて、終襤褸を出した（太過得意忘形終於露出破綻）
次次と襤褸が出る（漏洞百出）
おん襤褸、おんぼろ（衣服襤褸、東西破舊、破爛不堪＝ぼろぼろ）
おん襤褸電車（破爛的電車）
おん襤褸の着物を着る（穿破爛的衣服）
おん襤褸連中（衣服破爛的人們－指乞丐）
襤褸自動車（破汽車）
襤褸車（破車）
襤褸家（破房子）
襤褸会社（快要倒閉的公司）
襤褸切れ（破布）
襤褸買い（收買破爛的人、亂搞男女關係的人）
襤褸着物（破舊的衣服、打滿補釘的衣服）
襤褸着（破衣服）
襤褸糞（一錢不值、破爛）
襤褸糞に貶される（被貶斥得一錢不值）
人を襤褸糞に言う（把人說得一錢不值）
襤褸糞に遣っ付ける（狠狠地整一頓）

欄（ㄌㄢˊ）

欄〔名、漢造〕（版面表格的）欄、欄杆（＝手摺　欄）
所定の欄に記入せよ（寫在指定的欄內）
答を下の欄に記入せよ（把答案寫入下面欄裡）
上中下の三欄に分ける（分上中下三欄）
上下上下上下上下上下

欄に靠れる（倚在欄杆上）靠れる凭れる
医薬欄に載せて在る（刊登在醫藥專欄）載せる乗せる
婦人欄の内容を充実する（充實婦女專欄的內容）
経済欄（經濟欄）
学芸欄（文藝欄）
文芸欄（文藝欄）
ニュース欄（新聞欄）
家庭欄（家庭欄）
広告欄（廣告欄）
氏名欄（姓名欄）
解答欄（解答欄）
投書欄（讀者來信欄）
新聞の投書欄に投稿する（向報紙讀者投書欄投稿）
上欄（上欄、前欄）
空欄（空白欄、空白處）
空欄に利用する（利用空欄）
勾欄高欄（宮殿或走廊等的欄杆＝欄干）

欄外〔名〕（書籍或刊物的）欄外，天頭、地腳、欄杆外（＝手摺の外）
欄外余白（欄外空白、頁邊空白）
欄外の注解（欄外註釋、旁注）
欄外に説明が書かれて在る（欄外寫著說明）在る有る或る
説明を欄外に書く（把說明寫在欄外）

欄内〔名〕（書籍或刊物的）欄內
欄内には文字を記入しない事（欄內不得寫字）文字文字

欄干、蘭干、欄檻〔名〕欄杆、扶手（＝手摺、欄）
橋の欄干に凭れる（倚在橋的欄杆上）凭れる靠れる
彼は橋の欄干に凭れています（他倚在橋的欄杆上）

欄干、蘭干〔形動タリ〕散亂貌、淚水流個不停貌、星月光輝貌

ㄌ

欄間〔名〕〔建〕（日本房間內拉窗，隔窗上部與頂棚之間鑲的）格窗、楣窗，透籠板

欄〔名〕欄杆、扶手（=欄干、手摺）

蘭（ㄌㄢˊ）

蘭〔名、漢造〕〔植〕蘭，蘭花、荷蘭（=和蘭、オランダ 葡Olanda）

蘭を栽培する（栽培蘭花）

蘭の花（蘭花）

蘭摧け玉折る（蘭摧玉折、賢人或美人之死）

春蘭（〔植〕春蘭）

芝蘭（〔植〕芝蘭）

紫蘭、白及（〔植〕白及）

金蘭（金蘭）

鈴蘭（〔植〕鈴蘭、君影草、草玉鈴）

木蘭（〔植〕木蘭）

蘭医〔名〕（江戶時代）荷蘭傳來的醫術（=蘭方）、學習荷蘭醫學的醫生（=蘭方医）

蘭学〔名〕（江戶時代中期以後經荷蘭傳入日本的西洋科學）蘭學

蘭学者（荷蘭學術的學者）

蘭語〔名〕荷蘭語（=オランダ語 葡Olandaご）

蘭交〔名〕（來自〝易經〞：二人同心其利斷金、同心之言其臭如蘭）親戚或朋友的親密交往

蘭摧玉折〔名〕蘭摧玉折、賢人死亡

寧ろ蘭摧玉折と為るとも、蕭敷艾栄とは作らず（寧為蘭摧玉折不作蕭敷艾榮）

蘭芷〔名〕蘭芷、蘭槐之根

蘭麝〔名〕〔古〕蘭花和麝香。〔喻〕芬香

蘭麝の漂う部屋（洋溢著蘭麝之香的房間）

蘭書〔名〕（江戶時代）荷蘭文的書籍

蘭虫、蘭鋳〔名〕〔動〕虎頭、丹鳳、水泡眼（金魚的一種品種）（=丸子）

蘭帳〔名〕美麗的帳幕、美人閨房的帳幕

蘭塔、卵塔〔名〕〔佛〕卵形塔身的石塔、無縫塔

卵塔場（墓地、墳地=墓場）

蘭方〔名〕（江戶時代的）荷蘭醫術←→漢方

蘭方医（用荷蘭醫術治病的醫師）

蘭引、ランビキ〔名〕（從阿拉伯語轉為葡萄牙語 alambique）（江戶時代）蒸餾器

蘭〔名〕〔植〕山蒜的古稱（=野蒜）、（一般不寫漢字）紫杉（=櫟）

覽（覽）（ㄌㄢˇ）

覽、覧〔漢造〕觀、看（=見る、看る、視る、診る）

観覧（觀覽、觀看、參觀）

閲覧（閱覽）

遊覧（遊覽）

博覧（博覽群書、多人觀覽）

一覧（一覽，一看、便覽，一覽表）

回覧、廻覧（傳閱、巡視）

巡覧（各地遊覽）

縦覧（隨意觀看、隨便閱覽、隨便參觀）

展覧（展覽、陳示）

天覧（天皇御覽）

便覧、便覧（便覽）

高覧（〔敬〕垂覽）

御覧（看、觀賞、試試看）

照覧（〔敬〕照覽）

笑覧（笑覽-請別人看時的客套話）

上覧（〔敬〕皇帝等御覽）

覧る、視る、見る、看る、観る、診る、相る

〔他上一〕看，觀看

（有時寫作観る、診る）查看，觀察、參觀

（有時寫作看る）照料，輔導、閱讀

（有時寫作観る、相る）判斷，評定

（有時寫作看る）處理，辦理、試試看，試驗、估計，推斷，假定、看作，認為、看出，顯出，反映出、遇上，遭受

〔補動、上一型〕（接動詞連用形+て或で下）試試看

（用て見ると、て見たら、て見れば）…一看、從…看來

映画を見る（看電影）回る、廻る

ちらりと見る（略看一下）

望遠鏡で見る（用望眼鏡看）

眼鏡を掛けて見る（戴上眼鏡看）

見るに忍びない（堪えない）（慘不忍睹）

見るのも嫌だ（連看都不想看）

見て見ぬ振りを為る（假裝沒看見）

見れば見る程面白い（越看越有趣）

見る物聞く物全て珍しかった（所見所聞都很稀罕）

一寸見ると易しい様だ（猛然一看似乎很容易）

見ろ、此の様を（瞧！這是怎麼搞的）

風呂を見る（看看浴室的水是否燒熱了）

辞書を見る（查辭典）

医者が患者を見る（醫生替病人看病）

暫く様子を見る（暫時看看情況）

私の見る所に依ると（據我看來）

イギリス人の目から見た日本（英國人眼裡的日本）

博物館を見る（參觀博物館）

国会を見る（參觀國會）

見る可き史跡（值得參觀的古蹟）

子供の面倒を見る（照顧小孩）

後を見る（善後）

此の子の数学を見て遣って下さい（請幫這小孩輔導一下數學）

新聞を見る（看報）

本を見る（看書）

答案を見る（改答案）

人相を見る（看相）

運勢を見る（占卜吉凶）

政務を見る（處理政務）

事務を看る（處理事務）

家の事は母が看ている（家裡的事由母親處理）

チィーンホテルの会計を看る（負責連鎖旅館的會計事務）

学会の会計を看る（處理學會的會計工作）

後を看る（善後）

政治を看る（搞政治、從事政治活動）

子供の面倒を看る（照料小孩、照顧小孩）

子供の勉強を看て遣る（留意一下孩子的功課）

出来ない学生の数学を看る（對成績差的學生輔導數學）

此の子の数学を看て遣って下さい（請幫這個小孩輔導一下數學）

学会の会計を看る（處理學會的會計工作）

味を見る（嚐味）

機械の具合を見る（看看機器的運轉情況）

刀の切味を見る（試試刀快不快）

総数は百万と見て良い（總共可以估計為一百萬）

遭難者は死んだ物と見る（推斷遇難者死了）

私は十日掛ると見る（我估計需要十天）

人生八十と見て私は未だ二十年有る（假定人生八十我還有二十年）

返事が無ければ欠席と見る（沒有回信就認為缺席）

君は私を幾つと見るかね（你看我有多大年紀？）

疲労の色が見られる（顯出疲乏的樣子）

一大進歩の跡を見る（看出大有進步的跡象）

流行歌に見る世相（反映在流行歌裡的社會相）

憂き目を見る（遭受痛苦）

ㄉ

馬鹿を見る（吃虧、上當、倒霉）

多くの犠牲者を見る（犧牲許多人）

其見た事か（〔對方不聽勸告而搞糟時〕你瞧瞧糟了吧！）

見た所（看來）

見た目（情況、樣子）

見て来た様（宛如親眼看到、好像真的一樣）

見て取る（認定、斷定）

見る影も無い（變得不成樣子）

見るからに（一看就）

見ると聞くとは大違い（和看到聽到的迥然不同）

見るとも無く（漫不經心地看）

見るに見兼ねて（看不下去、不忍作試）

見るは法楽（看看飽眼福、看看不花錢）

見る見る（中に）（眼看著）

見る目（目光、眼力）

見るも（一看就）

見る間に（眼看著）

一寸遣って見る（稍做一下試試看）

一口食べて見る（吃一口看看）

読んで見る（讀一讀看）

遣れるなら遣って見ろ（能做的話試著做做看）

考えても見ろ（你也該想一想嘛！）

目が覚めて見ると良い天気だった（醒來一看是晴天）

起きて見たら誰も居なかった（起來一看誰都不在）

纜（ㄉㄢˇ）

纜〔漢造〕纜繩

電纜（電纜、電線＝ケーブル）

纜、艫綱〔名〕船纜（＝舫い綱）

纜を解く（解纜、開船）

懶、嬾（ㄉㄢˇ）

懶、嬾〔漢造〕懶、不勤

樹懶（〔動〕樹懶－盛產於南美）

懶惰、嬾惰〔名、形動〕（讀作懶惰是錯誤的）懶惰（＝怠惰、怠け怠る）

懶惰な男（懶惰的男人）

彼は生れ付き懶惰な性格を持っている（他生來就具有懶惰的性質）

懶ける、怠ける〔自、他下一〕懶惰、怠惰（＝怠る、サボる）、散漫、不檢點

学課を怠ける（不用功）

学校を怠ける（逃學）

学校を怠けて映画を見に行く（逃學去看電影）行く往く逝く行く往く逝く

仕事を怠ける（玩忽職務、不認真工作）

仕事を怠けるな（工作不可偷懶）

怠けて暮す（悠忽度日）

今日は一日怠ける終った（今天閒了一天）今日今日終う仕舞う

一日中怠けた生活を過す（終日過著散漫不檢點的生活）一日一日一日一日 朔

懶け者、怠け者、懶者、物臭者〔名〕懶漢←→働き者

彼の怠け者は困った物だ（對那個懶漢真沒辦法）

怠け者で毎日遊んで許り居る（是個懶漢成天游手好閒）

弱虫怠け者の思想を探求する（探求懦夫的懶漢思想）

彼奴は怠け者で仕方が無い（那傢伙是個懶骨頭無藥可救）

怠け者の節句働き（平時偷懶別人閒時他才忙）

懶け熊〔名〕〔動〕懶熊（印度、斯里蘭卡產）

懶い、懶うい、物憂い 〔形〕厭倦的，懶洋洋的，無精打采的（=大儀）、沉悶的、沉鬱的（=憂鬱）

何を為るのも懶い（不論做什麼都感到厭倦）

彼に会いに行くのが懶い（我懶得看他去）

彼の家へ行くのが懶い（懶得到他家裡去）

仕事を為るのが懶いのは多分風邪を引いた所為だろう（懶得做事大概感冒了）

夏の午後昼寝から目覚めても暫く懶い気分だった（夏日午後睡醒也是覺得有些慵懶）

こんな雨の日は懶い（這樣的雨天很沉悶）

何処かで時計が懶く一時を打った（不知是哪裡的時鐘沉悶地打了一點鐘）

懶げ、物憂げ 〔名、形動〕厭倦、懶洋洋、無精打采

懶げに歩く（無精打采地走著）

懶げに道を歩く（無精打采地走路）

懶げに話を為る（懶洋洋地說話）刷る摺る擦る掘る磨る揺る摩る

彼は懶げに立ち上った（他無精打采地站了起來）

川は緩く懶げに流れていた（河水緩慢地懶洋洋地流著）

懶、懶ぐさ、物臭 〔名、形動〕懶、做事嫌麻煩、懶漢

彼は酷い懶だ（那人懶極了）

彼は懶だから為ないだろう（他做事怕麻煩一定不會去做的）

懶な女（懶女人）

寒く為ると懶に為る（天一冷就懶得動）

彼は自分の部屋も掃除しない懶だ（他嫌麻煩自己的房間也不打掃）

懶太郎（懶漢）

彼は有名な懶太郎だ（他是個有名的懶漢）

懶太郎の懶は有名だ（懶太郎的懶惰是有名的）

懶ぐさい、物臭い 〔形〕懶的、做事嫌麻煩的

懶ぐさい奴（真是個懶傢伙）

爛（ㄌㄢˋ）

爛 〔漢造〕爛

糜爛（糜爛、國家紊亂而疲敝）

腐爛、腐乱（腐爛）

爛熟 〔名、自サ〕爛熟，熟透、成熟、極盛

桃が爛熟する（桃子熟透）

柿が爛熟する（柿子熟透了）

爛熟した文章（成熟的文章）

文明の爛熟期（文明的極盛時期）

其の小説は氏の爛熟期に書かれて物だ（那部小說是在他的成熟期寫的）

彼の文学はもう爛熟の境に入った（他的文學已到了純熟的境地）境境界

爛然 〔形動タリ〕燦然、燦爛

爛靡 〔名、自サ〕糜爛（=糜爛）

死体は酷く爛靡していた（屍體已經糜爛不堪了）

爛漫 〔副、形動タルト〕爛漫

天真爛漫（天真爛漫）

天真爛漫たる子供達（天真爛漫的孩子們）

百花爛漫と咲く（百花撩亂）咲く裂く割く

桜は爛漫と咲いている（櫻花正盛開著）

爛漫たる桜花（櫻花爛漫、盛開的櫻花）

春爛漫の花盛り（春花盛開、春華爛漫的季節）

春の花が爛漫（と咲き乱れる（春花爛漫盛開）

爛爛 〔副、形動タルト〕燦爛、炯炯

爛爛たる眼光（目光炯炯）

爛爛たる眼（目光炯炯）

爛爛と光る眼（目光炯炯）眼眼眼

爛れる 〔自下一〕糜爛、潰爛

傷が爛れる（傷口潰爛）
火傷を為て皮膚が赤く爛れた（皮膚燒傷紅腫潰爛了）
酒に爛れた生活（花天酒地的生活）
爛れた肉の生活に浸る（沉浸在荒淫無度的生活裡）

爛れ〔名〕糜爛、潰爛

爛れ目〔名〕〔醫〕爛眼、眼角潰爛

爛らす、爛らかす〔他サ四〕糜爛，潰爛、使糜爛，使潰爛

濫（ㄌㄢˋ）

濫〔漢造〕氾濫、濫，胡亂、浮泛
　氾濫（氾濫、充斥、過多）
　粗製濫造（粗製濫造）

濫獲、乱獲〔名、他サ〕濫捕、亂打（鳥獸魚等）
　濫獲を禁ず（禁止濫捕）禁ず禁ずる
　野鳥の濫獲を防ぐ（防止濫捕野鳥）
　鯨の濫獲を規制する（限制濫捕鯨魚）鯨髭鯨肉
　帝雉は濫獲の為に絶滅した（帝雉由於亂捕而絶種了）

濫掘、乱掘〔名、他サ〕濫掘、濫採
　石炭を濫掘する（濫採煤炭）
　遺跡を濫掘する（亂掘遺跡）
　鉱山の濫掘を禁ずる（禁止亂掘礦山）
　地下資源を濫掘しては行けない（不得亂採地下資源）

濫行，濫行、乱行，乱行〔名〕行為不端、荒唐行為、淫亂行為、粗暴行為
　益益濫行が募る（越來越荒唐）
　濫行を極める（行為荒唐到極點）
　見るに見兼ねる濫行（看不過去的粗暴行為）
　酩酊して濫行に及んだ（酗酒滋事）

濫作、乱作〔名、他サ〕粗製濫造
　彼は小説を濫作している（他粗製濫造地寫很多小說）
　如何に売れっ子とは言え、濫作は如何かと思う（不管怎樣紅也不應該粗製濫造地寫作）
　彼の作家は濫作の為作品の水準が落ちた（那個作家因為粗製濫造作品水準下降）

濫出、乱出〔名、自他サ〕擅自走進社會、派到社會去
　実力の無い者が濫出している（沒有實力的人隨便出社會）

濫觴〔名〕濫觴、起源、開端
　演劇の濫觴（戲劇的起源）
　学校制度の濫觴（學校制度的起源）
　貨幣の濫觴を研究する（研究貨幣的起源）
　此れが我国の翻訳文学の濫觴である（這是我國翻譯文學的濫觴）

濫賞〔名〕濫賞

濫設、乱設〔名、他サ〕濫設
　部局の濫設（濫設科局機構）

濫訴、乱訴〔名、他サ〕濫訴

濫造、乱造〔名、他サ〕濫造、粗製濫造
　需要に追われて濫造する（迫於需求粗製濫造）需要（要求，需求、消耗，消費）須用（必要、必需）
　粗悪品の濫造（濫造劣貨）
　製品を濫造する（濫造製品）
　粗製濫造の品が多い（很多粗製濫造的東西）

濫積み、乱積み〔名〕（石材）濫堆、亂堆、胡亂堆放

濫読、乱読〔名、他サ〕濫讀、亂念←→精読
　小説を濫読する（濫讀小說）
　推理小説と探偵小説を濫読する（濫讀推理小說和偵探小說）
　濫読家（不加選擇濫讀的人）

濫伐、乱伐〔名、他サ〕濫伐（樹木）

濫伐を禁ずる（禁止濫伐）

濫伐が祟って下流地方は毎年大水に襲われる（濫伐的結果下游一帶每年遭受水災）大水大水

濫伐の結果、山崩れが起こる（濫伐結果引起山崩）

濫罰、乱罰〔名、他サ〕濫罰

濫発、乱発〔名、他サ〕亂射，胡亂射擊、（鈔票或公債等）胡亂發行

ピストルを濫発する（亂放手槍）

機関銃を濫発する（亂開機關槍）

招待券を濫発する（濫發招待券）

紙幣を濫発する（濫發紙幣）

紙幣の濫発でインフレに為る（因濫發紙幣造成通貨膨脹）

濫費、乱費〔名、他サ〕濫用、揮霍浪費、亂花亂用（=無駄遣い）

公金の濫費（濫用公款）

公金を濫費する（濫用公款）

精力の濫費（耗費精力）

金銭を濫費する（浪費金錢）

濫費を抑制する（制止浪費）

濫費を非難する（譴責浪費）

公の品物を濫費する（濫用公物）

濫用、乱用〔名、他サ〕濫用、亂用

職権濫用（濫用職權）

職権を濫用して部下を扱き使う（濫用職權任意驅使部下）

薬の濫用は危険だ（濫用藥品是危險的）

権利の濫用（濫用權利）

官金を濫用する（濫用公款）

濫立、乱立〔名、他サ〕亂立

ビルが濫立している（高樓大廈參差不齊地聳立著）

鉄道の沿線に広告板が濫立する（鐵路沿線亂立著廣告牌）

汽車の沿線に看板が濫立している（鐵路沿線亂立著廣告牌）

候補者の濫立した選挙区（候選人氾濫的選區）

此の選挙区は各党に立候補者が濫立している（這個選區各黨提出不少候選人）

濫り、妄り、乱り、猥り、漫り〔形動〕胡亂，隨便、狂妄，過分

濫りに鳥を取っては為らない（不得任意捕鳥）

教室で濫りに大声を上げて行けない（在教室裡不可隨意喧嘩）大声大声

そんな事は濫りに口に為可きではない（那種話不可隨便亂說）

濫りな男（不禮貌的男人）

濫りな生活（吊兒郎當的生活）

濫りな事を言うな（不要亂說）

濫りに入る可からず（不准擅入）

濫りに欠席するな（不要隨便缺席）

濫りな（の）振舞（狂妄行為、胡作非為）

濫りがわしい、猥りがわしい〔形〕淫亂的、猥褻的

濫りがわしい話を為る（講猥褻話）

濫りに，濫に，妄りに，妄に，猥りに，猥に〔副〕胡亂、擅自（=矢鱈に）

動物に濫りに餌を遣らないで下さい（請別任意餵食動物）

濫りに動物に餌を遣りないで下さい（請別任意餵食動物）

濫りに欠席する（無故缺席）

濫りに入る事を禁ずる（禁止擅入）入る入る

濫りに入る可からず（不准擅自進入）

濫りに人の悪口を言う（無緣無故地罵人）言う云う謂う

濫りに憶測を加える（妄加揣測）加える銜える咥える

ヵ

郎（ㄌㄤˊ）

郎〔漢造〕郎、服侍者、男人名
　新郎（新郎＝花婿）←→新婦（花嫁）
　遊冶郎（浪子、浪蕩公子）
　下郎（佣人、身分低賤的人、〔罵〕小子）
　女郎、女郎（女郎，婦女、妓女）
　太郎（長子，老大、最大，最優秀、第一，事物的開始）
　次郎（次子、老二）
　三郎（三郎、老三、第三個）

郎君〔名〕年輕貴公子（＝若殿）、丈夫、情夫
郎従〔名〕從者、嘍囉、追隨者（＝郎党、郎等）
郎党，郎等，郎党，郎等〔名〕〔史〕（幕府時代）（將軍或諸侯的）家臣（＝家来）。〔轉〕從者，嘍囉，追隨者
　家の子郎党（〔喻〕〔政黨的〕黨徒們、捧場的人們）
　一族郎党を引き連れて（帶領家下人等）
郎子〔名〕〔古〕（對青年男子的親密稱呼）郎、郎君、少爺←→郎女
郎女〔名〕〔古〕（對青年女子的親密稱呼）女郎、小姐←→郎子

狼（ㄌㄤˊ）

狼〔漢造〕狼、困窘、雜亂
　豺狼（豺狼＝山犬と狼、〔轉〕殘酷成性的人）
　豺狼当路（豺狼當道、〔喻〕凶暴的當政者）
　虎狼（虎狼、〔喻〕殘忍無情的人）

狼煙、狼煙，烽火、烽火〔名〕烽火、狼煙（＝烽、飛ぶ火）
　烽火を揚げる（燃起狼煙）上げる揚げる舉げる
　烽火が揚がった（燃起了烽火）
　烽火を揚げて合図する（燃起狼煙發信號）
　急を告げる狼煙を揚げる（燃起告急的狼煙）
　反核運動の狼煙を揚げた（發起反核運動）
　烽火守り（看烽火台的人）

狼音〔名〕〔樂〕不協調音
狼火〔名〕烽火、狼煙（＝烽、飛ぶ火、狼煙、狼煙，烽火、烽火）
　狼火を揚げる（放狼煙）上げる揚げる舉げる
　遠くの山の頂に狼火が見える（遠山山頂峰火看得見）

狼狂〔名〕〔醫〕變狼狂（一種精神病患者幻想自己是狼或其他動物）
狼子〔名〕狼子
　狼子野心（狼子野心）
狼燧〔名〕烽火、狼煙（＝狼煙、狼煙，烽火、烽火、狼火）
狼星〔名〕〔天〕天狼星
狼藉、狼藉〔名〕狼藉，亂七八糟（＝乱雑）、野蠻，粗暴，粗野（＝乱暴）
　落花狼藉（落英繽紛）
　杯盤狼藉（杯盤狼藉）
　紙屑や弁当箱の散らかった、花見の後の狼藉振り（賞花後呈現一片紙屑便當盒散落雜亂的現象）
　彼等が去った後は部屋は狼藉を極めていた（他們走了之後屋子裡杯盤狼藉）
　狼藉を働く（行為粗暴）
　狼藉を極める（極端粗暴）
　狼藉の限りを尽くす（極盡粗野的能事）
　山賊達は狼藉の限りを尽くした（山賊們為非作歹無惡不作）
　狼藉者（粗野的傢伙）
　狼藉者奴！待て！（粗野的傢伙！住手！）

狼瘡〔名〕〔醫〕狼瘡
　尋常性狼瘡（尋常性狼瘡）
　紅斑性狼瘡（紅斑性狼瘡）

狼狽、狼狽〔名、自サ〕狼狽、驚慌失措

周章狼狽（周章狼狽、慌張狼狽）

突然の訪問で狼狽した（因突然來訪搞得狼狽不堪）

試験間近に為ると狼狽して俄に勉強を始めた（考試臨近才著慌急急忙忙地開始用功）

狼狽して逃げ出した（狼狽地逃走了）

彼は些か狼狽気味であった（他有點驚慌失措了）些か聊か

彼は不意を食らって大いに狼狽した（他因出奇不意非常驚慌失措）

彼は少しも狼狽しなかった（他一點也沒驚慌）

狼狽振り（狼狽相）

極度の狼狽（惶恐萬狀）

狼狽う〔自下二〕著慌、驚惶失措（=狼狽える）

狼狽える〔自下一〕著慌、驚惶失措（=うろうろする、慌て迷う）

少しも狼狽えない（一點而也不驚慌）

敵は狼狽えて逃げた（敵人倉皇逃走了）

悪事がばれて狼狽える（惡事敗露慌了手腳）

地震に狼狽えて外へ飛び出した（給地震震慌了倉皇跑到戶外）地震地震

狼狽え眼、狼狽眼〔名〕驚慌的眼神

狼狽え眼で人を見る（以驚慌的眼神看人）

狼狽え者、狼狽者〔名〕冒失鬼、易於驚慌的人

彼奴は狼狽え者だから何時も赤恥を搔く（那傢伙好驚慌失措所以經常當眾出醜）

狼戻〔名〕貪得無厭、蠻橫無理、狼藉（=狼藉）

狼把草、由五加木〔名〕〔植〕狼把草

狼〔名〕（原意為大神，古代日人懼狼如神，故名）狼。〔轉〕色鬼，追逐女人的流氓

狼が吼える（狼嗥）吼える吠える咆える

狼が唸る（狼嗥）唸る呻る

狼の子（狼子）

狼の群（狼群）群群

狼の様にがつがつ食う（狼吞虎嚥）食う喰う

狼を部屋に引き入れる（引狼入室）

狼に羊の番（引狼入室）

羊の皮を被った狼（披著羊皮的狼、笑面虎）

狼連（追逐婦女的一幫流氓）

町の狼（街頭的流氓、尾隨女人的色狼）

狼に衣（人面獸心、衣冠禽獸）

狼座〔名〕〔天〕豺狼座、豺狼星座

琅（ㄌㄤˊ）

琅〔漢造〕美麗的石頭、清澈的東西、金玉相碰聲

琅玕〔名〕琅玕（中國產碧玉的一種）、竹子的美稱

廊（ㄌㄤˊ）

廊〔名、漢造〕走廊（=廊下）、兩房間的走廊（=細殿、渡殿、渡り廊下）

廊を巡らす（周圍修上走廊）巡らす廻らす回らす

回廊、廻廊（迴廊、走廊、長廊）

歩廊（走廊，迴廊、〔舊〕站台）

画廊（繪畫陳列館）

東廊（東廊）

西廊（西廊）

廡廊（廳堂旁邊的走廊）

廊下〔名〕廊下、走廊

廊下を通る（通過走廊）

廊下伝いに湯殿へ行ける（沿著走廊可以走到洗澡間）

廊下伝いに行くと右側に図書館が有る（順著走廊走右邊就有圖書室）右側右側 左側左側

彼女の部屋とは廊下続きです（和她的房間連著走廊）

彼女の部屋は廊下を突き当たった所です（她的房間在走廊盡頭）

廊下の外れにトイレが有る（走廊盡頭有廁所）有る在る或る

渡り廊下（迴廊）

渡り廊下を渡る（走過走廊）渡る渉る亘る

廊下鳶（在妓院走廊徘徊的嫖客、在走廊悠閒遊蕩的人）鳶鳶

廊廟〔名〕廊廟、廟堂

廊廟の器（廊廟之器、統治天下之才）

廊廟の才（廊廟之才、統治天下之才）

廊廟の計（統治天下之大計）

朗（ㄌㄤˇ）

朗〔漢造〕明朗、朗讀

明朗（明朗、清明，公正，不欺瞞，不隱諱）

晴朗（晴朗）

清朗（清朗）

朗詠〔名、他サ〕朗吟

唐詩を朗詠する（朗吟唐詩）

詩歌を朗詠する（朗誦詩歌）詩歌詩歌

唐詩を朗詠し乍剣舞を遣る（邊朗誦唐詩邊舞劍）

朗吟〔名、他サ〕朗吟、朗誦（＝朗詠）

漢詩を朗吟する（朗誦漢詩）

朗月〔名〕明亮清澄的月亮

朗笑〔名、自サ〕朗笑、爽朗的笑聲

朗笑を聞こえる（傳來明朗的笑聲）

公園から子供達の朗笑が聞こえて来る（從公園傳來小孩們的明朗笑聲）来る来る

朗唱、朗誦〔名、他サ〕朗讀、朗誦（＝朗読）

詩を朗誦する（朗誦詩）

漢詩を朗誦する（朗誦漢詩）

唐歌を朗誦する（朗誦漢詩）

朗色〔名〕高興的神色、滿面春風

課長に上がると聞いて朗色を現す（聽到要升為課長而顯得滿面春風）表す現す著す顕す

朗然〔形動タルト〕明朗，爽快、（聲音）清脆，響亮

朗読〔名、他サ〕朗讀、朗誦（＝朗唱、朗誦）

脚本を朗読する（朗讀劇本）

自作の詩の朗読会を開く（舉行自作詩朗誦會）

詩を朗読する（詩朗誦）

詩の朗読（朗誦詩）

物語を朗読する（朗讀故事）

大会の声明文を朗読する（朗讀大會的聲明）

朗読演説（照稿演說、念稿演說）

朗報〔名〕喜報、喜訊←→悲報

男子誕生の朗報（生了男孩的喜訊）

台湾チーム優勝との朗報が入った（傳來了台灣隊取得冠軍的喜訊）

平和への朗報は幾等多くても多過ぎる事は無い（走向和平的喜報有多少也不算多）

試験合格の朗報を手に為る（接到考取的好消息）

朗報を接して飛び上がった（接到好消息而跳起來）接する節する摂する

全員無事の朗報が入った（傳來全體人員平安無事的喜訊）

登頂に成功したとの朗報が届いた（立刻傳來成功登上山頂的好消息）登頂登頂

朗朗〔副、形動タルト〕朗朗，嘹亮，清澈、明朗，皎潔

朗朗と良く響く声（清晰響亮聲音）

音吐朗朗たる物であった（聲音宏亮）

音吐朗朗と演説する（聲音嘹亮地演說）

其は音吐朗朗たる講演であった（那是聲音嘹亮的演講）

選手代表が朗朗と宣誓する（選手代表聲音嘹亮地宣誓誓詞）

朗朗と宣誓文を読み上げる（聲音響亮地宣讀誓詞）

朗朗と条文を読み上げる（聲音響亮地宣讀條文）

其の声朗朗と為て湖水に響く（那聲音清澈地在湖水中響起）

朗朗たる明月（皎潔的明月）

朗話〔名〕喜諷、令人心裡敞亮的話、聽來高興的話

朗話に耳を傾ける（傾聽令人高興的話）

朗らか〔形動〕晴朗、明朗，開朗、嘹亮、快活，舒暢

朗らかな天気（晴朗的天氣）

朗らかな人（性情開朗的人、性格爽快的人）

朗らかな声（響亮的聲音）

朗らかに笑う（快活地笑）

朗らかな顔（愉快的神色）

こんな朗らかな気分に為った事が無い（心情從來沒有這麼快活過）

朗らかな笑い声が隣の部屋から聞こえて来た（從鄰室傳來快活的笑聲）

今日も一日朗らかに過ごそう（今天也要快快活活地過上一天）

浪、浪（ㄌㄤˋ）

浪〔漢造〕浪、波浪、流浪、浪費、魯莽

波浪（波浪）

激浪（激浪、狂瀾、波濤洶湧）

風浪（風浪、風波）

逆浪（逆浪、逆流，社會的混亂）

逆浪（逆浪、逆風的波浪、逆流的波浪）

逆浪、逆波（逆浪、頂頭浪、翻捲的浪）

放浪（流浪）

流浪（流浪、流蕩、漂泊）

浮浪（流浪）

孟浪（魯莽）

浪界〔名〕（日本民族曲藝）浪曲界（=浪曲界、浪花節界）

浪界の花形（浪曲界的名角）

浪曲〔名〕（以三弦琴為伴奏的一種民間說唱藝術、類似我國鼓詞）浪花曲、浪花節（=浪花節）

浪曲の師匠（浪花節的師傅）

浪士〔名〕（離開主君）流浪的、武士無主的武士（=浪人）

寄る辺の無い浪士（無依無靠的流浪武士）

赤穂浪士（赤穂浪士）

浪死〔名〕白死、死無代價（=犬死、徒死、無駄死に）

浪宅〔名〕浪人的住宅、（江戶時代）失去主人的武士住宅

浪人、牢人〔名、自サ〕（幕府時代）離開主家四處流浪的武士（=浪士）、（未被錄取）失學的學生、流浪者，無業遊民

浪人に為る（成為流浪武士）

二年浪人の生活を為た（過了二年失學的生活）

大学試験を失敗して浪人している（沒考上大學現在失學）

受験に失敗して一年浪人した（沒考取學校失學了一年）一年一年

会社が倒産して今は浪人の身の上だ（公司倒閉現在失業）

毎年浪人に増える（每年失業者一再增加）
毎年毎年増える殖える

浪費〔名、他〕浪費（=無駄遣い）←→倹約

時間を浪費する（浪費時間）

精力を浪費する（浪費精力）

浪費を無くする（消滅浪費）

ㄌ

詰まらぬ物に金を浪費する（在無謂的東西上浪費金錢）

浪費癖が止まない（浪費的脾氣沒有改）

彼の浪費癖は一向に止まない（他浪費的習慣老改不了）止む已む病む

紙の浪費を慎もう（不要浪費紙張）

御喋りを為て時間を浪費する（聊天浪費時間）

そんな事を為るのは時間の浪費だ（那麼做是浪費時間）

浪費者（浪費者）

浪漫〔名〕浪漫（=ロマン）

浪漫の徒（浪漫之徒）徒空徒無駄徒 徒悪戯徒只唯

浪漫的（浪漫的=ロマンチック）←→写実的

浪漫的な思潮（浪漫的思潮）

浪漫派（浪漫派=ロマンチシスト、ロマンチスト）←→写実派

浪漫派の作品（浪漫派的作品）

浪漫派の詩人（浪漫派的詩人）

浪漫主義（浪漫主義=ロマンチシズム）←→写実主義

十八世紀末ヨーロッパの浪漫主義運動（十八世紀末歐洲的浪漫主義運動）

浪漫主義文学（浪漫主義文學）

浪漫主義者（浪漫主義者）

浪浪〔名〕流浪（=流離う）

〔形動タルト〕（水）流動貌

浪浪の人（樓浪者）

浪浪の民（遊民、流浪民）

浪浪の身と為る（成為流浪者）

浪花、浪華、浪速、難波〔名〕〔地〕難波（大阪市及其附近地區的古稱）

難波薔薇（〔植〕金櫻子）

難波の葦は伊勢の浜荻（名稱因地而異）

浪花、浪華、浪花〔名〕浪花（=浪の花）

浪花節、難波節〔名〕浪花曲（一種三弦伴奏的民間說唱歌曲）（=浪曲）、重視人情義理

浪花節的な言動（浪花曲式的言行-重視人情面子的通俗古老的言行）

浪花節的な感覚の人だ（重視人情義理感的人）

社長の浪花節的な発想が人事の合理化を阻む元に為っている（社長那拘泥於情義的思想是阻礙人事合理化的主因）

浪、波、濤〔名〕波浪，波濤。〔轉〕波瀾，風波。〔理〕（振動）波。〔喻〕風潮、連綿起伏、高低起伏、（皮膚的）皺紋

大波（大浪、劇浪）

波が荒い（波濤洶湧）粗い洗い

波が立つ（起浪）

波が静まる（風平浪靜）

波に攫われる（被浪沖走）攫う浚う

波に呑まれる（被浪吞沒）吞む飲む

波に漂う（漂流、漂蕩）

波に乗る（趁勢、趁著浪頭）乗る載る

波を打つ（起波浪、頭髮呈波浪形）

波を被る（浪打上甲板）

波を切って進む（破浪前進）

波の穂（浪頭、浪尖、浪峰）

波の音（濤聲）

逆巻く波（翻卷的大浪、紅濤巨浪）

波を巻き起こす（掀起風波）

平地に波を起す（平地起波瀾）

音の波（音波）音音音

光の波（光波）

横波（橫波）

縦波、縱波（縱波）

時代の波（時代的浪潮）

失業の波（失業浪潮）

人波、人の波（潮水般的人群）

山（の）波、山並、山脈（山脈）

甍の波（脊瓦鱗次櫛比）

作品に波が有る（作品中有好有壞）

景気の波（行情的變動）

成績に波が有る（成績有時好有時壞）

老いの波（老人的皺紋）

波静か也（風平浪靜、天下太平）

波に乗る（趁勢、乘著勢頭）

勝利の波に乗って追撃する（乘勝追擊）

波にも磯にも付かぬ心地（心情忐忑不安）

並、並み〔名〕普通、一般、平常

〔造語〕排列、並列、並比、同樣、每

並の人間（普通人）

並の製品（普通的製品）

並以上の才能（才能出眾）

彼は何処か並の人と違っている（他有些地方和一般人不一樣）

身長は並よりも高い（身長也比一般人高）

並で無い（不平常、不尋常）

上二百円、中一百八十円、並一百五十円（上等的二百日元、中等的一百八十日元、普通的一百五十日元）

並手形（普通票據）

並肉（中等肉、下等肉）

並木（路旁並排的樹木）

家並（房子的排列情況＝屋並。每家，家家戶戶＝家毎）

世間並（和社會上一般情況一樣）

人並（和一般人一樣）

例年並（和往年一樣）

家族並に取り扱う（和家裡的人一樣對待）

親戚並に付き合い（和親戚一樣的交往）

課長並の待遇（和科長同等的待遇）

月並の例会（每月的例會）

軒並に国旗を掲げる（家家戶戶掛國旗）

浪路、波路〔名〕航路（＝船路）

千里の波路を越えて行く（遠涉重洋）

稜（ㄌㄥˊ）

稜〔漢造〕威嚴、稜角。〔數〕多面體鄰近的兩個面交叉的直線

三稜鏡（三稜鏡、稜鏡＝プリズム）

五稜廓（五稜廓）

山稜（山脊＝尾根）

稜威〔名〕皇威、日皇的威望（＝御稜威、御稜威）

稜角〔名〕稜角

多面体の稜角（多面體的稜角）

強い寒気で、路上の雪は稜角有る氷片と為った（冷得很路上的雪變成了有稜角的冰塊）

稜線〔名〕山脊的稜線（＝尾根）

稜線伝いに歩く（沿著稜線走）

稜堡〔名〕〔軍〕稜堡

稜稜〔形動タルト〕凜凜，嚴肅可畏、（寒氣）凜冽

稜稜たる山脈（崎嶇的山脈）

気骨稜稜たる人（有骨氣的人、嚴肅可畏的人）

稜〔名〕稜，角上、裙邊，日本裙褲的開口

稜威、御稜威，御厳〔名〕皇威、天皇的威光

冷（ㄌㄥˇ）

冷〔漢造〕冷，涼←→暖、冷淡，不熱情

秋冷（秋涼、陰曆八月）

涼冷（冷涼）

清冷（冷清）

寒冷（寒冷）

空冷（〔機〕氣冷、空氣冷卻）

冷暗〔名〕暗冷、陰涼

冷暗所（陰涼的地方）

冷罨法〔名〕〔醫〕冷敷法←→温罨法
　冷罨法を施す（使用冷敷法）

冷雨〔名〕冷雨（＝氷雨）
　冷雨の降り続いている朝夕（不斷地下著冷雨的朝夕）

冷炎〔名〕〔理〕冷焰

冷延〔名〕冷間壓延←→熱延

冷温〔名〕冷（與）暖，温（與）涼、冷溫，低温
　冷温両用（冷暖兩用）
　冷温で貯蔵する（用低溫儲藏、在低溫下儲藏）
　冷温貯蔵（低溫貯藏）
　冷温帯（冷溫帶）（＝亜寒帯）←→亜熱帯

冷夏〔名〕比往年氣溫低的夏天

冷菓〔名〕冷凍點心、冰製食品（如冰淇淋等）
　食後の冷菓は特に美味しい（餐後的冷凍點心特別好吃）

冷灰〔名〕（火熄滅後的）冷灰、涼灰、死灰、冷卻後的餘燼

冷害〔名〕〔農〕凍災、冷凍災害
　冷害に因る減産（由於凍災而造成的減產）
　因る寄る縁る依る由る縒る撚る選る撚る
　冷害に見舞われる（遭受凍災）
　北海道は酷い冷害に見舞われた（北海道遭受了嚴重的冷害）
　作物を冷害から守る（保護作物不受凍災）
　守る護る守る盛る漏る洩る
　冷害対策を講じる（研究防止冷凍災害的辦法）講じる高じる嵩じる昂じる
　冷害に打ち勝つ（戰勝冷害、克服凍災）

冷覚〔名〕〔心〕冷覺（由於冷的刺激產生的感覺）←→温覚

冷汗、冷汗，冷や汗〔名〕冷汗
　冷汗三斗（不勝汗顏、非常慚愧、非常害怕）
　冷汗三斗の思いが為る（不勝汗顏、非常慚愧）思い想い重い
　冷汗を掻く（出冷汗）
　額には冷汗が玉の様に出た（額頭上滲出了豆粒般的冷汗）
　手に冷汗を握る（手裡捏一把冷汗）

冷寒〔名、形動〕寒冷
　冷寒所（寒冷地方）

冷間〔名〕〔冶〕低溫
　冷間圧接法（冷壓焊、低溫焊接法）
　冷間引抜（冷拔、冷抽、冷拉）
　冷間脆さ（冷脆性）
　冷間加工（冷作、冷鍛、冷加工、低溫加工）

冷眼〔名〕冷眼、白眼、鄙視（＝冷淡な目付）
　冷眼視する（冷眼看人）
　人を冷眼を視する（斜眼看人、用白眼看人）視する資する死する
　僕は彼の冷眼に耐えられない（我受不了他的冷眼看待）耐える堪える絶える

冷感症〔名〕〔醫〕（婦女）性冷感、性慾缺乏症（＝不感症）

冷気〔名〕冷氣、涼氣
　秋の夜の冷気（秋夜的涼氣）
　冷気が肌に染みる（冰涼的冷氣沁入肌膚）肌肌裸染みる沁みる凍みる浸みる滲みる
　冷気が身に染みる（寒氣滲透身體）
　日増しに冷気を催して来ます（一天天地冷起來、寒氣日益襲人）

冷却〔名、自他サ〕冷卻、冷凍、冷靜
　熱したエンジンを水で冷却する（用水來冷卻發熱的引擎）
　水を零度以下に冷却すると、氷に為る（使水到冷卻零度以下就成為冰）為る成る生る鳴る
　高まった両国間の危機を冷却させる（使兩國間加劇的緊張關係冷靜下來）
　興奮した感情が冷却した（激動的感情冷靜下來了）

冷却効果（冷卻效果）

冷却装置（冷卻裝置）

冷却剤（冷卻劑）

空気冷却発動機（氣冷發動機）

冷却器（冷卻器）

クーラーの冷却器（冷氣機的冷卻器）

冷却期間（〔勞資或感情等糾紛〕暫停期間〔以便冷靜下來〕）

冷却材（冷媒、冷卻材料）

冷遇〔名、他サ〕冷淡對待、冷淡待遇←→厚遇、優遇

冷遇に甘んじて研究を続ける（安於冷淡的待遇繼續研究工作）

余所者故に冷遇を受ける（因為是外來人受到冷淡的對待）余所他所

コロンブスは晩年、宮廷から冷遇された（哥倫布晚年受到宮廷的冷淡待遇）

冷血〔名、形動〕〔動〕冷血（體溫低於外界一般溫度）←→温血、冷酷無情（=冷淡、薄情）

冷血の（な）人（冷酷無情的人）

冷血漢（冷血漢、冷酷無情的人）

冷血動物（冷血動物，變溫動物(=変温動物)、〔轉〕冷酷無情的人=冷血漢）←→温血動物、恒温動物

彼奴は冷血動物だ（他是一個冷酷無情的人）

冷厳〔名、形動〕莊嚴冷靜、冷酷，嚴酷，艱巨

冷厳の（な）態度で判決を下す（用莊嚴冷靜的態度宣判）

冷厳な事実（冷酷的事實）

冷厳な現実に直面する（面對冷酷的現實）

生産の面で非常に立ち後れたと言う冷厳な事実を直視し無ければ為らない（必須正視生產方面非常落後這一嚴酷的事實）

冷酷〔名、形動〕冷酷（無情）（=無慈悲）

極めて冷酷な人（非常冷酷的人、鐵石心腸的人）

冷酷な仕打ちを受ける（遭受冷酷的對待）

冷酷な人間（冷酷的人）人間（人、社會）、人間（無人的時候、沒人看見的地方）

彼奴は冷酷な人間だ（那傢伙是個冷酷無情的人）

皆彼が冷酷だと言っている（都說他冷酷無情）

冷酷な社会で暖かい人間の心を発見する（在冷酷的社會裡發現溫暖的人心）

冷湿布〔名〕冷敷←→温湿布

冷酒〔名〕（沒燙的）冷酒，涼酒（=冷酒、冷や酒）、冷飲的酒（專為涼喝製的酒）（=冷用酒）

冷酒を酌み交わす（對飲涼酒）

冷酒、冷や酒〔名〕冷酒、涼酒、沒燙的酒←→燗酒

冷酒を飲む（喝涼酒）

冷床〔名〕〔農〕冷床（不施行人工加熱的自然的苗床）←→温床

冷笑〔名、他サ〕冷笑、嘲笑、奚落（=嘲笑う）

冷笑を口許に浮かべている（嘴邊帶著冷笑）

口許に冷笑を浮べる（嘴角上浮現一絲冷笑）

腹で人を冷笑する（在心中嘲笑別人）

冷笑を押え得ない（抑止不住冷笑）

冷笑を禁じ得ない（不禁冷笑起來）

聴衆から冷笑を浴びる（受到聽眾的奚落）

詰まらない見栄は人の冷笑を買う丈だ（無聊的虛榮只會招致別人的嘲笑）

昔、地球が廻ると言うガリレイの説は人人に冷笑された（以前伽利略的地動說受到了人們的冷笑）

冷色〔名〕寒色←→温色、暖色

冷水、冷水，冷や水〔名〕冷水、涼水（=冷たい水）←→熱湯

冷水で顔を洗う（用冷水洗臉）

頭から冷水を浴びた様だ（好像從頭上澆了一盆冷水似的）

冷水浴（用冷水洗澡）

彼は冬でも冷水浴を為る（他在冬天也洗冷水浴）

冷水塔（〔使水與空氣接觸逐漸冷卻的〕冷水塔）

冷水摩擦（用冷水擦身）

毎朝冷水摩擦を為る（每天早上用冷水擦身）

冷水を浴びせる（潑冷水）

私は頭から冷水を浴びせ掛けられた様な感じが為た（我覺得好像頭上潑下了一盆冷水似的）

年寄りの冷水（老年人喝涼水、〔喻〕）老人逞強，老人不量力，幹越分的事）

冷静〔名、形動〕冷靜、鎮靜、沉著、清醒、心平氣和

冷静な頭（冷靜的頭腦）

冷静な判断（冷靜的判斷）

極めて冷静な態度（極其冷靜的態度）

冷静に物事を考える（冷靜地思考問題）

冷静に構える（冷靜地對待、採取冷靜的態度）

冷静に返る（恢復鎮靜）返る 蛙 帰る 変える 代える 換える 替える 孵る 買える 飼える 還る

冷静を保つ（保持冷靜）

冷静な判断を失わず（保持清醒的頭腦）

彼は冷静其の物であった（他非常沉著、他的頭腦十分冷靜）

然う興奮せずに冷静に為り給え（請不要激動保持冷靜）

突然の出来事に日頃の冷静を失っては行けない（不要由於突然發生的事件而喪失平素的冷靜）

勝利の前で、冷静な判断力を保た無ければ為らない（在勝利面前要保持冷靜的頭腦）

冷泉、冷泉〔名〕冷泉水、冷泉（在日本一般指攝氏25度以下的礦泉）←→温泉

冷戦、冷たい戦争〔名〕（cold war 的譯詞）冷戰（=コールド、ウォー、冷戦争）←→熱戦

冷戦政策は徹底的に失敗した（冷戰政策徹底的失敗了）

冷染染料〔名〕〔化〕冷染染料（指不溶於水的偶氮染料）

冷然〔副、形動タルト〕冷然、冷淡、冰冷（=冷ややか）

冷然と為て顧みない（冷冰冰地不加理睬）顧みる 省みる

冷然たる態度で相手に接する（用冷淡態度對待對方）

冷然な風が吹く（刮冰冷的風）

冷蔵〔名、他サ〕冷藏、冷凍

肉を冷蔵する（把肉冷藏起來）

血液の冷蔵は難しい（血液不容易冷藏）

此の箱は冷蔵用に良い（這個箱子適於作冷藏用）

冷蔵車（冷藏車）

冷蔵船（冷藏船）

冷蔵装置（冷藏設備）

冷蔵箱（冰箱）

冷蔵庫〔名〕冰箱、冷藏庫、冷藏室、冷藏箱

電気冷蔵庫（電冰箱）

魚を冷蔵庫に入れる（把魚放在冰箱裡）

冷帯〔名〕〔地〕亞寒帶←→亜熱帯

冷淡〔名、形動〕冷淡，冷漠，不熱心，不關心、不熱情，不親熱，冷心腸

冷淡な顔を為る（做冷漠的表情）

個人の名利に冷淡な人（對個人名利冷淡的人）名利名利

仕事に冷淡だ（對工作不熱心）

毀誉褒貶に冷淡だ（對毀譽褒貶漠不關心）

彼は此の仕事に対して冷淡だ（他對這工作不關心）

国会議員であり乍政治には極めて冷淡である（雖是國會議員卻對政治非常不熱心）

他人には冷淡な態度を取る（對別人抱冷淡的態度）

彼は利己主義で、他人の事には極めて冷淡である（他自私對別人的事情漠不關心）

冷淡な人間（冷心腸的人、不熱情的人）

冷淡な返事（冷淡的答覆）

冷淡な持て成し（冷淡的接待）

冷淡な目で見る（用冷眼看）

人を冷淡にあしらう（冷淡待人）

彼は私に冷淡だった（他對我冷淡）

冷暖、冷煖〔名〕冷和暖

冷暖房（冷氣和暖氣、冷暖氣設備）

冷暖房完備（冷暖氣設備齊全）

冷暖房装置（冷暖氣設備）

冷暖自知（〔佛〕冷暖自知）

冷暖自ら知る（冷暖自知）自ら 自ら

冷嘲〔名〕冷罵、辱罵

冷徹〔名、形動〕冷静而透徹

冷徹の（な）眼で観察する（用冷静而透徹的眼光觀察）眼 眼

冷徹に事件の推移を見守る（冷静地注視事件的發展）

彼は識見の冷徹を以て世に聞こえる（他以識見的冷静透徹聞名）

冷点〔名〕〔生理〕（皮膚上的）冷覺點←→温点

冷凍〔名、他サ〕冷凍←→解凍

冷凍の肉（冷凍肉）

魚肉を冷凍（に）為る（冷凍魚肉）

冷凍器（冰箱、冷凍機）

冷凍装置（冰箱、冷凍機）

冷凍車（冷藏車）

冷凍食品（冷凍食品）

冷凍剤（冷凍劑）

冷凍庫（冷凍庫）

冷凍食品（冷凍食品）

冷凍機（冷凍機）

冷凍船（冷凍船）

冷凍肉（冷凍肉）

冷凍魚（冷凍魚）

冷凍法（冷凍法）

冷肉〔名〕〔烹〕冷肉、涼肉、凍肉（=コールド、ミート cold meat）

冷熱〔名〕冷熱、冷淡和熱情、冷氣設備和暖氣設備（=冷房と暖房）

冷熱常為らず（冷熱無常、忽冷忽熱）

冷熱費（冷氣暖氣設備費）

冷罵〔名、他サ〕冷罵、冷嘲、挖苦

冷罵を浴びせる（加以冷嘲）

反対党の演説を冷罵する（譏罵反對黨的演説）

冷評〔名、他サ〕冷淡的批評、譏誚的批評

冷評を浴びる（遭到冷諷熱嘲的批評）

今度の公演は各新聞紙上で冷評を受けた（這次公演在各個報紙上受到冷評）

冷風〔名〕冷風、冷颼颼的風（=冷たい風）

冷風が吹き始める（冷風開始刮了）始める 創める

冷房〔名、他サ〕冷氣設備←→暖房

冷房装置の完備した劇場（設有完善的冷氣設備的劇院）

館内を冷房する（館内放冷氣）

冷房が効き過ぎると体に毒だ（冷氣放得過多對身體有害）

冷麺〔名〕冷麵條、涼麵條（=冷麦、冷や麦）

冷麺を出汁に付けて食べる（把涼麵條沾高湯吃）出汁出し出

冷用酒〔名〕冷飲酒、（不用燙）冷喝的日本清酒

冷涼〔名、形動〕寒冷、涼颼颼

冷涼の候（寒冷季節）

冷涼の気が漲る（冷氣瀰漫）

高原の冷涼な空気に触れる（接觸高原上的冷空氣）

冷ます、冷す〔他五〕冷却，弄涼（=冷やす）。〔轉〕（使熱情、興趣等）降低，減低（=衰えさせる）

御湯を一杯冷ます（涼一碗開水）覚ます醒ます

御湯を吹いて冷ます（把開水吹涼）

熱ければ冷まして飲み為さい（要是燙的話你就涼一涼再喝）

冷ました御茶（涼好的茶）

湯冷ましを飲む（喝涼開水）

此の薬は熱を冷ます（這個藥解熱）

興を冷ます（掃興、敗興）

人の情熱を冷ます（給別人的熱情潑冷水）

君も少し熱を冷ました方が良い（你也可以把熱情稍微放涼一些）

冷める〔自下一〕（熱的東西）涼，變冷（=冷える）、（熱情、興趣等）降低，減退（=失せる、薄らぐ）

御飯が冷めた（飯涼了）覚める醒める褪める

御茶が冷めた（茶涼了）

冷めない内に御上がり（趁熱吃吧！）

冷めないように火に掛けて置く（放在火上使它不涼）

興が冷める（掃興、敗興）

熱が冷めた（燒退了、退燒了、熱情降低了）

彼の撮影熱も冷めたらしい（他的攝影興趣也似乎減退了）

二人の間の愛情が冷めない内に、早く結婚した方が良い（最好趁著兩個人之間的愛情還沒有減退趕快結婚）

革命の情熱が、何時迄も冷めないように為て置か無ければ為らない（必須保持革命熱情永不減退）

冷たい〔形〕〔俗〕冷，涼，冰涼←→熱い、冷淡，冷酷，不熱情（=冷たい）

冷たい風が吹く（刮冷風）

冷たい人（冷淡的人、無情的人）

冷たい〔形〕冷，涼，冰涼←→熱い、冷淡，冷酷，不熱情

冷たい水（涼水）

冷たい水で顔を洗う（用冷水洗臉）

冷たい風（冷風）

冷たい北風が吹き捲る（冷颼颼的北風呼嘯）

冷たい人（冷淡的人、無情的人）

冷たい心（冷酷的心）

冷たい戦争（冷戰=コールド、ウォー、冷戰、冷戰爭）←→熱戰

手足が冷たい（手腳冰冷）

手が氷の様に冷たい（手像冰一樣冷）

冷たい飲み物（冷飲）

冷たく感ずる（感覺冷）感ずる観ずる

冷たさが足りない（還不夠涼、涼度不夠）

冷たい持て成し（冷淡的招待）

冷たい人（冷酷的人）

冷たい目で人を見る（用冷淡的眼神看人）

冷たい笑いを浮かべる（露出冷笑）

彼女は近頃に対して冷たく為った（她近來對我冷淡了）

冷たく為る（變冷、變涼、熱情減退、愛情減退、死了、屍體變涼）

冷たい扱いを受ける（受到冷淡的待遇）

世間の冷たい目に晒される（受世間冷眼看待）晒す曝す

冷たい中性子〔名〕〔理〕冷中子

冷たがる〔自五〕感覺冷、感覺涼

冷える〔自下一〕變冷，變涼、感覺冷、覺得涼、（愛情、熱情）變冷淡，冷淡下來←→温まる、温む、温まる

御飯が冷える（飯涼）簸得る簸える
冷えない内に御上がり下さい（趁著還沒涼請吃吧！）
良く冷えたサイダー（冰涼的汽水）
夜は中中冷える（夜裡覺得很涼）
足が冷えて眠れない（腳涼得睡不著）
恋が冷える（愛情冷淡下來）恋鯉来い請い乞い濃い
今迄の熱情が冷えて終った（以前的熱情涼下來了）
彼は彼女に対する愛も今は冷えて終った（他對她的愛已冷淡下來）
二人の仲が冷える（兩個人的關係冷淡了）一人一人一人 三人三人
心が冷える（感情冷淡起來）
冷えた心（變得冷淡的心）

冷え、冷〔名〕冷，很涼、（身體特指下身）著涼，寒症

冷えが酷い（天氣很冷）簸得簸得
病気が冷えから起こる（病由寒症引起）

冷え上がる〔自五〕涼起來、涼透

近頃はすっかり冷え上がって終った（近來天氣可冷起來了）終う仕舞う
粥が冷え上がる（粥涼透）

冷え当たり〔名〕著涼、受寒

冷え当たりで病気に為る（因著涼生病）

冷え入る〔自五〕寒氣徹骨（=冷え込む）、（身體）冰涼，無生氣

午後からぐっと冷え入る（從下午起氣溫驟降）

冷え切る〔自五〕涼起來、涼透、冷淡（=冷え上がる）

体が冷え切る（身體凍僵）
二人の仲は冷え切って終った（兩個人的感情已經冷淡了）

冷首〔名〕死人頭、砍下的人頭

冷首を持って褒美を貰う（拿著死人頭來領賞）
荒野には冷首が転がっている（荒野裡到處是骷髏）荒野荒野荒野

冷え込む、冷込む〔自五〕驟冷，氣溫急劇下降、著涼，受寒，發冷

霙が降って冷え込む（下了雨雪驟然冷起來）
明日の午後からぐっと冷え込むでしょう（從明天下午起氣溫將急劇下降）
今朝は酷く冷え込む（今天早晨冷得很）
体の心迄冷え込む（冷得徹骨）
冷え込んで腹が痛む（著了涼肚子痛）

冷え込み、冷込み〔名〕驟冷，氣溫急劇下降、著涼，受寒

昨夜の冷え込みは酷かった（昨晚氣溫急劇下降好冷）
冷え込みは体の毒だ（著涼對身體有害）

冷え性、冷性〔名〕（由於血液循環不好而引起的）怕冷症、容易著涼的體質

冷え性の人（容易著涼的人）
彼は冷え性だ（他的體質怕冷）

冷え募る〔自五〕漸漸冷起來

秋が過ぎると冷え募って来る（秋天一過就漸漸冷起來）

冷え腹、冷腹〔名〕（因著涼）肚子痛、拉肚子

彼の子は冷え腹で随分痩せ痩けた（那孩子因拉肚子瘦多了）痩ける転ける倒ける

冷え冷え（と）、冷冷（と）〔副、自サ〕冷冰冰，涼颼颼，冷冷清清、〔喻〕（心裡）孤寂，空虛

冷え冷えした風（涼颼颼的風）
海を渡って来る冷え冷えと為た風（從海上刮來的冷颼颼的風）
冷え冷え感じる（覺得冷颼颼的）
冷え冷えと為た夜（冷颼颼的夜晚）
此の部屋は冷え冷えしている（這個房間冷冰冰的）
冷え冷えと為た部屋（冷冷清清的房間）

冷や冷や、冷冷〔副、自サ〕發涼，發冷，感覺寒冷、擔心，害怕，提心吊膽

背中が冷や冷やする（後背發涼）

冷や冷やした風が吹いて来た（涼風吹來）

今日は冷や冷やする（今天冷颼颼的）

人を冷や冷やさせる（使人提心吊膽）

嘘がばれないかと冷や冷やした（提心吊膽地怕謊話會敗露）

冷や冷やして見ている（提心吊膽地看著）

冷や冷やし乍ら曲芸を見物する（捏著一把冷汗看雜技）見物見物

失敗しないかと冷や冷やする（擔心是否會失敗）

冷物〔名〕涼東西

冷物で御座い（身體很涼對不起-江戶時代進澡堂浴池的寒喧語）

冷物で御免（身體很涼對不起-江戶時代進澡堂浴池的寒喧語）

冷、冷や〔名〕涼酒、涼水↔御燗
〔接頭〕冷、涼

酒を冷で飲む（喝涼酒）

冷酒（涼酒）

御冷（涼水）

御冷を下さい（請給我一杯冰水）

冷汗（冷汗）

冷奴（涼拌豆腐）

冷麦、冷や麦〔名〕涼麵條、（蘸作料吃的）過水麵條

冷飯，冷や飯、冷飯、冷飯〔名〕冷飯。〔俗〕長子以下的男孩（因受冷遇）

冷飯を炒めて食べる（炒冷飯吃）炒める傷める痛める悼め

冷飯から湯気が立つ（冷飯冒熱氣、〔喻〕絕對不存在或根本不可能的事）

冷飯を食う（遭受冷遇、坐冷板凳）

冷飯を食わせる（冷淡對待）

冷飯食い（吃閒飯的人）

冷飯草履（粗糙的草鞋）

冷奴、冷や奴〔名〕（拌醬油、香料等食用的）涼豆腐（=奴豆腐）

冷かす、冷やかす〔他五〕〔方〕冷卻，使涼，冰鎮(=冷やす) 嘲弄 戲弄 開玩笑(=からかう)

ビールを冷やかす（把啤酒冰鎮）

女性を冷やかす口笛（戲弄女人的口哨）

彼の人は私を見ると何とか言って冷やかす（他每逢見到我總要嘲弄一番）

あんまり冷やかしたので、彼女は泣き出して終った（因為玩笑開過頭了她哭了起來）

冷かす，冷やかす、素見す〔他五〕只詢價不買、逛商店

何も買わずに冷やかした丈で帰って終った（什麼也沒買只問一問價錢就回去了）

冷やかす丈で買う気は無い（只問問價錢並不想買）

冷かし，冷やかし、素見〔名〕嘲弄，戲弄，開玩笑、（在商店）只詢價而不買（的人）

冷かし半分に（半開玩笑地）

冷かしを彼は本気に為た（他把玩笑當真的了）

冷かしの客（光看而不買的顧客、打趣的顧客）

大抵は冷かしです（大都是只詢價而不買的顧客）

冷す、冷やす〔他五〕冰鎮，使涼。〔喻〕使冷靜↔温める、温める

西瓜を良く冷やして食べる（把西瓜好好冰鎮一下再吃）

ビールを氷で冷やして置く（冰鎮啤酒）

氷でビールを冷やす（用冰塊冰鎮啤酒）

此れを冷蔵庫に入れて冷やして下さい（請把這個放在冰箱裡冰）

頭を冷やす（使頭腦冷靜）

頭を冷やして出直して来い（等頭腦冷靜下來了再來）
肝を冷やす（嚇得膽戰心驚）
胆を冷やした（嚇破了膽）

冷し、冷やし〔名〕涼，冰鎮（的東西）
冷やし西瓜（冰鎮西瓜）
冷やしビール（冰鎮啤酒）
冷やし蕎麦（涼麵）
冷やし汁（冷湯）
冷やし物（涼食料理）
冷やし中華（涼麵）

冷し金〔名〕〔冶〕冷模、冷鑄模

冷っこい、冷やっこい〔形〕〔俗〕冷的、冰涼的（=冷たい）←→温い
冷っこい食べ物（冰涼的食物）
冷っこい水（冰涼的水）

冷やか、冷ややか〔形動〕冷，涼、冷淡，冷冰冰、冷靜
冷ややかな風を吹く（颳冷風）
心の冷ややかな人（心腸冷酷的人）
冷ややかな笑い（冷笑）
冷ややかな態度（冷淡的態度）
冷ややかに言う（冷淡地說、冷冰冰地說）
彼等は私に対して極めて冷ややかだ（他們對我極其冷淡）
冷ややかに情勢を観望する（冷靜地觀望情勢）

冷やりと〔副、自サ〕涼，寒冷、打寒顫，打冷顫
冷やりとする風（寒冷的風）
此処は冷やりと涼しい（這裡非常涼快）
ライオンの声を聞いた時は冷やりとした（聽見獅子的吼聲時打了一個寒顫）
叱られるかと思って冷やりとした（以為會受到申斥打了一個冷顫）

厘（ㄌㄧˊ）

厘、釐〔名〕〔古〕厘（長度和重量的單位、分的十分之一）
毫厘の差（差之毫厘）

厘〔名〕厘（貨幣的單位、一分錢的十分之一）
厘（長度單位、一尺的千分之一、一分的十分之一）
厘（重量單位、一貫的十萬分之一、一刃的百分之一）
厘（一的百分之一、一成的百分之一）
一銭五厘（一分五厘錢）
三分三厘（三分三厘）

厘毛〔名〕毫厘（=少し、僅か、些か）
厘毛の差（毫釐之差）
厘毛の差も無い（無毫厘之差）
計算は厘毛も違わない（計算分毫不差）

浬（ㄌㄧˊ）

浬〔名〕浬、海浬（=浬、ノット-節，海里/小時）

浬、海里〔名〕海里（一海里=1852米）（=ノット-節，海里/小時）
時速三十浬の商船（時速三十海里的商船）

狸（ㄌㄧˊ）

狸〔漢造〕〔動〕狸（=狸、貍）
狐狸（狐狸、狐和狸、〔喻〕老狐狸精）
海狸（〔動〕海狸=ビーバー）

狸、貍〔名〕〔動〕狸、〔轉〕騙子，狡猾的人
狸の腹鼓（相傳狸子鼓腹作樂）
捕らぬ狸の皮算用（熊未捕到先賣皮、打如意算盤）
狸爺（狡猾的老頭子）
狸婆（狡猾的老太婆、老妖婆）
狸親父〔罵〕老奸巨猾、滑老頭）

狸汁〔名〕〔烹〕加狸肉煮的大醬湯、加蒟蒻，紅小豆，豆腐煮的大醬湯

狸蕎麦〔名〕放有油渣，葱等的湯麵條

狸寢〔名〕假寐、裝睡（＝狸寢入り）

狸寢入り〔名、自サ〕假寐、裝睡（＝空寢）
　狸寢入りを為る（裝睡）

狸囃子〔名〕（傳說）狸子敲打肚子模仿祭祀的音樂

狸掘り〔名〕〔冶〕狸子式採掘法（不設有計劃的坑道，沿著露出的礦床向前挖掘的原始採掘法）、（築路工程的）手工式挖掘法

狸藻〔名〕〔植〕狸藻

梨（ㄌㄧˊ）

梨〔漢造〕（果樹名）梨（＝梨）

梨園〔名〕梨園（＝梨畑）、戲劇（＝演劇、芝居）、演出界、戲劇界（狹義指歌舞伎界）
　梨園の花形（戲劇界的紅人）花形（明星、名演員、出名人物）
　梨園の名門（歌舞伎的名門）名門（名門、世家）
　梨園の御曹子（戲劇界的公子）御曹子、御曹司（公子哥、名門子弟）

梨花〔名〕梨花（＝梨の花）
　梨花一枝（一枝梨花）

梨、梨子〔名〕〔植〕梨樹、梨子（＝有りの実-無し避諱說法）
　梨の皮を剥く（削梨子的皮）皮革川河側向く剥く
　今は梨の出回る季節だ（現在是梨子上市的季節）
　梨の礫（杳無音信、音信杳然）礫 飛礫
　何度も手紙を出したが梨の礫に終った（多次去信結果卻杳無回音）

梨瓜〔名〕〔植〕白皮甜瓜（＝白川真桑）

梨木虱〔名〕〔動〕梨木虱

梨子地〔名〕（漆器或織物等上的）類似梨皮斑點的花樣
　梨子地蒔絵（漆器上的金星泥金畫）
　梨子地ガラス（裝飾用的金星玻璃）

梨状果〔名〕〔植〕梨果

梨割り、梨割〔名〕切成兩半、劈成兩半

犁（ㄌㄧˊ）

犁、犂〔漢造〕（農具）犁（＝犁）

犁牛〔名〕斑點毛色的牛（＝斑牛）

犛牛〔名〕〔動〕犛牛（＝犛牛、ヤク）

犁、鋤〔名〕〔農〕犁（＝犁、唐鋤、プラウ）
　犁を馬に付ける（給馬套犁）隙鋤鍬
　犁で耕す（犁地、用犁耕地）
　犁の長柄（犁柄）
　犁の刃（犁刀）

犁、唐鋤〔名〕〔農〕犁

犁星、唐鋤星、犁星〔名〕〔天〕（二十八宿之一）犁星

糎（ㄌㄧˊ）

糎〔漢造〕（長度單位）公分（＝糎、糎、糎、糎、センチメートル）

糎、糎、糎、糎、センチメートル〔名〕厘米、公分（cm、1/100米）
　糎波（〔電〕厘米波、超高頻率）
　十五糎砲（十五厘米砲）

黎（ㄌㄧˊ）

黎〔漢造〕黑色（黎民）、將近（黎明）

黎民〔名〕黎民、庶民、百姓
　＊黎民（黑髮的民族）

黎明〔名〕黎明（＝明け方、夜明け）
　黎明が訪れる（黎明到來）訪ねる尋ねる訊ねる
　新世界の黎明（新世界的黎明）
　黎明期（黎明時期、開始時期）
　＊黎明（天將明未明的時候）

罹（ㄌㄧˊ）

罹〔漢造〕患病、受災（=罹る）

罹患〔名、自サ〕〔醫〕患病、感染
南方でマラリヤに罹患する（在南方感染上瘧疾）
アフリカでマラリヤに罹患する（在非洲感染上瘧疾）
罹患率（患病率、感染率）
罹患率が高い（患病率高、感染率高）

罹災〔名、自サ〕遭受災害（=被災）
堤防が決壊して多数の人が罹災した（堤防決口有許多人遭受了災害）
堤防が決壊して多数の罹災者を出した（堤防決口有許多人遭受了災害）
罹災者（災民、難民）
戦争に因る罹災者（戦争難民）
罹災者の救護を行う（救護難民）
原爆罹災者（原子彈受害者）
原爆の罹災者を救出する（救出原子彈爆炸的災民）
罹災民（災民）
罹災民を慰問する（慰問災民）
罹災地へ救援に向う（到災區去救援）
水害に罹災する（患水災）震災
火事で罹災する（遭受火災）
戦争に因る罹災建物（遭受戦争災害的難民）
罹災救済基金（救災基金）

罹病〔名、自サ〕〔醫〕患病、生病（=罹患）
旅先で罹病する（在旅途中生病）
罹病率（患病率）
此の病気は罹病率が高い（這種病患病率高）

罹る〔自五〕患病，生病、染病、遭受（災難）（=取り付かれる）
病気に罹る（得病、生病）
結核に罹る（患結核病）
肺病には罹った事が無い（肺病我倒是沒有得過）無い綯い

盗難に罹る（被盗、失竊）
病気に罹り易い（容易生病）
子供がジフテリヤに罹っている（孩子得了白喉）
此の病気は一度罹ると、後は罹らない（這種病得過一次就不再得了）
重ね重ね不幸に罹る（屡遭不幸）
こんな災難に罹ろうとは思わなかった（沒想到會遭受這樣的災難）

係る、掛かる、掛る、架かる、架る、懸る、繋る
〔自五〕垂掛、懸掛、覆蓋、陷落、遭遇、架設、著手，從事、需要、花費、濺上、淋上、稍帶（某顏色）、有（若干）重量、落到（身上）,遭受、（魚）上鉤,（鳥）落網、上鎖、掛電話、有傳說、燙衣服、攻擊,進攻、懸賞、增加、交配、發動、上演、演出、關聯、牽連、依賴,依靠、提到、上税、課税、來到、結網、修飾、坐上,搭上、綑綁、較量，比賽

〔接尾〕表示動作正在進行、即將，眼看就要
壁に額が掛かっている（牆上掛著畫）罹る。斯る
着物が釘に掛かっている（衣服在釘子上掛著）
赤いカーテンの掛かった部屋（掛著紅窗簾的房間）
凧が木の枝に掛かる（風箏掛在樹枝上）
明るい月が中天に掛かる（皓月當空）
風鈴が軒に掛けっている（風鈴掛在屋簷下）
気（心）に掛かる（懸念、掛心）
山の頂に雲が掛かる（雲籠罩山巔）
霞が掛ける（有一道霞）
計略に掛かる（中計）
彼の罠に掛かる（上他的圈套）
敵の手に掛かる（落在敵人手中）
縄に掛かる（落網、被捕）
人手に掛かる（被人殺死）

カ

敵の手に掛かって殺される（遭受敵人殺害）

彼に掛かっちゃ敵わない（碰上他可吃不消）

人の扇動に掛かっては為らない（不要受人扇動）

此の川には橋が三つ掛かっている（這條河架有三座橋）

虹が掛かる（出虹）

小屋が掛かる（搭小屋）

本気で仕事に掛かる（認真開始工作）

彼は新しい著述に掛かっている（他正從事新的著作）

未だ其の事業には掛かっていない（那項事業還沒著手）

さあ、仕事に掛かろう（喂，開始幹活吧！）

今丁度掛かっている所だ（現在正在幹著）

食事を終わって勉強に掛かる（吃過飯後開始學習）

新築に百万円掛かる（新蓋房子花了一百萬日圓）

此の制服は幾等掛かったか（這套制服花了多少？）

時間が掛かる（費時間）

一時間も掛からない内に本を読んで仕舞った（沒用一小時的時間就把書讀完了）

仕事は六月迄掛かる（工作需要做到六月）

其の事業は莫大な費用が掛かる（那項事業需要鉅款）

手間が掛かる（費工夫、費事）

手数が掛かる（費事）

帽子に雨が掛かる（帽子淋上雨）

此の布は雨が掛かると色が褪める（這布淋上雨就掉色）

自動車が直ぐ側を通ったので、泥水がズボン掛かって仕舞った（因汽車緊從身旁過去褲子濺上了泥水）

とばっちりが掛かる（濺上了飛沫、受到牽連）

赤に少し青が掛かる（紅色稍帶藍色）

此の荷物は重過ぎて、秤に掛からないでしょう（這東西太重怕秤不了吧！）

此の魚は五キロ掛かる（這魚有五公斤重）

私に疑いが掛かっているとは、ちっとも知らなかった（我一點也不知懷疑到我身上）

中国の将来は君達青年の双肩に掛かっている（中國的前途全落在你們青年身上）

重荷は貴方方の肩に掛かっている（重擔落在你們的肩上了）

迷惑に掛かる（遭受煩擾）

御声が掛かる（得到有權有勢者的推薦）

彼の昇進は大臣の御声掛かりだ（他的升級是部長推薦的）

大きな魚が釣針に掛かった（一條大魚上了鉤）

鳥が網に掛かる（鳥落網）

此の部屋には鍵が掛かっていては入れない（這間房子鎖著門進不去）

此のドアは錠が掛からない（這個門鎖不上）

友達から電話が掛かって来た（朋友給我掛來電話了）

次期大臣の声が掛かる（傳說下次要當大臣）

アイロンの良く掛かった服を着ている（穿著一件燙得筆挺的衣服）

敵に掛かる（向敵人進攻）

食って掛かる（爭辯）

敵将の首に百両掛かっていた（斬獲敵將首級懸賞一百兩）

馬力が掛かる（加足馬力）

気合が掛かる（鼓足勁、運足氣）

此の馬に種馬が掛かっている（這馬已經配上種馬的種）
モーターが掛かる（發動機開動）
ラジオが掛かる（收音機響起來）
寒いので車のエンジンが中中掛からない（因為天冷汽車引擎發動不起來）
芝居が掛かる（上演戲劇）
其の劇場には何が掛かっていますか（那劇場在上演甚麼戲）
本件に掛かる訴訟（涉及本案的訴訟）
国の面目に掛かる（關係到國家的面子）
国家の信用に掛かることだ（關係到國家的信用問題）
事の成否は一に掛かって君の努力に在る（事情的成敗完全完全在於你的努力如何）
彼の発明に掛かる掛かる機械（他所發明的機器）
屋根に梯子が掛かっている（梯子靠在屋頂上）
欄干に掛かって月を眺める（憑欄賞月）
医者に掛かる（請醫師看病、看醫生）
彼は未だ親に掛かっている（他還依靠父母生活）
甥の世話が自分に掛かっている（外甥由我來照顧）
老後は次男に掛かる（老後依靠次子）
君が遣る気が有るか無いかに掛かっている（就看你有沒有意思幹了）
議題が会議に掛かる（議題提到會議上）
進めと言う号令が掛かった（前進的號令發出來了）
税金が掛かるかどうか分らない（是否要上稅不清楚）
町を出て原野に掛かる（走出市鎮來到原野）
峠に掛かる（來到山頂）
船が掛かる（有船停泊）

蜘蛛の巣が掛かった天井（結了蜘蛛網的天花板）
花が美しく咲くの美しくは咲くに掛かる（花開得鮮豔裡的鮮豔是修飾開花的）
其の鍋はガスに掛かっている（那鍋坐在煤氣上）
襟のホックが巧く掛からない（領鈎扣不上）
槍の穂先に掛かる（扎在長矛尖上）
荷物に縄が掛かる（繩子捆著行李）
紐が掛かった行李（細繩捆著的行李）
嗚呼、誰でも掛かって来い（喂，不管誰來較量較量！）
君等は彼に掛かっては丸で赤ん坊だ（你們和他較量簡直就是小孩子）
御目に掛かる（遇見、見面、拜會）
御目に掛ける（給看、供觀賞、送給）
嵩に掛かる（盛氣凌人、跋扈、趁勢）
口が掛かる（聘請、被邀請）
箸にも棒にも掛からぬ（軟硬不吃、無法對付）
遣りかかっている（正在做）
来かかっている（正向這邊來）
其処へ自動車が通りかかった（正好汽車開了過來）
落ち掛かった橋（眼看就要塌下來的橋）
死に掛かった犬（就要死的狗）
泳ぎが出来ないので溺れ掛かった（因為不會游泳眼看就要淹死了）

斯かる、斯る〔連體〕如此的、這樣的（＝斯く有る、斯うした、斯くの如き、斯う言う、こんな）

斯かる状態に満足す可きで無い（不應該滿足於這樣的現狀）
斯かる次第に就き（因為情況是這樣所以）
掛る係る懸る繋る罹る
斯かる次第に就き御了承下さい（事已如此請予諒解）

離（ㄌㄧˊ）

離〔漢造〕離開、分離

距離（距離、間隔、差距）

分離（分離，分開，脫離，隔離、〔收音機的〕選擇性）

隔離（隔離、隔絕、〔生〕分離，隔離）

乖離（乖離、背離）

解離（〔化〕離解、分解）

流離（流離、流浪）

支離滅裂（支離破碎，雜亂無章、不合邏輯，前後矛盾）

不即不離（不即不離）

別離（別離、離別）

会者定離（〔佛〕會者定離、沒有不散的筵席）

生者必滅会者定離（生者必滅會者定離）

離液〔名、自サ〕〔化〕（膠體）脫水收縮（作用）

離縁〔名、他サ〕離婚、斷絕和養子或養女的關係

性格の不一致で妻を離縁する（因性格不合和妻子離婚）

素行不良の為、離縁して養子を里へ返す（由於品行不端斷絕養子關係送回本家）

離縁された養子（斷絕關係的養子）

離縁状（休書、離婚書、退婚書＝三行半）

離縁状を遣る（交給離婚書）

離解〔名、他サ〕〔生〕離析（作用）、浸解

離角〔名〕〔天〕離角

離隔〔名、自他サ〕隔離（＝隔離）

伝染病患者を離隔して治療する（隔離傳染病患加以治療）

離間〔名、他サ〕離間、挑撥離間

二人の仲を離間する（離間兩人的關係）

両国の離間を狙う政策（企圖離間兩國的政策）

此の政策は両国の離間を狙っている（這個政策的目的在於離間兩個國家）

離間を図る陰謀（企圖離間的陰謀）図る計る謀る計る測る量る

離間策（離間計策）

離間策を用いる（施離間計）

離間挑発、離間挑撥（挑撥離間）

離艦〔名〕〔飛機〕離開航空母艦起飛

離岸〔名、自他サ〕離岸←→接岸、着岸

離宮、離宮〔名〕離宮、行宮（＝行宮）

京都に離宮を設ける（設行宮在京都）設ける儲ける

離京、離京〔名、自サ〕離開東京、離開首都←→上京、帰京

来月三十日に離京してアメリカ（America）へ行く（下月三十日離開東京到美國去）三十日行く行く

離郷〔名、自サ〕離開故鄉←→帰郷

離郷して始めて家の暖か味を知る（離開家鄉才體會到家庭的溫暖）

離郷してから三十年に為った（離開家鄉已經三十年了）

後髪を引かれる思いで離郷した（以依依不捨的心情離開了故鄉）

離苦〔名〕〔佛〕生離死別的痛苦、離開痛苦和煩惱

愛別離苦（與相愛的人生離死別的痛苦）（佛教八苦之一）

八苦（生、老、病、死、愛別離、怨憎会、求不得、五陰盛）

離垢〔名〕〔佛〕離垢、脫離煩惱

離合〔名、自サ〕離合

彼等は離合集散を繰り返している（他們一再忽聚忽散）

此の合唱団は離合集散が甚だしい（這個合唱團總是忽聚忽散）

離婚〔名、自サ〕〔法〕離婚（＝離縁）←→結婚

合意の上離婚する（經雙方同意後離婚）

彼等二人は離婚した（他倆離婚了）
彼等二人は協議の上離婚した（他們倆人經協議後離婚了）
妻と離婚する（和妻子離婚）
離婚する事に決定した（決定離婚了）
離婚の訴訟を起こす（提出離婚訴訟）
離婚届・離婚届け（離婚報告、離婚請求）
離婚届を出す（提出離婚報告、提出離婚請求書）
離婚訴訟（離婚訴訟）
離婚訴訟を提起する（提出離婚訴訟）

離魂病〔名〕〔醫〕夜遊症（＝夢遊病）

離散〔名、自他サ〕離散
一家離散の憂き目に遭った（遭到一家離散的痛苦）遭う会う合う逢う遇う
敵は四方に離散した（敵人向四方逃散）
人心が離散して行く（人心日趨離散）

離愁〔名〕離愁
中秋の明月を眺めていると殊更離愁を感じられる（看中秋的明月時格外感到離愁）

離昇〔名、自サ〕（火箭等）離地、起飛
離昇促進装置（〔火箭的〕助推器）

離床〔名、自サ〕起床、下床（＝起床）
日が高く為ってから離床する（太陽升高後才起床）
日が高く為っても未だ離床しない（太陽升高後也還不起床）未だ未だ
夜の明けない内に離床する（天還沒亮就醒過來）
離床時間に為ると目が醒める（一到起床時間就醒過來）醒める覚める
近く離床する予定です（〔病人〕預定最近下床）

離礁〔名、自サ〕〔船〕離礁←→座礁
次の満潮時に離礁する（在下次漲潮時離礁）満潮満潮
次の満潮時に離礁出来るかも知れない（也許在下次漲潮時能夠離礁）
船体は離礁して浜へ引かれて行った（船體離礁後被拉到海濱去了）
船荷を捨てて離礁する緊急処置を取る（採取捨棄船貨而離礁的緊急措施）

離職〔名、自サ〕離職、去職、失業←→就職
健康を害して離職した（因身體壞而離職）
離職手当（失業津貼）
離職して晴耕雨読する（離職之後晴耕雨讀）
離職したので職を捜す（因為失業所以找工作）捜す探す

離心角〔名〕〔數〕離心角、偏心角

離心率〔名〕〔數〕離心率、偏心率

離水〔名、自サ〕（水上飛機）離水起飛←→着水
水上飛行機が離水する（水上飛機離開水面飛行）水上（上游、起源）

離生〔名〕〔植〕離生

離籍〔名、他サ〕（日本舊民法中戶主）取消家族的戶籍
彼女は未だ離籍していない（她還沒有取消戶籍）

離接〔名〕〔邏〕選言、選言判斷、選言推理
離接命題（選言命題）

離船〔名、自サ〕（船員）離船、下船、上岸
船長が離船を命ずる（船長下令離船）命ずる命じる銘ずる銘じる
ボートに乗って離船する（搭小船離船）

離層〔名〕〔植〕離層

離村〔名、自サ〕離村、離鄉
農民の離村傾向（農民的離村傾向）
ダムの建築で全村挙って離村する（為了建築水壩全村大舉離村）

離脱〔名、他サ〕脱離（＝抜け出る、離れ去る）←→復帰
所属の政党を離脱する
国籍の離脱（脱離國籍）

ㄌ

政治から離脱する（脱離政治）

実際から離脱する（脱離實際）

職場を離脱する（脱離工作單位）

党籍を離脱する（脱黨）

党籍離脱（脱黨）

煩悩離脱（擺脱煩惱）

金本位を離脱する（脱離金本位）

離着陸〔名、自サ〕〔飛機〕起飛和降落

垂直離着陸ジェット機（垂直起落噴射機）

短距離離着陸機（短距離起落飛機）

飛行甲板から離着陸する（〔艦上飛機〕從飛行甲板上起落）甲板甲板甲板甲板

離着陸を訓練する（訓練起飛和降落）

離島〔名、自サ〕孤島（=離れ島）、離開島嶼

離島振興策（孤島振興政策）

離島の人民の生活を改善する（改善離島人民的生活）人人人人

離れ島〔名〕孤島

無人の離れ島（無人的孤島）

離れ島に流される（被流放到孤島上）

離党〔名、自サ〕退黨、脱黨←→入党、復党

離党勧告（勸告退黨）

政党が堕落したから離党する（因為政黨腐敗所以要脱黨）

離日、離日〔名、自サ〕（外國人）離開日本←→来日

貿易使節団が使命を終えて離日する（貿易代表團完成任務後離開日本）

離日に際し空港で記者に向って感想を発表する（離開日本的時候在機場向記者發表感想）

離乳〔名、自サ〕（嬰兒）斷奶、斷乳（=乳離れ）

離乳した許りの小児（剛剛斷奶的嬰兒）

此の子は八カ月で離乳した（這孩子八個月就斷奶了）

此の子はもう離乳しました（這孩子已經斷奶了）

離乳期（斷奶期）

離乳期の営養に注意する（注意斷奶期的營養）営養栄養

離乳食（斷奶食品）

離任〔名、自サ〕離任、離職、離開任地←→就任、着任

局長の職を離任する（離開局長職務）会長

離任式（離職儀式）帰る返る孵る蛙 変える代える換える替える買える飼える

離任して故郷に帰る（離職回家鄉）故鄉故鄉故里古里鄉里

離農〔名、自サ〕（農民）棄農

離農農家（棄農改行農家）

離農して町で働く（棄農到城中謀生）

離破生〔名〕〔植〕裂溶生

離杯、離盃〔名〕離別時對飲的酒杯、離別時對飲的酒

離反、離叛〔名、自サ〕叛離、背離

人心が離叛する（人心叛離）

大衆の気持から離叛した政治（違背民眾心願的政治）

人心に離反したら何事も出来ない（違背民心的話什麼也做不成）

民心に離反した政治（違背民意的政治）

仲間同志が離反する（眾叛親離）仲間仲間中間（日本武家的僕役）

離被架〔名〕〔醫〕（為保護病人患部或手術處不接觸被子的）護架、支架

離別〔名、自サ〕離別，分別，分手（=別離）、離婚（=離縁）

離別の悲しみを味わう（嘗到離別的悲傷）悲しみ哀しみ

離別の悲しみを詩に表わす（把離別的悲哀在詩裡表達出來）表わす著わす現わす顕わす

離別の悲しみを耐える（忍受離別的悲傷）
耐える 堪える 絶える

小さい頃に両親と離別した（從小時候就離開了父母）

幼い頃に両親と離別する（幼時離別雙親）幼い 幼い 稚い

物心付かぬ内に離別した（幼小還不懂事時就和父母離別了）

妻と離別する（和妻子離婚）

離弁花 〔名〕〔植〕離瓣花←→合弁花

離溶 〔名〕〔理〕熔析、偏析、液析

離陸 〔名、自サ〕〔飛機〕離地，起飛、〔喩〕進入新的階段，走向新的階段←→着陸

ヘリコプター(helicopter)が離陸する（直升機起飛）

見事な離陸振りを示す（起飛動作很好）

離陸の練習を為る（進行起飛練習）

着陸と離陸の練習を為る（進行起飛和降落練習）

離陸滑走（起飛滑行）

離陸時間（起飛時間）

旅客機は離陸後故障を発見した（客機離地後發現了故障）

二十一世紀へ離陸する日本（走向二十一世紀的日本）

離塁 〔名、自サ〕〔棒球〕離壘

離塁が早過ぎた（離壘太早了）

離塁が遅過ぎた（離壘太晚了）

離る 〔自下二〕〔古〕離開、遠離（=離れる）、疏遠（=疎く為る）

離る 〔自四〕〔古〕離開、遠離（=離れる）

大和を遠く離る（遠離日本）大和 日本 倭

離す 〔他五〕使…離開、使…分開、隔開，拉開距離←→あわす、合わせる

身から離さず大切に持つ（時刻不離身珍重地帶著）話す放す

彼は滅多にパイプ(pipe)を口から離した事が無い（他總是煙斗不離嘴）

彼は忙しく手を離せない（他忙得騰不出手）

彼は何時も本を離さない（他總是手不釋卷）

本を手元から離さない（手不釋卷）

目を離す（忽略、不照顧、不加注意）

子供から目を離す事が出来ない（孩子要時刻照看）

一メートル(meter)宛離して木を植える（每隔一米種一棵樹）

机と机とを離す（把桌子拉開距離）

一字一字離して書く（一個字一個字地拉開空隔寫）

手を離す（放手、鬆手、撒手）

吊革から手を離す（放開車的吊帶）

解き離す（解開）

喧嘩している二人を離す（拉開打架的兩個人）

運転する時はハンドル(handle)から手を離しては行けない（駕駛時手不能離開駕駛盤）

話す、咄す 〔他五〕說，講、告訴，敘述，商量，商談、交涉，談判

日本語で話す（用日語講）

英語を話す（說英文）

すらすらと話す（說得流利）

ゆっくり話して下さい（請說慢一點）

彼や此やと話す（說這說那、說來說去）

彼は話そうと為ない（他不想說）

話せば分る（一說就懂）

話せば長く為る（說來話長）

まあ御話し為さい（請說一說）

もう一度話す（再說一遍）

話したら切りが無い（說起來就沒完）

考えを人に話す（把想法說給別人）

君に話す事が有る（我有些事要跟你談）

ㄏ

誰にも話さないで下さい（請不要告訴任何人）

此の方が先日御話し申し上げた李さんです（這位就是前幾天跟你說過的李先生）

万事は後で御話し為よう（一切都等以後再談吧！）

私は其の事を掻い摘んで話した（我扼要地談了那件事）

彼は話すに足りる人だ（他是個可資商量的人）

父に話して見たが、許して呉れなかった（和父親談了一下但他沒答應）

先方が駄目だと言うなら、私から一つ話して上げよう（如果對方不同意我來和他們談談）

放す 〔他五〕放、放開、撒開、放掉。

〔接尾〕（接動詞連用形）置之不理、連續

池に鯉を放す（把鯉魚放進池子裡）話す離す

手を放すと落ちるよ（一撒開手就會掉下去呀！）

車を運転する時ハンドルから手を放しては行けない（開車的手不能撒開方向盤）

彼の手を掴まえて放せない（抓住他的手不放）

手を放せ（放開手！）

籠の中の鳥を放す（將籠中的鳥放掉）

釣った魚を放して遣る（把釣上來了魚放掉）

犬を放して遣れ（把狗放開）

見放す（拋棄）

勝ちっ放す（連戰連勝）

離れる 〔自下一〕分離，離開、離去、距離、脫離、背離、除開、除外←→合う、着く、引っ付く

子供が母の側は離れない（孩子不離開母親身旁）放れる側側

夫婦が離れている（夫妻兩地生活）

親の手を離れる（〔孩子已能自立〕離開父母的手）

後ろにぴったり付いて離れない（緊跟在後面不離開）

二人は離れない仲だ（兩個人是形影不離的伴侶）

離れ難い仲（難捨難分之交）

糊が効かなくて離れる（漿糊不黏離開了）

友人達は段段離れて行った（朋友們漸漸地離散了）

飛行機が地を離れる（飛機離開地面、飛機起飛）

列車が駅を離れる（火車從車站開出）

故郷を離れる（離開故郷）故郷故郷

職を離れる（離職）

職場を離れる（離職）

会社を離れる（離開公司辭掉公司）

組織を離れる（脫離組織）

親元を離れて暮らす（離開父母身邊獨自生活）

食卓を離れる時は失礼と言い為さい（離開餐桌時要說對不起失禮了）

話が本筋から離れる（話離題了）

船が段段と離れて行く（船逐漸開遠了）

友人達は段段離れて行った（朋友們漸漸地疏遠了）

町から一里離れた所（離市鎮一日里的地方）

此処から五キロ離れている（離這裡五公里）

其は離れて見た方が良く見える（那個離遠一點看看得清楚）

ガソリンスタンドは此処から遠く離れている（加油站離這裡很遠）此処此所茲

我我は感情の上では遠く離れている（我們在感情上有很大距離）

大衆から離れる（脫離群眾）

国を離れてもう十年に為る（離開家鄉已十年了）

夫に離れる（離開丈夫、與丈夫離婚）

夫婦が離れる（夫婦分離、夫婦分居）夫婦 夫婦

人心は既に現内閣を離れている（人心已經背離現在的内閣）既に已に人心人心

損得を離れて物事を考える（把得失置之度外來考慮問題）大人（貴人）

大人に為った子供は親の監督を離れる（長大了的小孩不再受父母監督）大人 大人大人

差が離れる（相差很遠）

列が離れる（隊伍拉開距離）

放れる〔自下一〕脱開、脱離

綱から放れた馬（脱韁之馬）離れる

犬が鎖を放れた（狗脱開了鎖鍊）

矢が弦を放れる（箭離弦）

離れ、離〔名〕離開、（離開主房的）獨房（=離れ座敷）

離れ島（孤島=離島）

離れ小島（小離島）放れ馬（脱韁之馬）

乳離れ（斷奶=離乳）放れ

離れ座敷〔名〕離開主房另建的房間、離開主建築物的獨立建築物

二階建の母屋に、庭の池の臨んだ離れ座敷の書斎が有る（在二層樓的主房外還有一間單獨的面臨院内水池的書房）

離れ離れ〔名、形動〕分散、離散

親子が離れ離れに暮らす（父母和子女分開生活）

母子は十二年離れ離れに為っていた（母子失散了十二年）

一家が離れ離れに為っている（一家分散在各處）一家一家一つ家（獨棟房子）

人込みで家族の者と離れ離れに為る（因為人群擁擠和家人走散了）

親兄弟を二十年離れ離れに為っていた（和父母兄弟離別了二十年）兄弟兄弟

離れ家〔名〕（離開村落鄉里的）單門獨戸、離開主房另建的房屋（=離れ座敷）

野原の真中の離れ家（曠野當中孤零零的房舍）

離れ家を人に貸す（把和主房分開的房子租出去）

離れ業、離れ技〔名〕驚險特技、驚人的技藝

離れ業を演じる（表演驚險特技）

大胆な離れ業（大膽的驚人把戲）

空中で胸の透く様な離れ業を見せるサーカス（在空中表演令人舒暢的驚人雜技的馬戲團）

藜、蔾（カーˊ）

藜、蔾〔漢造〕（草名）藜（=蔾）

藜〔名〕〔植〕藜（藜科一年生草本）

藜の杖（藜莖手杖）

藜の羹（〔喻〕粗茶淡飯）

籬（カーˊ）

籬〔漢造〕籬笆（=垣根、籬、間垣、垣）

籬〔名〕柴籬，籬笆（=籬、間垣）、（舊時劇場）池座的隔籬

籬垣〔名〕籬笆（=籬、籬、間垣）

籬垣に朝顔を這わせる（使牽牛花往籬笆上爬）這う匍う

籬、間垣〔名〕籬笆（=籬垣）

朝顔を籬に這わせる（讓牽牛花往籬笆上爬）

垣〔名〕籬笆，柵欄。〔轉〕隔閡，界限

生垣（樹籬笆）

竹垣（竹籬笆）

垣を結う（編籬笆）

垣を巡らす（圍上籬笆〔柵欄〕）廻らす回らす

垣を廻らした庭（圍著籬笆的院子）

二人の間に垣が出来た（二人之間發生了隔閡）

親しい仲にも垣を為よ（親密也要有個界限〔分寸〕）

垣堅くして犬入らず（家庭和睦外人無隙可乘）

垣に鬩ぐ（兄弟鬩牆）

垣に耳（隔牆有耳）

礼、礼（禮）（ㄌㄧˇ）

礼〔名〕禮法、禮節、禮貌、禮儀、（鞠躬）敬禮、道謝，致謝，禮品，酬謝、典禮

〔漢造〕（也讀作礼）禮儀、禮法、禮節、禮貌、敬禮、致謝，酬謝，禮品、中國古代書名

礼を知る人（有禮貌的人）

礼を失する（失禮、缺乏禮貌）

礼を欠く（失禮、缺乏禮貌）欠く書く描く掻く斯く画く

彼女の振舞は礼を欠いている（她的舉止欠缺禮貌）

礼を弁えない（不懂禮貌）

少しも礼を弁えない（一點也不懂禮貌）

彼は少しも礼を弁えない（他一點也不懂禮貌）

礼を以て待つ（待之以禮）

礼を以て人を遇する（以禮待人）遇する寓する

礼を往来を尚ぶ（禮尚往來）尊ぶ貴ぶ尊ぶ貴ぶ

礼を尽くす（盡到禮節、禮節周到）

礼過ぎれば諂いと為る（過於禮貌的話變成奉承）

礼も過ぎれば無礼に為る（過於禮貌的話變成不敬）

礼の用は和を貴しと為る（禮之用以和為貴）

帽子を取って礼を為る（脫帽敬禮）

起立、礼（起立！敬禮！）

礼を述べる（道謝）述べる陳べる延べる伸べる

御礼を言う（道謝、致謝）言う云う謂う

御礼を為る（道謝、致謝）

医者に礼を為る（給醫師送禮）

先生に礼を為る（向老師敬禮）

礼に行く（去道謝、前往致謝）行く往く行く往く

実に御礼の申し様も御座いません（實在不勝感謝之至）実実

何と御礼を申し上げて良いか分かりません（真不知怎樣向您道謝才好）分る判る解る

如何御礼を言って好いのか分かりません（真不知道怎樣道謝才好）分る解る判る

此は痛み入ります（這可太過意不去了）

御礼には痛み入ります（實在不值一謝）

彼には何も礼を言う事は無い（我沒有什麼要謝他的）

礼も言わずに行って終った（連謝謝也不說一聲就走了）

いいえ、御礼を言わなければならないのは私の方です（不倒是我應該向您道謝）

礼を貰う（接受禮品）

拾った方に五千円の御礼を差し上げます（對拾得者酬謝五千日元）

礼を欲しくて遣ったのではない（我不是為圖報酬而做的）

御礼を頂く覚えは有りません（我沒有應受酬謝的道理）頂く戴く

即位の礼を挙げる（舉行即位的典禮）

礼は往来を尚ぶ（禮尚往來）尊ぶ貴ぶ尊ぶ貴ぶ

御礼（感謝、禮品）

御礼の手紙（感謝信）

御礼を頂く（接受禮品）頂く戴く

御礼を貰う（接受禮品）

御礼を贈る（贈送禮品）贈る 送る

御礼を為る（道謝、致謝）

拾った人に千円の御礼を差し上げます（對拾到的人酬謝一千元）

御土産の御礼に何を上げようか（人家給帶來了禮物我們拿什麼來答謝呢？）

僅か許り御礼を差し上げる（送一點禮品）僅か纔か

心から御礼を申し上げる（衷心感謝）

御礼に食事に招待した（為了答謝請客吃飯）

御礼の印です、御受け取り下さい（只是表示一點謝意請您收下）印 標 徵 驗 記

御礼返し（答謝、還禮）

御礼返しに伺います（到您那裡去答謝）伺う 窺う 覗う

御礼奉公（義務效勞）

御礼参（還願、報復）

典礼（典禮、儀式）

婚礼（婚禮、結婚儀式）

葬礼（臟理、喪禮）

祭礼（祭禮、祭典、祭祀儀式）

儀礼（禮儀、禮節、禮貌）

無礼、無礼、無礼（無禮、失禮、不恭敬、沒有禮貌）

失礼（失禮，失敬，沒有禮貌、對不起，請原諒、不能參加，不能奉陪、再見，告辭）

繁文縟礼（繁文縟節）

敬礼、敬礼（敬禮、行禮）

拝礼（禮拜、叩拜、鞠躬）

目礼（注目禮、點頭禮、點頭致意）

黙礼（默默一禮）

答礼（回禮、還禮）

最敬礼（最敬禮）

返礼（還禮、回禮、答禮）

謝礼（謝禮，報酬、感謝話）

礼意〔名〕敬意、禮的精神，禮的真意

礼返し〔名、自サ〕回禮、答禮、答謝（=返礼、御返し）

御礼返し（回禮）

御礼返しのワイシャツを贈る（贈送襯衫作為回禮）贈る 送る

果物の礼返しにワイシャツを上げる（送襯衫作為水果的回禮）上げる 挙げる 揚げる

礼楽〔名〕禮儀和音樂

礼楽の盛んな時代（禮樂盛行的時代）

礼儀〔名〕禮儀、禮節、禮法、禮貌

礼儀上（禮節上、出於禮貌）

礼儀から言って（從禮節上來說）

世間並の礼儀（普通一般的禮節）

態とらしい礼儀（故意做作的禮節）

礼儀正しい人（彬彬有禮的人）

彼の振舞は実に礼儀正しい（他的舉止很有禮貌）

礼儀を守る（遵守禮法）守る 守る

礼儀を欠く（缺乏禮貌）

礼儀に叶う（合乎禮貌）叶う 適う 敵う

礼儀に合わない（不合禮貌）

礼儀を無視する（不顧禮貌）

然うするのは礼儀に悖る（那樣做是不禮貌的）

近頃の若い者は礼儀を知らない（近來的年輕人不懂禮貌）

近頃の若い者は礼儀を弁えない（近來的年輕人不懂禮貌）

礼儀作法（禮節規矩、禮儀成規）

礼儀作法を弁えない人（不懂禮節規矩的人）

日本人は礼儀作法を重んずる（日本人重視禮法）

ㄌ

礼金〔名〕酬謝金、(租屋時)預約的訂金
　礼金を送る（贈送禮金）贈る送る

礼遇〔名、他サ〕禮遇、厚遇、優遇、熱情對待，熱誠接待←→冷遇、〔舊〕（天皇賜予的禮儀上的）榮譽待遇
　技術者を礼遇する（厚遇技術人員）
　礼遇を受ける（受到優待、受到熱情的接待）
　厚い礼遇を受ける（受到優待、受到熱情的接待）厚い暑い熱い篤い
　格別の礼遇を与える（予於特殊的優待）
　最高の礼遇を与える（給予最高的禮遇）
　大臣の礼遇を賜う（賜予大臣的榮譽待遇）賜う給う
　前官礼遇を賜う（賜予前官待遇－舊時對在職中有過特殊功勳的高官退職後賜予與在職時同樣官級的榮譽待遇）

礼式〔名〕禮儀、禮法、規矩（=礼法）
　古い礼式（舊的禮法）
　古い礼式を破る（打破舊的禮法）破る敗る
　礼式を制定する（制定禮法）
　伝統的な礼式（傳統的禮法）

礼者〔名〕〔古〕到各處拜年的人（=回礼者）
　元日の朝はが行ったり来たりしている（大年初一的早上拜年的人來來去去）

礼状〔名〕謝函、感謝信
　丁寧な礼状（鄭重的謝函）
　礼状を出す（發出感謝信）
　御土産の礼状を出す（寫表示收到禮物的感謝信）

礼譲〔名〕禮讓、謙讓
　礼譲の心（禮讓的精神）
　礼譲を尊ぶ（崇尚禮讓）尊ぶ貴ぶ
　礼譲を尊ぶ国（崇尚禮讓的國家）国国
　礼譲を弁える人（懂禮讓的人）

礼節〔名〕禮節、禮貌（=礼儀、作法）
　礼節を守る（遵守禮節）守る守る盛る漏る洩る
　礼節を知らない（不懂禮貌）
　礼節を弁えない（不懂禮貌）
　礼節を重んじる（重視禮節）
　衣食足りて礼節を知る（衣食足而知禮節）

礼奏〔名〕〔樂〕（演奏結束後）為謝幕而進行的演奏、謝幕演奏

礼装〔名、自サ〕禮裝、禮服（=礼服）
　礼装で出席する（穿上禮裝出席）
　礼装で国賓を迎える（穿禮服迎接國賓）
　コンダクターは礼装して指揮台に立った（樂隊指揮穿著禮服站在指揮台上）

礼典〔名〕儀式，典禮、禮法（書）

礼奠〔名〕供奉神佛（的供物）

礼電〔名〕謝電、致謝的電報
　礼電を打つ（拍謝電、拍電致謝）

礼拝〔名、他サ〕（基督教）禮拜
　神仏を礼拝する（膜拜神佛）〝仏教〞稱（礼拝）〝基督教〞稱（礼拝）
　礼拝堂（禮拜堂）基督 キリスト（基督）
　切支丹キリシタン（天主教）
　礼拝に行く（去做禮拜）
　礼拝式（禮拜儀式）
　朝の礼拝式（早禮拜）
　夕の礼拝式（晚禮拜）
　礼拝式を行う（舉行禮拜儀式）
　教会で礼拝を為る（在教堂作禮拜）

礼拝〔名、他サ〕〔佛〕拜佛
　礼拝堂（拜殿、拜佛堂）

礼服〔名〕禮服←→平服
　礼服を着用する（穿禮服）
　礼服を着用して成人式に参加する（穿禮服參加冠禮）
　礼服で式典に参列する（穿禮服參加典禮）

礼物、礼物〔名〕禮物，禮品（=進物、贈り物）、典禮和文物

礼物を贈る（贈送禮品）送る贈る

礼法〔名〕禮法、禮節、禮儀（=礼儀作法）

礼法を守る（遵守禮法）守る守る

礼法に叶う（符合禮節）

外国の礼法に従う（按照外國禮節）

礼砲〔名〕禮砲

礼砲を放つ（放禮砲）

礼砲で外国の元首を迎える（放禮炮歡迎外國的元首）外国外国他国

二十一発の礼砲で迎える（鳴放禮砲二十一響歡迎）

二十一発の礼砲が轟く（禮炮鳴了二十一響）

礼帽〔名〕（禮裝時戴的）禮帽

礼帽を被る（戴禮帽）

礼奉公〔名〕傭人期滿後為了感謝雇主再繼續留下工作

御礼奉公（義務效勞、酬謝性效勞）

礼参り、礼参〔名、自サ〕前去道謝、還願，答謝神佛保佑前往參拜。〔俗〕（犯人出獄後對檢舉人）報復

世話に為った人の所へ御礼参りに行く（到照顧過自己的人那裡去道謝）

御礼参り、御礼参（還願、〔俗〕〔犯人出獄後對檢舉人〕報復）

大学に受ったから御礼参りに行く（因為考上了大學所以到寺院還願）

礼回り、礼廻り〔名、自サ〕（到人們家裡）去道謝（=回礼）

御礼回りを為る（到各處去道謝）

礼〔漢造〕（也讀作礼）禮儀、禮法、禮節、禮貌、敬禮、致謝，酬謝，禮品、中國古代書名

帰命頂礼（頂禮膜拜、膜拜時口唱的詞句）

礼記（禮記）

儀礼（禮儀）

周礼（周禮）

礼賛、礼讃〔名、他サ〕〔佛〕禮讚、讚揚，讚美，歌頌

先人の偉業を礼賛する（頌揚前人的豐功偉績）

科学の進歩を礼賛する（讚頌科學的進步）

礼賛者（禮讚者、歌頌者）

礼紙〔名〕禮紙、空白信紙（舊時指裹在書信等外面的空白紙、現指只用一張信紙寫完時再另附一張表示禮節的空白信紙）

礼盤〔名〕〔佛〕（主持佛事僧侶所登的）經壇

李（ㄌㄧˇ）

李〔漢造〕李子，李樹（=李）、理（=納める）

李花（李花=李の花）

梨花（梨花=梨の花）

桃李（桃李、門生、學生）

桃李門に満つ（桃李盈門、桃李滿天下）

桃李の粧い（漂亮的裝扮）装い

桃李もの言わざれども自ら蹊を成す（桃李無言下自成蹊-史記）自ら

行李（行李、裝衣物的箱籠）

李下〔名〕李樹下

李下の冠（瓜田李下之嫌）入れる容れる

李下に冠を整さず、瓜田に履を納れず（瓜田不納履、李下不整冠）正す質す糾す糺す

李花〔名〕李花（=李の花）

李杜〔名〕李白和杜甫

李〔名〕〔植〕李樹、李子（=李の実）

里（ㄌㄧˇ）

里〔名〕〔古〕里（大寶令規定的基層行政區劃、以五十戶為一里、現改為鄉）。〔古〕里（班田制的面積單位、以三十步為一里）、日里（距離單位、每日里為三十六町、約和3、9公里）

里〔漢造〕里、村莊

三里の山道を歩く（走三日里的山路）山道

郷里（郷里、故郷）

一里塚（里程碑）

一瀉千里（一瀉千里）

里数〔名〕里數、里程

里数表、里数標（里程表、里程碑）

里数表を立てる（立里程碑）

里数を調査する（調査里程）

里程〔名〕里程、路程（＝里数、道程）

東京から京都迄の里程（從東京到京都的里程）

東京大阪間の里程

其の里程を三日で行った（用三天走完了那段路程）

里程標（路標、里程標）

里程表（里程表）

里俗、俚俗〔名〕地方風俗、地區習慣

里余〔名〕一里多

里余の道（一里多路）

里謡、俚謡〔名〕俚謠、俗謠、民謠（＝鄙歌-民歌、郷間小調）

俚謡を譜に取る（取民謠作譜）取る捕る摂る採る撮る執る獲る盗る

里謡を歌う（唱民謠）歌う謡う唄う謳う詠う

里、郷〔名〕村落，村莊（＝人里）、郷間，郷下（＝田舎、在）。〔古〕里（行政區劃單位、五十戶為一里）

里を離れた山奥（遠離村莊的深山裡）

里の習い（郷間的風習）

猪が里へ下りて来て作物を荒らす（野豬跑到村子裡踐踏莊稼）

町から里へ行く（由城市到郷村去）

里へ出る（到郷間去）

里〔名〕（婦女的）娘家、（養子的）出生的家、傭人的故郷、（孩子的）寄養人家

家内は里に帰りました（我太太回娘家了）

女房は今里に帰っています（内人現在回娘家了）

里の母親（娘家母親）

妻を里へ帰す（休妻）返す帰す反す還す瓣す

子供を里へ遣る（把孩子寄養在別人家）

御里（家庭出身、生長環境、所受教育）

御里が知れる（暴露底細、暴露自己的出身）

そんな事を為ると、御里を知れるぞ（你要是做那樣事就會露出你的馬腳來）

里犬〔名〕住家飼養的狗

里芋〔名〕〔植〕芋頭

里長、郷長〔名〕里長、村長、村落的首長

里親〔名〕（給別人寄養孩子的）養父母←→里子

孤児の里親に為っている（給孤兒當養父母）孤児孤児

一日里親（做一天養父母－一種把孤兒院等的兒童領家照顧一天的運動）

里親制度（領養制度－根據日本兒童福祉法的規定、在都道府縣知事的委託下、可以領養孩子等充當其撫養人的制度）

里子〔名〕（送給別人家）寄養的孩子←→里親

里子に出す（送出去寄養）

里子に遣る（送出去寄養）

子供を里子に出す（把孩子寄養在別人家）

里帰り、里帰〔名、自サ〕（已婚婦女）回娘家，（新婚後）回門，（傭工）休假回家。〔轉〕回國探親

台湾からの里帰り婦人（從台灣回國探親的婦女）

中日航空路が開いてから、里帰りの日本婦人が多く為った（自從中日航空線開通以來回國探親的日本婦女多了起來）

里神楽〔名〕（各地神社祭神的）民間神樂（區別於宮廷裡的御神樂）

里方〔名〕（已婚婦女的）娘家，娘家人、（養子的）生家，生家的人
　里方の叔父（娘家的叔父）叔父叔父
　里方の叔父が見えた（娘家的叔父來了）

里心〔名〕想家、思鄉、鄉愁、懷鄉病、懷念家鄉（＝ホームシック）
　里心が付く（想家、思鄉、得懷鄉病）
　里心が出る（想家、思鄉、得懷鄉病）
　彼は母親からの便りを見て里心が付いたらしい（收到母親的來信他像是有些想家了）賴り

里言葉〔名〕鄉下話、方言土語、妓院地區的特殊語言（＝郭言葉）

里桜〔名〕村落裡開的櫻花←→山桜、里櫻（大島櫻的變種、八重櫻等園藝品種大部分屬於此類）

里離れ、里離〔名〕離村莊很遠（的地方）
　里離れの所（遠離人煙的地方）

里腹〔名〕新媳婦回娘家盡情足吃
　里腹三日（回娘家足吃後三天不餓）

里び〔名〕有鄉下味道、帶鄉下樣子（＝田舎染みる、田舎風）←→雅

里人、里人〔名〕本地人、當地人，本村的人、鄉下人、娘家人、同鄉。〔古〕（不在宮廷裡工作的）民間的一般人←→宮人

里扶持〔名〕（寄養孩子的）寄養費

里道、里道〔名〕鄉道、鄉間道路（國道、縣道以下的道路）

里雪〔名〕〔氣〕平野降雪、平野的雪←→山雪

俚（ㄌㄧˇ）

俚〔漢造〕俚俗

俚歌〔名〕俚謠、流行的俗歌

俚曲〔名〕俚謠、俗曲

俚言〔名〕方言、俗語，土話（＝俚語）←→雅言
　田舎の人は俚言を使う（鄉下人用方言）使う遣う

俚諺、里諺〔名〕俚諺、諺語
　日本語の中には中国から伝わった俚諺が多い（日語之中很多從中國傳來的諺語）

俚語〔名〕方言、土話（＝俚言）
　故郷の俚語を聞く（聽家鄉的方言）故郷　故郷　郷里　古里　故里　聞く聴くく訊く利く効く

俚耳〔名〕俗耳、世人的耳朵
　俚耳に入り易い（群眾易懂、群眾容易接受）

俚習〔名〕俚習

俚俗〔名〕俚俗、粗俗、鄉間風俗

俚謠、里謠〔名〕俚謠、俗謠、民謠（＝鄙歌）
　俚謠を譜に取る（取民謠作譜）

哩（ㄌㄧˇ）

哩〔漢造〕（長度）英里

哩、マイル〔名〕英里（約等於1、609公里）
　十哩（十英里）
　マイル・ストーン（里程碑＝一里塚）
　中国大陸の海岸線は二八五零哩の長さに達する（中國大陸的海岸線長達2850英里）

理（ㄌㄧˇ）

理〔名〕理，道理、原理、法則、理學、理科

〔漢造〕治理，整理、紋理、道理、條理、理科，物理
　理に合う（合理）理　理
　君の話は理に合わない（你說的不合理）
　理に合わない話（不合理的話）
　此れを為るのは理の当然である（這麼做是理所當然的）
　彼が仕返しを受けるのは理の当然だ（他受到報復是理所當然）
　彼の不平も理が無い訳ではない（他的不滿也並不是沒有道理）

盗人にも三分の理（盗賊也有三分理、做了壞事也要強詞奪理）盗人盗人

彼の話にも一理有る（他的話也有一番道理）

物質不滅の理（物質不滅的原理）

理が非でも（無論如何＝是非とも）

理が非でも斯うして貰う（無論如何得這麼辦）

理が非に為る（有理落得無理）

理に落ちる（掰理、過分講理、強詞奪理、滿口大道裡）

話がどうも理に落ちる（說起來總是要掰理）

理を以て非に落ちる（有理落得無理）

理に勝って非に落ちる（有理落得無理）

修理（修理）

管理（管理，管轄，經管，保管）

調理（調理，管理，烹調，做菜）

料理（烹調，烹飪，菜餚、飯菜、料理，處理）

処理（處理、辦理、處置）

弁理（處理、辦理）

片理（〔地〕片理）

偏理（偏重理論）

受理（受理）

摂理（〔基督教所稱的〕天意、天命、神的意志）

節理（紋理、〔地〕節理，石紋、事物的條理）

代理（代理、代理人）

文理（上下文，前後文的邏輯性，文章的前後關係、〔大學的〕文科和理科）

木理（木理、木紋）

膚理（膚理）

肌理（肌理、木紋）

道理（道理、情理）

情理（人情和道理）

掌理（掌理、掌管、管理）

義理（情義，情面，情分，人情、正義、情理，禮節、道理、緣由、親戚關係、〔古〕詞的意義）

真理（真理、合理、道理）

心理（心理）

審理（審理、審問、審判）

条理（條理，道理、〔古〕條理-城市或土地的區劃）

学理（學理）

哲理（哲理）

物理（物理學、事物的道理）

地理（地理、地理的情況）

整理（整理，整頓，收拾、淘汰，裁減）

生理（生理、〔轉〕月經）

性理（〔哲〕〔唯心主義的〕性理）

法理（法律原理）

論理（邏輯、邏輯學、道理，規律）

文理学部（文理學部）

理運、利運〔名〕幸運、紅運、走運、好運氣、順天裡的命運（＝幸運）

理運に従う（聽天由命）

理化〔名〕理化、物理和化學（＝理化学）

理化を研究する（研究理化）

理化学〔名〕物理學和化學（＝理化）

理化学を研鑽する（鑽研理化學）

理科〔名〕理科（自然科學的學科-物理、化學、地學、生物學的總稱）、（大學中主要講授自然科學的）理科、理學院←→文科

大学の理科に進む（進入大學的理科）

将来は大学の理科に進む積りです（將來打算進入大學的理科）積り心算心算

私は理科が得意だ（我擅長理科）

理会〔名、他サ〕理會、懂得、了解、明白（=会得する）
　理会の出来る人（能明白事理的人）

理解〔名、他サ〕理解，明白，懂得，了解，領會、體諒，諒解
　理解が早い（理解得快）早い速い
　理解が遅い（理解得慢）遅い襲い晩い
　授業の内容を理解する（理解講課内容）
　理解の鈍い人（悟性遲鈍的人）
　相手に対して理解が足りない（對對方缺乏了解）
　本当に相手を理解する（真正了解對方）
　現代絵画を理解するのに難しい（理解現代繪畫很困難）
　彼が何を望んでいるのか理解出来ない（他在希求什麼不能理解）
　彼の行動は理解に苦しむ（他的行動令人難以理解）
　理解を深める（加深理解）
　両国間の理解を深める（加深兩國之間的理解）
　理解を欠く（缺乏諒解）欠く書く描く掻く斯く画く
　彼は音楽に理解が無い（他不懂音樂）
　夫婦の間に理解が無い（夫妻之間缺乏互相體諒）
　理解有る親（能體諒子女心情的父母）
　理解の有る人（能體諒人的人、明白事理的人、有理解力的人）
　理解者（理解的人）
　理解力（理解力）
　理解力と記憶力の強い人（理解力和記憶力很強的人）

理外〔名〕按一般道理無法說明
　理外の理（理外之理、神秘的道理）

理学〔名〕理學（明治初期指自然科學、狹義指物理學）。〔哲〕理學（宋明兩代的唯心主義思想）
　理学博士（理學博士）博士博士

理屈、理窟〔名〕理，理由、理論，道理，歪理，借口，捏照的理由（=こじつけ）
　理屈に合っている（合乎道理）合う会う逢う遭う遇う
　理屈が合わない（不合道理、沒有道理、不成理由）
　理屈が立たない（沒有道理、不成理由）
　双方共に理屈が有る（雙方都有理）
　理屈の分かった人（明理的人）分る解る判る
　彼の男に理屈を言って聞かせても無駄だ（向他講道理也白搭）
　理屈は結構だが実行は難しい（理論滿好實行困難）
　理屈は十分此方に在る（我們有充分的理由）此方此方在る有る或る
　此方は十分な理屈を持っている（我們有充分的理由）
　理屈丈では割り切れない（光靠道理是講不通的）
　理屈では斯う為るが実際は違う（理論上雖是那樣實際上行不通）
　此方を言う（強調理由）言う云う謂う
　彼の男に理屈を言って聞かせて無駄だ（向他講理也是沒有用的）
　色色理屈を言う（強調種種理由）
　そんな理屈は無い（沒有那種道理、豈有此理）無い絢い
　物事は理屈通りには行かない（事物不能總照理走）
　理屈を捏ね回す（捏照理由）
　理屈を捏ね回して自分の主張を通す（捏照種種理由堅持自己的主張）
　理屈を捏ねる（強詞奪理）

彼女は理屈を捏ねて許り言う（她好強詞奪理）

理屈を捻くる（講歪理）

理屈許り言っても何の仕事も為ない（光講道理甚麼也不做）

彼の人は理屈許り言って少しも実行しない（他光講大道理一點也不實行）

理屈を言えば限りが無い（歪理說起來沒有完）

理屈を付けて（找理由、找藉口）

何とか理屈を付けて誤魔化す（總是找理由敷衍過去）

彼は何とか理屈を付けて学校を休もうと為る（他千方百計地找借口想不上學）

何とか彼とか理屈を付けて（搬出種種借口）

そりゃ何とでも理屈は付くさ（找借口還不有的是）

理屈っぽい（好講理的、好辯理的）

理屈っぽい子供（愛講理的孩子）

彼の男は理屈っぽくて困る（他愛辯理不好辦）

理屈屋（好講理的人、愛辯理的人）

理屈責め、理屈責（以理責人、憑理駁倒）

相手を理屈責めに為る（憑理駁倒對方）

理屈詰め、理屈詰（全憑道理、光講道理＝理詰）

然う理屈詰めには行かないさ（不能那樣淨講道理）

然う理屈詰めには行かない（不能那樣光講道理）

理工学部〔名〕（綜合大學的）理工學院

理財〔名〕理財

理財に長ける（善於理財）長ける 炊ける 焚ける 猛る

理財の道に長ける（善於理財）

理財の道に暗い（不善於理財）

父は収入は相当有ったけれども理財の道に全く暗かった（父親的收入曾相當多但一點也不會理財）

理財家（善於理財的人）

理財科（〔舊〕經濟學科）

理財学（〔舊〕經濟學）

理事〔名〕理事、董事（＝取締役）

常務理事（常務董事）

常任理事（常任理事）

常任理事国（常任理事國）

私立学校の理事（私立學校的董事）私立 私立 公立

銀行の理事を務める（擔任銀行的理事）務める 勤める 努める 勉める

理事の職を辞する（辭去理事職務）辞する 持する 侍する 次する 治する

彼は三つの会社の理事を兼ねている（他兼三家公司的董事）三つ 三つ

理事会（理事會）

理事長（理事長）

理事官（〔舊〕內閣各部的薦任官－科長級）

理神論〔名〕〔哲〕自然神論

理神論者（自然神論者）

理数〔名〕理科和數學

理数科（數理科）

理数に興味が有る（對理數有興趣）

彼は理数に長けている（他擅長理數）

理性〔名〕理性理智←→感性、感情

理性に訴えて行動する（按照理性行動）

感情に走って理性を失う（偏重感情失去理性）

余りの悲しみに理性を失う（因過分悲傷失掉理性）悲しみ 哀しみ

怒りの余り理性を失う（過分憤怒而喪失理智）怒り 怒り

彼は理性が勝っている（他理性很強）

動物には理性が無い（動物沒有理性）
理性に訴えて行動する（按照理性行動）
理性的（理性的）←→感情的
理性的な人（理性強的人、憑理性行事的人）
理性論（〔哲〕理性論）

理責め、理責〔名〕以理制人、憑理駁倒（=理屈責め）
　人を理責めに為る（憑理制人）
　相手を理責めに為る（以理駁倒對方）

理想〔名〕理想←→現実
　理想を追う（追求理想）追う逐う負う
　高遠な理想を抱く（懷著遠大的理想）抱く抱く
　遠大な理想を抱く（懷著遠大理想）
　理想を實現する（實現理想）
　理想に達して居ない（不夠理想）
　彼女は理想が高くて中中縁談が纏まらない（她理想太高婚事總也定不下來）
　理想と現実とは余りにも掛け離れている（理想和現實相差太遠）
　我我の理想と現実は大いに接近して来た（我們的理想和現實大大接近了）
　我我の理想を実現す可く努力する（為了實現我們的理想而努力）
　彼の人は私の理想の男性です（那個人是我理想中的男性）
　其は理想論に過ぎない（那不過是理想主義而已）
　理想化（理性化）
　伝記作家は兎角自分の描く人物理想化し勝ちである（傳記作家每多把自己寫的人物加以理想化）
　理想主義（〔哲〕理想主義、唯心主義）
　理想気体（〔理〕理想氣體）
　理想的（理想的）
　理想的国家（理想的國家）
　理想的な国家（理想的國家）
　病人には理想的な食物だ（對病人是理想的食品）
　晴れた暖かい日はピクニックに理想的だ（溫暖晴朗的天氣對郊遊很理想）
　二人の子持ちが理想的だ（生兩個孩子最理想）
　理想家（理想家、理想主義者）
　理想郷（理想郷、烏托邦=ユートピア）
　理想流体（〔理〕理想流體）
　理想溶液（〔理〕理想溶液、完全溶液）

理知、理智〔名〕理智
　理知を失う（失去理智）
　理知で判断する（用理智判斷）
　余りの出来事に理知を失う（由於事出突然而失去理智）
　情よりも理知が勝っている（理智勝過感情）
　彼の人は理知が情に勝っている（他是一個理智勝過感情的人）
　理知に富む（富有理性）
　理知的（理智的）←→理性的
　理知的な女性（理智的女人）女性女性男性
　理知的な顔を為ている（面貌是理智型的）
　理知的な人は情に負けない（理智的人不會受感情支配）情情

理詰め、理詰〔名〕說理、講道理、堅持說理、硬講道理
　理詰めで説き伏せる（憑講道理說服人）
　理詰めで相手を凹ませる（堅持說理駁倒對方）
　理詰めの戦法（說理戰術）
　理詰めの戦法を運用する（運用講理的戰術）

理詰めでは行かない（憑講理不行、不能光講道理）

相手を理詰めに為る（憑理服人）

此の小説は理詰めで面白くない（這篇小説淨講道理沒意思）

理念〔名〕〔哲〕理念，理性概念，最高概念、最高意境、根本想法（=イデー）

茶道の理念（茶道的意境）茶道茶道

ヘーゲル哲学は世界精神の理念に依って貫かれている（黑格爾哲學貫穿著世界精神的理念）

芭蕉の俳句の理念は寂である（芭蕉俳句的最高意境是一個寂字）貫く抜く貫く

人生の根本理念を探る（探索人生的根本理念）

世界平和の理念を追求する（追求世界和平的理念）

所詮理念が違う（總之根本想法不對頭）

理博〔名〕理學博士

理髪〔名、自サ〕（主要指男人的）理髮（=散発）

理髪師（理髮師）

理髪店（理髮店）

理髪業（理髮業）

月に一回理髪する（每月理髮一次）月月

理非〔名〕是非

理非の判断（判斷是非）

理非を弁えない（不辨是非）

理非を弁えぬ奴（不辨是非的傢伙）

理非を正す（辨別是非）正す質す糾す糺す

理非曲直を明らかに為る（弄清是非曲直）

理不尽〔名、形動〕不說理、不講理

理不尽な要求（無理的要求）

理不尽な要求を出す（提出無理的要求）

余りにも理不尽な遣り方（太不合理的做法）

余りにも理不尽だ（太不講理、那也太無理了）

理不尽を言って人を困らす（不講理難為人）

其は理不尽な言い掛かりだ（那是強詞奪理）

横暴理不尽な行為（蠻橫無理的行徑）

理不尽な事を為る（做不講理的事）

理不尽に人を殴る（不講理地打人）

理法〔名〕常規、法則、規律

自然の理法（自然的規律）自然自然

理法を制定する（制定法則）

理由〔名〕理由，緣故、藉口

退職の理由（退職的理由）

遅刻の理由を説明する（說明遲到的理由）

遅刻した理由は電車の事故です（遲到的理由是電車意外）

其は理由には為らない（那不成理由、那不是理由）

そんな事は理由には為らない（那不成理由、那不是理由）

理由を述べる（述說理由）述べる伸べる陳べる延べる

何故然うしたのか理由を言い為さい（為何這樣做把理由說出來）

理由が無い（沒有理由）

断る理由が無い（沒有拒絕的理由）

其は全然理由の無い事ではない（那並不是完全沒有理由的）

何とか理由を付けては仕事を休む（總是找個借口不上班）

謝らなければならない理由は無い（沒有必須道歉的理由）

健康上の理由で会社を辞めた（以健康上的理由辭了公司的職務）辞める止める已める病める

病気を理由に為て学校を休む（藉口有病不上學）

何とか理由を付けて学校を休む（總找藉口不上學）

風邪を理由に欠勤した（借口傷風缺勤）

理容〔名〕理髮和美容

理容師（理容師=床屋）

理容院（理容店=床屋）

理容術（理容術）

理容業を営む（經營理容業）

理路〔名〕理路、條理（=筋道）

理路整然（理路清楚）

科学者の話は理路整然と為ているが面白みが少ない（科學家的話條理很清楚不過沒啥意思）

彼の話は理路整然と為ている（他的話路很清楚）話噺咄少ない尠ない

理路を辿らない論弁（毫無條理的爭辯）

理論〔名〕理論↔実践

相対性理論（〔理〕相對論）

新しい理論を打ち立てる（樹立新的理論）

理論と実際とを一致させる（使理論與實際一致）

私は理論的な事は苦手だ（我對理論上的事不擅長）

実践の伴わない理論は役に立たない（脱離理論的實踐沒有用處）映る写る移る遷る

テレビが何故映るかの理論は分かるが修理が出来ない（懂得電視映像的原理但不會修理）

理論倒れ（講理論不實踐、理論成立事實不行）

理論倒れに為る（光擺弄理論不實踐、空談理論辦不到）

理論闘争を為る（進行說理鬥爭）

理論家（理論專家、光講理論而不實踐的人）

理論物理学（理論物理學）

理論段（〔理〕理想板）

理論段数（〔原〕分離柱中的理論盤數、理論塔板數）

理〔名〕理由、道理、理所當然

理無しと為ない（不無道理）

怒るのも理無しと為ない（生氣也是理所當然的、生氣也是不無道理的）怒る興る起る熾る怒る

怒るのも理だ（生氣也是理所當然的）

理が立たない（道理不通）

理無い〔形〕（原義為〝講不出道理〞）親密無間，（男女）相親相愛離不開。〔古〕不懂事，沒有道理。〔古〕當然，（表示同情）不是沒有道理。〔古〕沒有辦法。〔古〕極，很，甚，非常。〔古〕再好沒有，再美沒有

理無い仲に為る（〔男女〕成為親密無間的關係、成為難分難捨的關係）

其も理無い事だ（那也是當然的）*理無い為古文語

理無き言葉（不合理的話）言葉詞辞

理無くも承諾する（沒辦法只得答應、不得已只好答應）

憎さ理無し（非常憎恨）

裏、裡（ㄌㄧˇ）

裏、裡〔接尾〕（接在體言之下）表示在…之中。
〔漢造〕背面、裡面、在…之中（=の裡）

盛会裏に終る（在盛會中結束）

会議が秘密裏に進められた（會議在秘密中舉行）

事が極秘密裏に進められている

奏楽裏に厳粛な式が挙行される（在奏樂聲中舉行嚴肅的儀式）

手裏剣、手裏剣（撒手劍-以手擲出以傷敵人的短劍、撒手劍術）

脳裏、脳裡（心裡、腦海裡）

胸裏、胸裡（胸中、心中、内心）

心裏、心裡（心中、内心）

内裏（皇居的舊稱、模似天皇皇后裝束的一對男女偶人=内裏雛、内裏様）

禁裏、禁裡（禁宮、皇宮）

暗暗裏（暗中、背地）

事件が暗暗裏に葬られる（事件在暗中被掩蓋起來）

暗暗裏に調査を進める（暗中地進行調查）

成功裏（成功裡）

大会は成功裏に閉幕した（大會成功地閉幕了）

裏急後重〔名〕〔醫〕裏急後重（=渋り腹-腹絞痛）

裏面〔名〕裡面，裡邊，背面←→表面、内幕，幕後，背地裡

裏面参照の事（請看背面）

表紙の裏面（書皮的背面）

手形の裏面（票據的背面）

封筒の裏面（信封的背面）

事件の裏面（事件的黑暗面）

姓名を裏面に記入する（把姓名寫在背面）

此のページの裏面に書いて有る（在這頁的背面寫著）

箱の裏面の疵（箱子裡面的瑕疵）疵傷瑕創

裏面の注意を読んで記入せよ（看背面注意事項填寫）

裏面の事情に明るい人（通曉内幕情況的人）

政界の裏面を暴く（揭發政界的内幕）

裏面で操る（在幕後操縱）

事の裏面に潜む真相（隱藏在事情背後的真相）

此の事件の裏面には彼が居る（這個事件的背後有他）居る入る要る射る鋳る炒る煎る

裏面に何か訳が有るだろう（這裡面想必有什麼緣故吧！）

彼の事件の裏面の真相を知っているか（你知道那件事的内幕嗎？）

裏面工作（幕後工作）

裏面工作を為る（從事幕後工作）

裏面史（内幕史、秘史）

裏、内、中、家（名、代）内，中，裡←→外、之内，以内，時候，期間（=間）、家，家庭（=家）、自己人，自己的丈夫，妻子，内心。〔古〕宮裡或天皇的尊稱。〔佛〕佛教，佛經、（方言）我

内へ入る（進入裡面）

十人の内九人迄が賛成する（十人之中有九人贊成）

内から錠を掛ける（從裡面上鎖）

内から錠を掛けて置く（從裡面上鎖）

多数の内から選び出す（從多數裡選出）

拍手の内に壇上に上る（在鼓掌聲中登上講壇）

クラスの内で彼が一番背が高い（在班上他個子最高）

此も私の仕事の内です（這也是我工作範圍之内的事）

若い内に勉強しなければならない（必須趁著年輕用功）

暗い為らない内に早く帰ろう（趁著天還沒黑快回去吧！）

御喋りを為ている内に家に着いた（說著說著就到家了）

二、三日の内に出発する（兩三天以內出發）

三日の内に遣り遂げる（三天以内完成）

内を建てる（蓋房子）

三階建の内（三層樓房）

内へ帰る（回家）

内へ遊びにいらっしゃい（到我家來玩吧！）

今夜は内に居ます（今晚在家）
内程良い所は無い（沒有比家裡再好的地方）
内を持つ（成家、結婚）
内を外に為る（經常外出不在家、老不在家）
内の者（家人、我的妻子）
内中で映画を見に行く（全家人去看電影）
内の人（我的丈夫）
内の子に限ってそんな事は無い（我家小孩不會做那種事）
内の奴（我的老婆）
一応、内に相談して見ます（這要和家裡人商量一下）
彼は内の者だ（他是自家人）
内の中の盗人は掴まらぬ（燈底下暗內賊捉不著）
内の社長（我們經理）
其の計画は内で立てよう（那項計畫由我們來制定吧！）
内の学校（我們學校）
抑え切れない内の喜び（抑制不住內心的喜悅）
内に省みて疚しくない（內省不疚）
熱情を内に秘める（把熱情埋藏在心裡）

裏〔名〕背面，後面、（衣服的）裡子，（鞋襪的）底子、裡面，內部、背後、內幕、幕後。〔棒球〕後半場、反面。〔數〕倒換、（技藝的）簡略方法（=略式）。〔茶道〕裏千家流派（=裏千家）←→表

紙の裏（紙的背面）裏浦心占卜
手の裏（手掌）
足の裏（腳底）
毛皮の裏（皮裡子）
家の裏（房子後面）家家家家家
家の裏を通る（從房子後面過去）

裏を見よ（請看背面）
用法は裏に書いて有ります（用法寫在背面）
裏の通り（後街）
裏へ回る（往後面繞）
裏門から入る（從後門進去）入る入る
裏山（後山）
裏付き生地（襯料、裡布）
裏を付ける（掛上裡子）
着物に裏を付ける（把衣服掛上裡子）
裏が擦り切れる（衣服襯裡磨破了）
靴の裏を張り替える（換鞋底）
裏で策略を巡らす（幕後策畫）巡らす廻らす回らす
政界の裏（政界的內幕）
裏の意味（背後的意思）
心の裏を見透かす（看穿內心深處）
彼の言葉の裏には黙諾の意が読まれた（看出他的話裡有默認的意思）
言葉の裏を読み取る（聽其弦外之音）
裏取引（幕後交易）
一回の裏（棒球第一局的後半場）
五回の裏に三点取った（第五局下半拿了三分）
裏を返す（重來一次、衣服翻裡作面）
裏を返せば（反過來說、從反面來看）返す反す帰す還す孵す
裏を言う（說反面話）言う謂う云う
裏の言葉（說反面話）
言葉の裏を行く（說了不算）
レコードの裏を掛ける（把唱片換過來放）
法律の裏を潜る（鑽法律的空子）潜る潜る潜む
物事には大抵裏が有る物だ（凡事大概都有隱蔽的內幕）

裏には裏が有る（內幕裡還有內幕、戲中有戲、內情複雜、話中有話、裡頭有蹊蹺）

此には何か裏が有る様だ（這裡面好像有甚麼內幕似的）

裏の裏を行く（鑽空子、將計就計＝裏を行く）行く往く逝く行く往く逝く

裏を搔く（〔古〕刀劍砍通或射穿裡面、鑽空子，將計就計）

敵の裏を搔く（鑽敵人的空子）

裏を取る（〔俗〕證實－根據實證查明口供的真假）取る捕る攝る採る撮る執る獲る盜る錄る

犯人の自供の裏を取る（核實罪犯的口供）

裏編、裏編み〔名〕（編織）（打毛線的針法）反針，上針←→表編み

裏合わせ、裏合せ〔名〕（也寫作心合わせ）投緣，情投意合、背靠背

裏合わせの夫婦（情投意合的恩愛夫妻）夫婦夫婦

裏合わせで話し声が聞こえる（因為房子背靠背聽得到講話聲音）

裏板〔名〕（器物內側的）鑲板、（屋頂內側的）望板，天花板（＝天井）

裏板が余りにも低い（天花板太低了）

裏表〔名〕表裡（＝裏表）、上下，左右，前後、矛盾，相反，表裡顛倒（＝裏腹）

裏表〔名〕表裡，表面和裡面，外表和內幕、表裡相反，翻裡作面（＝裏返し）、表裡不一致

紙の裏表（紙的正反面）

紙の裏表に字を書く（在紙的正反面寫字）

此の紙は裏表の見分けが付き難い（這張紙區分不出正反兩面）

彼と此は丁度裏表の関係だ（那個和這個恰恰是表裡的關係）

物の裏表に通じた人（對事情的表面和內幕都清楚的人）

物には裏表が有る（一切東西都有正反兩面）有る在る或る

シャツを裏表に着る（反穿襯衫）着る切る斬る伐る

裏表の有る遣り口（陽一套陰一套、表裡不一的做法）

裏表の有る行動（兩面三刀、耍兩面手法）

口と行いが裏表だ（言行不一致的）

裏表の有る人（兩面派、言行不一致的人）

裏表の無い人（表裡如一的人）

物の裏表に適した人（通曉世故的人）

行動に裏表が有る（人前人後行動不一）

裏表紙〔名〕（書的）封底、底封面

裏渦貝〔名〕〔動〕菊刺螺、紅底星螺

裏打ち、裏打〔名、他サ〕襯裡，裱裡、證實，保證，（從旁）支持（＝裏付け）

紙で裏打ちする（用紙裱襯）

破れた古文書の裏打ちを為る（從背面把破了的舊文件裱上）破れる敗れる

表裝する時は紙で裏打ちする（表裱褙時把裡面用紙裱褙）

証拠で裏打ちする（以證據來證實）

ニュースの確実性を裏打ちする（證實消息的真實性）

計画の裏打ちを為る（使計劃更有保證）

人民の信頼に裏打ちされる（背後有人民的信任支持、有人民的信任作後盾）

裏写り、裏移り〔名、自サ〕（油墨）油污了前頁、透現出背頁的字跡

紙が薄くて裏写りする（紙薄得能透現出背頁的字跡）

裏衿、裏襟〔名〕衣領裡子、衣服襯領

硬い裏襟を使う（使用硬的襯領）硬い堅い固い難い使う遣う

裏街道〔名〕通後門的路、間道，抄道（＝裏道）

裏返す、裏反す〔他五〕翻過來、翻裡作面

裏返して言えば（反過來說）

新聞を裏返して見る（把報紙翻過來看）

洗濯物を裏返しに為て干す（把洗的衣服翻過來曬）干す乾す保す補す

裏返して言えば（反過來說、從另一方面說）

裏を表に裏返す（翻裡作面）

手の平を裏返す様だ（翻臉不認人、翻手為雲覆手為雨）

手の平を裏返す様な態度（態度驟變、翻臉不認人）

手の平を裏返す様に態度を変える（態度驟變、翻臉不認人）

裏返し、裏反し〔名、他サ〕翻裡作面、表裡相反

着物を裏返しして干す（把衣服翻過來曬）

オーバーを二度裏返しを為（大衣已經翻過兩次）

靴下を裏返しに穿く（反穿襪子）穿く履く吐く掃く刷く佩く

靴下を裏返しに穿いている（反穿著襪子）

御前の着物は裏返しに為っている（你的衣服穿反了）

写真を裏返しに為て卓上に置く（把相片反過來放在桌子上）

裏返る、裏反る〔自五〕翻過來（=引っ繰り返る）、通敵，叛變，倒戈（=裏切る）

木の葉が風に裏返る（樹葉被風吹翻過來）

傘が風に裏返る（傘被風吹翻過來）

一夜の内に裏返った（一夜之間就背叛了）一夜一夜一夜内中裏

裏書き、裏書〔名、自サ〕背書，批註，簽證、寫在書畫背面的鑑定證明，寫在卷軸背面的註腳。〔轉〕證實，證明

無記名裏書（無記名式背書、空白式背書）

白地式裏書（無記名式背書、空白式背書）

記名式裏書（記名背書）

完全裏書（記名背書）

手形に裏書して権利を他人に譲り渡す（背書票據後把權利轉讓給別人）

保険証券に裏書する（在保單上批註）

旅券の裏書を為て貰う（取得護照簽准）

裏書人（背書人）

被裏書人（被背書人、受讓人）

裏書譲渡（背書轉讓-通過背書把票據上的權利轉讓給別人）

手形の裏書譲渡を為る（背書票據轉讓別人）

裏書譲渡人（背書轉讓人）

裏書譲受人（背書受讓人）

掛軸に真筆である旨の裏書が有る（軸畫的背面寫有是真跡的鑒定）

彼の言葉には裏書と為る証拠が無い（他說的話找不到可以證實的根據）

報道の偽りで無い事が裏書された（證實了報導不是假的）

裏搔く〔自五〕將計就計

裏搔く事に為た（決定將計就計）

裏方〔名〕〔古〕貴夫人（江戶時代以後指本願寺主持僧之妻）。〔劇〕後台工作人員，管理道具服裝等的人員←→表方、背後出力的人

舞台の裏方（後台工作人員）

裏曲、裏矩〔名〕曲尺背面的刻度（一尺為曲尺正面尺寸的1、414倍）（=裏尺、裏の曲）

裏尺〔名〕曲尺背面的刻度（一尺為曲尺正面尺寸的1、414倍）（=裏曲、裏矩）

裏金〔名〕〔商〕暗地費、活動費、交際費-背地交易另外給的錢、暗中向對方提供的金錢

裏鉄〔名〕釘在鞋底上的鐵片

裏側〔名〕背面、反面←→表側

月の裏側（月亮的背面）

裏側に張る（貼在內側）張る貼る春

裏木戸〔名〕通往後面的柵門、戲院的後門（=楽屋口）

裏木戸から入るな（別從後門進入）

裏鬼門〔名〕西南方向（與鬼門相反的方向、兩者都被迷信為不吉利的方位）

裏切る〔他五〕背叛，通敵，倒戈，辜負，違背

彼は我我を裏切った（他背叛了我們）

裏切って味方を打つ（倒戈相向）味方身方 打つ撃つ討つ

彼迄裏切った（連他都造反了）

何か裏切られた様な気が為ます（覺得被出賣了似的）

敵に通じて国に裏切る（通敵叛國）

信頼を裏切る（辜負信任）

予想は裏切れた（預想落空了）

彼は私の期待を裏切った（他辜負了我的期望）

信頼を裏切らなかった（他沒有辜負信任）

日本人民の願望と利益を裏切る（違背日本人民的願望和利益）

勝負の結果は予想を裏切った（比賽的結果和預計相反了）

一部の人の予想は裏切って実験は成功した（出乎部分人的意料實驗成功了）

裏切り〔名〕叛變、背叛、通敵、倒戈（=内通、内応）

過去を忘れる事は裏切りを意味する（忘記過去就意味著背叛）

裏切り行為（背叛行為、出賣行為）

最も卑劣な裏切り行為（最卑劣的背叛行為）最も尤も

裏切り者（叛徒、變節者、通敵者、倒戈者）

味方から裏切り者が出た（從自己裡面出了叛徒）

民族の裏切り者、売国奴を打倒せよ（打倒漢奸賣國賊！）

裏釘〔名〕釘透過去的釘子

裏釘を返す（把透過去的釘子砸彎使之拔不出來、〔轉〕十分謹慎從事）

裏口〔名〕後門，便門（=勝手口）。〔轉〕走後門←→表口

裏口から出る（從後門出去）

裏口回って下さい（請繞到後門去）回る廻る周る

裏口からのニュース（小道消息）

裏口から入学する（走後門入學）

裏口営業（非法營業、秘密營業、偷偷摸摸營業、不通過正式手續的營業）

裏口取引（幕後交易、不通過合法途徑的交易）

裏口入学（走後門入學、以非法手段入學）

裏毛、裹毛〔名〕（針織品）背面起的絨毛

裏毛のシャツ（背面起絨的襯衫）

裏罫〔名〕〔印〕（排版用的）粗鉛條←→表罫

裏芸〔名〕（藝人）非本行的技藝、不常露的技藝←→表芸

裏声〔名〕（用技巧發出的高音）假聲，假嗓←→地声、低於三弦的歌聲

裏声で歌う（用假嗓唱）

裏声を出す（唱出假聲）

裏漉し、裏漉〔名、他サ〕（過濾豆餡等使用的）細眼濾網、用濾網過濾

裏漉しに掛ける（過濾）

裏言葉〔名〕暗語、黑話、隱語

裏作〔名〕（主要作物收割後種的）復種（作物）（=後作）←→表作

稲の裏作に麦を作る（收割稻子種麥子）作る造る創る

麦の裏作に野菜を作る（小麥收割後種蔬菜）

裏座敷〔名〕內廳、裡屋、裡客廳

裏地〔名〕襯料、襯布、作衣裡的料子

洋服の裏地（西裝的襯布）

裏正面〔名〕〔相撲〕（摔跤場）背後正面座位

裏白〔名〕（紙或布製品）背面白，白裡，白底。〔植〕裡白（裡白科常綠大型多年生草）

裏白の木（〔植〕日本花楸）

裏白箱柳（〔植〕白楊）

裏刷り、裏刷〔名〕〔印〕反印、印透明紙時的背面印刷

裏背戸〔名〕後門、便門（=裏口）

裏背戸から入る（從後門進去）入る入れ

裏千家〔名〕〔茶道〕裏千家流派（=裏）

裏店〔名〕陋巷裡的出租房屋、背胡同裡的住房

裏店借り（租背胡同的房子住〔的人〕、〔轉〕生活貧困〔者〕）

裏店住まい、裏店住い（租背胡同的房子住〔的人〕、〔轉〕生活貧困〔者〕=裏店借り）

裏付ける、裏附ける〔他下一〕裱褙、加襯裡、證實，印證、（從旁）支持，保證，根據

事実や証拠に裏付けられていた（有根有據）

事実が彼の言葉を裏付ける（事實證實了他的話）

彼等の攻撃を裏付ける様な納得出来る論拠は何一つ上げる事が出来なかった（舉不出任何一個令人信服的論據來證明他們的攻擊是站得住腳的）

裏付け、裏附け〔名〕裱褙、加襯裡、證據、（從旁）支持，保證，根據

義務の裏付けの無い権利（不用承擔義務的權利、不伴有義務的權利）

事実の裏付けの無い議論（沒有事實根據的議論）

現物の裏付けの無い取引（沒有現貨保證的交易）

裏付け物資（保證物資、連鎖貿易的回程物資）

裏付け〔名〕掛裡，貼裡，上衣服裡子、掛裡的厚草鞋（=裏付け草履）

裏手〔名〕後面、背面（=後ろ、背後）

家の裏手の山（房後的山）

裏手の出入口から出て行く（從後門出去）

敵の裏手に回る（繞到敵人的背後）回る廻る周る

裏定理〔名〕〔數〕反換定理、否定定理

裏通り、裏通〔名〕後街、後巷、小胡同、背胡同（=裏道）←→表通り

裏通りの果物屋（後街的水果店）

裏年〔名〕（果樹結果少的）小年、水果等欠收的年份←→生り年

今年は柿の裏年だ（今年是柿子的欠收年）

裏長屋〔名〕大雜院、陋巷裡的簡易住宅

裏長屋の御上さん（大雜院的家庭主婦）

裏投げ〔名〕〔柔道〕（從側面用雙手把對方抱起）仰身往背後摔的招數

裏二階〔名〕閣樓、二樓後室

裏日本〔名〕日本本州面上日本海的地區（現在一般稱作日本海側）←→表日本

裏庭〔名〕裡院、後院、後庭

裏庭に池が有る（後院有池塘）有る在る或る

裏話〔名〕內情、秘聞、內部的話、祕密的事（=内輪話）

会談の裏話（會談的內情）

此に裏話が有る（這裡有段秘聞）

裏腹〔名、形動〕（原意為腹背・表裡）相反（=あべこべ、逆様）

裏腹な事を言う（口是心非、言不由衷、說假心假意的話）

言う事と為る事が裏腹だ（言行不一致）

事実は予想とすっかり裏腹に為った（事實和預料完全相反）

歴史は彼等の希望とは裏腹に動く（歷史的發展和他們的希望相反）

裏張り〔名〕襯裡，裱裡、證實，保證，（從旁）支持（=裏打ち、裏打）

裏番組〔名〕〔廣播、、電視〕（為了與其他電台勁爭、準備在同一時間播送的）競爭節目

裏表紙〔名〕封底、底封面

裏帆〔名〕〔海〕逆帆

裏帆に為る（轉帆）

一時裏帆を打たせる（一時轉帆使船倒退）

裏町〔名〕後街、陋巷、里弄←→表町

裏町の駄菓子屋（小胡同裡的粗點心鋪）

裏道〔名〕通後門的路←→本道、間道，抄道（=抜け道）。〔喻〕非法手段，邪門歪道，不務正業，不正派的生活

裏道伝いに行く（順著抄道走）
裏道を伝って逃げた（沿著抄道逃了）
裏道から逃げる（從後門小路逃跑）
裏道を取る（抄小路）
裏道を通って駅へ出る（抄小路到車站去）
裏道に行く（走邪門歪道）
裏道を潜る（鑽旁門左道）潜る 括る
人生の裏道許り歩いている男（專靠邪門歪道生活的人）

裏目〔名〕矩（曲）尺背面的刻度（=裏曲、裏矩、裏の目）、骰子的背面

裏目に出る（〔結果〕適得其反）
為る事為す事裏目に出た（所作所為適得其反）
資本主義国のインフレ政策は既に裏目に出ている（資本主義國家的通貨膨脹政策已收得相反的效果）

裏の目〔名〕曲尺背面的刻度（一尺為曲尺正面尺寸的1、414倍）（=裏曲、裏矩）

裏漏り、裏漏〔名、自サ〕尿腔-斟茶倒水時順壺嘴往下滴水

裏門〔名〕後門←→表門、正門
表門の狼を防いで裏門から虎に入り込まれる（前門拒狼後門進虎）
裏門から入る（從後門進入）

裏紋〔名〕（代替定紋的）非正式的紋章、副紋章、副家徽（=替紋）←→表紋

裏屋〔名〕陋巷裡的出租房屋、背胡同裡的住房（=裏店）

裏山〔名〕後山、山陰，山的背面
裏山の躑躅が咲いた（後山的杜鵑花開了）

鯉（カーˇ）

鯉〔漢造〕鯉魚、信（=手紙、便り）

鯉魚（鯉魚）
養鯉（養殖鯉魚）
双鯉（雙鯉、信-來自客從遠方來遺我雙鯉魚）

鯉〔名〕〔動〕鯉魚
鯉を飼う（養鯉魚）飼う 買う 来い 請い 乞い 恋 故意

恋〔名、自他サ〕戀愛、愛情
恋の女神（愛之女神-維納斯）恋い 乞い 請い 濃い 来い 鯉 女神 女神
恋の闇（心中生愛苗昏頭又昏腦）
恋の病（相思病）
恋の病に薬無し（無藥能治相思病）
恋の山には孔子の倒れ（聖人難過娘子關）籤孔子
恋に陥る（陷入情網）
恋に落ちた（墜入情網）
恋を為る（戀愛）
恋は曲者（戀愛是不可思議的事情、戀愛是莫測高深的人、戀愛是不好對付的人）
恋は思案の外（愛情不講道理、戀愛不講理性、戀愛超出理智與常識）
恋は盲目（愛情是盲目的、戀愛喪失理智）
恋は盲目曲者（戀愛這種事無理可說）
恋に師匠無し（戀愛無老師、戀愛是自然的）
片恋（單戀=片思）←→相惚（相愛、互戀）

請い，請，乞い，乞〔名〕請求、乞求
請いを容れる（答應請求）

鯉口〔名〕（刀鞘的）口、（防止衣袖弄髒的）套袖（=筒袖の上っ張）
鯉口を切る（解開鞘口手按刀柄準備拔刀）
鯉 恋 来い 濃い 請い 乞い

鯉濃〔名〕鯉魚切片煮的味噌湯

鯉幟〔名〕（用紙或布做的用於慶祝端午男童節-子供の日、端午節）鯉魚旗

鯉幟を立てる（掛起鯉魚旗）

鱧（ㄌㄧˇ）

鱧〔漢造〕〔動〕鱧（硬骨魚、體圓而長、色黑有斑點）

鱧〔名〕〔動〕海鰻、狼牙鱔

　鱧の皮（海鰻的皮）皮革側川河

　鱧も一期海老も一期（榮枯各異終歸都是一生）

　鱧は鰻に大変似っている（海鰻很像鰻魚）似る煮る兎

力、力（ㄌㄧˋ）

力〔名〕力量（＝力、体力）、人力車夫（＝車力）

〔接尾〕（接在表示人數的詞下、表示若干人的）力量、氣力

　力が有る（有力量）

　五人力が有る（有五個人的力量）

　五人力を持っている（有五個人的力量）

　彼は中中力が有る（他很有力氣）

　彼女が入れば千人力だ（要是她參加那就天不怕地不怕了）

　十人力を要する仕事（需要十個人氣力的工作）

　馬力（〔理〕馬力-動力單位、搬運馬車、〔轉〕精力，幹勁）

　大力（力大無窮、大力是）

　怪力（大力、蠻力氣）

　戒力（〔佛〕戒力-由於嚴守戒律所得的功力）

　強力、剛力（大力，力氣大、爬山時幫助背東西的嚮導）

　合力（協力，協助＝助力、捐助，施捨）

　強力（強大、強有力、力量大）

　協力（協力、配合、合作）

　行力（〔佛〕修行的功夫）

　千人力（有一千個人的力氣〔的大力士〕、感到很壯膽，感到非常有依靠）

　自力（自力、〔佛〕自力修行）

　地力（實力、本來的力量）

　他力（外力，他人之力、只依靠外力，作享其成、〔佛〕依賴阿彌陀佛普度眾生的本願而成佛＝自力本願）

　念力（意志力、精神力）

　眼力（眼力、目力、視力、鑑別力）

　願力（力求達到願望的精神、〔佛〕願力）

　神通力、神通力（〔佛〕神通力）

　自在力（自在力）

力む〔自五〕使勁，用力、虛張聲勢（＝威張る）

　力んで押す（使勁推）

　うんと力んで押す（用力使勁推）

　此れ以上もう力めない（再也使不出勁來了）

　痛さを堪える為に顔を真赤に為て力む（為了忍痛把臉憋得通紅）

　力んでbarbellを差し上げた（使勁把槓鈴舉了起來）

　幾等力んだ所で無一文では仕方が無い（無論怎樣虛張聲勢沒有分文也沒有辦法）

　絶対に負けないぞと力んで見せる（虛張聲勢表示決不敗北）

　彼奴が何だと彼は力み返って言った（那傢伙算什麼？他逞強地說）

力み返る〔自五〕非常用力、拼命用力

　二人で力み返ってpianoを三階へ運び上げた（兩個人使出渾身力氣把鋼琴搬上了三樓）

力泳〔名、自サ〕用力游泳

　goal近くで懸命に力泳する（在接近終點處拼命用力游）

　最後の力泳で相手を抜く（最後鼓勁一游超過了對方）

力役、力役〔名〕力氣活，體力勞動、（國家派的）勞役，徭役

力

力演〔名、自サ〕熱情的表演、賣力的表演

力演で拍手喝采を受ける（由於盡全力演出而受到鼓掌喝采）拍手 拍手 柏手

力価〔名〕〔化〕滴定率、滴定度

力学、力学〔名〕〔理〕力學

ニュートンは古典力学の完成者である（牛頓是古典力學的完成者）

力学的に見て難点が有る（從力學上看有困難）

此の建築は力学的に見て難点が有る（這所建築物從力學上來看有缺點）

力学的エネルギー（力學的能、機械能）

力学を応用した建物（應用力學的建築）

力作、力作〔名〕精心作品（=労作）

一年間も掛かって書いた力作が雑誌に載った（花了一年時間寫的精心作品登上了雜誌）

此の絵は彼の力作である（這幅畫是他的精心作品）

此は氏近来の力作である（這是他最近的精心作品）

力作のオペラの脚本（精心作品的歌劇劇本）難しい 難しい 難い 堅い 固い 難い 憎い 悪い

力作揃いで入賞者を選ぶのは難しい（因為都是精心作品難以選出獲獎人）選ぶ 択ぶ 撰ぶ

力士〔名〕力士，相撲家（=相撲取り）。〔古〕大力士。〔佛〕金剛力士（=仁王）

土俵上に両力士が登場する（兩個力士上了摔交場）

力車〔名〕人力車（=人力車）

力車に乗る（坐黃包車）乗る 載る

力者〔名〕力量強的人、力士

力織機〔名〕〔機〕動力織機

力積〔名〕〔理〕衝量

力説〔名、他サ〕強調、極力主張

彼は実業教育の必要を力説した（他強調了實業教育的必要）

彼は語学教育の必要を力説した（他強調了語言教育的必要性）

私は諸君に此の案の重要さを力説し度いのです（我願意向大家強調本方案的重要性）

運動場の拡張を力説する（極力主張擴大運動場）図る 計る 測る 量る 諮る 謀る

世界平和を図る国際連合を組織する事を力説した（極力主張組織謀求世界和平的聯合國）

力戦、力戦〔名、自サ〕竭力奮戰、全力戰鬥（=力闘）

力戦空しく決勝戦で敗れた（白白奮戰一場決賽時輸了）

力戦したが終に及ばなかった（盡力戰鬥了可是輸了）終に 遂に 対に 陥る

三時間力戦して遂に敵陣を陥れた（力戰了三小時終於攻陷了敵陣）陥れる 落し入れる

力戦して敵を破る（力戰破敵）破る 敗る 敵 敵 仇

力闘〔名、自サ〕竭力奮鬥（=力戦、力戦）

力戦力闘でトーチカを攻め落とした（力戰力鬥攻下了堡壘）

力線〔名〕〔理〕力線（如磁力線、電力線）

力走〔名、自サ〕拼命跑、盡全力跑

決勝点近くで懸命に力走する（接近決勝點拼命跑）

全コースを力走して一着に為る（拼命跑完整個跑道獲得第一）一着 一等 一着（一部著作）

マラソンの全コースを力走して一等に為る（拼命跑完馬拉松的全賽程獲得第一）

力漕〔名、自サ〕使勁划船、盡全力划

力漕に次ぐ力漕で優勝した（連續使勁划船而獲得優勝）

力漕したが終に負けて終った（雖然盡了全力法划船可是終於輸掉了）終に遂に対に終う仕舞う

両クルーとも懸命に力漕した（兩組賽艇隊員都拼命用盡全力划船）

力点、力点〔名〕〔理〕力點←→支點、重點，著重點（＝重点、主眼点、着眼点）

デザインよりも使い易さに力点を置く（樣式居次把重點放在方便好用上）

数量に力点を置いて説明する（把重點放在數量上加以說明）

車の速力と安全性に力点を置く（把重點放在車子的速度和安全性）置く擱く措く

此の船は速度に力点を置いて設計された（這隻船是把重點放在速度上而設計的）

此の建物の設計は防震に力点が置かれて在る（這所建築是把重點放在防震的）在る有る或る

力投〔名、自サ〕〔體〕盡全力投擲（球、標槍等）

彼は力投している（他在盡全力投球）

一人のピッチャーで最終回迄力投した（由一位投手全力投到最後一局）一人独り

力比〔名〕〔理〕力比

力本説〔名〕〔理〕（以力與其關係來解釋宇宙的）力本論、物力論

力率〔名〕〔理〕功率因數

力量〔名〕力量，體力、能力、本領

業も力量も無い（既無技巧又無力量）

力量を示す（顯示本領）

力量を試す（試驗能力）

力量の有る人物（有本領的人）

彼は社長と為ての力量に乏しい（他缺乏當總經理的能力）欠しい乏しい

彼は指導者と為ての力量に欠ける（他欠缺當領導人的本領）欠ける掛ける書ける賭ける

私の力量の及ぶ所で無い（那不是我能辦得到的）駆ける架ける描ける翔ける懸ける掻ける

其の仕事を為る丈の力量が有る（有做那項工作的能力）

自分の力量を知っている（知道自己有多大能力）

力行、力行〔名、自サ〕力行、努力奮鬥

苦学力行の賜物（苦學力行成果）

苦学力行の氏（苦學力行之士）

勤倹力行（勤儉力行）

力〔漢造〕（也讀作力）力量

能力（能力、〔法〕行為能力）

実力（實力、武力）

学力（學力、學習實力）

核力（〔理〕〔原子〕核力）

筆力（筆力，筆勢、撰寫的能力）

精力（精力）

勢力（勢力、實力，權勢、〔理〕力，能）

胆力（膽力、膽量）

財力（財力、經濟力、經濟負擔能力）

才力（才力、才能）

権力（權利）

心力（心力、精神力）

人力（人力、人的作用）

尽力（盡力，努力，幫忙，協助）

電力（電、電力）

火力（火力，火勢、砲火的威力）

水力（水力）

推力（推力）

浮力（浮力）

富力（國家的富力、物質力量、個人的財力）

風力（風力、風速）

力

ㄌ

重力（重力）
弾力（彈力、彈性）
多力（力氣大、力量強、有權勢）
打力（棒球擊球的力量）
惰力（慣性、慣性力）
動力（動力、原動力）
投力（投擲力、棒球投球能力）
耐力（〔機〕彈性極限應力）
体力（體力）
腕力、腕力（腕力,力氣,暴力,手腕,勢力,本事）
気力（氣力,精力,元氣,魄力,勇氣）
汽力（蒸汽動力）
機力（機械力）
棋力（下棋的能力）
武力（武力）
迫力（動人心弦、動人的力量）
国力（國力）
政治力（政治力）
経済力（經濟力）
理解力（理解力）
推進力（推進力）
生産力（生產力）
極力（極力、盡量、盡可能）
全力（全力、全部力量、〔機器等的〕最大出力）
助力（幫助、協助、支援）
労力（勞力,勞動力,費力,出力）
速力（速率、速度）
努力（努力）

力〔名〕力量,力氣,體力。〔理〕力,重力,引力,壓力,權力,勢力,威力,暴力,精力,精神力,筆力,效力,努力,盡力,依靠的力量,能力,學力,財力,資力,拉力

力が有る（有力量）
腕の力（腕力）
牛は力が強い（牛的力氣大）
力を蓄える（蓄積力量）蓄える貯える
団結は力である（團結就是力量）
力を出す（用力）
力が抜けて終った（沒有勁了）
病人は段段力が付いて来た（病人漸漸壯起來了）
彼は非常に衰弱して歩く力も無かった（他非常衰弱連走路的力氣都沒有了）
熱の力（熱力）
電気の力（電力）
蒸気の力（蒸氣力）
立体に上下から力を加える（從上下對立體加壓力）上下上下上下上下上下
水の力を利用して、水車を動かす（利用水力轉動水車）水車水車
力の方向と強さを線を表わす（用線來表示力的方向和強度）表わす著わす現わす顕わす
力の優位（實力的優勢）
力の均衡（均勢）
世論の力（輿論的力量）世論世論世論
力の立場（實力地位）
数の力で（憑數量優勢）数数
力の政治（強權政治）
力に訴える（動武、訴諸武力）
警察の力で取り締まる（用警察的權利來取締）
力が漲る（精力充沛）
力を集中する（集中精力）
力を付ける（鼓勵）
力を落とす（洩氣、灰心、失望）

細君に死なれて酷く力を落とした（妻子死去非常灰心）細君妻君

其の言葉に力を得る（受到那句話的鼓舞）得る得る

滋養物で力を付ける（用營養品補養）

力を入れて言う（強調、加重語氣）入れる容れる

描く事に力を入れる（著力描寫）

力の籠った声（有力的聲音）

力の有る文章（有力量的文章）

もっと力を入れて歌い為さい（再加把勁唱）

薬の力（藥效）

目に見えない力（看不見的效力）

彼の奔走は大いに与って力が有った（他的奔走起了很大作用）与る預る

女の涙には男を動かす力が有る（女人的眼淚能感動男人）

力を合わせる（協力）

力の限りを尽くす（竭盡全力）

皆の力で成功した（由於大家的努力而成功了）皆皆

力に為る（倚仗、憑藉、做為靠山）摩る刷る摺る擦る掏る磨る擂る

力と頼む（倚仗、憑藉、做為靠山）

君を力に為て遣って行く（拿你做靠山做下去）

何時でも力に為って遣る（隨時幫助你、隨時做你的靠山）

御互いに力に為る（互相幫助）生る鳴る成る為る

力に為るのは君許りだ（全靠你了）

力を借りる（借助）

杖を力に立ち上がる（靠拐杖站起來）

一寸力を貸して下さい（請幫把手）

力の及ぶ限り（力所能及）

力に及ばない（力不能及）

力及ばず（力不從心、無能為力）

人に助けて貰わないで自分の力で遣り為さい（不要求助於人憑自己的力量去做吧！）

聞く力（聽力）

読書の力（讀書能力）

頭の力が鋭い（頭腦敏銳）

考える力を養う（培養思考能力）

会社を再建する力が無い（沒有重建公司的財力）

私には未だ家を建てる丈の力は無い（我還沒有蓋房子的財力）未だ未だ

此の糸は力が無い（這線沒有拉力）

力山を抜き気は世を蓋う（力拔山兮氣蓋世-史記項羽本紀）蓋う覆う被う蔽う

力足〔名〕〔角力〕用力的腳、兩腳開立的預備姿勢

力足を踏む（〔相撲力士左右兩腳交替高舉〕用力踏地）

力合わせ、力合せ〔名〕同心協力。〔轉〕相撲

力石〔名〕舉重的石鎖

力一杯〔副〕竭盡全力

力一杯働く（盡力工作）

力一杯引っ張る（盡力拉）

力一杯引っ張っても抜けない（用盡全力怎麼拔也拔不起來）

力一杯頑張る（竭盡全力堅持到底）

力一杯の努力を為る（全力以赴地做）

力落とし、力落し〔名, 自サ〕灰心、洩氣、洩勁

嘸御力落としで御座いましょう（想必您一定很灰心吧！）力を落とす（洩氣、灰心）

嘸かし御力落としで御座いましょう（想必您一定很灰心吧！）

力

力

彼は子供に死なれて大変（な）力落としだ（他因為死了孩子非常灰心）

嚊御力落としの事でしょう（請您節哀-弔唁用語）

力帯〔名〕（為增加力氣）勒緊的腰帶

力紙〔名〕〔相撲〕（力士在摔交場上用的）擦身軟紙、（在書等脊背上貼的）加固紙、（用口嚼後投向寺院山門哼哈二將身上）祈禱增加力量的紙

力革〔名〕（馬鞍上的）繫鐙帶

力関係〔名〕力量關係、力量對比

世界の力関係は変りつつ在る（世界的力量對比正在發生變化）

力競べ〔名〕比力氣，比體力、比實力，比能力

力競べを為よう（較量一下吧！）

力計〔名〕測力計、功率計

力係数〔名〕〔理〕力因數

力瘤〔名〕（胳膊用力時）臂上隆起的肌肉、使勁，努力，賣力氣

腕に大きな力瘤が出る（胳膊上隆起了肌肉）

其の腕に大きな力瘤が出来た（胳膊上起了一大塊肌肉）

力瘤を入れる（賣力氣、大力支援）

彼は其の事業に力瘤を入れている（他大力做那個事業）

其の企ては力瘤を入れる程の物ではない（那個計畫不值得費力）

現在一番力瘤を入れているのは教育だ（現在最傾注力量的是教育）

力拳〔名〕鐵拳（=鉄拳）

力仕事〔名〕力氣活、體力勞動、粗重工作（=力の入る仕事）

力仕事を為る（做力氣活）力が入る（出力、費勁）

彼は力仕事には向かない（他不適於做體力勞動）

彼の体では力仕事は無理だ（那種身體做不了粗重工作）

朝から晩迄力仕事を為ている（從早到晚做粗活）

彼は力が有るからどんな力仕事でも出来る（他有力氣什麼粗重工作都能做）

力自慢〔名、自サ〕誇耀力量、自詡力氣

力尽く〔名〕拼命，極力，竭盡全力、硬幹，憑力量，憑暴力，憑武力

力尽くで頑張る（極力堅持）

力尽で遣る（硬幹）

力尽くでも手に入れて見せる（憑暴力也要弄到手）

力尽くで相手に承認させる（硬讓對方承認）

弟の玩具を力尽くで取り上げる（靠暴力把弟弟的玩具搶過來）玩具玩具

彼は自分の考えを力尽くで押し付けた（他把自己的看法強加於人）

力相撲〔名〕（沒有花招）專憑力氣的相撲

力添え〔名、自サ〕援助、支援

力添えを願います（請您幫忙）

御力添えを御願い致します（請您支援一下）

どうか宜しく御力添えの程を（請大力幫忙）

喜んで御力添え致します（我很願意幫助您）

此も皆さんの御力添えの御蔭です（這都是由於大家的幫助）

力頼み、力頼〔名〕依丈、依靠、指望、靠山

力頼みに為る（依靠、依賴）

君を力頼みに為ている（全靠你呢）

力試し〔名〕試驗力氣、試驗能力

力試しに遣って見る（做一下試試自己的力量）

力試しに大きな石を持ち上げる（試試自己的力氣舉起大石頭）

力試しに試験を受けて見る（為試驗自己的能力而應試）

力付く〔自五〕起勁，感到有力氣，體力復元、振奮，感到鼓舞

　薬を飲んだら力付いて来た（吃了藥以後有元氣了）

　薬を飲ませたら、彼は大いに力付いた様だった（給他吃了藥他似乎大大精神起來了）

　病気が良く為るに連れて力付いて来た（隨著病情好轉體力恢復了）

　其の言葉で私は急に力付いた（由於那句話我馬上振奮起來了）

力付ける〔他下一〕鼓勵、鼓舞、打氣、使振作、使振奮

　病人を力付ける（鼓勵病人）力を付ける（鼓勵）

　気を落とさない様に彼を力付ける（鼓勵他不要洩氣）

　逆境に居る人を力付ける（鼓勵處於逆境中的人）居る入る要る射る鋳る炒る煎る

　失敗した人に気を落さぬ様に力付ける（給予失敗的人鼓舞）

力強い〔形〕有信心的，有依恃的（=心強い、気強い）、強有力的

　貴方が側に居ると力強い（有你在旁邊就覺得膽子壯）

　君が居て呉れると力強い（有你在就覺得有依靠）呉れる暮れる繰れる刳れる

　大勢の人が駆け付けて呉れたので力強く感じた（很多人趕來使我心裡踏實多了）大勢（大局）

　選手代表が力強く宣誓する（選手代表深具信心地宣誓）

　力強い演技（強有力的表演）

　力強い足取り（矯健的步伐）

　筆致が力強い（筆力強有勁）

　力強い打撃を与える（給予沉重的打擊）

　力強い打撃を加える（給予沉重的打擊）加える咥える銜える

　力強い議論（強有力的議論）

　力強く促す（有力地促進）

　力強い呼び掛け（強有力的號召）

　力強い声（強勁的聲音）

　力強い声が会場に響き渡った（一陣鏗鏘有力的聲音響徹會場）

力無げ〔形動〕沒有力氣、有氣無力

　力無げな返事（有氣無力的回答）

　病気で彼は力無げに返事する（他因生病所以回答得有氣無力）

　力無げな声（有氣無力的聲音）

　力無げに首を項垂れる（垂頭喪氣）

力抜け，力抜、力脱け，力脱〔名、自サ〕灰心、氣餒、沮喪、洩氣（=落胆）

　力抜けが為る（灰心、沮喪）

　昨日の登山ですっかり疲れた力抜けした（昨天去登山累得一點勁也沒有了）

力布〔名〕（為防止綻開從裡面）貼的布、襯布、墊布

　力布を当てる（墊上襯布）当てる中てる充てる宛てる

力の場〔名〕〔理〕力場

力負け、力負〔名、他サ〕因力氣過猛反而失敗、因力氣敵不過而失敗

力任せ、力任〔名、形動〕盡力，竭盡全力、憑力氣，猛使勁

　力任せに引っ張る（使勁拉）

　力任せに打つ（用力打）

　力任せに投げ飛ばす（使盡力氣扔出去）

　扉を力任せに押した（用全力推門）押す推す圧す捺す

　木の根を力任せに引き抜いた（一猛勁把樹根拔出來了）

力水〔名〕〔相撲〕（放在摔交場旁）備力士漱口或飲用的水

　力水を付ける（舀放在摔交場旁邊的水讓力士喝）

力持ち、力持〔名〕有力氣,大力士,身強力壯的人、舉起重物作各種動作的雜技

力持ちの男（身強力壯的男人）

彼の人は大変な力持ち（那個人很有力氣）

縁の下の力持ち（作無名英雄、在背地裡支援、在背地裡賣力氣而無人知曉）縁 縁 縁 縁縁

縁の下の力持ちを為る（作無名英雄、在背地裡支援、在背地裡賣力氣而無人知曉）

力餅〔名〕（爬山等時為增加力氣帶的）一種糯米糕、（由娘家送給產婦放在醬湯中吃的）催奶糕、相撲大會上賣的糯米糕

力業〔名〕力氣活,重體力勞動（=力仕事）、力氣功夫，憑力氣的技藝

力業を為る（從事重體力勞動）

斯う年を取っては力業は駄目だ（上了這樣年紀做不了力氣活了）

力業では彼に敵わない（論力氣趕不上他）敵う適う叶う

彼は痩せていて迚も力業に不向きだ（他很瘦不適合幹粗活）痩せ瘠せ

立（ㄌㄧˋ）

立〔漢造〕（也讀作りゅう）站立、建立、樹立

起立（起立、站起來）

直立（直立,聳立,矗立、垂直）

佇立（佇立）

独立（孤立,單獨存在、獨立,不受他人援助〔束縛,支配〕、〔法〕獨立）

孤立（孤立）

自立（自立、獨立）

中立（中立）

並立（並立、並存、兩立）

共立（合辦、共同設立）

凝立（佇立）

対立（對立、對峙）

鼎立（鼎立）

定立（命題,論題、確定命題,正反合的正）

存立（存立、存在）

成立（成立,組成,產生,完成,實現、達成）

創立（創立、創建、創辦）

確立（確立、確定）

樹立（樹立）

擁立（擁立）

国立（國立）

県立（縣立）

私立（私立←→国立、公立、私立學校）

市立、市立（市立）

村立（村立）

公立（國立）

建立（建立）

建立（〔佛〕〔寺廟的〕修建、興建）

立案〔名、他サ〕籌畫,設計,制定方案（=計画）、草擬,擬定,起草（=下書）

選挙運動の方針を立案する（制定選舉運動的方針）

此れは山田君が立案した物だ（這是山田設計的）

水利工事の計画を立案する（制定水利工程計畫）

都市計画を立案する（制定城市計畫）

文字改革大綱を立案する（擬定文字改革大綱）文字文字

立案者（起草人）

施政の方針を立案する（起草施政方針）

立花〔名〕立花,插花（=活花,生花、立花）、（用鐵絲矯正枝形的）大瓶插花（池坊流的一種插花形式）

立願、立願〔名、自サ〕向神佛許願

敬虔な気持で立願する（以虔誠的心情許願）敬虔敬謙

立脚〔名、自サ〕立足、根據

事実に立脚する（根據事實）

立脚する場所を捜す（尋找立足的地方）捜す探す

生活経験に立脚して小説を書く（根據生活經驗寫小說）

自己の生活経験に立脚して小説を書く（根據自己生活經驗寫小說）

此の説に立脚して議論を進める（根據這個說法進行討論）

生きた事実に立脚している（以活生生的事實為根據）

此のリポートは生きた事実に立脚している（這個報告以活生生的事實為根據）

立脚地（立場、立足點）

立脚地を明らかに為る（明確立場）

両者の議論は立脚地を異に為ている（雙方的爭論出自不同的立場）

此の説に立脚して議論を進める（根據這個說法進行討論）

立脚点（見地、立足點=立脚地）

立脚点を異に為る（見地不同）異異

立憲〔名〕〔法〕立憲

立憲政治（立憲政治）←→専制政治

立憲政体（立憲政體）

立憲主義（立憲主義）

立憲国（立憲國）

立憲君主制（君主立憲國）

立憲君主国（君主立憲國）

立憲君主政体（君主立憲政體）

立言〔名、自サ〕立言、發表意見

立言の趣旨は実に堂堂たる物だ（發言的立意的確光明磊落）実に実に真に誠に

正正堂堂と立言する（堂堂正正地發表意見）

立后〔名〕冊立皇后

立后を慶祝する（慶祝冊立皇后）

立儲〔名〕立皇太子（=立太子）

立太子〔名〕立皇太子（=立儲）

立太子の礼を行う（舉行立皇太子典禮）

立太子の式を挙げる（舉行立皇太子典禮）挙げる上げる揚げる

立候補〔名、自サ〕提名候選、提名為候選人、提名參加競選

参議院議員選挙に立候補する（提名參加參議院議員競選）

社会党から立候補する（由社會黨提名為候選人）自由党

総選挙に立候補する（普選時提名為候選人）

皆に推されて立候補する（被大家推出來競選）推す押す圧す捺す

立候補者（候選人、提名參加競選者）

立候補の予定です（準備提名參加競選）

立国〔名〕立國，建國、（以某種產業）繁榮國家

立国の精神（建國的精神）

立国の大本（立國之大本）大本大本

立国の大綱を制定する（制定建國大綱）大綱大綱

工業を以て立国する（以工業立國）商業農業

工業立国が人口密度の高い日本の理想である（工業立國是人口密度大的日本的理想）

立志〔名、自サ〕立志

立志伝（立志刻苦奮鬥終於成功人的傳記）

野口英世の立志伝を読む（讀野口英世奮鬥一生而成功的傳記）

立志伝中の人（白手起家的人物、立志刻苦奮鬥終於成功的人物）

立志の齢（立志之齡、十五歲-吾十有五而志於學）弱い

立春〔名〕立春（二十四節氣之一、國曆二月三日，四日）

立夏〔名〕立夏（二十四節氣之一、國曆五月五日，六日）

立秋〔名〕立秋（二十四節氣之一、國曆八月八日，九日）

立冬〔名〕立冬（二十四節氣之一、國曆十一月八日，九日）

立証〔名〕作證、證實、證明

　　有罪を立証する（證明有罪）

　　被告の無罪を立証する（證明被告無罪）

　　事実が立証する（有事實為證）

　　事実は彼の無罪を立証する（事實證明他無罪）

　　予言は見事に立証された（預言完全被證實了）

　　因果関係を立証する（證明因果關係）

　　立証の責任を負う（負起作證的責任）

　　中間子の存在を理論的に立証する（從理論上證明介子的存在）

　　其の場に居合わせた人が立証する（有在場的人作證）

　　人と物で立証する（有人證物證）

立食〔名、自サ〕立餐、站著吃

　　立食の宴会（立餐宴會）

　　立食形式の宴会（站著吃的宴會）

　　式が終って立食の供応が有った（典禮完後有立餐會）供応 饗応 饗宴

　　立食パーティー（立餐酒會）

　　立食で朝食を済ませる（站著吃早餐）朝飯 朝飯 朝餐 朝飽 済む 住む 棲む 澄む 清む

立ち食い、立食い〔名、他サ〕站著吃（=立食）

　　立ち食いは行儀が悪い（站著吃是不禮貌的）

　　立ち食いを為る子は御行儀が悪い（站著吃的孩子不禮貌）

　　立ち食いの蕎麦は美味い（蕎麵條站著吃香）旨い 甘い 美味い 巧い 上手い

　　立ち食いの客を待っている（等待吃快餐的顧客）

　　饂飩の立ち食いを為る（站著吃麵）

立身〔名、自サ〕發跡、出息（=出世）

　　立身の道を開く（開拓發跡的途徑）

　　土百姓が立身して将軍に為った（莊稼漢終於當上了將軍）百姓（農民）百姓（一般百姓）

　　一兵卒が立身して将軍に為った（一個普通士兵發跡當了將軍）

　　立身出世（發跡、出息、出人頭地）

　　我子の立身出世を願う（盼望自己的孩子能出人頭地）

　　立身出世を夢見て努力する（夢想能飛黃騰達而努力）

立心偏〔名〕（漢字部首）豎心旁

立錐〔名〕立錐

　　立錐の余地も無い（無立錐之地、水洩不通、擁擠不堪）

　　会場は満員で立錐の余地も無い程であった（會場擠滿了人簡直插不進腳）

　　音楽会は立錐の余地も無い盛況でした（音樂會是水洩不通的盛況）

　　講演会場は詰め掛けた人で立錐の余地も無かった（演講會場壅擠得水洩不通）

立像、立像〔名〕立像←→座像、坐像

　　仏の立像（立佛像）

　　少女の立像の油絵を書く（畫少女立像的油畫）少女 少女 乙女 書く 掻く 欠く 画く 描く

　　少年の立像画を書く（畫少年立像的畫）

立体〔名〕〔數〕立體

　　立体映画（立體電影=3D映画）

　　立体感（立體感）

　　立体戦（陸海空的立體戰）

立体幾何学（立體幾何學＝空間数学）

立体化学（立體化學）

立体角（〔天〕立體角）

立体音楽（立體音樂）

立体交差（立體交叉）交差交叉

道路を立体交差させる（使道路立體交差）

立体写真（立體攝影）

立体主義（〔美〕立體派）

立体図形（立體圖形）

立体放送（立體播音）

立体駐車場（立體停車場）

立体テレビ（立體電視）

立体的（立體的、多方面的，多個角度的）←→平面的

立体的な写真（具有立體感的照片）

此の絵は立体的に見える（這幅畫有立體感）

教育問題を立体的に検討する（從各個方面檢討教育問題）

立体的に物を考える（全面地考慮問題）

立体派（〔美〕立體派＝キュービズム）

立体重合体（〔化〕立體聚合物）

立体異性（〔化〕立體異構）

立体規則重合（〔化〕立體定向聚合）

立体鏡（〔理〕立體鏡＝実体鏡）

立地〔名、他サ〕（影響工農業等的）自然環境、（工農業的）布局地區選定

立地条件（選定地區時所要求的條件）

立地条件に叶わない（沒有適合布局條件的土地）叶う適う敵う

立地条件に恵まれた工場（地理條件好的工廠）工場工場工廠（兵工廠）

化学工業の立地条件に適っている（適合化學工業地區所要求的條件）

工場立地（工廠布局）工場工場

立地計画（布局計畫）

立坪、立坪、立坪〔名〕（土沙等）六立方尺、六尺立方的土方←→平坪

立刀〔名〕（漢字部首）立刀

害と立刀で割に為る（害和立刀成為割）

立党〔名〕建黨

立党の精神を守る（遵守建黨的精神）守る護る守る漏る洩る

立派〔形動〕漂亮，美麗，華麗，壯麗，宏偉，盛大、優色，出色，傑出，莊嚴，堂堂、高尚，崇高、公正、正當，正派、充分，十分，完全、偉大，了不起，值得尊敬，令人欽佩←→貧弱

立派な邸宅（漂亮的宅邸）

立派な服装（華麗的服裝）

立派な贈り物（美觀的禮物）

こんな立派な贈り物をどうも有り難う御座いました（謝謝您給我這麼好的禮物）

離れて見ると立派だ（遠看很漂亮）

様子が立派に見える（樣子看來很漂亮）様子容子

立派な建物（宏偉的建築物）

立派な儀式（盛大的儀式）

立派な御馳走（豐盛的菜肴）

立派な成果（出色的成果）

立派な人物（傑出的人物）

立派な青年（優秀的青年）

此の翻訳は立派な物だ（這個翻譯很出色）

貴方の御手並みは御立派です（您的本領真出色）

立派な態度（莊嚴的態度、高尚的態度）

落ち着いた立派な態度（沉穩自若的態度）

立派な風采（堂堂的儀表）

風采の立派な人（儀表非凡的人）

立派な精神（崇高的精神）

立派な目的（高尚的目的）

ㄌ

立派な人格（高尚的人格）
立派な体格（魁梧的體格）
暫く見ない間に立派な若者に為った（好久不見他竟成了英俊挺拔的年輕人）間 間間間
君の動機は立派な物だ（你的動機很高尚）
立派な人物（卓越的人物）
立派な作家（卓越的作家）
立派な作品（卓越的作品）
立派な業績（卓越的成就）
立派な業績を上げる（獲得卓越的成就）上げる挙げる揚げる
立派な成績（優異的成績）
此の翻訳は立派な物だ（這個翻譯真出色）
貴方の御手並みは御立派です（您的本領真出色）
立派に部長に為った（很出色地當了部長）
立派な哲学者に為る（成為優秀的哲學家）
難しい仕事を立派に遣り遂げた（卓越地完成困難的工作）
何処へ出しても立派な青年だ（不管到哪裡都是很出色的問題）
其丈英語が話せたら立派な物だ（英文能說到那樣程度太不簡單了）
立派な処置（光明正大的處理）
立派な職業（正當的職業）
立派な取引（公正的交易）
立派な権利（合法的權利）
立派な勝負（公正的比賽）
立派な取引（公正的交易）
立派な条件を提出する（提出合法的條件）
立派に戦う（正大光明地戰鬥）戦う闘う
私は彼を立派な人間だと思っている（我認為他是個正派的人）

立派に理由が立つ（有充分理由）
立派な理由が有る（有充分理由）
立派に遣って退ける（滿能應付得了）
其処迄は立派に十ミイルは有る（到那裏足有十英哩）
立派に任務を果した（充分地完成了任務）
教師と為ての使命を立派に果す（充分達成當教師的使命）
立派に煮えている（完全煮熟了）
此は未だ立派に使える（這還能充分使用）未だ未だ
立派な証拠（確鑿的證據）
其は立派な詐欺だ（那完全是欺騙）
千円のチップなら立派な物だ（給一千日元小費滿好了）
立派な学者（偉大的學者）
立派な一生を送る（度過光明磊落的一生）送る贈る
彼は立派に為って故郷に帰った（他衣錦還鄉了）故郷故郷
立派な行い（令人欽佩的行為）
彼が自分の過ちを認めたと言う事は立派な事だ（他承認了自己的錯誤值得欽佩）

立標〔名〕在航路的暗礁，淺灘，露岩等上所立的警戒標識

立腹〔名、自サ〕生氣、惱怒（＝怒る、腹を立てる）
些細な事で立腹する（因一點小事生氣）
御立腹は尤です（您生氣完全有道理、怪不得您生氣）尤尤も最も御尤です（您說的對）
社長の立腹を買う（惹得總經理生氣）買う飼う
勝手な言い分に立腹して席を立つ（因信口雌黃而生氣退席）
相手の好い加減な態度に立腹する（對方馬虎的態度令人生氣）

立腹〔名〕生氣（=立腹）、好生氣的人

立方〔名〕〔數〕立方、三次方（=三乘）、立體體
立方に開く（開立方）開く開く平方
五を立方する（把五三乘）
五立方メトル（五立方米）
五メトル立方（五公尺立方）
立方根（立方根）
六十四の立方根は四である（六十四的立方根是四）四四
二は八の立方根（二是八的立方根）
立方体（立方體、立方形）
此は縦、横、高さの等しい立方体である（這是長寬高香等的立方體）
立方格子（〔化〕立方晶格）
立方センチメートル（立方厘米）
立方フィート（立方英尺）

立方、立ち方〔名〕（〝歌舞伎〟中對〝伴奏者〟而言）舞蹈演員（=踊り手）←→地方（樂隊）、立場，處世方法

立法〔名〕〔法〕立法←→司法、行政
国会は国の立法機関である（國會是國家的立法機關）
立法の精神に悖る（違背立法精神）悖る戻る
公害問題に関して立法措置を取る（就公害問題採取立法措施）関する冠する緘する
立法権（立法權）
立法府（立法機關）
立法院（立法院）
立法機関（立法機關、國會）
国会は日本の立法機関です（國會是日本的立法機關）日本日本日本大和 倭 日の本

立命〔名〕安心立命（=安心立命、安心立命）

立面〔名〕〔數〕立面
立面図（立面圖）

立礼〔名〕起立敬禮←→座礼
一同立礼する（全體起立敬禮）

立礼〔名〕〔茶道〕（利用桌椅的）立式點茶

立論〔名、自サ〕立論、論證
研究の結果に基づいて立論する（根據研究結果來論證）
科学的な根拠に基いて立論する（基於科學上的根據來論證）
彼の立論は確りしている（他的論證很可靠）
相手の立論を反駁するのに成功した（成功於反駁對方的論證）

立米、立米〔名〕〔俗〕立方米（=立方メートル）

立木〔名〕〔法〕（長在地上的）樹木、樹林（=立ち木、立木）
立木入札（買樹投標）

立ち木、立木〔名〕（長在地上的）樹木、（做木材用但沒伐倒的）樹木
立木を伐る（伐樹）
立木の枝を払う（剪樹枝）枝枝
杉を立木で売る（把杉樹不伐倒就出售）

立つ〔自五〕站，立、冒、升、離開、出發、奮起、飛走、顯露、傳出、（水）熱、開、起（風浪等）、關、成立、維持、站得住腳、保持、保住，位於，處於，充當，開始，激動，激昂、明確，分明，有用，堪用，嘹亮，響亮，得商數，來臨，季節到來
二本足で立つ（用兩條腿站立）立つ経つ建つ絶つ発つ断つ裁つ起つ截つ
立って演説する（站著演說）
其処に黒いストッキングの女が立っている（在那兒站著一個穿長襪的女人）
居ても立っても居られない（坐立不安）
背が立つ（直立水深沒脖子）
煙が立つ（冒煙）煙 煙
埃が立つ（起灰塵）
湯気が立つ（冒熱氣）

ㄌ

ヵ

日本を立つ（離開日本）
怒って席を立って行った（一怒之下退席了）
旅に立つ（出去旅行）
米国へ立つ（去美國）
田中さんは九時の汽車で北海道へ立った（田中搭九點的火車去北海道了）
祖国の為に立つ（為祖國而奮起）
今こそ労働者の立つ可き時だ（現在正是工人行動起來的時候）
鳥が立つ（鳥飛走）
足に棘が立った（腳上扎了刺）
喉に骨が立った（嗓子裡卡了骨頭）
矢が彼の肩に立った（他的肩上中了箭）
虹が立つ（出現彩虹）
噂が立つ（傳出風聲）
人の目に立たない様な所で会っている（在不顯眼的地方見面）
風呂が立つ（洗澡水燒熱了）
今日は風呂が立つ日です（今天是燒洗澡水的日子）
波が立つ（起浪）
外には風が立って来たらしい（外面好像起風了）
戸が立たない（門關不上）
彼処の家は一日中戸が立っている（那裡的房子整天關著門）
理屈が立たない（不成理由）
計画が立った（訂好了計劃）
彼の人の言う事は筋道が立っていない（那個人說的沒有道理）
三十に為て立つ（三十而立）
世に立つ（自立、獨立生活）
暮らしが立たない（維持不了生活）
身が立つ（站得住腳）
もう彼の店は立って行くまい（那家店已維持不下去了）
顔が立つ（保住面子）
面目が立つ（保住面子）
義理が立つ（盡了情分）
男が立たない（丟臉、丟面子）
人の上に立つ（居人之上）
苦境に立つ（處於苦境）
優位に立つ（占優勢）
守勢に立つ（處於守勢）
候補者に立つ（當候選人、參加競選）
証人に立つ（充當證人）
案内に立つ（做嚮導）
市が立つ日（有集市的日子）
隣の村に馬市が立った（鄰村有馬市了）
会社が立つ（設立公司）
気が立つ（心情激昂）
腹が立つ（生氣）
値が立つ（價格明確）
証拠が立つ（證據分明）
役に立つ（有用、中用）
田中さんは筆が立つ（田中擅長寫文章）
歯が立たない（咬不動、〔轉〕敵不過）
声が立つ（聲音嘹亮）
良く立つ声だ（嘹亮的聲音）
驚いて声も立たぬ（嚇得連聲音都發不出）
九を三で割れば三が立つ（以三除九得三）
春立つ日（到了春天）
角が立つ（角を立てる）（不圓滑、讓人生氣、說話有稜角）
立つ瀬が無い（沒有立場、處境困難）
立っている者は親でも使え（有急事的時候誰都可以使喚）

立つ鳥跡を濁さず（旅客臨行應將房屋打掃乾淨、〔轉〕君子絕交不出惡言）

立つより返事（〔被使喚時〕人未到聲得先到）

立てば歩めの親心（能站了又盼著會走-喻父母期待子女成人心切）

立てば芍薬、座れば牡丹、歩く姿は百合の花（立若芍藥坐若牡丹行若百合之美姿-喻美女貌）

立つ、経つ〔自五〕經過

時の立つのを忘れる（忘了時間的經過）

余りの楽しさに時の立つのを忘れた（快樂得連時間也忘記了）

日が段段立つ（日子漸漸過去）

一時間立ってから又御出で（過一個鐘頭再來吧！）又又復亦股

月日の立つのは早い物だ（隨著日子的推移）早い速い

時間が立つに連れて記憶も薄れた（隨著時間的消逝記憶也淡薄了）連れる攣れる釣れる吊れる

彼は死んでから三年立った（他死了已經有三年了）

立つ、建つ〔自五〕建、蓋

此の辺りは家が沢山立った（這一帶蓋了許多房子）

家の前に十階のビルが立った（我家門前蓋起了十層的大樓）

公園に銅像が立った（公園裡豎起了銅像）

断つ、截つ、絶つ〔他五〕截、切、斷（=截る、切る、伐る、斬る）

布を截つ（把布切斷）

二つに截つ（切成兩段）

大根を縦二つに断ち切る（把蘿蔔豎著切成兩半）

紙の縁を截つ（切齊紙邊）

同じ大きさに截つ（切成一樣大小）

裁つ〔他五〕裁剪

用紙を裁つ（裁剪格式紙）

着物を裁つ（裁剪衣服）

上着を寸法に合わせて裁つ（按尺寸裁剪衣服）

立つ瀬〔名〕立場、處境、立足點（=立場）

立つ瀬が無い（無立腳之地）

立田姫、龍田姫〔名〕秋季女神←→佐保姫

立波草〔名〕〔植〕美黃芩

立ち〔名〕出發，動身（=出発、旅立ち）、經過（=経過）、燃盡。〔劇〕不扮裝的排練（=立ち稽古）

〔接頭〕（接動詞上）用於加強語氣

立ちを急ぐ（急於出發）

月日の立ちが遅い（歲月過得慢）遅い晩い襲い

月日の立ちが速い（歲月過得慢快）早い速い

立ちが延び延びに為った（動身一再延期）延び延び伸び伸び

蝋燭の立ち（蠟燭點完了）

立ちの早い炭だ（好燒的炭）炭墨隅済

立ち勝る（勝於、強於、優於）

立ち至る（達到）

立ち別れる（別離、分別）

立ち混じる（混入）

立ち騒ぐ（吵嚷）

立ち〔接尾〕表示出生地和最初的身分、匹，頭，隻、表示形象，樣子

熊野立ち（熊野出生）

八挺立ちの船（八隻櫓的船）

四頭立ちの車（四匹馬的車）

顔立ち（臉形）

目鼻立ち（五官面貌）

立ち合う，立ち会う、立会う〔自五〕遇見，碰見，格鬥，比賽，到場，在場，會同

剣を抜いて立ち合う（拔劍相鬥）

会見に立ち合う（參加會見）

私も選挙の開票に立ち合った（我也在選舉開票時在場）

彼の結婚式に立ち合った（參加了他的結婚典禮）

外科医を呼んで立ち合って貰った（請外科醫師來參加會診）

原告と被告が立ち合う（原告和被告雙方出庭對質）

立ち合い、たち合い、立ち会い、立会い〔名〕會同，在場，列席。〔商〕（交易所）開盤。〔相撲〕（力士）站起來交手、見證人（=立ち会い人、立会人）

御立ち会いの衆（在場的眾人）

選挙管理委員が立ち会で開票する（在選舉管理委員監督下開票）

立ち会い診察を為る（會診）

立ち会いを中止する（停止開盤）

立会前場後場二回の立ち会いを催す（舉行上下午兩次交易）

立ち会い人、立会人（見證人、作證人）

立ち会い停止、立会停止（〔交易所因行情發生劇變為維持秩序而採取的〕臨時停市）

立ち会い演説（〔不同意見的人在同一場所進行的〕競選演說）

立ち会い裁判、立会裁判（會審）

立葵〔名〕〔植〕蜀葵

立ち上がる、たち上がる〔自五〕起來，起立，升起，冒起，恢復，重振，開始，著手。〔相撲〕（雙方力士拉好架式後）站起來交手

やっと立ち上がる（好容易站起來了）

椅子から立ち上がる（從椅子上站起來）

立ち上がって外を見る（站起來往外看）

煙が立ち上がる（冒煙）

敗戦の痛手から立ち上がる（從戰敗的沉重打擊中恢復起來）

貧困のどん底から立ち上がる（從貧困的深淵中翻身）

抵抗運動に立ち上がる（開始著手抵抗運動）

水害地救援の為に立ち上がる（著手救濟水災地區）

制限時間一杯で立ち上がる（〔力士〕在限定時間內站起來交手）

立ち上がり、立上がり〔名〕站立，起立、開始，著手，下手。〔相撲〕（力士）站起來交手

彼は立ち上がりが遅い（他下手晚了）

彼は立ち上がりから御難続きだ（他一開始就困難重重）

立ち上がりが良い（開門紅、下手來得好）

立ち上がりが汚い（站起來交手的姿勢不利落）汚い 穢い

彼の相撲は立ち上がりが旨い（那場摔交站起來交手很俐落）旨い巧い上手い甘い美味い

立ち下がり管〔名〕〔建〕落水管

立ち上る、立上る〔自五〕（煙等）冒起、上升

煙突から煙が立ち上る（從煙囪裡冒煙）

霧が立ち上る（霧氣升騰）

立ち歩き〔名〕站起來走

赤ん坊は立ち歩きが出来る様に為った（嬰兒會走了）

立ち居，立居、起ち居，起居〔名〕起居，坐臥、舉止，動作

立ち居が不自由である（起居不自由）

立ち居に気を付けて淑やかにに為る（注意舉止安詳穩重）

立ち居振る舞い（舉止、動作）

立ち居振る舞いが上品だ（舉止落落大方）

立ち振る舞い、立振舞〔名〕舉止，態度，動作（=立ち居振る舞い）、餞別宴會（=立振る舞い）

立ち振る舞いが淑やかだ（動作優雅、舉止安詳）

立ち振る舞い、立振舞〔名〕餞別宴會，送行宴會（=留別）

立ち至る、立至る〔自五〕至、到（=至る）

事此処に立ち至る（事到如今）

事此処に立ち至っては手の施し様が無い（事到如今已經束手無策）

此の様な事態に立ち至る（事到這步田地）

事は重大な段階に立ち至った（事情已經到了嚴重階段）

事態は重大な局面に立ち至った（事態到了最嚴重的地步）

立ち入る、立入る〔自五〕進入、干涉、深入、追根問底、插嘴

構内に立ち入る（進入院內）

芝生の中へ立ち入る事御断り（禁止進入草坪）

人の事に立ち入る（干涉別人的事）

此の問題は君達が立ち入る可きではない（這個問題你們不應介入）

他人の喧嘩に立ち入る（介入別人吵架）

私事に立ち入る（追問私事）

余り立ち入った御話は差し控え度い（我希望不再深入地說了）

立ち入った事を聞く様ですが、君の動機は何処に在ったのですか（我好像是追根問底了請問你的動機何在？）

立ち入り、立入り〔名〕進入。〔史〕自由出入朝廷或貴族公卿之家（的人）、（江戶時代）出入大名宅邸借貸金錢的商人（的）總稱

立ち入り自由（隨便進入）

立ち入り禁止（禁止入內）

無断立ち入りを禁ず（禁止擅自入內）

立ち入り検査（進入檢查、入內檢查）

立ち入り検査の権限（進入檢查的權限）

立入、達入〔名〕〔古〕男子漢的志氣。〔劇〕（武打場面的）演技、吊垂線測量墨線或樹木等是否垂直

立ち動き〔名〕站著活動、站著做事（＝立ち働き）

立ち打ち，立打ち、立ち射ち，立射ち〔名、自サ〕站著放槍←→寢射

立ち打ちの構え（立射姿勢）

立ち売り、立売り〔名、自サ〕站在路旁或車站前賣貨（的人）

新聞の立ち売り（街頭賣報、售報童）

アイスクリームを立ち売りする（佇立街頭叫賣冰淇淋）

立ち襟、立襟〔名〕豎領←→折襟

制服のホックを外す（解開制服的豎領的領鈎）

立ち往生、立往生〔名、自サ〕站著死去、進退不得，拋錨、進退兩難，進退維谷，呆立

雪中に立ち往生した（在雪中動不了）

列車は吹雪の為立ち往生した（火車因大風雪而拋錨了）

停電で電車が何台も立ち往生していた（因停電好幾輛電車都動不了）

僕の車は泥に嵌って立ち往生した（我的汽車陷到泥裡拋錨了）

野次られて演壇に立ち往生した（被喝倒彩呆立在講台上）

生徒の質問攻めに会って教師は立ち往生して終った（在學生的提問攻勢下教師站在那裡不知所措）

弁慶の立ち往生（弁慶立死橋上、〔喻〕進退維谷，進退兩難）

立ち後れる，立後れる、立ち遅れる，立遅れる〔自下一〕動身晚、錯過機會、落後

号令に合わさず態と立ち後れた（不按號令故意晚走）

選挙運動に立ち後れる（錯過選舉運動的機會）

立ち後れて立候補を止める（因錯過時機停止參加競選）止めう辞める已める病める

立ち後れた為失敗した（錯過了機會因而失敗了）

我国では公害の対策が立ち後れている（我國在公害對策方面落後了）

此の方面では、他国に約二十年立ち後れている（在這方面比其他國家大約落後二十年）

ㄌ

立ち後れ、立ち遅れ〔名〕耽誤、落後、錯過機會

立ち後れに為る（耽誤）

彼の立候補は稍立ち後れ気味だ（他參加競選稍有些晚了）稍漸稍稍

福祉面での立ち後れが目立つ（在福利方面顯出很落後）

立ち泳ぎ、立泳〔名、自サ〕〔泳〕立泳、踩水泳

立ち泳ぎで川を渡る（踩水游過河）

立ち返る、立返る〔自五〕回來，返回、恢復

家に立ち返る（回家）

問題の初めに立ち返って考え直す（回到問題的開頭重新考慮）

本心に立ち返る（恢復本性）

立ち掛かる、立掛る〔自五〕剛要站起來（＝立ち掛ける）、打架，對抗（＝立ち向う）

夕飯の支度を為る為立ち掛かったら客が来た（為了預備晚飯剛一站起來來了客人）

双方が立ち掛かり然うに為るのを回りで止めた（雙方剛要打起來被周圍的人擋住了）

立ち掛ける〔他下一〕剛要站起來

立て掛ける、立掛ける〔他下一〕靠…立起來、立起來

傘を壁に立て掛ける（把傘靠牆立起來）

電柱に看板を立て掛ける（把廣告牌立在電線桿上）

立ち枯れ、立枯〔名、自サ〕枯萎（的草木）

立ち枯れした木（枯萎了的樹）

立ち枯れの菊に霜が降りている（枯萎的菊花受到了霜打）

公園の木が大分立ち枯れに為っている（公園的樹大部分枯萎了）大分大分

立ち枯れ病〔農〕枯萎病

立ち枯らし〔名〕枯萎（的草木）（＝立ち枯れ）

立ち代わる、立ち代る、立ち替わる、立ち替る、立ち換わる，立換る〔他五〕（立ち是接頭詞、表示加強語氣）交換、替換、變遷

講演者が立ち代わる（變換演講者）

立ち代わり、立代り、立ち替わり、立替り、立ち換わり，立換り〔名〕替換、交替（＝交代）

入れ代わり立ち代わり客が来る（客人來來往往接連不斷）来る来る

立ち木、立木〔名〕（長在地上的）樹木、山上未採伐的樹木

立ち木を伐る（伐樹）伐る切る着る斬る

立ち木の枝を払う（剪樹枝）枝枝払う祓う掃う

立ち消え、立消〔名、自サ〕沒燒盡而自滅。〔轉〕中斷，中輟，自消自滅

煙草が立ち消えした（香菸自己滅了）

此の薪は乾きが悪いから立ち消えする（這個劈柴沒乾透燒到半路就滅）薪薪

旅行の計画が立ち消に為る（旅行的計畫半途而廢）

事件は其れ切り立ち消えに為る（事件沒有下文不了了之）

立ち聞き、立聞〔名、他サ〕偷聽（＝盗み聞き）

ドアの外で誰か立ち聞きしている（門外有人在偷聽）

人の話を立ち聞きする（偷聽別人談話）

壁を隔てて立ち聞きする（隔牆偷聽）

立ち腐れ、立腐〔名、自サ〕沒坍塌但已腐朽不能使用的房屋、枯樹、房屋建築（未完工）擱置荒廢

住む人も無く立ち腐れに為る（房子沒有人住朽壞了）

立ち草臥れる〔自下一〕因長時間站立而非常疲勞

立ち草臥〔名〕站累、站立疲乏

立ち暗み，立暗、立ち眩み，立眩、立ち暗み，立暗、立ち眩み〔名、自サ〕站起時暈眩、站著暈眩

立ち上がった途端立ち暗みが為て其の場にしゃがみ込んだ（剛一站起來頭昏眼花當場又蹲下了）

立ち毛、立毛〔名〕〔農〕生長著的農作物、青苗（主要指稻子）

立ち毛差押え、立毛差押え（〔佃戶晚交地租時、在收割前地主〕扣押青苗）

立ち稽古、立稽古〔名,自サ〕〔劇〕（對完台詞後）不扮裝的排練（＝リハーサル）

立ち越える〔自下一〕超過，渡過（＝越える）、勝過（＝勝る）、去，出去（＝行く、出掛ける）

一身の利害を立ち越える（越過自身的利害得失）

父をも立ち越えた有能な人物（比父親還高超的有才幹的人物）

故郷へ立ち越える予定（準備去老家）

立ち込む〔自五〕擁擠、雜沓（＝込む）

車内が立て込んで来た（車裡壅擠起來）

立ち込める，立込める、立ち籠める，立籠める〔自下一〕（雲、煙）籠罩

川に霧が立ち込めた（大霧籠罩著河面）

朝霧の立ち込めた村村（籠罩在朝霧裡的村莊）

室内には煙草の煙が立ち込めていた（屋裡充滿了香菸的煙氣）

闇が立ち込めて来た（夜幕降臨了）

立て込む、立込む〔自五〕擁擠、繁忙

場内が立て込んでいる（場內擁擠）

乗客の最も立て込む時に（在乘客最壅擠的時候）

年末にはもっと仕事が立て込む（年底工作更加繁忙）

只今立て込んで居りますので御仕立ては十日位掛かります（目前正忙您的衣服需要十天左右才能做好）

立て込める、閉て込める〔他下一〕關閉（門窗、隔扇等）

障子を立て込めて外に出ない（關上隔扇不出去）

立て籠める、閉て籠める〔自下一〕（煙等）籠罩（＝立ち込める，立込める、立ち籠める，立籠める）

川に霧が閉て籠めた（大霧籠罩河面）

立て籠る〔自五〕閉門不出、據守，固守

部屋に立て籠る（呆在屋裡）

試験が近付いたので、部屋に立て籠って勉強する（因考試臨近了呆在屋裡用功）

大阪城に立て籠る（據守大阪城）

立ち去る、立去る〔自五〕走開、離去（＝立ち退く）

黙って立ち去る（默默地離去）

立ち去れと命じる（命令走開）

別れを惜しみ乍立ち去る（難捨難離地走開）

彼は寂しく故郷を立ち去った（他很孤寂地離開了家鄉）

立ち退く、立退く〔自五〕走開，離開，撤退（＝立ち去る）、搬出，遷移

乞食に軒下を立ち退かせる（讓乞丐從屋簷下走開）

焼け出されて親戚の家に立ち退く（因家裡失火暫時搬到親戚家裡住）

区、画整理の為此の辺一帯は立ち退く事に為った（因為整理街區這一帶絕定搬遷）

明日の晩迄家賃を払わなければ立ち退かされます（到明晚不交房租就要被攆出去）

明日明日

立ち退き、立退き〔名〕撤退、離開、搬走

借家人に立ち退きを命じる（命令房客搬走）

彼は家賃滞納の為に立ち退きを要求された（他因拖欠房租被要求離開）

立ち退き先（新住址、撤退的地點）

立ち退き料（搬家費、遷移費）

立ち退き場（因火災等的臨時避難所、臨時棲身所）

立ち騒ぐ、立騒ぐ〔自五〕吵鬧、吵嚷（＝騒ぐ）

外海の側は大きな波が立ち騒いでいる（外海那邊波濤洶湧）

審判に不服だと言って観衆が立ち騒ぐ（觀眾喧嚷聲稱對審判有意見）

立ち忍〔名〕〔植〕蕨

立麝香草〔名〕〔植〕百里香

立ち小便、立小便〔名〕〔俗〕隨地小便

立ち姿、立姿〔名〕站著的姿勢、舞姿

舞妓の美しい立ち姿（舞妓優美的立姿）

艶やかな立ち姿（婀娜的舞姿）

立ち竦む、立竦む〔自五〕（因恐懼而）呆立不動

彼は其の場に立ち竦んだ（他當場驚呆了）

蛇を見付けて思わず立ち竦んだ（發現了蛇不由得驚呆了）

猛犬に吠え立てられて立ち竦む（被猛犬狂吠得呆立不動）

其の場の光景を見て立ち竦んで終う（看到當場的情景完全驚呆了）

立ち席、立席〔名〕（影院、劇院的）站席、站座 ←→座席

立ち添う、立添う〔自五〕挨近、靠近、跟隨（照看）（=寄り添う、付き添う）添加、跟著死去

老人に立ち添って花を見る（陪伴著老人賞花）

立ち台、立台〔名〕講台、講壇

立ち台に立って貰う（請他上講台）

立ち高跳び、立高跳、立ち高飛び、立高飛〔名〕〔體〕（原地起跳的）跳高、立定跳高

立ち疲れる〔自下一〕站立時間過長而疲勞、站累

立ち尽くす、立尽す〔自五〕站到最後、始終站著（=立ち通す）

映画が終る迄立ち尽くす（一直站到電影散場）

景色の美しさに我を忘れて立ち尽くす（被美麗的景色所吸引一直站著欣賞）

立ち通す、立通す〔自五〕一直站著、始終站著（=立ち続ける）

立ち通し、立通し〔名〕一直站著、始終站著（=立ち詰め）

汽車が混んで静岡迄立ち通しだった（火車擁擠一直站到靜岡）

立て通す、立通す〔他五〕（把某種態度）堅持到底（=押し通す）

後家を立て通す（守寡到底）

自説を立て通す（把自己意見堅持到底）

最後迄忠義を立て通す（始終堅持忠義）

立ち続ける、立続ける〔自下一〕一直站著、始終站著

二時間も立ち続けるのは骨だ（一直站著兩個小時可很吃力）

立て続け、立続け〔名〕連續、接連不斷（=続け様）

立て続けに負ける（接連失敗）

二時間立て続けの講義（連續講課兩小時）

立て続けに三時間喋り捲った（接連講了三小時的話）

立て続けに三杯飲む（連乾三杯）

立て続けに水を三杯飲んだ（連喝了三杯水）

朝から立て続けに客が来た（從早上接二連三來了客人）

立ち詰め、立詰〔名〕長時間站立（=立ち続け、立ちん坊）

東京から京都迄立ち詰めだった（從東京一直站到京都）

列車は混んでいて大阪迄立ち詰めだった（由於火車太擁擠我一直站到大阪）

立ち所に、立所に〔副〕立刻、立即、馬上（=直ぐ、直ちに）

其の薬を呑んだら立ち所に痛みが去った（服了那個藥馬上止了痛）

立ち所に命は無い物と覚悟を為ろ（你要明白馬上就沒命了）

彼は立ち所に長編の詩を作った（他馬上寫了一首長詩）

彼は立ち所に其の問題を解いた（他不一會兒就把那問題解出來了）

母は私の嘘を立ち所に見破った（母親立刻識破了我的謊言）

立ち飛び〔名〕〔泳〕直立跳水、立定跳水

立ち止まる、立止る〔自五〕站住、停下、止步（＝止まる）

店先に立ち止まる（在店鋪前面停步）
立ち止まって挨拶する（停下來打招呼）
立ち止まらずに中程へ何卒（請不要站住往裡走）

立ち直る、立直る〔自五〕復原，恢復原狀。〔轉〕回升，好轉

失意の底から漸く立ち直（好不容易才從失望的深淵中恢復過來）
敵に立ち直る隙を与えない（不給敵人喘息的機會）
彼は蹌踉めいたが直ぐ立ち直った（他搖搖晃晃要倒但馬上又站了起來）
景気は未だ中中立ち直るまい（景氣一時還不會好轉）

立て直る、立直る〔自五〕復原，恢復原狀（＝立ち直る、立直る）

もう景気立て直るだろう（景氣快恢復了吧！）

立て直す、立直す〔他五〕改建、重建、重整

陣容を立て直す（重整陣容）
計画を立て直す（重定計畫）
外交政策を立て直す（重新制定外交政策）
崩壊に瀕した組織を立て直す（重整瀕於崩潰的組織）

立て直し、立直し〔名〕重整、復興、革新

財政を立て直し（改革財政）

立ち流し、立流し〔名〕（可以站著使用的）洗菜池

立ち鉈豆〔名〕〔植〕馬鑷豆

立ち悩む、立悩む〔自五〕躊躇、停頓下來

立ち並ぶ、立並ぶ〔自五〕並列，並排站著、並肩、匹敵

表通りには商店が立ち並んでいる（大街上商店鱗次櫛比）
道の両側に立ち並ぶ柳の木（排列在道路兩旁的柳樹）
立ち並ぶ者が無い（沒有能匹敵的）

立ち飲み、立飲〔名,他サ〕站著喝

立ち端，立端，起端〔名〕起立的機會、退席的機會

立端を失う（失掉退席的機會）

立端〔名〕〔建〕高度、〔俗〕身高

軒の立端（屋簷的高度）
立端が有る（個子高）
姉さんは立端が有る（姉姐個子高）

立ち場、立場〔名〕立腳地（＝足場）、處境、立場，觀點

列車は立場も無い程込み合っていた（火車擠得連下腳地方都沒有）
彼は非常に困難な立場に在った（他處於非常困難的境地）
人の立場を良く考えて物を言おう（好好考慮一下別人的處境再發言吧！）
板挟みの苦しい立場に追い込まれる（陷於左右為難的窘境）
立場が違う（立場不同）
医者の立場から入院を命じる（以醫生的立場命令入院）
私は自由主義の立場を取っています（我採取自由主義的立場）
人の立場を尊重する（尊重別人的觀點）
共通の立場を見出す（找出共同的立場）
元来の立場を一歩も譲らない（原來的觀點一步也不讓）

立て場，立場、建て場，建場〔名〕（古時）轎夫等在街頭的休息站、（明治以後）人力車馬車的休息所、廢品收購站

立て場茶屋（休息站的茶館）

立つ瀬〔名〕處境、立場、立腳地（＝立場）

ㄌ

立つ瀬が無い（沒有立場、沒有地方立腳、處境困難）
　其じゃ私の立つ瀬が無いじゃないか（那麼不是叫我進退兩難嗎？）
　其では私の立つ瀬が無い（那麼一來我可就沒有立場了）

立ち開かる，立開かる，立ちはだかる〔名〕叉開兩腿站著（擋住別人去路）、阻擋（=立ち塞がる）
　彼はドアを開けて其処に立ちはだかった（他把門打開堵住了門口）
　酔っ払いが通行人の前に立ちはだかる（醉鬼擋住行人去路）
　彼は両手を広げて私の前に立ちはだかった（他伸開兩臂站在我前面擋住去路）

立ち働く、立働く〔自五〕努力工作、工作勤快
　甲斐甲斐しく立ち働く（勤快地工作）
　台所で立ち働く（在廚房裡勤快工作）

立ち話、立話〔名、自サ〕站著閒談（的話）
　道で立ち話を為る（在路上站著閒談）
　立ち話を他人に聞かれる（站著談的話被別人聽去）
　立ち話も何ですから中へ入ってゆっくり御話ししましょう（在外面站著說不大好進裡面慢慢談吧！）

立ち離れる、立離れる〔自下一〕離開（=離れる、遠ざかる）
　何時の間にか立ち離れた（不知不覺之間離開了）

立ち幅跳び，立幅跳，立ち幅飛び，立幅飛〔名〕〔體〕立定跳遠

立ち番、立番〔名、自サ〕站崗，放哨，把風、站崗的人，放哨的人，把風的人
　立ち番を置く（設崗）置く措く擱く
　入口で立ち番する（在門口放哨）
　立ち番の警官に訊問される（被站崗的警官盤問）訊問尋問

立風露〔名〕〔植〕日本老鸛草

立ち塞がる、立塞がる〔自五〕阻擋、擋住
　入口に立ち塞がる（堵住門口）
　子供を庇って暴漢の前に立ち塞がる（為了庇護孩子擋住暴徒）

立ち前、立前〔名〕出發前，起程前，工資，工人每天的生活費、（劇團跑龍套、配角的）戲份

立て前，立前、点前〔名〕〔茶道〕點茶的方式（=手前、御手前）

立て前，立前、建て前、建前〔名〕〔建〕上梁，上梁儀式（=棟上）、主義，方針，主張，原則
　明日は家の建前だ（明天房屋上梁）
　現金取引の建前を取っている（採取現金交易方針）
　当店は値引きしないのを建前と為て居ります（本店採取不二價的原則）
　建前と本音（場面話和真心話）

立ち勝る、立勝る〔名〕勝過、優於（=勝る、勝れる）
　弟の方が兄より立ち勝っている（弟弟比哥哥強）

立ち交じる、立交る〔自五〕混入、夾雜在內（=混じる、加わる）
　男に立ち交じって働く（夾雜在男人裡做事）
　労働者の中に立ち交じって一日働く（混到工人中間做了一天工作）

立ち待ち、立待〔名〕（不睡覺地）坐待

立ち待ちの月、立ち待ち月〔名〕立待可見的月亮（指陰曆十七日晚的月亮）←→居待の月、寝待の月

立ち迷う、立迷う〔自五〕（煙雲）密布、瀰漫
　煙が立ち迷う（煙氣瀰漫）

立ち回る、立回る〔自五〕走來走去，轉來轉去、奔走，鑽營、（逃犯）中途到，順便到。〔劇〕武打，格鬥
　彼方此方立ち回ってやっと金を集めた（東奔西走才把錢收齊）
　旨く立ち回って早く出世する（巧於鑽營出息得快）
　犯人が知人の宅に立ち回る（犯人中途到熟人家）

母親の実家に立ち回った所を逮捕された（中途到他外祖母家的時候被逮捕了）

舞台狭しと立ち回る（武打演得満場鬧哄哄）

立ち回り、立回り〔名、自サ〕走來走去，轉來轉去。〔劇〕武打，格鬥（＝ちゃんばら）

〔轉〕打架、（能樂）主角隨著場面的吹打在台上繞行

立ち回りが旨い（武打演得好）

立ち回りを演ずる（演武打）

立ち回りを為る（打架）

酔っ払いが路上で立ち回りを始めた（醉鬼在街上打起架來了）

立ち見、立見〔名、他サ〕站著看

叩き売りが立ち見の客を相手に口上を述べている（叫賣的小販在對著看熱鬧的人宣傳貨色）

歌舞伎の立ち見を為る（站著看歌舞伎）京劇京劇

立ち見客（站著看的觀眾）

立ち見席、立見席〔名〕〔劇〕站席、（歌舞伎的）看完一幕就收費的觀覽席（＝大衆席）

立ち見席も満員（〔牌示〕超満員）

立ち見席以外満員（〔牌示〕座席已滿）

立ち向う、立向う〔自五〕前往，前進，對抗，頂撞，應付，對待

前線に立ち向う（奔赴前線）

小さな子供が大人に立ち向っても勝つ訳が無い（小孩子和大人頂撞佔不了便宜）

弟は気が強くて、直ぐ兄に立ち向って行く（弟弟個性強好跟哥哥頂撞）

難局に立ち向う政府（應付難局的政府）

立ち戻る、立戻る〔自五〕回來、返回（＝戻る）

本題に立ち戻る（回到本題）

家に立ち戻って御飯を食べ、又出掛ける（回家吃飯然後又出去了）

忘れ物を為て家に立ち戻ったので遅刻して終った（因忘了東西又返回家所以遲到了）

立ち役、立役〔名〕主演的男演員、主角，正面角色

立て役、立役〔名〕〔劇〕中心演員，主角（＝立て役者、立て役者）〈大阪方言〉（歌舞伎中的）俠客演員←→脇役、端役

立て役者、立役者〔名〕（劇團的）重要演員、中心人物

氏は政界の立役者だ（該氏是政界的中心人物）

彼は今度の労働争議の立役者だ（他是這次工潮的主要角色）

立て者〔名〕劇團的主角、重要（中心）人物（＝立役者）

立ち行く、立行く〔自五〕〔舊〕出去（＝行く）。〔舊〕（時間）經過、（＝過ぎる）維持、過日子

生徒が減って学校が立ち行かなくなった（學生人數減少學校辦不下去了）

不景気で店が立ち行かない（因不景氣商店不能維持）

広告が無いと新聞は立ち行かない（要是沒廣告報紙就維持不下去）

女の細腕では立ち行かない（靠女人微薄之力日子過不下去）

立ち読み、立読み〔名〕在書店書架前站著閱讀

立ち読み禁止（請勿站著閱讀）

立ち寄る、立寄る〔自五〕靠近，走近，順便到，中途落脚

木蔭に立ち寄る（靠近樹蔭）

戸口に立ち寄る（靠近房門口）

昨日私の所へ兄が立ち寄りました（哥哥昨天到我這裡停了一下）

学校の帰りに図書館に立ち寄る（從學校回來順便到圖書館）

立ち別れる、立別れる〔自下一〕分別、離別、分手

友人と立ち別れる（和朋友分手）

立ち業，立業，立ち技，立技〔名〕（柔道或拳擊）站著把對方摔倒的著數←→寝業、寝技（躺著戰勝對方的著數）

立ち渡る、立渡る〔自五〕籠罩、瀰漫（=立ち籠める）
霧が谷間に立ち渡る（霧籠罩在山谷）谷間

立ちん坊，立ん坊，立ちん坊，立ん坊〔名〕一直站著（的人）、在指定地點等候雇用的臨時工
東京から熱海迄立ちん坊だった（從東京一直站到熱海）
車内に三時間立ちん坊を為た（在車裡站了三小時）

鯱立ち，鯱立ち〔名、自サ〕倒立（=逆立ち）、竭盡全力，全力以赴
万が一、御前に負けたら鯱立ちして見せる（我若輸給你我就倒著豎起來給你看）万一
鯱立ちしても彼には及ばない（我怎麼努力都趕不上他）鯱（獸頭瓦）

立てる〔他下一〕立,立起、冒，揚起、扎、立定、燒開,燒熱、關閉（門窗）、傳播,散播,派遣、放,安置,掀起,刮起,制定,起草,尊敬、維持,樹立,完成,響起,揚起,保全,保住、用,有用,創立,弄尖,明確提出,泡茶,沏茶
〔接尾〕（接動詞連用形下）用於加強語氣
電柱を立てる（立電線桿）建てる立てる経てる絶てる発てる断てる
卵を立てる（把雞蛋立起來）裁てる点てる起てる閉てる截てる
煙を立てる（冒煙）
砂埃を立てる（揚起沙塵）
湯気を立て部屋の乾燥を防ぐ（放些濕氣防止屋子乾燥）
手に棘を立てる（手上扎刺）棘刺
喉に魚の骨を立てる（喉嚨扎上魚刺）
志を立てる（立志）
誓いを立てる（發誓）

願を立てる（許願）
風呂を立てる（燒洗澡水）
襖を立てる（襖を閉てる）（關上隔扇）襖衾
戸を立てる事を忘れるな（別忘了關門）
噂を立てる（傳播謠言）
名を立てる（揚名）名名
使者を立てる（派遣使者）
人を立てて交渉する（派人交涉）
候補者を立てる（推舉候選人）
彼を矢面に立てる（使他首當其衝）
彼を証人に立てる（叫他做證人）
波を立てる（掀起波浪）
風を立てる（起風）風風（風、風度、風氣、風景、風趣、諷刺、樣子、態度、情況、狀態、傾向，趨勢、打扮，外表）
泡を立てる（起泡）泡沫粟
水飛沫を立てる（水花四濺）
計画を立てる（定計畫）
方針を立てる（制定方針）
案を立てる（起草方案）
親分と立てる（尊為首領）
立てる所は立てて遣らねば為らない（該尊敬就必須尊敬）
生計を立てる（維持生計）
手柄を立てる（手柄を樹てる）（立功）
身を立てる（立身處世）
大きな声を立てないで下さい（請不要大喊大叫）
唸りを立てて飛ぶ（吼叫著飛起）
顔を立てる（保全面子）
義理を立てる（盡情分）

役を立てる（使之有用）役役（戰役、使役）

新学説を立てる（創立新學說）

新記録を立てる（創新紀錄）

鋸の目を立てる（把鋸齒銼尖）

証拠を立てる（提出證據）

茶を立てる（茶を点てる）（沏茶）

騒ぎ立てる（大吵大嚷、鬧哄哄）

書き立てる（大寫特寫）

気を引き立てる（抖擻精神）

呼び立てる（使勁喊）

喚き立てる（叫嚷）

飾り立てる（打扮得華麗）

囃子立てる（打趣起哄）

腹を立てる（腹が立つ）（生氣、發怒）

建てる〔他下一〕蓋，建造、創立，建立

アパートを建てる（蓋公寓）

家を建てる（蓋房子）家家家家家家

国を建てる（建國）

立て、立〔接頭〕最高級的，第一位的、立著的
〔接尾〕（接動詞連用形下）表示該動作剛剛完畢、（接數詞下）表示連敗

立て役者（第一流的演員）縱豎縱盾楯殺陣

立て行司（相撲的最高裁判員、角力主審）

立て三味線（三弦琴合奏的首席彈奏者）

立て作者（首席作者）

立て看板（立著的招牌）

焼き立てのパン（剛出爐的麵包）

生み立ての卵（剛下的蛋）

焼き立ての魚（剛烤好的魚）

魚は焼き立てが美味しい（剛烤好的魚好吃）

取り立ての葡萄（剛摘下的葡萄）

書き立ての宿題（剛寫好的作業）

洗い立ての洋服（剛洗好的西服）

三立てを食う（連敗三次）

立て、立〔造語〕（接動詞連用形構成名詞）故意，特意。（套在車上的牛馬的）匹數。（表示船上的櫓數）隻。（一場同時上演的電影）部。（同時演出的戲劇的）齣。（在一個計畫裡規定的幾個）項目，種類

咎め立てを為る（挑剔、吹毛求疵）立て建て伊達

隠し立てを為る（故意隱瞞）

庇い立てを為る（故意庇護）

二頭立ての馬車（套兩匹馬的馬車）

八挺立ての舟（八隻櫓的小船）

二本立て（同時上映兩部電影、同時演兩齣戲）

彼の映画館は三本立てで五百円だ（那家電影院一場同時放映三部影片票價五百日元）

建て〔造語〕房屋的建造方法、樓房的層。〔經〕表示用某種貨幣支付

一戸建て（獨門獨院的房屋）

平屋建て（平房建築）

二階建て（二層樓建築）

円建ての輸出契約（以日元支付的出口合約）

立て網，立網、建て網，建網〔名〕〔漁〕攔網，擋網（攔遮魚道的大網）

立て石、立石〔名〕路標，道標、墓碑、擺置在院子裡的石頭

道端の立て石（路旁的道標）

立て板、立板〔名〕立著的木板

立て板に水（說話流利、口若懸河）

立て板に水を流す様に喋る（口若懸河般地說）

立て臼、立臼〔名〕立臼、矮胖的女人（=立ち臼）

立烏帽子〔名〕（日本古代類似烏帽子的）硬式黑禮帽

立女形〔名〕〔劇〕（劇團內的）一流旦角演員

立て替える、立替える〔他下一〕墊付、代付

蕎麦の代金を立て替える（代付蕎麥麵條錢）

立て替えて貰った金を返す（歸還別人代付的錢）

僕が立て替えて置くよ（我替你墊上吧！）

私は立て替えられません（我墊不起）

立て替え、立替え〔名、他サ〕墊付（的款）

立て替えを返す（退還墊款）

千円立て替えに為っています（代墊一千日元）

立て看、立看〔名〕〔俗〕立式招牌、立式的廣告牌（=立て看板、立看板）

立て看板、立看板〔名〕立式招牌、立式的廣告牌（=立て看、立看）

立て行司、立行司〔名〕最高位的相撲裁判員

立て切る，立切る，閉て切る，閉切る〔他五〕關緊，緊閉、一件事幹到底

寒いので窓を閉て切る（因為冷把門窗關緊）

他所の仕事で閉て切っていて家の事には手が回らない（一個勁地做外邊的工作家裡的事顧不過來）

操を閉て切る（緊守節操）

立て句、豎句〔名〕引用古今名人的詩句做連歌或俳諧的起句

立て削り〔名〕〔機〕插削

立て削り盤（插床）

立坑、縱坑、豎坑〔名〕豎坑、豎井、升降井←→橫坑

深さ千五百メートルの立坑（深度一千五百公尺的豎坑）

立て三味線，立て三味線〔名〕三弦合奏的首席彈奏者

立て作者〔名〕（隸屬於某劇團的）劇本的主要作者

立て蔀〔名〕（日本古代建築）格子屏幛、格子遮板

立て付け，立付け，建て付け，建付け〔名〕（門窗等）開關的情形

此の戸は立て付けが悪い（這個門關不嚴）

立て付けの悪い家（門窗開關不嚴的房子）

立て銃〔名〕〔軍〕持槍立正姿勢（=捧げ銃）

立て銃（〔口令〕槍放下！）

立筒〔名〕（高爐的）爐身、煙囪、豎筒

立值、建值〔名〕交易所成交的標準價格（=立值段、建值段）、批發價、銀行公布的匯率

立值段、建值段〔名〕〔經〕交易所成交的標準價格、批發價、銀行公布的匯率

立值段の引き上げ（外匯升值）

立值段の引き下げ（外匯貶值）

立羽蝶、蛺蝶〔名〕〔動〕蛺蝶、木葉蝶

立花〔名〕（佛前的）供花、"華"字（與"花"字區別的說法）

立て引く、達引く〔自五〕爭執，爭持、（表示慷慨）替別人付錢或墊錢

立引，立て引き，達引〔名、自サ〕爭執、競爭、敵對

恋の達引（爭情人）

立引尽，立て引き尽く，達引尽〔名、形動〕爭持、爭執而相持不下、各持己見不肯相讓

斯う為っては達引ずくだ（這樣一來只有相持不下）

立て膝、立膝〔名、自サ〕半蹲半坐、支起一條腿坐著

立膝を為て御飯を食べた（半蹲半坐著吃飯）

女の立膝は見っともない（女人支起腿坐著的樣子不好看）

立て札、立札〔名〕告示牌、布告牌（=高札）

立て札を立てる（立告示牌）

立ち入り禁止の立て札が花壇の回りに立っている（花壇周圍立著禁止入內的告示牌）

立文、豎文〔名〕〔古〕（把信紙）豎折的書信

立て物、立てもの、た て もの、たてもの、立て者，立者〔名〕劇團的主角（=立役者）、重要或中心人物、弓靶、

埴輪的別名-日本古代墳墓中的土俑、鋼盔上的飾物

立、リットル litre 法〔名〕公升、立升（=リッター）

リットル、フラスコ（一公升的燒瓶）litre 法 frasco 葡

五立の水（五公升的水）

五立の石油（五公升的石油）ガソリン gasoline

吏（ㄌㄧˋ）

吏〔名、漢造〕官吏（=官公吏、役人）

刀筆の吏（書吏、刀筆吏、小官吏）

官吏（〔舊〕官吏=役人）

公吏（〔舊〕地方公務員-現稱作吏員或公務員）

小吏（小官吏）

良吏（清官）

俗吏（小吏）

属吏（小職員、小公務員）

汚吏（汙吏、貪官）

能吏（能幹的官吏）

獄吏（獄吏）

酷吏（酷吏、暴虐的官吏）

捕吏（捕吏）

執行吏（執行官、法警）

執達吏（〔舊〕法警-現稱執行吏）

収税吏（徵稅吏）

吏員〔名〕公務員、地方自治團體或公共團體的職員

父は市役所の吏員です（我父親是市政府的公務員）

吏臭〔名〕官僚架子、官僚作風、官僚主義

吏臭ぷんぷんと為ている（官僚架子十足）

少しも吏臭が無い（沒有一點官僚作風）

吏人〔名〕官吏

吏卒〔名〕低級官員

吏読、吏吐、吏道〔名〕（朝鮮語中）借以表示助詞、助動詞的漢字

吏道〔名〕吏道、官吏必須遵守的紀律

吏道が廃れる（吏道廢弛）

吏道刷新（整頓官紀）

吏務〔名〕官吏的職務

吏僚〔名〕官僚、官吏

利（ㄌㄧˋ）

利〔名〕利，便利、利益，得利、利息。

〔漢造〕銳利，鋒利，有利，有用，方便、利於，利益，利息

人の利（人利）

地の利を得る（得地利）得る得

地の利を占める（占地利）占める閉める締める絞める染める湿る

戦い利有らず（戰鬥不利）

時に利非ず（時運不利）

天の時は地の利に如かず（天時不如地利）如く若く敷く

地の利は人の和に如かず（地利不如人和）

利を貪る（貪圖利益）

利を得る汲汲と為ている（一心想獲利）

利に迷う（利令智昏）

利に目が眩む（利令智昏）眩む暗む

混乱に乗じて利を収める（乘混亂謀利、混水摸魚）収める治める修める納める

利に敏い（對利益很敏感、見縫就鑽）敏い聡い

利を見ては義を思う（見利思義）思う想う

利を見て義を忘れる（見利忘義）

彼は利に聡い男だ（他是寸利必爭的人）聡い敏い

漁夫の利（鶴蚌相爭漁翁得利）

四分利公債（四厘利的公債）

リ

利を付けて返す（加上利息歸還）返す帰す反す還す孵す

利が利を生む（利滾利、息生息）生む産む膿む倦む熟む續む

利に利が付く（利滾利）付く着く突く就く衝く憑く点く尽く

元利合計（本利和）

年三割の利（年利三分）

鋭利（銳利，鋒利，尖銳，敏銳）

営利（營利、謀利）

栄利（名利）

贏利（營利、獲利、賺錢＝儲け）

便利（便利、方便、便當）

片利共生（片利共生－生物界對一方有利、對另一方無利無害的同住現象）

福利（福利、幸福和利益）

水利（水利，用水，供水、水運）

有利（有利）←→不利

不利（不利）

勝利（勝利）←→敗北

小利（小利）←→巨利、大利

大利（大利）

商利（商業上的利益）

複利（複利）←→単利

単利（單利）

権利（權利）

名利、名利（名利）

冥利（〔神佛〕暗中保佑、〔佛〕善報、〔無形中受到的〕恩惠，好處，幸福感）

高利（高利、重利、厚利）

功利（功利）

公利（公益、公共利益）←→私利

私利（私利）

自利（自己的利益）

巨利（鉅額利潤、莫大利益）

漁利（漁業利益、漁人之利）

薄利（薄利）

薄利多売（薄利多銷）

暴利（暴利）

戦利品（戰利品）

利する〔自、他サ〕有利，有益、利用

何等利する所が無い（毫無益處）

我我に取って少しも利する所が無い（對我們毫無益處）少し些し

公衆を利する（對大眾有利）

敵を利する（利敵）敵敵仇

内部紛争は敵に利する許りだ（內部紛爭只會有利於敵人）敵敵仇

此の慈善事業は孤児を利する物である（這個慈善事業是有利於孤兒的）孤児孤児

奨学金制度は学生を利する事大である（獎學金制度對學生大有益處）

彼の説明は大いに利する所が有った（他的說明大有益處）

己を利せんと欲せば先ず人を利せよ（欲利己必先利人）

長身を利する（利用個子大）

自然の地形を利する（利用自然地形）

秘書と言う地位を利して巧みに情報を集める（利用秘書這個職位巧妙地收集情報）

自分の地位を利して金儲けを為る（利用自己的地位賺錢）

職権を利して賄賂を貰う（利用職權收受賄賂）

彼は長身を利して得点を重ねた（他利用自己的高個子連續得分）

利上げ、利上〔名、自サ〕〔經〕提高利率←→利下げ、利下、（典當到期）付息展期

早くも利上げのニュースを知っている（早就知道提高利率的消息）

利下げ、利下〔名、自サ〕〔經〕降低利率←→利上げ、利上

銀行の利下げ（銀行降低利率）

来月一日より利下げする（從下個月一日降低利息）一日朔日 朔 一日一日

利運〔名〕幸運、紅運、走運、好運氣（＝幸運）

利運に恵まれる（得到好運氣）

利益〔名〕利益，益處，好處，盈利，賺頭，利潤

国家の利益（國家的利益）

御互いにの利益を図る（圖謀相互的利益）図る謀る諮る計る測る量る

大衆の利益を図る（謀求群眾的利益）大衆大衆（眾僧）

本を読めば其丈利益に為る（開卷有益）

然う為れば双方の利益に為る（那麼做對雙方都有益）

そんな本を読んで何の利益が有るか（讀那種書有什麼益處呢？）

公共の利益に反する行為（違背公共利益的行為）

其れじゃ君の利益に為らない（那對你不利）

彼は常に他人の利益を念頭に置いている（他總是把別人的利益放在心上）

景気が悪くて利益が無い（市面蕭條無利可賺）

利益の少ない商売（盈利少的生意）

利益を得る（得利、獲利）得る得る

戦争で利益を得る（發戰爭財）

利益の配分を受ける（分得紅利）受ける請ける享ける浮ける

利益が少しも上がらない（一點也不得利）上がる挙がる揚がる騰がる

月に一万円の利益が有る（一個月有一萬元的賺頭）有る在る或る

利益を度外視した商売（無視盈利的買賣）

利益丈を追う（唯利是圖）追う負う

利益交換（互利互惠）

利益社会（〔德語 Gesellschaft 的譯詞〕利益社会－以共同利益為中心而結合的社會：如工會）←→共同社会

利益配当（分配紅利）

利益金（分紅）

利益〔名〕〔佛〕佛的恩惠、神佛保佑（＝利生、御利益）、功德

此は皆御利益だ（這全部是神佛保佑）

彼の寺は御利益灼だ（那座廟很靈）

寄付しても何の御利益も無い（捐錢也沒有得到保佑）

御利益〔名〕（神佛的）靈驗（＝御利生）

神様が大変御利益が有る（神佛很靈驗）

御利益が有るので有名である（因為靈驗所以出名）

御利益を受ける（蒙神佛保佑）

御利益を得ようと為て神詣でを為る（為了求得保佑而拜神）

利生〔名〕〔佛〕佛的恩惠（＝利益）

利生男（幸運兒）

彼は利生男だ（他是幸運的人）

御利生（神佛保佑）

利生を受ける（受到菩薩保佑）

御利生〔名〕（神佛的）靈驗（＝御利益）

利落〔名〕（公債或股票等）已付利息←→利付、利附

利落株（已付利息的股票）

利付、利附〔名〕〔經〕（公債）付息，付有息票、（股票）分紅，分配紅利←→利落

利付公債（付息公債）

五分利付公債（年利五厘的付息公債）

定額利付証券（定息證券）

利害〔名〕利害、得失、損益、利弊

ㄌ

共通の利害（共同的利害）

利害の衝突（利害衝突）

利害得失を考える（考慮利弊得失）

政策の利害得失を検討する（檢討政策的利害得失）

此の計画の利害を考える（考慮本計畫的利弊）

一時的の利害に左右されない（不為一時利害左右）左右左右　左右兎角　一時一時一時

利害が絡む（利害攸關）

社会の利害と絡み合った個人の利害（和社會利害糾纏在一起的個人利害）

双方の利害が絡み合う（雙方的利害相關）

資本家と労働者とは利害が相反する（資本家和工人利害相反）

利害関係（利害關係）

利害関係を共に為る人達（利害關係一致的人們）

密接な利害関係が有る（有密切的厲害關係）

利害誘導（〔競選時給選舉人某些好處的〕利益引誘）

利方〔名〕有利的想法、方便的想法

其の方が利方だ（那樣有利、那樣方便）

利器〔名〕利器，便利的工具、銳利的武器←→鈍器

飛行機と言う文明の利器を使って旅行する（利用飛機這個文明利器旅行）

近代文明に欠く可からざる二大利器である鉄道と印刷機（現代文明不可或缺的兩大利器－鐵路和印刷機）

利器を携える（攜帶銳利的武器）

文明の利器（文明的利器）

近代交通の利器（近代交通的利器）

近代交通の利器はジェット機である（近代交通的利器是噴射機）

利休色、利久色〔名〕灰綠色-來自茶道大師千利休所喜好的顏色

利休鼠、利久鼠〔名〕綠灰色（＝利休色）、灰綠色的老鼠

利金、利金〔名〕利息（＝利子）、盈利，賺頭（＝儲け）

定期預金で毎月利金を貰う（以定期存款每月領利息）

利金で公債を買う（以利潤的錢買公債）買う飼う

利子〔名〕〔經〕利息、利錢←→元金、元金

利子を取る（要利息）

利子を生む（生息）生む績む倦む熟む膿む産む

預金に利子が付く（存款生息）

銀行に預金すれば利子が付く（在銀行存款有利息）付く着く突く就く衝く憑く点く尽く搗く

此の公債は四分の利子が付く（這種公債按四厘計息）

利子を取らずに金を貸す（貸款不要利息）吐く附く撞く潰く

五分の利子で金を借りる（以五厘利息借款）

定期預金の利子は如何程ですか（定期存款的利息是多少？）

年二回利子を元金に繰り入れる（每年把利息滾入本金兩次）元金元金

利子で暮らしを立てる（靠利息維持生活）立てる経てる建てる絶てる発てる断てる裁てる

利子所得（利息所得）

利子税（利息稅）

利子所得課税（利息所得課稅）

利息〔名〕利息、利錢（＝利子）←→元金、元金

金貸しが利息を取る（放款人要利息）

利息を払う（付利息）払う掃う祓う

高利貸は利息を天引きする（高利貸先扣利息）

養老金で利息を稼ぐ（以養老金賺利息）

高い利息（高利息）

安い利息（低利息）安い廉い易い

利食い，利食、利喰い、利喰〔名、自サ〕〔經〕（倒賣股票等）套利、利滾利、利上加利

利食い売り（套利賣出）

利食い売りに出る（套利賣出）

利剣〔名〕利劍（＝利刃）

降魔利剣（降魔利劍）

降魔の利剣（降魔利劍）

利剣を振り上げる（揮起利劍）

利刃〔名〕利刃、快刀

利刃一閃（利刃一閃、快刀一揮）

利刃を提げて夜道を歩く（帶著利刃在夜晚的路上走）提げる下げる避ける裂ける割ける

利権〔名〕（工商業者勾結公務員等而取得的）利權、特權、專利權

鉱山開発利権（開發礦山專利權）

利権を漁る（追逐利權）

利権を漁って歩く（為追求利權而奔走）

利権を獲得する（取得特權）

利権を握る（掌握特權）

利権屋（追求利權的人、為謀求利權者幹旋從中謀利的人）

利己〔名〕利己、自私自利←→利他

彼は利己一点張りの男だ（他是個徹頭徹尾自私自利的人）

利己主義（利己主義＝エゴイズム、主我主義、排他主義）←→利他主義

利己的（利己的、自私自利的）

君こそ利己的だ（你才自私呢？）

利己的な人（自私的人）

利己説（利己說、利己主義）

利己心（利己心）

利己心の固まり（自私自利的典型）固まり塊

利己心の強い人（利己心強的人）

利他〔名〕利他、捨己利人←→利己

利他主義（利他主義＝愛他主義）←→利己主義

利他的な考え（捨己利人的想法）

利口、利巧、俐巧〔名、形動〕聰明，伶俐，機靈，巧妙周旋，能說會道，（用御利口さん形式）（女）乖乖,乖寶寶

利口な犬（機靈的狗）

利口な子供（伶俐的孩子）

此の子はとっても利口だ（這孩子真聰明）

此の犬は迚も利口だ（這條狗很有靈性）

利口な人だからそんな事は為ない（他是個聰明人不會做那種事）

彼はああ言う連中と交わらないのは利口だ（他不和那些人來往是很聰明的）連中連中

御蔭で一つ利口に為った（多虧你我又長了一分見識）

利口で人間が良い（聰明而為人正派）

利口か馬鹿かが其処で分かる（這裡就看出是聰明還是糊塗）

利口に立ち回る（巧妙周旋、辦事周到）

利口に立ち回って課長に為る（巧妙周旋當上科長）為る成る鳴る生る

御利口さん（乖孩子）

御利口さんだね（好乖呀！）

御利口さんだから泣くんじゃない（寶寶乖乖不要哭、乖寶寶是不哭的喔！）

利口振る（顯示聰明、裝做聰明）

利口振るのは彼の悪い癖だ（裝作聰明是他的壞毛病）

利口振った口を利く（說話硬顯聰明）

彼は直ぐ利口振る（他馬上裝作自己聰明）

ㄌ

ㄌ

利口者（聰明伶俐的人、精明強幹的人、圓滑周到的人）

利発〔形動〕聰明、伶俐（=利口、利巧、俐巧）←→愚鈍

利発な少年（聰明的少年）少女少女乙女

利発な子供（聰明的孩子）

見るからに利発然うな子だ（看起來就顯得聰明伶俐的孩子）

利根〔名〕（天生的）聰明、伶俐←→鈍根

利札、利札〔名〕〔經〕股息票、利息券

利札の付いている債券（付有股息券的債券）

利鞘〔名〕〔商〕（一買一賣的）差額利潤、紅利、利益金

僅かの利鞘（微薄的賺頭）僅か纔か

利鞘を稼ぐ（賺取差額利潤）

利鞘を分ける（分紅）

利潤〔名〕利潤、紅利（=利益、儲け）

利潤を上げる（賺得利潤、提高利潤）

売れ行き不振で利潤が上がらない（銷路不好賺不到利潤）

利潤を追求する（追求利潤）

資本主義社会の原動力は資本家の利潤追求に存する（資本主義社會的原動力在於資本家追求利潤上）

利潤を顧客に分配する（將利潤分給顧客）顧客顧客

利潤分配（分紅）

利潤率（利潤率）

利得〔名〕獲利、收益、盈利、利益（=利益、儲け）

不当の利得（非法的收益）

利得を計算する（計算收益）

利得した金を資金に回す（把賺的錢轉入資金）回す廻す

利得丈を考えていても商売は旨く行かない物だ（就算只想到盈利生意也不會順利）

利得に走る（唯利是圖、為獲利而奔走）

利得税（盈利稅、利潤稅）

超過利得税（超額利潤稅）

利殖〔名、他サ〕謀利、生財、運用資金、增加財富（多指靠存款利息、股票紅利、放款利息等累積財富）

親譲りの財産を利殖して生活する（靠父母留下的財產謀利生活）

利殖の才が有る（有生財的本領）

利殖の道を明るい（很懂生財之道）

利殖の道を図る（謀生財之道）

彼等は利殖の道を謀るに汲汲と為ている（他們一生謀求生財之道）謀る図る計る測る量る

利水〔名〕疏通水路、利用水利

利水工事（疏水工程）

田の利水工事を為る（修建田地的水利工程）

耕地の利水工事を為る（修建耕地的水利工程）

利水組合（水利合作社）

利沢〔名〕利益和恩澤、利潤

利達〔名〕榮達、顯達

利達を求めず（不求顯達）

利達を求めない人生観（不求顯達的人生觀）

利敵〔名〕利敵、對敵有利

利敵行為（利敵行為）

利敵行為を発見した（發現了利敵行為）

利点〔名〕優點、長處（=長所）

此の機械の利点（這個機器的優點）

利点の多い機械（很多優點的機器）

使い易いのが此の器具の利点である（容易使用是這器具的優點）

使い易いのが新製品の大きな利点だ（使用方便是新產品的最大優點）

其の場所は田舎と都会の利点を兼ね備えている（那個地方兼備鄉村和都市的優點）家家家

今度引越した家は狭いが学校の近いのが利点だ（這次搬的房子很窄但有靠近學校的優點）

利刀〔名〕利刀、快刀←→鈍刀

利鈍〔名〕（刀刃的）利鈍、（頭腦的）智愚、（成敗）利鈍、幸運和不幸

利鈍を同じ様に待遇する（不分智愚一律對待）

利鈍を問わない（不問成敗利鈍）問う訪う

利鈍に拘わらず（賢愚不拘）拘わる関わる係わる

利鈍の繰り返し（幸與不幸輪流轉）

利尿〔名〕利尿

利尿剤（利尿劑）

利尿剤を服用する（服用利尿劑）

利乗せ〔名、自サ〕〔商〕（證券交易獲利時）加碼、連續投機

利払い、利払〔名〕支付利息

利払いを怠る（不按期付息）

毎月一日に利払いを為る（每月一日支付利息）毎月毎月一日朔日 朔 一日一日 一日

利福〔名〕福利、利益和幸福（=福祉）

人民の利福を図る（圖謀人民的福利）図る謀る諮る計る測る量る

利分〔名〕利益、利潤（=儲け）、利息（=利子）

利弊〔名〕利弊、利害

利弊を分析する（分析利弊）

利便〔名〕便利、方便（=便宜）

利便を謀る（謀方便、圖方便）図る謀る諮る計る測る量る

利回り、利廻り〔名〕〔經〕（對所投資的）收益率、利率

安全且高利回りの投資（安全而且利率高的投資）

利回りの良い株（利率高的股票）良い善い好い良い善い好い

利回りの良い預金（利率高的存款）

利回り五分の債券（利率五厘的債券）

此の株は年二厘の利回りに為る（這股票有年利二分的紅利）

利用〔名、他サ〕利用

廃物利用（廢物利用）廃物廃り物廃れ物

廃物を利用する（廢物利用）

天然資源を利用する（利用天然資源）

地下水を十分に利用する充分（充分地利用地下水）

有利な条件を利用する（利用有利條件）

人の無知を利用する（利用別人的無知）

乗り換えの時間を利用して友人を訪ねた（利用換車的時間訪問了友人）

地位を利用して私腹を肥やす（利用職位貪污）

戦争を利用して金を儲ける（利用戰爭發財）設ける儲ける

手段を利用して儲けを為る（利用手段賺錢）

豊富な水を利用して発電する（利用豐富的水發電）

空缶でも利用価値は有る（空罐頭也有利用價值）

利用厚生（利用厚生）

利用価値（利用價值）

此の水源は利用価値が有る（這個水源有利用價值）

利欲〔名〕利欲

利欲の念（利欲心）

利欲に目が眩む（利慾薰心、利令智昏）

利用で心が曇っている（利慾薰心）

利欲名聞に溺れる（沉湎於名利）名聞 名聞

利率〔名〕〔經〕利率

ㄌ

法定利率（法定利率）

年五分の利率で利子を払う（按年利五厘的利率付息）

年四分の利率で金を貸す（按年利四厘的利率放款）

利率引き上げ（提高利率）

利く、効く〔自五〕有效，見效，奏效，有影響，起作用、好用、好使，敏銳，頂用、（交通工具等）通，有，可以，能夠，經得住，（常用利かない形式）〔俗〕（數量好多）不止，豈止。

〔他五〕（以口を利く形式）說（話）、關說

此の薬は良く利く（這個藥很有效）聞く聴く訊く

此の薬は非常に良く利く（這個藥很有效）

此の薬草は色色な病気に利く（這種草藥能治很多病）

幾等薬を飲んでも利かない（吃多少藥也不見效）

万病に利く薬（萬靈藥）

薬は利き過ぎたらしい（藥力似乎太猛了、〔轉〕處置似乎太嚴了）

芥子が利いた（芥末味出來了）芥子辛子

塩味が利いている（有鹹味了）

酒が段段体に利いて来る（酒力漸漸湧上身來）

無理の利く体（能經得起勞累的身體）

無理が利かない（不能勉強）

病気上がりで無理が利かない（病剛好不能勉強）

賄賂が利かない（賄賂不起作用）

体が利かない（身體不聽使、身體不行了）

手が利かない（手不好使、手拙）

右手より左手が良く利く（左手比右手好使）

顔が利く（有勢力、有面子、面子大）

口が利く（口才很好、說話流利）

目が利く（有眼力、眼力高、眼尖）

年を取ると目が利か無く為る（一上年紀眼睛就不好使了）

鼻が利く（鼻子好使、嗅覺靈敏）

耳が利く（耳朵靈）

耳が良く利く（耳朵很靈）

腕が利く（能幹、有本領）

気が利く（機敏、機靈、心眼快）

眺めが利く（能看得很遠）

見通しが利かない（看不清楚、前途叵測）

どんな鑢も此の金属には利かない（怎麼樣的銼也銼不動這種金屬）

病気の為体の自由が利かない（因為有病身體不能動彈）

鶴嘴が利かない（鎬刨不動）

ブレーキが利かない（刹車不靈）

ブレーキが利かないと危険だ（刹車若是不靈可就危險了）

左が利く（左手靈活、能喝酒）左右左右左右兎角

左手が良く利く（左手好使）左手左手弓手右手右手馬手

電話が利く（能通電話）

其処は電話が利く（那裡通電話）

バスが利く（有公車、通公車）

彼の村迄はバスが利く（有公車通到那個村子）

釘が利く（釘子能釘結實、意見等生效）

糊が利く（容易漿得上）

洗濯が利く（經得住洗）

裏返しが利く（可以翻裡作面）

修繕が利かない程破損している（破損得不能修理了）

貯蔵の利く食品（可以貯藏的食品）

百や二百では利かない（不止一二百）

口を利く（說話、關說）

冗談口を利く（詼諧、說笑話）
山田さんに口利いて貰う（請山田先生給關說一下、請山田先生給美言一番）

聴く、聞く、訊く〔他五〕聽、聽說，聽到、聽從，應允、答應、打聽、徵詢、品嘗、嘗酒，聞味

良く注意して聞く（好好注意聽）
熱心に話を聞く（聚精會神地聽講話）
ぼんやり聞く（馬馬虎虎地聽）
身に入れずに聞く（馬馬虎虎地聽）
始めから終り迄聞く（從開頭聽到末了）
毎日日本放送を聞く（每天都聽日本廣播）
聞こうと為ない（不想聽、聽不進去、置若罔聞）
聞いて聞かない振りを為る（裝沒聽見、置若罔聞）
聞けば聞く程面白い（越聽越有意思）
もう一言も聞き度くない（一句話也不想再聽了）
聞いているのかね（你是在聽嗎？）
まあ聞いて下さい（請您姑且聽一聽吧！）
ねえ、御聞きよ（喂！您聽著啊！）
彼が日本語を話すのを聞いていると日本人と思われる位だ（聽他說日本話簡直就像日本人似的）
噂に聞く（傳說）
風の便りに聞く（風聞）
聞く所に拠れば（聽說、據說）
私の聞いた所では然うではない（據我聽說不是那樣）
聞いた事の無い島（沒聽說過的島）
良く聞く名前（常聽說的名字）
そんな事は聞いた事が無い（那種事情沒聽說過）
君が来る事は彼から聞いた（聽他說你要來）

彼が死んだと聞いて吃驚した（聽說他死了嚇了一跳）
御宅で女中が入用だと聞いて参りました（聽說府上要個女傭我就來了）
党の呼び掛けを聞く（聽從黨的號召）
指導者の言い付けを聞く（聽從領導的指示）
私の言う事を良く聞き為さい（你要好好聽我的話）
他人の言う事を聞くな（不要聽別人的話）
彼奴は人の事何か聞く男じゃない（那個傢伙不是個聽話的人）
忠告を聞く（聽從勸告）
人の頼みを聞く（答應別人的請求）
訴えを聞く（答應申訴）
彼の希望も聞いて遣らねば為らない（他的希望也得答應）
駅へ行く道を聞く（打聽到車站去的路）
聞いて見て呉れ（你給我打聽一下）
根堀り葉堀り聞く（追根究底）
理由を聞き度い（我要問理由何在）
君に聞くが、君が遣ったんだろう（我來問問你是你做的吧！）
先ず自分の身に聞いて見給え（首先要問問你自己、首先要反躬自省一下）
後聞き度い事が有りませんか（再也沒有要問的嗎？）
大衆の意見を聞く（徵詢群眾的意見）
酒を聞く（嘗酒味）
香を聞く（聞香味）
聞いて極楽、見て地獄（耳聞不如眼見、耳聞是虛眼見為實）
聞いて千金、見て一文（耳聞不如眼見、耳聞是虛眼見為實）
聞くは一時の恥、聞かぬは一生の恥（求教是一時之恥不問是終身之羞、要不恥下問）

ㄎ

ㄉ

聞くは見るに如かず（耳聞不如眼見、耳聞是虛眼見為實）

聞けば聞き腹（不聽則已一聽就一肚子氣）

聞けば気の毒、見れば目の毒（眼不見嘴不饞耳不聽心不煩）

利き、利〔名〕好用、好使、能幹（＝働き）

　左利き（左撇子、好喝酒的人）

　彼は左利だ（他是左撇子）

　右利き、右利（右撇子）

　腕利き、腕利（幹將、能手）

　利き腕（好使的手）

効き，効、利き，利〔名〕效力、作用（＝効目）

　此の薬は効きが良い（這藥效力好）聞き聴き訊き

　此の薬は効きが鈍い（這藥效力緩慢）鈍い呪い鈍い

利き足、利足〔名〕有力氣動作快的腳

　右足が利き足だ（右腳是有力氣動作快的腳）左足右腕右腕

利き医者、利医者〔名〕名醫、妙手回春的醫師

利き腕、利腕〔名〕右手、右腕、好使的手

　利き腕を取られる（被抓住右腕）取る捕る摂る採る撮る執る獲る盗る

　利き腕を掴む（抓住右腕）掴む攫む

　彼の利き腕は左手だ（他好使的手是左手）左手左手弓手　右手右手馬手

利き駒、利駒〔名〕〔象棋〕效用大的棋子（金將、銀將）

利き酒，利酒、聞き酒，聞酒〔名〕品嘗酒，嘗酒味、備品嘗的酒

　利き酒を為る（品嘗酒）

　利き酒に酔って終う（嘗酒味嘗醉了）

利き手，利手、利き手，利手〔名〕好使的手，右手（＝利き腕、利腕）、能手，幹將

　彼の人は左手が利き手なんです（他是個左撇子）

　野良仕事の利き手（幹農活的能手）

　彼は工場での利き手だ（他在工廠是個能手）工場工場工廠

利き所，利所、利き所，利所〔名〕奏效的部位、要害，致命處（＝要所、急所）

　御灸の利所（灸的有效部位）

　針灸の利所（針灸的有效穴位）針灸鍼灸

　利所を押える（抓住要害）押える抑える

　利所に当たった（命中要害）当る中る

利き目，利目、効き目，効目〔名〕效驗、效力、靈驗

　此の薬は利目が覿面だ（這個藥劑立刻見效）

　利目が有る（靈驗、有效）

　利目が無い（不靈、無效）

　薬の利目が遅い（藥的效力慢）遅い晩い襲い早い速い

　働き掛けた利目が有った（做工作有了效驗、工作沒白做）

　一向利目が無い（一點也沒有效驗）一向一向只管

　幾等意見を為ても彼には一向利目が無かった（怎麼提意見對他也不起作用）

　利目が高く、毒の少ない新農薬（高效低毒的新農藥）

利き者，利者、利け者，効者〔名〕吃得開的人、有本事的人、有權威的人、詭計多端的人←→空者

　彼は此の町の利け者だった（他曾經是這個鎮上的權威人士）

　奴は利け者だ（這傢伙是個詭計多端的人）

利かす〔他五〕起作用、使（讓）…有效（＝利かせる）

　塩を利かす（加鹽）

　山葵を利かす（使芥末有效）

　幅を利かす（發揮勢力）

利かせる〔他下一〕起作用、使（讓）…有效（＝利かす）

もう少し塩を利かせた方が良い（再加點鹽比較好）聞かせる聴かせる訊かせる

薬を利かせる（使藥物發生作用）

胡椒を利かせる（使胡椒有效）

得意の技術を利かせる（充分發揮熟練的技術）

凄味を利かせる（嚇唬人）

気を利かせて席を外した（機伶的離席而去、會意地離席而去）

利かぬ気〔名、形動、連語〕倔強（=利かん気、聞かん気、勝気）

利かぬ気の坊や（不聽話的孩子）

利かぬ気な子供（不聽話的孩子）

此の子供は迚も利かぬ気だ（這個孩子真倔強）

利かぬ気で決して降服しない（性格倔強決不服輸）

利かぬ気で決して弱音を吐かない（性格倔強決不示弱）

利かん気、聞かん気〔名、形動、連語〕倔強（=利かぬ気、勝気、負けん気、負嫌い）

中中利かん気な顔を為ている（長相顯得很倔強）

此の子供は迚も利かん気だ（這個孩子真倔強）

此の子供は利かん気だ（這個孩子不聽話）

彼は利かん気だから負けたと言わない（他很剛強所以不認輸）

利かん坊、聞かん坊〔名〕頑皮孩子、不聽話的孩子

彼の子は利かん坊で困る（那孩子淘氣真難纏）

利いた風〔連語、形動〕裝懂、自命不凡、硬裝內行（=生意気、知ったか振り）

利いた風な顔を為る（不懂裝懂、自命不凡）

利いた風な口を利く（說不懂裝懂的話）

利いた風な口を利くな（別說大話、不要吹牛）

利いた風な事を言うな（別說大話、不要吹牛、別不懂裝懂）

利いた風な男（自命不凡的男人）

利鎌〔名〕銳利的鎌刀

利鎌の様な月が出た（出來一鉤新月）

励（勵）（ㄌㄧˋ）

励〔漢造〕努力、勸勉、鼓勵

勉励（勤勉、勤奮）

精励（勤奮、奮勉）

奨励（獎勵、鼓勵）

激励（激勵、鼓舞、鞭策）

奮励（奮勉、努力）

督励（督勵、激勵）

励起状態〔名〕〔理〕激發態、激勵狀態

励行〔名、他サ〕厲行、堅持實行、嚴格執行

規則の励行（紀律的嚴格執行）

時間を励行する（嚴守時間）

時間励行を徹底的に要求する（徹底地要求嚴守時間）

節約を励行する（厲行節約）

ラジオ体操を励行する（堅持作廣播操）

朝のラジオ体操を励行する（堅持作晨間廣播操）

今日から禁煙を励行しよう（從今天起堅決實行戒菸）

励磁〔名〕〔理〕磁化、帶磁氣

励振〔名〕〔理〕激勵、激振、激發

励声、厲声〔名〕厲聲、大聲

励声叱咤する（大聲吒喝）

励声疾呼する（大聲疾呼）

励声一番（大喝一聲）

励精、厲精〔名、形動〕厲精、勤奮（=精励）

励精に治を図る(勵精圖治)図る謀る諮る 計る測る量る

励ます〔他五〕鼓勵，激勵，勉勵，激發，厲聲，提高嗓門

　己を励ます（勉勵自己）

　我子を励まして勉強させる（鼓勵自己的孩子使他用功）

　がっかりしている友達を励ます（鼓勵灰心喪氣的朋友）

　誰からも励まして貰えない（得不到一點鼓勵）

　先生に励まされて勉強を続ける（受到老師鼓勵繼續學習）

　声を励まして叱る（厲聲申斥）叱る然る

　声を励まして応援する（大聲助威）

　声を励まして言う（厲聲地說）言う云う謂う

励まし〔名〕鼓勵、激勵

　励ましの言葉（鼓勵的話）

　先生の励ましに因って奮い立つ（由於老師的鼓勵而振奮起來）

　励まし手紙を書く（寫鼓勵的信）

励む〔自五〕努力、奮勉、勤勉←→怠ける、怠る

　仕事に励む（努力工作）

　勉強に励む（努力用功）

　学問に励む（刻苦鑽研）

　増産に励む（努力增產）

　暇さえ有れば技術の習得に励んだ（一有空就苦練技術）

　事業發展の為に我を忘れて仕事を励んでいる（為了發展事業而忘我努力工作）

励み、励〔名〕勤奮，努力，鼓勵，勉勵

　仕事に励みが付く（工作起勁）

　私の良い励みに為る（對我是很好的鼓勵）

　先生に褒められたのが励みに為って算数が好きに為った（老師的表揚鼓勵了我喜歡起算數了）

　不成績を取ったのが良い励みに為る（沒取得好成績反成為發奮的動力）

　叱られるより褒められる方が励みに為る（誇獎比斥責更能激勵人）褒める誉める

　御励みの様子（努力的情況）

励み合う〔自五〕互相鼓勵、互相勉勵

励み合い〔名〕相互鼓勵、相互勉勵

戻（ㄌㄧˋ）

戻（也讀作戾）〔漢造〕乖戾，不正常，歸，歸還

　乖戻（乖戾）

　背戻、悖戻（背離、悖逆）悖る

　暴戻（暴戾）

　返戻（退還、歸還）

戻す〔他五〕歸還、退回，送回，使…倒退。〔俗〕嘔吐

〔自五〕〔經〕市場價格急遽回升

　彼に一万円戻す（還給他一萬日元）

　借りた借金を戻す（歸還借款）

　図書室の本を戻す（歸還圖書室的書）

　書類を戻す（把文件退回）

　使ったら戻して置き為さい（用完請放回原處）

　元の位置に戻す（送回原來位置）元本基許素下

　使ったら本の所に戻して置き為さい（用完請放回原處）

　彼の本は持主に戻しました（那本書已還給失主了）

　友達に写真を見せて貰って、直ぐ戻した（看完朋友讓我看的相片馬上退還給他了）

　自動車を少し戻せば良かった（把汽車稍微向後倒一倒就好了）

　時計を一時間戻す（把錶撥回一小時）

　時計の針を五分丈戻して下さい（請把鐘表上的針撥回五分鐘）

腕時計の針を十分丈戻して下さい（請將手錶撥慢十分鐘）
話を元に戻す（把話說回來）
元基許本下素
飲んだ薬を皆戻した（吃的藥全都吐出來了）飲む呑む皆皆
飲んだ薬を全部戻して終った（把吃的藥全都吐出來了）
食べた物を皆戻した（吃的東西全都吐出來了）
食べ過ぎて戻して終う（吃太多吐了吃來）終う仕舞う
気持が悪く為って戻した（覺得噁心吐出來了）
バスに揺られて戻し然うに為りました（被公車晃得差點要吐了）

戻し交配〔名〕〔動〕回交

戻る〔自五〕返回、折回、回家、歸還、退回
席に戻る（回到原來的席位）席蓆筵
自分の席に戻り為さい（請回到自己的位置上去）
書き終えたら自分の席へ戻り為さい（寫完了就回到自己的座位上去吧！）
本題に戻る（回到本題上來）
本体に戻る（恢復了真面目）
元の商売に戻る（又重操舊業）
話が又元に戻って少しも先に進まない（話又回到原點一些也沒有進展）
又復亦又股
昔の苦しい生活に二度と戻る事は無い（過去的苦日子一去不復返了）
もう一度病気の前の体に戻り度い（希望能再恢復到病前身體狀況）
もう一度以前の体に戻り度い（希望身體又恢復到以那樣）
夏が終り山は又の静かさに戻った（夏天一過山上又恢復原來的寂靜）
十メートル程戻る（倒退十公尺左右）

一キロ程戻る（約退回一公里左右）
今来た道を五分程戻ったら、其の家が見付かった（從方才來的路上折回去走約五分鐘就找到了那所房子）
郵便局は百メートル程戻った所です（郵局就在往回走一百公尺的地方）所処
元来た道へ戻る（照原路折回）
出発点に戻る（折回出發點）
今夜は戻らない（今晚不回家）
授業が済むと直ぐ寄宿舎に戻る（一下課馬上回宿舍）
父は程無く戻ります（父親就快要回家了）
今朝旅行から戻った所だ（我今天早晨剛旅行回來）今朝今朝
盗まれた物が今日戻った（被偷的東西今天還回來了）
無くした財布が戻った（丟了的錢包找回來了）
落した貴重品が戻って来た（遺失的貴重物品被送回來了）
縒りが戻る（縒りを戻す）（倒捻，鬆勁、恢復舊好，言歸於好，破鏡重圓）
二人の仲は縒りの戻る見込みが無い（他倆沒有恢復舊好的希望）

戻り、戻〔名〕恢復原狀、回家、歸途、（魚鈎等）倒鈎。〔商〕行市的回升
戻りが悪い（恢復得不好）
十歳の神童は十五で才子二十歳過ぎれば戻りの凡人と為って終う（十歲的神童十五歲是才子過了二十歲就恢復為普通人了）二十歳二十歳二十歳二十歳
彼の戻りが遅い（他回來得晚）遅い晩い襲い
主人の戻りが遅い（主人回來得晚）
彼の戻りを待つ（等他回來）

ㄌ

学校の戻りに友人の家に寄る（從學校回家的途中順便到朋友家去）寄る 撚る 縒る 選る 由る 縁る

学校の戻りに友人の家へ行く（從學校回家的途中到朋友家去）

釣針には戻りが有る（釣鉤有倒鉤）

戻り足〔名〕〔商〕（市場的）回穩、行市止跌

戻り売り〔名〕〔商〕行市回升時脫手←→押し目買い

戻り掛け〔名〕歸途、歸程

戻り掛けに買物を為る（在歸途中買東西）

戻り道〔名〕歸途（＝帰り道）

今学校の戻り道です（現在正在從學校回家路上）

例（ㄌㄧˋ）

例〔名〕常例，慣例、先例、前例、例子，事例、通常，往常、某，那個（表示談話雙方都知道或不便說明的事物）

〔漢造〕慣例、先例，前例、例子，事例、體例，規則

然うするのが其の国の例だ（那樣做是那個國家的慣例）

例に倣って（援例）倣う 習う

先人の例に倣う（效法先例）学ぶ

正月の例（新年的慣例）

伝統的な例に依って行われる（根據傳統性的慣例進行）

夏休みに家族揃って海へ行くのを例と為ている（暑假一家人去海邊已成慣例）

例の無い出来事（沒有先例的事件）

未だ嘗て例の無い大豊作（史無前例的大豐收）

例の無い旱魃に見舞われた（遭到史無前例的旱災）

歴史上他の例の無い事件（空前的大事、史無前例的大事件）

此れが後後の例に為っては困る（此例不可開、這可不要成為以後的例子）

例を引く（舉例）

多くの例を引いて実証する（舉出很多例子證實）

例を挙げる（舉例）挙げる 上げる 揚げる

例を挙げて説明する（舉例說明）

例を上げて説明する（舉例說明）

彼を例に取って見る（以他為例）

工場を例に取って見る（姑且以工廠為例）
工場 工場 工廠（兵工廠）

彼も又此の例に漏れない（他也不例外）

我が社も此の例に漏れない（我公司也不例外）

単なる例と為て引いたに過ぎない（這只不過是舉一個例子）

此は本の一つの例に過ぎない（這不過是一個小例子）

彼が其の好い例だ（他正是個好例子）

例の通り（像往常一樣）

例の如し（像往常一樣）如し 若し

例に依って（照例、像往常一樣）

例に依って先ず御飯を食べるから出掛けた（照例先吃了飯然後出去了）

例に依って彼は今朝も遅刻した（今早他照例又遲到了）今朝 今朝

例に依って電話を為てから出掛けた（照例先打個電話然後出去了）

例に依って先ず風呂に入ってから晩飯を食べた（照例先洗澡後吃晚飯）

例に依って例の如しだ（和往常一樣）

例の代物（還是那一套、還是老一套）

例の調子（老一套、老調重彈）

例を破る（破例、破格）

例に無く（破例、沒有前例）

其の夜例に無く遅く帰った（那天晚上他破例回來很晚）

例の件は如何為ったか（那件事怎麼樣了？）

例の人は何處へ行ったか（那個人到哪裡去了？某某人到哪裡去了？）

例の場所で例の時間に会おう（在老地方老時間見面吧！）会う合う逢う遭う遇う

三時に例の所で待ってるよ（三點鐘在老地方等你）

例の問題は未だに解決されていない（那個老問題到現在還沒有解決）未だ未だ

定例、定例（定例、慣例、常規）

挙例（舉例）

慣例（慣例、老規矩、老習慣）

通例（通例、常例、慣例、照例）

先例（先例、前例、慣例）

前例（前例、先例）

實例（實例）

古例（舊例、老規矩）

語例（詞例、例句）

悪例（壞的例子）

用例（實例、例句、用法的例子）

事例（事例、先例、實例）

一例（一個例子）

適例（適當的例子、恰好的例子）

引例（引例、舉例）

類例（類似的例子）

条例（條例、法規）

上例（上例、上面所舉的例子）

常例（常例、慣例）

凡例（凡例）

判例（判例、案例）

範例（範例）

反例（反例）

例会〔名〕例會

例会を開く（舉行例會）開く開く空く明く飽く厭く

毎月一回の例会に出席する（出席每月一次的例會）

毎週例会を一回開く（每週開一次例會）

毎週例会を一回催す（每週開一次例會）

例解〔名、自他サ〕舉例解釋

判り難い理論を例解する（舉例說明難懂的理論）分る解る判る難い憎い悪い難い硬い堅い固い

例外〔名〕例外

例外無く（一無例外、都是）

例外的に（例外地、作為例外）

殆ど例外無しに（幾乎無例外地）

幾分例外は有る（略有例外）

此れは例外と為て（這個作為例外、除此例外）

例外の有った例しが無い（從無例外）

一つの例外も無い（連一個例外都沒有）

如何なる例外も認めない（不容許有任何例外）認める認める

勿論此の規則には例外が有る（當然這個規則有例外）

例外の無い法則は無い（沒有無例外的法則）

物事に例外は付き物だ（一切事物總不免有例外）

此れは極例外的な現象だ（這是極其例外的現象）

一人の例外も無く彼を支持した（大家全都支持他）

例規〔名〕成規、成例、慣例

例規に拠る（根據成規、循例）拠る寄る因る縁る依る由る選る縒る撚る

例規に依って処理する（根據成規處理、循例處理）

例月〔名〕每月（=毎月、月月、月並、月次）

例月の集会を開く（舉行每月的例會）

例月五日が月給日だ（每月五日發薪）

例刻〔名〕往常的時間、經常規定的時間

試合は例刻より遅れて始まった（比賽比平常規定時間晚些開始了）

試合は例刻より少し後れて始まった（比賽比平常規定時間晚些開始了）

例祭〔名〕（神社等）定期的祭祀←→臨時祭

京都加茂神社の例祭（京都賀茂神社的定期祭祀）

秋の例祭が行われた（舉行了秋季的定期祭祀）

春分の日に例祭が行われる（春分那天舉行定期的祭祀）

例示〔名、他サ〕例示、舉例說明

入試問題の例示（入學考試的例題）

入試問題を例示する（舉例說明入學考試的考題）

記入方法を例示する（舉例說明填寫方法）

図一は本考案の使用状態を例示した物である（圖一是這項發明的使用情況的例示圖）

例説〔名、自サ〕例示、舉例說明（=例示）

順序を追って例説する（按順序舉例說明）

例説で放射線の存在する事を実証する（舉例說明來證實輻射線的存在）

例日〔名〕往常的日子

例日の通り（如往常那樣）

例日なら、そろそろ人の集まる時刻だ（若是往常這時候該來人了）集る集る

例日なら夜店の出て来る頃だ（若是往常日子該是夜攤子要出來的時候）来る来る

例式〔名〕規定的方式、往常慣用的方式

例式に依って行う（依據往常慣用的方式舉行）

例証〔名、他サ〕例證、舉例證明

例証を捜す（尋找例證）捜す探す

色色の例証を上げる（列舉許多例證）

多くの実験で理論を例証する（用多次實驗來證實理論）

其は此の事の顕著な例証と為る（它成為這個事實的有力的例證）

此の事は私自身の体験から例証出来る（這件事可以從我的親身經驗來證明）

此が明らかな例証だ（這是明顯的例證）

自説の正しさを例証する（舉例證明自己意見的正確性）

例題〔名〕〔數〕例題、練習題

幾何の例題を解く（解幾何的例題）代数算数

各課の終りに有る例題を遣る（做每課末尾的練習題）

例典〔名〕典例（=決まりの法式、定め）

例年〔名〕例年、往年、每年（=毎年、何時もの年）

例年の通り（和往年一樣）

例年の収穫（常年的收成）

例年の大会を開く（召開每年定例的大會）

今年は例年に無く暑い（今年比往年熱）

此の冬は例年の無い寒さだった（今年冬天比往年冷得多）

今年も例年通りの日程で行います（今年也照往年日程舉行）

例の（連体）往常的（=何時もの）、（談話雙方都知道的）那個，那件（=彼の）

例の場所で会おう（還是在往常見面的那兒見吧！）

例の時間に出発しよう（在老時間出發吧！）

例の話が又出た（那件事又有人提出來了）

彼等二人は最後は例の如く口論に為って終った（他們倆最後和往常一般又吵架起來了）

例の件は如何為ったか（那一件事怎樣了？）

例の話は如何為りましたか（上次說的怎麼樣了？）

此が例の本です（這就是那本書）

例文〔名〕例句、（契約等上面的）固定的詞句，照例的條款

例文を参照して次の問に答えよ（參照例句回答下列問題）

例文解釈（條文解釋）

例話〔名〕實例、作為實例引證的話

例話で子供に社会道徳を教える（用實例向孩子進行社會道德教育）

例話で子供を教育する（以實例來教育孩子）

日日の善行を例話と為る（以每天的善行作為實例引證）日日日日日日

彼の経験を例話に引く（引用他的經驗作為實例）

例、例し、様〔名〕例，前例，先例，經驗

彼は怒った例が無い（他從來沒生氣過）試し験し

一度も怒った例が無い（從來沒發怒過）一度一度怒る怒る

成功した例が無い（沒有過成功的例子）

そんな例は聞いた事が無い（沒聽說過那樣的例子）聞く聽く訊く利く効く

彼は嘘を付いた例が無い（他從未撒過謊）

嘗て其の様な事が行われた例は無い（從未有過那樣例子）嘗て曾て

彼は何時行っても家に居た例が無い（什麼時候去找他他都不在家）

今迄こんな例は無い（從來沒有過這樣的事例）

ドイツ語は未だ教えた例が無い（還沒有教過德文的經驗）

例える、喩える、譬える〔他下一〕比喻、比方

美人を花に喩える（把美人比喻成花）

人生は屢航海に喩えられる（人生常常被比作航海）

其の景色は喩え様も無い程美しい（其景色之美是無法比喻的）

其の美しさは喩え様も無い（其美麗是無法比喻的）

喩えて言うと（比方說、打個比喻說）

親の暖かい思い遣りは喩え様も無い（父母親切的關懷是無法比喻的）

彼女は花に喩えると白百合だ（要是用花來比方她就是白百合）

兎と亀の話に喩えて油断を戒める（拿兔子和烏龜的故事做比喻來勸戒疏忽大意）

例え，例、喩え，喩、譬え，譬〔名〕比喻，譬喻，寓言，常言、例子

喩えを言う（說比喻）仮令縦令仮令縦令

喩えを出して説明する（打比方說明）

イソップの狐と烏の喩え（狐狸和烏鴉的伊索寓言）

兎と亀の駆け競べの喩えの様に油断は大敵だ（像龜兔賽跑寓言一樣做比喻疏忽是大意）

壁に耳有りと言う喩えも有る（常言說得好隔牆有耳）

能有る鷹は爪を隠すの喩えにも有る通り（正如寓言所說兇鷹不露爪）

喩えが悪いので余計分らなくなった（例子不恰當反而更不明白了）

喩え話（寓言=アレゴリー、寓話）

喩えを引いて話す（舉例來說）

喩えを挙げる（舉例）挙げる上げる揚げる

世間一般の喩えに漏れない（不出世上的常例）漏れる洩れる盛れる守れる

例えば〔副〕譬如、例如（=例えて言えば、例え，例、喩え，喩、譬え，譬）

私は日本古来の物、例えば歌舞伎等が好きです（我喜歡日本古代的東西譬如歌舞伎等等）

私は作曲家では古典派例えばモーツァルト好きです（在作曲家裡我喜歡古典派譬如莫札特）

教科書を忘れて来ると言うのは、例えば兵隊が鉄砲を忘れて戦場に行くのと同じだよ（忘了帶課本來就好比軍人上戰場忘帶槍一樣）

例えば体に害が有る煙草等は止めた方が好い（例如對身體有害的香菸等物戒掉較好）

体に害の有る物は止めたら如何ですか、例えば煙草等（對於身體有害的東西例如香菸等還是戒了好吧！）

例えば大隈侯等は其の一例だ（譬如大隈侯爵就是其中的一個例子）

例えば桜や林檎は薔薇科の植物です（譬如櫻花和蘋果是薔薇科的植物）食物

例えば死んでも約束は守る（即使要命也要守約）守る護る守る盛る漏る洩る

例えばこんな時君なら如何為る（譬如說這樣的時候你怎麼辦？）

栗（ㄌㄧˋ）

栗〔漢造〕栗子、（同〝慄〞）顫慄

栗〔名〕〔植〕栗樹、栗色（＝栗色）、栗子

　栗饅頭（用栗子麵作的日本點心）

　栗羊羹（栗子羊羹）

　栗の子餅（栗粉餅、〔室町、江戶時代重陽節吃的〕栗餅）

　栗を剥く（剝栗子）剥く向く

　栗拾いに行く（拾栗子去）

　火中の栗を拾う（火中取栗、〔喻〕冒危險給別人出力，自己上當一無所得）

　栗の栗刺（栗苞）

　栗は甘味が有って美味しい（栗子甜很好吃）

　栗は甘く甘い（栗子甜很好吃）旨い甘い美味い巧い上手い

栗石〔名〕像栗子大小的石頭、（散布在河床上的）10-15公分的圓石子。〔建〕神奈川縣浦賀附近產的藍灰色砂岩

栗芋、栗藷〔名〕有栗子味道的甘藷

栗色〔名〕栗色、棕色、醬色

　栗色の髪（棕色的頭髮）髪紙神上

　栗色の家具（栗色家具）

　栗色のテーブル（栗色桌子）

栗皮〔名〕栗樹皮、醬色的皮革（＝栗革）

　栗皮茶（醬紫色）

栗金団〔名〕用熟栗子麵製的一種點心、用白薯泥加栗子麵製的點心

栗毛〔名〕栗色毛（的馬）、鬃和尾為赤褐色其他部分為赭黑色（的馬）

　栗毛の馬（棕色馬）

栗鼠〔名〕醬灰色，栗色帶灰色（＝栗鼠色）、松鼠色（的馬）。〔動〕松鼠（＝栗鼠）

栗鼠〔名〕〔動〕松鼠

栗饅頭〔名〕日本式栗子餡點心

栗名月〔名〕陰曆九月十三日夜的月亮（＝豆名月）←→芋名月（中秋月）

栗飯〔名〕（用大米和栗子做的）栗子飯

栗羊羹〔名〕用栗子作的羊羹

栗刺、毬〔名〕（栗子等的）帶刺外殼、刺果、刺球

　栗の栗刺（栗子的帶刺外殼）

荔（ㄌㄧˋ）

荔、茘〔漢造〕〔植〕荔枝

荔枝〔名〕〔植〕荔枝、苦瓜（＝蔓荔枝）、一種紡錘形茶褐色螺旋狀海產貝（＝荔枝貝）

慄（ㄌㄧˋ）

慄〔漢造〕顫慄（害怕得全身發抖）、恐懼

　戦慄（戰慄、顫慄、顫抖）

慄然〔形動タルト〕戰慄、發抖、不寒而慄

　慄然と為て驚く（大吃一驚）

彼は万一の悲劇を二人の間に描いて覚えず慄然と為た（他心想萬一在兩人中間發生悲劇不由得不寒而慄）

人を為て慄然たらしめる（令人不寒而慄）犯す侵す冒す

自分の犯した過ちの結果に気付いて慄然と為る（認識到自己所犯過錯的後果感到不寒而慄）

其の光景を見て慄然と為た（目睹那光景為之慄然）

慄え、震え〔名〕顫抖、哆嗦、發抖

震えが来る（發抖）来る来る

寒さで震えが止まらない（凍得直哆嗦）

余り吃驚したので未だ震えが収まらない（因為過分吃驚還在發抖）収まる納まる修まる修

歴（歷）（ㄌㄧˋ）

歴〔漢造〕經歷、相繼，依次、清楚

経歴（經歷、履歷、來歷=履歷）

閲歴（閲歷、經歷、履歷=經歷）

来歴（來歷、經歷）

履歴（履歷、經歷）

職歴（職歷、資歷、職業的經歷）

遍歴（遍歷，周遊、經歷）

詩歴（賦詩的經歷）

寺歴（寺院的經歷）

歴史〔名〕歷史

日本（の）歴史（日本的歷史）

家庭の歴史（家史）

時計の歴史（鐘表的歷史）

歴史の古い大学（歷史悠久的大學）

歴史の進展（歷史進程）

歴史の流れ（歷史潮流）

歴史の検証（歷史的見證）

歴史の証人（歷史的見證人）

歴史の制裁（歷史的懲罰）

歴史の経験を学び取る（吸取歷史的經驗）

歴史を創造する（創造歷史）

歴史を創る（創造歷史）創る作る造る

歴史を遡る（追溯歷史）

歴史を辿る（上溯歷史）

歴史を通観して見ると（縱觀歷史）

歴史を歪曲し、書き換える（歪曲竄改歷史）

歴史を前へ推し進める（推動歷史的前進）

長い歴史を持つ美しい頤和園（古老秀麗的頤和園）

歴史に名高い古戦場（歷史上著名的古戰場）

歴史に残る（留名青史）

歴史に永く残る（永垂史冊）長い永い

歴史に載っている（載於史冊）

已に歴史に為っている（已成為歷史）既に已に

歴史に類例が無い（史無前例）

歴史上に先例が無い（史無前例）

歴史は繰り返す（歷史重演）

歴史は繰り返さない（歷史不會重演）

此の儀式は古い歴史が有る（這個儀式具有悠久的歷史）有る在る或る

歴史家（歷史學家）

歴史物語（歷史故事）

歴史劇（歷史劇）

歴史観（歷史觀）

歴史小説（歷史小說）

歴史時代（有歷史的時代）←→先史時代

歴史上（歷史上）

歴史上有名な所（歷史上有名的地方）

歴史学（歷史學）

ㄌ

歴史画（歴史畫-以歴史上的情景或人物為主題的繪畫）

歴史的（歴史的、有關歴史的、作為歴史的、從歴史觀點上的、傳統的、具有歴史的、具有歴史意義的）

歴史的事実（歴史的事實）

歴史的文物（歴史文物）

歴史的な（の）風習（具有悠久歴史的風習）

歴史的（な）一瞬（具有歴史意義的一瞬間）

歴史的仮名遣（歴史假名用法-不以現代的發音的標準、而主要以平安時代初期的寫法為標準的假名用法、例如今日寫作今日、鶯寫作鶯）↔現代仮名遣

歴史的唯物論（〔哲〕歴史唯物主義、唯物史觀）↔史的唯物論

歴史的な風習（傳統的習慣）

医学技術を新しい歴史的段階に推し進める（將醫學技術推向新的歴史的階段）

言語の歴史的研究（關於某一歴史時代語言的研究）言語言語

歴史的な大事件（具有歴史意義的大事件）

歴史的役割）具有歴史意義的作用）

各国が世界和平の歴史的使命を立派に果たそう（各國應好好完成世界和平的歴史使命）

文学を歴史的に研究する（從歴史發展來研究文學）

其の学説は歴史的に証明された（那個學說被歴史事實證明了）

歴仕〔名、自サ〕在歴代君主下當官

歴日、暦日〔名〕年月，月日，日暦,暦書（=暦）、（也寫作暦日）時日的經過。〔天〕暦日，民用日（暦法上規定的一日、自午前零時起算的一日、區別於天文日）

山中暦日無し（山中無暦日-意謂隱居山中不需要計算時日）

歴巡〔名〕遍歴各地

歴世〔名〕歴代、累代、累世（=代代、代代）

歴世の帝王（歴代的帝王）

歴世の総理大臣（歴屆的內閣總理）

歴世の文物を展覧する（展覽歴代文物）

歴代〔名〕歴代、歴屆（=歴世、代代）

歴代の天皇（歴代的天皇）

歴代の文化（歴代的文化）

歴代の都（歴代的首都）

歴代の内閣（歴屆的內閣）

歴代の内閣とも外交に力を入れる（歴屆內閣都致力於外交）入れる容れる

歴代史（年代記、編年史）

歴戦〔名〕屢次征戰、經歴多次戰鬥

歴戦の勇士（身經百戰的勇士）

歴然〔形動タルト〕明顯、分明、清楚、千真萬確（=明白、明らか）

歴然たる証拠（明顯的證據）

歴然たる証拠を残した（留下了明顯的證據）残す遺す

跡が歴然と残した（留下了明顯的痕跡）跡痕址後

歴然たる事実（千真萬確的歴史）

其は歴然と為て明らかである（那是很明顯的）

証拠は歴然と為ている（證據是確鑿不移的）

歴朝〔名〕歴代的朝廷、歴代天皇

歴朝の政治（歴代朝廷的政治）

歴程〔名〕歴程、經過的路程

天路歴程（天路歴程-十七世紀英國作家班揚、諷刺貴族階級的寓言式作品）

民族の歴程を顧る（回顧民族的歴程）顧みる省みる

家の会社の歴程を顧る（回顧我公司的成長歴程）内中裏家家家家

歴任〔名、他サ〕歴任

要職を歴任する（歴任要職）

色色の官職を歴任する（歴任各種政府職務）

方方の校長を歴任した（曾歴任各校校長）方方方方

局長、部長を歴任する（歴任局長部長職務）

彼は国会議員、大蔵大臣、総理大臣を歴任した（他歴任國會議員財政大臣和內閣總理）

歴年〔名〕歴年，多年，過去多少年，每年，連年（＝年年、連年）

歴年の功（多年的經驗）

歴年の辛苦が報いられる（歴年的辛苦得到報償）報いる酬いる

歴年の研究が報われた（歴年的研究有成果了）

歴訪〔名、他サ〕歴訪、遍訪

其の方面の有名な科学者を歴訪する（遍訪這一方面的著名科學家）

西欧諸国を歴訪した（歴訪西歐各國）

各国を歴訪する（遍訪各國）

ヨーロッパを歴訪する（遍訪歐州）

歴遊〔名、自サ〕遊歴、周遊

世界を歴遊する（周遊世界）

欧米各地を歴遊する（遊歴歐美各地）

日本の名所旧跡を歴遊する（遊歴日本的名勝古蹟）名所名所

歴覧〔名、他サ〕遊覽，巡視、──過目

名所旧跡を歴覧する（到各地遊覽名勝古蹟）

歴歴〔名〕高官顯貴、赫赫有名的人、有地位有權勢的人

〔形動タルト〕明顯、清楚（＝有り有り、在り在り）

御歴歴（一流名人）

政界の御歴歴（政界的顯赫人物）

歴歴の集まり（高官顯貴聚集一堂）

政界、財界の御歴歴がずらりと並ぶ（政界金融界的顯赫人物列成一大排）

歴歴たる事実（明顯的事實）

証拠歴歴と為ている（證據確鑿）

勝算歴歴たる物が有る（勝算在握、取勝的把握很大）

跡が歴歴と残る（痕跡歴歴在目）跡痕址後

歴と為た〔副〕高貴優越、來歴清楚、公認的

歴と為た家柄（了不起的家世）

彼は歴と為た貴族の出である（他是名門貴族的出身）

彼は歴と為た家の出だ（他是名門高貴的出身）

歴と為た俳優（能夠獨立演出的演員）

歴と為た証拠が有る（有確鑿的證據）

此処に歴と為た証拠が有る（這裡有確鑿的證據）

彼は歴と為た人だ（他是有名有姓的人、他的來歴清楚）

歴と為た夫の有る女（明明是個有夫之婦）

歴る、経る〔自下一〕（時間）經過、（空間）通過，經由、經過

一か月を経ても音沙汰が無い（過了一個月還沒有消息）一か月一ケ月一箇月一個月

為す事も無く日を経る（無所事事地度日）歴る経る減る

五年の年月を経た（經過了五年的歲月）年月年月

五年の年月を経て会う（過了五年才遇上）会う合う逢う遭う遇う

台湾を経て日本に行く（經由台灣去日本）

ハワイを経てアメリカ大陸へ行く（經由夏威夷到美洲大陸去）

手を経る（經手）

審議を経る（通過審查）

ㄌ

次官を経て大臣に為る（歷經次長升為部長）大臣大臣

委員会を経て本会議に出す（通過委員會提交大會）

幾多の困難を経て成功を収めた（歷經千辛萬苦而取得成功）収める納める治める修める

試験を経て入学する（經過考試入學）

必ず経らなければならない道（必經之路）道路

書類が課長を経て重役に渡る（文件經課長轉交董事）渡る渉る亘る

表決を経て可決した（經表決通過）

減る〔自五〕減、減少、磨損。（肚子）餓

井戸の水が減った（井水減少了）経る歷る

量目は二百キロ減っている（分量減掉了二百公斤）

私の体重が四キロ減った（我的體重減輕四公斤）

彼の医者の患者は段段減って来た（那位醫師的病人漸漸減少了）

毎日の注射の回数は四回に減った（每天注射的次數減少到四次）

靴底がすっかり減って終った（鞋底完全磨平了）終う仕舞う

此の鉛筆は書き易いけれども先が直ぐ減る（這枝鉛筆很好寫不過筆尖很快就磨光了）

腹が減った（肚子餓了）

櫟（ㄌㄧˋ）

櫟〔漢造〕櫟（落葉亞喬木、果叫橡實、材粗劣）

櫟、一位、水松〔名〕〔植〕紫杉、水松、赤柏松

櫟、橡、椚、楢、櫪〔名〕〔植〕櫟、柞樹（=団栗、橡）

櫟炭（柞木炭）

麗（ㄌㄧˋ）

麗〔漢造〕美麗、好看

美辞麗句（花言巧語）

端麗（端麗）

壮麗（壯麗、壯觀）

華麗（華麗、富麗）

佳麗（佳麗、美麗）

美麗（美麗、漂亮）

奇麗、綺麗（美麗，漂亮、潔淨，乾淨、乾脆、完全，徹底、清白，純潔、公正，正派）

鮮麗（鮮豔、豔麗）

豊麗（豐滿艷麗）

麗句〔名〕美麗詞句

美辞麗句（美麗詞句、花言巧語）

美辞麗句を連ねる（羅列美麗的詞句）連ねる列ねる

美辞麗句を弄する（諂媚）弄する労する聾する

麗姿〔名〕美麗的姿態（=麗容）

麗姿に心を奪われる（被麗姿迷住）

富士の麗姿（富士山的麗姿）

麗辞〔名〕美麗的詞句（=美辞）

麗辞で綴った文章（用美麗的詞句寫的文章）文章文章

麗質〔名〕麗質、優秀美好的素質

天の成せる麗質（天生的麗質）

麗日〔名〕艷陽天（=麗らかな日）

麗色〔名〕美麗的景色、艷麗的容色

麗人〔名〕麗人、美人、美女（=美人）

男装の麗人（女扮男装的美人）

麗筆〔名〕筆的美稱（=筆）、優美的文筆、精煉的筆法、端正秀麗的字跡、稱讚他人文章或字體

麗筆を揮う（大筆一揮、運筆自如、隨意揮灑）揮う振う奮う篩う震う

麗容〔名〕麗姿、麗影、美麗的形象（=麗姿）

水面に富士の麗容を浮かべる（水面上浮現出富士山的美麗形象）

麗容に心を奪われる（被麗姿迷住）

麗麗しい〔形〕顯眼的、耀眼的、炫耀的、誇示的

麗麗しい看板（耀眼的招牌）甲板

麗麗しく看板を出す（把招牌裝飾得特別漂亮）

麗麗しく飾り立てる（裝飾得特別顯眼）

クーデター(coup d'E'tat)の記事が麗麗しく新聞に出ている（政變的消息很顯眼的登在報紙上）

麗麗しく着飾ってパーティー(party)に出掛ける（打扮得花枝招展出席晚會）

彼は麗麗しく自分の名を広告した（他炫耀地宣揚自己的名字）

麗麗と〔副〕炫耀地、耀眼地（＝麗麗しく）

麗麗と自己の長所を書き立てる（炫耀地大書特書自己的優點）

麗麗と嘘八百を並べ立てる（冠冕堂皇地胡言亂語）

親切ごかしの言葉を麗麗と並べる（他炫耀地宣揚自己的名字）

麗ら、麗〔形動〕晴朗、明媚、開朗、舒暢（＝麗らか）

麗らか、麗か〔形動〕晴朗、明媚、開朗、舒暢
←→どんより

麗らかな日（艷陽天、晴朗的日子）

麗らかな春の日（晴朗的春天）

麗らかな日和（晴朗的天氣）

麗らかな小春日和（風和日麗的小陽春）

麗らかば秋日和（天高氣爽的秋天）

麗らかな日差し（明媚的陽光）

麗らかな春の日差し（春光明媚）日差し日射し

麗らかな気分である（心情舒暢）

麗らかな顔付（喜笑顏開）

麗しい、美しい〔形〕美麗的，漂亮的，優美的、（情緒）好的，爽朗的、動人的，可愛的

麗しい声（優美的聲音）美しい

麗しい眺め（美麗的景色）

麗しい女性（美麗的女性）

見目麗しい女性（容貌美麗的女性）

麗しい山河（錦繡山河）

御機嫌麗しい（情緒極好、非常高興、興致勃勃）

麗しい未来（美好的未來）

麗しい天気（晴朗的天氣）

麗しい天候（晴朗的天氣）

麗しい友情（崇高的友情）

麗しい情景（可愛的情景）

子供達が無心に遊ぶ麗しい情景（孩子們天真地玩耍著的可愛的情景）

礫（カーˋ）

礫〔漢造〕小石塊（＝小石、石塊, 石塊）

瓦礫（瓦礫、〔轉〕一文不值的東西）

火山礫（火山礫）

礫岩〔名〕〔礦〕礫岩

礫岩土（礫岩土）

礫土〔名〕礫土、含有很多砂礫的土

礫、小石〔名〕碎石、小石子

流れで丸く為った礫（水沖圓了的小石子）

礫を敷いた通り（鋪上小石子的路）敷く如く若く

礫、飛礫〔名〕（投擲的）石子、飛石、飛鏢

礫が飛んで来る（石子飛過來）

礫を打つ（投石子）打つ撃つ討つ

雪礫を投げる（擲雪球）

梨の礫（杳無音信、音信杳然）梨無し

何度も手紙を出したが梨の礫に終った（多次去信結果卻杳無回音）

闇夜の 礫（黒夜裡投石子、〔喻〕無的放矢）闇夜闇夜暗夜

ㄌ

轢（ㄌㄧˋ）

轢〔漢造〕車軋

　軋轢（傾軋、衝突）

　死後轢断（因車禍身斷致死）

轢岩〔名〕〔礦〕轢岩

　轢岩土（轢岩土）

轢死〔名、自サ〕（被車輛）壓死、輾死

　轢死者（壓死者）

　彼女は轢死した然うだ（聽說她被車壓死了）

　轢死を遂げる（被車輛壓死）遂げる磨げる研げる砥げる

轢断〔名、他サ〕（車輪）壓断（身體）

　轢断された腕（被壓断的胳膊）

　死後轢断（因車禍身斷致死）

　轢断の現場を見るに忍びない（不忍看壓断身體的現場）

轢る、軋る〔自五〕兩物摩擦發咯吱咯吱聲、發軋軋聲（=軋む）

〔他五〕〔古〕緊緊貼靠、咬、嚙（=齧る）

　戸が軋る（門咯吱咯吱響）

　ドアの轢る音が為た（門嘎吱嘎吱作響）

　レールの軋る音（鋼軌的輾軋聲）音音音

　紙の上を走るペンの軋る音（鋼筆畫紙的沙沙聲）

　船端を轢る（僅靠船舷）

　鼠が箱を轢る（老鼠咬箱子）鼠 鼠箱函

轢く〔他五〕（車）壓（人等）

　自動車が人を轢いた（汽車壓了人）引く弾く挽く惹く曳く牽く退く

　車が人を轢いた（車子撞倒了人）

　子供が自動車に轢かれて死んで終った（小孩被汽車輾死了）終う仕舞う

引く、惹く、曳く、挽く、轢く、牽く、退く、碾く

〔他五〕拉，曳，引←→押す、帶領、引導、引誘、招惹、引進（管線）、安裝（自來水等）、查（字典）、拔出，抽（籤）、引用、舉例、減去、扣除、減價、塗、敷、繼承、遺傳、畫線，描眉、製圖、提拔、爬行，拖著走、吸氣、抽回、收回、撤退，後退、脱身，擺脱（也寫作退く）

　綱を引く（拉繩）

　袖を引く（拉衣袖、勾引、引誘、暗示）

　大根を引く（拔蘿蔔）

　草を引く（拔草）

　弓を引く（拉弓、反抗、背叛）

　目を引く（惹人注目）

　人目を引く服裝（惹人注目的服裝）

　注意を引く（引起注意）

　同情を引く（令人同情）

　人の心を惹く（吸引人心）

　引く手余った（引誘的人有的是）

　美しい物には誰でも心を引かれる（誰都被美麗的東西所吸引）

　客を引く（招攬客人、引誘顧客）

　字引を引く（查字典）

　籤を引く（抽籤）

　電話番号を電話帳で引く（用電話簿查電話號碼）

　例を引く（引例、舉例）

　格言を引く（引用格言）

　五から二を引く（由五減去二）

　実例を引いて説明する（引用實例說明）

　此は聖書から引いた言葉だ（這是引用聖經的話）

　家賃を引く（扣除房租）

　値段を引く（減價）

　五円引き為さい（減價五元吧！）

一銭も引けない（一文也不能減）

車を引く（拉車）

手に手を引く（手拉著手）

子供の手を引く（拉孩子的手）

裾を引く（拖著下擺）

跛を引く（瘸著走、一瘸一瘸地走）

蜘蛛が糸を引く（蜘蛛拉絲）

幕を引く（把幕拉上）

声を引く（拉長聲）

薬を引く（塗藥）

床に油を引く（地板上塗一層油）床床油脂膏

線を引く（畫線）

蝋を引く（塗蠟、打蠟）

罫を引く（畫線、打格）

境界線を引く（設定境界線）

眉を引く（描眉）

図を引く（繪圖）

電話を引く（安裝電話）

水道を引く（安設自來水）

腰を引く（稍微退後）

身を引く（脫身、擺脫、不再參與）

手を引く（撤手、不再干預）

金を引く（〔象棋〕向後撤金將）

兵を引く（撤兵）

鼠が野菜を引く（老鼠把菜拖走）

息を引く（抽氣、吸氣）

身内の者を引く（提拔親屬）

風邪を引く（傷風、感冒）

気を引く（引誘、刺探心意）

彼女の気を引く（引起她的注意）

血を引く（繼承血統）

筋を引く（繼承血統）

尾を引く（遺留後患、留下影響）

跡を引く（不夠，不厭、沒完沒了）

轢き殺す、轢殺す〔他五〕（車等）壓死

汽車に轢き殺される（被火車壓死）

過失で人を轢き殺す（由於過失而壓死人）

小犬がトラックに轢き殺された（小狗被卡車輾死了）

轢殺〔名、他サ〕（車輛把生物）壓死、輾死（＝轢き殺す）

列車に轢殺される（被火車壓死）

トラックに轢殺された（被卡車壓死了）

轢き逃げ、轢逃〔名、自サ〕（卡車等）肇事後逃跑

轢き逃げ運転手（肇事後逃跑的司機）

轢き逃げ犯（肇事後逃跑的犯人）

轢き逃げした車を追跡する（追蹤肇事後逃跑的車子）

轢き逃げを捕まえた（抓住了撞人而逃的人）掴まえる捕まえる捉まえる

暦（ㄌㄧˋ）

暦（也讀作 暦）〔名、漢造〕暦、暦法、暦書（＝暦）

暦を見る（看暦書）

太陽暦を使う（用太陽暦）使う遣う

太陽暦（太陽暦、陽暦、西暦）

太陰暦（太陰暦、陰暦）

太陰太陽暦（陰陽暦）

新暦（新暦、陽暦）←→旧暦

旧暦（舊暦、陰暦、農暦）←→新暦

西暦（西暦、公暦）

陰暦（陰暦、農暦、太陰暦）

陽暦（陽暦、西暦、太陽暦）←→陰暦

還暦（還暦、花甲、滿六十歲＝本卦帰り、本卦還り）

官暦（作官的經歷）

治暦、治暦（後冷泉，後三條兩天皇的年號）

暦事〔名、自サ〕歴事、事歴代的君王

暦日〔名〕年月、月日、日暦、暦書（＝暦）、（也寫作歴日）時日的經過。〔天〕暦日，民用日（暦法上規定的一日、自午前零時起算的一日、區別於天文日）

山中暦日無し（山中無暦日、山中無甲子－意謂隱居山中不需要計算時日）

暦象〔名〕暦象，推暦觀象、天象、天文，日月星辰的現象（＝天文）

暦数〔名〕暦法、命數，氣數，命運、年代，年數

暦数既に三百余年に及んだ（年數已達三百餘年）既に已に

暦数未だ二百年（年數未達兩百年）未だ未だ

此天の定むる暦数也（此乃天數也）

暦年〔名〕〔天〕暦年，暦法上規定的一年、年月，歲月

暦年齢〔名〕〔心〕時間年齡、按年月計算的年齡（＝生活年齡）←→精神年齡

暦表時〔名〕〔天〕暦書時

暦法〔名〕暦法

暦法の改正（暦法的改革）

新しい暦法を定める（制定新暦法）

暦本〔名〕暦書

暦〔名〕暦、日暦、月暦、暦書（＝カレンダー）

掛け暦（掛暦＝日捲）

捲り暦（〔一天撕一張的〕日暦＝剝暦）

剝ぎ取り暦、剝取暦（〔一天撕一張的〕日暦）

暦を繰る（翻日暦）繰る刳る来る来る

暦を捲る（翻日暦）

暦を一枚捲る（把日暦翻過一張）

隷（ㄌㄧˋ）

隷〔漢造〕從屬、奴隷、隷書

奴隷（奴隷）

篆隷（篆書和隷書）

隷下〔名〕屬下、部下、手下（＝配下、手下、麾下）

隷下の部隊（屬下的部隊）

隷下を従えて巡視する（帶屬下巡視）従える随える遵える

隷下の者を引き連れて行く（帶著屬下去）行く往く逝く行く往く逝く

隷字〔名〕隷書體的文字

隷従〔名、自サ〕隷屬，從屬、屬下，部下（＝僕、家来）

隷書〔名〕隷書（漢字字體之一）

隷書は篆書を簡略化した物である（隷書是把篆書簡略化的）

隷属〔名、自サ〕隷屬，附屬，從屬（＝隷従）、屬下，部下，僕從（＝配下、手下）

弱小民族が強国に隷属する時代は永久に過ぎ去った（弱小民族隷屬於強國的時代一去不復返了）

戦前此の地域はイギリスに隷属していた（戰前這個地域是屬於英國的）

隷属的地位（從屬地位）

隷属国（從屬國）

隷属関係（隷屬關係）

隷農〔名〕農奴（＝農奴）、（剝削制度下的）奴隷般的農民

瀝（ㄌㄧˋ）

瀝〔漢造〕瀝青，柏油（＝アスファルト）、披露

アスファルトを敷く（鋪柏油）

アスファルトを敷いた道（柏油路）

披瀝（披瀝、披露、表露、表白）

淅瀝（雨雪聲）

瀝青〔名〕〔礦〕瀝青（＝ピッチ、チャンビ）、地瀝青（＝チューメン）

瀝青ウラン鉱〔名〕〔礦〕瀝青鈾礦（＝ピッチブレンド）

瀝青岩〔名〕〔礦〕松脂岩

瀝青石〔名〕瀝青石
瀝青炭〔名〕〔礦〕煙煤（=黑炭、有煙炭）

笠（ㄌㄧˋ）

笠〔漢造〕斗笠
  蓑笠（蓑衣和斗笠、批簑戴笠）
笠〔名〕笠、草帽、傘狀物
  田植えの人達は皆笠を被っている（插秧的人們都戴著草帽）
  蓑と笠（蓑衣和斗笠）
  ランプの笠（燈罩）
  電燈の笠（燈罩）
  茸の笠（菌傘）
  松茸の笠（松蘑菇的菌傘）
  笠に着る（依仗…的勢力〔地位〕）
  親の威光を笠に着て威張る（依仗父親的勢力逞威風）
  職權を笠を着て不正を働く（利用職權做壞事）
  笠の台が飛ぶ（被斬首、被解雇）
傘〔名〕傘
  傘を差す（打傘．撐傘）
  傘を差して歩く（打著傘走）
  傘を差さずに行く（不打傘去）
  風で傘が御猪口に為る（風把傘吹翻過去）
  傘を広げる（撐開傘）
  傘を畳む（把傘折起）
  傘を窄める（把傘折起）
  傘の柄（傘柄、傘柄）
  傘一本（一把傘）
  傘の骨（傘骨）
  雨傘（雨傘）
  傘一張、傘一張（一把油紙傘）
  晴雨兼用の傘（晴雨傘）
  日傘（洋傘）
  蝙蝠傘（洋傘．旱傘）
  唐傘（油紙傘）
  折り畳傘（折疊傘）
傘〔名〕紙傘、雨傘
  傘を広げる（撐開傘）
  傘を窄める（折起傘）
  傘を差す（撐傘、打傘）
  傘番組（〔電視．廣播的〕預備節目）
暈〔名〕〔天〕（日月等的）暈、暈輪，風圈。模糊不清的光環
  日暈（日暈．日光環）
  月暈（月暈．月暈圈）
  月に暈が掛かっている（月亮有暈圈）
  月は暈を被り、明日の雨を知らせていた（月亮周圍出現風圈預兆第二天要下雨）
  じっと見詰めると、其の電灯の明るみは七色の暈に包まれている（目不轉睛地一看那電燈的亮光周圍包著七色的模糊光環）
嵩〔名〕體積．容積．數量。〔古〕威勢
  嵩（が）高い（體積大）
  嵩の大きい品（體積大的東西）
  車内に持ち込める荷物の嵩には制限が有る（能攜帶到車裡的行李體積是有限制的）
  川の水（の）嵩が増す（河水的水量增加）
  川の水（の）嵩が増える（河水的水量增加）
  嵩に掛かる（蠻橫、跋扈、威壓、盛氣凌人。乘優勢而壓倒對方）
  語気鋭く嵩に掛かった口調で言った（以語氣尖銳壓倒對方的口吻說）
瘡〔名〕瘡（=出来物）。〔俗〕梅毒、大瘡（=梅毒）
  瘡が出来る（生瘡）
  瘡を掻く（長瘡、患梅毒）
毬〔名〕（橡樹、松樹等的）果實殼

ㄌ

松毬（松果、松塔）毬傘笠嵩暈瘡

毬、鞠〔名〕（用橡膠、皮革、布等做的）球

毬投げを為る（投球、扔球）

毬を蹴る（踢球）

毬を突く（拍球）付く附く搗く撞く尽く点く憑く衝く就く突く着く吐く漬く

笠石〔名〕（牆等的）蓋石、牆帽

笠貝〔名〕〔動〕笠貝

笠金〔名〕〔電〕（電線桿頂上的）金屬罩

笠木〔名〕（欄杆、門、板牆等頂上的）横木、冠木

笠雲〔名〕山帽雲

笠子〔名〕〔動〕鮋、笠子魚

笠付け、笠付〔名〕冠句（〝雜俳〞的一種、在給予的最初的五字的題後、續七字五字的〝俳句〞＝冠付）

笠の台〔名〕（來自笠の載せる台之意）頭、腦袋

笠の台が飛ぶ（被斬首、被解雇）

笠松、傘松〔名〕傘狀的松樹

笠屋、傘屋〔名〕製造，銷售，修理傘或斗笠的人（或店鋪）

粒（ㄌㄧˋ）

粒〔接尾、漢造〕粒

丸薬三粒（九藥三粒）

顆粒（顆粒、砂眼結膜上的小粒、細胞或體液內微小粒子的總稱）

果粒（果粒）

微粒子（微粒子）

麦粒腫（〔醫〕麥粒腫、針眼＝物貰い）

粒子〔名〕粒子，顆粒，微粒，質點、晶粒、磨粒

粒子の細かいネガ（粒子小的底片）

粒子の細かい物質（粒子很小的物質）

粒子が粗い（粒子粗）粗い荒い洗い

粒子説（〔理〕粒子學說）

微粒子（微粒子）

素粒子（基本粒子）

粒質体〔名〕〔生〕粒線體

粒状〔名〕粒狀、粒形

蝶が粒状の卵を生む（蝴蝶產粒狀卵）生む産む膿む倦む熟む續む

粒状組織（粒狀組織）

粒状重合（〔化〕懸浮聚合）

粒状班〔名〕〔天〕（日面的）米粒組織

粒食〔名〕粒食（糧穀）←→粉食

粒度分析〔名〕〔理〕粒度分析

粒〔名〕（穀物的）粒，穀粒、顆粒、丸，珠、海螺（＝螺）

穀粒（穀粒、米粒）

米の粒（米粒）

胡麻粒（芝麻粒）

豆粒位の大きさ（豆粒那麼大）

一粒の麦（一粒小麥）

粒の大きい米（顆粒大的米）

粒の小さい砂（細粒沙子）

丸薬を一粒呑む（吃一粒丸藥）呑む飲む

落花生を一粒一粒数える（一粒一粒地數花生）一粒一粒

算盤の粒（算盤珠）算盤十露盤

涙が二粒頬を伝わった（臉上滴下兩滴淚珠）

粒が揃う（一個賽過一個、都是強中手）

粒を揃っている（顆粒一般大、大小一般齊、水平一般齊）

今年の米は粒を揃っている（今年的米顆粒整齊）今年今年

社員の粒が揃っている（社員每個人都是能幹的好手）

粒の揃った卵（大小一般齊的雞蛋）

今年の入学生は粒が揃っている（今年的新生水平齊）

粒を揃える（選拔水平一般齊的、篩選顆粒大小一般大的）

一つの飯粒も無駄に為ない（一粒飯也不浪費）

大粒の雨（大顆粒的雨、大點的雨）

大粒の雨が降って来た（下起大雨點了）降る振る

額に汗の粒が光っている（額上汗珠發亮）額 額 額糠

粒焼き（燒海螺）

螺〔名〕〔動〕螺（＝螺、貝）

螺漁船（捕螺船）

螺焼き（烤海螺）

粒餌〔名〕（家禽的）顆粒飼料

粒銀〔名〕（江戶幕府鑄造的）豆狀銀幣、銀豆（＝豆板銀）

粒揃い，粒揃〔名〕顆粒一般大、（人員的品質、能力等）一般齊，水平一般齊

粒揃いの大豆（顆粒整齊的大豆）

粒揃いの生徒達（水準一般齊的學生）

彼の大学は教授が粒揃いだ（那所大學的教授人才濟濟）

粒揃いの選手を派遣する（派遣精選的選手）

彼のチームの選手は粒揃いだ（那個隊的選手個個都是精英）

粒立つ〔自五〕（表面）呈粒狀、起泡沫

粒立つ迄良く掻き回す（好好攪拌直到起泡沫）

粒粒〔名〕很多粒狀物、疙疙瘩瘩。

〔副,自サ〕呈粒狀（＝ぷつぷつ）、（水或血）滴答（＝ぽたぽた）、（字寫得）一筆一畫，疙裡疙瘩（＝ぽつぽつ）

粒粒の有る練粉（疙疙瘩瘩的生麵糰）

糊の粒粒を無くす（把漿糊的疙疙瘩瘩弄碎）糊法則矩海苔

肌の粒粒を無くす（使皮膚上沒有疙瘩）肌膚

小麦粉の粒粒を無くす（把麵粉裡的顆粒弄碎）

粒粒した物（疙疙瘩瘩的東西）

粒粒に為る（呈粒狀）

表面を粒粒に為る（使表面呈粒狀）

粒粒と泡立つ（噗噗地起泡沫）泡沫粟粟

粒粒〔名〕粒粒

粒粒辛苦〔名,自サ〕粒粒皆辛苦。〔轉〕辛辛苦苦，不斷努力

粒粒辛苦する（粒粒皆辛苦、辛辛苦苦、千辛萬苦）

粒粒辛苦の貯金（辛辛苦苦儲存的錢）

粒粒辛苦の末遂にに完成した（經過千辛萬苦終於完成了）

粒粒辛苦の末やっと完成させた（費盡心血終於完成了）

粒粒辛苦の目的を為し遂げた（歷經了千辛萬苦達到了目的）

田に這い蹲って粒粒辛苦する農民の姿（俯伏在田裡辛勤工作的農民姿態）

粒選り，粒選、粒選り，粒選〔名,他サ〕精選，選拔、選拔出來的東西或人（＝選り抜き）←→寄せ集め

此の林檎は粒選りの上等品だ（這蘋果是精選出來的上等貨）

粒選りの野球選手（選拔出來的棒球選手）

粒選りの若手（挑選出來的年輕能幹的人）

良い種を粒選りする（選良種）良い好い善い良い好い善い種種種

列（ㄌㄧㄝˋ）

列〔名〕列，排，行、隊伍、行列。

〔漢造〕排，列，行、排列、並列、順序、參加

列を作る（排成一列、排隊）作る造る創る

列を成す（排成一列、排隊）

ㄌ

列を作って電車に乗る（排隊上電車）乗る 載る
長蛇の列を作る（排成一條長龍）
一列に並ぶ（排成一行）
二列に為って進む（成兩排前進）
三列に並んで下さい（請排成三列）
列を組んで進む（列隊前進）
列を整える（整隊、列隊）
列を乱すな（不要亂隊！）
列を乱して我先に駆け出した（把亂隊伍爭先恐後地跑起來了）
列を離れる（離開隊伍）れる 放れる
列を切る（穿過隊伍）切る 着る 斬る 伐る
列に割り込む（擠進隊伍裡）
列の後に付く（跟在隊伍後面）付く 着く 突く 就く 衝く 憑く 点く 尽く 搗く 吐く 附く 撞く 潰く
大臣の列に入る（進入部長行列、當上部長了）入る 入る
強国の列に入る（列入強國、成為強國之列）
正選手の列に入る（列為正式選手）
soccer 選手の列に入る（進入足球選手之列）
四列を作れ（〔口令〕成四列！）
後ろの列（後排）後 後後後
陳列（陳列）
羅列（羅列、堆砌）
配列、排列（排列）
隊列（行列、隊伍）
行列（行列、隊伍、〔數〕矩陣）
整列（整隊，排隊，排列、〔電〕校正，定位，定向）
前列（前列、前排）←→後列
後列（後排）

戦列（戰鬥的隊伍、戰鬥的行列）
同列（同排、同等地位、一起，偕同）
序列（根據官職年齡成績等排列的順序）
参列（參加，出席、列席，觀禮）
梯列（〔軍〕梯形、梯次配置）

列する〔自、他サ〕出席，列席，列入，並列於
式に列する（參加儀式）
会議に列する（列席會議）
祝宴の席に列する（出席祝賀的宴會）
五大強国に列する（列入五大強國、居於五大強國之列）
第一流に列する（列為第一流）
名に列する（列名、加個名、寫上名字）名 名
委員会に名を列する（加入委員會）
幕の内に列する（居於五大角力選手之列）
五大企業会社に列する（成為五大企業公司之一）
優秀選手に列する（列入優秀選手的行列）
オブザーバーと為て会議に列する（以觀察員身分列席會議）

列位〔名〕位列

列火〔名〕（漢字部首）四點火（如照、烈下面的〝灬〟）

列記〔名、他サ〕開列、列舉（=連記）
当選者の氏名を列記する（開列當選者姓名）
合格者の氏名を列記する（開列及格者姓名）
条件を沢山列記する（開列很多條件）
参考文献を列記する（開列參考文獻）

列挙〔名、他サ〕列舉、枚舉、──列出（=並べ上げる）
罪状を列挙する（列舉罪狀）
彼の功績は列挙に暇が無い（他的功勞不勝枚舉）暇 暇

列拱〔名〕〔建〕連拱、拱廊

列強〔名〕列強
列強に敵に回して戦う（以列強為敵進行戰鬥）
列強が欲しい儘に弱国を侵略する時代は永久に過ぎ去った（列強任意侵略弱國的時代一去不復返了）
列強が勝手に弱国を侵略する（列強任意侵略弱國）

列伍〔名〕〔舊〕排隊、隊伍
列伍に加わる（加入隊伍）
整然と為た列伍（整整齊齊的隊伍）整然井然

列侯〔名〕各諸侯（=諸侯、大名）
列侯が江戸に集まる（各諸侯集合在江戸）

列国〔名〕列國、各國（=諸国）
欧州列国（歐洲各國、歐洲國家）
列国の環視の中で（在世界各國注視之下）
列国会議を開く（召開國際會議）
列国の選手が一堂に会する（各國代表齊集一堂）
列国の選手が一堂に集まる（各國代表齊集一堂）
列国の選手が一堂に会して技を競う（各國選手會聚一堂比賽本領）

列座〔名〕在座、出席、列席、列於座次（=列席）
列座の人人（在座的人們、出席的人們）
列座の面面（在座的人們、出席的人們）
列座の代表達は皆手を挙げて賛成した（在座的代表們全部舉手贊成了）挙げる上げる揚げる
列座の中で恥を掻く（在大庭廣眾下丟醜）掻く書く描く斯く画く

列席〔名、自サ〕列席、出席、到場（=列座）
式に列席する（參加儀式）
結婚式に列席する（參加結婚典禮）
年次総会に列席する（列席一年一次的會員大會）
会議に列席する（列席會議）
重役会議に列席する（列席董監事聯席會議）
列席者（出席者、到會者）
列席者が多い（列席的人很多）覆い被い蔽い蓋い

列氏寒暖計〔名〕〔理〕列氏溫度計（法國 Reaumur 發明、冰點為零度、沸點為八十度、記號為 R）

列次〔名〕順序、先後秩序

列車〔名〕列車、火車
旅客列車（客車）旅客旅客
貨物列車（貨車）
始発列車（早班列車）
終列車（末班車）
臨時列車（臨時加班車）
上り列車（上行列車）上り登り昇り
下り列車（下行列車）下り降り
上りの特急と下りの貨物列車が擦る違う（上行特快車和下行貨車錯車）
急行列車（快車）
普通列車（慢車）
直通列車（直達列車）
列車に乗る（乘火車、坐火車、搭火車）乗る載る
列車を編成する（編組列車）
列車を運転する（開火車）
特別列車を仕立てる（組成專車）
列車がホームに入って来た（火車進站了）
十時発大阪行きの列車に乗る（搭乘十點開往大阪的列車）載る
午後二時五十分の列車で出発する（搭下午兩點五十分的火車動身）就く衝く突く付く着く

列車はぴったり時間通りに着いた（列車準時到達）潰く撞く附く吐く搗く尽く点く憑く衝く

列世〔名〕歴代、世世代代（＝列代）
列世の天子（歴代的皇帝）
唐以後の列世の文物を展出する（展出唐朝以後的歴代文物）

列代〔名〕代代、歴代（＝歴代）
列代の帝王（歴代帝王）
列代の王室（歴代的王室）
列代の祖宗（歴代的祖宗）

列聖〔名〕歴代的聖主、歴代的皇帝、〔宗〕（天主教）列為聖徒
列聖の治績を上げる（舉出列聖的政績）挙げる上げる揚げる

列柱〔名〕柱廊、成排的柱子

列伝〔名〕列傳
史記列伝（史記列傳）
列伝体（列傳體）←→編年体
列伝体の歴史（列傳體的歴史）

列島〔名〕〔地〕列島、群島
日本列島（日本列島）日本日本日本大和倭
琉球列島（琉球列島）

列拝〔名、自サ〕多人同時叩拝

列藩〔名〕諸藩、各藩屬
列藩の支持を得る（獲得各藩屬的支持）得る得る

列立〔名、自サ〕排隊站立、站成一排
列立の人人（排隊站著的人們）人人人人
警察が大門の外に列立している（警察排列站立在大門外）大門大門外外外外

列立拝謁（排隊謁見）

列、連〔名〕〔古〕夥伴，同夥（＝仲間）、行，列，排（＝列）

列なる、連なる〔自五〕成行，成排，成列、綿延、毗連、牽連，關聯、列席，参加

兵士が二列に列なる（士兵排成兩行）
学生が三列に列なる（學生排成三行）
雁が列なって飛ぶ（雁排列而飛）雁雁飛ぶ跳ぶ
山脈が南北に列なる（山脈綿亘南北）山脈山脈山脈山並
海と空とが列なる（海天一體、海天一色）
此の事は双方に列なっている（這件事關聯雙方）
国際問題に列なる事件（涉及國際問題的事件）
彼の結婚式に列なった（參加了他的婚禮）
委員の末席に列なる（列為委員之一、敬陪末座）末席末席
私も会員の一人に列なっている（我也被列為會員之一）一人一人一人
私も署名人の中に列なっている中中中中
彼の結婚式に列なった（參加了她的婚禮）

列ねる、連ねる〔他下一〕連成一排，排列成行、連接，連上、會同，伴同
屋台店が軒を列ねた街（攤販成排的街道）
有名な人が名を列ねている（著名人士名列一大串）
軒を列ねて立ち並ぶ（房屋櫛次鱗比）軒簷檐
軒を列ねていた店（整排的店舖）店見世
船を列ねる（把船連上）
自動車を列ねて通る（汽車結隊而過）
車を列ねてパレードする（汽車排成一列長龍遊行）
名を列ねる（聯名）
名前を列ねる（聯名）
袖を列ねる（並肩列坐）
袂を列ねて辞職する（連袂辭職）

百万言を列ねて弁解する（羅列千言萬語進行辯解）

百万言を列ねた論文（洋洋灑灑百萬言的論文）

書き列ねた文字（一連寫下的文字）文字 文字

袖を列ねて辞職する（連袂辭職）

友達を列ねて行く（帶朋友去）行く往く逝く行く往く逝く

此も出品物の中に列ねる（把這個也列在展覽品裡）

列ね，列，連ね，連，連事〔名〕（歌舞伎）演員自我介紹性的獨白

劣（ㄌㄧㄝˋ）

劣〔漢造〕低劣、惡劣、壞、不好←→優

　低劣（低劣、低級）

　優劣（優劣）

　優劣を争う（比賽優劣）

　下劣（卑鄙、下流）

　卑劣、鄙劣（卑劣、卑鄙、惡劣）

　拙劣（拙劣、笨拙）

　陋劣（卑劣、卑鄙）

　愚劣（愚蠢、愚笨、糊塗）

劣悪〔名、形動〕惡劣、低劣、粗劣←→優良

　劣悪の（な）品（粗劣的東西）

　劣悪な商品（劣質商品、品質低劣的商品）

　劣悪な自然条件（惡劣的自然條件）

　劣悪な環境（惡劣的環境）

　住宅事情は劣悪だ（住宅情況很惡劣）

劣位〔名〕低劣的地位、處於劣勢←→優位

　劣位に立つ（處於劣勢）立つ経つ建つ絶つ発つ断つ絶つ裁つ

劣化〔名、自サ〕〔化〕惡化、退化、變壞

劣角〔名〕〔數〕劣角←→優角

劣弧〔名〕〔數〕劣弧

劣者〔名〕劣者

劣弱〔名、形動〕低劣、低下、軟弱

　劣弱の（な）体格（軟弱的體格）

　劣弱な体力（軟弱的體力）

　劣弱な態度（軟弱的態度）

　国力が劣弱だ（國力軟弱）

　劣弱意識（自卑感＝劣等感）

劣情〔名〕卑劣的心情、邪惡的情慾，色情，獸慾（＝性欲）

　劣情を挑発する（挑撥色情）

　劣情を煽る（挑撥色情）

　劣情を刺激する（刺激情慾）

　劣情をそそる漫画（引起色慾的漫畫）

　劣情をそそる様な小説（挑動情慾的小說）

劣性〔名〕〔生〕劣性、潛性、（遺傳上的）隱性←→優性

　改められない劣性（無法改變的劣性）改める革める検める

　劣性形質（隱性性狀）

　劣性遺伝（隱性遺傳）

　劣性突然変異（隱性突變）

　劣性致死因子（隱性致死因子）

劣勢〔名、形動〕劣勢←→優勢

　質を以て量の劣勢を補う（以質來彌補量的劣勢）質（品質）質（抵押物）質（性質、體質）

　数に於ける劣勢を団結で補う（以團結的力量彌補數量上的劣勢）数数

　劣勢の（な）敵（處於劣勢的敵人）

　劣勢に立つ（處於劣勢）

　劣勢に立つ敵軍（處於劣勢敵軍）

　劣勢を取り戻す（挽回劣勢）

　空軍力に於ける劣勢を取り戻す（挽回空軍劣勢）海軍力於ける置ける措ける擱ける

劣

劣勢を挽回する（挽回劣勢）

前半戦の劣勢を一挙に盛り返した（一挙挽回了全半場的劣勢）

劣生学〔名〕〔生〕劣生學←→優生学

劣等〔名、形動〕劣等、下等、低劣、低級、低下←→優等

劣等の（な）品種（劣等品種）

品性劣等な人間（品質低劣的人）

此は品質が劣等だ（這貨品質低劣）此是之

彼の学校の成績は劣等だった（他的學校的成績是劣等的）

彼はクラスで成績が一番劣等だ（他在班上成績最壞）

劣等生（劣等生、成績不好的學生）

劣等品（劣等品、低級品）

劣等国（劣等國、落後國家）

劣等貨幣（含有賤金屬的假硬幣）

劣等感〔名〕自卑感、自卑情緒（＝インフェリオリティーコンプレックス）←→優越感

劣等感を抱く（懷有自卑感）抱く抱く

劣敗〔名〕（生存競争中的）劣敗←→優勝

優勝劣敗は世の常だ（優勝劣敗世之常情）

優勝劣敗は自然の理である（優勝劣敗世之常情）自然自然理 理 諺

劣る〔自五〕劣、次、亞、不如、不及、比不上←→勝る、優る

優るとも劣らぬ（有過之無不及）踊る躍る

少しも劣らぬ（毫無遜色）少し些し

能力が人に劣る（能力不如別人）

日本語が人に劣る（日語不如別人）

僕は学問に於ては彼に劣っている（我的學問不如他）

牛馬にも劣る生活（牛馬不如的生活）

此れは舶来品に比べて少しも劣らない（這比起進口貨毫無遜色）

此の方が其より劣っている（這個比不上那個）

此の御茶は彼より品が劣る（這種茶的品質不如那種）

此の御茶は彼より品質が劣る（這種茶的品質不如那種）

比べて見ると、私達の方が未だ未だ劣っている事が分かります（比一比就把我們的差距比出來了）

体力で誰にも劣らない（在體力上不亞於任何人）

品質では何の店の品にも劣らぬ積りです（品質不亞於任何一家）店見世積り心算

女性は知力の点でも胆力の点でも男性に劣らない（婦女的智力與膽略並不比男人差）

性能では此の受信機は彼に勝るとも劣らない（在性能方面這架接收機比那架有過之而無不及）

今日は昨日に劣らず寒い（今天的冷不亞於昨天）今日今日昨日昨日

我国の鉄道は何の国に比べても劣らない（我國的鐵路不亞於任何一國）比べる較べる

我国の軍隊は何の国の軍隊にも劣らぬ（我國的軍隊不亞於任何一國的軍隊）

資格は劣って居ない（資格不差）

事務局長の地位は幹事長に劣らない（總幹事的地位不亞於秘書長）

視力が劣って来た（視力比以前差了）

記憶力が劣って来た（記憶力比以前差了）

劣り〔名〕劣、次、不如、不及

決して劣りを取らない（決不落後於人）

劣りが為る（比不上別人）

劣り腹（庶出）

洌（ㄌㄧㄝˋ）

冽〔漢造〕凛冽、水清
　凛冽（凛冽）

冽冽〔形動タリ〕凛冽

烈（ㄌㄧㄝˋ）

烈〔漢造〕強烈、猛烈、壯烈、功業
　もうれつ 猛烈（猛烈、兇猛、激烈、強烈、熱烈）
　きょうれつ 強烈（強烈）
　こくれつ 酷烈（激烈、劇烈、強烈）
　ねつれつ 熱烈（熱烈、火熱、熱情）
　しれつ 熾烈（熾烈、激烈、熱烈）
　げきれつ 激烈（激烈、猛烈、尖銳）
　ちゅうれつ 忠烈（忠烈）
　ぎれつ 義烈（忠烈、義勇、俠義）
　そうれつ 壯烈（壯烈）

烈火〔名〕烈火
　れっか け と 烈火を消し止める（撲滅烈火）
　れっか ごと おこ 烈火の如く怒る（勃然大怒、暴跳如雷、大發雷霆）如く如く若く怒る怒る
　めった おこ かれ それ き とたんれっか 滅多に怒らぬ彼が、其を聞いた途端烈火 ごと いか だ の如く怒り出した（很少發火的他一聽到那個就勃然大怒起來）
　れっか なか や し 烈火の中で焼け死ぬ（在烈火中被活活燒死）
　かれ こころ れっか よう も 彼の心は烈火の様に燃えている（他的心像烈火似的在燃燒）燃える萌える

烈士〔名〕烈士、忠烈之士（日語的〝烈士〞主要指〝節義堅貞的勇士〞）（=烈夫）←→烈女
　れっし いぞく 烈士の遺族（烈士遺族）
　れっし いぞく いもん 烈士の遺族を慰問する（慰問烈士遺族）
　れっし せんけつ そこく むじょう こうえい もたら 烈士の鮮血は祖国に無上の光栄を齎した（烈士的鮮血給祖國帶來了無上的光榮）
　しがんぐんれっし めい えいえん ふきゅう 志願軍烈士の名は永遠に不朽である（志願軍烈士永垂不朽）
　れっし し いた 烈士の死を悼む（哀悼烈士之死）傷む痛む

烈夫〔名〕烈士（=烈士）

烈女〔名〕烈女（=烈婦）←→烈士
　かのじょ れつじょ てんけい 彼女は烈女の典型である（她是烈女的典範）

烈婦〔名〕烈婦、烈女（=烈女）
　かのじょ れっぷ てんけい 彼女は烈婦の典型である（她是烈婦的典範）

烈日〔名〕烈日
　れつじつ きはく 烈日の気迫（烈日般的氣概）
　れつじつ いき 烈日の意気（激昂的氣慨）
　れつじつ した はたら 烈日の下で働く（在烈日下工作）下下下下下下
　もとかけ
　れつじつ した はたら のうみんたち 烈日の下で働く農民達（在烈日下工作農民們）
　れつじつ した くさむしり す 烈日の下で草毟を為る（在烈日下拔草）
　あきしもれつじつ 秋霜烈日（秋霜烈日）
　あきしもれつじつ ごと 秋霜烈日の如し（刑罰嚴明）如し若し

烈震〔名〕烈震、六級地震
　よなか れっしん お 夜中に烈震が起こった（半夜發生了強烈 よなかよちゅうよじゅうおこ おこ おこ 的地震）夜中夜中夜中起る興る熾る怒る

烈風〔名〕暴風，狂風，〔氣〕烈風，六七級大風（秒速15-29米）
　れっぷう ふ すさ 烈風が吹き荒ぶ（狂風大作）
　れっぷう ふ 烈風が吹いている（刮著暴風）
　れっぷうこよう はら 烈風枯葉を掃う（烈風掃枯葉、秋風掃落 はら はら はら あきかぜしゅうふう 葉）枯葉枯葉掃う払う祓う秋風秋風

烈烈〔形動タルト〕激烈、猛烈、強烈、熱烈
　れつれつ いき 烈烈たる意気（意氣高昂）
　れつれつ あいこくしん 烈烈たる愛国心（熱烈的愛國心）
　れつれつ ちゅうじょう うった 烈烈と衷情を訴える（熱情地傾訴衷情）
　ふゆびれつれつ 冬日烈烈（嚴冬凜冽）
　かれ きはく れつれつ もの あ 彼の気迫は烈烈たる物が有る（他的氣魄 強烈不凡）有る在る或る

烈しい、激しい、劇しい〔形〕激烈的、強烈的、劇烈的、熱烈的
　ふうう はげ ふううあめかぜ 風雨が激しい（風雨強烈）風雨雨風

激しい 嵐 を突いて出掛けた（冒著狂風暴雨出去了）突く付く着く就く衝く憑く点く尽く

雨が益益激しく為って来る（雨愈下愈大）来る来る為る成る鳴る生る

激しく打つ（痛打、打得厲害）打つ討つ撃つ

激しく殴る（痛打、打得厲害）

激しい闘争（激烈的鬥爭）

激しい労働（劇烈的勞動）

激しい運動（劇烈的運動）

激しい感情を込めて言う（感情激動地說）

激しい口調（激烈的口吻）

彼は激しい口調で演説を為た（他用激烈的口吻進行了演講）

彼は激しい気性の持ち主だ（他是個容易激動的人）

激しい寒さ（嚴寒）

激しい暑さ（酷暑）

二人の間の競争は激しい（兩個人競爭得很厲害）

競争の激しい入学試験（競爭很厲害的入學考試）

心臓が激しく鼓動し出した（心臟激烈地跳動了起來）腎臟

激しい感情を込めて話を為る（充滿著激動的感情說話）込める混める篭める

此の道は車の行き来が激しい（這條路車輛往來頻繁）

出入りが激しい（出入頻繁）出入り出入り

議論が激しく為った（爭論激烈起來了）

激しい議論が夜を徹して行われた（徹夜進行了激烈的辯論）徹夜

彼女は実に気性が激しい（她的個性很剛烈）実に実に

捩（ㄌㄧㄝˋ）

捩〔漢造〕扭、擰、捻、扭轉

捩る〔他五〕扭轉、歪扭（身體）（＝捩る、捩る、捩る、捻りくねる）

体を捩って恥ずかしがる（羞得扭動身體）

捩り捩り〔副、自サ〕來回扭轉身體、搖搖晃晃、別別扭扭

身を捩り捩りに為る（來回扭轉身體）

身を捩り捩りに為て体操を為ている（來回扭轉身體做體操）

酒に酔って捩り捩りの千鳥足（喝醉了酒搖搖晃晃地蹣跚走路）

親に駄駄を捏ねる子供が捩り捩りして少しも言う事を聞かない（向父母撒嬌的孩子別別扭扭一點也不聽話）

捩る，捩じる、捻る，捻じる、拗る，拗じる〔他五〕

扭，擰，捻（＝捩る，拈る，撚る）、趁機責備

タオルを捻る（擰毛巾）

栓を捻って水を出す（擰開水龍頭放水）

水道の栓を捻って水を出す（擰開水龍頭放水）

体を捻る（扭身體）体 身体身体

体を捻って恥ずかしがる（扭轉身體害羞）

彼は私の手をぎゅっと捻った（她使勁地扭了我手一下）

そんな事は赤ん坊の手を捻る様な物だ（那真是易如反掌的事）

捩くる〔他五〕扭，擰，捻（＝捩る）

捩り、捩じり〔名〕擰、扭、扭轉、扭曲

一捩りで歯を抜き取る（一擰就把牙齒拔下來）

捩り角（〔理〕扭轉角）

捩り計（扭力計）

捩り試験（扭力試驗）

捩りモーメント（〔理〕扭距、轉距）

捩り飴、捩じり飴〔名〕麻花糖

捩り試験機、捩じり試験機〔名〕〔機〕扭力試驗機

捩り秤、捩じり秤〔名〕扭秤

捩り鉢巻、捩じり鉢巻き〔名、自サ〕把手巾捲起綁在頭上（表示拼命之意）（＝捩鉢巻、捩じ鉢巻き）

　捩り鉢巻で試験準備を為る（加油準備考試）

　捩り鉢巻の大工さん（把毛巾擰成長條繫在頭上的木匠師傅）

　捩り鉢巻で試験準備を遣っている（加油準備考試）

　捩り鉢巻で試験準備を為る（加油準備考試）

捩鉢巻、捩じ鉢巻き〔名、自サ〕把手巾擰成長條繩狀繫在頭上（顯示威風或拼命幹）

　捩鉢巻の大工さん（把擰著的手巾扎在頭上的木匠師傅）

　応援団が捩鉢巻で応援する（啦啦隊把手巾綁在頭上加油）

捩り髭、捩じり髭〔名〕向上捻得翹起的鬍鬚

捩子、捩子、捻子、螺子、螺旋、螺旋〔名〕（〔捻る〕名詞化）螺絲，螺釘、（水龍頭等）螺絲把柄

　捻子を回す（轉螺絲）

　捻子を締める（拴緊螺絲）

　捻子を緩める（鬆螺絲）

　捻子が緩む（螺絲鬆扣、精神鬆懈散漫）

　捻子を抜く（拔螺絲）

　捻子を巻く（上錶的發條、鼓勵，推動，督促）

　捻子釘、捩子釘（螺絲釘）

　捻子回し，捩子回し（螺絲刀、螺絲擰子）

　捩子山（螺紋槽）

捩菖蒲、蠡實〔名〕〔植〕蠡實

捩花〔名〕〔植〕綬草、盤龍參

捩合う、捩じ合う〔他五〕扭（擰）在一起、扭打在一起，格鬥（＝組み合う、組打する、格闘する）

　二人は捩じ合っている（兩個人正在格鬥）

　二人は土俵で捩じ合った（兩人在相撲場上扭打）

捩開ける、捩じ開ける〔他下一〕擰開、扭開（＝抉じ開ける）

　錠を捩じ開ける（把鎖撬開）

　蓋をやっと捩じ開けた（好不容易才把蓋子扭開了）

捩上げる、捩じ上げる〔他下一〕用力扭（擰）上去

　相手の腕をぐっと捩じ上げる（使勁把對方的胳膊反擰上去）

捩菖蒲〔名〕一種觀賞用菖蒲

捩切る、捩じ切る〔他五〕扭斷、擰斷

　枝を捩じ切る（把樹枝扭斷）枝枝

　針金を捩じ切る（扭斷鐵絲）

　泥棒は錠を捩じ切って入った（小偷扭斷了鎖進來了）

捩くれる、捩じくれる、拗くれる〔自下一〕彎彎曲曲（＝捻れる、捩れる）、性情乖僻（＝拗ける、捻れる）

　捩じくれた針金（彎曲的鐵絲）

　捩じくれた性質な男（性情乖僻的人）

　捩くれた性質の奴（性情乖僻的傢伙）

　此の子供は捩くれている（這孩子很乖僻）

捩込む、捩じ込む、捻じ込む〔他五〕擰進，扭進、塞進，責難，譴責，提出嚴重抗議

　キセル(khsier東)に紙縒りを捩じ込む（把紙捻擰進煙袋裡）

　雑誌をポケット(pocket)へ捩じ込む（把雜誌塞進口袋裡）

　ボルト(bolt)を枕木に捩じ込む（把螺栓擰進枕木裡）

　私が断っているのに御金をポケット(pocket)に捩じ込んだ（儘管我拒絕他還是把錢塞進我的口袋裡）

　昨日の発言に就いて友人から捩じ込まれた（對昨天的發言友人提出了責難）

　相手の遣り方に就いて捩じ込む（關於對手的做法提出嚴重的抗議）

市長の失言に対して市民が捩じ込んで来た（市民對市長的失言提出嚴重的抗議）

子供の喧嘩で親が先方に捩じ込んだ（孩子打架父母吵上門來了）

判定を不満と為て審判員に捩じ込む（對裁判裁定不滿提出嚴重的抗議）

捩込み、捩じ込み〔名〕扭進、撐入

捩じ込み口金（螺旋式燈泡上的燈頭）

捩じ込みプラグ（螺旋插頭）

捩じ込みソケット（螺旋式插座）

捩じ込める〔自下一〕能夠撐進去、能夠塞進去（＝捩じ込む事が出来る）

捩取る、捩じ取る〔他五〕擰掉、扭下

彼は其を私の手から捩じ取った（他從我手裡把它搶走了）

捩伏せる、捩じ伏せる〔他下一〕扭住胳膊按倒

取っ組み合って相手を捩じ伏せた（扭在一起後扭住對方的胳膊按倒在地）

捩曲げる、捩じ曲げる〔他下一〕扭彎、歪曲（＝歪め曲げる）

鉄の棒を捩じ曲げる（把鐵條扭彎）

釘をぐいと捩じ曲げる（使勁把鐵釘弄彎）

真意が捩じ曲げられた（真意被歪曲了）

真意が捩じ曲げて受け取られた（真意被歪曲了）

意識的に捩じ曲げる（故意歪曲）

事実を意識的に捩じ曲げる（故意歪曲事實）

捩向ける、捩じ向ける〔他下一〕扭向（某方向）

子供の顔を自分の方へ捩じ向ける（把孩子的臉扭向自己）

体を後ろへ捩じ向けて話す（扭轉身體說話）

捩向く、捩じ向く〔他下二〕把身體扭向（＝捩向ける、捩じ向ける）

捩戻す、捩じ戻す〔他五〕扭回來，擰回來、倒扭，倒擰

捩られた腕を捩じ戻す（把被扭的胳臂倒扭回來）

捩れる，捩じれる、捻れる，捻じれる〔自下一〕扭、彎曲、乖僻

襟が捻れている（領子扭歪了）

着物の襟が捻れている（衣服領子扭歪了）

ベットが捻れていますよ（床有點歪了）

戸が捻れて開けない（門扭歪了打不開）

心が捻れる（性格乖僻）

小さい子供を余り叱ると性質が捻れる（對小孩子過分苛責性情就會變得乖僻）

捩れ，捩じれ、捻れ，捻じれ〔名〕用力扭，扭彎曲、用力扭的形狀、扭曲，扭轉（＝トーション）

ネクタイの捻れを直す（整理領帶的扭勁處）

捻れ係数（扭轉係數）

捩る〔他五〕〔古〕扭，擰，捻（＝捩る、捻る、拗る）、（滑稽地或歪曲地）模仿（別人的語調或作品）

古歌を捩って一句作る（模仿舊詩做一首）

狂歌には古歌を捩った物が少なくない（有許多滑稽詩都是模仿古詩寫成的）

捩り、捩〔名〕（模仿他人的詩文而改作的）諧謔詩文，滑稽作品、一種日本式袖口的大衣

捩摺〔名〕〔植〕綬草

捩る〔他五〕扭，擰，捻（＝捩る，捩じる、捻る，捻じる、拗る，拗じる、捻る，拈る、撚る）

体を捩って笑う（前仰後合地笑）

紐を捩る（擰繩子）

捩れる〔自下一〕扭著、扭歪、扭勁（＝捩れる，捩じれる、捻れる，捻じれる）

ネクタイが捩れた（領帶歪扭了）

腹の皮が捩れる（笑破肚皮、捧腹大笑、笑得肚皮都要抽筋了）

獵（獵）（ㄌㄧㄝˋ）

獵〔名〕狩獵（＝猟，猟り、狩，狩り）、獵獲物

〔漢造〕打獵、尋求

山で猟を為る（在山上打獵）
山野で猟を為る（在山野打獵）
猟に出掛ける（出去打獵）
彼は猟が迚も旨い（他非常會打獵）
四月から十月迄は猟は禁じられている（從四月到十月禁止打獵）
今日は沢山猟が有った（今天獵獲物很多）
今日 今日 有る 在る 或る
銃猟（用槍打獵）
鴨猟（獵鴨－每年十月初中旬到隔年四月初中旬舉行）
禁猟（禁止狩獵）
渉猟（涉獵、到處尋找）

猟域〔名〕獵域

猟官〔名〕獵取官職、爭奪官職
猟官運動（活動爭取官職）
猟官運動を為る（活動爭取官職）
猟官運動を為る人（活動當官的人）
猟官運動を為て重要なポストを手に為た（運動當官弄到了個重要職位）

猟奇〔名〕獵奇、好奇
猟奇趣味（獵奇興趣）
猟奇小説（獵奇小説）
猟奇小説を読む（讀獵奇小説）読む 詠む
猟奇的（獵奇的、獵奇性的）
猟奇的な生活（獵奇性的生活）
猟奇的殺人事件（奇異的殺人案）

猟期〔名〕打獵季節（一般為十月十五日至隔年四月十五日）
猟期に入る（進入打獵季節）
鹿の猟期が終った（獵鹿的季節過去了）

猟禽〔名〕獵捕的鳥

猟狗〔名〕獵狗（＝猟犬）

猟犬〔名〕獵犬、獵狗
一群の猟犬（一群獵犬）一群 一群 一群

猟犬を放つ（放出獵犬）
猟犬を連れて猟に行く（帶獵狗去打獵）
行く 往く 逝く 行く 往く 逝く
猟犬を連れて猟に行く（帶獵狗去打獵）
連れる 釣れる 吊れる 攣れる

猟犬座〔名〕〔天〕獵犬（星）座

猟具〔名〕打獵用具
猟具を手入れする（整理獵具）
猟具の手入れを為る（整理獵具）

猟戸〔名〕獵戸

猟師〔名〕獵人（＝猟人、狩人、狩人）
山野を駆け回る猟師（穿越山野的獵人）
猟師 漁師
猟師は山を見ず（逐鹿者不見山、利慾薰心、不顧一切）
猟師が熊を生け捕りに為た（獵人活捉了熊）
地元の猟師の案内で熊狩りに出掛ける（在當地獵人嚮導之下出去獵熊）

猟人、猟人〔名〕獵人（＝猟人、狩人、猟師）
山野を駆け回る勇ましい猟人（穿越山野的勇敢的獵人）

猟夫〔名〕獵人（＝猟人、猟人、狩人）

猟銃〔名〕獵槍
速射猟銃（速射獵槍）
猟銃を手入れする（修整保養獵槍）
猟銃を肩に為て出掛ける（扛著獵槍出門）

猟獣〔名〕獵獲的野獸

猟色〔名〕漁色（＝漁色）

猟船〔名〕漁船（＝漁船）

猟鳥〔名〕可以獵獲的鳥、獵物，野味

猟刀〔名〕獵刀

猟場、猟場〔名〕獵場（＝狩場）
猟場を開く（開放獵場）開く 開く
猟場を開放する（開放獵場）猟場 漁場

猟友〔名〕打獵的夥伴

ㄌ

猟虎、ラッコ〔名〕（愛努語 rakko）〔動〕海獺
　猟虎毛皮（海獺毛皮）毛皮毛皮

猟る、狩る〔他五〕狩獵，打獵、捕魚。〔舊〕搜尋，尋找
　兎を猟る（獵捕兔子）
　猛獣を猟る（獵捕猛獸）
　桜を猟る（尋訪櫻花）
　茸を猟る（採蘑菇）
　嵐山へ紅葉を猟りに行く（到嵐山去賞紅葉）紅葉紅葉
　与太者を猟る（緝捕流氓）山賊強盜匪賊泥棒掏摸犯人

駆る、駈る〔他五〕驅趕，追趕、使快跑，驅使，迫使、（用被動式駆られる、駈られる）受…驅使、受…支配
　牛を駆る（趕牛）
　自動車を駆って急行する（坐汽車飛奔前往）
　馬を駆って行く（策馬而去）
　国民を駆って戦争に赴かせる（驅使國民參加戰爭）
　欲に駆られる（利慾薰心）
　一時の衝動に駆られて自殺する（由於一時衝動而自殺）
　感情に駆られる（受感情的支配）
　好奇心に駆られる（為好奇心所驅使）

刈る〔他五〕割、剪
　草を刈る（割草）刈る駆る狩る駈る借る
　頭を刈る（剪髮）
　此丈の草は一日では刈り切れない（這麼多的草一天割不完）
　もう一寸短く刈って下さい（請再剪短一點）
　羊毛を刈る（剪羊毛）
　木の枝を刈る（剪樹枝）木樹枝枝
　芝生を刈る（剪草坪）

借る〔他五〕（西日本方言）借、租、借助（=借りる）

枯る〔自下二〕〔古〕（枯れる的文語形式）枯
　一将功成り万骨枯る（一將功成萬骨枯）

猟，猟り，狩，狩り〔名〕打獵，捕魚，打鳥、（接尾詞用法）採集，觀賞，遊看。〔轉〕搜查，捕捉，拘捕
　兎狩（獵兔）
　狩を為る（打獵）
　狩に行く（打獵去）
　山に狩に行く（上山打獵去）行く行く
　山に狩に出掛けた（上山打獵了）
　狩の獲物（獵獲的東西）
　紅葉狩（觀賞紅葉）
　香山へ紅葉狩に行く（到香山看紅葉去）
　松茸狩に出掛ける（採松茸去）
　茸狩（採蘑菇）
　鵜狩（用鸕鷀捕魚）
　潮干狩（退潮時捕魚）
　暴力団狩（搜捕黑社會人物）
　山狩で犯人を捕える（搜山抓犯人）捕える捉える

裂（ㄌㄧㄝˋ）

裂〔漢造〕破開、裂開、裂口
　決裂（決裂、破裂）
　破裂（破裂）
　分裂（分裂、裂開）
　支離滅裂（支離破碎，雜亂無章，不合邏輯，前後矛盾）
　四分五裂（四分五裂）
　亀裂（龜裂、裂縫）

裂罅〔名〕裂罅、裂縫（=裂目、割目）
　裂罅泉（從岩石裂縫湧出的泉水）泉

裂罅線（裂縫）

裂開〔名、自サ〕裂開、開裂

　切れ切れに裂開する（裂開成碎片）

　裂開果（〔植〕開裂性果實）

裂口〔名〕〔解〕裂口、裂縫

裂肛〔名〕〔醫〕裂肛

裂溝〔名〕〔解〕裂紋

裂傷〔名〕裂傷

　顔に裂傷を負う（臉上被劃破）負う追う

裂創〔名〕（皮膚或黏膜等）裂傷（＝裂傷）

裂断機〔名〕〔機〕（破布或造紙原料等的）切碎機

裂頭条虫〔名〕〔動〕裂頭條蟲

裂肉歯〔名〕〔動〕裂肉齒、撕肉齒（食肉動物上顎最後的前臼齒和下顎的第一後臼齒）

裂帛〔名〕裂帛、裂帛似的尖銳聲、杜鵑的啼聲

　裂帛の気合（尖銳的吶喊聲）

　裂帛の悲鳴が聞こえた（聽見了尖銳的驚叫聲）

　裂帛の声を聞こえる（傳來女人尖叫的聲音）

　裂帛の呼ぶ（裂帛似的叫聲）呼ぶ叫ぶ

　其の声は裂帛の様に激しい（聲如裂帛）激しい烈しい劇しい

裂帛、裂布〔名〕裁剩的布帛、剪開的布（＝布切）

裂、布、切れ，切〔名〕衣料、布頭，碎布

　木綿の切（棉布）

　木綿の切で袋を作る（用棉布做袋子）

　ワンピースの切を買う（買做連衣裙的布料）

　此の切で着物を作る（用這塊布料做衣服）

裂地、布地、切地，切れ地〔名〕布匹，織物，紡織品、一塊布，一塊衣料

　切地を買って服を作る（買布做衣服）

　切地で継ぎを当てる（用一塊布補補丁）

　切地を計る（量布料）計る測る量る図る謀る諮る

　幅三フィートの切地（寬三英尺的布料）

裂れ痔，裂痔、切れ痔、切痔、裂け痔〔名〕〔醫〕裂痔、肛裂

裂く、割く〔他五〕撕開、切開，劈開、（常寫作割く）分出，勻出，騰出

　紙をずたずたに裂く（把紙撕得粉碎）咲く

　手紙をずたずたに裂く（把信撕得粉碎）

　ハンカチを裂いて、怪我の手当てを為る（撕開手帕包紮傷口）

　彼女は驚いて、絹を裂く様な声を張り上げた（她嚇得發出了尖銳的喊叫聲）

　魚を二つに裂く（把魚切成兩半）

　二人の間を裂く（硬把兩個人的關係給拆散）

　兄弟の仲を裂く（離間兄弟的骨肉關係）兄弟兄弟

　胸を裂かれる思いを為る（心如刀割）思い想い重い

　生木を裂く（棒打鴛鴦、強使情侶分開）

　時間を割く（抽空、勻出時間）

　領土を割く（割地）

　忙しい中から貴重な時間を割いて出席して呉れた（他在百忙之中騰出寶貴時間前來出席）

　人に金を割いて与える（分給別人錢）

　人に食物を割いて与える（分給別人食物）

咲く〔自五〕（與裂く同源）（花）開

　桃の花が咲いた（桃花開了）咲く裂く割く

　薔薇が見事に咲いている（玫瑰開得很美麗）

　此の花は大輪の花が咲く（這種花開大朵的花）

　話に花が咲く（話講得熱鬧起來）

裂ける、割ける〔自下一〕裂開、破裂

　二つに裂ける（裂成兩半）裂ける割ける咲ける避ける避ける除ける除ける

　シャツが裂けた（襯衫破了）

ㄌ

胸が裂ける程泣く（哭得心碎、痛哭欲絶）
泣く鳴く啼く無く

喉が裂ける程大きな声を出す（喊破嗓子似地大聲喊）

避ける〔他下一〕避，避開，躲避，回避，逃避（＝避ける）、避免

雨を避ける（避雨）避ける裂ける咲ける割ける

危険を避ける（避開危險）

道を避ける（讓路）

人目を避ける（躲避旁人眼目）

危うく自動車を避けた（好容易躲開了汽車、險些沒躲開汽車）

此の頃彼は私を避けている（近來他躲避著我）

其れは避ける事が出来ない責務である（那是責無旁貸的）

其の問題に就いては、語るのを避けた方が良い（關於那問題還是避開不談為好）

人の嫌がる事を言うのは避けよう（避開說別人討厭的話吧！）

重大な問題は避けて通る訳には行かない（重大問題不能避而不談）

ブルジョアジーの没落とプロレタリアートの勝利とは、共に避けられない（資産階級的滅亡和無產階級的勝利是同樣不可避免的）

打っ裂く、ぶっ裂く〔他五〕（用力）撕開、扯破、撕裂（＝裂く）

裂け目、裂目〔名〕裂口、裂縫、缺口（＝割目、切目）

氷河の裂け目（冰河的裂縫）

ズボンの裂け目を繕う（修補褲子的裂口）

地震の為地面に裂け目が生じた（因為地震地面上產生了裂縫）

鬣（ㄌㄧㄝˋ）

鬣〔漢造〕獸頸上的毛

鬣〔名〕鬃、鬃毛

鬣の有る獣（有鬃毛的野獸）有る在る或る

馬の鬣（馬的鬃毛）

馬が鬣を振って走る（馬甩動著鬃毛跑）

馬は驚いて鬣を上下に振る（馬驚了上下甩動鬃毛）上下上下上下上下上下振る降る

鬣犬〔名〕〔動〕鬣狗（＝ハイエナ hyena）

鬣狼〔名〕〔動〕鬣狼

鬣羊〔名〕〔動〕鬣羊

僚（ㄌㄧㄠˊ）

僚〔漢造〕伙伴、官吏

同僚（同僚、同事）

官僚（官僚、官吏）

吏僚（官僚、官吏）

幕僚（幕僚－包括參謀、副官、智囊團、顧問團等）

属僚（僚屬，下屬、部下、下級官員）

下僚（下級、屬下、部下）

僚巻〔名〕（分藏成卷的書時）彼此連續著的卷

僚艦〔名〕友艦、兄弟軍艦

僚機〔名〕友機、友軍飛機

僚機と五機編隊で三十分間飛行した（和友機五架編隊飛行了三十分鐘）

僚船〔名〕同伙的船

遭難船の乗組員が僚船に救助された（遇難船的機組人員被兄弟船搭救上來了）

僚船と共に出港する（和同夥的船同時出港）出港 出航 共供伴

僚属〔名〕下屬、部下

僚艇〔名〕兄弟艦艇、友艇

僚艇に水と油と糧食を補給する（把水和油和糧食補給友艇）油脂膏

僚輩〔名〕同事（＝僚友）

僚友〔名〕同事（=僚伴）
　僚友に誘われて釣に行く（被同事邀去釣魚）
　僚友を誘って映画を見る（邀同事去看電影）
　僚友を誘って映画を見に行く（邀同事去看電影）行く往く逝く行く往く逝く

寥（ㄌㄧㄠˊ）

寥〔漢造〕寂寥、冷清
　寂寥（寂寥、冷清）
　寂寥たる場面（寂寥的場面）
　寂寥を感じる（感到寂寥）
寥落〔名〕寂寥、冷落
　寥落と為て山里には人影も見えない（冷清的山村不見人影）人影人影
寥寥〔形動タルト〕寥寥、寂寥
　寥寥と為て暁の星の如し（寥若晨星）
　然う言う人は実に寥寥たる物だ（那種人真少有）実に実に
　寥寥たる荒野（寂寥的荒野）荒野荒野荒野
　聴衆は寥寥たる物だ（聽眾寥寥無幾）観衆
　賛成者は寥寥たる物だった（贊成的人寥寥無幾）
　参加者は寥寥たる物だった（參加的人寥寥無幾）

寮（ㄌㄧㄠˊ）

寮〔名〕宿舍、茶室（=茶寮）、別墅（=別莊）
〔漢造〕〔史〕平安時代屬於省以下的官署、宿舍
　会社の寮に入る（搬進公司宿舍）入る入る
　学校の寮に入る（搬進學校宿舍）
　社員寮（公司職員宿舍）
　海浜寮（海濱別墅）
　大学寮（〔史〕培養貴族子弟成為官吏的學院或掌管此事的機關）
　図書寮、図書寮（律令制的官廳-保管官有書籍或佛具-圖書書寫和製本、製造紙筆墨、國史修撰）
　陰陽寮（主管陰陽學的官廳）
　内匠寮（内匠寮-宮廷中司營造，裝飾等事務的機構）
　独身寮（單身宿舍）
　婦人寮（婦女宿舍）
　母子寮（母子宿舍、婦嬰宿舍）母子母子
　引揚寮（因戰爭等歸國者宿舍）
　茶寮（茶室）
寮歌〔名〕（大學等的）宿舍之歌
　学生が高らかに寮歌を歌う（學生高唱寮歌）歌う謳う詠う謡う唄う
寮舎〔名〕宿舍、宿舍建築物、和尚的宿舍（齋舍）
　寮舎生活を送る（過寄宿生活）送る贈る
　熱帯地向きの寮舎の建て方（適合熱帶地方宿舍用房屋的建築方法）
寮生〔名〕寄宿生、住宿生
　思い出深い寮生生活（回味無窮的寄宿生生活）
寮長〔名〕宿舍負責人、舍監
寮費〔名〕宿舍費、寄宿費
　寮費を納める（繳宿舍費）納める収める治める修める
寮母〔名〕女舍監、照管宿舍的婦女
寮務〔名〕宿舍的事務、宿舍的工作
　煩わしい寮務を処理する（處理繁雜的宿舍工作）
寮門〔名〕宿舍的大門

撩（ㄌㄧㄠˊ）

撩〔漢造〕挑戰、撩亂
撩乱、繚乱〔形動タルト〕繚亂、凌亂
　百花繚乱（百花繚亂）

百花繚乱と為て春は正に酣だ（百花繚亂春意正濃）正に当に将に雅に 酣たけなわ 蘭

潦（ㄌㄧㄠˊ）

潦〔漢造〕大雨、道路的流水（＝潦、行潦、庭水）、潦草

潦倒（潦倒）

潦、行潦、庭水〔名〕行潦（雨後地上積存的雨水）（古代詩文中）〝ながるる〟〝行方知らぬ〟〝済まぬ〟的枕詞

燎（ㄌㄧㄠˊ）

燎〔漢造〕延燒、燎原（火勢很盛難以撲滅）

燎火〔名〕篝火（＝篝火、庭火）
　キャンプサイトに燎火を燃やす（營地染燃起篝火）

燎原〔名〕燎原
　燎原の火の如く広がる（勢如燎原之火蔓延起來）如く若く日本日本日本大和倭
　日本の工業は燎原の火の如く迅速に発展している（日本工業如燎原之火迅速發展）

遼（ㄌㄧㄠˊ）

遼〔漢造〕遼遠、遙遠、（中國的）遼河、遼國

遼遠〔名、形動〕遼遠、遙遠
　前途遼遠（前途遠大）
　前途遼遠な話（前途遠大的事）
　其は前途遼遠な話（那是前途遙遠的事）
　哲学の将来は尚遼遠である（哲學的前途仍很遙遠）
　遼遠の境に赴く（赴遙遠的地方）

遼東の豕〔名、連語〕遼東豕、少見多怪、自以為是、自我陶醉（的人）（＝独り善がり）

療（ㄌㄧㄠˊ）

療〔漢造〕治療
　医療（醫療、治療）癒す医す
　治療（治療、醫療、醫治）
　施療（施療）

療治〔名、他サ〕〔舊〕治療，醫治、採取措施
　温泉で神経痛を療治する（洗溫泉治療神經痛）
　電気療治（電療）
　素人療治（外行治療）
　入院して療治を受ける（住院接受治療）受ける請ける享ける浮ける
　虫歯の療治に通う（經常去治療蛀牙）

療術〔名〕醫療術、醫療方法

療病〔名〕〔醫〕治病、醫病
　療病生活（療養生活）
　療病に二か月を要する（治病需要兩個月）二か月二ケ月二箇月二個月要する擁する

療法〔名〕療法、治法（＝治療法）
　睡眠療法（睡眠療法）
　食餌療法（食物療法）
　電気療法（電療）
　物理療法（理療、物理治療）
　対症療法（對症療法）
　いんちき療法（騙人療法）欺騙
　ワクチン療法を受ける（接受疫苗療法）
　素人療法は危険だ（外行療法危險）玄人
　針灸は中国独特の療法である（針灸是中國獨特的療法）

療友〔名〕病友
　療友の快復を祈る（祈禱一起療養的病友早日康復）回復恢復

療養〔名、自他サ〕療養、養病
　病後の療養（病後的療養）
　田舎へ療養に行く（到農村去療養）

空気の良い所へ行って療養する（到空氣好的地方去療養）

空気の良い所へ転地して療養する（到空氣新鮮的地方去進行轉地療養）

温泉に行って神経痛の療養を為る（到溫泉去療養神經痛）

転地療養（遷地療養）

熱海へ転地療養に行く（為遷地療養到熱海去）行く往く逝く行く往く逝く

転地療養を為る（搬到別的地方去養病）刷る摺る擦る掏る磨る播る摩る

療養給付（療養津貼）

結核療養所（結核病療養院）

療養補償（療養補償）

繚（ㄌㄧㄠˊ）

繚〔漢造〕繚亂、纏繞

繚乱、撩乱〔形動タルト〕繚亂、凌亂

百花繚乱（百花繚亂）

百花繚乱と為て春は正に酣だ（百花繚亂春意正濃）正に当に将に雅に酣蘭

百花繚乱と為て春は正に蘭である（百花繚亂春意正濃）

聊（ㄌㄧㄠˊ）

聊〔漢造〕慰藉、依靠

無聊、無聊（無聊、鬱悶）

無聊に苦しむ（苦於無聊）

読書で無聊を慰める（看書解悶）

毎日無聊を囲っている（每天牢騷無聊）

無聊な一日（無聊的一天）一日一日一日一日

無聊な毎日を送る（每天過著無聊的生活）送る贈る

聊爾〔名、形動〕輕率、冒失、魯莽、不禮貌（=不躾、粗忽、軽率）

聊爾を申した（說了冒失話）

聊爾な振舞が有っては為らない（不要有輕率的舉止）

聊爾ながら御尋ね致します（非常失禮請問一下）尋ねる訪ねる訊ねる訪れる

聊か、些か〔副〕稍微、一點（=些し，少し，僅か，纔か、ちょっとばか、一寸許り）

些か驚いた（稍微吃了一驚）

些か疲れた（有點累了）

所見の些かを述べる（稍微談一點我的意見）

些か感謝の意を表わす（聊表謝意）表す現す著す顕す

些か祝意を表す（略表賀意）

些か賀意を表す（略表賀意）表す評す

些かの疑いも無い（毫無疑問）

些か寒さを覚える（稍覺寒冷）

些か例外も無い（毫無例外）

些か困った（有點為難）

其れが些かなりと御国に為に為れば結構です（只要對國家有一點貢獻我就心滿意足）

彼の人はフランス語も些か出来る（他還會點法語）

些かの事が原因で喧嘩に為った（為一點小事吵了起來）

些か彼に劣る（稍不如他）

些かも引けを取らない（毫無遜色）

了（ㄌㄧㄠˇ）

了〔名、漢造〕明白，領悟、明確、終了，結束

了と為る（明白了）

此れで了と為る（就此結束）

明瞭（明瞭、明確）

完了（完了、完成、完畢、完結）

終了（終了，完了、作完、屆滿）

ㄌ

修了（學習完一定課程）

読了（讀完）

校了（〔印〕校正完畢、校完未校）

未了（未了、未完）

魅了（奪人魂魄、使…入迷）

了する〔自、他サ〕終了，結束（=終る、終える）、了解，明白，領悟（=悟る、会得する）

会議は此れを以て了する（會議就此結束）

了する 諒する 領する

交歓会は此を以て了する（聯歡會到此結束）

手続を了する（辦完手續）

入学の手続きを了する（辦完入學手續）

事情を了する（了解情況）

了解、領解、領会、諒解〔名、他サ〕了解、理解、領會、明白、諒解、體諒

真意を了解する（理解真意）

此の問題は私には了解出来ない（這個問題我不明白）

其は私には了解出来ない（那是我不能理解的）

手紙の内容を了解する事が出来ない（不能理解信的內容）

其の事は互いに了解済みだ（那事雙方已經同意了）

両者の間には暗黙の了解が有った（兩者間有默契）間 間間間

相手の了解を取り付けてから事を進める可きだ（事情應該得到對方同意後進行）

〔直ちに現場に急行せよ〕〔了解〕（〔立刻到現場去〕〔知道了〕）現場 現場

我我の了解する所では（據我們所了解）

君の言う事は了解に苦しむ（我不懂你說的意思）

諒解を求める（求得諒解）

諒解が付く（達成諒解）付く 着く 突く 就く 衝く 憑く 点く 尽く

諒解事項（彼此諒解的事情）

了見、了簡、料簡〔名、自サ〕想法，意圖，主意,（不好的）念頭，動機、器量，心胸，作主，斟酌處理。〔舊〕原諒，饒恕（=勘弁）

彼奴は如何言う了見だ（那傢伙打的什麼主意？）

悪い了見を起こす（起壞念頭）

一体如何言う了見だ（你究竟打什麼主意？）

然う言う了見は更更有りません（我一點也沒有那種想法）

此処が了見の為所だ（這裡才是要好生打主意的地方）

了見を定める（下定決心、打好主意）

其が嫌なら此方にも了見が有る（你若是不願意我也有我的主意）此方此方此方 此方

然う言う了見は行けないのだ（那種想法要不得）

其の了見が行けない（你這種想法要不得）

了見が良くない（存心不良）

了見が穢い（存心不良）穢い 汚い

了見の狭い人（心胸狹窄的人）

そんな狭い了見で如何するか（心胸那麼狹窄怎麼行呢？）

狭い了見では駄目だ（心胸狹窄是不成的）

人の了見に任せる（任憑別人作主）

私一人の了見では決し兼ねる（我一個人不能作主）

自分一人の了見で行動する（憑自己的想法來行動）

職業の選択は息子の了見に任せる（讓兒子自己作主選擇職業）

了見して呉れ（請原諒）

今度丈は何とか了見して下さい（只這一次不管怎樣請饒恕我吧！）

了見違い、料簡違い、了簡違い〔名、形動〕錯誤想法、輕率（=不心得）

君は了見違いを為ている（你想得不對頭）
自殺等とそんな了見違いな事を為ては行けない（自殺等那種錯誤想法要不得）
彼の年で親の世話に為る何てとんでもない了見違いだ（那麼大歲數還要依靠父母簡直豈有此理）
一時の了見違い（一時的輕率）

了見深い、料簡深い、了簡深い〔形〕深思遠慮的（＝考え深い）
了見深い人（深思遠慮的人）

了悟〔名〕領悟真理（＝了覚）

了察、諒察〔名、他サ〕原諒、體諒
斯様な事情ですから御了察下さい（因為情況如此請原諒）
何卒御了察を乞う（敬希見諒是幸）乞う請う斯う
何卒御了察を下さい（敬希見諒是幸、敬請諒解）
相手の苦境を了察する（體諒對方處境困難）
彼の苦しみを了察する（體諒他的痛苦）

了承、諒承、領承、領掌〔名、他サ〕知道，曉得（＝承知）、諒解，諒察
了承を得る（得到諒解）得る得る
委細了承しました（備悉一切）
了承を求める（求得諒解）
御話の件は了承しました（您說的那件事我曉得了）
御了承を請う（請諒解）
御集まりの皆様に御了承を請う（請到會各位原諒）乞う請う斯う
悪しからず御了承下さい（請予原諒）
予算の関係で此の事に関しては了承出来ません（因為預算關係有關這點不能答應）
管理者のを得て使用する（經管理員的同意使用）得る得る
家族の了承を得て犬を飼う（得到家人的同意而養狗）飼う買う

了然〔形動タリ〕了然、瞭然（＝判然）

了達、瞭達〔名〕了達（心中清楚領悟）

了知〔名、他サ〕知道、了解
相手の申し入れを了知した（了解了對方的提議）
相手国の申し入れを了知した（了解了對方國家的提議）
一切了知した（一切都了解了）

了得〔名〕領會、體會（＝会得）

了了〔形動タリ〕明瞭、理解

瞭（ㄌㄧㄠˇ）

瞭〔漢造〕明瞭
明瞭（明瞭、明確）

瞭然〔形動タルト〕瞭然
一目瞭然（一目瞭然）一目一目
結果が如何為るかは一目瞭然だ（結果如何是一目了然的）
写真を見ると一目瞭然だ（一看相片就一目了然了）
顕微鏡で見ると一目瞭然だ（用顯微鏡一看就一目瞭然了）
肉眼では見えないが顕微鏡で見ると一目瞭然だ（肉眼看不見用顯微鏡一看就一目瞭然了）

瞭度〔名〕（透鏡的）亮度

料（ㄌㄧㄠˋ）

料〔名、接尾、漢造〕費用，代價、料想、材料
研究の料に為る（做為研究的材料）
授業料を納める納める収める治める修める
観覧料（觀覽費）計る測る量る図る謀る諮る
郵送料（郵費）

ㄌ

ㄌ

調味料（調味料）
食料（食物，食品、飯費）
飲料（飲料）
原料（原料）
材料（材料，原料、素材，題材、〔商〕〔證券行情漲落的〕因素，成分）
飼料（飼料）
史料（史料，歷史材料、資料）
資料（資料）
試料（試料、樣品）
思料、思量（思量、考慮）
御料（〔敬〕用品、皇室的財產）
御菓子料（點心材料）
給料（工資薪水）
見料（參觀費=見物料、相命的報酬）
見物料（參觀費）
送料（郵費、運費）
有料（收費）
無料（免費、不要錢、不要報酬）←→有料
使用料（使用費）
入場料（入場費）
受験料（報考費）
電話料（電話費）
手数料（手續費、回扣）
取扱手数料（處理費、管理費）
拝観料（參觀費）

料る〔他五〕〔俗〕做菜、烹調（=料理する）
魚を旨く料るのは難しい（很難把魚做得好）旨い甘い美味い巧い上手い

料飲〔名〕酒飯、酒類和菜餚
料飲業（飲食業）
料飲店（酒飯館）

料金〔名〕費用、使用費、手續費

電気料金（電費）
電気料金を下げる（降低電費）下げる提げる避ける裂ける咲ける割ける
料金が高い（費用高）
料金が安い（費用便宜）安い廉い易い
gas料金（煤氣費）
水道料金（自來水費）
電話の料金を払う（付電話費）
電報料金（電報費）
郵便料金（郵費）
料金を取る（收費、要付錢）
料金を取らない（免費、不收費）
高速道路の料金所
郵便切手で料金を払わねば為らない（必須用郵票付款）
学齢期前の子供の料金は半額です（學齡前兒童的費用是半價）
三分間の通話料金は十円です（三分鐘的通話費是十日元）
料金別納（郵費另付）
料金後納（郵費後付）
料金差し入れ口（〔公共電話、自動售貨機等的〕投幣口）

料簡、了見、了簡〔名、自サ〕想法，意圖，主意，（不好的）念頭，動機、器量，心胸、作主，斟酌處理。〔舊〕原諒，饒恕（=勘弁）
彼奴は如何言う了見だ（那傢伙打的什麼主意？）
悪い了見を起こす（起壞念頭）
一体如何言う了見だ（你究竟打什麼主意？）
然う言う了見は更更有りません（我一點也沒有那種想法）
此処が了見の為所だ（這裡才是要好生打主意的地方）
了見を定める（下定決心、打好主意）

其が嫌なら此方にも了見が有る（你若是不願意我也有我的主意）此方此方此方此方

然う言う了見は行けないのだ（那種想法要不得）

其の了見が行けない（你這種想法要不得）

了見が良くない（存心不良）

了見が穢い（存心不良）穢い汚い

了見の狭い人（心胸狭窄的人）

そんな狭い了見で如何するか（心胸那麼狭窄怎麼行呢？）

狭い了見では駄目だ（心胸狭窄是不成的）

人の了見に任せる（任憑別人作主）

私一人の了見では決し兼ねる（我一個人不能作主）

自分一人の了見で行動する（憑自己的想法來行動）

職業の選択は息子の了見に任せる（讓兒子自己作主選擇職業）

了見して呉れ（請原諒）

今度丈は何とか了見して下さい（只這一次不管怎樣請饒恕我吧！）

料簡違い、了見違い、料簡違〔名、形動〕錯誤想法、輕率（=不心得）

君は了見違いを為ている（你想得不對頭）

自殺等とそんな了見違いな事を為ては行けない（自殺等那種錯誤想法要不得）

彼の年で親の世話に為る何てとんでもない了見違いだ（那麼大歲數還要依靠父母簡直豈有此理）

一時の了見違い（一時的輕率）

料簡深い、了見深い、了簡深い〔形〕深思遠慮的（=考え深い）

了見深い人（深思遠慮的人）

料紙〔名〕（書寫、印刷等）用紙

料紙を引出に終って置く（把用紙收在抽屜裡）引出抽出

料峭〔名、形動タルト〕料峭

春寒料峭の候（春寒料峭之際）候候

料峭たる春風（料峭的春風）春風春風

料足〔名〕（料是費用、足是金錢）"錢"的異稱

料地〔名〕用地（=御料地）

皇室の御料地（皇室用地、皇室土地）

料亭〔名〕日本式飯館（=料理屋）

高級料亭（高級日本式飯館）

料亭の女将（日本式飯館的老板娘）御上

料亭で軽く一杯飲む（在館子小酌）飲む呑む

料定法〔名〕（保險）保險費估定法

経験料定法（經驗估定法）

料馬〔名〕為某目的使用的馬、所用的馬

料木〔名〕用做材料的木柴

料理〔名、他サ〕烹調，烹飪，做菜、菜餚、飯菜、料理，處理

魚を料理する（烹飪魚）魚魚魚父父

肉を料理する（烹調肉類）

鶏と魚とを料理する（烹調雞和余）

彼女は料理が上手だ（她會做菜）

彼女は料理が巧い（她會做菜）旨い甘い巧い美味い上手い

家の女房は料理が下手だ（我太太不會做菜）下手下手下手下手下手家中裏

私は料理が迚も得意だ（我非常擅長烹調）

料理学（烹調學）

料理番組（烹調節目）

料理台（料理台）

料理道具（烹飪用具）

料理法（烹調法）

料理教室（烹飪教室）

台湾料理（台灣菜）

中華料理（中國菜）

ㄌ

カ

中国料理（中國菜）
西洋料理（西餐＝洋食）
日本料理（日本菜＝和食）
手料理（親手做的菜、家裡做的菜）
御節料理（元旦或節日菜）
フランス風の料理（法國菜）風風
一品料理（單點的菜、盤菜）
料理一品（一樣菜、菜一盤）
軽い料理（清淡的菜）
しつこい料理（油膩的菜）
脂っ濃い料理（油膩的菜）
料理の残り物（剩菜殘羹）
肉料理（肉類料理）
バーベキュー料理（蒙古烤肉）
折詰料理（裝在薄木片中的食品）
田舎料理（鄉下菜）
郷土料理（鄉土菜）
家庭料理（家常菜）
精進料理（素食）
大衆料理（大眾的菜）
出前料理（餐館送外賣）
自慢料理（招牌菜）
目玉料理（招牌菜）
料理学校（烹飪學校）
料理店（館子）
料理場（廚房＝炊事場、台所）
料理人（廚師＝コック）
料理番（廚師＝料理人）
料理屋（飯館、設有宴會房間有婦女接待的飯店）
此の料理は美味い（這菜好吃）旨い美味い甘い上手い巧い
彼の家の料理は不味い（那飯館的菜不好吃）不味い拙い拙い
彼のレストランの料理は不味い（那家餐廳的菜不好吃）
中国料理は洋食よりの美味い（中餐比西餐好吃）
料理の合い間に話を為よう（在上菜的工夫來聊聊吧！）
料理を誂える（點菜、定菜）
料理を拵える（做菜）
料理を出す（上菜）
どんな料理が好きですか（你喜歡什麼菜？）
国政を料理する（處理政務）
家政を料理する（料理家務）
強敵を料理する（擊敗強敵）
難しい問題を巧く料理する（巧妙地處理難題）
一寸料理して遣る（修理一下）一寸一寸
料理を任そう（交給…去辦、讓…去辦）

ちゃんこ料理〔名〕〔烹〕（相撲力士吃的）什錦火鍋

料率〔名〕（保險費的）費用率
科学的料率算定法（科學的費用率計算法）

溜（ㄌーㄡ）

溜〔漢造〕水滴、水窪、滯留、蒸餾
蒸溜、蒸留（蒸餾）←→乾溜、乾留
乾溜、乾留（乾溜）

溜飲〔名〕（因食物停滯而引起的）胃灼熱、胃酸逆流
溜飲が起る（反酸、燒心）起る興る熾る怒る
溜飲が下がる（〔鬱憤得到發洩後〕心情暢快）
嗚呼、此れで溜飲が下がった（啊！這回可痛快了）

溜飲を下げる（發洩鬱憤使心情得到暢快）
下げる提げる

溜出、留出〔名,自他サ〕蒸餾出

溜分〔名〕〔化〕級分、分溜部分

溜まる、溜る〔自五〕積存、積壓、停滯

　水が溜る（積水）

　雨上がりで道が水が溜っている（雨後路上積水）

　雨が降ると直ぐ水が溜る（一下雨就積存水）溜まる、溜る貯まる堪る

　埃が溜った（灰塵落了很多）

　テーブルの上に埃が溜っている（桌子上落了一層灰塵）

　泥が溜る（泥巴淤積了）

　塵が沢山溜った（堆滿了垃圾）塵芥塵芥

　溜っていた涙が到頭流れ出た（含著的眼淚終於流了出來）

　大分金が溜った（積存了很多錢）大分大分

　借金が大分溜った（負了很多債）

　金は中中溜らない（錢可不易積存）

　仕事が溜る（工作積壓）

　此丈仕事が溜って中中片付かない（工作積壓這麼多總處理不完）

　溜っている仕事を片付ける（處理積壓的工作）

堪る〔自五〕（下接否定或反語）忍受，受得了（=我慢する、堪える）

　斯う寒くては堪らない（這麼冷可受不了）溜る

　一晩中蚊に攻められて堪ったもんじゃない（整個晚上被蚊子咬可夠受了）

　此の上搾られては堪ったもんじゃない（再叫我出錢可受不了！）

　そんな事を為て堪るもんか（做這種事怎能容忍呢？）

　此位でへこたれて堪るもんか（為這點事就氣餒那怎麼行？）

　負けて堪るか（輸了還得了！）

　怖くて堪らず逃げ出した（我害怕得不了地逃跑了）

　仕事も目鼻が付き、楽しくて堪らない（工作有了頭緒高興得不得了）

溜まり、溜り、溜〔名〕積存，積存處、休息處，休息室、集中處，聚集的地方、大醬湯、用大豆醬滲出的汁做的醬油（=溜り醬油）

　水溜り（水窪、水塘）

　雨で道に水溜りが出来る（道路因雨出現水坑）

　ヒッピーの溜り（嬉皮聚集的地方）

　車夫の溜り（車夫的集中處、車夫休息處）

　タクシーの溜り場（出租汽車集中處、出租汽車休息處）

　溜り場（逗留談天的地方）

　屋台の溜り（路攤的集中處）

　夜店の溜り（夜市）

　溜り醬油（只用大豆做的醬油）

溜金〔名〕存款、積存的錢

溜血〔名〕瘀血

溜場〔名〕（一些同伴們）經常聚集的地方（或店鋪）（=溜り）

溜水〔名〕積水

溜める〔他下一〕積蓄，儲存，收集，積攢、停滯

　水を溜める（蓄水）貯める矯める

　切手を溜める（收集郵票）

　骨董を溜める（收藏骨董）

　バケツに雨水を溜める（把雨水蓄積在鐵桶裡）雨水雨水

　溜めた金（積攢的錢）

　目に涙を溜める（眼眶裡含著眼淚）

　別れる時彼女は目に一杯涙を溜めていた（離別時她眼淚盈眶）別れる分れる

　此処へ塵を溜めて置いては行けない（不要往這裡堆放垃圾）

　勘定を溜める（欠下很多帳）

ㄌ

カ

小遣を溜めて本を買う（存零錢買書）買う 飼う

大分仕事を溜めて終った（積壓了很多工作）

入院で大分仕事を溜めて終った（因住院積壓了很多工作）

仕事を溜めない様に（不要積壓工作）

家賃を溜める（積壓房租）

矯める、撓める〔他下一〕（寫作矯める為）（整形）矯直、（寫作撓める為）弄彎、矯正、瞄準、造作，做作，假裝

曲がった脊柱を矯める（把彎了的脊椎弄直）

弓を撓める（彎弓）

松の枝を撓める（把松枝弄彎）

悪癖を矯める（矯正壞毛病）

良く矯めて矢を射る（好好瞄準了射箭）

溜め、溜〔名〕積存，積存處、汙水坑、堆肥，糞坑（=糞溜め、肥溜め）、（江戸時代）收容病囚和少年犯人的牢房、贈給送來禮品的差遣人的財物（=御溜め、溜め錢）

水溜め、水溜め（貯水槽、貯水池）

芥溜め（垃圾堆）芥塵 芥

溜め息、溜息〔名〕嘆氣、長吁短嘆

溜息を付く（嘆氣、唉聲嘆氣）

ほっと溜息を付く（長嘆了一聲）

長い溜息を付く（長嘆）

長い溜息を為る（長嘆）

彼女は溜息を付いて悲しみを表わした（她嘆了一口氣露出悲傷）表す 現す 顕す 著す

思わず溜息を漏らす 漏らす 洩らす（不由得嘆了口氣）

がっかりして溜息許り出る（沮喪得一個勁地長吁短嘆）

溜め池、溜池〔名〕池塘、貯水池

溜池を掘る（挖池塘）掘る 彫る

溜池に水を貯める（把水貯在貯水池）貯める 溜める 矯める

溜池の水を抜いて田に送る（把池塘的水放進田裡）

溜め置く〔他五〕貯存、積儲

溜め桶、溜桶〔名〕糞桶、肥料桶、酒桶、醬油桶、（消防）貯存雨水的桶（=天水桶）

溜め食い〔名、自サ〕一次多吃以支持很長時間、一次吃很多以熬很長時間

溜め糞〔名〕糞堆

溜め込む〔他五〕攢下、存下

溜め込んだ金（攢下的錢）金 金

しこたま金を溜め込む（積蓄了很多錢）

大分溜め込んだらしい（好像存下了不少錢）

二年間で十万円溜め込んだ（兩年儲存了十萬元）

冬仕度の飼葉を溜め込む（儲存過冬的乾草）仕度 支度

溜め涙、溜涙〔名〕含著的眼淚

溜涙を溢す（含著的眼淚掉下來）溢す 零す

溜め塗り、溜塗〔名〕絳紅色，紫檀色的塗漆（舊時日本皇室用車的漆色）

溜め水、溜水〔名〕貯下的水

榴（ㄌㄧㄡˊ）

榴〔漢造〕〔植〕石榴。〔軍〕榴彈

石榴、柘榴（石榴）

榴輝岩〔名〕〔礦〕榴輝岩

榴霰弾〔名〕〔軍〕榴霰彈、子母彈

榴弾〔名〕〔軍〕榴彈、開花彈

榴弾砲（榴彈砲）榴弾 流弾

瑠（ㄌㄧㄡˊ）

瑠〔漢造〕（同"琉"）（來自梵語的音譯）（佛家七寶之一）藍寶石

瑠璃〔名〕（佛家七寶之一）藍寶石、琉璃（古時的玻璃）（=硝子）。〔動〕琉璃鳥（=瑠璃鳥）、深藍色（=瑠璃色）

瑠璃の光も磨き柄（玉不琢不成器）

瑠璃光如来（〔佛〕藥師琉璃光如來）

瑠璃は脆し（好物不堅牢）

瑠璃も玻璃も照らせば光る（無論是琉璃還是玻璃只要有光就會閃耀、〔喻〕只要有才能素質好通過鍛錬就會有大成就）

瑠璃も玻璃も照らせば分かる（外觀雖然相似通過一定的方法就可辨別出不同之處）

瑠璃瓦（〔建〕琉璃瓦）

瑠璃釉（藍釉）

瑠璃鳥（〔動〕琉璃鳥、竹林鳥的別稱）

瑠璃繁縷（〔植〕海綠、海綠屬植物）

瑠璃色（深藍色）

空は瑠璃色に澄み渡っている（天空一望無際地呈深藍色）

瑠璃萵苣（〔植〕琉璃苣-葉作調味料）

瑠璃懸巣（〔動〕鴝鵲）

瑠璃紺（海昌藍色）

瘤（ㄌㄧㄡˊ）

瘤〔漢造〕瘤（=腫物）

根瘤、根粒（〔農〕根瘤）

腫瘤（腫瘤）

瘤〔名〕瘤，腫包，（東西表面上的）凸起部分、（樹木的）瘤，癭、（繩，帶等的）結、累贅、包袱（特指孩子）

顔の右に瘤が有る（臉右邊有個瘤）

頭に瘤が出来る程打たれた（頭被打出腫包來）

柱にぶつかって額に瘤が出来た（碰到柱子前額起了大包）

瘤が引っ込んだ（腫包消了）

駱駝の瘤（駝峰）

木の瘤（樹癭）

瘤だらけの木材（滿是癭的木材）

縄の瘤を解く（解開繩結）解く解く

紐の瘤を解く（解開細繩結）

瘤付きの女（帶有前夫孩子的女人）

瘤付きなので何処へも行けない（有孩子的累贅哪裡也不能去）

目の上の瘤（礙眼的頭頂上司、實力強的對手）

私は彼に取って目の上の瘤らしい（我像是他的眼中釘）

たん瘤〔名〕〔俗〕瘤（=瘤）

たん瘤を取る（割瘤）

たん瘤が出来る（長瘤）

目の上のたん瘤（眼中釘-特指地位、技能高於自己、對自己有妨礙的人）

瘤胃、瘤胃〔名〕〔動〕瘤胃（反芻動物的第一胃）

瘤牛〔名〕〔動〕瘤牛、封牛

瘤付き〔名〕累贅、包袱（特指帶著小孩）

瘤付きの女（帶著孩子再嫁的女人）

今日は瘤付きなので映画を見る事が出来ない（今天我帶著孩子所以不能去看電影）

瘤〔名〕（廢根之意）瘤（=瘤）

瀏（ㄌㄧㄡˊ）

瀏〔漢造〕翻閱、清明、水清的樣子

瀏覧〔名〕瀏覽

瀏亮、喇喨〔形動タルト〕嘹亮、響亮

瀏亮たる喇叭の響き（嘹亮的喇叭聲）響く疼く

瀏亮たる喇叭の音（嘹亮的喇叭聲）音音音声

流（ㄌㄧㄡˊ）

流〔名〕水流（=流れ）、流派（=流派）、做法（=流儀、仕方）

[漢造]（也讀作流）流動、流露、河流、潮流、電流、漂流、流離、流放、流傳、流派、階層、流暢、夭折、無端飛來

観世流の謡曲（觀世流派的謠曲）
池坊流の生花（池坊流的插花）
フランス流の料理（法國式的菜）
日本流の数え方（日本式的數法）
三流の店（三流的店鋪）店見世
一流のピアニスト（一流的鋼琴家）一流れ
二流の品（二流的貨品）品料品
溢流（溢流）
放流（放流〔堵住的水或魚苗〕）
逆流（逆流、倒流）
本流（〔河川或思潮的〕主流）←→支流
支流（支流、支派）
奔流（奔流、湍流）
時流（時尚，時代的潮流、時人，一般人）
自流（自己的流派、自己做的一套）←→他流
磁流（〔理〕磁通流）
激流（激流、急流）
急流（急流）←→緩流
濁流（濁流）
潮流（潮流，海流、時潮，趨勢）
暖流（暖流）←→寒流
寒流（寒流）
断流（〔電〕斷流、斷路）
還流（回流、倒流、反流、逆流）
貫流（貫穿流過）
緩流（緩流）←→急流
海流（海流）
会流（合流）
回流、廻流（回流）

電流（電流）
交流（交流、〔電〕交流）
直流（直流←→曲流、嫡系、〔電〕直流←→交流）
曲流（曲流、S狀行流動）
極流（〔地〕極地海流-由南北極流向赤道的寒流）
光流（〔理〕光流、光通流）
後流（〔空〕滑流）
漂流（漂流、流浪）
合流（合流，匯合、聯合，合併）
浮流（漂流、漂動）
風流、風流（風流，風雅、〔俗〕好色）
源流（源流，水源、起源，起始）
一流（第一流、一個流派、獨特的作風）
末流、末流（下流，下游、子孫，後裔、流派的分支、低賤的流派）
亜流（亞流、模仿者、追隨者）
我流（自成一派、獨特的風格、閉門造車）
自己流（自己獨特的作風〔風格、做法〕）
一刀流（一刀流派）
他流（別派、異派、其他的流派）←→自流
日本流（日本式、日本風格、日本習慣）
外国流（外國式）
小流（小河流）
上流（〔河的〕上流，上游、〔社會的〕上流，上層）
中流（中游←→上流，下流、中等階層←→上流，下層）
下流（〔河的〕下流，下游、〔社會的〕下層，底層）
河流（河流）
渦流（渦流）
名流（名流、名士）

流域〔名〕流域
　揚子江流域（長江流域）
　長江の流域（長江流域）
　黄河の流域は中華文化の發祥地である（黃河流域是中華文化的發源地）

流下〔名、自他サ〕流下（＝流れ下る、流し下す）
　流下する瀧の水（流下來的瀑布之水）竜
　川の水が絶え間なく流下する（河水不斷地流下）
　流下物（流下去的東西）

流会〔名、自サ〕流會
　委員会は定員数に満たないので流会に為った（委員會不足法定員額流會了）
　出席者が定足数に満たない為流会に為った（因出席者不足法定人數而流會了）
　総会が混乱して流会した（大會亂成一團流會了）

流汗〔名〕流汗
　流汗淋漓（汗水淋漓、汗流浹背）

流感〔名〕〔醫〕流行性感冒（＝インフルエンザ）
　酷い流感で寝ている（因為患重流感躺著呢）
　流感で医者に掛かる（因為患流行性感冒而請醫師診治）

流儀〔名〕流派、派頭，作風，作法
　私の生け花の流儀は小原流です（我的插花流派是小原流）
　茶道は色色な流儀が有る（茶道有各式各樣的流派）茶道茶道色色種種
　昔流儀の人（老派的人）
　母は昔流儀の人です（我母親是屬於老派的人）
　人には夫夫流儀が有る物だ（每人都有自己的一套作風）
　何でも自分の流儀で遣る事に為ている（不管什麼事都按自己的做法做）
　従来の流儀に従って行う（根據古來的慣例舉行）従う随う遵う
　田舎では万事、昔の流儀で遣っている（鄉下一切還都照老法做）

流寓〔名、自サ〕流寓、流浪
　外国に流寓する（流寓外國）

流刑、流刑〔名〕流刑、流放、放逐、發配（＝島流し、流罪）
　流刑に処する（處於流刑）処する書する
　流刑地（流放地）
　流刑者（流放者）

流罪〔名〕〔古〕〔法〕流刑、流放、放逐、發配（＝流刑、流刑、島流し）
　流罪に処する（處於流放罪）
　流罪に為れる（被判流放罪）

流血〔名〕流血
　流血の惨事（流血慘案）
　市は流血の巷と為った（市街成了血海）
　遂に流血を見る（終至造成流血事件）
　流血は避けられた（避免了流血事件）避ける避ける除ける
　流血が多い（流血很多）
　些細な喧嘩から流血騒ぎに為る（因為細小爭吵而成流血糾紛）
　流血事件（流血事件）
　流血闘争（流血鬥爭）

流言、流言〔名〕流言、謠言（＝流説、流説、言い触らし、デマ）Demagogie德
　流言を放つ（散布流言）
　流言を飛ばす者（散布流言的人）
　流言に惑わされる（被流言所迷惑）
　根拠の無い流言に惑わされる（被沒根據的流言所迷惑）
　流言が盛んに行われている（謠言盛傳）
　流言飛語、流言蜚語（流言蜚語）
　至る所で流言蜚語を飛ばす（到處散布流言蜚語）

ㄌ

流言蜚語に惑わされるな（別被流言蜚語迷惑了）
流言は知者に止まる（謠言止於智者）
知者智者止まる泊まる留まる停まる

流説、流説〔名〕流言、謠言（＝流言、流言）、通説
流説を為す者（散布流言者）
流説を至る所に飛ばす（到處散布謠言）
至る到る
流説を耳に為ない（不聽謠言）
流説は耳に為ない（不聽謠言）
流説に惑わされるな（不要被謠言迷惑）
流説を信じては為らない（不可聽信謠言）
もう科学界の流説に為っている（已經成為科學界一般的說法了）

流行〔名、自サ〕流行，時興，時尚，時髦、蔓延←→廃り
流行の先端を行く（趕最時髦）
流行を追う、流行りを追う（趕時髦、趕浪頭、追求時興）追う負う
流行を追う女（追求時髦的女人）
流行を追って服装を為る（穿趕時髦的服裝）
ダンスが熱病の様に流行して来た（跳舞像熱病一樣流行起來）
日本人は流行を追うのが好きだ（日本人喜歡趕時髦）
彼女は流行を追って許り居る（她總是趕時髦）
此の服は最新流行のスタイルだ（這件衣服是最新流行的款式）
此れは今年流行のワンピースだ（這是今年流行洋裝）今年今年
此の頃ロングスカートが流行している（近來流行長裙子）
近頃早朝にジョギングを為るのが流行している（最近流行一大清早起來慢跑）
流行後れの服（不時興的服裝）

其の型はもう流行遅れだ（那種樣式已經不流行了）
此の様な物が一時流行した（這樣的東西曾風行一時）
悪疫が流行する（時疫流行）
伝染病が流行する（傳染病流行）
賄賂が盛んに流行している（賄賂盛行）
流感が全国的に流行している（流行感冒蔓延全國）
流行児、流行りっ児（寵兒、紅人、風頭人物）
文壇の流行児（文壇的紅人）
流行病（流行病）
流行病が発生する（發生時疫）
流行病を撲滅する（消滅流行病）
流行地（流行地區）
コレラの流行地（霍亂流行地）
流行性（流行性）
流行性感冒（流行性感冒）
流行性結膜炎（流行性結膜炎）
流行性耳下腺炎（流行性腮腺炎）
流行性脳脊髄膜炎（流行性腦脊髓膜炎）
流行歌、流行歌，流行唄（流行歌）
流行歌手（流行歌手）
流行語（流行語、時髦的話）
今では〝サービス〟が流行語だ（現在〝服務〟是時髦話）
流行遅れ、流行後れ（不時髦、不時興）
流行遅れに為りつつ在る（已不那麼時興）正在
流行遅れの服（不時興的服裝）

流行り、流行〔名〕流行、時髦、時興←→廃り
流行りを追う（趕時髦、追求時髦）
今年流行りの浴衣（今年流行的浴衣）今年今年

流行目（流行性結膜炎＝流行性結膜炎）

流行風邪（流行性感冒＝インフルエンザ）

流行歌、流行唄（流行歌＝流行歌）

流行り廃り（時興和不時興、時髦和不入流）

此の品は流行り廃りが無い（這個東西沒有時興不時興）

流行り廃りが激しい（一時的流行、曇花一現）激しい烈しい

色にも流行り廃りが有る（顔色也有時興和不時興的）

流行言葉（流行語＝流行語）

流行りっ兒（寵兒、紅人、風頭人物）

流行りっ兒・流行りっ妓（紅妓女＝売れっ子、売れっ妓）

流行物（時髦的東西）

流行物は廃り物（時興的東西不久就過時）

流行病（〔舊〕流行病、傳染病＝流行病）

流行る〔自五〕流行，時髦，時興，盛行，興旺，時運佳、蔓延←→廃れる、廃る

此れは一番流行る言葉だ（這是一句最流行的話）

近来此の方法は流行り出した（近來這個方法盛行起來了）

学生の間にスキーが非常には流行っている（在學生當中滑雪非常盛行）

婦人のロングスカートは戦後間も無く流行り出した（婦女的長裙戰後不久便流行起來了）

此の柄はもう余り流行らなく為った（這個花樣已經不大時興了）

今最も流行っているヘアスタイル（目前最流行的髪型）

彼の店は非常に流行っている（那家店很興旺）

彼の店は少しも流行らない（那個商店一點也不興旺）

彼の医者は良く流行る（那醫師病人多）

彼の俳優は最近流行り出した（那演員最近紅起來了）

大阪では流感が非常に流行っていた（流行感冒在大阪蔓延開來）

チフスが流行る（傷寒流行）

コレラが流行る（霍亂流行）

風邪が流行っている（感冒正流行）

海外旅行が流行る（到國外旅行很風行）

早る、逸る〔自五〕心情振奮、急躁、著急

心が早る（心急、心情振奮）

血気に早る人（性急的人、意氣用事的人）

早る胸を押さえる（控制急躁情緒）

流行らす〔他五〕使流行起來（＝流行らせる）

此の歌を流行らす（使這首歌流行起來）

新しい詞を流行らす（使新詞流行）詞 言葉

流行らせる〔他下一〕使流行起來

此の言葉を世間に流行らせた人（讓這句話流行於社會的人）

此の言葉を社会に流行らせた（讓這句話流行於社會）

フォーク、ダンスを流行らせる（使土風舞流行）

流れ行く〔自五〕流去、到處流浪、被流放去

流痕〔名〕〔地〕流痕

流砂，流砂，流沙，流沙，流砂，流沙〔名〕流沙、沙漠

流砂に埋まる（被流沙埋上）

流産〔名、自サ〕〔醫〕流產，小產。〔轉〕失敗，半途而廢

転んで流産した（摔了一交流產了）

重い物を運んで流産した（搬運笨重的東西而流產了）

妊娠三ヶ月で流産した（妊娠三個月流產了）

ㄌ

人工流産（人工流產）

流産に終る（終歸失敗）

計画は悉く流産した（計畫全都失敗了）悉く　尽く

組閣は又もや流産に終った（組閣工作再度失敗了）

組閣は流産に為った（組閣工作失敗了）

新会社設立の計画は流産に終った（成立新公司的計畫流產了）

流竄〔名〕流竄、流刑，流放（＝流刑、流刑）

至る所流竄する（到處流竄）

流質〔名〕典當過期而喪失贖回權、當死（的東西）（＝流れ質、質流れ）

流れ質、流質〔名〕斷贖的當頭、死當的當頭

流失〔名、自サ〕流失、沖走

出水の為流失家屋は二百戸に上った（由於發大水流失房屋達二百戸）出水　出水

大水で橋が流失した（因漲大水橋被沖走了）大水　大水　上る　登る　昇る

橋が大水で流失した（橋因大水被沖走了）

流出〔名、自他サ〕流出、（金錢或人才等）外流

土砂の流出（沙土流出）

河の流出口（河的流出口）

石油の流出事故（石油的流出事故）

金が国外へ流出する（黃金流出國外）

金の国外流出（黃金外流）

頭脳流出（人才外流）

科学者の頭脳流出を防ぐ（防止科學家的外流）

流れ出す〔自五〕流出、開始流出

瓶が倒れて油が流れ出す（瓶子倒了油流出來）

樽からビールが流れ出した（啤酒從桶裡流出來了）

流れ出る〔自下一〕流出（＝流れ出す）

涙の流れ出る目（流淚的眼睛）

湖から流れ出る川（從湖裡流出的河）

傷口から血がたらたら流れ出いた（從傷口滴滴答答流出血來）

群衆は公園から流れ出いた（人群從公園湧了出來）

汚水が流れ出る（汙水流出來）

流水〔名〕流水，水流，河川←→静水、止水、車的別稱

流水腐らず（流水不腐）

流水腐らず戸樞蠹まず（流水不腐戸樞不蠹）

流水を利用して水車を作る（利用水流造水車）水車　水車

行雲流水（行雲流水）

落花流水（落花流水）

流水の音（河水的聲音）音音音声声音声音

流水がさらさらと音を立てる（流水發出潺潺聲）

落花意有れども流水情無し（落花有意流水無情）

流星〔名〕流星（＝流れ星）

流星雨（流星雨）

流星群（流星群）

流星塵（隕石微粒）

流星花火（焰火）

流星が飛ぶ（流星在天空飛逝）飛ぶ　跳ぶ

流れ星、流星〔名〕流星（＝流星）、（馬頭頂上的）白斑（＝星月）

流線〔名〕〔理〕流線、（金屬塑性變形時產生的）晶粒滑移線

流線型（流線型）

流線型の車（流線型的汽車）

流泉〔名〕流泉、（琵琶的秘曲名稱）流泉啄目

流涎〔名〕流涎、流口水

流涎症（〔醫〕流涎症、涎分泌過多）

りゅうそく　[名] 流速
　　流速は毎秒十メートル（流速每秒十公尺）
　　流速計（流速表）

りゅうぞく　[名] 一般習俗、世人，俗人
　　流俗に従う（隨從一般習俗）從う随う遵う
　　彼は人格に於いて流俗より高いと自負している（他自以為人格比一般人高）

りゅうたい　[名]〔理〕流體（液體和氣體的總稱）
　　流体力学（流體力學）
　　流体素子（〔工〕射流元件）
　　流体応力（〔理〕流體靜應力）
　　流体の法則（流體法則）

りゅうだん　[名] 流彈（＝流れ弾，逸弾，逸玉）
　　流弾に当たる（中流彈）
　　流弾に当たった（中了流彈）

ながれだま　[名] 流彈（＝流弾）
　　流れ弾に当たって死ぬ（中流彈而死）
　　流れ弾に当たって死んで終った（中流彈而死）終う仕舞う

りゅうちょう　[名，形動] 流暢、流利
　　流暢な文章（流暢的文章）
　　流暢に喋る（流利地述說）
　　流暢な英語で話す（用流利的英文講話）
　　流暢な中国語を話す（說一口流利的中國話）
　　彼の日本語は実に流暢だ（他的日語說得真流利）実に
　　彼の日本語は素晴らしく流暢だ（他的日語非常流利）
　　彼は三か国語を流暢に話せる（他能流利地說三國語言）

りゅうつう　[名，自サ]（空氣等）流通、（貨幣或商品等）流通（＝流れ通う）

　　空気の流通を良くする（使空氣暢通）良い好い善い言い
　　空気の流通が良い（空氣暢通）良い好い善い佳い酔い
　　空気の流通が悪い（空氣不流通）
　　水の流通が良くない（水流得不暢）
　　偽札が流通している然うだ（據說有假鈔票流通著）
　　一千円紙幣の流通量（一千元紙幣的流通量）
　　貨幣の流通高（貨幣流通量）
　　流通貨幣の高（流通貨幣的數量）
　　流通貨幣（流通貨幣）
　　流通資本（流通資本）
　　流通経済（流通經濟）
　　流通証券（流通證券）
　　流通市場（流通市場）市場市場
　　販売や流通面での合理化に由ってコスト引き下げを図る（力求通過銷售及流通方面的合理化來降低成本）
　　流通機構（〔經〕〔商品由生產者到達消費者過程中的〕流通機構-運輸手段、市場、中間經手商等的總稱）
　　流通センター（〔在大都市周圍建立的〕物資流通中心）

りゅうてい　[名，自サ] 流涕、流淚
　　其論を聞き慷慨流涕し…（聽到那般言論慷慨激昂痛哭流涕…）
　　潸然と流涕する（潸然流涕）

りゅうてい　[名]（工藝）流程、〔海〕偏流，偏航

りゅうでん、るでん　[名，自サ] 流傳
　　長しえに流伝する（永遠流傳）
　　世間に流伝する（流傳於世）

流電〔名〕閃電，電光（=稲妻、稲光）、閃電般地快速
　流電がぴかぴかと光る（電光閃閃）

流電気〔名〕〔電〕動電

流電池〔名〕〔電〕原電池

流灯、流燈〔名〕（盂蘭盆會等時放的）河燈（=灯篭流し）
　流灯会（河燈會、放水燈=灯篭流し）

流動〔名、自サ〕流動
　血液が血管内を流動する（血液在血管内流動）
　流動的過剰人口（流動性的過剰人口）
　状況は多分に流動的だ（情況變動很大）
　血液が血管内を流動する（血液在血管内流動）
　流動法（〔數〕流數法）
　流動物（流食、流質物）
　流動点（〔理〕傾點、流動點）
　流動体（〔理〕流體、流質物）
　流動性（流動性）
　流動化（〔化〕流動化、流化作用）
　流動学（〔理〕流變學）
　流動床（〔理〕流化床）
　流動食（〔病人吃的〕流質食品、流食-如米湯、牛奶等）
　流動資金（〔經〕流動資金）←→固定資金
　流動資産（〔經〕流動資産-如短期内可變現金的資産：如存款、庫存、製品、原料等）←→固定資産
　流動資本（〔經〕流動資本-在生産過程中一次轉為產品的資本：如原料、工資等）←→固定資本
　流動電位（〔理〕流動勢）
　流動複屈折（〔理〕流動雙折射）
　流動点降下剤（〔理〕流點降低劑）

　流動接触分解法（〔化〕流化床催化過程）
　流動パラフィン（〔化〕液化石蠟）

流入〔名、自他サ〕流入、流進、湧進（=流れ入る、流れ入る）←→流出
　川の水が海に流入する（河水流入大海）
　外資の流入（外國資本的流入）
　外資の流入が激増する（外資的流入劇增）
　外国資本が国内に流入する（外國的資本流入國内）
　難民が国境を越えて流入する（難民越過國境進來）国境 国境
　都市へ人口が流入する（人口往都市流入）
　東京に流入する人口は年年増えている（流入東京的人口年年增加）

流れ入る〔自五〕流入、注入
　阿寒湖に流れ入る（注入阿寒湖）

流派〔名〕流派
　近代絵画の様様な流派（現代繪畫的種種流派）
　新流派を起こす（創新流派）
　御互いに流派を披露し合う（互相表露各自的流派）
　違った流派（不同的流派）
　生花で新しい流派が生まれる（插花產生新流派）

流氷〔名〕流冰、浮冰
　流氷に囲まれる（被流冰圍住）
　流氷除け（破冰船、破冰設備）
　船が流氷の多い海上を走る（船在很多流冰的海上行駛）
　流氷が押し寄せる（浮冰湧來）

流弊〔名〕〔古〕流弊
　全ての流弊を改革する（改革所有的流弊）
　全て 凡て 総て

流亡〔名〕流亡、流浪

流木〔名〕漂流的木材、（利用河川）放流的木材
　台風で多くの流木が海岸に打ち上げられた（由於台風好多流木被打上海岸）

流し木〔名〕放木筏、放木排

流れ木〔名〕河裡漂流的原木。〔轉〕被流放的人

流沫〔名〕流動（的）水泡

流民〔名〕流浪者、流離失所的人們、到處流浪的人們（=流離人、流離の民）
　戦禍を受けた流民（因戰禍而無家可歸的災民）

流民〔名〕難民（=難民）

流眄、流眄〔名〕斜眼看人

流紋岩〔名〕〔礦〕流紋岩

流用〔名、他サ〕挪用
　図書館を交際費に流用する（把圖書費挪用作交際費）
　公金を流用する（挪用公款）
　官金を流用する（挪用公款）
　資材購入費を他の方へ流用した（把購買材料費挪用於別的方面）
　予算の流用を追認する（追認預算的挪用）
　図書費を旅費に流用する（把購買圖書的費用挪用為旅費）
　公金を流用した疑いで逮捕される（因挪用公款的嫌疑而被逮捕）

流落、留落〔名〕流落、流浪

流理〔名〕〔地〕流線

流離〔名、自サ〕流離、流浪（=流浪）、漂泊
　流離の悲しみ（流離在外的淒楚）
　流離の憂い（流離之憂）憂い愁い患い
　戦禍を受けて流離する（因遭戰禍而顛沛流離）

流離〔名〕流離
　流離の身（流浪者、離鄉背井的人）
　流離の生活（流浪生活）

　流離の民（流浪的人民=流民、流民）
　流離人（流浪者、流浪漢）

流離う〔自五〕流浪、漂泊、漫遊
　旅から旅に流離う（到處流浪）
　旅から旅へと流離う（到處流浪）
　異郷を流離う（漂泊異郷）
　流離い歩く（無目的地走走）
　卒業後彼女は仕事を為て彼方此方を流離っていた（畢業後她到處工作流浪）
　シベリアの野を流離う（流浪在西伯利亞的曠野上）

流流〔名〕（技藝的）流派
〔形動、副〕精雕細刻

流量〔名〕流量
　河川の流量を測定する（測量河川的流量）
　川の水の流量を測定する（測量河水的流量）
　流量計（流量計）

流麗〔名、形動〕流麗、流利
　流麗な文章（流麗的文章）
　彼の小説は流麗な文体で知られている（他寫的文章以文筆流麗著稱）

流連、留連〔名、自サ〕流連（=居続け）
　流連荒亡（遊樂無度、流連忘返）
　流連して帰るのを忘れる（流連忘返）

流露〔名、自他サ〕流露
　感情の流露（感情的流露）
　愛情を流露する（流露愛情）
　愛情の流露（愛情的流露）
　一言一句に真情が流露していた（毎句話每個字都流露著誠意）一言一言一言
　真情を流露する（流露真情）
　真情を流露した言葉（流露真情的言詞）
　言葉の端端に真情が流露している（話音裡處處都流露著真心實意）

る 流〔名〕〔史〕流刑、流放、放逐、發配（五刑之一）（=流刑、流刑、島流し、流罪）

る たく、りゅうたく 流謫、流 謫〔名、他サ〕流放、謫遷（=島流し、流罪）

やぶさめ 流鏑馬〔名〕〔古〕騎射比賽（特指使用〝鳴謫〟騎馬射鵠三發）

る てん、りゅうてん 流転、流転〔名、自サ〕流轉，變遷、流浪。〔佛〕輪廻（=輪廻）
　万物は流転する（萬物變遷不已）
　万物流転（萬物變遷不已）
　流転の悲しみ（流浪的悲傷）
　流転輪廻（流轉輪廻）

る にん、りゅうじん 流人、流人〔名〕被流放的人
　離れ島の流人と為る（成了個被流放到孤島的人）

る ふ 流布〔名、自他サ〕流傳、散布、傳播
　噂が世間に流布する（謠言傳播於世）
　風説を流布する（散布流言）
　其の本は広く流布されている（這部書流傳很廣）
　世上に流布している誤解を一掃する（清除社會上傳布的誤解）
　流布本（通行本、具有若干版本的古書籍中廣泛流傳的版本=通行本）

る ろう 流浪〔名、自サ〕流浪、流蕩、漂泊（=流離歩く浪浪）
　ジプシーは流浪の民と言われる（吉普賽人被稱為流浪之民）
　町から町へと流浪する（從一個城鎮流浪到另一個城鎮）
　諸国を流浪して歩く（流浪各地）
　各地を流浪して歩く（流浪各地）
　流浪者（流浪者=ルンペン德lumpen）

さすが 流石、遉〔副〕（常用〝流石に〟、〝流石は〟的形式）到底是，真不愧是，果然名不虛傳（=矢張り）、雖然，但是，不過還是、（用〝流石の〟的形式）就連，甚至
　流石は君だ、良く遣った（到底是你做得好）
　流石は万里の長城だ（真不愧號稱萬里長城）
　流石は革命的軍人だ（不愧是革命軍人）
　台湾は流石に暑い（台灣到底是熱）
　彼の人は流石に偉い（他真不愧是個偉人）
　此の寒さには流石に参った（這個冷勁的確受不了）
　流石に自民党員丈有って、困難の前にびくともしない（到底是自民黨員在困難面前毫不畏懼）
　流石は専門家丈に此の方面の理論に詳しい（到底不愧是專家精通這方面的理論）
　流石（に）嫌だとは言えなかった（畢竟還是沒能說不同意）
　流石（に）其処迄立ち入って言う事は出来なかった（到底還沒能那麼深入地說下去）
　迚も美味しかったが、流石に其以上は食べられなかった（雖然很好吃不過畢竟再也吃不下了）
　彼は死刑と聞いて流石に顔色が変わった（他一聽說判處死刑臉色也不禁變了）
　流石の彼も驚いた（就連他也都吃驚了）
　流石の僕も閉口した（就連我也吃不消了）
　流石の強敵も武器を捨てた（甚至那樣的勁敵也放下了武器）

なが 流す〔他五〕使流動，沖走，倒潑（水等）、使漂浮，使流走、流（出）、放逐，流放、當死、使流產、傳播，散布、洗掉（汙垢）、不放在心上、（藝人，按摩者，汽車等）串街攬客、賣唱。〔棒球〕輕輕一擋
　下水を流す（沖洗陰溝使暢通、排除汙水）
　下水に流す（倒進陰溝裡）
　水を流す（放水、使水流）
　其処に水を流しては困ります（把水潑在那裡可不行啊）
　豪雨が橋を流す（大雨把橋沖走）
　水を利用して砂を流す（引水沖沙）

樋が屋根の水を流す（簷槽把屋頂的雨水引走）
筏を流す（放木筏）
小舟を流す（使小船漂走）
涙を流す（流涙）
涙を流して詫びる（流著眼涙賠罪）
汗を流す（流汗、拼命工作）
血を流す（流血）
孤島に流す（流放孤島）
彼は八丈島に流された（他被流放到八丈島）
殺人罪で孤島に流された（因殺人罪被流放到孤島）
質草を流す（把當頭當死）
質物を流す（使東西流當）
質を流す（使東西當死）質（典當物、抵押物）質（品質、性質）質（性質、體質）
胎児を流す（墮胎）
会を流す（使會議流產）
来週の会を流す（下星期的會不開了）
流した毒素（流毒）
噂を流す（散布流言）
悪名を流す（渲染惡名）悪名 悪名
誰がデマゴギーを流したのか（是誰散播流言的？）
浮き名を流す（傳布艷聞、〔因男女關係〕弄得滿成風雨）
若い頃は浮名を流した物だ（年輕的時候就已惡名昭彰）
ラジオ番組で流す（用廣播節目播送）
ラジオを通じて台風警報を流す（透過電台廣播颱風警報）
宣伝ビラを各地で流した（宣傳單散播在各地）
音楽を流す（放音樂、播送音樂）
害毒を流す（放了毒）

背中を流す（搓背）
一風呂浴びて汗を流す（洗個澡把汗水沖掉）
三助が背中を流す（搓澡人搓背）
過去の事は水に流す（過去的事付之流水、過去的事讓它過去吧）
過去の事は一切水に流す（過去的事一切付之流水）
豪雨が家を流す（大雨把房子沖走了）
川に芥を流さないで下さい（請勿讓垃圾流入河川中）芥塵 芥塵
好い加減に流す（不當真對待）
聞き流す（當耳邊風）
タクシーが街を流す（出租汽車串街攬客）
盛り場を流して回る（竄走各熱鬧場所）
盛り場に御客を求めて流す車が多い（不少汽車在鬧市串街攬客）
レフトに流す（把球往左邊輕輕一擋）

流し、流〔名〕流，沖、（廚房或井旁的）洗滌槽、澡堂內沖洗身體處、（澡堂）搓背、流放（罪人）、流動，串街（賣唱、攬客）
燈籠流し（〔盂蘭盆會末日〕放河燈、放水燈）
タイル張りの流し（磁磚洗滌槽）
風呂場の流し（浴室的沖身處＝流し場）
流しを取る（要人搓背）
流しの車（串街攬客汽車）
流しの自動車（攬客汽車）
新内流し（沿街說唱〝新內〞藝曲的人）

流し網、流網〔名〕〔漁〕流網
流し網漁船（流網漁船）

流し板、流板〔名〕洗滌槽的漏水板、澡堂中沖洗身體處的漏水板

流し打ち、流打〔名〕〔棒球〕輕打、觸擊短打

流し込む〔他五〕灌入，澆注、嚥下，吞下
水を樽の中へ流し込む（把水倒入桶中）

溶けた鉛を型へ流し込む（把熔化的鉛澆注到模子裡）
ビールで牛肉を喉に流し込む（借著啤酒把牛肉嚥下去）
茶漬飯を流し込む（趕快吞嚥茶泡飯）
子供が薬を飲まないので仕方無く流し込んで遣る（小孩不吃藥只好灌他）

流し込み〔名〕灌入、澆注
流し込みプラスチック（澆鑄塑膠料）
流し込みサイクル（澆注周期）

流し台、流台〔名〕廚房的洗滌台（＝シンク）

流し釣〔名〕〔釣魚〕曳繩釣
流し釣を為る（曳繩釣魚、拖釣）

流し撮り、流撮り〔名〕追踪攝影（拍攝快速移動的物體時、所採用的一種移攝方式）

流し場、流場〔名〕澡堂沖洗身體處（＝流し）

流し箱、流箱〔名〕凝固洋菜凍的箱子

流し雛、流雛〔名〕（三月三日女兒節夜晚）放到河海的偶人

流し文、流文〔名〕（當鋪的）死當票、（以現物）抵債的字據

流し目、流目〔名〕斜視、（男女間）眉目傳情（＝色目）
流し目に見る（斜著眼看）
せせら笑って此方を流し目に見遣る（嘲笑著斜眼看這邊）
流し目を使う（送秋波、用眼色示意）使う遣う
流し目を使って男を誘惑する（送秋波迷惑男人）
二人は時時流し目を使い乍頷き合った（兩個人邊使眼色邊相互點頭）

流し元、流元〔名〕廚房內設置洗滌槽的地方

流される〔自下一〕（流す的被動形）被沖走、受衝動、被流放
海へ流される（被沖到海裡）
洪水で橋が流された（橋被洪水沖走了）
感情に流される（為感情所衝動、動感情）
私達は悪戯に感情に流されては為らない（我們不能只顧感情用事）
彼は孤島へ流された（他被流放到孤島）

流れる〔自下一〕流，流動、漂流、沖走、流動，漂動、流布，傳開、推移、流逝、流浪、漂泊、傾向，流於、流產，小產、作罷、斷賣、當死、錯離目標、逐漸擴展、降落，散落
川が市中を流れる（河流經市內）
芥が支えて下水が流れない（垃圾堵塞陰溝不通）支える閊える痞える遣える使える
汗が流れる（流汗）
顔から血がだらだら流れた（血從臉上直淌）
流れる水を腐らず（流水不腐）
大水で家や橋等が流れる（洪水沖走房屋和橋樑）大水大水
氷山が流れて来る来る（冰山漂浮而來）
椰子の実が流れて来た（漂來了椰子）
風に流れる（隨風飄）
雲が空を流れる（雲彩在天空飄動）
大通りを流れる自動車（馬路上川流不息的汽車）
すらすらと流れる様に応答する（對答如流）
流れる様な筆跡（字跡流利）
隣からピアノの音が流れて来る（從隔壁傳來鋼琴聲）
噂が流れる（流言傳開）
時が流れる（時光流逝）
他国を流れ歩く（流落他鄉）
子供を連れて此の地に流れて来た（帶著孩子流落到此地來了）
流れ流れて日本に来る（到處流浪終於流落到日本）
形式に流れる（流於形式）
怠惰に流れる（趨於怠惰）

奢侈に流れる（流於奢侈）
今度の子供も流れた（這次懷的小孩也流產了）
会が流れた（流會、會沒開成）
計画が流れる（計畫流產）
雨で運動会が流れる（運動會因下雨取消）
質に入れた時計が流れた（拿去當的錶死當了）
流れた弾に当たる（中流彈）
風でball（ボール）が右に流れる（球因風往右歪了）
着地の際右足が流れた（著陸時右腳踩趾了一下）際際
霧が流れる（霧氣瀰漫）
洗濯すると此の色は直ぐ流れる（這顏色一洗就很快擴散）

流れ、流〔名〕流，水流、流動、河流，流水，潮流，趨勢，推移，血統，譜系，流派、派別，酒滴，杯中的剩酒，流產、小產，漂泊，流浪，（尤指）妓女的身世境遇，斷贖，死當，中止，作罷、（散會後）三五一伙的人。〔理〕塑變

水の流れ（水流）
人の流れ（人流）
自動車の流れ（車流）
急な流れ（急流）
激しい流れ（急流）
溶岩の流れ（熔岩流）
流れが激しい（水流湍急）
此の川は流れが速い（這條河水流很急）
下水の流れが悪い（下水道不通暢）
流れに沿って道を行く（沿著河走去）
小さな流れ（小溪）
綺麗な流れ（清澈的河流）
流れを上る（逆流而上）上る登る昇る
流れを遡る（逆流而上）遡る溯る

流れを下る（順流而下）下る降る
時の流れ（時勢、時間的推移）
意識の流れ（意識流）
歴史の流れは阻む事の出来ない物である（歷史的潮流是不可阻擋的）
古代からの思想の流れを研究する（研究由古至今的思想變遷）
時の流れには逆らえない（時代的洪流不容抗拒）
流れを汲む（繼承…血統、屬於…流派）
源氏の流れを汲む（引く）（源氏的後裔）
彼の作品は自然主義の流れを引いている（汲んでいる）（他的作品屬於自然主義的流派）
御流れ（を）頂戴（する）（請賞給我一杯酒、請把您杯中酒賞給我-宴會上對尊長表示敬意）
流れ者（流浪者）
質流れの品（死當、斷贖）
質流れの期限（死當的期限）
会が御流れに為る（流會）
雨で遠足は御流れだ（郊遊因下雨取消了）
宴会の流れ（酒席後三五成群散會人群）
宴会の流れらしく、酔っ払った人が多い（好像從宴會散出來的三五一伙的人大都喝得醉醺醺）

流れ、流〔接尾〕面（旗子等的單位）
三十余流れ（三十多面）
旗一流れ（旗子一面）

流れ歩く〔自五〕流蕩、遊蕩、閒蕩、徘徊
夜の盛り場を流れ歩く（在夜裡的熱鬧場所閒蕩）
諸国を流れ歩く（漫遊諸國）

流れ温度〔名〕〔化〕流動溫度

流れ解散〔名〕（示威遊行等）至終點自動依次解散

流れ川〔名〕流動的河川

流れ傷〔名〕〔化〕流線

流れ込む〔自五〕流入、注入
　此の川は南に下って太平洋に流れ込む（這條河南下流入太平洋）
　窓から流れ込む月光（從窗口照進的月光）
　劇場に大勢の人が流れ込む（人群川流不息地進入劇場）
　放浪の旅を続けた後、其の村へ流れ込んだ（經過長期流浪之後流蕩到那個村莊）後

流れ作業〔名〕流水作業
　流れ作業線（流水生產線、裝配線）
　流れ作業列（流水生產線、裝配線）
　流れ作業に依る生產（用裝配線生產）依る寄る拠る因る縁る由る選る縒る撚る

流れ図〔名〕流程圖、操作程序圖、程序方框圖

流れ筋〔名〕河道

流れ月〔名〕抵押到期的月份、死當的月份

流れ着く〔自五〕流到（岸）、漂流到（岸邊）
　岸辺に流れ着く（漂流到岸邊）

流れ造り、流造〔名〕（神社正殿）屋頂的前坡比後坡長的一種建築樣式

流れ抵当特約〔名〕〔法〕（抵押借款契約中規定的）債權人取得抵押所有權的契約，不經法律程序便可處分抵押品的約定

流れ方式〔名〕〔機〕流水作業方式

流れ虫、流虫〔名〕變形蟲、阿米巴（＝アミーバ amoeba）

流れ者、流者〔名〕流浪者、漂泊不定的人、異鄉人、流民
　此の頃は流れ者が多い（最近流民很多）

流し者、流者〔名〕（被）流放者、（被）放逐者

流れ物、流物〔名〕漂流物、無用的東西、死當貨（＝質流れ品）

流れ矢、流矢〔名〕流矢、流箭

流れ寄る〔自五〕流靠、流近（岸邊）、流到一起

流れ渡る〔自五〕隨流而渡、隨波逐流，與世推移、到處流浪

　彼は処処方方を流れ渡る事三十年に及んだ（他到處流浪達三十年之久）

琉（カーヌˊ）

琉〔漢造〕琉璃、琉球（＝沖縄）

琉球〔名〕〔地〕琉球
　琉球表（〔用琉球蘭編織的〕琉球蓆面）
　琉球紬（琉球綢）
　琉球絣、琉球飛白（〔用琉球產泥藍染的〕碎白點花紋棉布）
　琉球藍、馬藍（〔植〕蓼靛-葉可取藍色染料）
　琉球列島（琉球列島）

琉金〔名〕琉球金魚（有紅白斑點的一種金魚、江戶時代由琉球傳到日本）

留、留（カーヌˊ）

留〔漢造〕（也讀作 りゅう）留、保留、停留

留守、留主〔名、自サ〕外出，不在家、看家（的人）（常用御留守的形式）（為其他事情吸引而）忽略（正業、職守），思想不集中
　家を留守に為る（不在家、家中無人）
　家の留守に為る（看家）
　主人は留守です（主人不在家）
　生憎主人は留守です（很不湊巧主人不在家）
　留守は火の用心（主人不在家防火最重要）
　留守を狙って（趁著不在家、趁家裡沒人）
　留守を使う（佯稱不在家）
　居留守（佯稱不在家）
　居留守を使う（〔明明在家〕佯稱不在家）
　一時間許り留守を為る（出去一小時左右不在家）
　一時間許り留守する（出去一小時左右不在家）
　留守に泥棒が入る（不在家時進來小偷）

散歩に行って留守だ（出外散步去了不在家）
午後から留守に為る（從下午不在家）
誰か来たら留守だと言い為さい（有人來就說我不在家）
誰か来ても留守だと言い為さい（不管誰來都說我不在家）
留守に客が来た（外出時客人來了）
留守に為て失礼しました（我沒在家很對不起）
家の留守を為る（看家）
留守を預る（負責看家）
母に留守を頼まれた（母親囑咐我看家）
留守を頼んで出掛ける（請人看家自己出門）
話に夢中で手元が留守に為る（光顧說話手頭的話都忘了）
遊びに夢中で学校の方は御留守だ（一心貪玩把學習拋在腦後）
遊びに夢中で勉強を御留守に為る（熱衷遊玩把功課忽略了）
勉強が御留守に為る（學習被忽略了）
勉強を御留守に為る（不用功、應該用功而不用功）
仕事が御留守に為る（工作被丟在一邊）
他の事を考えていて、頭が御留守に為っていた（因為想別的事心不再焉了）
留守番（〔史〕〔江戶時代〕看守大阪城，二條城的人＝城番、看家，看家人＝留守、留守居）
留守番を頼む（讓看家、求照顧門戶）
留守番を為せる（讓看家、求照顧門戶）
留守番を預る（看家）
留守番に鍵を預る（把鑰匙交給看家的人）預る 与る
留守番を頼んで買物に出掛ける（求人看家後出門）

留守番が居ないので出掛けられない（沒人在家不能出去）
子供に留守番を頼んで買物に出掛けた（叫孩子給看家出去買東西）
母に留守番を頼まれた（母親囑咐我看家）
昨日終日留守番だった（昨天看了一整天家）終日 終日 終日
店の留守番を為る（給商店看家）
留守居（看家、看家人＝留守、留守番）居留守（佯稱不在家）
留守居を為る（看家）
彼に留守居を為せる（叫他看家）
留守居の空威張り（主人不在家僕人裝腔作勢）
留守居役（〔史〕〔江戶時代〕留守家臣－在〝大名〟設於江戶宅邸中負責與幕府及其他〝大名〟聯繫的家臣，看家，看家人，留守人員＝留守居）
留守宅（主人不在的家、照看的門戶）
彼は僕の留守宅で留守居を為ている（他在給我看家）
留守勝ち、留守勝（經常不在家、老不在家）
主人は相変わらず留守勝です（主人還是那樣經常不在家）
彼の人は留守勝です（他常常不在家）
彼の家は何時も留守勝だ（那家經常沒人在）
留守中（不在的時候）
留守中に空巣に入られた（我外出時家裡遭了小偷）
私の留守中に明巣に入られた（我外出時家裡遭了小偷）
留守中に林さんから電話が掛かって来ました（您不在家時林先生來了電話）

留〔名〕盧布（蘇聯貨幣單位）

〔漢造〕留、保留、停留

　居留（居留，逗留、僑居）

去留（去留）
抑留（扣留）
拘留（拘留、扣押）
寄留（寄居、寓居）
逗留（逗留，暫時停留、暫住）
駐留（〔軍〕留駐、長期駐軍）
滞留（逗留，停留，居留、停滯）
停留（停留、停止、停住）
保留（保留、擱置，緩辦）
遺留（遺留、遺忘）
慰留（慰留、挽留）

留意〔名、自サ〕留心、注意（=気を付ける、心を留める）
健康に留意する（注意健康）
健康に呉呉も留意するよう望みます（望多注意健康）望む 臨む
其程気に為るなら頭丈で無く身形にも留意す可きだ（既然那麼不放心就不要只是頭面裝束也要注意）
夏休み中は健康に留意して、規則正しい生活を送る事（暑假中注意健康過規律的生活）
此の点に十分留意して欲しい（這點請充分加以留意）

留学〔名、自サ〕留學
フランスに(へ)留学する（在法國留學）
ドイツに留学する（在德國留學）
中国に留学する（到中國留學）
日本へ留学に行く（到日本去留學）日本 日本 日本大和 倭 行く 往く 逝く 行く 往く 逝く
留学を終って帰る（留學完畢回來）
留学生（留學生）
留学生が帰国した（留學生回國了）
自費留学（自費留學）
公費留学（公費留學）
内地留学（〔由工作單位選派到〕國內大學進修）

留錫〔名、自サ〕〔古〕（僧人雲遊時）在其他寺院住宿、掛單

留出、溜出〔名、自他サ〕蒸餾出

留数〔名〕〔數〕留數、殘數、餘數

留置〔名、他サ〕拘留、拘押
犯人を留置する（拘留犯人）
犯人を留置して余罪を追及する（拘留犯人追查餘罪）
容疑者と為て留置される（以嫌疑犯被拘留）
酔っ払いを一晩留置する（把醉漢拘留一夜）
留置権（〔法〕〔債權人在債務未得到清償前對占有物的〕留置權、扣押權）
我が社は運賃が全額支払われる迄其の積荷に対して留置権を有している（在運費未付清之前本社對該項載貨保有留置權）
留置場（拘留所=拘留場）
一晩留置場に入れられる（被關在拘留所一夜）

留め置く、留置く〔他五〕留下，扣留、（郵局等）留存待領、記上、終結，結束
警察に留め置かれる（被警察扣留）
生徒を留め置く（把學生留下不讓回家）
殺人犯を留め置く（拘留殺人犯）
彼を証人と為て留め置く（留下他作證人）
受取人旅行中に付き郵便物を局に留め置く（因收件人在旅行途中郵件留在局裡）
受取人不在に付き電報を留め置く（因收信人不在把電報留在局裡）
荷物は暫く私の所に留め置きます（行李暫放我這裡）
手帳に留め置く（記在記事本上）
話は此処で留め置く（話就說到這裡為止）
此でペンを留め置く（到此擱筆）

留め置き、留置〔名〕留下，扣留、留局待領電報(＝局留電報)、留局待領郵件(＝局留郵便)

悪戯っ子が学校で留置を食う（淘氣的孩子受到留校的處分）

目撃者は証人と為て留置に為る（留下目撃者作證人）

身分証明書が留置に為る（扣押了身分證）

留置電報（留局待領電報）

留置郵便（留局待領郵件）

留鳥〔名〕〔動〕留鳥←→候鳥、渡鳥

鴉や雀は留鳥です（烏鴉和麻雀是留鳥）鴉鳥

留日〔名、自サ〕留學日本

留日学生と交歓会を開く（和留日學生開聯歡會）

彼は留日の技師だ（他是留日的工程師）

留任〔名、自サ〕留任、留職←→辞任、転任

三月迄留任する（留任到三月份）

内閣が変わったが外相は留任した（內閣換了但外交部長留任了）

生徒が校長の留任運動を開始する（學生掀起挽留校長的運動）

会長に留任して貰う様に頼む（請求會長給予留任）頼む恃む

留年〔名、自サ〕（大學生）留級、重修、延期畢業（因忌避說落第而說留年）

一科目不合格で留年した（一科不及格重修）

留別〔名、自サ〕告別、辭行←→送別

留別の辞（告別辭）

留別会（告別會）

部長の家へ留別に行く（到部長家裡去辭行）

留保〔名、他サ〕保留、〔法〕（權利義務的）保留，（對條約中某條款的）限制

直ぐ送金するから注文品を留保して置いて欲しい（馬上匯款請給保留訂貨）

調査終了迄回答を留保する（在調査完畢以前保留答覆）

発言権を留保する（保留發言權）

自分の意見を留保する（保留自己的意見）

留用〔名、他サ〕留用

技術者を留用する（留用技術人員）

留落、流落〔名〕流落、流浪

留まる、停まる、止まる〔自五〕停止，停下、停頓、停留、（寫作止まる）止於，限於←→越える

会議の進行が停まる（會議停頓）

事故の為会議の進行が停まる（因發生事故會議停頓）

病気の進行は一時停まっている（病情暫時停止發展）

物価の騰貴は停まる所を知らない（物價上漲沒有止境）

地価の上昇は停まる所を知らない（地價上漲沒有止境）

原職に留まる（留職）

現職に留まる（留在現在職位上）

会社に留まって欲しい（希望你留在本公司）

続けて三年留まった（繼續待了三年）

妹と母は郷里に留まる事に為った（母親和妹妹決定留在家鄉）

行く人、留まる人（走的人留下的人）

時間は停まる事無く過ぎて行く（時間不停地過去）

留まる所を知らない（不知分寸）

其の日は報告を受けるに留まった（那天只聽了報告）

用が無いから此処に留まる必要は無い（因為沒有事無需留在這裡）

ニュースを集める為当分現地に留まる（因為搜集消息暫時留在當地）

単に希望を述べたに止まる（只是表示了我的希望）

ㄉ

彼の悪事は此れのみに止まらない（他做的壞事不止於此）

此の習慣は其の地方に止まる（這個習慣只限於那個地區）

留める、停める、止める〔他下一〕停下，停住，阻止、留下，留住，遺留、（寫作止める）止於，限於（某限度）

怪しい音に不図足を停める（聽到可疑聲音突然停下腳步）

足を停めて空を見上げる（停下腳步仰望天空）

血を停める（止血）

客を停める（留客）

話を中途で停める（中途把話停下）

足跡を留める（留下腳印）

名を後世に停める名名

家族を郷里に留めて単身赴任する（把家屬留在家鄉自己單身赴任）

昔の華麗さの影さえ留めていない（昔日的豪華已杳無蹤跡可尋了）

町並は往時の面影を停めている（街上保留著當年的面貌）

帰ろうと為る彼を停める（留下他不要回去）

被害を最小限に止める（把損害限制在最小限度）

大略を述べるに止める（只是敘述概略）述べる 陳べる 伸べる 延べる

彼の新作の批評は此れに止めて置こう（對他的新作品的評論就止於此吧！）

今日の仕事は此に止めて置く（今天的工作只辦到這裡）

予算は二億円以内に止める（預算限在兩億元以內）

問題点を指摘するに止める（只是指出了問題所在）

留まる，留る、停まる、止まる、止る〔自五〕停止，停住，停下，止住，停頓，堵塞，不通，棲息，落在、釘住，固定住、抓住、（眼睛）注意，看到，留在（耳邊）

時計が停まった（表停了）泊まる 泊る

時計は六時二十分で停まっていた（錶停在六點二十分上）

行列はぴたりと停まった（隊伍突然停了下來）

此の列車は次の駅で停まらない（這次列車在下一站不停）

汽車は此の駅に何分停まるか（火車在這個車站停幾分鐘？）

家の前で車が停まった（在家門口停了一輛汽車）

もう三つ停まると動物園だ（再停三站就是動物園）

此の電車は有楽町停まりだ（這輛電車只開到有樂町）

停まれ！（立定！站住！）

ショー、ウィンドの前で足が停まる（在櫥窗前停下腳步）

エンジンが停まっている（引擎停了）

噴水は今日は停まっている（噴水池今天沒有噴水）

痛みが停まった（疼痛止住了）

痛みが停まったか（疼痛止住了嗎？）

頭痛が停まった（頭不痛了）

脈が停まった（脈搏停了）

出血が停まらない（出血不止）

出血が中中停まらない（出血止不住）

可笑しくて笑いが停まらない（滑稽得令人笑不停）

下水が停まる（下水道堵住了）

水道が停まる（水管堵住了）

脱線事故で電車が停まる（因出軌電車不通）

洪水で汽車が停まった（因為洪水火車不通了）大水 大水

工事の為今夜水道が停まっている（由於施工今晚停水）

水道工事の為午後十時から午前六時迄水が停まります（因修理水管從下午十點到上午六點停水）

大雪で都市の交通は停まって終った（由於大雪城裡的交通全停了）大雪大雪

此の路次は先が停まっている（這條巷子前面走不過去）

雀が電線に停まっている（麻雀落在電線上）

鳥が木に停まっている（鳥停在樹上）木樹

蠅が停まった（蒼蠅停住了）蠅蠅

蝶が花に停まっている（蝴蝶落在花上）

垣根に蜻蛉が停まっている（籬笆上停著蜻蛉）

此のピンでは停まらない（用這圖釘釘不住）

釘で停まっている（被釘子釘住）

釘が短くて、板が旨く停まらない（釘子太短板子釘不住）

桶側は箍で停まっている（木桶外面用箍箍住）

吊革に停まる（抓住吊環）

電車の吊革に停まる（抓住電車的吊環）

隠れん坊する者、此の指に停まれ（玩捉迷藏的人抓住這個手指頭！）

其のメロディーが私の耳に停まった（那曲調進入我的耳朵裡）

彼の人の声が耳に停まっていて離れない（他的聲音縈迴在我耳邊）

印象が心に停まる（印象留在心裡）

心に停まった言葉（銘記在心的話）

面影が目に停まっている（倩影留在眼裡）

一冊の本がふと私の目に停まった（有一本書突然映入我的眼簾）

白いハンカチが目に停まった（看到了白色手帕）

人影が目に停まる（看到人影）

説教を聞いても耳に停まらない（挨了一陣說教也只當耳邊風）

御高く停まる（高高地、高傲地）

彼は随分御高く停まっている（他非常高傲自大）

御高く停まて官僚風を吹かせている（高高在上官氣十足）

泊まる、泊る〔自五〕停泊、投宿，過夜，值宿，值夜班

港に泊まっている船（停泊在港口的船）止まる留まる停まる

友人の家に泊まる（住在朋友家裡）

彼処では泊まる所が無い（那裡沒有住處）

其のホテルには五百名の客が泊まれる（那飯店可住五百客人）

交替で役所に泊まる（輪流在機關值夜班）

留まり，留り，止まり，止り〔名〕停止，停留（的地方）、到頭，盡頭（=終り，果て）

此の路次は先が止まりに為っている（這條巷子前面不通）

此の辺が止まりだね（已經到了盡頭）

課長の俸給は十万円が止まりだ（課長薪水最高是十萬元）

次官に進めば止まりだ（昇到次長就到頭了）

安値の止まり（最低價格）

留める、停める、止める〔他下一〕（把…）停下，停住，停止、止住，堵住，制止，阻止，關閉，關上，禁止，阻擋，釘住，扣上，固定住、留住，扣留，留心，注目，記住，止於，限於

車を停める（把車停下）泊める

電車を停める（把電車停下）

次の十字路で車を停めて下さい（請在下個十字路口停車）

タクシーを停める（叫計程車停下）

ㄉ

供給を停める（停止供給）

足を停める（止步、停脚）足脚

足を停めて星空を見上げる（止步仰望滿天星空）

筆を停める（停筆）

ペンを停める（停筆、擱筆）

手を停める（停手不做）

ショー、ウィンドの前で足を停める（在櫥窗前停下腳步）

其の角で停めて下さい（請在那個拐角停下）

血を停める（止血）

痛みを停める（止痛）

薬を飲んで咳を停める（吃藥止咳）

堰を造って河の流れを停める（築堤堵住河流）

息を停める（屏息）

息の根を停める（屏息）

息を停めて下さい（〔透視等時〕請憋住氣）

喧嘩を停める（制止吵架）

不作法な行為を停める（制止粗魯行為）

煙草を呑むのを医者に停められた（被醫師制止抽菸了）

幾等停めようと思っても涙が停まらなかった（眼淚怎麼也抑制不了地流下來）

大学受験を停める（勸阻不要考大學）

彼は私の停めるのを聞かず飛び出して行った（他不聽我的勸阻跑出去了）

停めるのも聞かず（勸也不聽）

辞職を停める（勸阻辭職）

通行を停める（禁止通行）

進入を停める（禁止進入）

客を停める（留下客人）

インフレを停める措置を取る（採取抑制通貨膨脹的措施）

ガスを停める（把煤氣關上、停止供應煤氣）

使用した後ガスを停めて下さい（使用後請將煤氣關上）

エンジンを停める（把引擎停下）

水道を停める（關上水龍頭）

台風で水道を停める（由於颱風停止供水）台風颱風タイフーン

クーラーを停める（關掉冷氣機）

テレビを停める（關掉電視機）

通行を停める（禁止通行）

料金を滞納して電気を停められた（拖欠了電費被斷電了）

行くに任せて強いに停めなかった（任他去沒有強加阻擋）

紙をピンで停める（用大頭針把紙釘住）

髪をピンで停める（用髮夾夾住頭髮）

釘で板を停める（用釘子把木板釘住）

螺旋で停める（用螺絲固定住）螺旋螺子捩子捻子螺旋

釦を停める（扣上扣子）ボタン

ポスターを画鋲で停める（用圖釘釘住海報）

用も無いのに長く停める（並沒有事卻把人長期留下）

警察に停められた（被警察扣留了）

心を停めて見る（留心觀看）

目を停める（注目）

道端の草花に目を停める（把視線停留在路邊的花草上）

心に停める（記在心裡）

心に停めて置く（記在心裡）

此の事を確り心に停めて下さい（請將這件事牢記在心）

記憶に停める（留在記憶裡、記住）
気に停めないで呉れ（不要介意）
彼女が何を為ようと彼は気に停め無かった（不管她做什麼他都不介意）
議論を其の問題だけに停める（討論只限於這個問題）
停めて停まらぬ恋の道（愛情是阻擋不住的）

泊める〔他下一〕留宿、停泊
一晩泊めて下さい（請留我住一宿）止める留める停める
友人を泊める（留朋友住下）
避難民を泊める（收容難民）
旅行者を泊める（留旅客住宿）
彼の旅館は一晩二千円で泊める（那旅館一宿要兩千日元）
彼のホテルは千人の客を泊められる（那旅館住一宿可以住一千名客人）
船を一時港に泊める（把船暫時停在港口）

留め，留、止め，止〔名〕止住，留存、禁止、完了、（木工）斜接、（縫紉）線結
駅止め貨物（留站候領貨物）
局留め電報（留局候領電報）
通行止め（禁止通行）

留め桶、留桶〔名〕（浴池裡澆身用的）橢圓形小木盆

留め男，留男、止め男，止男〔名〕旅館的攔客員 排解打架的人←→留め女，留女、止め女，止女

留め女、留女、止め女，止女〔名〕旅館的女攔客員、排解打架的女人

留め書き、留書〔名〕記下（的文件、筆記本等）、信件結尾語（如敬具、草草、句祝之類）

留め金，留金、止め金，止金〔名〕金屬卡子、別扣、帶扣、按扣
靴の止め金（鞋卡子）
ハンドバックの止め金（提包上的卡子）
鞄の止め金をかちりと掛ける（束河包的安鎖嘎搭一聲扣上）
止め金を外す（打開別扣）
バンドの止め金をぐっと締める（把皮帶扣勒緊）

留め具、留具〔名〕別扣，插栓、門扣，卡鎖
袋の留め具（口袋的卡子）
鞄の留め具（皮包的金屬扣子）
財布の留め具（錢包的金屬扣子）

留め袖、留袖〔名〕普通袖長的和服←→振袖、下擺有花紋的婦女黑禮服（=江戶褄）

留め立て、留立〔名、他サ〕制止、阻攔
留め立ては無用だ（不要阻攔）
要らぬ留め立て（を）為るな（不要多管閒事、不要阻攔）

留め処，留処、止め処，止処〔名〕限度、止境、盡頭
咳が止め処無く出た（咳嗽不止）
喋り出したら止め処が無い（一說起來就沒完沒了）
彼は喋り出すと止め処が無く為った（他一說起來就沒完沒了）
涙が止め処も無く流れる（流淚不止）零れる毀れる溢れる
彼女は目から止め処無く涙が溢れ出た（淚水從她眼裡不斷湧出）溢れる

留め継ぎ、留継〔名〕（木工）斜面接合、斜角連接

留め螺子、留螺子〔名〕（固定）螺釘

留め針、留針〔名〕別針，大頭針（=待ち針）、髮夾（=ヘアピン）
十五センチ位置いて留め針を打つ（留開十五公分左右用別針別上）
留め針で止める（用別針別住）
ハンカチを留め針で止める（把手帕用別針別上）
帽子を留め針で止める（用別針把帽子別上）

ㄉ

ㄌ

留め針を打つ（別上別針）打つ撃つ討つ

十五センチ位置いて留め針を打つ（留開十五公分左右用別針別上）

留め鋲、留鋲〔名〕圖釘

留め風呂、留風呂〔名〕前一天用過的洗澡水、用前一天洗過的水洗澡、個人專用浴池、包月的浴池（=留め湯、留湯）

留め湯、留湯〔名〕前一天用過的洗澡水、用前一天洗過的水洗澡、個人專用浴池、包月的浴池（=留風呂）

留めボタン〔名〕（椅套等的）摁扣

留め役、留役〔名〕勸架的人、排解糾紛的人

誰も留め役を勝手で無かった（沒有一個人主動出來勸架）

留め山、留山〔名〕（江戶時代）禁止伐木或狩獵的山、封山

硫（ㄌㄧㄡˊ）

硫〔漢造〕〔化〕硫黃

硫安〔名〕硫酸銨（=硫酸アンモニウム）

硫安で施肥する（用硫胺施肥）施肥施肥

硫化〔名、自サ〕〔化〕琉化

硫化物（硫化物）

硫化亜鉛（琉化鋅）

硫化水素（硫化氫）

硫化染料（硫化染料）

硫化ストロンチウム（硫化鍶-脫毛劑）

硫化ナトリウム（硫化鈉）

硫気孔〔名〕〔地〕琉氣孔、硫黃噴氣孔

硫銀鉱〔名〕〔礦〕琉銀礦

硫酸〔名〕〔化〕硫酸

硫酸を浴びせる（澆硫酸）

硫酸で焼く（用硫酸燒）

硫酸亜鉛（硫酸鋅）

硫酸アンモニウム（硫酸銨）

硫酸塩（硫酸鹽）

硫酸紙（硫酸紙）

硫酸銅（硫酸銅）

硫酸アルミニウム（硫酸鋁）

硫酸カリウム（硫酸鉀）

硫酸キニーネ（硫酸奎寧）

硫酸ソーダ（硫酸鈉、無水芒硝）

硫酸ナトリウム（硫酸鈉）

硫酸ニッケル（硫酸鎳）

硫酸バリウム（硫酸鋇）

硫酸マグネシウム（硫酸鎂）

硫酸ニコチン（硫酸化烟碱、硫酸化尼古丁）

硫酸化（硫酸鹽化作用）

硫酸化油（硫化油）

硫水化物〔名〕〔化〕氫硫化物

硫銅鉱〔名〕〔礦〕輝銅礦

硫砒鉄鉱〔名〕〔礦〕毒砂、砷黃鐵礦

硫黄、硫黃〔名〕〔化〕硫、硫磺

硫黄と化合させる（使和硫化合）

硫黄軟膏（〔藥〕硫磺軟膏）

硫黄バクテリア（〔生〕硫細菌）

硫黄マッチ、硫黄燐寸（硫磺火柴）

硫黄華（〔化〕硫粉、硫磺華）

硫黄泉（硫磺泉、含有硫化氫的溫泉）

硫黄乳（〔化〕乳硫、硫磺乳）

柳（ㄌㄧㄡˇ）

柳〔漢造〕柳

蒲柳（蒲柳、〔植〕水楊）

蒲柳の質（蒲柳之質、體質羸弱）

楊柳（〔植〕楊柳）

花柳（花與柳、花街柳巷）

花柳病（花柳病）

花柳の巷（花柳巷）

花柳界（花柳界）

柳暗花明〔連語〕柳暗花明、花街柳巷

柳暗花明又一村（柳暗花明又一村）

柳暗花明の巷（花柳巷）巷粽

柳営〔名〕將軍的軍營、幕府、將軍宅邸（=将軍家）

柳絮〔名〕柳絮

柳絮が飛び散る（柳絮飛舞）

柳絮の才（柳絮之才、詠雪之才）

柳條、柳条〔名〕柳條、柳枝

柳條を縮ぬ（縮柳條、離別）

柳色〔名〕柳綠色、蔥蕊綠

柳髮〔名〕柳髮（形容女人柔軟美麗的長髮如柳樹迎風招展）

柳眉〔名〕柳眉、柳葉眉

柳眉を逆立てる（柳眉倒豎）

柳腰、柳腰〔名〕柳腰、楊柳細腰

柳腰的美人（柳腰的美女）

柳腰の美人（柳腰的美女）

柳腰の女（柳腰的女子）

柳〔名〕〔植〕柳樹、垂柳（=枝垂柳、垂柳、糸柳）

柳の糸（柳絲）

柳の枝（柳枝）

柳の綿（柳絮）

柳は緑、花は紅（柳綠花紅）

柳が風に靡いている（柳樹隨風搖曳）

柳に風（柳葉隨風轉、從來無怨言）

柳風に為ない（風狂不折柳、老實無人欺）

柳に風と受け流す（逆來順受、巧妙地應付過去）

柳に雪折れ無し（柔能克剛）

柳の下に何時も泥鰌は居ない（柳樹底下不一定有泥鰌、〔喻〕得意不宜再往、不可守株待兔）

柳の下に何時も泥棒は居ない（柳樹底下不一定有小偷、〔喻〕得意不宜再往、不可守株待兔）

枝垂柳に飛び付く蛙（跳上垂柳的青蛙）

柳行李〔名〕柳條包

柳蓼〔名〕〔植〕辣蓼、水柳蓼

柳樽〔名〕（喜慶事時用的）高提梁紅漆酒桶（=角樽）、酒的異稱

柳蒲公英〔名〕〔植〕傘花山柳菊

柳刃〔名〕（做生魚片用）柳葉形菜刀（=柳刃包丁）

柳箱、柳箱、柳筥〔名〕（以細柳枝編製裝筆墨硯、經卷等的方形）柳枝盒

柳箸〔名〕柳木作的大筷子（用作新年雜煮筷子）

柳川〔名〕〔烹〕泥鰌鍋（=柳川鍋）

柳川鍋（〔烹〕泥鰌鍋-將去骨泥鰌和牛蒡用砂鍋燉再甩上雞蛋做成的菜=泥鰌鍋）

柳葉魚〔名〕〔動〕柳葉魚、胡瓜魚

柳葉菜〔名〕柳葉菜

柳生、柳生、柳生〔名〕（姓氏）柳生

六、六（ㄌㄧㄡˋ）

六〔名、漢造〕（也讀作りく）。〔數〕六、六個（=六，六つ、六つ）

六の三乗は二百十六である（六的三次方是二百一十六）

六丈（丈六、一丈六尺）

丈六（〔佛〕立高丈六或坐高八尺的佛像、盤腿坐）

双六、双六（雙六、升官圖-黑白各十五個、憑骰子的點數、搶先將全部棋子移入對方陣地的遊戲）

五臓六腑（五臓六腑）

　　　　五臓：心、肝、脾、肺、腎

　　　　六腑：胃、膽、三焦、膀胱、大腸、小腸

六阿弥陀〔名〕〔佛〕六處佛寺（在東京市內、人們每年春分秋分時去參拜）

六阿弥陀詣で（参拜六處佛寺）

六花、六花〔名〕雪的異稱
　六花の景色を愛でる（欣賞雪景）

六つの花〔名〕〔古〕雪、雪花

六価〔名〕〔化〕六價
　六価元素（六價元素、六價基）

六歌仙〔名〕（平安初期的）六個和歌名人、六歌仙（在原業平、僧正遍昭、喜撰法師、大伴黒主、文屋康秀、小野小町）

六界〔名〕〔佛〕六界、六大（指地、水、火、風、空、識）（=六大）

六大〔名〕（形成生物的六大要素）六大（地、水、火、風、空、識或地、水、火、風、空、識）（=六界）

六骸〔名〕六骸（頭、身體、兩手、兩腳）

六角〔名〕六角、六角形（=六角形）
　六角形（六角形）
　六角形の建物
　六角星形（六角星形、六芒星形）
　六角堂（六角堂）
　六角の時計（六角形的鐘表）
　壁に六角の時計を掛ける（牆上掛著六角形鐘）書ける 欠ける 賭ける 駆ける 架ける 翔ける 描ける
　此の木を切って六角のテーブルを作る（切掉這個木頭作成六角形的桌子）作る 造る 創る

六月〔名〕六月、六月份（=水無月-陰曆六月）
　南の風を吹き始める六月（開始颳南風的六月）六月 六月 睦月（陰曆正月）襁褓

六観音、六観音〔名〕〔佛〕六觀音（聖觀音、千手觀音、馬頭觀音、十一面觀音、准提觀音、如意輪觀音）

六感〔名〕第六感
　六感に基いて判断する（根據第六感來判斷）

六区〔名〕淺草娛樂街（指東京都台東區淺草公園中的第六區）

六境〔名〕〔佛〕六境（六種意識的對象：色境、聲境、香境、味境、觸境、法境）（=六塵）

六塵〔名〕〔佛〕六境（色境、聲境、香境、味境、觸境、法境）（=六境）

六曲一双〔名〕六扇大屏風、六折的大屏風

六枚屏風〔名〕六扇的屏風

六穴〔名〕六穴（眼、口、鼻、耳、肛門、陰部）

六鉤幼虫〔名〕〔動〕六鉤幼蟲

六穀〔名〕六穀（稻、粱、菽、麥、黍、稷）

六根〔名〕〔佛〕六根（眼根、耳根、鼻根、舌根、身根、意根）
　六根清淨（六根清淨−修行者拜佛登山時口念的詞）

六斎〔名〕一個月六次訂日子做事、六齋日（=六斎日）
　六斎日（〔佛〕每個月六天的齋戒日—八日、十四日、十五日、二十三日、二十九日、三十日）

六三型〔名〕六三型
　六三型（の）電車（六三型電車）

六三制〔名〕〔教〕六三制（小學六年、初中三年的學制）
　日本の義務教育は六三制です（日本的義務教育是六三制）日本 日本 日本 大和 倭

六三三制〔名〕〔教〕六三三制（小學六年、初中三年、高中三年、大學四年的學制）

六時〔名〕六點鐘〔佛〕（一天用六分開的）念經時刻（晨朝、日中、日沒、初夜、中夜、後夜）

六つ時〔名〕〔古〕卯時，早晨六時前後（=明け六つ）、酉時，下午六時前後（=暮れ六つ）

六字の名号〔連語〕〔佛〕六字真言（南無阿弥陀仏）

六識〔名〕〔佛〕六識（眼識、耳識、鼻識、舌識、身識、意識）

六地蔵〔名〕（在六道救眾生之苦的）六地藏菩薩

六射珊瑚〔名〕〔動〕六射珊瑚

六尺〔名〕六尺、六尺漂白布做的兜襠布（=六尺褌）
　六尺の大男（六尺大漢）小男

六尺褌（六尺漂白布做的兜襠布）

六尺、陸尺〔名〕〔古〕（高官顯要們的）轎夫（=駕籠昇き）、（江戶幕府中擔任挑水跑腿等的）雜工、橡木等做的六尺長的護身棒（=六尺棒）

六尺棒（橡木等做的六尺長的護身棒）

六趣〔名〕六道（=六道：地獄、餓鬼、畜生、修羅、人間、天上）

六道〔名〕〔佛〕（眾生輪迴的）六道（地獄、餓鬼、畜生、修羅、人間、天上）

六道錢（〔佛〕〔裝在死者棺材裡的六文〕往生錢）

六道輪廻（〔佛〕六道輪廻）

六道を輪廻する（輪廻六道）

六十〔名〕六十、六十歲

六十年祭（六十周年紀念）

年も六十を越えた（年齡也超過六十）

六十の手習い（六十歲開始學習、上年紀才開始學習、〔喻〕老而好學，活到老學到老）

六十に為て耳順う（六十而耳順）從う隨う遵う

六十代（〔六十至六十九歲〕六十多歲）

六十代の人（六十多歲的人）

六十分法（六十分法-決定角度，時間單位的一種方法、一度或一小時為六十分、一分為六十秒）

六十余州（六十餘州-古時日本全國的總稱）

六十〔名〕〔古〕六十（=六十）

六十を越えた（年過六十）

六十、六十路〔名〕〔古〕六十（=六十）、六十歲

六十を越えた（年過六十）

六十四分音符〔名〕〔樂〕六十四分音符

六十六部〔名〕〔佛〕巡迴六十六所寺廟進獻法華經的行腳僧、背負佛龕沿途托缽的僧侶（=六部）、妓女

六部〔名〕〔佛〕巡迴六十六所寺廟進獻法華經的行腳僧、背負佛龕沿途托缽的僧侶（=六十六部）

六重唱〔名〕〔樂〕六重唱

六重奏〔名〕〔樂〕六重奏

六重奏団（六重奏樂團）

六重奏曲（六重奏曲）

六書〔名〕〔宗〕六書-基督教舊約全書的最初六卷、（漢字的）六書-象形、指事、形聲、會意、假借、轉注（=六書）

六書〔名〕（漢字的）六書-象形、指事、形聲、會意、假借、轉注（=六書）。（漢字書法）六體-大篆、小篆、八分、隸書、行書、草書（=六体）

六体〔名〕和歌的六種形式、六體-漢字的六種書體：大篆、小篆、八分、隸書、行書、草書（=六体）

六体〔名〕六體、漢字的六種書體（大篆、小篆、八分、隸書、行書、草書）（=六体）

六情、六情〔名〕六情（喜、怒、哀、樂、愛、憎）

六親、六親〔名〕六親（父、母、兄、弟、妻、子或父、子、兄、弟、夫、婦）、（泛指）親屬

六親（父母兄弟妻子、父母兄弟妻子或父子兄弟夫婦、父子兄弟夫婦）

六親等（〔法〕六等親、屬於六等親的人）

六親眷族〔名〕六親眷屬、所有的親屬

六親不和為れば其の家治まらず（六親不和一家難安）

六線形〔名〕六線形、六芒星形（延長正六邊形所形成的形狀）

六大学〔名〕六大學（一般指參加棒球聯賽的早稻田、慶應、東京、法政、明治、立教六所大學）

六大学野球連盟（六大學棒球聯盟）

六大学league戦（六大學棒球聯賽）

六大洲、六大州〔名〕〔地〕六大洲（一般指亞洲、非洲、歐洲、南美洲、北美洲、大洋洲等六洲）、全世界

六炭糖〔名〕〔化〕己糖

六調子〔名〕（雅樂的）六種調子

六度音程〔名〕〔樂〕六度音程

六人制バレー、ボール〔名〕〔體〕六人制排球

六場所制〔名〕〔相撲〕六場制（指一年分別在東京、大阪、福岡、名古屋舉行六場相撲比賽大會的制度）

六波羅探題〔名〕〔史〕六波羅探題（鎌倉幕府設在京都六波羅的重要機構、擔任警衛及監視皇宮、並掌管近畿地方的政務）

六波羅蜜〔名〕〔佛〕六波羅蜜（有布施、持戒、忍辱、精進、禪定、智慧〔般若〕六種修行）

六白〔名〕（陰陽家所謂的九星之一）六白、西北方位

六百六号〔名〕〔藥〕六零六（治梅毒特效藥）（＝サルバルサン）。〔俗〕性病

　　六百六号の注射（注射六零六）

六博〔名〕骰子

六拍子〔名〕〔樂〕六拍子

六腑〔名〕〔中醫〕六腑（指胃、膽、三焦、膀胱、大腸、小腸）

　　五臟六腑（五臟六腑、〔喻〕衷心）

　　五臟六腑に染み渡る（滲透五臟六腑）

六弗化硫黃〔名〕〔化〕六氟化硫

六分儀、六分儀〔名〕〔天〕六分儀（＝セクスタント）

六方〔名〕六合（指天、地、東、西、南、北）、俠客，遊俠（＝俠客、町奴）、（歌舞伎）（主角在花道上揮手抬足的）台步、六平面立方體

　　六方を踏む（走台步）

　　六方を振る（走台步）

　　六方体（〔數〕六面體＝六面体）

　　六方石（〔礦〕水晶、石英）

　　六方晶系（〔礦〕六方晶系）

　　六方海綿類（〔動〕六射海綿網）

　　六方細密構造（〔化〕六角形密集結構、密排六方結構）

六法〔名〕〔法〕六法（指憲法、刑法、民法、商法、刑事訴訟法、民事訴訟法）

　　六法全書（六法全書）

六味〔名〕六味（酸、甜、苦、辣、鹹、淡）。〔藥〕強精劑

六面體〔名〕〔數〕六面體

六曜〔名〕六星（先勝、友引、先負、仏滅、大安、赤口）

六葉飾り〔名〕〔建〕六葉飾、六葉形

六連音〔名〕〔樂〕六連音

六連發〔名〕〔軍〕六連發

　　六連発のピストル（六連發手槍）

六六判〔名〕〔攝〕6×6 公分（的底片）（＝シックス判）

　　パスポートに貼る六六判写真（貼在護照的六公分見方照片）貼る張る

六六鱗〔名〕鯉的異名（＝六六魚）

六〔漢造〕六（＝六、六つ）

六義〔名〕六義（詩經上對古代漢詩所作的六種分類：風、雅、頌、賦、比、興）。

　　六書（象形、指事、形聲、會意、假借、轉注＝六書）。

　　六體（大篆、小篆、八分、隸書、行書、草書＝六体）。

　　〔古〕（古今集）和歌的六種形式（添え歌、數え歌、準え歌、譬え歌、唯事歌、祝い歌）

六経 六經〔名〕六經（易經、書經、詩經、春秋、禮記、樂記）（＝六芸）

六芸、六藝〔名〕六藝（周朝時代士以上所必修的六種技藝：禮、樂、射、御、書、數）、六經（＝六経、六經）

六合、六合〔名〕〔古〕六合、天地四方、宇宙

　　六合、六合（天，地，東，南，西，北、天，地，東，南，西，北）

　　六合を以て家と成す（以六合為家、統一天下）

六国〔名〕〔史〕六國（指戰國時代的齊、楚、燕、韓、趙、魏）

六国史〔名〕六國史（日本書紀、續日本紀、日本後紀、續日本後紀、文德實錄、三代實錄）

六畜〔名〕六畜（牛、馬、羊、雞、犬、豬的總稱）

六朝〔名〕〔史〕六朝（吳、東晉、宋、齊、梁、陳）、六朝書法

六韜〔名〕六韜兵書（文韜、武韜、龍韜、虎韜、豹韜、犬韜）

六韜三略（六韜三略、〔俗〕秘訣，秘本=虎の巻、奥の手）

六〔名〕（僅用於數數時）六、六個（=六、六つ、六つ、六）

五、六、七（五六七）

五、六、七、八（五六七八）

六月（六個月）六月（六月=水無月）

六年（六年）六時（六點鐘）

六日〔名〕（每月的）六日，六號、六天

一月の六日は、私の誕生日です（一月六日是我的生日）

来月の六日（下月六號）

来月の六日迄に御返事致します（下月六號前答覆您）

未だ六日有る（還有六天）

完成迄六日掛かる（需要六天完成）

出来る迄には六日掛かる（到完成需要六天）

六日で出来る仕事を三日間で完成した（六天的工作三天就做完了）

六日の菖蒲（明日黃花、雨後送傘-菖蒲是五月五日端午節用的-六日就過時無用了、比喻過了時機失去作用）

六日の菖蒲、十日の菊（明日黃花）

今更何の様に御侘びを為たとて、六日の菖蒲、十日の菊だ（事已至今任你如何致歉也是明日黃花不起作用了）

六〔名〕（僅用於數數時）六、六個（=六、六つ、六つ、六）

六、六つ〔名〕六、六個（=六、六つ、六）、六歲、（古時計時方法）卯時，酉時（=六つ時）

六つ子（一胎六子）

六つ時〔名〕〔古〕卯時，早晨六時前後（=明け六つ）、酉時，下午六時前後（=暮れ六つ）

六つ〔名〕六、六個（=六つ）

妹は六つです（妹妹六歲）

六つの子供（六歲的小孩）

蜜柑が六つ有る（有六個橘子）

六指，六指，武蔵，武蔵〔名〕一種遊戲（雙方各以三子在棋盤上互爭勝負）、（遊戲）十六子跳棋（=十六六指、十六武蔵）、日本舊國名之一-現在東京都-埼玉縣-神奈川縣的一部分-亦稱武州）

六連星〔名〕〔天〕六連星、昴宿星團、昴的異稱（二十八宿之一）

怜（ㄌㄧㄢˊ）

怜〔漢造〕伶俐、聰明（=聡い、賢い）

怜俐、怜悧、伶利〔名，形動〕伶俐、聰明（=利口）

怜悧な頭脳の持主（頭腦聰明的人）

極めて怜悧な人（極其聰明伶俐的人）

怜悧に見える（顯得伶俐）

怜悧に見える女性（顯得伶俐的女性）女性

怜悧に見える少女（顯得伶俐的少女）少女乙女

此の子は非常に怜悧に見える（這孩子顯得很伶俐）

連（ㄌㄧㄢˊ）

連〔名〕（賽馬或賽車等連中第一名和第二名）連勝式（=連勝）↔単。連結、連在一起、夥伴、們（表示人的複數）（=連中、連中、達、等、共、衆、方）

〔接尾〕（助數詞用法）串、（ream 的譯音、也寫作〝嗹〞）令（印刷用紙計算單位、原為五百張、現為一千張）

〔漢造〕連接、聯合、連續、同伙，伙伴、牽連、聯盟、聯合會（=連盟、連合会）

天は水に連也（天連水）

画家連の集まる画廊（畫家們聚會的畫廊）

悪童連が又来た（頑童們又來了）

数珠一連（一串念珠）

キロ連（一千張的令）

関連、関聯（關聯、聯繫、有關係）

ㄌ

一連（〔也寫作一聯〕一連串，一系列、乾魚或乾果一串、一令（原張紙五百張為一令）

流連（流連＝居続け）

悪童連（頑童們）

文士連（文人們）

全学連（全學聯、全校學生聯合會）

日経連（日經連、日本經營者團體聯盟＝日本経営者団体連盟）

ソ連（蘇聯）Soviet れん

わいわい連〔名〕（連是連中的簡語）。〔俗〕（不負責任而）胡吵亂嚷的人們

　政界のわいわい連（政界中亂起哄的人們、吵吵嚷嚷的政界人士）

連印〔名、自サ〕連署、聯合簽署（簽字、蓋章）

連火〔名〕（漢字部首）四點火（如照、烈下的灬）（＝列火）

　連火の漢字を五つ書き出す（寫出五個四點火的漢字）

連歌、連歌、連歌〔名〕連歌、聯合詩（日本詩歌的一種體裁、流行於中世紀、由二人或多數人交互吟詠〝和歌〞的上句和下句、普通以百句為單位）

連桿〔名〕〔機〕連桿

連関、聯関〔名、自サ〕關聯，有密切關係（＝関聯、関連）。〔生〕（細胞遺傳學上的）連鎖（＝リンケージ）linkage

　互いに聯関している（互相有關聯）

　此れは彼れと深い聯関が有る（這個和那個有密切的關聯）

　今は此れに聯関した問題を考えて見よう（現在讓我們考慮一下與此有關聯的問題）

　此の夏の気候異変は太陽の黒点と聯関が有るらしい（這個夏天氣候失常似乎和太陽黑子有關係）

　此れと聯関した証拠を発見した（發現了與此有關連的證據）

　何だが聯関が有る様だ（似乎有點關係）

連環〔名〕連環、鏈環（＝鎖、鏈、鏁）

　連環馬（中國古代的連環馬）

　連環画（中國現代的連環畫）

連記〔名、他サ〕（在選票等上面把兩個人以上的被選人姓名）並列寫上、連記、開列（＝列記）←→単記

　二名連記する（連記兩名）

　連記で投票する（用連記法投票）

　三名連記で投票する（連記三名投票）

　代表を五名連記する（填上五名代表的名字）

　連記制（連記法）

　連記投票制（連記投票制、複數投票制-並列寫上多數被選人姓名的投票制度）

連木〔名〕〔方〕研磨棒（＝擂粉木）

　連木で腹を切る（〔喻〕根本不頂用、緣木求魚）

連丘〔名〕連綿的丘陵

　緑滴る連丘（蒼翠連綿的丘陵）

連休〔名〕連續的假日

　三日間の連休が有る（有連續三天的假日）

　三日連休を利用して旅行に行く（利用連續三天的假日出去旅行）

　連休の行楽地は人で一杯だ（連續假日時遊覽地人山人海）

　飛び石連休（有間隔的連續休假）

連翹〔名〕〔植〕連翹（＝鼬草）

連曲〔名〕〔樂〕（由幾個獨立的樂曲組成的）組曲

連吟〔名、自サ〕（能樂中）幾個人齊唱（謠曲的某些段落）、幾個人齊聲吟詠（漢詩）←→独吟

連句，聯句、連句，聯句〔名〕連句，長篇的俳句（日本詩歌的一種體裁、也稱作俳諧連歌）、長篇的詩歌、聯句（人各一句聯成漢詩）、（律詩的）對偶句

　和漢聯句（日漢對偶句）

　漢和聯句（漢日對偶句）

連詩、聯詩〔名〕聯詩、聯句（=連句、聯句）
連携〔名、自サ〕聯合、合作、協作（=提携）
　連携して共同の敵に当る（聯合起來抵抗共同的敵人）
　連携を保つ（保持聯繫）
　連携して行動する（聯合行動）
連係、連繫、聯繫〔名、自他サ〕聯繫（=繋がり）
　聯繫を取る（取得聯繫）
　聯繫を保つ（保持聯繫）
　政府と緊密な聯繫が有る（與政府有緊密聯繫）
　密接な聯繫が有る（有密切的聯繫）
　互いに密接な聯繫を保つ（互相密切地保持聯繫）
　密接な聯繫を謀る（謀求密切的聯繫）
　聯繫を一層密に為る（進一步加緊聯繫）
　互いに聯繫し合い、影響し合っている（互相連繫著並互相影響著）
　聯繫して共同の敵に当たる（聯合抵抗共同的敵人）
　聯繫行動（串聯）
連結〔名、他サ〕聯結、連接、掛車
　急行に連結した食堂車（掛在快車上的餐車）
　五台連結の電車（五節車廂的電車）
　機関車を列車に連結する（把機車掛到列車上）
　此の列車には寝台車が連結して有ります（這次列車掛有臥鋪車廂）
　連結器（火車或電車的連接器、掛鉤、車鉤）
連呼〔名、自他サ〕連呼、連喊、反復叫多次
　万歳を連呼する（連呼萬歲）
　候補者の名を連呼する（反復唱候選人的姓名）
　大声で連呼したが返事が無かった（大聲連續呼喊可是沒有回答）大声大声

　スローガンを連呼する（連呼口號）
連語〔名〕〔語法〕（由兩個以上的單詞構成表示複合概念的）詞組、習慣短語（普通區別於已經密切結合、形成具有單一形態和機能的〝複合詞〞）（如世の常〔平常〕、何時の間に〔不知不覺地〕）
連行〔名、他サ〕（把犯人等）帶走、帶來
　犯人を連行する（押送犯人）
　犯人を本署に連行する（把犯人帶到警察署去）
　捕虜が連行されて行く（俘虜被帶走了）
連れ行く、連行く〔他五〕陪同去、帶去、帶走
　二人で連れ行く（兩個人陪同去）
連衡〔名〕〔史〕連衡、聯盟↔合従
　合従連衡（合縱連衡）
　連衡の策を講じる（採取連衡之策）
連子鯛〔名〕黃鯛魚（=黃鯛-黃鯛的關西方言）
連合、聯合〔名、自他サ〕聯合，團結。〔心〕（association 的譯詞）聯想
　国際連合（聯合國）
　学会聯合（學會聯合組織）
　連合して敵に当てる（聯合對敵）当る中る
　連合出来る全ての勢力と連合する（團結一切可以團結的力量）全て凡て総て統べて
　イングランドとスコットランドは聯合して一王国と為った（英格蘭和蘇格蘭聯合成為一個王國）
　各組合が連合して統一組織を作る（各工會聯合起來組成統一組織）作る創る造る
　連合して覇権に反対する
　三つの団体が連合する
　連合大売出し（聯合大減價）
　連合内閣（聯合內閣）
　連合共進会（聯合評選會）
　全県連合会（全縣聯合會）

ㄌ

ㄌ

連合国（盟邦，結成同盟的國家、第二次世界大戰中的同盟國）

連合軍（兩個以上的國家的軍隊組成的聯軍、第二次世界大戰中同盟國的盟軍）

連合艦隊（聯合艦隊）

連合心理学（聯想心理學）

連れ合う、連合う〔自五〕伴同，結伴（=連れ立つ）、婚配，結婚（=連れ添う）

連れ合って京都へ行く（結伴到京都去）

連れ合って旅行に行く（結伴去旅行）

一度連れ合ったからには一生別れない（一旦結了婚就一輩子不離開）

連れ合ったから二十年も経った（結婚以來已有二十多年）

連れ合ったから二十年に為った（結婚以來滿是十年了）

連れ合い、連合〔名〕配偶者，夫妻，老伴，同伴，伴侶

一生の連れ合いに為る（作為一生的伴侶）

連れ合いに先立たれる（喪偶）

連れ合いが無い（沒有同伴）

早く連れ合いに分かれた（很早就喪偶了）

連鎖〔名〕連鎖，聯繫（=繋がり）、鎖鍊（=鎖）

過去との文化的連鎖（與過去的文化聯繫）

人民の間を結ぶ連鎖と為る（成為連接人民之間的紐帶）

AとBとを結ぶ連鎖を断ち切る（割斷連結A和B的聯繫）

連鎖比例（〔數〕連鎖比率）

連鎖指数（連鎖指數）

連鎖移動反応（〔化〕連續傳遞反應）

連鎖式（〔邏〕〔sorites的譯詞〕連鎖推理、複合三段論）

連鎖店（同一公司下屬的商店=チェーン、ストア）

連鎖法（〔邏〕連鎖推理=連鎖式、〔數〕連鎖法）

連鎖劇（〔舊〕電影戲劇聯合演出-大正年代流行電影放映中間演戲劇或戲劇演出中間放映電影）

連鎖反応（〔理、化〕連鎖反應、鏈式反應）

連鎖反応装置（〔原〕鏈式反應堆=原子炉、リアクター）

連鎖（状）球菌（〔微〕鏈球菌）

連坐、連座〔名、自サ〕連坐、連累、牽連（=巻き添え、掛り合い、縁座）、同席

汚職事件に連坐する（牽連在貪污案件中）

多くの政界人が汚職事件に連坐する（許多政界人牽連在貪汙案中）

罪の無い人を連坐に為て為らない（不可牽連到無辜的人）

連坐制（連帶制-公職選舉助選員違反選舉法時候選人當選無效的制度）

末席に連坐する（敬陪末座）末席末席

連載〔名、他サ〕連續刊載

雑誌の連載物（雜誌上的分期刊載作品）

新聞連載の小説（報紙上的連載小說）

戦争回顧録を新聞に連載する（把戰爭回憶錄連載在報上）

連載中（正在連續刊載）

連作〔名、他サ〕〔農〕連作，連種←→輪作、（幾個人各分擔一部分聯成一篇）合寫的作品（詩歌、繪畫等圍繞同一主題、同一作家一系列的）連續創作

連作小説（合寫的小說）

連作の絵の一部（整套畫的一部分）

連山〔名〕連綿的群山、山巒、山脈（=連峰）

南北に連なる連山（綿亙南北的群山）連なる列なる

東西に亘っている連山（綿亙東西的群山）

連山の眉（柳葉眉）

連枝〔名〕相連的樹枝、（特用於王公貴族的）兄弟姐妹（=同胞，同胞，兄弟，兄弟）

将軍の連枝（將軍的昆仲）

連子、櫺子〔名〕窗格、門窗的柵欄（=格子）
　連子窗（格子窗）

連れ子，連子、連れっ子〔名〕（再婚時帶來的）前夫或前妻的子女、帶來的孩子
　彼の後妻には連れ子が二人有った（他的續絃有兩個前夫的孩子）後妻後妻

連字〔名〕〔印〕（把幾個字或字母鑄在一起的）聯合活字

連辭〔名〕〔邏〕（拉丁語copula的譯詞）系詞

連失〔名〕〔棒球〕連續失誤、連遭失敗
　連失で相手に二点取られた（連續失誤而被對方奪取了兩分）
　貿易政策の連失で赤字に為った（由於貿易政策連遭失敗而虧損了）

連日〔名〕連日、接連幾天（=日日、毎日）
　連日連夜（連日連夜、每天每夜、日日夜夜）
　連日連夜校正を急いでいる（每天每夜趕做校對工作）
　連日の大雨（連日來的大雨）大雨大雨
　連日の雨で川が増水した（由於接連幾天下雨河水猛漲）
　忙しくて連日夜勤する（忙得連日加夜班）
　忙しくて連日夜迄残業を遣る（忙得連日加夜班）
　連日の大入りが続いた（連日客滿）
　連日夜勤する（接連幾天夜班）

連借〔名、他サ〕連帶借款
　連借人（連帶借款人）

連尺〔名〕背東西的梯形板架、（也寫作連索）背東西用的肩部較寬的粗麻繩、背著東西叫賣的行商（=連尺商）

連雀〔名〕〔動〕連雀、成群的麻雀

連珠、聯珠〔名〕連接成串的珠子、連珠般的美麗詞句、連珠棋、擺五子，五子棋（=五目並べ）

連署〔名、他サ〕連署、會簽、聯合簽名、共同簽名
　千人連署の請願書（千人聯名的請願書）
　文書に連署する（在文件上共同簽名）
　陳情書に連署する（大家在請願書上簽名）
　連署国（連署國）

連判、連判〔名、自サ〕連署、集體簽署、聯合簽名蓋章（=連署、連印）
　連判に加わる（參加集體簽名）
　提案に連判して置く（事先在提案上連名蓋章）
　誓約書に連判する（在誓約書上聯合簽名蓋章）
　連判状（集體簽名的公約）

連晶〔名〕〔化〕連晶

連勝〔名、自サ〕連續戰勝←→連敗、（賽馬或賽車等連中第一名和第二名的）連勝式（=連）←→單勝
　連戰連勝（連戰連勝）
　五連勝する（五次連勝）
　三試合に連勝する（三次比賽連續勝利）
　AチームはBチームに連勝した（A隊連續擊敗B隊）
　連勝式馬券（連勝式馬票）

連敗〔名、自サ〕連續敗北、連續吃敗仗←→連勝
　連敗の将（連敗將軍、常敗將軍）
　連敗の敵将（連敗敵將）
　連戰連敗（連戰連敗）
　五連敗する（連續吃五次敗仗）
　選挙で連敗する（屢次競選失敗）
　相手に連敗する（連續輸給對方）
　練習不足なので三回連敗した（因為練習不夠而連續輸了三場）

連聲〔名〕〔語〕（古音韻學用語）連聲、連音（前音節末尾的輔音m、n、t與後面的あ、や、わ行的音相連續時變化為な、ま、た行音的現象，如因緣變為因縁、陰陽變為陰陽、觀音唸觀音、关王唸关王）

連乘〔名、他サ〕〔數〕連乘（=累乗-乘方）

ㄌ

連乗積〔連乘積〕
六を三回連乗すると２１６に為る（把六乘三次成為二百十六）

連城〔名〕連城
連城の璧（連城璧、和氏璧）璧璧

連針路航法〔名〕〔海〕（逆風時的）曲線航行法

連星〔名〕〔天〕聯星、雙星

連接〔名、自他サ〕連接、連結、接連
連接する国国（毗鄰的國家）
連接する国国と交誼を厚くする（和毗鄰的國家敦厚友誼）厚い熱い暑い篤い
電線を連接する（接上電線）
連接した土地を分割する（分割毗鄰的土地）
連接棒（〔機〕連結桿）
連接電話（電話分機）

連戦〔名、自サ〕連續作戰、連續參加比賽
三連戦（三次連續參加比賽）
連戦連勝（連戰連勝、百戰百勝）
開戦以来半年連戦連勝の戦果を得た（開戰以來半年獲得連戰皆捷的戰果）得る得る
連戦の勇士（參加多次戰鬥的勇士）

連銭葦毛〔名〕（青灰毛色中）帶有灰色圓斑紋（的馬）

連奏、聯奏〔名、他サ〕〔樂〕（幾個人用同種樂器）合奏、聯彈
ピアノを聯奏する（合奏鋼琴）
アコーデオンの聯奏を聞く（聽手風琴合奏）聞く聴く訊く利く効く

連弾、聯弾〔名、他サ〕二人合彈（一個樂器）
ピアノの聯弾（鋼琴合彈）
ピアノを聯弾する（兩個人同彈一架鋼琴）

連れ弾き、連弾き〔名、他サ〕（箏、三弦等的）合彈、合奏（＝合奏）
琴を連れ弾き（合彈箏）

連装〔名〕〔軍〕聯裝（在童一砲塔或砲架上並列裝兩門以上的砲）
三連装（三門砲聯裝）
口径二十センチ三連装の大砲（口徑二十公分三連裝的大砲）
四連装の六十三センチ魚雷発射管（四連裝的六十三公分的魚雷發射管）
連装砲（聯裝砲）
連装自走砲（雙聯裝自行火砲）

連想、聯想〔名、他サ〕聯想
聯想を逞しゅうする（任意聯想）
雲を見て羊を聯想する（看見雲彩聯想起綿羊來）言う云う謂う
彼女を見ると愛する人を聯想する（一看到她就聯想到心愛的人）
其を見る度に彼女の事を聯想する（每看到那個就會聯想到她）
蝉を言えば夏を聯想させる（一講到蟬就聯想到夏天）
アインシュタインと言うと相対性原理を聯想する（一提起愛因斯坦就聯想到相對論）
日本では四と言う言葉は良く死を聯想させる（在日本四這個詞常使人聯想到死）四四
宮本武蔵の様な人物を聯想させられる（使人聯想到宮本武藏一類的人物）
聯想心理学（聯想心理學）
聯想ゲーム（聯想遊戲）

連続〔名、自他サ〕連續、接連
不幸の連続（接連不斷的不幸）
休みが連続する（假日連上）
休みが二日連続する（接連放假兩天）
休みが三日間連続する（接連放假三天）
連続して三回欠席した（一連三次缺席）
連続二週間の雨（連續兩個星期的雨）
火事が連続して起こる（連續發生火災）

震動は約十五分連続した（連續震動了大約一刻鐘）二箇月二個月

彼の欠席は連続二カ月に及んだ（他缺席連續達二個月）二カ月二ヵ月二ケ月二ヶ月

彼の欠席は連続二カ月に亘った（他缺席連續達二個月）

連続興行（連續演出）

連続物（連載小說、連本影片）

連続テレビドラマ（電視連續劇）

連続函数（〔數〕連續函數）

連続曲線（連續曲線）

連続放射（〔理〕連續輻射）

連続性（〔數〕連續性）

連続体（〔哲、數〕連續統一體）

連続精留（〔化〕〔石油等〕連續精餾）

連続スペクトル（〔理〕連續光譜）

連打〔名、他サ〕連續地打，雨點般地揍，接二連三地猛擊、連續敲打。〔棒球〕連續擊中

顔を連打する（連續打臉）左右兎角

左右の連打で相手をノック、アウトした（左右開弓接二連三地猛擊把對方打倒了）左右左右

半鐘を連打する（連續敲打警鐘）

ドアを連打する（連續地敲門）

連体〔名〕〔語法〕連體

連体形（〔語法〕連體形－主要修飾體言、如咲く花の咲く、高い山的高い）

連体詞（〔語法〕連體詞－只能修飾體言的詞、如彼の、或る等）

連体法（〔語法〕連體法）

連体修飾語（〔語法〕連體修飾語）

連帯〔名、自サ〕團結，聯合，協力合作。〔法〕連帶，共同負責、（日本國營和私營鐵路的）聯運

経済的連帯（經濟上的協力合作）

連帯を呼び掛ける（號召團結合作）

連帯感（連帶感）

連帯感が有る（有連帶感）

連帯感と友情（團結和友誼）

三人が連帯で保証する（三人共同擔保）三人三人

連帯で責任を負う（連帶負責、共同負責）

責任を連帯する（共同負責）

連帯債務（連帶債務）

連帯切符（聯運車票）

連帯保証（〔法〕連帶保證）

連帯責任（〔法〕債務人的連帶責任、內閣的集體負責、社會上的團結一致休戚相關的責任感）

連帯責任の廉で免職する（以連帶責任的理由而免職）

連隊、聯隊〔名〕〔軍〕（陸軍編制的）聯隊、團

聯隊長（團長）

聯隊旗（團旗）

歩兵聯隊を派遣する（派遣步兵團）

連台、輦台〔名〕（古時抬著旅客）渡河用的板架

連濁〔名、自サ〕〔語〕連濁（日語中兩個單詞相結合時、下一個單詞最初的清音變成濁音 如草和花相結合、讀作草花）

連濁音（連濁音）

連中、連中〔名〕伙伴，同伙（＝仲間）、（演藝團體的）成員們，一班

とんでもない連中（一群不三不四的傢伙）

愉快な連中（一群快活的人）

錚錚たる連中（一批傑出的人物）

斯う言う連中（這些傢伙）

男連中（男人們）

女連中（女人們）

会社の連中（公司的伙伴）

連中を作る（形成一伙人）

力

私も其の連中の一人だ（我也是其中的一員）

あんな連中と付き合うな（不要和那些傢伙來往）

清元連中（清元班）

三味線杵屋連中（三弦長歌杵屋班）

連投〔名、自サ〕〔棒球〕（同一投手接連在兩次以上的比賽裡）連續投球

連動、聯動〔名、自サ〕〔機〕聯動、傳動

此のスイッチは連動に為っている（這個開關是聯動的）

距離計がカメラのレンズと連動する（測距計跟照像機的鏡頭聯動）

露出計がシャッターに連動している（曝光表跟快門聯動）

連動装置（聯動裝置、傳動裝置）

連動機（聯動器、離合器）

連動プラオ（〔農〕聯犁）

連動信号機（聯鎖信號機）

連年〔名〕連年（＝毎年、毎年）

連年の豊作（連年豐收）

連年不作続き（連年不斷欠收）

連年水害に見舞われる（連年遭受水災）

連年台風水害に見舞われる（連年遭受水颱風水災）台風颱風タイフーン

連破〔名、他サ〕連續打敗（對方）

相手チームを連破する（連續擊敗敵隊）

対校試合で相手のチームを連破する（在校際比賽中連續戰勝對方）

我がチームを三連破した（我隊連勝三次）

エリートの選手で三回連破した（以精銳的選手連破了三關）

連覇〔名、自サ〕連續優勝、連續取得冠軍

三連覇を遂げる（連續三次取得冠軍）

三年連覇を遂げる（連續三年保持冠軍）

三年少年野球の連覇を遂げる（連續三年保持少年棒球冠軍）

連俳〔名〕連歌和俳諧、俳諧的連句

連俳を作る（作俳諧的連句）

連爆〔名、他サ〕連續轟炸

敵の後方を連爆する（連續轟炸敵人後方）敵敵仇前方前方（以前）

敵の拠点を連爆する（連續轟炸敵人據點）

連爆が効を奏した（連續轟炸奏效了）奏する草する相する走する

連発〔名、自他サ〕連續發生←→散発、連續發出、連續發射←→単発

欠伸の連発（連續打哈欠）

事故の連発（連續發生事故）

交通事故の連発（連續發生車禍）

汚職事件が連発する（連續發生貪污事件）

質問を連発する（連續提出質問）

冗談を連発する（連續開了幾個玩笑）

抗議を連発する（連續提出抗議）

機関銃を連発する（連續開機關槍）

六連発の拳銃（六連發手槍）

六連発のピストル（六連發手槍）

連発銃（連發槍、衝鋒槍、自動步槍）

連比〔名〕〔數〕連比

連比例〔名〕〔數〕連比例

連文〔名〕〔語〕連合式合成詞（幾個具有意義用法的漢字，作為同義語結合起來構成的詞、如發起、增加等）

＊（発起-〝發〞和〝起〞二字均為〝始める〞開始之意）

連分数〔名〕〔數〕連分數

連文節〔名〕連文節（兩個以上的文節連接成為一個較大的文節）

連袂〔名、自サ〕連袂、一同（行動）

連袂辞職する（一同辭職、全體辭職）

内閣が連袂辞職した（內閣總辭職）

連邦、聯邦〔名〕聯邦、合眾國（=連合国家）
  聯邦共和国（聯邦共和國）
  ソビエト聯邦（蘇聯）
  アメリカ聯邦（美國聯邦）
  スイス聯邦（瑞士聯邦）

連峰〔名〕連峰、山巒、綿亙的山嶺（=連山）
  日本アルプス連峰（日本阿爾卑斯連峰）
  アルプスの連峰を一目に見渡す（一眼可以望到阿爾卑斯山的連峰）
  東南の連峰を一目に見渡す（一眼可以望到東南的連峰）

連名〔名〕聯名
  連名で声明する（聯名發表聲明）
  連名で案内状を出す（聯名發出請帖）
  連名陳情書（聯名請願書）
  連名書簡（聯名信）

連盟、聯盟〔名〕聯盟、聯合會（=同盟）
  学生聯盟（學生聯盟）
  経済聯盟（經濟聯合會）
  聯盟を作る（組織聯盟）
  聯盟を結成する（組織聯盟）
  聯盟を組織する（組織聯盟）
  聯盟に加わる（加入聯盟）
  国際聯盟に加わる（加入國際聯盟）
  聯盟に加入する（加入聯盟）
  共同の敵に対して聯盟を結ぶ（結成聯盟反對共同敵人）
  聯盟を脱退する（退出聯盟）
  聯盟規約（聯盟章程）
  連盟国、聯盟国（盟國、同盟國）

連綿〔形動タルト〕連綿（不斷）、連續不斷
  連綿たる血統（連綿不斷的血統）
  連綿たる家系（連綿不斷的門第）
  連綿と連なる山山（連綿的群山）連なる列なる
  不撓不屈の精神は彼等の間に連綿と受け継がれている（不屈不撓的精神在他們當中連綿不斷地被繼承著）
  民族の血は太古から連綿と続いている（民族的血統從太古一直連綿不斷）

連夜〔名〕連夜、每夜（=毎晩、毎夜）
  連日連夜の活躍（連日連夜的積極活動）
  連夜夢を見る（連夜做夢）
  連夜恐ろしい夢を見る（每夜作惡夢）

連用〔名、他サ〕連續使用，連續服用、〔語法〕連用，連接用言
  睡眠薬を連用する（連續服用安眠藥）
  睡眠薬を連用して中毒に為る（連續服用安眠藥以致中毒）
  連用修飾語（連用修飾語、副詞性修飾語）
  連用形（〔語法〕連用形-用於連接或修飾用言、也用於中止或作名詞形、如咲き乱れる的咲き、高く飛ぶ的高く）
  連用法（〔語法〕連用法、連用形）

連絡、聯絡〔名、自他サ〕聯絡，聯繫，彼此關聯、通訊連繫，（交通上的）連接，聯合，聯運
  緊密な聯絡（緊密的聯繫）
  聯絡の悪い話（語無倫次的講話）
  聯絡を付ける（建立聯繫）
  聯絡を取る（取得聯繫）
  聯絡を保つ（保持聯繫）
  無電で聯絡を保つ（用無線電保持聯繫）
  聯絡を強化する（加強聯繫）
  聯絡を失う（失去聯繫）
  聯絡を断つ（斷絕聯繫）
  外部と聯絡を断たれている（斷絕了和外部的聯繫）
  直ぐ聯絡します（我馬上跟您聯繫）

成可く早く僕に聯絡して呉れ給え（要盡快通知我）
警察に聯絡して手配する（通知警察進行佈署）
聯絡機（聯絡機）
聯絡ステーション（聯絡站）
聯絡員（通訊員）
聯絡船（渡輪）
聯絡事務所（聯絡辦事處）
聯絡先（聯絡處）
警察に聯絡して手配する（通知警察布置人員）
警察に聯絡して指名手配する（通知警察通緝）
汽車汽船聯絡切符（火車輪船聯運票）
汽車と汽船の聯絡切符（火車輪船聯運票）
此の列車は汽船に聯絡しますか（這次列車和輪船銜接嗎？）
其処で本線と聯絡出来る（在那裡可以和幹線相連接）
聯絡運転（聯運）
聯絡乗車券（聯運車票）
聯絡駅（聯運站）

連理〔名〕（樹枝）連理、（夫婦或男女）親密相愛
連理の契り（比翼連理）
連理の契りを結ぶ（結為夫婦、盟誓永遠相愛）
連理の枝（連理枝、〔夫婦〕美滿，親密）
地に住まば連理の枝と為らん（在地願為連理枝）
連理比翼（夫婦和睦、男女間情誼深）
連理の中にも切る期（雖為連理枝也有分離時）

連立、聯立〔名、自サ〕聯立、聯合

二人の候補者が聯立する（兩個候選人同時提名）
聯立内閣（聯合內閣）
聯立方程式（〔數〕聯立方程式）

連れ立つ、連立つ〔自五〕一起去、一同去、搭伴去
三人連れ立って彰化へ行く（三個人一起到彰化去）
彼等が連れ立って歩いているのを見た（我看見了他們在一起走啦）

連累〔名〕連累、牽連（=連座、巻き添え）
連累者（牽連者）
彼は彼の事件の連累者だ（他被牽連到那個案件裡）
他に未だ連累者が有る見込みだ（估計此外還有連累者）他他
連累が会社に及ぶ（連累到公司）

連類〔名〕同類、同伙、伙伴（=仲間、同類）

連連〔形動タルト〕連續不斷
連連と続く（連續不斷）

連枷，殻竿，唐竿、連枷、連枷〔名〕（打穀用具）連枷
連枷歌（用連枷打麥時唱的歌）
連枷を打つ（用連枷打穀或麥）

連、列〔名〕〔古〕夥伴，同夥（=仲間）、行，列，排（=列）

連なる、列なる〔自五〕成行，成排，成列、綿延、毗連、牽連、關聯、列席、參加
兵士が二列に列なる（士兵排成兩行）
学生が三列に連なる（學生排成三行）
雁が連なって飛ぶ（雁排列而飛）雁雁飛ぶ跳ぶ
山脈が南北に列なる（山脈綿亙南北）
海と空とが連なる（海空毗連）空空
此の事は双方に連なっている（這件事與雙方有關連）

国際問題に列なる事件（涉及國際問題的事件）

彼の結婚式に列なった（參加了他的婚禮）

委員の末席に列なる（列為委員之一）

私も会員の一人に列なっている（我也被列為會員之一）一人一人一人

私も署名人の中に列なっている（我也列為署名者之一）中中中 中

連ね，連、列ね，列、連事〔名〕（歌舞伎中主角武生所作的）自我介紹的獨白、介紹劇情的長台詞

連ねる、列ねる〔他下一〕連成一排，排列成行、連接，連上，會同，伴同

屋台店が軒を列ねた街（攤販成排的街道）軒簷檐

軒を列ねて立ち並ぶ（房屋櫛次鱗比）

軒を列ねている店（整排的店鋪）店見世

船を列ねる（把船連上）

自動車を列ねて通る（汽車結隊而過）

車を列ねてパレードする（汽車排成一列長龍遊行）

名を列ねる（連名）

名前を列ねる（連名）

有名な人が名を列ねる（著名人士名列一大串）

袖を列ねる（並肩列坐）

書き列ね文字（一連寫下的文字）文字文字

袂を列ねて辞職する（連袂辭職）

百万言を列ねて弁解する（羅列千言萬語進行辯解）

百万言を列ねた論文（洋洋灑灑百萬言的論文）

此れも出品物の中に列る（把這個也列在展覽品中）

友達を列ねて行く（帶朋友去）行く往く逝く行く往く逝く

連れ、連〔名〕同伴，伙伴，伴侶（=仲間）、（能楽或狂言的）配角（=仕手連れ、脇連れ）

良い連れが有る（有個好伴）

道中で連れに為る（在路上搭上伴）

旅の途中で連れに為る（在旅途上結識了夥伴）

御連れが御待ちです（您的同伴等著呢）

連様が見えました（您的同伴來了）

連れを待たして在るので失礼します（同行的我等著我我先告辭了）

私が行って連れを誘って来ましょう（我去找個夥伴來吧！）

連れに逸れた（和同伴失散了）逸れる逸れる反れる剃れる

連れに連れが入る（幫倒忙、反而添麻煩）入る要る居る射る鋳る炒る煎る

連れ、連〔接尾〕（接在表示人的名詞下）伴同，帶著、（表示蔑視或自謙的語氣）之流、之輩（=共、連中，連中）

子供連れ（帶著孩子）

子供連れの行楽客（帶著孩子的遊客）

家族連れ（帶著家眷）

家族連れて旅行に行く（帶著一家人一起去旅行）

親子連れて旅行する親子父子母子父娘母娘

道連れ（旅伴、同路人）

二人連れで芝居を見に行く（兩個人一起去看戲）

花見客は家族連れが多い（賞花的客人大都是攜眷的）

子供連れに何が分る物か（孩子們懂得什麼？）

女連れ（女流之輩）

女連れに何が分る物か（女人們懂得什麼？）

私連れには不相応な御話（這對我這樣的人是過分的）

ㄌ

連れる〔他下一〕帶、領〔自下一〕（常用に連れて的形式）跟隨、伴隨著

　子供を連れて行く（帶著孩子去）

　子供を連れて動物園に行く（帶著孩子到動物園去）

　休日には子供を連れて公園へ出掛ける（假日帶著孩子逛公園）

　連れて行って下さい（請把我帶去）

　彼は沢山の御供を連れていた（他帶了很多隨員）

　学生を連れてピクニックに行く（帶學生去郊遊）

　生徒を連れて工場見学に行く（帶學生去參觀工廠）

　犬を連れて散歩に行く（帶著狗去散步）

　音楽に連れて踊り出した（隨著音樂跳起舞來了）

　母に連れて行った（跟隨母親去了）

吊れる、釣れる〔自下一〕（寫作釣れる）上鈎，好釣，能釣，容易釣、吊起來，向上吊

　魚が良く釣れる（魚很好釣）

　此処では鮒が釣れる（這裡能釣鯽魚）

　魚が居ても釣れない（有魚但不上鈎）

　今日は大物が面白い様に釣れる（今天大魚很有意思地上鈎）

　目尻が吊れている（吊眼梢）

　怒ると直ぐ目が吊れる（一發火就橫眉豎眼）

連れて〔連語〕（常用に連れて的形式）隨著、跟著、伴隨著

　音楽に連れて踊り出す（隨著音樂跳起舞來）

　ピアノを連れて歌い出す（隨著鋼琴開始唱）

　カラオケに連れて歌う（跟隨伴唱機唱歌）

　時が経つに連れて（隨著時間的推移）

　年を取るに連れて経験も豊富に為る（年齡越大經驗也就越多）

　年を取るに連れて頑固に為った（年齡越大越頑固了）

　金の下落に連れて物価が高く為る（金價越下跌物價越上漲）

　インフレに連れて物価が高く為る（隨著通貨膨脹物價越高漲）

　遠く為るに連れて音が微かに為る（離得越遠聲音越小）

　戦争に連れて起こる不況（戰爭所引起的蕭條）

　生産コストが下がるに連れて小売価格も下がって来る（隨著生產成本的下降零售價格也降下來了）

　収入が増えるに連れて、購買力も絶えず高まり、生活も大幅に改善される（隨著收入增加購買力也不斷提高生活得到大幅的改善）

　工業の発達に連れて国民の所得が増加した（隨著工業發達國民所得就越增加了）

　時が経つに連れて悲しみは薄らいだ（隨著時間的推移哀傷也漸漸消失了）

　夜が更けるに連れて寒さが厳しく為る（夜越深越是寒冷）更ける 老ける 耽ける

連れ帰る〔他五〕領回來、帶回來

連れ子，連子、連れっ子，連っ子〔名〕前夫或前妻的子女

　彼の後妻には連れ子が二人有った（他的續弦有兩個前夫的孩子）連子連子

連れ込む、連込む〔他五〕結伴進入，領著進入、領著情婦（情人）進入

　友達を台中公園の中へ連れ込む（把朋友領進台中公園）

　料理屋に連れ込まれて飲まされた（被拉進飯館裡灌了一頓酒）

　女をホテルへ連れ込む（把女人領進旅館）

連れ込み、連込み〔名〕〔俗〕帶情人同宿旅館、娼妓與客人同宿、男女幽會的旅館、假借慈善團體之名攜帶兒童到各家募捐（的騙子）

　連れ込み宿、連込み宿（供帶情人投宿的旅館、男女幽會的旅館＝ラブホテル）

連れ去る〔他五〕領走、帶走、劫走

連れ三味線、連三味線〔名〕二人以上合奏三弦、（淨瑠璃等合奏三弦時）伴奏的三弦

連れ小便、連小便〔名〕〔俗〕跟著別人一同去小便

連れ添う、連添う〔自五〕婚配、結婚、一起生活（＝連れ合う）
　連れ添ってから三年以上だった（結婚以來三年多了）
　二十五年連れ添って来た妻（結婚已二十五年的妻子）
　彼女は外国人と連れ添っている（她和外國人結婚了）

連れ出す、連出す〔他五〕領出去、帶出去、引誘出去
　散歩に連れ出す（帶出去散步）
　友人を散歩に連れ出す（帶朋友出去散步）
　弟を映画に連れ出す（帶弟弟去看電影）
　子供は如何わしい奴にそっと連れ出された（孩子被一個可疑的傢伙悄悄引誘出去）
　馬小屋から馬を連れ出す（從馬廄牽出馬來）小屋小屋

連れ涙〔名〕跟著別人一起流淚

連れ念仏、連念仏〔名〕（二人以上）一同念佛

連れ舞、連舞〔名〕（二人以上）一同舞蹈、合舞

連れ戻す〔他五〕領回、帶回
　子供を家に連れ戻す（把孩子領回家來）
　回想は自ずから私を三十年前に連れ戻す（回憶不禁把我引回到三十年前）

連〔名〕連（日本古代姓氏之一，多為勢力雄厚的豪族，如大連-執掌朝政）。連（天武天皇時代制定的八姓之一）

廉（ㄌㄧㄢˊ）

廉〔漢造〕廉潔、價錢低
　清廉（清廉）
　低廉（低廉、便宜）

廉価〔名、形動〕廉價、價錢低廉（＝安価）、不值得，沒價值←→高価
　廉価な品物（廉價的物品、便宜的東西）
　廉価で売る（廉價出售、賤賣）
　廉価で手に入れる（廉價買進）入れる容れる
　廉価の有る行動（沒有價值的行動）
　廉価版（廉價版、普及版）
　廉価販売（廉價出售、廉價推銷）
　廉価品（廉價品、便宜貨）

廉潔〔名、形動〕廉潔、清廉（＝清廉潔白）
　廉潔の士（廉潔之士）
　廉潔な人（廉潔的人）
　廉潔な政府（清廉的政府）

廉士、廉子〔名〕廉士、無欲且正直的人、清廉潔白的人

廉恥〔名〕廉恥←→破廉恥
　何よりも廉恥を重んじる（重視廉潔高於一切）
　廉恥心の無い男だ（寡廉鮮恥的人）

廉直〔名、形動〕廉潔正直、價錢低的
　廉直の（な）士（廉潔正直的人）
　彼は廉直な士（他是廉潔正直的人）

廉売〔名、他サ〕廉價出售、賤賣（＝安売り）
　日用品を廉売する（廉價出售日用品）
　彼の店では菓子の廉売を遣っている（那家店正在賤賣糕點）
　三割引で廉売する（以打七折賤賣）
　流行遅れの洋服を廉売する（廉價出售過時的西服）
　廉売品（廉價品）

廉〔名〕理由、原因、事情、事項
　少々御願いの廉が有って参りました（我是因為有點事請你幫忙而來的）角門角門
　鰊廉

ㄌ

交通違反の廉で出頭を命ぜられる（由於違反交通規則被傳訊）

彼の言う事に（は）不審の廉が有る（他說的話裡有可疑之點）

不審の廉を質す（質問可疑之處）質す正す糾す糺す

勤勉の廉を以って賞を受ける（由於勤勉而受賞）

不正行為の廉で免職する（由於行為不檢而免職）

君に尋ねる廉が有る（我有要問你的一些事情）尋ねる訪ねる訊ねる

銀行強盗の廉により罰せられた（因搶劫銀行受到懲罰）

門〔名〕門（=門、出入口）、房屋（=家、家）、家族，家門（=一家、一族、一門）

門をからっと開ける（啪啦一聲把門打開）開ける明ける空ける飽ける厭ける門角廉

門毎に祝う（家家慶祝）

御門を違う（認錯人、弄錯了對象）

門に入る（拜在…的門下）入る入る

笑う門には福来る（和氣致祥）

門を広げる（光耀門楣）

人の門に立つ（沿門乞討）截つ絶つ経つ裁つ発つ起つ断つ

角〔名〕角、拐角、稜角、不圓滑

机の角（桌角）

柱の角に頭をぶつけて、怪我を為た（頭碰到柱角受傷了）

角の有る椅子（有角的椅子）

曲がり角（拐角）

角の店は煙草屋です（拐角的店是賣香菸的）

角を曲がって三軒目の家（拐過彎去第三家）

ポストは此の通りの角に在る（郵筒在這條街拐角地方）

初めの角を左に御曲がり為さい（請從第一拐角往左拐）

僕は此の角を曲がります（我就從這拐角拐彎）

彼は角が有る（他為人有稜角不圓滑）

角が立つ（說話有稜角、不圓滑、讓人生氣）

角を立てる（說話有稜角、不圓滑、讓人生氣）

角が取れる（去掉稜角、圓滑、不生硬）

廉い、安い〔形〕（價錢）便宜的、低廉的←→高い

値段が安い（價格便宜）

安い買物（買得很便宜的東西）

此の洋服が二万円とは安い（這套西服二萬日元可是不貴）

思ったより安く買った（買得比想像的便宜）

安い物は高い物（買便宜貨結果並不便宜）

安かろう悪かろう（一分錢一分貨、便宜沒好貨）

安い皮靴を買う（買便宜皮鞋）

此の店より彼の店の方が値段が安い（那家店比這家店價錢便宜）

安い〔形〕安靜的，平穩的，安穩的（=穏やかだ、安らかだ）、（用御安くない形式）（謔）男女間的關係極親密

安からぬ心持（不平靜的心緒）

国家を泰山の安きに置く（使國家穩如泰山）

霊よ安かれ（請安息吧！）霊霊魂魂

二人は御安くない仲に為った（兩個人可親密極了）

易い〔形〕容易的，簡單的（=易しい）、（接在動詞連用形下）表示容易←→難しい

御易い御用です（小事一段、這是好辦、不成問題〔一定辦到〕）

易きに付く（〔避難〕就易）

其は大変易い事です（那太簡單了）

解き易い問題（容易解答的問題）

言うは易く、行うは難し（說起容易做起難）

此の辞書は引き易い（這部辭典容易查）

風邪を引き易い（容易感冒）

燃え易い（易燃）

彼女は傷付き易い年頃だ（她正是心靈易受傷的年齡）

硝子は壊れ易い（玻璃容易破碎）

分かり易く説明して下さい（請淺顯易懂地說明一下）

歩き易い道（好走的路）

入り易い（容易進來）

おべっかに動かされ易い（喜歡受人奉承）

勝つと油断し易い（一勝利就容易麻痺大意）

漣（カーㄢˊ）

漣〔漢造〕微波、細波、漣漪（=細波、小波）

漣漪、漣漪（漣漪、微波、細波）

漣、小波，細波、細波，細れ波〔名〕微波、細波、漣漪（古語作細漪，小波，漣）

さらさらと岸打つ細波（輕輕拍岸的微波）

細波が立つ（起了漣漪）

細波を立てて流れる小川（起著漣漪的小河流）

風が吹いて水面に細波が立った（風吹皺了水面）

穏やかな湖面には細波一つ立た無かった（平靜的水面沒起一點波紋）

湖の水面が風に吹かれて細波が立っている

青く透き通った湖には細波が漂っている（清澈的湖水上碧波輕漾）

憐（カーㄢˊ）

憐〔漢造〕憐憫、憐愛

哀憐（哀憐、悲惜）

可憐（可憐、可愛）

愛憐（憐愛、憐惜）

憐愛〔名〕憐愛、憐惜（=愛憐）

憐察〔名、他サ〕諒察、體諒

何卒御憐察下さい（請予諒察、請多加體諒）

貧民の生活を憐察する（憐察貧民的生活）

憐情〔名〕憐憫心、同情心、憐憫之情（=憐憫、憐愍）

憐惜〔名〕憐惜

憐憫、憐愍〔名〕（舊讀作憐憫、憐愍）憐憫、同情

憐憫の情を催す（感到憐憫、覺得可憐）

憐憫の情を起こさせる（激起憐憫心、使人同情）

憐憫の情に堪えない（不勝同情）堪える 耐える 絶える

憐憫の目付で彼女を見る（以憐憫的眼神看她）

憐憫の眼差で彼女を見る（以憐憫的眼神看她）

憐れむ，憐む，哀れむ，哀む〔他五〕憐憫，憐惜（=可哀相に思う）、憐愛（=可愛がる）

同病相憐れむ（同病相憐）

憐れむ可き小市民根性（可憐的小市民根性）

月を憐れむ（愛月、賞月）

幼い者を憐れむのは人情だ（憐愛幼兒是人的常情）

其の無知は憐れむ可きである（那種無知是可憐的）

彼の身の上は憐れむ可きだ（他的身世是值得同情的）

英才を失った事を甚く憐れむ（痛失英才）甚く 痛く

ㄌ

憐れみ，憐み、哀れみ、哀み、憫れみ、憫み、愍れみ、愍み〔名〕可憐、憐憫、同情

人の憐れみを乞う（乞憐於人）乞う請う斯う恋う

人に憐れみを掛ける（憐憫別人）

憐れみを感じさせる（令人感覺可憐）

心から出た憐れみ（從心裡發出的同情）

憐れ、哀れ〔名〕哀憐、憐憫、可憐（＝哀れみ、憐れみ）

哀れを催す（令人可憐）

哀れをそそる（引起人憐憫）

哀れに思う（覺得可憐）

哀れ〔名、形動〕悲哀，可憐，悽慘，悲慘、悲切，哀傷，情趣

〔感〕啊！真的、啊！真可憐

哀れな物語（悲哀的故事）

漫ろに哀れを催す（不由得悲從中來）

哀れな姿（一副可憐相）

哀れな孤児（可憐的孤兒）

哀れな境遇（可憐的境遇）

世の中に哀れな人人が多い（世上有很多可憐的人）

哀れな身形（襤褸的打扮）

哀れな生活（悽慘的生活）

旅の哀れ（旅愁）

物の哀れを解する人（懂得情趣的人）

哀れ海底の藻屑と消えたのであった（可憐竟葬身於海底了）

憐れがる、哀れがる〔他五〕憐憫、覺得可憐、感到可憐、值得同情

登山で失踪した学生を憐れがって夜も寝付かれない（憐憫登山失蹤學生夜不成眠）登頂登頂

蓮（ㄌㄧㄢˊ）

蓮〔漢造〕蓮、蓮花

白蓮（白荷花、白玉蘭花、〔喻〕心地純潔）

紅蓮（紅蓮花、大紅色、〔佛〕鉢特摩地獄＝紅蓮地獄）

木蓮（〔植〕木蘭、紫玉蘭＝紫木蓮）

水蓮（水蓮）

睡蓮（〔植〕睡蓮、水浮蓮）

蓮角、蓮鶴〔名〕〔動〕水雉

蓮華〔名〕蓮花，荷花。〔植〕紫雲英（＝蓮華草）、蓮花瓣形的湯匙（＝散蓮華）

蓮華模樣（〔建〕蓮飾）

蓮華座（〔佛〕蓮花座、蓮台）

蓮華の上の仏（蓮花寶座上的佛）仏仏

蓮華草〔名〕〔植〕紫雲英（＝紫雲英）

蓮根、蓮根〔名〕〔植〕蓮藕

蓮根で料理を作る（以蓮藕做菜）

蓮台〔名〕〔佛〕（佛像的）蓮花台座（＝蓮華座、蓮の台）

観音様が蓮台に座る（觀音菩薩坐蓮台）

蓮步〔名〕（美人）蓮步、優美的步調（＝金蓮步）

蓮步を運ぶ（舉蓮步、美人舉步）

蓮〔名〕〔植〕蓮、荷

蓮の花（荷花）

蓮の葉（荷葉）

蓮の実（蓮子）

蓮の根（蓮藕）

蓮の糸（蓮絲、藕絲）

蓮の葉の露の玉（荷葉上的露珠）

蓮の台（〔佛〕蓮台、蓮花座）

蓮池（蓮池、荷花池）

斜〔名〕斜、歪斜（＝斜め）

斜の突っ支い棒（斜支柱）

斜向かい（斜對面）

体を斜に為て入る（斜著身子進去、側著身體進去）

斜に人を見る（斜著眼睛看人）
斜に削ぐ（斜著削）
切地を斜に裁つ（斜著裁布料）
帽子を斜に被る（歪戴帽子）
蓮歩を運ぶ（舉蓮步、美人舉步）

蓮糸、蓮の糸〔名〕用蓮梗或葉子纖維捻成的線（佛教徒信為以此可往生極樂世界）

蓮っ葉、蓮葉〔名、形動〕荷葉（=蓮の葉）、〔俗〕（女人的舉止）輕佻，輕浮、蕩婦，輕佻的女人（=蓮葉）

蓮っ葉な（の）女（輕佻的女人）
蓮っ葉な（の）娘（輕佻的姑娘）
蓮っ葉な（の）business ピー girl ジー（輕佻的女辦事員）
蓮っ葉に見える（顯得輕浮）
蓮っ葉な笑い声（輕浮的笑聲）

蓮の台〔名〕〔佛〕蓮台、蓮花座
蓮の葉葛〔名〕〔植〕千金藤
蓮〔名〕〔古〕蓮（=蓮、蓮花、蓮花）、槿（=rese of Sharon）

蓮の台（〔佛〕蓮台、蓮花座）

聯（ㄌㄧㄢˊ）

聯〔名、漢造〕（當用漢字寫作連）聯合、聯結、對聯、（律詩的）對偶句

関聯、関連（關聯、聯繫、有關係）
対聯（對聯=対聯、対連）
柱聯（柱上對聯）

聯関、連関〔名、自サ〕關聯，有密切關係（=関聯、関連）。〔生〕（細胞遺傳學上的）連鎖（=リンケージ linkage）

互いに聯関している（互相有關聯）
此れは彼れと深い聯関が有る（這個和那個有密切的關聯）
今は此れに聯関した問題を考えて見よう（現在讓我們考慮一下與此有關聯的問題）
此の夏の気候異変は太陽の黒点と聯関が有るらしい（這個夏天氣候失常似乎和太陽黑子有關係）
此れと聯関した証拠を発見した（發現了與此有關聯的證據）
何だか聯関が有る様だ（似乎有點關係）

聯句，連句、聯句，連句〔名〕連句，長篇的俳句（日本詩歌的一種體裁、也稱作俳諧連歌）、長篇的詩歌、聯句（人各一句聯成漢詩）、（律詩的）對偶句

和漢聯句（日漢對偶句）
漢和聯句（漢日對偶句）

聯繋、連繋、連係〔名、自サ〕聯繫（=繋がり、繋がり合い）

聯繋を取る（取得聯繫）
聯繋を保つ給う（保持聯繫）
政府と緊密な聯繋が有る（與政府有緊密聯繋）
密接な聯繋が有る（有密切的聯繫）
互いに密接な聯繋を保つ（互相密切地保持聯繫）
聯繋を一層密に為る（進一步加緊聯繫）
互いに聯繋し合い、影響し合っている（互相連繋著並互相影響著）
聯繋して共同の敵に当たる（聯合抵抗共同的敵人）
聯繋行動（串聯）

聯合、連合〔名、自他サ〕聯合，團結。〔心〕（association 的譯詞）聯想

国際聯合（聯合國）
学会聯合（學會聯合組織）
聯合して敵に当てる（聯合對敵）当る中
聯合して覇権に反対する（聯合起來反霸權）
三つの団体が聯合する（三個團體聯合）三つ三つ

ㄌ

聯合出来る全ての勢力と聯合する（團結一切可以團結的力量）全て凡て總て統べて

イングランドとScotlandは聯合して一王国と為った（英格蘭和蘇格蘭聯合成為一個王國）

各組合が聯合して統一組織を作る（各工會聯合起來組成統一組織）作る創る造る

聯合大売出し（聯合大減價）

聯合内閣（聯合内閣）

聯合共進会（聯合評選會）

全県聯合会（全縣聯合會）

聯合心理学（聯想心理學）

聯詩〔名〕聯詩、聯句（人各一句聯成漢詩）（＝聯句、連句）

聯珠、連珠〔名〕連接成串的珠子、連珠般的美麗詞句、連珠棋，擺五子（＝五目並べ）

聯奏、連奏〔名、他サ〕〔樂〕（幾個人用同種樂器）合奏、聯彈

ピアノを聯奏する（合奏鋼琴）

アコーデオンの聯奏を聞く（聽手風琴合奏）聞く聴く訊く利く効く

聯想、連想〔名、他サ〕聯想

聯想を逞しゅうする（任意聯想）

雲を見て羊を聯想する（看見雲彩聯想起綿羊來）言う云う謂う

彼女を見ると愛する人を聯想する（一看到她就聯想到心愛的人）

其を見る度に彼女の事を聯想する（每看到那個就會聯想到她）

蝉と言えば夏を聯想させる（一講到蟬就聯想到夏天）

宮本武蔵の様な人物を聯想させられる（使人聯想到宮本武蔵一類的人）

アインシュタインと言うと相対性原理を聯想する（一提起愛因斯坦就連想到相對論）

日本では四と言う言葉は良く死を聯想させる（在日本四這個詞常使人聯想到死）四四

聯想心理学（聯想心理學）

聯想ゲーム（聯想遊戲）

聯隊、連隊〔名〕〔軍〕（陸軍編制的）聯隊、團

聯隊長（團長）

聯隊旗（團旗）

歩兵聯隊を派遣する（派遣步兵團）

聯弾、連弾〔名、他サ〕二人合彈（一個樂器）

ピアノの聯弾（鋼琴合彈）

ピアノを聯弾する（（兩人同彈一架鋼琴）

聯動、連動〔名、自サ〕連動、連鎖

距離計がカメラのレンズと聯動する（距離計跟照相機的鏡頭連動）

露出計がシャッターに聯動している（曝光表跟快門連動）

聯動機（連鎖機、離合器）

聯邦、連邦〔名〕聯邦（＝連合国家）

ソビエト聯邦（蘇聯、蘇維埃聯邦）

アメリカ聯邦（美國聯邦）

スイス聯邦（瑞士聯邦）

聯邦共和国（聯邦共和國）

聯盟、連盟〔名〕聯盟、聯合會（＝同盟）

学生聯盟（學生聯盟）

経済聯盟（經濟聯合會）

国際陸上競技聯盟（國際田徑運動聯合會）

聯盟を作る（組織聯盟）

聯盟を組織する（組織聯盟）

聯盟を結成する（組織聯盟）

聯盟に加わる（加入聯盟）

聯盟に加入する（加入聯盟）

共同の敵に対して聯盟を結ぶ（結成聯盟反對共同敵人）

聯盟を脱退する（退出聯盟）

聯盟規約（聯盟章程）

聯盟国、連盟国（盟國、同盟國）

聯名、連名〔名〕聯名（=連署）

聯名で案内状を出す（聯名發出請帖）

聯名で嘆願書を出す（聯名提出請願書）

二人聯名で結婚披露宴の招待状を出す（兩人聯名發出結婚請帖）

聯絡、連絡〔名、自他サ〕聯絡，聯繫，彼此關聯、通訊連繫，（交通上的）連接，聯合，聯運

緊密な聯絡（緊密的聯繫）

聯絡の悪い話（語無倫次的講話）

聯絡を付ける（建立聯繫）

聯絡を取る（取得聯繫）

聯絡を保つ（保持聯繫）

無電で聯絡を保つ（用無線電保持聯繫）

聯絡を強化する（加強聯繫）

聯絡を断つ（斷絕聯繫）

外部と聯絡を断たれている（斷絕了和外部的聯繫）

聯絡を失う（失去聯繫）

直ぐ聯絡します（我馬上跟您聯繫）

欠席の旨電話で聯絡した（缺席一事打電話通知了對方）

成可く早く僕に聯絡して呉れ給え（要盡快通知我）

警察に聯絡して手配する（通知警察進行佈署）

警察に聯絡して指名手配する（通知警察通緝）

聯絡機（聯絡機）

聯絡ステーション（聯絡站）

聯絡員（通訊員）

汽車汽船聯絡切符（火車輪船聯運票）

此の列車は汽船に聯絡しますか（這次列車和輪船銜接嗎？）

汽車が汽船に聯絡する（火車跟輪船聯絡上）

汽車と汽船の聯絡切符（火車輪船聯運票）

其処で本線と聯絡出来る（在那裡可以和幹線相連接）

聯絡運転（聯運）

聯絡乗車券（聯運車票）

聯絡駅（聯運站）

聯絡船（渡輪）

聯絡事務所（聯絡辦事處）

聯絡先（聯絡處）

聯立、連立〔名、自サ〕聯立、聯合

二人の候補者が聯立する（兩個候選人同時提名）

聯立内閣（聯合內閣）

聯立方程式（〔數〕聯立方程式）

鎌（ㄌ一ㄢˊ）

鎌〔漢造〕鎌刀

鎌〔名〕鎌刀、套人說話的話

鎌で草を刈る（用鎌刀割草）鎌釜窯罐竈 竈 刈る 駆る 借る 駈る 狩る

鎌と鎚（鎌刀與鎚子）鎚土槌

鎌と鍬（鎌刀與鋤頭）鍬桑

一丁の鎌（一把鎌刀）

鎌を掛ける（用策略套出秘密、用話套出對方不肯說的話來）

釜〔名〕鍋、（日本茶道燒開水用的）鍋

蒸気釜（做飯用汽鍋）釜鎌窯罐缶

飯を炊く釜（燒飯的鍋）

釜の蓋（鍋蓋）

同じ釜の飯を食う（吃一鍋飯。在一起生活。受同樣款待）

茶の湯の釜（燒茶水用的鍋）

釜を起こす（成家立業.發財致富）

窯〔名〕窯.爐

煉瓦を焼く窯（燒磚的窯）窯釜鎌罐缶

パン焼窯（麵包爐）

ㄎ

炭焼窯（炭窯）炭墨隅
　窯で炭を焼く（用窯燒炭）焼く妬く
瓦　窯（瓦窯）
石灰窯（石灰窯）
回転窯（旋轉窯）
窯入れ窯出し（裝窯卸窯）
竈〔名〕灶（＝竃、竈）
　鍋を竈に掛ける（把鍋坐再灶上）
竈〔名〕灶、獨立門戶
　竈の火を焚く（燒爐灶）
　竈に鍋を掛ける（把鍋坐在灶上）
　竈を立てる（另立門戶、成家）
　竈を起こす（創家業、開始獨立生活）
　竈を別に為る（另立門戶）
　竈が賑わう（生活富裕）
　竈を破る（破產）
　竈を分ける（分家）
竈〔名〕灶
　竈で湯を沸かす（在爐灶上燒開水）
罐、缶〔名〕鍋爐（＝ボイラー boiler）
　汽車の罐（火車的鍋爐）
　風呂の罐（燒洗澡水的鍋爐）
　罐を炊く（燒鍋爐）
鎌足〔名〕裡八字腳、跪坐時腳脖朝外拐的樣子
鎌鼬〔名〕突然摔倒時出現的有如鎌刀砍的傷口現象（據說因接觸到空氣中的真空部分、舊時迷信認為是黃鼠狼作怪）
鎌入れ〔名〕（稻穀或麥子等的）收割
　鎌入れを為始める（開鎌收割）
鎌首〔名〕（蛇等）鎌刀形的脖子
　蛇が鎌首を擡げる（蛇揚起鎌刀形的脖子）
　蛇蛇　蛇
鎌倉市〔名〕鎌倉市（在神奈川縣、鎌倉幕府所在地、多名勝古蹟）

鎌倉時代〔〔史〕鎌倉時代-自1192年源賴朝在鎌倉開設幕府起、至1333年北條高時滅亡為止、的約141年間）
鎌倉幕府（鎌倉幕府）
鎌倉彫り、鎌倉彫（鎌倉雕漆器）
鎌倉蝦（龍蝦＝伊勢海老）
鎌止め、鎌止〔名〕封鎌、禁止割草、禁止伐木
鎌髭〔名〕鎌刀形的鬍子、周昌鬍
　鎌髭奴（〔江戶時代〕留周昌鬍的人）

簾（ㄌㄧㄢˊ）

簾〔漢造〕竹簾（＝竹の簾）
　珠簾（珠簾）
　玉簾（玉簾）
　水簾（瀑布）
　竹簾（竹簾＝竹簾）
　垂簾（垂掛的簾子、垂簾聽政）
　垂簾の政（垂簾聽政）
　翠簾（綠色簾子）
簾中〔名〕簾內（＝簾内）、貴夫人（＝奥方）、夫人（對公卿、大名的妻子的敬稱）
　御簾中（尊夫人）
簾、簀〔名〕（竹、葦等編的）粗蓆、簾子、（馬尾、鐵絲編的）細網眼、細孔篩子
　竹の簾（竹蓆、竹簾）
　葦の簾（葦簾、葦蓆）葦蘆葦蘆
　葦簾、葦簀、葭簀（葦簾）
　葦簾張り、葦簀張り、葭簀張り（葦棚）
　簾を掛ける（掛簾子）
　簾を下ろす（放簾子）
　簾を巻き上げる（捲簾子）
　水嚢の簾（過濾網）
　御簾（竹簾、宮殿和神社等掛的以提花絲織物鑲邊的簾子）

巢、窠、栖〔名〕（蟲、魚、鳥、獸的）巢，穴，窩。〔轉〕巢穴，賊窩。〔轉〕家庭、（鑄件的）氣孔

 鳥の巣（鳥巢）酢醋酸簾簀
 蜘蛛が巣を掛ける（張る）（蜘蛛結網）
 蜘蛛が巣に掛かる（蜘蛛結網）
 蜂の巣（蜂窩）
 巣を立つ（〔小鳥長成〕出飛、出窩、離巢）
 巣に帰る（歸巢）
 鳥が巣を作る（鳥作巢）
 雌鳥が巣に付く（母雞孵卵）
 悪の巣（賊窩）
 彼の森は強盗の巣に為っている（那樹林是強盜的巢穴）
 其処は丸で黴菌の巣だ（那裡簡直是細菌窩）
 二人は彰化で愛の巣を営んで（構えて）いる（兩人在彰化建立了愛的小窩）
 巣を構う（作巢，立家、設局，聚賭）

醋、酢、酸〔名〕醋

 料理に酢を利かせる（醋調味）
 野菜を酢漬けに為る（醋漬青菜）
 酢で揉む（醋拌）
 酢で溶く（醋調）
 酢が利いてない（醋少、不太酸）
 酢が（利き）過ぎる（過份、過度、過火）
 酢で（に）最低飲む（數叨缺點、貶斥）
 酢でも蒟蒻でも（真難對付）
 酢に当て粉に当て（遇事數叨）
 酢に付け粉に付け（遇事數叨）
 酢にも味噌にも文句を言う（連雞毛蒜皮的事也嘮叨）
 酢の蒟蒻のと言う（說三道四、吹毛求疵）
 酢を買う（乞う）（找麻煩、刺激、煽動）
 酢を嗅ぐ（清醒過來）
 酢を差す（向人挑戰、煽惑別人）

簾〔名〕（細竹、葦等編織的）簾子，竹簾、橫條紋的紡織品、（卷壽司的）小竹簾

 簾を掛けて日除けに為る（掛簾子遮太陽）
 簾を掛ける（掛簾子）
 簾を下す（放下簾子）下す下ろす降ろす卸す
 簾を巻く（卷簾子）巻く撒く蒔く捲く播く
 簾を上げる（挑簾子）上げる揚げる舉げる

恋（戀）（ㄌㄧㄢˋ）

恋〔漢造〕戀愛、愛慕
 失恋（失戀）
 哀恋（哀慕、悲戀）
 愛恋（愛戀、戀慕）
 悲恋（以悲劇結束的戀愛）
 狂恋（熱戀）

恋愛〔名、自サ〕戀愛（＝恋）
 純粋な恋愛（純潔的戀愛）
 神聖な恋愛（神聖的戀愛）
 無軌道な恋愛（放蕩的戀愛）
 恋愛に耽る（沉迷於戀愛中）
 恋愛（を）為る（戀愛）
 恋愛を為ている（在談戀愛）
 恋愛に夢中に成る（沉迷於戀愛中）
 恋愛を為るのは自由だが、真面目に対処しなければ行けない（戀愛是自由的但必須認真對待）
 恋愛小説（愛情小說）
 恋愛小説の作家（愛情小說作家）
 彼女と恋愛に陥る（愛上她、與她發生戀愛關係）

彼と恋愛関係が有る（與他有戀愛關係）
恋愛関係に陥る（發生戀愛關係）
恋愛は盲目である（戀愛是盲目的、愛情使人看不見對方的缺點）
恋愛結婚（戀愛結婚）
二人は恋愛結婚を為る（兩個人戀愛結婚）
彼等は恋愛結婚だ（他們是由戀愛結婚的）
彼女は今恋愛問題で悩んでいる（她現在為戀愛問題苦惱著）

恋歌、恋歌、恋歌〔名〕戀歌、情歌、詠戀愛的和歌（=相聞歌）
恋歌を詠む（詠情歌）詠む読む
恋歌を歌う（唱情歌）歌う謠う唄う詠う嘔う
自分の心を恋歌を事寄せる（把自己的心思假托在情歌上面）

恋情〔名〕戀慕心、戀慕之情（=恋心）
恋情を催す（感到愛慕）
恋情を寄せる（心懷戀慕之情）
仄かな恋情を寄せる（心懷一種隱約的戀慕之情）
恋情を打ち明ける（傾吐愛慕之情）

恋着〔名、自サ〕愛慕、依戀、迷戀
女に恋着する（迷戀女人）
ダンサーに恋着する（迷戀舞女）

恋慕〔名、自サ〕戀慕、愛慕（=恋慕う）
恋慕の情を抱く（心懷戀慕之情）抱く抱く
恋慕の情遣る方無い（愛慕之情無法傾訴）
恋慕流し（〝鈴木慕流し〟之誤）（洞簫曲名、吹著洞簫到處走〔的人〕）

恋慕う、恋い慕う〔他五〕戀慕、思慕、懷念、眷念
故郷を恋慕う（懷念故郷）故郷故郷故郷故郷郷里故里古里
故郷に居る愛人を恋慕う（懷念在故郷的情人）居る入る要る射る鋳る炒る煎る

恋恋〔形動タルト〕依戀、留戀、戀戀不捨
恋恋たる愛情（戀戀不捨的愛情）
現在の地位に恋恋と為る（對現在的地位戀戀不捨）
彼は現在の地位に恋恋と為ている（他對現在的地位戀戀不捨）
昔の地位に恋恋と為ている（留戀過去的地位）
彼は彼女に対して今尚御恋恋たる情が有る（他現在對她還有依戀之情）有る在る或る
もう御別れだと思うと実に恋恋たる物が有る（想到就要分手真是依依不捨）実に実に

恋う〔他五〕懷念，思念，眷念、愛慕、戀慕（=恋しく思う）
母を恋う（懷念母親）恋う斯う乞う請う
故郷を恋う（懷念故郷）故郷古里故里
自己の生まれ地を恋う（懷念自己的出生地）

恋〔名、自他サ〕戀愛、愛情
恋の女神（愛之女神－維納斯）恋い乞い請い濃い来い鯉女神女神
恋の闇（心中生愛苗昏頭又昏腦）
恋の病（相思病）
恋の病に薬無し（無藥能治相思病）
恋の山には孔子の倒れ（聖人難過娘子關）籤孔子
恋に陥る（陷入情網）
恋に落ちた（墜入情網）
恋を為る（戀愛）
恋は曲者（戀愛是不可思議的事情、戀愛是莫測高深的人、戀愛是不好對付的人）
恋は思案の外（愛情不講道理、戀愛不講理性、戀愛超出理智與常識）
恋は盲目（愛情是盲目的、戀愛喪失理智）
恋は盲目曲者（戀愛這種事無理可說）

恋に師匠無し（戀愛無老師、戀愛是自然的）
片恋（單戀＝片思）←→相惚（相愛、互戀）

鯉〔名〕〔動〕鯉魚
　鯉を飼う（養鯉魚）飼う買う来い請い乞い
　恋故意

請い，請、乞い，乞〔名〕請求、乞求
　請いを容れる（答應請求）

恋する〔自、他サ〕愛、戀愛
　恋する乙女（戀愛的少女、心愛的姑娘）
　乙女少女少女
　互いに恋する（相戀）
　五年も恋した（戀愛了五年之久）
　恋する者の心は君には分からない（你不了解戀愛者的心情）

恋しい〔形〕戀慕的、思慕的、懷戀的、眷戀的（＝労しい、懐かしい）
　恋しい人（情人、戀人）
　戦友が恋しい（懷念戰友）
　故郷が恋しい（懷戀故郷）
　もう火が恋しく為った（天冷該生火了）
　離れていると恋しさが一入御増す物だ（一離開就更加令人懷戀）
　暑い時はアイスクリームが恋しい（熱的時候懷念冰淇淋）
　一人ぼっちで居ると話し合いてが恋しい（一個人孤單時想有個說話的）
　恋しさが増す（越發懷念起來）増す益す
　恋しさが増して来る（越發懷念起來）来る繰る刳る来る

恋しがる〔他五〕戀慕、思慕，懷念，眷念
　子が母を恋しがる（孩子想媽媽）
　故郷が恋しがる（懷戀故郷）

恋ほし〔形シク〕〔古〕戀慕的、思慕的、懷戀的、眷戀的（＝恋しい）

恋風〔名〕思慕之情、熱戀的心情
　恋風を吹かせる（熱戀）

恋敵〔名〕情敵（＝ライバル）
　彼奴が恋敵だ（那小子是我的情敵）
　恋敵を発見した（發現了情敵）

恋い焦がれる、恋焦がれる〔自下一〕熱戀、苦相思、墜入情網
　彼に恋焦がれている（迷戀於他）
　彼女は彼に恋焦がれた（她迷戀了他、她熱戀上了他）

恋心〔名〕戀慕心
　恋心を抱く（心懷戀慕之情）抱く抱く
　恋心を抱く年頃と為る（到了懷春的年齡）為る成る生る成る

恋路〔名〕戀愛、戀愛過程
　忍ぶ恋路（秘密戀愛）忍ぶ偲ぶ
　恋路の闇に迷う（墜入情網）
　人の恋路を邪魔する（妨礙人家的好事）

恋死に〔名〕殉情（＝心中）

恋仲〔名〕情侶、戀愛關係、相戀的一對
　恋仲の娘（戀上的女孩）
　二人は恋仲に為った（兩個人戀上了、二人有了戀愛關係）
　彼の二人は恋仲だ（他們倆是情侶）

恋女房〔名〕戀愛結婚的妻子（＝恋妻）

恋の奴〔名〕愛情的奴隷、愛情的俘虜
　彼女の恋の奴と為った（成了她的愛情俘虜）

恋人〔名〕情人、意中人、戀愛對象
　恋人を為る（找情人）
　恋人を捜す（找情人）捜す探す
　恋人が出来る（有了情人）
　永遠の恋人（終生的伴侶、理想的對象）
　彼の娘は私の恋人だ（她是我的女朋友）

恋文〔名〕（稍舊的說法）情書（＝ラブレター）
　恋文を書く（寫情書）書く画く斯く描く欠く

恋物語〔名〕戀愛故事

王朝の恋物語（宮廷戀愛故事）

恋病、恋病み〔名〕相思病（=恋煩い）

恋煩い、恋煩〔名〕相思病、單相思

　　恋煩いを為る（害相思病）

　　恋煩いに掛かる（害相思病）

　　恋煩いで窶れる（因害相思病而憔悴）

　　恋煩いで痩せて終った（害相思病而消瘦了）終う仕舞う

楝（ㄌㄧㄢˋ）

楝〔漢造〕〔植〕楝、苦楝（栴檀的古名）

楝、樗〔名〕〔植〕楝、苦楝（=栴檀）

煉（ㄌㄧㄢˋ）

煉〔漢造〕（與錬同）冶煉、熬煉

　　精錬（精煉、提煉）

　　製錬（冶煉、熔煉）

　　洗煉、洗練（洗練、洗煉、精練、千錘百鍊）

　　鍛錬、鍛練（鍛鍊）

煉瓦〔名〕磚

　　赤煉瓦（紅磚）

　　赤煉瓦の建物（紅磚的建築物）

　　空洞煉瓦（空心磚）

　　耐火煉瓦（耐火磚）

　　耐火煉瓦を使った壁（使用耐火磚的牆壁）

　　泥煉瓦（土坯）

　　煉瓦造りの建物（磚造建築物）

　　煉瓦造りの家（磚房）

　　煉瓦造りの竈（磚灶）

　　煉瓦舗装の道路（用磚鋪的道路）

　　煉瓦を焼く（燒磚）焼く妬く

　　煉瓦を積む（砌磚）積む摘む詰む抓む

　　煉瓦を敷き詰める（鋪磚）

　　煉瓦塀（磚牆）

　　煉瓦師（砌磚工人）

　　煉瓦職（砌磚工人）

　　煉瓦屋（燒磚工人）

　　煉瓦竈（磚窯）

　　煉瓦工場（磚瓦廠）工場工場 工廠

　　煉瓦製造所（磚瓦廠）

煉獄〔名〕〔宗〕煉獄

　　煉獄の苦しみを嘗める（蒙受煉獄之苦）嘗める舐める

煉丹〔名〕（中國古代的）煉丹術，煉金術、練丹田氣功、（煉製的）丹藥，靈丹妙藥（=煉り薬）

煉炭、練炭〔名〕煤球、蜂窩煤

煉乳、練乳〔名〕煉乳（=コンデンス、ミルク condense milk）

　　赤ちゃんに煉乳を飲ませる（給嬰兒喝煉乳）

煉る、錬る、練る〔他五〕熬製、冶煉、鍛鍊、推敲、熟（絲）、搓揉

　　餡を練る（煮豆餡）

　　刀を練る（鑄刀）

　　鉄を練る（煉鐵）

　　鉄を練り鍛える（煉鐵）

　　運動して体を練る（做運動鍛鍊身體）

　　腕を練る（鍛鍊本領）

　　練りに練られる（千錘百鍊）

　　生活の為に技を練る（為生活練技術）

　　胆力を練る（鍛鍊膽力）

　　兵を練る（練兵）兵 兵

　　武芸を練る（練武功）

　　心を練る（修心養性）

　　人格を練る（休養人格）

　　文章を練る（推敲文章）

　　計画を練り直す（重新擬定計畫）

　　人格を練る（休養人格）

構想を練る（構思）

絹を練る（熟絲）

小麦粉を練る（揉麵粉）

蕎麦を練る（和麵、搓蕎麥麵條）

牛の皮を練る（鞣牛皮）皮革川河側

練る、邌る〔自五〕整隊遊行、結隊遊行

宣伝カーで町を練り歩く（乘宣傳車在街上遊行）

寝る〔自下一〕睡覺，就寢（=眠る）、躺臥、臥病、（曲子）成熟、（商品）滯銷

子供が寝ている（孩子在睡覺）

良く寝る（睡得好）

良く寝られない（睡不好）

早く寝て早く起きる（早睡早起）

寝ずに居る（沒有睡）

寝る間も惜しんで勉強する（連睡覺時間也捨不得地用功）

芝生の上に寝ている（躺在草坪上）

寝た儘手紙を書く（躺在床上寫信）

寝て暮らす（躺著度日、遊手好閒）

寝ていて食べられる（不工作就能生活）

風邪で寝ている（因感冒臥床）

寝ている商品を廉く売る（減價出售滯銷商品）

寝た子を起こす（無事生非、沒事找事、〔喻〕已經解決的問題又是它死灰復燃、已經忘掉的事情又舊話重提）

煉り，煉、錬り、錬、練り、練〔名〕加熱攪動使凝固成膏狀物、輕輕地向前走

練りが足りない（攪動不夠未凝固成膏狀）

餡の練りが足りない（豆沙餡攪得不夠）

練り歯磨き（糊狀牙膏）

御祭りの練り（節日遊行）

煉り上げる，煉上げる、練り上げる，練上げる〔他下一〕精煉，提煉、推敲，反復琢磨

練り上げられた筆法（精煉的筆法）

彼は原稿を綿密に練り上げた（他仔細地推敲草稿）

煉り合わせる，煉合せる、練り合わせる，練合せる〔他下一〕攪合、熬煉

膏薬を練り合わせる（熬膏藥）膏薬 膏 薬

バターと芥子を練り合わせる（在奶油裡面摻芥末）

セメントを煉り合わせる（拌和水泥）作る 造る 創る

卵でメリケン粉を練り合わせてカステラを作る（用雞蛋和麵粉做蛋糕）卵 玉子 粉 粉

煉り餡，煉餡、練り餡，練餡〔名〕豆沙餡

煉り餡の餅（豆沙餡年糕）

煉り雲丹，煉雲丹、練り雲丹，練雲丹〔名〕（用海膽的卵巢加鹽製成的醬日本、越後的名產）海膽醬

煉り餌，煉餌、練り餌，練餌、煉餌，練餌〔名〕（用米糠、魚粉、菜葉等加水拌製的）小鳥飼料、（用米、麥粉、甘藷等熬製的）釣餌

煉り白粉，煉白粉、練り白粉，練白粉〔名〕（化妝用）白粉膏

煉り菓子，煉菓子、練り菓子，練菓子〔名〕材料經熬製後製成的點心（如羊羹等）

煉り固める，煉固める、練り固める，練固める〔他下一〕熬煉使凝固

煉り革，煉革、練り革，練革〔名〕經過膠水浸泡捶硬了的皮革（=撓革）←→鞣革

煉り切り，煉切、練り切り，練切〔名〕用小豆粉和糖做的一種日本式帶色的點心

煉り薬，煉薬、練り薬，練薬、煉り藥，煉藥、練り藥、練藥、煉藥〔名〕（要）丸藥

煉り供養、練り供養〔名〕〔佛〕迎神賽會、奏樂遊行的法會

煉り粉，煉粉、練り粉，練粉〔名〕（揉搓好的）生麵糰

ㄌ

煉り香，煉香、練り香，練香〔名〕用麝香沉香等香料的粉末加蜂蜜製成的薰香

煉り製品，煉製品、練り製品，練製品〔名〕用魚肉磨碎攪合其他材料製成的熟食品（如蒲鉾、竹輪）

煉焚〔名〕熱煉

煉り土，煉土、練り土，練土〔名〕黏土加石灰、細沙等合成的黏土

煉り歯磨き，煉歯磨、練り歯磨き，練歯磨〔名〕牙膏

　煉り歯磨きで歯を磨く（用牙膏刷牙）磨く研く

煉り塀，煉塀、練り塀，練塀〔名〕用瓦和泥修築頂上蓋瓦的土牆

煉り物，煉物、練り物，練物〔名〕熬製成的膏狀物、膏狀點心、熟絹、人造寶石

煉り羊羹，煉羊羹、練り羊羹，練羊羹〔名〕羊羹、用糖和豆沙等製成的半固體點心

練（ㄌㄧㄢˋ）

練〔漢造〕白絹、練習、熟練

　素練（經過煮熬變軟了絹、熟絹＝練り絹、練絹）←→生絹、生絹

　熟練（熟練）

　操練（操練、教練）

　訓練（訓練）

　調練（訓練、操練、練兵）

　教練（教練、軍事訓練）

　老練（老練、成熟、熟練）

　精練（〔紡〕洗煉、〔也寫作精鍊〕精心訓練）

　試練、試煉（考驗）

　洗練、洗煉（洗練、洗煉、精練、千錘百鍊）

　鍛練、鍛鍊（鍛鍊）

練習〔名、他サ〕練習、反復學習

　ピアノを練習する（練習鋼琴）

　ピアノの練習を為る（練習彈鋼琴）

　毎日一時間ピアノを練習する（每天練習鋼琴一小時）

　水泳を練習する（練習游泳）

　技術を練習する（練習技術）

　英会話の練習を為る（練習英語會話）

　劇の練習を為る（訓練戲劇）

　練習すれば上達する（一練習就進步）

　練習を積んでいる（練習有素、經過長期訓練）

　彼は良く練習を積んでいる（他訓練有素）

　学生にフランス語の発音を練習させる（讓學生練習法語的發音）

　近頃練習しないから、下手に為った（近來缺乏練習生疏了）

　日本語の練習を積んでいる（對日文有很好的練習）

　もう少し練習すれば、上手く為るよ（再稍微練習一下就會長進的）

　其は練習不足の為だ（那是因為缺乏練習）

　何事も練習次第（凡事都在於練習如何）

　練習飛行（練習飛行、訓練飛行）

　練習射撃（練習射擊、射擊練習）

　練習船（教練船）

　練習機（教練機）

　練習生（練習生、見習生、實習生）

　練習帳（練習簿、練習本）

　練習曲（練習曲）

　練習艦隊（訓練艦隊）

　練習問題（習題、練習題）

　練習問題を遣る（做習題、做練習題）

　代数の練習問題を遣る（做代數習題、做代數練習題）

練熟〔名、自サ〕熟練（＝熟練）

仕事に練熟している（對工作熟練）

練熟した技能（熟練的技術）

未だ練熟していない（還沒熟練）未だ未だ

練成、錬成〔名、他サ〕鍛鍊、磨練

国民精神と民族意識を練成する（磨練國民精神和民族意識）

練達〔名、自サ、形動〕練達、幹練、精通、熟練通達（＝熟達）

練達の士（幹練的老手、富有經驗之人）

製本の技に練達している（對裝訂技術很熟練）

武芸に練達する（精通武術）

練炭、煉炭〔名〕煤球、蜂窩煤

練炭火鉢（放煤球的火盆）

練鉄、錬鉄〔名〕〔冶〕鍛鐵、熟鐵（＝鍛鉄）

練鉄炉（攪煉爐）

練鉄、錬鉄〔名〕〔冶〕回火鋼、鍛鐵

練乳、煉乳〔名〕煉乳（＝コンデンス、ミルク）

赤ちゃんに練乳を飲ませる（給嬰兒喝煉乳）

練武〔名、自サ〕練習武術

寒稽古に練武する（冬天練武）

練兵〔名、自サ〕練兵、軍事操練

練兵を為る（操練、出操）

今日は練兵が無い（今天沒有操練、今天不出操）

歩兵の練兵を見る（看步兵練兵）

練兵場（操練場）

練兵場で閲兵、分列式が挙行される（在練兵場舉行閱兵分列式）

練兵教官（操練教官）

練磨、錬磨〔名、他サ〕磨練、鍛鍊

技術を練磨する（鍛鍊技術）

心身を練磨する（鍛鍊身心）

多年練磨の功により（由於多年鍛鍊之功）

百戦練磨の士（身經百戰之士）

不撓不屈の精神を練磨する（磨練不曲不撓的精神）

練らし〔名〕長時間熱處理

練る、煉る、錬る〔他五〕熬製、冶煉、鍛鍊、推敲、熟（絲）、搓揉

餡を練る（煮豆餡）

刀を練る（鑄刀）

鉄を練る（煉鐵）

鉄を練り鍛える（煉鐵）

運動して体を練る（做運動鍛鍊身體）

腕を練る（鍛鍊本領）

胆力を練る（鍛鍊膽力）

武芸を練る（練武功）

練りに練られる（千錘百鍊）

生活の為に技を練る（為生活練技術）

文章を練る（推敲文章）

計画を練り直す（重新擬定計畫）

人格を練る（休養人格）

心を練る（修心養性）

構想を練る（構思）

計画を練り直す（重新擬定計畫）

絹を練る（熟絲）

小麦粉を練る（揉麵粉）

蕎麦を練る（和麵、搓蕎麥麵條）

牛の皮を練る（鞣牛皮）

練る、邌る〔自五〕整隊遊行、結隊遊行

宣伝カーで町を練り歩く（乘宣傳車在街上遊行）

寝る〔自下一〕睡覺，就寝（＝眠る）、躺臥、臥病、（曲子）成熟、（商品）滯銷

子供が寝ている（孩子在睡覺）

良く寝る（睡得好）

良く寝られない（睡不好）

早く寝て早く起きる（早睡早起）

寝ずに居る（沒有睡）

寝る間も惜しんで勉強する（連睡覺時間也捨不得地用功）

芝生の上に寝ている（躺在草坪上）

寝たまま手紙を書く（躺在床上寫信）

寝て暮らす（躺著度日、遊手好閒）

寝ていて食べられる（不工作就能生活）

風邪で寝ている（因感冒臥床）

寝ている商品を廉く売る（減價出售滯銷商品）

寝た子を起こす（無事生非、沒事找事、〔喻〕已經解決的問題又是它死灰復燃、已經忘掉的事情又舊話重提）

練れる〔自下一〕（練る、煉る、錬る的可能形式）能熬製、能冶煉、能鍛錬、成熟，老練、熬煉好，揉和好

練れた人（老練成熟的人）

気が練れている（經過磨練修養氣宇不凡）

彼の人は良く練れている（那人很老練、那人有修養）

彼は此の頃練れて来た（他最近老成起來了）

セメントが練れる（水泥攪拌得很好）

練れ者、練れ者〔名〕老練者、老行家（=老練家）

彼は中中の練者だ（他是個十分老練的人）

年は若いが練者だ（雖然年輕可是成熟老練）

練り、煉り、錬り〔名〕加熱攪動使凝固成膏狀物、輕輕地向前走

練りが足りない（攪動不夠未凝固成膏狀）

餡の練りが足りない（豆沙餡攪得不夠）

練り歯磨き（糊狀牙膏）

御祭りの練り（節日遊行）

練り上げる，練上げる、煉り上げる，煉上げる〔他下一〕精煉，提煉，推敲，反復琢磨

練り上げられた筆法（精煉的筆法）

彼は原稿を綿密に練り上げた（他仔細地推敲草稿）

練り歩く，練歩く、邌り歩く〔自五〕（結隊）遊行、緩步前進

隊を積んで練り歩く（結隊遊行）積む摘む詰む抓む

デモ隊が都庁の前を練り歩く（示威隊伍在都廳前面遊行）

生徒達が市中を練り歩く（學生們在市內遊行）

メーデーに労働者が市中を練り歩いた（五一勞動節工人在市內列隊遊行）

仮装行列が校庭を練り歩いた（化裝隊伍在校園遊行）

派手に着飾った婦人達が街路を練り歩く（服裝華麗的婦女們漫步街頭）

練り合う〔自五〕互相鍛錬本領

柔道の技を練り合う（互相鍛錬柔道的技術）技業

練り合わせる，練合せる、煉り合わせる，煉合せる〔他下一〕攪合、熬煉

膏薬を練り合わせる（熬膏藥）膏薬 膏薬

セメントを練り合わせる（拌和水泥）

バターと芥子を練り合わせる（在奶油裡面摻芥末）

卵でメリケン粉を練り合わせてカステラを作る（用雞蛋和麵粉做蛋糕）作る創る造る

練り餡，練餡、煉り餡，煉餡〔名〕豆沙餡

練り餡の餅（豆沙餡年糕）餅糯

練り糸、練糸〔名〕（用肥皂鹼水煮過的）熟絲 ←→生糸

練り色、練色〔名〕淡黃色

練牛、邌牛〔名〕慢吞吞的牛

練牛も淀迄（快慢雖有不同結局同歸一樣）

練り雲丹，練雲丹、煉り雲丹，煉雲丹〔名〕（用海膽的卵巢加鹽製成的醬日本、越後的名產）海膽醬

練り馬〔名〕調教馬匹、被調教好的馬匹

練り餌，練餌、煉り餌，煉餌〔名〕（用米糠、魚粉、菜葉等加水拌製的）小鳥飼料、（用米、麥粉、甘藷等熬製的）釣餌（=練餌、煉餌）

練り白粉，練白粉、煉り白粉，煉白粉〔名〕（化妝用）白粉膏（=白粉）

練り織物〔名〕細軟絲織品

練り菓子，練菓子、煉り菓子，煉菓子〔名〕材料經熬製後製成的點心（如羊羹等）

練り柿、練柿〔名〕去澀味的柿子（=醂し柿）

練り固める，練固める、煉り固める〔他下一〕熬煉使凝固

練り革，練革、煉り革，煉革〔名〕經過膠水浸泡捶硬了的皮革（=撓革）←→鞣し革

練り鍛える，練鍛える、煉り鍛える〔他下一〕鍛煉（金屬）、鍛練、磨練

　逆境に練り鍛えられる（受惡劣環境的磨練）

練り絹、練絹〔名〕經過煮熬變軟了絹、熟絹←→生絹、生絹

練り切り，練切り、煉り切り，煉切〔名〕用小豆粉和糖做的一種日本式帶色的點心

練り薬，練薬、煉り薬，煉薬、練り藥，練藥，煉り藥，煉藥、煉藥〔名〕（要）丸藥

練り供養、煉り供養〔名〕〔佛〕迎神賽會、奏樂遊行的法會

練り粉，練粉、煉り粉，煉粉〔名〕（揉搓好的）生麵糰

練り香，練香、煉り香，煉香〔名〕用麝香沉香等香料的粉末加蜂蜜製成的薰香

練り込む、練込む〔他五〕熬好摻入、搓揉進去

練り酒〔名〕清酒裡加蛋白白糖攪拌後用文火燉製的一種濃稠甘美飲料

練り製品，練製品、煉り製品，煉製品〔名〕用魚肉磨碎攪合其他材料製成的熟食品（如蒲鉾、竹輪）

練り染め、練染め〔名〕把生絲煮熬再染色、把生絲煮熬再染色的生絲、在煮熬生絲同時進行染色

煉焚〔名〕熱煉

練り出す、練出す〔自五〕排好隊伍開始遊行

　二万人の行列が練り出す（兩萬人的隊伍開始遊行）

　楽隊を先頭に練り出す（以樂隊先導開始遊行）

練り土，練土、煉り土，煉土〔名〕黏土加石灰、細沙等合成的黏土

練り直す、練直す〔他五〕再練，再揉和、推敲，重新思考

　餡を練り直す（把餡再攪拌一下）

　計画を練り直す（重新推敲計畫）

　鉄を練り直す（重新再煉鐵）

　草案を練り直す（重新仔細考慮草案）

練り貫，練貫、練緯〔名〕用生絲作經線，熟絲作緯線的絲綢

練り歯磨き，練歯磨、煉り歯磨き，煉歯磨〔名〕牙膏

　練歯磨で歯を磨く（用牙膏刷牙）

練り塀，練塀、煉り塀，煉塀〔名〕用瓦和泥修築頂上蓋瓦的土牆

練馬〔名〕京都西北部一地區名

　練馬大根（原產東京練馬區的大蘿蔔、〔俗〕女人的粗腿）

練り回る，練回る、邌り回る，邌回る〔自五〕（結隊）遊行、緩步前進（=練り歩く，練歩く，邌り歩く）

　市内を練り回る（結隊在市内遊行）

練り物，練物、煉り物，煉物〔名〕熬製成的膏狀物、膏狀點心、熟絹、人造寶石

練り物，練物、邌り物，邌物〔名〕迎神遊行隊伍、節日的化裝遊行隊伍

練り行く，練行く、邌り行く，邌行く〔自五〕緩步前進、整隊緩步遊行

　仮装行列が練り行く（化裝隊伍緩步前進）

練り羊羹，練羊羹、煉り羊羹，煉羊羹〔名〕羊羹、用糖和豆沙等製成的半固體點心

錬（ㄌㄧㄢˋ）

錬〔漢造〕（與煉同）冶煉、熬煉、精煉

　精錬、精練（精心訓練）

ㄌ

百錬（千錘百錬）

修錬、修練（練習、鍛煉、磨練）

鍛錬、鍛練（鍛鍊）

錬金術〔名〕煉金術、煉丹術

錬成、練成〔名、他サ〕鍛煉、培養

心身を錬成する（鍛煉身心）

労働を通じて心身を錬成する（經由工作來鍛煉身心）

肉体労働を通じて心身を錬成する（經由體力勞動來鍛煉身心）

国民精神と民族意識を錬成する（磨練國民精神和民族意識）

錬成期間（鍛煉期間）

教学錬成所（教師培養所）

錬鉄、練鉄〔名〕〔冶〕鍛鐵、熟鐵（=鍛鉄）

練鉄炉（攪煉爐）

錬鉄、練鉄〔名〕〔冶〕回火鋼

錬磨、練磨〔名、他サ〕磨練

技術を練磨する（鍛煉技術）

心身を練磨する（鍛煉身心）

不屈不撓の精神を練磨する（磨練不屈不撓的精神）

多年練磨の功により（由於多年鍛煉之功）

百戦練磨の士（身經百戰之士）

練る、錬る、煉る〔他五〕熬製、冶煉、鍛煉、推敲、熟（絲）、搓揉

餡を練る（煮豆餡）

刀を練る（鑄刀）

鉄を練る（煉鐵）

運動して体を練る（做運動鍛煉身體）

腕を練る（鍛煉本領）

練りに練られる（千錘百鍊）

生活の為に技を練る（為生活練技術）

文章を練る（推敲文章）

計画を練り直す（重新擬定計畫）

人格を練る（休養人格）

構想を練る（構思）

絹を練る（熟絲）

小麦粉を練る（揉麵粉）

練る、邏る〔自五〕整隊遊行、結隊遊行

宣伝カーで町を練り歩く（乘宣傳車在街上遊行）

寝る〔自下一〕睡覺，就寢（=眠る）、躺臥、臥病、（曲子）成熟、（商品）滯銷

子供が寝ている（孩子在睡覺）

良く寝る（睡得好）

良く寝られない（睡不好）

早く寝て早く起きる（早睡早起）

寝ずに居る（沒有睡）

寝る間も惜しんで勉強する（連睡覺時間也捨不得地用功）

芝生の上に寝ている（躺在草坪上）

寝た儘手紙を書く（躺在床上寫信）

寝て暮らす（躺著度日、遊手好閒）

寝ていて食べられる（不工作就能生活）

風邪で寝ている（因感冒臥床）

寝ている商品を廉く売る（減價出售滯銷商品）

寝た子を起こす（無事生非、沒事找事、〔喩〕已經解決的問題又是它死灰復燃、已經忘掉的事情又舊話重提）

練り、錬り、煉り〔名〕加熱攪動使凝固成膏狀物、輕輕地向前走

練りが足りない（攪動不夠未凝固成膏狀）

餡の練りが足りない（豆沙餡攪得不夠）

練り歯磨き（糊狀牙膏）

御祭りの練り（節日遊行）

練り鍛える、錬り鍛える〔他下一〕鍛煉、磨練

逆境に練り鍛えられる（受惡劣環境的磨練）

鏈（ㄌㄧㄢˋ）

鏈〔漢造〕鎖鏈

鏈魚〔名〕（來自中國語）〔動〕鰱魚（中國原產淡水魚）

鏈、鎖、鑠〔名〕鎖鏈，鏈子、〔轉〕聯繫，關係（=繋がり）

　鎖で繋ぐ（用鎖鏈鎖住）腐り鏈、鎖、鑠鞠、関、

　鎖を外す（解開鏈子）

　時計の鎖（表鏈）

　犬は鏈で繋いで有る（用鎖鏈拴住狗）

　Aの所の鎖を外してBの所に付ける（把A處的鏈子摘下來繫在B處）

　中国人民は自分達を縛る鎖を切って立ち上がった（中國人民切斷束縛在自己身上的鎖鏈站起來了）

　鎖を絶つ（斷絕關係）

　誤解から二人の間の鎖が切れた（由於誤解兩個人之間的關係斷絕了）

　説教を一鏈した（講了一番大道理）

　鏈鎌（帶鎖鏈的鐮刀——一種武器）

　鏈縫（鏈狀花樣的刺繡）

　鏈帷子（連環甲、鎖子甲）

鞠、関〔名〕（音樂、曲藝、評書、戲劇等的）鞠、段

　講談を一鞠聞く（聽一段評書）鏈

林（ㄌㄧㄣˊ）

林〔漢造〕林、樹林、聚集在一起的同類事物

　森林（森林）

　深林（深林）

　密林（密林=ジャングル）

　山林（山和樹木←→農地耕地、山上的樹林←→平地林）

　竹林（竹林、竹叢）

　枯林（枯林）

　疎林（疏林）

　防風林（防風林）

　防雪林（防雪林）

　原始林（原始林）

　自然林（自然林）

　国有林（國有林）

　官林（國有林）

　針葉樹林（針葉林）←→広葉樹林（闊葉樹林）

　書林（書林、〔轉〕書店）

　辞林（辭林、辭典、字典）

　芸林（藝壇、藝術界、文藝美術界）

　翰林（翰林、文人學者）

　学林（學林、學問中心、學校）

　禅林（禪宗的寺院）

　酒池肉林（酒池肉林、奢侈的酒宴）

林園〔名〕林園

林家〔名〕經營林業的家庭

林学〔名〕林學（關於森林、林業的學問）

　林学博士（林學博士）博士博士

　林学者（林業學者）

林間〔名〕林間

　林間を散歩する（在林間散歩）

　林間学校（森林小學、林間夏令營）

　林間に酒を暖めて紅葉を焼く（林間暖酒燒紅葉）紅葉紅葉

　林間を彷徨う（在林中徘徊）彷徨うさ迷う

林業〔名〕林業

　北欧諸国は林業が盛んである（北歐各國林業發達）

　農林業（農林業）

　林業試験所（林業試驗所、林業試驗場）

　林業技術員（林業技術員）

林檎、苹果、林子〔名〕蘋果

ㄌ

林檎を剝く（削蘋果皮）剝く 向く
林檎の様な頰（蘋果似的臉蛋）頰頰
林檎の様な真赤な頰（紅潤的臉蛋）
林檎酒（蘋果酒）
林檎ジャム（蘋果果醬）
林檎酸（蘋果酸）
林檎の歌（蘋果之歌-日本戰後流行歌曲）

林產〔名〕林產、林產物
　林產を山地から運び出す（從山地運出林產物）
　林產物（林產物）

林政〔名〕林政、林業行政
　林政学（林政學）

林泉〔名〕林泉、有樹木和泉水的庭園
　林泉の美（林泉之美）
　林泉の地（林泉之地）
　見事な林泉（非常美麗的林泉）見事美事

林相〔名〕森林的形態
　熱帶林相（熱帶林相）温帶寒帶亜熱帶

林地〔名〕林地、林業用地
　ジャングルを開墾して林地に為る（開墾密林作為林業用地）

林中〔名〕林中、林間
　林中の小道を歩く（走林中小徑）

林道〔名〕林中道路、搬運林產的產業道路
　林道を独りで歩く（獨自在林中道路行走）独り一人
　林道を抜けて山小屋へ向う（穿過林中道路向山中小屋走去）
　林場迄林道を開く（把搬運林產的產業道路開到林場）開く開く明く

林木〔名〕林木、森林的樹木
　林木を伐採する（伐木、砍伐林木）

林務〔名〕林務
　林務官（林務官）

林野〔名〕林野、森林和原野
　馬で林野を駆け巡る（騎馬在林野中奔馳）
　林野局（林野局）

林立〔名,自サ〕林立
　港内は帆柱が林立している（港口內帆檣林立）
　港湾にはマストが林立している（港灣內船桅林立）
　煙突が林立する（煙囪林立）
　煙突の林立している都市（煙囪林立的都市）
　林立する高層ビル（林立的高樓大廈）
　此の選挙区は立候補が林立している（這選區提出好多候選人）

林〔名〕林、樹林。〔轉〕林（事物集中貌）
　唐松の林に入る（走進落葉松的樹林）唐松落葉松入る入る
　松林（松林）
　松の林（松樹林）
　林の小道を散歩する（在林中小路散步）
　林で栗鼠が木に登った（在林中松鼠爬到樹上了）木樹 木木 上る登る昇る
　林で鶯が鳴いている（黃鶯在林中啼）鳴く啼く泣く無く
　工場の近くは煙突の林（工廠附近煙囪林立）工場工場 工廠
　工場が沢山有るので、煙突が林の様に立っている（工廠多煙囪林立）
　日本には林と言う名字が有る（在日本也有姓林的人）日本日本日本 名字苗字
　学問の林（學林、學問之林）
　辞の林（辭林）辭 詞 言葉辞

淋（ㄌㄧㄣˊ）

淋〔漢造〕澆，滴、（也寫作痲）淋病
　石淋、痲淋（腎結石、膀胱結石）

石淋の味を嘗めて会稽の恥を雪ぐ（嚐石痲之味而雪會稽之恥、忍小辱而成大業－源自勾踐滅吳的故事）雪ぐ濯ぐ漱ぐ注ぐ

淋菌、痲菌〔名〕淋菌、淋病球菌

　淋菌性眼炎（淋菌性眼炎）

淋疾、痲疾〔名〕淋病（＝淋病、痲病）

　淋疾に侵される（染上淋病）侵す犯す冒す

淋毒、痲毒〔名〕淋毒（＝淋菌、痲菌）

　淋毒性眼炎（淋毒性眼炎）

　淋毒で片目が潰れた（由於淋毒一隻眼瞎了）潰れる瞑れる

淋病、痲病〔名〕淋病（＝淋疾、痲疾）

　淋病に罹る（得淋病）罹る掛かる架かる懸かる

　淋病を患う（患淋病）患う煩う

　淋病患者（淋病患者）

　淋病を予防する（預防淋病）

　淋病の予防は治療に勝る（預防淋病勝於治療）勝る優る勝つ

淋巴、リンパ〔名〕淋巴

　淋巴液（淋巴液）

　淋巴管（淋巴管）

　淋巴腺（淋巴腺）

　淋巴腺が腫れ出した（淋巴腺腫起來了）

　淋巴腺炎（淋巴腺炎）

　淋巴細胞（淋巴細胞）

　淋巴節（淋巴結）

　淋巴性白血病（淋巴性白血病）

淋漓〔形動タルト〕淋漓

　流汗淋漓（汗水淋漓、汗流浹背）

　墨痕淋漓（墨跡淋漓）

　鮮血淋漓と迸る（鮮血淋漓）

淋しい、寂しい〔形〕寂寞的、孤單的，冷清的（＝徒然）、孤苦的，愁悶的（＝物悲しい）、荒涼的，凄涼的，空虛的←→賑やか

　相手が無くて淋しい（沒有伴感到寂寞）

　話し相手が無くて淋しい（沒有說話對象感到寂寞）

　子供に先立たれて淋しい（孩子夭折了感到寂寞）

　一人で留守番して淋しい（一個人看家感到寂寞）

　夫に死なれて淋しく暮らす（丈夫去世孤苦度日）

　母子二人で淋しく暮す（母子兩人孤苦度日）母子母子

　淋しい晩年（孤苦的晚年）

　淋しい場所（冷清的場所）

　人の世は淋しい（人世凄涼）

　町は人が居なくて淋しかった（街上沒有人很冷清）

　市場は淋しく為った（市場冷清起來了）市場市場

　人通りの途絶えた淋しい道（空無一人冷清的道路）

　参列者の少ない淋しい葬式であった（弔喪者甚少的冷清葬禮）

　冬の景色は淋しい（冬天景色荒涼）

　此の海岸の景色は淋しい（這海岸景色荒涼）

　会場の飾りが淋しい（會場的布置太少）

　部屋が淋しいので花を飾った（房屋顯得空蕩所以插了花）

　懐が淋しい（懷裡空虛、手頭緊、手裡不方便）

　口が淋しい（想吃點什麼）

　煙草が切れて口が淋しい（香菸抽完了嘴巴空得發慌）煙草タバコ

淋しい，寂しい〔形〕〔俗〕寂寞的，孤單的，冷清的、孤苦的，愁悶的，荒涼的，凄涼的，空虛的（＝淋しい、寂しい）

ㄌ

淋しい、寂しい〔形〕〔方〕寂寞的，孤單的，冷清的、孤苦的，愁悶的、荒涼的，淒涼的，空虛的（=淋しい、寂しい）

淋しがる、寂しがる〔自五〕感到寂寞、感到淒涼
　君は何を淋しがっているのだ（你為什麼寂寞）
　子供が淋しがるので出掛けない事が為た（因為孩子覺得寂寞所以不出門了）
　話相手も無く独り暮しを為て、彼の人は淋しがっているに違いない（他連個說話的伴都沒有一個人過日子一定覺得很寂寞）

淋しさ、寂しさ〔名〕寂寞、孤單、孤苦、荒涼、淒涼
　淋しさを覚える（感到寂寞、感到淒涼）覚える憶える
　胸に食い入る様な淋しさ（難以忍受的寂寞、難以忍受的淒涼）
　読書して淋しさを忘れる（讀書解悶）

寂しげ〔形動〕寂寞的樣子，孤單的樣子，淒淒涼涼、荒涼的樣子，冷冷清清

隣（鄰）（ㄌ一ㄣˊ）

隣〔漢造〕結鄰
　四隣（街坊四鄰、周圍的國家）
　近隣（近鄰、鄰近）
　比隣（比鄰、近鄰）
　善隣（睦鄰）

隣位〔名〕〔化〕連位

隣家〔名〕鄰家
　隣家から火が出た（從隔壁起火了）
　隣家の火事（鄰家的火災）
　隣家に住んで居る人（住在隔壁的人）住む済む澄む棲む清む居る入る要る射る鋳る炒る煎る
　隣家に留守を頼む（托人家看一下家）頼む恃む

隣境、隣境〔名〕鄰境（=隣との境）、鄰國

隣県〔名〕鄰縣

隣好、隣交〔名〕與近鄰交往、與鄰居或鄰國交際

隣国、隣国〔名〕鄰國、鄰邦
　隣国と友好関係を結ぶ（和鄰國結成友好關係）
　漢字は隣国の中国から伝来した物だ（漢字是從鄰國中國傳來的）

隣郷〔名〕鄰鄉

隣室〔名〕鄰室、隔壁的房子
　隣室から話し声が漏れて来る（從隔壁房子船來說話的聲音）漏れる洩れる盛れる守れる来る

隣人〔名〕鄰人、鄰居、街坊
　隣人の誼（鄰人的情誼）
　隣人愛（對鄰人之愛）
　隣人愛に富んだ人（愛護鄰居的人、樂善好施的人）

隣席〔名〕鄰席、鄰座
　隣席に着く（坐在鄰座）着く付く突く就く衝く憑く点く尽く搗く吐く附く撞く撞く潰く
　隣席に掛けて居るのは大学生だ（坐在鄰席的是大學生）
　隣席の客（鄰席的客人）

隣接〔名、自サ〕接鄰、毗連
　隣接する国家（接鄰的各國）
　隣接の土地（毗連的土地）
　隣接町村（接鄰村鎮）
　墓地に隣接する家屋（與墳地毗連的房屋）
　ヨーロッパの国国は隣接し合って居る（歐洲許多國家毗連在一起）
　工場の火事が隣接の民家に燃え移った（工廠的大火延燒到旁邊的鄰家）工場工場工廠

隣村、隣村、隣り村〔名〕鄰村（=隣の村）
　隣村に小学校が設けられた（鄰村設立了小學）設ける儲ける

隣村に嫁ぐ（嫁到鄰村）

隣地〔名〕鄰地、接鄰的土地
　隣地を買い上げて学校の運動場を拡張する（收購接鄰的土地擴大學校的運動場）
　隣地の使用を要求する（要求使用鄰地）
　隣地との境に塀を作る（在同鄰地的邊界上築上一道牆）境　境　作る　造る　創る

隣保〔名〕近鄰，街坊、街道的互助組織，濟貧小組
　隣保館（救濟近鄰的濟貧館）
　隣保事業（濟貧事業）
　隣保組織（近鄰互助組織、濟貧組織）

隣邦〔名〕鄰邦、鄰國
　隣邦との誼を深める（加強鄰邦的友好關係）
　隣邦日本（鄰邦日本）日本日本　倭　大和　日の本
　必要に応じて隣邦との経済協力は既に行われている（根據需要已在進行和鄰國的經濟作）

隣る〔自五〕相鄰、鄰接、毗鄰
　家が隣る（房屋鄰接）家家屋屋内中裡家家
　教室が隣る（教室相鄰）
　相隣る二数の和（相鄰二數之和）

隣〔名〕鄰居、鄰家、鄰人、鄰近、鄰國
　隣の部屋（隔壁的房子＝鄰室）
　隣の村（鄰村＝鄉村）
　隣の席（鄰席、鄰座＝鄰席）
　隣の人（鄰人、鄰居、街坊＝鄰人）
　隣の人と付き合う（搭鄰居、鄰居來往）
　姉は隣の村へ嫁に行った（姊姊嫁到鄰村去了）
　隣の子が遊びに来た（鄰家的孩子來玩）
　フランスの隣はドイツだ（法國的鄰國是德國）
　隣の国と仲良くする（與鄰邦友好來往）
　父の隣に座っているのが弟です（坐在父親旁邊的是我弟弟）
　家の右隣は薬屋です（我家右鄰的藥店）
　御隣（鄰居）
　隣の家の宝を数える（無濟於事）
　隣の糂粏味噌（家花不如野花香、什麼都覺得別人的好）
　隣の疝気を頭痛に病む（看三國掉眼淚、替古人擔憂）
　隣の花は赤い（鄰家的花紅、外國的月亮圓、野花比家花香）
　隣の麦飯は美味い（別人的飯香）美味い甘い旨い上手い巧い

隣り合う、隣合う〔自五〕結鄰、相鄰、緊挨著
　隣り合った家（緊鄰的房屋）
　隣り合った二部屋（連接的兩個房間）
　隣り合って座る（並肩而坐）座る坐る据わる
　隣り合って住む（結鄰而居）住む棲む清む澄む済む

隣り合い、隣合い〔名〕結鄰、比鄰（＝隣り合わせ　隣合わせ）
　隣り合いに住む（比鄰而居）
　学校では席が隣り合いでした（在學校我們坐位緊靠著）
　隣り合いで店を経営していた（兩家比鄰開商店）

隣り合わせ、隣合せ〔名〕結鄰、比鄰
　隣り合わせに住む（比鄰而居）住む棲む
　叔父さんと隣り合わせに住んでいる（和叔叔比鄰而居）
　隣り合わせの席（鄰席）

隣り裏〔名〕後院的鄰家

隣り近所、隣近所〔名〕四鄰、鄰近地方、街坊鄰居、左鄰右舍

隣近所の噂に為る（成為四鄰的話柄）為る成る鳴る生る

騒ぎは隣近所の人達も皆知って終った（吵得左右鄰居都知道了）

隣近所の非難の的に為る（成為左鄰右舍非難的目標）

隣近〔名〕附近、近處

隣り座敷〔名〕鄰室

隣り知らず〔名〕表層裏上一層小豆餡的年糕團（=牡丹餅）、簡易婚禮

隣組〔名〕鄰組（第二次世界大戰日本政府強迫日本人成立的保甲組織，以十戶左右為一組、戰後廢止）

隣界〔名〕鄰界

隣同士、隣り同士〔名〕鄰居、街坊（關係）

隣同士である（彼此是鄰居）

隣付合、隣り付き合い〔名、自サ〕鄰居之間的交際、鄰人間的交往

隣付合を為ている（和鄰人交往）

御隣事〔名〕（女孩們）辦家家酒（=飯事、御隣ごっこ）

御隣事を為て遊ぶ（玩辦家家酒）

燐（ㄌㄧㄣˊ）

燐〔名、漢造〕〔化〕磷

燐を含む（含磷）

燐の様な光る（像磷一樣發光）

燐と化合する（和磷化合）

燐が燃える（磷燃燒）燃える萌える

燐が燃え出した（磷燃燒起來了）

燐寸には燐が含まれている（火柴裡有磷）

燐モリブデン酸（磷鉬酸）

赤燐（紅磷）

黃燐（黃磷）

燐火〔名〕磷火、鬼火（=鬼火、狐火、狐の提灯）

燐火が二つ飛んで居る（兩個磷火在飛著）

墓場の燐火（墓地的磷火）

燐火が燃える（磷火燃燒）

身の毛の弥立つ燐火（毛骨悚然的鬼火）

燐灰ウラン鉱〔名〕〔礦〕（autunite 的譯詞）鈣鈾雲母

燐灰岩〔名〕〔地〕磷灰岩

燐灰石〔名〕〔礦〕磷灰石

燐灰土〔名〕〔礦〕磷灰土

燐化水素〔名〕〔化〕磷化氫

燐化物〔名〕〔化〕磷化物

燐光〔名〕〔理〕磷光

燐光を発する（發磷光）

燐光計（磷光計）

燐光体（磷光體）

燐鉱〔名〕〔礦〕磷礦

燐鉱石（磷礦石）

燐酸〔名〕〔化〕磷酸

燐酸塩（磷酸鹽）

燐酸カルシウム（磷酸鈣=燐酸石灰）

燐酸石灰（磷酸石灰=燐酸カルシウム）

燐酸肥料（磷酸肥料）

燐酸トリクレジル（磷酸三甲苯酯）

燐酸トリフェニル（磷酸三苯酯）

燐酸水素カルシウム（磷酸氫二鈣）

燐性〔名〕〔化〕磷性、含磷

燐素〔名〕〔化〕磷、磷光體

燐銅鉱〔名〕磷銅礦

燐肥〔名〕磷肥（=燐酸肥料）

燐肥を施す（施磷酸肥料）

燐寸、マッチ〔名〕火柴

燐寸を擦る（劃火柴）マッチ（火柴、比賽、適稱）摩る刷る摺る擦る掏る磨る擂る

燐寸を付ける（劃著火柴）付ける附ける漬ける吐ける搗ける尽ける点ける憑ける衝ける

燐寸が付く（劃火柴）付く附く漬く吐く搗く尽く点く憑く衝く

漸く燐寸が付いた（終於劃著了火柴）

彼は燐寸を擦って私の煙草に火を付けて呉れた（他擦根火柴替我點著了香菸）

燐寸を擦って両手を風除けに為て囲んだ（劃火柴把兩手圍攏起來防備風吹滅）

燐寸を御持ちですか（您帶了火柴嗎？）

燐寸を持っていたら貸して下さい（如果有帶火柴的話請借用一下）

一寸燐寸を拝借（借個火苗）

燐寸箱（火柴盒、體積很小的東西）

燐寸箱の様な家（小得跟火柴盒一樣的房屋）家家家家家

燐寸棒（火柴棒）

安全燐寸（安全火柴、赤磷火柴）

蠟燐寸（防潮火柴）

燐寸棒の先で突く（用火柴棒頭戳）突く突く

頭の取れた燐寸（沒頭的火柴）

一本の燐寸（一根火柴）

燐寸一箱（一盒火柴）

燐寸の軸（火柴棒）

燐寸の先（火柴棒頭）

燐寸の燃え差し（燃過的火柴棒）

燐寸一本火事の元（星星之火可以燎原）

マッチ〔名〕比賽，競賽、相稱，協調

タイトルマッチ（錦標賽）

顔立ちにマッチした髪型（和臉型相稱的髮型）

色がマッチして如何にも綺麗だ（色彩協調美極了）

霖（ㄌㄧㄣˊ）

霖〔漢造〕霖雨、霪雨（＝長雨）

秋霖（秋雨連綿）

春霖（春雨連綿）

梅霖（梅雨＝梅雨、梅雨、五月雨）

霖雨〔名〕霖雨、霪雨（＝長雨）

霖雨が続く（霪雨連綿）

霖雨で服迄黴が生えた（由於霖雨連衣服都發霉了）生える映える栄える這える

臨（ㄌㄧㄣˊ）

臨〔漢造〕來臨、靠近、臨摹、臨時

親臨（親臨、駕臨）

光臨（光臨、駕臨）

降臨（光臨，駕臨、神佛降臨，下凡）

君臨（君臨，統治，支配，掌握主權、稱霸，有巨大勢力）

照臨（照覽、君臨、來訪）

臨画〔名、他サ〕臨摹畫←→写生画

大変良く書けて臨画に見えない（畫得很好不像是臨摹畫）

臨海〔名〕臨海、沿海、瀕海

臨海学校（臨海學校、海濱夏令營）

林間学校（森林學校、林間夏令營）

臨海実験所（〔研究海產動植物的〕臨海實驗所）

臨界〔名〕臨界（＝境，界，境界）

臨界温度（臨界溫度）

臨界角（臨界角-光線入射的角度）

臨界状態（臨界狀態）

臨界点（臨界點）

臨界量（〔理〕臨界質量）

臨界Reynolds数（〔理〕臨界雷諾數）

臨外〔名〕臨時外出

臨機〔名〕臨機、隨機

臨機の処置を講ずる（採取隨機應變的措施）講ずる講じる高ずる嵩ずる昂ずる

臨機応変（隨機應變）

臨機応変を心得ている（曉得隨機應變）

臨休〔名〕臨時休假、臨時放假、臨時休業

臨急〔名〕臨時快車

座席指定の臨急を増発する（加開對號臨時快車）

臨御〔名〕（日皇）蒞臨（=出御、臨幸）←→還御

殿下の臨御を仰ぐ（蒙殿下蒞臨）仰ぐ扇ぐ煽ぐ

臨月〔名〕臨盆（=産み月）

臨月の女（臨近產期的婦女）

臨月が迫っている（產期逼近）迫る逼る

臨検〔名、他サ〕臨場檢查、現場搜查

警察がホテルを臨検する（警察臨檢旅館）

臨港〔名〕接連港口

臨港地帯（臨港地帶）

臨港線（臨港鐵路－從幹線延伸到港口的鐵路）

臨港鉄道（港口鐵路、〔同輪船的〕聯運鐵路）

臨幸〔名、自サ〕（日皇）蒞臨（=臨御、出御）←→還御

臨行〔名、自サ〕臨行

臨済宗〔名〕〔佛〕臨濟宗（日本佛教十三宗之一、禪宗之一派、唐代以臨濟義玄為始祖、日本鎌倉時代以榮西為始祖）

臨時〔名〕臨時、暫時、特別←→経常、定例

臨時に会合を開く（臨時召開會議）開く開く明く空く飽く厭く

今月は臨時の収入が有った（這個月有了外快）有る在る或る

仕事が多過ぎるから臨時の人を増やした（工作太多暫時增加了人）増やす殖やす

臨時の処置（臨時的處置）

臨時雇い（臨時雇工）

臨時手当（特別津貼）

臨時ニュース（新聞快報）

臨時国会（臨時國會）←→通常国会

臨時祭（臨時祭典）←→例祭

臨時工（臨時工、短工）

臨時休業（臨時停業）

臨時駐車場（臨時停車場）

臨時給（臨時工資）

臨時給与（臨時薪資）

臨時費（臨時支出）←→経常費

臨時予算（臨時預算）

臨時予算を審査する（審查臨時預算）

臨時召集（臨時召集）

臨写〔名、他サ〕臨寫、臨摹、臨帖、抄寫

臨写本（臨摹本）

三体千字文の手本を見て臨写する（看三體千字文的字帖抄寫）

臨終〔名〕臨終、臨死（=死際、末期）

臨終に一言残した（臨終留下了一句話）一言一言一言

母の臨終を看取る（看護母親的臨終）看取る見取る

臨書〔名、自サ〕臨帖（=臨帖）

千字文の草書を臨書する（臨寫千字文的草體字）

手本を見て其の通りに臨書する（字帖臨寫）

臨帖〔名、自サ〕臨帖（=臨書）

臨床〔名〕臨床

臨床診察する（臨床診察）

多くの臨床実験を行う（進行多次臨床實驗）

臨床医学（臨床醫學）

臨床講義（臨床講授）

臨床尋問（臨床詢問病人）

臨場〔名、自サ〕到場、蒞場

御臨場の皆様（到場的諸位）

御臨場願います（敬請蒞場）

当主が自ら臨場した（主人親自到場）
自ら自ずから自ら

臨場感（臨場感、如親臨現場的感覺）

ホールで聞く様な臨場感を持っている
（具有如同在會場聽到的實感）聞く聴く
訊く利く効く

臨席〔名、自サ〕臨席、出席

御臨席を御願いします（敬請光臨）

御臨席を御願い致します（敬請光臨）

卒業式に御臨席を御願いします（敬請光
臨畢業典禮）

卒業式に父母も臨席する（父母也出席畢
業典禮）父母父母父母

臨戦〔名、自サ〕臨戦、臨陣

臨戦準備を為る（進行臨戦準備）

臨戦体制（臨戦體制）

国中臨戦体制を完成した（全國完成了
臨戦體制）国中国中

臨戦態勢（臨戦態勢）

臨船〔名〕搜船、檢查船隻

臨船権（戰時海軍人員對中立國船隻的搜
查權）

臨地〔名〕到現場去、親臨現場

臨地調査（現場調査）

臨池〔名〕習字、書法（=書道）

臨池の造詣が深い（書法的造詣很深）

臨本〔名〕臨摹、臨摹的字帖

王羲之の筆を臨本と為る（以王羲之的字
為臨摹的字帖）筆筆（筆跡）

臨摹, 臨模、臨摹, 臨模〔名、他サ〕臨摹

彼は臨摹が巧みである（他很會臨摹）

実物を見乍ら臨摹する（邊看實物邊臨摹）
実物実物（蔬果）

臨む〔自五〕面臨、瀕臨、蒞臨、君臨，統帥

岳陽楼は洞庭湖に臨んでいる（岳陽樓面
臨著洞庭湖）臨む望む

其の家は大通りに臨んで建っている（那
所房子面臨大街）建つ立つ経つ絶つ發つ
断つ

海に臨んでいる道路（臨海道路）

海に臨んだ別荘（臨海的別墅）

最後に臨む（到最後關頭、到最後階段）

此の期に臨んで何を言うか（臨到這關頭
還能說什麼？）

危機に臨む（瀕臨危機）

危機に臨んで沈着冷静である（臨危不亂）

不意の出来事に臨んで慌てない様に（遇
到偶發的變故時不要慌張）

別れに臨んで斯う言った（臨別的時候這
樣說了）別れ分れ判れ解れ斯う請う乞う

機に臨み変に応ず（隨機應變）

戦場に臨む（上戰場）

部長は竣工式に臨んだ（部長蒞臨了竣工
典禮）

来賓と為て開幕式に臨む（以來賓的身分
出席開幕典禮）

圧制を以て土人に臨む（用壓制對待土人）

部下に臨むに寛大である（對部下寬大）

部下に臨む態度（對待部下的態度）

天下に臨む（君臨天下）

望む〔他五〕眺望（=眺める）、希望，願望，期望，
指望（=願う）、仰望，景仰（=仰ぐ、慕う）

遥かに泰山を望む（遙望泰山）

湖は此処から望むと一番美しい（從這
裡眺望湖泊的景色是最美的）

此処からはダムの雄姿が望まれる（從這
裡可以眺望到水庫的雄姿）

万一を望む（指望萬一）

彼に大きな事は望めない（對於他不能期
望過高）

此では回復は望めない（這樣的話可沒有
希望恢復健康了）回復恢復

此の様な状態では待遇改善望む可くも無い（在這種情況下改善待遇沒有希望）
望む可からざるを望む（指望不可期望的、妄冀非分、想入非非）
多くを望めない（不能期望過高）
其の徳を望む（仰望其德）
天を望んで嘯く（仰天長嘯）

鱗（ㄌㄧㄣˊ）

鱗〔漢造〕鱗、魚類
魚鱗（魚鱗、〔軍〕魚鱗形陣、人字形陣、人字形編隊飛行）

鱗雲母〔名〕〔礦〕鋰雲母

鱗介〔名〕鱗介、魚介（=魚介）

鱗形〔名〕魚鱗形（=鱗狀）
鱗形の葉（魚鱗形的樹葉）

鱗形〔名〕鱗狀花樣、用三角形排成的花樣（"能樂"中多用於毒婦的衣服上）

鱗茎〔名〕〔植〕鱗莖、球莖（如水仙、百合、玉葱等）

鱗硅石〔名〕〔礦〕鱗石英

鱗甲〔名〕鱗形甲。〔動〕鱗甲，（甲殼類的）盾板，（昆蟲的）盾片

鱗翅目〔名〕〔動〕鱗翅目

鱗状〔名〕鱗狀（=鱗形）
鱗状の図形（魚鱗形的圖案）

鱗屑〔名、自サ〕〔醫〕鱗屑、脫屑
頭に鱗屑が沢山出来た（頭上長了很多頭皮）
鱗屑疹（鱗屑疹）

鱗属、鱗族〔名〕魚類、魚族

鱗皮〔名〕〔植〕漿片

鱗粉〔名〕（蝶、蛾等翅膀的）鱗粉

鱗片〔名〕鱗片、鱗狀片
鱗片葉（鱗葉）

鱗木〔名〕鱗木（石炭紀生長的植物、後來成為現在的優質煤炭）（=レピドデンドロン）

鱗毛〔名〕〔植〕鱗毛
鱗毛は葉や茎に生えている（鱗毛是長在葉和莖的）生える栄える這える映える

鱗〔名〕鱗（=鱗、鱗、鱗、鱗、鱗、鱗、鱗）、鱗狀、鱗形、頭垢
鱗の有る（有鱗的）
鱗の無い（沒鱗的）
魚の鱗を落す（刮下魚鱗）魚 肴 魚魚 魚
目から鱗が落ちる（恍然大悟）
目から鱗が落ちる様な思いを為る（擦亮了眼睛、恍然大悟）
鱗雲、鱗雲（卷積雲、絹積雲=鰯雲、斑雲）
鱗模様（鱗狀花樣、用三角形排成的花樣－"能樂"中多用於毒婦的衣服上=鱗形）

鱗〔名〕（鱗的古語）鱗（=鱗、鱗）

鱗、鱗〔名〕〔古〕鱗（=鱗、鱗、鱗）、魚（類）

鱗、鱗〔名〕〔古〕鱗（=鱗、鱗、鱗）、魚（類）

鱗〔名〕〔俗〕魚鱗（=鱗、鱗）
魚の鱗を払う（刮魚鱗）
魚の鱗を引く（刮魚鱗）引く 弾く 轢く 挽く 惹く 曳く 牽く 退く

鱗〔名〕〔俗〕魚鱗（=鱗、鱗）

麟（ㄌㄧㄣˊ）

麟〔漢造〕（想像中的靈獸）麒麟
祥麟（祥麟）
神麟（神麟）

麟角〔名〕麟角（想像中的動物麒麟的角、表示極稀少的東西）

凛（ㄌㄧㄣˇ）

凛〔漢造〕凛冽、嚴肅（=身に凍みて寒い、厳しい）

凛乎〔形動タルト〕凛然、凛慄、凛冽、嚴肅

凛乎たる態度（嚴肅可敬的態度）

凛乎と為て立っている（威風凜凜地站立著）

凛乎たる気概を持つ（具有威風凜凜的氣概）

凛然〔形動タルト〕凛然、凛慄、凛冽、凛凛

凛然たる態度（嚴肅可敬的態度）

凛然と為て立っている（威風凜凜地站立著）

凛然たる朔風（凛冽北風）

凛と〔副〕凛然、凛冽、嚴肅、清澈

凛と為た態度（嚴肅的態度）

凛と為た姿（威風凜凜的姿勢）

凛と為た北風（凛冽的北風）北風北風

凛と為た川の流れ（清澈的河水）

凛と張った目（水汪汪的眼睛）

凛慄〔形動タルト〕凛冽、凛凛

凛凛〔形動タルト〕凛冽、嚴肅、威嚴（=厳めしい）

寒気凛凛（寒氣凛冽）寒気寒気

寒気凛凛と為て身に凍みる（寒氣凛冽刺骨）凍みる沁みる浸みる滲みる染みる

凛凛たる夜気（寒氣凛冽的夜晚）

勇気凛凛たる青年（勇氣十足的青年）

勇気凛凛たる姿（雄赳赳的姿態、生氣勃勃的姿態）

威風凛凛と行進している（威風凜凜地行進著）

凛冽〔名、形動タルト〕凛冽

寒気凛冽の候（寒氣凛冽的季節）候候（伺候、在左右、有、在、接動詞連用形後表恭敬=ます）

凛冽の気が漲る（瀰漫著凛冽的寒氣）

凛凛しい〔形〕英勇的、莊嚴可敬的

凛凛しい姿（威風凜凜的容姿）

凛凛しい態度（嚴肅的態度）

凛凛しい若者（英勇的青年）

凛凛しい武者振り（威嚴的武仁風度）振り風

吝（ㄌㄧㄣˋ）

吝〔漢造〕吝嗇、吝惜

慳吝（吝嗇）

貪吝（貪吝）

吝嗇、吝嗇〔名、形動〕吝嗇

吝嗇漢（吝嗇漢）

吝嗇家（吝嗇鬼=けちん坊）

吝嗇家と言われて程の倹約した生活を為ている（過著甚至被人說成吝嗇鬼的儉樸生活）

吝嗇〔名、形動〕吝嗇（=吝嗇）、卑賤，簡陋，不吉利、（市面）蕭條，（人情）淡薄

吝嗇な男（吝嗇鬼）

吝嗇な人（吝嗇鬼）

吝嗇な奴（吝嗇鬼）

高が一万円位吝嗇するな（只不過一萬日元你別小氣）

吝嗇な事を言うな（別說小氣話）

吝嗇な顔を為ている（其貌不揚）

吝嗇な根性（劣根性）

吝嗇な野郎（下流的東西）

彼は決してそんな吝嗇な事は為ない（他決不會做那種盃比的事）

成程其が君の吝嗇な手だな（果然這就是你的卑劣技倆）

吝嗇な服（破舊的衣服）

吝嗇な贈り物（簡單的禮品）

吝嗇な家に住む（住在簡陋不堪的房子）

吝嗇な家に住んで居る（住在簡陋不堪的房子）

彼は何時も吝嗇臭い格好を為ている（他穿著總是那樣寒酸）格好恰好

吝嗇が付く（有不吉利的兆頭、倒霉起來、不順利）

吝嗇が付いた家（不吉祥的房屋）

計画に吝嗇が付いた（計畫要倒霉了-出師不利）

斯う吝嗇が付いては仕事を遣る気に為らない（一開頭就這樣不吉利我也不想做了）

吝嗇を付ける（挑毛病、說壞話、潑冷水）

人の作品に吝嗇を付ける（對別人的作品挑毛病）

人の仕事に吝嗇を付ける（挑別人工作的毛病、對別人的工作說壞話）

彼奴は何にでも吝嗇を付けたがる（那傢伙對什麼都愛吹毛求疵）

縁起の悪い事を言って彼に吝嗇を付けて遣る（說不吉利的話找他麻煩）

吝嗇な時世（不景氣的時代）時世時世

吝嗇臭い〔形〕吝嗇的、小氣的（=吝嗇、吝い、嗇い）、簡陋的（=見窄らしい）

吝嗇臭い事を言うな（別說小氣話、別小小氣氣的）

金持の癖に吝嗇臭い（有錢可是吝嗇）

吝嗇臭い考え（自私的想法）

吝嗇臭い所を住んで居る（住在破舊的地方）

吝嗇臭い洋服を着ている（穿著寒酸的西服）

吝嗇付く〔自五〕吝嗇（=吝嗇吝嗇する）

吝嗇吝嗇〔副、自サ〕吝嗇、小氣

そんなに吝嗇吝嗇するな（不要那樣小小氣氣的）

吝嗇吝嗇せずに（毫不吝嗇地、大大方方地）

吝嗇吝嗇せずに金を出せ（大大方方地拿出錢來）

金を惜しんで吝嗇吝嗇する（捨不得花錢）

食物に吝嗇吝嗇する（捨不得吃）

吝嗇吝嗇した了見（狹隘的心胸）

吝嗇る〔他五〕〔俗〕吝嗇、捨不得拿出來（=出し惜しむ）

費用をけちる（捨不得拿出費用）

修理費を吝嗇る（捨不得花費修理）

吝ん坊〔名、形動〕吝嗇鬼、守財奴（=吝ん坊、しみったれ）

彼は吝ん坊だ（他是個吝嗇鬼）

吝ん坊の柿の種（吝嗇鬼、守財奴）

御前の様な吝ん坊は嫌いだ（我討厭你這樣的吝嗇鬼）

彼の親爺は非常な吝ん坊だ（那老先生是個非常小氣的人）

吝ん坊、吝坊〔名、形動〕（關西方言）吝嗇鬼（=吝ん坊、しみったれ）

あんな吝ん坊は見た事が無い（沒見過那樣的吝嗇鬼）

吝い、嗇い〔形〕（關西方言）吝嗇的

彼奴は吝い男だ（那傢伙是吝嗇的男人）

吝い親爺（吝嗇的老爺子）親爺親仁親父老爺

吝か、吝〔名、形動〕吝惜

吝かな人（吝嗇的人）

吝かな金持（吝嗇的財主）

吝かで（は）無い（不吝惜、很願意）

相手の長所を認めるに吝かで無い（很願意承認對方的優點）認める認める

彼は誤りを認めるに吝かで無い（他很願意承認錯誤）誤り謝り

推奨するに吝かで無い（很願意推崇稱讚）

協力するに吝かで無い（很願意幫忙）

賃（ㄉㄧㄣˋ）

賃〔漢造〕報酬、費用（=賃金，賃銀、賃金）

手間賃（工資）

船賃（船錢）

家賃（房租）

家賃が高い（房租貴）

運賃（運費）

運賃を下げる（降低運費）下げる提げる避ける裂ける

駄賃（搬運費、〔轉〕小費，跑腿的錢）

汽車賃（火車費）

案内賃（嚮導費）

使い賃（跑腿錢）

労賃（工資）

賃上げ、賃上〔名、自サ〕加薪、提高工資←→賃下げ、賃下

賃上げを要求する（要求加薪）

平均一万円の賃上げを要求する（要求平均加薪一萬元）

労働者は賃上げと労働条件の改善を要求する（工人要求提高工資和改善工作條件）

賃上げスト（要求提高工資的罷工）

賃上げストを為る（要求提高工資的罷工）

賃上げ闘争（要求增薪的鬥爭）

賃下げ、賃下〔名、自サ〕減薪、降低工資←→賃上げ、賃上

不景気の為会社は賃下げ考慮している（由於不景氣公司考慮要減薪）

斯う物価が上がっては実質的な賃下げだ（物價這樣上漲實際是減薪）

賃加工〔名〕領工錢加工、加工貿易

賃貸し，賃貸、賃貸〔名、他サ〕出租←→賃借り，賃借、賃借

花嫁衣裳を賃貸する（出租新娘服裝）

彼の家は誰に賃貸を為たのか（那所房子租給誰了？）

自転車を賃貸する（出租自行車）

ミシンを賃貸する（出租縫紉機）

賃貸価格（出租價格）

家を賃貸する（出租房屋）

賃貸借（租賃契約）

船舶の賃貸借（租船合約）

賃貸契約（租賃契約）

賃貸物（出租物）

賃貸価格（出租價格）

賃借り，賃借、賃借〔名、他サ〕租賃、租借←→賃貸し，賃貸、賃貸

ピアノの賃借（租借鋼琴）

賃借の車（租用的汽車）

家を賃借する（租借房屋）

賃借権（租借錢）

土地を賃借する（租地）

賃借価格（租賃價格）

賃借料（租賃費）

賃金〔名〕租金、工資（＝賃銀，賃金）

時間払い賃金（計時租金）

賃金統制（工資統制）

賃銀，賃金〔名〕工資

賃銀を支払う（發給工資）

賃銀を払う（發給工資）

賃銀を受け取る（領工資）

賃銀を貰う（領工資）

賃銀引き上げ（增薪、提高工資）

賃銀引き上げを叫ぶ（要求加薪）

賃銀を引き上げ（提高工資）

賃銀を上げる（提薪、漲工資）

賃銀引き下げ（減薪、降低工資）

賃銀を下げる（減薪、降低工資）

賃銀を切り下げ（降低工資）

賃銀を前払いする（預發工資）

賃銀格差を是正する（縮小工資的差距）

ㄣ

賃銀カット（扣工資）

賃銀ベース（工資基數、工資標準、基本工資）

賃銀ベース八万円（基本工資八萬日元）

賃銀ベースを引き上げる（提高工資基數）

賃銀点数（工分）

賃銀時間制（計時工資）

賃銀体系（支付工資方法＝給与体系）

賃銀鉄則（工資鐵則－在資本主義下工人只能領到生活所需的最低限度工資）

賃銀労働（領工資提供勞力＝賃労働）

賃銀の枠（工資的範圍）

一日四千円の賃銀で働く（按日薪四千元工作）

賃銀の奴隷と為る（成為領工資的奴隸）

賃銀と物価の悪循環（工資和物價之間的惡性循環）

賃銀支払い日（發薪日）

賃銀労働者（靠工資生活的人）

賃銀生活者（靠工資生活的人）

男女同一労働同一賃銀（男女同工同酬）男女男女　男女

出来高払い賃銀（計件工資）

時間払い賃銀（計時工資）

割り増し賃銀（附加工資）

賃銀割り増しを要求する（要求附加工資）

能率賃銀（効率工資）

基本賃銀（基本工資）

実物賃銀（實物工資）

賃仕事〔名〕家庭副業

賃仕事を為る（做家庭副業）

母は刺繡の賃仕事を為る（母親在家做刺繡的家庭副業）

母は袋貼りの賃仕事に精出す（母親大力做糊紙袋的家庭副業）

賃銭〔名〕工資（＝賃銀，賃金，賃金）

賃銭を払う（付工資）

賃搗き，賃搗、賃搗き，賃搗〔名、他サ〕收費替人搗米

米を賃搗きして貰う（出錢委託搗米）米米米（美國）

餅の賃搗きを承ります（承搗糯米做年糕）餅糯

賃餅〔名〕收費代人搗米做的年糕

賃労働〔名〕賺工資的勞動、雇用勞動（資本主義社會的一般勞動形態）（＝賃銀労働）←→奴隷労働

藺（ㄌㄧㄣˋ）

藺〔漢造〕藺（多年生草莖可編蓆）、姓

藺相如〔名〕藺相如（中國戰國時代趙國名臣、有完璧歸趙的故事）

藺〔名〕〔植〕藺（＝藺草、灯心草）

藺笠〔名〕燈心草編的斗笠

藺笠を被った見知らぬ人が徘徊している（戴著斗笠的陌生人徘徊著）

藺草〔名〕〔植〕燈心草－用作疊的表皮（＝灯心草）

藺蓆、藺莚〔名〕燈心草編的草蓆

躙（ㄌㄧㄣˋ）

躙〔漢造〕踩躙、踩著碾

蹂躙（踩躙、踐踏、侵犯）

国土を敵の蹂躙に任せては置けない（不能容許敵人任意踐踏國土）

躙る、躪る〔自五〕膝行

〔他五〕踩躙、踐踏

膝で前へ躙り出る（跪坐著向前移動）

芝生を躙るな（不要踐踏草坪）

足で躙る（用腳踐踏）

下駄の歯で躙る（用木屐齒碾）

踏み躙る（踩躙、踩著碾）

躙り上り〔名〕〔茶道〕茶室特有的側身而過的小出入口（＝躙り口、躙口）

躙り書き〔名、他サ〕抹字、塗鴉、塗抹的字

躙り出る、躙出る〔自五〕膝行、跪著出去、跪坐著移動

　膝で前へ躙り出る（跪坐著向前移動）

躙り口、躙口〔名〕（查到）茶室特有的側身出入的小門（＝躙り上り）

躙り寄る、躙寄る〔自五〕跪坐著移動（＝躄り寄る）、悄悄貼近

　子供が母親に躙り寄る（孩子膝步貼近母親）

　段段躙り寄る（漸漸蹭著靠近）

　前の方へ躙り寄る（往前方跪坐著移動）

　蛇が鼠を目掛けて躙り寄る（蛇以老鼠為目標悄悄貼近）

良（ㄌㄧㄤˊ）

良〔名、漢造〕良好、優良（＝良い、善い、好い、佳い）←→悪、悪い

　試運転の結果は概ね良である（試車結果大致良好）概ね大旨

　検査の結果は概ね良だった（檢查的結果大致良好）

　数学が良だった（數學成績優良）

　国語の成績は良だった（國語成績優良）

　最良（最優良、最精良、最優秀、最良好）

　善良（善良、正直）

　選良（選舉賢良、傑出人物、國會議員）

　改良（改良）

　温良（溫和親切、溫順善良）

　優良（優良）

　精良（精良）

　忠良（忠良）

　佳良（良好、相當好）

　不良（不良，不好，敗壞、壞蛋，流氓）

良案〔名〕良策、妙計（＝良い思い付き）←→愚案

　良案が浮かんだ（想出了妙計）浮かぶ浮く

良医〔名〕良醫、名醫、高明的醫師←→庸医

　世を救う良医（濟世良醫）救う掬う

　良医の門に病人多し（良醫名下病人多）

良縁〔名〕良緣、好姻緣（＝良い縁組）

　良縁を求める（尋找好對象）

　良縁を捜して遣る（給你找個好對象）探す捜す

　良縁を結ぶ（結成良緣）結ぶ掬ぶ

　良縁を得る（得到良緣）得る得る売る

　如何言う訳か彼女は未だ良縁が得られないで居る（不知為什麼她還沒有找到好對象）

　今度の縁談は又と無い良縁だ（這次提親可是天作之合）

良家、良家〔名〕良家、好人家

　良家の子女（良家子女）

　良家の婦人（良家婦女）

　良家の出である（良家出身）

良化〔名〕好轉←→悪化

　病状が良化した（病情好轉了）

良貨〔名〕優良貨幣、優色貨幣←→悪貨

　悪貨は良貨を駆逐する（劣幣驅逐良幣）

良驥〔名〕良驥

　良驥の足を絆して責むるに千里の任を以てす（絆良驥之足、責以千里之任）

良禽〔名〕良禽

　良禽は枝を選ぶ（良禽擇木而棲）枝枝選ぶ択ぶ撰ぶ

　良禽は木を相て棲み賢臣は主を択んで事う（良禽相木棲、賢臣擇君事）主主主主

良計〔名〕良計、妙策（＝良策）

　良計を考え出した（想出了妙計）

良剣〔名〕良劍

　良剣は断を期して鏌鋣を期せず（良劍期斷不期鏌鋣）

良賈〔名〕良賈、善良的商人
　良賈は深く蔵めて虛しきが如し（良賈深藏若虛、君子雖有盛德容貌若愚）

良工〔名〕良工、巧匠
　良工の苦心（良工的苦心）
　良工は人に示すに樸を以てせず（良工不以樸示人）
　良工は材を選ばず（良工不選材）

良港〔名〕良港
　天然の良港（天然良港）
　天然の良港に恵まれる（得天獨厚的天然良港）

良好〔名、形動〕良好
　良好な結果を齎す（帶來良好的結果）
　試験の結果は良好だった（考試結果良好）
　良好な成績で卒業した（以優異的成績畢業了）
　手術の結果は極めて良好だ（手術的經過極為良好）極める窮める究める

良妻〔名〕良妻、賢妻←→悪妻
　良妻賢母（良妻賢母、賢妻良母）
　良妻賢母主義の教育（賢妻良母主義的教育）
　彼は良妻を迎えた（他娶了一個賢妻）迎える向える

良才〔名〕良才

良材〔名〕良材，好木材（=良木）、良才
　檜の良材を使って家を建てる（用檜木的好木材蓋房子）使う遣う建てる立てる
　天下の良材を求める（求天下英才）

良剤〔名〕良藥
　良く効く良剤（很有效的良藥）効く利く聴く聞く
　錆止めの良剤（防鏽良藥）錆鏽銹

良策〔名〕良策、良計
　良策を考え出す（想出良計）

　そりゃ良策だ（那真是個妙計）

良師〔名〕良師
　良師を就いて学ぶ（從良師就學）習う就く潰く撞く吐く搗く尽く点く憑く衝く突く着く付く
　良師国を興す（良師興國）起す興す熾す

良識〔名〕健全的見識、健全的判斷力（=ボンサンス）
　良識の有る人（具有健全判斷力的人、通情達理的人）有る在る或る
　良識の有る言葉（明智的言詞）言葉詞辞
　良識の有る行動を望む（希望採取不越軌的行動）望む臨む
　良識に欠けている（缺乏健全的判斷力）
　人人の良識に訴える（向人們的良知呼籲）人人人人
　良識の府（〔多指〕參議員）

良質〔名、形動〕質量良好、上等←→悪質、低質
　良質な石鹸（品質良好的肥皂）
　良質な香水（上等香水）
　良質な紙（上等紙）紙神髪上
　良質な紙に刷った本（上等紙印的書）刷る擂る磨る掏る擦る摺る摩る為る
　当店の料理には良質の油を使っています（本店烹調使用上等油）油脂膏

良日〔名〕良日、吉日、好日子

良種〔名〕優良品種、優良種子
　良種の馬（優良品種的馬）
　良種を選定する（選定優良種子）

良主〔名〕很好的主人
　良主に五年仕えた（為很好的主人工作了五年）使える遣える痞える仕える支える

良酒〔名〕良酒

良習〔名〕良好習慣、良好風俗←→悪習

良習を身に付ける（培養良好習慣）付ける 漬ける 附ける 撞ける 吐ける 搗ける 尽ける 点ける

良書〔名〕好書←→悪書

良書を求める（徴求好書）

良書を繙く（閲讀好書）繙く 紐解く

良書を選んで読む（選擇好書唸）選ぶ 択ぶ 撰ぶ 読む 詠む

良書を推薦する（推薦好書）

良相〔名〕良相、賢相

良相が輔弼の責任を果たす（良相完成輔弼的責任）

良将〔名〕良將（＝名將）

彼は世に知られている良将だ（他是名聞於世的名將）

良宵〔名〕良宵

良心〔名〕良心

其は私の良心が許さない（那是我良心所不允許的）

良心の呵責を受ける（受到良心譴責）

良心に苛まれる（受到良心譴責）

良心が咎める（受到良心譴責）

良心の咎めを受ける（受到良心譴責）

良心に恥じない（問心無愧）

良心に恥ずる所が無い（問心無愧）無い 絢い

何等良心に恥じる処が無い（問心無愧）

良心が麻痺している（喪盡了天良）

良心を失う（沒良心、喪天良）

良心の欠片も無い（一點良心也沒有）

良心の欠片も見えない（看不到一點良心、毫無良心）

良心に背く（違背良心、昧著良心）背く 叛く

良心に背反する（違背良心、昧著良心）背反 背叛 悖反

良心を偽る（昧著良心）

良心を晦ます（昧著良心）

良心の命ずる処に従って行動する（憑良心辨事）

良心的（良心的、憑良心、有良心的）

良心的に仕事を遣る（憑良心做事）

仕事を良心的に遣る（憑良心做事、忠實地工作）

彼の店は良心的だ（那商店很公道）店 見世 店

良辰〔名〕良辰、吉日、好日子

良臣〔名〕良臣

良臣の輔弼を得る（得到良臣的輔弼）輔弼 補弼 得る 得る 売る

良人、良人〔名〕丈夫（＝夫）、賢良的人

良性〔名〕良性←→悪性

良性の腫瘍（良性腫瘍）

良説〔名〕好的見解、良好的意見

良説を取り上げる（採納好的意見）

良俗〔名〕良好的風俗（＝良風）

良俗を反する（違反良好的風俗）

良俗に反する行為（違反良好風俗的行為）

良俗を維持する（維持良好的風俗）

良知〔名〕良知

良知良能（良知良能）

良田〔名〕良田

荒地が良田に変わった（荒地變成了良田）変る 代る 替る 換る

良刀〔名〕好刀、寶刀（＝良い刀）

良刀を手に為る（手拿好刀）

良導体〔名〕良導體（＝導体）←→不良導體

銅は良導体だ（銅是良導體）銅 銅 銅 赤金

良二千石、良二千石〔名、連語〕清官，好的地方官、知事（一郡的長官年俸兩千石）

良能〔名〕良能、天生的才能

良知良能を十分に発揮する（充分發揮良知良能）

良農〔名〕良農、好農民

良馬〔名〕良馬、駿馬（=駿馬、駿馬）
良馬に跨る（騎駿馬）股がる
良馬は千里を期し、驥驚を期せず（良馬期千里不期驥驚）期する記する規する帰する
良馬は鞭影を見て行く（良馬見鞭影而行）

良媒〔名〕好媒人（=良い仲人）

良否〔名〕好壞、善惡（=善し悪し）
試験結果の良否を検討する（檢討試驗結果的好壞）
事の良否を判断する（判斷事情的好壞）
品物の良否に拘わらず（不論東西的好壞）拘らず関らず係らず
昇級は成績の良否に拠る物と為る（升級要根據成績的好壞）拠る寄る因る縁る依る寄る

良品〔名〕好貨（=良い品）
良品を安く販売する（廉價出售好貨）安い廉い易い
此のメーカーは良品を生産する（這廠商生產好貨）

良風〔名〕良好風俗、良風美俗（=良俗）←→悪風、弊風
良風を維持する（維持良好的風俗）
良風美俗（良風美俗）

良兵〔名〕良兵、好兵、好軍隊、好武器
家に在りては良民、営に在りては良兵（在家為良民在營為良兵）

良民〔名〕良民、良好的國民
良民が有れば良兵が有る（有良民就有良兵）有る在る或る

良法〔名〕良好的方法（=良い方法）
健康を保つ良法は適当な運動を為る事である（保持健康的好方法是做適當的運動）大旨概ね

良木〔名〕良材
此の建物に使われている木材は大旨良木だ（這建物所使用的木材大概都是良材）木材木材

良夜〔名〕良夜、美好的夜晚、中秋之夜

良薬〔名〕良藥（=良剤）
良薬は口に苦し（良藥苦口）
良薬は口に苦し、忠言耳に逆らう（良藥苦口忠言逆耳）

良友〔名〕良友、益友←→悪友
良師と良友（良師和益友）
田中と言う良友を得た（結交了一個名叫田中的好友）

良吏〔名〕良吏、好的官吏（=能吏）

良行、ら行〔名〕（五十音圖的）ら行（=ら變）
良行変格活用（ら行變格活用－如文語中的有り）奈良

良い、善い、好い、佳い、吉い、宜い〔形〕（終止形連體形經常讀作良い、善い、好い）好的，優秀的，出色的、好的，良好的，巧的，容易的、美麗的，漂亮的，值得誇獎的，貴的，高貴的，正確的，正當的，合適的，適當的，恰好的。好，可以，行（表示同意、許可、沒關係）、蠻好的，妥當的，感情好的，親密的、好日子，佳期，吉日，有效的，靈驗的，名門的，高貴的，善良的，痊癒的。好，太好了，就好（表示安心、滿足、願望）、幸福的，任性的，隨便的，好好地，充分的，經常的，動不動、諺語，成語←→悪い
頭が良い（腦筋好、聰明）
此の薬は頭が良く効く（這藥對頭很有效）
此れは品質が良い（這個品質好）
品が良い（東西好）
天気が良い（天氣好）
良い腕前（好本事、好手藝）
彼は良いポストに就いた（他就任了好職位）付く就く
此の子は物覚えが良い（這孩子記性好）

今朝は迚も気分が良い（今天早上心情很愉快）今朝 今朝

良く書いて有る（寫得好）

此のペンは書き良い（這鋼筆好寫）

読み良い（好唸）

引き良い字引（容易查的字典）

此のミシンは中中使い良い（這縫紉機很好用）

エンジンの調子が良い（引擎的情況好）

心根が良くない（心地不良）心根 心根

良く言えば倹約だが、悪く言えば吝嗇だ（往好說是節約可是往壞說是吝嗇）吝嗇 吝嗇

良い知らせを伝える（傳達好消息）知らせ 報せ

良い女（美女）

器量が良い（有姿色、長得漂亮）

景色が良い（景緻美麗）

景色の良い所で休もう（找風景好的地方休息吧！）

良い声で歌う（用響亮的歌聲唱歌）歌う 謠う 唄う 詠う 謳う

嗚呼良い月だ（多麼好看的月亮呀！）

良く遣った（做得很好）

良い天気（好天氣）

若者らしく良い態度（像年輕人值得讚許的態度）

良からざる影響を与えた（給予不好的影響）

良い返事が得られない（得不到令人滿意的答覆）

品も良いが値段も良い（東西好可是價錢也可觀）

子牛が良い値で売れた（小牛賣了好價錢）値 値

良いと信ずるからこそ遣ったのだ（認為正確所以才做了）信ずる 信じる

良いと信ずる所に従う（擇善而從）従う 遵う 随う

良い方に導く（引導到正確的方向去）

早く行った方が良い（最好快點去）早い 速い

人を殴るのは良くない（打人是不對的）殴る 撲る

人を騙すのは良くない事だ（騙人是不對的）

良い悪いの判断も付かないのか（連好壞也不能判斷嗎？）

良い発音（正確的發音）

傘を持って来れば良かった（帶雨傘來就好了）

もう少し待って呉れても良さ然うな物だ（再多等一會兒又有什麼關係）

一言然う言って呉れれば良かったのに（先跟我說一聲不就好了）一言 一言 一言

如何したら良いだろう（怎麼做才合適呢？）如何 如何 如何

正に腕を振う良いチャンスだ（正是大顯身手的好機會）正に 当に 将に 雅に 奮う 揮う 震う 篩う

良い所へ来た（來得正好）

此れ位の室温が良い（這室溫正好）

初心者に良い入門書（益於初學者的入門書）

分らなければ聞いた方が良い（不懂的話最好問問）

僕には丁度良い相手だ（正好是我的對手）

此の洋服は私に丁度良い（這西裝正合我的身材）

彼は私の良い相棒だ（他是我的好夥伴）

私が黙っているのを良い事に彼は好き勝手な事を為る（見我不過問他就亂來）

帰っても良い（可以回去了）帰る 返る 還る 孵る 飼える 替える 換える 代える 蛙

掃除が済んだら帰っても良い（打掃完畢回家也可以）済む住む棲む清む澄む

寝ても良い（睡也行）

此れて良い（這就行了）

此の本は持って行っても良い（這本書也可以拿去）

此処は煙草を吸っても良いですか（可以在這裡吸菸嗎？）

行かなくても良い（不去也行）

其で良い（那就蠻好）

支度は良いか（預備妥當了嗎？）支度仕度

其の日程で良いか（那個日程妥當嗎？）

良い本（好書、有價值的書）

良い経験だ（是有價值的經驗）

水泳は健康に良い（游泳對於健康很有好處）

暗い処で本を読むのは目に良くない（在暗處看書對眼睛不好）

彼と彼女は良い仲だ（他和她感情很好）

彼の二人は仲が良い（他們倆很要好）

上役との折り合いが良くない（和上司關係不融洽）

良い日を選んで結婚式を上げる（選擇吉日舉行婚禮）選ぶ択ぶ撰ぶ上げる挙げる揚げる

胃病には此の薬が良い（這個藥對胃病有效）

良い家の御嬢さん（名門的小姐）

良い家柄（名門）

良い行い（善行）

日日の良い行い（日行一善）日日日日日日

人柄が良い（品行善良）

病気が良く為った（病好了）

無事で良かった（平安無事太好了）

父の病気が早く直って本当に良かった（父親的病很快就痊癒了實在太好了）

間に合って良かった（趕上太好了、正好用得上太好了）

良くいらっしゃいました（歡迎歡迎、您來得太好了）

もっと勉強すれば良いのに（多用點功就好了）

明日雨が降らねば良いが（要是明天不下雨就好了）明日明日明日

一緒に行けば良い（一起去就好了）

斯うすれば良い（這樣做就好）

早目に見れば良かった（提早看就好了）

良い御身分だ（很幸福的身分）

良い家庭（幸福的家庭）

良い様な振る舞う（任性做事、態度隨便）

教科書を良く読み為さい（好好地讀課本吧！）

私は彼を良く知っている（我很了解他）

此れは為るには三日も有れば良い（做這件事只要三天就好了）

良い年を為て此の様は何だ（年紀也不小了這像什麼樣子！）

筆箱は一つ有れば良い（鉛筆盒有一個的話就夠了）

良く転ぶ（動不動就跌倒）

此の頃良く雨が降る（最近經常下雨）降る振る

彼は良く映画を見に行く（他經常去看電影）

彼は良く腹を壊す（他經常鬧肚子）壊す毀す

良い種を播いて置け（善有善報）播く巻く撒く蒔く捲く

良い茶の飲み置き（好茶總是嘴裡香）

良い時は馬の糞も味噌に為る（一順百順）

良い仲も笠を脱げ（知心也要有分寸）

良い仲の小さい境（好朋友也會為小事爭執）境界

良い花は後から（好花不先開）

良く言う者は未だ必ずも良く行わず（能說未必就能做）未だ未だ

良く泳ぐ者は水に溺る（淹死會水的）

良く問を待つ者は鐘を撞くが如し（對答如流）

良く恥を忍ぶ者は安し（能忍者常安）忍ぶ偲ぶ

良い目が出る（喜從天降）

良い面の皮（活該、丟臉的、不要臉的）

良がる、善がる〔自五〕覺得很好、覺得滿意、覺得高興、有快感

詰まらぬ絵を一人で良がっている（獨自欣賞無聊的畫）

何を然う良がっているのか（你高興什麼呢？）

良からぬ、善からぬ〔連語、連體〕不好的、壞的（＝良くない、悪い）

良からぬ噂（醜聞、聲名狼藉）

良からぬ事を企む（圖謀不軌、企圖做壞事）

良からぬ企て（壞主意）

良からぬ心を起す（起歹念）起す興す発す熾す

良く、善く、好く、能く、克く、宜く〔副〕好好地、仔細地、漂亮地、經常地、難能地、完全地、好極了

良く御覧下さい（請您仔細地看）

良く考えて見る（好好地想想看）

良く考え為さい（好好地想想）

昨夜は良く眠れましたが（昨晚您睡得好嗎？）昨夜昨夜昨夕眠る寝る

良く効く薬（非常有效的藥）効く利く聞く聴く訊く

此の絵は良く書けている（這畫畫得很漂亮）

良く書けた（寫得漂亮）

良く遣った（幹得好、做得漂亮）

試験は良く出来た（考試考得好）

彼は歌が良く歌える（他唱歌唱得好）

御話は良く分りました（你說的我很明白）分る解る判る

此の肉は良く煮た方が良い（這肉多煮一會兒較好）

若い者は良く野球を遣った物だ（年輕的時候常打棒球）

良く有る事だ（常有的事）

良く転ぶ（動不動就跌倒）

良く映画を見る（常看電影）

良く映画を見に行く（常去看電影）

良く降りますね（下個不停呀！）降る振る振う

此の頃良く雨が降る（最近經常下雨）

青年の良く為る過ち（青年人常犯的毛病）

彼は良く学校をサボル（他經常曠課）sabotage

彼は良く腹を壊す（他經常鬧肚子）壊す毀す

日本には良く台風が来る（日本經常有颱風）日本日本日本大和倭 来る来る

昔は良く一緒に遊んだ物だ（從前經常在一起玩）

此の大雪の中を良く来られたね（這麼大的雪真難為你來了）大雪大雪

他人の前で良くあんな事を言えた物だ（當著旁人竟能說出那種話來）

良くあんな酷い事が言えた物だ（他竟能說出那樣無禮的話來）

あんな安月給で家族六人良く暮せる物だ（以那麼微少薪資竟能維持六口之家）

あんな薄給で家族六人良く暮せる物だ（以那麼微少薪資竟能維持六口之家）

忙しいのに良く御知らせ下さいました（難為您百忙之中來通知我）忙しい忙しい

良く御報せ下さいました（承蒙通知太好了）

良くいらっしゃいました（來得太好了、歡迎歡迎）

良く遣った物だ（做得太好了）

此の二人は良く似ている（這兩個人長得非常像）似る煮る

良し、善し、好し、佳し、吉し、宜し〔形ク〕〔古〕（良い、善い、好い、佳い、吉い、宜い的文語形）好的、出色的、美麗的、珍貴的、適當的、吉利的、正確的、方便的、滿足的、容易的、親密的

行けば良し（去就好）よし（好、可以）止し蘆葦蘆葦

風景良し、食べ物良し（風景好食物好）

技術良し（技術出色）

頭も良し、器量も良し（頭腦也好姿色也好）

良き品を受け取った（收到珍貴的東西）

早めに帰るのが良し（早點回家比較妥當）

良き日を選ぶ（選黃道吉日）

あんな態度を良しと為ない（不認為那種態度是正確的）

若い女性は夜独りで歩くのは良くない（年輕女性夜晚獨自行走不方便）女性女性

子供達が皆独立出来ば良し（孩子們都能獨立就滿足了）

通り良き小路（容易走過的小路）

彼の二人は良き仲だ（那兩人是很親密的）

良しなに〔副〕隨意、恰當地、適當地

良しなに取り計らえ（你隨便辦吧！）

何卒良しなに御取り計らい下さい（請您斟酌處理）

良しなに御伝え下さい（請您替我問好）

彼の人の前では良しなに御口添え願います（請您在他面前多美言幾句）

良い、善い、好い〔形〕（良い、善い、好い、佳い、吉い、宜い的轉變，只有終止形和連體形）好的，善良的、優秀的、卓越的、貴重的、高貴的、美麗的、漂亮的、爽快的，舒服的，明朗的、良好的，順利的、幸運的、吉祥的、有效的、恰好的，適當的、正確的，對的，可以，沒關係

（用ても良い、て良い）也好，也沒關係、貴的、擅自、用於提醒對方注意

（用於だと、ば之後）但願，才好，比較好、夠了

良い人（好人、愛人、情人、心上人）

良い子（好孩子、指嬰兒很乖的情形-賣乖取寵）

良い子に為る（裝好人、裝沒事、假裝與自己無關）

自分許り良い子に為る（盡為自己打算）

人柄が良い（人品好）

良い様に為て呉れ（你好好給我辦吧！）

此れは良い作品だ（這是優秀的作品）

良い資料（寶貴的資料）

其は放射能研究の良い資料だ（那是研究輻射能的寶貴資料）

良い家柄の出た（出自名門）

良い男（美男子）

良い女（美女）

本当に良い女性だ（的確是漂亮的小姐）女性女性

良い気持（心情舒服暢快）

良い天気（好天氣）

実に良い天気だ（真是好天氣）実に実に

今日は良い天気だ（今天是個好天氣）今日

車のエンジンの調子が良い（汽車引擎的情形良好）

商売が良い（生意順利）

良い目が出る（順利、得到好運氣）

良い日を選ぶ（選擇吉日）

良い日を選ぶで開業する（選擇吉日開張）

彼は良い身分だ（他是幸運的身分）

身体の為に良い（對身體好）身体身体体

喘息に良い（對氣喘有效）

此の薬はリューマチズムに良い（這藥對風濕病有效）

丁度良い時に着いた（到的正是時候）着く付く附く吐く搗く尽く点く憑く衝く撞く

如何したら良いか分らない（不知怎樣才好）

良い相手が見付かれば結婚する（找到適當的對象就結婚）

そんな事を為て良いと思うのか（你做那樣的事以為是對的嗎？）思う想う

子供を良い方に導く（引導孩子朝向正確方向）

其で良い（那就行）

まあ良いさ（啊！好吧、勉強還可以）

サービスして二百円で良い（特價優待二百元就可以了）

私は如何為っても良い（我變成怎樣也沒關係）

良いとも（好、成、行、可以、有何不可）

良いとも良いとも（好好、成成、好的好的、可以可以）

窓を開けて宜しいか。良いとも（開窗戶行嗎？可以）

彼が居なくても良い（沒有他也沒關係）

笑ったって良いじゃないか（笑又有什麼關係呢？）

何れでも良い、一つ下さい（哪個都行給我一個吧！）

来なくても良い（不來也可以、可以不來）

明日来なくても良い（明天可以不來）明日明日

改良種だから良い値で売れる（因為是改良種所以賣得貴）値値

此の区では良い顔だから支持される（在本區知名度高所以受到支持）

何時も良い様に振る舞う（經常擅自行動）

良いですか（好了嗎？有問題嗎？）

良いかね、良く聞き為さい（注意！要仔細聽）

良いかね、良く見ろよ（注意！仔細看吧！）

御天気だと良いな（若是晴天就好啦！）

ピクニックに行くんだから、天気だと良いがね（因為要去郊遊所以若是好天氣就好啦！）

早く直れば良い（但願早日康復）

動物園へは、如何行けば良いですか（要到動物園怎樣去才好呢？）

もっと良い（更好）

無いより良い（比沒有強）

私は梨より桃の方が良い（比起梨來我喜歡桃子）

もう良いです（已經夠了、不要了=もう結構です）

良い顔、好い顔〔名〕美貌、面子大，吃得開，叫得響、心情好，興致好，和顏悅色，笑容可掬

中中良い顔だ（長得很漂亮）

良い顔だ（吃得開）

彼は其の土地では良い顔だ（他在那裏很吃香）

良い顔を為る（喜形於色）

何時も良い顔許りしても居られない（不可能老是那麼高興）

良い顔を為ない（沒好臉色）

幾等褒めても良い顔を為ない（怎麼讚揚也不給好臉看）

幾等兄弟でも、何時も良い顔許りして居られない（即使是兄弟也不能總是和和氣氣的）

良い顔為て（〔對嬰兒寶貝說〕笑一個！）

良、漸、稍、稍稍〔副〕稍稍，稍微，少許，不一會兒工夫、相當、漸漸地

中央より稍右に寄せて置く（擺到中央稍微偏右的地方）

稍簡単な方法（稍微簡單一些的方法）

風が稍南東に変わった（風向稍微轉東南了）

此方の方が稍小さい（這個稍微小一點）

稍寒い（稍冷一些）

稍良好（多少好些）

作柄は去年より稍良い（收成比去年稍好些）去年去年

稍優れている（稍微好些）優れる勝れる選れる

今日は昨日より稍体の具合が良い（今天身體的狀況比昨天稍好些）今日今日昨日昨日

稍有って徐に口を開いた（停了一會兒慢慢地開了口）開く開く

立ち上がり稍有って徐に話し始めた（站起來停了一會兒慢慢地講起話來了）

病勢は稍悪化した（病情相當惡化了）

月稍差し上る（月亮漸漸地上昇）

梁（ㄌㄧㄤˊ）

梁〔漢造〕梁

棟梁（棟梁、木工師傅）

虹梁（〔建〕虹梁）

高梁、高粱（〔植〕高粱）

黃粱（〔植〕黃粱）

膏粱（肥肉和細糧、美味的飯菜）

合梁（〔建〕合併梁）

橋梁（橋梁）

魚梁（魚梁）

梁山泊〔名〕梁山泊、群英豪傑聚集處

梁山泊の豪傑（梁山泊的豪傑）

梁上〔名〕梁上

梁上の君子（梁上君子、盜賊、鼠）

梁塵〔名〕梁上的灰塵

梁塵を動かす（聲動梁塵、優美的歌聲、美妙的歌聲）

梁端〔名〕〔船〕橫梁末端

梁木〔名〕〔體〕平衡木

梁〔名〕房梁、橫梁（＝梁）

梁で棟を支える（用梁支撐屋頂）支える支える仕える悶える痞える使える遣える

梁には太くて丈夫な木を使う（橫梁要用粗而結實的木材）丈夫丈夫（男子的美稱丈夫）

梁受け（承梁木）

針〔名〕縫針，針狀物。（動.植物的）針、刺。釣魚鉤。（助數詞的用法）縫合的針數。

〔轉〕帶刺的話，諷刺的話

ミシン針（縫紉機針）

刺繍針（繡花針）

針刺に針が何本か挿して有る（針扎上插著幾根針）挿す差す射す指す鎖す注す刺す

針の針孔（針孔、針鼻〔＝針の耳〕）

針で縫い取りを為る（用針繡花）摩る摺る掏る刷る摩る擦る磨る

針の目が大変細かい（針腳很密）

針を運ぶ（運針、縫紉、做針線活）

針で刺す様に足が痛んだ（腳痛得跟針扎一樣）

針が落ちても聞える程静かだった（寂靜得連根針掉在地上都聽得見）

磁石の針（羅盤針）

時計の針（錶針）

レコードの針（唱針）

注射針（注射用針頭）

留め針（別針.大頭針）

薔薇の針（玫瑰的刺）

蜂は針で敵を刺す（蜜蜂用蜂刺螫敵人）敵 敵 仇 仇

魚に針を取られる（釣魚鈎被魚咬走了）

針に餌を付ける（在魚鈎上放釣餌）付ける 附ける 就ける 撞ける 衝ける 漬ける

傷口を三針縫う（傷口縫三針）

針を含んだ言葉（帶刺的話）

針刺す許り（〔土地狹小〕只夠立錐）

針の穴から天を覗く（坐井觀天）覗く 覘く 覗く 除く

針の蓆に坐る様（如坐針氈）

針程の穴から棒程の風（針鼻大的孔斗大的風）

針程の事を棒程に言う（小題大作）

針、鍼〔名〕〔醫〕針、針灸

針を打つ（扎針）打つ 撃つ 討つ

針治療師（針灸醫師）針鍼梁鈎

針麻酔（針灸麻酔）

梁間、張り間〔名〕〔建〕跨距，（房子）直梁的長度、（空）隔間，機艙

梁〔名〕梁（=梁）

梁の塵を動かす（歌聲嘹亮）

簗、梁〔名〕（以竹或木編成柵欄用以捕魚的裝置）魚梁

梁を打つ（放置魚梁）

梁を差す（放置魚梁）

涼（ㄌ一ㄤˊ）

涼〔名、漢造〕涼，涼爽（=涼しさ）、淒涼

涼を取る（乘涼、納涼）取る 捕る 摂る 採る 撮る 執る 獲る 盗る

縁側で涼を取る（在走廊納涼）

涼を入れる（納涼）入れる 容れる 炒れる 煎れる 鋳れる 射れる 要れる 居れる

川岸を散歩して涼を求める（在河邊散步乘涼）

爽涼（涼爽）

早涼（早涼）

納涼（納涼、乘涼=涼み）

新涼（新涼、初秋）

荒涼、荒寥（荒涼、空虛）

清涼（清涼、清爽、涼爽）

淒涼（淒涼）

涼雨〔名〕涼爽的雨

涼雨が降った（下了涼爽的雨）降る 振る

一陣の涼雨（一陣涼雨）

涼感〔名〕涼的感覺

溢れる涼感（充滿涼的感覺）

涼感を呼ぶ（引人感到涼意）叫ぶ

涼気〔名〕涼氣

涼気が漲る（充滿涼氣、非常涼爽）

高原の涼気を満喫する（飽嚐高原的涼氣）

朝夕涼気を感じ様に為る（早晚感到涼意了）朝夕 朝夕 為る 生る 鳴る 成る

涼傘、涼傘，涼み傘〔名〕涼傘（=日傘）

涼秋〔名〕涼爽的秋天、陰曆九月的別稱

涼風、涼風〔名〕涼風（=涼しい風）

涼風漫ろに来る（涼風徐來）来る 来る

涼風漫ろに吹いて来る（涼風徐來）吹く 拭く 噴く 葺く

涼風が立つ（起涼風、刮涼風）立つ 裁つ 発つ 断つ 絶つ 経つ 建つ

涼風を入れる（引進涼風）

涼風が風鈴を鳴らす（涼風吹響風鈴）

ㄌ

涼棚〔名〕涼棚

涼味〔名〕涼爽
　涼味を満喫する（感到非常涼爽）
　涼味満点（非常涼爽）

涼夜〔名〕涼爽的夜晚
　涼夜に星を眺める（涼爽的夜晚看星星）

涼しい〔形〕涼快的，涼爽的、明亮的，清澈的
　⟷暑い
　涼しい風（涼風）
　夏の高原は涼しい（夏天的高原涼快）
　暑い夏が過ぎ涼しい秋に為った（炎熱的夏天過去涼爽的秋天來到了）
　山から吹く風が涼しい（從山上吹來的風涼爽）
　涼しい季節（涼爽的季節）
　此処は迚も涼しい（這裡很涼爽）
　朝晩涼しく為る（早晚開始涼了）
　朝夕はめっきり涼しく為った（早晚變得涼快多了）
　此の柄は見るからに涼しい然うだ（這花樣叫人看了挺涼爽的）
　此のシャツの模様は涼し然うだ（這件襯衫的花色看來清爽）
　涼しい目（清澈的眼睛、靈活的眼睛）
　涼しい瞳（清澈的眼睛）
　涼しい鈴の音（清脆的鈴聲）
　涼しい顔（若無其事的樣子、蠻不在乎的神色、爽快的表情）
　何も彼も人の所為に為て自分は涼しい顔を為ている（把一切都賴在別人身上自己倒裝得若無其事的樣子）
　其の金は皆使って終ったと言って、彼は涼しい顔を為ていた（他很不在乎地說那筆錢都花光了）

涼しげ〔形動〕涼爽（的樣子）

　河畔に人人が涼しげに休んでいる（人們在河畔爽爽快快地休息著）
　池の畔に人人が涼しげに休んでいる（人們在池畔爽爽快快地休息著）

涼しさ〔名〕涼爽（的程度）
　涼しさを覚える時節と為った（到了涼爽的季節）

涼む〔自五〕乘涼、納涼
　皆外で涼んでいる（大家都在外面乘涼）
　川端に行って涼む（到河邊去納涼）
　木蔭で涼む（到樹蔭下乘涼）

涼み〔名〕乘涼、納涼
　涼みに出る（出去乘涼）
　川へ涼みに行く（往河邊去乘涼）
　庭へ涼みに行く（到院子乘涼）
　夕涼み（傍晚乘涼）
　涼み台、涼台（乘涼用的長凳）
　涼み舟、涼舟（乘涼用的船）

涼やか〔形動〕涼快，涼爽，愉快，爽朗（=涼しい、爽やか）
　涼やかな風（涼風）
　涼やかな初秋の朝（涼爽的初秋早晨）
　涼やかな服装（看起來很涼爽的服裝）
　涼やかな声（爽朗的聲音）

糧（ㄌㄧㄤˊ）

糧〔漢造〕（也讀作糧）食糧
　食糧（食糧、糧食）
　口糧（口糧、乾糧）
　兵糧（軍糧、〔俗〕糧食=食糧）

糧食〔名〕糧食（=食糧）

糧食を貯える（儲存糧食）貯える蓄
える貯蓄儲蓄

糧食の道を断つ（斷絕糧道）

糧食が不足する（糧食不足、缺乏糧食）

糧食を仕込む（採購糧食）

三日分の糧食を携帯する（攜帶三天口
糧）三日三日二箇月二個月

其の船には二か月の糧食が用意して有
る（那船預備了兩個月口糧）二か月二ヶ月

糧道〔名〕糧道、運軍糧的道路

糧道を絶つ（切斷糧道、斷絕生活來源）
断つ絶つ発つ経つ建つ立つ裁つ

敵の糧道を断つ（切斷敵人糧道）敵敵
仇

糧囊〔名〕糧囊（放食糧的袋子）

糧米、粮米〔名〕糧食用的米

糧米を罹災者に配給する（把糧食分配
給災民）

糧米を貯蔵する（儲藏米糧）

糧秣〔名〕糧秣、糧草

糧秣を補給する（捕給糧草）

糧秣車（糧草車）

糧秣廠（糧秣廠）

糧、粮〔名〕乾糧、食糧（＝糧食）

糧が尽きる（絕糧）糧粮糉

心の糧（精神食糧）

書物は心の糧だ（書籍是精神食糧）

其の日其の日の糧にも困る（當天的糧食
都成問題、窮得難以度日）

日日の糧にも困る（每天吃飯都成問題）
日日日日日日（日子、日期）

糧を捨てて船を沈む（破釜沉舟、背水一
戰）捨てる棄てる

糧を敵に借る（利用敵人）借る駆る狩る刈
る駈る

両（兩）（ㄌㄧㄤˇ）

両〔名、漢造〕兩，雙，兩個（＝二つ）。〔古〕兩-
重量單位（＝1/16斤）、兩-貨幣單位（＝4分）。〔俗〕
日元、輛

両の袖（兩袖）

両の手を広げる（張開雙臂）

両の手を一杯に広げる（盡量張開雙臂）

両の手を出す（伸出雙手）

一両日中に伺います（一兩天內拜訪你）
伺う窺う覗う

両極端（兩個極端）

銀二両（銀二兩）

五両の茶（五兩茶葉）

百両貸して呉れ（借我一百塊錢）呉れ
る暮れる繰れる刳れる

一万両貸せ（借給我一萬日元）

此の列車には客車を五両増結する（本
列車加掛五輛客車）

二両目の車両（第二節車廂）車両
車輛

五両連結の電車（五輛連接的電車）

両、輛〔接尾〕輛

電車五両（五輛電車）

前から三両目に乗る（坐從前面數第三輛）

両〔名〕兩，兩個（＝二つ）、〔古〕重量，貨幣單
位（＝1/16斤，四分）（＝テール-銀兩）

両個〔名〕（中國話）兩個（＝二つ、二個）。〔俗〕
武士（＝二本棒-因為江戶武士配帶兩把長刀）

諸〔名〕〔俗〕全面、迎面、到處都

北風を諸に受ける（迎面頂著北風）北風
北風

諸に腐っている（完全腐朽了）

塀が諸に倒れた（圍牆整個倒了）

両、諸〔造語〕兩，兩個、諸多、眾多、共同，
一起

両手、諸手（兩手、雙手＝両手、両手）

両腕、諸腕（兩臂＝両腕）

両膝、諸膝（雙膝＝両膝）
両袖、諸袖（雙袖）
両刃、諸刃（兩面刃＝両刃）
両矢、諸矢（雙箭、兩隻箭）
両差，両差し、諸差，諸差し（摔角時雙手插入對方兩腋下的招數）
諸人、諸人（大家、眾人、全體、許多人）
両肌，諸肌、両膚，諸膚（整個上半身的皮膚）
諸寝（一起睡、同床）

両足、両足〔名〕兩足

両院〔名〕（國會）參議院（參院）和眾議院（眾院）、上議院（上院）和下議院（下院）
　両院一致の議決（兩院一致的議決）
　予算は眾參両院を通過した（預算在參眾兩院通過了）

両議院〔名〕參眾兩院、上下兩院〔＝両院〕

両腕、両腕、諸腕〔名〕雙臂，雙手、得力助手
　両腕を上げる（舉起雙臂）上げる挙げる揚げる
　両腕を広げる（展開雙臂）
　両腕を伸ばす（伸出雙臂）伸ばす延ばす展ばす
　人の両腕と為る（成為別人的得力助手）
　彼の両腕と為る（成為他的得力助手）

両粵〔名〕〔地〕兩廣（廣東和廣西）

両凹レンズ〔名〕雙凹透鏡

両凸〔名〕雙凸、兩面凸
　両凸レンズ（雙凸透鏡）

両替〔自、他サ〕兌換、換錢
　米貨を日貨に両替する（把美國錢換成日本錢）
　日本円を米ドルに両替する（把日幣換成美鈔）
　円をドルに両替する（把日幣換成美鈔）
　百円札を十円札に両替する（把一百元的鈔票換成十元鈔票）
　千円札を百円硬貨に両替する（請把一千元鈔票兌換成一百元的硬幣）
　両替御断り（謝絕換錢）
　両替屋（兌換所、兌換業者）

両側〔名〕兩側、兩旁、兩邊←→片側
　歓迎の人人で道の両側は埋め尽くされている（道路兩旁擠滿了歡迎的人群）人人人人
　両側の店は皆戸を締めて終った（兩邊的店鋪都關上了門）締める閉める占める絞める染める
　道の両側に木が植えて有ります（在道路兩旁種樹）植える飢える餓える
　塀の両側から支える（從兩旁支柱牆）支える支える遭える瘠える問える使える

両岸、両岸〔名〕兩岸
　川の両岸に柳が植えて有る（河的兩岸種著柳樹）

両眼〔名〕兩眼、雙眼
　両眼に涙を浮かべている（兩眼含淚）
　彼女は両眼に涙を浮かべている（她兩眼含淚）
　両眼共見えない（雙目失明）
　両眼共見えない老人（雙目失明的老人）
　両眼鏡（雙眼鏡、雙眼望遠鏡）
　両眼鏡で芝居を見る（用雙筒望遠鏡看戲）

両義〔名〕兩個意思、兩種含意
　此の語は両義に解釈される（這個詞可解釋為兩個意思）

両脚〔名〕兩腳、兩腿
　両脚の関節（兩腿的關節）
　両脚規、両脚規（圓規＝コンパス）

両極〔名〕兩極，兩端，兩極端、南極和北極、陰極和陽極

両極に立つ二つの意見（兩個極端兩個意見）
二人の思想的立場は左右両極に在る（兩個人的思想立場處於左右兩極端）左右左右左右兎角
南北両極を探険する（到南北兩極探險）探険探検
地球の両極（地球的南北極）
両極を電解液に入れる（把陰陽兩極放進電解液裡）入れる容れる
磁石の両極は互いに引き合う（磁石的兩極互相吸引）

両極端〔名〕兩極端、相差很遠、宵壤之別、天淵之別
運命の両極端を経験する（經歷了命運的兩個極端）
彼等の意見は両極端だ（他們的意見各走極端）

両切、両切り〔名〕香煙、紙煙（＝両切煙草）←→口付、口付き
両切煙草（不帶濾嘴的香菸）

両君〔名〕兩位
両君の多幸を祈る（祝兩位幸福）祈る祷る

両軍〔名〕兩軍、比賽雙方、敵我兩軍、兩個軍隊
両軍のキャプテン（比賽雙方的領隊）
両軍が入り乱れて戦う（兩軍混戰）戦う闘う
両軍戦場に相見える（兩軍在戰場上相遇）

両家〔名〕兩家、雙方的家庭
両家の親睦を謀る（謀求兩家的和睦）計る測る量る図る謀る諮る

両舷〔名〕〔海〕（船艦的）兩舷
両舷直（軍艦左右兩舷的值班水兵）

両虎〔名〕兩虎、事均力敵的兩個英雄
両虎相撃つ（兩虎相搏）撃つ打つ討つ

両虎相闘えば勢俱に生きず（兩虎相搏勢必俱傷）共友供伴
両虎相闘って駑犬其の弊を受け（兩虎相鬥駑犬受弊）

両国、両国〔名〕兩個國家、（地名）東京地區的兩國
両国の友好を深める（加強兩國的友好）友好友交
両国の貿易を促進する（促進兩國的貿易）

両三〔名〕二三
両三度行った事が有る（曾經去過兩三次）
両三日欠席した（請了兩三天的假）

両氏〔名〕兩位

両次〔名〕兩次（＝二度、両度）
両次の大戦共ドイツが負けた（兩次大戰都是德國敗了）

両度〔名〕兩度、兩次（＝両度、両次、再度、もう一度）
両度試験してやっと合格した（投考了兩次才考取了）
両度の渡欧（兩次去歐洲）渡英渡米渡日渡仏渡河渡海渡島

両式〔名〕兩種樣式。〔數〕兩種數式

両日〔名〕兩日、兩天（＝二日、二日）
一両日中に雪が降るだろう（這一兩天之間會下雪吧！）一日一日朔
七、八の両日休業する（七八兩天停止營業）二日三日四日五日六日七日八日九日十日
金土の両日休業する（星期五六兩天停止營業）

両者〔名〕兩者、雙方（＝二者、両方）
両者共譲らない（雙方都不讓）
両者は共に当博物館の所蔵品である（兩者都是本博物館收藏品）
両者の優劣を比較する（比較兩者的優劣）
両者の言い分を聞く（聽雙方的申訴）聞く聴く訊く効く利く

両者の意見が大きく食い違う（兩者的意見有很大的分歧）

両者の間に立って利益を得る（從中得利）間 間間間間得る 得 利益利益

両者は兼ねる事は出来ない（兩者不可得兼）

両方〔名〕兩方，雙方（＝両者）、兩邊，兩側

両方共に理屈が有る（雙方都有理）

両方の手（雙手）

斯うすれば両方満足する（那麼做雙方滿意）

教育は学問と教養との両方に重点を置く可きである（教育應把重點放在學問和教養兩方面）

通りを横切る時は両方を良く見為さい（横過馬路時要注意兩邊）

両受体〔名〕〔醫〕介體（免疫血清中的一種抗體）

両所〔名〕兩地、兩處、兩位（＝御二人）

東京と大阪の両所で同時に売り出す（在東京和大阪兩地同時出售）

台北と高雄の両所で同時に出展する（在台北和高雄兩地同時展出）

東西両所（東西兩處）

両所御揃いで何方へいらっしゃいますか（兩位一同到哪兒去呢？）

両親〔名〕雙親（＝二親、父母、父母）

両親共健在だ（父母全都在世）

両親共教育者だ（父母都是教育工作者）

御両親は御達者ですか（你父母健康嗎？）

両心〔名〕兩顆心

両心は一人を得可からず、一心は以て百人を得可し（兩心不可得一人、一心可以得百人）

両唇形〔名〕〔植〕雙唇形

両唇形花冠（二唇形花灌）

両性〔名〕（男女、陰陽、雌雄）兩性、兩種不同的性質

両性生殖（兩性生殖）

両性花（兩性花）

両性混合（兩性融合）

両性酸化物（兩性氧化物）

両性雑種（二對因子雜種）

両性化合物（〔具有酸性和鹼性性質的〕兩性化合物）

アミノ酸は両性の物だ（胺基酸是兩性的東西）

両棲、両生〔名〕兩棲

両棲動物、両生動物（兩棲動物）

両棲類、両生類（兩棲類）

両星像〔名〕〔生〕（細胞分裂的）雙星體

両成敗〔名〕雙方同受處罰、各打五十大板

喧嘩両成敗（吵架雙方同受處罰）

両説〔名〕兩種說法、兩種學說、兩種意見

両説共道理に適っている（兩種說法都合乎道理）適う 叶う 敵う

両舌〔名〕〔佛〕（十惡之一）一口兩舌，兩面挑撥（＝二枚舌、離間語、食言）、說假話

彼は両舌の巧みな人だ（他是很會兩面挑撥離間的人）工匠

両舌を使う（說假話）遭う 使う

両全〔名〕兩全、兩全其美

両全の策を講ずる（講求兩全其美的辦法）講ずる 高ずる 昂ずる 嵩ずる

両造〔名〕（原告和被告雙方）兩造、原告和被告訴訟的證據

両袖〔名〕兩袖

両袖机（兩頭沉的寫字台）

両損、両損〔名〕雙方都受損失、兩敗俱傷←→両得

其では両損だ（那就兩敗俱傷了）

両体〔名〕〔生〕雙體

両建て〔名〕〔商〕套利（在證券交易中同時對一種證券做多頭而又作空頭的交易）

両建て預金〔名〕〔經〕存入定期存款同時以存款為擔保辦理貸款手續

両為〔名〕對雙方有益、雙方都有好處
　両為だと思えばこそ為た事だ（由於認為對雙方有益才做的事情）

両端、両端〔名〕兩端，兩頭，頭尾，開始和結束，曖昧（＝両心、両心）、兩回事
　紐の両端を結んで輪を作る（把繩子兩端結在一起作成一個套）結ぶ 掬ぶ 作る 造る 創る
　針金の両端を持って捩じ曲げる（拿著鐵絲兩端扭轉）
　橋の両端の距離は六百メーター有る（橋的兩端的距離有六百公尺）
　両端を持つ（首尾兩端、猶豫不決、見風轉舵、採觀望的態度）持する 辞する 侍する 次する 治する
　首鼠両端を持する（首尾兩端、猶豫不決、見風轉舵、採觀望的態度）
　橋の両端に立札が有る（橋的兩端有佈告牌）

両断〔名、他サ〕兩斷
　一刀両断の処置を取る（採取果斷處置）盗る 獲る 撮る 採る 摂る 捕る
　鉄棒を両断する（把鐵棍截成兩段）

両地〔名〕兩地
　両地の間を行ったり来たりする（在兩地之間來來往往）間 間 間 間

両朝〔名〕兩邊的朝廷、兩國的朝廷、兩個朝代、兩代的皇帝、南北兩朝

両手、両手、両手、諸手〔名〕雙手、雙臂←→片手
　両手を広げる（伸開雙手）
　両手を突いて謝る（雙手伏地賠罪）突く 衝く 付く 附く 憑く 謝る 誤る 謬る
　両手を合わせて祈る（合掌祈禱）合せる 併せる 祈る 祷る
　両手で持つ（用雙手拿）

両手に花（一個人獨占兩個好東西、樣樣得便宜、一箭雙鵰）

両手に汗を握る（兩隻手捏一把汗、提心吊膽）

両手を上げて賛成する（舉起雙手表示贊成）上げる 挙げる 揚げる

君の両手は我手を取る（你的雙手抓我的手）盗る 獲る 撮る 採る 摂る 取る 捕る

両の手〔名〕雙手、兩隻手（＝両手、両手、両手、諸手）
　両の手を上げて賛成する（舉起雙手表示贊成）

両天秤〔名〕〔俗〕一隻腳踏兩條船、騎牆（＝両天）
　両天秤を掛ける（腳踏兩隻船＝両天秤に掛ける）書ける 欠ける 掻ける 賭ける 駆ける 架ける
　両天秤を掛けて二つの学校を受験する（一隻腳踏兩條船同時投考兩個學校）
　両天秤を掛けると何方も外れる（騎牆結果兩頭落空）何方 何方 何方
　両天秤共外れる（腳踏兩隻船兩頭皆落空）

両度〔名〕兩度、兩次
　両度の大戦の経験（兩次大戰的經驗）
　両度に渡る来日（兩次來日）亘る 渡る 涉る

両刀〔名〕兩把刀、（古時武士配帶的）大小兩刀
　両刀使い、両刀遣い（使用雙刀〔的武士〕、身兼雙藝〔的人〕、喜歡酒和甜食〔的人〕）
　甘辛両刀（愛吃甜食又好喝酒〔的人〕）
　両刀論法（〔邏輯〕兩刀論法、兩端論法、雙關論法＝ジレンマ dilemma）

両統〔名〕兩個血統、兩個系統、兩個皇統
　両統が相争う（兩統相爭）
　両統南北に分ける（分為南北兩個皇統）分ける 別ける 沸ける 湧ける

両頭〔名〕兩頭、雙頭
　両頭の蛇（雙頭蛇）蛇 蛇 蛇

ㄌ

両頭会談（兩巨頭會談）

両頭政治（雙頭政治、兩巨頭政治）

両道〔名〕學問和技藝兩道、和歌和蹴鞠兩道、文武兩道

文武両道（文武兩道）

両得〔名〕兩得、一舉兩得

一挙両得の遣り方（一舉兩得的辦法）廉い安い易い

ガス風呂に為れば手間が省けて燃料代が廉いから一挙両得だ（改用煤氣燒洗澡水既省事又便宜）

両得、両得〔名〕雙方有利、兩全其美

仲介者を通さなければ貴方も私も両得です（不通過中間人的話對你我都有利）

両隣〔名〕左右鄰

向こう三軒両隣（對面三家左右鄰）

両流れ、両流〔名〕兩面坡的屋頂（結構）←→片流れ

両流〔名〕兩派、兩種流派、兩條水流、兩條河流

両流の長所を取り入れる（採取兩派的優點）

両人〔名〕兩人、兩個人

新婚の両人（一對新婚夫婦）

両人共音楽家である（兩個人都是音樂家）

御両人（您兩位）

新婚の御両人にお祝いの言葉を申し上げます（向新婚夫婦二人表示祝賀）

両刃、両刃、諸刃〔名〕雙刃、兩面刀←→片刃

両刃の剣（雙刃劍、有益又有害的推理）剣剣

両膚、両肌、両肌、両膚、諸肌、諸膚〔名〕左右兩個肩膀的皮膚←→片肌、片膚

両膚を脱ぐ（露出上半身、竭盡全力、全力以赴）

諸膚を脱ぐ（露出上半身、竭盡全力、全力以赴）

両膚脱ぎに為る（上半身全都露出來）生る鳴る成る為る

両肘〔名〕兩肘

両開き、両開〔名〕（門）向左右兩面開（＝観音開き）

此の洋服箪笥は両開きに為っている（這個衣櫥有兩扇門向左右開）

此の戸は両開きに為っている（這扇門是向左右兩面開的）

両夫〔名〕兩個丈夫（＝二人の夫）

貞女両夫に見えず（貞不見二夫、貞女不嫁二夫）

両部〔名〕兩個部分、〔佛〕（眞言宗的）金剛界和胎藏界

肩と腰の両部に打撲傷を負う（在肩和腰的兩處受到毆傷）負う追う

両部神道（〔両部習合神道的簡稱〕主張神道和佛教一致的神道）←→唯一神道

両蓋〔名〕兩面有蓋的懷錶

両蓋に鏈を作る（兩面有蓋的懷錶加上錶鏈）鎖鏈鮒作る造る創る

両分、両分〔名、他サ〕分成兩份

土地を両分する（把土地分成兩份）

財産を兄弟で両分する（兄弟兩人平分財産）兄弟兄弟

両陛下〔名〕兩陛下

両辺〔名〕兩個邊

両辺の等しい三角形（兩邊相等的三角形、等腰三角形）

両便〔名〕大小便、雙方方便

病人が両便を寝床で為る（病人在床上大小便）小便大便

両便を寝床で取る（在床上大小便）盗る獲る執る撮る採る摂る捕る取る

両便無用（不許在此大小便）

両前〔名〕雙排扣（的西服或大衣）（＝ダブル、ダブル．ブレスト）←→片前

此の洋服は両前に仕立てられて有る（這件西服是做成雙排扣的）

此の背広は両前に仕立てられて有る（這件西服是做成雙排扣的）

両名〔名〕兩人（=二人）
　両名の代表を出す（派兩名代表）

両面、両面、両面〔名〕（表裡、內外）兩面（=表と裏）、兩方面←→片面
　両面共使える（兩面都能用）使える遣える痞える問える仕える支える
　物事を両面を見る可きだ（事情要看正反面）
　両面刷（兩面印刷）
　両面作戰（兩面作戰）

両毛〔名〕上毛野國和下毛野國、上野國和下野國（現在的群馬縣和櫪木縣）

両雄〔名〕兩雄
　両雄並びに立たず（兩雄不能並立=両雄並び立たず）

両用〔名〕兩用
　水陸両用の戰車（水陸兩用戰車）
　水陸両用部隊（兩棲部隊）
　晴雨両用の傘（晴雨兩用傘）
　両用のtoilet（大小便兩用廁所）
　両用機（水陸兩用飛機）

両樣〔名〕兩樣、兩種（=二通り）
　此処の文句は両樣に解釋出來る（這段文章可以作兩種解釋）此処此所茲
　良い意味と惡い意味の両樣に取れる（可以解釋為好壞兩種意思）

両洋〔名〕兩洋
　両洋海軍（兩洋海軍）
　両洋艦隊（兩洋艦隊）

両翼〔名〕（飛機、鳥、陣勢、隊形的）兩翼
　飛行機の両翼（飛機的兩翼）
　両翼に弦樂器を配置する（在兩邊配上弦樂器）

　両翼から敵を包圍する（從兩翼包圍敵人）敵敵仇

両立〔名、自サ〕兩立、並存
　両立し難い（難以兩立）難い憎い惡い難い硬い堅い固い
　勢い両立せず（勢不兩立）
　仕事と趣味を両立させる（使工作與興趣並存）

両両〔副〕兩方、兩者（=二つ宛、二つ共）、全部（=彼も此も）
　両両相讓らない（兩不相讓）
　両両相俟って（二者相輔而成）
　此の二つは両両相俟って成功した（此二者相輔相成而成功了）
　両両取り壞して終った（全部摧毀掉了）終う仕舞う

両輪〔名〕兩輪
　車の両輪の如し（有如車的兩輪、〔喻〕相輔相成、唇齒相依）如し若し
　彼等は車の両輪の樣な物だ（他們猶如車的兩輪缺一不可）
　両輪を成す（相輔相成缺一不可、世稱雙璧）成す為す生す茄

両論〔名〕兩種論調、兩種意見
　賛否両論（贊成和反對的兩種意見）

両脇〔名〕兩腋、兩側
　両脇に荷物を抱える（把行李夾在兩腋）
　両脇に若い女性を座らせる（讓年輕女子坐在自己的兩側）女性女性

両形、二形、双成〔名〕兩性人，陰陽人、具有兩個形狀

両差，両差し，諸差，諸差し〔名〕相撲時兩手插入對方腋下的招數
　両差に為る（把兩手插入對方腋下）

両膝、諸膝、両膝〔名〕雙膝
　両膝を突く（雙膝跪下）突く衝く
　両膝を突いて謝る（雙膝跪下謝罪）謝る誤る上げる挙げる揚げる

敵は両膝を突き、両手を上げて降参した（敵人雙膝跪下舉起雙手投降了）両手

両手両手諸手

両矢、諸矢〔名〕雙箭、（射箭時同時握的）兩隻箭（=甲矢と乙矢）

裲（ㄌㄧㄤˇ）

裲〔漢造〕禮服的一種（=裲襠、打掛、打ち掛け）

裲襠、打掛、打ち掛け〔名〕江戸時代武士家中婦女的禮服、現代結婚時新娘禮服（=搔取）

亮（ㄌㄧㄤˋ）

亮〔漢造〕亮

明亮（明瞭=明瞭）

亮察、諒察、了察〔名、自サ〕原諒、體諒

何卒御亮察を乞う（敬希見諒是幸）

相手の苦境を亮察する（體諒對方處境困難）

亮然〔形動〕明亮、明瞭、清楚

亮、次官、助、輔、弼、佐、介〔名〕〔古〕（根據大寶令，設於各官署輔佐長官的）次官、長官助理

喨（ㄌㄧㄤˋ）

喨〔漢造〕嘹亮

喨喨〔形動タルト〕嘹亮的、響亮的

喨喨たる喇叭の音（嘹亮的喇叭聲）音音音

諒（ㄌㄧㄤˋ）

諒〔名、漢造〕原諒、諒解、體諒、誠實

諒と為られよ（希見諒）

私の衷情を諒と為られ度い（希望能體諒我的衷情）

彼は私の勧告を諒と為た（他聽從了我的勸告）

諒する〔他サ〕諒解、體諒（=納得する）

責任者から事情の説明を聴取し一同此を諒した（聽取負責人說明了情況大家對此有諒解）

彼の説明を聞いて此を諒すした（聽了他的說明對此有所諒解）諒する 了する 領する

諒と為る〔自、他サ〕諒解、體諒（=諒する、納得する）

此は皆の諒と為る所である（那是大家所諒解的事情）皆皆

諒闇〔名〕諒闇（天子服父母之喪）

諒闇後に巡視に出られる（諒闇後出巡）後後

諒解、了解、領解、領会〔名、他サ〕諒解、體諒、了解、理解、領會、懂得

人の諒解を求める（求人諒解）

諒解が付く（達成諒解）付く附く

諒解事項（彼此諒解的事情）

了解、領解、領会〔名、他サ〕了解，理解、領會，懂得

真意を了解する（理解真意）

此の問題は私には了解出来ない（這個問題我不明白）

我我の了解する処では（據我們所了解）

君の言う事は了解に苦しむ（我不懂你說的意思）

諒察、了察、亮察〔名、他サ〕體諒、原諒

相手の苦境を諒察する（體諒對方困難處境）

彼の苦しみを諒察する（體諒他的痛苦）

何卒御諒察下さい（敬請諒解、敬希見諒是幸）

諒恕〔名、他サ〕諒解寬恕

御諒恕の程願い上げます（請您寬恕）

御諒恕の程願い申し上げます（請您寬恕）

御諒恕を乞う（請諒解）乞う請う斯う

諒承、了承、領承、領掌〔名、他サ〕明白，知道（=承知）、諒解，諒察（=諒解、諒察）

御話の件は諒承しました（您說的那件事我知道了）

御諒承を請う（請諒解）

家族の諒承を得て犬を飼う（得到家人的同意而養狗）得る得る飼う買う

管理者の諒承を得て使用する（經管理員的同意使用）

領掌、領掌〔名、他サ〕許諾、答應（＝承知、聞き入れる）

此の事に関しては予算の関係で領掌出来ぬ（因預算關係這點不能答應）

大学進学に就いて父の領掌を得る（父親答應我升大學）

量（ㄌㄧㄤˋ）

量〔名、漢造〕量、數量、分量、容量、重量、度量、氣量←→質、数，數

量が多い（量多）

仕事の量が多過ぎる（工作量太多）

量を加減して（量力地、適量地、力所能及地）

酒も量を過すと害に為る（飲酒過量有害）

量より質だ（質重於量）質（質量、質地、素質、品質）質（典當）質（性質、體質、品質）

量を減らす（減少數量、削減重量）

量を誤魔化す（蒙混分量、侵吞分量）

量が足りない（分量不夠、重量不夠）

水の量を増やす（增加水的容量）増やす殖やす

量の大きな箱（容量大的箱子）

量の広い人（寬宏大量的人）

容量（容量、負載量、電容）

用量（用量、劑量）

分量（分量、數量）

分離量（〔數〕分離量）

酒量（酒量）

収量（收穫量）

重量（重量）

数量（數量、數和量）

大量（大量、大度量）

体量（重量）

対量（〔理化〕當量）

少量（少量、小量、度量小）←→大量、多量、大度

多量（大量、數量多）

小量（小量＝少量）←→大量、多量

定量（定量）

排水量（排水量）

積載量（載重）

適量（適量）

無量（無量）

測量（測量）

裁量（裁量、斟酌決定、酌情處理）

才量（才智和度量、體積和重量）

裁量（劑量）

推量（推量、推測、推斷）

思量、思料（思量、考慮）

商量（酌量、考慮、量）

計量（計量）

軽量（輕量、分量輕）

度量（長度和容量、尺和斗、度量，胸襟）

器量、気量（才能，才幹、容貌、姿色、面子、臉面）

技量、伎倆（本事、能耐）

力量（力量，體力、能力、本領）

雅量（雅量、寬宏大量）

量感〔名〕量感（對大小、重量、厚度的感覺＝ボリューム）、實在感←→質感

量感に溢れた作品（分量十足的作品）

ㄌ

此の本は量感に圧倒されて読む気が為ない（這本書部頭太大令人讀不下去）

此の絵には量感が無い（這幅畫缺乏實在感）

量器〔名〕計量器（＝計量器）

量刑〔名、他サ〕量刑

不当な量刑（不恰當的量刑）

量刑の結果、懲役二年、執行猶予二年に為た（量刑結果徒刑兩年緩刑兩年）執行執行

量産〔名、他サ〕大量生産（＝マス、プロダクション mass production）

食糧の量産を計る（計畫糧食的大量生産）計る測る量る図る謀る諮る

新しい機械の量産に乗り出す（開始著手新機器的大量生産）

量産住宅（大量建造的住宅）

量子〔名〕〔理〕量子

量子力学（量子力學）

量子論（量子論）

量子化（量子化）

量子条件（量子條件）

量子数（量子數）

エネルギ量子（能量量子）energie 徳りょうし

量水〔名〕測量水位（海、河、湖、池等的水量）

量水計（水錶）

量水標（水位標）

量定〔名、他サ〕推定

刑を量定する（量刑）

刑の量定を為る（量刑）

犯人の行方を量定する（推測判斷犯人的行蹤）

量的〔形動〕數量上的⟷質的

此は量的な変化で質的な変化では無い（這是量的變化不是質的變化）

量的には勝っているが質的に劣っている（數量雖多質量不好）勝つ贏つ克つ

今日の教育はもう量的な問題では無い（今天的教育已經不是數量上的問題）

量的な問題でも有る（也有數量上的問題）

量的に恵まれている（在數量上占優勢）

量目〔名〕分量、重量（＝掛目、目方）

量目を誤魔化す（蒙騙分量）

彼の店は量目を誤魔化さない（那家商店不會偷斤減量）

量目が足りない（分量不夠）

量る、計る、測る〔他五〕量、稱、測量、計量、衡量、推測

枡で量る（用斗量）枡升

秤で量る（用秤稱）

秤で赤ん坊の目方を量る（用秤稱嬰兒的體重）

物差で長さを量る（用尺量長短）物差物指

物差で箱の寸法を量った（用尺測量箱子的尺寸）

山の高さを量る（測量山高）

海の深さを量る（測量海的深度）海膿

体温を量る（量體溫）

熱を量る（量體溫）

米を量る（量米）米米米

時間を量る（計時）

数を量る（計數）數數

利害損得を量る（衡量利害得失）

事の利害損得を量る（衡量事情的利弊得失）

彼の気持を量る（揣摩他的心情）

一寸話した丈なので彼の人の気持を量る事が出来ない（只稍微談了一下還揣摩不透他的心）

人の心を量る（推測別人的心）

今後の成り行きを量るのは難しい（以後的結果很難加以推測）難しい難しい難い難い

在宅の頃合を量って訪れた（算準他在家的時候去拜訪）訪ねる尋ねる訊ねる

量らざるに（意外地）

計る、図る、謀る〔他五〕謀求、策劃、圖謀

発奮して富強を謀る（奮發圖強）発奮発憤

人民の為に幸福を謀る（為人民謀幸福）

図書館建設を謀っている（計畫建設圖書館）

自殺を謀る（尋死）

事を謀は人に在り（謀事在人）

彼等は大統領の殺害を謀った（他們企圖謀殺總統）

計る、謀る〔他五〕欺騙

まんまと謀られた（被巧妙地欺騙了）

計る、諮る〔他五〕諮詢

親に諮って決める（和父母親商量後再決定）

案を会議に諮る（將方案交會議商討）

量り、量、計り、計〔名〕稱量，計量、分量，秤頭、處理，安排，斡旋，限度，盡頭

彼の店は量りが良い（那家店給的分量足）

量りが悪い（少給分量、耍秤桿）

量り不足（分量不足）

量り無し（無邊無際地）

秤〔名〕秤、天平

発条秤（彈簧秤）

竿秤（桿秤）

台秤（台秤、磅秤）

秤に掛ける（用秤稱）

秤竿（秤桿）

秤目（秤星、份量）

秤皿（秤盤）

秤錘（秤砣、砝碼）

量り売り，量売，計り売り，計売〔名、他サ〕論分量賣、量著賣

量り売りのバター（稱著賣的奶油）

量り売りの米（稱著賣的米）

量り切り，量切，計り切り，計切〔名〕稱完不添

量り込む，量込む，計り込む，計込む〔他五〕稱超過的東西、秤量後外添一些

量り直す，計り直す〔他五〕重新量、重新秤

量り減り，量減，計り減り，計減〔名〕不夠秤、減秤、損耗

伶（カーム／）

伶〔漢造〕演奏雅樂的人（=楽人）、明星（=俳優）、聰明伶俐（=利口）

伶人〔名〕演奏雅樂的人（=楽人）、神道儀式中的樂師

伶俐、伶利、怜俐〔名、形動〕伶俐、聰明（=利口）

伶俐に見える（顯得伶俐）

伶俐に見える女性（顯得伶俐的女性）女性女性

伶俐に見える少女（顯得伶俐的少女）少女少女乙女

此の子は非常に伶俐、に見える（這孩子顯得很伶俐）

伶俐な頭脳の持主（頭腦聰明的人）

極めて伶俐、な人（極其聰明伶俐的人）極める究める窮める

玲（カーム／）

玲〔漢造〕玉的聲音、形體精巧的樣子（=玲瓏）

玲瓏〔形動タルト〕玲瓏、晶瑩、清脆

月が玲瓏と輝く（月色玲瓏）輝く耀く

玲瓏たる月影（晶瑩的月光）月影月影

玲瓏たる朝空（晶瑩的晨空）朝空朝空

玲瓏と為た声が会場を震わす（清脆的聲音響徹會場）震わす奮わす揮わす篩わす

玲瓏、玉を転がす様な声（清脆悅耳的聲音）玉 玉 珠弾球魂靈

八面玲瓏の人（八面玲瓏的人）

八面玲瓏の人物（八面玲瓏的人）

鈴、鈴（ㄌㄧㄥˊ）

鈴〔名〕鈴鐺（＝鈴）、電鈴（＝ベル）、（誦經用）銅鈴

鈴を鳴らす（鳴鈴、搖鈴、按鈴、打鈴）鳴らす生らす成らす為らす慣らす馴らす均す

鈴が鳴る（鈴響）

鈴を振る（搖鈴）振る降る

戸口の鈴を押す（按門鈴）戸口（門房）戸口（戸口調查）押す推す圧す捺す

御昼休みの鈴が鳴った（中午休息的鈴響了）鳴る生る成る為る

昼休みの鈴が鳴り響いた（中午休息的鈴響了）

風鈴（風鈴）

風鈴を吊す（掛風鈴）吊る

鈴〔漢造〕（也讀作鈴）鈴、鈴鐺（＝鈴、ベル）

鈴を鳴らす（鳴鈴、搖鈴、按鈴、打鈴）

鈴が鳴る（鈴響）

金鈴（金鈴）

銀鈴（銀鈴、清脆聲音）

振鈴（振鈴、搖鈴）

電鈴（電鈴＝ベル）

鈴声〔名〕鈴聲

鈴〔名〕鈴、鈴鐺（＝鈴、ベル）

鈴を付ける（掛上鈴噹）付ける附ける漬ける撞ける搗ける尽ける点ける憑ける衝ける

猫の首に鈴を付ける（給貓脖子上掛鈴噹）鈴錫

鈴を付けたタンバリン（tambourine）（繫著鈴鐺的鈴鼓）

鈴を振る（搖鈴）

鈴を鳴らす（鳴鈴、搖鈴、按鈴、打鈴）

鈴が鳴った（鈴響了）

鈴を転がす様な美しい声（珠喉婉轉）

錫〔名〕〔礦〕錫、錫酒壺

錫地金（錫塊）

錫箔（錫箔）

錫鍍金（鍍錫）

鈴掛け，鈴掛，篠懸け，篠懸〔名〕修道者的衣服，〔植〕篠懸木（＝鈴掛の木、篠懸の木）

鈴掛の木、篠懸の木〔名〕〔植〕篠懸木、洋梧桐、法國梧桐（＝鈴掛、篠懸、プラタナス platanus）

鈴太鼓〔名〕帶鈴噹的小型搖鼓（日本歌舞伎的小道具之一）

鈴生り、鈴生〔名〕（果實）結得滿枝、很多人擁擠在一個地方

庭の柿が鈴生に為っている（院子裡的柿子結滿了枝）柿 柿（薄木板、碎木片）

庭の葡萄が鈴生に為っている（院子裡的葡萄結滿了枝）

鈴生の林檎（滿枝的蘋果）林檎苹果林子

窓には人人が鈴生に為って下を見下ろして居た（人們擠在窗口往下面張望）人人 人人

電車の入口に人が鈴生に為っている（電車的門口裡裡外外擠滿了人）

ビルの窓と言う窓は野次馬で鈴生だった（building）（樓房所有的窗戶都擠滿了看熱鬧的人）

鈴虫〔名〕〔動〕鈴蟲、金鈴子、金鐘兒、金琵琶（＝松虫）

鈴虫がリーンリーンと鳴く（金鈴子唧唧叫）泣く啼く鳴く無く

鈴蘭〔名〕〔植〕鈴蘭、君影草（＝谷間の姫百合）

鈴蘭灯（鈴蘭形的裝飾用電燈-多用於路燈）

凌（ㄌㄧㄥˊ）

凌〔漢造〕超過、侮辱

凌雲〔名〕凌雲
　凌雲の志（凌雲之志）

凌駕、陵駕〔名、他サ〕凌駕、超過
　今年度の実績は昨年度を遥かに凌駕している（今年的成績遠遠超過去年）
　彼の技術は他を凌駕している（他的技術超過他人）他他外

凌虐、陵虐〔名、他サ〕凌虐

凌辱、陵辱〔名、他サ〕凌辱，欺侮、強暴，強姦
　大勢の前で人を凌辱する（在眾人面前侮辱人）
　聴衆の面前で講師を凌辱する（在聽眾面前侮辱演講者）
　凌辱を受ける（受辱）
　凌辱に耐える（忍辱）耐える絶える堪える
　処女を凌辱する（姦污處女）

凌犯、陵犯〔名、他サ〕凌犯

凌霄花、陵苕、紫葳〔名〕〔植〕紫葳、凌霄

凌霄葉蓮〔名〕〔植〕旱金蓮（＝ナスターチウム nasturtium）

凌ぐ〔他五〕冒著、凌駕，超過、忍耐，忍受、闖過、擺脫、躲避、欺凌，輕視，誣衊
　暴風を凌いで進む（冒著暴風前進）
　風波を凌いで進む（冒著風浪前進）
　風雨を凌いで進む（冒著風雨前進）
　怒涛を凌いで進む（破浪前進）
　山頂雲を凌ぐ（山風凌雲）
　壮志雲を凌ぐ（壯志凌雲）
　旺盛なる意気が人を凌ぐ（盛氣凌人）
　人口に於いて東京を凌ぐ（在人口方面超過東京）
　同僚を凌ぐ（超過同事）
　先輩を凌いで昇進した（超過前輩晉升了）
　プロ（professional）の歌手を凌ぐ歌の巧さだ（比職業歌手唱得還好聽）
　米国を遥かに凌ぐ（遠遠超過美國）
　日曜を凌ぐ人出（超過星期天的人群）
　寒気を凌ぐ（凌寒、耐寒）寒気寒気
　寒さを凌ぐ（凌寒、耐寒）
　飢えを凌ぐ（忍飢、挨餓）飢え餓え植え
　糊口を凌ぐ（勉強餬口、維持生活）
　雨露を凌ぐ（遮蔽雨露）
　木の実や草の根を食べて飢えを凌ぐ（吃樹果草根果腹充飢）
　苦痛を凌ぐ（忍苦）
　暑さも凌ぎ良く為った（酷暑也消退了、炎熱的夏天也涼爽起來了）
　こんな痛さは凌げない（這麼痛忍不住）
　当座は此で凌げるでしょう（有這些應暫時可以應付過去吧！）
　年末を凌ぐ（闖過年關）
　やっと其の日を凌いで行く丈だ（好不容易僅能勉強餬口而已）
　此のパン（pao）で今日丈は凌げる（有了這塊麵包今天一天可以應付過去了）
　其の場を凌いで行く（擺脫那個場合）行く往く逝く行く往く逝く
　急場を凌ぐ（度過危機）
　木の下で雨を凌ぐ（在樹下避雨）
　バラック（barrack）を建てて雨露を凌ぐ（搭木板房避風雨）
　暑さを凌ぐ（避暑）
　長者を凌ぐ（欺凌長輩）
　長上を凌ぐ（欺凌長輩）
　目上を凌ぐ（輕視上級）

凌ぎ、凌〔名〕忍耐，忍受、應付、擺脫、度過

ㄌ

一時の凌ぎを付ける（敷衍一時、將就一時）付ける 附ける 潰ける 撞ける 吐ける 搗ける

一時凌ぎ（敷衍一時、將就一時）一時一時 尽ける 点ける 憑ける 衝ける 就ける 突ける 着ける

寒さ凌ぎ（凌寒、耐寒）

暑さ凌ぎ（度過暑熱）

退屈凌ぎに（消遣、消磨時間）

当座凌ぎに（一時湊合、暫時應付）

空腹凌ぎに（〔略以〕充飢）

倒れ然うな家を一時凌ぎにロープで支える（把要倒的房子綁上繩子暫時支撐一下）支える

蓑を借りて雨露の凌ぎに為る（借件蓑衣遮蔽雨露）

凌ぎが付かない（無法應付、一籌莫展）

差し当り急場の凌ぎが付かない（眼前無法應付緊急情況）

陵（ㄌㄧㄥˊ）

陵〔漢造〕山岡、皇陵，陵墓，陵寢（=陵、陵、御陵、山陵、山陵）、欺凌、衰落

山陵（山陵，山岳、皇陵）

御陵（皇陵）

皇陵（皇陵、歷代天皇的陵寢）

神武天皇御陵（神武天皇陵寢）天皇 天皇

陵、山陵〔名〕（〔古〕陵，山陵、也有讀作陵，山陵）皇陵（=御陵）

陵駕、凌駕〔名、他サ〕凌駕、超過

今年度の實績は昨年度を遥かに凌駕している（今年的成績遠遠超過去年）

彼の技術は他を凌駕している（他的技術超過他人）他他外

陵虐、凌虐〔名、他サ〕凌虐

陵丘〔名〕丘陵（=丘陵）

陵辱、凌辱〔名、他サ〕凌辱，欺侮、強暴，強姦

大勢の前で人を陵辱する（在眾人面前侮辱人）大勢（大勢、大局）

聽衆の面前で講師を陵辱する（在聽眾面前侮辱演講者）

陵辱を受ける（受辱）

陵辱に耐える（忍辱）耐える 絶える 堪える

処女を陵辱する（姦污處女）

陵犯、凌犯〔名、他サ〕凌犯

陵墓〔名〕陵墓、陵寢、皇陵（=陵、陵、陵、御陵、山陵）

陵墓に参詣する（謁陵、參謁陵寢）

菱（ㄌㄧㄥˊ）

菱〔漢造〕〔植〕菱

菱亜鉛鉱〔名〕〔礦〕菱鋅礦

菱苦土鉱〔名〕〔礦〕菱鎂礦

菱鉄鉱〔名〕〔礦〕菱鐵礦

菱形、菱形、菱形〔名〕菱形

菱形の御菓子（菱形的點心）

菱形を為た餅（菱形黏糕）

菱形に切る（切成菱形）切る 斬る 伐る 着る

菱形脳（〔動〕菱腦）

菱脳〔名〕〔解〕菱腦

菱面体〔名〕菱形（六面）體

菱、菱〔名〕〔植〕菱角、菱形（=菱形、菱形、菱形）

菱の実（菱角）肘肱臂

菱餅（菱形黏糕-三月三日、雛祭-女兒節、偶人節裝飾用）

菱垣（菱形孔眼的竹籬笆）

菱組（編織成菱形、菱形編織物）

菱結（菱形結）

菱紋（菱形紋、菱形家徽）

綾（ㄌㄧㄥˊ）

綾〔漢造〕綾（輕而薄的絲織品）

綾羅〔名〕綾羅
綾羅錦繡（綾羅錦繡、綾羅綢緞、華麗的服裝）

綾、紋〔名〕斜紋、綾子，斜紋緞，有花紋的美麗絲綢、（遊戲）翻花鼓（=綾取り、綾取）。〔商〕（行情）波動
綾に織る（織成斜紋）織る折る居る居る
綾を取る（玩翻花鼓）

綾、文〔名〕花紋，花樣（=模樣）、措辭，修辭（=言い回し）、條理，情節（=筋道）
雨が水面に綾を描く（雨下在水面濺出花紋來）描く画く
此の綾は綺麗だ（這個花紋漂亮）綺麗奇麗
文章の綾（文章的措辭）文章文章
彼の文章には綾が無い（他的文章沒有修辭）
彼の言葉には綾が無い（他的話不夠委婉）言葉詞辭
綾の有る言葉（委婉的言詞）
此の事件には色色綾が有る（這件事很複雜）色色種種種種種種
此の事件の綾は想像以上に複雜だ（這件事的情節比想像的還要複雜）

綾糸〔名〕色彩美麗的線、翻花鼓用的帶子

綾織り、綾織〔名〕斜紋（=綾紋）、織斜紋綾綢、織綾匠、斜紋布（=綾織物）←→平織り、平織
綾織物（斜紋布）

綾絹〔名〕漂亮的絲綢
綾絹の服を着ける（穿漂亮的絲綢衣服）着ける附ける付ける漬ける撞ける憑ける衝ける

綾地〔名〕斜紋布料、斜紋質地

綾竹〔名〕（織布機上的）絞桿

綾取る、彩取る、操る〔他五〕（用花紋、圖案等）裝飾，點綴、操縱（=操る）、善於安排、在背上把帶子繫成交叉狀（打十字結）
文章を綾取る（潤色文章）

綾取り、綾取〔名〕翻花鼓（女孩子用手翻線的遊戲）
子供と綾取を為る（和小孩子玩翻花鼓）摩る擂る磨る掏る擦る摺る刷る
女の子と綾取を為て遊ぶ（和女孩子翻花鼓玩）

綾なす〔他五〕操縱，善於安排（=綾取る、操る）、做出美麗的花樣、染出漂亮的色彩
弦と管とが綾なす妙なる調べ（管弦調諧的美妙樂曲）
紅葉が秋の山を綾なした（紅葉把秋天的山染成漂亮的色彩）紅葉紅葉
機知と諷刺の綾なす小品（機智和諷刺交織的小品文）

綾なす、彩なす〔自、他五〕絢麗、多彩、點綴、裝飾
綾なす雲（彩雲）
綾なす錦の山野（美麗如錦的山野）
国慶節の夜、町を綾なすイルミネーション（國慶之夜點綴大街的燈飾）

綾錦〔名〕綾和錦、織錦緞、華麗的服裝、形容秋天紅葉美麗的色彩

綾筵〔名〕斜紋的蓆子

綾目鑢〔名〕網紋銼、雙斜紋銼

綾木綿〔名〕斜紋布、卡其布

零（ㄌㄧㄥˊ）

零〔名、漢造〕零（=ゼロ）、零星、零落
試合は五対零で負けた（比賽以五比零輸了）
二対零で試合に勝つ（比賽以二比零獲勝）勝つ克つ贏つ且つ
気温は零下三度に下がった（氣溫降到零下三度）
五引く五は零（五減五是零）a+b（a プラス b。a に b を足す）
零点（零分）a-b（a マイナス b。a から b を引く）

零時半（零點三十分）a×b（a掛ける b。a に b を掛ける）
セ氏零度（攝氏零度）a÷b（a割る b。a を b で割る）セ氏（攝氏）カ氏（華氏）
断簡零墨（斷簡殘篇）

ゼロ〔名〕零、完全沒有
差引ゼロ（出入相抵是零）
利益は差引ゼロだった（收支相抵結果毫無利益）利益利益（神明保佑）
数学の試験でゼロを貰った（數學考了零分）
彼のチームの得点は未だにゼロだ（那隊的得分還是零）未だ未だ
濃霧で視界はゼロだ（由於濃霧能見度等於零）
ゼロ回答（一言不答）
彼の人格はゼロ（他毫無人格）
彼は人格的にゼロだ（他毫無人格）
ゼロ、ゲーム（以零分戰敗＝スコンク）
ゼロ敗（未得一分而戰敗＝スコンク）
A隊は B隊にゼロ敗した（A隊以零分敗於B隊）
ゼロメートル地帯（海平面地帶、浸水的低窪區）

零雨〔名〕小雨、微雨

零下〔名〕零下、冰點下
零下の気温（零下的氣溫）
今朝の気温は零下十度迄下がった（今晨氣溫降到零下十度）今朝今朝
今朝四十度の寒さ（零下四十度的寒冷）四十四十四十
零下五十度の厳しい寒さ（零下五十度的寒冷）五十五十五十

零距離射撃〔名〕〔軍〕零距離射擊、近距離射擊

零細〔名、形動〕零碎、零星
零細な土地を耕す（耕種小片土地）

零細な寄付金（小額的捐款）
零細な金を貯金する（儲蓄零錢）金金
零細企業（小規模企業）
零細農（耕地小還要另外做工補貼生活的農家）
零細漁民（個體漁民）

零砕〔名、形動〕落下破碎（的東西）、零碎

零時〔名〕零時、十二點、二十四點
零時に除夜の鐘が鳴り終わる（晚上十二點響完了除夕的鐘聲）
午後零時に発車する（中午十二點開車）

零数〔名〕零數

零点〔名〕零分、零度、冰點、完全沒有（＝ゼロ）
数学の試験で零点を取る（數學考試得零分）盗る獲る執る撮る採る摂る捕る取る
試合は両方共零点だった（比賽雙方都掛零
零点下（零度以下）
母と為ては零点だ（沒有資格當母親）母父
教師と為ては零点に近い（他簡直沒有當老師的資格）教師先生

零度〔名〕零度
気温は零度に下がった（氣溫下降到零度了）
水は摂氏零度で氷と為る（水在攝氏零度時結成冰）摂氏（セ氏）華氏（カ氏）

零敗〔名、自サ〕（比賽時一分未得而）慘敗（＝ゼロ敗、スコンク）
甲大学は乙大学に零敗した（甲大學以零分敗於乙大學）甲甲甲鎧甲兜冑乙乙乙
零敗を喫する（一分未得而慘敗）
相手に零敗した（以零分敗給對方）
昨日のサッカー試合は零敗した（昨天的足球比賽以零分慘敗）昨日昨日

零墨〔名〕殘缺不全的墨跡（手跡）

古人の零墨を集める（收集古人殘缺不全的墨跡）
斷簡零墨を収集する（收集斷簡殘篇）

零本〔名〕零本、殘本（＝端本）←→完本

零落〔名,自サ〕零落、淪落（＝落魄）、凋零（＝凋落）

零落して見る影も無い（零落得不復當年了）無い絢い影陰蔭
彼は零落して見る影も無い（他淪落得不復當年了）
零落の一途を辿る（日趨淪落）一途一途（專心、只顧）
零落した冬枯れの道（冬天草木凋零的路）

零落れる、落魄れる〔自下一〕零落、落魄

すっかり零落れる（完全沒落）
零落れて異郷に彷徨う（落魄而流落他郷）彷徨うさ迷う
零落れた文士（落魄的文人）
乞食に迄零落れる（淪落為乞丐）乞食乞食乞食

零余子、零余子、零余子、珠芽〔名〕〔植〕零餘子、珠芽（山芋般植物可食用）

零す、溢す〔他五〕灑掉，潑撒、溢出，發牢騷，鳴不平

少し宛水を零す（一點一點地灑水）少し些し
バケツの水を零さない様に持って行き為さい（好好提著水桶可不要把水灑了）
塩を零す（撒鹽）
ほろりと涙を零した（落淚）紛紛撒落貌
パン屑を零す（掉麵包屑）
誰かインキを零した（有了把墨水弄撒了）
服にインキを零して終った（衣服上撒了墨水）終う仕舞う
米を床に零した（把米弄撒在地板了）米米床床
テーブルの上に一杯御飯粒を零した（飯桌上掉滿了飯粒）

何時も零して許り居る（經常在發牢騷）
身の不運を零す（抱怨自己運氣不佳）
幾等零しても仕方が無い（怎樣發牢騷也無濟於事）
物価が高いと零す（為物價高而發牢騷）
愚痴を零す（發牢騷、出怨言）

零し、翻し、建水〔名〕牢騷、茶道盛洗碗水的器具（＝建水、建水、水翻）

会社に対する零し（對公司的牢騷）

零し屋〔名〕〔俗〕愛抱怨的人、愛發牢騷的人

彼は零し屋だ（他是個愛發牢騷的人）彼彼

零れる、溢れる〔自下一〕灑掉、溢出、洋溢，充滿

丼の水が零れた（大碗裡的水灑了）丼丼
茶碗の水が零れた（碗裡的水灑了）毀れる
御茶を注ぎ過ぎて零れて終った（茶斟得太滿溢出來了）
御湯が煮え零れている（開水煮得溢出來了）
御飯が零れているよ（掉了飯粒啦！）
地面に米が一杯零れている（撒得滿地是米）
零れる程酒を注ぐ（滿滿地斟上酒-幾乎要溢出）注ぐ告ぐ次ぐ継ぐ接ぐ注ぐ灌ぐ濯ぐ雪ぐ
涙が零れた（流出眼淚）
有り難くて涙が零れ然うだ（感激得幾乎流出了眼淚）
愛嬌が零れる許りだ（笑容滿面）
零れる様な笑を湛えている（笑容滿面）笑笑湛える称える讃える
零れる許りの笑を浮かべる（臉上充滿了笑容）

ㄌ

部屋の中に笑が零れて居た（屋子裡充滿了笑聲）
零れる程咲いた花（怒放的花）
荷が車から零れる（貨物從車子突出）
ジャムが零れる（果醬擠出）
零れ、溢れ〔名〕溢出、溢出的東西、灑落的東西、剩餘的東西
御零れを頂戴する（分享一點餘惠、撿剩的）
御零れ、御溢れ〔名〕〔俗〕溢出（物）、灑落（物）、〔轉〕剩下的一點東西
御零れを頂戴したに過ぎない（不過嚐到了些殘羹剩飯、不過跟著沾了點光）
御零れに与かる（跟著沾了點光）与かる 預かる
零れ梅〔名〕落下的梅花、梅花瓣花樣
零れ幸い、零れ幸〔名〕僥倖、天賜的幸運、意外的收入
零れ幸いで当選した（由於僥倖而當選）
零れ種〔名〕灑落的種子、私生子（=落とし種）、餘談，軼事（=零れ話）
零れ話〔名〕餘談、軼事
事が事だから零れ話が多い（因為事情非同小可所以小新聞多）

霊（靈）（ㄌㄧㄥˊ）

霊〔名、漢造〕靈、精神、靈魂、魂魄、神靈（=霊、魂）←→肉、体
霊の世界（精神世界）
祖先の霊を祭る（祭祀祖先的靈魂）
故人の霊を捧げる（獻在亡者靈前）
天地の霊を祭る（祭祀天地神靈）天地天地
神霊（神靈、神德）
山霊（山神）
心霊（心靈、靈魂）
亡霊（亡靈、亡魂）

精霊、精霊（精靈、靈魂）
聖霊（神聖的靈魂、〔宗〕〔基督教〕聖靈）
生霊（生靈、生民、人民）
生霊（活人的冤魂－離開軀殼向仇人作祟的靈魂）←→死霊、死霊
死霊、死霊（死者的靈魂、死人的怨靈）
幽霊（幽靈，鬼魂、〔喻〕有名無實的事物）
英霊（英靈）
悪霊（惡鬼、冤魂=物の怪、物の気）

玉、珠、球〔名〕玉，寶石、珍珠、球，珠、泡、鏡片，透鏡。（圓形）硬幣、電燈泡、子彈，砲彈、台球（=撞球）。〔俗〕雞蛋（=玉子）。〔俗〕妓女，美女。〔俗〕睪丸（=金玉）、（煮麵條的）一團、（做壞事的）手段，幌子。〔俗〕壞人，嫌疑犯（=容疑者）。〔商〕（買賣股票）保證金（=玉）。〔俗〕釘書機的書釘。〔罵〕傢伙、小子
玉で飾る（用寶石裝飾）靈魂彈
玉の台（玉石的宮殿、豪華雄偉的宮殿）
玉の様だ（像玉石一樣、完美無瑕）
玉と為って砕く共、瓦と為って全からじ（寧可玉碎不為瓦全）表示否定的意志
硝子珠、ガラス珠（玻璃珠）
糸の球（線球）
毛糸の球（毛線球）
露の珠（露珠）
シャボン玉（肥皂泡）sabao 葡
球を投げる（投球）
球を打つ（擊球）
玉を選ぶ（〔喻〕等待良機）
額に珠の様な汗が吹き出した（額頭上冒出了豆大的汗珠）
眼鏡の珠（眼鏡片）
十円玉（十日元硬幣）
玉が切れた（燈泡的鎢絲斷了）

玉の跡（彈痕）

玉に当る（中彈）

玉を込める（裝子彈）

玉を突く（打撞球）

馬の玉を抜く（騙馬）

饂飩の玉を三つ（給我三團麵條）

女の玉に為て強請を働く（拿女人做幌子進行敲詐）

玉を繋ぐ（續交保證金）

玉に瑕（白圭之瑕、美中不足）

玉を転がす様（如珍珠轉玉盤、〔喻〕聲音美妙）

玉を抱いて罪あり（匹夫無罪懷壁其罪）

玉の杯底無きが如し（如玉杯之無底、華而不實）

玉磨かざれば光無し（器を成さず）（玉不琢不成器）

偶、適〔副〕（常接に使用、並接の構成定語）偶然、偶而、難得、稀少（＝偶さか）

偶の休日（難得的休息日）

偶の休みだ、ゆっくり寝度い（難得的假日我想好好睡一覺）

偶の逢瀬（偶然的見面機會）

偶に来る客（不常來的客人）来る

偶には遊びに来て下さい（有空請來玩吧！）

彼とは偶にしか会わない（跟他只偶而見面）

偶に一言言うだけだ（只偶而說一句）

偶に遭って来る（偶然來過）

偶に有る事（偶然發生的事、不常有的事）

偶には映画も見度い（偶而也想看電影）

霊、魂、魄〔名〕靈魂（＝霊、魂、心、精神、気力）

霊、魂〔名〕靈魂、魂魄、精神

死者の霊を慰める（告慰亡靈）靈、魂、魄玉弾球珠偶

其の美しさに霊を奪われて終った（其美使人神魂顛倒）終う仕舞う

霊を打ち込んだ仕事（貫注全神的工作）

霊を込める（聚精會神）込める混める篭める籠める

霊が抜けた様な顔を為ている（像是掉了魂似的臉）

霊が抜けた様な茫然自失する（六神無主、走了魂似地發呆）

霊を入れ替える（洗心革面、脫胎換骨、改過自新）

霊を冷やす（喪膽、心驚膽戰）

三子の霊百迄（從小看老、江山易改本性難移）三子（三歲孩子）

嬉しさに霊天上を飛ぶ（欣喜若狂）飛ぶ跳ぶ

一寸の虫にも五分の霊（弱者也有志氣不可輕侮、匹夫不可奪其志）一寸一寸

仏作って霊入れず（畫龍而不點睛、功虧一簣、美中不足）

霊代〔名〕神位、靈位、靈牌

霊代を祭る（供奉神位）

霊祭り, 霊祭, 魂祭り, 魂祭〔名〕祭祖靈（＝御盆、盂蘭盆会）

霊迎え, 霊迎, 魂迎え〔名、自サ〕（陰曆七月十三日夜）迎祖靈（＝精霊迎え）←→霊送り、魂送り

霊屋、霊屋〔名〕靈堂、祠堂（＝霊廟、御霊屋）

霊廟〔名〕靈廟（＝霊屋、霊屋、御霊屋、霊堂、霊殿）、安奉佛舍利的塔（＝卒塔婆）

霊殿〔名〕祭祀祖先的祠堂、祭祀神佛的殿宇（＝霊廟）

霊安室〔名〕太平間（＝霊室）

霊室〔名〕靈堂（＝霊安室）

霊室を設ける（設靈堂）設ける儲ける

霊位〔名〕靈位、靈牌（＝位牌、御霊代）

祖先の霊位（祖先的靈位）

革命烈士の霊位（革命烈士的靈位）

霊牌〔名〕靈牌（＝位牌、御霊代）

霊威〔名〕不可思議的威力

ㄌ

彼の前に出ると何処と無く霊威を感じさせられる（在他前面的時候總是會感到一種不可思議的威力）

神の霊威（神的法力）神紙髪上守

霊異、霊異〔名、形動〕神奇、難以想像

科学者はラジウム(radium)の霊異な力を発見した（科學家發現了鐳的神奇力量）

科学者はラジウム(radium)の霊異な力量を発見した（科學家發現了鐳的神奇力量）

霊異が現れた（奇蹟出現了）現れる表れる顕れる

霊域〔名〕神聖的地方、神社或寺院的院內

東照宮の霊域に入る（走進東照神宮神聖的院內）入る入る

霊液〔名〕靈液、甘露

此は不老長寿の霊液だ（這是長生不老的甘露）

霊園〔名〕靈園、公墓（=共同墓地）

霊園に葬る（葬在公墓）

霊応〔名〕靈驗、神秘的感應

霊化〔名、自サ〕神化、神靈化

霊化した物語（神化的故事）

霊界〔名〕精神世界（=精神界）、靈魂的世界，陰間（=彼の世）←→肉界

霊界から死者の魂を呼び寄せる（從陰間召回亡魂）陰間（男娼）

霊感〔名〕靈感、神靈的啟示（=インスピレーション inspiration）

霊感を得て作曲する（得到靈感而作曲）得る得る

急に霊感が湧いて来る（靈機一動、突然靈感湧來）湧く沸く涌く来る来る

霊感を受ける（受到神靈的啟示）

神仏も霊感したか、到頭雨が降った（也許是老天顯靈了終於下雨了）降る振る

霊気、霊気〔名〕靈氣、神秘的氣氛

深山幽谷に入って霊気に触れる（進入深山幽谷裡接觸神秘的氣氛）深山入る入る

霊気が膚に迫る（靈氣逼人）膚肌迫る逼る

霊鬼〔名〕亡魂（=精靈）、死者的怨靈化為惡鬼（=悪靈）

霊柩〔名〕靈柩（=柩、棺）

霊柩車（靈車）

霊境〔名〕神秘的地方

霊剣〔名〕寶劍、神劍

伝家の霊剣（傳家的神劍）

霊験、霊験〔名〕靈驗、神佛的感應（=御利益）

灼かな霊験（顯著的靈驗、靈驗顯著）

霊験灼かな神（靈驗顯著的神）

霊光〔名〕靈光、不可思議的光線

一筋の霊光が差し込む（射進一道靈光）差し込む挿し込む

霊魂〔名〕靈魂（=霊, 魂, 魄、霊、魂）

霊魂不滅説（靈魂不滅說）

肉体は朽ちても霊魂は未だ永遠に生きている（肉體即使腐朽靈魂永遠地活著）生きる活きる

霊犀〔名〕靈犀

霊犀一点通ず（心有靈犀一點通）

霊刹〔名〕靈刹、靈寺

霊刹に参る（參拜靈寺）

霊山〔名〕（供神佛的）靈山

木のこんもりと茂っている霊山（樹木蒼蒼的靈山）

霊芝〔名〕靈芝、紫芝（=万年茸）

霊祀〔名〕祭祀神靈或亡魂

霊示〔名、他サ〕天啟、顯聖

霊獣〔名〕靈獸

麒麟は霊獣の一つだ（麒麟是靈獸之一）

霊場〔名〕（有寺院或廟宇的）靈地（=霊境）

霊場に詣でる（朝山拜廟）

観音様の霊場（觀音菩薩的靈地）

霊地〔名〕（有寺院或廟宇的）聖靈地方（=霊場、霊境）、神佛顯靈之地

霊地に詣でる（朝山拜廟）

霊神〔名〕靈驗的神
　霊神を祭る（祭祀靈驗的神）
　霊神の加護（靈神的保佑）

霊水〔名〕靈水、神水
　霊水の泉（靈水之泉）

霊泉〔名〕靈泉、對疾病有奇效的溫泉（=霊湯）
　不老長生の霊泉（長生不老的靈泉）

霊瑞〔名〕祥瑞

霊湯〔名〕有奇異療效的溫泉（=霊泉）

霊前〔名〕靈前、神靈之前（=神前、仏前）
　霊前で弔辞を読む（在靈前讀祭文）
　霊前に額突く（在靈前叩頭、在靈前鞠躬敬禮）
　御霊前（奠-靈前供品上寫的字）
　霊前に跪く（跪在靈前）

霊草〔名〕靈草、瑞草
　庭に霊草が生えた（院子裡長出了瑞草）生える 映える 栄える 這える 家家家
　霊草と言われて霊芝は彼女の家で沢山栽培されている（她的家中栽植許多被稱為靈草的靈芝）

霊想〔名〕靈想、靈感
　霊想に基づいて作曲する（基於靈感而作曲）

霊像〔名〕神像、佛像
　木彫りの霊像（木雕的神像）

霊知、霊智〔名〕神奇的智慧、超人的智慧
　霊知を持っている人（有神奇智慧的人）

霊長〔名〕靈長
　人間は万物の霊長である（人為萬物之靈）人間（人）人間（無人的地方）
　霊長類（靈長類）鶯

霊鳥〔名〕靈鳥、神鳥（=霊禽）、鳳凰
　鸚鵡や九官鳥の様な鳥は霊鳥と言う可きである（像鸚鵡和九官鳥等鳥可以說是靈鳥）鸚哥

霊的〔形動〕靈魂的、精神的←→肉的
　霊的な力（精神力）力力
　霊的交感（心靈上的感應）
　霊的世界（精神世界）

霊灯〔名〕靈燈、奉獻給神佛的燈
　霊灯を点す（點燃靈燈）点す 燈す

霊堂〔名〕靈堂
　霊堂に花輪を飾る（把花圈布置在靈堂）

霊徳〔名〕靈德、崇高的神德

霊肉〔名〕靈與肉、精神和肉體
　霊肉一致（靈肉合一）

霊媒〔名〕靈媒、靈魂的媒介（=巫女、口寄）
　霊媒術（靈媒術）

霊宝〔名〕寺院珍藏的珍貴寶物

霊峰〔名〕靈峰、靈山、神聖的山
　霊峰富士（神聖的富士山）

霊木〔名〕靈木、神木
　天に聳え立っている霊木（高聳在天空的神木）

霊妙〔名、形動〕神妙
　何処からともなく霊妙なメロディーが伝わって来る（不知道從哪裡傳來神妙的旋律）
　此の音楽は霊妙な響きが為る（這個音樂不同凡響）
　霊妙不可思議（神奇而不可思議）

霊夢〔名〕神佛託的夢
　霊夢を蒙る（蒙受神托夢）蒙る 被る

霊薬〔名〕靈藥、神藥
　家伝の霊薬（祖傳的靈藥）

霊力〔名〕靈力、不可思議的力量

齡（ㄌㄧㄥˊ）

齡〔漢造〕年齡、壽命（=齢）
　八十の高齢（八十高齡）八十八十

ㄌ

年齢（年齢、歲數=年）
寿齢（長命、長壽）
弱齢、若齢（年輕、年少）
妙齢（妙齢、荳蔲年華=年頃）
老齢（老年、高齡=高齡）
頽齢（高齢、高壽=年寄）
馬齢（馬齒-舊時對自己年齢的謙稱）
樹齢（樹齡）

齢 〔名〕年齢、年紀（=年、年齢）
齢八十の老人（八十歲的老人）弱い
齢正に七十の老人（年正七十的老人）
七十七十正に将に当に雅に
遊び度い齢（貪玩的年齢）
齢三十五、六の女性（三十五六歲的女性）
女性女性
六十の齢を重ねる（年滿六十、年滿花甲）六十六十
百年の齢を保つ（年達百歲高齡）

櫺（ㄌㄧㄥˊ）

櫺 〔漢造〕窗櫺（窗櫺上雕成種種有花紋的孔格）
櫺子、連子 〔名〕窗櫺、窗格、門窗的柵欄（=格子-窗上用木條交錯製成的格子）
櫺子窗、連子窗（格子窗、格構窗、花櫺窗）

羚（ㄌㄧㄥˊ）

羚 〔漢造〕羚羊（=羚羊）
羚羊（羚羊）
羚羊角（羚羊角-漢方用於解熱、鎮靜）
羚羊、甗鹿 〔名〕〔動〕日本羚羊。〔俗〕羚羊（=羚羊）
羚羊の様な早く走る（跑得像羚羊似地塊）速い早い

領（ㄌㄧㄥˇ）

領 〔名、漢造〕領、領地、領土、(大寶令之制度)（郡司的官）領
〔接尾〕（計算有領子衣服的單位）件、套
他国の領を侵す（侵略他國領土）侵す犯す冒す
他国の領を犯す（侵犯他國領土）
ポルトガル領（葡萄牙領地）
フランス領（法國屬地）
衣服三領（衣服三件）
首領（首領、頭目、領袖）
総領、惣領（長男、長女、總管）
大統領（〔特指美國〕總統、〔俗〕〔對有一技之長者表示親暱的尊稱〕師傅、老板）
管領、管領（〔史〕管領-室町幕府時代輔佐將軍統管政務的重要官職）
頭領、統領（首領、頭目、統率者）
占領（占領、占據）
天領（皇室領地）
英領（英屬、英國領土）
拝領（〔謙〕拜領、領受）
受領（領受、〔古〕任地方官）

領する 〔他サ〕領有，統治，據有，占有（=支配する）、領會，了解（=承知する）
関東一円を領する大名（領有關東一帶的諸侯）了する諒する領する大名大名
空地を領して薩摩芋を植える（占有空地種甘藷）植える飢える餓える
広広と為た土地を領する財閥（占有廣闊土地財閥）
相手の思い遣りを領する（了解對方的體貼）

領域 〔名〕領域、範圍（=領土、分野）
隣国を領域を犯す（侵犯鄰國的領域）
経済学は社会科学の領域に属する（經濟學屬於社會科學的領域）属する属する

其は本派出所の管轄領域ではない（那不是本派出所的管轄範圍）

領域を超える問題（超過範圍的問題）超える越える肥える

領海〔名〕領海←→公海

本国の領海内で漁を為る（在本國領海內打魚）漁漁

領海線（領海線）

領空〔名〕領空

領空侵犯で撃墜する（因侵犯領空予於擊落）

領空を侵犯する（侵犯領空）

領空権（領空權）

領解、領会、了解、諒解〔名、他サ〕了解、理解、領會、明白、懂得、諒解、體諒

真意を了解する（理解真意）

此の問題は私には了解出来ない（這個問題我不明白）

我我の了解する所では（據我們所了解）

君の言う事は了解に苦しむ（我不懂你說的意思）

手紙の内容を領会する事が出来ない（不能理解信的內容）

其の事は互いに領会済みだ（那事雙方已經同意了）

両者の間には暗黙の領会が有った（兩者間有默契）

相手の領会を取り付けてから事を進める可きだ（事情應該得到雙方同意後進行）

〔"直ちに現場に急行せよ"〕〔"領会"〕（〔立刻趕到現場去〕〔知道了〕）現場現場

諒解を求める（求得諒解）

諒解を付く（達成諒解）付く着く突く就く衝く憑く点く尽く

諒解事項（彼此諒解的事情）

領外〔名〕領域之外、範圍之外←→領内

日本の領外（日本領土之外）

此の仕事は私の領外の物だ（這個工作不是我份內的事）

領内〔名〕領土內

領内の治安を維持する（維持國內治安）

領国〔名〕〔古〕領土、采邑、采地

領国の争い（領土的爭執）

領事〔名〕領事

領事館（領事館）

領事裁判権（領事裁判權）

領事裁判権を廃止する（廢止領事裁判權）

総領事（總領事）

領主〔名〕（封建時代的）領主、莊園主

領取〔名、他サ〕領取

利益配当を領取する（領取紅利）利益利益（神佛保佑）

領収〔名〕領收、收到（=受領）

右の金額確かに領収致しました（上列款項確已收到）

五万円確かに領収致しました（五萬元確已收到）

領収書（收據、收條=受取、受取書、レシート receipt）

新聞代の領収書（報費的收據）

領収書を書く（寫收條）書く欠く描く搔く斯く画く

買物を為て店から領収書を貰う（買東西從商店拿到收據）店見世店

領袖〔名〕領袖、領子和袖子（=襟と袖）

党の領袖（黨的領袖）

政党の領袖（政黨的領袖）

工業界の領袖（工業界的領袖）

領承、領掌、了承、諒承〔名、他サ〕知道，曉得（=承知）、諒解，諒察

了承を得る（得到諒解）得る得る

委細了承しました（備悉一切）

了承を求める（求得諒解）

御話の件は了承しました（您說的那件事我曉得了）

御了承を請う（請諒解）

御集まりの皆様に御了承を請う（請到會各位原諒）乞う請う斯う

悪しからず御了承下さい（請予原諒）

予算の関係で此の事に関しては了承出来ません（因為預算關係有關這點不能答應）

管理者のを得て使用する（經管理員的同意使用）得る得る

家族の了承を得て犬を飼う（得到家人的同意而養狗）飼う買う

領水〔名〕主權水域

領地〔名〕（封建主的）領地、領土

敗戦で領地を失って終った（由於戰敗喪失了領土）終う仕舞う

領置〔名〕〔法〕扣留

領置物は釈放の際之を交付する（扣留的東西釋放時交還）之是此維惟際際

領土〔名〕領土、領地

御互いに領土の主権を尊重する（互相尊重領土主權）

領土主権（領土主權）

領土権（領土權）

領土内（領土内=領内）

領土内に汚染が無い（領土內沒有污染）

領導〔名〕領導（=治め導く）

卓越な領導（卓越的領導）

領分〔名〕領土，封地、領域，範圍，地盤

他国の領分を侵す（侵犯他國領土）

自国の領分を守る為に戦う（為保衛祖國而戰鬥）守る護る守る盛る漏る洩る

科学の領分では未知の事柄を発見する（發現科學領域中未發現的事物）

然う言う仕事は私の領分ではない（那工作不是我份內的事）言う云う謂う

子供の領分（小孩子的地盤）

人の領分の事に嘴を入れるな（不要插嘴人家地盤的事）嘴喙入れる容れる

御互いに人の領分を荒さない（互相井水不犯河水）

領有〔名、他サ〕占有、所有

広い土地を領有する（領有廣大的土地）

領巾、肩巾〔名〕〔古〕婦女的披肩、繫在長矛的布條（儀式用）

領く〔他四〕〔古〕統治所占領的地方（=治める）

嶺（ㄌㄧㄥˇ）

嶺〔漢造〕嶺、山頂

山嶺（山嶺、山峰=嶺、峰、峯）

秀嶺（秀麗山嶺）

雪嶺（積雪山嶺）

分水嶺（分水嶺）

嶺、峰、峯〔名〕峰，山峰，山頂←→尾、刀背←→刃、東西突出的地方、（梳子的）背部

富士山の嶺（富士山嶺）

嶺に登る（登上山峰）

険しい嶺を攀じ登る（攀登上險峰）

真白な富士の嶺に登る（登上雪白的富士山頂）昇る上る登る

嶺続き（山巒）

嶺で打つ（用刀背打）討つ打つ撃つ

刀の嶺で打つ（用刀背打）刀刀

駱駝の背中の嶺（駱駝的駝峰）

嶺、峰〔造語〕嶺、山峰、山頂（=嶺、峰、峯、頂）

浅間嶺（淺間山嶺）

真白な富士の嶺に登る（登上雪白的富士山頂）

令（ㄌㄧㄥˋ）

令〔名、漢造〕（也讀作りょう）命令（=言い付け、命令）、法令、法律、縣令（縣長）、好，美，如果，假令

〔接頭〕（表示尊敬）(接在他人家族之上的敬稱)

令を下す（下令、下命令）下す降す下す卸す降ろす

令慈（令慈）

令堂（令堂）

令尊（令尊）

令孫（令孫）

令嬢（令媛）

令愛（令千金）

令嗣（令郎）

令息（令郎）

令夫人（尊夫人）

令閨（尊夫人）

令室（尊夫人）

令婿（貴女婿）

令兄（令兄）

令弟（令弟）

令姉（令姉）

令妹（令妹）

令兄と御出で下さい（請和令兄一起來）

号令（號令，命令，發號施令、口令）

命令（命令）

辞令（辭令，措詞，任免命令）

司令（〔軍〕司令）

指令（指令、指示、通知）

使令（指使人）

法令（法令、法律和命令）

政令（政令、政府的命令）

制令（法律制度、制度法規）

勅令（〔舊〕聖旨）

省令（部令、中央各部的命令）

条令（條令）

軍令（軍令、軍事命令）

訓令（訓令、命令）

禁令（禁令）

家令（皇族或貴族的管家或總管）

大赦令（大赦令）

戒厳令（戒嚴令）

県令（縣令，縣官，縣長、縣知事的舊稱、縣知事發佈的行政命令）

厳令（嚴令、嚴命）

巧言令色（巧言令色、花言巧語和諂媚的臉色）

令する〔他サ〕命令、號令、發號施令（=命令する、言い付ける）

天下に令する（號令天下）天下天が下天の下天下る（下凡）

令〔名〕〔古〕法令、令（隋唐、日本奈良、平安時代的國家基本法律）、刑法以外的法令、如果，假令

律令、律令（日本奈良、平安時代的國家基本法律-有大宝律令、養老律令等）

大宝令、大宝律令（大寶律令）

仮令、仮令、仮令（縱使、縱然、即使、哪怕）

令兄〔名〕令兄（=兄上）

御令兄は何方に御勤めですか（令兄在哪裡工作？）勤める努める務める勉める

令閨〔名〕尊夫人（=令夫人、令室、夫人、奥様、奥さん）

御令閨御同伴で御出掛け下さい（請和尊夫人一起來吧！）

令旨、令旨、令旨〔名〕（皇后、太子、皇族的）旨意、命令

令姉〔名〕令姉、令姐

御令姉は何方に御勤めですか（令姉在哪裡工作？）

令嗣〔名〕令郎

ㄌ

御令嗣は博士号を取られた然うですね（據說令郎榮獲了博士學位呀！）博士

令慈 〔名〕令慈（＝令堂）

令堂 〔名〕令堂（＝令慈）
令堂は何時いらっしゃいますか（令堂什麼時候來呢？）

令室 〔名〕尊夫人（＝令夫人、令閨、奥様）
恩師の令室（老師的太太）

令書 〔名〕傳達命令的文件
令書を出す（發出傳達命令的文件）
徵稅令書（徵稅通知）

令状 〔名〕命令文件、拘票（＝逮捕狀）、搜查票（＝搜查狀）
召集令状（召集令、入伍通知書）
令状に拠る逮捕（根據拘票的逮捕）拠る寄る因る縁る依る由る選る縒る撚る
令状に拠って逮捕する（根據拘票而逮捕）
令状を読んで聞かせる（宣讀拘票給聽）
逮捕令状（拘票＝逮捕狀）
令状を相手に見せる（給對方看搜索票）
搜查令状（搜索證＝搜查狀）

令嬢 〔名〕令媛、令愛、千金（＝御嬢さん）
御令嬢の御病気は如何ですか（令千金的病情如何？）如何如何如何如何にも
御令嬢の御婚礼は何時頃ですか（令愛的婚禮是什麼時候呢？）
岡本の令嬢（岡本先生的千金）

令色 〔名〕令色、諂媚的神色
巧言令色鮮し仁（巧言令色鮮矣仁）

令辰 〔名〕良辰、吉日、佳節
令辰を選ぶ（擇吉日）選ぶ択ぶ撰ぶ

令婿 〔名〕令婿
令婿は弊社に於ける大黒柱だ（貴女婿是敝公司的台柱）

令息 〔名〕令郎

阿部氏の御令息（阿部先生的公子）
彼は林さんの令息です（他是林先生的公子）
御令息は何方に御住まいですか（令郎住在哪裡？）

令孫 〔名〕令孫
御令孫の御入学を祝う（恭賀令孫入學）

令尊 〔名〕令尊
令尊は御幾つですか（令尊幾歲了？）

令達 〔名、他サ〕下達、命令（＝達し、命令）
全軍に令達する（向全軍下達命令）

令弟 〔名〕令弟
御令弟はもう卒業為さいましたか（令弟已經畢業了嗎？）

令夫人 〔名〕尊夫人（＝令閨、令室、奥様）

令妹 〔名〕令妹
御令妹は御結婚為さいましたか（令妹結婚了嗎？）

令名 〔名〕令名，名聲，聲譽（＝誉）、好聲名、尊姓大名
令名高き選手（聲響極高的選手）
令名高き運動選手（聲響極高的運動選手）
科学者と為て令名が有る（作為一個科學家負有盛名）
彼は名医と為て令名が高い（他作為一個名醫遠近聞名）
御令名は予て伺って居りました（久仰大名）予て兼て伺う窺う覗う

蘆、芦（ㄌㄨˊ）

蘆 〔漢造〕蘆葦、葫蘆（＝瓢箪、瓢）

蘆薈、蘆會 〔名〕〔植〕蘆薈（＝アロエ）

蘆笙 〔名〕蘆笙

蘆笛、蘆笛、葦笛 〔名〕蘆笛（＝葦笛）
蘆笛を吹く（吹蘆笛）吹く拭く噴く葺く

蘆荻 〔名〕蘆荻（＝蘆と荻）

蘆荻の生えている水際（長著蘆荻的水邊）
水際水際汀渚

蘆木類〔名〕〔植〕楔葉類植物

蘆、葦、葭、芦〔名〕蘆葦

人間は一茎の蘆に過ぎない然し其は考える蘆である（人只不過是一根蘆葦但是那是會思考的）蘆葦人間人間然し併し

蘆、葦、葭〔名〕蘆葦（＝蘆、葦、葭－因蘆與惡し同音、避而使用蘆-善し）

蘆の髄から天井を覗く（以管窺天、坐井觀天）覗く覘く䀹く

炉（爐）（ㄌㄨˊ）

炉〔名、漢造〕（鑲在地板裡的）方形火爐（＝囲炉裏）、香爐、原子爐、火爐（＝暖爐、煖爐、ストーブ）、熔爐（＝熔鉱爐、溶鉱爐）

炉を切る（在地板裡鑲上地爐）切る着る斬る伐る

炉に掛ける（放在火爐上）掛ける書ける欠ける賭ける書ける駆ける架ける翔る

鍋を炉に掛ける（把鍋子放在火爐上）

炉で暖まる（烤火爐）暖まる温まる

炉に当たる（烤火爐）当たる当る中る

炉を囲む（圍坐在爐邊）

炉を囲んで談笑する（圍坐在爐邊談笑）

原子炉（原子爐）

囲炉裏（地爐、炕爐）

熔鉱炉、溶鉱炉（冶煉爐）

高炉（熔爐＝熔鉱爐、溶鉱爐）

香炉（香爐）

暖炉、煖炉（火爐、壁爐＝stove ストーブ）

焜炉（家庭炊事用的小爐子）

懐炉（懷爐）

風炉（〔茶道〕〔可移動的〕風爐、熔解用的小坩鍋）

冬扇夏炉、夏炉冬扇（冬扇夏爐、〔喻〕不合時宜）

炉火〔名〕爐火

炉滓〔名〕爐灰

炉格子〔名〕爐箅

炉座〔名〕〔天〕天爐星座

炉棚〔名〕壁爐台

炉内〔名〕爐内、爐膛

炉端、炉辺、炉辺〔名〕爐邊（＝炉縁）

炉端に座る（坐在爐邊）座る坐る据わる

炉端で語る（在爐邊談話）祖父祖父祖父祖父祖父母

炉端で祖母から昔話を聞く（在爐邊聽祖母講傳說舊話）聞く聴く訊く利く効く祖母祖母

炉端焼（在爐邊一邊燒肉或蔬菜一邊吃的日本菜餚的吃法）

炉辺の団欒（爐邊的團聚）

炉辺談話（爐邊談話）

炉開き、炉開〔名〕開爐（茶道家於陰曆十一月一日開始使用地爐）←→炉塞ぎ、炉塞

炉塞ぎ、炉塞〔名〕閉爐、封爐（茶道家於陰曆三月最後一天停止使用地爐）←→炉開き、炉開

櫨（ㄌㄨˊ）

櫨〔漢造〕櫨、黃櫨（落葉喬木）

櫨、黃櫨〔名〕〔植〕野漆樹（＝黃櫨の樹）

黃櫨の実（野漆樹的果實）

黃櫨色（土黃色、枯草色）

櫨、黃櫨〔名〕〔植〕野漆樹（＝山漆）

黃櫨漆（野漆樹）

黃櫨の樹（野漆樹）

艫（ㄌㄨˊ）

艫〔名〕船首（＝舳先）、船尾（＝艫）←舳、舮

舳艫相銜む（舳艫相繼）

艫〔名〕船尾（＝艫）←→舳、舮、舳先、船首、船首

ㄉ

艫に旗を立てる（船尾插上旗幟）旗端機畑畠傍側圍幡立てる経てる建てる絶てる発てる

艫に座る（坐在船尾）坐る座る据わる

艫の方から沈む（從船尾向下沉）

鞆 〔名〕(射箭時帶在左前臂上的)皮套

共 〔名〕共同，同樣、一起，一塊

〔接頭〕共同，一起，同樣，同質

〔接尾〕共，都，全，總，共

共の布で継ぎを当てる（用同樣的布補上）

父と共に田舎へ帰る（和父親一起回鄉下）

共に学ぶ共に遊ぶ（同學習同遊戲）

苦労を共に為る（共患難）

夫婦で共働きを為る（夫婦兩人都工作）

共切れを当てる（用同樣的布料補釘）

共裏（衣服表裡一樣、表裡一樣的顏色和布料的衣服）

三人共無事だ（三人都平安無事）

男女共優勝した（男女隊都獲得第一名）

五軒共休みだった（五家商店都休息）

運賃共三千円（連運費共三千日圓）

郵送料共二百円（連郵費在內共三千日圓）

風袋共三百グラム（連同包皮共重三百公克）

友、伴 〔名〕友人、朋友（=友達、友人）

大自然を友と為る（與大自然為友）

良き友を得る（得到好朋友）得る得る

類は友を呼ぶ（物以類聚）類比

友を選ぶ（擇友）選ぶ択ぶ

真の友（真正的朋友）真実

生涯の友（終生的朋友）

伴、供 〔名〕（與共同語源）隨從，伴侶，（寫作伴）伙伴，同伴（=仲間）

主人の御供を為る（陪伴主人）

供を連れて行く（帶隨從去）

供は要らない、一人で行く（不要陪伴一個人去）

伴に加わる（加入伙伴）

御伴、御供 〔名，自サ〕陪同，隨從，陪同的人，隨員，（飯館等）為客人叫來的汽車

途中迄御供しましょう（我來陪你一段路）

御供致しましょう（我來陪您吧！）

貴方の御供を為て参りましょう（我陪您去吧！）

生憎急な用事が出来て御供出来ません（不湊巧有了急事不能奉陪）

御供を三人連れて出張する（帶著三個隨員出差）

彼は大統領の御供の一人です（他是總統的隨員之一）

娘を御供に連れて行く事に為た（決定讓女兒陪同我去）

御供が参りました（接您的汽車來了）

艫櫂 〔名〕尾槳

艫櫂で漕ぐ（用尾槳划）漕ぐ扱ぐ

艫座、船尾座 〔名〕〔天〕船尾座（南天星座之一）

艫綱、纜 〔名〕船纜（=舫綱）

艫綱を解く（解纜、開船）解く説く溶く梳く

艫艪 〔名〕（日本船）船尾的櫓、搖尾櫓的人

顱（ㄌㄨˊ）

顱 〔漢造〕頭顱

顱骨 〔名〕顱骨、頭骨

顱頂 〔名〕〔解〕頭頂

顱頂骨（顱頂骨、頭頂骨）

顱頂眼（〔動〕顱頂眼）

鱸（ㄌㄨˊ）

鱸 〔漢造〕鱸魚

鱸 〔名〕〔動〕鱸魚（=鯎、ふっこ、こっぱ）

鱸膾、鱸鱠（醋浸鱸魚肉絲）

鱸庖丁（爾虞我詐-狂言情節-姪子約送伯父一鯉魚、後騙伯父說鯉魚被獺吃了、於是伯父邀姪吃鱸魚、說被北條-和庖丁音通、意謂撒謊-吃了）

鹵（ㄌㄨˇ）

鹵〔漢造〕鹽、含鹽分的貧瘠之地、捕獲

塩鹵（鹽鹵）

鹵莽（含鹽而草多的原野、土地荒廢、粗略）

鹵獲〔名、他サ〕擄獲、捕獲（＝分捕）

敵の戦車を鹵獲する（捕獲敵人的坦克）敵敵仇

敵の軍用品を沢山鹵獲する（捕獲敵人大量的軍用品）

多数の銃砲弾薬を鹵獲する（擄獲很多槍砲和彈藥）

鹵獲品（擄獲品、戰利品＝分捕品）

鹵獲兵器（繳獲武器）

鹵簿、鹵簿〔名〕鹵簿（日皇或日后等具備儀仗的行幸行列）

整列して鹵簿を迎える（排隊迎接鹵簿）

鹵掠〔名、他サ〕鹵掠

虜（ㄌㄨˇ）

虜〔名、漢造〕俘虜（＝虜，擒、捕虜）

虜と為るな（勿成為俘虜）

俘虜（俘虜）

捕虜（俘虜＝虜、擒）

虜、擒、俘、囚、俘虜〔名〕俘虜（＝捕虜）

戦いに敗れて虜と為る（戰敗被俘）戦い闘い敗れる破れる

敵の虜と為る（成為敵人的俘虜）敵敵仇 為る成る鳴る生る

虜に為る（擄獲）

虜を釈放する（釋放俘虜）

恋の虜（戀愛的俘虜）恋請い乞い濃い

彼は恋の虜に為った（他成了愛情的俘虜）

サッカーの虜（足球迷）

彼女は野球の虜に為っている（她成了棒球迷）

虜獲〔名、他サ〕擄獲

虜囚〔名〕俘虜（＝虜，擒、捕虜）

虜囚を釈放する（釋放俘虜）

虜囚の身（俘虜之身）

虜囚の辱しめを受ける（受被俘之辱）受ける享ける請ける浮ける

魯（ㄌㄨˇ）

魯〔漢造〕〔古〕（中國）魯國、愚笨，遲鈍、音字

愚魯（愚魯）

魯西亜、ロシア（俄羅斯）

魯魚〔名〕魯字和魚字、字形相似而易弄錯的文字

魯魚の誤り（魯魚之誤、〔喻〕文字傳寫訛誤）誤り謝り

魯鈍〔名、形動〕愚笨、遲鈍（＝愚鈍、愚昧）

魯鈍な人（遲鈍的人）

生来魯鈍な性質（天生愚笨的性質）生来生来

櫓（ㄌㄨˇ）

櫓〔名〕瞭望台（＝櫓，矢倉、物見櫓、望楼）、櫓，艪（比槳大）

櫓を漕ぐ（搖櫓）

櫓を押す（搖櫓）押す推す圧す捺す

軽軽と櫓を漕ぐ（毫不費力地搖櫓）軽軽と（很容易地）軽軽に（輕率＝軽軽しく）

彼は軽軽と船の櫓を漕いている（他輕而易舉地搖著船櫓）

カ

<ruby>櫓足<rt>ろあし</rt></ruby>、<ruby>櫓腳<rt>ろあし</rt></ruby>〔名〕櫓插在水中的部分、櫓的打水部分、（船駛過後）由櫓激起的浪跡

<ruby>櫓櫂<rt>ろかい</rt></ruby>、<ruby>艪櫂<rt>ろかい</rt></ruby>〔名〕櫓櫂、櫓和櫂、船具的總稱

　<ruby>櫓櫂<rt>ろかい</rt></ruby>で<ruby>動<rt>うご</rt></ruby>かす<ruby>船<rt>ふね</rt></ruby>（用櫓櫂划動的船）<ruby>船舟舵<rt>ふねふねかじ</rt></ruby> <ruby>梶楫<rt>かじかじ</rt></ruby>

<ruby>櫓舵<rt>ろかじ</rt></ruby>、<ruby>艪舵<rt>ろかじ</rt></ruby>〔名〕櫓舵、櫓和舵、船具的總稱

<ruby>櫓杭<rt>ろぐい</rt></ruby>〔名〕櫓承（＝櫓臍）

　<ruby>櫓杭<rt>ろぐい</rt></ruby>は<ruby>壞<rt>こわ</rt></ruby>れた（櫓承故障了）<ruby>壞<rt>こわ</rt></ruby>れる<ruby>毀<rt>こぼ</rt></ruby>れる<ruby>毀<rt>こぼ</rt></ruby>れる零れる

<ruby>櫓臍<rt>ろべそ</rt></ruby>〔名〕櫓承（＝櫓杭）

　<ruby>櫓臍<rt>ろべそ</rt></ruby>は<ruby>壞<rt>こわ</rt></ruby>れて<ruby>漕<rt>こ</rt></ruby>げない（由於櫓承壞了不能搖櫓）

<ruby>櫓繩<rt>ろなわ</rt></ruby>〔名〕櫓繩

　<ruby>櫓繩<rt>ろなわ</rt></ruby>を<ruby>換<rt>か</rt></ruby>える（換櫓繩）<ruby>換<rt>か</rt></ruby>える<ruby>代<rt>か</rt></ruby>える<ruby>替<rt>か</rt></ruby>える<ruby>變<rt>か</rt></ruby>える<ruby>帰<rt>かえ</rt></ruby>る<ruby>返<rt>かえ</rt></ruby>る<ruby>孵<rt>かえ</rt></ruby>る 蛙

<ruby>櫓拍子<rt>ろびょうし</rt></ruby>〔名〕搖櫓時的節奏

　<ruby>櫓拍子<rt>ろびょうし</rt></ruby>が<ruby>揃<rt>そろ</rt></ruby>っている（搖櫓的節拍整齊）

　<ruby>櫓拍子<rt>ろびょうし</rt></ruby><ruby>揃<rt>そろ</rt></ruby>えて（一致地搖櫓）

　<ruby>櫓拍子<rt>ろびょうし</rt></ruby>を<ruby>揃<rt>そろ</rt></ruby>えて<ruby>漕<rt>こ</rt></ruby>ぐ（節奏一致地搖櫓）

　<ruby>勇<rt>いさ</rt></ruby>ましい<ruby>櫓拍子<rt>ろびょうし</rt></ruby>が<ruby>聞<rt>き</rt></ruby>こえて<ruby>来<rt>く</rt></ruby>る（傳來生氣蓬勃的搖櫓聲）<ruby>来<rt>く</rt></ruby>る<ruby>来<rt>き</rt></ruby>る

<ruby>櫓<rt>やぐら</rt></ruby>、<ruby>矢倉<rt>やぐら</rt></ruby>〔名〕武器庫，箭樓，城堡的高樓，望樓（＝<ruby>物見櫓<rt>ものみやぐら</rt></ruby>、<ruby>望楼<rt>ぼうろう</rt></ruby>、<ruby>火の見櫓<rt>ひのみやぐら</rt></ruby>）。（冬季取暖用炭爐的）木架（＝<ruby>火燵櫓<rt>こたつやぐら</rt></ruby>、<ruby>炬燵櫓<rt>こたつやぐら</rt></ruby>）、母船的甲板。（角力或演劇時為招引客人打鼓的）高樓、船上的望樓（＝<ruby>櫓船<rt>やぐらぶね</rt></ruby>）。〔象棋〕（用金將或銀將）圍攻王將

　<ruby>物見櫓<rt>ものみやぐら</rt></ruby>（暸望台、瞭望樓＝<ruby>望楼<rt>ぼうろう</rt></ruby>）

　<ruby>物見櫓<rt>ものみやぐら</rt></ruby>に<ruby>登<rt>のぼ</rt></ruby>る（登上瞭望台）<ruby>登<rt>のぼ</rt></ruby>る<ruby>上<rt>のぼ</rt></ruby>る<ruby>昇<rt>のぼ</rt></ruby>る

　<ruby>物見櫓<rt>ものみやぐら</rt></ruby>で<ruby>見張<rt>みは</rt></ruby>りを<ruby>為<rt>す</rt></ruby>る（在瞭望台站崗）

　<ruby>火の見櫓<rt>ひのみやぐら</rt></ruby>（火警瞭望台＝<ruby>火の見<rt>ひのみ</rt></ruby>、<ruby>望楼<rt>ぼうろう</rt></ruby>）

　<ruby>火燵櫓<rt>こたつやぐら</rt></ruby>、<ruby>炬燵櫓<rt>こたつやぐら</rt></ruby>（取暖用被爐的木框罩子）

　<ruby>櫓太鼓<rt>やぐらだいこ</rt></ruby>（角力或演劇時為招引客人）在高樓上敲打的鼓

　<ruby>櫓門<rt>やぐらもん</rt></ruby>（有望樓的城門＝<ruby>渡櫓門<rt>わたりやぐらもん</rt></ruby>）

　<ruby>櫓下<rt>やぐらした</rt></ruby>（木偶戲淨琉璃的頭牌演員＝<ruby>紋下<rt>もんした</rt></ruby>）

　<ruby>櫓船<rt>やぐらぶね</rt></ruby>（船上的望樓）

<ruby>櫓投<rt>やぐらなげ</rt></ruby>（角力時把對方抬起來摔倒在地的一種招數）

<ruby>櫓<rt>やぐら</rt></ruby>に<ruby>囲<rt>かこ</rt></ruby>う（圍攻王將）

陸（ㄌㄨˋ）

<ruby>陸<rt>りく</rt></ruby>〔名、漢造〕（也讀作陸和六通用）陸地、陸軍、（舊地方名）<ruby>陸奥國<rt>むつ</rt></ruby>（＝陸奥）←→海

　<ruby>船<rt>ふね</rt></ruby>から<ruby>陸<rt>りく</rt></ruby>に<ruby>上<rt>あ</rt></ruby>がる（離船上岸）<ruby>上<rt>あ</rt></ruby>がる<ruby>揚<rt>あ</rt></ruby>がる<ruby>挙<rt>あ</rt></ruby>がる<ruby>騰<rt>あ</rt></ruby>がる<ruby>上<rt>のぼ</rt></ruby>る<ruby>揚<rt>あ</rt></ruby>る<ruby>挙<rt>あ</rt></ruby>る

　ボートを<ruby>陸<rt>りく</rt></ruby>に<ruby>上<rt>あ</rt></ruby>がる（把小船拉上陸地）

　<ruby>陸<rt>りく</rt></ruby>に<ruby>棲<rt>す</rt></ruby>む<ruby>動物<rt>どうぶつ</rt></ruby>（棲息在陸地上的動物）<ruby>棲<rt>す</rt></ruby>む<ruby>住<rt>す</rt></ruby>む<ruby>済<rt>す</rt></ruby>む<ruby>澄<rt>す</rt></ruby>む<ruby>清<rt>す</rt></ruby>む

　<ruby>水平線<rt>すいへいせん</rt></ruby>に<ruby>陸<rt>りく</rt></ruby>が<ruby>見<rt>み</rt></ruby>える（在水平線上看見陸地）<ruby>水平面<rt>すいへいめん</rt></ruby>

　<ruby>遥<rt>はる</rt></ruby>か<ruby>水平線<rt>すいへいせん</rt></ruby>に<ruby>陸<rt>りく</rt></ruby>が<ruby>見<rt>み</rt></ruby>える（在遙遠的水平線上看見陸地）

　<ruby>陸<rt>りく</rt></ruby>や<ruby>海<rt>うみ</rt></ruby>の<ruby>旅行<rt>りょこう</rt></ruby>（陸地或海上的旅行）

　<ruby>船<rt>ふね</rt></ruby>が<ruby>陸<rt>りく</rt></ruby>へ<ruby>近付<rt>ちかづ</rt></ruby>く（船靠近陸地）

　<ruby>陸<rt>りく</rt></ruby>の<ruby>動植物<rt>どうしょくぶつ</rt></ruby>（陸地上的動植物）

　<ruby>陸<rt>りく</rt></ruby>を<ruby>離<rt>はな</rt></ruby>れる（船離開陸地）<ruby>離<rt>はな</rt></ruby>れる<ruby>放<rt>はな</rt></ruby>れる

　<ruby>大陸<rt>たいりく</rt></ruby>（大陸、大洲、中國大陸、歐洲大陸）

　<ruby>上陸<rt>じょうりく</rt></ruby>（登陸、上岸）

　<ruby>水陸<rt>すいりく</rt></ruby>（水陸）

　<ruby>海陸<rt>かいりく</rt></ruby>（海陸）

　<ruby>離陸<rt>りりく</rt></ruby>（起飛、進入新的階段）←→<ruby>着陸<rt>ちゃくりく</rt></ruby>

　<ruby>着陸<rt>ちゃくりく</rt></ruby>（著陸、降落）

　<ruby>陸尺<rt>ろくしゃく</rt></ruby>、<ruby>六尺<rt>ろくしゃく</rt></ruby>、<ruby>漉酌<rt>ろくしゃく</rt></ruby>（轎夫、僕人、到處走賣雜貨的人）

<ruby>陸上<rt>りくあ</rt></ruby>げ，<ruby>陸上<rt>りくあげ</rt></ruby>、<ruby>陸揚<rt>りくあ</rt></ruby>げ，<ruby>陸揚<rt>りくあげ</rt></ruby>〔名、他サ〕（從船上）卸貨、起貨（＝<ruby>揚陸<rt>ようりく</rt></ruby>）←→<ruby>船積<rt>ふなづみ</rt></ruby>

　<ruby>入港次第陸上<rt>にゅうこうしだいりくあげ</rt></ruby>する（進港後馬上卸貨）<ruby>次第<rt>しだい</rt></ruby>〔接助〕立刻、馬上、要看、全憑

　<ruby>コンテナー<rt>container</rt></ruby>を<ruby>陸上<rt>りくあげ</rt></ruby>する（卸下貨櫃）<ruby>次第<rt>しだい</rt></ruby>〔名〕次序、程序、順序、情形

　<ruby>荷物<rt>にもつ</rt></ruby>を<ruby>陸上<rt>りくあげ</rt></ruby>する（從船上卸貨）

　<ruby>陸上港<rt>りくあげこう</rt></ruby>（卸貨港）

陸上桟橋（卸貨碼頭）

陸上場（卸貨場）

陸軍〔名〕陸軍←→海軍、空軍

　陸軍士官（陸軍軍官）

　陸軍省（陸軍部）

　陸軍大臣（陸軍部長=陸相）

陸兵〔名〕陸軍、陸軍士兵（=陸軍）

陸将、陸相〔名〕陸軍大臣、陸軍部長

陸将〔名〕陸軍中将←→海将、空将

　陸将補（陸軍少将）←→海将補、空将補

　一等陸将に昇進した（晉升為陸軍上将）

　元帥 大将 中将 少将

陸佐〔名〕陸軍校官←→海佐、空佐

　一等陸佐（陸軍上校）大佐（上校）中佐（中校）少佐（少校）

　二等陸佐（陸軍中校）

　三等陸佐（陸軍少校）

　一等海佐（海軍上校）

　二等海佐（海軍中校）

　三等海佐（海軍少校）

　一等空佐（空軍上校）

　二等空佐（空軍中校）

　三等空佐（空軍少校）

陸尉〔名〕陸軍尉官←→海尉、空尉

　一等陸尉（陸軍上尉）大尉（上尉）中尉（中尉）少尉（少尉）

　二等陸尉（陸軍中尉）

　三等陸尉（陸軍少尉）

　一等海尉（海軍上尉）

　二等海尉（海軍中尉）

　三等海尉（海軍少尉）

　一等空尉（空軍上尉）

　二等空尉（空軍中尉）

　三等空尉（空軍少尉）

陸曹〔名〕陸軍士官（=下士官）←→海曹、空曹

　一等陸曹（陸軍上士=曹長）

　二等陸曹（陸軍中士=軍曹）

　三等陸曹（陸軍下士=伍長）

　一等海曹（海軍上士）

　二等海曹（海軍中士）

　三等海曹（海軍下士）

　一等空曹（空軍上士）

　二等空曹（空軍中士）

　三等空曹（空軍下士）

陸士〔名〕陸軍兵士、陸軍軍官學校（=陸軍士官学校）←→海士、空士

　陸士出身（陸軍軍官學校畢業）

　一等陸士（陸軍上等兵、陸軍三等兵）

　二等陸士（陸軍二等兵）

　三等陸士（陸軍一等兵）

　一等海士（海軍上等兵、海軍三等兵）

　二等海士（海軍二等兵）

　三等海士（海軍一等兵）

　一等空士（陸軍上等兵、陸軍三等兵）

　二等空士（空軍二等兵）

　三等空士（陸軍一等兵）

　陸士長（陸軍準下士=兵長）←→海士長、空士長

陸海、陸海〔名〕陸地和海洋、陸上和海上、陸軍和海軍

　陸海の交通が発達している（陸上和海上的交通發達）

　陸海の精鋭（陸海軍的精鋭部隊）

　陸海軍（陸海軍）

　陸海軍を統率する（統率陸海軍）

　陸海の連合作戦を展開する（展開陸海軍的聯合作戰）

　陸海空、陸海空（陸上海上空中、陸軍海軍空軍）

陸運〔名〕陸路運輸（=陸送）←→空運、海運、水運
　陸運の貨物（陸路運輸的貨物）

陸送〔名、他サ〕海送
　陸送の貨物（陸路運輸的貨物）

陸風、陸風〔名〕陸風（自陸地吹向海上的微風=陸軟風）←→海風

陸軟風〔名〕陸風（=陸風、陸風）←→海軟風

陸橋、陸橋〔名〕陸橋、天橋、高架橋
　陸橋を渡る（走過陸橋）渡る渉る亘る

陸繫島、陸係島〔名〕路連島、沙頸岬

陸行、陸行〔名、自サ〕走陸路、由陸路去
　急ぐので無かったら陸行の方が好い（假如不是要趕路的話由陸路去比較好）好い良い好い良い

陸境〔名〕陸地邊境
　陸境税関（陸地邊境海關）

陸産〔名〕陸産←→海産
　陸産物（陸産物）←→海産物

陸上〔名〕陸上、陸地上←→海上、水上
　陸上を輸送する（由陸路運輸）
　陸上輸送を遣る（由陸路運輸）
　陸上で勤務する海軍（在陸上服務的海軍）
　陸上機（陸上飛機、由陸地起降的飛機）←→水上機
　陸上競技（田徑賽）←→水上競技
　陸上自衛隊（陸上自衛隊）
　陸上勤務（船舶或航空的地勤工作）
　陸上コンテナ（路運貨櫃）←→海上コンテナ

陸水〔名〕〔地〕內陸水
　陸水学（湖沼學）

陸棲〔名〕陸棲←→水棲
　陸棲動物（陸棲動物）←→水棲動物

陸生〔名〕陸生←→水生
　陸生植物（陸生植物=混生植物、中生植物、乾性植物）←→水生植物

陸戰〔名〕陸戰、陸上作戰←→海戰、空戰、空中戰
　陸戰が二十四時間続けられた（陸上戰鬥繼續了二十四小時）
　陸戰隊（海軍陸戰隊=海兵隊）

陸線〔名〕陸上通訊線

陸前〔名〕（舊國名之一）陸前（現在宮城縣、岩手縣的一部分）

陸奧、陸奧〔名〕奧州（陸前、陸中、陸奧，陸奧三地方的總稱-即現在宮城縣、岩手縣、青森縣、秋田縣）
　陸奧、陸奧（舊國名之一-現在岩手縣-青森縣的一部分）

陸續〔名、形動〕陸續、接連不斷
　人馬の往来陸続と為て絶えない（人馬來往絡繹不絕）絶える耐える堪える
　車の往来が陸続と為て絶えない（汽車來往絡繹不絕）
　車が陸続と続いている（汽車絡繹不絕）
　見物人が陸続と入って来る（觀眾接連不斷地進來）見物（觀覽）見物（值得看）入る入る来る来る
　増援部隊が陸続と出て行く（增援部隊陸續出動）行く往く逝く行く往く逝く
　新しい作品が陸続と現れた（新作品接連不斷地出現了）現れる表れる顯れる

陸続き、陸続き〔名〕陸地相連
　スペインとポルトガルは陸続きだ（西班牙和葡萄牙是陸地相連的）

陸棚、陸棚、陸棚〔名〕陸棚（沿海岸水深200公尺以內的淺海=大陸棚、大陸棚）

陸地、陸地〔名〕陸地（=陸）
　陸地を遠く離れる（遠離陸地）離れる放れる
　陸地の見えない大海原（看不見陸地的大海洋）
　陸地から突き出ている岬（從陸地突出的海角）
　陸地測量（陸地測量）

陸田〔名〕旱田（=畑，畠、畑，畠）←→水田、水田

陸田に麦を植える（旱田裡種麥）植える飢える餓える

陸島〔名〕陸島（陸地的一部分因地盤陷落而形成的島嶼＝大陸島）

陸稲、陸稲〔名〕旱稻←→水稻

陸稲を植える（種旱稻）

陸稲は粘り気が無い（粳米沒有黏性）

陸半球〔名〕北半球（＝北半球）←→水半球、南半球

陸標〔名〕〔海〕陸上標誌

陸封〔名〕在河裡產卵的海魚因某種原因不再返回海中而棲息在淡水中的現象（如鱒）

陸屋根、陸屋根〔名〕平屋頂、沒有坡度的屋頂

陸屋根の西洋館（平頂的洋房）

陸用〔名〕地面使用

陸離〔形動タルト〕陸離

光彩陸離（輝煌燦爛）

光彩陸離たる功績（輝煌功績）

光彩陸離たる物（光怪陸離的東西）

陸路、陸路〔名〕陸路、旱陸←→海路、海路、水路、空路

東京から陸路を下関に向う（從東京陸路赴下關）

パリから陸路モスクワに至る（從巴黎經由陸路到莫斯科）至る到る

陸路台北に向かう（由陸路赴台北）台北台北

陸、碌〔名、形動〕平整，端正、正常、普通、出色、像樣、好的

陸屋根（平房屋頂、水平屋頂）

陸な暮らしも出来ない（連普通的生活都過不了）

陸に手紙も書けない（連封信也寫不好）書く欠く描く搔く斯く画く

陸に字も書けない（連字也寫不好）字字（綽號）

陸な事は無い（沒有好事）

全く陸な事は無い（簡直沒有好事）

彼奴と付き合っていると陸な事は無い（和他來往不會有好事）

陸な話を為ない（不說正經話）

陸でも無い話だ（不是正經話）

陸に調べも為ない（也不好好地調查一下）

彼には陸な本は無い（他沒有像樣的書）

此の町には陸な図書館も無い（這個城鎮沒有像樣的圖書館）

彼の男は陸な死に形は為ない（他不會得好死的）

陸な死に様は為ない（不得好死）

陸な物は無い（沒有一個好的）

陸な手合じゃない（不是好東西、不是好貨）

陸な人間ではない（不是好東西）

人前で陸に物も言えない（在人前連一句像樣的話也不會說）

陸に仕事も為ないで遊んで許り居る（不好好做事光是遊蕩）

陸に居る（隨便坐、盤腿坐）居る入る要る射る鋳る炒る煎る

陸迫持〔名〕〔建〕水平拱

陸たま、碌たま〔副〕（下接否定語）很好地、正經地、令人滿意地（＝陸陸、碌碌、陸に、碌に）

陸たまも無い（不正經的、不是好好的）

陸でなし、碌でなし〔名〕〔俗〕廢物，無用的人、無賴，二流子，遊手好閒的人

此の陸でなし奴（你這個窩囊廢！）

彼は陸でなしですよ（他是個二流子）

陸でもない、碌でもない〔形、連語〕不好，不正經、無聊，無謂

陸でもない物（廢物）

陸でもない事を言う（說無聊的話）

陸に、碌に〔副〕（下接否定語）很好地、正經地、令人滿意地

陸に日本語も話せない（連日語都講不好）

陸に見も為ないで買って終った（也沒有好好地看一看就買了）
陸陸、碌碌〔副〕（下接否定語）充分地、很好地（=碌に、碌すっぽ）
陸陸勉強も為ない（也不好好地用功）
煩くて話も陸陸出来ない（吵鬧得連話也談不好）煩い五月蠅い
陸陸知りも為ない（不充分地了解）
騒音が一晩中続いて、陸陸眠れも為なった（噪音吵了一整晚無法好好入睡）
彼は女の為に殆ど陸陸何に為ないで日を過す（他為了女人什麼也不做虛度年華）
陸〔名〕〔古〕陸、陸地（=陸、岡）
陸、岡〔名〕陸地，岸上、（硯台的）研墨處、（澡堂的）沖洗處←→海、空
船から陸が見える（從船上看見陸地）船舟陸岡丘岡
陸に上がる（上岸）上る揚る挙る止める留める停める泊める
陸に上った河童（虎落平陽）止める留める止める已める辞める病める
丘、岡〔名〕丘陵、山岡、小山
山の麓の小さい岡（山腳下的小山岡）陸岡丘
岡を越える（越過山岡）越える超える肥える請える乞える恋える
岡に登る（爬上小山）登る昇る上る
岡が連なる地方（丘陵地帶）連なる列なる
陸蟹〔名〕〔動〕陸棲蟹
陸蒸気〔名〕（明治初期的舊稱）火車
陸釣，陸釣り，陸釣，陸釣り〔名,自他サ〕在岸上釣魚←→沖釣
今日は沖釣を止めて陸釣に為る（今天不坐船出海釣魚而在岸上釣魚）止める辞める已める
陸の物〔名〕雜糧
陸物〔名〕陸地的產品
陸者〔名〕沒有出過海的人←→船乗り

陸鹿尾菜〔名〕〔植〕鈉沙蓬
陸湯〔名〕（澡堂裡沖水用的）乾淨熱水（=上がり湯）
陸湯を使って体を清める（用乾淨熱水洗淨身體）使う遣う清める浄める
陸掘り〔名〕露天開採（=露天掘り）
陸掘りの石炭（漏天採掘的煤炭）

鹿（ㄌㄨˋ）

鹿〔漢造〕〔動〕鹿
麋鹿（麋鹿）
逐鹿（競選、爭奪政權）
馬鹿、莫迦、破家（愚蠢，糊塗、無聊，無價值、不中用、過度、非常、〔罵〕混蛋，傻瓜，糊塗蟲）
四月馬鹿（四月一日愚人節=エープリル、フール）
鹿角〔名〕鹿角
鹿苑、鹿苑〔名〕鹿園（=鹿の苑）
鹿砦、鹿柴、鹿寨〔名〕（養鹿圍起的）鹿柵、鹿砦（=逆茂木-有刺的樹枝編成的柵欄）
鹿砦を立てて敵の夜襲を防ぐ（裝鹿砦防禦敵人夜襲）
鹿車〔名〕鹿車
鹿〔名〕〔古〕鹿
鹿の子、鹿子（小鹿）
鹿毛〔名〕（一種馬的毛色）鹿毛色、茶褐色（如栗鹿毛）
鹿島立ち〔名,自サ〕出發、動身（=旅立ち）
人生の鹿島立ちを為る（踏上人生的旅途）
代表団の鹿島立ちを送る（送代表團出發）送る贈る
鹿の子、鹿子〔名〕小鹿、一種染出白斑點的花紋的染法（=鹿子絞）鹿皮花紋（=鹿子斑）、一種日式點心（=鹿子餅）
鹿の子絞り、鹿子絞（一種染出白斑點的花紋的染法）

鹿子斑（茶色底帶白斑點的東西、鹿皮花紋）

鹿子餅（一種點心-糯米糕甜豆餡表面黏紅豆的日式點心）

鹿〔名〕〔古〕鹿、鹿肉（=鹿の肉）（鹿為鹿和鹿的總稱）

鹿〔名〕鹿

鹿の角を蜂が螫す（麻木不仁、不感痛癢）螫す注す射す差す挿す刺す指す 角角角角隅

鹿を指して馬を言う（指鹿為馬）言う謂う云う

鹿を指して馬を為す（指鹿為馬）為す成す生す

鹿を逐う者は山を見ず逐う（逐鹿者不見山、利慾薰心、專心求利者不顧一切）追う負う

鹿誰が手に死す（鹿死誰手）

鹿の角切り（日本奈良在秋分將春日神社的鹿集中起來鋸角的活動）

鹿の袋角（鹿角）

小鹿（小鹿=鹿の子、鹿子）

鹿革〔名〕鹿革

鹿爪らしい〔形〕裝模作樣的、鄭重其事的、一本正經的

鹿爪らしい顔（裝模作樣的神色）

先生は鹿爪らしい顔を為て教室に入って来た（老師扳著臉走進教室）

そんな鹿爪らしい事は寄せ（不必那麼假正經、不要那麼假裝鄭重其事的）

彼の人は何時も鹿爪らしい話許りする（他淨說一本正經的話）

鹿爪顔〔名〕裝模作樣、一本正經的樣子

鹿の妻〔名〕〔植〕胡枝子（秋季七草之一=萩）

鹿笛、鹿笛〔名〕鹿笛

鹿〔名〕〔古〕鹿（=鹿）（鹿為鹿和鹿的總稱）

鹿の角を揉む（耽溺於賭博-因骰子是用鹿角做的）鹿肉豬獸

鹿の角を蜂の刺した程（蜜蜂螫鹿角毫無反應、絲毫不感痛癢）

鹿踊り〔名〕鹿舞（日本東北地方頭戴豬或鹿假面的民間舞蹈）

鹿垣〔名〕（用於防止豬鹿等侵入用樹枝編的）籬笆（=鹿砦、鹿柴、鹿寨）

鹿尾菜〔名〕（海藻類）洋栖菜

鹿蹄草、鹿蹄草〔名〕〔植〕鹿蹄草

碌（ㄌㄨˋ）

碌、陸〔名、形動〕（下接否定語）平整，端正、正常，普通、出色，像樣，好的

陸屋根（平房屋頂、水平屋頂）

陸な暮らしも出来ない（連普通的生活都過不了）

陸に手紙も書けない（連封信也寫不好）書く欠く描く掻く斯く画く

陸に字も書けない（連字也寫不好）字字（綽號）

陸な事は無い（沒有好事）

全く陸な事は無い（簡直沒有好事）

彼奴と付き合っていると陸な事は無い（和他來往不會有好事）

陸な話を為ない（不說正經話）

陸でも無い話だ（不是正經話）

陸に調べも為ない（也不好好地調查一下）

彼には陸な本は無い（他沒有像樣的書）

此の町には陸な図書館も無い（這個城鎮沒有像樣的圖書館）

彼の男は陸な死に形は為ない（他不會得好死的）

陸な死に様は為ない（不得好死）

陸な物は無い（沒有一個好的）

陸な手合じゃない（不是好東西、不是好貨）

陸な人間ではない（不是好東西）

人前で陸に物も言えない（在人前連一句像樣的話也不會說）

陸に仕事も為ないで遊んで許り居る（不好好做事光是遊蕩）

陸に居る（隨便坐、盤腿坐）入る要る射る鋳る炒る煎る

碌すっぽ〔副〕〔俗〕（下接否定語）很好地（=陸陸、碌碌、陸に、碌に）

碌すっぽ挨拶も為ないで通り過ぎる（也不好好地打個招呼就走過去）

呼んでも碌すっぽ返事も為ない（招呼他他也不好好地回答）

碌すっぽ歌えない（根本就不會唱）歌う謳う

碌すっぽ知りも為ないで何を言うか（並不怎麼知道就在胡說）

碌たま、陸たま〔副〕（下接否定語）很好地、正經地、令人滿意地（=陸陸、碌碌、陸に、碌に）

陸たまも無い（不正經的、不是好好的）

碌でなし 陸でなし〔名〕〔俗〕廢物、無用的人、無賴，二流子，遊手好閒的人（=のらくら者、やくざ者）

此の陸でなし奴（你這個窩囊廢！）

彼は陸でなしですよ（他是個二流子）

碌でもない、陸でもない〔形、連語〕不好，不正經、無聊，無謂

陸でもない物（廢物）

陸でもない事を言う（說無聊的話）

碌に、陸に〔副〕（下接否定語）很好地、正經地、令人滿意地

陸に日本語も話せない（連日語都講不好）

陸に見も為ないで買って終った（也沒有好好地看一看就買了）

碌碌、陸陸〔副〕（下接否定語）充分地、很好地（=碌に、碌すっぽ）

陸陸勉強も為ない（也不好好地用功）

煩くて話も陸陸出来ない（吵鬧得連話也談不好）煩い五月蠅い

陸陸知りも為ない（不充分地了解）

騒音が一晩中続いて、陸陸眠れも為なかった（噪音吵了一整晚無法好好入睡）

彼は女の為に殆ど陸陸何に為ないで日を過す（他為了女人什麼也不做虛度年華）

碌碌〔副、形動タルト〕庸庸碌碌

碌碌たる人物（庸庸碌碌的人）

碌碌と為て一生を終える（庸庸碌碌地過一生、虛度一生）

碌碌日日を過ごす（庸庸碌碌地過日子）日日日日日日

禄（祿）（ㄌㄨˋ）

禄〔名〕〔古〕禄、俸禄（=扶持、知行）、獎賞，賞錢（=褒美）、幸運（=幸，福徳）

禄を食う（領俸禄）食う喰う

一千石の禄を食う（食禄一千石）石石石岩磐嚴

禄を食む（食禄）

俸禄（日本諸侯發給武士俸禄=扶持）

食禄（武士的俸禄、禄米=知行）

家禄（從前貴族或武士的世襲俸禄）

微禄（微薄的俸禄、淪落，零落）

美禄（優厚的俸禄、酒的別稱）

禄高〔名〕俸禄額

禄高三万石の武士（俸禄三萬石的武士）武士武士物夫（=侍）

禄地〔名〕〔古〕封地、采邑

禄盗人〔名〕白拿俸禄的人、領乾薪的人、無功受禄的人、尸位素餐的人

禄米、禄米〔名〕禄米（=扶持米、俸米）

賂（ㄌㄨˋ）

賂〔漢造〕賄賂、財貨

賄賂（賄賂）

賄賂を使う（行賄）
賄賂を遣る（行賄）
賄賂を受ける（受賄）
彼等には賄賂が利かない（他們不受賄賂）
賄賂で買収する（用賄賂收買）
選挙人に賄賂を贈る（給選舉人送賄）
賄賂事件（賄賂事件）

賂、賄〔名〕賄賂（＝袖の下）、禮物（＝贈物）
賂を使う（行賄）使う遣う
賂を遣る（行賄）
賂を取る（受賄）取る捕る摂る採る撮る執る獲る盗る
賂を受ける（受賄）
賂を貰った廉で訴える（以受賄的理由起訴）廉角門

賄う〔他五〕供給，供應、供給伙食、提供，籌措，維持
五十人前の昼食を賄う（供給五十人的午餐）
国家が奨学金を賄って呉れる（國家提供獎學金）
食事は会社から賄われる（伙食由公司供給）
必要な物は大抵此処で賄える（必要的東西差不多都能在這裡備置）
毎月十万円で一家を賄う（每月用十萬日圓維持全家）
少ない費用で賄う（用少量費用維持）

賄い、賄〔名〕伙食、供給伙食（的人）
賄い付き下宿（包伙食的公寓）
賄い無しの下宿（不包伙食的公寓）
賄いが良い（伙食好）
百人前の賄いを為る（供給一百人份的伙食）
賄い所（輪船的艙面廚房）
賄い費（伙食費）

賄い方（廚師、供給伙食的人）

路（ㄌㄨˋ）

路〔漢造〕道路、道理、必經之路
道路（道路）
通路（通路、通道、通行路、人行道）
回路（回路、電路、線路）
海路（海路）
開路（〔電〕斷路）
陸路（陸路、旱路）
街路（馬路、大接）
行路（行路、走路、路線、處世）
公路（公路）
攻路（進攻路線）
坑路（坑道、巷道、地下道）
航路（〔海、空〕航路）
鉄路（鐵路、鐵路線）
遠路（遠路）
沿路（沿路）
園路（園路）
煙路（煙路、煙管）
往路（去路）
岐路（歧路、岔道）
帰路（歸途）
迷路（迷途、內耳迷路）
悪路（壞道路）
隘路（狹路、難關，障礙）
水路（水路、航路）
進路（前進的道路）
退路（退路、後路、逃路）
順路（順路、正常的路線）
理路（理路、條理）
要路（要道，要衝、重要的地位）

当路（當局、當道）

血路（突破敵圍的血路、擺脫困境的生路）

末路（末路，下場、道路的盡頭）

路肩、路肩〔名〕路肩
路肩軟弱に付き注意（路肩土鬆要小心）

路銀〔名〕〔老〕旅費（=路用）
路銀が足りない（旅費不夠用）

路用〔名〕〔古〕路費
指輪を売って路用と為る（賣掉戒指作為盤纏）為る 為る 摩る 刷る 摺る 擦る 掏る 磨る 擂る
路用が足りない（旅費不夠）整える 調える
日本へ行く路用を整える（籌措赴日旅費）
日本 日本 日本 大和 倭 行く 往く 逝く 行く 往く 逝く

路地〔名〕小巷、胡同、甬路（=露地）
路地を通り抜けて大通りに出る（走過小巷來到大馬路）大路
路地を通り抜けて電車道に出る（走過小巷來到電車路）
路地を通り抜けて近道を為る（通過小巷抄近路）
路地から犬が行成飛び出して来た（從小巷裡突然跳出了一隻狗來）
路地裏に住む（住在小巷後面）裏 裏 裏 内 中 住む 棲む 済む 澄む 清む

路次〔名〕〔老〕旅次、途中、旅行的一路上（=道すがら、道中）
訪米の路次ハワイに立ち寄る（訪美途中順道到夏威夷）
路次に伺いましょう（旅行途中拜訪您吧！）伺う 覗う 窺う
路次に旅費に為て下さい（給您旅行一路上的旅費吧！）

路床〔名〕路基

路盤〔名〕路基
路盤の緩み（路基的鬆軟程度）緩み 弛み

路盤が緩んで陥没する（路基鬆軟往下沉）

路上〔名〕路上，街上，途中，途上
路上で金を拾う（在路上撿到錢）
路上で財布を拾った（在路上撿到錢包）
車を車庫から路上に出す（從車庫把車子開到路上）
路上に大きく、Uターン禁止と書いて有る（路上有大字寫著：禁止拐U字型彎）
自動車が路上で故障した（汽車在途中拋錨了）

路人〔名〕路人

路線〔名〕路線，交通路線（=交通路、交通線、線路）、方針，做法（=行方）
バス路線（公共汽車線路）
路線変更（路線變更）
路線延長（線路延長）
登山の路線を胸に刻む（牢記著登山的路線）
新内閣の路線（新內閣的做法）
平和を目的と為た政治路線（以和平為目的的政治路線）
大衆路線（群眾路線）大衆（群眾、群眾、群眾）大衆，大衆（眾僧）
総路線（總路線）

路程〔名〕路程（=道程、路途）、距離
一日の道程（一天的日程）一日 一日 一日 一日 朔
五キロメートルの路程（五公里的路程）
路程を測る（測量路程）測る 計る 量る 図る 謀る 諮る
大した路程ではない（距離並不太遠）
町迄は相当な路程だ（距離市鎮相當遠）

路途、道程〔名〕路程
大した道程ではない（路不太遠）
郵便局迄の道程は然う遠くは無い（去郵局的路程不太遠）

自動車で一時間程の道程だ（坐汽車需要一小時左右的路程）

思えば今日迄長い道程だった（回想起來直到今天真是漫長的路程）今日今日

路頭〔名〕路旁、路邊、街頭（=道端）

路頭に佇む（佇立街頭）

路頭に迷う（流落街頭、生活無著=路頭に立つ）

破産して一家は路頭に迷っている（由於破産全家流落街頭）一家一家

一家の柱を失って家族は路頭に迷った（失去一家的支柱家屬生活無著落）

路辺〔名〕路邊、路旁、路頭、街頭（=道端）

路辺の曼珠沙華（路旁的石蒜花）

路傍〔名〕路旁、路邊（=道端）

路傍に佇む（佇立路旁）

路傍の人（路人、陌生人、素不相識的人）

路傍の人に道を尋ねる（向路旁的人問路）尋ねる訪ねる訊ねる

彼は私に取って路傍の人に過ぎない（對我來說他只不過是過路人）

路傍の石仏（路旁的石佛）石仏石仏

路傍に腰を下ろす（坐在路旁）下ろす降ろす卸す

路傍の石に腰を下す（坐在路旁的石頭上）

路傍に咲く蒲公英を摘む（摘下開於路旁的蒲公英）咲く裂く割く摘む積む詰む抓む

路傍演説（街頭演說）

路標、路標〔名〕路標（=道標、道標、道案内）

路標を立てる（立路標）

新しい路標が公園に立てられた（在公園裡立了新路標）

路標の無い道（沒有路標的路）

路面〔名〕路面

路面を改修する（翻修路面）

路面を舗装し直す（翻修路面）直す治す

路面は雪に覆われていて車が通れない（路面被雪覆蓋了所以不能通車）覆う被う蔽う蓋う

ローラーで路面を平らに固める（用壓路機壓平路面）

路面電車（在路面行駛的電車）

東京では路面電車が殆ど無く為った（在東京路面電車幾乎消失了）

路〔接尾〕道路、街道、一天的行程、十歲左右（接在表示十的倍數後）

伊勢路（通往伊勢的道路、伊勢附近）

伊勢路の春（飛鳥地方的春天）

信濃路（通往信濃的道路、信濃一帶）

三日路（三天的路程）

五日路（五天的路程）

山路、山路、山道、山道（山中小道）

四十路（四十來歲、四十）

六十路（六十歲、六十）

路、道、途〔名〕道路、途中、方法，手段，條理，路程，路途，距離、手續、過程、專門，方面，領域、道，道義、道德

路を尋ねる（問路）尋ねる訪ねる訊ねる

路を尋ね尋ねやっと辿り着いた（四處問路好容易才走到）

路を迷う（迷路）

山の中で路に迷った（在山裡迷了路）

路を歩く（走路）

路を急ぐ（趕路）

路を間違える（走錯路了）

路に遺を拾わず（路不拾遺）

途中路が混んでいて酷く時間が掛かった（路上很擠耽誤了很多時間）

路を譲る（讓路）

其処から路は二つに分かれる（從那裏起道路分叉成兩條）

ㄌ

路を決する（決定前進的路、決定前進的方向）決する結する

全て路はRomaに通ず（條條道路通羅馬）全て総て凡て統べて

路を切り開く（開闢道路）

路を開く（開闢道路、打開局面）開く明く空く飽く厭く

路に進む（走上…道路）

道に聴いて途に説く（道聽途說）聞く聴く訊く利く効く

道を盲に尋ぬ（問道於盲）

路で友人に会う（在路上遇見朋友）会う合う逢う遭う遇う

学校へ行く路で先生に会った（在學校的途中遇見了老師）

学校へ行く路で忘れ物に気付く（在去學校的途中發覺忘掉東西）

帰り路（歸途）

路を付ける（開闢道路、謀求方法）付ける尽ける点ける憑ける就ける衝ける突ける着ける潰ける

解決の路を付ける（謀求解決方法）

路が付く（有門路、有眉目）付く尽く点く衝く憑く就く突く着く

解決の路が無い（無法解決）

路を講ずる（謀求方法）講ずる高ずる昂ずる嵩ずる

生活の路を講ずる（謀求生活之道）

路を開く（開闢道路、打開局面）開く明く空く飽く厭く

学者に為る路は一生懸命勉強する事しかない（想成為學者只有努力用功）

外に取る可き路が無い（沒有別的路可走）外他外他

路を通す（主張條理）

村迄は一里程の路だ（離村莊有一里左右的路程）

路が捗る（路上無阻）

五キロの路（五公里的距離）

路を切る（杜絕往來＝路切って）切る着る斬る伐る

ちゃんとした路を踏んで来る（履行正式的手續）来る来る繰る刳る

ちゃんとした路を踏む（履行正式的手續）

其の路の人に聞く（向專家請教）聞く聴く訊く効く利く

其の路の達人（那方面的專家）

学問の路に打ち込む（專新一致從事學問）

彼は文学の路に入ってから十年で有名な小説家に為った（他進入文學界花了十年才成為有名的小說家）

道に背く（違背道義、違背道德）背く叛く

道に外れた（不道德的、離經叛道的）

其は誰が見ても道を外れた行いだ（那件事無論是誰看來都是不道德的行為）

道を説く（講道）

私は君に道を説く資格は無い（我沒有向你說教的資格）

道ならぬ行為（違背道德的行為）

道を得る者は助け多く道を失う者は助け寡し（得道者多助失道者寡助）

道は邇きに在り遠きに求む（道在邇而求諸遠、捨近求遠）

道は同じからざれば相為に謀らず（道不同不相為謀）謀る図る諮る計る測る量る

修養の道（修養之道）

修身養性の道（修身養性之道）養性養生

路草、道草〔名〕道旁的草

路草を食う（在路上閒逛、在途中耽擱）食う喰う

路草を食わずに家へ帰る（直接回家不在路上閒晃）家家家家家

路草を食うのを為ないで家へ帰る（直接回家不在路上閒晃）

何処で路草を食っていたのだ（在什麼地方逗留了）

路も狭に、道も狭に〔副〕〔古〕水瀉不通地（=道一杯に）

路も狭に立っている（水洩不通地站著）

路柳〔名〕〔植〕扁蓄（=庭柳）

漉（ㄌㄨˋ）

漉〔漢造〕把液體濾下

漉水袋〔名〕濾水袋

漉水嚢〔名〕濾水囊

漉水池〔名〕濾水池

漉す、濾す〔他五〕濾過（=濾過する）

漉した水（濾過的水）

砂で水を漉す（用沙子濾水）

井戸水を漉して使う（井水過濾後使用）

絹で漉す（用絹過濾）

餡を漉して汁粉を作る（過濾豆餡作年糕小豆湯）

越す、超す〔自、他五〕越過、跨過、經過、渡過、超過、勝過。搬家、轉移（敬）去（=行く）、來（=来る）

峠を越す（越過山嶺）

山を越す（翻山）

川を越す（過河）

年を越す（過年）

水が堤防を越す（水溢過堤防）

冬を越す（越冬）

難関を越す（渡過難關）

彼の人は五十を越した許りです（他剛過五十歲）

不景気で年が越せ然うも無い（由於蕭條年也要過不去了）

百人を越す（超過一百人）

其れに越した事は無い（那再好沒有了）

早いに越した事は無い（越早越好）

彼の演説は所定の時間を越した（他的講演超過了預定時間）

新居に越す（遷入新居）

此処に越して来てから三年に為る（搬到這裡來已經三年）

何方へ御越しに為りますか（您上哪兒去？）

宅へも御越し下さい（請您也到我家來吧！）

漉し餡、漉餡〔名〕豆沙餡（=潰し餡、潰餡）

漉し餡の餅（豆沙餡的年糕）

漉く、抄く〔他五〕抄、掏

紙を漉く（抄紙）

蝦を漉く（掏蝦）

結く〔他五〕結、編織（=編む）

網を結く（編網、織網、結網）

好く〔他五〕喜好、愛好、喜歡、愛慕（=好む。好きに為る。好きだ）（現代日語中多用被動形和否定形，一般常用形容動詞好き，代替好く，不說好きます而說好きです，不說好くけば而說好きならば 不說好くだろう而說好きに為る）

塩辛い物は好きだが、甘い物は好かない（喜歡鹹的不喜歡甜的）

彼奴はどうも虫が好かない（那小子真討厭）

好きも好かんも無い（無所謂喜歡不喜歡）

好いた同士（情侶）

彼の二人は好いて好かれて、一緒に為った（他倆我愛你你愛我終於結婚了）

洋食は余り好きません（我不大喜歡吃西餐）

好く好かぬは君の勝手だ（喜歡不喜歡隨你）

人に好かれる質だ（討人喜歡的性格）

剥く〔他五〕切成薄片、削尖、削薄、削短

ㄌ

ㄉ

魚を剝く（把魚切成片）透く 空く 好く 梳く 漉く 抄く 鋤く 酸く

竹を剝く（削尖竹子）

髪の先を剝く（削薄頭髪）

枝を剝く（打枝、削短樹枝）

鋤く〔他五〕（用直柄鋤或鍬）挖（地）

畑を鋤く（挖地、翻地）畑 畠 畑畠 剝く 梳く 漉く 酸く 好く 空く 透く 剝く 抄く

梳く〔他五〕（用梳篦）梳（髪）

櫛で髪を梳く（用梳子梳髪）

透く、空く〔自五〕有空隙，有縫隙，有間隙、變少，空曠，稀疏，透過…看見，空閒，有空，有工夫，舒暢，痛快，疏忽，大意←→込む

戸と柱の間が空いている（門板和柱子間有空隙）鋤く 好く 漉く 梳く 酸く 剝く 剝く 抄く

間が空かない様に並べる（緊密排列中間不留空隙）

未だ早かったので会場は空いていた（因為時間還早會場裡人很少）

旅行の季節が過ぎたので旅館は空いている然うです（因為已經過了旅行季節聽說旅館很空）

歯が空いている（牙齒稀疏）

枝が空いている（樹枝稀疏）

座るにも空いてない（想坐卻沒座位）

busが空く（公車很空）

汽車が空いた（火車有空座位了）

手が空く（有空閒）

今手が空いている（現在有空閒）

胸が空く（心裡痛快、心情開朗）

カーテンを通して向こうが空いて見える（透過窗簾可以看見那邊）

レースのカーテンを通して向こうが空いて見える（透過織花窗簾可以看見那邊）

腹が空く（肚子餓）

御腹が空く（肚子餓）

杖も空かん男だ（真是叫人大意不得的人）

漉き、漉〔名〕抄紙

特漉（特別抄紙）

手漉（手抄紙）

漉き入れ、漉入〔名〕抄紙時抄上文字花樣、抄上文字花樣的紙

漉入紙（抄上文字花樣的紙）漉き入れ、漉入

漉き込む、漉込む〔自五〕將文字花樣圖畫抄進紙裡

漉き返す、漉返す〔他五〕重抄（廢紙）

紙を漉き返す（廢紙重抄）

漉き返し、漉返し、漉き返し、漉返し〔名〕再生、再生紙

戮（ㄌㄨˋ）

戮〔漢造〕殺死、處死、侮辱、協力

殺戮（殺戮、屠殺）

戮す〔他サ〕處死刑

戮力〔名〕戮力、協力

同心戮力して当たる（同心協力以赴）当たる 当る 中る

蓼（ㄌㄨˋ）

蓼、蓼〔漢造〕〔植〕蓼、詩經篇名（蓼莪）

蓼〔名〕〔植〕蓼

蓼食う虫も好き好き（人各有所好、嗜好各有不同）

蓼藍〔名〕〔植〕藍（＝藍）

錄（錄）（ㄌㄨˋ）

錄〔漢造〕錄、記錄、記錄下來的東西

記録（記錄、計載）

秘録（秘密記載、秘密記錄）

筆録（筆錄、記錄）

登録（登記、註冊）

収録（收錄、蒐集、刊載、刊登、錄像）

抄録（抄錄、摘錄）

詳録（詳細記錄）

採録（採錄、收錄，選錄，摘錄、錄音）

載録（記錄、記載、收錄）

再録（重新紀錄、重新刊登、重新錄音）

付録（附錄、補遺、增刊）

摘録（摘錄、節錄）

目録（目錄、目次、清單、包好的禮金、向弟子傳授武藝或技術等結業時授予的證書）

実録（事實的記錄、實錄小說、實錄文學）

備忘録（備忘錄）

芳名録（芳名錄）

会議録（會議錄）

回想録（回憶錄）

快記録（體育競賽等的優異記錄）

録する〔他サ〕記錄、記載（=記録する、書き記す）

　有の儘に録する（據實記錄）録する 勒する

　昨日の事件は有りの儘に録する（據實記錄昨天的事件）昨日 昨日

　風速五十メートルを録する（記錄下風速每秒五十公尺的台風）台風 台風 颱風 タイフーン

録音〔名、他サ〕錄音

　演奏を録音する（把演奏加以錄音）

　録音が悪くて良く聞き取れない（錄音不良聽不清楚）

　放送をテープに録音する（用錄音帶把廣播錄下來）

　詩の朗読を録音する（錄詩的朗讀）

　此の歌はもう録音しました（這首歌已經錄音了）歌唱 謠

　録音を再生する（放錄音）

　録音機（錄音機=テープレコーダー）

　歌を録音機に吹き込む（把歌曲灌進錄音機）

　録音放送（錄音廣播）

　録音装置（錄音設備）

　録音テープ（錄音帶）

録画〔名、他サ〕錄影、錄影帶（=ビデオーテープ）

　少年野球試合中継放送の実況を録画する（把少棒比賽的傳播實況錄影下來）

　歌劇を録画する（把歌劇錄影下來）記念 紀念

　競技会の様子を録画して、記念に取って置く（錄影運動會的情形留下來做紀念）様子 容子

録事〔名〕〔古〕錄事，文書、記事、新聞

　宮廷録事（宮廷記事）

録写〔名、他サ〕錄寫

轆（ㄌㄨˋ）

轆〔漢造〕滑車

　轆轆（車軋聲=轆轆）

轆轤〔名〕滑車、絞車、紡車（=糸車、糸繰車）、傘軸、陶工鏇盤（=轆轤台）、老虎鉗（=万力）、鏇床（=轆轤鉋、轆轤 鉋）

　轆轤で物を巻き上げる（用絞車把東西吊起）車井戸（轆轤井）

　轆轤鉋、轆轤 鉋（鏇床、木工用旋盤）

　轆轤鉋で挽く（用鏇床鏇）挽く 引く 弾く 轢く 惹く 曳く 牽く 退く 退く

　轆轤台（陶工鏇盤、製作圓形陶器旋轉圓盤）

　轆轤首（長脖子妖怪=抜首）

　轆轤細工（用鏇床做的工藝品）

麓（ㄌㄨˋ）

麓〔漢造〕山麓
　山麓（山麓、山根＝麓）
　岳麓（富士山麓）

麓〔名〕山麓、山腳←→頂
　山の麓に在る家（在山腳下的房子）
　山の麓の朝靄（山麓的朝霧）
　山の麓の小屋（山腳下的小屋）

露（ㄌㄨˋ）

露〔名、漢造〕露水、露天、露出、俄羅斯（＝露西亜、ロシア）
　露国の騎兵（俄國的騎兵）
　露西亜、ロシア（俄羅斯）
　日露戦争（日俄戰爭）
　英仏露（英國法國俄羅斯）
　甘露（甘露、美味）
　雨露（雨露＝雨露、〔喻〕恩澤）
　玉露（露水珠、玉露──一種高級綠茶）
　披露（發表、宣布、公佈）
　結婚披露宴（結婚喜宴）
　暴露、曝露（暴露，洩露、曝曬，風吹日曬）
　白露（白露─二十四節氣之一、〔氣〕凍露）
　白露（白俄羅斯＝白ロシア）

露悪〔名〕故意顯示自己的缺點
　露悪趣味（喜好顯示自己的缺點）
　露悪趣味の人間（喜歡故意顯示自己壞處的人）
　露悪的に振る舞う（故意現醜）

露営〔名、自サ〕露營 野營（＝キャンプ、キャンピング）
　森の中で露営する（在森林裡露營）
　川の畔で露営する（在河畔露營）
　露営の準備を為る（做露營的準備）
　海辺へ露営に行く（到海邊去露營）

露岩〔名〕露出的岩石

露顕、露見〔名、自サ〕暴露、敗露（＝ばれる、発覚）
　密輸が露顕した（走私被發現了）
　陰謀の露顕を恐れる（害怕陰謀敗露）
　彼の陰謀が露顕した（他的陰謀敗露了）

露語〔名〕俄語（＝露西亜語、ロシア語）
　露語の出来る人は多くない（懂俄語的不多）
　日本人の短編を露語に訳して見度い（想看看日本人的短篇翻譯為俄語）

露光〔名、自サ〕曝光（＝露出）
　百分の一秒の露光時間（百分之一秒的曝光時間）
　印画紙に露光する（在印相紙上曝光）
　露光寛容度（〔攝〕曝光範圍＝ラチチュード）
　露光計（曝光計＝露出表）
　露光指数（〔攝〕曝光指數）

露出〔名、自他サ〕露出（＝裸出、剥き出し）、曝光（＝露光）←→隠蔽、遮蔽
　手足を露出する（露出四肢）
　両腕を露出する（露出雙臂）
　鉱脈が露出している（礦脈露出）
　鉱床が地面に露出している（礦床露出地面）

此の写真は露出不足だ（這張照片感光不足）

露出時間（曝光時間）

露出計（感光儀）

露出表（感光表）

露出症（〔心〕裸露癖）

露国〔名〕俄國

露骨〔名、形動〕露骨（=剥き出し）、毫不客氣，毫不留情，毫無顧忌（=明ら様）、毫不避諱，赤裸裸←→婉曲

露骨な表現を避けて婉曲を言う（避免露骨地表達方式而委婉地講）避ける避ける病める

人の欠点を露骨に非難するのは止めた方が好い（別露骨地指責別人較好）止める辞める已める

露骨に悪口を言う（毫不留情地罵）悪口悪口止める留める止める留める泊める停める

露骨に要求する（毫無顧忌地要求）

露骨な悪意を示す（表示明顯的惡意）示す湿す

反感に満ちた露骨な態度（反感的態度表露無遺）

当局の干渉が露骨に為って来た（當局的干涉更加露骨了）

露骨な絵（赤裸裸的淫穢的畫）

露骨な裸体絵（赤裸裸的淫穢的裸體畫）

露座、露坐〔名〕〔佛〕安坐在露天地上

露座の大仏（露天的佛像）

営火の周りに露座して踊りを見る（席地而坐在營火的周圍看舞蹈）周り回り廻り

露地、路地〔名〕小巷、胡同、甬路

路地を通り抜けて大通りに出る（走過小巷來到大馬路）大路

路地を通り抜けて電車道に出る（走過小巷來到電車路）

路地を通り抜けて近道を為る（通過小巷抄近路）

路地から犬が行成飛び出して来た（從小巷裡突然跳出了一隻狗來）

路地裏に住む（住在小巷後面）裏裏裏内中住む棲む済む澄む清む

露地〔名〕露天地面（=地面）、茶室院子、庭院小徑

露地に種子を蒔く（在大地上播種）蒔く撒く播く巻く捲く

露地栽培（種植在露天土地）

露地栽培を実施する（實施露天栽培）

露地行燈（〔手持〕方形紙罩小燈-去茶室時在院子裡走路照明用）

露宿〔名〕露宿

露礁〔名〕露礁

露場〔名〕觀測氣象的場地

三千九百メートルの高山の頂に露場を設ける（在三千九百公尺的高山山頂設置氣像觀測站）設ける儲ける

露台〔名〕露天舞台、陽臺（=バルコニー）、路攤的架子

露台に椅子を出して涼む（把椅子搬到涼台上去乘涼）涼む進む

露台で寛いで下さい（請在陽台休息一下）寛ぐ繕う

王様が露台に御立ちに為る（國王站在露台）

盆踊りの為に神社の境内に露台を設える（為了盂蘭盆會所舉行的舞蹈在神社境內設置露天舞台）設える設ける

露探〔名〕俄國間諜

露呈〔名、他サ〕暴露（=剥き出す、表わす、現わす）

内輪揉めを露呈する（暴露內部糾紛）

彼のチームは後半戦に為ってからチームワークの悪さを露呈した（到了下半場那一隊配合不好的毛病暴露了）

ㄌ

技術の未熟さを露呈する（暴露出技術還不夠成熟）

露帝〔名〕俄國皇帝

露滴〔名〕露珠

露天〔名〕露天、野地（=野天）
露天で一夜を明かす（在野外過夜）一夜
一夜明かす 開かす 空かす 飽かす 厭かす
露天市場（露天市場、攤販）市場 市場
露天商（露天商店、露天的生意）
露天商人（做攤販生意的商人）商人 商人商人
露天風呂（露天浴場）
露天掘り、露天掘（露天開採）
露天掘りの炭鉱（露天開採的煤礦）

露店〔名〕攤販（=大道店）
露店を出す（出攤、擺攤）
此のネクタイは露店で買った（這條領帶在路邊攤買的）買う 飼う
露店が立ち並ぶ縁日（攤販並立的廟會）
露店商人（露店商人、攤販）

露点〔名〕露點（大氣中的水蒸氣冷卻成為露的溫度）

露都〔名〕俄國的首都

露頭〔名〕露頭（礦物層或礦脈露出地表）、露出來的頭
金鉱の露頭を発見した（發現了金礦的露頭）

露盤〔名〕露盤（寶塔上所建的圓輪底座）

露仏、露佛〔名〕露天佛像（=濡れ仏）
鎌倉の大仏は露仏である（鎌倉的大佛是露天佛像）

露文〔名〕俄文、俄國文學
露文を中国語に訳する（把俄文譯成中文）訳する 約する 扼する
トルストイの作品は露文の代表的な作品である（托爾斯泰的作品是俄國文學的代表作品）

露鋒〔書法〕露鋒←→蔵鋒

露命〔名〕朝不保夕的生命
鰹節や生米を齧って露命を繋ぐ（靠吃柴魚和生米來維持朝不保夕的生命）

露面〔名〕朝不保夕的生命、（露珠般）虛幻無常的生命、夢般短促的生命
露面を繋ぐ（勉強糊口、苟延殘喘地生活）
僅かな蓄えで露面を繋ぐ（靠僅有的儲蓄糊口）僅か 纔か 蓄え 貯え
纔かな収入で露面を繋ぐ（僅靠少的收入勉強糊口）

露訳〔名、他サ〕譯成俄文
和文露訳（日文譯成俄文）
英文を露訳する（把英文譯成俄文）

露里〔名〕俄里

露領〔名〕俄國領土

露量計〔名〕露量表

露暦〔名〕俄曆、（西洋）舊曆

露〔名〕露水、涙、短暫（=儚い、果敢無い）
〔副〕一點也（不）（下接否定）（=少しも、ちっとも）
露が下りる（下露水）降りる 下りる 露汁液 梅雨 梅雨
葉に露が下りる（葉子沾上了露水）
露の玉（露珠）玉 弾 球 珠 魂 霊
露の雫（露珠）雫 滴
露の滴り（露珠）
草の露に濡れる（被草上的露水弄濕了）
目に露を宿す（目中含涙）
目には露が光っている（目中含涙）
露が光る（露珠發亮、眼睛裡閃著眼涙）
袖の露（涙沾襟）
露の命（短暫的生命、人生如朝露）
露の間（一眨眼間）間 間 間 間
露の間も無い（片刻也不、一點也不、絲毫也不=露些かも無い）

露の世（浮生、人生如朝露）

露と消えた（消失了、死了）

露許りの時間（一點兒時間）

貴方に御兄弟が御有りとは露知りませんでした（我一點也不知道你有兄弟）兄弟 兄弟

貴方が留学生とは露知りませんでした（我一點也不知道你是留學生）貴方 貴女貴男貴下彼方

彼は露疑って居ない（一點也不懷疑他）

私は彼女を露程も疑わなかった（我一點也沒有懷疑過他）

汁、液〔名〕汁液（=汁）、羹湯（=吸い物）。（吃麵條時作佐料用的）湯汁（出し汁）

汁が多い（汁液多）

汁を吸う（喝湯）

汁が煮詰まる（湯煮濃了）

蕎麦の汁（蕎麵條的澆汁）

汁〔名〕汁液、湯（=汁）。醬湯（=味噌汁）。〔轉〕（藉別人力量或犧牲別人得到的）利益、好處

汁を絞る（榨出汁液）

蜜柑の汁を吸う（吸橘子汁）

煮出し汁（魚和海帶煮的湯）

汁を吸う（喝湯）

汁と飯（醬湯和米飯）

旨い汁を吸う（自己獨佔大部分利益．佔便宜．得到好處）

梅雨、黴雨、梅雨、黴雨〔名〕梅雨（=五月雨）

梅雨期（梅雨期）

梅雨前線（梅雨鋒面）

梅雨で物が黴びる（梅雨天東西發霉）

梅雨時（梅雨期．梅雨季節=梅雨期）

梅雨時には物が黴びる（梅雨季東西會發霉）

梅雨時は黴易い（梅雨時節容易發霉）

梅雨に為る（入梅雨期=入梅）

梅雨に入る（入梅雨期=入梅）

梅雨の入り入（梅雨期=入梅）

梅雨入、入梅、梅雨入、入梅、墜栗花（進入梅雨季）←→梅雨明け

梅雨が明ける（梅雨季結束）明ける開ける空ける飽ける厭ける

梅雨明け、出梅（梅雨季終了=出梅）←→梅雨入、入梅

梅雨晴れ（梅雨季終了=梅雨明け、出梅、梅雨期間偶而放晴）

梅雨入晴れ、入梅晴れ（梅雨季終了=梅雨明け、出梅、梅雨期間偶而放晴）

梅雨上がり（梅雨季終了=梅雨明け、出梅）

梅雨型（梅雨型天氣）

梅雨冷え（梅雨季的驟冷）

梅雨寒（梅雨季的寒冷）

露けし〔形ク〕露水大、露水多（=湿っぽい）、愛流淚，眼淚汪汪（=涙っぽい）

露聊かも、露些かも〔副〕（下接否定）絲毫也不、一點也不（=少しも）

露聊かも忘れて居ない（一點也沒忘記）聊か些か少し些し

露草〔名〕〔植〕鴨跖草（=月草、蛍草）

露霜、露霜〔名〕霜露（露水結凍成霜狀=水霜）、露和霜

露珠、露玉〔名〕露珠。〔建〕雨珠飾，圓錐飾

露珠が木の葉の上で光っている（露珠在樹葉上發光）木樹木木上上上 上

露の間〔名〕片刻、頃刻

露の間も此の事を忘れぬ（此事片刻不忘）間 間 間間事言異琴殊等

露の間も忘れぬ（無法忘懷）

露の間の命（短暫的生命）

露許り、露許〔副〕一點兒、絲毫（=聊か，些か、少し，些し）

露許り考え事が有る（有一點兒心思）有る在る或る

露払い〔名、自サ〕先驅、演開場戲。〔角力〕引領"橫綱"上場的力士

露程〔副〕一點、絲毫（露許り，露許，聊か，些か，少し，些し）
　然うとは露程も思い掛けなかった（絲毫未料到是那樣）
　露程も疑って居ない（絲毫也沒懷疑）疑う伺う窺う覗う

露虫〔名〕草叢裡的蟲、一種直翅目昆蟲

露，露わ，顕，顕わ〔形動〕公然，公開、顯然，露骨、暴露，顯露←→密か
　露に反対する（公然反對）
　皆の前で露に反対する（在大家面前公然反對）皆 皆
　相手の自尊心を傷付ける程露に責め立てた（公然一再指責到傷害了對方的自尊心）
　露に言う（毫不掩飾地說）
　露に反感を示す（露骨地表示反感）示す湿す
　露に不快な顔を為る（顯然地露出不愉快的表情）
　肌を露に為る（露出肌膚）肌膚 肌 膚
　背中を露に為て歩いている（露背而行）
　秘密を露に為る（暴露秘密）

鷺（ㄌㄨˋ）

鷺〔漢造〕〔動〕鷺鷥
　白鷺（〔動〕白鷺鷥）

鷺〔名〕〔動〕鷺鷥
　白鷺（白鷺鷥）
　鷺を烏（指鹿為馬，顛倒是非，顛倒黑白）烏 鴉 枯らす嘆らす
　鷺を烏と言い包める（指鹿為馬，顛倒是非、顛倒黑白）

螺（ㄌㄨㄛˊ）

螺〔漢造〕螺
　法螺（〔動〕海螺、大話，牛皮）
　法螺を吹く（說大話、吹牛皮）吹く拭く噴く葺く
　法螺貝（〔動〕海螺、以海螺殼作的號角）
　栄螺（〔動〕海螺）
　栄螺梯子（螺旋梯）
　田螺（〔動〕田螺）

螺旋〔名〕螺旋、螺釘（=螺旋 螺子 捻子 捩子 捩子）、螺旋狀物
　螺旋の条（螺紋、螺旋紋）
　螺旋の筋（螺紋、螺旋紋）
　螺旋状の階段（螺旋狀螺梯）
　螺旋階段（螺旋狀螺梯）
　螺旋ジャッキ（螺旋起重器）
　螺旋降下（螺旋俯衝）
　螺旋状菌（螺旋狀菌）
　螺旋卵割（〔動〕卵裂）

螺旋、螺子、捻子、捩子、捩子〔名〕螺絲、螺栓
　螺旋を回す（轉螺絲）回す廻す
　螺旋を抜く（拔螺絲）
　螺旋を締める（栓緊螺絲）締める閉める占める絞める染める湿る
　螺旋が緩む（螺絲鬆、〔喻〕精神鬆懈，精神散漫）緩む弛む
　螺旋を緩める（鬆螺絲）緩める弛める
　螺旋を巻く（給錶上發條、〔喻〕鼓勵，給加油，加以推動）巻く撒く蒔く捲く播く

螺子切り、螺子切〔名〕切削螺紋
　螺子切盤（螺紋加工機）

螺子釘〔名〕螺絲釘
　螺子釘で止める（用螺絲釘拴住）止める留める泊める停める止める已める辞める止める留める

螺子歯車〔名〕〔機〕螺旋齒輪（=スクリュー、ギア）

螺子フライス盤〔名〕〔機〕螺旋銑床
螺子プロペラー〔名〕〔機〕螺旋槳（=螺旋推進器）
螺子ポンプ〔名〕螺旋幫浦
螺子回し〔名〕螺絲起子（=ドライバー）
　螺子回しで螺旋を抜く（用螺絲起子拔螺絲）
　螺子回しで螺旋を締める（用螺絲起子栓螺絲）締める閉める占める絞める染める湿る
螺獅線〔名〕〔數〕蚌線
螺状〔名〕螺狀、螺旋形
　螺状飛行（盤旋飛行）
　螺状階段（螺旋樓梯）
　螺状線〔數〕螺線
螺線〔名〕〔數〕螺線（在平面或空間的螺旋形的曲線）
螺鈿〔名〕螺鈿
　蒔絵螺鈿を施した漆器（描金鑲鈿的漆器）
　螺鈿細工（螺鈿工藝品）
螺塔〔名〕〔動〕（軟體動物的）螺塔、螺旋部
螺〔名〕〔動〕螺
　田螺（〔動〕田螺）
螺〔名〕〔動〕螺（=螺、貝）

羅（ㄌㄨㄛˊ）

羅〔名、漢造〕綾羅（=薄絹、薄物）、羅馬尼亞（=Romania）、拉丁（=羅甸）、羅網、網羅、羅列、梵語和外來語的音譯字
　綾羅（綾羅、華美的服裝）
　綾羅錦繡（綾羅綢緞）
　雀羅（捕鳥網）
　門前雀羅を張る（門口羅雀）
　網羅（網羅、羅致–原意為捕魚的網和捕鳥的羅）
　綺羅（綾羅、美麗服裝、美麗，華麗，榮華）
　魔羅（魔障、陰莖）

阿羅漢（羅漢=羅漢）
羅葡日辞典（羅葡日辭典）
羅衣〔名〕薄絹衣服
羅宇、羅宇〔名〕寮國（ラオス）竹子做成的竹煙斗的桿（=羅宇竹）
　羅宇を菅換える（換新煙斗管）換える代える替える変える帰る返る孵る蛙
羅紗、ラシャ〔名〕呢絨
　縞羅紗（格紋呢絨）縞島嶋
　綾羅紗（斜紋呢絨）綾文彩
　羅紗でovercoatを作る（用呢絨做大衣）作る造る創る
　羅紗紙（類似呢絨的厚紙–用作壁紙）
　羅紗紙を貼る（貼羅紗紙、貼壁紙）貼る張る春
　羅紗綿（〔明治時代〕對給外國人作妾的日本女人稱呼〔=洋妾〕、綿羊）
　羅紗搔草（〔植〕起絨草）
羅甸、拉丁、ラテン〔名〕拉丁
　羅甸アメリカ、拉丁アメリカ（拉丁美洲）
　羅甸音楽、拉丁音楽（拉丁音樂）
　羅甸化、拉丁化（拉丁化、漢語拼音化）
　羅甸語、拉丁語（拉丁語）
　羅甸民族、拉丁民族（拉丁民族）
　羅甸文字、拉丁文字（拉丁文字）文字文字
　羅甸文学、拉丁文学（拉丁文學）
　羅甸名、拉丁名（拉丁名）
羅織り〔名〕羅織
羅蓋〔名〕用綾羅做成的斗笠（=絹笠）
羅漢〔名〕羅漢（阿羅漢的簡稱）
　十八羅漢の仏像（十八羅漢的佛像）

騾（ㄌㄨㄛˊ）

騾〔漢造〕〔動〕騾子
騾馬〔名〕〔動〕騾子（=ミュール）

騾馬に乗る（騎騾子）乗る載る

邏（ㄌㄨㄛˊ）

邏〔漢造〕巡邏

巡邏（巡邏=パトロール）

邏卒〔名〕巡邏兵、（明治初期）警察（=巡査）

裸（ㄌㄨㄛˇ）

裸〔漢造〕裸露

全裸（赤裸、精光、一絲不掛=丸裸）

赤裸裸（赤裸裸、坦率，毫不隱瞞）

裸花〔名〕〔植〕無被花

裸眼〔名〕裸眼

裸出〔名、自サ〕露出、暴露

岩肌が裸出している（岩石表面露著）

背中の裸出している服（露背裝）

裸子植物〔名〕〔植〕裸子植物←→被子植物

裸女〔名〕裸體女人

裸身〔名〕裸體（=裸）

裸身の画像（裸體畫像）画像画像絵像

裸身のモデル（裸體模特兒）

裸体〔名〕裸體、赤身（=裸）

裸体に為る（脫光）為る生る鳴る成る

裸体の女（裸體女人）

裸体のモデル（裸體模特兒）

映画に有る裸体のシーンをカットする（剪掉電影裡的裸體場面）有る在る或る

裸体画（裸體畫）

裸体美（裸體美）

裸線〔名〕〔電〕裸線

裸像〔名〕裸體像

裸像の油絵（裸體像的油畫）

裸像を書く（畫裸體像）画く斯く掻く欠く書く描く描く画く

大理石の裸像（大理石的裸體像）

裸婦〔名〕裸體婦女（=裸の女）

裸婦を画く（畫裸體婦女像）描く画く

裸蛹〔名〕〔動〕離蛹

裸〔名〕裸體，裸露，赤身，精光、（婦女結婚時）沒有嫁妝、（證券買賣）不帶利息

服を脱いで裸に為る（脫掉衣服成為裸體、脫光衣服）

裸踊り（裸體舞）踊る躍る

裸の電線（沒有包覆外皮的電線）

裸電線（裸線）

裸電球（沒有燈罩的燈泡）

葉が落ちて裸に為る（樹葉落光）

葉が落ちて木木が裸に為る（樹葉脫落只剩樹枝了）

冬の山は丸裸だった（冬天的山光禿禿的）

賭に負けて裸に為れる（賭博輸個精光）

負けて裸に為る（輸得精光）

裸で家出を為る（光一個人從家跑出、不帶分文離家出走）擂る磨る掏る擦る摺る擦る刷る摩る

丸裸（赤裸、精光、一絲不掛=全裸）

裸一貫〔名、連語〕赤手空拳

裸一貫から彼の地位に伸し上がった（赤手空拳爬到那種地位）

裸一貫から身を起こす（白手起家）起す興す熾す

裸一貫で商売を始めた（他赤手空拳地經商）始める創める

裸岩〔名〕裸岩

裸鰯〔名〕〔動〕裸鰮

裸馬〔名〕無鞍馬←→鞍馬

裸馬を乗り熟す（騎慣無鞍馬）

裸踊り〔名〕裸體舞

裸ダンス〔名〕裸體舞

裸供出〔名〕（稻米）全部交售（給國家）

裸相場〔名〕〔商〕不包括各種權利的價格

裸電線〔名〕沒有包覆外皮的電線

裸電球〔名〕沒燈罩的燈泡

裸値段〔名〕實價

裸火〔名〕沒有燈罩的燈火

裸蛇目〔名〕〔動〕裸蛇類、無足目

裸麦〔名〕〔植〕裸麥、黑麥
　裸麦で作ったパン（用裸麥作的麵包）作る創る造る

裸参り〔名,自サ〕（在嚴寒時）每天晚上參拜神佛（=寒参り、寒詣で）

裸虫〔名〕沒有羽或毛的昆蟲總稱、身無一物的窮、漢人（=人間）
　裸虫なので泥棒の心配も有りません（身無一物所以不怕小偷）泥棒泥坊
　裸虫なので物を取られる心配は無い（身無一物不怕偷）

裸山〔名〕禿山、沒有樹木的山

裸傭船〔名〕租賃不帶船員的船隻

裸蝋燭〔名〕沒有罩子的蠟燭

裸足、跣〔名〕赤足，光腳，趕不上，敵不過（=負ける、顔負）
　裸足に為って水に入る（光起腳來進入水裡）入る入る
　裸足で歩く（光著腳走）
　専門家裸足（專家也比不上）
　玄人裸足（專家也敵不過）素人
　玄人裸足の腕前（連內行人都比不上的本事）
　玄人裸足の腕前を持っている（他的本事比內行人還厲害）
　彼の作った歌は玄人も裸足だ（他作的歌甚至連專家都比不上）

瘰（ㄌㄨㄛˇ）

瘰〔漢造〕瘰癧（頸部淋巴腺結核）

瘰癧〔名〕（頸部）淋巴腺結核（=ぐりぐり）
　頸に瘰癧が出来た（脖子上長瘰癧）頸首
　首の瘰癧を手術する（手術頸部的瘰癧）

洛（ㄌㄨㄛˋ）

洛〔名〕洛陽，洛水的簡稱、京都的簡稱、繁華的都市（=都）
〔漢造〕京都
　洛の内外（京都內外）內外內外內外
　上洛する（到京都去）
　入洛、入洛（進京、來到京都）
　帰洛（返回京都）
　京洛（日本京都的別稱）

洛内〔名〕京都市內（=洛中）、都城裡←→洛外

洛外〔名〕京都郊外、繁華都市的郊外←→洛内、洛中
　洛中洛外の名所（京都內外的名勝）名所名所

洛中〔名〕京都城內（=洛内）、都市內←→洛外
　洛中洛外の寺寺（京都內外的許多佛寺）

洛東〔名〕洛東（對京都鴨川以東地區特稱）←→洛西

洛西〔名〕洛西（對京都鴨川以西地區特稱）←→洛東

洛南〔名〕洛南（對京都鴨川以南地區特稱）←→洛北

洛北〔名〕洛北（對京都鴨川以北地區特稱）←→洛南

洛陽〔名〕中國洛陽、日本京都的別稱（=京洛）
　洛陽の紙価を高める（洛陽紙貴）
　洛陽の紙価貴し（洛陽紙貴）
　洛陽負郭の田（洛陽負郭之田、肥沃之田）

落（ㄌㄨㄛˋ）

落〔漢造〕落、衰落、降落、落成、聚居的地方、籬笆、落寞
　墜落（墜落、掉下）
　下落（下跌，下降←→騰貴、降低，低落）

ㄌ

低落（低落、降低、下跌）

没落（沒落、衰敗、破產）

零落（零落、衰敗=落魄れる）

暴落（行情暴跌）

凋落（凋落，凋零、凋謝，枯萎、衰敗，衰亡，沒落）

陥落（陷落、塌陷、屈服）

村落（村落、村莊）

集落、聚落（村落、群體）

部落（部落、小村莊、過去受迫害歧視的特殊部落）

籬落（籬笆）

落胤〔名〕（貴族的）私生子（=落とし種、落とし胤）

公爵の落胤では有るが振舞が粗野である（雖然是公爵的庶子可是舉止很粗野）嫡出子

落書き，落書、落書、楽書き，楽書〔名、自サ〕亂寫亂畫（=落書）

落書無用、落書無用（不准亂寫亂畫）

ノートに落書する（在筆記簿上亂寫亂畫）

ペンキで塀に落書を為る（用漆在牆上亂寫亂畫）ペンキペッキ

落書〔名、自サ〕亂寫亂畫（=落書き，落書、楽書き，楽書）、故意張貼或丟在路上諷刺時事的匿名文件（=落とし文）

落書の來源を調べる（調查遺在路上匿名信的來源）

落首〔名〕匿名的時事人物諷刺詩

落雁〔名〕落雁、（用糯米，麵粉，糖壓成各種形狀的）點心

沈魚落雁、閉月羞月（絕世美人）

落月〔名〕落月、將要西下的月亮

落月の余光（落月的餘暉）

落月屋梁の思い（落月屋梁之思）思い想い重い

落日〔名〕落日、夕陽、夕日（=落陽、入日）

落日の余光（落日的餘暉）

落陽〔名〕落日、夕陽、夕日（=落日、入日）

落陽の余光（落日的餘暉）

落照〔名〕落日、夕陽（=入日）

落伍、落後〔名、自サ〕落伍，落後、跟不上，脫隊

行軍で落伍する（在行軍中落伍）

行軍の途中で落伍して終った（在行軍途中落伍了）終う仕舞う

彼は我我の共同研究から落伍して終った（他從我們共同研究工作中落伍了）

研究しないから完全に落伍して終った（因為不研究所以完全落伍了）

彼は落伍者だ（他的落伍的人）

時代の流れに取り残されて落伍者と為った（跟不上時代的潮流而成為落伍的人了）

落語〔名〕滑稽故事（類似中國的單口相聲=落とし話、軽口話）

落語家（滑稽故事演員、表演單口相聲的人）

落差〔名〕落差、水頭

落差を利用して水力発電を起こす（利用落差發展水利發電）起す興す熾す

此の滝は五十メートルの落差が有る（這瀑布友五十公尺的落差）

文化の落差（文化高低之差）

文明の落差を感じる（感到文明的差距）

落札、落札，落ち札〔名、他サ〕得標、中標（=当たり籤）

ダム建設の工事は佐藤組が落札した（水庫建設工程佐藤組得標了）

高速道路建設の工事は内の会社が落札した（高速公路建設工程我們公司得標了）内中裏家

落字〔名〕漏字、脫字、掉字（=抜字）

二字落字が有る（掉了兩個字）有る在る或る

此の文の中には落字が二字が有る（這個句子裡掉了兩個字）中中 中 中 文文綾

此の文章は落字が多い（這篇文章漏字很多）文章 文章 覆い 被い 蔽い 蓋い

落車〔名、自サ〕（自行車賽）（從比賽中的自行車）摔下

落手〔名、他サ〕收到，接到，入手，（象棋、圍棋）下錯棋，錯步，壞著（＝手落ち）

十二日付の御手紙落手しました（十二日來信已收到）

貴翰落手しました（大函收悉）

落掌〔名、他サ〕收到、接到、入手（＝落手）

小包を落掌しました（收到包裹了）掌 掌のひら

落城〔名、自サ〕城池陷落、（被苦口勸說而）放棄，屈服，同意，答應

大阪城落城（大阪城陷落）

口説かれて終に落城して（被苦口勸說而答應了）終に 遂に

落飾〔名、自サ〕落髮（＝剃髮）

落飾して尼と為る（削髮為尼）尼 蜑 海女 海人 亜麻 天

落髮〔名、自サ〕落髮（＝剃髮、落飾）

落ち髮〔名〕脫落的頭髮

落成〔名、自サ〕落成（＝竣工）

新校舎は間も無く落成する（新校舎不久即將落成）

新しい体育館が落成した（新的體育館落成了）

落成式（落成典禮）

落勢〔名〕跌勢、下跌趨勢

織物は生産過剰で落勢が続く（紡織品因生産過剰有繼續下跌的趨勢）

落石〔名、自サ〕落石、從山上滾下來的石頭、石頭從山上滾下

落石に当たって死ぬ（被落石打中而死）当る 中る

落石が自動車に当たった（落石打中了汽車）

此の山道は落石が多くて危険だ（這條山路落石多很危險）山道 山道

彼は落石で怪我を為た（他因被落石擊中而受傷了）

落籍〔名、自サ〕從戸籍上漏掉、（和夥伴）斷絶關係、（為藝妓或妓女）贖身（＝身請、身受）

落籍す、引かす〔他五〕〔俗〕（替藝妓等）贖身

芸者を落籍す（替藝妓贖身）

落屑〔名、自サ〕〔醫〕脫屑、脫皮

落選〔名、自サ〕落選、沒有入選←→当選、入選

唯三票の差で落選した（僅僅以三票之差落選了）唯 唯 只 徒

僅かの差で落選した（僅以幾票之差落選了）僅か 纔か

彼は今度も立候補したが又もや落選した（他這次也出馬競選可是又落選了）又又 復 亦 股

彼の作品は落選した（他的作品沒有入選）

彼の絵は落選した（他的畫落選了）絵 江 枝 画 餌 会 恵 重

落選した油絵を持って帰る（把沒有入選的油畫帶回）

落体〔名〕（由於重力作用而）落下的物體

落第〔名、自サ〕沒有考中、不及格、留級、失敗←→及第、合格

大学入試に落第した（沒有考上大學）激しい 烈しい 劇しい

競争が激しくて三分の二の志願者が落第した（由於競争激烈三分之二的考生名落孫山）

殆ど全クラスの生徒が代数で落第した（幾乎全班的代數不及格）

此の方法は試験の結果落第に為った（這個方法試験的結果失敗了）

彼女は母親と為て落第だ（她不配當母親）

彼は学生時代に二度も落第した（他在學生時代留級過二次）

落第生（留級生）

落第点（不及格的分數）

ㄌ

落脱〔名、自サ〕脱落、漏掉

落胆〔名、自サ〕灰心、氣餒、沮喪、失望（＝失望する、がっかりする）

実験に失敗して落胆する（因試験失敗而灰心）

彼は試験に失敗して落胆している（他沒考上很灰心）

彼は何回も失敗したが落胆しなかった（他失敗了好幾次可是沒有氣餒）

そんなに落胆するな（不要那麼氣餒）

一人子に死なれて落胆している（因獨生子死去很沮喪）一人子一人子

勝って驕らず、敗れて落胆しない（勝不驕敗不餒）驕る奢る敗れる破れる

折角訪ねて行ったのに不在で落胆した（特地拜訪他卻不在真叫人洩氣）訪ねる訪ねる訊ねる

落着〔名、自サ〕著落、歸結、了結、解決（＝落ち着く、決着）

事件が円満に落着した（事情圓滿解決了）

彼の事は落着したか（那件事解決了嗎？）

紛争が何時迄も落着しない（糾紛始終沒有解決）

紛争がやっと落着した（糾紛好容易才解決了、糾紛好不容易才解決了）

落丁〔名〕（書籍）缺頁、脫頁

落丁が有る場合は何時でも御取り換えします（如有缺頁隨時可換）

落丁本（缺頁書）

落丁や乱丁（缺頁或錯頁）

落潮、落潮,落ち潮〔名〕落潮，退潮（＝引潮、干潮）←→満潮、満潮、敗運，倒霉（＝落目）、行市下跌（＝下落し掛かる）

今日の落潮は午後六時だ（今天的退潮是下午六點）今日今日

物事が落潮に為る（事物走霉運）為る成る鳴る生る

落馬〔名、自サ〕落馬、墜馬

落馬しない様に気を付けろ（小心別摔下馬來）

落馬して怪我を為た（摔下馬受了傷）

落梅〔名〕梅花凋謝、凋謝的梅花

窓から落梅を眺める（從窗戶眺望梅花凋謝）眺める長める

落剥〔名、自サ〕剝落、脫落（＝剝げ落ちる）

ペンキが落剥する（油漆剝落）ペンキペッキ

落魄〔名、自サ〕落魄、沒落、淪落、潦倒（＝零落、零落れる、落魄れる）

落魄の憂き目を見る（沒落下去、遭受潦倒的痛苦）

落魄の憂目を遭う（沒落下去、遭受潦倒的痛苦）遭う会う逢う遇う合う

落莫〔形動、副〕落寞、寂寞、冷落、淒涼（＝物寂しい、物淋しい）

落莫たる荒野に佇立している（佇立在冷落的荒野）佇立佇む荒野荒野

落莫たる廃坑（沉寂的廢坑）

落莫たる感が有る（有落寞之感）

秋風落莫たり（秋風落寞）

落磐、落盤〔名、自サ〕礦井塌陷、礦坑坍方

長雨で落磐の危険が有る（因久雨礦坑有塌陷的危險）

炭坑が落磐したけれども幸いに怪我人が無かった（煤礦坑塌陷可是幸好沒有人受傷）

坑内で落磐事故が遭った（礦坑裡發生了坍方事件）

落筆〔名、自サ〕落筆、動筆、下筆、亂寫亂畫、閒寫閒畫

非凡な落筆（非凡的落筆）

落命〔名、自サ〕喪命、死亡（＝死ぬ）

飛行機事故で落命した（因飛機事故喪了命）

不慮の事故で落命した（因意外事故喪了命）

落葉、落葉，落ち葉〔自サ〕落葉、枯葉色、紅黃色

山の木木が落葉してすっかり冬景色に為った（山上樹葉脫落完全變成冬天景象）

銀杏はすっかり落葉した（銀杏葉完全脫落了）銀杏公孫樹銀杏銀杏

落葉を搔く（摟落葉）

落葉色、落葉色（枯葉色、紅黃色）

落葉松、落葉松，唐松（落葉松）

落葉樹（落葉樹）←→常綠樹

落雷〔名、自サ〕落雷、雷擊、放電現象

落雷で木が燃え出した（由於雷擊樹木燃燒起來了）

昨夜の落雷で二、三人死んだ（昨夜落雷擊斃了兩三個人）昨夜昨夜昨夜

落淚〔名、自サ〕落淚、流淚

思わず落淚する（不禁流淚）

彼の話を聞いて思わず落淚した（聽了他的話不禁流淚）聞く聽く訊く利く效く

彼女の落淚を見るに忍びない（不忍心看她流淚）忍ぶ偲ぶ

落霜紅、梅擬〔名〕〔植〕落霜紅

落葵、蔓紫〔名〕〔植〕落葵

落下〔名、自サ〕落下、降下

垂直に落下する（垂直落下）

真逆樣に落下する（頭朝下倒栽蔥地下來）

落下傘（降落傘＝パラシュート parachute）

落下傘部隊を派遣する（派遣降落傘部隊）

落花〔名〕落花、花落

落花紛紛たる景色が実に美しい（落英繽紛的景致真美麗）実に実に

落花枝に返らず破鏡再び照らさず（落花枝難返破鏡不重圓、覆水難收）枝枝

落花情有れども流水意無し（落花有意流水無情）

落花流水の情（落花流水之情）

落花心有り（落花有意）

落花狼藉（落花狼藉、凌亂不堪）

落花生〔名〕落花生（＝ピーナッツ peanut、南京豆）

落花生から油を取る（用落花生榨油）油脂膏取る捕る攝る採る撮る執る盜る

落果〔名〕掉下的果實、果實掉下

落果を拾う（撿拾掉下的果實）

落款〔名、自サ〕落款（＝署名、印）

落款の無い絵（沒有落款的畫）

落款が有る本（有簽名的書）有る在る或る

落球〔名、自サ〕漏接、沒有接住棒球

落球粘度計（〔理〕落球黏度計）

落居〔名、自サ〕著落、決定、判決

落慶〔名〕（神社或佛殿等）落成慶祝、慶祝落成

落慶式（〔神社或佛殿等〕落成慶祝典禮）

落ちる〔自上一〕落下，墜落，降落（＝下がる、落下する）。脫落，丟掉，下（＝降る）。（光線）照射（＝射す）。（花樹）凋謝，凋零（＝散る）。（聲望或地位等）低落，降低（＝低くく為る）。墮落，淪落（＝落ちる、落魄れる）（質量）變壞，變劣（＝劣る）。遺漏脫落（＝漏れる、欠ける、抜ける）。落第，落選，落於人後（＝落第する）。（日月）沒落（＝沈む）。（河川）注入（＝注ぐ）。（病）癒（＝癒える）。（脂粉或光澤）消失（＝消える、失せる）。（顏色）褪色，掉色（＝褪せる）。（頭髮、牙齒或塵土）脫落（＝抜ける）。逃亡，亡命（＝逃げる）。陷入，墜入（＝掛かる）。陷落（＝陥る）。（魚鳥）死（＝死ぬ）。〔柔道〕絕息，斷氣（＝気絶する）。歸於，落到，（價值或數量）低落，減少（＝減る）。（風）停息（＝止まる）。坦白說出（＝白狀する）。有歸結，有結論（＝落着する）

木の葉が落ちる（樹葉落下）木樹木木

二階から落ちる（從二樓墜落）

屋根が落ちた（屋頂塌了）

船から海中に落ちた（從船上掉到海裡）

ㄌ

猿も木から落ちる（猴子也會從樹上掉下、智者千慮必有一失、淹死都是會游泳的）猿猿

木から落ちた猿（失掉依靠仗勢的人）

もしもし何か落ちましたよ（喂！喂！你的東西掉了）

飛行機が落ちた（飛機掉下來了）

ボタンが落ちた（扣子掉了）

涙が落ちる（落涙、眼涙掉下）

雨が落ちる（下雨）

大粒の雨が落ちて来た（下起大雨來了）

雷が落ちる（打雷）雷雷稲妻（閃電、飛快）稲光（閃電、閃光）

月の光がベットに落ちる（月光照射到床上）

日光が窓に落ちる（陽光照射到窗上）月光

花が落ちた（花落了、花謝了）

評判が落ちた（聲望低落了）

名声が落ちた（聲望低落了）

人気が落ちた（人緣低落了）

彼の勢力が落ちた（他的勢力沒落了）

風が落ちた（風小了）

速力が落ちる（速度減慢）

乞食迄に落ちた（淪落為乞丐了）乞食乞食乞食乞丐乞丐

掏摸迄に落ちた（淪落為扒手了）掏摸泥棒強盗匪賊

此は見本より落ちる（這個比貨樣差）

品が落ちる（質量變壞）品科

品質が落ちる（品質變壞）

此の本は一枚落ちて居る（這本書脫落了一張）

名簿に名前が落ちた（名簿上漏了名字）

大事な二字が落ちて居る（漏掉了重要的兩個字）

今度の選挙に落ちた（在這次選舉中落選了）

人後に落ちぬ心算だ（估計不落於人後、相信不落於人後）心算積り

入学試験に落ちた（入學考試沒有考上）

百メートル予選に落ちた（一百公尺預賽被刷下來了）

日が西山に落ちる（日落西山）西山青山

日が西の山に落ちる（日落西山）

黄河は渤海に落ちる（黃河注入渤海）

瘧が落ちた（瘧疾好了）怒り興り起り熾り

眩暈が落ちた（頭暈好了）眩暈目眩

艶が落ちた（失掉了光澤）

色が落ちる（褪色）

紫が落ち易い（紫色容易掉色）易い廉い安い

机の上に塵一つ落ちて居ない（桌上一點灰塵也沒有）塵埃塵埃

歯が落ちた（牙齒掉了）歯葉派刃覇羽波端破

東へ落ちた（往東逃跑了）

都を落ちる（逃出都城）

恋に落ちた（墜入情網）恋鯉請乞

敵の計略に落ちる（墜入敵人策略）敵敵仇

罪に落ちる（犯罪）

城が落ちた（城池陷落了）城白代

落ちた鳥（死鳥）

首を締められて落ちる（被勒住脖子而窒息）締める閉める占める絞める染める湿る

人手に落ちる（落到別人手裡）

結局同じ理屈に落ちる（結局歸於一個道理）

籤が弟の手に落ちた（弟弟抽籤抽中了）
籤籤

競売で僕に落ちた（拍賣結果歸於我了）
競売 競売 競売

２０３高地は我軍の手に落ちた（203 高地落於我軍之手）

品が落ちると値段も落ちる訳だ（貨色一差價格當然也降低）

見物人が落ちる（參觀遊覽的人變少了）
見物（參觀遊覽）見物（值得看的東西）

風が未だ落ちない（風還沒停）未だ未だ

詰問されて遂に落ちた（因被追問終於坦白說出來了）遂に 終に

腑に落ちない（不明白、不能領會）

彼の說明は如何も腑に落ちない（他的說明我怎麼也不明白）如何 如何 如何 如何にも

話は此の点に落ちた（話到這一點就有歸結）

落つれば同じ谷川の水（殊途同歸）

落ち、落〔名〕遺漏，差錯（＝抜、洩、漏、手抜かり）、結果，下場（＝結末）。（話的）結尾。（相聲的）結尾語（＝下げ）

〔造語〕流落地方、〔象棋〕讓子

帳簿に落ちが有る（帳簿上有錯記漏登地方）

手続に落ちが有る（手續不全）

人の落ちを拾う（挑別人的毛病）

落ち無く調べる（無遺漏地檢查）

逃げ出す位が落ちだろう（結果也只好逃出）

笑われるのが落ちだ（結果只會落得別人恥笑）

田舎落ち（下鄉）

角落ち（讓一個〝角〞-象棋實力懸殊去掉〝角行〞的讓子方法）

落ち合う、落合う〔自五〕碰頭，相會，相見、匯合、合流、湊在一起、一致

落ち合う場所を決める（約定碰頭地點）決める 極める

奈良で落ち合う事に為た（約定在奈良會齊）事 言 異 琴 箏 殊

約束して駅で落ち合う（約定在車站見面）

二つの川が落ち合う（兩條河流匯合）川 川 皮 革 側

二つの河が落ち合う所（兩條河流匯合處）所 處 所

二つの河が落ち合う所に（在兩條河流匯合處）所〔接尾〕所〔接助〕

意見が落ち合った（意見一致了）

落ち合い、落合い〔名〕碰頭，相會，相見、匯合處，合流處

重慶は揚子江と嘉陵江の落ち合いに在る（重慶位於揚子江和嘉陵江匯合處）在る 有る 或る

落ち足、落足〔名〕〔古〕打敗戰逃走的步伐、河水減退的時候

落ち穴、落穴〔名〕陷阱（＝落とし穴）

落ち穴を備え付ける（布置陷阱）備える 供える 具える

落ち鮎、落鮎〔名〕（秋季的）香魚（秋季由上游順流而下產卵）↔上り鮎

落ち入る、陷る〔名〕陷入，落入，墜入（＝落ち込む、嵌まる）、陷落

穴に落ち入る（掉進坑裡）穴 孔

難局に落ち入る（陷於困難局面）

困難な立場に落ち入った（陷入困境）

苦境に落ち入る（陷於苦境）

危險に落ち入る（陷於危險）

意識不明に落ち入る（陷於昏迷狀態）

危篤に落ち入る（陷於病危）

病人は昏睡狀態に落ち入る（病人陷入昏睡狀態）

敵の術中に落ち入るな（別中敵人詭計）敵 敵 仇

奸計に落ち入る（中了奸計）奸計 姦計

計略に落ち入る（中計、中了圈套）

敵の城が愈愈落ち入る（敵城眼看就要陷落）

トーチカが落ち入った（碉堡陷落了）

落ち魚、落魚〔名〕在下游產卵的魚（＝落ち鮎）、深水魚、死魚

落ち失せる、落失せる〔自下一〕逃匿、逃亡

山の方へ落ち失せた（往山裡逃亡了）

落人、落人、落人〔名〕逃亡者、敗走者、潰軍、殘兵、逃兵

落ち縁、落縁〔名〕（比屋裡地板低的）走廊

落ち落ち〔副〕（下接否定）安靜、安心（＝落ち着いて、安らかに）

夜も落ち落ち眠れない（夜裡都不能安眠）眠る 睡る 寝る

心配で夜も落ち落ち眠れない（擔心得夜裡都不能安眠）

騒がしくて本も落ち落ち読めない（吵得不能安靜看書）

気が所為て落ち落ちと為て居られぬ（焦急得安靜不下來）

落ち掛かる、落掛る〔自五〕將要掉下

川へ落ち掛かる所で会った（險些掉到河裡）会う 遇う 逢う 遭う 合う 有る

崖へ落ち掛かる所で会った（險些掉到懸崖下）崖影陰蔭翳

落ち重なる、落重なる〔自五〕落下許多層、落成一堆

落葉が落ち重なっている（落葉重重）落葉 落葉

地面も見えぬ程木の葉が落ち重なっている（樹葉落得滿地都是）

落ち方、落方〔名〕花將落的時候、落下的樣子（＝落ち目、落目）

落ち目、落目〔名〕倒霉，敗運、（商品）分量不足，掉秤

落ち目に為る（倒霉起來、每況愈下、走起下坡來）為る 生る 成る 鳴る

落ち転び、落転び〔名〕摔倒，滾倒、倒霉，敗運（＝落ち目、落目）

落ち髪、落髪〔名〕脫落的頭髮（＝落ち毛、落毛）

落ち髪が多い（脫落的頭髮很多）落髮（剃髮）

落ち毛、落毛〔名〕脫落的頭髮（＝落ち髪、落髪）

秋に為ると落ち毛がめっきり多く為る（到了秋天掉的頭髮顯著地多起來）

落ち口、落口〔名〕（水）流落處、開始落下、中標人，中籤人

滝の落ち口（瀑布流落處）

落ち栗、落栗〔名〕（由樹上）掉下的栗子

落ち栗色、落栗色（黑紅色、醬紫色）

落ち窪む、落窪む〔自五〕塌陷

落ち窪んだ目（塌眼窩）目眼 眼 眼睛

落ち零れ、落零れ〔名〕撒出來的東西，漏出來的東西、剩下來的東西，殘羹剩飯，餘惠（＝御零れ）

落ち零れ米（漏出來的米粒）

落ち零れの生徒（脫隊的學生）

落ち込む、落込む〔自五〕陷入，墜入，落入，掉入（＝嵌まる）、塌陷（＝窪む）

溝の中に落ち込む（掉進溝裡）溝渠溝謎

池に落ち込む（掉進池裡）

地震で地が落ち込んだ（因為地震地塌陷了）

頬が落ち込んでいる（兩頰塌陷著）頰頰頰っぺ

目が落ち込む（眼窩塌陷）

思い掛けない幸運が落ち込む（遇到意想不到的幸運）幸運好運

エネルギー欠乏で生産が落ち込んだ（因為能源缺乏生產一落千丈）

危険に落ち込む（陷入險境）

落ち込み、落込み〔名〕掉進，塌陷、下跌，下降

不況に因る需要の落ち込み（由於蕭條需求減少）

輸出の落ち込み（出口下降）

落ち様、落様〔名〕正要落下、將要落下、快要落下（＝落ちしな）

落ち様に引き止められた（正要掉下時被拉住了）

落ち着く、落着く、落ち付く、落付く〔自五〕定居，落戶，落腳，安頓，沉著，穩重，鎮靜，安靜、心平氣和、穩定，平穩，調和，配合，適稱，素淨，不花俏，有歸結，有著落，久居（某工作單位）

落ち着く先（落腳的地方）

宿に落ち着く（在旅館住下）

田舎に落ち着いてからもう五年に為る（在鄉下落戶以來已經五年了）

世界を廻った揚句台北に落ち着いた（環遊了世界最後在台北落了腳）廻る巡る回る揚句挙句

台中に落ち着く（在台中定居）

尻が落ち着かない（坐不住）

落ち着いて勉強する（靜下心來用功）

落ち着いた態度（沉著的態度）

やっと気が落ち着いた（好容易心神才安定下來）

少し気が落ち着かない（有些心神不寧）少し些し

如何も気が落ち着かない（有些心神不寧）如何如何如何如何

心が落ち着かない（靜不下心來）

引っ越した許りで未だ落ち着かない（剛搬了家還沒有穩定）未だ未だ

落ち着いて考えて見た（平心靜氣地想一想）

細君を貰ってから落ち着いた（娶了老婆以後不再浮盪了）

落ち着いた夜（幽靜的夜晚）夜夜夜

慌てないで落ち着いて話し為さい（別著急慢慢說）

痛みが少し落ち着いた（疼痛稍好一些）

食べた物が胃に落ち着かない（吃的東西反胃）

騷動が落ち着いた（騷動平息了）

相場が落ち着いている（行情穩定）

物価が落ち着いた（物價穩定了）

今の所物価が落ち着いている（現在物價平穩）

油絵は日本間に落ち着かない（日本式房間掛油畫不調和）

落ち着いた色（調和的色彩）

落ち着いた着物の柄（素淨的衣料花樣）

交渉は一応落ち着いた様だ（談判似乎暫時有了歸結）

不起訴に落ち着いた（結局不起訴了）

一段落落ち着いた（告一段落）

二十年も台湾大学に落ち着いて居た（一直在台湾大學待了二十年）

落ち着き，落着，落ち付き、落付〔名〕沉著，鎮靜，穩重，平穩，調和，適稱

落ち着きの有る人（沉著的人）

心に落ち着きが無い（心神不定）

落ち着きが無い（不穩重）

落ち着きを失う（不冷靜、不沉著）

此の絵が落ち着きが無い（這畫沒有安定感）

此の花瓶は落ち着きが悪い（這個花瓶放不穩）

落ち着きの悪い机（放不穩的桌子）

洋間に日本画では落ち着きが無いが悪い（西式房間掛日本畫不適稱）

落ち着き角、落着角〔名〕〔理〕靜止角、休止角

落ち着き先、落着先〔名〕目的地、落腳處、新住址

落ち着き先は下記の通りです（新住址如下）

落ち着き速度、落着速度〔名〕〔理〕恆定速度、穩定速度

落ち着き払う、落着払う〔自五〕非常沉著、十分鎮靜←→慌てる、狼狽える

落ち着き払って答弁する（非常沉著地答辯）

落ち着き払ってびくとも為ない（絲毫不動、從容不迫）

落ち着き払ってびくとも為ず（絲毫不動、從容不迫）

彼は何を言われても落ち着き払って居た（不管別人説什麼他都很鎮靜）

落ち着ける、落けるく、落ち付ける、落付ける〔他下一〕使沉靜下來、使穩靜下來

落ち着けて考えて御覧（平心靜氣想想看）

心を落ち着けて勉強する（靜下心來學習）

身を落ち着けて勉強に励む（一心一意努力用功）

身を落ち着けて仕事に励む（一心一意努力工作、平心靜氣努力工作）

落ち度，落度，越ち度，越度〔名〕過失，過錯（＝誤る、謬る）、失策，失敗。〔古〕繞過關口偷渡的罪

此は君の落ち度だ（這是你的過失）此是之維惟

人の落ち度を探す（找人的過錯）探す捜す

仕事に落ち度が多い（工作上漏洞太多）蓋い蔽い覆い被い

落ち延びる，落延びる〔自上一〕（平安）逃到遠方（＝逃れ出る）

外国に落ち延びた（逃到國外）外国外国

九州へ落ち延びる（安全地逃到九州）

落ち振れる、落魄れる、零落れる〔自下一〕落魄、零落、淪落

すっかり落ち振れる（完全沒落）

落ち振れて異郷に彷徨う（落魄而流落他郷）彷徨うさ迷う

落ち振れた文士（落魄的文人）

乞食に迄落ち振れる（淪落為乞丐）乞食乞食乞食

落魄れ果てる、零落れ〔自下一〕破落、衰敗、窮途潦倒、落魄之極

落ち穂、落穂〔名〕（收割後的）落穗

落ち穂を拾う（拾落穗）

落ち穂拾（拾落穗）

落ち武者、落武者〔名〕敗走的武士、敗兵

落ち武者は芒の穂に怖づ（敗兵膽虛）

落ち目、落目〔名〕敗運，倒霉，倒運，衰敗、（商品）掉分量，掉秤

落ち目に為る（倒起霉來、走背運、走下坡路）

益益落ち目に為る（每況愈下、江河日下）

其の会社の商売は一年又一年と落ち目に為る（那家公司的生意一年不如一年）

彼の人ももう落ち目だ（他已交背運了）

落ち物、落物〔名〕遺失物（＝落し物）

落ち行く、落行く〔自五〕逃走、亡命（＝逃げて行く）、歸結（＝落ち着く）、落魄，零落，淪落（＝落魄れて行く、零落れ行く）

落ち行く先は北海道（逃走的目的地是北海道）

落ち行く先はAmerica（逃走的目的地是美國）

如何落ち行くか分からない（結果如何不得而知）分る解る判る

あんな金持が落ち行くとは考えられない事だ（那樣的富翁沒法想像會一直淪落下去）

落つ〔自上二〕（落ちる的文語形式）落、墜落

巨星落つ（巨星殞落、〔喻〕偉人逝世）

落っこちる〔自上一〕〔俗〕落下、墜落、降落、脱落、低落、墮落、淪落、遺漏、落第、沒落（＝落ちる）

落とす、落す〔他五〕丢下，扔下，弄掉←→拾う。丢掉，失落，喪失，失掉（＝失う）。除去，除掉（＝無くする）。攻陷，攻落（＝攻め取る、陥れる）。脱落，遺漏（＝残す、漏らす）。降低，貶低，減低，敗壞（＝削げる、減らす）使陷入，陷害（＝陥れる）。使逃走，放走（＝逃がす）。使落選，使不及格。醫治。流，漏，洩（＝流す、滴らす）。中籤，中標，買

到。殺害(=殺す)。開(齋)。淪落。不省人事、結束

（接於其他動詞下構成複合動詞）表示漏・掉，落

本を床び落とした（把書掉落在地板上了）
屋根から瓦を落とす（從屋頂往下扔瓦）
爆弾を落とす（扔炸彈）
観光客が台北に金を落とす（觀光客把錢花在台北）
木を揺すって実を落とす（把果實從樹上搖下來）揺する譲る
垢を落とす（去掉污垢）
風呂を落とす（放掉浴池裡的水）
志願者を落とす（淘汰報名者）
湖に月が影を落としている（月光映在湖面上）影蔭陰崖
財布を落とした（把錢包丟掉）
時計を落とした（把手錶丟了）
信用を落とす（失掉信用）
其の事件ですっかり信用を落として終った（由於該事件信用完全喪失了）終う仕舞う
気を落とす（沮喪）
命を落とす（喪命）
勇気を落とす（喪失勇氣）
口髭を落とす（剃去鬍子）
着物の垢を落とす（弄掉衣服的污垢）
靴の泥を落とす（弄掉鞋子的泥土）靴履沓鞋
城を落とす（攻陷城池）城代白
一語落とした（寫漏了一字）
私の名を落とした（把我的名字遺漏了）名菜汝名
一言言い落とす（說漏了一句話）一言一言一言

評判を落とす（減低身價）
音程を落とす（降低音程）
声を落とす（降低聲音、放低聲音）
値段を十円落とす（減價十元）
官位を落とす（降職）
speedを落とす（減速度）
品質を落とさない（不降低品質）
人の罪に落とす（陷人於罪、使人犯罪）
鼠を落とす（用圈套捕鼠）
傷病者を先に落とす（使傷病者先逃）
敵を落とす（放走敵人）
三十点以下の生徒を落とす（把三十分以下的學生作為不及格）
瘧を落とす（醫治瘧疾）
涙を落とす（落淚）
水を溝へ落とす（把水洩到溝裡）溝溝
入札を落とす（中標）
競売で落とす（在拍賣時買到）競売競売競売
此の品は競で落とした（這東西是在拍賣時買到的）
首を落とす（斬首）
鶏を落とす（殺雞）
精進を落とす（開齋）
乞食に身を落とす（淪為乞丐）乞食乞食乞食乞丐乞丐
柔道の手で落とす（用柔道把人摔得不省人事）
手形を落とす（票據兌現）
書き落とす（寫漏）
二字書き落とした（寫漏了兩個字）
射落とす（射落、取得）
鳥を射落とす（把鳥射下來）

社長のポストを射落とした（取得總經理的職位）

攻め落とす（攻陷、攻取）

敵陣を攻め落とす（攻陷敵陣）

洗い落とす（洗掉）

髪を洗った後で石鹸を洗い落とす（洗髮後把肥皂洗掉）

落とし、落し〔名〕落下、掉下的東西、圈套，陷阱（＝罠、落とし穴）、（木製火盆內部的）火圈、門上的插梢、話的結論（＝話の落ち）

獣が落としに掛かった（野獸掉進陷阱裡了）獣 獣 掛かる架かる懸かる羅る係る繋る

落としを掛ける（設陷阱、設圈套）掛ける搔ける欠ける書ける賭ける駆ける

落としを設ける（設陷阱、設圈套）設ける儲ける

落としに引っ掛かった（中了圈套）

鼠落とし（捕鼠器）

落としを差し込んで呉れ（請把門上的插梢插上）呉れる暮れる繰れる刳れる

落とし穴、落し穴〔名〕陷阱。〔喻〕圈套，毒計，策略

狼が落とし穴に落ちた（狼掉入陷阱了）

落とし穴に落ちる（掉入陷阱）

落とし穴を作る（做陷阱）作る造る創る

落とし穴に陥れようと為る（想使人陷入圈套、想陷害人）

人の落とし穴を掛かる（中了他人的圈套）掛かる懸かる架かる羅る係る繋る

落とし罠、落し罠〔名〕陷阱、陷害人的圈套

落とし芋、落し芋〔名〕〔烹〕加山芋泥的湯

落とし入れる、陥れる〔他下一〕陷害、使陷入、攻陷

人を落とし入れる（陷害人、騙人上圈套）

人を罪に落とし入れる（騙人犯罪）

人を落とし入れようと為て自ら陥る（害人反害己）

彼は私を苦境に落とし入れようと為た（他想使我陷入困境）

苦しみのどん底に落とし入れる（陷入水深火熱之中）

敵城を落とし入れる（攻陷敵城）

敵の陣地を落とし入れる（攻陷敵人陣地）

落とし紙、落し紙〔名〕衛生紙（＝塵紙）

水洗式便所を落とし紙で塞がった（抽水馬桶被衛生紙塞住了）

落とし差し、落し差し〔名〕垂直佩刀

落とし子、落し子〔名〕私生子（＝私生児、父無し子、庶子）←→嫡子、（非預期的）結果，產物

落とし胤、落し胤、落とし種、落し種〔名〕（貴族的）私生子（＝落胤）

落とし卵、落し卵〔名〕〔烹〕（湯裡的）臥雞蛋、臥果子

落とし鍛造、落し鍛造〔名〕〔冶〕落鍛

落とし槌、落し槌〔名〕〔建〕（打樁用的）撞槌

落とし戸、落し戸〔名〕（上下開的）活板門、吊門

落とし主、落し主〔名〕失主

落し物を落とし主へ返す（把遺失物還給失主）返す帰す還す反す孵す

拾い物を落とし主へ返す（把拾到的東西還給失主）

落とし主を捜す（尋找失主）捜す探す

落とし話、落し話、落し噺、落し噺〔名〕（日本的）單口相聲（＝落語）

落とし蓋、落し蓋〔名〕商下開閉的盒蓋、比鍋口小的鍋蓋（會卡在鍋裡）

落とし文、落し文〔名〕（故意遺在路上的）匿名信（＝落書）

落とし文の來源を調べる（調查故意遺在路上的匿名信來源）

落とし前、落し前〔名〕〔俗〕（流氓之間）調解糾紛、了事、了事的費用

落とし幕、落し幕〔名〕垂幕

落とし幕を切って落とす（把垂幕切斷繩索而放下來）

落とし水、落し水〔名〕（收割前稻田的）排水，洩水、排出的水，洩出的水

落とし水を為てから稲刈りを為る（放水之後割稻）稻稻

落とし味噌、落し味噌〔名〕沒有磨碎的粗味噌湯

落とし物、落し物〔名〕失落的東西、遺失物

落とし物を持主へ返す（把失物還給原主）

落とし物を為る（遺失東西）

落とし物を拾う（拾到失物）

落っことす〔他五〕〔俗〕丟下、丟掉、失落、除去、除掉、攻陷、攻落、脫落、遺落、（＝落とす）

絡（ㄌㄨㄛˋ）

絡〔漢造〕連接，聯繫、纏繞

連絡、聯絡（聯絡，聯繫，彼此關聯、通訊聯繫、連接，聯合，聯運）

脈絡（脈絡，關連、聯貫、條理）

経絡（條理，系統、〔醫〕經絡）

籠絡（籠絡）

絡繹、駱駅〔名、形動〕絡繹

絡繹と為て絶えず（絡繹不絕）絕える耐える堪える

人馬絡繹と為て絶えず（人馬絡繹不絕）

絡ます〔他五〕使纏繞、使糾纏（＝絡ませる、絡み付かせる）

糸瓜の蔓を竹に絡ます（使絲瓜藤纏繞在竹子）蔓鶴弦 蔓

糸を絡ます（纏線）

絡ませる〔他下一〕使纏繞、使糾纏（＝絡ます）

絡まる〔自五〕纏繞（＝巻き付く）、糾纏（＝絡み付く）

針金が足に絡まる（鐵絲掛住腳、鐵絲絆住腳）

蔦が木の幹に絡まる（常春藤繞在樹幹上）木木木樹幹幹幹

蔦が木に絡まる（常春藤繞在樹上）

木に凧が絡まる（風箏纏繞在樹上）凧蛸章魚胼胝烏賊種種種種種種色色

此には種種な事情が絡まっている（這裡面有種種複雜的情形、這裡面有許多糾葛）

色色な事が絡まっている（種種事情糾纏在一起）堪る溜まる貯まる

彼は義理に絡まれて否と言い兼ねた（他礙於情面難以開口拒絕）否厭嫌否稻鯔

子供が絡まって煩くて堪らない（孩子糾纏著很不耐煩）煩い五月蠅い煩い患い

絡む〔自、他五〕纏繞（＝絡まる）、糾纏（＝巻き付かせる）

糸が足に絡む（線繞在腳上）足脚

痰が喉に絡む（痰度堵住喉嚨）喉咽

マフラーを首に絡む（用圍巾繞在脖子）首頸首 首 頭 首 首級此方此方此方此方

先方が絡んで呉れば此方も其の考えが有る（對方若是藉口糾纏我也有辦法對付他）

絡んだ言い方を為るな（別藉口講歪理）

良く絡む奴だ（愛胡搞蠻纏的傢伙）良く好く善く奴奴奴

彼奴は酔うと人に絡む（他一喝醉就纏人）

絡み合う〔自五〕互纏、糾纏

縄が絡み合う（繩子纏在一起）

事件が絡み合って解決出来ない（事情複雜糾纏無法解決）

絡み合い〔名〕糾纏在一起、互相牽連、緊密結合

絡み付く〔自五〕纏上、繞上、糾纏住（＝巻き付く）

蛇が木に絡み付いた（蛇盤在樹上了）蛇蛇蛇 蝦海老

縄が足に絡み付いた（繩子絆住了腳）足脚葦蘆

蔓が足に絡み付く（蔓藤絆住腳）

日曜には子供がパパに絡み付いて離れない（星期日孩子糾纏爸爸不放）離れる放れる

子供が絡み付く（孩子纏人）

首に絡み付く（摟住脖子）

ㄌ

絡み付ける〔他下一〕把纏繞、使糾纏

　　縄を柱に絡み付く（把繩子纏繞著柱子）

絡げる、紮げる〔他下一〕紮捆（=縛り束ねる）、捲起，撩起（=捲り上げる、纏い付ける）

　　荷を絡げる（把貨物綑起來）

　　荷を縄で絡げる（把貨物用繩子捆起來）

　　裾を絡げる（把衣服下襬捲起來、把衣服下襬撩起來）

絡げ、紮げ〔名〕紮、捆、束

　　一絡げに為る（紮成一束、捆成一把）摩る擂る磨る掘る擦る摺る刷る

　　十把一絡げに為る（混為一談、不分清紅皂白）

絡繰る〔他五〕操縱（=操る）、牽線、佈置機關

絡繰り、機関〔名〕操縱（=操る事）、機關，自動裝置（=仕掛、裝置）策略 計策 詭計（=計略）、籌措、想辦法（=遣繰、算段）

　　時計の内部の絡繰り（鐘錶内部裝置）

　　絡繰りがすっかりばれて終った（策略完全暴露了）終う仕舞う

　　其には色色絡繰りが有る（那裡面包藏著種種詭計）色色種種種種種種樣樣

　　悪事の絡繰りを見破る（識破壞事的計策）

　　彼が絡繰りを為たに違いない（必定是他搗的鬼）

　　生計を立てるのに色色絡繰りを遣る（為了維持生計想了種種辦法）

　　絡繰り仕掛（機器裝置、自動裝置、騙人的戲法）

　　絡繰り芝居（木偶戲）

　　絡繰り人形（自動娃娃、提線木偶、當魁儡的人）人形人形

　　彼は絡繰り人形だ（他是個魁儡）

　　絡繰り眼鏡（西洋鏡=覗き眼鏡）眼鏡眼鏡

　　絡繰り屋（詭計多端的人）

酪（ㄌㄨˋ）

酪〔名、漢造〕乳酪、肉類蒸出來的湯、搾出來的果汁

　　乳酪（乳酪）

　　牛酪（奶油=バター）

　　乾酪（乾酪=チーズ）

酪牛〔名〕乳牛

酪酸〔名〕〔化〕酪酸、丁酸

　　酪酸塩（丁酸鹽）

酪農〔名〕酪農、畜牧製酪業（飼養乳牛的牧場、奶油製乳酪農場）

　　酪農を営む（經營製酪場）

　　此の五年来酪農が急速に発展して来た（這五年來酪農急速地發展起來了）

　　酪農場（製酪場）場場

　　酪農製品（乳製品）

　　酪農家（經營乳酪業的農家）

駱（ㄌㄨㄛˋ）

駱〔漢造〕駱駝、絡繹不絕

駱駅、絡繹〔名、形動〕絡繹

　　絡繹と為て絶えず（絡繹不絕）絶える耐える堪える

　　人馬絡繹と為て絶えず（人馬絡繹不絕）

駱駝〔名〕駱駝、駝絨

　　駱駝は砂漠の旅の舟である（駱駝是沙漠之舟）砂漠沙漠旅度足袋舟船

　　駱駝に乗って沙漠を渡る（騎駱駝走過沙漠）乗る載る渡る涉る亘る

　　駱駝の瘤（駝峰）瘤昆布昆布鼓舞

　　一瘤の駱駝（單峰駱駝）

　　二瘤の駱駝（雙峰駱駝）

　　駱駝のシャツ（駝絨襯衫）

　　駱駝色（淡茶褐色）

　　駱駝色の毛布（駝色毛毯）

　　駱駝織（駝絨織物）

駱馬、羊駝〔名〕〔動〕美洲駝、無峯駝

卵（ㄌㄨㄢˇ）

卵〔名、漢造〕卵，蛋（=卵、玉子）、卵子（=卵子）

　受精卵（受精卵）

　鶏卵（雞蛋）

　産卵（產卵、下蛋）

　蚕卵（蠶卵）

　累卵（累卵、形勢危急、處境危險）

　孵卵（孵卵）

　腐卵（壞雞蛋）

卵円形〔名〕橢圓形（=卵形、卵形）

卵形、卵形〔名〕卵形、蛋形

　卵形の石（蛋形的石頭、橢圓形的石頭）石岩磐石石

卵形成〔名〕〔動〕卵子發生

卵形囊〔名〕〔解〕（內耳的）橢圓囊

卵黄〔名〕卵黃（=黃身）←→卵白

　卵黄にはコレステロールが含まれて有る（蛋黃裡含有膽固醇）

卵白〔名〕卵白、蛋白（=白身）←→卵黄

　卵白でカステラを作る（用蛋白做蛋糕）作る造る創る

卵塊〔名〕（魚或昆蟲等的）卵塊

卵殻、卵殻〔名〕卵殼、蛋殼（=卵の殼）

　卵殻に斑点が有る（蛋殼有斑點）

卵核〔名〕〔動〕卵核

　卵核胞（胚胞）

卵割〔名〕〔生〕卵裂

　卵割球（卵裂球）

　卵割面（卵裂面）

卵管〔名〕輸卵管（=輸卵管）

卵球〔名〕〔植〕卵球

卵菌類〔名〕〔動〕卵菌亞綱

卵原細胞〔名〕〔動、植〕卵原細胞

卵細胞〔名〕卵細胞

　卵細胞が発育し出す（卵細胞開始發育）

卵子〔名〕卵子（雌性的生殖細胞）←→精子

　卵子と精子が結合する（卵細胞開始發育）

卵室〔名〕〔動〕卵室

卵生〔名〕〔佛〕卵生（四生之一）

卵生〔名〕卵生←→胎生

　卵生の動物（卵生的動物）

　卵生動物（卵生動物）

　魚や鳥や虫等は卵生の動物である（魚鳥蟲等是卵生動物）魚 魚 魚 肴

卵精巣〔名〕〔動〕卵精巢

卵巣〔名〕卵巢

　卵巣を摘出（摘出卵巢）

　卵巣ホルモン（卵巢激素、卵巢荷爾蒙）

　卵巣ホルモンの分泌（卵巢激素的分泌）分泌分泌

卵装置〔名〕〔植〕卵器

卵帯〔名〕〔動〕（鳥卵的）卵黃繫帶（=カラザ）

卵胎生〔名〕〔動〕卵胎生

卵塔、蘭塔〔名〕〔佛〕橢圓形墓碑

　卵塔場、蘭塔場（墓地、墳地=墓場、墓地）

卵嚢〔名〕卵嚢

卵片発生〔名〕〔動〕卵片發育

卵母細胞〔名〕〔生〕卵母細胞

卵胞〔名〕〔動〕卵泡嚢

卵胞子〔名〕〔動〕卵孢子

卵胞刺激ホルモン〔名〕〔動〕促卵泡成熟激素

卵膜〔名〕〔動〕卵膜

卵門〔名〕〔動〕卵膜孔

卵用〔名〕卵用←→肉用

　卵用種（卵用種）←→肉用種

　卵用鶏（卵用雞）←→肉用鶏

卵翼〔名〕卵翼

　卵翼の恩（卵翼之恩、養育之恩）

卵、玉子〔名〕（蟲、鳥、魚等的）卵、（特指）雞蛋（=鶏卵）、幼雛，未成熟

卵を産む（產卵、下蛋）産む生む膿む倦む熟む續む

卵が孵る（孵蛋）孵る帰る返る変える代える換える替える蛙

卵を解く（打蛋、攪拌雞蛋）解く説く溶く梳く

産み立ての卵（剛生下來的蛋、新鮮雞蛋）

卵立て（吃雞蛋用的蛋杯）

虫が卵を木に産み付ける（蟲把卵產在樹上）

鶏が卵を産み落とす（雞產卵）

卵の黄身（蛋黃）

卵の白身（蛋白）

卵の殻（蛋殼＝卵殼、卵殼）

卵殻塗り（蛋殼漆器－塗漆後貼上蛋殼再塗漆打光製成）

卵巻き、卵巻（蛋捲）

生卵（生雞蛋）

茹で卵、茹卵（煮熟了的雞蛋、煮雞蛋）

卵形、卵形（卵形、橢圓形）

卵焼き、卵焼（煎蛋、炒蛋、煎蛋的炊具）

卵色（蛋黃色、蛋殼色）

卵酒（蛋酒－雞蛋掺酒加糖）

卵綴じ（蛋花湯）

卵丼（大碗雞蛋燴飯）

卵に目鼻（雪白端麗的臉－指女性或小孩）

卵を見て時夜を求む（見卵求時夜、操之過急）

卵で石を打つ（以卵擊石）打つ撃つ討つ

詩人の卵（志在成為詩人的人）

歌手の卵（初出茅廬的歌手）

医者の卵（實習醫師）

台風の卵（颱風的形成期）台風颱風タイフーン

乱（亂）（ㄌㄨㄢˋ）

乱〔名、漢造〕紊亂，雜亂、變亂，內亂，叛亂、音樂詩歌的最後一章←→治

乱を起す（作亂）起す興す熾す

応仁の乱（應仁之亂）

安史の乱（安史之亂）

乱に及ぶ（終於演成變亂）

治に居て乱を忘れず（居安思危）

乱を奢りより起る（亂由驕奢起）奢り驕り起る興る熾る

乱は天より降るに匪ず婦人より生ず（亂匪自天降生自婦人）

乱を以て治を攻むるは亡ぶ（以亂攻治者亡）亡ぶ滅ぶ攻める責める

混乱（混亂）

紛乱（紛亂、混亂）

紊乱、紊乱（紊亂）

錯乱（錯亂、混亂）

酒乱（酒後狂暴〔的人〕）

淫乱（淫亂）

一心不乱（一心一意、專心致力）

治乱（治亂）

戦乱（戰亂、戰爭動亂）

動乱（動亂、騷亂、慌亂）

胴乱（馬口鐵製的植物採集箱、掛腰間裝圖章藥品錢財的腰包）

反乱、叛乱（叛亂）

内乱（內亂、叛亂）

乱雲、乱雲〔名〕亂雲、烏雲（＝雨雲）

乱雲が空を覆う（烏雲蔽空）覆う被う蔽う蓋う

乱獲、濫獲〔名、他サ〕亂捕、胡亂捕獲

乱獲を禁ずる（禁止胡亂捕魚狩獵）

帝雉は乱獲の為に絶滅した（帝雉由於亂捕而滅絕了）

鯨の乱獲を規制する（限制濫捕鯨魚）

乱菊、乱菊〔名〕線菊、花瓣長度參差不齊的菊花圖案

乱逆、乱逆〔名〕叛逆（＝反逆、謀反）

乱逆を企む（企圖叛逆）巧む工む

乱行，乱行，濫行，濫行〔名〕荒唐行為、淫亂行為、粗暴行為（＝不行跡）

乱行が募る（越來越荒唐）

益益乱行が募る（越來越荒唐）

乱行を極める（行為荒唐到極點）極める窮める究める

見るに見兼ねる乱行（看不過去的粗暴行為）

酩酊して乱行に及んだ（酗酒滋事）

乱切、乱切り〔名〕（烹飪）亂切、亂剁

乱切の肉（亂切的肉）

魚を乱切する（亂切魚）魚肴魚魚

大根を乱切に為る（把胡蘿蔔亂切）擦る擂る掏る磨る摺る刷る摩る

乱切〔名〕〔醫〕多次劃破

乱切法（〔醫〕多次劃破法）

乱切刀（〔醫〕柳葉刀）

乱気流〔名〕亂流

乱杭、乱杙〔名〕（打在地上或河底）參差不齊的樁子

乱杭歯、乱杙歯（排列不齊的牙、齒列不齊的牙）

乱掘、濫掘〔名、他サ〕亂掘、亂採

鉱山の乱掘を禁ずる（禁止亂掘礦山）

石炭を乱掘する（亂採煤礦）

遺跡を乱掘する（亂掘遺跡）

地下資源を乱掘しては行けない（不得亂採地下資源）地下地下

乱軍〔名〕亂軍、混戰（＝乱戦）

乱軍で二百名死傷した（因混戰傷亡了兩百人）

乱戦〔名〕亂戰，混戰（＝乱軍）、亂打、拉鋸戰

乱戦に為る（變成一場混戰）為る成る鳴る生る

最初から乱戦に為った（比賽一開始就混戰起來）

乱戦が三時間続いて双方八百人も戦死した（混戰了三小時雙方陣亡了八百人）

軍閥乱戦（軍閥混戰）

乱戦のバスケットボール（亂打的籃球）

乱戦が三時間続いた（拉鋸戰持續了三小時）

乱撃〔名、他サ〕亂擊

乱射乱撃（亂射亂擊）

乱交〔名〕（男女）亂交、（多數男女聚在一起不分對象）亂搞兩性關係

乱高下〔名〕〔商〕（行市）大幅度波動

乱国〔名〕混亂的國家

乱婚〔名〕雜婚（＝雑婚）

未開社会の乱婚を禁ずる（禁止未開化社會的雜婚）

乱作、濫作〔名、他サ〕粗製濫造

彼は小説や戯曲を乱作している（他粗製濫造地寫小說和劇本）

彼の作家は乱作の為作品の水準が落ちた（那個作家因為粗製濫造作品水準下降）

乱雑〔名、形動〕雜亂、混亂、亂七八糟

机の上が乱雑に為っている（桌子上雜亂無章）

彼の机の上は何時も乱雑だ（他的桌上總是亂七八糟）

乱雑な引出を整理する（整理亂七八糟的抽屜）引出抽斗

引き出しの中が乱雑に為っている（抽屜裡的東西很混亂）

乱視〔名〕亂視、散光

ㄌ

彼の人は乱視だ（他的眼睛散光）掛ける懸ける翔ける欠ける書ける描ける賭ける駆ける

彼の人は乱視用眼鏡を掛けている（他戴著散光眼鏡）眼鏡眼鏡

乱視に為る（得了散光）為る成る鳴る生る

乱射〔名、他サ〕亂射、濫射、亂放

ピストルを乱射する（亂放手槍）

乱射乱撃（亂射亂擊、盲目射擊）

目標の無い乱射乱撃（沒有目標的盲目射擊）

乱酒、乱酒〔名〕席次混亂的酒宴、酗酒

酒が酣に為るに連れて乱酒に為った（隨著酒酣席次就混亂起來了）酣闌

乱酒で管を巻く（由於酗酒而發酒瘋）管管巻く撒く蒔く捲く播く

乱出、濫出〔名、自他サ〕擅自走進社會、派到社會去

実力の無い者が乱出している（沒有實力的人隨便出社會）

乱心、乱心〔名、自サ〕發瘋（=発狂、狂気）

彼は倒産で乱心した（他因為破產而發瘋了）

悲しみの余り乱心した（悲傷過度而發瘋了）悲しみ哀しみ

乱心者（瘋子）

乱臣〔名〕亂臣（=乱賊、逆臣）←→忠臣

乱臣がのさばり蔓延る（亂臣跋扈）

乱臣賊子（亂臣賊子）

乱賊〔名〕亂賊（=乱臣、逆臣）

乱賊が横行する（亂賊橫行）

乱賊を征討する（征討亂賊）

乱酔〔名、自サ〕爛醉如泥、大醉（=泥酔、酩酊）

乱酔して道端に倒れている（酩酊大醉倒在路邊）

乱数〔名〕〔數〕隨機抽樣數、隨機變數

乱数表〔名〕〔數〕隨機數表

乱数骰子（隨機抽樣數字多面體、作亂數用的二十面體）

乱世〔名〕亂世←→治世

乱世の英雄（亂世英雄）

乱世を治めるのに重典を用いる（治亂世用重典）治める収める納める修める

乱設、濫設〔名、他サ〕濫設

部局の乱設（濫設科局機構）

乱造、濫造〔名、他サ〕粗製濫造

粗製乱造の品が多い品（很多粗製濫造的東西）科品

需要に追われて乱造する（迫於需要粗製濫造）需要（必需、需求）須要（必要、必須、必須）

製品を乱造する（濫造劣質品）

乱層雲〔名〕亂層雲（=雨雲）

乱打、乱打〔名、他サ〕亂打，亂撞、（排球）賽前互相試球

警鐘を乱打する（亂撞警鐘）

乱痴気、乱痴気〔名、形動〕雜亂、混亂、喧鬧、吃醋

飲めや歌えの乱痴気を遣る（喝呀唱呀大鬧一番）

乱痴気騒ぎ（酒醉後喧鬧、耍酒瘋、因吃醋吵架=痴話喧嘩）

乱丁〔名〕書刊裝訂錯誤、錯訂、錯頁

乱丁を取り替える（換錯訂的書）

落丁本、乱丁本は御取り替え致します（缺頁錯頁的書可以更換）

乱丁本（錯頁書）

乱調〔名〕調子紊亂、步調混亂、行情混亂

脈搏が乱調に為る（脈搏紊亂）

目下経済界は乱調を来たしている（目前經濟界情況很混亂）目下目下（部下）

乱調子（調子紊亂、步調混亂、行情混亂=乱調）

乱積み、濫積み〔名〕亂堆、胡亂堆放

乱闘〔名、自サ〕亂鬥、亂打

乱闘に為る（打起群架來）
暴れ者とやぐざが盛り場で乱闘する（暴徒和無賴在熱鬧場所群毆混戰起來）

乱読、濫読〔名、他サ〕濫讀、亂唸←→精読
小説を乱読する（濫讀小説）
推理小説と探偵小説を乱読する（濫讀推理小説和偵探小説）
乱読家（不加選擇、濫讀書的人）

乱取，乱取り、乱捕り〔名〕〔柔道〕隨意練習、自由練習
乱取を始める（開始自由練習）始める創める

乱入〔名、自サ〕闖入、闖進（＝乱れ入る）
敵陣に乱入する（闖進敵陣）
工場に乱入するな（不要闖入工廠）
工場工場工廠（兵工廠）
一団の暴徒が会場に乱入して来た（一幫暴徒闖進了會場）

乱売〔名、他サ〕大賤賣（＝投売）
店仕舞の為乱売する（因停業大賤賣）
品物を乱売する（拍賣商品）

乱伐、濫伐〔名、他サ〕濫伐
乱伐が祟って下流地方は毎年大水に襲われる（因濫伐的結果下游地方每年遭受水災）
乱伐を禁止する（禁止亂伐樹木）禁じる
地方地方（鄉下、樂隊）毎年毎年大水大水
乱伐の結果山崩れが起こる（濫伐結果引起山崩）起る熾る興る怒る怒る

乱発、濫発〔名、他サ〕亂發、濫發、亂射
紙幣を乱発する（濫發紙幣）
紙幣の乱発に因ってインフレに為った（由於濫發紙幣造成了通貨膨脹）
招待券を乱発する（濫發招待券）
機関銃を乱発する（亂開機關槍）
ピストルを乱発する（亂開手槍）

乱髪、乱髪〔名〕披頭散髮
乱髪を切り落とす（剪掉蓬亂的頭髮）

乱反射〔名、自他サ〕〔理〕不規則反射、漫反射

乱費、濫費〔名、他サ〕浪費（＝無駄使い）
乱費を抑制する（抑制浪費）
乱費を非難する（譴責浪費）
金銭を乱費する（浪費金錢）
公金を乱費する（濫用公款）

乱筆〔名〕字跡潦草、拙筆
乱筆御許して下さい（字跡潦草不恭請原諒-信尾的自謙語）
乱筆御容赦下さい（字跡潦草不恭請原諒-信尾的自謙語）

乱舞、乱舞〔名、自サ〕亂舞，狂舞、〔古〕五節舞-後四，五品官的歌舞
狂喜乱舞する（狂歡亂舞）

乱暴〔名、形動〕粗暴、粗魯、蠻横←→叮嚀、丁寧
乱暴な振舞（粗暴的舉動）
酔うと乱暴を働く（喝醉了就胡鬧）
言葉遣いが乱暴だ（措詞粗魯、說話粗暴）
彼女の言葉遣いが乱暴だ（她說話粗魯）
乱暴な人（粗暴的人、胡鬧的人）
乱暴者（粗暴的人、粗魯的人＝乱暴人）
此の子は乱暴だ（這孩子太粗魯）
そんなに乱暴にドアを閉めるな（不要那麼粗魯地摔門）閉める締める占める絞める染める湿る
金を乱暴に使う（亂花錢）使う遣う
乱暴な事を言うな（不要蠻不講理）言う謂う云う
乱暴な値段を言っている（漫天開價）
其の実力で試合に出ると随分乱暴だ（如果以其實力參加比賽也太草率了）
乱暴するな（不要動粗）

ㄌ

ㄌ

乱暴を働く（動武）止める已める辞める病める

気に入らない事が有っても乱暴丈は止めなさい（即使看不慣也不能動粗）

乱麻、乱麻、乱麻〔名〕亂麻

快刀乱麻を断つ（快刀斬亂麻）断つ経つ立つ建つ絶つ発つ裁つ截つ起つ

乱脈〔名、形動〕雜亂無章、沒有次序

其の会社の内部は実に乱脈に極めている（那家公司內部簡直亂極了）実 実

経理が乱脈だ（會計一塌胡塗）極める窮める究める

乱民〔名〕亂民、擾亂國法的人、擾亂社會秩序的人、破壞和平的人

乱用、濫用〔名、他サ〕亂用、濫用

職権を乱用する（濫用職權）

職権を乱用して部下を扱き使う（濫用職權任意驅使部下）

薬の乱用は危険だ（濫用藥品是危險的）

乱離〔名〕離亂、離散、潰散

乱立、濫立〔名、他サ〕亂立

鉄道の沿線に看板が乱立する（鐵路沿線濫立著廣告招牌）甲板

汽車の沿線に広告板が乱立している（鐵路沿線濫立著廣告招牌）

ビルが乱立している（高樓大廈參差不齊地聳立著）building

此の選挙区は各党の立候補は乱立している（這個選舉區各黨紛紛提出很多位候選人）

立候補の乱立した選挙区（候選人氾濫的選區）

乱流〔名〕〔理〕紊流 ←→ 層流

乱倫〔名、形動〕亂倫

乱倫乱行を極める（亂倫放蕩到極點）極める窮める究める

乱吹、吹雪〔名〕暴風雪

吹雪を冒して進む（冒著暴風雪前進）冒す犯す侵す

吹雪を顧みない（冒著暴風雪、不顧暴風雪）顧みる省みる

吹雪を顧みず救出に向う（冒著暴風雪前去營救）

五年振りの吹雪で汽車がすっかり不通に為った（由於隔了五年才遇到的暴風雪火車完全不通了）

酷い吹雪で交通が麻痺状態に為った（交通因暴風雪而陷於癱瘓）

乱がわし〔形シク〕〔古〕混亂、雜亂

乱す〔他五〕弄亂、擾亂、破壞

列を乱す（把隊伍弄亂）見出す見出す（發現）満たす充たす

風俗を乱す（傷風敗俗）

秩序を乱す（擾亂秩序）

風紀を乱す（破壞風紀）

心を乱す（擾亂心神）

彼はクラスの雰囲気を乱した（他破壞了班上的氣氛）class

乱る、紊る〔自、他五〕弄亂、擾亂、紊亂、作亂（＝乱す、乱れる）

世の中が乱る（社會紊亂）

乱れる〔自下一〕紊亂、動亂、雜亂、散亂、煩亂

心が乱れる（心亂）

心が乱れて何も出来ない（心亂得什麼也做不下）

乱れた世の中（亂世）

其の時分は国が非常に乱れて居た（那時國家非常亂）

天下が大いに乱れる（天下大亂）

天下は麻の如く乱れている（天下亂如麻）

制度が乱れる（制度紊亂）

秩序が乱れる（秩序紊亂）

風紀が乱れている（風紀紊亂）

宴席が乱れて来た（宴席亂了）
宴会の座が乱れる（宴會的坐位錯亂）
飛行機が墜落したのは気流が乱れて居たからだ（飛機之所以墜落是因為氣流不穩定之故）
呼吸が乱れて来た（呼吸不正常了）
行進の足並が乱れる（行進的步伐亂了）
乱れた髪を整える（梳整蓬亂的頭髮）整える調える
乱れた髪を直す（梳整蓬亂的頭髮）直す治す
落葉が乱れ飛ぶ（落葉亂飛）落葉落葉

乱れ、乱〔名〕亂，蓬亂，騷亂、（能樂）沒有歌謠的一種舞蹈、（箏）曲名

髪の乱れを直す（梳整蓬亂的頭髮）直す治す
ダイヤの乱れを防ぐ（防止列車時間表的混亂）
乱れを鎮める（鎮壓騷動、鎮暴）鎮める静める沈める
乱れ足，乱り足（疲倦的腳、步伐不齊的腳步）
乱れ書き，乱り書き，乱し書き（亂塗亂寫）
乱れ籠（無蓋裝衣服的箱子＝乱れ箱）
乱れ箱（無蓋裝衣服的箱子＝乱れ籠）
乱れ髪（蓬亂的頭髮＝乱髪）
乱れ心地，乱り心地（情緒不好、精神不舒服、氣氛不好、生病感覺＝乱心）
乱れ事（騷亂的事、淫亂的事情）
乱れ世（亂世）

倫（ㄌㄨㄣˊ）

倫〔漢造〕人倫、同類

人倫（人倫、〔古〕人，人類）
不倫（違背人倫、男女不正常關係）
絶倫（絕倫、無比）
比倫（倫比、同等）

倫常〔名〕倫常（人倫之道）

倫理〔名〕倫理、倫理學

倫理に悖る事を為る（做違背倫理道德的事情）悖る戻る
倫理を守る（遵守倫理）守る護る守る盛る漏る洩る
倫理学（倫理學）
倫理的（倫理的）
倫理的な行為（倫理性的行為）
倫理的な考える（倫理上加以考慮）
倫理基準（倫理的基準）
倫理基準から離れる（離開倫理的基準）離れる放れる

淪（ㄌㄨㄣˊ）

淪〔漢造〕水的波紋、沉淪、淪亡、淪落

沈淪（沉淪、淪落、落魄、零落、沒落）

淪喪〔名〕淪喪

淪落〔名、自サ〕淪落、零落（＝堕落）

淪落した女（淪落的女人）
淪落の身（淪落人）
人格の淪落（人格的墮落）
彼は淪落して博打許りしている（他墮落得光賭錢）

輪（ㄌㄨㄣˊ）

輪〔接尾、漢造〕〔助數〕輪，朵、車、輪流，輪換、外緣、高大而華美

三輪自動車（三輪汽車）
三輪車に乗る（坐三輪車）乗る載る
オート三輪（三輪卡車＝auto-tricycle）
二輪車（二輪車）
一輪車（獨輪車）

ㄌ

一輪の明月（一輪明月）
一輪の花（一朵花）
梅一輪（梅花一朵）
梅の花が一輪咲いた（開了一朵梅花）咲く
裂く 割く
車輪（車輪、賣力表演、拼命做、盡力做）
大車輪（努力工作）
線輪（〔機〕線圈）
前輪（前輪）
後輪（後輪）
紅輪（皮疹的紅暈）
火輪（太陽、火車）
火輪車（火車的古稱）
火輪船（蒸汽船的初期稱呼）
五輪（〔佛〕五輪〔地、水、火、風、空〕、象徵五大洲的奧運標誌）
日輪（太陽）
日輪草（向日葵）
月輪（月亮、一輪明月）
法輪（〔佛〕法輪、佛法）
鉄輪（鐵環、火車輪、火車）
銀輪（自行車的美稱）
競輪（自行車競賽）
外輪（外環、外圈、外輪、輪箍、船的明輪）
覆輪、伏輪（馬鞍或刀護手的金銀鑲邊、女服開口處的鑲邊、茶道用茶碗的鑲邊）
大輪（大朵花）
小輪（小朵花）

輪禍〔名〕車禍
　輪禍が起こった（發生了車禍）起る 興る 熾る 怒る

輪郭、輪廓〔名〕輪廓、梗略、概要、概容、概形、概貌、梗概（=アウトーライン）

　顔の輪郭を描く（描繪臉的輪廓）描く 画く 描く 書く
　霧の中に富士山の輪郭がぼんやり見える（在霧中隱約可見富士山的輪廓）
　鉛筆で木の輪郭を取る（用鉛筆畫出樹木的輪廓）取る 捕る 摂る 採る 撮る 執る 獲る 盗る
　美しい輪郭（美麗的輪廓、美麗的容貌）木樹目眼
　建物の輪郭が人の目を引く（建築物的外觀引人注目）引く 弾く 轢く 惹く 挽く 牽く 曳く 退く 退く
　輪郭の整った顔（五官端正的臉）整う調う
　事件の輪郭を述べる（敘述事件的概略）述べる 陳べる 延べる 伸べる
　事件の輪郭を掴めた（掌握了事件的概略）掴む 攫む
　輪郭に廊下が有る（周圍有走廊）有る 在る 或る

輪奐〔名〕輪奐、狀麗
　中正記念堂は輪奐の美を誇っている（誇耀中正紀念堂的雄偉壯麗）

輪換〔名〕輪換
　輪換栽培（輪作、輪裁）

輪姦〔名、他サ〕輪姦

輪距〔名〕（汽車的）輪距

輪業〔名〕自行車業

輪形、輪形〔名〕輪形、環狀、圈形
　輪形動物（環狀動物）
　輪形陣（圓圈隊形）
　輪形の飾り物（圈形的裝飾品）
　太い針金を輪形に曲げる（把粗的鐵絲彎成圈形）巻ける 負ける 撒ける 蒔ける 捲ける 播ける
　輪形に座る（坐成一圈）座る 坐る 据わる

輪形〔名〕輪狀、環形

輪形に並べた九つの小粒の真珠（排成環形的九顆小珍珠）

輪形〔名〕環形、圓形
　輪形結線（電環形接線）
　輪形に並ぶ（排成圓圈）

輪講〔名、他サ〕輪流講解
　進化論をテキストに為て輪講する（以進化論為教材輪流講解）

輪作〔名、他サ〕輪種（＝輪栽）
　輪作で土地を肥やす（以輪種使土地肥沃）

輪栽〔名、他サ〕倫種（＝輪作）
　数種の作物を輪栽する（輪種幾種作物）
　作物作物（農作物）作物（作品）

輪軸〔名〕輪軸、轆轤

輪唱〔名、自他サ〕輪唱
　同声三部で輪唱する（以同聲三部輪唱）
　此の曲は輪唱出来る（這首曲可以輪唱）
　歌を輪唱する（輪唱歌曲）歌唱謠

輪状〔名〕輪形、環形、圓圈形
　多くの輪状を合わせた図案（把許多輪形合起來的圖案）
　輪状軌骨（輪形軌骨）

輪生〔名、自サ〕〔植〕輪生←→互生、対生
　輪生花（倫生花）
　輪生葉（輪生葉）
　輪生体（輪生體）

輪癖〔名〕〔醫〕金錢癖

輪タク〔名〕人力三輪車

輪転〔名、自サ〕輪轉、旋轉
　輪転式（旋轉式）
　輪転機（輪轉式印刷機）

輪胴〔名〕（手槍的）彈膛

輪読〔名、他サ〕輪流講讀
　進化論を輪読する（輪流講讀進化論）
　実践論を輪読する（輪流講讀實踐論）

輪廻、輪回、輪廻、輪廻〔名〕〔佛〕輪廻-転生

六道に輪廻する（輪廻六道）六道（地獄、餓鬼、畜生、修羅、人間、天上）
　六道輪廻（〔佛〕六道輪廻）

輪伐〔名、他サ〕輪流砍伐
　森林を輪伐する（輪伐森林）

輪番〔名〕輪流、輪班
　輪番で掃除を遣る（輪流打掃）
　輪番で教室を掃除する（輪流打掃教室）
　輪番で日直する（輪流值日）
　輪番制（輪班制）
　輪番制で会議の議長と為る（輪流擔任會議主席）

輪舞〔名〕圓舞（＝円舞）
　輪舞曲（圓舞曲、廻旋曲＝ロンド rondo 義）

輪窯〔名〕輪窯

輪、環〔名〕輪、圈、環、箍
　車の輪（＝車輪）
　輪が回る（輪子轉）回る廻る周る
　車の輪が回る（車輪轉動）
　花の輪を作る（做花圈）作る造る創る
　鉄の輪を付ける（裝上鐵環）付ける附ける漬ける就ける着ける突ける衝ける点ける
　輪に為って坐る（坐成圓圈）坐る座る据わる
　先生の周りに生徒が輪に為る（學生圍在老師周圍）周り回り廻り
　皆が輪に為って坐る（大家圍成圓圈坐下）
　踊りの周りの中に入る（進入跳舞的圈子裡）入る入る
　鳶が空に輪を描いて飛んでいる（老鷹在天空盤旋翺翔）描く画く描く書く
　桶の輪（桶箍）
　輪に輪を掛ける（誇大其詞）掛ける書ける欠ける賭ける駆ける架ける描ける翔る

輪を掛ける（大一圈、更厲害）

息子は私に輪を掛けた慌て者だ（我的兒子比我還魯莽）

和〔名〕和、和好、和睦、和平、總和←→差

〔漢造〕（也讀作わ）溫和、和睦、和好、和諧、日本

和を乞う（求和）

和を申し込む（求和）

夫婦の和（夫婦和睦）

人と人の和を図る（謀求人與人間的協調）

和を講じる（講和）

地の利は人の和に如かず（地利不如人和）

二と三の和は五（二加三之和等於五）

二数の和を求める（求二數之和）

三角形の内角の和は二直角である（三角形內角之和等於二直角）

柔和（溫柔、溫和、和藹）

温和（溫和、溫柔、溫暖）

緩和（緩和）

違和（違和、失調、不融洽）

平和（和平、和睦）

不和（不和睦、感情不好）

同和（同和教育）

協和（協和、和諧、和音）

講和（講和、議和）

付和雷同（隨聲附和）

清和（清和、陰曆四月）

共和（共和）

中和（中和）

調和（調和）

飽和（飽和）

唱和（一唱一和）

和、倭〔名〕日本、日本式、日語

和菓子（日本點心）

和風（日本式）

和英辞典（日英辭典）

漢和（漢日）

独和（德日）

和、我、吾〔代〕〔古〕我（＝我。私）

〔接頭〕〔古〕你

和子（公子）

和殿（你）（對男性的稱呼）

輪飾り、輪飾〔名〕（新年裝飾用的）稻草圈

輪金〔名〕（棍棒頂端的）金屬包頭。〔機〕套圈

輪護謨、輪ゴム〔名〕橡皮圈

包みに輪護謨を掛ける（用橡皮圈捆上包裹）掛ける書ける欠ける賭ける駆ける架ける描ける

小包に輪護謨を掛ける（用橡皮圈捆上包裹）小鼓

輪切り、輪切〔名〕切成圓片

大根を輪切りに為る（把蘿蔔切成圓片）摩る刷る摺る擦る掏る磨る擂る

輪切りのパイナップルの缶詰（切成圓片的鳳梨罐頭）

レモンの輪切り（檸檬片）

輪鎖〔名〕（自行車等的）環鏈

輪袈裟〔名〕一種小型圓口袈裟

輪差〔名〕（用繩結的）繩套、圈套

輪差を掛ける（套上繩套）掛ける書ける欠ける賭ける駆ける架ける描ける翔る

輪磁石〔名〕環形磁鐵

輪島塗〔名〕（石川縣）輪島漆器

輪中〔名〕〔地〕（江戶時代以來、主要在濃尾平野的低窪地區、用防洪壩圍繞的）部落共同體

輪違い〔名、形動〕套環

輪違いの（な）紋章（套環圖案的家徽）

輪付き棒〔名〕〔機〕環頭鐵桿

輪留め、輪留〔名〕剎車裝置、制動器（＝ブレーキ）

輪留めが効かない（刹車不靈）効く利く
聞く聴く訊く

輪奈〔名〕（用繩結的）繩圈（=ループ）
輪奈に通して結ぶ（用繩套繫住）通す通じる

輪投げ、輪投〔名〕套圈遊戲、投圈遊戲的工具
子供が輪投げに興じる（小孩子高興地玩套圈遊戲）興じる興ずる行ずる

輪抜け、輪抜〔名〕穿圈遊戲、穿圈雜技、穿圈特技

輪乗り、輪乗〔名〕騎馬轉圈跑

輪発条〔名〕〔機〕彈性環

輪虫〔名〕〔動〕輪蟲
輪虫類（輪蟲綱）

論（ㄌㄨㄣˋ）

論〔名、漢造〕議論、討論、爭論、論證、辯論、論文、論藏

論より証拠（事實勝於雄辯）

同日の論ではない（不可同日而語）

論を俟たない（無需論證、一清二楚、不用說）待つ俟つ

其の意見の正しい事は論を待たない（其意見正確是無可爭辯的）

暴政の失敗は論を待たない（暴政的失敗是不用說的）

論は無益（空談無益）無益無益種種種種種種

此の問題に就いて種種の論が有る（關於這個問題有各種不同的說法）就いて付いて

此に付いては種種の論が有る（關於這個問題有各種不同的說法）有る在る或る

論の分かれる所（意見分歧之處）分れる別れる判れる解れる

論を戦わす（爭論）戦わす闘わす

口論（爭論、爭吵）

些かの事で口論する（為了一點小事爭吵起來）些か聊か

矛盾論（矛盾論）

進化論（進化論）

実践論（實踐論）

一元論（一元論）

多元論（多元論）

一般論（一般論）

意味論（語義學）

観念論（唯心論）←→唯物論、実在論

唯心論（唯心論、唯心主義）

唯物論（唯物論、唯物主義）

先験論（先驗論）

認識論（認識論）

芸術論（藝術論）

教育論（教育論）

国防論（國防論）

主戦論（主戰論）

非戦論（反戰論）

理論（理論）

奇論（奇談怪論）

議論（議論、討論、辯論、爭論）

言論（言論）

原論（根本理論）

談論（談論、議論）

討論（討論=ディスカッション）

党論（黨的意見）

争論（爭論、辯論、爭吵）

総論（總論）

各論（各論、分論、分題論述）

確論（定論）

名論（高論）

迷論（糊塗言論）

ㄌ

細論（詳細論述）
再論（再次評論）
本論（主要論題、這個論題）
世論、世論、世論、輿論（輿論）
史論（史論）
試論（試論）
至論（極為合理的意見）
私論（自己的意見、私人的評論）
詩論（詩論）
無論（當然、不用說）
勿論（當然、不用說）
経論（〔佛〕三藏中的經藏和論藏）
極論（極力地論說、極端的議論）
曲論（詭辯、歪曲之論）
持論（一貫的主張）
時論（時論、輿論）
異論（異議、不同意見）
正論（正確的言論）
政論（政論）
国論（輿論＝世論、世論、世論、輿論）
公論（公論，輿論、公正的議論）
高論（〔敬〕高論、卓論）
抗論（辯駁）
硬論（強硬主張）
軟論（軟弱無力的意見）
甲論乙駁（甲論乙駁）

論じる〔自上一〕論述、議論、爭論、談論、討論（＝論ずる）

物質不滅の原理を論じる（論述物質不滅的原理）
此の本は教育問題に就いて論じている（這本書論述教育問題）就いて付いて
真の道理を論じる（闡述真理）真真実誠真真

国家賠償法を論じる（議論國家賠償法）
今そんな事を論じ合っても始まらない（事到如今議論那件事也無濟於事）
大会で繰り返し此の問題が論じられた（大會反覆討論了這個問題）
人の幸福に就いては友人と論じる（和朋友討論有關人的幸福問題）
同時に論じる事は出来ない（不能相提並論）
一律に論じる事は出来ない（不能一概而論）
其の是非は一概には論ぜられない（其是非不能一概而論）
論じるに足りない（不值一談）

論ずる〔他サ〕論述、議論、爭論、談論、討論（＝論じる）

製造の原理を論ずる（闡述製造的原理）
試験制度の是非を論ずる（討論考試制度的好壞）
此の本は論ずる価値が無い（這本書不值談論）
実力が有れば年齢は論しない（只要有實力就不論年齡大小）

論じ立てる〔他下一〕辯論、論證
論じ尽くす〔他五〕詳盡論述
論意〔名〕論意（＝論旨）
すっかり論意から外れる（完全離開了論意）
論旨〔名〕論點、議論的主旨（＝論意）
論旨を明らかに為る（把論點弄明確）
論旨が整然と為ている（論點有條有理）
論旨明快（論點明快）
論旨が簡素化している（論點樸素）
論旨を徹底に述べる（透徹敘述論點）述べる陳べる伸べる延べる
論過〔名〕謬論、不合邏輯的推論
論過を犯す（推論謬誤）犯す侵す冒す

論外〔名〕題外、不值一談

論外の意見を述べて議事を混乱させる（談些題外的事使議程發生混亂）

彼等は論外の意見を話し合う（他們商量不相干的事）

其の問題は暫く論外に置く（那個問題暫置不論）置く擱く措く

論外の問題（不值一談的問題）

此は論外の問題（這是不值一談的問題）

自分勝手な言分を認める事は論外だ（認為自己隨便的主張不值一談）認める認めた認める

論客、論客〔名〕論客、評論家

論客と為て屢屢新聞紙上に登場する（作為一個評論家常常在報紙上出現）屢屢屢数数数

彼は論客だ（他是評論家）

論議〔名、自他サ〕議論，討論，辯論。〔佛〕關於教義上的問答、（謠曲）主角配角對唱

十分論議を尽す（充分進行討論）

十分論議を進める（充分進行討論）進める薦める勧める奨める

経済建設に関する諸問題を論議する（討論經濟建設的各項問題）関する冠する緘する

憲法問題を論議する（討論憲法問題）

論議の的と為る（成為爭論的焦點）為る成る鳴る生る

株券の問題は論議の的と為る（股票的問題成為爭論的焦點）

論詰〔名、他サ〕爭論後加以責備、辯論後加以責備、駁斥（＝論じ詰める）

相手の不正行為を論詰する（駁斥對方的不正當行為）

彼は鋭く非行少年の問題を論詰する（他嚴厲駁斥不良少年的問題）

論じ詰める〔他下一〕深入探討、推究到底

論じ詰めると結局斯う為る（說來說去結果就是這麼一回事）

論及〔名、自サ〕論到、談到

文学批評を為て作家の私生活迄論及する（批評文學作品時涉及到作家的私生活方面）

作品を批評して作家の世界観に迄論及する（批評作品涉及作家的世界觀）

校務会議は学生の生活迄論及する（校務會議談到學生的生活問題）

細部迄論及する（談到細節問題）

論究〔名、他サ〕深入探討、討論研究、辯論到底

此の問題はもっと論究し無ければ成らない（這個問題必須再深入探討）

更に論究し無くては成らない（必須更深入探討）

論拠〔名〕論據

其の事実は何等論拠と成らない（那件事實絲毫不能成為論據）

十分み論拠と成る（足夠成為論據）成る為る生る鳴る

論拠が十分で無い（論據不太充分）

論拠があやふやだ（論據站不住腳）

君の論拠があやふやだ（你的論據站不住腳）

君の論拠は薄弱だ（你的論據沒有力量）

論拠をはっきり示して発言する（清楚地出示論據而發言）示す湿す

断言す可き相当の論拠は無い（沒有該斷定的相當證據）

論決〔名、自他サ〕論斷（＝論断）

中中論決が付かない（很不容易論斷）付く附く就く着く突く衝く憑く点く尽く撞く潰く

労資協調は中中論決が付かない（勞資協調很不容易論斷）

やっと論決が付いた（好不容易才下了論斷）

論結〔名、自サ〕經過討論而得到結論

ㄌ

此の問題は複雑だから軽率に論結する訳には行かない（因為這個問題很複雜不可以輕率地下結論）

此の問題は複雑だから速やかに論結を出す訳には行かない（因為這個問題很複雜不可以很快地下結論）

論語〔名〕論語
論語読みの論語知らず（死讀書不會應用）

論功〔名〕論功
論功行賞（論功行賞）収める 納める 治める 修める

論考〔名〕論述考察（的文章）
此の本には多くの論考が収められている（這本書收錄了很多論述考察的文章）

論稿〔名〕論文原稿、論文草稿

論告〔名、他サ〕申述意見、〔法〕求刑
検事の論告が行われる（由檢察官求刑）

論罪〔名、自サ〕定罪
最高裁判所で論罪する（由最高法院定罪）

論策〔名〕策論、時事政治論文
政治革新の論策（政治革新的策論）

論賛〔名、自サ〕評論讚揚、歷史傳記末尾的評論
土地改革の功績を論賛する（評論讚揚土地改革的功績）
中国通史の論賛（中國通史的論讚）

論纂〔名〕論文集（=論集）
論纂の編集を終らせた（完成了論文集的編輯）編集 編輯 編修

論集〔名〕論文集（=論纂、論叢）
論集を編纂する（編撰論文集）

論叢〔名〕論叢、論文集（=論集、論纂）
此の論叢の中に教育興国論の論文が載せて有る（這本論叢裡有教育興國論論文）

論者、論者〔名〕評論者、主張者
論者の誤りを指摘する（指摘論者的錯誤）誤り 謝り
我我は平和論者だ（我們主張和平）

論述〔名、他サ〕論述、闡述
君の論述には誤りが有る（你的論述裡面有錯誤）誤り 謝り
先生の論述には誤りが有る（老師的論述裡面有錯誤）有る 在る 或る
外交問題に就いて論述する（就外交問題加以論述）就いて 付いて
日本文化の由来を論述する（論述日本文化的由來）日本 日本 日本 大和 倭
平和共存の外交政策を論述する（闡述和平共存的外交政策）
陽明学を論述する（闡述陽明學）

論証〔名、他サ〕論證、論述證明
地球が自転している事を論証する（論證地球在自轉）
エジプト文化の淵源を論証する（論證埃及文化的淵源）Egypt
論証不足の虚偽（邏輯論證不足的虛偽）
多くの実例を挙げて論証する（舉很多實例來論證）上げる 揚げる 挙げる
科学的な論証が有る（有科學的論證）
事件の真実を論証する（論證事情的真相）

論陣〔名〕辯論、參加辯論的陣容
大いに論陣を張る（展開大規模辯論）張る 貼る
不敗の論陣（常勝的辯論陣容）

論説〔名〕論說、評論
雑誌に論説を寄せる（把評論的文章投到雜誌上）
新聞社の論説委員（報社的社論委員）
新聞の論説を書く（寫報紙的評論）書く 欠く 描く 掻く 搔く 斯く 画く
新聞の論説（報紙社論）
論説文（評論文）
論説形式広告（評論性廣告、記事式宣傳廣告=アドバトリアル）advertorial

論戦〔名、自サ〕論戰（=論争）、辯論

花花しい論争を交す（展開激烈的論戰）

激しい論争を交える（展開激烈的論戰）激しい烈しい劇しい交える雑える

新しい方針に就いて激しい論争を交された（關於新的方針展開激烈的論戰）就いて付いて

論戦を展開する（展開論戰）

大論争を引き起こす（引起大論戰）

新聞紙上で論戦が繰り広げられる（在報紙上展開論戰）

論争〔名、自サ〕爭論、爭辯（=論戰）

激しい論争を引き起す（引起激烈的爭論）

最早論争の余地が無い（已經沒有爭論的餘地）

其の問題に付いては人人の間で論争が絶えない（關於那個問題人們爭論不已）付いて就いて

法の解釈を巡って論争した（圍繞著法律的解釋展開了爭論）法法則耐える絶える堪える

論蔵〔名〕〔佛〕論藏（三藏之一）

*三藏（論蔵、経蔵、律蔵）

論題〔名〕論題

討論会の論題（討論會的討論題目）

文芸評論の論題（文藝評論的論題）

社説の論題（社論的論題）

次のに就いて説明する（說明一下論題）就いて付いて

論談〔名、自サ〕談論

論断〔名、他サ〕論斷

事件の真因を論断する（斷定事件的真正原因）

論断を下せない（很難下論斷）下す降す

論断を下し難い（很難下論斷）難い硬い堅い固い難い憎い悪い

其は一方的な論断だ（這是片面的論斷）一方一方一方

論壇〔名〕論壇，言論界、講壇，講台（=演壇）

論壇の雄（言論界的健將）雄雄牡

論壇に上る（登上講壇）上る登る昇る

論著〔名〕論著、學術論文

日本民族の淵源に関する論著（關於日本民族淵源的論著）

論調〔名〕論調、語調（=語気）

海外の新聞の論調を纏めて見る（總括一下國外報紙的論調）

新聞の論調を変えた（報紙改變了論調）変える代える換える替える帰る返る孵る蛙

反作用を起こす論調（引起反作用的論調）起す興す熾す

鋭い論調で政府の方針を糾弾する（用尖銳的論調譴責政府的方針）

激しい論調で相手を攻撃する（用激烈的語調攻擊對方）

君の論調と態度とが悪い（你的語氣和態度很差）

論定〔名、他サ〕斷定、推斷

彼は真犯人だと論定する（斷定他是真正的犯人）

此の物質には目に見えない放射線が含まれているのだと論定する（斷定這個物質裡含有眼睛所看不到的輻射線）

論定し難い（難以斷定）難い難い硬い堅い固い難い憎い悪い

論敵〔名〕議論的對手、討論的對手

良き論敵に会った（遇到很好的議論的對手）会う合う逢う遭う遇う

論点〔名〕論點、議論的中心、討論的問題

論点を変えて考察する（換一個論點來探討）

君の質問は論点を外れている（你提的問題離開了討論的中心）

論点から外れる

論点が違っている（論點錯誤）違う誓う間違う

相手の論点を打ち破る（打破對方的論點）
打ち破る撃ち破る

論点相違の虚偽（邏輯論點不同的虛偽）

二人の論点が食い違っている（兩個人議論的論點不同）

論無く〔副〕不言而喻、不需說明

論難〔名、他サ〕論難、辯論責難

相手の意見を論難する（駁斥對方的意見）

激しい論難を浴びせる（大加論駁）

意地悪く此の点に論難の口火を付けた（居心不良地在這點上點燃論駁的導火線）

互いに論難し合う（互相辯論責難）

論破〔名、他サ〕駁倒（＝言い負かす、言い伏せる、言い籠める）

彼の理論を論破する（駁倒他的理論）

相手の謬見を論破する（駁倒對方的謬論）

相手の主張を片端から論破する（一一駁倒對方的主張）片端片端片輪（殘廢）

論駁〔名、他サ〕駁斥、反駁

其の学者の論文を論駁する（駁斥那位學者的論文）

相手の謬見を論駁する（駁斥對方的錯誤）

彼の見解を論駁する（反駁他的見解）

論判〔名、自サ〕論斷是非曲直、議論、爭論、辯論

冷静に論判する（冷靜地論斷是非曲直）

激しく論判する（激烈地辯論）

論評〔名、他サ〕評論、批評

人の作に論評を加える（評論別人的作品）加える銜える咥える

彼の人の著作を論評する（評論他的著作）

論評を加えず報道する（不加以評論地報導）

新作の戯曲を論評する（批評新出版的戲曲）

新作の脚本を論評する（批評新出版的劇本）

論文〔名〕論文

論文を書く（寫論文）

博士論文が通過した（博士論文通過了審查）博士博士

世界経済の見通しに就いて論文を発表する（發表有關世界經濟展望的論文）

卒業論文（畢業論文）

論弁、論辯〔名、他サ〕辯論、爭辯

口角泡を飛ばして論弁する（激烈地辯論）泡沫泡沫

是非を論弁する（辯論是非）

論弁家（辯論家）

論歩〔名〕討論的進程、討論的進展階段

論歩を進める（加深討論、推進討論的進程）進める薦める勧める奬める

論法〔名〕論法、邏輯、推理

其の論法は少し可笑しい（那種邏輯有點奇怪）

論法に合わない事を言う（講不合邏輯的話）

三段論法で論じる（用三段論法推論、用推論式推論）

三段論法で説明する（用三段論法說明）

論法を変える（改變論法）変える替える代える換える返る帰る孵る還る蛙

何時も論法で長長と述べる（用老一套的說法談個沒完沒了）述べる陳べる延べる伸べる

独特な論法で意見を提出する（用獨特的論法提出意見）

彼は一流の論法で捲し立てた（用他獨特的論法滔滔不絕地說）

論鋒〔名〕議論的矛頭、批評的鋒芒

鋭い論鋒（尖銳的攻擊批評）

論鋒鋭く詰め寄る（議論的矛頭緊逼）

論鋒を転ずる（掉轉批評的鋒芒）

論鋒をテロリズムに向ける（把批評的鋒芒指向恐怖主義）向ける剝ける
論鋒を封建主義に向ける（把批評的鋒芒指向封建主義）

論孟〔名〕論語和孟子
論孟新抄を校訂する（校訂論孟新抄）

論理〔名〕論理、邏輯、道理、條理
論理を無視する（不顧邏輯）
論理に合わない（不合邏輯＝論理的で無い）
論理に合う（合乎邏輯）
其では論理が通じない（這樣的話不合邏輯）
君の議論は論理が立たない（你的議論不合邏輯）
論理を合う意見（合乎邏輯的意見）
論理に欠けた要求を為る（欠缺邏輯的要求）
論理上有り得ない事（不合乎情理的事、道上不可能有的事）
論理学（邏輯學）
論理代数（邏輯代數）
論理演算（邏輯運算）
論理変数（邏輯變數）
論理和（〔計〕〝或〟）
論理和回路（〔計〕〝或〟電路）
御前の学校では論理学を教えないのか（你的學校不教邏輯學嗎？）
論理的（合乎邏輯的＝理詰）
論理的な判断（合乎邏輯的判斷）
論理的な判断を下す（下合乎邏輯的判斷）下す降す下す卸す降ろす
論理的な物の考え方（合乎邏輯的思維方法）
論理的に処理する（根據邏輯來處理）
論理的に説明する（合乎邏輯地說明）

前後対立して論理的な繋がりが無い（前後對立沒有邏輯上的對立）
彼の見方は論理的で無い（他的看法缺乏邏輯）

論う〔他五〕議論、辯論
口角泡を飛ばして論う（口若懸河地辯論）

論い〔名〕議論（＝論議）
論いを戦う（論戰 熱烈議論）戦う闘う

隆（ㄌㄨㄥˊ）

隆〔漢造〕高起、興隆
興隆（興隆、興旺、繁榮、昌盛）

隆運〔名〕隆運、昌隆的運氣（＝盛運）

隆起〔名、自サ〕隆起，凸起（＝盛り上がる）、抬頭（＝持ち上がる、膨れ上がる）
地盤の変動で土地が隆起する（土地因地盤變動而隆起）
地殻が隆起する（地殼隆起）地形地形地形地形
文芸復興運動が隆起した（文藝復興運動抬起頭了）

隆昌〔名〕昌隆（＝隆盛）
国運が隆昌に赴く（國運日趨昌隆）
国運の隆昌（國運昌隆）慶ぶ喜ぶ歡ぶ悦ぶ
貴社益益隆昌の段御慶び申し上げます（祝賀貴公司日益昌隆）

隆盛〔名、形動〕隆盛、昌隆、繁榮（＝隆昌）
隆盛を極める（極盡隆盛）極める究める窮める
国家が隆盛に赴く（國家日趨繁榮）
社会が隆盛に赴く（社會日趨繁榮）
隆盛の一途を辿る（日益繁榮）

隆替、隆替〔名〕盛衰
一国の隆替（一國的盛衰）

ㄌ

国家の隆替（國家的盛衰）
隆肉〔名〕肉峯、駝峯
隆鼻術〔名〕隆鼻術
隆隆〔形動タルト〕隆盛、隆起
　隆隆たる名声（顯赫的名聲）
　隆隆たる勢い（隆盛的氣勢）
　彼は名声は隆隆たる物だ（他赫赫有名）
　国が隆隆と栄える（國家興旺繁榮）
　隆隆たる筋肉の人（肌肉發達的人）
　彼は筋肉隆隆と為ている（他肌肉很發達）

滝（瀧）（ㄌㄨㄥˊ）

ろう〔漢造〕急流
滝〔名〕〔古〕急流（=早瀬）、瀑布（=瀑布）
　滝が落ちる（瀑布流下）
　滝を利用して電気を起こす（利用瀑布發電）
　其の崖には高さ二十メートルの滝が懸かっている（從那峭壁垂下高達二十米的瀑布）
　汗が滝の様に流れ出た（汗流如注）
滝川〔名〕急流、激流
滝口〔名〕瀑布開始流下的地方。〔舊〕宮中警衛
滝縞〔名〕由粗條紋逐漸變細的花樣、粗細條紋相間的布面花樣
滝つ瀬〔名〕（つ是古代相當於の的助詞）瀑布、急流
滝壺〔名〕瀑布底下的淵潭
　滝が飛沫を上げて滝壺に落ち込む（瀑布濺起飛沫向瀑潭落下）飛沫飛沫
滝飲み〔名、他サ〕（仰面）大口喝酒或水、一口氣的喝水（=食い飲み）

竜、竜（龍）（ㄌㄨㄥˊ）

竜、龍〔名、漢造〕龍（=竜、竜、竜神）、爬蟲類的巨大化石、天龍星座、用在於有關天子的事物。〔象棋〕龍王（攻入敵陣的飛車）
竜神（龍王=竜王）
竜顔、竜顔（龍顏、天顏）
竜の水を得たるが如し（如龍得水）如し若し
竜の雲を得たるが如し（如龍得雲）
竜の鬚を撫で虎の尾を踏む（撫龍鬚踏虎尾、膽大妄為）踏む履む
竜を画きて犬に類す（畫虎不成反類犬）画く描く書く描く画く
竜を画いて睛を点ぜず（畫龍不點睛）
竜蟠鳳逸の士（懷才不遇）
蛟竜、蛟竜（蛟龍）
蟠竜（蟠龍）
天竜（天龍）
亢竜、亢龍（亢龍）
飛竜、飛竜（飛龍、聖明的皇帝）
臥竜（臥龍、隱居的俊傑）
臥竜鳳雛（有為之士）
画竜点睛、画竜点睛（畫龍點睛）
竜吟虎嘯（龍吟虎嘯）
海竜王（海龍王）
竜〔名〕〔古〕龍（=竜）、（日本象棋）飛車成為竜王、封建社會-天子，諸侯
竜王〔名〕龍王、龍神、（將棋）飛車過河成為竜王
竜駕、竜駕〔名〕帝王的車駕
竜眼〔名〕龍眼、桂圓
　竜眼肉（桂圓肉）
竜顔、竜顔〔名〕龍顏、天顏
竜騎兵〔名〕（古代歐洲的）龍騎兵
竜脚類〔名〕（古生物）蜥腳亞目
竜宮〔名〕龍宮（=竜宮城、竜の宮）

浦島太郎は亀に連れられて竜宮へ行った（浦島太郎被烏龜駄到龍宮去了）
　竜宮城（龍宮）連れる釣れる吊れる攀れる
竜血樹〔名〕〔植〕龍血樹
竜虎、竜虎〔名〕龍虎
　竜虎相打つ（龍虎相爭）打つ撃つ討つ
竜骨〔名〕龍骨、巨大的動物化石
　竜骨を据え付ける（安裝龍谷）
　竜骨突起（龍骨突起-鳥類胸骨中央突起）
　竜骨弁（〔植〕龍骨瓣）
　竜骨座（〔天〕船底星座）
竜骨車、龍骨車、竜骨車、龍骨車〔名〕（古代）消防車、（灌漑用）水車（=水車、水車）
竜座〔名〕〔天〕天龍座
　竜座流星群（〔天〕龍座流星群）
竜車〔名〕皇帝坐的車
竜驤虎視〔名〕龍驤虎視、〔喩〕志氣高遠
竜驤虎搏〔名〕龍爭虎鬥
竜神〔名〕龍王（=竜王）
竜頭〔名〕（手錶、懷錶的）錶把，錶柄，（大鐘的）龍頭狀掛鉤
　竜頭を巻く（上錶）竜頭竜頭巻く捲く撒く蒔く播く
竜頭〔名〕龍頭形、龍頭形狀的出水處、〔古〕鋼盔上的龍頭形飾物
竜頭鷁首、竜頭鷁首〔名〕龍頭鷁首（古時貴族或藝人演奏搭乘的船）
　竜頭鷁首の舟を浮かべる（泛龍頭鷁首舟）舟船
竜頭蛇尾〔名〕龍頭蛇尾、有始無終、有頭無尾（=尻窄まり、尻窄み）
　其の計画は竜頭蛇尾に終った（那個計畫變成了有始無終）
　都市計画は竜頭蛇尾に終った（都市計畫變成了有始無終）
竜舌蘭〔名〕龍舌蘭

　竜舌蘭の繊維で縄を作る（用龍舌蘭的纖維作繩子）作る創る造る
竜涎香〔名〕龍涎香（由抹香鯨膽結石製取的香料）
竜胆、竜胆〔名〕〔植〕龍膽草
竜灯〔名〕日本神社前燈籠、一串海上燐火（=鬼火）
竜吐水〔名〕手壓消防水泵、玩具水槍（=水鉄砲）
竜脳〔名〕龍腦香、龍腦樹
竜の鬚〔名〕〔植〕沿階草（=蛇の鬚）
竜馬、竜馬、竜馬、竜馬、竜の馬、竜の馬〔名〕駿馬（=駿馬、駿馬）、（日本將棋）角行過河成竜馬
　竜馬の躓（龍馬之躓、駿馬的絆倒）
竜〔名〕龍（=竜、竜）
竜の落とし子〔名〕龍落子、海馬（=海馬、海馬）
竜の口〔名〕龍頭、水管的出水口
竜の宮〔名〕龍宮（=竜宮）
竜田姫、立田姫〔名〕秋季女神←→佐保姫（春的女神）
竜巻〔名〕龍捲風、大旋風
　竜巻に家が巻き上げられる（房屋被龍捲風捲起來了）
　竜巻が起こる（起龍捲風）起る興る熾る怒る怒る

籠（ㄌㄨㄥˊ）

籠〔漢造〕籠，筐、閉居，深居、拉籠
　燈籠、灯篭（燈籠）
　薬籠（藥盒=薬箱、〔江戸時代武士佩在腰間的〕小藥盒=印籠）
　印籠（〔古〕印盒、〔江戸時代武士佩在腰間的〕小藥盒）
　参籠（在一定期間閉居在神社或寺院中齋戒祈禱=御籠）
籠球〔名〕籃球（=バスケットボール）
　籠球の試合に出る（參加籃球比賽）
籠居、籠居〔名、自サ〕深居、閉門不出
　籠居している世捨て人（閉門不出的隱士）

籠居して読書する（閉門讀書）読み書き（讀寫）読書人（讀書人）

籠城〔名、自サ〕堅守城池、閉居家中、悶在家裡

籠城して援軍を待つ（堅守城池等帶援軍）待つ俟つ

此の一週間風邪で籠城した（這一星期因為感冒沒有出門）

大雪で旅館に籠城する（因為大雪困在旅館裡）大雪大雪

吹雪で観光も出来ず旅館に籠城する（因為暴風雪也不能觀光困在旅館裡）

籠城して執筆に励む（閉門謝客專心寫作）執筆執筆

籠鳥〔名〕籠鳥、籠中鳥（=籠の鳥）

籠鳥雲を恋う（籠鳥戀雲、羈鳥戀舊林、渴望自由）恋う斯う乞う請う

籠絡〔名、他サ〕籠絡（=丸め込む）

チャンスを狙って相手を籠絡する（伺機籠絡對方）

甘い言葉で彼を籠絡した（用甜言蜜語籠絡了他）甘い甘い旨い美味い巧い上手い

口先で籠絡する（用口頭籠絡）言葉詞辞

反対派に籠絡された（被反對派籠絡過去了）

籠絡手段（籠絡手段）

籠手〔名〕（鎧甲）護腕、（劍道、射箭）皮護手、（日本劍道用語）打對方的手部

籠手を取られた（被打著手）

籠〔名〕籠、筐、籃

籠に入れる（裝筐）入れる容れる

果物を籠に入れる（把水果放在籃裡）

鳥を籠に入れる（把鳥關在籠裡）

蜜柑を籠に入れて下さい（請把橘子放在籃裡）

籠の鳥の様な生活（像籠中鳥似的生活）

林檎を一籠買う（買一籃蘋果）林檎林子苹果買う飼う

毎日籠を提げて買物に出掛ける（天天提著籃子去買東西）提げる下げる

買物籠（買東西的籃子）

竹で籠を編む（用竹子編籃子）

籠で水を汲む（竹籃打水、一場空）汲む酌む組む

花籠（花籃）

駕籠〔名〕（古時二人抬的）肩輿、轎子

駕籠を担ぐ（抬轎子）

駕籠を舁く（抬轎子）

駕籠に乗る（坐轎子）

駕籠舁き（轎夫）

駕籠屋（轎行、轎夫）

籠写し〔名〕（書面的）雙鉤

籠効果〔名〕〔化〕籠蔽效應

籠細工〔名〕筐籃工藝品

籠抜け，籠抜，籠脱け，籠脱〔名、自サ〕（一種雜技）穿跳竹簍、

金蟬脫殼（在他人門前冒充家人騙取金錢物品再由後門逃走的騙術）

籠抜け詐欺（金蟬脫殼）

籠の鳥〔名〕籠中鳥（=籠鳥）、沒有自由的人、妓女

籠耳〔名〕健忘，記性壞（=笊耳）←→袋耳

籠目〔名〕竹籃的孔、竹籃孔的圖案、竹籃孔樣的花紋、兒童捉迷藏遊戲（=籠目籠目）

籠目籠目〔名〕兒童捉迷藏遊戲（一個人蒙住眼睛、站在中間、其他人圍著轉、停下後中間的人、猜身後的人是誰）、玩籠目籠目遊戲時唱的童謠

籠屋〔名〕製轎子為業的人

籠る、籠もる〔自五〕閉門不出（=引き籠る）←→出歩く、防守（=立て籠もる）、包含、含蓄、充滿、停滯不流通

家に籠る（閑居家中）家家家家家

寺に籠って修行する（閉門不出寺院修行）

山に籠って修業する（守在山上修練）修業修業

一室に籠ったきり出て来ようと為ない（躲進屋子裡不肯出來）

敵は要塞に籠っている（敵人固守在要塞）敵 敵 仇

城に籠る（守城）

意味の籠った話（意味深長的話）

愛情の籠った手紙（充滿了愛情的信）

心の籠った持て成し（盛情款待）

力の籠った筆勢（筆力有勁）

部屋に煙が一杯籠っている（屋子裡充滿了煙）煙 烟 煙 烟

空気が籠っている（空氣不流通）

花の香りが籠っている（穿滿著花香）花華 鼻洟端香り薫り馨り

籠もり〔名〕（住進寺院裡）齋戒祈禱（=御籠、参籠）

籠める、込める〔他下一〕裝填（=詰める）、包括在內，計算在內，集中，傾注

銃に弾を籠める（把槍裝上子彈）弾 玉球珠魂霊

弾丸を籠める（裝子彈）

運賃を籠めて五百円です（包括運費在內一共五百元）

月給は税も籠めて八千円だ（月薪連稅金包括在內一共八千元）

宿泊料はサービス料を籠めて一万円です（住宿費包括服務費在內一共是一萬元）

御祝いの意味も籠めて有る（也包含祝賀之意）

精神を籠めて事に当る（集中精神從事工作）当る 中る

仕事に力を籠める（把力量集中在工作上）力 力 力

心を籠めた手紙（誠懇的信）

真心を籠める（誠心誠意）

親しみを籠めて握手を交す（親切握手）

平和への祈りを籠めて黙祷する（深深地為和平默禱）祈り 祷り

籠め、込め〔接尾〕（接在名詞後）表示包在內、包含在內（=ぐるみ、毎）

箱込め千円の品（帶箱子一千日元的商品）

聾（ㄌㄨㄥˊ）

聾〔漢造〕聾（=聋）

盲聾（盲聾）盲 盲

聾する〔自、他サ〕使聾、耳聾

雷鳴は耳を聾する許だった（雷鳴震耳欲聾）する 労する 弄する

耳を聾する許りの爆音（震耳欲聾的爆炸聲）

聾唖〔名〕聾唖（=聾と唖）

聾唖学校（聾啞學校=聾学校）唖 唖

聾唖教育（聾啞教育）

聾学校〔名〕聾校（=聾唖学校）

聾児〔名〕聾兒

聾児教育（聾啞教育）

聾者〔名〕聾人、聾子（=聾）

聾者は手真似で話を為る（聾子用手勢講話）

聾者は手真似で話す（聾子用手勢講話）

聾〔名〕聾子、嗅覺不靈、煙袋不透氣

聾に為る（聾了）為る 生る 鳴る 成る

騒音で聾に為り然うだ（噪音簡直要把耳朵震聾了）

聾に為る（使人成為聾子）擦る 磨る 掏る 擦る 摺る 刷る 摩る

鼻聾（聞不到氣味）

聾の早耳（沒懂裝聽懂、亂加推測、好話聽不見壞話聽得清）

聾の立聽（聾子偷聽、聾子聽聲、不自量力）

聾桟敷（劇場最後邊或三四層樓上聽不到唱詞的看台、最遠的坐位看戲、喻局外的不重要的地位）

聾桟敷で芝居を見る（在最遠的坐位看戲）

聾 桟敷に置かれる（被當作局外人、被安放在不重要的地位）置く擱く措く

私丈聾桟敷に置かれて何も知らなかった（就我一個人被蒙在鼓裡什麼也不知道）

聾地帯（〔廣播〕敷層面積不易收聽區域、收聽不清地區=ブランケット、エリア）

聾、耳聾しい〔名〕聾（=つんぼ）

盲、瞽〔名〕盲目、盲人、文盲、沒有見識的人（=盲、明盲）←→目明き

盲に為る（失明）

明盲（文盲、睜眼瞎）

怪我を為て盲に為った（受傷失明）

盲の人は杖を使う（盲人使用手杖）遣う

生まれ付きの盲（天生的瞎子）

盲千人目明き千人（社會上的人好壞參半）

盲に眼鏡（瞎子戴眼鏡、白費事）眼鏡

盲蛇に怖じず（初生之犢不怕虎）

盲の垣覗き（徒勞無益、白費勁）

盲に提灯（瞎子點燈白費蠟）

盲に抜身（毫無反應）

私は盲で字が書けません（我是文盲不會寫字）

彼は字の読めない盲だ（他是目不識丁的文盲）

絵に就いては私は全くの盲です（對於繪畫我可是全沒見識）

盲唖〔名〕盲啞（=盲と唖）

盲唖学校（盲啞學校）

盲唖者（盲啞人）

盲人、盲人〔名〕盲人、瞎子（=盲、盲者、盲者）

盲人が指で点字を読む（盲人用手指讀點字）

盲人瞎に騎る（盲人騎瞎馬、夜半臨深池）乘る載る

盲人教育（盲人教育=盲教育）

盲人拳（盲人拳）

唖〔名〕啞巴、不會說話、啞口無言

彼は生まれ付き唖だ（他生來就是啞巴）

唖の振りを為る（裝啞巴）

唖に為る（成了啞巴）

唖の一声（千載難逢的事）一声一声

唖が物言う（絕無僅有的事）

唖の夢（心裡明白嘴說不出來）

唖問答（彼此有話講不通）

唖聾〔名〕啞巴（=唖）

唖〔名〕啞巴（=唖）

朧（ㄌㄨㄥˊ）

朧〔漢造〕朦朧、模糊

朦朧（朦朧，模糊不清、可疑，不可靠）

朧朧〔形動〕朧朧、蒙籠

朧朧たる月光（朦朧月光）

月は朧朧と為てはっきり見えない（月光朦朧看不清楚）月月（月曜日）

朧〔形動〕朦朧、模糊（=ぼんやり、ほんのり）

〔名〕魚肉鬆（=そぼろ）

朧に記憶して居る（模模糊糊記得）居る入る要る射る鋳る炒る煎る

記憶が朧に為る（記不清楚了）生る鳴る成る為る

霧の中に船の影が朧に見える（在霧中隱約可以看見船影）影蔭陰翳

沖に船が朧に見える（海面上隱隱約約有隻船）

月が朧に霞んで居る（月亮模糊不清）

朧な人影（模糊的人影）人影人影

朧雲〔名〕〔俗〕朦朧的雲彩高層雲（=高層雲-特指四月間櫻花季節的淡灰色雲）

朧気〔形動〕模糊、不清楚、大致、大概（=ぼんやり、一通り、大体、あらまし）

朧気乍知っている（雖然不清楚卻知道一些）

彼の顔を朧気に覚えている（模糊記得他的面孔）

幼い時の事は朧気乍覚えている（幼年時的事情還模糊地記得）幼い 幼い 稚い

彼の話は朧気で聞き取れない（他的話講得不明確聽不清楚）

人影が朧気に見える（恍惚看得見人影）人影 人影

朧昆布、朧昆布〔名〕蒸過的薄片海帶（=とろろ昆布）

朧月、朧月〔名〕朦朧月色

春の朧月（春天的朦朧月色）

朧月の掛かっている空（朦朧月色高懸的天空）掛かる 懸かる 架かる 斯かる 罹る 係る 繋る

朧月夜〔名〕朦朧月夜

朧月夜に浜辺を歩く（朦朧月夜在海邊走）

朧夜、朧夜〔名〕朦朧月夜（=朧月夜）

朧影〔名〕模糊影子

壟（ㄌㄨㄥˇ）

壟〔漢造〕田中高起的地方、墳墓

壟断〔名、他サ〕壟斷、獨占（=独占、独り占め、一人占め）

利益を壟断する（壟斷利益）利益 利益（神佛保佑）

市場を壟断する（壟斷市場）市場 市場

航海事業は外国資本の壟断する所と為った（航海事業被外國資本所壟斷）

壟断者（壟斷者）

壟畝、壟畝〔名〕壟（=畦と畦）、田地（=田畑）、郷間，民間（=田舎、民間）

驢（ㄌㄨˊ）

驢〔漢造〕〔動〕驢

驢馬〔名〕〔動〕驢（=驢、兎馬、ドンキー）

驢馬を乗る（騎驢）乗る 載る

驢馬で荷物を運ぶ（用驢搬運行李）

驢、兎馬〔名〕〔動〕驢（=驢馬）

呂（ㄌㄩˇ）

呂〔漢造〕音字（音標文字、拼音文字、表音文字）

語呂、語路（語調、腔調）

風呂（洗澡、洗澡用熱水、澡盆，浴池、經營澡堂、浴室、漆器烘乾機）

呂律〔名〕〔俗〕發音、語音、語調

呂律が回らない（口齒不清、說話含糊不清）回る 廻る 周る

酔っ払って呂律が回らない（因醉酒說話含糊不清）律呂（古時校正聲音的用器）

酒に酔って呂律が回らない（因醉酒說話含糊不清）飲む 呑む

呂律が回らなく為る迄飲む（喝得酩酊大醉）

呂〔名〕〔樂〕聲樂的最低音域、〔音〕呂（東方音樂十二律中的陰音）←→律

旅（ㄌㄩˇ）

旅〔漢造〕旅行。〔軍〕旅

羇旅、羈旅（羈旅、詠旅行感想的和歌俳句）

逆旅（旅館、旅店）

軍旅（〔出征的〕軍隊、〔轉〕戰爭）

征旅（出征的軍隊、出征軍的行程）

旅客、旅客〔名〕旅客、乘客（=旅人、旅人、旅人）

旅客が飛行機から下りて来る（旅客從飛機下來）下りる 降りる 来る 来る

観光に来る旅客が日に二千人の多きに達する（來觀光的旅客一天達兩千人之多）来る 繰る 刳る

旅客名簿（旅客名單）

旅客手荷物（旅客隨身行李）

旅客機、旅客機、旅客機（客機）

ㄌ

四百人乗りのボーング７４７旅客機（四百個座位的波音747客機）
旅客船（客船）
旅人、旅人、旅人〔名〕旅客（＝旅客、旅客）
旅人宿（旅館＝旅篭屋）
雨は旅人の哀れを増す（下雨増加旅人哀愁）増す益す
旅人（旅人、遊俠、跑江湖的人＝旅烏）
旅館〔名〕旅館（＝宿屋）
旅館に泊る（住在旅館）泊まる止まる留まる停まる
三日間旅館に泊まった（住了三天旅館）三日三日
旅館業（旅館業）
日本の旅館は親切だ（日本的旅館很親切）日本日本日本大和 倭 親切深切
旅館を引き払う（遷出旅館、離開旅館）
旅舎〔名〕旅館（＝旅館）
旅舎に泊る（投宿旅館）泊まる止まる留まる停まる
旅亭〔名〕旅館（＝旅館）
異国の旅亭で夢を結ぶ（在他郷的旅館過夜）異国異国
旅店〔名〕旅館（＝旅館）
旅銀〔名〕旅費、路費
旅費〔名〕旅費、路費
旅費は自分持だ（旅費自己負擔）
旅費を遣繰する（勉強籌措旅費）掛かる架かる斯かる懸かる罹る
北海道を一周するのに旅費は幾等掛かるか（周遊北海道的旅費需要多少錢？）
旅用〔名〕〔舊〕旅費
旅用の調達（籌措旅費）
旅銭〔名〕旅費
旅具〔名〕旅行行李、旅行用具
旅寓〔名〕旅寓、旅居（＝旅次、旅宿）

旅寓の朝早くから目を醒めた（旅寓的早晨一大早就醒了）醒める覚める冷める褪める
旅次〔名〕旅次，旅居（＝旅寓、旅宿）、旅行途中（＝道中）
旅次行軍（〔軍〕旅次行軍）
旅宿〔名〕旅次，旅寓，旅居（＝旅寓、旅次）、旅館，旅舎
旅券〔名〕護照（＝パスポート、旅行免状）
旅券の下付を申請する（申請發給護照）
旅券の査証を受ける（接受護照簽證）
旅券審査官（護照審査官）
旅券審査事務所（護照審査處）
旅行〔名、自サ〕旅行、遊歴
旅行を出掛ける（出去旅行）
一人で旅行を出掛ける（一個人出去旅行）一人独り
旅行から帰る（旅行歸來）帰る返る蛙 換える変える替える代える
其処は旅行に入って居ない（那個地方未列入旅行行程之内）入る入る
宇宙旅行（宇宙旅行）
旅行鞄（旅行袋）
旅行案内（旅行指南）
旅行案内のパンフレット（導遊手冊）
旅行記（旅遊記）
旅行者小切手（旅行支票）
旅行小切手（旅行支票＝トラベラーズチェック）
旅行免状（護照＝旅券、パスポート）
旅行鳩（〔動〕旅行鳩-1914年絶種）
旅行日程（旅行日程）
旅行家（旅行家）
旅行者（旅行者）
旅行先（旅遊地）
旅行服（旅行服）

外国旅行（國外旅行）

旅行中（旅行期間＝旅中）

団体旅行（團體旅行）

国内旅行（國內旅行）

個人旅行（個人旅行）

グループ旅行（集體旅行）

観光旅行（觀光旅行）

修学旅行（畢業旅行）

新婚旅行（新婚旅行）

旅行代理店（旅行社）

旅愁〔名〕旅愁

旅愁を覚える（感到旅愁）

旅愁を慰める（排遣旅愁）

旅情〔名〕旅情（＝旅の心）

旅情を慰める（安慰旅情）

旅装〔名〕旅装、行装（＝旅仕度、旅拵え、旅の装い）

旅装を整える（整頓行裝）整える 調える

旅装を解く（旅行歸來）解く 説く 溶く 梳く

旅団〔名〕〔軍〕旅

歩兵旅団（步兵旅）

旅団長（旅長）

旅中〔名〕旅行期間（＝旅行中）

社長は生憎旅中で不在です（社長不巧正在旅行不在）

旅程〔名〕旅程、行程

旅程を研究する（研究旅行行程）

旅程を決める（決定旅行行程）決める 極める 窮める 究める

此処から三日の旅程だ（從這裡起是三天的行程）

五キロの旅程（五公里的路程）

旅嚢〔名〕旅行袋

旅嚢を膨らませて帰る（滿載而歸）膨らむ 脹らむ

旅篭〔名〕〔古〕繋在馬上裝物品的旅行用籃子、外出攜帶便當盒

旅篭屋（旅館、旅店、客棧）

旅篭屋に泊る（投宿客棧）泊まる 停まる 止まる 留まる

旅篭銭（住宿費＝宿泊料）

旅〔名〕旅行

旅に立つ（出去旅行）立つ 建つ 経つ 絶つ 発つ 断つ 裁つ 起つ 截つ

旅に出る（出門、外出）旅度足袋

日本一周の旅に出る（周遊日本）

旅の空（旅途、異鄉）

旅の空で家族を思う（旅途中想念家人）思う 想う

退屈な汽車の旅（無聊的火車旅行）

旅は道連れ世は情（出門靠朋友處世靠人情、在家靠父母出門靠朋友）

旅から旅に流離う（到處流浪）

旅に行き暮れる（旅行途中天黑、前不著村後不著店）暮れる 刳れる 繰れる 吳れる

旅の恥は掻き捨て（不在家門口丟臉、意謂在陌生地方做丟臉的事做完走開滿不在乎）

可愛い子には旅を為せよ（可愛的孩子要打發出去磨練一番、子女不可嬌生慣養）

度〔名〕度、次、回。（反復）次數

〔接尾〕（作助數詞用法）回數

クリスマスの度に新しい洋服を拵えます（每次聖誕節都做新衣服）旅足袋

彼等は顔を合わせる度に喧嘩する（他們每次一見面就吵架）

試みる度毎に力量が増す（每試一次力量就增加）

スキーも度を重ねる毎に上達する（滑雪也只要反復練習多次就會進步）

三度（三次）

幾度も（好幾次）

足袋〔名〕日本式短布襪
　足袋を履く（穿布襪）
　足袋を脱ぐ（脱布襪）
　地下足袋（膠底布襪）
　足袋屋（經營日本式布襪的店鋪或人）

旅商、旅商、旅商〔名、自他サ〕走著做買賣（=行商）
　田舎へ旅商に出る（到郷下去做買賣）

旅商人、旅商人、旅商人〔名〕行商商人

旅歩き〔名、自サ〕旅行
　旅歩きに出る（出去旅行）

旅居〔名〕旅居、旅外時住處
　湖畔の旅居（湖邊的旅居）

旅送り〔名、自サ〕送行
　旅送りに行く（去送行）行く 往く 逝く 行く 往く 逝く

旅稼ぎ〔名、自サ〕出外工作、到他鄉工作（=出稼ぎ）
　旅稼ぎに地方へ行く（到外縣去工作）地方（地區、地方、外地）地方（鄉間、樂隊）
　農閑期には旅稼ぎに出掛ける（農閑期到他鄉賺錢）
　昔芸人は旅稼ぎに出なければ生活は立たなかった（從前藝人不出外賣藝就無法生活）

旅烏〔名〕繼續旅行的人、無固定住所流浪他郷的人、（諷）外郷人
　彼の人は旅烏だから素性が知れない（他是外郷人所以不知道他的底細）

旅癖〔名〕愛旅行（的嗜好、毛病）

旅芸人〔名〕到外郷巡迴演出的人、出外賣藝的藝人

旅芸者〔名〕出外流浪的藝人

旅興行〔名〕到地方巡迴演出
　一座は旅興行を終えて帰って来た（該劇團結束地方巡迴演出後回來了）一座一坐

旅心地〔名〕旅情、旅懷、旅愁（=旅心）

旅心〔名〕旅情、旅懷、旅愁、旅興、想旅行的心情
　一人ホテルに泊って旅心を味わう（一個人住在旅館裡體會旅情）一人独り
　秋の雲を見ていると旅心が湧く（一見秋雲就旅興大發）湧く 沸く 涌く

旅衣〔名〕旅行服裝（=旅装束）
　旅衣を支度する（準備旅行服裝）支度 仕度

旅装束〔名〕旅行服裝（=旅衣）
　旅装束を揃える（準備旅行服裝）

旅先〔名〕旅行目的地、旅行的途中
　旅先から便りが有った（收到他由旅次來的信）便り 頼り
　旅先から便りを受け取った（收到他由旅次來的信）
　弁当は旅先で何とか為る（吃的在旅行的途中會有辦法的）為る 生る 鳴る 成る
　旅先で病気に為った（旅途中生病了）

旅路、旅路〔名〕旅途、旅行、旅行目的地（=旅先）
　旅路で思わぬ災難に遇う（在旅途中碰到意外的災難）遇う 遭う 会う 逢う 合う
　旅路に就く（出外旅行）潰く 撞く 尽く 点く 憑く 衝く 突く 着く 附く 付く 搗く 吐く
　長い旅路を終える（結束了長途旅行）
　旅路の景色を楽しみ乍目的地に向う（一邊欣賞旅途風景一邊前往目的地）
　旅路を急ぐ（趕行程）

旅支度、旅仕度〔名〕旅行的準備、行裝（=旅拵え）
　旅支度に大童だ（忙於準備旅行、拼命努力旅行的準備）
　旅支度を整える（整理行裝）整える 調える
　旅支度を揃える（備齊行裝）

旅芝居〔名〕巡迴演出的戲

旅所、旅所〔名〕（祭典時）暫停神輿處（=御旅所）

旅姿〔名〕旅姿、旅裝

探検に行く勇ましい旅姿（要去探險的勇敢旅姿）

旅住まい、旅住い〔名、自サ〕旅居、作客他鄉、住在旅館

旅住まいでは何とか不自由勝だ（在旅居中總是有些不方便）

旅僧〔名〕雲遊僧（＝行脚の僧）

旅立つ〔自五〕出發、起程

選手一行は空路Brazilへ旅立った（選手們坐飛機到巴西去了）一行一行（一列）

一行は飛行機でLondonへと旅立った（一行人搭機前往倫敦）

移民団体は海路Canadaへ旅立った（移民團體坐船出發到加拿大去了）

旅立ち、旅立〔名、自サ〕出發、動身（＝出立）

Franceへ単身旅立ちを為る（單身去法國）摩る刷る摺る擦る掏る磨る擂る

Swiss旅立ちを為す（動身去瑞士）

旅出立ち〔名〕動身去旅行，準備旅行、旅行服裝，旅行打扮

旅疲れ〔名〕旅行的疲勞（＝旅草臥）

旅疲れで三キロ瘦だ（由於旅行的疲勞瘦了三公斤）瘦瘠

旅疲れで家で休んでいる（由於旅行的疲勞所以在家休息）家家家家家

旅連れ〔名〕旅伴

旅連れの無い旅（沒有旅伴的旅行）

日本で旅連れに為った（在日本成為旅伴）

旅鳥〔名〕候鳥（＝候鳥）←→留鳥

旅日記〔名〕旅行日記、遊記（＝紀行）

旅寝〔名、自サ〕住旅館（＝旅枕）

旅寝の夢（旅次之夢）

旅枕〔名〕住旅館（＝旅寝）

旅枕の愁い（旅次之愁）愁い憂い患い患い煩い

旅慣れる〔自下一〕習慣旅行、熟悉旅行事務

旅慣れると出張の旅も苦に為らない（慣於旅行對出差遠行就不覺得苦）

旅鼠〔名〕〔動〕旅鼠

旅の空〔名、連語〕在旅途中眺望的天空、他鄉、旅次（＝旅先）、離鄉背井漂泊不定的境遇

旅の空に病む（在他鄉病倒）病む止む已む

旅の者〔名〕旅客、旅行的人

私は旅の者ですから、御訪ねに御答え出来ません（我是外地來的回答不了你所問的）

旅脛巾〔名〕〔古〕旅行時的裹脚

旅回り〔名〕到各處旅行、到各處旅行的人（如商人、藝人等）

旅物〔名〕從遠處運來的東西（＝レール物）←→地物

旅役者〔名〕巡迴演出的藝人

旅屋〔名〕驛站的旅館（＝駅亭）

旅窶れ、旅窶〔名、自サ〕旅行勞累而消瘦

屢（屡）（ㄌㄩˇ）

屢〔漢造〕屢次（＝屢，屢屢、数，数数、度度）

屢次〔副〕屢次（＝屢，屢屢、数，数数、度度）

屢次警告を発した（屢次發出了警告）

屢次の災害を免れた（避免了三番五次的災害）

屢述〔名、他サ〕屢次敘述、反覆闡述

屢説〔名、他サ〕屢次敘述、反覆闡述

屢報〔名、他サ〕屢次報導、再三報告

屢報の通り（正如屢次報導那樣）

屢，屢屢、数，数数〔副〕屢次、再三（＝度度、何度も）←→偶、偶偶

屢雨が降る（老下雨、總下雨）降る振る

屢風が吹く（常颳風）吹く葺く拭く噴く

屢の失敗（再三的失敗）

屢忠告したが聞かない（再三忠告可是不聽）聞く聴く訊く利く効く

屢注意する（再三警告）

彼は屢其処へ出入りして居た様だ（他好像常出入那地方）出入り出入り

ㄌ

ㄌ

屡 人に迷惑を掛ける（常常麻煩人）掛ける 架ける 賭ける 欠ける 書ける 駆ける 翔る

屡 忘れ物を為る（常常忘掉自己的東西）為る 摩る 刷る 摺る 擦る 掏る 磨る 揩る

もう止めようと思った事も屡だった（不知多少次曾想停止不做）止める已める やめる 病める

屡叩く、瞬く〔他五〕屡次眨眼睛、連續眨眼

目を屡叩く（屡次眨眼睛、直眨眼）瞬く 瞬く

急に揺り起こされて眼を屡叩く（突然被推醒直眨著眼睛）

彼女は涙に濡れて目を屡叩いた（她一再眨著淚眼）

屡鳴く、繁鳴〔自四〕不停地鳴叫、鳥鳴不已

膂（ㄌㄩˇ）

膂〔漢造〕體力、脊骨

膂力〔名〕臂力（=腕力）

膂力衆に勝れた人（臂力超眾的人）勝れる 優れる 選れる

膂力が強い（臂力強）

履（ㄌㄩˇ）

履〔漢造〕履，鞋、履行，履歷

木履（木屐、少女穿的淒木屐=木履）

木履（（少女穿的淒木屐=木履）

草履（草鞋）

弊履（破鞋、〔轉〕毫不足惜）

履展の才〔名〕履展之才

履行〔名、他サ〕履行、實踐（=実行）

約束を履行する（踐約、履行諾言）

義務を忠実に履行する（忠實履行義務）

債務の履行を怠る（不償還債務）怠る 惰る

履修〔名、他サ〕學完、修完、修畢

大学の全課程を履修して卒業する（修完大學的全部課程而畢業）

履踐〔名、他サ〕履行、實踐（=実行）

約束を履踐する（踐約、履行諾言）

条約を履踐する（履行條約）

履歷〔名〕履歷、精力

汚れの無い履歷（清白的經歷）汚れ 穢れ 汚れ

そんな事を為ると履歷に傷が付く（做那種事將給經歷造成污點）傷 疵 瑕

履歷を質す（查問經歷）質す 正す 糾す 紀す

彼は立派な履歷を持っている（他有卓越的經歷）

履歷書（履歷表）

履歷書を送って応募する（寄履歷表應徵）

履歷書を出す（提出履歷表）

履歷現象（〔理〕滯後現象=ヒステリシス hysteresis）

履、靴、鞋、沓〔名〕鞋

履を履く（穿鞋）履く 穿く 吐く 掃く 刷く 佩く

履を脱ぐ（脱鞋）抜く 貫く

履がきつい（鞋緊、擠腳）

履が当る（鞋緊、擠腳）当る 中る

履が小さくてきつい（鞋小得擠角）

履を直す（修理鞋子）直す 治す

履直し（修鞋匠）

履を直して遣った（鞋拿去修理了）

履を磨く（擦皮鞋）磨く 研く

履の踵（鞋後跟）踵 踵

履の踵が減った（鞋後跟磨薄了）減る 経る

履の底に穴が開いた（鞋底磨出了個窟窿）開く 明く 開く 穴 孔

此の靴は足に合わない（這雙鞋不合腳）

此の靴は窮屈だ（這雙鞋小）

此の靴は小さい（這雙鞋小）

靴は履いた儘で結構です（可以穿著鞋進來）

靴の儘上がっては行けません（請勿穿鞋入內）

履敷（鞋墊）

履墨（鞋油）

履箆（鞋拔）

履ブラシ（鞋刷）

皮靴、革靴（皮鞋）

ゴム靴、護謨靴（塑膠鞋）

長靴、長靴（長筒鞋）

ゴム長靴（高筒橡皮鞋）

運動靴（球鞋）

雨靴（雨鞋）

子供靴（童鞋）

紳士靴（男鞋）

婦人靴（女鞋）

短靴（普通皮鞋）

編み上げ靴（高腰皮鞋）

ズック靴（帆布鞋）

靴の底（鞋底）

靴の甲（鞋面）

靴紐（鞋帶）

靴一足（一雙鞋）

靴工（製鞋工人）

靴師（製鞋工人）

靴を隔てて痒を掻く（隔鞋搔癢）掻く書く描く斯く

履は新しと雖も冠と為さず（履雖新不為冠、上下有別）

履の蟻冠を嫌う（井底之蛙）

履く、穿く、佩く、帶く、著く 〔他五〕穿

靴を履く（穿鞋）履く穿く吐く掃く刷く佩く

スリッパを履く（穿拖鞋）

雨靴を履く（穿雨鞋）

下駄を履く（穿木屐）

此の靴は履き心地が良い（這雙鞋穿起來很舒服）心地心地良い善い好い

此の皮靴は少なくとも一年履ける（這雙皮鞋至少能穿一年）

靴下を穿く（穿襪子）

ズボンを穿く（穿褲子）

スカートを穿く（穿裙子）

吐く 〔他五〕吐出、吐露，說出、冒出，噴出

血を吐く（吐血）

痰を吐く（吐痰）

息を吐く（吐氣、忽氣）

彼は食べた物を皆吐いて終った（他把吃的東西全都吐了出來）

ゲエゲエするだけて吐けない（只是乾嘔吐不出來）

彼は指を二本喉に突っ込んで吐こうと為た（他把兩根手指頭伸到喉嚨裡想要吐出來）

意見を吐く（說出意見）

大言を吐く（說大話）

彼も遂に本音を吐いた（他也終於說出了真心話）

真黒な煙を吐いて、汽車が走って行った（火車冒著黑煙駛去）煙煙

遥か彼方に浅間山が煙を吐いていた（遠方的淺間山正在冒著煙）

泥を吐く（供出罪狀）

泥を吐かせる（勒令坦白）

泥を吐いて終え（老實交代！）

佩く 〔他五〕佩帶（=帯びる）

剣を佩く（佩劍）穿く履く吐く掃く

刷く、掃く 〔他五〕打掃、用刷子等）輕塗。〔農〕掃集（幼蠶）

箒で庭を掃く（用掃帚掃院子）吐く履く佩く穿く排く

部屋を掃いて綺麗に為る（把屋子打掃乾淨）

眉を掃く（畫眉）

薄く掃いた様な雲（一抹薄雲）

履き替える〔他下一〕換穿別的鞋襪

靴下を履き替える（換上別的襪子）

履き心地〔名〕穿在脚上的感覺

履き心地の良い靴（穿起來覺得舒服的鞋子）

履き捨てる、穿き捨てる〔他下一〕（鞋襪木屐等）穿破。〔舊〕扔掉、（脫掉的鞋子等）亂扔在地上、（鞋襪等）只穿一次就扔掉

履き捨てた藁草履（扔掉的舊草鞋）

履き捨て、穿き捨て〔名〕扔掉穿舊的鞋襪、（鞋襪等）只穿一次就扔掉

履き初め〔名〕（新鞋）第一次穿上、（嬰兒）第一次穿鞋

履き違える、穿き違える〔他下一〕穿錯、想錯、誤解（=取り違える）

うっかりして人の靴と履き違えて来た（沒有留心和旁人穿錯了鞋）

彼は自由と放縱とを履き違えている（他把自由誤為就是放縱）

自由主義を履き違えた若い人（誤解了自由主義的年輕人）

自由の意味を履き違える（誤解了自由的意義）

履き慣らす〔他五〕穿慣

足袋を履き慣らす（穿慣布襪子）

履き慣れる〔自下一〕穿慣

履き慣れた靴で出掛ける（穿穿慣了的鞋子出去）

履き古し〔名〕穿舊了的褲子（鞋、襪、木屐等）

履き物、履物〔名〕脚上穿的東西、鞋、履、木屐

履き物を履く（穿鞋）

履き物に凝る（講究鞋子）

履き物商（鞋店）

履き物直し（修鞋、修鞋匠）

履む、踐む、踏む〔他五〕踏，踩，踐踏、踩脚、踩動,踏入,進入,實踐,登上,踏著,邁著,履行、估價,估計,押韻,合著拍子,經歷,經過,遵守,就位,即位

人の足を踏む（踩別人的脚）足脚

誤って人の足を踏んだ（不小心踩到人的脚）誤る謬る謝る

芝生を踏むな（不要踐踏草坪）

畑で麦を踏む（在田裡踩麥苗）畑畠畑畠畑畠

大地を踏んで立つ（脚踏大地）

釘を踏む（踩到釘子）

薄氷を踏む思い（如履薄冰）薄氷薄氷

踏んだり蹴ったり（又踩又踢、欺人太甚）

此じゃ丸で踏んだり蹴ったりだ（這簡直是欺人太甚）

踏み処が窪む（人多開支大、人多易招致損失）

自転車のペダルを踏む（踩著脚踏車的脚蹬）

ミシンを踏む（踩縫紉機）

初めて此の土地を踏んだ（初次來到這個地方）

故郷の土地を踏む（踏上故郷的土地）故郷故郷故里古里

久し振りに故郷の土を踏む（很久沒回去故郷了）土土

敵地を踏んで偵察する（進入敵區偵查）

初舞台を踏む（初登舞台）

初めて舞台を踏む（首次登台）始める創める

六方を踏む（〔歌舞伎〕出場時的跨台步）

約を踏む（履約）

大学の課程を踏む（修完大學課程）

入学の手続を踏む（辦好入學手續）

値を踏む（估價）値 値 価

此は踏めるよ（這可以出好價兒）

五万円に踏む（估價五萬）

安く踏んでも五百円は為るでしょう（少估也值五百元吧！）

まあ二千五百円そこそこと踏んで置きましょう（那就估價為兩千五百元吧！）

一ヶ月有れば出来ると踏む（估計還有一個月才完成）一ヶ月一ヵ月一個月一箇月

韻を踏む（押韻）

拍子を踏んで踊る（合著拍子跳舞）踊る 跳る 躍る

場を踏む（上過場、有過經驗）場 場

場数を踏む（有很多實際經驗）

舞台を踏む（有舞台經驗、有實際經驗）

人の踏み行う可き道（人應該遵循的道路）

正道を踏む（走正道）

天子の位を践む（登極為天子、踐祚天子之位）

皇位を践む（登上王位）

縷（ㄌㄩˇ）

縷〔漢造〕線、細長的東西、詳細敘述、襤褸

一縷（一縷、一線）

一縷の望みを抱く（抱一線希望）抱く 抱く

襤褸、襤褸（破爛衣服、破爛不堪的東西。〔轉〕缺點）

縷言〔名、他サ〕詳細敘述（=縷述、縷説、詳述、多言）

縷言を要せず（不用贅言、無須縷述）要する 擁する

縷述〔名、他サ〕詳細敘述（=縷言、縷説、詳述、多言）

縷述を要しない（不用贅言、無須縷述）

縷説〔名、他サ〕詳細敘述（=縷言、縷述、詳述、多言）

縷説を必要と為ない（不用詳細闡述）

縷陳〔名、他サ〕詳細闡述、詳細申辯（=縷述）

縷縷〔副〕如縷地，細長地，綿延不絕地（=細く長く）、詳詳細細地（=細細）

香煙縷縷と為て絶えず（香煙不絕如縷）香煙香烟絶える耐える堪える

縷縷と水を流れる（涓涓流水）

事件の顛末を縷縷と話す（詳細敘述事件的原委）

事件の結末を縷縷と話す（詳細敘述事件的原委）

濾（ㄌㄩˋ）

濾〔漢造〕過濾

濾液〔名〕〔化〕濾液

濾過〔名、他サ〕過濾

家庭用の水を濾過する（過濾家庭用水）

濁り水の濾過装置（濁水過濾裝置）設ける 儲ける

溜池を造り其の横に濾過装置を設ける（建貯水池在旁邊設置過濾裝置）作る 造る 創る

濾過器（過濾器、淨水器）

濾過紙（過濾紙）

濾過法（過濾法）

濾過池（淨水池、自來水過濾池）

濾過池で濾した水は飲用出来る（用淨水池過濾的水可以飲用）

濾過性病原体（濾過性病毒=ビールス）

濾光器〔名〕濾光器

濾光板〔名〕〔攝、光〕濾光器、濾色鏡

濾材〔名〕過濾用材料

濾出〔名、自サ〕〔醫〕滲出

濾出液（滲出液）

濾床〔名〕濾水池、過濾層

濾水〔名〕過濾的水

濾水裝置（濾水設備）
濾波器〔名〕〔電〕濾波器
濾す、漉す〔他五〕過濾（＝濾過する）
　濾した水（濾過的水）濾す漉す超す越す
　砂で水を濾す（用沙子濾水）砂沙砂沙
　絹で濾す（用絹過濾）
　井戸水を濾して使う（井水過濾用使用）使う遣う
　餡を濾して汁粉を作る（過濾豆餡作年糕小豆湯）作る創る造る
濾し紙、濾紙〔名〕過濾紙（＝濾紙）
濾紙〔名〕過濾紙（＝濾し紙）
　濾紙で濾す（用濾紙過濾）
　濾紙を使ってコーヒーを入れる（用濾紙濾咖啡）入れる容れる

鑢（ㄌㄩˋ）

鑢〔漢造〕銼刀、修身省察
鑢〔名〕銼刀
　鑢を掛ける（用銼刀銼）掛ける懸ける係ける描ける書ける駆ける欠ける翔ける
　鑢で鋸の目立を為る（用銼刀銼鋸齒）摩る刷る摺る擦る掏る磨る擂る
　鑢板（謄寫銅板）
　鑢紙（砂紙＝サンドペーパー）

緑（綠）（ㄌㄩˋ）

緑〔漢造〕（也讀作ろく）綠色、黑而美麗
　新緑（新綠）
　深緑（深綠）
緑衣〔名〕綠衣（下級官吏穿著的綠袍）
　緑衣黄裏（綠衣黃裡、貴賤顛倒）
　緑衣黄裳（綠衣黃裳、貴賤顛倒）
緑陰、緑蔭〔名〕綠蔭、樹蔭
　緑陰で読書する（在綠蔭下讀書）讀書讀書
　緑陰で本を読む（在綠蔭下讀書）読む詠む
　緑陰で腰を下す（坐在樹蔭下）腰輿下す卸す降ろす
緑雨〔名〕新綠的時候下的雨
　緑雨に煙る湖の辺（綠雨濛濛的湖邊）辺畔辺
緑鉛鉱〔名〕〔礦〕綠磷鉛礦
緑黄色〔名〕黃綠色
緑化、緑化〔名、自他サ〕綠化
　全市の緑化を計る（計畫全市的綠化）計る測る量る図る謀る諮る
　環境の緑化を計る（計畫環境的綠化）
　緑化週間（綠化週）
　緑化運動（綠化運動）
　全国的に緑化運動が展開されている（全國展開綠化運動）
緑眼〔名〕綠眼珠、藍眼珠（＝碧眼）
　緑眼の少女（碧眼的少女）少女少女乙女
　紅毛緑眼（金髮碧眼）
緑岩〔名〕〔礦〕綠岩、軟玉
緑玉石〔名〕子母綠 翠玉（＝緑柱玉、エメラルド）
緑玉〔名〕綠玉
緑柱玉〔名〕子母綠 翠玉（＝緑玉石、エメラルド）
緑砂〔名〕〔礦〕綠沙
緑酒〔名〕綠色的洋酒、美酒（＝美味い酒）
緑樹〔名〕綠樹
　緑樹の生い茂った岡（綠樹茂密的小山崗）岡丘崗陸
緑十字〔名〕綠十字（綠化運動的標誌-用綠色畫成表示信愛、自由、貞誠的十字形）
　緑十字運動（綠化運動）
　緑十字銀章（綠十字銀章）
緑綬褒章〔名〕綠綬褒章（日本政府頒給德高望重對實業方面有貢獻的人）
緑色、緑色〔名〕綠色

朝露に濡れた緑色の芝生（被朝露沾濕的綠色草坪）濡れる塗れる

緑色植物（綠色植物）食物

緑色凝灰岩（綠色凝灰岩）

緑石鹼〔名〕綠肥皂、藥皂

緑腺〔名〕（動物）排泄腺

緑草〔名〕綠草、青草（=綠色の草）

牛が緑草を食べている（牛在吃青草）食べる

牛が緑草を食っている（牛在吃青草）食う喰う食らう喰らう

緑藻〔名〕綠藻

緑藻類（綠藻類）

緑藻植物（綠藻植物-如クリレラ、石蓴、青海苔等）

緑地〔名〕（都市）草木繁茂地帶

大都市の緑地化計画を進める（推進大城市的綠化計畫）

緑地帯（綠化地帶、草木繁茂地帶）

緑地学（綠化學）

緑地基金（綠化基金）

緑竹〔名〕綠竹

緑茶〔名〕綠茶（煎茶、挽茶、抹茶等）←→紅茶

緑茶を入れる（泡綠茶）入れる容れる

緑泥石〔名〕〔礦〕綠泥石

緑泥片岩〔名〕〔礦〕綠泥石片岩

緑土〔名〕〔礦〕綠土、草木繁茂地帶

緑豆、緑豆〔名〕〔植〕綠豆（=八重生）

緑豆で萌やしを作る（用綠豆做豆芽菜）作る造る創る

緑内障〔名〕青光眼（=青底翳）

白内障、白内障（白内障）

黒内障、黒内障（黒内障）

緑波〔名〕綠波、藍色的波濤（=青波）

緑髪〔名〕綠髮、烏黑光澤的女人頭髮、和尚

緑礬、緑礬〔名〕〔礦〕綠礬、硫酸鐵

緑肥〔名〕〔農〕綠肥（=草肥）

作物に緑肥を遣る（給作物施綠肥）作物（農作物）作物（作品）作り物、作物（手工製品、仿製品）

農作物に緑肥を施す（給農作物施綠肥）

緑肥作物（綠肥作物）

緑砒銅鉱〔名〕〔礦〕橄欖銅礦

緑風〔名〕綠風、初夏的風

緑風の戦吹く初夏の朝（綠風輕拂的初夏早晨）初夏初夏微風微風春風春風

緑便〔名〕（嬰兒因消化不良而排出的）綠色大便

緑門〔名〕（用松樹葉或杉樹葉等裝飾的）牌樓（=グリーン、アーチ）green arch

歓迎の緑門を立てる（搭起歡迎的綠色牌樓）

緑野、緑野〔名〕綠野

緑野の吹き渡る風（吹過綠野的風）渡る渉る亘る

緑油〔名〕〔化〕蒽油（燃料、防腐劑）

緑葉〔名〕綠葉

緑葉の間を飛び交う小鳥の群（在綠葉間飛來飛去的小鳥群）群群群

緑林〔名〕綠林，綠樹林、強盜，山賊（=強盜、山賊、群盜、盜賊、馬賊）

緑林の英雄（綠林英雄）

緑簾石〔名〕〔礦〕綠簾石

緑青〔名〕銅綠、銅鏽、銅綠染色

緑青を出る（銅生出綠繡）

緑青を吹く（銅生出綠繡）吹く拭く噴く葺く

緑青を出て来た（銅生出了綠繡）

銅の器に緑青を出ている（銅器生鏽）銅銅 赤金啄木鳥啄木鳥

緑鳩〔名〕（日本特產的）綠鴿

緑啄木鳥〔名〕（日本產）綠啄木鳥

緑、翠〔名〕綠色，深藍色，翠綠色、松樹嫩葉、樹的嫩芽、發亮，有光澤

緑色、緑色（綠色）

山山は緑の草木で覆われている（群山被碧綠的草木所覆蓋）草木草木覆う被う蔽う蓋う

緑したたる翡翠の指輪（碧綠欲滴的翡翠戒指）翡翠翡翠

緑したたる木の葉（翠綠的樹葉）

松の緑（松樹的嫩葉）

緑の伯母さん（穿綠色制服為學童上下安全協助指揮交通的婦女）小母さん叔母さん伯母さん

緑の窓口（大車站的鐵路預售車票窗口）

緑の羽根（贈給協助綠化運動人們的染成綠色的羽毛）

緑の黒髪（烏黑的頭髮、烏溜溜的女性秀髮、烏雲）

緑茄子黒髪（黑亮的秀髮）茄子茄茄茄子

緑石（麋角石）

緑虫、美眼虫（〔動〕梭微子）

緑の革命（綠色革命-通過糧食作物品種改良以期糧食飛躍增產的運動）

緑の週間（五月的植樹週）

緑猿（〔動〕綠猿）

緑蟹（〔動〕綠蟹）

緑のレート rate（綠色匯率-歐洲共同體區域內只適用農產品交易的特定外匯匯率）

慮（ㄌㄩˋ）

慮〔漢造〕慮、思考

思慮（思慮、考慮）

考慮（考慮）

高慮（〔敬〕您的考慮=御考え）

念慮（思念、思慮、朝思暮想=慮り）

深慮（深思熟慮、慎重考慮）

心慮（思慮、考慮）

神慮（神慮、宸慮，天子之心）

宸慮（宸慮、聖慮、天子之心）

叡慮（天皇的叡慮）

無慮（多達，不少於、大約，大概）

遠慮（遠慮，深謀遠慮、客氣、迴避，謝絕、謙辭、避門反省-江戶時代對武士或僧侶犯輕罪的處罰）

顧慮（顧慮）

憂慮（憂慮）

短慮（淺慮，淺見、急性子）

慮外〔名、形動〕意外（=思い掛けない）、冒失，失禮（=無礼、不躾）

今度の事件は全く慮外の出来事だ（這次事件完全出乎意料之外）

昨日の事件は全く慮外の出来事だ（昨天的事件完全出乎意料之外）昨日昨日

慮外ながら一言申し上げます（容我冒昧地進一言）一言一言一言

慮外者（冒失鬼、魯莽漢、不懂禮貌者）

此の慮外者奴（你這個冒失鬼）

慮る〔他五〕（思い謙る的轉音）考慮、思慮、憂慮

将来を慮る（考慮未來）

遠く慮る（遠慮）

細かい所迄慮る（考慮得很周到）所処

細かい点迄慮る（考慮細密）

世界の平和を慮る（擔心世界和平）

友人の健康を慮る（關心友人的健康）

適当に慮る（適當地處理）

慮り〔名〕考慮，思慮（=考え）、處置（=取り計らう）、計謀（=謀）

慮りが足りない（考慮不足）

適当な慮り（妥善的處置）

遠き慮り無ければ近き憂え有り（無遠慮必有近憂）

律（ㄌㄩˋ）

律〔漢造〕（也讀作律）規律（=規則、掟）、律令、韻律（=調子）、（雅樂音階名稱）律←→呂、（漢詩的）律詩。〔佛〕戒律、律宗

自然律（自然規律）自然自然

結合律（結合律）

律法を定める（定律法）

五言律（五言律詩）

七言律（七言律詩）

道德律（道德律）

因果律（因果律）

黃金律（黃金律）

規律、紀律（紀律、規律、規章、秩序）

法律（法律）

自律（自律、自覺、自主）←→他律

他律（他律、不能自律、受外界支配）

戒律（戒律）

外律、外率、〔數〕〔比率的〕外項

旋律（旋律=節、メロディー melody）

音律（音律、音調）

律する〔他サ〕（以一定的標準）衡量、要求

大人の頭で子供を律する事は出来ない（不能以大人的想法來衡量小孩）大人大人大人大人

己を持って人を律する（以己律人）

己を律する事甚だ嚴也（律己甚嚴）

律語〔名〕韻語、韻文

声高らか律語を朗読する（高聲朗讀韻文）

律師、律師〔名〕〔佛〕嚴守戒律的模範僧侶、次於僧都的僧官

律詩〔名〕律詩（=律）

律詩の韻を定める（定律詩的韻）

律宗〔名〕〔佛〕律宗（日本佛教十三宗派之一、專研戒律和實踐=律）

律藏〔名〕〔佛〕律藏（三藏之一：経蔵、律蔵、論蔵）

律動〔名〕律動、韻律、節奏（=リズム rhythm）

生の律動（生命的律動）生生

生命の律動（生命的律動）

律動の有る踊り（有節奏的舞蹈）有る在る或る

快い律動感覚（愉快的律動感）

律文〔名〕法律的條文、韻文

律文を修正する（修正法律的條文）

律法〔名〕法律，條例，章程（=掟）、戒律

律法を守る（遵守法律）守る護る守る盛る漏る洩る

律法を定める（制定法律）

律呂〔名〕呂律（律-陽調、呂-陰調）（=十二律、調子）

律令、律令〔名〕律令（奈良、平安時代的法令）

律令格式、律令格式（良、平安時代的法制）

律〔漢造〕律（=律、掟、法）

律儀、律義〔名、形動〕忠實、正直、耿直、規規矩矩。〔佛〕守戒

彼は律儀な人だ（他是個誠實的人）

長年律儀に勤め上げた（忠心耿耿地工作了多年）長年長年

律儀一点張り（非常耿直）

律儀者、律義者（誠實的人、耿直的人、忠厚老實的人）

律儀者の子沢山（規矩人孩子多）

掠（ㄌㄩㄝˋ）

掠、掠〔漢造〕掠奪、搶奪

劫掠，劫略、劫掠，劫略（掠奪、搶奪）

奪掠、奪略（掠奪、搶劫）

掠奪、略奪〔名、他サ〕掠奪、搶奪（=奪い取る、掠め取る、略取）

金品を掠奪する（搶奪財物）

財貨を掠奪する（搶奪財物）

掠奪に遭う（遭到搶奪）遭う会う合う逢う過う

掠める〔他下一〕掠奪，剝削（=盗む）、掠過，擦過，欺騙，欺瞞（=誤魔化す）

人の賃金を掠める（剝削別人的工資）賃金賃銀

店の品を掠める（偷商店的東西）店見世品品科

鳥が水面を掠めて飛び去った（鳥掠過水面飛去）水面水面水面

微風が頬を掠める（微風拂面）微風微風頬頬

人の目を掠めて入り込む（偷偷溜進去）入り込む入り込む

人の目を掠める（掩人耳目）

掠めて言う（暗諷、繞彎說）言う云う謂う

掠め取る、掠取る〔他五〕掠奪（=奪い取る）、騙取（=誤魔化して取る）

金を掠め取る（搶錢）

ダイヤ指輪を掠め取る（騙取鑽戒）

掠る、擦る〔他五〕掠過，擦過，剝削，抽頭、寫出飛白、盜取一部分、見底

銃丸が右の肩を掠るった（槍彈擦過了右肩）

弾が左の肩を掠った（子彈擦過了左肩）弾玉球珠魂霊

春風が頬を掠る（春風拂面）春風春風頬頬

賃金を掠る（剝削工資）賃金賃銀賃金

字を掠る（字寫出飛白來）

札を掠る（偷一部分鈔票）札札

掠り、掠〔名〕掠過，擦過，剝削，揩油、飛白、擦傷、詼諧話

掠りを取る（揩油）

掠り傷、掠れ傷（擦傷、輕傷、微小的損失）

掠り傷一つ受け無かった（一點擦傷也沒有）

本の掠り傷だから心配する事も無い（因為損失不大所以不必擔心）

飛白、絣〔名〕（布的）碎白點。飛白花紋（一種日本特有的織染法）。碎白點花紋布

紺飛白、紺絣（藏青色白點花布）←→白絣

飛白〔名〕飛白（漢字的一種特殊書法）。碎白點花紋（的織物）

掠れる、擦れる〔自下一〕掠過，擦過、寫出飛白、嘶啞、東西缺乏

掠れた弾を捜す（找尋掠過的子彈）捜す探す

古文書の掠れた字を判読する（辨認字跡模糊的古代文件）

声が掠れる（聲音嘶啞）

卵が掠れる（買不到雞蛋）卵玉子

略（ㄌㄩㄝˋ）

略〔名、漢造〕略、簡略、省略、策略、大略

以下略（以下從略）

以下略する（簡略地說）

略して言えば（概略地說）

略を言うと（概略地說）

手続は出来る丈略に為る（手續盡量從簡）

略し得る（可以省略）得る得る

略し従う（從略）従う随う遵う

略上其の様に遣ら無ければ行けない（在策略上不得不如此）

計画の略を説明する（說明計畫的概略）

省略（省略、從略）

商略（商業上的策略）

将略（將軍軍事上的計略）

上略（前文従略）←→中略、下略
中略（中間省略）←→上略、下略、前略、後略
下略、下略（下文省略）
抄略（拔萃）
前略（省略以前部分）←→中略、後略
後略（以後従略、後部省略）←→中略、前略
攻略（攻佔、打敗、說服）
簡略（簡略、簡潔、簡單、簡短）
策略（策略、計謀）
大略（大略、概略、雄才大略）
大略、略略、略、粗（大略、大致）
概略（概略、大略、大致）
劫略、劫掠（劫掠、搶奪）

略す〔他五〕省略（＝省く）、掠取（＝攻め取る、掠め取る）（＝略する）

略する〔他サ〕簡略、省略、掠取（＝略す）
字を略して書く（簡筆寫字、把字簡寫）書く 欠く 搔く 画く 描く 斯く
略して言う（簡略地說）
以下略する（以下従略）
以下は時間の都合で略する（以下因時間關係従略）
細かい点は略して説明する（細節簡略說明）
日本語では屢々主語が略される（日語中常常省掉主語）屢々 数数
此処は助詞が略して有る（這裡省略了助詞）有る 在る 或る
堅苦しい挨拶は略して乾杯しよう（省掉煩瑣的客套話乾杯吧！）
城を略する（攻取城池）城 白 代
財布を略する（搶奪錢包）

略画〔名〕簡筆畫、示意圖、寫意畫
略画を集めた本（收集簡筆畫的書）

略儀〔名〕簡略方式（＝略式）
略儀乍書面を以って申し上げます（簡略方式用書信致意、捎涵致意幸恕不周）
略儀乍取り敢えず書面で御礼申し上げます（簡略方式暫且用書信致謝、先函致謝幸恕不周）

略式〔名〕簡略方式（＝略儀）、簡便←→正式、本式
略式の服装（便服）
略式の書き方（簡便的寫法）
略式で結婚式を上げる（以簡便方式舉行婚禮）上げる 挙げる 揚げる
結婚式は略式で済ました（舉行了簡單的婚禮）済む 住む 澄む 澄む 清む
略式で行う（採取簡便方式去做）

略言〔名、自サ〕略言、略語、簡語、簡言之←→詳言、（言）音節脱落（如内外轉為内外、川原轉為川原）
略言すれば（簡而言之）
文章の内容を略言した（概述了文章内容）文章 文章

略語〔名〕略語、簡語（如日本銀行簡稱日銀．国際連合簡稱国連）
バレーはバレーボールの略語です（バレー是バレーボール的略語）
スキはスキライキの略語です（スキ是スキライキ的略語）
略語を原形に返す（把略語回復原形）返す 帰す 反す 還す 孵す

略号〔名〕略號、略碼、縮寫字
電報略号（電報簡碼-如至急電報為ウナ）

略字〔名〕簡化字、簡體字←→正字、本字
戦後の日本語の常用漢字は略字を増やした（戰後日語常用漢字簡體字增加了）増やす 殖やす

略取〔名、他サ〕奪取、搶奪（＝略奪、掠奪）
鞄を略取する（搶奪錢包）
敵の陣地を略取する（奪取敵人的陣地）
資源を略取する（掠奪資源）

略取誘拐罪（搶奪誘拐罪）

略奪、掠奪〔名、他サ〕掠奪、搶奪（＝略取、奪い取る、掠め取る）
金品を略奪する（搶奪財物）
財貨を略奪する（搶奪財物）
略奪に遇う（遭到搶劫）遇う遭う逢う会う合う

略綬〔名〕略綬、略章
略綬を佩用する（配戴勳標）

略章〔名〕簡略勳章、小型勳章

略述〔名、他サ〕略述（＝略叙）←→詳述
下に略述する（略述於下）下下下
大意を略述する（略述大意）
経歴を略述（略述履歴）

略叙〔名、他サ〕略叙（＝略述）
履歴を略叙する（略述履歴）

略書〔名、自サ〕簡寫、簡單地寫的文章
略書では有るが重点は皆述べられてある（雖然是簡寫可是重點都提到了）

略称〔名、自サ〕略稱、簡稱
国有鉄道を国鉄と略称する（國有鐵路簡稱國鐵）

略図〔名〕略圖、簡略、地圖（＝要図）
学校から自宅迄の略図を書く（畫從學校到自己家裡間的略圖）書く斯く描く画く掻く欠く
自宅付近の略図を書く（畫自己家附近的略圖）

略説〔名、自他サ〕略述、簡單說明←→詳説
本校の沿革を略説する（簡單說明本校的沿革）
事件の経過を略説する（簡述事件的經過）
以下に略説する（略述如下）

略装〔名〕便服、便裝←→正装
略装で儀式に参加する（以便裝參加儀式）

略服〔名〕便服、便裝（＝略装）
略服でカクテルパーティーに参加する（穿便服參加雞尾酒會）

略体〔名〕簡體，簡體字（＝略字）、簡單的形狀
略体で書く（用簡體字書寫）書く斯く描く画く掻く欠く

略奪、掠奪〔名、他サ〕掠奪、搶奪、搶劫
資源を略奪する（掠奪資源）
人の財貨を略奪する（搶劫別人財物）
略奪農法（掠奪農法-不施肥的原始農業之一：如火耕）

略伝〔名〕略傳（＝小伝）←→詳伝
偉人の略伝を読む（讀偉人的略傳）読む詠む偉人異人
偉人の略伝を読む事が好きです（喜歡讀偉人的略傳）

略読〔名、他サ〕略讀

略筆〔名〕簡寫、簡記要點的文章、省略標點符號的文章（＝略字、省筆）

略表〔名〕簡表
石炭を蒸留する過程の略表を書く（畫蒸餾煤炭過程的減略表）蒸留蒸溜

略譜〔名〕簡譜、簡要家系←→本譜
略譜を本譜に書き直す（把簡譜改寫為五線譜）

略文〔名〕簡記的文章
略文を読む（讀簡要的文章）

略報〔名、他サ〕簡要的報告、簡要的報導←→詳報

略帽〔名〕便帽、（舊日本陸軍）戰鬥帽←→正帽

略本暦〔名〕略曆、簡略日曆←→本暦

略暦〔名〕略曆、簡略日曆（＝略本暦）

略歴〔名〕簡歷、簡單履歷
略歴を送って応募する（寄簡歷應徵）送る贈る
著者の略歴を本の後ろに載せる（作者的簡歷記載在書的後面）乗せる載せる伸せる熨せる

略論〔名、他サ〕略論

略解、略解、略解〔名、他サ〕簡單解釋←→詳解、精解

略記〔名、他サ〕略記、略述←→詳記

論文の終りに参考文献を略記する（在論文末尾簡略附記參考文獻）

作品の粗筋を略記する（略述作品的梗概）粗筋荒筋

略記法（略記法-如三十七寫成三七）

略、略略、大略、粗〔副〕大略、大約（=大方、多分、大体、大凡）←→丁度

仕事は略片付いた（工作大體上做完了）

円の周囲は直径の三倍に略等しい（圓周大致等於直徑的三倍）

円周は直径の略三倍に当たる（圓周大致等於直徑的三倍）当る中る

略十日掛かる（大約要十天）掛かる斯かる架かる懸かる罹る係る掛る繋る

北極星は略真北に在る（北極星大略在正北）在る有る或る

我我は略同年輩である（我們年齡大致相仿）

道路の舗装後事が略完成した（道路的鋪修工程大致完成了）

出発の時日は略決まった（出發的日期大致決定好了）決まる極まる

戈（ㄍㄜ）

戈〔漢造〕戈（=戈、矛、鉾、鋒、戟）

兵戈（干戈，武器、戰爭，刀兵）

兵戈に訴える（訴諸武力、訴諸戰爭）

兵戈の巷と為る（變成戰場）為る成る鳴る生る

戈、矛、鉾、鋒、戟〔名〕矛，戈，武器、（神道）以矛戈裝飾的山車

戈を収める（停戰、收兵）収める治める納める修める

戈を交える（戰鬥、交兵）雜える

敵兵が降参しない限り決して戈を収めない（只要敵兵不投降我們就決不停戰）

割（ㄍㄜ）

割〔漢造〕分割、切開

分割（分割、分開、瓜分）

割愛〔名、他サ〕割愛，（不得已而）放棄、分給，讓給，（人員的）調撥、（只好）作罷，從略

紙面の都合で、挿絵を割愛した（由於版面的限制插圖只好割愛了）

彼の論文は紙面の都合で割愛せざるを得なかった（那論文由於篇幅有限只好割愛了）得る得る

食糧を友人に割愛する（把糧食分給友人）

某技師の割愛を頼む（請求調撥某工程師）頼む恃む

時間の都合で説明を割愛する（由於時間的關係解說只好從略）

私は香港に立ち寄りたかったが期限の都合で割愛した（我本想到香港逗留一下但因期限關係只好作罷）

割球〔名〕〔動〕（分）裂球

割拠〔名、自サ〕割據

群雄が割拠する（群雄割據）

大新聞社が東西に割拠している（大報社在東西割據）

割譲〔名、他サ〕割讓

領土を割譲する（割讓領土）

割線〔名〕〔數〕割線、正割

割腹〔名、自サ〕剖腹（自殺）（=切腹、腹切）

陸相は割腹して果てた（陸軍大臣剖腹自殺了）

三島由紀夫割腹して死す（三島由紀夫剖腹而死）死す資す視す

割烹〔名〕（日本式）烹調，烹飪、（日本式）飯館，餐館（多用於商店名）

学校の御割烹の時間（〔舊〕學校的烹飪課）

割烹店（飯館、餐館）店店

割烹春日（春日飯館）

割烹着（〔烹飪等用的〕罩衫）

白い割烹着のコック（身穿白色炊事用罩衫的廚師）

割烹料理（〔一個一個上菜的〕日本菜）

割礼〔名〕〔宗〕割禮（猶太教等割陰莖包皮的儀式）

割く、裂く〔他五〕撕開、切開，劈開、（常寫作割く）分出，勻出，騰出

紙をずたずたに裂く（把紙撕得粉碎）咲く

手紙をずたずたに裂く（把信撕得粉碎）

ハンカチを裂いて、怪我の手当てを為る（撕開手帕包紮傷口）

彼女は驚いて絹を裂く様な声を張り上げた（她嚇得發出了尖銳的喊叫聲）

魚を二つに裂く（把魚切成兩半）

二人の間を裂く（硬把兩個人的關係給拆散）

兄弟の仲を裂く（離間兄弟的骨肉關係）兄弟兄弟

胸を裂かれる思いを為る（心如刀割）思い想い重い

生木を裂く（棒打鴛鴦、強使情侶分開）

時間を割く（抽空、勻出時間）
領土を割く（割地）
忙しい中から貴重な時間を割いて出席して呉れた（他在百忙之中騰出寶貴的時間前來出席）
人に金を割いて与える（分給別人錢）
人に食物を割いて与える（分給別人食物）

咲く〔自五〕（與裂く同源）（花）開
桃の花が裂いた（桃花開了）
薔薇が見事に咲いている（玫瑰開得很美麗）
此の花は大輪の花が咲く（這種花開大朵的花）
話に花が咲く（話講得熱鬧起來）

裂ける、割ける〔自下一〕裂開、破裂
二つに裂ける（裂成兩半）裂ける割ける咲ける避ける避ける除ける除ける
シャツが裂けた（襯衫破了）
胸が裂ける程泣く（哭得心碎、痛哭欲絕）泣く鳴く啼く無く
喉が裂ける程大きな声を出す（喊破嗓子似地大聲喊）

避ける〔他下一〕避，避開，躲避，回避，逃避（=避ける）、避免
雨を避ける（避雨）避ける裂ける咲ける割ける
危険を避ける（避開危險）
道を避ける（讓路）
人目を避ける（躲避旁人眼目）
危うく自動車を避けた（好容易躲開了汽車、險些沒躲開汽車）
此の頃彼は私を避けている（近來他躲避著我）
其れは避ける事が出来ない責務である（那是責無旁貸的）
其の問題に就いては、語るのを避けた方が良い（關於那問題還是避開不談為好）
人の嫌がる事を言うのは避けよう（避開說別人討厭的話吧！）
重大な問題は避けて通る訳には行かない（重大問題不能避而不談）
bourgeoisie法 ブルジョアジーの没落とproletariat法 プロレタリアートの勝利とは、共に避けられない（資產階級的滅亡和無產階級的勝利是同樣不可避免的）

割る、破る〔他五〕分，切，割、（一般寫作割る、對有形物可寫作破る）打壞，弄碎，分配，分離，分隔，擠開，推開，坦白，直率地說，除，對，摻合
〔自五〕低於，打破（某數額）。〔相撲〕出界，越過界線

二つに割る（分成兩半）
ケーキを四つに割る（把糕點切成四塊）
胡桃を割る（砸核桃）
薪を割る（劈劈柴）薪
皿を落として割る（把盤子掉在地上摔碎）
額を割る（裂傷前額）
十人に割る（分給十個人）
頭数に割って配る（按人數平分）
党を割る（分裂黨）
人込みの中に割って入る（擠進人群裡去）
二人の仲を割る（離間兩個人的關係）
腹を割って話す（直言不諱、推心置腹地說）
事を割って話す（坦率說明情況）
口を割る（坦白、招認）
竹の割った様（乾脆、心直口快）
竹の割った様な男（性情爽直的男子）
四十を八で割る（四十除於八）
十三を六で割ると二が立って一が残る（十三除於六得二餘一）
酒に水を割る（往酒裡對水）
ウイスキーを水で割る（用水稀釋威士忌）
百円を割る（低於一百日元）

十秒を割る（在十秒以下）
平均価格が四千円を割った（平均價格打破了四千日元大關）
手形を割る（貼現票據）
土俵を割る（力士越出摔跤場地）

割り、割〔名〕加水，沖淡。〔相撲〕（對手的）配合、大家均攤（＝割り勘）、比，比較、比率，比例

割の利く醤油（可稀釋〔頂用〕的醬油）
割が利く（〔用的分量少而效果大〕頂用）利く効く聞く聴く訊く
水割（〔酒中〕摻水、過水）
割で行こう（大家均攤吧！）行く往く逝く行く往く逝く
ｌｅｖｅｌが割に高い（水準比較高）
割の良い仕事（比較划算的工作）良い好い善い佳い良い好い善い佳い
割に合う（划算、合算）
其の仕事は割に合わない（那個工作不划算）合う遇う逢う遭う会う
割を食う（吃虧、不划算、划不來）食う食らう喰う喰らう
値段の割に物が悪い（比起價格來質量差）
年六分の割で利子を払う（按年利六厘付息）年年

割り、割〔造語〕分配（＝割り当て）、（助數詞用法）一成，十分之一

部屋割（房間分配）
頭割（按人頭分配）
五割（五成）
一割引（扣一成、打九折）
年一割の利息（年利十分之一）

割に〔副〕（近來也常用割と）比較（＝割合に）、分外，格外，出乎意料

彼は年の割に利口だ（他按年齡來說很聰明）
此の品は値段の割には良い（這個東西按價錢比較來說質量很好）
今日の試験は割に易しかった（今天的考試比較容易）易しい優しい
彼は割にけちだ（他分外吝嗇）
君は割に臆病だね（你分外膽小呀！）
此の柿は割に甘い（這個柿子分外甜）甘い甘い

割と〔副〕比較（＝割に、割合に）、分外，格外，出乎意料

今朝は割と暖かだった（今天早上比較暖和）
彼の年の割と確りしている（他雖然年紀不大人卻穩重）
彼の店は安い割とは美味しい物を食べさせる（那家店算是很實惠價錢不貴口味卻很不錯）
勉強を為た割とは成績は良くなかった（雖然用了功成績卻不怎麼好）

割合〔名〕比例（＝歩合）、（上接形容詞、形容動詞連體形或體言＋の、然後後面加に的形式）比較起來（＝比べて）

割合〔副〕比較（＝割合に、割と）

割合は如何為っているか（比例怎麼樣？）
十人に一人の割合で合格する（十人中有一個人考中）
一日平均百円の割合と為る（每天平均為一百日元）
若い割合に確りしている（雖然年輕但比較起來很沉著）
安い割合に丈夫な品安い（價錢便宜但比較起來很結實）易い廉い安い
値段の高い割合に物が良くない（雖然價錢貴東西並不那麼好）
勉強家の割合に成績が悪い（雖然很用功成績並不那麼好）

割合に〔副〕（也可作割合（と）比較地

物は割合に良い（東西比較好）
割合に良く働く（比較很能幹）
割合に早く出来た（比較快地做好了）

仕事は割合に早く出来る（工作特別早完成）

此の夏は割合に涼しい（今年的夏天比較涼爽）

中秋に為ると月は割合に明るい（月到中秋分外明）

彼は偉い割合に有名でない（他雖然很了不起但相對地並不那麼出名）

此の帽子は割合に廉い（這個帽子比較便宜）安い易い廉い

父の病気は割合に軽い（父親的病比較輕）

割合に静かだ（比較寂靜）

割合に旨く行く（進行得比較順利）旨い巧い上手い甘い美味い

割り当てる〔他下一〕分配，分攤、分派

宿舎を割り当てる（分配宿舍）

各戸に割り当てる（按戶分攤）戶戶

一人宛三個を割り当てる（每人分配三個）宛充

我我に割り当てられた人数を大幅に超過した（大大超過了分配給我們的名額）人数人数

委員に夫夫仕事を割り当てた（給委員分別分配了工作）夫夫其其

仕事を割り当てる（分派工作）

役を割り当てる（分派任務〔角色〕）役役

炊事当番が割り当てられた（分派了伙食值班人員）

割り当てられた仕事（被分配的工作）

割り当て、割当〔名〕分配，分攤、分配額，分攤額、分派，分擔（的任務）

宿舎の割当が中中困難だ（宿舍的分配相當困難）

割当額（分配額）額額

寄付金の割当（捐款的分攤額下來了）

宿直の割当を為る（分派值夜班的任務）為る為る刷る摺る擦る掏る磨る播る摩る

仕事の割当が未だ終っていない（工作還沒分配好）未だ未だ

上司の割当に服従する（服從上級的分派）

割当〔名〕分配，分攤、分配額，分攤額（=割り当て、割当）

割り付ける、割り附ける〔他下一〕分配，分攤（=割り当てる）。〔印〕版面設計、〔計〕定位置，定住址

必要な金を皆に割り付ける（叫大家分攤所需款項）

五人の頭に割り付ける（按五人分攤〔費用〕）

割り付け、割付〔名、他〕分配，分派，分攤。〔印〕（書報等的）版面設計（=レイアウト）

割付金（分配的金額）金金

寄付金の割付を為る（攤派捐款）為る為る

割付図（〔建〕配置圖、配電圖、配水圖）

割り振る〔他五〕分配、分派（=割り当てる）

仕事を銘銘に割り振る（對每個人分配工作）

役を割り振る（分派角色）役役

割り振り、割振り〔名〕分配、分派（=割当、割付）

時間の割り振りを為る（分配時間）

芝居の役の割り振りを決める（確定戲劇角色的分派）決める極める

部屋の割り振りは如何為っていますか（房間的分派怎麼樣了？）

割石〔名〕（沒鑿成定形的）石塊

割石を積んで石垣に為る（堆積石塊做石牆）積む摘む詰む抓む抓む摘む撮む

割り印、割印〔名〕騎縫印、對口印（=割り判、割判）

割印を捺す（打騎縫印）捺す押す推す圧す

証明書に割印を捺す（在證明文件上蓋騎縫印）

割り印、割印〔名〕（用÷表示的）除號

割り判、割判〔名〕騎縫印、對口印（=割り印、割印）

割り書き、割書き〔名〕（行間的）小註

割方〔副〕（俗作わりかし）比較（=割合、割に）

車内が割方空いている（車上比較空）空く 好く 透く 酸く 漉く 梳く 鋤く 剥く 剝く 抄く

割方良く出来た（較好地完成了）

割粥〔名〕碎米粥

割り勘、割勘〔名〕〔俗〕分攤費用、大家均攤（＝割り前勘定、割前勘定）

割勘で行こう（大家均攤吧！）行く 往く 逝く 行く 往く 逝く

割勘の夕食（各自攤付的晚餐）

部屋代は四人で割勘に為た（房費四個人分攤了）

割り前、割前〔名〕〔俗〕分得的份、應攤的份（＝分け前）

割前を支払う（支付分攤）

割前を貰う（領取分得的份）

一人当たりの割前は幾等ですか（一個人攤多少錢？）

利益の割前を貰う（領取分得的利益）利益 利益

勘定の割前を払う（支付應攤的帳款）

割前を出し合って飲む（各自攤錢喝酒）

割り前勘定、割前勘定（按人分攤付款＝割勘）

割り木、割木〔名〕劈柴

ストーブに割木を焚く（爐子裡燒劈柴）焚く 炊く

割り切る〔他五〕（把一個數目）除盡、簡單地下結論、想通

三は六を割り切る（三除盡六）

然うあっさり割り切っては行けない（不能那麼簡單地下結論）

割り切った態度（乾脆明確的態度）

割り切った人（通情達理的人）

彼の考え方は中中割り切っている（他的想法很乾脆〔明確〕）

理屈で割り切る事の出来ない問題（憑道理想不通的問題）

割り切れる〔自下一〕除得盡、想得通

九は三で割り切れる（九用三除得盡）

割り切れる数（除得盡的數）数数

十六は七では割り切れない（十六用七除不盡）

そんなに簡単に割り切れる物ですかね（能那麼簡單地想得通嗎？）

説明は聞いたが、どうも割り切れない気持が為る（雖然聽了解釋但總覺得想不通）

親友に裏切られて、割り切れない感じが為る（被親密的朋友出賣了覺得百思莫解）

割り金、割金〔名〕分配的錢、分攤的錢、攤派的錢

割り句、割句〔名〕斷詞（類似〝川柳〞的遊戲、把一個詞分開放在五，七，五形式的短詩的上句開頭和後句的末尾）

割楔〔名〕（木工）合楔、緊榫楔

割栗〔名〕（＝割栗石）碎石塊

割栗を敷いた道（鋪碎石塊的道路、碎石路）敷く 如く 若く

割り下水、割下水〔名〕陽（下水）溝

割り下、割下〔名〕〔烹〕（用醬油、木魚湯、料酒等調製的）作料汁（常用作火鍋燉肉的湯）

天婦羅に割下を付けて食べる（醮作料汁吃天婦羅）

割興〔名〕日本興業銀行發行的貼現債券

割り声、割声〔名〕除法口訣、用算盤打除法時唱的口訣

〝二一天作〞の五等の割声を唱えた（打算盤時口裡唸著二一添作五等口訣）

割り込む〔自他五〕擠進，加楔、插嘴，硬加入。〔商〕（行市）下跌

バスを待つ行列の間に割り込む（擠進等候公車的行列裡）

割り込むな（別加楔）

阿Qは汗みずくで、其の間に割り込んでいる（阿Q汗流滿面地夾在這中間）

割り込み、割込み〔名〕擠進人群，加楔、（舊式日本劇場和別人坐在一起的）邊座、（在十字路口）超車，越位

割込み禁止（禁止加楔）

割込みイオン（〔理〕間充離子）

割込みコネクター（〔電〕插入式連接器）

割込みジストリビューター（〔電〕插入式分配器）

割米〔名〕碎米、碾碎的米、磨碎的米

割り材、割材〔名〕劈材、（圓木對剖成的）木棒子、小塊木料

割り算、割算〔名〕〔數〕除法←→掛算

　足算、引算は出来るが、掛算割算が出来ない（只會加減不會乘除）

割り軸受け、割軸受け〔名〕〔機〕對開軸承、可調軸承

割商〔名〕〔"商工組合中央金庫"發行的〕工商貼現債券

割り台詞、割台詞〔名〕（歌舞伎）合說的台詞、對口台詞（由數名演員分別道白合在一起形成一貫的內容或由兩名演員對白最後一句齊聲道白的台詞）

割ダイス〔名〕〔機〕拼合模、可分模、拼塊凹模

割高〔形動〕（就質量來說）價錢比較貴←→割安

　一つ宛買うと割高に為る（一個一個地零買價錢比較貴）宛宛

　量の割に割高だ（比起數量來價錢高）

　此の町は全ての物質が割高に為っている（這個市鎮一切東西都比較貴）全て 凡て 総て 統べて

割安〔形動〕（就質量來說）價錢比較便宜（=格安）←→割高

　割安な品（比較便宜的東西）

　当店の品は他所様より割安に為って居ります（我店商品較他處便宜）

　纏めて買うと割安に為る（成批購買比較便宜）買う 飼う

　割安に付く（比較便宜）付く 着く 突く 就く 衝く 憑く 点く 尽く

割鏨〔名〕榫眼去屑鏨

割り竹、割竹〔名〕竹片

　割竹で垣根を作る（用竹片做籬笆）作る 造る 創る

割り出す〔他五〕（用除法）算出、推論、推斷

　経費を割り出す（算出經費）

　算盤を弾いて原価を割り出す（打算盤算出成本）算盤 十露盤

　其の結論は何から割り出したか（那個結論是怎麼推斷出來的？）

　犯人の人相を割り出す（推斷出犯人的相貌）

割り出し、割出し〔名〕〔機〕分度

　割り出し台（分度頭）

　割り出し盤（分度盤）

割り注，割注、割り註，割註〔名〕行間的小註

割り長、割長〔名〕〔商〕（日本長期信用銀行和日本不動產銀行發行的）長期信用貼現債券

割接〔名〕〔農〕嫁接

割っ付、割っ賦〔名〕分期付款（=割賦）、分期分配

　割っ賦金（分期付款額、分配金額）金 金ね

　割っ賦販売（分期付款銷售）

割賦、割賦〔名〕分期付款、分月付款（割っ付、割っ賦、割賦）

割賦〔名〕分期付款（的方法）（=分割払い）

　割賦販売（分期付款銷售）

割符、割符〔名〕符契、對號牌

割り札、割札〔名〕符契、對號牌（=割符、割り符）、減價票

割り積み〔名〕〔商〕分期分批裝運（裝船）

割農〔名〕〔商〕（"農林中央金庫"發行的）農林貼現債券

割り歯車〔名〕〔機〕拼合齒輪

割り鋏、割鋏〔名〕（用時劈成兩隻的）衛生筷子

割り箸、割箸〔名〕（往高處掛物用的）Y字形叉子

割り引く、割引く〔他五〕打折扣、減價。〔轉〕低估、（把期票）貼現

　何れ位割り引いれ呉れますか（給我打幾成折扣？）

彼の言う事は割り引かなくちゃ為らぬ（他的話得打折扣）

割引〔名、他サ〕折扣，減價←→割増。〔商〕貼現（=手形割引）

二割引（打八折）

割引無し（不折扣）

五割引に為る（打五折）

割引の品を買う（買減價的物品）買う飼う

一ポンドに付き五ペンス割引する（每英鎊減價五便士）

残品を割引して売る（削價出售剩貨）売る得る得る

彼の言う事は割引して聞かなくちゃ為らぬ（他的話必須打折扣聽）

団体に対しては運賃を割引する（對團體減收運費）

子供の割引運賃（兒童的優待票價）

割引手形（貼現票據）

割引銀行（辦理貼現業務的銀行）

割引市場（貼現交易市場）

割り増し、割増〔名、自サ〕補貼、津貼、增額←→割引

割増金（貼補金、補助金、溢價金、獎金）

割増料金（增加費用）

給料に割増を為る（薪資之外加補貼）

賃金が少し位割増に為っても引き合わぬ（加點工資也不上蒜）

労務賃金の割増制（雇傭工資的貼補制度）

債務の売り出しに割増が付いている（對發售債券附有補貼）

割増発行（溢價發行的有價證券）

割増金付き定期預金（有獎定期存款）

割増賃金（補貼工資、加班費）

割増賃金制（加班補貼工資制度）

割り膝、割膝〔名〕兩膝稍分開的跪坐

割普請〔名〕（建築或修繕等）分段承包

割りピン、割ピン〔名〕〔機〕開尾銷、開口銷

割り不動、割不動〔名〕〔商〕（日本長期信用銀行或日本債券信用銀行發行的）不動產貼現債券

割りベルト車〔名〕〔機〕拼合皮帶輪

割干し〔名〕（切成長條涼曬的）蘿蔔乾

割松〔名〕（火把用的）松明、松樹明子

割り麦、割麦〔名〕麥片（=碾き割麦）

割り戻す〔他五〕（按比率）退還一部分、分期歸還

積立金を割り戻す（退還公積金）

割り戻し、割戻し〔名〕〔商〕回扣，退回（的款）（=リベート）、分期歸還

割り戻し金（〔按比率〕退還的款、扣回的款）

月月の月賦割り戻し（按月分期歸還）

割れる、破れる〔自下一〕分散，分裂、破裂，裂開、碎、除得開、〔轉〕暴露，洩漏，敗露

候補者が多くて票が割れる（競選人多票分散）

両党の統一戦線が割れた（兩黨的統一戰線分裂了）

自由党が割れる（自由黨分裂）

日照りで地面が割れる（因天旱地面裂縫）

地震の為に地が割れた（由於地震地裂開了）

氷が割れて人が湖に落ちた（冰裂開人掉進湖裡）

頭が割れる様に痛い（頭痛得要裂開似的）

額が割れる（前額裂傷）

割れる様（〔鼓掌等〕暴風雨般的）

不意に割れる様な拍手が起こった（突然爆發出暴風雨般的掌聲）

花弁が三つに割れる（花瓣尖端分成三叉）

ガラスが粉粉に割れる（玻璃打得粉碎）

十は二で割れる（十以二除得開）

秘密が割れる（秘密洩漏）

尻が割れる（露出馬腳）

星が割れる（犯人查到）

割れ，割，破れ〔名〕裂、破損、破碎、裂痕、碎片、破裂。〔商〕（行市跌落）打破某關

罅割れが為る（出裂紋）

瀬戸物の割れ（瓷器的碎片）

ガラスの割れ（玻璃碎片）

仲間割れ（關係破裂）

千円の大台割れ（打破一千日元大關）

割れ返る〔自五〕完全粉碎。〔轉〕喧囂，大吵大嚷

割れ返る様な騒ぎ（不可收拾的喧鬧）

割れ返る様な拍手（暴風雨般的掌聲）拍手柏手（拜神時的拍手）

割れ鐘、破れ鐘〔名〕破鐘

破れ鐘の様な声で怒鳴り散らす（用破鑼似的聲音叫嚷）

割殻〔名〕〔動〕（節科的）海藻蟲

割殻科（〔動〕節科、麥稈蟲科）

割れ鍋、破れ鍋〔名〕有裂痕的破鍋

破れ鍋に綴じ蓋（破鍋配破蓋、〔喻〕夫婦般配）

破れ目〔名〕破處、破的地方

上着の破れ目を繕う（縫補上衣的破處）

割れ目、破れ目〔名〕裂縫、裂口、裂紋。〔地〕裂口，節裡

氷河の破れ目（冰河的裂縫）

壁に破れ目が出来る（牆上裂了縫）

破れ目噴火（裂縫噴火）

割れ物、破れ物〔名〕破碎的東西、易碎品（=壊れ物）

破れ物注意（易碎品小心輕放）

割れ易い〔形〕易碎、易裂

此のコップは割れ易い（這個玻璃杯容易碎）

歌（ㄍㄜ）

歌〔漢造〕歌唱、歌詞

唱歌（〔舊制小學課程之一〕唱歌、音樂課）

詠歌、詠歌（〔古〕詠歌，作和歌，〔佛〕進香歌=御詠歌）

短歌（短歌-日本傳統和歌的一種、由五，七，五，七，七形式的五個句子、即三十一音組成）

長歌（長篇的歌、長歌-和歌的一種體裁五七，五七反覆後、以五七七結尾）

和歌（和歌-以由五，七，五，七，七形式的五個句子、即三十一個假名寫成的日本詩〔=大和歌〕、長歌，短歌，旋頭歌的總稱）

旋頭歌（旋頭歌-頭三句重複的和歌歌體之一種、由五，七，七，五，七，七形式的六個句子開始）

弔歌（輓歌）

歌意〔名〕歌意

歌会、歌会〔名〕歌會、作和歌的會

歌会に出席する（出席歌會）

歌会に集う（參加詩會）

歌会始め、歌会始（主要指皇室新年年初舉行的詩會=歌御会始）

歌御会始め〔名〕新年年初皇室舉行的詩會（=歌会始め）

歌格〔名〕歌的法則、歌的風格

歌学〔名〕有關和歌的學問

歌妓〔名〕藝妓

歌境〔名〕和歌的造詣、和歌的意境

歌曲〔名〕歌曲，曲調、（聲樂用的）曲譜

革命の歌曲を歌う（唱革命歌曲）

歌劇〔名〕歌劇（=オペラ）

歌劇を上演する（上演歌劇）

歌劇の台本（歌劇的腳本）台詞科白

椿姫はウェルデイ作曲の有名な歌劇です（茶花女是維爾第作曲的著名歌劇）

歌劇団（歌劇團）

歌劇場（歌劇場）場場

歌劇作者（歌劇作家）

歌語〔名〕和歌常用的詞

歌稿〔名〕和歌稿

歌才〔名〕寫作詩歌的才能

歌材〔名〕寫作和歌的材料

歌詞〔名〕歌詞、和歌中使用的詞句
　　歌詞を募集する（徵募歌詞）
　　歌詞に作曲する（給歌詞作曲）
　　曲が歌詞にぴったり合っている（曲子和歌詞極其吻合）合う会う逢う遭う遇う

歌誌〔名〕和歌雜誌

歌集〔名〕（和歌的）歌集，詩集、歌曲集
　　青年歌集（青年歌曲集）

歌書〔名〕關於和歌的書（如和歌集、和歌學、和歌論等）

歌序〔名〕歌集序文

歌唱〔名、自サ〕歌唱、歌曲
　　歌唱指導（歌唱指導）

歌人〔名〕和歌詩人
　　中中の歌人だ（是一位傑出的和歌詩人）

歌人〔名〕和歌作家，和歌詩人（=歌人）、詩人、歌手（=歌歌い、歌謡い、謠唄い、歌い手）

歌詠み〔名〕和歌作家、和歌詩人（=歌人）
　　歌詠み歌を知らず（吟詠和歌的人不懂和歌）

歌聖〔名〕歌聖、和歌的聖手
　　歌聖柿本人麻呂（歌聖柿本人麻呂）

歌仙〔名〕歌仙，善吟和歌者、歌仙（連歌或俳諧的體裁之一、由36句組成）

歌体〔名〕和歌的體裁（如長歌、短歌等）

歌題〔名〕（和歌的）歌題

歌壇〔名〕和歌界、詩壇

歌道〔名〕歌道-作和歌的技術或方法
　　歌道に明るい（精通和歌之道）
　　歌道に暗い（不懂和歌）

歌碑〔名〕刻上和歌的碑
　　島木赤彦の歌碑（島木赤彦的歌碑）

歌舞〔名、自サ〕歌舞
　　歌舞音曲の停止（停止歌舞樂曲）
　　歌舞団（歌舞團）

歌舞伎〔名〕歌舞伎（日本的一種古典劇）
　　歌舞伎芝居（歌舞伎劇）
　　歌舞伎役者（歌舞伎劇演員）
　　歌舞伎を見る（看歌舞伎）
　　歌舞伎を上演する（上演歌舞伎劇）
　　歌舞伎十八番（〔歌舞伎名門市川家〕拿手的十八齣戲〔不破、鳴神、勸進帳等〕）

歌風〔名〕和歌的風格
　　万葉集の歌風と古今集の歌風は違う（萬葉集的和歌的風格和古今集的不同）

歌歴〔名〕寫作和歌的歷程或年數

歌論〔名〕對和歌的評論、和歌的理論

歌話〔名〕歌話、歌談、有關和歌的雜談

歌う、謡う、唄う、嘔う、詠う〔他五〕歌唱，歌詠，歌頌、高唱、強調、表明
　　歌を歌う（唱歌）
　　小さいな声を歌う（低聲唱）
　　歌ったり踊ったりする（載歌載舞）
　　森の中で鳥が歌う（鳥在林中歌唱）
　　梅を歌った詩（詠梅詩）
　　英雄と歌われる（被歌頌為英雄）
　　令名を歌われる（負盛名、有口皆碑）
　　効能を歌う（開陳功效）
　　自己の立場を歌う（強調自己立場）
　　其は憲法にも歌っている（那點憲法中有明定）

歌〔名〕歌，歌曲、（由三十一個字構成的日本固有形式的）和歌，短歌，詩歌
　　歌に歌う（唱歌）
　　歌に許り歌う（光說不練）
　　歌を歌い乍歩く（邊走邊唱）
　　歌を習う（學唱歌）習う学ぶ

彼女は歌が旨い（她唱得很好）旨い巧い上手い甘い美味い

歌を詠む（詠詩、作詩、詠歌）詠む読む

歌を作る（詠詩、作詩、詠歌）作る造る創る

物語を歌に詠ずる（把故事詠成詩歌）詠ずる映ずる

彼は少しは歌を詠む（他也會作幾句日本詩）

歌、唄〔名〕（常寫作唄）（用三弦琴伴奏的日本形式的）歌謠、流行歌謠、民間小調

歌合わせ、歌合せ、歌合〔名〕〔古〕賽詩會（平安朝時代的一種遊戲、參加者分兩組每組、依次各出短歌一首進行比賽以優勝次數多的組獲勝）

歌合を為る（參加賽詩會、舉行賽詩會）刷る摺る擦る掏る磨る擂る摩る

歌占〔名〕以詩歌的內容卜吉凶

歌歌留多、歌ガルタ〔名〕百家詩紙牌（日本式紙牌的一種、牌上分別寫有〝小倉百人一首〞的全句或下半句分兩組進行活動）

歌留多を為て遊ぶ（玩百家詩紙牌）

歌留多、加留多、骨牌、カルタ〔名〕紙牌，撲克牌，骨牌、（新年時玩的）寫有和歌的日本紙牌（=歌歌留多）

一組の歌留多（一副紙牌）

歌留多遊び（玩紙牌）

歌留多を為る（玩紙牌、打紙牌）為る為る

歌留多を取る（玩紙牌、打紙牌）取る捕る攝る採る撮る執る獲る盜る錄る

歌留多を配る（發牌、配紙牌）

歌留多を切る（洗牌、上牌、簽牌）切る着る斬る伐る

歌留多を捲る（翻牌）巡る廻る回る

歌留多に金を賭ける（玩紙牌賭錢）賭ける掛ける欠ける書ける駆ける架ける描ける翔ける

歌留多取り（玩和歌紙牌遊戲）

歌垣〔名〕〔古〕古代青年男女一起聚會唱歌跳舞（曾經是一種求婚的方式）

歌柄〔名〕詩歌的風格（格調）

歌切れ〔名〕和歌古墨跡斷片

歌屑〔名〕拙劣的和歌、無趣的和歌

歌口〔名〕（管樂器的）吹孔、吟詠和歌的腔調

歌口を湿す（潤濕吹口）湿す示す

唇を歌口を当てる（以唇抵吹口）当てる中てる充てる宛てる

歌声、歌声〔名〕歌聲、合唱

歌声が美しい（歌喉婉轉）

村の畑に歌声を響く（村莊地頭歌唱嘹亮）畑畠畑畠

暁を告げる鳥の歌声（鳥兒報曉的歌聲）告げる次げる注げる継げる接げる

陽気な歌声（快活的歌聲）

歌声運動（青年的合唱運動）

歌声喫茶（顧客可在店內合唱助興的吃茶店）

歌心〔名〕和歌的意思、對和歌的素養，喜愛和歌的幽雅心情

歌心を解する（懂得和歌的意思）解する介する会する改する

歌心が有る（懂得和歌三昧、有喜愛和歌的幽雅心情）有る在る或る

歌言葉〔名〕詩歌用語、詩歌語言

歌祭文〔名〕（江戶時代修行僧唱的一種）俗曲

歌沢、哥沢〔名〕歌沢小曲（江戶末期由歌澤大和大掾創始的一種流行小曲）

歌姫〔名〕歌女、女歌手，女歌唱家

酒場の歌姫（酒館的歌女）

歌女〔名〕歌女（=歌姫）、古時教會所屬的歌手（=歌い女）

歌い女〔名〕歌妓，藝妓、古時屬於教會的女歌手

歌女〔名〕歌女（=歌女、歌い女）、蚯蚓和螻蛄的異名

歌枕〔名〕古來和歌中歌詠過的名勝、介紹和歌中常引用的名勝古蹟和修辭用語的入門書

歌物語〔名〕（平安時代）以和歌為中心的短篇故事集（如〝伊勢物語〞、〝大和物語〞等）

歌い〔造語〕歌唱

　歌い手（歌手）

　歌い文句（吸引人的詞句）

謠〔名〕謠曲、能楽的歌詞

歌い上げる〔他下一〕高歌，放聲歌唱、用詩歌表達（感情）、宣揚，謳歌

　情感を歌い上げる（用詩歌抒發感情）

　新製品の良さを歌い上げる（宣揚新產品的優點）

歌い手〔名〕歌手，歌唱家、會唱歌的人

　オペラの歌い手に為る（當歌劇的歌手）

　彼女は中中の歌い手だ（她很會唱歌）

歌手〔名〕歌手（＝歌い手）

歌い文句〔名〕（廣告、宣傳上）吸引人的詞句、響亮的口號（＝キャッチ、フレーズ）

　広告の歌い文句（廣告上吸引人的詞句）

歌物、謠物、唱物〔名〕唱曲（如謠曲、長唄等以曲調為重點的歌曲＝語り物）

歌歌い、歌謠い、謠唄い〔名〕〔俗〕歌手、歌唱家（＝歌い手）

歌謠〔名〕歌謠、歌曲，有節奏的歌

　農村の歌謠（農村的歌謠）

　歌謠を研究する（研究歌謠）

　ラジオ歌謠（廣播歌曲）

歌謠曲〔名〕歌謠曲、流行曲、小調

　歌謠曲を歌う（唱小調、唱流行曲）

擱（ㄍㄜˊ）

擱〔漢造〕擱置、擱淺、擱筆

擱岩〔名、自サ〕（船）擱淺、觸礁（＝擱坐、擱座）

　針路を誤って船は擱岩した（船走錯路擱淺了）誤る謝る

擱岸〔名、自サ〕（船）擱淺、觸礁（＝擱坐、擱座）

擱坐、擱座〔名、自サ〕（船）擱淺、觸礁（＝座礁）、（坦克等）不能開動，發生障礙

　船が擱坐する（船擱淺、船觸礁）船船

　暗礁に擱坐する（坐礁）

　群を為して擱坐した戰車（成群的開動不了的坦克）群群

擱筆〔名、自サ〕擱筆、停筆←→起筆

　此の辺で擱筆する（就此擱筆）

擱く、措く〔他五〕中止，擱下、除外，撤開、拋棄，丟下

　筆を擱く（擱筆、停筆）

　此の手紙も此処で筆を擱く事に為ましょう（這封信也就寫到這裡吧）

　御節介は擱いて貰おう（你少管閒事吧）

　一読、巻を擱く能わず（一讀起來就不能釋卷）

　恐懼擱く能わず（不勝惶恐）

　賞讚して擱かない（讚賞不已）

　捜さずに擱かない（決不能不找）

　何は扨擱く（暫且不談、閒話少說）

　此れは擱いて他に道は無い（除此之外沒有其他辦法）

　君を擱いては適任者が無い（除你以外沒有合適的人）

　外聞は暫く擱いて、随分馬鹿な事を為た物だ（名譽上的影響暫且撤開不談的確是做了一件十分愚蠢的事啊！）

　何を擱いても此の方面の基礎理論を良く勉強しなくてはならない（首先必須學習這方面的基礎理論）

　妻子を擱いて家出する（丟下妻子離家出走）

置く〔自五〕（霜露）下降

〔他五〕放，置，擱、（用被動形置かれる）處於，處在、放下，留下，丟下，設置，設立，雇用，留住，隔，間隔，擺棋，撥算盤，裝上，貼上，當，作抵押

〔補動、五型〕（以動詞連用形＋て＋置く的形式）表示繼續保持某種狀態、表示要預先做好某種準備工作

　霜が置く（降霜）

　草葉に置く露（草葉上的露水）

本を机の上に置く（把書放在桌上）
天秤棒を取り上げて肩に置く（拿起扁擔放在肩上）
済んだら元の所へ置き為さい（用完後請放回原處）
此の魚は明日迄置けますか（這魚能放到明天嗎？）
此処へ自転車を置く可からず（此處不許放自行車）
不利な状況に置かれていても気が挫けては行けない（儘管處在不利情況下也不要沮喪）
両国の関係は長い間正常でない状態に置かれていた（長期以來兩國關係曾處於不正常狀態）
鞄をうっかり電車に置いて来た（一疏忽把皮包忘在電車上了）
子供を家に置いて出掛ける（把孩子放在家裡出門）
彼の人は手紙を置いて行った（他留下一封信就走了）
仕事を遣らずに置く（丟下工作不做）
言わずに置く方が良かろう（最好放下不去談它）
図書館を置く（設置圖書館）
事務所を置く（設置辦事處）
各省に大臣を置く（各部設大臣）
哨兵を置く（設崗、放哨）
家に女中を置く（家裡雇用女僕）
学生を置く（把房間租給學生在家裡膳宿）
御宅で下宿人を御置きに為りますか（您家裡留客房嗎？）
距離を置く（隔開距離）
間隔を置く（隔開間隔）
一行置いて（隔一行、空一行）
一日置いて次の日（第三天）
相手に三目置かせる（讓對方三個棋子）

算盤を置く（撥打算盤）
算木を置く（占卜、擺筮木）
八卦を置く（擺八卦、卜卦）
屏風に金箔を置く（給屏風貼上金箔）
質に置く（典當、當東西）
抵当に置く（作抵押）
電燈を点けて置こう（開著燈吧！）
其の人を待たして置き為さい（讓他等著）
其を其の儘に為て置く（把它放在那裏不去管它）
室内を埃の立たない様に為て置く（使屋裡不起灰塵）
機械を遊ばして置いては為らない（不能讓機器空閒著）
其の事は、他の人に言わないで置いて下さい（那件事情不要對別人說）
今言った事を頭に置いて置け（剛才說的要記在腦子裡）
其の事は一応考えて置く（那件事情我暫時考慮一下）
今晩其の論文を書いて置こう（今天晚上我要把那篇文章寫一下）
手紙で頼んで置く（先寫信託付一下）
前持って断って置く（預先聲明一下）
兎も角も聞いて置こう（不管怎樣先聽一下）
其の人に電話を掛けて置いて、伺った方が良いでしょう（給他先打電話再去拜訪較好吧）
何とか為て置こう（先想想辦法吧）
五千円に為て置こう（就先算作五千日元吧）
名前は鈴木と為て置こう（名字就先假定為鈴木吧）
此の点は今人民にはっきりと言って置かなければならない（這點現在就必須向人民講清楚）

一目置く（〔圍棋〕先擺一個子，讓一個子、〔轉〕比對方輸一籌，差一等）

重きを置く（著重、注重、重視）

眼中に置かない（不放在眼裡）

気が置けない（沒有隔閡，無需客套，推心置腹，不能推心置腹，令人不放心）

心を置く（留心，留意、故意疏遠）

信を置くに足らぬ（難以置信）

只では置かない（絕不能饒你、不放過）

鴿（ㄍㄜ）

鴿〔漢造〕（鳥名）鴿子

鴿、土鳩〔名〕〔動〕家鴿（=家鳩）

鴿、鳩〔名〕〔動〕鴿子

家鳩（家鴿）

伝書鳩（信鴿）

平和の鳩（和平鴿）

鳩は平和の象徴だ（鴿子是和平的象徵）

鳩派〔〔政〕鴿派、溫和派〕←→鷹派

鳩は三枝の礼有り（鴿有下三枝之禮-小鴿常在老鴿下面的樹枝上棲息、〔喻〕尊敬父母）

鳩の豆鉄砲（〔事出意外〕驚慌失措）

挌（ㄍㄜˊ）

挌〔漢造〕格

挌技、格技〔名〕〔體〕一對一的比賽（如相撲、拳擊等）

挌闘、格闘〔名、自サ〕格鬥、搏鬥（=組打、掴み合い）

猛獣と挌闘する（與猛獸搏鬥）獣

挌闘の際に受けた傷（搏鬥時受的傷）際際

革（ㄍㄜˊ）

革〔漢造〕皮革、（皮製的）甲冑、（皮製的）樂器 革

皮革（皮革=レザー）

改革（改革、革新）

沿革（沿革、變遷）

変革（變革、改革）

革質〔名〕皮革似的堅韌性質

革職〔名〕免職、免官

革新〔名、他サ〕革新←→保守

技術の革新を行う（實行技術革新）

教育制度の革新を計る（試圖改革教育制度）計る測る量る図る謀る諮る

政治を革新する（革新政治）

革正〔名、他サ〕改正、改革

革命〔名〕革命、（某種制度等的）大變革，革新

易姓革命（〔中國的〕改朝換代）

社会革命（社會革命）

無血革命（不流血革命）

暴力革命（暴力革命）

革命を起す（掀起革命、起革命）起す興す熾す

革命か起る（發生革命、鬧革命）起る興る熾る怒る

革命の嵐（革命風暴）

革命の烽火が上がる（燃起革命的烽火）烽火狼煙上がる挙がる揚がる騰がる

革命運動（革命運動）

革命歌（革命歌）歌歌

革命旗（革命旗）旗旗

革命家（革命家）家家家家家

革命思想（革命思想）

革命軍（革命軍）

革命時代（革命時代）

革命党（革命黨）

オートメーションは産業界に革命を齎した（自動化給產業界帶來了革命）

産業革命（產業革命）

教育革命（教育革命、教育改革）

革命的（革命的）

革命的進歩（革命的進步）

革命的精神（革命精神）

革命委員会（革命委員會）

革〔名〕皮革

革の靴（皮鞋）川河側靴履沓

革のバンド（皮帶）

革製品（皮革製品）

皮〔名〕（生物的）皮，外皮、（東西的）表皮，外皮、毛皮、偽裝、外衣、畫皮

林檎の皮（蘋果皮）河川革側側

胡桃の皮（胡桃殼）

蜜柑の皮を剥く（剝桔子皮）剥く向く

木の皮を剥く（剝樹皮）

木の皮を剥ぐ（剝樹皮）剥ぐ接ぐ矧ぐ

虎の皮を剥ぐ（剝虎皮）

骨と皮許りに痩せ痩せた（瘦得只剩皮和骨、瘦骨如柴）痩せ瘠せ痩ける

饅頭の皮（豆沙包皮）

布団の皮（被套）

熊の皮の敷物（熊皮墊子）

嘘の皮を剥ぐ（揭穿謊言）

化けの皮を剥ぐ（剝去畫皮）

化けの皮が剥げる（原形畢露）剥げる禿げる接げる矧げる

皮か身か（〔喻〕難以分辨）

河、川〔名〕河、河川

大きな河（大河、大川）

小さい河（小河）

河の向う（河對岸）向う向う

河を渡る（渡河、過河）渡る亘る渉る

河を下る（順流而下）下る降る

河を溯る（逆流而上）

河が干上がる（河水乾了）

側、側〔名〕側，邊、方面（=一方、一面）、旁邊，周圍（周り、側）

〔漢造〕側，邊、方面、（錢的）殼、列，行，排

川の向こう側に在る（在河的對岸）

箱の此方の側には絵が書いてある（盒子的這一面畫著畫）

消費者の側（消費者方面）

敵の側に付く（站在敵人方面）

教える側も教えられる側も熱心でした（教的方面和學的方面都很熱心）

井戸の側（井的周圍）

側の人が煩い（周圍的人說長話短）

当人よりも側の者が騒ぐ（本人沒什麼周圍的人倒是鬧得凶）

側から口を利く（從旁搭話）

両側（兩側）

通りの右側（道路的右側）

南側に工場が有る（南側有工廠）

労働者側の要求（工人方面的要求）

私の右側に御座り下さい（請坐在我的右邊）

金側の腕時計（金殼的手錶）

二側に並ぶ（排成兩行）

二側目（第二列）

革緒〔名〕皮帶、皮繩

革帯、皮帯〔名〕皮帶（=バンド、ベルト、帯皮）

革具、皮具〔名〕皮件、皮貨、皮革製品

革靴、皮靴〔名〕皮鞋

皮靴一足（一雙皮鞋）一足一足（一步、很近）

革籠、皮籠〔名〕〔古〕皮箱、紙箱、竹箱

革鯉〔名〕德國原產品種之一

革細工、皮細工〔名〕（制作精巧的）皮革手工藝品、皮革手工藝

革砥〔名〕磨刀用的皮帶

革砥に掛ける（在磨刀皮帶上磨一磨）掛ける 欠ける 書ける 賭ける 駆ける 架ける 翔る

革綴じ，革綴，皮綴じ，皮綴〔名〕皮面裝訂的書、用皮繩訂綴

総皮綴じの本（皮面裝訂的書）

背皮綴じの本（皮脊裝訂的書）

革張り、皮張り〔名〕蒙皮（的東西）、皮面（的東西）

皮張りの椅子（皮面的椅子）

靴底に皮張りを為る（鞋底上釘皮掌）

革紐、皮紐〔名〕皮繩、皮帶

皮紐で繋がれた犬（用皮繩栓著的狗）

革囊、皮袋〔名〕皮囊、皮口袋、（特指）錢包

皮袋に新しい酒を盛る（舊皮囊盛新酒、以舊形式裝新內容）盛る 漏る 洩る 守る 守る 皮屋 厠

革まる、改まる〔自五〕病重

病勢が改まる（病情惡化）

改まる〔自五〕改變，革新、鄭重其事

今年から規則が改まった（從今年起規章改了）今年 今年

年が改まる（歲月更新）年年

他人行儀に改まる（客氣得像外人似的）

改まった態度（鄭重的態度）

改まった席で話すのは苦手だ（不擅於在正式場合講話）

改まった顔（嚴肅的表情）

革める、改める〔他下一〕改變，改正、修訂，修改、（態度）鄭重

見方を改める（改變看法）

誤りを改める（改正錯誤）誤り 謝り

交通法規を改める（修訂交通規則）

態度を改める（端正態度）

改める、検める〔他下一〕檢查、檢驗

切符を改める（驗票）

帳面を改める（查帳）

何卒、数を御改め下さい（請您點一點吧！）数数

格（ㄍㄜˊ）

格（也讀作格）〔名、漢造〕資格、品格、格調、格式、規格、格鬥

格が高い（品格高、水平高）

格が上がる（升格）上る 揚る 挙る 騰がる

格が下がる（降格）下る

君と彼とは格が違う（你和他的格調不同）

格を上げる（提高標準、提高水平）

格を守る（遵守規定、按照格式）守る 護る 守る 盛る 洩る 漏る

格に外れている（不合規格、不合格式、不合規定）

合格（合格、及格）

別格（破格待遇、特別處理）

破格（破格、破例、打破常規）

規格（規格、標準）

本格（正式）

古格（古式、古來的格式）

呼格（〔vocative case 的譯詞〕呼格）

人格（人格，人品，人的品格、獨立自主的個人-法律上未成年人和精神異常者除外）

神格（神格、神的地位）

風格（風格、品格、人品、風度、風采、儀表容貌）

品格（品格、品德）

性格（性格，性情，脾氣，性質，特性）

正格（正式規格、〔語〕正格活用）←→変格

変格（變格，變則、〔語〕變格活用，不規則變化）←→正格

価格（價格、價錢）

家格（門第＝家柄）

主格（〔語〕主格）

賓客（〔語〕賓格、目的格）←→主格
目的格（〔語〕賓格=賓客）
連体格（〔語〕連體格）

格子〔名〕格子，方格，棋盤格、（門窗上的）縱横格子

格上げ〔名、他サ〕提高地位，提高等級、升級，升格、提高資格，提高身分←→格下げ
　課長に格上げする（升級為科長）
　大使館に格上げする（升格為大使館）

格下げ〔名、他サ〕降低等級、降低質量、降低資格，降格←→格上げ

格外〔名〕格外，特別、等外，不合規格
　格外に安い品（特別廉價品）安い廉い易い品品
　格外の品（等外品、次級品、不合格品）

格技、挌技〔名〕〔體〕一對一的比賽（如相撲、拳撃等）

格言〔名〕格言
　格言に曰く（格言有云、格言說得好）有る在る或る
　〝時は金也〟と言う格言が有る（格言說〝時者金也〟、格言說〝時間就是金錢〟）言う云う謂う

格差〔名〕（商品的）等級差別，質量差別、價格差別，差價、資格差別
　給与格差（工資級別）
　所得の格差を無くする（取消收入的等級差別）無くする亡くする失くする

格式、挌式〔名〕資格，地位、（世家等的）禮節，禮法，規矩，排場
　格式の高い旧家（門第高的世家）
　旧家には格式と言う物が有る（世家有一套禮法規矩）
　格式を重んずる昔気質の老人（注重禮節的古板的老人）浪人

格式〔名〕（律、令的補助法令）格 和式

格式張る〔自五〕講究規矩、講究禮法、講究排場

伯父は何でも格式張るのが好きだ（伯父處處講究排場）伯父伯父叔父小父

格助詞〔名〕〔語法〕格助詞（接體言形式體言下、表示該體言與其他詞的關係、亦即該體言在句子中處於什麼資格，如主格，賓格，補格或修飾格等：有が、の、を、に、と、へ、より、から、にて、て等）

格段〔副、形動〕（一般用於好的情況）特別、非常、格外（=格別、取り分け）
　格段の差（顯著的差別）
　彼とは格段の相違が有る（與那個有顯著的不同）
　格段の進歩を示す（顯出格外的進步）示す湿す
　格段の待遇を受ける（受到特別的待遇）受ける請ける享ける浮ける
　彼の態度は格段に上品だ（他的態度特別文雅）

格別〔副、形動〕特別，特殊，顯著，格外（=特別、取り分け）、姑且不說，不必多說（=兎も角）
　今朝の寒さは格別だ（今天早晨特別冷）
　格別の待遇を受ける（受到特別的招待）
　格別上等の葡萄酒（特別高級的葡萄酒）
　格別話す事は無い（沒有特別要說的）
　格別の事も無く済んだ（事情平靜地過去了）済む住む棲む澄む清む
　二つを比べて格別違った所は無い（兩個比較了一下並沒有顯著的不同）比べる較べる
　重病なら格別だが、でなければ投票せよ（如果有重病沒話可說否則請投票）
　今回は格別、以後絶対に許さない（這次姑且不談以後絕不原諒）
　知らないのなら格別だが、知っていて遣った以上許せない（不知道就算了既然是明知故犯不能饒恕）

格調〔名〕（文章的）風格、（詩歌的）格調
　格調の整った文（格調嚴謹的文章）文文
　格調の高い詩（格調高的詩）

格付け〔名、他サ〕（交易所按商品品質）規定等級（價格）、（按資格、價值、能力等）分等級

米を格付けする（定米價、定米的等級）

生産物の格付けを為る（規定產品的價格或等級）

格付け表（等級表、價格表）

格点〔名〕〔土木〕節點、欄架節點

格闘、挌闘〔名、自サ〕格鬥、搏鬥（＝組打、掴み合い）

猛獣と挌闘する（與猛獸搏鬥）

挌闘の際に受けた傷（搏鬥時受的傷）

格納〔名、他サ〕容納、收藏（＝終い収める事）

エンジン格納室（飛機的機艙）

小銃を格納して有る棚（收藏步槍的架子）

格納庫（飛機庫、倉庫、彈藥庫）

移動格納庫（移動飛機庫）

格物致知〔名〕格物致知

格安〔形動〕格外價廉、非常便宜

格安に売る（格外廉價出售）

格安の（な）品（特價品、廉價品）

中古テレビを格安で譲る（特價出讓半新的電視機）

格安品（廉價品）

格安品を掘り出す（找到廉價品）

格率〔名〕（maxim 的譯詞）（行為的）準則

格例〔名〕慣例、規則

格好、恰好〔名〕樣子，外形，形狀、姿態，姿勢，裝束，打扮，情況，（像樣的）樣子

〔形動〕合適、適當

〔接尾〕大約、差不多、上下、左右

妙な格好の石（形狀稀奇古怪的石頭）

上着の格好が気に入らない（上衣的樣子不滿意）

余り格好が良くない（形狀不大好）

船の格好を為た灰皿を貰った（人家給我一個船形的煙灰缸）

格好が良い（姿勢很好）

変な格好で歩く（姿勢難看地走路）

こんな格好では人前に出られない（這一身打扮見不得人）

結局医者にも見放された格好だ（結果情況是連醫師也認為沒有救了）

手を入れて原稿の格好を付ける（加加工使原稿像個樣子）

病院に格好な建物（適合於庭院的建築物）

どうも田舎だから格好な所が無くて（因為是鄉下很難有合適的地方）

余り広くは無いが、三人家族には格好な家だ（房子倒不太大不過三口之家住起來滿合適）

御留守中に四十格好の男の子が訪ねて来た（你不在家時有一個四十歲上下的男人來訪）

格好が付く（夠格局、夠局面、像樣子、成體統）

大体格好が付いている（大體上夠個局面了）

松を植えたので庭の格好が付いた（因為栽上了松樹庭園算夠格局了）

客間に掛け物が無いと、どうも格好が付かない（客廳裡不掛畫有些不成格局）

格好が悪い（難為情、不好意思）

格好を付ける（敷衍局面、使…過得去）

講演者が来なかったので私が替って如何にか格好を付けた（演講者沒來由我來代替好歹敷衍個局面）

素手では帰れない、何とか格好を付けて貰おう（〔討債人用語〕我不能空著首回去你得設法讓我過得去）

格〔名〕〔史〕（奈良平安時代為施行律令而頒布的）法令、法令會編

格 [名]（隔扇或拉門的）木條，骨架、（梯子的）梯級，橫樑、（格子天棚的）棚架、（棋盤上的）線

格子 [名] 格子，方格，棋盤格、（門窗上的）縱橫格子

　格子戸（格子門）
　格子縞（方格花紋）
　格子造り（前面門窗安設格子的房屋構造法）
　格子欠陥（〔化〕點陣缺損、晶格缺陷）
　格子定数（〔化〕點陣常數、晶格常數）
　格子面（〔化〕點陣面、晶格面）
　格子点（〔化〕晶格結點、〔數〕陣點）
　格子検波（〔理〕柵極檢波）

格組み [名]〔建築〕用木頭縱橫交叉的東西
格天井 [名] 方格形天花板
格間 [名]〔建〕格子天花板的方格、藻井

蛤（ㄍㄜˊ）

蛤 [漢造] 蛤
蛤 [名]〔動〕文蛤（=蛤）
　蛤鍋（文蛤火鍋）
蛤、蚌、文蛤 [名]〔動〕蛤、文蛤
　蛤拾いに行く（撿文蛤去）拾い広い行く
　往く逝く行く往く逝く

隔（ㄍㄜˊ）

隔 [漢造] 隔開、間隔
　疎隔（隔閡）
　阻隔（阻隔）
　間隔（間隔、距離）
　遠隔（遠隔）
隔意 [名] 隔閡
　隔意を生ずる（發生隔閡）生ずる請ずる招ずる
　隔意の無い意見を交換する（坦率地交換意見）
　隔意無い発言（坦率的發言）
　隔意無く話す（坦率交談）話す放す離す

隔行 [名] 隔行、每隔一行
　隔行に書く（隔開一行寫）書く欠く描く
　隔行にタイプする（隔開一行打字）

隔月 [名] 隔月、每隔一個月（=一月置き）
　会議は隔月に開かれる（每隔一個月開會一次）
　隔月刊行物（雙月刊）

隔歳 [名] 每隔一年（=隔年）

隔室 [名] 分隔間，分隔空間、水密艙
　防水隔室（水密艙）

隔日 [名] 每隔一日（=一日置き）
　隔日に医者に通う（每隔一天到醫生那裏看一次病）
　朝の当番は隔日に遣ろう（早晨的值日隔一天做一次吧！）

隔週 [名] 隔周、每隔一周
　隔週に到着する郵便（每隔一周到達的郵件）

隔心、隔心 [名] 隔閡、不融洽（=隔意）
　隔心を抱く（心懷隔閡）抱く抱く

隔世 [名] 隔世
　当時を思うと隔世の感が有る（回想當時有隔世之感）
　隔世遺伝（隔代遺傳）

隔絶 [名、自サ] 隔絕
　外界と隔絶する（與外界隔絕）
　人間社会から隔絶した別天地の様だ（似乎是與人世隔絕的另一個天地）

隔地 [名] 兩地、隔開的地方

隔年 [名] 每隔一年（=一年置き）
　大会は隔年に京都で催す（大會每隔一年在京都舉行）

隔番 [名] 輪流、交替

隔晩 [名] 每隔一個晚上

隔壁 [名] 隔壁牆。〔生〕隔膜

防火隔壁（防火隔壁）

隔膜〔名〕〔理〕膜片，光闌。〔生〕隔膜，隔板

隔膜形成体（〔植〕成膜體）

隔膜繊維（〔植〕分隔纖維）

隔膜平衡（〔化〕膜滲平衡）

隔離〔名、自他サ〕〔醫〕隔離、隔絕。〔生〕分離，隔離

伝染病患者を隔離する（把傳染病患者隔離起來）

赤痢の疑いで全員が隔離された（由於懷疑染上赤痢全體人員都被隔離起來了）

隔離病室（隔離病房）

世の中と隔離した山の中で暮す（在與世隔絕的深山裡生活）

隔靴搔痒〔名〕隔鞋搔癢（比喻說話或文章等沒有抓住關鍵）

隔靴搔痒の感が有る（有隔鞋搔癢之感）有る在る或る

隔たる〔自五〕（時間、空間）隔離，有距離。（事物）不同，不一致，有差別、疏遠，發生隔閡

此処から二キロ隔たった所に寺が有る（離這裡兩公里的地方有一座廟）

別れてから五年の年月が隔たる（別後已隔五年之久）

今を隔たる二千年の昔（距現在兩千年以前）

天と地程隔たっている（相差天地）

両者の主張は大分隔たっている（二者的主張有很大距離）大分大分

心が隔たる（發生隔閡）

両人の仲は近頃酷く隔たった（兩個人的關係最近相當疏遠了）

隔たり〔名〕（時間、空間的）距離，間隔、（事物的）差別，不同、疏遠，隔膜

甲地と乙地との隔たりは五百メートルが有る（甲地和乙地相隔五百公尺）

両事件の間は五年の隔たりが有る（兩個事件相隔五年）

二人の年齢には大変な隔たりが有る（兩人的年齡相差很大）

感情的な隔たりは無い（沒有感情上的隔膜）

隔てる〔他下一〕隔開，分開，間隔、（時間）相隔、遮擋、離間

間を川が隔てている（中間有條河把兩地分開）距てる

中日両国は狭い海を隔てた隣邦である（中日兩國是一衣帶水的鄰國）

家が道を隔てて向かい合う（房子隔道相對）

彼とテーブルを隔てて座っていた（和他隔張桌子坐著）

三十メトル隔てて電柱を立てる（間隔三十公尺埋設電桿）

彼女は二部屋隔てた台所に居た（她在隔開兩間屋子的廚房裡）

二年の歳月を隔てて再会する（相隔兩年後又再見面了）

障子に隔てられて姿が見えない（被紙拉門遮擋看不見人）

友達の仲を隔てる（離間朋友的關係）

隔て〔名〕隔開（物），隔壁，差別，區別，隔閡

隔ての障子（作間壁的紙糊拉門）距て

隔ての垣（間壁）

隔てを付ける（加以區別）

男女の隔て無く（不分男女）男女男女 男女

待遇に分け隔てが有る（待遇上有區別）

私は人に依って隔てを付けない（我對人不分遠近厚薄）

隔て無く交わる（親密無間地交往）

分け隔て無く付き合う（不分彼此地來往）

気持の上で何の隔ても無い（感情上沒有一點隔膜）

我我は分け隔ての無い間柄だ（我們是親密無間的關係）

閣（ㄍㄜˊ）

閣〔漢造〕樓閣、內閣

- 高閣（高閣）
- 高閣に束ねる（束之高閣）
- 楼閣（樓閣）
- 空中楼閣（空中樓閣、海市蜃樓）
- 台閣、臺閣（高閣、樓閣、〔轉〕內閣）
- 仏閣（佛閣、佛堂、寺院）
- 天守閣（城堡中央的高樓、瞭望樓）
- 入閣（入閣、參加內閣）
- 組閣（組閣、組織內閣）

閣下〔名〕（對簡任官或將官以上的人的敬稱）閣下
〔接尾〕（接在姓名或職位之下表示敬稱）閣下

- 閣下は何方へ御出掛ですか（閣下往哪裡去呀？）何方何方何方
- 市長閣下（市長閣下）
- 外務大臣閣下（外務大臣閣下）

閣員〔名〕閣員、閣僚、內閣成員

閣外〔名〕內閣之外←→閣内

- 閣外の協力（閣外的協助）
- 閣外の反対（內閣外部的反對）

閣内〔名〕內閣內部、閣僚之間、部長之間、各大臣之間←→閣外

- 其の問題に就いては閣内にも異論が有る（這個問題內閣內部也有不同的看法）
- 閣内不統一を招く（引起內閣內部的不統一）

閣議〔名〕閣議、內閣會議

- 閣議に掛ける（提交閣議討論）掛ける 架ける 欠ける 賭ける 書ける 駆ける 描ける 翔る
- 閣議決定を求める（要求內閣會議決定）
- 定例閣議（定期內閣會議）
- 臨時閣議（臨時內閣會議）

閣僚〔名〕（內閣的）閣僚，閣員、（政府各部的）部長、部長級（=閣僚級）

- 総理大臣が閣僚を選ぶ（總理大臣遴選部長）選ぶ 択ぶ 撰ぶ
- 閣僚会議（部長級會議）
- 閣僚定期協議（部長級定期協商）
- 閣僚級会談（部長級會談）

閣令〔名〕內閣命令

閣老〔名〕（江戶時代）老中的別稱

葛（ㄍㄜˊ）

葛〔漢造〕葛-多年生草、莖的纖維可織布、根可做藥

- 葛根湯（葛根湯）

葛藤〔名〕糾紛、糾葛

- 葛藤を生ずる（發生糾葛）生ずる 請ずる 招ずる
- 仲間同士の間に葛藤が起きる（伙伴之間發生糾葛）起きる 熾きる

葛藤〔名〕〔植〕青藤（=青葛藤）、防己科植物

葛〔名〕〔植〕攀緣莖、蔓草（的總稱）

- 蔦葛（爬山虎）葛 蔓 鬘
- 葛が蔓延る（蔓草叢生）

葛〔名〕〔植〕葛、葛粉，澱粉（=葛粉）、葛布（=葛布）屑

葛餡〔名〕〔烹〕（把濕澱粉加入煮開的醬油、糖、料酒煮成的）芡汁

葛溜り〔名〕〔烹〕（把濕澱粉加入煮開的醬油、糖、料酒煮成的）芡汁（=葛餡）

葛掛け、葛掛〔名〕〔烹〕澆滷、澆汁（的菜）

葛粉〔名〕葛粉、澱粉

葛桜〔名〕〔烹〕葛粉豆沙餡包（一種夏季點心、用葛粉為皮、內包豆餡、外面包櫻桃葉子=葛饅頭）

葛饅頭〔名〕葛粉皮包的豆沙餡點心

葛布、葛布〔名〕葛布（用葛莖纖維織的布）

葛練り、葛練〔名〕（葛粉加糖和水製成的）葛粉糕（=葛餅）

葛餅〔名〕葛粉糕，水晶糕（=葛練り、葛練）、葛粉豆沙餡包（=葛饅頭）

葛屋、葛家〔名〕草葺的房屋、草葺的屋頂

葛湯〔名〕（葛粉加糖用開水沖調的）葛粉湯、藕粉茶

葛〔名〕〔植〕青藤（＝葛藤）。〔植〕葛（＝葛）

葛籠〔名〕（用葛藤和竹子編的）衣箱

葛折、九十九折〔名〕羊腸小道，曲折的山路。〔馬術〕要彎就彎（馬邁旁步時不加控制）
　葛折の山道を登る（爬上羊腸小道）
　山道山道上る登る昇る

各（ㄍㄜˋ）

各〔漢造〕每人、每個、各個

各位〔名〕各位（＝皆様方）
　会員各位（各位會員）
　御出席の各位に申し上げます（向到會各位講幾句話）
　来賓各位の健康を祝す（敬祝各位來賓健康）祝す宿す祝う

各員〔名〕各位、（某團體的）各成員（＝銘銘、各人）
　各員一層努力せよ（請各位多加努力）

各駅〔名〕各（火車）站
　各駅に停車する（各站都停車）
　各駅停車の列車（火車的普通列車）

各科〔名〕各科、各部門

各科、各課〔名〕各科、各課

各界、各界〔名〕各界、各行各業
　各界の権威（各行各業的權威人士）
　各界の代表を集める（召集各界的代表）

各階〔名〕（樓房等的）各層
　各階止まりのエレベーター（每層樓都停的電梯）止り留り泊り停り

各業種〔名〕各行業
　各業種の労働者（各行業工人）

各月〔名〕每月、每個月

各項、各項〔名〕各項、各條、每項

各氏〔名〕各位、各位先生
　入賞の各氏に賞状が授与させる（向獲獎的各位授予獎狀）

各紙〔名〕各報、各家報紙
　各紙一斉に報道する（各報同時報導）

各誌〔名〕各雜誌、各家雜誌

各自〔名〕各自、每個人（＝銘銘、各各、各人）
　食事の後始末は各自で為て下さい（飯後的收拾工作請各自去做）
　皆各自の仕事で忙しい（大家都忙於自己的工作）忙しい
　各自弁当持参の事（要各自攜帶便當）
　各自の部署に就け（個就各位）

各日〔名〕每日、天天

各種〔名〕各種、各樣、種種、每一種（＝色色、夫夫の種類）
　百貨店には各種の品が揃えて有る（百貨店裡百貨俱全）
　使用法は各種とも別別である（使用方法每一種都不一樣）
　各種の業務（各行各業）
　各種取り合わせビスケット（各種混和餅乾）

各週〔名〕各週、每週

各処、各所〔名、副〕各處
　市内各処に出水が遭った（市内各處都被水淹了）出水出水遭う会う逢う遇う合う

各省〔名〕（日本内閣的）各省、各部
　各省大臣（各省大臣、各部部長）
　各省間の調整を行う（進行各省間的調整）間間間

各条〔名〕各條、每條、各個條款

各人〔名〕各人、每個人、所有的人（＝銘銘、各自）
　各人の反省を促す（促使每個人反省）
　昼食は各人で御用意下さい（午飯請每個人自己準備）
　公園を汚さないよう各人が気を付けよう（要人人注意保持公園整潔）
　各人各説（各持己見、眾說紛紜、各有各自的主張）
　各人各様（各人各様、各自不同）

各人各様の意見を述べる（各述己見、各自陳述不同的意見）述べる 陳べる 延べる 伸べる

各説〔名〕各自的意見、各論，分項論述←→総説
　各人各説（每個人有各自的主張）

各層〔名〕各階層
　各界各層（各行業各階層）
　国民各層の意見（國民各階層的意見）

各地〔名〕各地、到處（＝方方）
　各地で講演する（在各地演講）
　全国各地から集まる（來自全國各地）

各通〔名〕各個文件、（把任免命令等）通知各個本人

各派〔名〕各黨派、各流派
　各派夫夫対策を凝らす（各黨派各自研究對策）夫夫其其

各般〔名〕各種、一切、各方面（＝色色、諸般）
　各般の準備を整える（做好一切準備）
　各般の事情を考慮して決定する（考慮各方面情況之後決定）

各部〔名〕各部分
　人体各部の構造（人體各部的構造）

各部分〔名〕各部分

各別〔名〕各有區別、各有不同

各方面〔名〕各個方面
　各方面の意見を聞く（聽取各方面的意見）聞く 聴く 訊く 利く 効く

各様〔名〕各種、種種
　各人各様に振る舞う（各行其是、各自為政）
　各人各様の意見を出す（各自提出各式各樣的意見）
　各種各様の品（各種各樣的東西）

各論〔名〕分論、分題論述、分題專論←→総論
　講演は総論を終えて各論に入る所だ（報告剛講完總論正在進入分題專論）
　詳細は各論で述べる（詳細情況在各個專題中敘述）述べる 陳べる 延べる 伸べる

各戸〔名〕各家各戸
　各戸に国旗を立てる（家家戸戸掛國旗）
　寄付を各戸に割り当てる（把捐款攤派給各家各戸）

各個〔名〕各個、個別
　各個撃破（各個擊破）
　各個に行動する（個別行動、各行其是）
　各個の意見を纏める（歸納總結各個人的意見）

各個人〔名〕各個人、每個人

各校〔名〕各校

各国〔名〕各國
　世界各国（世界各國）
　各国の外交代表（各國的外交代表）
　各国其其の風俗習慣が有る（各國有各國的風俗習慣）其其夫夫

各、各各〔名、副〕各、各自（＝銘銘、其其、夫夫、一人一人）
〔代〕各位、諸位、大家（＝各各方、諸君）
　人各各長所が有る（人各有所長）
　人は各各考えが違う（人各自想法不同）
　昆虫は各各六本の脚を持っている（昆蟲各有六隻腳）
　発展途上国が各各其の主権と領土を守る（發展中國家各自保衛其主權和領土）守る 守る
　各各の席に就き為さい（各就各位）

各各方〔代〕〔舊〕各位、諸位、大家（＝諸君、貴方方、皆さん方）

個、個（ㄍㄜˋ）

個、箇、个〔漢造〕（常以か、ケ代用）（常接在數詞後面）個
　一個月、一箇月、一か月、一ケ月（一個月）

個月、箇月、ケ月〔接尾〕…個月
　一年は十二個月です（一年是十二個月）

三月から五月迄の三個月を春と言う（三月到五月這三個月叫春天）言う云う謂う

個所、箇所〔名、接尾〕（特定之）處、地方、部分

誤りの個所を正す（糾正錯誤的地方）誤り謝り正す質す糾す紕す

同じ個所（相同的地方）

列車の脱線で不通の個所が出来る（由於火車出軌有不通車的地方）

頭に三個所も怪我を為た（頭上縫了三處）

数個所に傷を受けた（受了好幾處傷）傷瑕疵

塵は一個所に集めて置いて下さい（請把垃圾放在一處）塵芥塵芥

個条、箇条〔名〕條款、項目

〔接尾〕（助數詞用法）項、條

個条を上げる（舉出項目）

問題の個条を検討する（研究問題的各個項目）

問題点を二つの個条に纏める（把問題的重點總結成兩條）

個条を立てて言って御覧（請你分條來講）

其は此の個条に該当する（那與此項條例相符）

五つの個条を分ける（分為五項）

三個条の要求（三項要求）

十個条より成る（由十項組成）成る為る鳴る生る

個条書き，個条書、箇条書き，箇条書〔名〕分條寫、分項寫、列舉、一條條地寫、一項項地寫

個条書の方法で説明する（以分項列舉的方法進行說明）

個条書に為る（分條寫出、分項寫出）刷る摺る擦る掏る磨る擂る摩る

個条書に為て出す（分條寫出後交上去）

忘れぬ様に個条書に為て置く（一條條地寫下來免得忘記）置く擱く措く

個、箇〔名、接尾、漢造〕個、個人、個體←→全

個と全との関係（個人和總體的關係）

林檎五個（五個蘋果）

一個、一箇（一個、〔隱〕一百日元、流量單位〔每秒一立方尺〕）

各個（各個、個別）

好個（恰好、正好）

個我〔名〕〔哲〕（作為個人的）自我

個眼〔名〕〔動〕（昆蟲的）小眼

個個、箇箇〔名〕各個、各自、每個

個個に（個個地、個別地）

個個別別に行動する（個別行動、各自行動）

個個の意見（每項意見）

個個の場合に（在各個場合）

個個の問題を考える（考慮各個問題）

此の学校の生徒は個個に就いて言えば中中優勝なのが居る（就各別而言這個學校的學生有很優秀的）

其に就いて個個に聞いて見ると意見が分かれていた（關於那一點個別徵求意見意見並不一致）

個室〔名〕（飯店或醫院等的）單人房間

寝台車の個室（〔鐵〕單人臥車房）

個人〔名〕個人

個人の利益（個人利益）利益利益

個人と為ての意見（作為個人的意見）

個人の資格で参加する（以個人資格參加）

個人の利益よりも全体の利益を重んずる（視集體利益重於個人利益）

個人経済（個體經濟）

個人所有制（個體所有制）

個人経営（個人經營）

個人崇拝（個人崇拜）

個人的消費（個人消費）

個人的（個人的、私人的）

個人的な考え方（個人的想法）

個人的に面談する（個人面談）

個人的には何の関係も無い（和他沒有任何個人關係）

個人差（個人差別、個人誤差）

同じ兄弟でも個人差が大きい（同是兄弟個人差別也很大）

観測には如何しても個人差が有る（在觀測上無論如何都會有個人誤差）

個人主義（個人主義）←→全体主義

彼奴には個人主義的な処が有る（那傢伙有點個人主義）

個人taxi（自己駕駛的私人出租汽車）

個人taxiの運転手（自備出租汽車的司機）

個数、箇数〔名〕個數、件數

個数を検める（查點件數）検める改める革める

荷物の個数を数える（數行李的件數）

個性〔名〕個性

個性の無い人間（沒有個性的人）

個性が強い（個性強）

個性を重んずる（尊重個性）重んじる

個性的な作品（有個性的作品）

個性を欠いている（缺乏個性）欠く書く描く搔く

個体〔名〕個體、各自單獨生活的生物體

個体発生（〔生〕個體發生、個體發育）

個中、箇中〔名〕個中、此中

個中の趣（個中妙趣）

個展〔名〕個人作品展覽會（=個人展覧会）

個展を開く（舉辦個人展覽會）開く開く

個物〔名〕〔哲〕個體、個別事物、個別認識對象←→普遍

個癖〔名〕個人癖好、個別癖好

個癖を矯正する（糾正個別癖好）

個別、箇別〔名〕個別

個別に取り扱う（個別處理）

個別的な話し合い（個別面談）

此の問題は個別的で無く総合的に扱い為さい（這個問題不要個別處理綜合處理吧！）

個別通信（個別通信）

箇、個（ㄍㄜˋ）

箇、個、个〔漢造〕（常以か、ケ代用）（常接在數詞後面）個

一個月、一箇月、一か月、一ケ月（一個月）

箇月、個月、ケ月〔接尾〕…個月

一年は十二個月です（一年是十二個月）

三月から五月迄の三個月を春と言う（三月到五月這三個月叫春天）言う云う謂う

箇所、個所〔名、接尾〕（特定之）處、地方、部分

誤りの個所を正す（糾正錯誤的地方）誤り謝り正す質す糾す紀す

同じ個所（相同的地方）

列車の脱線で不通の個所が出来る（由於火車出軌有不通車的地方）

頭に三個所も怪我を為た（頭上縫了三處）

数個所に傷を受けた（受了好幾處傷）傷瑕疵

塵は一個所に集めて置いて下さい（請把垃圾放在一處）塵芥塵芥

箇条、個条〔名〕條款、項目

〔接尾〕（助數詞用法）項、條

個条を上げる（舉出項目）

問題の個条を検討する（研究問題的各個項目）

問題点を二つの個条に纏める（把問題的重點總結成兩條）

個条を立てて言って御覧（請你分條來講）

其は此の個条に該当する（那與此項條例相符）

五つの個条を分ける（分為五項）
三個条の要求（三項要求）
十個条より成る（由十項組成）成る為る鳴る生る

箇条書き，箇条書、個条書き，個条書〔名〕分條寫、分項寫、列舉、一條條地寫、一項項地寫

個条書の方法で説明する（以分項列舉的方法進行說明）

個条書に為る（分條寫出、分項寫出）刷る摺る擦る掘る磨る播る摩る

個条書に為て出す（分條寫出後交上去）

忘れぬ様に個条書に為て置く（一條條地寫下來免得忘記）置く擱く措く

箇、個〔名、接尾、漢造〕個、個人、個體↔全

個と全との関係（個人和總體的關係）
林檎五個（五個蘋果）
一個、一箇（一個、〔隱〕一百日元、流量單位〔每秒一立方尺〕）
各個（各個、個別）
好個（恰好、正好）

箇箇、個個〔名〕各個、各自、每個

個個に（個個地、個別地）
個個別別に行動する（個別行動、各自行動）
個個の意見（每項意見）
個個の場合に（在各個場合）
個個の問題を考える（考慮各個問題）
此の学校の生徒は個個に就いて言えば中中優勝なのが居る（就各別而言這個學校的學生有很優秀的）
其に就いて個個に聞いて見ると意見が分かれていた（關於那一點個別徵求意見意見並不一致）

箇数、個数〔名〕個數、件數

個数を検める（查點件數）検める改める革める
荷物の個数を数える（數行李的件數）

箇中、個中〔名〕個中、此中
個中の趣（個中妙趣）

箇別、個別〔名〕個別
個別に取り扱う（個別處理）
個別的な話し合い（個別面談）
此の問題は個別的で無く総合的に扱い為さい（這個問題不要個別處理綜合處理吧！）
個別通信（個別通信）

箇〔接尾〕（古時用箇）個、歲
七十路（七十、七十歲、七十年）
八十、八十路（八十、八十歲）

箇、個、つ〔接尾〕（接在一到九的日本固有數詞之下表示）個、歲
一つ（一個、一歲）
六つ（六個、六歲）
九つ（九個、九歲）
幾つ（幾個、幾歲）

該（ㄍㄞ）

該〔漢造〕該、廣泛
該地（該地）
該人物（該人物）
該事件（該事件）

該当〔名、自サ〕相當、適合、符合（某規定、條件等）

其は第三条に該当する（那符合第三條規定）
募集要領に該当する人は申し込む事（符合招募條件的人員請報名）
此の場合に該当する規則は無い（沒有適合這種條件的規章）
該当する条文（符合的條文）
該当者は居ない（沒有符合條件的人）者者居る入る要る射る鋳る炒る煎る

該博〔形動〕該博、淵博
該博な知識を示す（顯示知識淵博）

改（ㄍㄞˇ）

改〔漢造〕改、檢查
　朝令暮改（朝令夕改）
　朝令暮改の政策（朝令夕改的政策）
　政府の朝令暮改に国民が憤る（人民對政府的朝令夕改感到氣憤）

改悪〔名、他サ〕改惡、改壞了↔改善
　改悪ではなくて大いに改善した（不是改壞而是大大改善了）
　規則を改悪しては為らない（不要把規章改壞了）

改善〔名、他サ〕改善、改進
　待遇を改善する（改善待遇）
　生活の改善が実現された（生活得到了改善）
　労働条件の改善（工作條件的改善）
　目立った改善（顯著的改善）
　色色改善を施す（實行種種的改善）
　更に改善を加える（進一步加以改善）加える銜える咥える
　大いに改善の余地が有る（大有改善的餘地）
　此以上改善の余地は殆ど無い（幾乎無法再加改善）
　少しも改善の跡が見えない（毫無改進的跡象）

改案〔名、自サ〕改變（的）草案

改印〔名、自サ〕改換印鑑（圖章）
　改印を届ける（報告改換印鑑）
　改印届（改換印鑑報告）

改易〔名、他サ〕改變，改換。〔史〕（江戶時代對武士的一種刑罰、取消武士身分、沒收家產領地）改變身份貶為平民
　改易を命ぜられる（受到貶為平民的處分）
　木村の家が改易に為った（木村武士的家被查抄貶為平民了）

改革〔名、他サ〕改革、革新
　教育改革（教育改革）
　機構の改革を行う（實行機構改革）
　社会制度を改革する（改革社會制度）
　改革案の話し合い（革新方案的討論）

改行〔名、自サ〕另起一行
　此処で改行せよ（這裡另起一行）
　段落で改行する（按文章段落另起一行）

改憲〔名、他サ〕修改憲法
　改憲案（修改憲法草案）

改元〔名、自他サ〕改元、改年號
　大正は昭和と改元された（大正改元為昭和）

改悟〔名、自サ〕悔悟、悔改

改稿〔名、自他サ〕重新起稿、改寫原稿
　何遍も改稿した文章（改寫多次的文章）
　旧版を改稿する（把舊版加以改寫）

改号〔名、自他サ〕改稱號、改年號（＝改元）、新改的稱號（年號）
　国名を改号する（更改國家名稱）

改歳〔名〕新年

改作〔名、他サ〕改寫、改編（的作品）
　小説を改作する（改寫小說）
　脚本の改作を行う（進行劇本的改編）
　此は三島由紀夫の作を改作した物だ（這是把三島由紀夫的作品改編的）

改札〔名、自サ〕〔鐵〕剪票
　プラットホームの入口で改札する（在月台入口處剪票）
　発車の二十分前に改札を始める（開車前二十分鐘開始剪票）
　上海行きの急行列車の改札が始まった（開往上海的快車開始剪票了）
　改札口（剪票口）
　改札口で改札する（在剪票口剪票）

改刪〔名、他サ〕刪改

改竄〔名、他サ〕竄改、塗改、刪改

歴史の改竄（竄改歴史）

小切手を改竄する（塗改支票）

証書の改竄を図る（圖謀塗改證件）図る謀る諮る計る測る量る

改竄防止インキ（防止塗改用墨水）

改質〔名〕〔化〕重整

改宗〔名、自サ〕改宗、改變信仰（=宗旨変え）

仏教に改宗する（改信佛教）

改修〔名、他サ〕修理、修復、修訂

橋の改修（修理橋梁）

川の堤防を改修する（整修河灘）

改修工事（修復工程）

教科書を改修する（修訂教科書）

改春〔名〕新年

改悛〔名、自サ〕悔改、改過向善

改悛を勧める（勸人向善）勧める進める薦める奨める

改悛の情を示す（表示有悔改之心）示す湿す

改称〔名、他サ〕改稱、改了的名稱

社名改称の広告を出す（登載更改公司名稱的廣告）

東京帝國大学を東京大学と改称する（把東京帝國大學改名為東京大學）

改心〔名、自サ〕悔改、洗心革面、改過自新

改心の見込みが有る（有悔改的希望）

罪の生活から改心した女（從罪惡生活中改過向善的女人）

悪人が改心する（壞人改邪歸正、壞人洗心革命）

改心して真人間に為る（洗心革命從心做人）

不良少年に改心を勧める（勸勉不良少年改過自新）勧める進める薦める奨める

改心状（悔過書）

改新〔名、自他サ〕革新、年初

大化改新（〔史〕大化革新）

政治の制度を改新する（改革政治制度）

改進〔名、自サ〕改進

改正〔名、他サ〕改正、修改、修正

時間を改正する（改時間）

憲法の改正（修改憲法）

列車のダイヤを改正する（修改火車時刻表）

改正案（修正案）

改正版（修訂版）

改姓〔名、自他サ〕改姓、更改的姓

加藤を三田と改姓する（把姓加藤改為姓三田）

無闇に改姓する事は出来ない（不能隨便改姓）

改姓届（改姓申請書）

改選〔名、他サ〕（任期已滿）改選、重選

参議院議員の改選が近付く（參議院議員的改選接近了）

重役を改選する（改選董事）

近くクラス代表の改選を行われる（班代表不久即將改選）

改組〔名、他サ〕改組

内閣を改組する（改組內閣）

学生自治会の改組を企てる（計畫改組學生自治會）

改葬〔名、他サ〕改葬、遷葬、移葬

改装〔名、他サ〕改換包裝、改換裝潢

店内を改装する（重新裝修商店內部）

本の装丁を改装する（重新裝訂書）

車輛の改装を急ぐ（加緊改裝車輛）

店内改装中に付き閉店（修理內部停止營業）

改造〔名、他サ〕改造、改組、改建

内閣の改造（內閣的改組）

社会を改造する（改造社會）

倉庫を工場に改造する（把倉庫改建成工廠）工場工場

改造した自動車（改造的汽車）

改題〔名、自他サ〕改換標題、（雜誌、書籍、劇本等）改名

其の雑誌は新青年と改題して再刊された（那本雜誌改名為新青年復刊了）

改築〔名、他サ〕改建，重建、修改

家を改築する（重建房子）

図書館を近代風に改築する（把圖書館改建成現代風）

劇場の改築を計画する（計畫改建劇場）

改鋳〔名、他サ〕改鑄、重新鑄造、另行鑄造

梵鐘を大砲に改鋳する（把寺院的大鐘改鑄成大砲）

貨幣改鋳（改鑄硬幣）

改定〔名、他サ〕重新規定

電気料金を改定する（改定電費）

改訂〔名、他サ〕修訂

規約の改訂を相談する（商討修改規章）

此の本は改訂する必要が有る（這本書需要修訂）

辞書の改訂版（辭典的修訂版）

一部改訂して再出版する（部分修訂後重新出版）

改訂増補（修訂增補、書刊的增訂）

改訂増補を施す（加以修訂增補）

改訂増補版（增訂版）

改党〔名、自サ〕改入其他政黨

自由党に改党する（改入自由黨）

改任〔名、自サ〕改任（其他職位）

改年〔名〕新年

改廃〔名、他サ〕改革和廢除、調整

省内局課の改廃を行う（實行部内司科的改革和撤銷）

適合しない制度を改廃する（改革和廢除不適用的制度）

改版〔名、自他サ〕改版，修訂、修訂的版本，改版的書刊

著書を改版する（修訂著作）

誤りは改版の際改めます（錯誤在修訂時改正）

辞書の改版を出す（發行辭典的修訂版）

改変〔名、他サ〕改變、改革

制度の改変を研究する（研究改革制度）

設備を改変する（改換設備）

改編〔名、他サ〕改編

艦隊を改編する（改編艦隊）

教科書の改編を行う（改編教科書）

小説を戯曲に改編する（把小説改編成劇本）

改封〔名、自サ〕（諸侯）改封領地

改名〔名、自サ〕改名，更名、改了姓名

改名届を出す（提出改名的申請書）

藤吉郎は後に秀吉と改名した（藤吉郎後來改名為秀吉）

改名を市役所に届ける（把改好的名上報市政府）

改訳〔名、他サ〕改譯、重新翻譯（的著作）

シェークスピアのハムレットを改訳する（重譯莎士比亞的哈姆雷特）

資本論の改訳を出版する（出版資本論的新譯本）

改良〔名、他サ〕改良

機械を改良する（改良機器）

品種の改良を図る（設法改良品種）

アルカリ地帯の土壌を改良する（改良鹹地的土壤）

改良種（〔動植物的〕改良品種）←→原種、変種

改良主義（改良主義）

改令〔名、他サ〕修改法令、更改命令

改暦〔名、自サ〕改變暦法、〔古〕新年，一元復始

太陽暦に改暦する（改為陽暦）

改まる、革まる〔自五〕病重

病勢が改まる（病情惡化）

改まる〔自五〕改變，革新、鄭重其事
　今年から規則が改まった（從今年起規章改了）今年今年
　年が改まる（歲月更新）年年
　他人行儀に改まる（客氣得像外人似的）
　改まった態度（鄭重的態度）
　改まった席で話すのは苦手だ（不擅於在正式場合講話）
　改まった顔（嚴肅的表情）
改める、革める〔他下一〕改變，改正、修訂，修改、（態度）鄭重
　見方を改める（改變看法）
　誤りを改める（改正錯誤）誤り謝り
　交通法規を改める（修訂交通規則）
　態度を改める（端正態度）
改める、検める〔他下一〕檢查、檢驗
　切符を改める（驗票）
　帳面を改める（查帳）
　何卒、数を御改め下さい（請您點一點吧！）数数
改め〔名〕改變，變革、（一般不單獨使用）審查，盤查
　関所改め（關卡盤查）
　宗門改め（宗教上的審查）
改めて〔副〕重新、再
　改めて調査する（重新調査）
　改めて代表を選挙する（重選代表）
　改めて御伺いします（再來拜訪）
　其は分かり切った事で、改めて言う迄も無い（那是最清楚不過的事情用不著再說了）

蓋（ㄍㄞˋ）

蓋（也讀作盖）〔漢造〕高超、蓋子、大概
　天蓋（〔佛像或棺木等上面蓋的〕華蓋、〔雲遊僧戴的〕深草笠、〔僧人隱語〕章魚、〔解〕耳蝸覆膜）
　掩蓋（覆蓋物、〔軍〕〔陣地或戰壕頂上的〕遮蔽物）
　冠蓋、冠蓋（冠和馬車等的遮蓋物）
　無蓋（沒蓋子、沒篷子）
　円蓋（圓頂，拱頂、〔解〕〔顱骨的〕穹窿）
　車蓋（車蓋）
　口蓋垂（〔解〕懸甕垂）
蓋果〔名〕〔植〕蓋果
蓋棺〔名〕蓋棺、死亡
蓋世〔名〕蓋世
　蓋世の英雄（蓋世英雄）
　蓋世の勇（蓋世之勇）
蓋然〔名〕蓋然、或然←→必然
　蓋然判断（〔邏〕或然判断、可能判断）
　蓋然誤差（或然誤差）
　蓋然性（或然性、可能性）
　事故の起こる蓋然性は非常に小さい（發生事故的可能性極小）
　蓋然的（或然性的、可能性的）
　最も蓋然的な一般性を持つ（具有最大可能性的一般性）最も尤も
　蓋然率（或然率、概率、機率）
　蓋然論（〔數〕概然論、概率論）
蓋う、蔽う、被う、覆う、掩う〔他五〕覆蓋，遮蓋，掩蓋，掩藏、籠罩、充滿、包括
　トタンで屋根を覆う（用白鐵板蓋屋頂）
　ビニールで苗床を覆う（用塑料薄膜蓋苗床）
　両手で顔を覆って泣く（雙手掩著臉哭）
　ランプを覆う（把燈罩上）
　木が日を覆う（樹木蔽日）
　地面は一面氷雪に覆われている（遍地冰雪）
　目を覆う許り（覆わしめる）惨状（令人不忍目睹的悲慘情景）

耳を掩って鈴を盗む（掩耳盜鈴）
非を掩う（掩蓋錯誤）
自分の欠点を掩おうと為て彼是言う（想要掩飾自己的缺點找出很多說辭）
其れは掩う可からざる事実だ（那是無法掩蓋的事實）
其は掩う事の出来ない事実だ（那是無法掩蓋的事實）
硝煙戦場を覆う（硝煙籠罩戰場）
会場は活気に覆われている（會場上籠罩生動活潑的氣氛）
其の地域の形勢は暗雲に覆われている（那地區的形勢籠罩著烏雲）
AとBとは相覆う物ではない（A和B並不互相包容）
一言を以て之を蔽えば（一言以蔽之）

蓋し〔副〕蓋，大概，想來，想係，總之，或則（＝思うに、恐らく、多分）
　蓋し名案と言う可きだろう（大概可以稱為妙策吧！）
　蓋し最適任者と言う可きだ（總之可謂最適當的人選）
　蓋し偉大な人物たるを失わぬ（蓋不失為偉大人物）

蓋〔名〕（瓶、箱、鍋等的）蓋子←→身、（貝類的）蓋子、甲魚的別名
　蓋の付けた鍋（帶蓋的鍋子）蓋二
　蓋が為て有る（蓋上蓋子）
　蓋を為る（蓋上、掩蓋）為る為
　栄螺の蓋（螺獅蓋子）
　臭い物に蓋を為る（掩蓋壞事）
　蓋を明ける（開始、揭曉、開業、開幕、〔商〕交易所停止交易後重開）明ける空ける開ける飽ける
　選挙は蓋を明けて見ると我が党の大勝であった（選舉一揭曉我黨取得絕對勝利）
　来月二日に蓋を明ける（下月二日開演）

身も蓋も無い（太露骨、毫無含蓄、直截了當）

二〔造語〕二、雙
　二親、両親（雙親）
　二間（兩個房間）
　二七日（人死後二七—第十四天）

二〔名〕（只用於數數時）二（＝二、二つ）
　一、二、三（一二三）

二〔名〕（只用於數數時）二（＝二、二つ）
　一、二、三（一二三）

二、弐〔名〕二，二個，第二，其次。（三弦的）中弦，第二弦。〔棒球〕二壘手、不同
〔漢造〕（人名讀作二）二，兩個，再，再次、並列、其次，第二、加倍
　二足す二は四（二加二是四）
　二の膳（正式日本菜的第二套菜）
　二の糸（三弦的中弦）
　二の次（第二、次要）
　二の矢を番える（搭上第二支箭）使える遣える仕える支える悶える痞える
　二の足を踏む（猶豫不決）
　二の句が告げない（愣住無言以對）
　二の舞（重蹈覆轍）
　二に為て一でない（不同、不相同、不是一回事）
　一も二も無く（立刻、馬上）
　二郎、次郎（次子＝次男）
　信二、信二（信二）

蓋明け〔名〕揭開蓋子、開始、開幕

蓋物〔名〕帶蓋的容器、裝在有蓋容器的菜餚

概（ㄍㄞˋ）

概〔名、漢造〕氣概（常用…の概が有る的形式）、大概
　意気衝天の概が有る（有氣勢衝天的氣魄）
　敵を呑むの概有り（有吞敵之勢）

大概（大概，大致、梗概，概略）

梗概（梗概、概要）

概して〔副〕一般，普通，大概、總括說來，一般說來

生徒達は概して規律を守る方です（學生們一般都是守紀律的）守る守る

今年の作柄は概して良好です（今年的收成一般說來是良好的）

概して言えば、情勢は楽観を許さない（總括說來形勢不容樂觀）

概括〔名、他サ〕概括、總括

概括して言えば（概略地說）

多くの意見を概括する（總括許多的意見）

概括的（概括的）

概括的な事を述べる（敘述概括的情形）述べる陳べる延べる伸べる

事件を概括的に報告する（大概地報告事情狀況）

概観〔名〕概觀、大體狀況

概況〔名〕概況

概況を報告する（匯報概況）

天気（の）概況を知らせる（報告天氣概況）

概計〔名〕概算、大致的計算

概形〔名〕概形、概略形狀

概見〔名〕概見、概略一看

概言〔名、他サ〕大致說來

概言すれば（大體說來）

更に此を概言すれば（更加以概略地說）

概算〔名、他サ〕概算、估計、大概的計算←→精算

予想収穫高を概算する（估算預計收穫量）

収容人員を三百名と概算する（估計容納人數為三百名）

概算で旅費を渡す（按估計發給旅費）

遠足の費用を概算する（大致估計郊遊的費用）

概数〔名〕概數、大致的數目

概数を調べる（調查大概的數字）

一国の人口を概数で表す（以概數表示一國的人口）表す現す著す顯す

概説〔名、他サ〕概說、概論、概述

国語概説（國語概論）

近代史の概説を述べる（講述近代史概論）述べる陳べる延べる伸べる

此の本は天文学を概説した物だ（這部書是概論天文學的）

概則〔名〕簡章←→細則

概念〔名〕概念

人間の思考は概念に依って行われる（人的思維通過概念來進行）依る由る因る拠る縁る寄る

概念を明らかに為る（把概念明確起來）為る為す刷る摺る擦る掏る磨る擂る摩る

概念を作る（構成概念）作る造る創る

はっきりした概念を得る（得到明確的概念）得る得る売る

概念は判断の結果得られるが、又判断を成立させる物である（概念得自判斷的結果但又是形成判斷的東西）

概念化（概念化、一般化）

概念的（概念的、概括的、不具體的、不深入的）

概念論（概念論）

概評〔名、他サ〕概括的評定（評價）

概評を述べる（敘述概括的評論）述べる陳べる延べる伸べる

身体状況の概評が甲に為る（身體狀況概括地評定為甲）身体身体

演習の結果を概評する（概括評述演習的結果）

概貌〔名〕概況、輪廓

概貌を説く（敘說大概情況）説く解く溶く

概要〔名〕概要、概略、大略

事件の概要を報告する（報告事件概要）

本年度予算の概要を説明する（說明本年度預算的概略）

概容〔名〕大要

概略〔名〕概略、概況、概要、大概

〔副〕大略、大致、大體

経過の概略を報告する（報告經過的概況）

概略其の通りです（大致是那樣）

其は概略出来上がった（那大體上完成了）

概論〔名、自サ〕概論

歴史学の概論を講義する（講授歷史學概論）

哲学概論（哲學概論）

概論的（概論的、概括的、大略的）

概論的に説明する（概略地說明）

概ね、概、大概、大旨〔名、副〕大概、大致、大體、大部分（=大概）

成績は概良好だ（成績大致良好）

概分かった（大體明白了）分る解る判る

参会者は概労働者でした（參加會的大部分是工人）

概、斗搔〔名〕（用斗量穀物時用來刮平的）斗刮（=枡搔）

給（ㄍㄟˇ）

給〔漢造〕供應、工資、薪金

自給（自給）

自給自足（自給自足=アウタルキー德）

時給（按時計酬、計時工資=時間給）

時間給（計時付酬、計時工資）

供給（供給、供應）

配給（配給、配售、定量供應）

支給（支給、支付、發給）

月給（月薪、工資）

週給（週薪）

日給（日薪）

俸給（薪俸、薪水、工資）

補給（補給、補充、供給）

恩給（〔舊〕養老金、退職金-現稱退職年金、退職手当）

追給（補發、後發、補發的工資）

加給（加薪、增薪=增給）

過給（〔機〕增壓）

女給（〔舊〕〔餐廳或咖啡廳等的〕女招待、女服務員-現稱ホステス）

給する〔他サ〕供給、支給

衣食を給する（供給衣食）給する窮する休する

手当が給せられる（支給津貼）

給気〔名〕供氣、通風

給気管（供氣管）管管

給気口（通風口）口口

給気装置（供氣裝置、通風裝置）

給金〔名〕薪水、工資

給金を貰う（領工資）

給金を直す（相撲力士在某場比賽中領先而提高工資級別）直す治す

給金相撲（領先時可提高工資級別的相撲比賽）

給血〔名、自サ〕提供輸血用的血

血液型を調べて給血する（查血型而提供輸血用的血）

給血者（提供輸血用血者）者者

給原、給源〔名〕供給的源泉

水の給原（水源、供給水的源泉）

ビタミンの給原（供給維他命的源泉）

給仕〔名、自サ〕侍候（吃飯）、（辦公室、學校、公司等的）工友，打雜、（飲食店等的）侍者

御婦人方から先に給仕し給え（先侍候婦女們吃飯）

給仕無しで食事を為る（沒人侍候、自己吃飯）摩る擂る磨る掏る擦る摺る刷る

御座敷で御給仕（を）為る（在宴席上侍候吃飯）

事務所の給仕（在辦事處打雜）

ホテルの給仕（飯店的侍者）
食堂の給仕（餐廳的服務員）
給仕にチップを遣る（給侍者小費）
給仕人（侍者、服務員）人人人
給仕船（〔專為大型船艦服務的〕補給船）船船

給餌〔名、自サ〕給（鳥獸）餌食、餵
　給餌場（餵食場）場場
　給餌台（餵食架）

給湿〔名〕增濕
　給湿器（增濕器）器器

給助〔名〕施捨、周濟

給食〔名、自サ〕（學校或工廠等）供給飲食
　児童に公費で給食する（以公費供給兒童飲食）
　給食制（供給飲食制度）
　給食センター（學校膳食處）
　学校給食（學校供給飲食）

給水〔名、自サ〕供水
　給水を断つ（停止供水）断つ経つ立つ建つ絶つ発つ裁つ
　時間給水する（限時供水）
　給水不足に悩む（苦於供水不足）
　給水運河（引水運河、水渠）
　給水管（供水管）管管
　給水車（水罐車）車車
　給水船（上水船）船船
　給水池（貯水池、水庫）池池
　給水柱（〔鐵〕水鶴）柱柱
　給水塔（水塔）
　給水ポンプ（水幫浦）
　給水落差（供水落差）
　給水濾過器（濾水器）

給桑〔名、自サ〕〔農〕用桑葉餵蠶

朝五時、一回目の給桑が始まる（早晨五點開始第一次撒桑葉）

給炭〔名、自サ〕加煤、上煤
　給炭港（加煤港）港港
　自動給炭器（自動加煤器）器器

給電〔名、自サ〕供電、饋電
　重要産業に重点的に給電する（對重要工業重點地供電）
　給電回路（饋電迴路）
　給電線（饋電線）
　給電盤（饋電盤）

給湯〔名、自サ〕供給熱水
　給湯設備（供給熱水設備）

給排水〔名〕給排水、供水和排水、上水和下水
　給排水設備（給排水設備）

給費〔名、自他サ〕供給費用、供給助學金
　給費を受ける（領助學金）受ける請ける享ける浮ける
　給費生（領助學金的學生）
　給費制度（助學金制度）

給付〔名、他サ〕付給、供給
　工員に衣服を給付する（供給工人衣服）
　物品を給付する（供給物品）
　付加給付（補貼、附加供給）
　反対給付（對供給的補償）
　給付金を交付する（發給津貼）

給油〔名、自サ〕〔機〕供油、加油、上油
　空中で給油する（在空中加油）
　給油港（加油港）港港
　給油船（加油船）船船

給与〔名、他サ〕供給，供應，支給、供給物，供應品、待遇，薪水，薪餉，津貼
　職員全部に制服を給与する（供給全體職員制服）
　食糧を給与する（供應糧食）

給与が良い（待遇好）良い好い善い佳い
良い好い善い佳い

給料及び其の他の給与（工資和其他待遇）

現物給与（現物津貼）

特別給与（特別津貼）

長期病欠の場合も給与を全額支給する（長期病休時也發給全部薪津）

給与基金（工資基金）

給与制度（薪餉制度）

給養〔名、他サ〕〔軍〕給養、供給食糧（衣物、馬料等）

給養係（給養員）

給養物資の調達（給養物資的籌劃）

戰時給養品（戰時補給品）品品

給料〔名〕工資、薪水（=賃金、サラリー）

給料を取る（賺工資）取る捕る摂る採る撮る執る獲る盗る

給料を貰う（領工資）

給料を支給する（發工資）

給料を上げる（提高工資）

數回に亘って勤勞者の給料を上げた（幾次提高了職工工資）亘る渡る涉る

來年は給料を上げて貰えるだろう（明年能提高工資吧！）

給料手當（工資津貼）

給料取り（賺工資者）

給料日（發薪日）

給料調整（調整工資）

給う、賜う〔他五〕〔敬〕給、賜（=御与えに為る、下さる）

〔接尾〕（接動詞連用形下）表對長上動作尊敬（=御…に為る、…為さる、…遊ばす）

金一封を賜う（賜予一筆錢）

御褒めの言葉を賜う（賜予褒獎的言詞）

早く行き賜え（趕快去吧！）

給う、賜う〔他五〕〔敬〕給、賜；〔接尾〕（接動詞連用形下）表示對長上動作的尊敬（=賜う、給う）

給もれ、賜もれ〔終助〕〔古〕（給る的命令形）請（給我）（=…して下さい）

行って給もれ（請〔給我〕去！）

給ぶ、賜ぶ、食ぶ〔他四〕〔敬〕給、賜

〔接尾〕（接動詞連用形下）表示對長上動作的尊敬（=賜う、給う）

給え〔終助〕（來自給う的命令形）（接連用形、表命令、稍帶客氣的語感、成年男子用語）吧

僕の代わりに見て呉れ給え（替我看一看吧！）

来給え（來吧！）

読み給え（讀一讀吧！）

行き給え（去吧！）

時時遊びに来給え（常來玩吧！）

給る, 給わる, 賜る, 賜わる〔他五〕蒙賜（=頂く，戴く）、賞賜（=下さる）←→差し上げる

何彼と御教示を賜り有り難う御座います（承蒙您指正謝謝）

陪食の栄を賜る（蒙賜陪宴的光榮）

天皇より賜った杯（天皇賞賜的杯）

勳章を賜る（賜予勳章）

高（《幺）

高〔名、漢造〕高、高處、高度、高貴、高評、高雅、高傲、高等、高級←→低

高より低へ（由高向低）

登高（登高、登上高處）

等高（〔地〕等高）

標高（〔地〕標高、海拔）

座高、坐高（坐高）

崇高（崇高、高尚）

高じる、嵩じる〔自上一〕加重、劇烈化、越發…起來（=高ずる）

病気が高じる（病情加重）講じる昂じる高じる嵩じる

我が儘が高じる（更加任性）

高ずる、嵩ずる〔自サ〕加甚、劇烈化、越發…起來

風邪が高じて肺炎に為った（感冒發展成了肺炎）高ずる嵩ずる講ずる昂ずる

彼の我儘が高じた（他越發放肆起來了）

高圧〔名〕（機、電、氣象等）高壓、高氣壓、強大壓力←→低圧

超 高圧（超高壓）

高圧エンジン（高壓發動機）

高圧釜（高壓鍋）

高圧缶（高壓汽鍋）

高圧機関（高壓汽機）

高圧空気エンジン（高壓空氣壓縮機）

高圧ガス（高壓氣體）

高圧ピストン（高壓汽缸）

高圧線（高壓線）

高圧送電線（高壓電力網）

高圧電流（高壓電流）

高圧帯（高壓帶）

高圧手段を用いる（使用高壓手段）

高圧政策（高壓政策、壓制政策）

高圧的（高壓的、壓制的、強制的、不容分說的）

高圧的態度（高壓的態度、專橫的態度）

高圧的に出る（採取高壓態度）

高圧的に抑える（橫加抑制）抑える押える

高位〔名〕高位，高的職位。〔數〕高階，高次

高位に上る（升上高的職位）上る登る昇る

高位高官を望む（想當大官）望む臨む

高域フィルタ〔名〕〔理〕高通濾波器

高緯度〔名〕〔地〕高緯度（靠近極地的緯度）

高緯度の地方（高緯度地方、寒冷地帶、離赤道遠的地方）

高詠〔名〕優秀的詩歌、（對他人詩歌的敬稱）大作〔他サ〕朗誦

高閲〔名〕〔敬〕高閱

高遠〔名ナ〕高遠、遠大←→低俗

高遠な（の）理想（遠大的理想）

高音〔名〕高聲，高音調。〔樂〕女高音（=ソプラノ）soprano 意←→低音

高音部（高音部）

高音部記号（高音部記號）

高音拡声器（高音揚聲器）

高音〔名〕高音、高聲調、響亮的聲音

鳥が高音で鳴いている（鳥在高聲啼叫）鳴く啼く泣く無く

高恩、鴻恩、洪恩〔名〕鴻恩、大恩

高恩忘じ難し（鴻恩難忘）

高温〔名〕高溫←→低温

高温の地方（高溫地方）

高温で殺菌を為る（用高溫殺菌）為る為る刷る摩る擂る磨る掏る擦る摺る

高温計（高溫計）

高温多湿（高溫潮濕）

高温割れ（熱裂縫、熱裂紋）

高温脆性（理高溫脆性、熱脆性）

高温顕微鏡（高溫全相顯微鏡）

高価〔名、形動〕高價、大價錢←→廉価

高価な品物（高價品、價錢貴的東西）

高価で手も出ない（價錢太貴買不起）

高価で売る（高價出售）売る得る得る

古本高価買い入れ（高價收購舊書）古本古本

高価品（貴重品、值錢的東西）

有価証券其の他の高価品（有價證券和其他貴重物品）

高架〔名〕高架

高架線（高架線）

高架鉄道（高架鐵路）

高廈〔名〕大廈

高歌〔名、自サ〕高聲歌唱
　高歌放吟する（高歌朗誦）

高臥〔名、自サ〕高臥林泉、隱居

高雅〔形動〕高雅
　高雅な筆致（高雅的筆法）
　高雅な装い（高雅的裝扮）

高角〔名〕高角、高射界
　高角砲（高角砲、高射砲）
　高角射撃（高角射撃）

高閣〔名〕高閣
　高閣に束ねる（束諸高閣）束ねる束ねる

高額〔名〕高額、巨額、巨款←→低額、小額
　研究に高額の金を投ずる（為研究投入大量資金）金金
　高額所得（巨額收入）
　高額紙幣（大額鈔票）

高学年〔名〕高年級（主要指小學五六年級）←→低学年

高官〔名〕高級官吏
　高位高官（高官顯要、大官）
　高官連（大官們）

高貴〔名ナ〕高貴、尊貴
　高貴な方（高貴的人、顯貴人物）方方
　高貴な品（貴重品）品品
　高貴な婦人（貴婦人）
　高貴な生まれである（出身高貴）
　高貴薬（貴重藥）薬薬

高義〔名〕厚誼、厚情、厚意（＝厚誼、厚情、厚意）

高誼、厚誼、好誼〔名〕厚誼、厚情、厚意
　高誼を謝す（感謝厚意）謝す写す
　高誼に報いる（報答厚誼）
　高誼に感激する（感激深情厚意）
　永年の御高誼を感謝します（感謝您多年來的厚誼）永年永年長年

高気圧〔名〕〔氣〕高氣壓
　高気圧に襲われる（受高氣壓侵襲）
　高気圧の影響を受ける（受高氣壓的影響）
　日本列島は今太平洋と日本海の両高気圧の谷に為っている（日本列島現正處於太平洋和日本海兩個高壓之間的谷中）

高級〔名、形動〕高級、上等←→低級
　高級官吏（高級官吏）
　高級な品物（高級品、上等貨）
　高級哺乳動物（高級哺乳動物）
　高級アルコール（高級酒精、高級乙醇）
　高級セメント（高級水泥、上等水泥）

高給〔名〕高薪、重酬←→薄給
　高給を貰う（領高薪）
　高給を取る（領高薪）取る捕る摂る採る撮る執る獲る盗る
　高給を食む（坐領高薪）食う食らう
　高給で雇い入れる（高薪雇用）

高距〔名〕高度、海拔（＝海拔）
　高距を測る（測量海拔）測る計る量る図る謀る諮る

高教〔名〕〔敬〕您的教導、尊教
　御高教は決して忘れません（決不忘記您的教導）
　御高教を仰ぐ（請指教）仰ぐ扇ぐ煽ぐ

高吟〔名、他サ〕高聲吟誦←→低吟
　漢詩を高吟する（朗誦漢詩）
　高吟放歌（朗誦高歌）

高句麗、高勾麗〔名〕〔史〕高句麗（古國名、今遼寧新賓東）

高空、高空〔名〕高空←→低空
　高空飛行（高空飛行）
　高空を飛ぶ（在高空飛行）飛ぶ跳ぶ
　高空病（高空病、高空暈）病病
　高空爆撃（高空轟炸）

高家、豪家〔名〕名家、有權勢的家庭

高下〔名、他サ〕（價格）漲落、（身分、地位等的）高低，優劣，上下

相場の高下は甚だしくない（行情漲落波動不大）

乱高下（暴漲暴跌）

高下を付ける（區分高低〔貴賤〕）付ける漬ける着ける就ける突ける衝ける附ける

身分の高下を問わず（不論身分高低、不分貴賤）

高下の区別無く才能で採用する（不論身分高低按才能錄用）

此の二つは殆ど高下が付け難い（這兩者幾乎難分上下優劣）難い憎い悪い難い硬い堅い固い

高下駄〔名〕高脚木屐（=足駄）

雨が酷いから高下駄を履いて行き為さい（雨很大穿高齒木屐去吧！）

高下駄を履く（穿高脚木屐）履く穿く佩く吐く掃く刷く

高潔〔名ナ〕高潔、清高

高潔な人柄（高潔的人品）

高潔の士（清高人士）

高血圧〔名〕〔醫〕高血壓←→低血圧

高見〔名〕見識高明。〔敬〕高見，您的意見

御高見を伺い度い（願聽高見）

高見、高み〔名〕高處←→低み

高みから見下ろす（從高處往下看）

山の高みに登る（登上山的高處）上る登る昇る

高みの見物（袖手旁觀、作壁上觀）見物見物

彼等は戦争の終る迄中立国と為て高みの見物を為ようと思った（他們想直到戰爭結束以前作為中立國來坐山觀虎鬥）

高検〔名〕高等檢察院（=高等検察庁）

最高検（最高檢察院）

高言、広言〔名、自サ〕誇海口、說大話

高言を吐く（說大話）吐く掃く佩く履く刷く穿く

自分に及ぶ者が無いと高言している（誇口自己是天下第一）

高原〔名〕高原。〔心〕學習高原停滯階段（指學習上處於不進不退的階段）、（圖表等上曲線的）持續高水平狀態

チベット高原（西藏高原）

高原地帯（高原地帶）

高原現象（學習一時提不高的現象）現像（顯影、沖洗）

高原景気（持續高水平繁榮）

高工〔名〕舊制高等工業學校的簡稱

高校〔名〕高中（=高等学校）

高座〔名〕講台、上座（=上座）

話家が高座に上がる（說書演員登上講台）上がる挙がる揚がる騰がる

高裁〔名〕高等法院（=高等裁判所）

高作〔名〕（您的）大作

高札〔名〕〔古〕佈告牌（=高札）、高價投標（=高札）、尊函，大札，您的來信（=御手紙）

高札を立てる（立佈告牌）立てる建てる経てる絶てる発てる断てる裁てる点てる

高札で手に入れる（以高價中標）入れる容れる要れる射れる居れる淹れる炒れる煎れる

高札〔名〕佈告牌，告示牌、（投標時）最高標價（=高札）

高察〔名〕〔敬〕（您的）明察、高見（=御察し）

御高察の通り（正如高見）

高山〔名〕高山

高山療養所（高山療養院）

高山帯（〔植〕高山帶）

高山病（〔醫〕高山病、山岳病）

高山植物（高山植物）

高士〔名〕高潔人士、隱士

高師〔名〕高等師範学校的簡稱

高次〔名〕高度。〔數〕高次元

もっと高次の問題を扱う（處理更高一級的問題）

高次の段階（高級階段）

高次方程式（高次方程式）

高次虹（〔天〕附組虹）

高姿勢〔名〕高姿勢、高壓的姿態，盛氣凌人的姿態←→低姿勢

高姿勢を取る（採取高姿態）取る捕る摂る採る撮る執る獲る盗る

高姿勢に出る（採取高姿態）

高直〔名ナ〕〔舊〕高價（＝高値）←→下直

高湿〔名〕高濕度

高射〔名〕〔軍〕高射（射撃空中目標）

高射砲（高射炮）

高射機関銃（高射機關槍）

高射部隊（高砲部隊）

高射砲兵（高射砲兵）步兵

高射運用隊（高射砲兵射撃指揮組）

高寿〔名〕高齢

高重合体〔名〕〔化〕高聚合物

高周波〔名〕〔理〕高頻←→低周波

高周波加熱（高頻加熱）

高周波炉（高頻電爐）

高周波アンペア計（高頻安培計）

高周波電波（高頻電波）

高周波乾燥（高頻乾燥）

高周波誘導炉（高頻感應電爐）

高所〔名〕高處，高地（＝高い所）、高遠，遠大見地（＝高い立場）

八百メートルの高所から（從八百公尺高處）

高所恐怖症（〔醫〕懼高症）

大所高所から判断する（從遠大見地判斷）

高書〔名〕尊函，大札、大作

高女〔名〕舊制高等女学校的簡稱（相當於女子中學）

高小〔名〕高等小學校的略稱

高尚〔形動〕高尚（＝上品）

高唱〔名、他サ〕高聲歌唱、大聲疾呼（＝強調する）←→低唱

高商〔名〕高等商業学校的簡稱

高障害、高障碍〔名〕〔體〕高欄（＝ハイ、ハードル high hurdle）←→低障害

高障害競走、高障碍競走（高欄賽跑）

高進、亢進、昂進〔名、自サ〕亢進，惡化、昂首闊步

心悸高進（心搏過速）

病勢が高進する（病情惡化）

高声〔名〕高聲、大聲←→低声

高声で話を為る（大聲談話）為る為る刷る摩る擂る磨る掏る擦る摺る

高声を発するな（不要大聲喊）

高性能〔名〕高性能

高性能爆薬（高性能炸藥）

高性能受信機（高性能接收機）

高性能爆薬弾頭（高爆彈頭）

高積雲〔名〕高積雲（二至六千米以上的雲層）

高節〔名〕高尚的節操

高説〔名〕〔敬〕高見、卓見、高論

御高説を拝聴させて頂きます（願聽您的高見）頂く戴く

高専〔名〕高等專科學校、（日本舊制的）高等學校和專門學校

高祖〔名〕高祖（祖父母的祖父母）、祖先，遠祖、（漢唐的）開國皇帝。〔佛〕開山祖師，創始某宗派的人

高祖父〔名〕高祖父（祖父母的祖父）

高祖母〔名〕高祖母（祖父母的祖母）

高僧〔名〕（德高望重的）高僧、官位高的僧侶

高層〔名〕高層、高空，高氣層

高層建築物（高層建築物）

高層の気流（高空氣流）

高層気象観測（高氣層觀測）

高層飛行（高空飛行）

高層物理学（高空大氣物理學）

高層雲（高層雲）

高燥〔名ナ〕高而乾燥↔低湿

高燥の（な）土地（高而乾燥的土地）

高燥な所に建っている（建築在高而乾燥的地方）

高足〔名〕高足（＝高弟）

彼は岡田博士門下の高足だ（他是岡田博士門下的高足）

高足の弟子（得意的門生）

高足〔名〕高抬腳步（走路）、長腿、高蹺（＝竹馬）、高腳木屐（＝高足駄）、插秧季節穿高腳木屐的民間舞、高腳餐桌（＝高足の御膳）

高足駄（高腳木屐＝高下駄）

高足蟹（長腿蟹＝島蟹）

高弟〔名〕高足、得意門生

高速〔名〕高速（＝高速度）

高速道路（高速公路）

高速列車（高速列車）

高速機関（高速發動機）

高速旋盤（高速車床）

高速中継（〔電〕高速中繼）

高速哨戒艇（高速巡邏艇）

高速潜水艦（快速潛艇）

高速中性子（快中子）

高速増殖炉（快中子增殖反應堆）

高速度〔名〕高速度

高速度映画（高速度電影－以高速度拍攝放映出慢動作的效果）

高速度鋼（高速鋼－用做高速切削車刀的鋼）

高速度星〔名〕〔天〕高速星

高大〔名ナ〕高大

高大な理想（遠大的理想）

忠烈祠に聳え立つ高大な英雄記念碑（聳立在忠烈祠上的高大的英雄紀念碑）

高段〔名〕（劍道、圍棋、象棋等的）等級高、段位高

高段者（高段者）

高談〔名、自サ〕高聲談話，高談闊論。〔敬〕高論

高談清話（高論清說）

高地〔名〕高地、高原↔低地

高地で水捌けが良い（地勢高排水好）

高忠実度音〔名〕〔理〕高保真度音

高著〔名〕〔敬〕尊著、大作

高張〔名〕〔化〕高滲

高張液（高滲溶液）

高張〔名〕高掛（竹竿頭上）的燈籠（＝高張提燈）

高張提燈（高掛在竹竿頭上的燈籠）

高潮〔名、自サ〕滿潮（＝高潮）。〔轉〕高潮，頂點，極點（＝クライマックス）

革命の気運は高潮した（革命的浪潮已達頂點）

此を聞いて人々の憤激は最高潮に達した（聽到這個消息的人們的憤怒達到了極點）

高潮〔名〕高潮，大潮，滿潮（＝高潮）、海嘯（＝津波）

高潮に脅かされる（受大海潮的侵襲）

高潮の為、全村波に攫われた（因發生海嘯整個村子被海浪捲走了）

高調〔名、自サ〕高音調、（調子）提高，（情緒）高漲

高調波〔名〕〔理〕高次諧波

高調子〔名〕高嗓門、（交易所）行情看漲

高調子に喋り捲る（用高嗓子聊個沒完）

高低〔名〕高低、凹凸、起伏、上下、漲落

土地の高低（土地的高低起伏）

物価の高低が激しい（物價漲落很大）

価格の高低に依って大きさも異なる（價格不同大小也不同）

こうていそくりょう
高低 測 量（水準測量）

高低〔名〕高低、凹凸，不平，崎嶇
 背の高低に依って席を決める（按照身材高低排定座位）決める極める極める
 高低の無い様に為る（削掉不平、整平）刷る摺る擦る掘る磨る擂る摩る
 下駄の歯に高低が有って歩き難い（木屐齒高低不平不好走路）難い悪い憎い難い固い堅い硬い

高点〔名〕高分數、高票數
 高点で入選する（以高票數入選）
 試験で高点を取った（考試時取得了高分數）取る捕る摂る採る撮る執る獲る盗る

高度〔名〕〔地〕高度，海拔、〔天〕（由地平線到天體的）仰角，角距離
〔形動ノ〕（事物的水平）高度、高級
 高度を測る（測量高度）測る計る量る図る謀る諮る
 高度三千メートル（海拔三千公尺）
 五千メートルの高度を飛ぶ（在五千公尺高度飛行）飛ぶ跳ぶ
 飛行機の高度を上げる（增加飛機的高度）
 高度制御装置（高度控制裝置）
 高度計（高度計、高度表）
 高度測量（測高）
 高度の概括（高度的概括）
 高度に機械化した農業（高度機械化了的農業）
 高度の経済成長（高度的經濟成長）

高等〔名ナ〕高等、上等、高級
 高等の（な）技術（上等技術）
 高等教育（高等教育）
 高等動物（高級動物）
 高等数学（高等數學）
 高等工業学校（高等工業學校-日本舊制專門學校、中學畢業後考入）
 高等女学校（日本舊制的女子中學）
 高等学校（日本新制的高中、日本舊制的高等學校-相當於大學預科）
 高等官（高等官-舊制官吏等級之一、在判任官即委任官之上）
 高等科（程度高的課程、舊制高等小學校、高等科-舊制國民學校初等科以後的課程）
 高等政策（高級策略）
 高等教育（高等教育）
 高等師範学校（舊制高等師範學校-中學畢業後考入）
 高等遊民（失業知識分子、受過教育的無業遊民）
 高等商業学校（高等商業學校-日本舊制專門學校、中學畢業後考入）
 高等裁判所（高等法院）
 高等試験（日本舊制的高等文官考試）

高踏〔名〕高蹈、超逸、清高、超脫世俗
 高踏な文学（高蹈派文學）
 高踏的な事を言う（說些高超難解的話）言う云う謂う
 高踏派（高蹈派十九世紀中葉法國唯美主義詩人的一派）

高騰、昂騰〔名、自サ〕（物價）高漲、騰貴
 生活費の高騰（生活費的高漲）
 物価が高騰する（物價上漲）

高堂〔名〕高大的廳堂、（書信用語）府上，尊府，尊台

高徳〔名〕高尚品德
 高徳の士（德高之士）

高熱〔名〕高熱、高燒、高溫
 高熱に冒される（發高燒）冒す犯す侵す
 高熱と戦う（與高燒鬥爭）
 高熱を発する（發高燒）
 高熱で譫言を言う（因發燒亂說話）譫言囈語譫言囈語
 高熱調整器（高溫調節器）
 高熱反応（〔化〕高溫反應）

高熱変成作用（〔地〕〔岩石的〕高熱變質作用）

高年〔名〕高齡（=高齡）
高年迄生きる（活到高年）生きる活きる
八十歲の高年に達する（達到八十歲的高齡）

高能率〔名〕高效率

高配〔名〕〔敬〕（您的）關懷、（公司的）高額紅利（=高配当）
御高配を感謝致します（感謝您的關懷）

高爆薬弾〔名〕〔軍〕高爆彈頭

高庇〔名〕您的庇護、愛護
御高庇を蒙る（承蒙愛護）蒙る被る被る

高批〔名〕（您的）批評
御高批に預り有り難く存じます（承蒙您的批評非常感謝）

高比重尿症〔名〕〔醫〕高比重尿症

高評〔名〕厚讚。〔敬〕您的批評
学界で高評を受けた（受到學術界的盛讚）
御高評を乞う（請賜批評）乞う請う斯う
御高評を仰ぐ（請賜批評）仰ぐ扇ぐ煽ぐ

高風〔名〕高尚的人品（風格）
高風を慕う（仰慕高風）
夙に貴下の高風を仰ぐ（久仰高風）仰ぐ扇ぐ煽ぐ

高物理学〔名〕高等物理學

高文〔名〕〔舊〕"高等文官考試"的舊稱

高聞〔名〕〔敬〕他人的聽聞

高分子〔名〕〔化〕高分子
高分子化合物（高分子化合物）

高峰〔名〕高峰（=高峰、高嶺）
ヒマラヤの高峰（喜馬拉雅山的高峰）

高嶺、高根〔名〕高峰、高山頂（=高峰）
富士の高嶺には何時も雪が積もっている（富士山頂上經常有積雪）積む摘む詰む抓む

高嶺颪（從山頂向下颳的冷風）
高嶺の花（高不可攀的花、可望不可及的花-比喻可望而不可得的事物）
彼女は僕には高嶺の花だ（她是我高攀不上的對象）
そんな贅沢な暮しは我我には全く高嶺の花だ（那種奢華的生活對我來說可望而不可及的）

高木〔名〕高樹，大樹、喬木（=喬木）←→低木
高木林（喬木林）
高木は風に折らる（樹大招風）

高邁〔名ナ〕高遠，高深、高超，卓越
高邁な識見（高遠的見識）
高邁な精神（崇高的精神）
高邁な（の）理想を抱く（抱遠大的理想）抱く抱く

高慢〔名ナ〕傲慢、高傲、自高自大
高慢に振る舞う（舉止傲慢）
彼の高慢の（な）鼻を圧し折る（挫其銳氣）
彼の高慢の（な）鼻を挫く（挫其銳氣）
高慢な顔を為る（擺臭架子）為る為る
彼奴は高慢な奴だ（他是個自命不凡的傢伙）
高慢ちき（傲慢）
高慢ちきな顔を為ている（擺出一副自高自大的面孔）

高名〔名〕〔舊〕著名，有名（=高名）、戰功
高名の詩人（著名的詩人）
高名帳（戰功簿）帳帳
高名盗（盜人功名〔的人〕）

高名〔名、形動〕著名，有名（=高名）。〔敬〕（您的）大名
高名な学者（著名的學者）
彼の高名は世界的だ（他聞名於全世界）
御高名は予てから伺って居ります（久仰大名）

高野〔名〕〔地〕（日本佛教聖地）高野山（=高野山）
　高野豆腐（凍豆腐=氷豆腐）
　高野聖（〔佛〕從高野山到各地化緣的和尚）
　高野槙（〔植〕金松）

高揚、昂揚〔名、自他サ〕發揚、提高、發揮、高漲
　愛国心の高揚（愛國精神的發揚）
　国威を高揚する（發揚國威）
　士気の高揚を図る（設法提高士氣）図る謀る諮る測る量る計る

高麗〔名〕〔史〕高麗（朝鮮的古王朝之一、也作朝鮮的古稱）、一般作為朝鮮的稱呼
　高麗人参
　高麗鶯（〔動〕黑枕黃鸝、黃老甜）
　高麗海老（〔動〕明蝦、對蝦）
　高麗雉（〔動〕環頸雉、野雞、山雞）
　高麗縁（白地黑花的草蓆布邊）

高麗鼠、独楽鼠〔名〕〔動〕高麗鼠、白色家鼠（有在平面上轉來轉去的習性）
　高麗鼠の様に立ち働く（像高麗鼠似地忙忙碌碌工作）

高覧〔名〕〔敬〕垂覽
　御高覧を願います（敬乞垂覽）
　御高覧を供します（謹供垂閱）供する叫する狂する響する

高欄、勾欄〔名〕（宮殿或走廊等的）欄杆（=欄干）

高利〔名〕高利、重利、厚利
　高利で金を借りる（以高利息借款）金金
　高利の金を貸す（放高利貸）化す課す嫁す
　高利を貪る（重利盤剝）
　高利貸し、高利貸し（高利貸、重利盤剝者）
　高利貸しを為る（放高利貸）為る為る

高率〔名〕高率、高百分率←→低率
　高率の関税（高率的關稅）
　高率の所得税（高率的所得稅）

高慮〔名〕〔敬〕（您的）考慮（=御考え）
　御高慮に預り深く感謝致します（承蒙關注非常感謝）

高粱、高粱〔名〕〔植〕高粱

高冷〔名〕高寒
　高冷地（高寒地帶）

高齢〔名〕高齡、年高
　高齢の老人（年高的老人）浪人
　高齢に達する（達到高齡）
　九十の高齢で死ぬ（以九十歲的高齡死去）
　八十歳の高齢で猶矍鑠と為ている（八十歲的高齡還是精神矍鑠）
　高齢者（高齡者、年高者）者者
　高齢化社会（高齡化社會）

高炉〔名〕〔冶〕高爐、熔礦爐（=溶鉱炉）
　高炉スラグ（高爐爐渣）

高楼〔名〕高樓
　高楼大廈（高樓大廈）

高禄、厚禄〔名〕厚祿、高俸祿
　高禄を食む（食厚祿）食う食らう

高論〔名〕高論，卓論。〔敬〕（您的）高論
　高論卓説（高談卓論）

高話〔名〕〔敬〕（您的）談話
　御高話を拝聴する（恭聽您的講話）

高話し〔名〕大聲說話
　隣の高話しを聞こえる（聽見隔壁大聲說話）

高〔名〕高，高度、上漲、提高、量，數量，份量、金額，價格，價值。〔古〕俸祿額、（高+が）最多，不過是，充其量
　高下駄（高木屐）
　高望み（奢望）
　今日の相場は五十円高（今天行情上漲五十元）
　収穫高（收穫量）

生産高（產量）

収入高（收入額）

売上高（銷售額）

出来高払い（按完工數量計酬）

金高（金額）

残高（餘額）

損害の高は五百円位だ（損失金額約達五百萬日元）

禄高十万石を領する（領俸祿米十萬石）領する了する諒する

高が課長じゃないか（充其量也不過是個科長）

高が千円許りの物だ（充其量不過是一千多日元）

高に三人の相手にびくびくするな（對方只不過是兩三個人用不著害怕）

高が知れる（其程度有限、沒有什麼了不起的）

貯金は有るが高の知れた物だ（有些存款不過很有限）

高を括る（不放在眼裡、認為不值一顧－表示輕蔑之意）

余り高を括る物じゃないよ（不要過於樂觀呀！不要太自信了）

落第する事は有るまいと彼は高を括っていた（他自以為不會考不上而目中無人）

鷹〔名〕〔動〕鷹

鷹を使う（放鷹捕鳥）使う遣う

鷹を飢えても穂を摘まず（節義之士雖貧不貪不義之財）飢える餓える植える摘む積む詰む抓む

能有る鷹は爪を隠す（比喻有才能者不輕易顯露於外）

高上り〔名〕登高，抬高，上升，上座，佔上位，坐首席、較貴，過高，多費錢

高上りで恐縮です（忝列上座惶恐不安）

高胡坐、高胡床〔名〕盤腿（坐）

高上りを搔く（盤腿大坐、傲慢地盤腿坐）搔く書く欠く描く

高網〔名〕鳥網的一種

高鼾〔名〕大鼾聲、酣睡

高鼾を搔く（打大鼾、打大呼嚕）搔く書く欠く描く

高鼾で寝ている（打著大呼嚕酣睡）

高黍〔名〕〔植〕高粱（＝唐黍、蜀黍、高粱、コーリャン）

高曇り〔名〕雲高而天陰

高材料〔名〕〔商〕股票行情看漲的因素

高砂〔名〕高砂曲（一種在喜慶時歌唱的能樂曲名）、台灣的別稱

高砂族〔名〕（台灣的）高山族

高島田〔名〕高島田式髮髻（髮髻高聳的一種日本婦女髮型）（＝島田髷）

高髷〔名〕高島田式髮髻（＝高島田）

高巣〔名〕猛禽巢、鷹巢

高瀬〔名〕江河中的淺灘、平底船（＝高瀬舟）

高瀬舟（可行淺水的平底船、行駛在京都高瀬川的船、森鷗外的小說名）

高台〔名〕高地，高崗、（交易所的）高櫃台

彼の家は高台で眺望が良い（他家在高崗上便於眺望）良い好い善い佳い良い好い善い佳い

高高〔副〕高高地、高聲地、最多（不過），充其量

高高と手を上げる（把手高高舉起）

声高高と朗読する（高聲朗誦）

出席者は高高百人だ（出席人數最多不超過一百人）

高高二万円位の損だろう（最多不過虧損兩萬日元）

高高指〔名〕中指（＝中指）

高高度〔名〕高高度、超高度（七千二百米以上的高度）

高高度飛行（超高度飛行、〔亞〕同溫層飛行）

高襷〔名〕用袖帶把袖子高高繫起（吊在肩上）

高坏〔名〕帶腳的餐桌、高腳漆盤

御供えを高坏に盛る（把供品裝在高腳盤裡）盛る 守る 漏る 洩る

高接〔名〕〔植〕高接法（用大果樹枝接枝的方法）

高手〔名〕上臂

高手小手〔名〕反剪兩臂綑綁
高手小手に縛られる（被反剪兩臂綑綁起來）

高土間〔名〕（舊式歌舞伎場中的）高段席位

高殿〔名〕高大殿堂、二三層樓房

高飛び、高飛〔名、自サ〕高飛。〔俗〕（罪犯）逃跑，遠走高飛
犯人が高飛びする（罪犯逃跑）
高飛びしようと為る所を逮捕する（在犯人將要遠逃時候將其逮捕）

高跳び、高跳〔名、自サ〕〔體〕跳高
高跳びの練習を為る（練習跳高）
棒高跳び（撐竿跳高）
高跳びの選手（跳高選手）
高跳び込み（〔體〕〔游泳〕跳水）
女子十メートル高跳び込み（女子十米跳水）
高跳び込み競技（跳水比賽）

高飛車〔名、形動〕（來自日本象棋的〝飛車〞）高壓、強橫、以勢壓人
高飛車な態度（盛氣凌人的態度）
高飛車に出る（施高壓、來硬的）
高飛車に命令する（強迫命令）
高飛車な物の言う様だ（強橫的口吻、以勢壓人的說法）
そんな高飛車な態度は止して頂戴（請不要擺這種盛氣凌人的態度）
もっと高飛車に出て遣れば良かったのに（〔對他〕再強硬一點就好了）

高菜、大芥菜〔名〕〔植〕大芥（＝大芥子）

高浪〔名〕高浪、大浪
高浪が立っている（掀起大浪）

高鳴る〔自五〕大鳴，敲響，發出大聲。〔心〕跳動，（情緒）激動
鐘が高鳴る（鐘聲大作）
太鼓が高鳴る（敲響大鼓）
高鳴る拍手を浴びた（獲得了雷聲般的掌聲）拍手柏手（拜神時的拍手）
其を考えた丈でも私の胸が高鳴る（只要想起那件事我的心就跳動起來）
若い血潮が高鳴る（年輕的熱血沸騰）押える 抑える
喜びに高鳴る胸を押さえる（忍不住因喜悅而激動的心情）喜び 慶び 歓び 悦び

高値〔名〕高價，昂貴，（股票）當天的最高價←→安値
高値で売る（高價出售）売る 得る 得る
青物は大雪の為高値続きです（因大雪蔬菜連續保持高價）大雪 大雪
高値を吹き掛ける（要高價）
市場は高値待ちだ（市場在等行情漲價）市場 市場
株を安値で買って高値で売る（用低價買進股票用高價賣出）買う 飼う

高望み〔名〕奢望、過份的希望
君は相当高望みを為るね（你抱很大的奢望呀！你的奢望可不小啊！）
余り高望みを為るな（不要抱太高的希望）

高歯〔名〕高齒木屐（＝足駄）
高歯の下駄（高齒木屐）
高歯を履く（穿高齒木屐）履く 吐く 掃く 刷く 穿く 佩く

高這い〔名〕用四肢爬行、四條腿爬

高紐〔名〕連結前後鎧甲的紐帶

高箒〔名〕長柄的竹掃把（＝竹箒）、沒甚麼用的人

高天原〔名〕（日本神話）（天照大神統治的）天國，上天（＝高天の原）。〔轉〕天空，太空

高天の原〔名〕（日本神話）（天照大神統治的）天國，上天（＝高天原）

高蒔絵〔名〕（漆器上的）泥金浮花畫

高枕〔名〕高枕（狹長有木架的婦女用高枕）、安心熟睡

日本髪に結ったから高枕で寝る（因梳了日本髪要睡高枕）

高枕でぐっすり寝る（高枕無憂地睡、把枕頭塾得高高地睡）

高枕して寝る（高枕而寝、高枕無憂）

高御座、高御位〔名〕（天皇的）皇位、寶座

高目〔形動〕稍高一些、較高←→低目

高目な机（略高一些的桌子）

高目に塀を作る（把牆砌高一點）作る造る創る

外角高目の球を投げた（〔棒球〕投了外角偏高球）球玉弾珠魂靈投げる凪げる和げる薙げる

高目〔名〕（圍棋）高目、高子

高股〔名〕大腿上部、大腿根部

高楊枝〔名〕飲食後用牙籤剔牙的姿態。〔轉〕飽態

武士は食わねど高楊枝（武士吃不上飯也要擺擺架子、武士不能貪而不義）

高寄付〔名〕（交易所股票）以上漲行情開盤

高笑い〔名〕哄笑、高聲笑

高笑いの声が聞こえる（聽到大笑聲）

御高盛〔名〕裝得滿滿的一碗飯（一般說是一輩子有三次必須裝這樣的飯-誕生日的產飯、結婚時的合歡飯、死時的供飯）

高〔造語〕量、金額

水揚げ高は昨年を上回った（漁獲量超過了去年）

売上高（銷售額）

尻高〔名〕〔商〕（行市）逐漸提高、漸漲←→尻安、尻貧

尻高に為る（行情逐步上漲）為る成る鳴る生る

高い〔形〕高、崇高、高尚、高貴、昂貴，高價、漲價、（聲音、音調）高，響亮、有名氣、有聲譽、著名、眼力好、鑑別力強、識貨←→低い、安い

高い山（高山）

彼の人は背が高い（那人身材高）

体温が高い（體溫高）

大きな都会には高い建物が沢山有ります（大城市裡有很多高層建築）

海抜が高く為るに従って気温が下がる（隨海拔增高氣溫就降低）従う随う遵う

高い所から見下ろす（居高臨下、居高下望）

高い人格の持主（人格高尚的人）

彼の人は地位が高い（那個人地位很高）

彼の位は今に高く為る（他的級別將馬上提高）

家柄が高い（門第高）

インフレに為ると物価が高く為る（通貨膨脹了物價就要高漲）

安い物を買うと結局高い物に付く（買便宜貨結果是花大價錢）

中中高い事を言って売って呉れない（殺價太高不肯賣）

高い昼食を食った（吃了一頓昂貴的午飯）

此の服は思ったより値が高い（這套衣服的價錢比想像的昂貴）値値

幾分高くても買う（稍貴一點也要買）買う飼う

女は男より声が高い（女子的聲音比男的高）

もっと高い声で御願いします（請再大一點聲說）

調子が高い（音調高）

高い声で話しては隣の邪魔だ（大聲說話會妨礙鄰居）

藤田さん絵はパリで中中評判が高い（藤田先生的畫在巴黎評價很高）

名声の高い人（很有聲譽的人、很著名的人）

眼が高いから良い物を選べ増した（因眼力好選到了好東西）

鼻が高い（得意洋洋）

御高く止まる〔副〕（高く的鄭重說法）高高地、高傲地（只作以下的用法）

　御高く止まる（高高在上、高傲自大、自命不凡、瞧不起人）

　彼は隨分御高く止まっている（他非常高傲自大）

　御高く止まって官僚風を吹かせている（高高在上官氣十足）

高さ〔名〕高度、音的高低、聲音的大小、價格的貴賤

　高さを測る（測量高度、量高低）測る計る量る図る謀る諮る

　背の高さが一メートル八五センチ有る（身高一米八五）

　千メートルの高さを飛ぶ（在一千米的高度飛）飛ぶ跳ぶ

　天井の高さは四メートルも有る（天花板高達四米）有る在る或る

　高さ計（高度計）

　高さゲージ（高度尺、高度規）

　彼の声の高さはバリトンだ（他的聲音高低是男中音）

　ラジオの音の高さを調節する（調節收音機聲音的大小）音音音

　各地方の物価の高さは稍均衡が取れている（各地物價大致取得平衡）

高み、高見〔名〕高處←→低み

　高みから見下ろす（從高處往下看）

　山の高みに登る（登上山的高處）上る登る昇る

　高みの見物（袖手旁觀、作壁上觀）見物見物

　彼等は戦争の終る迄中立国と為て高みの見物を為ようと思った（他們想直到戰爭結束以前作為中立國來坐山觀虎鬥）

高ぶる、昂る〔自五〕自高自大，自我尊大、興奮，亢進

　一寸煽てられると直ぐ高ぶる（稍一誇獎就自高自大起來）

　成功したからと言って高ぶるな（不要因成功而驕傲）

　彼は高ぶる癖が有る（他有自高自大的脾氣）

　人の前で高ぶるのは良くない（在人前妄自尊大可不行）

　旅行の前日は神経が高ぶって眠れない（旅行的前日興奮得睡不著）

　彼は本当に高ぶらない人だ（他真是一個謙虛的人）

高まる〔自五〕高漲，提高，增長、興奮

　波が段段高まって来た（浪漸漸大起來了）

　気分が高まる（情緒高漲）

　生活水準が高まった（生活水準提高了）

　生産が高まる（生產提高）

　非難の声が益益高まる（責罵之聲越來越高）

　闘志が高まっている（鬥志高昂）

　両国間の緊張が高まって来た（兩國間的緊張關係加強了）

高まり〔名〕高漲，提高，增強、高潮、熱潮

　国民経済の高まり（國民經濟的增長）

　民族意識の高まり（民族意識的高漲）

　現在経済建設の新たな高まりが現れつつ在る（現在正出現經濟建設的新高潮）

　改革の高まりが訪れた（改革的高潮到了）訪ねる尋ねる訊ねる

高める〔他下一〕提高、抬高、加高

　声を高める（把聲音放高）

　速力を高める（加快速度）

　価値を高める（抬高價值）

　教養を高める（提高教養）

　新しい段階に高める（提高到新階段）

　品質を高める（提高品質）

　実力を高める（增強實力）

　此の新発明に由って日本の技術の国際的地位が高められた（由於這件新發

1901

明日本技術的國際地位提高了）由る因る
寄る拠る縁る選る依る継る撚る

高らか〔形動〕高聲、（聲音）宏亮

喇叭が高らかに鳴り響く（喇叭吹出宏亮的聲音）

声高らかに読み上げる（高聲朗讀）

皐（《幺）

皐〔漢造〕陰曆五月、水邊的地方

皐月、皋月、五月〔名〕陰曆五月。〔植〕杜鵑（＝五月躑躅）

五月の鯉の吹き流し（心直口快、性情直爽－來自端午節懸掛的鯉魚形旗幟中空而直）

江戸っ子は五月の鯉の吹き流し（東京人心直口快）

五月躑躅（〔植〕杜鵑）

睾（《幺）

睾〔漢造〕睾丸

睾丸〔名〕〔解〕睾丸（＝金玉）

睾丸を抜く（閹割）抜く貫く貫く

睾丸炎（〔醫〕睾丸炎）炎 炎

膏（《幺）

膏〔漢造〕脂肪、糊狀物、肥沃

軟膏（軟膏）

硬膏（硬膏）

膏雨〔名〕少量的雨水、甘霖（＝甘雨）

膏血〔名〕膏血、膏脂

人民の膏血を絞る（榨取民脂民膏）絞る搾る

膏肓、膏肓〔名〕膏肓

病膏肓に入る（病入膏肓）病 病 入る入る

彼の道楽は病既に膏肓に入った物だ（他的放蕩已經到了不可救藥的地步）

膏土〔名〕肥土、沃土（＝沃土）

膏肉〔名〕肥肉（＝脂身）

膏薬、膏薬、脂薬、油薬〔名〕膏藥

膏薬を貼る（貼膏藥）貼る張る

膏薬を付ける（塗膏藥）付ける漬ける着ける就ける突ける衝ける附ける点ける

膏薬を剥ぐ（揭膏藥）剥ぐ接ぐ矧ぐ

膏薬代（賠償受傷人的醫藥費）

膏薬代を強請る（勒索醫藥費）

膏薬気触（塗或貼膏藥引起的膏藥斑疹）

膏油〔名〕（研磨、潤滑、燈火用）油和膏、膏藥（＝膏薬、膏薬、脂薬、油薬）

膏梁〔名〕肥肉和細糧、美味的飯菜、膏梁味

膏、脂〔名〕脂肪，油脂。〔喻〕活動力，工作性

顔に脂が浮く（臉上出油）油

此の牛肉は脂が多い（這塊肥牛肉）

脂が乗る（肥胖、很賣力、感興趣、純熟）

脂の乗った魚が美味しい（肥魚鮮美）

今丁度脂の乗った年頃だ（現在正是活力十足的年齡）

其の問題に入ると脂が乗って来た（一碰到那問題他就興趣高昂起來）

仕事に脂が乗ると大いに捗る（工作一入狀況就很快地完成了）

脂の乗った芸を披露する（表演純熟的技藝）

脂を取る（催逼、逼迫）

高利貸に脂を取られる（被高利貸催逼）

油〔名〕油、髪油。〔轉〕活動力，勁

油で揚げる（用油炸）揚げる上げる挙げる

髪に油を付ける（往頭髪上抹油）油 脂 膏

油が乗る（起勁、有了活力）乗る載る

油が切れる（油用完、力氣用完）切れる着れる斬れる伐れる

此の時計は油が切れた（這個錶沒油了）

機械に油を差す（給機器上油）差す指す刺す挿す射す注す鎖す点す

油を差す（加油、鼓勵、打氣）

油を引く（加油、鼓勵、打氣）引く弾く轢く挽く惹く曳く牽く退く

油を塗る（加油、鼓勵、打氣）

油に水（水火不相容）

油が付く（沾上油）付く撞く吐く附く尽く点く憑く衝く就く突く着く漬く

油を売る（閒聊浪費時間、偷懶、磨蹭）売る得る得る

途中で油を売る（在路上磨蹭）

油を絞る（榨油、譴責、申斥）絞る搾る

一つ油を絞って遣ろう（教訓他一頓吧！）

油を注ぐ（加油，添油，唆使，煽動）注ぐ雪ぐ濯ぐ漄ぐ

火に油を注ぐ（火上加油）

其では火に油を注ぐ様な物だ（那無異是火上加油）

稿（ㄍㄠˇ）

稿〔名、漢造〕稿、草稿、原稿

稿を起こす（起草、打稿）

稿を改める（重新起草、改寫草稿）改める革める検める

草稿（草稿，底稿，手稿、草案＝下書）

送稿（送稿）

原稿（原稿、草稿、稿子）

寄稿（〔為報紙、雜誌等〕撰稿、投稿）

起稿（起草、開始撰稿）←→脱稿

投稿（投稿）

脱稿（脱稿、完稿）

遺稿（遺稿）

未定稿（未定稿）

稿本〔名〕原稿，草稿（＝下書）、以草稿形式問世的書←→定本

未刊の稿本（沒出版的原稿）

稿料〔名〕稿費、稿酬（＝原稿料）

稿料を千字幾等で払う（按一千字多少付稿酬）

縞（ㄍㄠˇ）

縞〔漢造〕潔白質美的生絹為縞、白色的生絹

縞〔名〕（布的）縱橫條紋，格紋、條紋布、條紋花樣

縞に織る（織出條紋）織る折る居る

縞のズボン（有條紋的褲子）縞島

白と黒の細かい縞の有る布地（有黑白細條紋的布料）有る在る或る

白地に青い縞を立てた（白底藍條紋的）青い蒼い　立てる建てる経てる絶てる断てる

彼は何時も縞の服を着ていた（他經常穿著條紋衣服）着る切る斬る伐る

陽光が納屋の羽目板の隙間から射し込んで干草の上に明るい縞を描いていた（陽光從儲藏室的板壁縫射進來乾草上照出些光亮的條紋）描く画く書く描く欠く

格子縞（格紋）

縞板（〔工〕網紋板）

縞柄（條紋花樣）

縞物（條紋布）

縞絽（條紋羅）

腹に縞の有る魚（腹部有條紋的魚）魚魚魚

島〔名〕島嶼。〔喻〕（與周圍情況不同的）某一狹窄地區、（也寫作林泉）庭園泉水中的假山，有泉水假山的庭院。〔俗〕特定地區，（特指）東京的兜町

瀬戸内海には島が多い（島上的居民）

島に流す（流放到孤島上）

離れ島（遠離大陸的孤島）

方言の島（方言區）

池の中の島に水鳥が群れている（水鳥群集在水池假山上）水鳥

取り付く島が無い（無依無靠、沒有辦法、無法接近）

彼の語調は取り付く島が無い様に強かった（他的口氣強硬得令人無法接近）

縞合い、縞合〔名〕條紋的色調

縞馬、斑馬〔名〕〔動〕斑馬（＝ゼブラ）

縞織り、縞織〔名〕織出條紋、條紋織物、條紋布

縞織物〔名〕織出條紋、條紋織物、條紋布

縞蚊〔名〕〔動〕斑蚊

縞柄〔名〕條紋花樣

此の縞柄が気に食わない（我不喜歡這種條紋）食う喰う食らう喰らう

縞状〔名〕帶狀、條紋狀

縞状構造（〔地帶〕狀結構）

縞状組織（〔機〕帶狀組織）

縞染め、縞染〔名〕染成條紋的布

縞鯛〔名〕石鯛的異名、有條紋花樣的魚的俗稱

縞蛇〔名〕〔動〕菜花蛇

縞目〔名〕條紋與條紋間的界限

縞目がはっきりしない（條紋不明顯）

着古して縞目の分からなく為った着物（穿得看不出條紋的舊衣服）分る解る判る

縞物〔名〕條紋紡織品

地味な縞物を着る（穿樸素的條紋衣服）着る切る斬る伐る

縞物は流行り廃りが少ない（條紋布很少有流行不流行之說）

縞模樣〔名〕條紋花樣

派手な縞模様の水着（花紋鮮豔的游泳衣）

縞栗鼠〔名〕〔動〕花鼠屬

縞絽〔名〕條紋羅

藁（《幺ˇ》）

藁〔漢造〕稻草，麥稈、枯槁、草稿

藁、稈〔名〕稻草，麥稈、產褥、落草的嬰兒

藁を打って縄を綯う（打稻草捻繩子）打つ擊つ討つ

藁を束ねる（捆稻草）

藁を敷く（鋪稻草）敷く布く如く若く

藁蒲団（草墊子）

藁屋根（草屋頂）

藁靴（草鞋）

藁人形（稻草人）

藁切り機（切草機）

溺れる者は藁をも掴む（溺水者抓稻草、溺水者攀草求生、有病亂求醫、急不暇擇）掴む攫む

藁が出る（暴露缺點）

藁千本有っても柱には為らぬ（兔子再多也拉不了車）為る成る鳴る生る

藁にも縋る（急病亂求醫、急不暇擇）

藁人形も衣裳から（人是衣裳馬是鞍）

藁を焚く（煽動，鼓動，造謠中傷，說別人壞話、買舊貨時挑毛病進行壓價）焚く炊く

藁打ち〔名〕打稻草（把稻草打軟以備編製物品用）

藁紙〔名〕（用稻草纖維造的）粗糙的紙、（低級）粗紋紙

藁沓、藁履〔名〕（雪地穿的）高統或半高統草鞋、稻草編的拖鞋

藁工品〔名〕（草蓆或草簾等）草製品

藁薦〔名〕草蓆、草簾

藁座〔名〕草墊，蒲團、門墩、戶樞、牌坊的墩座

藁稭、藁稭〔名〕（去掉葉的）稻稭

藁素坊〔名〕〔動〕隱目鰻

藁草履〔名〕稻草鞋

藁塚〔名〕稻草堆

藁苞〔名〕稻草包。〔轉〕賄賂（＝賄賂）

藁苞に国傾く（賄賂盛行則國家滅亡）

藁苞に黄金（稲草包裹黃金、〔喻〕敗絮其外金玉其中）

藁縄〔名〕（稻）草繩

藁人形〔名〕（練習劍術等用的）稻草人
　藁人形も衣裳から（人是衣裳馬是鞍）

藁灰〔名〕稻草灰

藁半紙〔名〕粗糙的日本紙、草紙（＝ざら紙）

藁火〔名〕燒稻草的火
　藁火で芋を焼く（用稻草火烤白薯）焼く妬く

藁葺き、藁葺〔名〕稻草葺的屋頂
　藁葺き屋根（稻草葺的屋頂）

藁蒲団〔名〕草墊子
　藁蒲団を敷く（鋪上草墊子）

藁筆〔名〕用稻秸做的筆（狩野派畫家繪製大畫面時用）

藁筵〔名〕草蓆、草簾

藁屋〔名〕草房、茅舍

鎬（ㄍㄠˇ）

鎬〔漢造〕溫食物之器、（劍的）中背

鎬〔名〕（沿著刀背和刀刃間隆起的）棱，刀棱、（劍的）中背
　鎬を削る（雙方激烈地交鋒、辯論、爭論）戦う闘う
　国会で与党と野党が鎬を削って戦っている（在國會裡執政黨與在野黨在激烈地辯論著）

告（ㄍㄠˋ）

告（也讀作告）〔漢造〕告、告知
　宣告（宣告，宣布、宣判）
　布告（布告，公告、公布，宣布，宣告，〔明治初期的〕法律，政令）
　不告（〔法〕不控告）
　訃告（訃聞）
　誣告（誣告）
　戒告、誡告（告誡、警告、警告處分）
　忠告（忠告、勸告）
　予告（預告、事先通知）
　通告（通告、通知）
　報告（報告）
　奉告（〔向神佛或貴人〕奉告）
　密告（告密、檢舉、告發）
　広告（廣告、宣傳）
　公告（公告、布告）
　抗告（〔法〕上訴、〔對行政機關的命令或處分的〕上告，上訪）
　申告（申報、報告）
　親告（親自控告、親自告訴）
　上告（向上報告、對二審判決不服的上訴）

告示〔名、他サ〕告示、布告
　全市民に告示する（布告全體市民）
　募集要領を告示する（布告徵募要領）
　内閣告示（內閣告示）

告辞〔名〕致詞、訓話

告訴〔名、他サ〕〔法〕告狀、控告、提起訴訟（＝訴える）
　告訴の手続を取る（辦理訴訟手續）取る盗る捕る執る採る獲る撮る摂る
　告訴を取り下げる（撤回訴狀）
　裁判所に告訴する（向法院控告）
　家宅侵入で告訴する（因侵入住宅而控告）
　告訴状（訴狀）
　告訴人（控告人）

告知〔名、他サ〕告知、通知、通報
　告知板（通報牌）板板
　納税告知書（納稅通知書）

告げ知らせる〔他下一〕告知、通知

告白〔名、他サ〕坦白、自白
　過去の罪を告白する（坦白過去的罪行）
　偽らざる告白を為る（老老實實地坦白）擦る刷る摺る掏る磨る擂る摩る

其は無知を告白する様な物だ（那等於暴露自己的無知）
告白書（自白書）

告発〔名、他サ〕告發、舉發、檢舉
反革命分子を告発する（檢舉反革命分子）
騒擾罪で告発される（以擾亂罪被告發）
秩序を乱す者は告発される（擾亂秩序者將被告發）

告文〔名〕（向神佛的）禱告蚊（＝告文）、（向上級的）申請書（＝上告文）

告別〔名、自サ〕告別、辭行
告別に行く（去辭行）行く往く逝く行く往く逝く
駅頭に並んで告別する（在車站上列隊送行）
死者に告別する（向死者告別、辭靈）
告別演奏会（告別演奏會）
告別式（告別式）
告別式を行う（舉行告別式）
告別式へ（に）行く（去參加告別式）

告諭〔名、自サ〕（用於上級對下級）曉諭、訓令、勸諭，規勸
告諭を発す（發出訓令）
弟子に告諭する（規勸弟子）弟子弟子
濫費を避けるよう告諭する（告誡避免浪費）

告ぐ〔他下二〕〔古〕告（＝告げる）
国民に告ぐ（告國民書）告ぐ継ぐ次ぐ注ぐ接ぐ

次ぐ〔自五〕（與継ぐ、接ぐ同辭源）接著、次於
地震に次いで津波が起こった（地震之後接著發生了海嘯）
不景気に次いで起こるのは社会不安である（蕭條之後接踵而來的是社會不安）
田中に次いで木村が二位に入った（繼田中之後木村進入了第二位）

殆ど毎日の様に戦闘に次ぐ戦闘だ（差不多天天打仗）
勝利に次ぐ勝利の道を突き進んだ（從一個勝利走向一個勝利）
大阪は東京に次ぐ大都市だ（大阪是次於東京的大城市）
其に次ぐ成果（次一等的成績）
英語に次いで最も重要な外国語は日本語だ（次於英語非常重要的外語是日語）

接ぐ、継ぐ〔他五〕繼承、接續、縫補、添加
王位を接ぐ（繼承王位）
志を接ぐ（繼承遺志）
父の仕事を接ぐ（繼承父親的工作）
骨を接ぐ（接骨）
布を接ぐ（把布接上）
若芽を台木に接ぐ（把嫩芽接到根株上）
靴下の穴を接ぐ（把襪子的破洞補上）
夜を日に接いで働く（夜以繼日地工作）
炭を接ぐ（添炭、續炭）

注ぐ〔他五〕注、注入、倒入（茶、酒等）（＝注ぎ入れる）
茶碗に御茶を注ぐ（往茶碗裡倒茶）
杯に酒を注ぐ（往杯裡斟酒）杯盃杯盃
もう少し湯を注いで下さい（請再給倒上點熱水）

告げる〔他下一〕告、告訴，告知、報告，宣告、宣講，講說
警官に其の旨を告げる（把情況報告給警察）告げる次げる接げる継げる注げる
誰にも告げずに出発した（誰也沒告訴就動身了）
事の真相を一般国民に告げる（把事實真相告訴一般國民）
暁を告げる鐘の音（報曉的鐘聲）音音音
議長が開会を告げる（主席宣布開會）

攻撃を告げる進軍喇叭（下令進攻的進軍號角）

破綻を告げる（宣告破產）

終わりを告げる（告終）

別れを告げる（告別）

風雲急を告げる（風雲告急）

一段落を告げる（告一段落）

校友諸君に告げる（告各位校友）

人人に道を告げる（給人們講道）人人人

告げ〔名〕告訴、告知、天啟、神諭

神の御告げ（神諭）告げ次げ接げ継げ注げ

夢に御告げが有る（夢見神諭）

告げ口〔名、他サ〕傳舌、告密、搬弄是非

人の告げ口を為る（說旁人的小話）為る為る

告げ口を為る人（搬弄是非的人）小父さん

伯父さんに君の事を告げ口して遣るぞ（我要把你做的事告訴你爸爸）伯父さん 叔父さん

勾（ㄍㄡ）

勾（也讀作勾）〔漢造〕擔任，擔當、傾斜

勾引、拘引〔名、他サ〕〔法〕拘捕，拘提，逮捕、誘拐，拐騙（幼兒）

被告を勾引する（拘提被告）

窃盗の容疑で勾引される（因竊盜嫌疑被拘捕）

勾引状（拘捕證）

勾股弦、鉤股弦〔名〕〔數〕勾股弦

勾股弦の定理（勾股弦定理、畢達哥拉斯定理）

勾当〔名〕〔古〕（寺院等的）事務官、勾當（盲人的官職名、位於檢校之下、座頭之上）

勾配〔名〕傾斜（面），斜坡、坡度，梯度

上り勾配（上坡）

下り勾配（下坡）

急な勾配（陡坡）

緩い勾配（慢坡）

急勾配の屋根（坡度大的屋頂）

勾配を付ける（使有坡度）付ける附ける点ける着ける突ける就ける憑ける衝ける

勾配を上がる（上坡、爬坡）、上がる揚がる挙がる騰がる

本線の最大勾配は 25/1000 だ（這條鐵路的最大坡度是千分之二十五）

此の坂が勾配が可成急だ（這個坡相當陡）

勾配度（傾斜度）

勾配標（鐵路的坡度標）

勾配ゲージ gauge（錐度量規）

勾配歯（斜齒輪）

勾配ベクトル vector（〔數〕斜率、梯度）

勾欄、高欄〔名〕（宮殿或走廊等的）欄杆（＝欄干）

勾留〔名、他サ〕〔法〕拘留、看押（被告或嫌疑犯）

被疑者を警察に勾留する（把嫌疑犯拘留在警察局）拘留

勾留状（法院發的拘留證）

勾玉、曲玉〔名〕（古代作項飾或嵌在衣襟上的）勾玉、勾形玉墜

鉤（鈎）（ㄍㄡ）

鉤〔漢造〕曲鉤、彎曲形可供掛物或探取東西的器具

鉤状〔名〕鉤狀

鉤状器官（昆蟲的趾鉤）

鉤状〔名〕（尖端彎曲呈直角形的）鉤狀、鉤形（＝鉤形）

鉤虫〔名〕〔動〕鉤蟲（十二指腸寄生蟲）

鉤〔名〕鉤、鉤子、鉤形物、（日本標點符號的）單引號〝 」〞（＝鉤括弧）、（古兵器）鉤

外套を帽子掛けの鉤を掛ける（把大衣掛在帽掛的鉤上）鉤鍵掛ける書ける欠ける駆ける

《

鍋を炉の自在鉤に掛ける（把鍋掛在地爐的活掛上）駈ける描ける懸ける架ける掻ける翔ける

鉤で引っ掛ける（用鉤子鉤）

鉤の鼻（鷹鉤鼻）花鼻涕端

鉤状に道が曲がっている（道路彎曲如鉤）

廊下を鉤の手に曲がる（從走廊拐角處拐過去）

鉤括弧（單引號＝〝「」〞）

二重鉤（雙引號＝〝『』〞）

引用文を鉤で包む（用單引號〝「」〞把引用句括起來）

鍵〔名〕（與鉤同語源）鑰匙、（也誤用作）鎖頭、〔轉〕關鍵

鍵で錠を開ける（用鑰匙開鎖）開ける明ける空ける飽ける厭ける

戸に鍵を掛ける（鎖上門）掛ける懸ける架ける翔ける

此の鍵は効かない（這把鑰匙不好用）効く利く聞く聴く訊く

入り口のドアに鍵を下した（入口處的門上鎖了）下す降ろす卸す

箪笥に鍵を掛けた積りでしたが、掛かっていませんでした（我以為衣櫃鎖上了沒想到沒鎖）

朝晩、玄関の鍵を開けたり閉めたりする私の仕事です（早晚大門的開鎖上鎖是我的工作）

問題解決の鍵を掴む（掌握解決問題的關鍵）掴む攫む

此を解く鍵は何か（解決這個的關鍵是什麼？）解く溶く説く

鍵の穴から天を覗く（坐井觀天）除く覗く覘く

鉤編み〔名〕用鉤針織（的東西）

鉤形〔名〕鉤形、鉤狀

鉤滑車〔名〕帶鉤滑車

鉤釘〔名〕U形釘、螞蝗釘

鉤裂き〔名〕（衣服等被釘子）鉤破、鉤破的口

釘で着物に鉤裂きを拵えた（釘子把衣服鉤破了）

鉤裂きが出来た（鉤破了一個口）

鉤縄〔名〕一端有鉤的繩索

鉤の手〔名〕鉤狀（物），成直角（的東西）、拐角，轉彎處

廊下は鉤の手に為っている（走廊形成一個直角）為る成る鳴る生る

鉤鼻〔名〕鷹鉤鼻

鉤鼻の人（鷹鉤鼻的人）

鉤針〔名〕鉤針

毛糸用の鉤針（織毛線用的鉤針）

鉤素〔名〕鉤線（連接釣鉤和釣線的一段短的蠶絲或尼龍線）

溝（ㄍㄨ）

溝〔漢造〕溝

城溝（城溝）

排水溝（排水溝）

溝壑〔名〕水溝和山谷

溝渠〔名〕溝渠（＝溝）

溝渠を造る（修渠）作る造る創る

溝橋〔名〕〔建〕涵洞

溝〔名〕水溝，髒水溝，下水道、陰溝

溝を浚う（淘溝）浚う攫う

溝の掃除を為る（淘溝）為る為る擦る刷る摺る掏る磨る擂る摩る

溝が詰まった（溝堵住了）

其の溝には被いが無い（那個溝沒有蓋、那是條明溝）被い覆い蔽い多い

溝水（污水）

溝川（陰溝）

溝浚い（淘溝人）

溝板〔名〕髒水溝蓋

溝泥〔名〕（下水道的）污泥

溝鼠〔名〕褐鼠，水老鼠、〔喻〕背著東家貪汙（搗鬼）的掌櫃（夥計）

売上金を誤魔化す溝鼠が有る（有貪污售貨款的人）有る在る或る

溝〔名〕水溝，水路（=溝）、（拉門門框上的）溝槽、（感情的）隔閡（=ギャップ）

溝を浚える（淘溝）浚える攫える

溝を飛び越える（跳過水溝）

鴨居の溝（拉門上框的槽溝）

二人の間に溝が出来る（兩人之間產生隔閡）間 間間

東西間の溝が大きく為った（東西方之間的隔閡加深了）

溝板、溝板〔名〕溝板（水溝上覆蓋的板子）

溝五位〔名〕〔動〕溝鳽、栗色虎斑鳽

溝川〔名〕水常流如河川的水溝

溝蓋〔名〕溝蓋

溝酸漿〔名〕〔植〕紅花半邊蓮、日本溝酸漿

篝（ㄍㄡ）

篝〔漢造〕用於薰衣的竹籠為篝、竹籠、叢火

篝〔名〕（燃篝火用的）鐵籠、篝火（=篝火）

篝を焚く（燃起篝火）焚く炊く

野獸を防ぐ篝が焚いて有る（點燃著防備野獸的篝火）

篝火〔名〕篝火

篝火を焚く（燃起篝火）

篝火が見える（看到篝火）

篝松〔名〕（燃篝火用的）松木薪材

枸（ㄍㄡˇ）

枸〔漢造〕枸杞（落葉灌木，葉呈橢圓形，花淡紅色，果實可供藥用）

枸櫞酸〔名〕〔化〕檸檬酸

枸櫞酸ナトリウム（檸檬酸鈉）

枸櫞酸回路（〔化〕檸檬酸循環）

枸杞〔名〕〔植〕枸杞

枸杞茶（用枸杞葉炮製的枸杞茶）

苟（ㄍㄡˇ）

苟〔漢造〕假設

苟も〔副〕苟，假如、既然、萬一、如果、（用せず或しない的形式）不苟

苟も学生なら（苟為學生、假如是一個學生…）

苟も学生と在ろう者が（既然身為學生－含責備之意）

苟も戦うからに最後迄戦え（既然要戰鬥就戰鬥到底）

其は苟も良心有る者の為し得可き事ではない（那不是有一點良心的人能幹得出來的事）

苟もそんな事を為れば、唯では置かないぞ（如果你幹了那種事我可輕饒不了你）

一字一句苟も苟も為ず（一字一句也不苟）

若し〔副〕（後面伴有たら。ば。なら。でも等）如果、假如、假設、倘若

若し雨が降ったら（如果下雨的話）

若し然うで無ければ（如果不是那樣的話）

若し来なければ、電話を掛けよう（如果不來的話就打電話吧！）

若し私が彼の人だったら、そんな事は為ない（假如我是他的話不會做那種事）

其が若し嘘で無ければ大変だ（那假如不是謊話可不得了）

若し草木に花が咲かなかったら、自然はどんなに寂しい物であろう（假如草木不開花的話自然界將會多麼寂寞淒啊！）

若し試験に落ちても、失望しては行けません（即使萬一考不上也不要失望）

狗（ㄍㄡˇ）

狗〔漢造〕古時以大者為犬，小者為狗

天狗（天狗——種想像中的妖怪，有翼，臉紅鼻高，深居山中，神通廣大，可以自由飛翔、自誇，自負，驕傲，翹尾巴〔的人〕）

狗屠〔名〕殺狗為業（的人）（=犬殺し）

狗盗〔名〕（出自戰國孟嘗君）雞鳴狗盗（=各種人才）、泛指偸盗者

狗肉〔名〕狗肉
　羊頭を掲げて狗肉を売る（掛羊頭賣狗肉）売る得る得る

狗尾續貂〔名〕（出自西晉）喻事物之美惡前後不相稱者

狗、犬〔名〕〔動〕犬、狗。〔轉〕狗腿子，奸細
〔造語〕（接名詞前）似是而非、沒有價值
　犬の綱（拴狗的繩）
　犬を飼う（養狗）飼う買う
　犬が吠える（狗叫）
　犬の芸を見る（看耍狗）
　犬を嗾ける（唆使狗）
　警察の犬（警察的狗腿子）
　犬蓼（馬蓼）
　犬死（犬死、白死、死無代價）
　犬と猿の仲（水火不相容）
　二人は犬と猿の仲だ（二人極端不合）
　犬に戻れて遣る（與其給自己憎惡的人不如餵狗）
　犬に論語（給狗講論語、對牛彈琴）
　犬の川端歩き（拚命奔走仍無所得、窮措大閒逛市場、打腫臉充胖子）
　犬の糞で敵を討つ（用卑鄙手段報仇）打つ討つ撃つ
　犬の遠吠え（背地裡裝英雄、虛張聲勢）
　犬の逃げ吠え（口頭上逞英雄）
　犬骨折って鷹の餌食に為る（為人作嫁、為別人做事）
　犬も歩けば棒に当る（多事惹禍、瞎貓碰到死耗子、常在外邊轉轉會碰上意想不到的幸運）
　犬も喰わぬ（連狗都不吃、誰都不理、沒滋味）
　夫婦喧嘩は犬も喰わぬ（兩口子吵架連狗都不理）

戌〔名〕（地支的第十一位）戌、（古時刻名）戌時（現在的午後八時左右或七時到九時）（=戌の刻）、（古方位名）西北西
　戌の日（戌日）

狗芝居〔名〕耍狗的玩藝

狗母魚、鱛〔名〕〔動〕狗母魚

狗尾草〔名〕〔植〕狗尾草、光明草、阿羅漢草（=猫じゃらし）

垢（ㄍㄡˋ）

垢、坵〔漢造〕濁穢、污穢的、骯髒的

垢衣〔名〕髒衣服
　垢衣蓬髮（垢衣蓬髮）

垢面〔名〕垢面
　垢面蓬髮（蓬頭垢面）

垢離〔名〕（祈禱時以冷水淨身）齋戒沐浴、沐浴淨身、去邪清垢
　水垢離を取る（浴冷水以去邪清垢）取る盗る捕る執る採る獲る撮る攝る錄る

垢〔名〕（皮膚上分泌出來的）污垢，油泥、水銹（=水垢）
　垢だらけの体（滿是污垢的身體）
　御風呂に入って垢を落とす（洗個澡把污垢洗掉）入る入る
　爪の垢（指甲裡的污垢）
　心の垢（思想上的髒東西）
　鉄瓶に垢が付いた（水壺長了水銹）付く着く突く就く附く憑く衝く点く吐く搗く尽く撞く漬く

赤〔名〕紅、紅色。〔俗〕共產主義（者）。〔造語〕（冠於他語之上表示）分明、完全
　私の好きな色は赤です（我喜歡的顏色是紅色）
　信号の赤は止まれと言う意味です（信號的紅色是停止的意思）
　赤の御飯を炊いて御祝いを為た（做紅小豆飯來慶祝）
　彼は赤だ（他是共產主義者）

赤の団体（共產主義者的團體）
赤裸（赤條精光）
赤の他人（毫無關係的人、陌生人）
赤恥（當眾出醜、丟人現眼）

淦〔名〕船底的積水、船底污水
　　船の淦を汲み出す（淘出船底污水）

銅〔名〕〔俗〕銅（＝銅、銅）
　　銅の鍋（銅鍋）

銅、赤金〔名〕銅（＝銅、銅）
　　銅の薬缶（銅水壺）

垢染みる〔自上一〕髒、骯髒（＝垢が付いて汚れる）
　　何日も着換えないのでシャツが垢染みている（好多天沒換襯衫髒了）

垢擦り〔名〕擦澡巾

垢付く〔自五〕髒、有泥垢
　　着物が垢付くと臭く為る（衣服一髒就有氣味）
　　垢付いた首巻を巻いている（圍著一條髒了的圍巾）

垢取り、垢取〔名〕刷木梳用的刷子、（刷馬的）馬刷子、貼身衣服

垢抜ける〔自下一〕去掉土氣、俏皮起來、變文雅（＝垢抜けが為る、スマートだ）
　　彼の人は近頃垢抜けて来た（他近來文雅起來了）

垢抜け〔名、自サ〕不土氣、文雅、俏皮、優美（＝洗練されている、粋な事、スマートだ）
　　未だ垢抜けが為ていない（還不免有些土氣）未だ未だ
　　垢抜けした女（俏皮女人）
　　彼が使っている言葉は全く垢抜けした東京の言葉だ（他說的是一口俏皮的東京話）

垢光、垢光り〔名、自サ〕（衣服等因常用手摸或日久不洗而）髒得發亮、油污發亮
　　彼の男はてかてか垢光する上着を着ている（他穿了一件油污發亮的上衣）着る切る斬る伐る

媾（ㄍㄡˋ）

媾〔漢造〕交互為婚為媾、交配、達成協議、和好

媾疫〔名〕（獸醫）鼻疽病、馬疽病

媾和、講和〔名、自サ〕媾和、講和、議和
　　講和を申し出る（請和）
　　交戦国と講和する（和交戰國講和）
　　単独講和（單獨媾和）
　　講和条約（媾和條約）
　　対日講和条約（對日和約）
　　講和条約を結ぶ（締結合約）結ぶ掬ぶ
　　講和派（主和派）

媾曳、逢引〔名、自サ〕（男女）密會、幽會（＝ランデブー）rendez-vous 法
　　公園で媾曳（を）為る（在公園秘密相會）

構（ㄍㄡˋ）

構〔漢造〕結構、構造、柵欄、圍牆
　　虚構（虛構、假設、臆造＝フィクション）fiction

構案法〔名〕構想教學法（＝プロジェクト、メソッド）project method

構音〔名〕（清晰的）發音
　　構音不能（〔醫〕不能說話）

構外〔名〕院外、圍牆外、站外、廠外←→構内
　　駅の構外に出る（走出站外）

構内〔名〕院内、場内、區域内、圍牆裡、柵門裡←→構外
　　学校構内（校園）
　　駅の構内に入らないように（不要進入車站裡）
　　妄りに構内に入る可からず（不得擅入場内）妄り濫り
　　構内係（〔鐵〕車場工作人員）
　　構内主任（〔鐵〕車場主任）

構桁、構桁〔名〕〔建〕桁架、構架（＝トラスト、ガーダー）trussed girder

構図〔名〕（畫等的）構圖、（攝影的）取景、計畫、結構

此の絵は構図は良いが、色調が悪い（這幅畫構圖好但色調不好）良い好い善い良い好い善い

生活の構図（生活的計畫）

小説の構図（小説的結構布局）

構成〔名、他サ〕構成、組織、結構

社会を構成する（構成社會）

文の構成（句的結構）文文文章文章拙い拙い不味い

文章は旨いが、筋の構成が拙い（文章很好但層次的結構不好）旨い巧い上手い甘い美味い

犯罪を構成する（構成犯罪）

国会は両議院で之を構成する（國會由參眾兩院組成之）此是之惟

社会は個人の集合に由って構成される（社會由個人集合構成）由る依る因る拠る撚る縒る繼る寄

構想〔名、他サ〕（方案或計畫等的）設想、（作品或文章等的）構思

構想を練る（構思、絞腦汁）練る煉る錬る寝る

此の計画は構想が良い（這個計畫想得好）良い好い善い良い好い善い

組閣の構想が纏める（想妥組閣方案）取る盗る獲る執る撮る採る摂る捕る

小説の構想丈は出来ているが、未だ筆を取らない（小説只有了構思還沒動筆）

構造〔名〕構造、結構

上部構造（上層建築）

産業構造（工業組織〔體系〕）

文章の構造（文章的結構）文章文章

宇宙の構造（宇宙的構造）

家の構造（房子的結構）家家家家家

構造が簡単である（構造簡單）

構造が複雑である（構造複雑）

構造を強化する（加強構造）

此の家は木骨の構造である（這所房子是木架結構）

構造上の欠陥（構造上的缺陷）上上上上

構造盆地（〔地〕構造盆地）

構造地質学（構造地質學）

構造設計図（〔建〕結構設計圖）

構造式（〔化〕結構式）

構造鋼（〔冶〕結構鋼）

構造粘性（〔化〕結構黏度）

構造グループ分析（〔化〕結構族分析）

構造因子（〔理〕結構因素）

構造性（〔理〕結構性）

構造異性体（〔化〕結構同分異構體）

構築〔名、他サ〕構築、建築

陣地を構築する（構築陣地）

構築物（構築物）物物物

構文〔名〕句法、文章結構

構文の不備（句法的缺陷）

構文法（論）（〔語〕句法）

構う〔自、他五〕（常用否定、禁止或反語的形式）管、顧、介意、理睬、干預（=気を使う、気に為る）、照顧、照料、招待（=相手に為る、世話を焼く）、調戲、逗弄（=からかう）。〔古〕放逐、流放

構わない（沒關係、不要緊）

私は構わない（我沒關係、我不在乎）

構うもんか（管他什麼的呢）もんか＝ものか

私は彼を構わない（我不管他、我不理他）

其に構って俺無かった（顧不得去理睬那個了、我不理他）

余計な事を構うな（你別多管閒事）

服装体裁を構わない（不修邊幅）

思っている事を構わず、言って下さい（有話就說不必顧慮）

何卒御構い下さるな（請您不要那麼張羅啦）

御構い申しませんでした（請恕我招待不周、慢待慢待）

直ぐ帰りますから、何卒御構い無く（我馬上就走請不要客氣）

折角御出で下さいましたのに、何の御構いも致しませんで、失礼致しました（好容易來了沒有很好地招待請原諒）

犬を（に）構う（逗狗玩）

女を（に）構う（調戲婦女）

国を構われる（被驅逐出故鄉）

構い付ける〔他下一〕關心、照顧、理睬〔＝取り合う〕

構い手〔名〕照料人的人

構い手の無い子（無人照料的孩子、沒有照料人的孩子）

構える〔自、他下一〕修建，修築。〔轉〕自立門戶，住在獨立的房屋、採取某種姿勢，擺出姿態、準備好、假造、假托、裝做

別荘を構える（修建別墅）

陣地を構える（修築陣地）

城を構える（修築城堡）

彼は堂堂たる邸宅を構えている（他住在一所堂皇宅邸裡）

弟は別に一戶を構えている（弟弟另立著門戶）

結婚して一家を構える（結婚後安家立戶）一家一家

抵抗の姿勢を構える（做好抵抗的姿態）

銃を構える（托槍、作好放槍的姿勢）

構え銃！狙え！撃て（托槍！瞄準！放！）

鷹揚に構える（態度大方、寬宏大度）鷹揚 鷹揚大樣

呑気に構える（態度沉著、不慌不忙）呑気 暢気

尊大に構える（擺架子、擺出驕傲自大的架子）

学者然と構える（擺出學者的架子）

構えた言い方（準備好了的說法）

構えて用心せよ（要事先加以提防、要事先警惕）

言を構える（托詞、製造藉口）言言

口実を構える（製造口實）

病気を構える（裝病）

言を構えて責任を逃れようと為る（製造口實企圖逃避責任）言言

罪を構えて人を陥れる（以莫須有的罪名陷害他人）

構え〔名〕（房屋等的）構造，格局，門面，外觀，（身體的）姿勢，架式，（精神上的）準備、造作的事，假事，（漢字部首）框

立派な構えの家（構造宏偉的房子）家家家家

此の家の構えは商店向きだ（這所房子的格局適合於作店舖）

此の屋敷は間数が多く、構えも随分立派でしたが（這所住宅間數既多外觀又很氣派）間数

攻撃に備える構え（防備進攻的架式）備える 供える 具える

立撃の構え（站著射擊的姿勢）

一分の隙も無い構え（無隙可擊的架式）

戦闘の構え（戰鬥的準備）

和戦両様の構え（和戰兩手準備）

彼の人には其の仕事を引き受ける構えが無い（那個人沒有接受那項工作的準備）

国構え（方框）

門構え（門字框）

構えて〔副〕（下多接否定語）一定、決（＝必ず、決して）

構えて人の名を言う可からず（決勿呼人之名）名 名 名

構えて病気すな（切勿患病）

購（ㄍㄡˋ）

購〔漢造〕以貨財交易所欲為購、買

購求〔名、他サ〕採購、收購

購書〔名、自サ〕買書、購買的書

購読〔名、他サ〕訂閱
　購読を申し込む（申請訂閱）
　日本語版の〝人民中国〟を定期的に購読する（定期訂閱日文版的〝人民中國〟）
　購読料（訂閱費）
　定期購読者（定期購讀客戶）者者

購入〔名、他サ〕購入、買進、購置、採購
　購入を引き受ける（承購）
　商品の大口購入（買進大批貨物）
　工場から購入して来た機械（從工廠買進來的機器）工場工場
　購入券（購買券、購貨券）
　購入値段（買價、購入價格）
　購入仕訳書（採購明細表）
　購入通帳（購貨本）
　購入契約書（買進合約）
　購入制限（限購）
　購入中止（停購）
　一括購入（統一買進、一攬子購進）
　購入ステーション（收購站）
　購入者（買主、購買人、採購員）
　大量購入者（大量採購人）

購買〔名、他サ〕買、購買
　資材を購買する（購買材料）
　購買係（採購員）
　購買組合（供銷合作社）
　購買組合の売店（供銷社的商店）
　購入独占（買主獨家壟斷）
　購買心（買意、顧客的購買慾望）
　購買心をそそる（引起購買慾望）
　購買力（購買力）
　浮動購買力（浮動購買力）
　余剰購買力（超額購買力）
　購買力を吸収する（吸收購買力）
　購買力は増大しつつ在る（購買力在增大）有る在る或る
　通貨の購買力が三分の一低下した（貨幣的購買力下降了三分之一）

購う〔他五〕〔舊〕購買（＝買う）
　早速一部を購って書斎に備えた（立刻買了一部擺在書齋裡）購う贖う備える供える具える

贖う〔他五〕贖、賠，抵償（＝償いを為る）
　金で罪を贖う（用錢贖罪）購う
　死を以て罪を贖う（以死抵罪）

干（ㄍㄢ）

干〔漢造〕冒犯、〔古〕盾、追求（職務或奉祿等）、牽連、乾，不濕、不定數
　十干（十干、天干－甲、乙、丙、丁、戊、己、庚、辛、壬、癸）
　若干（若干、少許、一些）

干戈〔名〕干和戈、戰爭
　干戈を執る（拿起武器）執る取る盜る獲る撮る採る摂る捕る
　干戈に訴える（訴諸干戈、訴諸武力、動武）
　干戈相見る（干戈相見）
　干戈を納める（收藏起武器、〔喻〕戰爭平息，天下太平）納める収める治める修める
　干戈を交える（交戰、交鋒）
　干戈を動かす（動干戈、戰爭開始）

干害、旱害〔名〕旱災
　旱害を受ける（遭受旱災）
　旱害を蒙る（遭受旱災）蒙る被る被る
　旱害の為に米が不作だ（因為旱災稻穀欠收）
　旱害地（受旱災的土地）

干魚，乾魚、干魚，乾魚〔名〕魚乾（＝干し魚）

干し魚，干魚、乾し魚、乾魚〔名〕乾魚

干魚，乾魚、干魚〔名〕乾魚

干繭、乾繭〔名〕（用乾燥機等）使生蠶乾燥、乾蠶，弄乾後的蠶←→生繭

干支、干支〔名〕干支（十天干和十二地支的合稱）

十干（甲、乙、丙、丁、戊、己、庚、辛、壬、癸）

十二支（子、丑、寅、卯、辰、巳、午、未、申、酉、戌、亥）

十干十二支（十天干十二地支、天干地支）

干渉〔名、自サ〕干涉，干預。〔理〕（音波或光波等）干擾，干涉

武力干渉（武力干涉）

他国的の干渉（外國的干涉）

外部からの干渉（來自外部的干涉）

差し出がましい干渉（越分的干涉、多管閒事的干涉）

不干渉主義（不干涉主義）

干渉し過ぎる（過分干涉）

内政に干渉する（干涉内政）

干渉を受ける（受到干涉）

誰の干渉も受けない（不受任何人的干涉）

他国の干渉を招く（招致外國的干涉）

私の事には一切干渉して呉れるな（我的事一切都不要干涉）

子供には余り干渉しない方が良い（對於孩子最好不要過分地干涉）

干渉現象（干涉現象）現像

干渉計（干涉儀、干擾儀）

干渉色（干涉色）色色色

干渉性（〔光的或波的〕相干性、相參性）

干渉縞（〔理〕干涉條紋）

干城〔名〕干城、武士、保衛國家的軍人

国家の干城を為す（成為國家的干城）為す成す生す

国家の干城と為って尽す（以國家的干城而獻身）

干拓〔名、他サ〕（將湖沼或海濱等築堤排水）造成水田，旱田、鹽田、排水開墾

干拓地（排水開墾的土地）

児島湾を干拓する（排水開墾兒島灣）

干天、旱天〔名〕旱天（=日照り）

干天の慈雨（久旱甘霖）

干天続きで井戸が涸れた（由於連續乾旱井水乾涸）涸れる枯れる借れる駆れる刈れる狩れる

干魃、旱魃〔名〕旱、乾旱（=旱、日照、日照り）

酷い旱魃の為、稲が殆ど枯れる（由於乾旱稲穀幾乎全部枯萎了）

丸で旱魃に慈雨を得た様だ（簡直就像久旱逢甘霖似的）

干犯〔名、他サ〕干犯（法律）、侵犯（人權）

統帥権の干犯（侵犯統帥權）

干瓢、乾瓢〔名〕葫蘆乾（乾菜）

干満〔名〕干滿、（潮的）漲落

干満の差（潮水漲落之差）

潮には干満が有る（潮水有漲有落）潮潮有る在る或る

月の満ち欠けと潮の干満が有る（月的盈虧與潮的漲落有關係）

干与、関与〔名、自サ〕干預、參與

経営に干与する（參與經營）

国政に干与する（參與國政）

我我の干与する処ではない（不是我們所應參與的事）処処処

僕は他人の事には干与しない方針だ（我的方針是不干預他人之事）

干裂、乾裂〔名、自サ〕（木或泥等）乾裂

干る、乾る〔自上一〕乾（=乾く）、（潮）落←→満ちる、終了，完畢

潮が干る（退潮）乾る干る放る簸る

干上がる、乾上がる〔自五〕（湖、池、水田等）乾枯、乾透。〔轉〕難以餬口，無法生活（＝飢える）

　　湖が乾上がる（湖水乾枯）

　　川と言う川はすっかり乾上がって終った（所有的河都枯乾了）終う仕舞う

　　日照りで地面が乾上がる（旱得地面乾透）

　　顎が乾上がる（無以餬口）

　　口が乾上がる（無以餬口）

　　失業して乾上がる（因失業而無法餬口）

干菓子、乾菓子〔名〕（經乾燥水分較少的）日本式乾點心←→生菓子

干潟〔名〕（海潮退後露出的）海灘

　　干潟に鳥が群れる（鳥群聚在海灘上）群れる蒸れる

　　干潟をぴちゃぴちゃと走る（在海灘上啪嚓啪嚓地跑）

干涸びる、乾涸びる〔自上一〕乾涸、乾透

　　乾涸びた土地（乾涸的土地）

　　乾涸びた干物を齧る（啃乾巴巴的乾魚）

　　日照りで田が乾涸びた（旱得地都乾透了）

干潮、干潮〔名〕退潮、低潮（＝引潮）←→満潮

　　干潮に為る（退潮）為る成る鳴る生る

　　干潮の間に貝を取る（退潮期間拾貝）取る採る捕る摂る撮る獲る盜る執る

　　干拓の作業は干潮を利用して進められる（利用退潮進行填海造田的作業）

　　干潮線（海潮的最低線）

干反る、乾反る〔自五〕（因乾而）翹曲、（性情）彆扭，乖僻（＝拗ねる）

　　板が乾反る（木板翹曲）

干反り，干反，乾反り，乾反〔名〕（因乾而）翹曲、（性情）彆扭，乖僻（＝拗ねる事）

　　乾反り葉（卷曲的乾樹葉）

干損〔名〕（作物因）天旱減產

干鯛〔名〕乾大頭魚

干鱈〔名〕乾鱈魚

干葉、乾葉〔名〕乾蘿蔔葉、枯乾的葉子

干乾し、干乾〔名〕餓瘦、餓扁

　　干乾しに為る（餓瘦、挨餓）為る成る鳴る生る

　　昨日から何も食べず干乾しに為って終った（從昨天起什麼都沒吃都餓扁了）終う仕舞う

　　斯う物が高く為ると人間の干乾しが出来上がる（如果東西這樣漲價人就要餓扁了）

干乾く〔自五〕乾涸、乾透（＝干涸びる、乾涸びる）

干物、乾物〔名〕曬乾的魚貝類

　　鱈の乾物（乾鱈魚）

　　乾物に為る（曬成乾魚）為る為る擂る刷る摺る掏る擦る磨る摩る

　　乾物を焼く（烤乾魚）焼く妬く

干割れる〔自下一〕乾裂，曬裂、裂開，出裂紋

干割れ〔名〕（木材等的）乾裂，曬裂，龜裂，裂紋

　　日照り続きで田圃や池に大きな干割れが出来た（因為連續乾旱田地和水池出現大裂紋）旱

干す、乾す〔他五〕曬乾，晾乾、（把池水等）弄乾，淘乾、（把杯中酒）喝乾。〔俗〕（常用被動形式）（不給吃的或不給工作等）使活不下去，把⋯乾起來

　　布団を乾す（曬被）保す補す

　　洗濯物を乾す（把洗的衣服曬乾）

　　濡れた着物を日に乾す（把濕衣服曬乾）

　　土用には本や衣類を乾します（立秋前曬書和衣服）

　　池の水を乾す（把池子裡的水弄乾）

　　杯を乾す（乾杯、喝乾）杯盃杯盞

　　乾された女優（被冷凍起來的女演員）

干し、乾し〔造語〕乾、曬乾

　　乾し草，乾草、干し草，乾し草，乾草，干し草（飼料用乾草）保し補し

　　生乾し，生乾、生干し，生干（半乾）

干し上げる、乾し上げる〔他下一〕曬乾。〔俗〕（不給吃的或不給生活費等）使挨餓，使活不下去，把…乾起來、喝乾，飲乾

干し固める、乾し固める〔他下一〕曬乾

干し鮑，干鮑，乾し鮑，乾鮑〔名〕乾鮑魚

干し餡、干餡〔名〕（豆沙乾燥後製成的）澄沙（=晒し餡）

干し飯，干飯，乾し飯，乾飯〔名〕（儲存用）晾乾或曬乾的米飯

乾飯、飼〔名〕〔古〕（旅行等時用的）飯乾、弄乾的飯

干し無花果，干無花果，乾し無花果，乾無花果〔名〕無花果乾

干し海老，干海老乾し、海老，乾海老〔名〕蝦乾、蝦米

干し鰯，干鰯，乾し鰯，乾鰯〔名〕乾沙丁魚（肥料用）

干し柿，干柿，乾し柿，乾柿〔名〕柿餅（=吊し柿）

干し鰈，干鰈，乾し鰈，乾鰈〔名〕乾鰈

干し草，乾し草，乾草，干し草，乾し草，乾草〔名〕（飼料用）乾草

　草を刈って乾し草に為る（割了草再曬成乾草）擢る 刷る 摺る 掏る 擦る 磨る 摩る

　乾し草を積み上げる（把乾草堆起來）

　乾し草積み場（草料場）

干し殺す、乾し殺す〔他五〕使餓死

干し大根，干大根、乾し大根，乾大根〔名〕蘿蔔乾

干し菜，干菜、乾し菜，乾菜〔名〕乾菜、（尤指）乾蕪菁

干し海鼠，干海鼠，乾し海鼠，乾海鼠〔名〕乾海參（=金海鼠、光参）

干し肉，干肉，乾し肉，乾肉〔名〕肉乾

干し海苔，干海苔，乾し海苔，乾海苔〔名〕曬乾成薄片狀的紫菜

干し場〔名〕晾曬東西的場地

干し葡萄，干葡萄，乾し葡萄，乾葡萄〔名〕葡萄乾

　乾し葡萄入りケーキ（帶葡萄乾的糕點）

干し物，干物，乾し物〔名〕曬乾物，晾曬物、（洗後）晾曬的衣服

　乾し物を為る（曬衣服）

　夕立が来然うだから乾し物を取り入れ為さい（要來陣雨把曬的東西拿進來）

　乾し物竿（曬衣竿）

甘（ㄍㄢ）

甘〔漢造〕甜，味美、自願，情願

甘雨〔名〕甘霖（=慈雨，滋雨、膏雨）

甘苦〔名〕甘苦、甜和苦、快樂與痛苦

　人世の甘苦を嘗め尽くす（嘗盡人間的甘苦）

　友達と甘苦を共に為る（與朋友同甘共苦）共友供朋為る摩る刷る摺る擦る掏る磨る擢る

甘言〔名〕甘言、甜言蜜語、花言巧語

　甘言に乗る（上花言巧語的當）乗る 載る

　甘言を弄じて金品を巻き上げる（玩弄花言巧語搶走財物）弄る

　甘言に釣られる（上花言巧語的當）釣る 吊る

　人の甘言に乗せられて馬鹿を見た（上了旁人甜言蜜語的當吃了虧）

　甘言で人を騙す（用花言巧語騙人）

　甘言で誘惑する（以甜言蜜語進行誘惑）

甘汞〔名〕乾汞、氯化亞汞

　甘汞電極（干汞電極）

甘酸〔名〕甘苦、苦樂

　人生の甘酸を嘗める（歷經人生甘苦）嘗める 舐める

甘酸っぱい〔形〕酸甜的

　甘酸っぱい蜜柑（酸甜的橘子）

甘辞〔名〕甘言、甜言蜜語、花言巧語（=甘言）

甘蔗、甘蔗〔名〕〔植〕甘蔗（=砂糖黍）

甘受〔名、他サ〕甘受、甘心忍受（=快く受ける）

　非難を甘受する（甘願受責難）

そんな侮辱は甘受出来ない（那種侮辱不甘忍受）

勝つ為の苦しみを甘受する（為獲勝利甘受其苦）

甘藷、甘薯〔名〕〔植〕甘藷（=薩摩芋）

甘藷澱粉（白薯澱粉）

甘心〔名，自サ〕〔古〕甘心、滿足、盡情

甘草〔名〕〔植、藥〕甘草（=甘草）

甘草の丸呑み（囫圇吞棗、食而不知其味）

甘美〔形動〕甘美，香甜（的滋味）、美好，甜蜜（的感覺）

甘美な果実（香甜的果實）

甘美な夢（甜蜜的夢）

甘美な生活（美好快樂的生活）

甘美な音楽（美妙的音樂）

甘味〔名〕甜味（=甘味）、甜食，甜的食品，美味（的食品）

甘味が強い（甜味強烈）

甘味料（甜調味品-指白糖、蜂蜜等）

甘味剤（甜調味品-指白糖、蜂蜜等）

甘味、甘み〔名〕甜、甜味←→辛み、甜點，甜食

此の蜜柑は甘味が無い（這個橘子不甜）

甘味が足りない（不夠甜）

甘味、旨味〔名〕美味，味道好、巧妙，有妙處、利益，有油水

甘味の有る酒（味道好的酒）

甘味の無い酒（味道不好的酒）

甘味の無い文章（枯燥無味的文章）文章文章

老優の芸には中中甘味が有る（老演員的演技有絕妙之處）

甘味の有る商売（有利可圖的生意）

甘藍〔名〕〔植〕包心菜（=キャベツ）、欣賞用的葉牡丹（=葉牡丹）

甘露〔名〕甘露、美味

ああ、甘露！甘露！（啊！好吃！好吃！）

甘露煮（〔用糖或糖稀等煮的〕甜食、甜的食品）

甘、味（語素）香、熟、尊貴

味酒、味酒（美酒）

味飯（美味的飯）

熟寝、熟睡、熟睡（熟睡）

味人（貴人）

馬〔名〕馬、馬凳（=踏台、脚立）。〔將棋〕馬（=桂馬、成角、竜馬）。〔體〕木馬、鞍馬、緊跟著嫖客索嫖帳的人（=付馬）

馬に乗る（騎馬）載る

馬を急かす（催馬前進、策馬前進）咳かす堰かす

馬が掛ける（馬跑）

馬から落ちる（從馬摔下來）

子馬、仔馬、小馬（小馬）

雄馬、牡馬、牡馬（公馬）

雌馬、牝馬、牝馬（母馬）

馬芹（野茴香）

馬の三葉（山芹菜）

馬が合う（投緣、投機、合得來=気が合う）

二人は馬が合うらしい（兩個人像很投緣）

彼とは妙に馬が合う（不知為什麼跟他性情相合）

彼の男とは馬が合わない（跟他合不來）

馬の脊を分ける（陣雨不過道）

夏の夕立は馬の脊を分ける（夏天的驟雨不過道）

馬の耳に風（馬耳東風、當作耳邊風、像沒聽見一樣、對牛彈琴）

馬の耳に念仏（馬耳東風、當作耳邊風、像沒聽見一樣、對牛彈琴）

馬は馬連れ（物以類聚、人以群分）

馬を鹿に通す（指鹿為馬=鹿を指して馬と為す）

放れ馬（脫韁之馬）離れ

走り馬にも鞭（快馬加鞭）

跳ねる馬は死んでも跳ねる（習性難改）

馬が盗まれてから馬屋を閉めても遅過ぎる（賊走關門事已遲）

馬には乗って見よ人には添うて見よ（馬不騎不知怕人不交不知心、馬要騎騎看人要處處看、事物須先體驗然後再下判斷）添う 沿う 副う 然う

馬を水際に連れて行けても無理に飲ませる事は出来ない（不能一意孤行）

馬を牛に乗り換える（拿好的換壞的、換得不得當）

馬の骨（來歷不明的人、不知底細的人）

何処の馬の骨（甚麼東西、甚麼玩意兒、沒價值的傢伙）

馬瘦せて毛長し（馬瘦毛長、人窮志短）

馬〔漢造〕馬

馬草、秣（飼草、乾草）

馬子、馬子（馬伕＝馬方）

走馬灯（走馬燈＝回り灯籠）

伝馬（驛馬、運貨用大舢版＝伝馬船）

絵馬（為了許願或還願而奉獻的匾額-常畫有圖馬故名）

馬〔漢造〕馬

駿馬、駿馬（駿馬）

馬手、右手（持韁繩的手，右手、右方，右側）←→弓手、左手

馬手に刀を持っている（右手執刀）刀 刀

馬頭（〔佛〕馬面（地獄中的馬頭獄卒）←→牛頭）

牛頭馬頭（牛頭馬面）

午〔名〕（地支的第七位）午、南方、午時（上午十一點至下午一點或專指正午十二點）

甘い、旨い、美味い〔形〕香的、美味的、可口的、好吃的（＝美味しい）←→不味い

甘い料理（美味的菜）

此の料理は迚も甘い（這道菜很好吃）

此の料理は甘い（這道菜好）

此の料理は甘くない（這道菜不好）

甘然うに食う（吃得津津有味）食う 喰う 食らう 喰らう

何か甘い物が食べ度い（想吃點什麼好吃的）

旨い、巧い、上手い〔形〕巧妙的、高明的、好的（＝上手、素晴らしい）←→下手、拙い

日本語が巧い（日語說得好）

字が巧い（字寫得很棒）

此の仕事は巧く出来た（這件工作做得好）

彼は話が巧い（他能言善道）

彼女は料理が迚も巧い（她很會做菜）

家事を巧捌く腕が有る（善於安排家務）

巧く導けば革命の力に為り得る（如引導得法可以變成一股革命力量）

巧い考え（好主意）

巧い考えを浮かぶ（想出高招）

巧い方法（巧妙的方法、竅門）

巧い事を言う（說恭維話，說漂亮話、一語道破，說穿了）

巧い口実を立てて（巧立名目）

旨い〔形〕幸運的、便宜的、美好的、順利的、有好處的（＝上首尾、都合が良い）

話が旨く纏まった（事情很順利地談妥）

世の中は兎角旨く行かない物だ（世間事常不能盡如人意）

旨い事を為る（討便宜、坐享其成）

旨い話（好事、有利可圖的事、非常方便）

旨い事は無いか（有什麼好事沒有？）

余り話が旨過ぎる（未免說得太美了）

明日は遠足か、旨いぞ（明天郊遊去？太美了）

旨い具合に（幸好、碰巧）

彼奴は旨くない（真不湊巧）

其奴は旨い話だ（這話太美了）

旨い事行けば（旨く行けば）（做得好的話、進行得順利的話）

然う旨く行く物ではない（不會那麼順利）

途中旨く行っても、七、八日は掛かる（即使路上順利也得七八天）

何事も旨く運ばない（什麼事都不順利）

旨い汁を吸う（不勞而獲、佔便宜、撈油水、揩油）

旨い事には邪魔が入る（好事多磨）

自分では旨く遣ったと考える（自以為得計）

何も旨く遣れる骨等有りは為ない（沒有任何取巧圖便的竅門）

甘い〔形〕甜、甜蜜、（口味）淡、寬，姑息，好說話，藐視，小看，看得簡單、樂觀，天真，膚淺，淺薄，（說話）好聽，巧妙，蠢，愚，傻，頭腦簡單，鬆，弱，鈍，軟，沒價值，無聊

甘い菓子（甜點心）

もう少し砂糖を入れて甘くして下さい（請再稍加一點糖弄甜些）

彼は甘いも辛いも知っている（苦辣酸甜他都經驗過）辛い辛い

薔薇の甘い香（玫瑰花的甜蜜的芳香）

甘い愛の囁き（甜蜜的愛情細語）

甘い味噌汁（口味淡的醬湯）

もし甘ければもう少し塩を入れて看為さい（如果淡的話再少放一點鹽看）

甘くして呉れ（把口味弄得淡一點吧！）

此の煙草は甘い（這個煙淡）

甘い叱り方（溫和的申斥）

彼の先生は点が甘い（那老師分數給的寬）

子供に甘いから言う事を聞かない（對小孩太姑息了所以不聽話）聞く聴く訊く利く効く

女に甘い（對女人心軟）

君は俺を甘く見るのか（你瞧不起我嗎？）

あんな奴は甘いもんだ（那傢伙很好對付）

難しい仕事じゃないのですが、甘く見ると失敗しますよ（雖然不是困難的工作可是若看得簡單了就會失敗了）

甘い考え（樂觀的想法、如意算盤）

甘い言葉に乗るな（不要上花言巧語的當）

甘い言葉で女を誘惑する（用甜言蜜語誘惑婦女）

彼の男はちと甘い（他有點頭腦簡單）

甘い鋸（鈍鋸）

此の庖丁は甘い（這把菜刀刀刃軟）

螺旋が少し甘い（螺絲有點鬆）

相場が甘い（行情疲軟）

ピント（punt 荷）が甘い（焦點有點沒對準）

甘い芝居（無聊的戲劇）

甘い小説（沒價值的小說）

甘える〔自下一〕撒嬌，恃寵故意作態、裝小孩、（常用…に甘えて形式）趁，利用…的機會

子供が御母さんに甘える（孩子跟媽媽撒嬌）

此の子は甘えて仕様が無い（這孩子驕得沒治）

甘えた調子で言う（用撒嬌的口吻說）言う云う謂う

御親切に甘えて御願い致します（承您盛情就拜託你了）

御言葉に甘えて然う為せて頂きます（您既然這樣說了就讓我那麼辦吧！）頂く戴く

甘えん坊〔名〕〔俗〕（不顧在別人面前）好跟父母撒驕的孩子（=甘ったれっ子）

甘ったるい〔形〕太甜，甜得過火，阿諛，諂媚、（愛情的表現）過分細膩，過分嬌媚

甘ったるい菓子（太甜的點心）

甘ったるい調子で話す（用諂媚的語調說）話す放す離す

甘ったるい御世辞（諂媚的恭維話）

甘ったるい言葉（甜言蜜語）

甘ったるい声（嬌媚的聲音）

甘ったるい二人の仲（過分甜蜜的情侶）

甘ったれる〔自下一〕過於撒嬌、任性撒嬌（=酷く甘える）

小学生にも為って甘ったれる何て可笑しい（已經上了小學還這麼撒嬌太可笑了）

甘ったれ（っ子）〔名〕撒嬌的孩子

甘ちょろい、甘っちょろい〔形〕想得過於天真，把事情看得太容易、憨厚，愚傻

甘んじる〔自上一〕甘願，甘心，情願，滿足，忍受（=甘んずる）

現状に甘んじる（安於現狀）

勤勉で向上心の有る者は決して自分の失敗に甘んじないであろう（勤奮上進者決不會屈服於自己的失敗）

甘んずる〔自サ〕甘願，甘心，情願，滿足，忍受

自分の境遇に甘んずる（滿足於自己的境遇）

甘んじて罰せられる（情願受罰）

屈辱に甘んずる（忍受恥辱）

甘やかす〔他五〕姑息、驕養，縱容，放任，驕縱（=甘えさせる）

甘やかした子（慣壞了的孩子）

自分を甘やかすな（不要姑息自己）

子供を甘やかしては為らない（孩子不可驕縱）

甘やかして育てる（嬌生慣養）

甘瓜〔名〕〔方〕〔植〕甜瓜、香瓜（=真桑瓜）

甘柿〔名〕甜柿←→渋柿

甘粕、甘糟〔名〕甜酒糟

甘辛〔名〕鹹甜、又鹹又甜

甘辛煎餅（鹹甜煎餅）

甘辛両刀使い（鹹的甜的都喜歡吃）

甘辛い〔形〕鹹甜、又鹹又甜、苦甜味

甘皮〔名〕（樹木或果實表皮內的）嫩皮←→粗皮、（指甲根上的）軟皮

甘口〔名〕帶甜味（的）、好吃甜味東西的人（=甘党）←→辛口、（騙人的）甜言蜜語，花言巧語（=甘言）

甘口の酒（甜酒）

甘口の味噌（甜醬）

此の酒は甘口だ（這酒是帶甜味的）

彼は甘口だ（他是好吃甜東西的）

人の甘口に乗る（上花言巧語的當）乗る野る

甘口〔名〕帶甜味（的）、好吃甜味東西的人（=甘口）、有利可圖的工作、甜言蜜語、花言巧語

甘栗〔名〕糖炒栗子

甘気〔名〕甜味、甜勁（=甘味、甘み、甘さ）

甘気が足りない（甜味不夠、不甜）

甘酒、醴〔名〕甜米酒、江米酒

甘塩〔名〕稍帶鹹味（=薄塩）、（魚肉上）少撒些鹽，稍微醃鹹

甘塩の魚（稍微醃鹹的魚）魚 魚魚魚魚

甘塩に為る（稍微醃鹹）為る為る磨る刷る摺る掏る擦る摩る攄る

甘食〔名〕（食是食パン的意思）圓錐形小甜麵包

甘酢〔名〕甜醋

甘鯛〔名〕〔動〕方頭魚（總稱）

甘茶〔名〕〔植〕土常山（繡球花屬）、用土常山葉泡的茶

甘党〔名〕（不喜歡喝酒）好吃甜食的人←→辛党

僕は甘党だ（我喜歡吃甜食）

私は酒が飲めず甘党です（我不能喝酒好吃甜食）

甘菜〔名〕甜味的菜（如薺菜）←→辛菜、山慈姑（百合科多年生草本）、甜菜

甘夏柑〔名〕改良較甜的夏天蜜柑

甘納豆〔名〕甜豆、糖豆（把紅小豆等用糖汁煮後撒上糖粉製成）

甘煮〔名〕（加糖煮的）甜食品←→辛煮

里芋の甘煮（甜煮芋頭）

甘煮、旨煮〔名〕〔烹〕（一種用肉或青菜等加料酒、醬油、糖）燉的菜

甘海苔〔名〕〔植〕甘紫菜、紫菜

甘干し、甘干〔名〕去皮的柿子乾、生曬的乾魚

甘味噌〔名〕甜醬←→辛味噌

肝（ㄍㄢ）

肝〔漢造〕（五臟之一的）肝、心肝，真心，關鍵，要點，綱要

　　心肝（心和肝、內心，心裡）

　　肺肝（肺和肝、〔轉〕內心，肺腑）

肝炎〔名〕〔醫〕肝炎

肝硬變〔名〕〔醫〕肝硬變

肝心、肝腎〔名、形動〕首要、重要、緊要

　　肝心な事を忘れた（把重要的事情忘了）

　　肝心な時に為って彼は何処かへ行って終った（到了關鍵時刻他不知跑到哪裡去了）終う仕舞う

　　外国語を覚えるには絶えず話す事が肝心です（學習外語最重要的是不斷地說）

　　復習を確り遣る事が肝心だ（認真複習最重要）

肝心要〔形動〕（肝心的強調的說法）最要緊、極端重要

　　肝心要な時に（當最緊要的關頭）

　　肝心要な事は情報を手に入れる事だ（首要的事是掌握情報）

肝臟〔名〕肝肝臟

　　肝臟痛（肝痛）

　　肝臟癌（肝癌）

　　肝臟硬變症（肝硬變）

肝胆〔名〕肝和膽。〔轉〕肝膽，赤誠，真誠的心

　　肝胆相照らす（肝膽相照）

　　肝胆相照らす間柄である（是肝膽相照親密無間的關係）

　　肝胆相照らす語り合う（肝膽相照親密無間的關係）

　　肝胆を砕く（絞盡腦汁、煞費苦心）

　　肝胆を寒からしめる（使膽戰心寒）

　　敵の肝胆を寒からしめる（使敵人膽戰心寒）

　　肝胆を披く（披肝瀝膽、開誠相見）披く開く拓く啓く

肝蛭〔名〕〔動〕肝蛭、肝吸蟲（寄生在牛馬羊等家畜肝臟中）

肝脳〔名〕肝腦，肝和腦、心思，思考，腦筋，腦汁

　　肝脳地に塗れる（肝腦塗地）塗る

　　肝脳を絞る（絞盡腦汁、煞費苦心）絞る搾る

肝斑〔名〕〔醫〕肝斑

肝斑〔名〕（皮膚上的）褐斑、斑點、雀斑

　　顔に肝斑が有る（臉上有雀斑）有る在る或る

　　消化不良で肌に出た肝斑（因消化不良皮膚上出現斑點）肌膚

肝銘、感銘〔名、自サ〕銘感、銘記在心、感激不忘

　　肝銘に堪えない（不勝銘感）堪える耐える絶える

　　深い肝銘を受ける（深受感動、深銘肺腑）

　　彼の演説は聴衆に深い肝銘を与えた（他的報告使聽眾深受感動）

　　其の本から何の肝銘を受けなかった（從那本書裡沒受到任何感動）

肝門脈〔名〕〔動〕肝門靜脈

肝油〔名〕肝油、魚肝油

　　強力肝油（強力肝油）

　　肝油乳劑（肝油乳劑）

　　子供に肝油を飲ます（給小孩喝肝油）飲む呑む

肝要〔名、形動〕要緊、重要、必要

　　肝要な点（重要之點）治める修める収める納める

　　冬は風邪を引かないように注意する事が肝要だ（冬天要緊的是注意不要感冒）

　　物理を研究するには数学を修める事が肝要だ（要研究物理學習數學是很重要的）

肝、胆〔名〕〔解〕肝臟、內臟，五臟六腑、膽子，膽量（=肝玉、肝魂、度胸）、心，內心深處

胆が太い（膽子大）

胆の小さい人（膽小鬼）

此の事を胆に銘じて忘れては為らない（你要把這件事牢實記在心裡）

胆が座っている（膽子壯、穩若泰山）据わる座る坐る

胆に答える（深受感動）答える応える堪える

胆に染む（銘感五内）

胆も興も醒める（掃興、大殺風景）醒める覚める冷める褪める

胆を煎る（焦慮、擔心、關照、斡旋、操持）

胆を奪われる（嚇倒）

胆を落とす（大失所望、灰心喪氣）

胆を潰す（喪膽、嚇破膽）

胆を消す（喪膽、嚇破膽）

胆を抜かれる（(喪膽、嚇破膽)抜く貫く貫く

胆を冷やす（嚇得提心吊膽）

肝煎る〔他四〕焦慮，焦躁、操心、擔心、關照、照顧、撮合、斡旋、主持、操辦

肝煎り、肝入り〔名〕關照，照顧、斡旋、撮合、主辦、操持、照料者、關照者、撮合者、操持者、主辦人、（東北地方）里正（＝名主）

就職の肝煎りを為る（照顧給找工作）為る為る摩る刷る摺る掏る磨る摩る擂る

日中友好協会の肝煎りで（在中日友好協會的主辦之下）

肝吸い、肝吸〔名〕〔烹〕鱔魚肝湯

肝玉，肝玉、肝魂、肝っ玉，肝っ魂〔名〕膽子、膽量

肝魂も消え果てる（嚇得驚心吊膽、驚心動魄）

肝魂も身に添わず（魂不附體）沿う添う副う

肝魂を砕く（非常擔心）

肝っ魂が大きい（膽子大）

肝っ魂が太い（膽子大）

肝っ魂が座っている（膽子壯）

肝っ魂が鼠の様に小さい（膽小如鼠）

肝試し〔名〕試驗膽量

肝試しに遣って見る（試試膽量做一下）

坩（ㄍㄢ）

坩〔漢造〕陶土所製用於熔解金屬或玻璃的器皿

坩堝、坩堝〔名〕坩堝。〔轉〕（興奮或激昂的）漩渦

場内は興奮の坩堝と化した（場內變成了興奮的漩渦）

坩堝窯（坩堝窯）

坩堝鋼（〔化〕坩堝鋼）

坩堝炉（〔理〕坩堝爐）

柑（ㄍㄢ）

柑〔漢造〕柑、橘子

金柑（〔植〕金桔）

蜜柑（桔子、柑桔）

仏手柑（〔植〕佛手柑）

三宝柑（三寶柑）

柑果〔名〕密柑（狀的果實）

柑橘〔名〕〔植〕（桔的總稱）柑橘

柑橘類（柑橘類）

柑子〔名〕〔植〕包橘（橙橘科柑屬一種小酸橘）

竿（ㄍㄢ）

竿〔漢造〕直竹為竿

竹竿、竹竿（竹竿）

釣竿、釣竿（釣竿、魚竿）

竿頭〔名〕竿頭

百尺竿頭一歩を進める（百尺竿頭更進一步）進める勧める薦める奨める

竿頭〔名〕一整天群組中釣上最多魚的人

竿、桿、棹 〔名〕

竹竿、釣竿（=釣竿）、船篙（=水竿）、（丈量土地用）標桿（=間竿）、秤桿，桿秤（=秤竿）、三弦，日本三弦的桿部、（抬櫃箱用的）桿，扛子、〔隱〕陰莖

〔接尾〕（助數詞用法）（用於計算旗幟）桿、（用於計算羊羹）根，塊、（用於計算櫃箱）抬，個、一竹竿的長度

- 旗竿（はたざお）（旗竿）旗畠畑傍端秦機
- 物干し竿（ものほしざお）（晾衣服的竹竿）
- 竹の竿（たけのさお）（竹竿）
- 竿に旗を付ける（さおにはたをつける）（把旗子拴在竹竿上）付ける附ける突ける就ける着ける衝ける尽ける漬ける
- 釣りの竿と糸（つりのさおといと）（釣竿和釣線）
- 竿で押す（さおでおす）（用篙撐）押す推す圧す捺す
- 竿を操る（さおをあやつる）（撐篙）操操
- 竿で船を進める（さおでふねをすすめる）（用篙撐船）進める勧める薦める奨める
- 竿を入れる（さおをいれる）（丈勘、丈量）入れる容れる入れる
- 竿を打つ（さおをうつ）（丈勘、丈量）打つ撃つ討つ
- 旗二竿（はたふたさお）（兩桿旗幟）
- 箪笥三竿（たんすみさお）（三個五斗櫃）
- 二竿許り昇った月（ふたさおばかりのぼったつき）（升起兩竹竿高的月亮）昇る登る上る
- 空を渡る雁の一竿（そらをわたるかりのひとさお）（飛過天空的一群雁）雁渡る亙る渉る

竿石（さおいし）〔名〕（石燈籠台座上面的）長石柱
竿掛け（さおかけ）〔名〕釣竿架
竿金（さおがね）〔名〕〔古〕（竹筒形）金條、銀條
竿竹（さおだけ）〔名〕竹竿（=竹竿）
- 竿竹で星を打つ（さおだけでほしをうつ）（用竹竿打星星、〔喻〕根本辦不到）

竿立ち（さおだち）〔名、自サ〕（馬受驚用後腳）豎立、直立（=棒立ち）
- 馬が竿立ちに為る（うまがさおだちになる）（馬用後腳豎立起來）為る成る鳴る生る

竿釣り、竿釣（さおつり、さおづり）〔名〕垂釣、用釣竿釣魚←→手釣り、手釣

竿上り竿登り（さおのぼり）〔名〕（雜技、體）爬竿
竿秤、棹秤（さおばかり）〔名〕桿秤←→皿秤、天秤
- 竿秤で薪の貫目を量る（さおばかりでまきのかんめをはかる）（用桿秤秤劈柴的重量）薪薪測る量る計る図る謀る諮る

竿縁、棹縁（さおぶち）〔名〕木板天井的橫撐

疳（ㄍㄢ）

疳〔漢造〕一種腫脹蟲積或潰爛病症

疳性、癇性，癇症〔名〕〔醫〕癲癇
〔形動〕神經質、暴躁脾氣、有潔癖
- 疳性な女の子（かんしょうなおんなのこ）（神經質的女孩、暴躁脾氣的女孩）
- 彼奴はどうも疳性で困る（あいつはどうもかんしょうでこまる）（他過分暴躁不好辦）
- 机の足や火鉢の縁迄疳性に拭く（つくえのあしやひばちのえんまでかんしょうにふく）（甚至把桌子腿和火盆緣都潔癖似地加以擦拭）

疳高い、甲高い（かんだかい）〔形〕高亢、尖銳
- 子供の疳高い声が聞こえる（こどものかんだかいこえがきこえる）（聽見孩子的尖銳的聲音）
- 疳高い声で話す（かんだかいこえではなす）（用尖銳的聲音說話）放す離す話す
- 疳高い声で歌う（かんだかいこえでうたう）（用高亢的聲音唱歌）歌う謡う詠う唄う謳う

疳高、甲高（かんだか）〔形動〕（聲音）高亢、尖銳
- 疳高な声（かんだかなこえ）（尖銳的聲音）

疳の虫（かんのむし）〔名〕疳蟲（推想在小兒體內引起疳積抽風的一種病原蟲）、（也寫作癇の虫）癇蟲（認為在人體內引起脾氣暴躁的蟲）（=癇）
- 疳の虫が起る（かんのむしがおこる）（發怒、發脾氣）起る興る熾る怒る
- 疳の虫が収まる（かんのむしがおさまる）（息怒）収まる納まる治まる修まる
- 疳の虫が起きて大声で泣き出す（かんのむしがおきておおごえでなきだす）（犯脾氣大聲哭起來）

乾（ㄍㄢ）

乾〔漢造〕乾、曬乾、使乾
乾果（かんか）〔名〕〔植〕乾果
乾季、乾期（かんき）〔名〕旱季、乾旱季節、乾旱期←→雨季

ビルマでは乾季と雨季がはっきり分れている（在緬甸旱季和雨季區分得很鮮明）

乾魚，干魚、乾魚、干魚〔名〕魚乾（=干し魚）

乾し魚，乾魚，干し魚，干魚〔名〕乾魚

乾姜、乾薑〔名〕乾薑

乾繭、干繭〔名〕（用乾燥機等）使生蠶乾燥、乾蠶，弄乾後的蠶←→生繭

乾固〔名、自サ〕乾後凝固、耕乾硬成塊

乾固める〔自五〕乾硬、凝固

乾し固める、干し固める〔他下一〕曬乾

乾膠体〔名〕〔化〕乾凝膠

乾式〔名〕（不用溶剤的）乾式←→湿式

 乾式紡糸（乾式紡紗）
 乾式反応（〔化〕乾式反應）
 乾式変圧器（乾式變壓器）
 乾式整流器（乾式整流器）
 乾式染色（乾式染色）
 乾式精練（〔冶〕熱冶術）
 乾式焼入れ（乾式淬火）
 乾式ガス、タンク（無水儲氣器）

乾湿〔名〕乾濕、乾燥和潮濕

 乾湿計（濕度計）
 乾湿球湿度計（測量空氣濕度的乾濕球溫度計）
 乾湿の度が丁度良い（乾濕度正好）良い好い善い良い好い善い

乾漆〔名〕乾漆，漆塊、乾漆佛像（=乾漆像）

 乾漆像（乾漆佛像）

乾生姜〔名〕（藥用）乾薑

乾生形態〔名〕〔植〕旱生形態

乾生植物〔名〕〔植〕旱生植物（如仙人掌之類）←→湿生植物

乾性〔名〕乾性←→湿性

 乾性ガス（乾煤氣）
 乾性塗料（乾性塗料）
 乾性肋膜炎（乾性肋膜炎）
 乾性油（乾性油）

乾癬〔名〕〔醫〕乾癬

乾草〔名〕乾草（=乾し草，乾草、干し草、乾し草、乾草、干し草）

 乾草を作る（晾乾草）作る造る創る
 乾草堆（乾草堆）堆堆

乾し草，乾草，干し草、乾し草、乾草、干し草〔名〕（飼料用）乾草

 草を刈って乾し草に為る（割了草再曬成乾草）擂る刷る摺る掏る擦る磨る摩る
 乾し草を積み上げる（把乾草堆起來）
 乾し草積み場（草料場）

乾燥〔名、自他サ〕乾燥、乾燥無味

 乾燥を好む（喜歡乾燥）
 空気が非常に乾燥している（空氣非常乾燥）
 乾燥器（乾燥器）
 乾燥機（乾燥機）
 乾燥症（乾燥病）
 乾燥剤（乾燥劑）
 乾燥季（乾燥季節）
 乾燥牛乳（乾酪）
 乾燥製品（乾燥製品）
 乾燥野菜（乾菜）
 乾燥地（乾旱地）
 乾燥庫（乾燥倉庫）
 乾燥気候（乾燥氣候）
 乾燥時間（乾燥時間）
 乾燥重量（乾燥重量）
 乾燥温度（乾燥溫度）
 乾燥洗濯（乾洗）
 乾燥冷凍法（乾燥冷凍法）
 乾燥写真機（乾燥照相機）
 乾燥写真術（乾燥攝影術）
 乾燥薬草（乾燥藥草）

乾燥蟹肉（蟹肉乾）

乾燥筍（筍乾）

乾燥肉（肉乾）

乾燥眼疾（〔醫〕乾眼病）

乾燥摩擦（〔理〕乾磨擦）

乾燥無味の小説（乾燥無味的小說）

乾打碑〔名〕（拓碑用的）蠟墨

乾田〔名〕〔農〕排水良好可以改作旱田使用的水田、（收割後的）乾田←→湿田

乾電池〔名〕乾電池←→湿電池

乾杯、乾盃〔名、自サ〕乾杯

　新郎新娘に乾杯する（為新郎新娘乾杯）

　皆さんの健康の為に乾杯（する）（為諸位的健康乾杯）

　乾杯の辞（祝酒辭）

　門出を祝して乾杯しよう（為祝賀首途而乾杯吧！）祝する　宿する

　乾杯の音頭を取る（首先帶頭乾杯）取る　摂る　採る　撮る　執る　獲る　盗る　捕る

乾板〔名〕〔攝〕乾板、感光玻璃板

　乾板を現像する（使乾板顯影、沖洗乾板）

乾瓢、干瓢〔名〕葫蘆乾（乾菜）

乾布〔名〕乾布

　乾布摩擦（乾布摩擦保健法）

乾物〔名〕乾菜

　乾物屋（乾菜店）

乾物、干物〔名〕曬乾的魚貝類

　鱈の乾物（乾鱈魚）

　乾物に為る（曬成乾魚）為る　為る　擂る　刷る　摺る　掏る　擦る　磨る　摩る

　乾物を焼く（烤乾魚）焼く　妬く

乾し物、干し物，干物〔名〕曬乾物，晾曬物、（洗後）晾曬的衣服

　乾し物を為る（曬衣服）

　夕立が来然うだから乾し物を取り入れ為さい（要來陣雨把曬的東西拿進來）

乾し物竿（曬衣竿）

乾貝〔名〕（來自中國語）干貝（＝貝柱）

乾麺〔名〕乾麺、挂面（類）

乾油〔名〕乾性油（＝乾性油）

乾酪〔名〕乾酪（＝チーズ）

乾酪素（〔化〕酪腙＝カゼイン kasein 德）

乾留、乾溜〔名、他サ〕〔化〕乾餾←→蒸留

　低温乾留（低溫乾餾）

乾裂、干裂〔名、自サ〕（木或泥等）乾裂

乾〔漢造〕天←→坤

乾坤〔名〕乾坤，天地、陰陽、西北方與西南方

　乾坤一擲（孤注一擲）

　乾坤一擲の大事業（命運所繫的大事業）

　乾坤一擲の勝負を為る（進行孤注一擲的比賽）

乾、戌亥〔名〕（古方位名）乾、西北方

乾煎り、乾煎〔名、他サ〕〔烹〕（豆腐或魚類等）乾燒、乾炒（的菜）

　豆腐の乾煎り（乾炒豆腐）

乾風、空風〔名〕乾風、旱風、不帶雨雪的風（＝空っ風）

　乾風が強いから火の元に気を付けろ（因為乾風很大要小心火警）

乾鮭〔名〕乾鮭魚、（中國古代的重刑）醢刑，剁成肉醬

乾咳、乾咳〔名〕乾咳、故意咳嗽（＝咳払い）

　頻りに出る乾咳（不斷地乾咳）

　乾咳を為る（故意咳嗽一聲）

乾竹、幹竹〔名〕〔植〕苦竹（＝真竹、苦竹）

唐竹、漢竹〔名〕（古時）從中國進口的竹子、漢竹（做笛子等用）

乾拭き、乾拭〔名、他サ〕乾擦、用乾布擦光

　廊下を乾拭きする（用乾布擦光走廊）

　乾拭きで光らせる（用乾布擦亮）

乾びる、涸びる〔自上一〕（植物）枯萎、枯乾無水分、有枯寂之感

　大根の乾びた葉（蘿蔔的枯葉）

乾せる、痂せる〔自下一〕（傷口）結痂、（因皮膚過敏而）生斑疹

乾かす〔他五〕曬乾、烤乾、弄乾（=乾燥させる）←→濡らす
　天日で乾かす（曬乾）渴かす
　雨に濡れた洋服をstoveの側で乾かす（把被雨淋濕的西裝放在火爐邊烤乾）
　洗濯物を早く乾かして下さい（請把洗的東西快點弄乾）

乾く〔自五〕乾、乾枯、枯燥
　乾き切った（徹底乾了）渴く
　洗濯物が乾いた（洗的東西乾了）
　池の水が乾いて終った（池裡的水乾了）終う仕舞う
　満面の汗が次第に乾いて行く（滿臉的汗水逐漸乾了）行く往く逝く行く往く逝く
　乾いた老人染みた言い方（乾燥無味老人似的談話）

渇く〔自五〕渴、渴望←→潤う
　喉が渇く（口渴、喉嚨乾渴）乾く
　鹹い物を食べて喉が渇いた（吃了鹹的東西喉嚨很乾）
　激しい運動で喉が渇く（由於激烈運動喉嚨很乾）
　汗を掻いたので喉が渇いた（因為出汗所以喉嚨乾渴）

乾き〔名〕乾、乾的情況（程度、速度）
　乾きが早い（乾得快）早い速い
　乾きが悪い（不愛乾）
　乾きが良い（愛乾、乾得快）良い好い善い良い好い善い
　洗いも簡単だし、乾きも速い（洗也簡單乾的也快）

渇き〔名〕渴、渴望
　渇きを覚える（口渴）乾き
　喉の渇きを覚える（感到口渴）
　渇きを癒す（解渴）
　喉の渇きを癒す（解渴）

　知識の渇き（渴望求得知識、知識慾）

乾る、干る〔自上一〕乾（=乾く）、（潮）落←→満ちる、終了，完畢
　潮が乾る（退潮）乾る干る放る簸る

乾上がる、干上がる〔自五〕（湖、池、水田等）乾枯、乾透。〔轉〕難以餬口，無法生活（=飢える）
　湖が乾上がる（湖水乾枯）
　川と言う川はすっかり乾上がって終った（所有的河都枯乾了）終う仕舞う
　日照りで地面が乾上がる（旱得地面乾透）
　顎が乾上がる（無以餬口）
　口が乾上がる（無以餬口）
　失業して乾上がる（因失業而無法餬口）

乾菓子、干菓子〔名〕（經乾燥水分較少的）日本式乾點心←→生菓子

乾涸びる、干涸びる〔自上一〕乾涸、乾透
　乾涸びた土地（乾涸的土地）
　乾涸びた干物を齧る（啃乾巴巴的乾魚）
　日照りで田が乾涸びた（旱得地都乾透了）

乾死に、乾死〔名〕餓死（=飢死）

乾反る、干反る〔自五〕（因乾而）翹曲、（性情）彆扭，乖僻（=拗ねる）
　板が乾反る（木板翹曲）

乾反り，乾反，干反り，干反〔名〕（因乾而）翹曲、（性情）彆扭，乖僻（=拗ねる事）
　乾反り葉（卷曲的乾樹葉）

乾皮〔名〕（便於儲藏的）乾獸皮

乾葉、干葉〔名〕乾蘿蔔葉、枯乾的葉子

乾す、干す〔他五〕曬乾，晾乾、（把池水等）弄乾，淘乾、（把杯中酒）喝乾。〔俗〕（常用被動形式）（不給吃的或不給工作等）使活不下去，把…乾起來
　布団を乾す（曬被）保す補す
　洗濯物を乾す（把洗的衣服曬乾）
　濡れた着物を日に乾す（把濕衣服曬乾）
　土用には本や衣類を乾します（立秋前曬書和衣服）

池の水を乾す（把池子裡的水弄乾）
杯を乾す（乾杯、喝乾）杯盃　杯　盃
乾された女優（被冷凍起來的女演員）

乾し、干し〔造語〕乾、曬乾

乾し草，乾草、干し草，乾し草，乾草、干し草（飼料用乾草）保し補し

生乾し，生乾、生干し，生干（半乾）

乾し上げる、干し上げる〔他下一〕曬乾。〔俗〕（不給吃的或不給生活費等）使挨餓，使活不下去，把、、乾起來、喝乾，飲乾

乾し鮑，乾鮑、干し鮑，干鮑〔名〕乾鮑魚

乾し飯，乾飯、干し飯，干飯〔名〕（儲存用）晾乾或曬乾的米飯

乾飯、餉〔名〕〔古〕（旅行等時用的）飯乾、弄乾的飯

乾し無花果，乾無花果、干し無花果，干無花果〔名〕無花果乾

乾し饂飩、乾饂飩〔名〕乾麵條

乾し海老，乾海老、干し海老，干海老〔名〕蝦乾、蝦米

乾し鰯，乾鰯、干し鰯，干鰯〔名〕乾沙丁魚（肥料用）

乾し柿，乾柿、干し柿，干柿〔名〕柿餅（=吊し柿）

乾し鰈，乾鰈、干し鰈，干鰈〔名〕乾鰈

乾し殺す干し殺す〔他五〕使餓死

乾し大根，乾大根、干し大根，干大根〔名〕蘿蔔乾

乾し菜，乾菜、干し菜，干菜〔名〕乾菜、（尤指）乾蕪菁

乾し海鼠，乾海鼠、干し海鼠，干海鼠〔名〕乾海參（=金海鼠、光参）

乾し肉，乾肉、干し肉，干肉〔名〕肉乾

乾し海苔，乾海苔、干し海苔，干海苔〔名〕曬乾成薄片狀的紫菜

乾し葡萄，乾葡萄、干し葡萄，干葡萄〔名〕葡萄乾

乾し葡萄入りケーキ（帶葡萄乾的糕點）

桿（ㄍㄢˇ）

桿〔漢造〕桿、棍、棒

槓桿（槓桿=レバー、梃子）
操縦桿（操縦桿）

桿菌〔名〕〔生〕桿菌

桿狀〔名〕桿狀

桿狀菌（桿菌）
桿狀体（桿狀體）
桿狀染色体（桿狀染色體）

敢（ㄍㄢˇ）

敢〔漢造〕有勇氣、有膽量

果敢（果敢、果斷、勇敢）
勇敢（勇敢）

敢為〔名〕勇敢、敢作敢為

敢為の気性に富む（富於勇敢精神）
敢為の精神を欠ける（缺乏勇敢精神）欠ける掛ける搔ける書ける描ける駆ける翔ける架ける

敢行〔名、他サ〕（不顧艱難困苦等）毅然實行、斷然實行、決然實行

寡兵を以て進撃を敢行する（以寡兵斷然進攻）
敵前上陸を敢行する（斷然實行敵前登陸）
敢行する勇気有るや否や頗る疑わしい（是否有斷然實行的勇氣頗是疑問）

敢然〔副、形動タルト〕毅然、決然、勇敢地

敢然と戦う（敢於鬥爭）戦う闘う
敢然と反対する（勇敢地反對）
敢然と為て敵に立ち向かう（毅然決然奮起對敵）
敢然と立ち上がる（勇敢地站起來）
敢然と為て難局に当る（毅然承擔難局）当る中る

敢闘〔名、自サ〕英勇戰鬥、勇敢奮戰

敢闘賞（英勇戰鬥獎）
敢闘精神（英勇精神、勇敢精神）
若い選手が敢闘して勝ち越した（年輕的選手英勇奮戰而獲勝）

強敵を相手に為て良く敢闘した（以強敵為對手英勇奮戰）

敢えず〔連語〕（常作接尾詞用、構成狀語）不能充分、忍不住

取る物も取り敢えず（急忙、趕緊、火急）

火事と聞いて、取る物も取り敢えず駆け付けた（一聽說失火就火速跑來了）

涙塞き敢えず（止不住淚地）

塞き敢えず、塞敢えず（不能自制、控制不住、無法阻攔）

涙が塞き敢えず（熱淚滾滾不能自制）

言いも敢えず（話還沒有說完就…）

敢えて〔副〕敢、硬、勉強（下接否定語）毫(不)，並(不)，未必，不見得

敢えて問う（敢問）

敢えて危險を冒す（敢於冒險、挺而走險）冒す犯す侵す

敢えて御一考を煩わし度い（願請您考慮一下）

難しい計画だが敢えて実行する事に決めた（雖然是個難辦的計畫但決定堅決執行）

そんな事は敢えて驚くには足らぬ（那是毫不值得驚奇的）

敢えて行く度くも無い（我並不一定要去）

貴方が話し度く無い事を私は敢えて聞こうとは思わない（你不願意講的話我並不想打聽）

敢えて悲しむに及ばない（你用不著悲痛）悲しむ哀しむ

敢えて驚くには当たらない（並不值得大驚小怪）

完璧と言うも敢えて過言ではない（說是完美無缺並不過分）言う云う謂う

敢え無い〔形〕（只用連體形和副詞形）短暫，脆弱，可憐，悲慘，令人失望，（用敢え無い為る）死去

彼は到頭敢え無い最期を遂げた（他終於可憐地死去）

敢え無くも敗れた（一下子就敗了）敗れる破れる

思い掛け無いエラーで敢え無く負けた（由於意想不到的失誤輕易地輸掉了）

稈（ㄍㄢˇ）

稈〔漢造〕禾莖為稈

稈、藁〔名〕稻草，麥稈，產褥，落草的嬰兒

藁を打って縄を綯う（打稻草捻繩子）打つ撃つ討つ

藁を束ねる（捆稻草）

藁を敷く（鋪稻草）敷く布く如く若く

藁蒲団（草墊子）

藁屋根（草屋頂）

藁靴（草鞋）

藁人形（稻草人）

藁切り機（切草機）

溺れる者は藁をも掴む（溺水者抓稻草、溺水者攀草求生、有病亂求醫、急不瑕擇）掴む攫む

藁が出る（暴露缺點）

藁千本有っても柱には為らぬ（兔子再多也拉不了車）為る成る鳴る生る

藁にも縋る（急病亂求醫、急不瑕擇）

藁人形も衣裳から（人是衣裳馬是鞍）

藁を焚く（煽動，鼓動、造謠中傷、說別人壞話、買舊貨時挑毛病進行壓價）焚く炊く

稈心〔名〕稻草心（=藁稭、藁稭）

感（ㄍㄢˇ）

感〔名、漢造〕感、感覺、感動

人に異様な感を与える（與人以奇異之感）

隔世の感が有る（有隔世之感）有る在る或る

悲壮な感が為た（有悲壯之感）

感の鈍い人（頭腦遲鈍的人）

感極まって泣き出す（感極涕泣）極る窮る

先生の御言葉が感に堪えなかった（聞先生之言不勝感激）堪える耐える絶える

安心感（安心感）

満足感（満足感）

無常感（無常感）

同感（同感、同意、贊同、同一見解）

所感（所感、感想）

直感（直感、直覺）

質感（質感）

敏感（敏感、感覺敏銳）

万感（百感）

反感（反感）

悲壮感（悲壮感）

第六感（直覺、超感官知覺、視聽嗅味觸五官感覺以外的第六感）

感ずる〔自、他サ〕感，感覺，覺得，感到、感想，感動，感佩，有所感（=感じる）

　寒さを感ずる（覺得冷）感ずる觀ずる寒じる

　痛みを感ずる（感到疼）

　暖かく感ずる（覺得暖和）

　空腹を感ずる（覺得餓）

　煩く感ずる（感到討厭）

　困難を感じさせる（使感覺困難）

　精神的に苦痛を感じさせる（使精神上感到痛苦）

　必要を痛切に感ずる（痛切地感到需要）

　老いの迫るのを感ずる（感到老之將至）迫る逼る

　すっかり良く為ったと感ずる（感到完全好了）

　スイッチに触ったらぴりっと電気を感じた（一摸開關刷地感到觸了電）触る障る

　物の哀れを感ずる（感到悲傷）哀れ憐れ

自分の無知を此の時程強く感じた事は無い（沒有比這時候再強烈地感到自己的無知）

　何も感ずる物が無い（毫無所感）

　感ずる処有って詩を書いた（因有所感而寫詩）

　何を言っても感じない（說什麼也無動於衷）言う云う謂う

　幾等親切に言って遣っても感じない男だ（他是個怎樣親切地對他說也無動於衷的傢伙）

　深く感じさせる（使深受感動）

　人の恩に感ずる（感人之恩）

　彼の人の熱心さに感じて金を出した（為他的熱情所感動而出了錢）

感じる〔自、他上一〕感，感覺，覺得，感到、感想，感動，感佩，有所感（=感ずる）

　痛みを感じる（感到疼）

　幾等言っても一向に感じない（不論怎麼說他都毫無反應）

　感じ易い年頃（多愁善感的年齡）

　恩を感じる（感恩）

　感じる所が有って随筆を書いた（有所感而寫了散文）描く搔く書く欠く

感じ〔名〕感，感覺，知覺、感覺、印象、情感，感情，反應，反響，效果，感覺，觸覺

　疲労の感じ（疲勞的感覺）

　痛さの感じ（疼痛的感覺）

　感じが鋭い（感覺敏銳）

　感じが鈍い（感覺遲鈍）

　寒さで感じが無く為る（凍得失去感覺）

　私は泣く度い様な感じが為る（我的心很想哭）

　もうすっかり冬の感じだ（已經完全是冬天的感覺）

　恐ろしい感じが為る（感覺恐怖）

　感じの良い人（給人以好印象的人）

　迚も感じが悪い（給人的印象很壞）

人に良い感じを与える（給人良好的印象）

人に悪い感じを与える（給人不好的印象）

明るい感じの絵（令人有明快之感的畫）

彼の人の演説は何の感じも与えなかった（他的演說沒有給人留下任何印像）

滝の絵は涼しい感じを与える（瀑布的畫給人以涼爽之感）

其処は何処か東洋の町の様な感じが有る（那城市彷彿有些東洋城市之感）

寂しい旅人の感じが良く出ている（充分表現出旅途中寂寞的情感）旅人旅人旅人寂しい淋しい

此の詩は感じが良く出ている（這首詩意境逼真）

春の感じが為る（使人感到春意）

幾等意見を為ても彼は一向感じなかった（怎樣給他提意見也毫無反應）

滑滑した為るが為る（摸著感到光滑）

ざらざらした感じが為る（摸著感到粗糙）

感じ入る〔自五〕非常欽佩、深受感動、不勝感嘆

御見事な腕前、感じ入りました（你那高超的本領非常欽佩）

御手並の程感じ入りました（你的技術使我不勝感佩）

感じ取る〔他五〕感到、了解到

唯為らぬ形勢を感じ取る（感到情勢非常嚴重）

感じ易い〔形〕敏感，容易激動，神經過敏，多愁善感

感じ易い人（敏感的人、容易激動的人、神經過敏的人）

物に感じ易い人（多愁善感的人）

感圧紙〔名〕壓力複寫紙

感応、感応〔名、自サ〕感應，反應，觸動。〔理〕（對於電場或磁場的）感應，誘導

外界の事物に感応し易い心（易受外界事物觸動的心）易い安い廉い

彼の国の人は外部からの文化の影響に対して殆ど感応しなかった（那國的人對於來自外部的文化影響幾乎毫無反應）

電気に感応する（對電起感應）

目は光に感応する（眼睛對於光起反應）

鉄は電気に感応し易い（鐵易感電）

感応力（感應力）

感応作用（感應作用）

感応遺伝（感應遺傳）

感応コイル（感應線圈）

感応抵抗（感抗）

感応率（感應係數）

感恩〔名、自サ〕感恩

感温期〔名〕〔生〕溫階段、春化階段

感化〔名、他サ〕感化、影響

感化院（感化院）

悪い感化を受ける（受壞影響）

良い感化を与える（給好影響）良い好い善い良い好い善い

悪い感化を及ぼす（給以不良影響）

感化され易い（易受感化）易い安い廉い

不良少年を感化する（感化流氓少年）

父の感化で数学が好きに為った（由於父親的影響喜歡起數學來了）為る成る鳴る生る

私が学問が好きに為ったのは祖父の感化です（我喜歡學習是由於祖父的影響）

人格は色色な感化を受けて出来上がる（人格是由於受到種種影響形成的）

感懐〔名〕感懷、感想

君の感懐は如何だ（你的感想如何？）如何如何如何

感懐無き能はず（不能無所感觸）

感慨〔名〕感慨

感慨が深い（感慨深）

感慨深げに思い出を語る（不勝感慨話當年）

父は感慨深然うに昔の写真に見入っていた（父親不勝感慨地仔細瞧看以往的照片）

私は無量の感慨を込めて其の曲を書いた（我懐著無限的感慨譜寫了這個曲子）

新年を迎え、感慨を新たに為る（迎接新年感想一新）

感慨無量（感慨無量）

感慨無量な（の）面持ち（無限感慨的神色）

旧友に会えて感慨無量だ（會見老友感慨無量）会う遇う遭う逢う合う

往時を思えば感慨無量である（懷往昔無限感慨）

感覚〔名、他サ〕感覺

皮膚感覚（皮膚感覺）

内臓感覚（内臟感覺）

全身感覚（全身感覺）

残留感覚（殘留感覺）

静的感覚（靜的感覺）

感覚美（感覺美）

感覚の錯誤（感覺的錯誤）

感覚が鈍い（感覺遅鈍）

動物は感覚が鋭い（動物的感覺敏鋭）

感覚を有する植物（有感覺的植物）

感覚を失う（失去感覺）

感覚を伝達する（傳遞感覺）

冷たくて皮膚の感覚が失われる（因冷皮膚失去感覺）

手足の感覚が無く為る（手腳沒有感覺）手足手足手足

此の子は音楽に対して鋭い感覚を持っている（這孩子對音樂有敏鋭的感覺）

感覚中枢（感覺中樞）

感覚神経（感覺神經）

感覚毛（感覺毛）毛毛

感覚減退（感覺減退）

感覚異常（感覺異常）

感覚過敏（感覺過敏）

感覚器官（感覺器官）

感覚機能（感覺機能）

感覚細胞（感覺細胞）

感覚上皮（感覺上皮）上皮上皮

感覚的印象（感覺上的印象）

有感覚地震（有感覺地震）

感覚派（〔美〕感覺派）

感覚器（感覺器官、感官）

感覚論（〔哲〕感覺論）

感官〔名〕感官，感覺器官、感官作用

感官の働きが鈍る（感官的機能遅鈍）

感泣〔名、自サ〕感泣、感激涕零、深受感動

其の志の篤きに感泣した（他的盛意使我深受感動）

思い掛けない表彰を受けて感泣する（由於受到意外的表揚而感激涕零）

思い掛けない友人に再会して感泣する（重逢意想不到的友人而激動流淚）

感興〔名〕興趣、興致（=面白味）

感興を催す（引起興趣）

感興を誘う（引起興趣）

感興を与える（給以興趣）

感興が湧く（興致發作）湧く涌く沸く

人の感興をそそる（引起人的興趣）

何か新しい感興を求める（尋求新的興趣）

感興の赴く儘一曲弾く（隨性之所至彈一個曲子）引く挽く轢く弾く惹く曳く牽く退く

読者の感興を高める（提高讀者的興趣）

私は感興に乗って此の短篇を書いた（我乘興之所至寫了這個短篇小説）書く描く欠く掻く

此の小説は私に何の此のもそそらない
（這本小說對我沒有引起任何興趣）

感吟〔名、他サ〕有感而吟（的詩歌）、使人感動的優秀詩歌，感人的俳句佳作、吟詠感人的好詩歌

感激〔名、自サ〕感激、感動
 感激的な場面（令人感動的場面）
 立派な行いに感激する（為高尚的行動所感動）
 人を感激させる演說（令人感動的演講）
 魯迅の作品を読んで感激する（讀魯迅的作品而深受感動）読む詠む
 感激に浸る（深受感動）
 感激を新たに為る（更加感激、增添新的感激之情）為る為る
 感激して涙を流す（感激涕零、感動得流出淚來）

感悟〔名〕感悟、感動

感光〔名、自サ〕感光、曝光
 フィルムを日光に曝せば直ぐ感光する（使底片見陽光立即曝光）曝す晒す
 フィルムを感光させる（使底片感光）
 感光紙（〔攝〕印相紙）
 感光板（感光板）
 感光物質（感光物質）
 感光剤（感光劑）
 感光材料（感光材料）
 感光起電効果（光電效應）
 感光核（感光核）
 感光測定（感光術、露光深淺學）
 感光電池（光電池）

感作〔名〕〔醫〕（藥品或細菌等進入體內產生的）變態反映、過敏反應

感謝〔名、自他サ〕感謝
 感謝の手紙（感謝信、謝函）
 感謝状（感謝信、謝函）
 感謝の印（感謝的象徵）印標徵驗記首
 感謝の意を表する（表示謝意）表する評する
 感謝の色を表す（現出感謝的神色）表す現す著す顯す
 感謝の言葉を述べる（致謝辭）述べる陳べる延べる伸べる
 心から感謝する（衷心感謝）
 言葉を尽して感謝する（百般感謝）
 感謝の涙を流す（流出感謝之淚）
 感謝の念で胸が一杯だった（胸中充滿了感謝之情）
 感謝の言葉も有りません（無言致謝、不知如何表示感謝才好）
 感謝に堪えません（不勝感謝）堪える耐える絶える
 御好意を深く感謝致します（對您的好意深為感謝）

感受〔名、他サ〕感受
 深い喜びを感受する（深感喜悅）喜び慶び歓び悦び
 感受性（感受性）
 感受性が強い（感受性強）
 感受性が弱い（感受性弱）
 感受性の鋭い人（感受性敏銳的人）
 感受性の鈍い者（感受遲鈍的人）
 感受性が豊かだ（感受性豐富）

感傷〔名、自サ〕感傷、傷感、多愁善感
 感傷家（多愁善感的人）
 感傷に耽る（耽於感傷）
 感傷に溺れる（耽於感傷）
 秋の月を眺めて感傷に浸る（望秋月而傷感）
 感傷主義（感傷主義＝センチメンタリズム sentimentalism）
 感傷的（感傷的、傷感的、傷感性的、多愁善感的）

感傷的な文学（感傷的文學）

感傷的な詩人（好傷感的詩人）

そんな感傷的な考えは止め為さい（你要丟掉那多愁善感的想法）

少女は兎角感傷的に為る（少女總是好傷感的）少女少女乙女

酷く感傷的に喋る（極其傷感地講述）

感賞〔名、他サ〕讚嘆，讚賞、獎品，賞賜

感状〔名〕〔軍〕戰功獎狀

敵機撃墜の功で感状を貰う（由於擊落敵機而獲得戰功獎狀）

三度感状を貰った勇士（獲得三次戰功獎狀的勇士）

感情〔名〕感情、情緒（＝気持、心持）

敵対的感情（敵對的情緒）

熱烈な感情（熱烈的感情）

感情の激しい人（感情激烈的人）激しい烈しい劇しい

感情の籠った言葉（充滿著感情的話）

感情が高まる（感情激昂）

感情が薄らぐ（感情薄弱）

感情の脆い人（感情脆弱的人、心軟的人）

感情に任せる（感情用事）

感情に走る（感情用事）

一時の感情に駆られる（為一時的感情所衝動）駆る駈る借る刈る狩る

強い感情に捕われる（為強烈的感情所糾纏）捕われる囚われる捉われる

人間は感情の動物だ（人是感情的動物）

感情を害する（傷害感情）害する該する慨する

感情を抑える（抑制感情）抑える押える

感情を刺激する（刺感情）

感情を偽る（裝出虛偽的感情）

人の感情を動かす（觸動旁人的感情）

感情を和らげる（使感情緩和下來）

人の感情を察する（體諒別人的感情）

感情に表面に出さない（感情不形於色）

個人的感情を差し挟む（夾雜個人的感情）

此の劇は人の感情に訴える物が有る（這齣戲動人的感情）

詩的感情を呼び起こす（喚起詩的感情）

群衆の感情を掻き立てる（煽動群眾的感情）

感情を込めて話す（感情洋溢地說）

感情的（感情的、非理智的、易動感情的、感情用事的、表現感情的）

感情的な動機（從感情出發的動機）

感情的な弱点（好動感情的弱點）

感情的に物を考える（考慮問題好感情用事）

感情的に為り易い（容易感情用事）

歴史を感情的に扱う（感情地看待歷史）

父は私の成績が悪いのですっかり感情的に為って終った（因為我的成績不好父親非常生氣）

感情移入（〔美〕對象和自己融合為一體的意識）

感情論（偏於感情的議論）

感触〔名〕觸覺，觸感、（外界給予的）感覺

ざらざらした感触（摸著很粗糙的感覺）

感触が堅い（摸著發硬）堅い固い硬い難い

感触が柔らかい（摸著柔軟）柔らかい軟らかい

彼の感触では望みが無さ然うだ（總的感覺似乎沒有希望）

感心〔名、形動、自サ〕欽佩，讚佩，佩服，贊成，讚美，覺得好、（用於貶意）令人吃驚

彼の学生の努力には感心した（那個學生的努力令人欽佩）

未だ小さいのに良く働いて感心だね（年齡還小卻能如此勞動令人讚嘆）未だ未だ

感心して話を聞く（以欽佩的心情聽講話）聞く聴く訊く利く効く

感心！感心！良くこんなに早く出来た（欽佩！欽佩！竟能完成得這麼快）速い早い

どうも感心しない（不能贊成）

此の絵にはすっかり感心した（這幅畫我覺得太好了）

余り感心しない文章だ（這篇文章我不大喜歡）文章文章

此の御菜は余り感心しない（這個菜做的不怎麼樣）

彼奴の馬鹿さ加減には感心した（他那個胡塗勁真叫我服了）

感震器〔名〕驗震器

感声〔名〕感嘆之餘發出的聲音

感性〔名〕感性，感受性。〔哲〕感性、（儀器等的）靈敏度

豊かな感性（豐富的感受性）

感性刺激（感性刺激）

感性の世界（感性的世界）

感性論（感性論）

感性的認識（感性認識）

感性界（〔哲〕感性世界）

感染〔名、自サ〕感染

結核に感染する（感染上結核）

悪習に感染する（染上惡習）

赤痢に感染した人（感染上痢疾的人）

感染源を探る（尋找感染來源）源源

感想〔名〕感想

感想を述べる（敘述感想）述べる陳べる延べる伸べる

感想を書く（寫感想）書く掻く欠く描く

旅行の感想を聞かせて下さい（請把旅行的感想講給我們聽一聽）聞く聴く訊く利く効く

御感想は如何ですか（你的感想如何）如何如何如何

別に感想は有りません（沒有什麼感想）有る在る或る

何の感想も有りません（沒有任何感想）

感想文（感想文）

感想録（感想錄）

感嘆、感歎〔名、自サ〕感嘆、讚嘆

感嘆に値する（值得感嘆）値する価する

感嘆して眺める（驚奇讚嘆地眺望）

彼の優れた成績に対して大いに感嘆する（對於他的傑出成績大為讚嘆）優れる勝れる選れる

人を感嘆させる（使人讚嘆）

此が大いに感嘆の念を起させた（這使人大起感嘆之念）起す熾す興す

感嘆して已まない（讚嘆不已）已む止む病む

感嘆の声を放つ（發出讚嘆聲）

感嘆此を久しゅうする（感嘆良久）

大いに感嘆置く能わず（大為驚嘆不已）

感嘆符（感嘆號！）

感嘆詞（感嘆詞）

感知〔名、他サ〕感知、察覺

感知装置（感知裝置）

犯人の私事は感知しない（察覺犯人的住處）

計画を感知する（直覺地察覺計畫）

感通〔名〕感覺（地方）

感付く、勘付く〔自五〕感覺到、覺察出

危険を感付く（感到危險）

映画に行く事を、母に感付かれた様だ（我看電影去似乎被母親察覺到了）

彼は感付かれないように変装して行った（為了不被發覺他化了裝去）行く往く逝く行く往く逝く

感電〔名、自サ〕感電、觸電、電擊

感電死（觸電而死）

高圧線に触れて感電した（觸高壓線受了電擊）触れる振れる降れる

感度〔名〕感度、靈敏度、靈敏性

感度の良い計器（靈敏度高的儀器）良い好い善い良い好い善い

此の電圧計は感度が鈍い（這電錶不靈）

感度の悪い地域（〔無線電收音機等〕靈敏度低的地區）

感度が高い（靈敏度高）

感度が良い（靈敏度高）良い好い善い良い好い善い

感動〔名、自サ〕感動

深い感動を受ける（深受感動）

彼の英雄的な行為に心から感動する（對於那種英勇的行為衷心感動）

人の心を感動さす（動人心弦）聞く聴く訊く利く効く

彼の報告を聞くや感動して涙を流した（聽到那個報告感動得流出了眼淚）

感動詞〔名〕〔語法〕感嘆詞

感得〔名、他サ〕感悟，領會，悟得（真理等的深奧意義）、感應（神靈）

其の奥深い道理を些か感得した（這些深奥的道理已有些領會）些か聊か

感佩〔名、自サ〕感佩、銘感、銘謝不忘

御厚情感佩の至りに存じます（深情厚誼不勝銘感之至）

感佩置く能わず（不勝感佩之至）

感服〔名、自サ〕欽佩、佩服、悅服

感服の至り（欽佩之至）至り到り

心から感服する（衷心悅服）

彼の手腕には感服した（他的才幹我算折服了）腕腕

田中君の努力には感服の外無い（對於田中的努力奮鬥十分欽佩）

感奮〔名、自サ〕感奮（=奮発）

感奮興起（精神振奮、心情激動）

感冒〔名〕〔醫〕感冒、傷風（=風邪引き）

流行性感冒（流行性感冒）流行流行

感冒に罹る（得感冒）罹る掛る係る繋る懸る架る

感無量〔名〕無限感激

感銘、肝銘〔名、自サ〕銘感、銘記在心、感激不忘

肝銘に堪えない（不勝銘感）堪える耐える絶える

深い肝銘を受ける（深受感動、銘銘肺腑）

彼の演説は聴衆に深い肝銘を与えた（他的報告使聽眾深受感動）

其の本から何の肝銘を受けなかった（從那本書裡沒受到任何感動）

感量〔名〕〔理〕（天平的）感度

感涙〔名〕感激的眼淚、感動的眼淚

感涙を催す（感動得流淚）

感涙に噎ぶ（由於感激而抽泣）噎ぶ咽ぶ

橄（ㄍㄢˇ）

橄〔漢造〕橄欖科常綠喬木，果實卵形核果，味澀可食，種子可榨油樹，脂供藥用

橄欖〔名〕〔植〕橄欖

橄欖石（〔礦〕橄欖石）石石

橄欖色（橄欖色、淡綠色）色色色

橄欖岩（〔礦〕橄欖岩）岩岩

橄欖油（橄欖油=オリーブ油）油油脂膏

淦（ㄍㄢˋ）

淦〔漢造〕水入船中為淦

淦水〔名〕艙水、船艙裡的污水（=淦、舟淦）

淦水道（污水溝）

淦〔名〕船底的積水、船底污水

船の淦を汲み出す（淘出船底污水）

淦汲み、淦汲〔名〕船底污水的水舀（=淦取り、淦取）

淦取り、淦取〔名〕船底污水的水舀（=淦汲み、淦汲）

淦 〔名〕（木船內的）積水

紺（ㄍㄢˋ）

紺 〔名、漢造〕（藍和紫之間的）藏青、藏藍
　紺の制服（藏青色制服）
　紺の木綿服（藏藍布衣）
　紫紺（青紫色）

紺色 〔名〕藏青色（=紺）
　紺色に染める（染成藏青色）

紺飛白、紺絣 〔名〕藏青地碎白花紋（的紡織品）
　←→白絣
　紺絣の着物（藏青帶碎白花紋的衣服）

紺紙 〔名〕（寫經等用的）藍紙
　紺紙金泥（用金粉在藍紙上寫的經文）

紺綬褒章 〔名〕（授給為公益事業捐獻財產的）藏青綬帶獎章

紺青 〔名〕深藍
　紺青の海（深藍的大海）

紺染 〔名〕染成藏青色（的紡織品）

紺碧 〔名〕深藍、蔚藍
　紺碧の海（蔚藍的海）
　紺碧の空（碧空）

紺屋、紺屋 〔名〕染匠、染坊（=染物屋）
　紺屋の白袴、紺屋の白袴（賣油的娘子水梳頭、鞋匠反而沒鞋穿、光為他人忙錄而無暇自顧）
　紺屋の明後日、紺屋の明後日（一天支一天、靠不住的約定日期－來自染坊老用後天就染好來搪塞）

幹（ㄍㄢˋ）

幹 〔漢造〕主幹、事物的主體、枝幹、材幹
　根幹（根和幹、〔轉〕根本，基本，原則，要旨）
　躯幹（軀幹、身軀〔=胴体、体〕）
　骨幹（骨骼〔=骨組〕、〔轉〕骨幹，中心，重要部分）

主幹主監（樹木的主幹、主任，主管，主持者，主腦人物）
　才幹、材幹（才幹、才能、能力〔=才能 腕前〕）

幹事 〔名〕（政治團體或研究團體等掌管總務的）幹事、（宴會等的）招待人員
　幹事長（幹事長）
　同窓会の幹事（同學會的幹事）
　幹事を選出する（選出幹事）
　忘年会の幹事を引き受ける（擔任年終聯歡會的招待人員）
　幹事さんは何方ですか（哪一位是幹事呢？）

幹線 〔名〕幹線
　新幹線（新幹線）
　鉄道、道路、電話などの幹線（鐵路道路電話等的幹線）
　幹線道路（幹線道路）
　幹線渠（幹線渠）

幹部 〔名〕幹部（特指領導幹部）、軍隊的將校尉士
　政党の幹部（政黨的幹部）
　労働組合の幹部（工會幹部）
　幹部級の人物（幹部級的人物）
　幹部候補生（幹部候補生－舊日本陸軍取得預備役的將校軍官或士官資格的人）

幹流 〔名〕主流

幹 〔名〕幹，稈，莖、箭桿（=矢柄）、柄、把、（數帶柄器物的助數詞）桿，挺
　麦の幹（麥桿）
　鉄砲百幹（槍一百挺）

空 〔名、接頭〕空、虛、假（=がらんどう、空っぽ、空虛）
　空の瓶（空瓶子）
　空の箱（空箱子）
　空に為る（空了）
　財布も空に為った（錢包也空了）
　空に為る（弄空）

コップの水を空に為る（把杯子裡的水倒出）
箱を空に為る（把箱子騰出來）
頭の中が空の人（沒頭腦的人）
空笑いを為る（裝笑臉、強笑）
空元気を付けている（壯著假膽子、虛張聲勢）
空念仏（空話、空談）
空談義（空談）
空文句（空話、空論）
空手形（空頭支票、一紙空文）

唐〔名〕中國（的古稱）、外國。〔接頭〕表示中國或外國來的.表示珍貴或稀奇之意
唐から渡って来た品（從中國傳來的東西）
唐殻空韓漢幹
唐歌（中國的詩歌）
唐錦（中國織錦）
唐衣（珍貴的服裝）

殻〔名〕外殻、外皮、蛻皮、空殻、豆腐渣（=御殻、雪菜花、雪花菜、卯の花）
玉蜀黍の殻（玉米皮）唐空漢韓
栗の殻（栗子皮）
貝の殻（貝殼）
貝殻（貝殼）
卵の殻（蛋殼）
殻を取る（剝皮）
蛇の殻（蛇蛻皮）
蛇の抜殻（蛇蛻）
蟬の殻（蟬蛻）
蟬の脱殻（蟬蛻）
古い殻を破る（打破舊框框）
蟬が殻から抜け出る（蟬從外殻裡脫出）
蛻の殻（脫下的皮、空房子）
殻の中に閉じ込む（性格孤僻）
缶詰の殻（空罐頭）
弁当の殻（裝飯的盒）

殻〔名〕殘渣.煤渣.雞骨頭.無用的東西
殻を煮出してスープを取る（煮雞骨頭做湯）柄
鳥殻（雞骨頭）
石炭殻（煤渣、劣質焦炭）

韓〔名〕〔古〕朝鮮（的古稱）
韓人（韓人、朝鮮人）

幹竹、乾竹〔名〕〔植〕苦竹（=真竹、苦竹）
幹竹割（劈開、直劈為兩半）
太刀を振り翳して幹竹割に為る（舉起大刀劈成兩半）太刀大刀

だら幹〔名〕〔俗〕（墮落した幹部之意）（工會或政黨的）腐化墮落的幹部、工賊

幹〔名〕樹幹←→枝、事物的重要部分
大風で大木の幹が折れた（大樹的樹幹被風吹折了）大風大風

根（ㄍㄣ）

根〔名、漢造〕〔數、化〕根、（草皮的）根、（事物的）根本，根源、耐性、精力，毅力。〔佛〕（生命的原動力）根
根と係数の関係（根與係數的關係）
二次方程式では通常根が二つ有る（二次方程式通常有兩個根）
平方根（平方根）
立方根（立方根）
亜硫酸根（亞硫酸根）
根が続が無い（堅持不下去）
根が尽きる（精疲力盡）
根を詰める（聚精會神）詰める積める摘める抓める
草根木皮、草根木皮（草根樹皮、中草藥）
走根（匍匐莖、蔓絲-指真菌）
大根（蘿蔔、〔謔〕技藝拙劣的演員〔=大根役者〕）
舌根（舌根、〔佛〕〔六根之一〕舌）

塊根（〔植〕塊根）塊 塊

毛根（〔解〕毛根）毛 毛

無根（沒根據、無實際根據）

禍根（禍根）

仮根（〔植〕假根）

精根（精力、精神和力量）

六根（〔佛〕六根-眼、耳、舌、鼻、身、意）

男根（陰莖〔=ペニス〕）←→女陰

根圧〔名〕〔植〕根壓

根因〔名〕根本原因

根限り〔副〕拼命、竭盡全力（=一生懸命）

根限り働く（拼命工作）

目的達成の為に根限りの努力を為る（為了達到目的而竭盡全力）

根冠〔名〕〔植〕根冠

根幹〔名〕根幹，根和幹。〔轉〕根本，基本、原則，要旨

外交の根幹（外交的根本、外交的基調）

其の事の根幹が分っていない（對那件事沒有基本的了解）分る 解る 判る

経営の根幹を確りさせる（鞏固經營的基礎）

根幹から考え直す必要が有る（必須從根本上重新考慮）直す 治す

根気〔名〕耐性、毅力、精力（=根）

根気強く（百折不撓地）

根気が有る（很有耐性）有る 在る 或る

根気が続く（堅持不懈）

根気の良い人（有毅力的人、能堅持的人）良い 好い 善い 良い 好い 善い

根気良く働く（堅持地工作）

少しも弛まない根気（毫不鬆懈的毅力）

彼の根気の良さには感心する（他那種苦幹勁我算服了）

根気が無ければ辞書の編集は出来ない（沒有毅力編不了辭典）

根基〔名〕根基、根底

根拠〔名〕根據

事実を根拠と為る（以事實為根據）為る 為る 摩る 刷る 摺る 掏る 磨る 擂る

根拠に為る材料（成為根據的材料）

根拠の有る報道（有根據的報導）

根拠の無い話（無稽之談）

此の噂には多少根拠が有る（這個傳說多少有點根據）

根拠と為る可き事実は無い（沒有構成根據的事實）

君は如何言う根拠が有ってそんな事を言うのか（你那樣說有什麼根據呢？）

根拠地（基地、根據地）

海軍根拠地（海軍基地）

空軍根拠地（空軍基地）

根拠地を設ける（設置根據地）設ける 儲ける

根比べ、根競べ〔名〕比耐性、比毅力

友人と根比べを為る（和朋友比耐性〔毅力〕）

根茎〔名〕根莖、〔植〕根莖，地下莖

根元、根源〔名〕根源

根元を究める（追溯根源）究める 極める 窮める

紛争の根元を絶つ（杜絕紛爭的根源）絶つ 立つ 経つ 建つ 発つ 断つ 裁つ 起つ 截つ

健康は幸福の根元を為している（健康為幸福之源）為す 成す 生す

怠惰は彼の失敗の根元を為している（怠惰是他失敗的根源）

根元、根本〔名〕根、根本（=根本）

木の根元から伐る（把樹從樹根上伐倒）伐る 切る 斬る 着る

耳の根元迄赤く為る（從臉紅到耳根）

髪を根元から切る（把頭髮從髮根剪下來）髪 神 紙 上 守

其の木は根元から折れた（那棵樹從樹根折斷了）

根本〔名〕根本、根源、基礎
　根本に溯る（溯本求源）
　根本を究める（追究根源）究める極める窮める
　健康は幸福の根本である（健康是幸福的根源）
　其の理論は根本から誤まっている（那個理論從根本上就錯了）誤る謝る
　根本的（根本的、徹底的）
　根本的な原因（根本原因）
　根本的に改める（徹底改變）改める革める檢める
　根本的に調査する（徹底調查）

根号〔名〕〔數〕根號（=ルート）

根菜類〔名〕根菜類（如蘿蔔、花生）←→葉菜類

根治、根治〔名、自他サ〕根治、徹底治好
　根治し難い（難以根治）難い硬い固い堅い難い憎い悪い悪い
　水虫が根治する（腳癬去根）
　其の病気は中中根治出来ない（那病很難去根）
　根治薬（根治藥）薬薬

根軸〔名〕〔數〕根軸、等冪軸

根出葉〔名〕〔植〕基生葉

根性〔名〕根性，性情，脾氣，秉性，賦性、骨氣，鬥志，毅力
　捻くれた根性（乖僻的脾氣、別扭的脾氣）
　奉公人根性（奴才性）
　卑しい根性（卑鄙的根性）卑しい賤しい
　さもしい根性（劣根性）
　商人根性（唯利是圖的根性）商人商人商人
　助兵衛根性（秉性好色）助兵衛助平
　折助根性（奴僕根性、雇傭觀點）

　根性の曲った人（性情別扭的人、性情乖張的人）
　根性の狭い人（心胸狹隘的人）
　根性の有る男（有骨氣的漢子）
　彼の男には根性が無い（他沒有鬥志）
　根性腐（腐化墮落）
　根性を入れ換える（洗心革面、脫胎換骨）

根状菌糸束〔名〕〔植〕根狀菌絲索

根数〔名〕〔數〕根數

根絶〔名、他サ〕根絕、消滅、連根拔（=根絶やし）
　悪習を根絶する（根除惡習）
　村中の協力で蚊や蠅を根絶する（全村一起消滅蚊蠅）

根絶やし〔名〕連根拔掉，斬草除根、根除，根絕
　畑の雑草を根絶やしに為る（把田裡的雜草連根拔掉）畑畠畑畠畑畠畑畠

根足虫類〔名〕〔動〕根足亞綱

根底、根柢〔名〕根底、基礎
　理論の根底（理論基礎）
　根底が確りしている（基礎穩固）
　根底がぐらぐらしている（基礎不牢）
　根底に徹する（深入到核心）徹する撤する
　唯心論の根底に横たわっている（存在於唯心論的基礎上）
　根底を究める（徹底鑽研）究める極める窮める
　数学の根底を築く（打數學的基礎）
　根底を覆す（推翻基礎）
　根底から改革する（從根本上改革）
　君の説は根底から誤っている（你的說法從根本就錯了）誤る謝る
　唯物論が其の学説の根底と為っている（唯物論是那各學說的基礎）

彼の学説は新説の出現で根底から覆された（由於出現了新的說法他的學說從根本上被推翻了）

こんひ　根被〔名〕〔植〕根被

こんま　根負け〔名,自サ〕堅持不住、忍耐不住、精力不足

此の仕事には根負けが為る（這件工作我堅持不來、這件工作耗盡了我的精力）

余りの熱心さに根負けして遂に承諾する（由於他太熱心了最後只好答應了）遂に終に

こんもう　根毛〔名〕〔植〕根毛、毛細根

こんよう　根葉〔名〕〔植〕根葉（靠近根部生的葉子）

こんりゅう　根粒、根瘤、根こぶ〔名〕〔農〕根瘤

根瘤バクテリア bacteria（根瘤菌）

ね　根〔名〕（植物的）根、根底、根源、根據、根本

根が生える（生根）生える這える映える栄える

根が付く（生根）付く衝く突く附く就く着く尽く憑く衝く搗く吐く潰く

木には根が有り、水には源が有る（樹有根水有源）

根を下ろす（扎根）下ろす降ろす卸す

根を張る（扎根）張る貼る

根の無い木（無根之木）

根を掘る（刨根）掘る彫る

根を絶つ（除根、根除）絶つ断つ裁つ截つ立つ経つ建つ発つ起つ

其の考えが私の心に確り根を下ろした（那種想法在我心裡扎下了根）

根から抜く（連根拔起）抜く貫く貫く

根迄腐る（連根爛）

根が深い（根很深）

根が生えた様に突っ立っている（站在那裡一動不動）

山の根（山根）

耳の根（耳根）

腫物の根（腫瘤的根）

今回の危機は根が深い（這次危機的根源很深）

悪の根を絶つ（去掉壞根）

深く根を張っていた（根深蒂固）

根は正直者（本性正直）

根が御人好しなのだ（天生是個好人）

私は根からの商人ではない（我不是天生就是商人）商人商人商人

息の根を止める（結果性命、殺死）止める已める辞める病める止める留める

民主主義は未だ日本には根が付いていない（民主主義在日本尚未扎根）未だ未だ

根も葉も無い（毫無根據）

根を切る（根治、徹底革除）切る斬る伐る着る

歯の根が合わない（由於寒冷或恐懼發抖）合う逢う遭う遇う会う

音〔名〕聲音、音響、樂音、音色（＝音、声）。哭聲

鐘の音（鐘聲）

音が良い（音響好）

音が出る（有響.作聲）

何処からか笛の音が聞こえて来る（不知從哪裡傳來笛聲）

虫の音（蟲聲）

バイオリン violin の音に耳を傾ける（傾聽小提琴的聲音）

音を上げる（〔俗〕發出哀鳴、叫苦表示受不了。折服、服輸）上げる挙げる揚げる

仕事が多過ぎて音を上げる（工作太多叫苦連天）

ぐうの音（〔俗〕呼吸堵塞發出的哼聲）

ぐうの音も出ない（一聲不響．啞口無言）

値〔名〕值、價錢、價格、價值（＝值、値段）

値が上がる（價錢漲）

値が下がる（價錢落）
値が高い（價錢貴）
値が安い（價錢便宜）
値が出る（價錢上漲）
値を決める（作價）
値を付ける（標價. 給價. 還價）
良い値に（で）売れる（能賣個好價錢）
値を踏む（估價）
値を聞く（問價）
千円と値が付いている（標價一千日元）
値が直る（行情回升）
値を競り上げる（抬高價錢）
値を上げる（抬價）
値を下げる（降價）
値丈の価値が有る（值那麼多錢）
値を探る（探聽價錢）
値を抑える（壓價）
其の値では元が切れます（這價錢虧本）
其は屹度良い値で売れるよ（那一定能賣個好價錢）
其は安い値で売却された（那以賤價處理了）
其の値では只みたいだ（那個價錢簡直像白送一樣）

子〔名〕（地支第一位）子（=鼠）。子時（半夜十二點鐘或夜十一點鐘到翌晨一點鐘）。正北
　子の年の生れ（鼠年出生）
　子の刻（半夜十二點）
　子の日（農曆正月第一個子日舉行的郊遊－採松枝摘嫩枝以祝長壽=子の日の遊び。子日郊遊所採的松枝=子の日の松）
　子の星（北極星）

寝〔名〕睡眠（=眠り、睡り、眠り、睡り）
　寝が足りない（睡眠不足）

根上り〔名〕樹根露出地面

根上り松（樹根露出地面的松樹）
根上げ〔名〕提高地基
　家の根上げを為る（提高房子的地基）摩る刷る摺る擦る掘る磨る摩る擂る
根石〔名〕基石、柱腳
根芋〔名〕〔植〕在青芋莖下長的根芋（嫩芽可供食用）
根魚〔名〕經常棲息在岩礁或水草深處的魚類
根生い〔名〕（草木）長根，生根、出身、生來
　同じ根生いの人達（同樣出身的人們）
　根生いの地（出生地）
根掛〔名〕女人髮髻根上的裝飾品（用布帛、金屬、寶石等製成）
根方〔名〕根部、底下（=根元、根本）
　山の根方（山腳下）
　柳の根方（柳樹的根部）
根株〔名〕木株、木樁
根切り〔名〕切斷（草木的）根源、絕根，斷絕事物的根本（=根絕やし）、（也作根切り）〔建〕挖基坑
　根切り薬（能根除病根的特效藥）
根切虫〔名〕〔動〕咬農作物貨樹苗根部害蟲的總稱（如金龜子等）
根切り葉切り、根っ切り葉っ切り〔副〕全部、統統地、連根都
根口水母類〔名〕〔動〕根口水母類
根肥〔名〕〔農〕基肥、底肥（=元肥）
根扱ぎ〔名〕連根拔掉
　草を根扱ぎに為る（把草連根拔掉）
　大木を根扱ぎに為る大力（把大樹連根拔掉的大力士）
根刮ぎ、根刮げ〔副〕全部、乾淨地、一點不留地（=悉く、すっかり）
　根刮ぎ持って行く（全部拿走）
　身代を根刮ぎ無くした（把財產全花光了）
　根刮ぎ一掃された（全部一掃而光）
　根刮ぎに為る（根除、根絕）
　根刮ぎに害虫を退治する（徹底消滅害蟲）

根笹〔名〕〔植〕一種野生的小竹

根差す〔自五〕生根，扎根，起因，由來，露苗頭，出現預兆
　地中に深く根差す（深深地在土裡扎根）
　彼の性格は境遇に根差している（他的性格來源於境遇）
　其の争いの根差す所は可也深い（那個爭執的由來相當深）
　開戦の危機が根差し始める（開戰的危機開始露出苗頭）

根差し〔名〕生根，扎根、家庭出身、根基，生性
　根差しが深い（根扎得深）
　根差しが固い（根扎得結實）固い硬い堅い難い

根締め、根締〔名〕（移植花木等時）搗實根周圍的培土（以免枯死）、（插花時）在根株旁插進的花、在庭院中的樹或花盆樹根旁栽的草

根城〔名〕主將所在的城池或城堡、主要根據地←→出城
　大阪を根城に為て（以大阪為主要根據地）
　江戸に根城を構える（在江戸建立根據地）

根芹〔名〕〔植〕根部可供食用的芹菜

根太〔名〕支地板的托樑
　根太板（地板=床板）
　根太板を張る（鋪地板）張る貼る
　根太板を剥ぐ（揭地板）剥ぐ接ぐ矧ぐ剥く向く

根太〔名〕〔醫〕癤子、膿腫（=御出来）
　根太が出る（生癤子）

根竹〔名〕根竹（多節部分）
　根竹の筆立て（根竹的筆筒）

根っ木〔名〕打木樁（一種兒童遊戲）

根っ子〔名〕〔俗〕根、殘根（=根、切り株）
　根っ子共引抜く（連根拔掉）
　松の根っ子に腰掛ける（坐在松樹殘根上）
　柱の根っ子に縛り付ける（捆在柱子的底半截上）

根接ぎ、根継ぎ〔名〕〔植〕接根、〔建〕以新木接換腐朽的柱根、繼承，繼承人
　薔薇の根接ぎを為る（給薔薇接根）
　根継ぎ柱、根継柱（〔建〕接換腐朽柱根用的新柱、繼承人，後繼者）

根付く〔自五〕（草木移植後）生根、扎根
　根付いたのは僅か一本（只一棵生根了）

根付け、根付〔名〕（繋在煙荷包或錢包等繩端上的）墜子、腰包，荷包，錢袋。〔喻〕追隨者，常在身旁隨聲附合的人

根積〔名〕〔建〕（石牆或磚牆的）牆基構造

根強い〔形〕根深蒂固、頑強，堅忍不拔
　根強い習慣（根深蒂固的習慣）
　根強い偏見（根深蒂固的偏見）
　其の意見に根強く反対する（堅決反對那個意見）

根抵当〔名〕〔經〕（作為將來發生的債權的擔保）預先設定抵押權、預先設定的抵押權

根問い〔名、自他サ〕追根究底
　子供は根問いを為る者だ（小孩子總是好追根究底的）
　物好き半分に根問いを為て見た（以夾雜著好事的心情試著追根究底）
　根問い葉問い（追根究底）

根無し〔名〕（浮萍似的）無根。〔轉〕沒有根據
　根無しの孤児（無依無靠的孤兒）孤児孤児
　根無しの噂（沒有根據的傳說）
　根無し地塊（〔地〕孤殘層）
　根無し言、根無言（謠言、謊話、沒有根據的話）
　根無言を言い触らす（散布謠言）
　全くの根無言だ（完全是毫無根據的謠言）
　根無し草、根無草（沒有根的浮萍、漂浮不定的事物）
　根無草の様に頼りない（如浮萍似地無依無靠）
　根無草の人生（漂浮不定的人生）

根の国 [名] [古] 黄泉、冥府（=黄泉、黄泉路）

根張り [名] （草木在土壤中）扎根

根引き [名] 根除，連根把（=根扱ぎ）、（妓女等）贖身（=身請け）

根深い [形] 根深。[轉] 根深蒂固

此の松の木は中中根深い（這棵松樹根很深）

根深い腫物（根深的膿腫）

根深い恨み（根深蒂固的仇恨）恨み怨み憾み

仏教の思想が根深く食い込んでいる（佛教思想根深蒂固地深入人心）

根深い偏見を一掃する（把根深蒂固的偏見一掃而光）

根深 [名] [植] 蔥（=葱）

根深汁（用蔥做的醬湯）

根掘り [名] 挖根、挖根的人或工具

根掘り鍬（刨鋤、鎬）

根掘り葉掘り（刨根到底、追根究底）

根掘り葉掘り聞く（追根究底地打聽）聞く聴く訊く利く効く

そんなに根掘り葉掘りする物ではない（不要那樣追根究底）

彼は私の計画に就いて根掘り葉掘り尋ねた（他對於我的計畫問得很詳細）尋ねる訪ねる訊ね

根曲がり竹 [名] [植] 千島等地產的一種矮竹

根回し [名] （為移栽或使果樹增產）修根，整根、[轉]（為順利實現某一目的或做某項交涉等、預先聯繫有關方面）打下基礎，醞釀

外交的な根回しを為る（做外交上的基礎活動）

根回り、根廻り [名] 樹根的周圍、在樹根周圍種植的草木

根雪 [名] 越冬雪、直到來年雪化時尚未融化的積雪

此の雪は根雪に為るだろう（這場雪會成為越冬雪吧！）

根分け [名、他サ] [農] 分植、分根移植

菊を根分けする（分植菊花）

岡（ㄍㄤ）

岡 [漢造] 山脊

岡、丘 [名] 丘陵、山岡、小山

山の麓の小さい岡（山腳下的小山岡）陸岡丘

岡を越える（越過山岡）越える超える肥える請える乞える恋える

岡に登る（爬上小山）登る昇る上る

岡が連なる地方（丘陵地帶）連なる列なる

陸、岡 [名] 陸地,岸上。（硯台的）研墨處。（澡堂的）沖洗處←→海.空

船から陸が見える（從船上看見陸地）船舟陸岡丘岡

陸に上がる（上岸）上る揚る挙る止める留める停める泊める

陸に上った河童（虎落平陽）止める留める已める辞める病める

岡崎 [名] （新娘戴的）白蒙頭紗

岡虎の尾 [名] [植] 珍珠花

岡場所 [名] （江戶時代）未經官許的妓院或私娼

岡引き，岡引、岡っ引き，岡っ引 [名] [史]（江戶時代的）捕吏、偵探

岡惚れ、傍惚れ [名、自サ] （傍是"傍"之意）從旁戀慕（別人的情人）、單戀，單相思

岡目、傍目 [名] 傍觀、從旁看

岡目に見えぬ身の苦労（自己的辛苦旁人無從理解、自家有苦自家知）

岡目八目（旁觀者清當局者迷）

其は岡目八目と言う物さ（那就是所謂旁觀者清當局者迷嘛）言う云う謂う

岡持ち、岡持 [名] （飯館送飯菜的）食盒、提盒

岡焼き、傍焼き [名] （對別人的戀愛或親密）從旁嫉妒從旁吃醋吃飛醋

岡焼き半分で悪口を言う（半是從旁嫉妒得心理說壞話）焼く妬く
岡焼き連の気を揉ます（讓局外的人們乾著急）

岡湯、陸湯〔名〕（澡堂內）沖洗用的乾淨熱水
岡湯を使う（用乾淨熱水沖身）使う遣う
岡湯で顔を洗う（用乾淨熱水洗臉）

肛（ㄍㄤ）

肛〔漢造〕肛門
脱肛（〔醫〕脫肛）

肛門〔名〕肛門
肛門腺（肛門腺）
肛門括約筋（肛門括約肌）

剛（ㄍㄤ）

剛〔名、漢造〕剛強⟷柔
剛の者（剛強者）者者
柔能く剛を制す（柔能克剛）制す精す製す征す
強剛、強豪（豪強、硬漢、有勢力的人）
金剛（〔佛〕金剛-最優秀之意、堅硬無比、金剛鑽，金剛石〔=金剛石〕、〔佛〕金剛力士，哼哈二將〔=金剛力士〕）
内剛外柔、外柔内剛（外柔內剛）

剛果〔名〕剛強果斷

剛気、豪気〔名、形動〕豪放，豪邁，剛強，果斷（=強気、豪気、豪儀）
剛気な気性（豪邁的天性）
其奴は剛気だね（那傢伙真豪邁）

剛毅、豪毅〔名、形動〕剛毅
剛毅の（な）性質（剛毅的性格）
剛毅な力強い筆勢（剛健有力的筆鋒）
剛毅木訥仁に近し（剛毅木訥近於仁）

剛球〔名〕（棒球或網球的）硬球⟷軟球

剛健〔名、形動〕剛健、剛強、剛毅有力
剛健な精神（剛毅的精神）
剛健の（な）気性を養う（培養剛強的性格）

剛柔〔名〕剛柔

剛情、強情〔名、形動〕剛愎、頑固、固執
剛情を張る（剛愎、頑固）張る貼る
剛情な奴（頑固的傢伙）
極めて剛情な（の）人（極其頑固的人）極めて究めて窮めて
知らぬ存ぜぬと剛情を張っている（一口咬說不知道不曉得）

剛性〔名〕〔理〕剛性、剛度
剛性率（剛性模量）

剛体〔名〕〔理〕剛體（在力的作用下只產生運動而不發生變體的物體）
剛体力学（剛體力學）

剛胆、豪胆〔名、形動〕大膽、勇敢
剛胆な男（大膽的人）
剛胆無比である（勇敢無比）

剛直〔名、形動〕剛直、耿直
剛直の（な）人（剛直的人）
彼は剛直を以って聞こえている（他以耿直聞名）

剛敵、強敵〔名〕強敵、勁敵

剛度〔名〕〔建〕剛度、強度

剛の者、強の者、豪の者〔名〕能手、強手、健將（=兵）
彼は其の道に掛けて中中の剛の者だ（他在那方面是個了不起的能手）

剛腹〔名、形動〕大膽、大度

剛愎〔名、形動〕剛愎、倔強、頑強
剛愎な男（倔強的漢子）

剛毛〔名〕硬毛
剛毛の生えた太い指（長著硬毛的粗手指頭）生える映える這える栄える
剛毛が密生している（長著厚密的硬毛）

剛勇、豪勇〔名、形動〕剛勇、剛強
剛勇無比な男（剛強無比的漢子）

恐れを知らぬ剛勇な（の）人（不知畏懼的剛勇的人）恐れ怖れ畏れ懼れ

剛力、強力〔名〕大力，力氣大、（爬山時幫助背東西的）嚮導

剛力無双の男（力大無比的漢子）

道案内の剛力を雇う（雇用爬山嚮導）

剛戾〔形動〕剛愎（=剛愎）

剛さ〔名〕〔理〕勁度、倔強性

綱（ㄍㄤ）

綱〔漢造〕綱（在生物學分類中介於門和目之間）、提綱

鳥綱（鳥綱）

脊椎動物門哺乳綱（脊椎動物門哺乳綱）

紀綱（綱紀=綱紀）

大綱（大綱、綱要、要點）

要綱（綱要、大綱）

政綱（政治綱領）

綱紀〔名〕綱紀、紀律

綱紀紊乱（綱紀紊亂）

綱紀粛正（整頓紀律）

綱紀を正す（振刷綱紀）正す質す糾す紀す

綱紀を保持する（保持紀律）

綱目〔名〕綱目、大綱和細目

綱目を分つ（分成綱和目）分つ別つ

綱目を挙げる（列舉綱目）挙げる揚げる上げる

綱目、索目〔名〕繩結（=綱の結ぶ目）、〔海〕索孔，索眼，索圈（帆上繩索穿過的孔眼）

綱要〔名〕綱要

生物学綱要（生物學綱要）

綱領〔名〕綱領，政綱、綱要，摘要，要點

選挙綱領（選舉綱領）

政党の綱領（政黨的綱領）

哲学綱領（哲學綱要）

綱〔名〕（用植物纖維或鐵絲等擰成的）粗繩，繩索，纜繩（=ロープ）、〔喻〕命脈，依靠，依仗，保障、〔相撲〕冠軍（=横綱）

三つ撚り綱（三股繩）撚り依り拠り由り縒り寄り因り選り縁り

綱を引く（拉繩子）引く曳く牽く惹く弾く轢く挽く退く

綱を手繰る（拉繩子）

綱を通して縛る（穿上繩子綑上）

綱掘り式（石油的索掘式）

命の綱（命脈、命根子）

頼みの綱（唯一的依靠）

水利は農業の命の綱である（水利是農業的命脈）

彼等は〝天命論〟為る物を頼みの綱と為ようと為る（他門企圖求助於所謂〝天命論〟）

綱を張る（成為冠軍、獲得橫綱稱號）張る貼る

索取り綱（〔海〕引纜繩）

引綱（曳索、拖纜）

綱打ち〔名〕打繩子、製繩子、打繩人

綱打ち節句（打繩節-正月十五或二十日）

綱具〔名〕〔海〕索具、繩索

綱具員（索具裝配工）

綱具工場（索具廠）工場工場

綱車〔名〕〔機〕絞索車、拖繩滑車

綱車巻き上げ機（拖繩滑車捲揚機）

綱麻、黄麻〔名〕〔植〕黄麻（=ジュート）

綱手〔名〕（拉船的）纖繩、曳索、拖纜（=引綱）

綱手縄（纖繩）

綱手船（用纖拉的船）

綱通し針〔名〕〔海〕（絞接繩索用的）木筆、鐵筆，穿針

綱梯子〔名〕繩梯、軟梯

綱引き，綱引、綱曳き，綱曳〔名〕〔體〕拔河、用繩子（拉車等），拉縴，拉縴的人、（牛馬等牽拉不動）向後掙。〔轉〕固執，別扭

えいや、えいやと綱引きを遣る（嗨喲嗨喲地拔河）

綱溝〔名〕〔機〕繩溝、繩道

綱道〔名〕〔海〕導繩器、導纜器

綱渡し〔名〕（河急流處）渡船靠索擺渡、靠索擺渡的渡口

綱渡り〔名〕（雜技）走鋼索。〔轉〕冒險

サーカスで綱渡りを為て見せる（在雜技團裡走鋼索）

そんな綱渡りは止めた方が良い（最好別做那種冒險的勾當）止める已める辭める病める

綱渡りより世渡り（處世比走鋼索還難、喻處世不易）

綱代〔名〕（冬季插水中用於捕魚的）竹柵、竹蓆

綱代木（竹柵椿）

綱代笠（竹笠）

鋼（ㄍㄤ）

鋼〔漢造〕鋼鐵

製鋼所（煉鋼廠）
精鋼（精煉鋼、優質鋼）
軟鋼（軟鋼、低碳鋼）
ニッケル鋼（鎳鋼）
クロム鋼（鉻鋼）
ニッケル、クロム鋼（鎳鉻鋼）
クロム、バナジウム鋼（鉻釩鋼）
バナジウム鋼（釩鋼）
圧延鋼（軋鋼）
特殊鋼（特殊鋼）

鋼塊〔名〕〔冶〕鋼錠

鋼塊鑄型（鋼錠模）
鋼塊抜き出し機（鋼錠脫模機）

鋼管〔名〕鋼管

継ぎ目無し鋼管（無縫鋼管）
引き抜き鋼管（整體拉伸的鋼管）

鋼玉〔名〕〔礦〕鋼玉、氧化鋁

鋼弦コンクリート〔名〕〔建〕高強度鋼絲預應力混凝土

鋼材〔名〕鋼材

スチール、インゴットを鋼材に圧延する（把剛錠軋成鋼材）

鋼索〔名〕鋼索、鋼纜（=ワイヤ、ロープ）

鋼索鉄道（纜車鐵路）

鋼製〔名〕鋼製（品）

鋼製家具（鋼製家具）

鋼船〔名〕鐵殼船、鋼製造的船

鋼線〔名〕鋼線、鋼絲

鋼鉄〔名〕鋼、鋼鐵（=鋼、スチール）

鋼鉄を大いに増産する（大力增產鋼鐵）
全部鋼鉄で出来たのだ（全是用鋼鐵做的）
鋼鉄張りの車（裝甲汽車、包了一層鋼板的汽車）
鋼鉄の様な神経（鋼鐵般的神經）
鋼鉄管（鋼管）
鋼鉄線（鋼絲）

鋼鉄板〔名〕鋼板

鋼鉄板で張った車（鋼皮車、包了一層鋼板的汽車）

鋼板〔名〕鋼板

亜鉛鋼板（鋅鋼板）
平鋼板（平鋼板）

鋼筆〔名〕（製圖用）鴨嘴筆（=烏口）

鋼片〔名〕〔冶〕鋼坯

鋼綿〔名〕鋼絲棉（用於擦亮或磨光金屬製品）

鋼矢板〔名〕〔土木〕鋼板椿

鋼〔名〕鋼

鋼色（鋼青色）色色色
鋼巻き尺（鋼卷尺）

はがね belt
鋼 ベルト（鋼帶）

港（ㄍㄤˇ）

港〔漢造〕港、港口

良港（良港）
漁港（漁港）
要港（重要港口、要港－舊時海軍要港部擔任警備的港口，次於軍港）
軍港（軍港）
入港（進港）←→出港
出港（出港）
築港（修築港口、海港，碼頭）
開港（開闢商港、通商港口、開始通航）←→不開港、鎖港
海港（海港、對外貿易的港口）←→河港
商業港（商業港）
橫浜港（橫濱港）

港外〔名〕港外

港外の停泊地（港外的停泊地）
港外に停泊する（停泊在港外）
船が港外に出る（船開出港外）

港口、港口〔名〕港口

港口を封鎖する（封鎖港口）
港口難船（功虧一簣）

港市〔名〕港口城市
港長〔名〕港長、港口管理負責人
港内〔名〕港口裡←→港外

港内は深く、大型の船も停泊出来る（港内水深大型輪船也能停泊）
港内設備（港口設備）

港務〔名〕港口事務
港門〔名〕海港入口
港湾〔名〕港灣（＝港）

港湾改良（港口改良）
港湾施設（港口設備）

港湾荷役作業（碼頭裝卸）
港湾荷役労働者（碼頭工人）

港、湊〔名〕（義為水門）港、港口、碼頭

港を出る（出港）
港に入る（進港）入る入る
港に寄る（停靠碼頭）寄る撚る依る拠る由る縒る因る
もう其の内に港に着くでしょう（不久就到達港口了吧！）着く付く附く吐く搗く衝く憑く

港風〔名〕海風
港町〔名〕港市、港口城市

朝の港町は出漁で賑わっていた（早晨的港市因出海捕魚很熱鬧）
神戸や橫浜は港町である（神戶和橫濱是港口城市）

槓（ㄍㄤˋ）

槓〔漢造〕扛物用的粗長木棍為槓
槓杆〔名〕槓桿（＝レバ、梃子）

槓杆で石を持ち上げる（用槓桿把石頭撬起來）

羹（ㄍㄥ）

羹〔漢造〕湯多的食品

羊羹（羊羹－用豆沙加糖和瓊脂製成的日本點心、〔工〕可調墊鐵）

羹〔名〕羹、湯菜

羹を懲りて膾を吹く（懲羹吹齏、〔喻〕失敗過一次就過分地小心起來－楚辭）吹く噴く拭く

更（ㄍㄥ）

更〔名、漢造〕（古時計算夜間時刻的單位）更、更改、更換、變更、更次

更が移るのを知らず（不知夜之已深）移る遷る映る写る
更闌けて（更闌、夜深）
変更（變更、更改、改變）

五更（〔古代時刻一夜的〕）五更、第五更〔凌晨三時至五時〕）

初更（五更中的初更、一更天〔午後八點到十點〕）

更衣〔名、自サ〕更衣，換衣服。〔古〕後宮的女官

更衣室（更衣室）

更衣、衣更え〔名、自サ〕更衣，換季，換裝、改變裝飾

皆すっかり更衣（を）為て、街が白一色に埋まる（一切全都換了裝整個城鎮籠罩在白色裡）

ウインドーの更衣を為る（更換櫥窗的裝飾）

更改〔名、他サ〕更改、〔法〕（契約等的）更新

契約更改（修改契約）

更始〔名、自他サ〕更始、更新

更新〔名、自他サ〕更新、革新、刷新

世界記録を更新する（刷新世界紀錄）

諸制度を更新する（改革各項制度）

更新世〔名〕〔地〕更新世

更正〔名、他サ〕更正、更改、改正

税額を更正する（改正稅額）

予算の更正決定（預算的更改決定）

更正降水率（〔氣〕雨量比）

更生、甦生〔名、自サ〕更生、甦生、復興、重新做人

〔他サ〕（利用廢物）再生、翻新

自力更生（自力更生）

日本の更生（日本的復興）

犯罪者の更生（犯罪者的重新做人）

新しく更生する（重新做人）

悪から更生する（改過自新）

更生を誓う（發誓改邪歸正）

古い洋服を更生する（翻改舊西服）

更生品（再生品）

更生タイヤ（再生輪胎）

更生服（翻改的西服）

更訂〔名、他サ〕更正、更改、訂正

文章の誤りを更訂する（更正文章的錯誤）

更迭〔名、自他サ〕更迭、更換、（人事）調動（＝入換）

幹部の更迭（幹部的調動）

内閣の更迭（内閣的更換）

局長級の大更迭が有った（局長級有了大調動）

更年期〔名〕更年期

更年期障害（更年期障礙）

更年期の変化（更年期的變化）

更なり〔連語〕當然、更不用說（＝勿論だ）

言うも更なり（更不待言）

日本語は更なり、英語もフランス語も出来る（日語自不用說還會英語和法語）

更に〔副〕（文語式的說法）更，更加，更進一步，並且，還、再，重新

（下接否定語）絲毫，一點也不

更に努力する（更加努力）

更に一歩を進める（更進一步）

大衆運動を更に一段と盛り上げる（進一步掀起群眾運動）

更に重要な事（更重要的事情）

更に注目す可き事（值得注意的事情）

更に相互理解を深める（進一步加深相互了解）

中日両国人民の友好運動を更に発展させよう（進一步發展中日兩國人民的友好運動！）

更に達しの有る迄待つ（聽候進一步的指示）

更に相談し度い事が有ります（還有一件事想跟你商量）

更に出発する（重新出發）

更に活動を始める（重新開始活動）

又更に遣り直そう（我再重新做吧！）
更に気が付かない（一點也沒理會到）
更に思い出せない（絲毫想不起來）
更に疑い無し（毫無疑問）
此と彼とは更に関係が無い（彼此毫無關係）
彼は人が忠告しても更に聞き入れない（他絲毫不聽別人的勸告）
もう一度考え直す必要等は更に無い（毫無再重新考慮的必要）

更紗 〔名〕（葡 saraca）印花布，花洋布，花布、（桃花或梅花等）紅白相間的花
　木綿更紗（棉印花布）
　印度更紗（印度花布）
　更紗紙（印花紙）
　更紗染（印花布、花布印染）

更更 〔副〕（下接否定語）絲毫（不）、一點也（不）、決（不）
　恨みは更更無い（毫無怨恨）恨み怨み憾み
　そんな事は更更知らない（那樣事情完全不知道）

更地、新地 〔名〕未經加工整理的土地，（既無房屋也無樹木的）空地、〔法〕（地面上無任何建築物的）空地皮

更かす、深かす 〔他五〕（以夜を更かす的形式）熬夜
　読書に夜を更かす（看書看到深夜）夜夜夜
　歌留多で夜を更かす（玩了大半夜紙牌）吹かす蒸かす

吹かす 〔他五〕噴（煙）、〔轉〕吸煙、使（引擎）快轉、（在人前）顯擺、炫示，擺架子
　煙草を吹かす（抽香煙）
　只吹かす丈で吸い込まない（只往外噴不往裡吸）
　葉巻を吹かし乍話す（一邊抽著雪茄一邊說話）
　エンジンを吹かす（使發動機快轉）
　役人風を吹かす（擺官架子）
　先輩風を吹かす（擺老資格、以老資格自居）

蒸かす 〔他五〕蒸
　薩摩芋を蒸かす（蒸白薯）
　御飯を蒸かす（蒸飯）

更ける、深ける 〔自下一〕（秋）深、（夜）闌
　秋が更ける（秋深、秋意闌珊）老ける耽る蒸ける
　夜が更ける（夜闌、夜深）

老ける、化ける 〔自下一〕老、上年紀、變質、發霉
　年寄老けて見える（顯得比實際年紀老）老ける化ける耽る更ける深ける
　彼女は老けるのが早い（她老得快）早い速い
　彼は年より老けて見える（他看起來比實際年齡老）
　彼は年齢よりも老けている（他比實際歲數看起來老）
　三十に為ては彼は老けて見える（按三十歲說他面老、他三十歲顯得比實際年紀老）
　彼は此の数年来めっきり老けた（他這幾年來顯著地蒼老）
　米が老けた（米發霉了）
　芋が良く老けた（白薯蒸透了）
　石灰が老ける（石灰風化）石灰石灰

耽る 〔自五〕耽於，沉湎，沉溺，入迷，埋頭，專心致志
　飲酒に耽る（沉湎於酒）老ける更ける深ける吹ける拭ける噴ける葺ける
　贅沢に耽る（窮奢極侈）
　空想に耽る（想入非非）
　小説を読み耽る（埋頭讀小說）

更け米、腐化米 〔名〕（浸水、濕氣、蟲食等的）變質米

更け待ち月、更待月 〔名〕陰曆二十日的月夜

更け行く 〔自五〕更深、夜闌

庚（ㄍㄥ）

庚〔漢造〕天干的第七位
庚申〔名〕庚申。〔佛〕青面金剛。〔佛〕守庚申（=庚申待ち）
庚申塚〔名〕〔佛〕（路旁的）青面金剛塚（多立以刻有青面金剛像和三個猴面的石碑）
庚申薔薇〔名〕〔植〕月季花
庚申待ち〔名〕〔佛〕守庚申（庚申之夜為了祭祀青面金剛，祈求平安無事，而通宵不眠）
庚〔名〕（天干的第七位）庚
　　庚申、庚申（庚申）

耕（ㄍㄥ）

耕〔漢造〕耕種、耕勤
　　農耕（耕作、種田）
　　牛耕（用牛耕田）
　　馬耕（用馬耕田）
　　深耕（深耕）
　　中耕（中耕）
　　晴耕雨読（晴耕雨讀）
　　筆耕（靠抄寫領取報酬的工作或人）↔舌耕
　　舌耕（靠到處演講賺取生活費）↔筆耕
耕耘〔名、他サ〕耕耘、耕地、翻地
　　耕耘機（耕耘機）
耕具〔名〕耕具、農具（=農具）
耕作〔名、他サ〕耕種
　　春の耕作を始める（開始春耕）始める 創める
　　段段畑を耕作する（耕種梯田）
　　耕作に適する土地（適於耕種的土地）
耕種〔名、他サ〕耕種
　　耕種方式（耕種方式）
耕植、耕殖〔名〕耕種（=耕種）
耕織〔名〕耕田織布
耕地〔名〕耕地

耕地が多い（可耕地多）多い 覆い 蔽い 蓋い 被い
耕地整理（耕地整理）
耕地管理（田間管理）
耕田〔名〕耕作田地
耕土〔名〕〔農〕耕地表土↔心土
耕馬〔名〕耕馬
耕夫〔名〕耕夫、農民
耕牧〔名〕農耕畜牧
耕す〔他五〕耕、耕地、耕田
　　畑を耕して種を播く（耕地播種）畑 畠
　　畑畠播く 巻く 捲く 蒔く 撒く
　　山の中腹を耕して蕎麦の種を蒔く（把山腰耕了播了蕎麥種子）
　　耕されない土地（未耕種的土地）
　　新たに土地を耕す（新開墾荒地）

粳（ㄍㄥ）

粳〔漢造〕稻不黏者
粳〔名〕〔植〕粳、籼（沒有黏性的稻、粟、黍等）↔糯
　　粳粟（沒有黏性的小米）
粳黍〔名〕沒有黏性的黍
粳米〔名〕粳米、籼米（普通食用黏性較小的米）（=粳）
粳餅〔名〕摻粳米的年糕
粳〔名〕粳米、籼米（普通食用黏性較小的米）↔糯米

耿（ㄍㄥˇ）

耿〔漢造〕兩耳黏附於頰為耿、專一的、光大的
耿耿〔形動タルト〕星光明淨的樣子、內心不安樣子
耿然〔形動タルト〕光芒四射的樣子、晴朗的樣子

梗（ㄍㄥˇ）

梗〔漢造〕植物的莖、大略、阻塞
梗概〔名〕梗概、概要、節略（=粗筋、あらまし）

前号迄の梗概（截至上一期的梗概）

小説の梗概を話す（講小說的梗概）す離す放す

梗概を示す（寫出梗概、摘要）示す湿す

梗節〔名〕〔動〕梗節

梗塞〔名、自サ〕梗塞、堵塞、不暢通

金融梗塞（資金周轉不靈）

心筋梗塞（〔醫〕心肌梗塞）

梗塞状態に在る（處於梗塞狀態）有る在る或る

資金が梗塞して経営困難に陥る（資金周轉不靈陷於經營困難）

亘、亙（ㄍㄥˋ）

亘、亙〔漢造〕自這端通達那端、時間延續不斷

亘る、亙る〔自五〕（指時間）經過，繼續、（指範圍）涉及，關係到

会議は一週間に亘って行われた（會議舉行了一星期）渡る渉る亘る亙る

演説は五時間に亘った（演說繼續了五小時）

彼は前後三回に亘って此の問題を論じた（他前後三次論述了這個問題）

話が私事に亘る（談到個人私事）

詳細に亘って説明する（詳細解釋）

各学科に亘って成績が良い（各門學科成績都好）良い好い善い良い好い善い

談話は色色の問題に亘った（談話涉及到種種問題）色色種種種種種種

渡る〔自五〕渡，過、（從海外）渡來，傳入、（風等）掠過、（候鳥）遷徙、渡世、過日子、到手、歸…所有、全力以赴地對付、普及、（接尾詞用法）表示遍及廣範圍

〔自四〕〔古〕行く、来る、歩く的敬語

船で海を渡る（坐船渡海）

河を渡る（過河）

道を渡る（過馬路）

アメリカ渡る（渡美）

橋を渡る（過橋）

綱を渡る（走鋼絲）

太陽が空を渡る（太陽運行天空）

左右を見てから渡りましょう（看好左右再橫過馬路）

煙草は何時日本に渡ったか（菸草什麼時候傳到日本的？）

仏教は六世紀に日本に渡って来た（佛教在六世紀傳到日本）

此の品は中国から渡った物らしい（這個東西可能是從中國傳來的）

青田を渡る風（掠過稻田的風）

涼しい風が川面を吹き渡った（涼風吹過了河面）

燕が春と共に渡って来た（燕子一到春天就飛來了）

世を渡る（過日子）

働かねば世の中は渡れない（不勞動就不能在社會上活下去）

世を渡るのも楽でない（過日子也不容易）

如何か斯うか世を渡る（勉強度日）

給料を渡る（薪水到手）

会員の手に渡る（歸於會員手中）

未だ渡らない人は居ませんか（還有沒拿到的人嗎？）

此の家は彼の兄の手に渡った（這所房子歸他哥哥了）

此の件は誰の手に渡る事に為るのか（這件事歸誰管呢？）

四つに渡る（〔相撲〕二人雙臂相扭在一起）

印刷物が全員に渡る（印刷品普遍發給全體人員）

行き渡る（普及）

鳴り渡る（響徹）

明け渡る（天大亮）

暮れ渡る（天黑）

冴え渡る（清澈、響澈）

大空に響き渡る（響徹雲霄）

渡る世間に鬼は無し（社會上到處都有好人）

姑（ㄍㄨ）

姑〔漢造〕婆母，岳母、姑且，暫時

姑息〔名、形動〕姑息、敷衍

　姑息な解決（不徹底的解決）

　姑息な手段を取る（採取姑息手段）

　因循姑息（因循姑息）

姑娘〔名〕（中國語）姑娘、少女、女孩子、年輕的女子（＝少女、娘）

姑〔名〕婆婆、岳母（＝姑）

　姑御（〔敬〕婆婆、岳母）姑舅（公公、岳父）

　姑の涙汁（極少、甚微－由於婆婆很少同情媳婦）

　姑の前の見せ麻小笥（媳婦在婆婆面前假裝幹活，〔喻〕假積極）

姑〔名〕婆婆、岳母

　姑を仕える（侍候婆婆）

　姑根性を持った上役（具有婆婆根性的上司）

舅〔名〕（丈夫的父親）公公、岳父

　結婚して三十年間舅に仕える（結婚後侍候了公公三十年）

孤（ㄍㄨ）

孤〔名、漢造〕孤兒、孤單

　幼に為て孤と為る（年幼兒孤）

　德は孤為らず（德不孤〔必有鄰〕）

孤鞍〔名〕單騎

孤影〔名〕孤影、隻身

　孤影悄然と為て去る（孤伶伶地悄然離去）

孤客〔名〕孤客、單身旅客

　天涯の孤客（天涯的孤客）

孤雁〔名〕孤雁、失群雁

孤軍〔名〕孤軍

　孤軍奮鬥する（孤軍奮鬥，一人奮鬥）

　孤軍深く敵地に入る（孤軍深入敵地）

孤閨〔名〕孤閨、空閨

　孤閨を守る（孤守空閨）

孤月〔名〕孤月

孤劍〔名〕單劍、單刀

　孤劍良く戰う（單刀奮鬥）

孤高〔名、形動〕孤高、高傲

　孤高の人（孤高的人）

　孤高を持する（孤高自持）

孤坐、孤座〔名、自サ〕孤坐、獨坐

孤兒〔名〕孤獨者，沒有伴的人

　孤兒に為る（成為孤兒）

　孤兒院（孤兒院）

　財界の孤兒（金融界的孤兒）

孤兒〔名〕孤兒（＝孤兒）

　孤兒を引き取る（收養孤兒）

　両親を失って孤兒に為る（父母雙亡成為孤兒）

孤舟〔名〕孤舟

孤松〔名〕孤松

孤城〔名〕孤城

　孤城落日の観が有る（有如孤城落日、〔喻〕事物走向衰落）

孤絕〔名、自サ〕孤絕、孤獨無靠

孤村〔名〕孤村、孤立的村落
孤忠〔名〕孤忠（只一個人盡忠義）
孤灯、孤燈〔名〕孤燈
孤島〔名〕孤島←→群島
　絶海の孤島（遠海的孤島）島島
　陸の孤島（陸地孤島-交通不便的地方）
孤独〔名、形動〕孤獨、孤單
　孤独の人（孤獨的人）
　孤独な生涯（孤獨的一生）帆帆峰峰
孤帆〔名〕孤帆
孤峰〔名〕孤峰
孤立〔名、自サ〕孤立
　孤立した軍隊（孤立的部隊）
　国際的孤立（國際上的孤立）
　孤立的地位（孤立的地位）
　孤立の状態に陥る（陷入孤立狀態）
　孤立を光栄と為る（以孤立為榮）摩る刷る摺る擦る掏る磨る摩る攪る
　孤立した生活を送る（過孤獨的生活）送る贈る
　少数を孤立させる（孤立少數）
　同情者を失って、彼は孤立の姿と為った（失去了同情者他成了孤家寡人）為る成る鳴る
　孤立語（〔語〕孤立語-詞尾沒有變化憑詞序來表達語法關係的語言-如漢語）←→屈折語、膠着語
　孤立電子対（〔理〕未共享電子對）
孤塁〔名〕孤壘
　孤塁を守る（把守孤壘）守る守る漏る洩る盛る畳

沽（ㄍㄨ）

沽〔漢造〕賣
沽券〔名〕（原意是土地的賣契）人品、體面、身價、尊嚴
　沽券に関わる（有失身價、有傷體面）関る係る拘る
　沽券に関る様な事は為るな（不要去做有傷體面的事）為る為る摩る刷る摺る擦る掏る磨る
　そんな事を為ると君の沽券に関るよ（那麼做有失你的身價啊！）

菰（ㄍㄨ）

菰〔漢造〕禾本科多年生草，嫩莖及實可食
菰〔名〕〔植〕菰屬（=真菰）
菰蓆〔名〕菰草蓆

箍（ㄍㄨ）

箍〔漢造〕以竹皮束物為箍、圍束物體的竹皮或金屬圈、圍束
箍〔名〕箍
　箍を掛ける（把箍安上）掛ける搔ける欠ける駆ける翔ける賭ける懸ける架ける
　箍を掛け換える（換上箍）換える代える替える買える返る帰る蛙
　古く為った桶の箍が外れた（舊桶的箍脫落了）
　箍屋（箍桶匠）
　箍が弛む（箍鬆了、〔喻〕老朽無用，人老不中用）緩む弛む
　彼の男はもう箍が弛んだ（那個人已不中用了）
　私の体は未だ箍が弛んでいないよ（我的身體還很結實呀！）未だ未だ体身体体体
　箍を外して騒ぐ（無拘無束地狂歡大鬧）

古（ㄍㄨˇ）

古〔漢造〕古舊，古老←→新、古昔←→今
　上古（上古-日本史指蘇我氏滅亡以前，即公元645年以前）
　尚古（尚古）
　中古（中古-日本指平安時代，有時也包括鎌倉時代、半舊，半新，半新不舊）
　近古（近古-日本指鎌倉，室町時代）
　往古（往古、遠古）
　太古（太古、上古-指有史以前）

千古（太古，遠古、千古，永遠，永恆）

前古（前古、往古）

懷古（懷古、懷念往昔）

復古（復古）

稽古（練習，學習，排演，排練）

考古学（考古學）

擬古文（仿古文-江戶時代的學者模仿平安朝的文體）

反古，反故，反古，反故，反故（廢紙、廢物）

古意〔名〕古時的意思、懷古的心情

古往今來〔連語、副〕古往今來、從古至今（＝昔から今迄）

古音〔名〕古音（指吳音、漢音以前的漢字讀音）

古加、古柯〔名〕（coca）。〔植〕古柯

古家〔名〕古屋

古歌、古歌〔名〕古歌、古詩、古人作的詩歌

古画〔名〕古畫

古雅〔名、形動〕古雅

　古雅なスタイル（古雅的文體）

古格〔名〕古式、古來的格式

　古格を破る（打破古來的格式）

古学〔名〕古學（江戶時代儒學的一派試圖拋棄朱子學，陽明學直接根據漢唐的訓詁來體會儒學精神）（江戶時代興起的）國學（＝国学）

古楽〔名〕古代音樂

古活字版〔名〕〔印〕古活字版（書）（江戶時代初期以前的活字版及其圖書）

古刊本〔名〕古版本

古希、古稀〔名〕古稀、七十歲（來自杜甫-人生七十古來稀也）

　古稀を祝う（慶祝七十壽辰）

　古稀を過ぎる（年逾七十）

古記〔名〕舊事記、古人的記載、古時的記錄

古器〔名〕古器、古物、古文物

古義〔名〕古義、古解

　万葉集古義（萬葉集古義）

古京、故京〔名〕古都、故都、舊都

古曲〔名〕古曲、古樂曲

古句〔名〕古人的詞句、古人的詩句（俳句）

古訓〔名〕（日語對漢文或漢字的）古代讀法←→新訓

古形〔名〕古形、舊形式

古賢〔名〕古代賢人

古言〔名〕古言、古語

古諺〔名〕古諺語

古古米〔名〕〔商〕（二年以上的）陳米

古語〔名〕古語

　古語辞典（古語辭典）

古豪〔名〕老練的強手、經驗豐富的老手（＝古強者、ベテラン）

　新鋭古豪入り乱れての熱戦（新手和老將混在一起的激烈比賽）

古今〔名〕古今、自古至今

　古今に通じる（博古通今）

　古今に例を見ない（史無前例）

　古今未曾有の大事件（空前未有的大事、史無前例的重大事件）

　古今に其の比を見ない（古今無與倫比）

　古今東西を通じて最大の建造物（古今中外的最大建築）

　古今集（古今集）

　古今独歩（古今無雙）

　古今無双（古今無雙）

古作〔名〕古人之作（多指刀劍、能面等）、自古耕作

古刹〔名〕古刹、古寺

　名所古刹の多い所（名勝古刹多的地方）

　古刹に鳴る鐘の声（古刹的鐘聲）

古参〔名〕老手、舊人、老資格←→新参

　古参の党員（老黨員）

　彼の方は私よりずっと古参です（他比我資格老得多）

古参兵（老兵、老戰士）
古参労働者（老工人、老師傅）
古史〔名〕古史
古址〔名〕遺址、舊址（=古跡）
古祠〔名〕古廟
古紙、故紙〔名〕廢紙、爛紙（=反古、反古、反故）
古詩〔名〕古代的詩、（漢詩的）古體詩
古寺、古寺〔名〕古寺、古廟、古刹
古式〔名〕古式、老式
　古式床しく（古式莊重地）床しい懷しい
　祝典は古式に則って嚴かに行われた（按照古式莊嚴地舉行了慶祝典禮）則る法る
古写〔名〕舊抄
　古写本（古抄本、古寫本）
古社〔名〕古老的神社
古社寺〔名〕古老的神社寺廟
古酒〔名〕陳酒←→新酒
古習、故習〔名〕舊習
古書〔名〕古書、舊書（=古本）
古松〔名〕老松
古称〔名〕古稱、舊稱
古城〔名〕古城
古抄本〔名〕古抄本、古寫本（=古写本）
古色〔名〕古色、古雅
　古色を帯びている（帶著古色）
　古色を帯びた青銅器（帶有古色的青銅器）
　古色蒼然（古色蒼然）
　古色蒼然たる巻物（古色蒼然的卷軸）
　銅器は古色蒼然と為ている（銅器古色蒼然）
古人〔名〕古人、古代人
　古人我を欺かず（古人不欺我）我吾
古人，旧人，古人，旧人〔名〕老人，舊人、老相好，老熟人、古人
古神道〔名〕（沒受儒教或佛教等外來思想影響的）古神道

古制〔名〕古制、古式，古風
古生代〔名〕〔地〕古生代
古生物学〔名〕古生物學、化石學
古昔〔名〕古昔、古時（=昔、古）
古跡、古蹟〔名〕古蹟
　古蹟を探る（探訪古蹟）
古拙〔名、形動〕古拙（古樸而少修飾）
　古拙な書体（古拙的書體）
古泉、古銭〔名〕古錢
　古銭の収集（收集古錢）
　古銭家（古錢收藏家）
古戦場〔名〕古戰場
古俗〔名〕古時的風俗
古体〔名〕古體、古體詩（律詩、絕句以外的漢詩體）←→近体
古代〔名〕古代（=古）
　古代の遺物（古代的遺物）
　古代風（古裝、古代的風格）
　古代模様（古代的花樣）
　古代紫（紫紅色、灰紫色）
古茶〔名〕（相對於新茶）去年以前製的茶（=陳茶）
古注、古註〔名〕（古典中的）古註←→新注
古調〔名〕古調，老調、古代的風趣
古鳥類〔名〕（古生物）古鳥亞綱
古典〔名〕古書，古籍、古典作品（=クラシック）
　古典を読む（讀古典作品）読む詠む
　古典研究（研究古典）
　古典音楽（古典音樂）
　古典文学（古典文學）
　古典主義（古典主義-十七，八世紀的藝術流派=クラシシズム）
　古典主義者（古典主義者）
　古典的（古典式的、古典派的、古典主義的）

古典的な顔を為ている（有一副古典式的臉形）
古典的な作家（古典主義的作家）

古伝〔名〕古傳說、古代記錄

古田会議〔名〕

古都〔名〕古都、故都

古土壌学〔名〕古土壤學

古刀〔名〕古刀、古劍←→新刀

古塔〔名〕古塔

古道〔名〕古法，古代道德，古路，舊道←→新道

古銅〔名〕古銅器、古錢

古銅輝石〔名〕〔礦〕古銅輝石

古動物学〔名〕古動物學

古版〔名〕古版（本）
古版物（古版書）
古版本（古版本）

古筆〔名〕（特指平安朝時代至鐮倉時代的）古人的墨跡
古筆切（古墨跡斷片）

古品〔名〕舊物、舊東西

古武士〔名〕古武士（被看做重信義的典型）
古武士の風格が有る（有古代武士的風格）
彼は古武士の面影が有る（他有古代武士的風采）面影 俤

古風〔名、形動〕古式，舊式、古老式樣，老派作風
古風な作り（古老樣式）
古風な（の）建築（古式的建築）
古風な（の）思想（陳舊的思想、落後於時代的思想）
古風な文体（舊式的文體）
古風を守る（守舊、墨守老派作風）守る 守

古風、古振り〔名〕古風、古代的美風、古代優美的風習

古仏〔名〕古佛像

古物〔名〕古物，古董、舊物，用舊的東西（=使い旧した物）

古物商（古物商、古董鋪）
彼の人はもう古物だ（他已是個老古董了）

古物〔名〕舊衣服、舊家具、舊東西
古物を引き出して着る（拿出舊衣服穿）
古物で間に合わせる（將就使用舊家具）
古物屋（舊貨店）

古墳〔名〕古墳、古墓
古墳を発掘する（發掘古墳）
古墳時代（〔考古〕古墳時代-在日本指二，三世紀至六世紀）

古文〔名〕（篆字以前的）古體漢字，蝌蚪文字，鐘鼎文字、（周以前的）古籍，（秦漢以前的）古文、（日本奈良時代以前的）古文，（江戶時代以前的）文言文←→現代文

古文書〔名〕（作為古代史料的）古文書、古文獻、古代資料

古兵〔名〕老兵、舊兵（=古参兵）←→新兵

古兵、古強者〔名〕身經百戰的老戰士，有戰鬥經驗的士兵、（在某一方面）老練的人，經驗豐富的人
一騎当千の古兵（以一當千的老戰士）
政治に掛けては古兵だ（在政治上是個老手）

古癖〔名〕好古癖、好古的癖好

古法〔名〕古時的法律、古時的方法

古木〔名〕古木、老樹（=老い木）
梅の古木（老梅樹）

古墨〔名〕古墨

古本〔名〕古書（=古書）、舊書（=古本）
古本市場（舊書市場）市場 市場

古本〔名〕舊書、古書←→新本
古本を漁り歩く（到處找舊書）
古本で買う（當舊書買）買う 飼う
古本高価買い入れ（高價收購舊書）
古本屋（舊書店）

古米〔名〕陳米←→新米

古名〔名〕古名、古代的名稱（=古称）

古謡〔名〕古謠

古来〔副〕古來、自古以來
　古来の習慣（自古以來的習慣）
　人生七十古来稀也（人生七十古來稀）
　古来成功を収めた者は何れも時間を重んじた（古來成功者莫不珍惜時間）
　其の盛んな事は古来嘗て其の比を見ない（其繁榮景象自古以來無與倫比）

古流〔名〕古式的流派、（茶道或插花等的）古流派

古礼〔名〕古禮

古例〔名〕舊例、老規矩

古呂利、虎狼痢〔名〕〔俗〕〔醫〕霍亂（＝コレラ cholera）
　古呂利に罹る（得霍亂）

古老、故老〔名〕故老、（深知往事的）老人
　村の古老に尋ねる（詢問村中的故老）尋ねる訪ねる訊ねる訪れる

古渡り、古渡〔名〕早先從外國傳來（的東西）←→新渡

古い、舊い、故い〔形〕已往、年久，古老、陳舊、陳腐，不新鮮，落後，老式
　彼と知り合ったのも古い話だ（和他相識是從前的事）
　古い家（年久的房子）家家家家
　古い友達（老朋友）
　中国の文明は世界で一番古い（中國的文明在世界上最古老）
　古い靴（舊鞋）
　古い服（舊衣服）
　古い言葉だが時は金だ（古言說時者金也）金金
　古い魚（不新鮮的魚）
　古い型の洋服（舊式的西裝）
　其の手はもう古い（那種手法已經不新鮮了）
　君の考え方はもう古い（你的想法落伍了）
　頭が古い（舊腦筋）

　故きを温ね新しきを知る（溫故知新）

古く〔名、副〕以前、老早
　古く溯れば（追溯從前）
　古くからの付き合い（老交情）
　古くはこんなに賑やかではなかった（以前沒有這麼熱鬧）
　古くからの友人（老朋友）
　古くから知られている（早就聞名於世）振る降る古る旧る

古る、旧る〔自四〕〔古〕變舊、變陳舊

古す、旧す〔造語、五型〕用舊、弄舊
　着古す（穿舊）
　使い古す（使用舊）
　言い古す（把…說陳腐）

古びる〔自上一〕變舊、陳舊
　古びた家（老房子、舊房子）家家家家
　古びて見える（顯得陳舊）

古めかしい〔形〕古老的、陳舊的、古色古香的
　古めかしい町（古老的城市）
　古めかしい建物が立ち並んでいる（排列著古老的建築物）
　古めかしい掛け物（古色古香的字畫）

古、旧〔名、造語〕（常用御古的形式）舊、舊東西、舊衣物
　此の服は親父の御古だ（這件衣服是父親穿過的舊東西）
　御古の値段（舊貨的價錢）
　古新聞（舊報紙）
　古自動車（舊汽車）

御古〔名〕〔俗〕舊東西、舊衣物
　兄の御古の洋服を着る（穿哥哥的舊西服）着る切る伐る斬る
　此のズボンは叔父が長年着た御古です（這條褲子是我叔叔穿了多年的舊東西）叔父伯父

古池〔名〕古池塘

古池や 蛙 跳び込む 水の音（青蛙入古池寂水發清響）音音音

古顔〔名〕舊人、老手、工齡長的人←→新顔

数年勤めてもう古顔に為った（幹了好幾年已成老手了）勤める努める務める勉める

古顔振る（擺老資格）

古鉄〔名〕破銅爛鐵、舊金屬器皿

古鉄屋（收破爛的、回收廢品商）

古株〔名〕〔俗〕（草木的）殘株、老手，舊人

古株に為る（變成老手）為る成る鳴る生る為る

私も此の会社では古株だ（我在這公司也算是老人了）

古川、古河〔名〕舊河、老河

古川に水絶えず（老河不乾船破有底）絶える耐える堪える

古着〔名〕舊衣服

父の古着を貰う（承受父親的舊衣服）

古着屋（估衣鋪）

古傷、古疵、古創〔名〕舊傷，老傷←→生傷、過去的傷心事，老的瘡疤，過去犯的罪行，舊惡

額に刀の古傷が有る（額上有早年的刀傷）額額刀刀

心に古傷が残っている（心中猶有舊瘡疤）

古傷に触らないで貰い度い（希望別提過去的傷心事）触る障る

古傷に触れる（觸及舊瘡疤）触れる降れる振れる

古傷を発く（揭發以前的罪行）発く暴く

古狐〔名〕老狐狸、老滑頭、老奸巨猾的人

古切れ〔名〕舊布片、舊碎布

古臭い〔形〕古老的，陳舊的，陳腐的，過時的，不新奇的

古臭い規則（老規矩）

古臭い事は止して呉れ（別提老話啦）

君の頭は古臭い（你的腦筋太舊）

古臭い言い草（陳詞濫調）

古臭い考え（舊思想）

其の言い訳はもう古臭い（那種辯解已經不新奇了）

古事、故事〔名〕舊事、老事、以前的事

古里、故郷、故里、故郷〔名〕故郷、老家

故郷に帰る（回老家）帰る返る還る孵る蛙 変える替える換える代える買える飼える

故郷の山が懐かしい（故郷的山令人懷念）

富士山は日本人の心である（富士山是日本人的精神故郷）

故郷を思い出す（想起老家）

故郷〔名〕故郷、家郷、原籍、出生地（=故郷、古里、故里）

故郷が恋しい（懷念故郷）

故郷に帰る（回故郷）帰る返る還る孵る蛙 変える替える換える代える買える飼える

故郷を離れる（離開家郷）離れる放れる

故郷の名物（家郷的名產）

故郷を後に為る（離郷背井）擦る磨る掏る摺る刷る擦る摩る

故郷へ錦を飾る（衣錦還郷）

古巣〔名〕舊窩，原來的窩、老巢，舊居，舊宅

鳥が古巣に帰る（鳥歸舊巢）

安藤氏は古巣の大蔵省へ帰った（安藤回到了原來的大藏省）

古巣の会社に戻る（回到原來工作的公司）

古巣が恋しい（懷念故居）

古狸〔名〕老狐狸。〔轉〕老狐狸精，狡猾的人

古血〔名〕陳血，不新鮮的血、病血，瘀血←→生血、生血

古塚〔名〕古墳

古漬〔名〕老醃的鹹菜、醃的時間長的鹹菜←→新漬

古手〔名〕舊東西、老手，老人，老方法，舊手段

古手の道具で間に合わせる（將就使用舊器具）

古手屋（估衣鋪）
官吏の古手（老官僚）
古道具〔名〕舊器具、舊東西、老古董
古道具を処分する（處理舊器具）
古道具屋（舊貨店、舊家具店）
古馴染〔名〕老朋友、老相識、老熟人
彼とは古馴染だ（和他是老朋友）
年取ると古馴染の顔が恋しい（上了年紀就想念老朋友）
古服〔名〕舊衣服
古惚ける〔自下一〕變陳舊、破舊、又舊又髒
古惚けた帽子（破舊的帽子）惚ける 呆ける 量ける
古惚けた建物（陳舊的建築物）
古間鴨〔名〕〔動〕海雁類
古屋〔名〕舊房子
古〔名〕古、古代（＝昔）
古の奈良の都（古代的奈良京城）都 都
古、此の辺は海だった（古代這一帶是海）
古語（古代的故事）

谷（ㄍㄨˇ）

谷〔漢造〕山間的水流為谷
峡谷（峽谷）
空谷（空谷、寂寞的山谷）
渓谷、谿谷（溪谷）
幽谷（幽谷）
深谷（深谷）
河谷（河谷、谷地）
谷、渓、谿〔名〕溪谷、〔理、氣〕波谷，低壓槽、〔建〕（屋頂的）谷槽
不注意の為谷に落ちて仕舞いました（不小心掉進山谷裡了）仕舞う 終う
山を越え谷を超える（翻山越谷）
浪の谷（波谷）

気圧の谷（氣象低壓槽）
気圧の谷が近付いている（氣象低壓槽接近了）
谷樋（屋頂斜溝槽）
谷間〔名〕山谷、溪谷、山澗（＝谷間）
谷間の百合（山谷的百合）
谷間〔名〕山谷、溪谷、山澗（＝谷間）、貧民窟（指大城市中央在高層建築群之間不見太陽的角落）
谷間の姫百合（〔植〕草玉鈴〔＝鈴蘭、君影草、lily of the valley、リリー、オブ、ザ、バレー〕）
谷足〔名〕（滑雪）站在斜面滑降時處於低處的一隻腳
谷頭〔名〕（登山）山澗或峽谷的盡頭
谷風〔名〕從山谷刮上來的風←→嵐
谷川〔名〕溪流
谷木〔名〕〔建〕斜溝處的椽子
谷口〔名〕山谷口
谷底〔名〕谷底
谷底へ落ちる（掉入谷底）
谷積み〔名〕〔建〕碎料石、細方石
谷懐〔名〕山坳
谷辺〔名〕谷邊、山澗邊
谷水〔名〕溪水
谷渡り〔名〕越過山谷、黃鶯飛越山谷（的鳴叫聲）、樹木枝葉伸越過山谷
谷、谷地〔名〕沼澤地、（北海道方言）泥炭沼地
谷まる、極める、窮める、究める〔他下二〕窮其究竟，徹底查明、達到極限，攀登到頂
事件の真相を極める（徹底弄清事件的真相）
学術の蘊奥を極める（徹底鑽研學術的奧義）
彼は一芸を極めている（他具有一技之長）
山頂を極める（登上山頂）
豪奢を極める（窮奢極侈）
惨状を極める（慘絕人寰）
暴虐を極める（極其殘暴）

位、人臣を極める（位極人臣）
口を極めて褒める（極端讚揚）
困難を極めた、勇敢な闘争を繰り広げる（展開艱苦卓絕的英勇鬥爭）

極まり、窮まり〔名〕極限、頂點
荘厳極まる無し（極其莊嚴）

股（ㄍㄨˇ）

股〔漢造〕股、大腿
四股（〔相撲〕足）

股間、胯間〔名〕胯當、胯股之間（=股座）
股間の急所（胯當的要害）

股関節〔名〕〔解〕股關節
股関節痛（股關節痛）痛通

股肱〔名〕股肱、最可靠的部下
股肱と頼む（依為股肱）頼む恃む

股動脈〔名〕〔解〕股動脈

股白腫〔名〕〔醫〕（產婦）股白腫病

股〔名〕股，胯。〔解〕髖，胯股，腹股溝
大股に歩く（邁大步走）
小股に歩く（邁小步走）
股を広げて立つ（叉開腿站立）立つ建つ経つ裁つ断つ絶つ発つ起つ截つ
全国を股に掛ける（走遍全國、〔轉〕活躍於全國各地）掛ける翔ける搔ける欠ける駆ける賭ける
人の股を潜る（鑽過他人胯下、受胯下之辱）潜る潜る懸ける架ける描ける駈ける駆ける書ける

叉〔名〕叉子、分岔、叉狀物
木の叉に腰掛ける（坐在樹叉上）
道の叉（岔路口）
三つ叉（〔電〕三通）
川が此処で叉に為る（河流在這裡分岔）

亦、復、又〔名〕他、別、另外
〔造語〕（冠在名詞上表示間接、不直接延續等義）再、轉、間接

〔副〕又，再，還，也，亦，（敘述某種有關聯的事物）而，（表示較強的驚疑口氣）究竟，到底

〔接〕（表示對照的敘述）又，同時。（連接兩個同一名詞或連續冠在兩個同一名詞之上）表示連續、連續不斷之意。（表示兩者擇其一）或者、若不然

又の名（別名）名名俟股叉
又の世（來世）
又の日（次日、翌日、他日、日後）
又に為ましょう（下次再說吧！）
では又（回頭見！）
又聞き（間接聽來）
又従兄弟、又従姉妹（堂兄弟或姊妹、表兄弟或姊妹）
又請け（間接擔保、轉包）
又売り（轉賣、倒賣）
又買い（間接買進、轉手購入）
先食べた許りなのに又食べるのか（剛剛吃過了還想吃呀！）
明日又御会いしましょう（我們明天再見吧！）
彼は又元の様に丈夫に為った（他又像原來那樣健壯了）
一度読んだ本を又読み返す（重看已經看過一次的書）
又痛む様でしたら此の薬を呑んで下さい（若是再痛的話請吃這個藥）
彼の様な人が又と有ろうか（還有像他那樣的人嗎？）
又と無いチャンス（不會再有的機會）
今日も又雨か（今天還是個雨天）
私も又そんな事は為度ない（我也不想做那種事）
彼も又人の子だ（他也並非聖人而是凡人之子）
弟は又兄貴に輪を掛けた勉強家だ（而弟弟卻是個比哥哥更用功的人）

夫は病気勝ちだが、妻は又健康其の者だ（丈夫常生病而妻子卻極為健康）

此は又如何した事か（這究竟是怎麼回事？）

何で又そんな事を為るんだ（為什麼做那種事）

君は又大変な事を為て呉れたね（你可給我闖了個大亂子）

外交官でも有り、又詩人でも有る（既是個外交官同時又是個詩人）

人民中国は第三世界に属していて、超大国ではない、又其に為り度くも無い（人民中國屬於第三世界不是超級大國並且也不想當超級大國）

夢の様でも有るが又夢でも無い（似乎是做夢可又不是夢）

消しては書き、書いては又消す（擦了又寫寫了又擦）

出掛け度くも有り、又名残惜しくも有る（想走又捨不得走）

一人又一人と（一個人跟著一個人）

又一つ又一つと（左一個右一個地）

勝利又勝利へ（從勝利走向勝利）

町の南には山又山が重なっている（市鎮的南邊山連著山）

彼が来ても良い、又君でも良い（他來也行若不然你來也行）

股がる、跨がる〔自五〕跨，乘、騎、橫跨、跨越、（日期等）拖長，拖延

馬に跨がる（騎馬）

五年に跨がる国民経済発展計画（為期五年的國民經濟發展計畫）

三県に跨がる大工事（跨越三縣的大工程）

村は川に跨がっている（村子跨越河的兩岸）

南京大橋は長江に跨がっている（南京大橋橫跨長江）大橋大橋

此の仕事は来月に跨がるかも知れない（這件工作說不定要拖到下月去）

数箇月に跨がる病気（纏綿好幾個月的病）

股上、胯上〔名〕〔縫紉〕立襠←→股下

股下〔名〕〔縫紉〕下襠←→股上、胯上

股木、叉木〔名〕分叉的樹

股釘〔名〕U形釘、肘釘、釘書釘

股釘で止める（用釘書釘釘上）止める停める留める泊める富める

股座〔名〕股、胯、兩大腿之間（=股）

股座を広げる（叉開兩腿）広げる拡げる

人の股座を潜る（從別人胯下鑽過去）潜る潜る

股座膏薬（兩面派）

股鍬〔名〕〔農〕（水田用的）齒鋤（=備中鍬）

股擦れ、股擦〔名〕胯股內側由於磨擦而產生的皮膚潰爛、胯瘡

股旅〔名〕（賭徒或浪子）到處流浪，游蕩、（江戶時代）走江湖的藝妓

股旅物（以賭徒或浪子到處流浪為主題的小說或戲劇等）

股旅芸者（江湖藝妓）

股覗き〔名〕伏身通過胯下窺視

股火〔名〕叉開腿烤火（取暖）

股火鉢〔名〕叉開腿跨著火盆取暖

股火鉢を為る（叉開腿跨著火盆取暖）摩る擦る刷る摺る掏る磨る摩る擂る

股火鉢を遭る（叉開腿跨著火盆取暖）

股、腿〔名〕股、大腿

股の付け根（大腿根）股桃百

股立ち、股立〔名〕日本裙子左右跨骨處的開口

股立ちを取る（把裙子左右下擺撩起掖在開口處）取る捕る摂る撮る獲る盗る執る採る

股引き、股引〔名〕（貼身穿或農民等工作時穿的）日式細筒褲、男子褲叉（=猿股、猿股引）

骨（ㄍㄨˇ）

骨〔名、漢造〕骨（=骨）、遺骨，骨灰，秘訣，竅門，要領，手法，要點，真髓，品質，身體

骨を拾う（撿骨灰）

死骸を骨に為る（把屍體付之火葬）為る為る摩る擦る刷る摺る掘る磨る擂る

釣りの骨（釣魚的秘訣）

骨を覚える（學會竅門、掌握要領）覚える憶える

骨を飲み込む（學會竅門、掌握要領）

人を使う骨（使用人的竅門）使う遣う

其には骨が有る（其中有個竅門）有る在る或る

筋骨（筋骨，肌骨，體格，體力）

骸骨（骸骨、屍骨、骨架）

外骨格（外骨骼）

肋骨（肋骨〔＝肋骨〕、〔船舶的〕肋材、日俄戰爭前日本陸軍制服胸部形同肋骨的飾帶）

大腿骨（大腿骨）

白骨（白骨）

風骨（風度，風姿，風采、〔詩歌的〕風格）

気骨（骨氣、志氣、氣節）

奇骨（性格奇特〔的人〕、性格古怪〔的人〕）

胸骨（胸骨）

俠骨（俠骨、豪俠氣概）

頬骨（顴骨）

凡骨（凡庸的人、平凡的人）

病骨（病骨）

老骨（老骨、老年人）

鏤骨、鏤骨（苦心慘淡、精心製作）

骨揚げ〔名〕撿骨灰（盛在骨灰罐裡）

　骨揚げを為る（撿骨灰）

骨瓶〔名〕骨灰罐（＝骨壺）

骨柄〔名〕骨骼（＝骨組み）、人品，品質（＝人柄）

人品骨柄卑しからぬ紳士（人品不壞的紳士）

骨材〔名〕〔建〕骨材（混凝土中的碎石細沙）

骨髓〔名〕〔解〕骨髓、心底、要點，精隨

　骨髓炎（骨髓炎）炎炎

　恨み骨髓に徹する（恨入骨髓、恨之入骨）恨み怨み憾み徹する撤する

　骨髓を砕く（煞費苦心）

骨壺〔名〕骨灰罐

　御骨を拾って骨壺に入れる（撿骨灰裝進骨灰罐）入れる容れる

骨堂〔名〕骨灰堂

骨軟化症〔名〕〔醫〕骨質軟化病

骨肉〔名〕骨肉

　骨肉の間柄（骨肉關係）

　流石に骨肉は争われない（畢竟還是骨肉親）

　骨肉相食む（骨肉相殘、萁豆相煎）

骨箱〔名〕骨灰盒

骨盤〔名〕〔解〕骨盤

骨拾い〔名〕撿骨灰（盛在骨灰罐裡）（＝骨揚げ）

骨仏〔名〕（火葬後的）骨灰，死人、（火葬後狀似坐佛的）頭骨

骨膜〔名〕〔解〕骨膜

　骨膜炎（骨膜炎）

骨立〔名〕骨瘦如柴

骨化〔名、自サ〕〔動〕骨化

骨灰、骨灰〔名〕骨灰（用作磷酸、肥料）

骨灰、粉灰〔名〕〔俗〕粉碎

　微塵骨灰に砕かれた（被砸得粉碎）

骨格、骨骼〔名〕〔解〕骨骼。〔俗〕身軀

　骨骼の逞しい人（身軀魁梧的人）

骨幹〔名〕〔解〕骨骼（＝骨組み）。〔轉〕骨幹，中心，重要部分

骨子〔名〕要點、主旨、主要內容

　議論の骨子（爭論的要點）

　小說の骨子（小說的主旨）

計画の骨子を概説する（概述計畫的要點）

骨脂〔名〕骨油（從牛骨等提取的脂肪、用製肥皂）

骨質〔名〕骨質、骨質物

骨折〔名、自サ〕骨折

細片骨折（粉碎性骨折）

彼は骨折して歩けない（他骨折了不能走路）

骨折る〔自五〕費勁，賣力氣、盡力，出力

少しも骨折らないで（毫不費勁地）

骨折った甲斐が有って到頭試験にパスした（沒有白費勁到底考上了）

骨折って為る丈の価値が有る（值得賣力氣幹）

友達の就職に骨折る（為朋友找工作出力）

子供の教育の為に骨折る（為小孩子的教育不辭辛勞）

骨折り〔名〕努力，勞苦，辛苦，盡力，幹旋，幫忙

骨折り甲斐が有った（沒有白費力氣）

長年の骨折りが報いられる（多年的辛苦有了收穫）長年長年報いる酬いる

一つ御骨折りを願い度い（希望你給幫幫忙）

友達の骨折りで（由於朋友的幫忙）

骨折り損（徒勞）

其は骨折り損だ（那是白費力氣）

骨折り損の草臥れ儲け（徒勞無益）

骨節〔名〕骨節、關節

骨節〔名〕骨節、關節（=骨っ節）

体中の骨節が痛む（渾身關節痛）痛む悼む傷む

骨っ節〔名〕骨節、關節、骨氣

骨っ節が太い（骨節粗）

骨っ節の有る男（有骨氣的人）

骨っ節の強い男（有骨氣的人）

骨相〔名〕骨相、骨骼

骨相を見る（看骨相）見る看る視る観る診る

骨相学（骨相學）

骨炭〔名〕骨炭、獸炭（砂糖脫色或肥料用）

骨張、骨頂〔名〕透頂、已極、無以復加（多用於壞的意思）

愚の骨頂だ（糊塗透頂）

無駄の骨頂（極度浪費）

そんな事を為る何て馬鹿の骨頂だ（幹那樣的事真混蛋透頂）馬鹿莫迦

骨張る〔自五〕（瘦得）露出骨頭、剛愎，固執

骨張った手を差し出す（伸出骨瘦如柴的手）

骨張った事を言う（說固執的話）言う云う謂う

骨董〔名〕古董、古玩

骨董的存在（已成為老骨董的人、被尊為老前輩的人、落後於時代的人）

偽物の骨董品（假古玩）偽物偽物贋物品

骨董弄り（玩古董、擺弄古玩）

骨董を捻る（玩弄古董）

彼の研究は骨董的だ（他的研究是玩古董式的-出於業餘愛好）

彼は言えば骨董品だ（他可以說是個老古董-落後於時代的人）

骨董品（古董、古玩）

骨董屋（古董店）

骨牌〔名〕（遊戲式賭博用的）骨牌（=骨牌、歌留多、加留多）、麻將牌

骨牌、歌留多、加留多〔名〕（carta 葡）紙牌，撲克牌，骨牌、（新年時玩的）寫有和歌的日本紙牌（=歌加留多）

一組の骨牌（一副紙牌）

骨牌を為る（玩紙牌、打紙牌）

骨牌を取る（玩紙牌、打紙牌）

骨牌を配る（發牌、配紙牌）

骨牌を切る（洗牌、上牌）

骨牌を捲る（翻牌）

骨牌に金を賭ける（玩紙牌賭錢）

伊呂波骨牌（以伊呂波為順序每張印有一首詩歌的紙牌）

骨牌取り（玩和歌紙牌遊戲）

骨筆〔名〕（骨質的）複寫筆

骨粉〔名〕〔農〕（作肥料或飼料用）骨粉

骨片〔名〕骨頭片、粗骨粉

骨法〔名〕骨骼，骨架（＝骨組み）、禮法、（藝術或書畫的）要點，（微妙的）手法

骨〔名〕〔解〕骨、骨狀物。〔轉〕骨幹。〔轉〕骨氣。〔轉〕費力氣的事，困難事，麻煩事

足の骨を折る（折斷腳骨）折る 織る 居る 居る

骨が外れる（骨頭脫臼）

骨を接ぐ（接骨、整骨）接ぐ 継ぐ 告ぐ 次ぐ 注ぐ 注ぐ 灌ぐ 濯ぐ 雪ぐ

骨をしゃぶる（吮吸骨頭）

骨を埋める（埋骨）める 産める 生める 膿める 倦める 熟める 績める

痩せて骨許りの人（骨瘦如柴的人、瘦得皮包骨的人）痩せる 瘠せる

喉に魚の骨を立てる（魚刺扎在喉頭上）魚 魚 魚 立てる 建てる 経てる 裁てる 断てる 絶てる

咽に魚の骨が刺さる 骨を拾う

骨を野山に晒す（曝屍山野）晒す 曝す

骨に沁みる程の寒さ（冷得刺骨）沁みる 凍みる 滲みる 染みる

扇の骨（扇骨）

傘の骨（傘骨）傘 笠 暈 蒿

屋台の骨（遮日棚的支棍）

事業の骨に為る人（事業的骨幹的人）為る 成る 鳴る 生る

此のグループには骨に為る人が居ない（在這個集團裡沒有作骨幹的人）

骨が無い（沒有骨氣）無い 綯い

彼は中中骨の有る男だ（他是一個很有骨氣的人）有る 在る 或る

隨分骨の折れる仕事（是一件很費力的工作）

其の坂を登るのは中中骨だ（上那個坡很費力氣）登る 昇る 上る

漢字は覚えるのが骨だ（漢字記起來很費勁）覚える 憶える

扨、此からが骨だ（今後可要費勁了）扨 扨 偖

骨が折れる（費力氣、費勁、困難、棘手）

骨の折れる仕事（費力氣的工作）

骨が舎利に為っても（縱在九泉之下也…）

骨と皮（瘦得皮包骨）皮 革 川 河 側

骨に刻む（刻骨銘心）

骨に徹す（徹骨）徹す 撤す

骨に沁む（徹骨）

骨に為る（死、成為骨幹分子）為る 成る 鳴る 生る

骨迄しゃぶる（敲骨吸髓）

奴等に掛ったら骨迄しゃぶられるぞ（碰上他連皮都給你扒了）

骨を惜しむ（捨不得挨累、不肯賣力氣）惜しむ 愛しむ

骨を折る（盡力、賣力氣）

一つ骨を折って下さい（請幫幫忙）

骨を盜む（不肯賣力氣）盜む 偸む

骨を拾う（火葬撿遺骨、替別人善後，繼承別人的麻煩事）

私が骨を拾って上げます（我來給你善後）上げる 揚げる 挙げる

骨を休む（休息）

一骨（費一番力氣）

此は一骨折らされるぞ（這可需要費一番力氣啊！）

骨惜しみ〔名,自サ〕不肯賣力氣、不肯吃辛苦、懶惰
　骨惜しみを為ずに働く（不辭辛苦地工作）
　彼は骨惜しみする人だ（他是個懶惰的人）

骨貝〔名〕〔動〕骨螺

骨絡み〔名〕〔醫〕全身梅毒，梅毒侵入骨髓感到扎痛（＝骨疼き）、染上壞風氣

骨組み〔名〕骨骼，骨格、（建築物或機器等的）骨架、輪廓、大綱
　骨組みが華奢だ（體骼苗條）華奢華車花車
　骨組みの確りした男（體骼長得結實的人）
　工場は骨組み丈残して全焼した（工廠只剩下骨架其餘全燒毀了）工場工場
　文章の骨組み（文章的大綱）文章文章
　計画の骨組みが出来た（計畫有了輪廓）

骨違い〔名〕骨頭脱臼、骨頭脱位

骨接ぎ〔名〕接骨、正骨
　骨接ぎ術（接骨術）
　骨接ぎ医（正骨醫師）

骨茶〔名〕茶梗

骨っぽい〔形〕（魚等）刺多。〔轉〕有骨氣、剛強、棘手
　骨っぽい魚（刺多的魚）魚魚魚肴
　骨っぽい男（有骨氣的人）

骨無し〔名〕脊椎骨軟不能直立的殘廢。〔轉〕軟骨頭，沒有骨氣的人

骨抜き〔名〕去掉骨頭，去掉魚刺。〔轉〕（規畫等）去掉主要部分，抽去主要内容
　骨抜きの魚（去掉刺的魚）魚魚魚肴
　議案を骨抜きに為る（刪掉議案的主要内容）為る為る摩る擦る刷る摺る掏る磨る擂る
　骨抜きに為れた原案（被抽掉主要内容的原來方案）

骨離れ〔名〕去骨、剔骨
　此の魚は骨離れが好い（這種魚的骨刺好剔）好い良い善い好い良い善い

骨太〔形動〕骨頭大、骨格結實

骨偏〔名〕（漢字部首）骨字旁

骨身〔名〕骨和肉、全身、骨髓
　骨身を惜しまずに働く（不辭辛苦地工作）惜しむ愛しむ
　骨身に堪える（徹骨、透入骨髓）堪える応える答える堪える耐える絶える
　骨身を削る（粉身碎骨）削る梳る

骨休め〔名〕休息
　骨休めに一服する（抽一袋煙休息休息）
　適当に骨休めを為る（適當地休息休息）為る為る摩る擦る刷る摺る掏る磨る擂る

賈（ㄍㄨˇ）

賈〔漢造〕交易之場所為賈、商品、商人、買入、賣出、索求

賈人〔名〕商賈、商人

鼓（ㄍㄨˇ）

鼓〔漢造〕（樂器的）鼓、打鼓、鼓動、振作
　太鼓（鼓、大鼓）
　太鼓の撥（鼓槌）
　太鼓を打つ（打鼓）打つ撃つ討つ
　太鼓を鳴らす（打鼓）
　太鼓を叩く（奉承、逢迎、隨聲附和）叩く敲く
　鞨鼓（鞨鼓、能樂掛在胸前的鼓）
　鉦鼓（〔戰陣用的〕鉦和鼓、鉦鼓〔青銅製雅樂器之一〕、〔佛〕〔念經時敲的〕鉦）
　鐘鼓（鐘和鼓）
　輪鼓、輪子（立鼓）

鼓する〔他サ〕鼓起、奮起、打鼓
　勇を鼓して進む（鼓起勇氣前進）鼓する擦る擦る
　勇気を鼓して進む（鼓起勇氣前進）

鼓角〔名〕戰鼓和號角
鼓弓、胡弓〔名〕胡琴
　鼓弓を引く（拉胡琴）引く挽く轢く弾く
　惹く牽く曳く退く
　鼓弓弾き（胡琴師、拉胡琴的）
鼓室〔名〕〔解〕鼓室
鼓手〔名〕鼓手、打鼓的人
鼓吹〔名、他サ〕鼓吹，提倡、鼓舞，鼓勵
　民主主義を鼓吹する（提倡民主主義）
　全軍の士気を鼓吹する（鼓舞全軍士氣）
鼓声〔名〕鼓聲
鼓隊〔名〕（調整步伐的）鼓樂隊
鼓脹、鼓腸〔名〕〔醫〕腹脹
鼓笛〔名〕鼓和笛子
　鼓笛隊（笛鼓隊）
鼓動〔名、自サ〕（心臟的）跳動、博動、悸動
　驚きの為に心臓が激しく鼓動する（嚇得心裡嘣嘣直跳）激しい劇しい烈しい
　彼の心臓のが止まった（他的心臟停止跳動了）止まる留まる停まる泊まる
鼓舞〔名、他サ〕鼓舞
　士気を鼓舞する（鼓舞士氣）
　出場する選手を鼓舞する（鼓舞上場的選手）
鼓風炉〔名〕〔冶〕鼓風爐
鼓腹〔名、自サ〕飽食安樂
　鼓腹撃壌（享受太平之樂）
　鼓腹撃壌の民（鼓腹撃壌的人民）民民
鼓膜〔名〕〔解〕鼓膜
　鼓膜が破れ然うだ（震耳欲聾）敗れる破れる
鼓〔名〕鼓、小鼓，手鼓（類似中國的腰鼓用手打擊）
　大鼓と小鼓（大鼓和小鼓）

榾（ㄍㄨˇ）

榾〔漢造〕樹名，其枝似骨可製箭、木節

榾〔名〕燒火用的碎木片
　榾火を焚く（用碎木片燒火）焚く炊く
　榾木（引火木柴）

穀（ㄍㄨˇ）

穀〔漢造〕穀物
　五穀（五穀）
　米穀（米穀、穀物、糧食）
　雑穀（雜糧、粗糧）
　新穀（新穀、新米）
　脱穀（脫穀、脫粒）
穀雨〔名〕穀雨（二十四節氣之一）
穀蛾〔名〕〔動〕穀蛾
穀食〔名、自サ〕穀食、以糧穀為常食
　穀食動物（穀食動物）
穀倉、穀倉〔名〕穀倉、糧倉
　穀倉地帯（穀倉地帶、米糧川）
　新潟県は日本の穀倉である（新潟縣是日本的米糧川）
穀象虫〔名〕〔動〕穀象蟲（＝米の虫）
穀断ち〔名〕（因修行或許願等一定期間）戒食五穀
穀粒〔名〕穀粒、米粒
穀潰し〔名〕飯桶、懶漢、好吃懶做的人
　彼の男は穀潰しだ（那傢伙是個飯桶）
　此の穀潰し奴、出て行け（懶東西滾！）
　親の脛を齧る穀潰し（靠父母養活的廢物）
穀盗、穀盗人〔名〕穀盜科的昆蟲的總稱（穀類和穀粉的害蟲）
穀粉〔名〕穀粉（米粉或麥粉之類）
穀減り〔名〕（在舂米或運搬過程中）穀物的損耗
穀物〔名〕穀物、糧食、五穀
　穀物を栽培する（種五穀）
　穀物乾燥機（穀粒乾燥機）
穀類〔名〕穀類、糧穀、五穀

穀類を常食に為る（以五穀為常食）為る
為る掏る刷る摺る擦る磨る摩る擂る

轂（ㄍㄨˇ）

轂〔漢造〕輪轂（車輪中心穿軸的部分）、車

轂擊〔名〕車水馬龍
　　　肩摩轂擊（肩摩轂擊）

轂〔名〕輪轂

瞽（ㄍㄨˇ）

瞽〔漢造〕眼目瞑合無所見如鼓皮者為瞽、眼睛看不見東西的人、不能分辨是非善惡的人

瞽者〔名〕盲人（＝盲、盲）

瞽女〔名〕（彈著三弦琴行乞的）盲女

瞽、盲〔名〕盲目、盲人、文盲、沒有見識的人（＝盲、明盲）↔目明き

盲に為る（失明）

明盲（文盲、睜眼瞎）

怪我を為て盲に為った（受傷失明）

盲の人は杖を使う（盲人使用手杖）遣う

生まれ付きの盲（天生的瞎子）

盲千人目明き千人（社會上的人好壞參半）

盲に眼鏡（瞎子戴眼鏡、白費事）眼鏡

盲蛇に怖じず（初生之犢不怕虎）

盲の垣覗き（徒勞無益、白費勁）

盲に提灯（瞎子點燈白費蠟）

盲に抜身（毫無反應）

私は盲で字が書けません（我是文盲不會寫字）

彼は字の読めない盲だ（他是目不識丁的文盲）

絵に就いては私は全くの盲です（對於繪畫我可是全沒見識）

盲〔漢造〕盲、看不見、不識字（＝目が見えない）。盲目、不懂道理、不辨是非（＝道理が分らない）。一端不通的管子（＝突き抜けていない）。盲人、瞎子（＝目の見えない人）

色盲（色盲）

文盲（文盲）

夜盲（夜盲＝鳥目）

群盲（很多的盲人、愚蠢的群眾）

昏盲（昏盲）

盲唖〔名〕盲啞（＝盲と啞）

盲唖学校（盲啞學校）

盲唖者（盲啞人）

盲人、盲人〔名〕盲人．瞎子（＝盲、盲者、盲者）

盲人が指で点字を読む（盲人用手指讀點字）

盲人瞎馬に騎る（盲人騎瞎馬 夜半臨深池）乗る載る

盲人教育（盲人教育＝盲教育）

盲人拳（盲人拳）

聾〔漢造〕聾（＝聾）

盲聾（盲聾）盲盲

聾〔名〕聾子、嗅覺不靈、煙袋不透氣

聾に為る（聾了）為る生る鳴る成る

騒音で聾に為り然うだ（噪音簡直要把耳朵震聾了）

聾に為る（使人成為聾子）擂る磨る掏る擦る摺る刷る摩る

鼻聾（聞不到氣味）

聾の早耳（沒懂裝聽懂、亂加推測、好話聽不見壞話聽得清）

聾の立聴（聾子偷聽、聾子聽聲、不自量力）

聾桟敷（劇場最後邊或三四層樓上聽不到唱詞的看台。最遠的坐位看戲。喻局外的不重要的地位）

聾桟敷で芝居を見る（在最遠的坐位看戲）

聾桟敷に置かれる（被當作局外人．被安放在不重要的地位）置く擱く措く

私丈聾桟敷に置かれて何も知らなかった（就我一個人被蒙在鼓裡什麼也不知道）

聾 地帯（〔廣播〕敷層面積不易收聽區域．
收聽不清地區=ブランケット.エリア）

聾しい、耳廢〔名〕聾（=聾）

唖〔漢造〕啞

　　盲唖（盲啞）

　　聾唖（聾啞）

　　唖者（啞巴=唖、唖）

唖〔名〕啞巴、不會說話、啞口無言

　　彼は生まれ付き唖だ（他生來就是啞巴）

　　唖の振りを為る（裝啞巴）

　　唖に為る（成了啞巴）

　　唖の一声（千載難逢的事）一声一声

　　唖が物言う（絕無僅有的事）

　　唖の夢（心裡明白嘴說不出來）

　　唖問答（彼此有話講不通）

唖聾〔名〕啞巴（=唖）

唖〔名〕啞巴（=唖）

鵠（ㄍㄨˇ）

鵠〔漢造〕鳥綱，雁形目，似雁而大，俗稱天鵝

鵠〔名〕〔古〕鵠、天鵝（=白鳥）

蠱（ㄍㄨˇ）

蠱〔漢造〕以皿養毒蟲為蠱、惑亂

蠱惑〔名、他サ〕蠱惑、煽惑、誘惑（=惑わす）

　　蠱惑的（蠱惑性的、誘惑性的）

　　女が蠱惑的な眼差しで見る（女人用誘惑性的眼神看）

　　迚も蠱惑的に見える（看來很有誘惑力）

蠱くる、蠱る〔他四〕〔古〕詛咒、蠱惑，（使人）迷惑，蒙混，瞞哄

固（ㄍㄨˋ）

固〔漢造〕牢固，穩固，堅硬、固執，堅決，堅定、本來，原本

　　堅固（堅固，堅定，健康，結實）

　　拳固（〔俗〕拳頭〔=拳骨〕、〔車夫和工人中間的隱語〕五個）

　　牢固、牢乎（牢固、堅固、堅定）

　　強固、鞏固（鞏固、堅固、堅強）

　　凝固（凝固、凝結）

　　頑固（頑固、痼疾）

固液抽出〔名〕〔化〕固體液體提取（利用液體從固體中提取）

固化〔名、自サ〕（溶體）固化、凝固

固顎類〔名〕〔動〕固顎類

　　固顎類の魚（固顎類的魚）魚 魚魚魚 肴

固形〔名〕固形、固體

　　固形食物（固體食品）植物

　　固形燃料（固體燃料）

固結〔名、自サ〕固結、凝結、凝固

　　冷えて固結する（因冷而凝結）

固持〔名、他サ〕堅持、固執

　　自説を固持する（堅持己見）

固辞〔名、他サ〕堅決辭退

　　謝礼を固辞して受けない（堅辭謝禮不受）

固執、固執〔名、自他サ〕固執、堅持

　　自分の意見を固執する（固執己見）

　　誤りを固執する（堅持錯誤）誤り 謝り

固守〔名、他サ〕固守

　　陣地を固守する（固守陣地）

　　自分の意見を固守する（固執己見）

固相線〔名〕〔理〕固液相曲線

固体〔名〕〔理〕固體←→気体、液体

　　液体から固体に変わる（從液體變為固體）代る 替る 変る 換る

　　固体物理学（固體物理學）

　　固体燃料（固體燃料）

　　固体群（〔生〕種群）

　　固体炭酸（〔化〕乾冰、固體二氧化碳）

固着〔名、自サ〕黏著、定居

貝が岩に固着する（貝殼黏在石頭上）

田舎に固着する（在農村落戶）

固定〔名、自他サ〕固定

　資本が全く固定して終った（資本完全固定了）仕舞う終う

　蛍光灯を壁に固定する（把螢光燈固定在牆上）

　電気で空気から窒素を固定する（用電從空氣固定氮）

　固定資本（固定資本）

　固定資産（固定資產）

　固定コンデンサ（固定電容器）

　固定剤（固定劑）

　固定商（坐商）

　固定子（〔電〕固定子）

　固定相（〔化〕靜止相）

　固定記憶装置（〔計〕永久儲存器）

固有〔名、形動〕固有、特有、天生

　固有の（な）性質（固有的秉性）

　日本固有の動植物（日本固有的動植物）

　此は此の花に固有の香だ（這是這種花所特有的香氣）香馨

　本能は動物固有の物だ（本能是生來就有的）

　酸化しないのは金の固有の性質だ（不氧化是金子的特性）

　固有運動（〔理〕固有運動、〔天〕自行）

　固有X線（〔理〕特性X射線、標識X射線）

　固有音（〔理〕固有音、本徵音）

　固有函数（〔數〕特徵函數）

　固有種（〔生〕特有種、土著種）

　固有周波数（〔電〕固有頻率）

　固有振動（〔理〕固有振動、自然振動）

　固有値（〔數〕特性值、特徵值）

　固有電力（〔理〕可用電力）

　固有二次曲線（〔數〕常態二次曲線）

　固有名詞（〔語法〕專有名詞）←→普通名詞

固溶体〔名〕〔理〕固溶體

固陋〔名、形動〕頑固、守舊

　頑迷固陋（頑固守舊）

　固陋の（な）老人（老頑固）浪人

　固陋過ぎて新思想を受け入れない（過於頑固守舊不接受新思想）

固、堅〔造語〕堅硬

　固塩（凝結成塊的鹽）

　固パン（壓縮餅乾）

固唾〔名〕屏息等待時嘴裡存的口水

　固唾を呑む（緊張屏息、題心吊膽）呑む飲む

　如何為る事かと固唾を呑む（屏息注視著未來的演變）

　二人は思わず固唾を呑んで互いの顔を見交わしました（兩個人不由得提心吊膽地面面相覷）

固煉り、固練り〔名〕反覆地攪和使具有韌性、和得硬、攪稠的東西

　固煉りの歯磨（稠牙膏）

　固煉りモルタル（凝製灰泥）

　固煉りペイント（厚漆）

　固煉りに為る（和得稠稠的）為る摩る擦る刷る摺る掏る磨る擂る

固太り、固肥り〔名、形動、自サ〕胖得結結實實（的人）←→脂肪太り、水太り

　固太り（の）為た体格（胖得結結實實的體格）

　彼の人は固太りだ（那人胖得結結實實）

固い、堅い、硬い〔形〕硬的，緊的、堅固的，堅實的，堅強的，堅定的，堅決的←→柔らかい、緩い

　硬い鉛筆（硬鉛筆）固い堅い硬い難い難い

此の肉は硬くて食べられない（這肉硬得沒法吃）

鉄の様に硬い（鐵一般地硬）

堅い基礎（鞏固的基礎）

堅い砦（堅固的堡壘）

敵の防禦は堅い（敵人的防禦很堅固）

堅い決心（堅定的決心）

堅く信じて疑わない（堅信不疑）

此の靴は堅い（這個鞋緊）

堅い結び目（繫緊的結）

堅く絞ったタオル（用力擰乾的毛巾）

二人は堅い握手を為た（兩個人緊緊地握手）

堅い店（有信用的商店）

堅い商売（堅實的生意、正經的買賣）

硬い文章（生硬的文章）

人が硬い（為人可靠）

頭が硬い（腦筋頑固）

堅い読み物（理論性的讀物）

堅く断る（嚴厲拒絕）

堅く禁ずる（嚴禁）

優勝は堅い（確信能得冠軍）

合格は堅い（堅信能錄取）

難い〔形〕難的（＝難しい）←→易い

解するに難くない（不難理解）難い硬い堅い固い

想像するに難くない（不難想像）

一通りの努力では成功は難い（一般的努力是難以成功的）

難きを先に為て獲るを後に為（先難後獲）

難い〔接尾〕（接動詞連用形構成形容詞）難以

予測し難い（難以預測的）

理解し難い（難以理解的）

得難い人物だ（是個難得的人）

固める〔他下一〕（使物質等）凝固，堅硬、堆集一處、堅定，使鞏固、加強防守、（以…身を固める形式）身穿，用…把全身武裝起來、使安定、走上正軌、組成

石膏を固める（使石膏凝固）

良く踏んで土を固める（好好踩一踩把土踩堅實）

手で粘土を固める（用手把黏土捏在一塊）

荷物を固めて置け（把行李堆到一處）

決心を固める（堅定決心）

基礎を固める（鞏固基礎）

門を固める（加強門衛）

国境を固める（加強邊防）

白装束に身を固める（身穿一身白衣）

鎧に身を固める（用鎧甲武裝起來）

結婚して身を固める（成家、結婚後生活走上正軌）

足を洗って身を固める（洗手不幹壞事、務正業了）

役員を一族で固める（成員由一組人組成）

固め、堅め〔名〕（鞏固的）防禦，防備、（堅定的）誓約

固めを厳に為る（嚴加戒備、警備森嚴）

彼等は国の固めである（他們是國家的干城）

婚約の固めに指環を贈る（贈送訂婚戒指）

夫婦の固めの杯を交わす（喝交杯酒）

固目〔名〕稍硬、稍許硬點

御飯を固目に炊く（把飯煮得硬點）

固目の御飯（煮得稍硬的飯）

固め技〔名〕〔柔道〕壓住對手，勒住對手，關節招數的總稱

固まる〔自五〕（粉末、顆粒、黏液等）變硬，凝結，凝固，成塊，固定，穩固，成形，成群，成塊，集在一起，熱中，篤信（宗教等）、安定，穩定，不再發展

　　コンクリートが固まる（水泥凝固）

　　溶けた金属が固まる（熔化了的金屬又凝固）溶ける解ける融ける熔ける鎔ける梳ける説ける

　　雨降って地固まる（雨後地面變硬、糾紛之後反而更加平靜、壞事變好事）

　　良く相談し合ったが意見が固まらなかった（多方商洽意見未能一致）

　　一日考えて見たが未だ決心が固まらない（考慮了一天還沒下定決心）一日一日 一日一日

　　寒いので、皆ストーブの周りに固まっている（因為天冷大家都集聚到火爐的周圍）

　　排外思想に固まっている（熱中於排外思想）

　　情勢が固まった（形勢穩定了）

　　もう天気が固まり然うな物だ（天氣似乎要穩下來了）

　　養生して病気が固まる（經過療養之後病情穩定了）

　　縁談が固まった（親事說定了）

　　身が固まる（結婚成家、生活安定、地位穩固）

固まり、塊〔名〕塊，疙瘩，群，堆，集團。（以…の固まり的型式）極端…的人，執迷不悟（的人）

　　氷の固まり（冰塊）

　　石炭の固まり（煤塊）

　　雪の固まり（雪塊）

　　塩の固まりは潰してから使って下さい（請把鹽塊弄碎再用）

　　子供の固まり（一群小孩）門門

　　学校の門の前に一固まりの学生が居る（學校的大門口有一群學生）煎る入る要る射る炒る鋳る

　　彼処に一固まり此処に一固まり（那邊一群這邊一伙）此処其処彼処何処

　　拝金主義の固まり（頑迷的拜金主義者）

　　欲の固まり（極端貪婪的人）

　　彼奴はけちの固まりだ（他是一個吝嗇鬼）

固より、素より、元より、本より〔副〕本來，原來，根本、當然，固然，不用說

　　其は素より承知の上だ（那是我原先就知道的）

　　辛い事は素より覚悟の登山だ（早就料到登山是件辛苦的事）

　　試験の失敗は素より覚悟していた（早就有了試驗失敗的心理準備）

　　私は素より反対する気持は有りません（我根本就沒有反對的意思）

　　此は素より極端な例ですが（這當然是個極端的例子）

　　ドイツ語は素より英語も日本語も知っている（德語不用說還會英語和日語）

　　彼は英語は素よりフランス語、ドイツ語にも堪能だ（他英文不用說法語德語都能精通）堪能堪能

　　素より会に出席します（當然要出席會議）

　　夏は素より春や秋でも海で泳いでいる（夏天不用說春天秋天也在海邊游泳）

　　遊園地は休日は素より平日も混雑する（遊園地假日就不用說平常也很壅擠）

　　条件が有れば素よりの事、無ければ条件を付けて遣る（有條件當然好沒有條件也要創造條件）

故（ㄍㄨˋ）

故〔漢造〕故舊，陳舊，原來，本來，故去，死去、有來由的事，特意，有意

　　典故（典故）

　　温故知新（溫故知新）

　　物故（死去）

　　事故（事故，故障、事情，事由）

世故（世故）

故意〔名〕故意，蓄意，存心。〔法〕故意←→過失

故意でない（不是故意的）

故意か過失か（是故意還是過失？）

故意の行為（故意的行為）

故意に人を殺す（蓄意殺人）

故意に勝負に負ける（比賽時故意輸給對方）

故院〔名〕駕崩的上皇和法皇、寺院死去的主僧

故園〔名〕故鄉

故縁〔名〕舊緣

故家〔名〕舊家、以前住過的家

故旧〔名〕故舊、故交、舊友（=古馴染ふるなじみ）

故旧を訪ねる（訪舊友）訪ねる 尋ねる 訊ねる 訪れる

故旧を忘れては行けない（不要忘記故交）

忘れ難い故旧（難忘的舊友）

故宮〔名〕故宮

故宮博物館（故宮博物館）

故居〔名〕故居、舊居、以前的住處

故京、古京〔名〕故都、古都、舊都

故君〔名〕亡君

故国〔名〕祖國、故鄉

故国へ帰る（回故鄉、返回祖國）帰る 孵る 返る 還る 買える 飼える 変える 替える 換える 代える 蛙

五年振りに故国の土を踏む（隔了五年之後又踏上故鄉的土地）

故国を離れて台中に出る（離開故鄉來到台中）離れる 放れる

故殺〔名、他サ〕故意殺人、〔法〕（日本舊刑法上的）故殺罪（由於一時激動的殺人）

故山〔名〕故鄉（=故鄉）

病を得て故山に帰る（得病還鄉）病 病む 得る 売る

故山に骨を埋める（埋骨於故鄉）埋める 生める 産める 膿める 倦める 熟める 績める

故紙、古紙〔名〕廢紙（=反故、反古）

故事〔名〕故事、古傳、典故

話の中に故事を引く（說話引用典故）引く 曳く 牽く 惹く 弾く 轢く 挽く 退く

此の言葉には故事が有る（這句話有個典故）言葉 詞 有る 在る 或る

故事来歴（故事的來由）

故事〔名〕舊事、老事、以前的事

故実〔名〕古昔的典章制度

故実を調べる（調查研究古代的典章制度）

有職故実（研究古代典章制度的學問）

故主〔名〕故主、舊主

故障〔名、自サ〕故障，障礙，毛病，事故、異議，反對意見

機械が故障した（機器出了毛病）

故障に発条に在る（毛病出在發條上）発条撥條

体には故障が無い（身體沒有毛病）

大雪の為に各所で故障が生じた（因為下大雪到處發生了交通事故）大雪 大切

其の列車は何か故障が有って延着した（那次列車由於發生了某種事故誤點了）

故障無く進行する（順利進行）

故障を申し立てる（提出異議）

故障を唱える（表示反對、唱反調）唱える 称える

故人〔名〕〔古〕故人，舊友，死者，亡者

彼は到頭故人と為った（他也終於去世了）

故人の冥福を祈る（祈禱死者冥福）祈る 祷る

故態、古態〔名〕故態、以前的樣子

故知、故智〔名〕故智、前人的智謀

諸葛孔明の故知に倣う（効仿孔明的故智）倣う 習う 学ぶ

故買〔名、他サ〕知情卻收贓、買贓物

故買屋の店（買贓物的黑店）

贓品を故買する（買贓物）

故友〔名〕舊友

故老、古老〔名〕故老、（深知往事的）老人
村の古老に尋ねる（詢問村中的故老）尋ねる 訪ねる 訊ねる 訪れる

故い、古い、旧い〔形〕已往、年久，古老、陳舊、陳腐，不新鮮、落後，老式
彼と知り合ったのも古い話だ（和他相識是從前的事）
古い家（年久的房子）家家家家
古い友達（老朋友）
中国の文明は世界で一番古い（中國的文明在世界上最古老）
古い靴（舊鞋）
古い服（舊衣服）
古い言葉だが時は金だ（古言説時者金也）金金
古い魚（不新鮮的魚）
古い型の洋服（舊式的西裝）
其の手はもう古い（那種手法已經不新鮮了）
君の考え方はもう古い（你的想法落伍了）
頭が古い（舊腦筋）
故きを温ね新しきを知る（温故知新）

故郷、古里、故里、故郷〔名〕故郷、老家
故郷に帰る（回老家）帰る 返る 還る 孵る 蛙 変える 替える 換える 代える 買える 飼える
故郷の山が懐かしい（故郷的山令人懷念）
富士山は日本人の心である（富士山是日本人的精神故郷）
故郷を思い出す（想起老家）

故郷〔名〕故郷、家郷、原籍、出生地（=故郷、古里、故里）
故郷が恋しい（懷念故郷）
故郷に帰る（回故郷）帰る 返る 還る 孵る 蛙 変える 替える 換える 代える 買える 飼える
故郷を離れる（離開家郷）離れる 放れる

故郷の名物（家郷的名産）
故郷を後に為る（離郷背井）擂る 磨る 掏る 摺る 刷る 擦る 摩る
故郷へ錦を飾る（衣錦還郷）

故〔名〕理由、緣故（=訳）、（某種）情況

〔接助〕（接體言下、表示原因或理由）因為（=の為、だから）
故無き侮辱を受ける（無故受辱）
故無くして人を殺す（無故殺人）
故有り気な言葉（似有所指的話）
故有って家を出る（因故離開家）
貴方故（因為你）
病気故欠席する（因病缺席）
此も幼い子供故と御許して下さい（這都因為他是個孩子請您原諒）幼い

故に〔接〕故、因為…所以（=だから、其故）
三辺の長さが夫夫等しい、故に此の二つの三角形は合同だ（因為三個邊各都相等所以這兩個三角形全等）夫夫 其其

故由〔名〕〔舊〕緣故、因由（=訳、謂われ）

故〔接〕故、因為…所以（=故に）

故、旧、元〔名〕原來，以前，過去、本來，原任、原來的狀態
元首相（前首相）
元の校長（以前的校長）
元の儘（一如原様、原封不動）
元からの意見を押し通す（堅持原來的意見）
品物を元の持主に返す（物歸原主）返す 帰す 反す 還す 孵す
私は元、小学校の先生を為ていました（以前我當過小學教員）
又元の工場に戻って働く事に為った（又回到以前的工廠去工作）工場 工場
此の輪ゴム伸びて終って、元に戻らない（這橡皮圈沒彈性了無法恢復原狀）
一旦した事は元は戻らぬ（覆水難收）

元の鞘へ(に)収まる(〔喻〕言歸於好、破鏡重圓)収まる納まる治まる修まる

元の木阿弥(恢復原狀、依然故我-常指窮人一度致富後來又傾家蕩產恢復原狀)

元、本、素〔名〕本源,根源←→末、根本、根基、原因,起因、本錢,資本,成本,本金,出身,經歷,原料,材料,酵母,麴,樹本,樹幹,樹根,和歌的前三句,前半首

〔接尾〕(作助數詞用法寫作本)棵、根

禍の元(禍患的根源)

元を尋ねる(溯本求源)

話を元に戻す(把話說回來)

此の習慣の元は漢代に在る(這種習慣起源於漢朝)

電気の元を切る(切斷電源)

元を固める(鞏固根基)

外国の技術を元に為る(以外國技術為基礎)

農業は国の元だ(農業是國家的根本)

元が確りしている(根基很扎實)

失敗は成功の元(失敗是成功之母)

元を言えば、君が悪い(說起來原是你不對)

風邪が元で結核が再発した(由於感冒結核病又犯了)

元を掛ける(下本錢、投資)

元が掛かる仕事だ(是個需要下本錢的事業)

商売が失敗して元も子も無くして仕舞った(由於生意失敗連本帶利都賠光了)

元も子も無くなる(本利全丟、一無所有)

元が取れない(虧本)

元を切って売る(賠本賣)

本を質す(洗う)(調查來歷)

元を仕入れる(購料)

紅茶と緑茶の元は同じだ(紅茶和綠茶的原料是一樣的)

聞いた話を元に為て小説を書いた(以聽來的事為素材寫成小說)

木の本に肥料を遣る(在樹根上施肥)

庭に一本の棗の木(院裡一棵棗樹)

一本の菊(一棵菊花)

本元(根源)

下、許〔名〕下部、根部周圍、身邊、左右,跟前、手下,支配下,影響下,在…下

桜の木の下で(在櫻樹下)

旗の下に集る(集合在旗子周圍)

親許を離れる(離開父母身邊)

叔父の許に居る(在叔父跟前)

友人の許を訪ねる(訪問朋友的住處)

勇将の許に弱卒無し(強將手下無弱兵)

月末に返済すると言う約束の下に借り受ける(在月底償還的約定下借款)

法の下では皆平等だ(在法律之前人人平等)

先生の合図の下に歩き始める(在老師的信號下開始走)

一刀の下に切り倒す(一刀之下砍倒)

山下、山元、山本(山麓,山腳,山主,礦山主,礦山所在地,礦坑的現場)

雇(《ㄨˋ)

雇〔漢造〕雇、雇傭

解雇(解雇、解職)

雇員〔名〕雇員、辦事員

雇員から社員に為る(由雇員升為公司的職員)為る成る鳴る生る

雇役〔名〕被雇從事職務、(律令制)強制施行的雇用勞動

雇農〔名〕雇農

雇用、雇傭〔名,他〕雇傭、就職

雇用を安定させる(使就業情況穩定下來)

雇用契約(雇用契約)

雇用と失業（就業和失業）
雇う、傭う〔他五〕雇、雇用
　女中を雇う（雇女傭）
　船を雇う（雇船、租船）船舟
　君を当校の教師に雇おう（我想聘你當本校老師）
　銀行に雇われる（被銀行雇用）
雇女〔名〕（在京都、大阪地方飯館裡）臨時雇用的女傭（女招待）
雇い，雇、傭い，傭〔名〕雇用，雇傭（的人）。
〔舊〕（機關中的）雇員，臨時職員
　雇兵（雇傭兵）
　臨時雇（臨時雇用〔的人〕）
　日雇（日工）
　雇入れ（雇用）
　雇を募集する（招臨時職員）
　役所の雇に為る（當機關的雇員）
御雇い〔名〕雇用、聘用（的人）（=雇い，雇、傭い，傭）
　御雇い外国人（外國人雇員、政府聘用的外國人）
　御雇い教師（政府聘用的〔外籍〕教師）
雇い入れる 雇入れる〔他下一〕雇用（=雇う、傭う）
雇い入れ、雇入れ〔名〕雇用、雇進
　雇い入れ契約書（雇用合約）
　雇い入れの広告を為る（登雇用廣告）為る為る擦る刷る摺る掏る磨る摩る擂る
雇人〔名〕傭人、使喚人
　雇人を解雇する（辭退傭人）
　雇人の頭を撥ねる（克扣傭人、抽取傭人佣金）撥ねる跳ねる刎ねる
　半端仕事を為る雇人（做零活的傭人、零工）
雇主〔名〕雇主
　雇主組合（雇主聯合會）

痼（ㄍㄨˋ）

痼〔漢造〕久病為痼、長期難治的疾病、很難克服的惡習
痼疾〔名〕痼疾、老病（=持病）
　痼疾に悩む（苦於長年的老病）
痼る、凝る〔自五〕聚縮、發硬
　乳が凝る（乳房發硬）
痼、凝〔名〕聚縮，發硬、（彼此感情上的）隔閡，芥蒂
　肩に凝が出来た（肩膀發硬）
　背中に凝が有る（背上有個硬疙瘩）
　凝が解ける（感情融洽了）
　二人の凝が解けた（兩人之間芥蒂解開了）
　事後に凝を残す（事後留下隔閡）
　胸の凝が解れた（心裡的疙瘩解開了）
痼博打〔名〕沉溺於賭博

顧（ㄍㄨˋ）

顧〔漢造〕看
　回顧（回顧、回憶、回想）
　一顧（一顧、一看）
　右顧左眄（左顧右盼、躊躇不決=左顧右眄）
　愛顧（會顧、眷顧、光顧=最眉、引き立て）
顧客、顧客〔名〕顧客、主顧（=御得意）
　顧客が多い（顧客多、顧客盈門）多い覆い蔽い蓋い被い
顧眄、顧盼〔名〕回頭看。〔轉〕照顧
顧望〔名〕回頭看、環視、猶豫不決
顧問〔名〕顧問
　技術顧問（技術顧問）
　法律顧問（法律顧問）
　顧問弁護士（顧問律師）
顧慮〔名、他サ〕顧慮
　此の点に就いては顧慮を要しない（關於這一點不用顧慮）要する擁する
　世間の噂を（に）顧慮する事無く気儘に振る舞う（不顧社會的議論而我行我素）

顧みる〔他上一〕回頭看，往回看、回顧、顧慮、關心、照顧

　後ろの人を顧みる（回頭看後面的人）

　昔の事を顧みる（回顧往事）

　過去を顧み、未来を思う（思前想後）

　顧みれば三十年も昔の事です（回想起來已經是三十年前的事情了）

　自らの危険を顧みず（不顧個人的安危）

　自分の健康を顧みる暇が無い（無暇顧及自己的健康）

　前後を顧みず（不顧前後、不顧一切）

　我が身を顧みず（忘我地）

　公平無私で、義理人情は顧みない（大公無私不講情面）

　忙しくて人を顧みる暇が無い（由於太忙無暇照顧別人）

省みる〔他上一〕反省、反躬、自問

　我が身を省みる（自省）

　省みて疚しい処が無い（問心無愧）

　自らを省みて恥じる処が無い（問心無愧）

　人を責めず自己を深く省みる（不責備他人深自反省）

瓜（ㄍㄨㄚ）

瓜〔漢造〕葫蘆科蔓生植物，有卷鬚，葉掌狀，花多黃色，實可食用

瓜田〔名〕瓜田

　瓜田李下（瓜田李下）

　瓜田に履を納れず（瓜田不納履）

瓜〔名〕瓜（梢瓜、黃瓜、西瓜、甜瓜等的總稱）（特指梢瓜、甜瓜）

　瓜に爪有り爪は爪無し（瓜字有爪爪字無爪-形容瓜字與爪字的區別）

　瓜の蔓に茄子は生らぬ（瓜蔓上長不出茄子來、龍生龍鳳生鳳）

瓜切り、瓜切〔名〕（切瓜似地）一刀切成兩半、劈成兩半

瓜実顔〔名〕瓜子臉

　瓜実顔の美人（瓜子臉的美人）

瓜状果〔名〕〔植〕瓠果

瓜作り、瓜作〔名〕種瓜（的人）

瓜の木〔名〕〔植〕八角楓

瓜蠅、守瓜〔名〕〔動〕瓜蠅、守瓜（瓜葉的害蟲）

瓜膚楓〔名〕〔植〕瓜皮槭樹

刮（ㄍㄨㄚ）

刮〔漢造〕用銳利的鋒刃平削、擦拭

刮眼〔名、自サ〕刮目（=刮目）

刮目〔名、自サ〕刮目

　刮目して待つ（刮目以待）

　刮目に値する仕事（值得刮目以視的工作）

刮げる〔他下一〕刮掉、刮去

　釜底の御焦げを刮げる（刮去鍋底上的鍋巴）

　靴の泥を刮げ落とす（刮掉鞋上的泥土）

括（ㄍㄨㄚ）

括〔漢造〕包括

　包括（包括、總括）

　総括（總括、總結）

　一括（總括起來）

　統括（總括、匯總）

　概括（概括、總括）

括弧〔名〕括弧、括號

　括弧を掛ける（加括號）

　括弧に（で）囲む（括在括弧裡）

く

括弧を取る（去掉括弧）取る 執る 盗る 獲る 撮る 摂る 捕る 採る

　式を括弧を括る（用括弧把算式括起來）

　此の式を括弧を外して解き為さい（請去掉括弧後把這個算式解出）

　引用文を括弧に入れる（把引用句放在括弧裡）入れる 容れる

括約筋〔名〕〔解〕括約肌

　肛門括約筋（肛門括約肌）

括す〔他四〕捆扎、綁上，縛住（=括る）、用絞纈染法染（=括り染めに為る）

括し〔名〕捆扎、綁上，縛住、絞纈染法

括し上げる〔他下一〕綁起來、用絞纈染法染

　後ろ手に括し上げる（背著手綁起來）

括る〔他五〕捆扎、綁上，縛住、總結、總括、括，括起來、吊，勒

　木の棒を紐で十本宛括る（用繩子把木棒捆成十根一捆）潜る

　此の紐は短くて括る事が出来ない（這根繩子太短捆不上）

　人を柱に括る（把人綁在柱子上）

　話の内容を短く括る（簡短地總結談話的內容）

　A＋bを括弧で括る（用括弧把a+b括起來）

　首を括る（上吊）

　高を括る（〔表示輕蔑或輕視之意〕不放在眼裡，認為不直一顧）

　落第する事は有るまいと彼は高を括っていた（他自以為不會考不上而目空一切）

括り〔名〕捆，綁、（捕鳥獸用的）網索，套、結束，總括、捆東西用的繩子

　括りを解く（解開綑綁）解く 説く 溶く

　括りを付ける（結束）付ける 附ける 尽ける 憑ける 衝ける 吐ける 着ける 就ける

　話の括りを述べ始める（開始結束談話）

括頤〔名〕重下頦

括り猿〔名〕（用布和棉花作的）玩具猴、小布猴

括り染め〔名〕絞纈染法（=括し）

括り付ける〔他下一〕綁上，捆上、（用規章等）拘束，束縛

　柱に括り付ける（綁在柱子上）

　人を規則に（で）括り付ける（用規章拘束人）

括り紐〔名〕（綑綁東西用的）細繩

括り枕〔名〕（內蕎麥皮或棉花、茶葉渣等）兩頭扎起的枕頭

括り目〔名〕綑綁的地方、吊勒的地方、捆吊勒的痕跡

括る〔他五〕勒、勒緊

括れる〔自下一〕中間變細

　腰が括れている（腰部細）括れる 縊れる 括る 縊る

　首の括れた花瓶（細脖子花瓶）

　湾の入口は括れていて、其処は一キロにも足りない（海灣的進口狹窄連一公里寬都不到）

括れ〔名〕中間變細（的部分）

　瓢箪の括れ（葫蘆中間細的部分）

　瓶の口の括れ（瓶子的細脖子）

蝸（ㄍㄨㄚ）

蝸〔漢造〕蝸牛

蝸牛、蝸牛、蝸牛、蝸牛〔名〕〔動〕蝸牛

　蝸牛殻（蝸牛殼、〔解〕耳蝸）

　蝸牛形（〔數〕三等分角線）

　蝸牛が角を出した（蝸牛伸出角來）角角 角角

　蝸牛角上の争い（蝸牛角上之爭、〔喻〕為細微小事的爭吵，無謂之爭）

　蝸牛の歩み（〔喻〕事物進行緩慢）

寡（ㄍㄨㄚˇ）

寡〔名、漢造〕寡，少。〔古〕（君主的自稱）寡人、喪配的一方

　寡は衆に敵せず（寡不敵眾）する 適する

寡を以て衆に当たる（以寡敵眾）当る中る

多寡（〔量數等的〕多寡）

鰥寡（鰥寡）

鰥寡孤独（鰥寡孤獨）

寡額〔名〕最小額

寡居〔名〕寡居（=寡暮らし）

寡言〔名〕寡言、不多說（=無口）

　寡言の人（寡言的人）

　彼は私よりも寡言でした（他比我話語還少）

寡作〔名、形動〕作品很少←→多作

　寡作の小說家（作品很少的小說家）

　彼の作家は寡作だ（那個作家作品很少）

寡少〔形動〕寡少、很少

寡人〔名〕〔古〕（君主的自稱）寡人

寡勢〔名〕人數少（=無勢）

寡占〔名〕〔經〕寡頭壟斷、少數公司壟斷市場

　寡占経済（寡頭壟斷經濟）

　寡占価格（寡頭壟斷價格）

寡頭政治〔名〕寡頭政治←→民主政治

寡徳〔名〕（天子自謙）薄徳

寡聞〔名〕（常用於自謙）寡聞

　其の件は寡聞に為て未だ存じません（我因孤陋寡聞那事還沒聽說過）未だ未だ

　寡聞に為て然う言う事実を私は知りません（因孤陋寡聞那件事我不知道）言う云う謂う

寡兵〔名〕寡兵

　敵を寡兵と侮る可からず（不應輕視敵人兵少）

寡黙〔名、形動〕沉默寡言

　寡黙な（の）人（沉默寡言的人）

　寡黙を尊ぶ（崇尚沉默寡言）尊ぶ貴ぶ尊ぶ貴ぶ尊む貴む

寡欲〔名、形動〕寡慾←→多欲

　寡欲な（の）人（寡慾的人）

寡，鰥夫，寡男，鰥夫〔名〕鰥夫（=男寡）

孀、寡婦、寡婦〔名〕寡婦（=寡，鰥夫，寡男，鰥夫，男寡）

　戦争寡婦（戰爭中失去丈夫的寡婦）未亡人

　寡婦暮しを為る（守寡）為る摩る擦る刷る掏る摺る磨る摩る擂る

　寡婦住み（女人一個人住）

寡男、鰥夫〔名〕鰥夫（=男寡）←→寡婦、孀、寡婦

　寡男に蛆が湧く（鰥夫家髒）涌く湧く沸く

挂（ㄍㄨㄚˋ）

挂〔漢造〕懸掛

挂冠、掛冠〔名、自サ〕（掛冠的慣用讀法）（高官）辭職

挂灯、挂燈〔名〕挂燈

　挂燈浮標（挂燈浮標、有燈光裝置的航路浮標）

袿（ㄍㄨㄚˋ）

袿〔漢造〕婦女上衣

袿、袿〔名〕〔古〕顯貴婦女穿在外衣裡面的夾上衣、男子穿在便服裡面的衣服（=打ち掛け）

卦（ㄍㄨㄚˋ）

卦〔名〕卦、八卦、占卦

　卦が悪い（凶卦）

　吉と卦が出る（占得吉卦）

　当たるも八卦、当たらぬも八卦（問卜占掛也許靈也許不靈、〔喻〕不可靠）当る中る

　八卦（八卦、占卦、占卜）

　八卦を見る（算卦、占卜）見る看る視る観る診る

　八卦八段嘘八百（卜者信口胡說）

卦算、卦算，圭算〔名〕鎮紙（=文鎮）

　卦算冠（漢字部首文字頭"宀"）冠冠

卦体〔名〕占卜的卦形，占卜的結果。〔轉〕吉凶之兆（=縁起）

　　卦体が悪い（可恨，可惡，令人生氣、奇妙，奇怪）

郭（ㄍㄨㄛ）

郭（漢造）城郭。寬闊

　　城郭、城廓（城郭、隔閡）
　　外郭、外廓（外廓、外圍）
　　外郭団体（外圍團體）
　　輪郭、輪廓（輪廓、概略）

郭清、廓清〔名，他サ〕肅清

　　腐敗した政党政治を郭清する（肅清腐敗的政黨政治）
　　郭清運動（肅清運動）

郭内、廓内〔名〕城郭內、烟花巷內

郭寥〔形動〕寂廖

　　郭寥とした深夜の気配（寂廖的深夜的氣氛）

郭公〔名〕〔動〕郭公、布穀鳥。〔俗〕杜鵑、子歸（=不如帰、杜鵑、時鳥、子規）

郭、廓、曲輪〔名〕城郭、花街柳巷（=遊郭 遊廓）

郭通い〔名〕〔舊〕經常嫖妓、經常冶遊（=悪所通い）

郭言葉、郭詞〔名〕〔舊〕花街柳巷用語、妓女之間的用語

鍋（ㄍㄨㄛ）

鍋〔名〕淺鍋、〔烹〕火鍋。〔俗〕〔舊〕女用人的通稱

　　鍋を火に掛ける（把鍋坐在火上）
　　鍋で煮る（用鍋煮）
　　牛鍋（牛肉鍋）
　　鳥鍋（雞肉鍋）
　　御鍋（女用人）

鍋金〔名〕生鐵、鑄鐵（=銑鉄。銑鉄）

鍋敷き、鍋敷〔名〕鍋墊鍋圈

鍋鴨焼〔名〕〔烹〕醬燒茄子

鍋尻〔名〕鍋底

　　鍋尻を焼く（成家、建立家庭、主中櫃）

鍋墨〔名〕鍋底烟子

鍋底〔名〕鍋底

　　鍋底形（鍋底形）
　　鍋底景気（鍋底景氣）（長期停留在衰退不振的階段）

鍋弦〔名〕鍋的提梁

鍋鶴〔名〕〔動〕灰鶴

鍋蓋〔名〕鍋蓋。漢字部首（宀=計算冠）

鍋物〔名〕〔烹〕火鍋（指鋤燒、牛鍋等）

鍋焼き、鍋焼〔名〕〔烹〕（雞，肉，魚，青菜合燉的）什錦火鍋。沙鍋麵條（=鍋焼饂飩）

鍋リベット〔名〕盤頭鉚釘

　　太首鍋リベット（盤頭錐頸鉚釘）

鍋炉〔名〕坐淺鍋的小爐

掴（ㄍㄨㄛˊ）

掴（漢造）用手掌打嘴巴

掴まえる、捕まえる〔他下一〕抓住、捉住、揪住

　　袖を掴まえて放さぬ（抓住袖子不放）
　　縄を掴まえて上がる（抓住繩子爬上去）
　　犯人を掴まえる（抓住犯人）
　　猫を掴まえる（把貓捉住）
　　車を掴まえる（叫住汽車）
　　給仕を掴まえてカクテルを注文する（叫住服務員要雞尾酒）
　　其の点を確り掴まえなくては為らない（必須牢牢地掌握這一點）
　　人を掴まえて長談義を爲る（揪住人喋喋不休）
　　勉強している人間を掴まえて酒を飲ませるなんて（竟揪住正在用功的人喝酒真是的）

掴まえ所〔名〕〔俗〕要點，要領

　　掴まえ所の無い返事（不得要領的回答）

掴ます〔他下一〕行賄、塞給（=掴ませる）

掴ませ物〔名〕（受騙買到別人塞給的）贋品、次貨

掴ませる〔他下一〕行賄、塞給
- 一万円掴ませる（行賄一萬日圓）
- 掴ませて口留する（行賄使保密）
- 人に贋金を掴ませる（把偽鈔塞給別人、使假錢）
- 粗悪品を掴まされた（受騙買了次貨）

掴まる、捉まる〔自五〕抓住、揪住、逮住
- 犯人を掴まった（犯人住住了）
- 彼の人に掴まったら逃げられない（如果被抓住就跑不掉）
- 吊り革に掴まる（抓住電車吊環）
- 私に確り掴まっておいで（緊緊揪住我）
- 赤ん坊が物に掴まって立つ（嬰兒揪住東西站起來）

掴まり立ち〔名〕（嬰兒）能扶著東西站起來

掴む、攫む〔他五〕抓住、揪住（=握り持つ）
- 手を掴んで放さない（抓住手不放）
- 髪を掴んで引き倒す（揪住頭髮拖倒在地）
- 大金を掴む（抓大錢）
- 掴んだら放さない人間だ（是個抓住就不放手的人）
- 確り掴んで放すな（緊緊抓住別鬆手）
- チャンスを掴む（抓住機會）
- 問題の核心（実質）を掴む（抓住問題的核心：實質）
- 文の大義を掴む（抓住文章的大義）
- 大衆生活の状況をはっきり掴む（明確了解民眾的生活狀況）
- 更に敵情を掴む様に為る（進一步掌握敵情）
- 漸く其の特質を掴める様に為った（逐漸抓到了它的特性）
- 溺れる者は藁をも掴める（抓住救命稻草、狗急跳牆、飢不擇食）
- 雲を掴める（不著邊際、不得要領、沒準章程）

掴み、掴〔名〕（用作助詞）一把。〔建〕（房頂）人字板。〔機〕夾扣
- 一掴みの麦（一把麥子）
- 掴みブレーギ（手剎車）

掴み合う〔自五〕扭在一起、扭打揪打
- 往来の真中で掴み合う（在大街上扭打）

掴み合い〔名〕扭打、揪打
- 口論から掴み合いに為る（由於口角扭打起來）
- 掴み合いを始める（扭打起來）

掴み上げる〔他下一〕抓起來。〔機〕鏟起來

掴み上げバケツ〔名〕〔機〕鏟泥斗

掴み洗い、掴洗い〔名〕（洗毛線絲織品等不揉搓）用手抓洗

掴み掛かる、掴み掛る〔自五〕揪起來。〔轉〕反抗起來，抵抗起來
- 闇の中で暴漢が行き成り掴み掛かって来た（在黑暗裡歹徒突然走上前來揪住）

掴み殺す〔他五〕掐死

掴み代〔名〕焊條夾持端頭

掴み出す〔他五〕抓出、揪出
- ポケットから千円札を掴み出す（從口袋抓出一張千元鈔票）
- さっさと帰らないと掴み出すぞ（如不趕快回去就把你揪出！）

掴み所〔名〕要領
- 掴み所が無い（不得要領）
- 掴み所の無い人間（摸不著頭腦的人）
- 掴み所の無い話（不得要領的話）

掴み取る〔他五〕抓取、掌握住、理解到
- 此の道理は生産実践を通じて掴み取ったのである（這道理是從生產實踐中理解到的）

掴み取り〔名〕大把抓取、隨便抓取
- 大売出しの景品は栗の掴み取りです（大甩賣的贈品是讓顧客大把抓取栗子）

掴み取りを為ないで箸で取りなさい（別用手抓拿筷子來）
濡れ手で栗の掴み取りとは行かない（事情不是那麼容易的、不費力氣得不到代價）

掴み投げ、掴み投〔名〕〔相撲〕抓住對方兜襠布舉起摔出場外

馘（ㄍㄨㄛˊ）

馘〔漢造〕戰俘割其耳以獻功為馘

馘首〔名、他サ〕斬首、〔轉〕免職，革職，解雇（=首切り）
大量の馘首を行う（大量解雇）
十人馘首された（十個人被解職了）

国（國）（ㄍㄨㄛˊ）

国〔漢造〕國、政府、國際、國民、國有、日本古代行政區劃、日本本國的

　　小国（小國）
　　大国（大國）
　　外国（外國）
　　多国（多國）
　　他国（他國）
　　亡国（亡國）
　　愛国（愛國）
　　王国（王國、強大集團勢力）
　　興国（興國、繁榮國家）
　　公国（公國）
　　皇国（日本國自稱）
　　建国（建國、開國）
　　祖国（祖國）
　　本国（本國、祖國）
　　海国（海國、島國）
　　回国（周遊各國、雲遊）
　　開国（開國）

国威〔名〕國威
国威に関する問題（關係到國家威信的問題）
国威を発揚する（發揚國威）
国威の高揚（國威高揚）

国運〔名〕國運
国運が栄える（國運昌隆）
国運が傾いた（國運衰微了）
国運を賭けた戦争（賭以國運的戰爭）

国営〔名〕國營⟷民営
国営デパート（國營百貨公司）
国営の農場（國營的農場）
鉄道を国営化する（把鐵路國營化）

国益〔名〕國家利益
国益の為に（為了國家的利益）
国益に反する（違反國家利益）

国艶〔名〕國艷（指牡丹花，國色美人）

国王〔名〕國王、國君

国恩〔名〕國恩、祖國的恩惠
一死以って国恩に報ずる（以死報答國恩）

国音〔名〕日語漢字的訓讀音（=和訓）、方言的發音（=国訛り）

国図〔名〕日本國畫⟷洋画

国衙〔名〕〔史〕國司衙門、國司領地

国外〔名〕國外⟷国内
国外へ出る（出國）
国外に追放する（驅逐出境）

国学〔名〕國學（平安朝代設在各地教育地方官子弟的學校）⟷大学。國學（江戶時代興起研究日本古典的日本古典學）⟷漢学、洋学

国技〔名〕國技
相撲は日本の国技だ（相撲是日本的國技）
国技館（國技館、東京相撲體育館）

国儀〔名〕國家的儀式

国議〔名〕國務會議
国議に付す（提交國務會議討論）

国軍〔名〕國家的軍隊、本國的軍隊

国劇〔名〕國劇、日本歌舞伎

国語〔名〕一國的語言、本國語言，（在日本指）日語、國語課，語文課，（對方言）標準語，普通話

幾つ物国語に通じている人（懂得好幾國語言的人）

三個国語を使用する映画（使用三國語言的影片）

三箇国語を自由に語る（能流暢地講三國語言）

国語を正しく読む、書く、聞く、話す能力（正確地讀寫聽說日語的能力）

国語の文法（國語語法）

国語愛（對祖國語言的愛）

国号〔名〕國號

国号を改める（改國號）

国祭〔名〕國家祭典、民族節日

国債〔名〕國債、公債

国債を発行する（發行公債）

国債募集に応ずる（響應號召購買公債）

国債発行高（公債發行額）

国債券（公債券）

国際〔名〕國際

此れは国際問題に為りそうだ（這將形成國際問題）

国際友好の為に（為了國際友好）

国際運河（國際運河）

国際会議（國際會議）

国際海洋法（國際海洋法）

国際価格（國際價格）

国際河川（國際河流）

国際慣習法（國際習慣法）

国際慣例（慣行）（國際慣例）

国際管理（國際管制）

国際協議（國際協商）

国際競技（國際比賽）

国際均衡（國際收支平衡）

国際軍事裁判所（國際軍事法庭）

国際結婚（國際結婚）

国際公法（國際公法）

国際私法（國際私法）

国際法規（國際法規）

国際見本市（國際商品展覽會）

国際列車（國際列車）

国際放送（國際廣播）

国際貿易（國際貿易）

国際紛争（國際糾紛）

国際都市（國際城市）

国際電話（國際電話）

国際手形（國際匯票）

国際信義（國際信義）

国際条約（國際條約）

国際情勢（國際局勢）

国際ohm（國際歐姆）

国際音声記号（國際音標）

国際労働機関（國際勞工組織）

国際化（國際化）

国際Kartel 德（國際企業聯合）

国際為替（國際匯兌）

国際原子量（國際原子量）

国際原子力機関（國際原子能機構）

国際語（國際語、世界語）

国際子供デー day（國際兒童節）

国際司法裁判所（國際法庭）

国際ジャーナリスト journalist 機構（國際記者組織）

国際収支（國際收支）

国際主義（國際主義）

国際場裏（國際舞台）

国際色（國際色彩）

国際人（國際人、世界主義者）

国際貸借（國際借貸）

国際単位（國際單位）

国際地球観測年（國際地球觀測年）

国際仲裁裁判所（國際仲裁法庭）

国際通貨（國際通貨-指美元，英鎊等）

国際通貨基金（國際貨幣基金）

国際的（國際的）

国際婦人デー（國際婦女節、三八節）

国際ペンクラブ（國際筆會）

国際法（國際法=国際公法）

国際連合（聯合國）

国際連盟（國際聯盟）

国際オリンピック委員会（國際奧林匹克委員會）

国策〔名〕國策、國家的政策

国策に沿う事業（合乎國策的事業）

国策に反する行動（違反國策的行動）

国策を遂行する（推行國策）

国策を樹立する（建立國策）

国産〔名〕國產 ⟷ 舶来

国産の自動車（國產汽車）

此は国産です（這是國產的）

国産品（國貨）

国士〔名〕國士、憂國之士、國中傑出的人物

国士無双（國中最傑出的人物）

国史〔名〕國史、日本史

国史を研究する（研究國史）

国史年表（國史年表）

国司〔名〕國司（古代朝廷任命的地方官）（=国の司）

国字〔名〕一個國家的文字（指假名）、日本自製的漢字，和字（如峠、込み、辻、辿り）

国事〔名〕國事

国事に奔走する（奔走國事）

国事に忙殺する（為國事奔忙）

国事に参与する（参予國事）

国事犯（政治犯）

国手〔名〕（醫道、圍棋）國手、名醫、名棋手。〔敬〕醫師

国主〔名〕諸侯、領主

国主大名（江戸時代領有一國或數國的）諸侯

国守〔名〕國守（日本古代地方官的長官）、（江戸時代領有一國或數國的）諸侯（=国主大名）

国樹〔名〕國樹、象徵國家的樹

カナダの国樹は楓（加拿大的國樹是楓樹）

国初〔名〕建國當初

国初以来（建國以來）

国書〔名〕國書、和書（=和書）

国書を捧呈する（呈遞國書）

国情、国状〔名〕國情

今日の国情（今天的國情）

国情に暗い（明るい）（不了解：了解：國情）

親しく国情を視察する（親自視察國情）

其は日本の国情に合わない（那不符合日本國情）

国辱〔名〕國恥

国辱を招く（招致國恥）

国辱的な行為（辱國的行為）

国辱を雪ぐ（雪國恥）

国人〔名〕國人、國民

彼は何国人か（他是哪國人？）

国人〔名〕土著，當地人、國民，人民

国粋〔名〕國粹

国粋の保存（保存國粹）

国粋主義（（國粹主義、極端國家主義）

国粋的な思想（（國粹的思想）

国是〔名〕國是、國策

国是を定める（定國策）

社会主義を国是と爲る（以社會主義為國策）

国政〔名〕國政

国政に参与する（參予國政）

国政を執る（執政）

国政を運営する（管理國政）

国勢〔名〕國勢，國家經濟總情況、國家的勢力

国勢調査を行う（進行國勢調查）

我国国勢は大いに伸張している（我國國勢大振）

国勢の振るわない（國勢不振）

国税〔名〕國稅⟷地方稅

国税を徴収する（徵收國稅）

直接（間接）国税（直接：間接：國稅）

国税滞納処分（國稅滯納處分）

国税庁（國稅廳）

国籍〔名〕（法）國籍

国籍を取得する（取得國籍）

国籍を離脱する（脫離國籍）

国籍に異に爲る人人（國籍不同的人們）

国籍を剝奪する（剝奪國籍）

中国の国籍に入る（加入中國籍）

彼の船の国籍は中国だ（那艘船的國籍是中國）

国籍はAmerican人だが血統は中国人だ（國籍是美國血統卻是中國人）

国籍法（國籍法）

国籍復帰（恢復國籍）

国籍不明機（國籍不明飛機）

無国籍者（無國籍的人）

二重国籍者（雙重國籍的人）

国籍喪失（喪失國籍）

国選〔名〕國選，國家選定

国選弁護人（對聘不起律師的被告由法院指定的律師）

国喪〔名〕（天皇等死亡時全體國民服）國喪

国葬〔名〕國葬

国葬に爲る（予以國葬）

国賊〔名〕國賊、叛國者

国賊と罵る（罵為國賊）

国賊の烙印を押される（被打上國賊的烙印）

国賊扱いに爲れる（被當作國賊）

国俗〔名〕國俗、一國固有的風俗習慣（=国風）

国体〔名〕國體，國家體制、國民體育大會的簡稱

国体の護持（維護國體）

国体を傷付ける（有失國體）

国体に関する（事關國體）

国体を変革を企てる（策劃改變國體）

国体明徵（國體明徵、明確天皇中心主義的國體觀念）

国中、国中〔名〕全國、國內

国中彼に及ぶ者無し（國內沒有趕得上他的）

国中遍く歩く（遍歷全國各地）

国中を遍歷する（周遊全國）

疫病が国中に広がった（疫病蔓延到全國）

国鳥〔名〕國鳥

日本の国鳥は雉（日本的國鳥是雉）

国蝶〔名〕國蝶

日本の国蝶は大紫（日本的國蝶是大紫蝶）

国定〔名〕國家制定、國家規定

教科書を国定に爲る（由國家來審定教科書）

国定公園（國定公園）

国定教科書（國家審定的教科書）

国定税率（國家規定的稅率）

こくてつ【国鉄】〔名〕國有鐵路⟷私鉄
　国鉄従業員（國有鐵路職工）
　国鉄労働組合（國有鐵路工會）

こくてん【国典】〔名〕國家的法典、國家的典禮、日本的典籍

こくでん【国電】〔名〕日本國有鐵路電車（=国鉄電車）

こくと【国都】〔名〕國都、首都

こくど【国土】〔名〕國土，領土，國家的土地、故郷
　国土を開発する（開發國土）
　国土の防衛（保衛國土）
　国土計画（國土開發計畫）
　国土総合開発（國土綜合開發）

こくど【国幣】〔名〕國家的公款

こくどう【国道】〔名〕國道、公路
　京浜国道（東京横濱間的公路）

こくない【国内】〔名〕國內⟷国外
　国内を統一する（統一國內）
　国内需要を満たす（滿足國內需要）

こくなん【国難】〔名〕國難
　国難に赴く（赴國難）
　国難に殉じる（殉國難）
　国難を救う（拯救國難）

こくひ【国費】〔名〕國家經費
　国費を節減する（削減國家經費）
　国費で留学する（官費留學）

こくひん【国賓】〔名〕國賓
　国賓の礼を以って遇する（按國賓禮節相待）
　国賓と為て迎えられる（被當作國賓接待）
　国賓待遇（國賓待遇）

こくふ【国父】〔名〕國父

こくふ、こくふ【国府、国府】〔名〕（日本古代）國司衙門（的所在地）、國司領地

こくふ【国富】〔名〕國富、國家的財力
　貿易で国富を増進する（靠貿易增加國富）

こくふう【国風】〔名〕一國的風俗習慣、〔古〕國風（反映地方風俗習慣的詩歌、來自詩經的國風）、（對漢詩而言）和歌

くにぶり、くにふり【国風、国振り】〔名〕各國的風俗、各地方的民謠，俗曲

こくぶん【国文】〔名〕國文、日本語文、日本文學（=国文学）
　国文科（大學的日本文學系）
　国文法（日本國文法、日語語法）
　国文学（日本國文學、日本文學）
　国文学科（大學的日本文學系）
　国文学部（大學的日本文學院）

こくぶんじ【国分寺】〔名〕〔史〕國分寺（奈良時代為祈禱和平在日本各諸侯國內建立的寺院）

こくへい【国柄】〔名〕國炳、政權
　国柄を執る（掌管國家政權）

くにがら【国柄】〔名〕國體、國情，國民性
　日本とアメリカとは国柄が違う（日本和美國的國情不同）

こくへいしゃ【国幣社】〔名〕〔舊〕國幣社（從前由國庫撥款維持的神社、資格次於官幣社、分大中小三等）

こくほ【国歩】〔名〕國運、國勢
　国歩艱難の折（正當國運艱難之際）

こくぼ【国母】〔名〕國母（指皇后）、日皇之母（即皇太后）

こくほう【国宝】〔名〕國寶
　国宝に指定される（被指定為國寶）
　国宝と為て保存される（作為國寶保存起來）
　国宝建造物（國家指定重點保護建築）
　国宝的人物（國家的寶貴人物）
　人間国宝（人才國寶-日本法律規定的各行業的代表人物的稱號）

こくほう【国法】〔名〕國法
　国法に照らして（按造國法）
　国法に触れる（觸犯國法）
　国法を曲げる（徇私枉法）

国法に因って禁止されている（為國法所不容）

国防〔名〕國防
　国防の第一線（國防的第一線）
　国防の充実を計る（設法充實國防）
　国防を厳に爲る（鞏固國防）
　国防長官（國防長官）
　国防軍（國防軍）
　国防費（國防費）
　国防会議（國防會議）
　国防計画（國防計畫）
　国防支出（國防支出）
　国防色（國防色、草綠色）

国本〔名〕國本、國基、國家的根本
　農は国本也（農為國本）
　国本を危なくする（危及國本、動搖國本）
　其れは我が国本に悖る物である（那違反我國國本）

国民、国民〔名〕國民
　国民の義務（國民的義務）
　国民に訴える（訴諸國民）
　国民の士気を昂揚する（提高國民士氣）
　主権は国民に在る（主權在民）
　国民教育（國民教育）
　国民化（使國民化、使民族化）
　国民運動（國民運動）
　国民オペラ（民族歌劇）
　国民温泉（國民溫泉、國民保養溫泉地）
　国民会議派（印度國大黨）
　国民皆兵（國民皆兵、舉國皆兵）
　国民歌劇（國民歌劇）
　国民学校（國民學校、小學）
　国民歌謠（國民歌謠、流行歌曲）
　国民感情（國民感情）
　国民休暇村（國民休假村）
　国民金融公庫（國民金融公庫）
　国民健康保険（國民健康保險）
　国民軍（國民軍、法國大革命由市民自發組織的革命軍）
　国民経済（國民經濟）
　国民車（國民車、廉價實用的國產小汽車）
　国民所得（國民收入）
　国民職業指導所（國民職業介紹所）
　国民性（國民性、民族特性）
　国民主義（國家主義、民族主義=ナショナリズム）
　国民性（國民性、民族特性）
　国民宿舎（國民宿舍、民間簡易宿舍）
　国民生活（國民生活）
　国民精神（國民精神、民族精神）
　国民総支出（國民總支出）
　国民総生産（國民總生產）
　国民貯蓄（國民儲蓄）
　国民投票（國民投票、公民投票）
　国民年金（國民年金）
　国民の祝日（法律規定的全民節日）

国務〔名〕國務
　国務に携わる（參予國務）
　国務に関する文書（關於國務的文件）
　国務を処理する（處理國務）
　国務を司る（掌管國務）
　国務相（國務大臣）
　国務省（美國國務院）
　国務大臣（國務大臣）
　国務長官（美國國務卿）

国名〔名〕國名、國號（=国号）

国訳〔名、他サ〕把外文譯成日語、訓讀漢文

国有〔名〕國有
　国有に為る（歸於國有）

《

国有に爲る（收歸國有）
日本の鉄道は大部分国有だ（日本鐵路大部分是國有的）
国有林（國有林）
国有鉄道（國有鐵路）

国用〔名〕國用、國家費用（=国費）
国用を補充する（補充國家經費）

国利〔名〕國家利益（=国益）
国利民福を計る（謀求國利民福）

国立〔名〕國立
国立大学（國立大學）
国立劇場（國家劇院）
国立公園（國立公園）

国力〔名〕國力
国力を増進する（增強國力）
国力を養う（培養國力）
国力の充実を図る（謀求充實國力）

国連〔名〕聯合國（=国際連合）
国連加入（加入聯合國）
国連加入国（聯合國成員國）
国連安全保障理事会（聯合國安全理事會）
国連総会（聯合國大會）
国連の日（聯合國建立紀念日-十月二十四日）
国連大使（駐聯合國大使）

国老〔名〕〔史〕（諸侯的）家老、（國家的）老臣，功臣，元老

国論〔名〕國論、輿論
国論を統一する（統一輿論）
国論を沸騰させる（使輿論譁然）

国花〔名〕國花
桜は日本の国花である（櫻花是日本的國花）

国家〔名〕國家
国家を防衛する（保衛國家）
国家（の為）に尽くす（為國效力）
国家の大事（國家大事）
国家が興る（滅びる）（興亡國）
国家危急存亡の時に際して（當國家危急存亡之秋）
一つの国家と爲て地位を獲得する（取得作為一個國家的地位）
国家の主権を侵害する（侵犯國家主權）
造林は国家百年の大計だ（植樹造林是國家百年大計）
国家機関（國家機關）
国家権力（政權）
国家公務員（國家公務員）
国家試験（國家考試）
国家社会主義（國家社會主義、納粹主義）
国家主義（國家主義）
国家総動員（國家總動員）
国家資本主義（國家資本主義）
国家独占資本主義（國家壟斷資本主義）

国歌〔名〕國家
国歌を歌う（唱國歌）
国歌を奏する（奏國歌）

国華〔名〕國家的榮譽

国会〔名〕國會
国会を召集する（召開國會）
国会で予算案が審議される（在國會上審查預算草案）
国会議員（國會議員）
国会議事堂（國會大廈）

国界〔名〕國界、國境（=国境）

国患〔名〕國難（=国難）

国漢〔名〕日文和漢文

国旗〔名〕國旗
中国の国旗（中國國旗）
国旗を掲げる（掛國旗）

国教〔名〕國教

国教を定める（定為國教）

国境、国境〔名〕國境、邊境、邊界
　　国境を侵す（侵犯國境）
　　国境を画定する（戡定邊界）
　　国境を侵入する（侵入國境）
　　国境を越える（越境）
　　国境守備軍（邊防軍）
　　国境守備部隊（邊防部隊）
　　国境衝突（邊境衝突）
　　国境紛争（邊境糾紛）

国共合作〔名〕〔史〕中國的國共合作

国禁〔名〕國禁、國家禁令
　　国禁を犯す（違犯國家禁令）
　　国禁を破って海外に渡る（違禁跑出國外）
　　国禁の書（禁書）

国訓〔名〕漢字日本讀法，日本訓讀（如山讀作山）。漢字的日本用法（如斷用作拒絕、預先通知）

国慶節〔名〕國慶日
　　国慶節を祝う（慶祝國慶日）

国権〔名〕國家權力、主權、統治權
　　国権の回復（恢復主權）
　　国権を伸張する（擴張國家權力）
　　国権濫用（濫用統治權）

国憲〔名〕國家的根本法、憲法
　　国憲を制定する（制定憲法）
　　国憲を重んずる（尊重憲法）

国庫〔名〕國庫
　　国庫金の振替（國庫資金的調撥）
　　国庫の補助を仰いでいる（靠國庫的補助）
　　国庫の支弁と為る（歸由國庫開支）
　　国庫債券（國庫券）

国光〔名〕國家的榮譽，國威、（蘋果品種）國光

国交〔名〕邦交

　　国交を回復する（恢復邦交）
　　国交を樹立する（結ぶ）（建立邦交）
　　国交断絶（斷絕邦交）
　　国交を正常化する（使邦交正常化）

国〔名〕（也寫作邦）國，國家、國土、領土、故鄉，老家（=故郷）。〔古〕江戶時代以前日本行政區劃分（由郡組成）、封地，領土、地區，地方
　　我が国（我國）
　　国を治める（治國）
　　日本の国は四つの大きな島から成る（日本的國土由四個大島構成）
　　御国は何方ですか（您的故鄉是哪裡？）
　　私の国は台中だ（我的老家是台中）
　　武蔵の国（武藏國）
　　大和の国（大和國）
　　国許（領地）
　　南の国（南方）
　　国に盗人家に鼠（國有盜賊家有老鼠）
　　国破れて山河在り（國破山河在）
　　国を売る（賣國）

御国〔名〕〔敬〕貴國。〔敬〕別人的故鄉、鄉下、（江戶時代）諸侯的領地
　　御国は何方ですか（您的故鄉是哪裡？）
　　御国言葉（土話、方言）
　　御国者（鄉下人）

国入り〔名、自サ〕〔舊〕封建領主進入自己的采邑（領地）（=国許）。（有身分的人）回鄉
　　大臣の御国入り（大臣的還鄉）

御国入り〔名〕衣錦還鄉、光榮地回到故鄉

国表〔名〕〔舊〕封建諸侯的采邑（領地）（国許）、故鄉，家鄉
　　国表には母が居ります（家鄉有母親）

国替え、国替〔名〕（平安時代）（根據地方官志願）更換赴任地點。（江戶時代）改封諸侯的領地

国構え〔名〕（漢字部首）口部

国家老〔名〕〔史〕（江戸時代）（藩主駐在江戸時自己領地的）家臣之長↔江戸家老（えどがろう）

国国〔名〕各國、各地
　国国の物産（各國的物産）
　国国の中で（在各國之中）

国言葉〔名〕方言、土話（=国訛り）
　御国言葉で話す（用家郷話交談）

御国訛り〔名〕方言、土話（=国言葉）
　御国訛りで話す（用家郷方言講話）

国里〔名〕故郷、原籍

国侍〔名〕（江戸時代）住在諸侯領地的武士、（地方的）武士（=田舎侍）

国慕び、思国、思邦〔名〕〔古〕思郷
　国慕びの歌（思郷曲）

国自慢、御国自慢〔名〕誇耀自己的家郷
　銘銘御国自慢を爲た（各自誇耀自己的家郷）

国衆〔名〕〔史〕住在諸侯領地的土著的武士、（京城人指）郷下人

国訴、国訴〔名〕（江戸時代）全國或全郡的農民起義

国つ神〔名〕守護國土的神↔天津神、天つ神

国尽し〔名〕（江戸時代到明治初期日本全國六十六個地區名編成的）全國地名順口溜

国造り〔名〕建設國家

国詰め〔名〕（江戸時代）諸侯或家臣住在采邑↔江戸詰み

国つ社〔名〕祭祀國神的神社

国所〔名〕故郷、出生地（=生国）

国訛〔名〕郷音、土語、方言
　国訛が多くて分り難い（方言多難懂）
　国訛が抜けない（沒能改掉郷音）

国の造〔名〕〔史〕國造（日本大和時代世襲的地方官）

国原〔名〕廣闊的國土

国別〔名〕國別
　国別に分ける（按國別分類）

輸入品名を国別に示す（把進口貨名按國別標示）

国持ち、国持〔名〕〔史〕擁有一處以上領地（的諸侯）、（江戸時代）四品官以上的諸侯

国元、国許〔名〕故郷、老家、本國、采邑
　国許から柿を送って来た（從家郷寄來了柿子）

国別れ〔名〕離郷背井、投奔他郷

果（ㄍㄨㄛˇ）

果〔名、漢造〕果，果實、結果、因果、果斷。〔佛〕善果，正果↔因
　果を結ぶ（結果）
　因が有れば果が有る（有因就有果）
　因と為り果と為る（互為因果）
　果を得る（修成正果、得道）
　因果（因果、原因和結果、因果報應、命中注定、厄運，不幸）
　苹果、苹果（蘋果）
　悪因悪果（惡因惡果、惡有惡報）
　善因善果悪因悪果（善有善報，惡有惡報）
　結果（結果、結局、結實）
　効果（效果、功效、成效、音響效果）
　成果（成果、結果、成績）
　仏果（修成正果）
　複果（複果、多花果）

果敢〔形動〕果敢、果斷、勇敢
　勇猛果敢に突進する（勇猛果敢地衝進）
　果敢な攻撃を挑む（發起果敢的攻撃）
　果敢にも単身敵陣に切り込んだ（居然果敢地單槍獨馬殺了入敵陣）

果菜〔名〕水果和蔬菜吃果實的蔬菜（如番茄，茄子，黃瓜等）
　果菜類（果菜類）

果実〔名〕果實，水果（=果物）。〔法〕收益，收穫（如穀物，房租）
　果実が実る（果實成熟）

果実を結ぶ（結果）

果実を採取する（採摘果實）

果実酒（果實酒）

果実序（〔植〕果序列）

果樹〔名〕果樹

果樹を植える（種植果樹）

果樹を栽培する（種果樹）

果樹園（果園果樹園）

果樹園を経営する（經營果園）

果汁〔名〕果汁（=ジュース juice）

葡萄果汁（葡萄果汁）

果汁を絞る（擠果汁）

果然〔副〕果然（=案の定、果たして、矢張り、思った通り）

果然事実と為った（果然成為事實了）

果然偽りが判明する（果然判明是假的）

果断〔形動〕果斷、果決、斷然

果断な人間（果斷的人）

果断な処置を取る（採取果斷的措施）

果糖〔名〕〔化〕果糖、左旋糖（=フラクトース fructose）

果肉〔名〕果肉、果實的肉

果皮〔名〕〔植〕果皮、果實的外皮

果報〔名、形動〕因果報應、幸福，幸運（=幸せ、幸運）

果報な男（幸運的人）

果報は寝て待て（有福不用忙）

果報者（走運的人福氣好的人）

果物〔名〕水果（=フルーツ fruit、水菓子）。〔古〕糕點，點心，喝酒時吃的菜

果物を採る（捥ぐ）（摘水果）

果物ナイフ knife（水果刀）

果物屋（水果店）（=果物店）

果せる、遂せる〔他下一〕（接動詞連用形）作完、作成

逃げ果せる（逃掉）

隠し果せないで終に白状した（隱瞞不住終於坦白了）

君には辛抱が為果せるか如何か問題だ（你能否堅持到底是個問題）

此の仕事は彼には遣り果せまい（這項工作他未必完成得了）

果、捗〔名〕（工作等的）進度，進展

果が行く（有進展）

果敢無い、儚い〔形〕短暫的、無常的、虛幻的、可憐的，悲慘的

人の一生は果敢無い物だ（人的一生是短暫無常的）

果敢無くも忘れ去られる（轉眼被忘掉）

果敢無い望みを抱く（抱著幻想）

果敢無い夢に終わる（落得一場夢幻）

果敢無い最期を遂げる（死得可憐）

果敢無い運命（悲慘的命運）

果敢無む、儚む〔他五〕（感到）虛幻，無常

世を果敢無む（厭世）

世を果敢無んで自殺する（厭世而自殺）

果果しい、捗捗しい〔形〕（下接否定）迅速進展，順利進行、如意，順手

交渉が捗捗しく行かない（談判沒有進展）

彼の病気は捗捗しくない（他的病勢不佳）

商売が捗捗しくない（生意不見好轉）

果たす、果す〔他五〕完成，實現、（接動詞連用形下）表示盡，完全。〔宗〕還願，感謝神佛。〔舊〕結果生命殺死

責任を果たす（盡責任）

任務を果たす（完成任務）

望みを果たす（實現願望）

約束を果たす（踐約）

金を使い果たす（把錢用盡）

果し合い〔名〕決鬥

果し合いを申し込む（要求決鬥）

果たし状〔名〕要求決鬥書

果たし状を送る（發出決鬥書）

果たして〔副〕果然、果真

果たして成功した（果然成功了）

駄目だと思っていたが果たして失敗した（我原來就以為不成果然失敗了）

果たして事実だった（果然是事實）

果たして私の言った通りに為った（我的話果然應了、果然不出我所料）

果たして其の通りか、どうも怪しい（果真是那樣嗎？大有可疑）

彼は果たして出掛けたのか（他果真走了嗎？）

果たして又会えるだろうか（果真還能見上一面嗎？）

果たせる哉〔連語〕果然（=矢張り、案の定、果たして）

旨く行くとは思っていたが、果たせる哉大成功だった（我原來就以為沒有問題果然取得了極大的成功）

果たせる哉彼は落第した（他果然沒有考上）

果て、果〔名〕邊際，盡頭，最後，末了，結局，下場、（人死後喪期）最後一天（通常為第七天或第四十九天）

果て無き欲望（無止境的慾望）

見渡す限り果てが無い（一望無際）

果ての無い話（沒完沒了的話）

大地の果てに辿り着いた様だ（似乎走到了大地的盡頭）

広い海の果てに小さい島が見える（在遼闊海洋的盡頭看見一個小島）

電波は世界の果てからも私達に届く（電波甚至可以從世界的另一端傳到我們這裡）

挙句の果て（末了）

成れの果て（窮途末路悲慘的下場）

口論の果て殴り合いを始めた（爭吵的結果互相毆打起來）

果ては尻尾を巻いて草草に引き下がらねば為らなかった（最後不得不夾著尾巴倉皇退出）

果てし〔名〕（下接否定語）（し原意為表示強調的副助詞）邊際、盡頭

欲には果てしが無い（慾望是無止境的）

果てし無い大海原（汪洋大海）

果てし無い大平原（無邊無際的大平原）

果てし無い人生の行路（漫無止境的人生的歷程）

彼は喋り出すと果てしが無い（他說起來就沒完沒了）

果ての月、果の月〔名〕十二月、一年中最後的一個月

果ては〔連語副〕最後、終於

神経衰弱に為って、果ては自殺騒ぎを引き起こした（得了神經衰弱最後終於鬧起自殺了）

血相を変えて激論を始め、果ては殴り合い迄した（雙方駭然變色開始激烈爭吵最後竟然毆打起來）

果てる〔自下一〕終了、死、（接動詞連用形）達到極點

会が果てる（散會了）

何時果てるとも無い（說不盡的長談）

牢獄で果てる（死在獄中）

息が果てる（斷氣）

疲れ果てる（疲乏已極、累得要死）

困り果てる（毫無辦法、一籌莫展）

菓（ㄍㄨㄛˇ）

菓〔漢造〕〔古〕果實（=果）、果品，點心

水菓子（水果）

和菓子（日本式點心）

洋菓子（西洋點心）

乳菓（奶油點心）

製菓（製造糕點糖果）

茶菓（茶和點心）

菓子〔名〕點心，糕點、糖果

   洋菓子（洋點心）

   和菓子（日本點心）

   駄菓子（粗點心）

   菓子器（點心盤）

   菓子箱（點心盒）

   菓子折（點心盒）

   菓子屋（點心鋪）

   菓子司（給皇宮做點心的點心作坊）

   菓子pan（帶餡麵包）

   菓子を買う（買點心）

   菓子を撮む（吃點心）

   御菓子を強請る（討點心吃）

   菓子を作る（作點心）

   御客さんに御茶と御菓子を出して下さい（請給客人倒茶和拿點心）

   さあ、御菓子を一つ如何ですか（請吃點心吧！）

過（ㄍㄨㄛˋ）

過〔漢造〕過、過去、過分、過多、過錯、罪過

   一過（一過、一時性、過去、通過）

   経過（經過、流逝）

   通過（通過、經過、駛過不停）

   大過（大過錯、嚴重錯誤）←→小過

   小過（小過錯、小錯誤）←→大過

   罪過（罪過）

   超過（超過）

過員〔名〕超過定員、超過定員的人員

過飲〔名、他サ〕飲酒過量

過客〔名〕過路的客人、來訪的客人

過給〔名〕〔機〕增壓

   過給機（增壓器）

   過給機関（增壓式發動機）

   過給送風機（增壓鼓風機）

過勤〔名〕加班（=超過勤務）

   過勤手当て（加班費、加班津貼）

過激〔形動〕過激、過火、過度、急進

   過激な思想（急進的思想）

   過激な手段（過激的手段）

   過激な改革家（急進的革新人物）

   過激に遣る（做得過度）

   過激な運動は体に悪い（太激烈的運動對身體有害）

   過激な言葉を用いる（使用過激的語言）

   過激派（急進派）

   過激主義（者）（急進主義〔者〕）

   過激化する（急進化激烈化）

過言〔名〕說錯、錯話（=言い間違い）、誇大，誇張，說得過火（=過言）

過言〔名〕誇大、誇張、說得過火

   彼の話は決して過言ではない（他的話說得決不過火）

   どんなに大袈裟に言っても過言ではない（怎麼誇大其辭也不為過）

過現未〔名〕〔佛〕過去，現在和未來的三世

過去〔名〕過去，既往、〔佛〕前生，前世←→現在 未来

   過去を偲ぶ（回憶過去）

   過去を顧る（思う）（回顧〔回想〕往事）

   其も今は過去の物に為って仕舞った（今天那也已經成為過去了）

   法は過去に遡らず（法律不溯既往）

   彼の人はもう過去の人だ（他已經成為古人）

   過去形（過去式）

   過去完了（過去完成）

   〝ます〞の過去は〝ました〞です（〝ます〞的過去形是〝ました〞）

   過去世（〔佛〕前世上一輩子）←→現世未来世

過去帳（〔寺院裡的〕死者名冊）

過ぎ去る〔自五〕通過、過去、完了

一台のトラックが僕の前を飛ぶ様に過ぎ去った（一輛卡車飛也似地駛我面前）

過ぎ去った昔（已成過去的往昔）

過ぎ去った青春（已經消逝了的青春）

過ぎ去った事は仕方が無い（過去的事不可挽回已成過去的事沒有辦法）

過誤〔名〕錯誤、過失

過誤を犯す（犯錯誤）

過酷〔形動〕過於苛刻、過於殘酷

過酷な取り扱い（過於殘酷的對待）

過酸化〔名〕〔化〕過氧化

過酸化水素（過氧化氫雙氧水）

過酸化窒素（過氧化氮）

過酸化鉛（過氧化鉛）

過酸化物（過氧化物）

過酸化マグネシウム（過氧化鎂）

過酸化ナトリウム（過氧化鈉）

過酸化ベンゾイル（過氧化二苯甲醯）

過酸症〔名〕〔醫〕胃酸過多症（胃酸過多症）

過失〔名〕過失、過錯、錯誤（＝過ち、しくじり）←→故意

過失に因る事故（由於過失而發生的事故）

過失を犯す（犯錯誤）

過失を咎める（責備過錯）

出火の原因は過失で、放火ではない（失火的原因是過失而不是縱火）

過失致死罪（過失致死罪）

過日〔名〕（多用於書信等）前幾天、前些日子（＝先日。此の間）

過日は失礼しました（前幾天真對不起）

過重〔形動〕過重

過重な労働（過重的勞動）

彼には負担が過重だ（對他來說負擔過重）

過重な責任を負わせる（使其負擔過重的責任）

過小〔形動〕過小←→過大

被害を過小に見積もる（把受害情況估計過低）

過小な評価（過低的評價）

過小評価（評價過低）

過小に評価する（過低地評價）

過大〔名、形動〕過大←→過小

過大な（の）要求（過大的要求）

過大評価（過高評價）

過少〔形動〕過少、太少←→過多

外貨準備が過少である（外匯儲備太少）

過少月経（月經過少）

過少消費（過少消費）

過多〔名、形動〕過多←→過少

胃酸過多（胃酸過多）

学習内容過多で生徒に過重な負担を与えている（因學習內容過多給學生帶來過重的負擔）

過称、過賞〔名、他サ〕過獎、過紛稱讚

過剰〔名、形動〕過剩、過量

人口過剰（人口過剩）

過剰（の）物資（過剩的物資）

生産が過剰だ（生產過剩）

事務所の人員が過剰に為る（辦公室的人員過剩）

過剰人員に苦しむ（苦於人員過剩）

過剰電子（過剩電子）

過剰空気（過剩空氣）

過剰虹（〔汽〕附組虹）

過剰防衛（防衛過當）

過食〔名、自他サ〕吃得過多、過飽（＝食べ過ぎ）

過信〔名、他サ〕過於相信

自己の実力を過信する（過於相信自己的實力）

今回の敗北は勢力の過信に基づく（這次失敗是因為過於相信自己力量的緣故）

過疎〔名〕（人口）過稀、過少←→過密
 過疎地帯（人口過少地帶）
 過疎現象（人口過少現象）

過密〔名、形動〕過密、過於集中←→過疎
 過密ダイヤ（排得十分集中的火車時刻表）
 過密な人口（過密的人口）
 建物が過密だ（建築物過密）
 過密地帯（過密地帶）
 過密都市（人口過多的城市）

過走〔名、自サ〕（空）清除區（機場跑道兩端的備用地區）

過早〔形動〕過早
 過早評価は慎んだ方が良い（不要評價過早）

過速〔名〕超速

過測線〔名〕（測量用）導線、橫截（切）線

過怠〔名〕怠慢，怠慢引起的過失。〔史〕（對於過失和怠慢的）罰款
 過怠金（罰款）

過程〔名〕過程
 生産過程（生產過程）
 製造過程に在る商品（在製造過程中的商品）
 没落の過程に在る社会（在沒落過程中的社會）

過渡〔名、自サ〕過渡
 過渡現象（過渡現象）
 過渡期（過渡期）
 過渡時代（過渡時代）
 過渡安定度（過渡穩定度）
 過渡の状態を脱却する（脫離過渡狀態）

過度〔名、形動〕過度
 過度の疲労（過度疲勞）
 過度の労働を為る（過度勞動）
 過度を慎む（防止過度）
 過度に頭を使う（過度用腦）
 過度に食べる（吃得過度）

過当〔名、形動〕過當、過分
 過当評価（過分的評價）
 過当な賛辞（過分的讚詞）
 過当な要求を為る（要求過分）
 過当な料金を取る（收取過分的費用）

過熱〔名、自他サ〕過熱、（把液體）加熱到沸點以上、〔轉〕過於激烈
 ソケットが過熱する（插頭過熱）
 アイロンの過熱から火事に為る（由於電熨斗過熱而發生火災）
 過熱気味だった東京都議会選挙は終った（過於激烈的東京都議會選舉結束了）

過年度〔名〕上年度、過去的會計年度
 過年度支出（上一會計年度的支出）

過払い〔名〕多付、支付過多、多付的錢
 一万円過払いに為った（多付了一萬日圓）

過半〔名〕過半、大半
 目的の過半は成就した（目的的大半已經達到了）
 過半を占める（占大部分）
 出席者の過半は若い学生だった（出席的人員大多數是青年學生）
 過半数（過半數半數以上）

過般〔名、副〕不久以前、前些日子、前幾天、最近（＝先般、先頃、此の間、先達て）
 過般の会合には欠席した（前幾天的聚會沒有出席）
 過般御願いした件（不久前託你辦的那件事）
 過般来（近來、近日來）
 過般来色色御世話に為りました（近日來多承照顧謝謝）

過敏〔名、形動〕過敏
 過敏な神経（過敏的神經）

神経が過敏に為る（神經過敏）

過敏症（過敏症）

過敏性（過敏性）

過不及〔名〕過與不及、過度和不足

過不及無し（適當恰好）

過不及無く論ずる（論到好處）

過不足〔名〕過與不足、多或少（=過不及）

過不足の無い様に為る（使無過與不足、使得當）

過不足無し（無過無不足、不多也不少）

過不足無しに平等に配る（不多不少平均分配）

配った品物の過不足を調べる（檢查分配的東西有沒有多或少）

此の本には作者の心が過不足無く表現されている（這本書把作者的心意表現得恰好）

過分〔名、形動〕過分、過度

過分な（の）賞与（過分的獎賞）

過分のお褒めを頂く（受到過分的表揚）

私等には過分の御言葉で御座います（這些讚揚之詞我實在不敢當）

過分の謝礼を戴く（收到過分的謝禮）

詰まらぬ研究なのに過分のお褒めに預かりました（本來是不足一提的研究承您過講了）

過保護〔名〕過分嬌生慣養

過保護児童（溺愛的兒童）

過褒〔名〕過獎

私の作品に就いての批評は少し過褒の様だ（對我作品的評價似乎有些過獎）

過褒に預かり恐縮しました（承您過獎實在不敢當）

過飽和〔名〕〔理〕過飽和

過飽和蒸気（過飽和蒸汽）

過飽和溶液（過飽和溶液）

過飽和岩（過飽和岩）

過料〔名〕過失罰款（=過ち料）

過量〔名〕過量

過量照射（過量照射）

過燐酸石灰〔名〕〔化〕（肥料）過燐酸鈣

過冷〔名〕〔理〕冷卻過度

過労〔名、自サ〕過勞、疲勞過度

過労が元で病気に為る（因疲勞過度而得病）

長年の過労が酷く彼の体に応えた（多年的過勞嚴重地損害了他的身體）

過労に為らない様に気を付けて下さい（請注意不要過於勞累）

過つ〔他五〕弄錯，作錯（=遣り損なう）、犯錯誤

矢は過たず的に命中した（箭準確地射中了靶）

嗚呼我、過てり（啊！我搞錯了）

若き故に身を過つ事も無いとは言えぬ（不能說因年輕而犯錯的情況也沒有）

過って改めざる是を過ちと言う（〔論語〕過而不改是調過矣）

過っては則ち革むるに憚る事勿れ（〔論語〕過則無憚改）

過ち〔名〕（是文語式說法，普通用"誤り"）錯誤，差錯（=間違い、遣り損ない）、過失，罪過（=過失、罪）

過ちを犯す（犯過弄錯）

過ちを改める（改過）

過ちを認める（承認錯誤）

過ちを詫びる（認錯謝罪）

其は私の過ちです（那是我的過錯）

誰にも過ちは有る者（誰都會犯錯）

若い者同士が過ちを犯す（青年男女之間犯錯誤）

過ぎる〔自上一〕（時間，日期，期限）經過，過去、過分，過度，超過、（用…に過ぎない形式）只不過

〔接尾〕（接動詞連用形和形容詞，形容動詞詞幹下）過度，過分

眠っている中に、降りる駅を過ぎて仕舞った（在睡著的時候火車駛過了下車站）

急行は小さいな駅は通り過ぎる（快車在小站不停靠）

今台北を出ると、台中を過ぎるのは三時頃に為る（現在從台北開車三點鐘左右駛過台中）

約束の時間を過ぎても来ない（過了約定時間也不來）

寒い冬が過ぎて暖かい春が遣って来た（嚴冬已過暖和的春天來臨了）

過ぎ事は仕方が無い（過去的事情就算了吧！）

小学校を卒業してから、もう十年過ぎた（小學畢業後已經十年過去了）

月日の過ぎるのは早い物だ（時光過得真快啊！）

贅沢が少し過ぎる様だ（奢侈有點過份）

冗談が過ぎる（玩笑開得過火）

彼女は貴方には過ぎた奥さんだ（她是你攀不上的好妻子）

彼の人は四十歳を過ぎている（他四十歲開外了）

光栄此れに過ぎる者は無い（光榮無過於此無上光榮）

晩御飯を食べ過ぎて、御腹を壊した（碗飯吃多壞了肚子）

言い過ぎる（說得過分）

此の辺は静か過ぎて、寂しい位だ（這一帶過於安靜甚至有些冷清）

髪の毛が長過ぎる（頭髮太長）

どんなに高く評価しても為過ぎると言う事は無い（怎樣高度評價也不為過）

二十分早く来過ぎた（來早了二十分鐘）

少し大き過ぎる（稍嫌太大）

過ぎたるは及ばざるが如し（過猶不及）

過ぎ〔接尾〕超過、過度

今日家へ帰るのは九時過ぎに為ると思う（今天我大概得九點鐘以後回家）

彼の人は若く見えるが、もう五十過ぎだそうだ（那人看著年輕據說已經五十多歲了）

食べ過ぎ（吃過多）

貴方は此の頃少し太り過ぎじゃありませんか（您近來是不是有些太胖了）

其は少し言い過ぎだ（那說得有些過分）

過ぎ来し方、過来し方〔連語〕過來的方向、過去，往昔

　　過ぎし（連体）過去，往昔

　　過ぎし日の古都の面影（昔日的古都風貌）

過ぎない〔連語〕（常用〝…に過ぎない〟的形式）（只）不過、僅僅

　　其は只口実に過ぎない（那只不過是個藉口）

　　私は只為す可き事を為たに過ぎない（我只不過是做了應該做的事情而已）

　　山田さんは名前丈の社長に過ぎない（山田先生只不過是個掛名的總經理而已）

　　彼との関係は手紙の遣り取りを為る位に過ぎない（我和他的關係只不過是書信往返程度）

過ぎ者、過者〔名〕（結婚對象等）攀不上、強得多

　　君に取っては、彼女は過ぎ者だ（對你來說她比你強得多〔你攀不上〕）

過ぎ行く〔自五〕走過去、時光流失、死，逝世

　　過ぎ行く者は皆振り返る（走過去的人全都回頭看）

　　月日は矢の様に過ぎ行く（光陰似箭歲月如梭）

　　過ぎ行く月日（消逝的歲月）

過ぐ〔自上二〕（時間，日期，期限）經過、過去、過分、過度、超過（=過ぎる）

過ごす、過す〔他五〕度過，生活，過活（=送る）、過度，過量

〔接尾〕（接動詞連用形下）過去，放過，不管

　　空しく月日を過ごす（不要虛度歲月）

　　楽しい夏休みを過ごす（度過愉快的暑假）

　　其の日其の日を過ごす（一天一天地過活）

御元気で御過ごしの事と存じます（〔書信用語〕我想您一定很健康）

此の年の瀬を如何して過ごした物か（這個年關怎麼過的呢？）

外套が無ければ此処の冬は過ごされない（沒有大衣這裡的冬天過不去）

少し酒を過ごした（酒喝得有點過量了）

勉強の度を過ごす（用功過度）

知らぬ間に通り過ごした（不知不覺地走過去了）

其のバスは混んでいたから、一台遣り過ごして、次のバスに乗る事に為た（那一輛公車人太多，所以把它放過去坐了下一輛公車）

人の失敗を見過ごす（坐視他人失敗）

過ぎる、過る〔自五〕通過，穿過（=通り過ぎる、通過する）、順便走到（=道すがら立ち寄る）

目の前を蜻蛉が過ぎる（蜻蜓從眼前飛過）

色色な思いが心の中を過ぎる（心潮翻騰起伏）

乖（ㄍㄨㄞ）

乖〔漢造〕乖離、違離

乖離〔名、自サ〕乖離、背離（=離反）

乖離概念（背離概念、不能納入同一範疇的概念，如機和失敗）

民心乖離（民心背離）

人心の乖離（人心背離）

乖戻〔名〕乖戻、急躁易怒

拐（ㄍㄨㄞˇ）

拐〔漢造〕拐

誘拐（誘拐）

拐引〔名、他サ〕誘拐、勾引（=かどわかし）

拐帯〔名、他サ〕拐走

公金を拐帯して行方を晦ます（攜帶公款逃之夭夭）

拐かす、勾引かす〔他五〕拐騙、誘拐（=誘拐する）

拐、勾引〔名〕拐騙、誘拐、拐子

騙る〔他五〕騙取

金を騙る（騙錢）

杖〔名〕拐杖、靠山、梨蒂。〔古〕長度單位（也寫作丈）（約三米）

怪、怪（ㄍㄨㄞˋ）

怪（有時讀作怪）〔名、漢造〕怪、奇怪、妖怪、稀奇

怪中の怪（非常奇怪）

狐狸の怪（狐狸精）狐狸

妖怪変化（牛鬼蛇神）

奇奇怪怪（奇奇怪怪、千奇百怪）

勿怪、物怪（意外）

怪異、怪異〔名、形動〕奇怪，奇異、妖怪

怪異な事件（奇異的事件）

怪異な物語（神怪故事）

古井戸の怪異を究明する（考查明白井的奇怪傳說）

怪火〔名〕（原因不明的）火災、怪火，鬼火

怪漢〔名〕歹徒、可疑的人

怪漢に襲われる（遭到歹徒襲擊）

怪漢が徘徊する（有個可疑的人在徘徊）

怪奇〔名、形動〕奇怪、怪異

怪奇な事件（奇怪的事件）

怪奇な容貌を為ている（長得一付怪樣）為る為

怪奇小説（神奇小說）

怪魚〔名〕怪魚、奇怪的魚

怪傑〔名〕怪傑

彼は一代の怪傑だ（他是一代的怪傑）

怪光〔名〕奇怪的光、怪火

怪死〔名、自サ〕離奇的死

怪死を遂げる（死得離奇）遂げる研げる磨げる砥げる

怪死体（死得離奇的屍體）

怪事〔名〕怪事
　此は正に近来の怪事だ（這真是近來的一件怪事）正に将に当に雅に

怪事件〔名〕奇怪的事件、離奇的案件

怪獣〔名〕怪獸

怪人〔名〕怪人、奇怪的人、可疑的人

怪石〔名〕怪石

怪船〔名〕來路不明的船隻

怪僧〔名〕怪僧、奇怪的和尚

怪談〔名〕鬼怪故事、荒誕的故事
　怪談めいた話（類似講鬼的故事）めく　有某種傾向
　怪談を話す（講鬼怪的故事）話す離す放す
　怪談を聞かせる（講鬼怪的故事）聞く聴く訊く利く効く

怪鳥、怪鳥〔名〕怪鳥

怪盗〔名〕怪盜、神出鬼沒的強盜
　怪盗の逮捕に全力を尽す（竭盡全力逮捕怪盜）

怪童〔名〕（身高力大異乎尋常的）怪異的兒童
　彼は怪童だ（他是個怪童）

怪物〔名〕怪物，妖怪、怪傑，（言行奇特的）神秘人物
　海の怪物（海怪）
　怪物退治（驅除妖怪）
　政界の怪物（政界的怪傑、政界的神祕人物）

怪聞〔名〕奇聞、奇怪的傳說

怪文書〔名〕（以誹謗或揭發為內容的）黑函、匿名信、黑材料

怪力、怪力〔名〕大力、蠻力氣←→非力
　怪力の持主（有大力氣的人）
　怪力乱神、怪力乱神（怪力亂神）
　怪力乱神を語らず〔子〕不語怪力亂神

怪腕〔名〕驚人的才幹
　怪腕を振う（發揮驚人的才幹）振う揮う震う奮う篩う振る降る

怪我〔名、自サ〕傷，受傷，負傷、過錯，過失
　手に怪我を為る（手上受傷）摩る擦る刷る摺る掏る磨る摩る攦る
　石に躓いて怪我を為る（被石頭絆倒受了傷）為る為る
　大怪我（重傷）
　酷い怪我（重傷）
　軽い怪我（輕傷）
　滑って足に怪我を為た（滑了一交把腿摔傷了）
　地震で怪我人が沢山出た（由於地震很多人受了傷）
　怪我が直る（傷好了）直る治る
　株に手を出して、とんだ怪我を為た（做股票生意吃了大虧）
　怪我を負ける（因過失招致失敗）
　怪我の功名（僥倖成功，無意中成功，出門遇到飛來風、歪打正著，因禍得福）
　怪我勝ち（〔不憑實力〕憑偶然機會獲勝）←→怪我負け
　怪我負け（〔有實力取勝而〕偶然失敗）
　今日の相撲は怪我負けではない（今天的相撲不是偶然的失敗）

怪訝〔名、形動〕詫異，驚訝、莫名其妙，感到奇怪
　怪訝な顔付を為ている（莫名其妙的神色）
　怪訝然うに見る（驚訝地看著）見る看る視る観る診る
　一人と為て怪訝に思わぬ物は無かった（沒有一個人不覺得納悶）

怪しからぬ、怪しからん〔連語〕粗魯、不像話、無恥下流、豈有此理
　怪しからぬ振舞を為る（作粗暴無理的動作）
　怪しからぬ考えを持つ（懷有蠻不講理的想法）
　約束を破るとは怪しからぬ話だ（不守約束真是豈有此理）

《《

私をこんなに待たせるとは全く怪しからぬ（叫我這樣等待真太不像話）

怪しい〔形〕（奇怪）可疑的、奇異的，奇怪的，特別的、靠不住的、難以置信的、不好的，拙劣的。（特指男女關係）關係可疑的，好像發生戀愛關係的

　怪しい風体の男（樣子可疑的人）
　挙動が怪しい（行動可疑）
　彼奴が怪しい（那傢伙行跡可疑）
　怪しい物音（奇怪的聲音）
　怪しい足音が近付いた（莫名其妙的脚步聲走來了）
　彼の咳は何だか怪しい（他的咳嗽有點奇怪）
　明日の天気は怪しい（明天的天氣靠不住）
　其のニュースは根拠が怪しい（那消息的出處令人難以置信）
　大丈夫だと言っているが、怪しい物だ（雖然他説是沒問題但我認為是靠不住的）
　彼の英語は怪しい物だ（他的英語很糟）
　怪しい日本語で演説した（用拙劣的日語演講）
　彼の二人は近頃怪しい（他倆進來好像搞上了）

怪しげ〔形動〕形跡可疑，樣子奇怪、不牢、不穩，不可靠，不足憑信

　怪しげに見える（看樣子可疑）
　怪しげな手付き（笨拙的手勢）
　怪しげな足付きで歩く（用不穩的步伐走路）
　怪しげな風を為た人が通った（過去了個形跡可疑的人）

怪しむ〔他五〕懷疑、覺得奇怪

　人人は彼の挙動を怪しんだ（人們懷疑他的行動）
　そんな事を為ると怪しまれるよ（做那樣的事會被人懷疑的）

　人を信じて怪しまない（對人深信不疑）
　彼が失敗したのは怪しむに足りない（他的失敗是不足為怪的）
　白昼、立小便を為て怪しまない（大白天隨地小便卻滿不在乎）

怪しみ〔名〕懷疑、嫌疑、驚異

　怪しみを見て怪しまざれば怪しみ却って破る（見怪不怪其怪自敗）

圭（ㄍㄨㄟ）

圭〔漢造〕古時諸侯在行禮時所用的玉器，上圓而下方

圭角〔名〕圭（玉）的棱角、（言行的）棱角，不圓滑

　圭角が取れる（去掉棱角、變圓滑）

圭算、卦算〔名〕鎮紙（來自形似占卜用的算木）（=卦算、文鎮）

硅、珪（ㄍㄨㄟ）

硅化〔名〕〔化〕硅化
　硅化作用（硅化作用）
硅華〔名〕〔化〕硅華、矽華
硅酸、珪酸〔名〕〔化〕硅酸
　硅酸鉱物（硅酸礦物）
　硅酸塩（硅酸鹽）
　硅酸カルシウム（硅酸鈣）
　硅酸ナトリウム（硅酸鈉）
　硅酸アルミニウム（硅酸鋁）
硅質〔名〕〔地〕硅質
硅砂、珪砂〔名〕〔礦〕硅砂、石英砂
硅石、珪石〔名〕硅石（陶瓷器和玻璃的原料）
　硅石綿（礦渣棉）
　硅石煉瓦（硅磚）
硅線石〔名〕〔礦〕硅線石
硅素、珪素〔名〕〔化〕硅
　硅素樹脂（硅樹脂）
硅藻、珪藻〔名〕〔植〕硅藻

珪藻土〔けいそうど〕（硅藻土）

珪藻類〔けいそうるい〕（硅藻類）

珪肺病〔けいはいびょう〕〔名〕硅肺、矽肺、石末沉著病

珪肺病患者〔けいはいびょうかんじゃ〕（矽肺病人）

珪板岩〔けいばんがん〕〔名〕〔地〕燧石板岩（試金石）

帰（歸）（ㄍㄨㄟ）

帰〔き〕〔漢造〕歸回、歸順、歸宿、死

　復帰〔ふっき〕（恢復、復原、重回）

　不帰〔ふき〕（不再回來、死亡）

帰一〔きいつ〕〔名、自サ〕歸一、終歸於一

　帰一する所〔きいつするところ〕（歸終、末了、歸根結底）

　色色言っても帰一する所は同じだ（說來說去終歸是一樣）

帰依〔きえ〕〔名、自サ〕〔宗〕歸依、皈依

　仏教に帰依する（皈依佛教）

　帰依者〔きえしゃ〕（皈依宗教者）

帰営〔きえい〕〔名、自サ〕〔軍〕回營

　午後六時帰営する事に為っている（規定下午六點鐘回營）

　帰営喇叭〔きえいらっぱ〕（歸營號）

帰化〔きか〕〔名、自サ〕歸化，入籍（動植物）順化、適應本地水土

　日本に帰化する（入日本籍）

　彼は帰化を許されて市民権を得た（他被批准入籍取得了市民權）

　帰化人〔きかじん〕（歸化人）

　帰化植物〔きかしょくぶつ〕（歸化植物）

　帰化動物〔きかどうぶつ〕（歸化動物）

　帰化本能〔きかほんのう〕（順化本能）

帰臥〔きが〕〔名、自サ〕辭官還鄉

　故山に帰臥する〔こざんにきがする〕（辭官還鄉歸臥林泉）

帰還〔きかん〕〔名、自サ〕（從戰場，國外等）歸來。〔電〕反饋，回授（=饋還。フィード、バック）←→出征

　外国から本国へ帰還する〔がいこくからほんごくへきかんする〕（從外國返回祖國）

　基地に無事帰還する（安全返回基地）

　帰還者（歸還者-尤指二次世界大戰被遣送回日本的人）

帰館〔きかん〕〔名、自サ〕（貴人）回家

帰艦〔きかん〕〔名、自サ〕回到軍艦上

　帰艦遅延者〔きかんちえんしゃ〕（歸艦遲到者）

帰雁〔きがん〕〔名〕（春天由南方飛回北方）歸雁

　帰雁を斜めに帯を作る〔きがんをななめにおびをつくる〕（歸雁斜著排成帶狀飛翔）

　帰雁を見て友を偲ぶ〔きがんをみてともをしのぶ〕（見歸雁思念友人）

帰休〔ききゅう〕〔名、自サ〕回家休假

　病気で帰休する〔びょうきでききゅうする〕（因病回家休假）

　帰休制度〔ききゅうせいど〕（休假制度）

　帰休兵〔ききゅうへい〕（休假的士兵）

　一時帰休〔いちじききゅう〕（〔因縮減開工率等〕暫時退休、變相失業）

帰去来〔ききょらい〕〔名〕歸去來、歸還家鄉（=帰りなんいざ）

　帰去来の辞〔ききょらいのじ〕（歸去來辭-陶淵明）

帰京〔ききょう〕〔名、自サ〕返京、回首都、回東京←→出京〔しゅっきょう〕

　本月下旬帰京の予定〔ほんげつげじゅんききょうのよてい〕（準備本月下旬返京）

　五日迄に帰京されたし〔いつかまでにききょうされたし〕（務請于五日前回京）

　今帰京の途に在る〔いまききょうのとにある〕（現在正在返京途中）

帰郷〔ききょう〕〔名、自サ〕返回家鄉

　冬休みに帰郷する積りです〔ふゆやすみにききょうするつもりです〕（寒假時想回家鄉）

　何年振りかで帰郷する〔なんねんぶりかでききょうする〕（離鄉多年返回家鄉）

帰結〔きけつ〕〔名、自サ〕歸結、歸宿、結果

　其は当然の帰結である〔それはとうぜんのきけつである〕（那是當然的歸宿）

　議論の末此の結論に帰結した〔ぎろんのすえこのけつろんにきけつした〕（討論的結果歸結出這個結論）

帰原性〔きげんせい〕〔名〕〔動〕（昆蟲，魚，鳥等）歸原性（如在河流孵化小魚長成大魚後出海重又回到河流產卵的習性）

帰耕〔きこう〕〔名、自サ〕回家種田

帰校〔きこう〕〔名、自サ〕回校、返校←→出校〔しゅっこう〕

八月二十日迄に帰校する事に為っている（規定在八月二十日以前返校）

見学旅行を終えて全員無事に帰校した（結束了參觀旅行後全體平安返回學校）

帰航〔名、自サ〕返航←→往航

来月アフリカから帰航する（下個月從非洲返航）

帰航の途に付く（開始返航）

帰航船（返航船隻）

帰港〔名、自サ〕返回原來出發的港口

一ヶ月振りで高雄に帰港した（一個月後又回到了高雄港）

帰国〔名、自サ〕回國（＝帰朝）、回到家鄉（＝帰郷）

彼は昨年帰国した（他去年回國了）

帰国の途に就く（啓程回國）

帰国の途に在る（正在回國途中）

帰国の出来ない居留民（不能回國的僑民）

帰国談（國外見聞）

無事御帰国の事と存じます（我想您已平安回國）

帰山〔名、自サ〕（僧人）歸山、回寺

帰参〔名、自サ〕歸來，回來。〔古〕（武士等）再事舊主、（被驅逐的子女得到老人允許）歸回家園

休暇を貰って帰参する（請假回來）

許されて帰参する（准許官復舊職）

帰寂〔名、自サ〕（和尚）圓寂、死

帰従〔名、自サ〕歸從歸服

帰順〔名、自サ〕歸順、投誠

敵軍は帰順を申し出た（敵軍請求歸順）

帰順する者は許す（投誠者予以赦免）

帰順の誓い（投誠的誓言）

攻撃しても潰れない者に対しては帰順させる手を取る（打不垮的就用招安的手法）

帰心〔名〕回家的念頭

帰心矢の如し（歸心如箭）

帰心切なるものが有る（回家心切）

帰陣〔名、自サ〕回陣、回到自己的陣營←→出陣

帰趨〔名、自サ〕趨勢、結局

情勢の帰趨を見極める（看清局面的趨勢）

勝敗の帰趨は火を見るよりも明らかだ（結果誰勝誰敗非常清楚）

帰趨を同じくする（結果是一樣）

其は自然の帰趨である（那是自然的歸結）

帰省〔名、自サ〕回家探親

休暇を利用して帰省する（利用假期回家探親）

帰省休暇（探親假）

帰船〔名、自サ〕回到船上

帰線〔名〕〔電〕回線、回描、回程線

帰線消去（〔電視〕回描熄滅＝ブランキング）

帰先遺伝〔名〕〔生〕返祖遺傳

帰巣〔名〕歸巢

帰巣本能（〔鴿子，蜜蜂等〕歸巢本能）

帰巣性（歸巢性）

帰属〔名、自サ〕歸屬、屬于

政権はプロレタリア階級に帰属する（政權歸屬無產階級）

土地所有権は人民に帰属する（土地所有權歸屬人民）

責任の帰属を決める（決定責任的歸屬）

帰属問題は未決定だ（歸屬問題尚未決定）

帰村〔名、自サ〕回村

帰隊〔名、自サ〕〔軍〕歸隊、回隊

帰隊の命令を受ける（接到歸隊的命令）

帰宅〔名、自サ〕回家

六時に会社から帰宅する（六點從公司回家）

もう帰宅の時間だ（是該回家的時間了）

何時に帰宅しますか（幾點鐘回家？）

帰着〔名、自サ〕回到、歸結、結局

明日彰化に帰着の予定（預定明天回到彰化）

帰着装置（〔飛機，導彈等〕歸航裝置）

帰着甲板（〔航空母艦的〕歸航甲板）

色色言っても帰着する所は同じだ（這麼說那麼說結果是一樣）

結局は認識の問題に帰着する（總之歸結是認識問題）

帰着点（歸結點）

議論の帰着点（討論的結論）

帰朝〔名、自サ〕歸國、回國

来月初旬帰朝する予定（預定下月上旬回國）

帰朝の途に就く（啟程回國）

帰朝者（歸國者）

帰朝報告会（回國報告會）

帰庁〔名、自サ〕返回機關

出張先から帰庁する（從出差地返回機關）

帰邸〔名、自サ〕回家、回公館

帰途〔名〕歸途（=帰路）

帰途に就く（就歸途）

帰途南投に寄る（歸途順便到南投）

帰日〔名、自サ〕（由國外）回到日本

月末に台北から帰日の予定（預定月底從台北回日本）

帰任〔名、自サ〕回到工作地點

帰任の途に在る（正在回到任地途中）

台中に帰任する（返回工作地點台中）

帰納〔名、他サ〕歸納←→演繹

実験の結果から一般法則を帰納する（從實驗的結果歸納出一般規律）

帰納的方法（歸納法）

帰納的に推理する（進行歸納的推理）

帰納論理学（歸納邏輯學）

帰納法（歸納法）

帰農〔名、自サ〕回鄉務農

剣を収めて帰農する（解甲歸田）

帰農運動（回鄉運動）

帰帆〔名〕歸帆、歸舟

帰伏、帰服〔名、自サ〕歸服、歸順

権力者に帰伏する（向當權者表示歸順）

人心は彼に帰伏しない（人心不歸順他）

帰謬法〔名〕〔邏〕歸謬法、間接證明法

帰命〔名〕〔佛〕皈依、歸依

帰命頂礼（頂禮膜拜、膜拜時口唱的詞句）

帰無仮数〔名〕〔統計〕虛假設、零假設、解散假設

帰無仮説〔名〕〔邏〕虛假設、零假設、解散假設

帰来〔名、自サ〕歸來、回來

帰来誠に多忙（歸來確實忙碌）

帰洛〔名、自サ〕返回京都

使命を終えて帰洛する（完成使命返回京都）

帰路〔名〕歸途（=帰り道）

帰路に就く（就歸途）

帰路を急ぐ（趕緊往回走）

帰す〔他五〕歸于、歸結、歸終（=帰する）

帰する〔自他サ〕歸于、歸結、歸終

我が手に帰する（歸我所有落到我手裡）

勝利は我が方に帰した（勝利歸于我方了）

努力が水泡に帰した（努力化為泡影了）

奴等の企みは失敗に帰した（他們的陰謀歸終失敗了）

帰する所は同じだ（結果是一個樣）

罪を人に帰する（歸罪於人）

其の責任は君に帰す可きだ（你應當承擔那個責任）

成功を幸運に帰するのは当らない（把成功歸因為僥倖是不對的）

見違える程の進歩は周囲のアドバイスと本人の努力に帰せられよう（顯著進步要歸功於周圍人們的建議和本人的努力）

帰する所（總之）

帰る、返る、還る〔自五〕回去、回來、歸還、還原

家に帰る（回家）

里（田舎）に帰る（回娘家〔鄉下〕）

もう直ぐ帰って来る（馬上就回來）

今帰って来た許りです（剛剛才回來）

御帰り為さい（〔迎接回來人的日常用語〕你回來了）

生きて帰った者僅かに三人（生還者僅三人）

朝出たきり帰って来ない（早晨出去一直沒有回來）

帰らぬ旅に出る（作了不歸之客）

帰って行く（回去）

とっとと帰れ（滾回去！）

来客が帰り始めた（來客開始往回走了）

君はもう帰って宜しい（你可以回去了）

元に帰る（恢復原狀）

正気に帰る（恢復意識清醒過來）

我に帰る（甦醒過來）

本論に帰る（回到本題言歸正傳）

元の職業に帰る（又回到原來的職業）

貸した本が帰って来た（借出的書還回來了）

年を取ると子供に帰る（一上了年紀就返回小孩的樣子）

悔やんでも帰らぬ事です（那是後悔也來不及的）

一度去った再び帰らず（一去不復返）

代える、換える、替える〔他下一〕換，改換，更換、交換、代替，替換

〔接尾〕（接動詞連用形後）表示重、另

医者を換える（換醫師）

六月から夏服に換える（六月起換夏裝）

此の一万円札十枚に換えて下さい（請把這張一萬日元的鈔票換成十張一千日元的）

彼と席を換える（和他換坐位）

布団の裏を換える（換被裡）

書面を以て御挨拶に代えます（用書面來代替口頭致辭）

簡単ですが此れを以て御礼の言葉に代えさせて戴きます（請允許我用這幾句簡單的話略表謝忱）

書き換える（重寫）

着換える（更衣）

反る〔自五〕翻（裡作面）（=裏返る）、翻倒，顛倒，栽倒（=引っ繰り返る）

〔接尾〕（接動詞連用形下）完全、十分

紙の裏が反る（紙背翻過來）

徳利が反る（酒瓶翻倒）

舟が反る（船翻）

漢文は下から上に反って読む（漢文要從底下反過來讀）

静まり反る（非常寂靜、鴉雀無聲）

呆れ反る（十分驚訝、目瞪口呆）

変える〔他下一〕改變、變更、變動

方向を変える（改變方向）帰る返る還る孵る反る 蛙

位置を変える（改變位置）替える換える代える

主張を変える（改變主張）

内容を変える（改變內容）

態度を変える（改變態度）

顔色を変える（變臉色）

名前を変える（改名）

遣り方を変える（變更作法）

規則を変える（更改規章）

禿山を水田に変える（把禿山變為水田）

敵味方の形勢を変える（轉變敵我的形勢）

局面を変える（扭轉局面）

手を変える（改變手法、換新花招）

手を変え品を変え説きを勧める（百般勸說）

帰り、返り、回り〔名〕回來、回去、歸途、回來的時候←→行き

帰りが遅い（早い）（回來得晚〔早〕）

帰りを急ぐ（忙著回去）

行きは電車で帰りはバスだ（去時坐電車回來坐公車）

学校からの帰りに買物を為た（從學校回來的時候買了東西）

今工場からの帰りです（現在正從工廠回家）

御帰りは此方（〔電影院〕等回去請走這邊）

若返り（返老還童）

外国帰り（從外國歸來）

里帰り（回老家）

帰らぬ旅〔連語〕死

帰らぬ旅に就く（成了不歸之客）

帰り掛け〔名〕歸途

工場の帰り掛けに映画を見た（再從工廠回家的時候看了電影）

今学校の帰り掛けです（現在正從學校回家）

帰り車〔名〕返回的空客車

帰り車ですから御安くします（因是回頭空車便宜算）

帰り支度〔名〕準備回去、回去（回來）的準備

帰り支度を為る（作回去的準備）

帰りしな〔副〕歸途（＝帰り掛け）←→行きしな

帰り新参〔名〕回到原處工作（的人）

帰り立て〔名〕（由外地，外國）剛剛回來

帰り着く〔自五〕回到

彼は昨日郷里に帰り着いた（他昨天回到了家鄉）

彼が郷里に帰り着くのは明日の筈だ（他應該是明天回到家鄉）

帰りなん〔連語〕不如歸去、歸去來兮（＝帰ってしまおう）

いざ、帰りなん（歸去來兮）

帰り荷〔名〕回頭貨、歸途裝運的貨物

帰り道、帰り路〔名〕歸途

帰り道は新道を行く（回去時走新道）

帰り道に買い物を為る（回去的路上買東西）

今学校の帰り道です（現在正從學校回家）

帰す、還す〔他五〕讓…回去、打發回去（＝帰らせる）

郷里に帰す（打發回家鄉）

弟を先に帰す（讓弟弟先回去）

自動車を銀座で帰して、其から一人で歩いた（在銀座把汽車打發回去然後一個人步行）

反す、翻す、覆す〔他五〕翻過來、耕、（寫作反す）（漢字讀音的）反切

〔接尾〕（寫作返す或反す、接動詞連用形下）重複

干し草を翻す（把曬的草翻過來）帰す返す還す孵す

手の平を翻す（反掌、把手翻過來）

コップの水を翻す（把杯裡的水弄灑了）

新聞の裏を翻して読む（翻過報紙的背面讀）

田を翻す（翻地、耕田）

手紙を書いたらもう一度読み返し為さい（寫完信後要重唸一遍）

孵す〔他五〕孵、孵化

鶏が雛を孵す（雞孵小雞）孵す返す還す帰す反す

卵を雛に孵す（把雞蛋孵成小雞）

規（ㄍㄨㄟ）

規〔漢造〕規矩、規範、糾正

条規（條文的規定）

常規（常規、常例、標準）

定規、定木（尺，規尺、尺度，標準）

法規（法規、法律、規章、條例）

内規（内部守則、内部規章）

規格〔名〕規格、標準

規格に合う（合乎規格）合う遇う遭う逢う会う

規格を統一する（統一規格）

規格検査（規格検査）

規格鋼材（規格鋼材）

規格パス（符合規格）

規格外れの品（不合規格的產品、等外品、處理品）品品

規格判（規格尺寸-書籍或雜誌用紙等的標準尺寸）

規格品（規格品、正品）

規格化（規格化、標準化）

規矩〔名〕規矩、規範，準則，標準

規格準縄（規矩準縄、準則、標準）

規準〔名〕（規是コンパス準是水準器之意）規範、標準、準則、準縄

真理の規準は社会的実践のみである（真理的標準只能是社會的實踐）

規正〔名、他サ〕矯正、調整

電力の消費を規正する（調整用電）

物価を規正する（調整物價）

規制〔名、他サ〕規定（章則）、限制，控制

規制を加える（加以限制）加える銜える咥える

法律で規制する（用法律規定）

自動車の排気を規制する（限制汽車的排氣）

自主規制（主動限制）

規制措置（管制措施）

規整〔名、他サ〕整理、整頓、整飭

規律を立てて規整する（規定紀律加以整頓）立てる建てる絶てる断てる裁てる点てる発てる

規則〔名〕規則、規章、章程（＝掟、定め）

規則を作る（訂立規章）作る造る創る

規則通りに遣る（照章辦事）

規則を守る（遵守規則）守る護る守る洩る漏る盛る

規則正しい人（規矩的人）

規則正しい生活（有規律的生活）

規則正しく働く（規規矩矩地工作）

然うするのは規則違反である（那麼做違反規章）

規則は有るが、例外も有る（有規章也有例外）有る在る或る

御申し越し次第規則書を送ります（規章函索即寄）送る贈る

規則尽め（戒律森嚴、滿都是清規戒律）

規則尽めに為っている（戒律森嚴）為る成る鳴る生る

規則尽めで遣る（按清規戒律辦事）行く往く逝く

何事も規則尽めに行く物ではない（並不是任何事都能憑清規戒律做得通的）行く往く逝く

規則動詞（規則動詞）←→不規則動詞、変格活用動詞

規則的（有規則的、按規章地、規規矩矩地）

規則的な生活（有規律的生活）

規則的に勉強する（規規矩矩地學習）

規定〔名、他サ〕規定（＝掟、定め）

法律の規定に拠り（根據法律的規定）拠り由り依り因り撚り縒り寄り選り

規約の中に規定して有る（在規章裡有規定）有る在る或る

新入生は全部寄宿舎に入る規定に為っている（規定全部新生住宿）入る入る

規定の手続を踏む（履行規定的手續）

規定の時間通りに着く（準時到達）着く付く附く尽く憑く衝く搗く吐く就く

規定外の手当（額外津貼）

規定液（〔化〕當量濃度）

規定在荷（〔商〕規定庫存、正規庫存）

規定在荷目録（規定庫存目録）

規定食（〔給病人等〕規定的飯食）

患者に規定食を取らせる（讓病人吃規定的飯食）取る 捕る 摂る 撮る 獲る 盗る 執る 採る

規定濃度（〔化〕規定濃度、當量濃度）

規程〔名〕規程、規則、規定、準則、章程

官庁の分課規程（機關的分科規程）

不合理な規程と制度を改める（改革不合理的規章制度）改める 革める 検める

規那、キナ〔名〕〔藥〕奎寧皮、金雞納皮（キニーネ的原料）

規那エキス（奎寧精）

規那丁幾、規那チンキ（奎寧酊）

規那の木（金雞納樹）

キナひ（奎寧皮）

規範、軌範〔名〕規範、模範、標準（＝則、手本）

規範を示す（示範）示す 湿す

規範に従う（遵循規範）従う 随う 遵う

社会規範（社會規範）

規範法則（〔對自然規律而言的〕道德規範等）

規模〔名〕規模（＝仕組み）、範圍（＝範囲）、榜樣，典型（＝手本）

規模の大きい建設計画（規模宏大的建設計畫）

全国的な規模で（以全國的規模）

事業の規模を拡大する（擴大事業的規模）

規模を縮小する（縮小範圍）

規約〔名〕規約、規章、章程、協約

党の規約（黨章）

規約を設ける（建立規章）設ける 儲ける

規約を破る（違犯規章）

規約に背く（違犯規章）背く 叛く

規約を結ぶ（締結協約）結ぶ 掬ぶ

休戦規約（停戦協定）

規約草案を作る（擬定規章草案）作る 造る 創る

規律、紀律〔名〕規律，紀律、規章、秩序（＝掟、則）

規律を守る（遵守紀律）守る 護る 守る 洩る 漏る 盛る

規律に従う（服從紀律）従う 随う 遵う

規律を破る（破壞紀律）

規律に反する（違反紀律）

軍隊は規律が厳重だ（軍隊紀律森嚴）

規律正しい生活（有規律的生活）

規律の有る行動（有紀律的行動）有る 在る 或る

規律の廃退（紀律廢弛）

規律を正しくする（整頓紀律）

瑰（ㄍㄨㄟ）

瑰〔漢造〕圓形之珠玉、美石、玫瑰、珍異的

瑰麗〔形動〕瑰麗

人工宝石の堆い瑰麗な腕輪（瑰麗的用人工寶石鑲成的手鐲）

閨（ㄍㄨㄟ）

閨〔漢造〕（牆上開的）小門，宮中的小門、閨房、閨秀，婦女

空閨（空閨、空房－夫妻中有一方不在家或死亡時剩下另一方居住的臥室）

紅閨（婦人的寢室、美人的閨房）

深閨（家裡的婦女寢室）

令閨（〔對別人妻子的尊稱〕夫人＝令夫人、奧様）

閨怨〔名〕閨怨

閨怨を詠じる詩歌（詠閨怨的詩歌）詩歌 詩歌詠じる映じる

閨室〔名〕閨房（=閨）、妻子，夫人，尊夫人
御閨室様（尊夫人）室室

閨秀〔名〕（作接頭詞用）有（文學或藝術）才能的婦女
閨秀作家（閨秀作家、女作家）秀秀
閨秀詩人（閨秀詩人、女詩人）中 中 中

閨中〔名〕閨中、寝室内

閨閥〔名〕妻黨、裙帶關係、裙帶勢力、姻族派系
閨閥政治（建立在裙帶關係上的政治）
此の閨閥政治に在っては女性は一種の投資物件と考えられている（在這裙帶政治中婦女被當成了一種投資品）女性 女 性

閨房〔名〕閨房
閨房の秘事（閨房秘事）房房
彼女は閨房の口説に何時も此の手を出すのである（她在閨房口角時慣用這一招）門 門

閨門〔名〕閨門，閨房、〔轉〕寝室、家庭内部的事、家庭的禮節

閨〔名〕臥室、寝室（=寝間）
閨の睦言（閨房的蜜語）

槻（ㄍㄨㄟ）

槻〔名〕〔植〕（欅的古稱）榉，山毛欅、光葉欅樹

槻欅〔名〕〔植〕欅的異名

亀（龜）（ㄍㄨㄟ）

亀（龜）〔漢造〕龜、龜甲
盲亀（盲龜、瞎龜）
盲亀の浮木（盲龜値浮木、〔喻〕鐵樹開花，千載難逢）
盲亀、優曇華の花（鐵樹開花、千載難逢）

亀鑑〔名〕龜鑑、榜樣
彼の行動は我等の亀鑑と為可きだ（他的行動應該作為我們的榜樣）
軍人の亀鑑（軍人的模範）

亀茲〔名〕〔史〕龜茲（國）

亀頭〔名〕〔解〕龜頭

亀背〔名〕駝背.脊柱後凸

亀鼈目〔名〕〔動〕龜鱉目

亀卜〔名〕龜卜

亀毛兎角〔名〕比喻不可有的事情

亀裂〔名〕龜裂、裂縫、
地震で路面に亀裂出来た（因為地震路面出了裂縫）
亀裂試験（裂化實驗）

亀甲〔名〕龜甲、龜甲形，六角形
亀甲編（用兩色毛線織出龜甲形的織法）
亀甲形（龜甲形、六角形）
亀甲甲板（六角形甲板、鯨背甲板）
亀甲模様（六角形花樣）
亀甲餅（一種用麵粉烤製的點心）

亀〔名〕〔動〕龜、海龜
亀の子（龜仔）
亀の卵（龜蛋）
亀類（海龜類）
海亀（海龜、蠵龜、玳瑁）
亀の年を鶴が羨む（欲海難添・貪得無厭）
鶴は千年、亀は万年（千年仙鶴萬年龜.喻長命百歳）千年千年

瓶、甕〔名〕甕，缸，罐，廣口瓶、形狀如罐的花瓶、〔古〕酒瓶（=徳利）
台所の瓶に水を張る（往廚房的缸裡裝滿水）
花瓶、花瓶（花瓶）

瓶、壜〔名〕瓶子
ビール瓶（啤酒瓶）
瓶の栓（瓶塞）

ウイスキーを一瓶平らげる（喝光一瓶威士忌）

瓶に詰める（裝入瓶內）詰める摘める積める抓める

瓶を濯ぐ（涮瓶子）濯ぐ漱ぐ雪ぐ

御亀〔名〕（塌鼻樑、大顴骨、大胖臉的）醜女假面具、大胖臉的胖女人、（臉部扁平的）醜女人（=御多福）←→ひょっとこ

御亀の面を被る（戴醜女假面具）面面

御亀の癖に気取っている（一幅醜八怪相還裝模作樣）

御亀蕎麦〔名〕（加魚糕、蘑菇、豆腐皮等的）什錦蕎麵條

亀の子〔名〕龜（的愛稱）、小龜，龜仔、龜甲，龜殼（=亀の甲）

亀の子を飼う（養小龜）買う

亀の子束子（橢圓形的棕刷子）

亀の甲〔名〕龜甲，龜殼、龜紋、六角形花紋、苯環、烏龜殼（=ベンゼン核）

亀の甲より年の功（薑是老的辣、人老閱歷多）

亀の子束子〔名〕橢圓形的棕刷子

亀節〔名〕龜形木（松）魚←→本節

鮭（ㄍㄨㄟ）

鮭〔漢造〕鮭科魚類，屬脊椎動物亞門，硬骨魚綱，是名貴的冷水性魚類

鮭〔名〕〔動〕鮭魚（=鮭、秋味）

若鮭（幼鮭）

塩鮭（鹹鮭魚）

鮭のムニエル（法國式黃油炸鮭魚）

鮭のフライ（炸鮭魚）

鮭缶（鮭魚罐頭）

鮭鱒漁業（捕鮭魚和鱒魚的漁業）

鮭〔名〕〔動〕鮭魚（=鮭、秋味）

酒〔名〕酒（的總稱），清酒，日本酒、喝酒，飲酒

強い酒（烈酒）

濃くの有る酒（味濃的酒、醇酒）有る在る或る

酒を飲む（喝酒、飲酒）飲む呑む

酒を注ぐ（斟酒）注ぐ継ぐ次ぐ接ぐ告ぐ注ぐ雪ぐ濯ぐ灌ぐ

酒を止める（戒酒、忌酒）止める已める辞める病める

酒を断つ（戒酒、忌酒）立つ断つ截つ経つ建つ絶つ発つ裁つ

酒を控える（節酒）

一滴も酒を飲まない（滴酒不沾）一滴一滴飲む呑む

酒を一杯引っ掛ける（喝上一杯酒）

酒を嗜む様に為る（喜歡起酒來、養成喝酒的習慣）為る成る鳴る生る

此の酒はきつい（這個酒勁力大）

酒の燗を為る（燙酒）摺る擦る掏る磨る擂る刷る摩る為る為る

酒を温める（燙酒）温める暖める

酒を飲んで暴れる（發酒瘋、喝了酒胡鬧）

宴会に酒は出なかった（宴會上沒有備酒）

今日は少々酒が入っている（今天稍微喝了幾杯）

酒が入ると、別人の様に為る（三杯下肚魂不附體）入る入る

私は酒は嗜みません（我不會喝酒）

酒が回るに連れてべらべら喋り出した（隨著酒勁一起上來喋喋不休起來）

酒に酔って管を巻く（喝醉了酒嘮嘮叨叨地說醉話）巻く撒く蒔く捲く播く

酒に溺れて理性を失うのは良くない（沉溺於酒以致喪失理性不好）

酒の力を借りて悩みを紛らわす（戒酒澆愁）

彼の人は酒が強い（他能喝酒、他酒量大）

彼の人は酒が弱い（他不能喝酒、他酒量小）

彼の人の酒は良い（他酒後不胡鬧）良い 好い 善い 佳い 良い 好い 善い 佳い

相談は此位に為て、此から酒に為よう（事情就商量到這裡現在開始喝酒吧！）

心配事を酒で紛らす（戒酒澆愁）

酒が酒を飲む（越喝越能喝、越醉越能喝）

酒極まって乱と為る（酒醉則亂）

酒と朝寝は貧乏の近道（好酒貪眠貧窮之源）

酒に呑まれる（被酒灌糊塗）

酒を飲むのは結構だが、酒に呑まれては行けません（喝點酒是可以的但不要被酒灌糊塗了）

酒に別腸有り（酒有別腸-喻酒量大小與身材無關-五代史）

酒の上（酒後、醉後）

酒の上で為た事（酒後做的事情）

酒の上の喧嘩（酒後吵架）

酒の上の付け元気（酒後的逞強）

酒の上の事だと言っても、許せない（雖然是酒後做的也不能原諒）

酒の酔い、本性違わす（酒醉心不醉）

酒は憂いの玉箒（一醉解千愁）

酒は気違い水（酒是迷魂湯）

酒は気の合った物と汲む可し（酒逢知己千杯少）

酒は三献に限る（酒以三杯為限-喻應適可而止）

酒は諸悪の基（酒是萬惡之源）

酒は飲むとも飲まれるな（酒可喝不可溺）

酒は百薬の長（酒為百藥之長-漢書）

酒は本心を表す（酒醉吐真言）表す 現す 著す 顕す

酒盛って尻切らる（喻恩將仇報）

癸（ㄍㄨㄟˇ）

癸 〔名〕（十干之十）癸（=癸）

癸 〔名〕（天干第十位）（水之弟之意）癸

軌（ㄍㄨㄟˇ）

軌 〔漢造〕軌道、法度

広軌（寬軌）←→狭軌

狭軌（窄軌）←→広軌

車軌（車軌）

正軌（正軌）

常軌（常軌）

不軌（〔古〕不軌）

軌条 〔名〕軌條、鋼軌、鐵路（=レール）

軌条を敷く（鋪設鋼軌）

軌条屈曲機（彎軌機）

軌条鋸（切軌鋸）

軌条の枕木（鐵路枕木）

軌跡 〔名〕軌跡、車轍、經歷

軌跡を求める（求數學的軌跡）

一点から等距離の点の軌跡は円である（從一點等距離的軌跡為圓）

大都市サラリーマンの毎日の行動の軌跡は、会社の机と我家のベットの間の往復丈に為って来つつある（大城市工資生活者每天的活動足跡正在變成只限於公司辦公桌和自己家裡床鋪之間的往返運動）

軌轍 〔名〕車輪行過的痕跡（=轍）、前人的行為，前例，法則，模範

軌道 〔名〕（鐵路、機電、天體、事物）軌道

軌道を敷く（鋪設軌道）

軌道を逸する（脫離軌道）

軌道を外れる（脫離軌道）

電車の軌道（電車軌道）

軌道起重機（軌道起重機）

軌道水準器（軌道水平儀）

軌道電子（腿到電子）

軌道変圧器（軌道變壓器）

軌道車（軌道車）
地球の軌道（地球軌道）
地球を回る人工衛星の軌道（繞行地球的人造衛星軌道）
軌道に乗る（上軌道、進入軌道）
軌道に乗っている（在軌道上）
人工衛星を打ち上げて軌道に乗せる（發射人造衛星使進入軌道）
地球は三百六十五日と四分の一で軌道を一周する（地球以三百六十五又四分之一天繞軌道一周）
ロケットは軌道に乗せる為に必要な秒速二万五千フィートに加速された（火箭已經加速到進入軌道所必須的秒速二萬五千英呎的速度）
仕事が軌道に乗った（工作上了軌道）
彼は出版業の基礎を築き、軌道に乗せた（他為出版業打下基礎並使之上了軌道）
計画は軌道に乗り掛けている（計畫開始上軌道）
軌道角運動量（軌道角動量）
軌道関数（軌道函數）
軌道傾斜（軌道傾角、軌道交角）
軌道電子（軌道電子、環行電子）
軌道飛行（軌道航行）
軌道要素（軌道要素軌道根數）

軌範、規範〔名〕規範（＝法、手本）
規範を示す（示範）
規範に従う（按照規範）
社会規範（社會規範）
社会には一定の規範が有る（在社會有一定的規範）
規範法則（道德規範）
規範性（規範性）
規範的（規範的）

鬼（ㄍㄨㄟˇ）

鬼〔漢造〕鬼、魔鬼、殘酷的人、出眾的人
悪鬼（惡鬼、鬼怪）
餓鬼（餓鬼、小鬼，小傢伙，小淘氣）
灯台鬼（燈台鬼）
百鬼夜行、百鬼夜行（百惡橫行）
債鬼（討債鬼、刻薄無情的債主）
殺人鬼（殺人不眨眼的、人劊子手）
吸血鬼（吸血鬼）
神出鬼没（神出鬼沒）
疑心暗鬼（疑心生暗鬼、疑神疑鬼）

鬼気〔名〕陰氣、陰森之氣
事故現場の鬼気迫る有様（事故現場因氣逼人的慘狀）

鬼哭〔名〕鬼哭
鬼哭啾啾（鬼哭啾啾）

鬼才〔名〕奇才、才能出眾的人
一代の鬼才（當代的奇才）

鬼子母神、鬼子母（神）〔名〕〔佛〕（梵語 Hariti 的意譯）（保護小兒的）鬼子母神

鬼手〔名〕〔圍棋、象棋〕出奇的著數
鬼手仏心（比喻外科醫生為徹底治療而大膽施行手術）

鬼女〔名〕女鬼。〔轉〕殘酷的女人

鬼神〔名〕鬼神（＝鬼神）、神靈，死者的靈魂
彼とて鬼神ではない（他並非鬼神）
鬼神も泣く壮烈な戦死を遂げた（無比壯烈地犧牲了）
断じて行えば鬼神も此れを避く（斷然做下去就是鬼神也要退避三舍）

鬼神〔名〕鬼神（＝鬼神）、妖怪，鬼怪，魔鬼，惡魔（＝化物）
鬼神も三舎を避く（雖鬼神也退避三舍）
鬼神の様な人（極其殘酷的人）
鬼神に横道無し（鬼神無邪）

鬼神〔名〕兇神，兇惡可怕的神（＝鬼神）、妖怪，鬼怪，魔鬼，惡魔（＝化物）（＝鬼神）

鬼神は邪無し（鬼神無邪）

鬼籍〔名〕鬼籍、死亡簿（＝過去帳）

鬼籍に入る（名登鬼錄、死亡）

鬼胎〔名〕〔醫〕葡萄胎、不可告人的念頭

鬼胎を抱く（心懷鬼胎）

鬼畜〔名〕魔鬼和畜生、殘酷無情的人、忘恩負義的人

鬼畜の様な人間（殘酷無情的人）

鬼畜にも劣る殘酷振り（滅絕人性的殘酷做法）

鬼謀〔名〕奇謀妙算

神算鬼謀（神機妙算）

鬼面〔名〕鬼臉、鬼臉的假面具

鬼面人を驚かす（用鬼臉嚇人虛張聲勢）

鬼門〔名〕忌避的方向（指東北，艮、）〔轉〕厭惡（棘手，不擅長的）事物（＝苦手）

鬼門を避ける（避開忌避的方向）

鬼門除け（〔供神佛於東北角〕迴避災禍）

数学は鬼門だ（討厭數學、數學不擅長）

鬼〔名〕鬼，鬼魂。〔轉〕非常勇猛的人，窮兇極惡的人，鐵石心腸的人，堅忍不拔的人，厲害的債主、（捉迷藏）捉人者

〔接頭〕鬼形的、勇猛的、可怕的、厲害的、兇狠的、殘暴的、大型的、特別結實的、突出的

鬼を退治する（驅鬼）

鬼の様な人間（魔鬼一般的人）

鬼の様な心（冷酷無情的心腸）

鬼の涙（冷酷人的眼淚）

嫉妬の鬼（忌妒鬼醋罈子）

仕事の鬼（一味埋頭工作的人）

文学の鬼（專心致志於文學的人）

異国（異郷）の鬼と為る（死在他郷）

鬼に責められる（受閻王般債主的催逼）

君は鬼だ（你當鬼來捉人）

鬼さん、此方（鬼我在這裡呢？）

鬼瓦（屋頂兩端裝飾用的貓頭瓦）

鬼将軍（勇猛將軍）

鬼主任（厲害的主任）

鬼婆（心腸狠毒的老太婆）

鬼薊（大薊）

鬼足袋（耐穿的日本襪子）

鬼が出るか蛇が出るか（前途吉凶莫測）

鬼が笑う（鬼會嘲笑、未來的事只有天知道）

明日の事を言うと鬼が笑う（一提到未來的事連鬼都會嘲笑、未來的事只有天知道）

鬼共組み為う（天不怕地不怕的樣子、冷酷無情的樣子）

鬼に金棒（如虎添翼、錦上添花）

君が一緒に行って呉れるなら鬼に金棒だ（如果你也一起去那我就甚麼也不怕了）

鬼に衣（鬼披法衣、佛面獸心）

鬼の霍乱（健康身體也有生病時）

鬼の空念仏（貓哭老鼠假慈悲）

鬼の首を取った様（如獲至寶、如立奇功、立功得意的樣子）

鬼の空涙（鱷魚的眼淚、假慈悲）

鬼の目にも見残し（智者千慮必有一失）

鬼の女房には鬼神が為る（物以類聚）

鬼の目にも涙（鐵石心腸的人也會流淚、頑石也會點頭）

鬼の留守（居ない間）に洗濯（閻王不在小鬼鬧翻天、貓兒不在老鼠跳樑）

鬼も十八、番茶も出花（醜女妙玲也迷人，粗茶新沏味也香）

鬼も頼めば人食わず（人怕話磨）

鬼を欺く（大力或貌醜賽過鬼）

鬼を欺く勇者（力大賽鬼的勇者）

鬼を酢に為て食う（天不怕地不怕）

心の鬼が身を責める（心懷內咎、受良心苛責）
心を鬼に為る（鐵著心腸）
心に鬼を作る（疑神疑鬼、心中有鬼）

鬼麻〔名〕〔植〕蕁麻（＝蕁麻）
鬼薊〔名〕〔植〕大薊山牛蒡（＝山薊）
鬼板〔名〕（屋脊兩端代替鬼瓦裝飾用的）鏤花板
鬼が島〔名〕（神話）（桃太郎，一寸法師，保元物語）（鬼住的）鬼島
鬼瓦〔名〕（屋脊兩端的）鬼（獸）頭瓦
鬼瓦も化粧（人靠衣裝佛靠金裝）
鬼草〔名〕〔植〕日本石花菜
鬼蜘蛛〔名〕〔動〕大蜘蛛
鬼罌粟〔名〕〔植〕（觀賞用）近東罌粟
鬼子〔名〕不像父母的孩子、生時就有牙的孩子
親に似ぬ子は鬼子（子女沒有不像父母的）
鬼子事〔名〕（遊戲）捉迷藏
鬼子事を為る（玩捉迷藏）
鬼子事の鬼（捉迷藏的捉人者）
鬼事〔名〕捉迷藏（＝鬼子事）
鬼サルビア〔名〕〔植〕南歐丹參
鬼縛り〔名〕〔植〕日本瑞香
鬼田平子〔名〕〔植〕黃鵪菜
鬼山芹菜〔名〕〔植〕啟絨草
鬼歯〔名〕虎牙
鬼蓮〔名〕〔植〕芡雞頭
鬼蓮の実（芡實）
鬼婆、鬼婆〔名〕狠毒的老太婆、醜老太婆、母夜叉
鬼火〔名〕鬼火，磷火（＝狐火）、（出殯時）門前點的火
墓場で鬼火が燃える（墳地上亮起鬼火）
鬼蛍〔名〕〔動〕大螢
鬼虫〔名〕〔動〕鍬形甲蟲、鹿角甲蟲
鬼武者〔名〕勇猛的武士（＝荒武者）
鬼藪蘇鉄〔名〕〔植〕全緣貫眾

鬼遣い、鬼遣、追儺、追儺〔名〕（古代宮中每年除夕舉行的）驅鬼儀式、民間習俗立春前夕撒豆除不祥（＝鬼打ち）
鬼百合〔名〕〔植〕卷丹
鬼灯、酸漿〔名〕〔植〕酸漿、酸漿或類似酸漿的玩具
鬼灯提灯（紙糊的小紅燈籠）
鬼灯を鳴らす（舌壓酸漿皮作響）

詭（ㄍㄨㄟˇ）

詭〔漢造〕欺詐、不正當、奇異
詭計〔名〕詭計、奸計
詭計を持て遊ぶ（耍詭計）
陰で詭計を弄する（背地裡玩弄詭計）
詭激〔形動〕奇特，古怪，強詞，奪理矯情
詭激な振舞を為る（舉止奇特）
詭激な言論（強詞奪理的言論）
詭策〔名〕詭計、奸計
詭道〔名〕不正當的手段、近路
詭弁〔名〕詭辯
詭弁を弄する（玩弄詭辯）
人騙しの詭弁（欺人之談）
詭弁で人を騙す（用詭辯騙人）
詭弁と嘘の手口（狡辯和扯謊的手法）
詭弁家（詭辯家）
詭弁学派（詭辯學派）

跪（ㄍㄨㄟˋ）

跪〔漢造〕兩膝著地心存敬慎戒懼為跪
跪坐〔名、自サ〕跪坐
跪坐して祈る（跪著祈禱）
跪拜〔名、自サ〕跪拜
跪拜叩頭（跪下叩頭）
跪く〔自五〕跪、跪下
神前に跪く（跪在神像前）
跪いて祈る（跪下祈禱）

櫃（ㄍㄨㄟˋ）

櫃〔漢造〕藏物的器具（=櫃）
　書櫃（書櫃）（=本箱）
　金櫃（金庫）（=金箱）

櫃〔名〕櫃，箱，飯桶（=御櫃、飯櫃、御鉢）
　着物を櫃に入れる（把衣服放在櫃子裡）
　飯を櫃に移す（把飯盛到飯桶裡）
　櫃の飯を皆平らげた（把飯桶裡的飯全吃光了）

桂（ㄍㄨㄟˋ）

桂〔名、漢造〕〔植〕桂樹。〔象棋〕桂馬
　月桂（（月桂樹、月中桂樹、〔轉〕月、月光）
　肉桂（肉桂、肉桂皮）

桂庵、慶庵、慶安〔名〕（江戶時代醫生大和桂庵多次做媒人，故名）媒人（=仲人）、佣人及婚姻介紹所（人）（=口入れ屋）、奉承話，說奉承話的人
　桂庵から来た女中（從介紹所雇來的女佣人）
　桂庵を始める（開始做傭工介紹人）
　桂庵口（不可靠的撮合之辭）

桂冠〔名〕桂冠、月桂冠（=月桂冠）
　桂冠詩人（桂冠詩人）（英國王室優遇的當代第一流詩人）

桂皮〔名〕桂皮
　桂皮酸（桂肉酸）
　桂皮油（肉桂油）
　桂皮アルコール（肉桂醇）
　桂皮アルデヒド（肉桂醛）

桂馬〔名〕（日本象棋之一）桂馬
　桂馬の高上がり（爬得高跌得重）

桂林〔名〕桂樹林、美麗的森林、文人同行

桂〔名〕〔植〕桂樹、月桂
　桂剥き（旋切蘿蔔片、蘿蔔旋成的薄片）
　桂を折る（及第、考中）

貴（ㄍㄨㄟˋ）

貴〔漢造〕高貴，尊貴←→賤、有關對方事物的敬稱
　高貴（高貴、尊貴）
　富貴（富貴）
　騰貴（漲價）←→下落

貴意〔名〕（書信用語）尊意
　貴意の儘に（任隨尊便）
　貴意に添う（願悉尊意）
　何卒貴意を御知らせ下され度く…（務請把您的意見告訴我們）

貴家〔名〕（書信用語）府上（=御宅）
　貴家御一同様には、御変わり有りませんか（府上都好嗎？）

貴会〔名〕貴會
　貴会に参加し度いと存じます（希望參加貴會）

貴官〔名〕（對官員的第二人稱敬語）貴官、閣下

貴翰、貴簡〔名〕尊函、您的信（=御手紙）
　貴翰正に拝見致しました（您的信收到了）
　貴翰昨朝拝誦しました（昨晨拜悉大札）

貴金属〔名〕貴金屬←→卑金属
　金、白金、銀、イリジウム等を貴金属と言う（金白金銀銥等叫做貴金屬）
　貴金属商（珠寶商）

貴君〔代〕你（=貴兄、貴方）（對同輩以下男子的第二人稱，比君略尊敬，多用於書信）
　貴君御上京の折は御知らせ下さい（你來京時請告知）
　貴君の御健康を祈る（祝你健康）
　貴君の為に御喜び申し上げます（為你道喜）

貴兄〔代〕你（=貴方）（對同輩以上男子的第二人稱，比貴君稍尊敬，書信用語）
　貴兄の御奮闘を祈ります（祝你努力工作）

貴顕〔名〕顕貴
　貴顕の士（顕貴人士）

貴公〔名〕〔旧〕你（=御前、君）（（對同輩以下男人的第二人稱）（原來是武士，軍人對同輩以下的對稱，和貴様一樣、也曾用作對長輩的敬稱）
　貴公の細君は達者かね（你的夫人身體好嗎？）

貴公子〔名〕貴公子
　貴公子然と為た振舞に憤慨する（對闊公子哥似的舉止感到氣憤）
　貴公子連（一幫闊公子、貴公子們）

貴校〔名〕貴校

貴国〔名〕貴國（=御国）

貴札〔名〕尊函、大札

貴様〔代〕你，你小子，你這個東西（對極親暱的同輩或同輩以下用的第二人稱）（或用作輕蔑或罵人語）（=御前）
　貴様何かに分るもんか（你哪裡懂得）
　此れ、貴様の帽子だ、さっさと行って仕舞え（這是你的帽子趕快滾蛋）
　貴様は生意気だ（你這個東西太囂張了）

貴誌〔名〕貴刊

貴紙〔名〕尊函、貴報
　八月一日付き貴紙報道の通り（正如八月一日貴報報導那樣）

貴社〔名〕貴社

貴酬〔名〕寫在收信人名字右下的敬語（如侍史、玉案下）（=脇付け）、回信，復函

貴所〔名〕（用於公務信件）貴處、您（=貴方）

貴書〔名〕尊函、大札
　貴書正に拝見しました（大札收悉）

貴紳〔名〕顯貴紳士

貴人〔名〕高貴的人、顯貴

貴石〔名〕寶石（=宝石）

貴賎〔名〕貴賤
　貴賎の別無く（不分貴賤）
　貴賎を問わない（論ぜず）（不問〔不論〕貴賤）
　職業に貴賎無し（職業沒有貴賤）
　貴賎を等しくし、貧富を同じくする（等貴賎均貧富）

貴僧〔名〕高僧、對僧侶的敬稱

貴族〔名〕貴族←→庶民
　落魄れた貴族（沒落的貴族）
　貴族の婦人（貴族婦女）
　貴族主義（主張少數特權階級掌握政權、〔轉〕主張少數優秀分子壟斷文化）
　貴族院（貴族院）
　貴族的（貴族般的）

貴息〔名〕令郎（=令息）

貴台〔名〕（書信用語）尊台、閣下（=貴方様、貴下）

貴宅〔名〕您家府上（=御宅）

貴蛋白石〔名〕〔礦〕貴蛋白石、閃光蛋白石

貴地〔名〕貴處、您那裏（=御地）

貴著〔名〕大作您的著作

貴重〔形動〕貴重、寶貴、珍貴
　貴重な図書（珍貴圖書）
　貴重な体験（寶貴的經驗）
　貴重な時間（寶貴的時間）
　貴重な命を国に捧げる（為國獻出寶貴的生命）
　貴重品（貴重物品）
　貴重品を預ける（寄存貴重物品）
　実践の経験は貴重なものである（實踐的經驗是寶貴的）
　革命の古参幹部は党の貴重な宝である（革命老幹部是黨的寶貴財富）

貴弟〔名〕令弟

貴店〔名〕（商業書信用語）寶號、貴商店（=御店）

貴殿〔代〕（人在信裡用的對稱）台端、您（=貴方）
　貴殿を名誉会員に推薦致します（推薦您為名譽會員）

貴賓〔名〕貴賓

外国の貴賓（外國的貴賓）

貴賓室（貴賓室）

貴賓席（貴賓席）

貴婦人〔名〕顯貴的婦女

貴婦人振っている（裝作顯貴婦女的樣子）

貴邦〔名〕貴國

貴報〔名〕尊函

貴名〔名〕尊姓大名

貴命〔名〕您的指示、您的吩咐

貴命に従う（按您的指示遵命）

貴覽〔名〕台覽（＝御覽、高覽）

貴覽に供する（僅供台覽）

貴慮〔名〕高見、您的想法（＝御考え）

貴方、貴男、貴女、貴下〔名〕（對長輩或平輩的尊稱）（呼喚用語，特別是妻對丈夫）你、您

次は貴方の番です（下次輪到您了）

貴方は汽車でいらっしゃいますか（您坐火車去嗎？）

貴方、一寸来て下さいな（你來一下呀！）

貴方、何為てるの（你在做什麼呢？）

貴方〔名〕尊處，尊府、（公文用語）您（＝貴方）

貴女〔名〕尊貴的女人、（對婦女第二人稱的敬稱）您（＝貴方）

貴方方〔代〕您們

貴方方は皆いらっしゃいますか（您們各位都去〔來〕嗎？）

貴方方の中で此れを知っている人が居ますか（您們當中有知道這個的嗎？）

貴方任せ、彼方任せ〔名〕〔佛〕一切靠老佛爺保佑、聽憑他人，聽其自然

貴下〔名〕（男人之間的書信敬語）閣下、（第二人稱代詞）您（＝貴方、貴男、貴女）

貴下の御手紙拝見致しました（您的信收到了）

貴い、尊い〔形〕珍貴的，貴重的，寶貴的（＝貴い、尊い）、高貴的，尊貴的

非常に貴い（非常珍貴）

金に代えられない程貴い品（不能以金錢計算的珍貴品）

貴い御方（貴人）

貴い家柄（高貴的門第）

其の気持が貴い（那種心情可貴）

貴ぶ、尊ぶ〔他五〕尊貴，尊重（＝貴ぶ、尊ぶ）、尊敬，欽佩

命より名を貴ぶ（名譽比生命還貴重）

兵は神速を貴ぶ（兵貴神速）

謀は密為るを貴ぶ（謀略貴在守密）

貴い、尊い〔形〕〔舊〕珍貴的，寶貴的，貴重的（＝貴い、尊い）、尊貴的，高貴的，值得尊敬的

貴い国宝（珍貴的國寶）

貴い体験（珍貴的體驗）

古代人の生活を研究する貴い資料（研究古代人生活的珍貴資料）

森林は国家の貴い宝である（森林是國家寶貴的財富）

貴い犠牲（值得敬重的犧牲

貴い御方（高貴的人值得尊敬的人）

貴ぶ、尊ぶ〔他五〕尊重，尊敬，崇敬，恭敬（＝貴ぶ、尊ぶ）、重視，珍重（＝重んじる）

年長者を貴ぶ（敬老

人権を貴ぶ（尊重人權）

人材を貴ぶ（重視人材）

時間を貴ぶ（珍惜時間）

少数の意見を貴ぶ（重視少數人的意見）

貴む、尊む〔他五〕尊重，尊敬，崇敬，恭敬（＝貴ぶ、尊ぶ）、重視，珍重（＝重んじる）

官（ㄍㄨㄢ）

官〔名、漢造〕（國家的）官員、國家的機關，政府、官職、器官

官の命令（政府的命令、國家的命令）

官に就く（當官、就任官職）就く付く着く突く衝く憑く点く尽く

官を辞する（辞官、辞去官職）辞する持する侍する次する治する

高官（高級官吏）

代官（代理官職的人、江戶時代地方官）

退官（辭去官職）

大官（大官、高官）

長官（長官，機關首長、〔都府道縣的〕知事）

聽官（聽覺器官）

視官（視覺器官）

祠官（神官＝神主）

次官（次長、副部長）

文官（文官）←→武官

武官（武官、軍官）

士官（〔軍〕軍官）

仕官（〔舊〕做官、〔武士〕任職）

教官（教官—國立大學或研究所中從事教育或研究的公職人員）

事務官（〔行政機關的〕事務官、科員）

太政官、太政官（〔史〕太政官—昔日總轄中央地方各官廳、總理政務的官衙、相當於內閣）

被官、被管（〔史〕中世紀家臣化的下級武士、中世紀末隸屬於領主的農民）

微官（小官、〔謙〕卑職）←→顯官

顯官（高官、顯宦）

免官（免官、免職）

兼官（兼任的其他官職、兼任的官職）

權官（有權勢的官、兼任的官職＝兼官）

五官（五官、五種感覺器官—目、耳、鼻、舌、膚）

感官（感覺器官、感官的作用）

宦官（〔古代中國的〕宦官、太監）

器官（器官）

官位〔名〕官職、官級

彼は最高の官位に登った（他登上了最高職位）登る上る昇る

官位を剝奪する（剝奪官職、革職）

官位が低いが、人柄が立派だ（職位雖低而人格高尚）

官印〔名〕官印、官防、公章←→私印

官印を捺す（蓋官防）捺す押す推す

官員〔名〕〔舊〕官員、官吏（＝役人、官吏）

官員らしい洋服の男（一個穿西裝的像是官員的人）

官營〔名、他サ〕國營、政府經營←→民營

官營林（國營林）林林

官營の鉄道（國營鐵路）

官營から民營へ移す（由官營轉為民營）移す遷す写す映す

官家、官家〔名〕天子。〔轉〕朝廷，國家、高官的家，貴人的家

官衙〔名〕官衙、官署、官廳、政府機關（＝官庁、役所）

官海〔名〕官場、宦途、宦海

官海を遊弋する（在官場裡鬼混）

多年の官海から引退する（離開了多年的官場生涯引退了）

官界〔名〕官界、政界、宦途

官界に入る（進入宦途）入る入る

官界に在る者（政界的人、當官的人）在る有る或る

官学〔名〕公立學校←→私学、〔古〕當時政府所承認的學派或學問（如江戶時代的朱子學）

官紀〔名〕官吏的紀律

官紀が弛む（官紀鬆弛）弛む緩む弛む

官紀が乱れる（官紀紊亂）

官紀を粛正する（整肅官紀）

官記〔名〕（官吏的）委任狀、任免狀（＝任免書、辞令）

官妓〔名〕官妓（＝妓生）

官給〔名、他サ〕官費、由公家供給

官給品（公家發給的供應品）品品

官許〔名、他サ〕政府許可、官方批准
官許を得て営業する（取得官准立案而開業）得る得る売る
官許の慈善団体は免税される（經政府許可的慈善團體得以免稅）

官業〔名〕國營企業、（郵局、菸酒等）政府經營的營利事業←→民業
塩の専売は官業から民業に移った（食鹽的專賣已由政府經營轉為民營了）移る遷る写る映る

官金、官銀〔名〕官款、公款
官金を費消流用する（揮霍挪用公款）
官金を横領する（侵占公款）

官禁〔名〕政府的禁制（=法度）

官軍〔名〕軍官←→賊軍
勝てば官軍、負ければ賊軍（勝者為王敗者為寇）

官権〔名〕政府的權力、官吏的權限
官権を嵩に着る（依仗官權壓人）

官憲〔名〕機關，官廳，衙門，官府，（多指）警察、機關，官吏，官員，警官
官憲の干渉（警官的干渉）
官憲の横暴（官府的横暴）
官憲の圧迫が甚だしい（官府的壓迫很厲害）

官公〔名〕國家和公共團體
官公署（政府機關和公共機關）
官公庁（官廳和地方公共機關）
官公吏（公務人員）

官私〔名〕公與私、國家與個人、政府與民間、國立與私立、官立與私立

官舎〔名〕機關宿舎
署長の官舎（署長公館）
官舎に住む（住在機關宿舎裡）住む棲む済む澄む清む

官宅〔名〕機關宿舎（=官舎）

官邸〔名〕（高級官員或大臣等的）官邸（=官舎、公邸）

首相官邸（首相官邸）邸邸屋敷

官爵〔名〕官爵
官爵を授ける（授予官爵）

官需〔名〕政府需要（的物資）←→民需

官臭〔名〕官氣、當官的神氣、當官的臭架子（臭威風）

官署〔名〕官署、官廳（=官庁、役所）

官女、官女〔名〕（宮中或將軍家的）女官、宮女

官省〔名〕政府各部，內閣的各部、官署，國家機關
諸官省（各官署、政府的各部）

官職〔名〕官職、官吏的職務和地位
官職に在る者（做官的人）在る有る或る者者
官職に就いている（在職的、在位的）就く付く尽く点く憑く衝く突く着く搗く附く漬く
官職を忠実に実行する（忠於職守）
真面目に官職を果たす（認真完成職務）行く往く逝く行く往く逝く
父は官職を捨てて民間の会社に行った（父親丟棄了官職到民間公司去上班）捨てる棄てる

官制〔名〕官制、國家機關的制度（包括機關名稱、權限、設立與廢除等）
官制を定める（制定機關制度）
官制改革（官制改革）

官製〔名〕官製、政府製造←→私製
官製葉書（政府發行的明信片）
官製煙草（政府造的紙菸）

官設〔名〕〔舊〕官立、官辦、國營←→私設
官設消防（官辦消防）

官撰〔名、他サ〕政府編撰

官選〔名、他サ〕〔舊〕政府選任（=国選）←→民選、公選。私選
官選弁護人（政府選任的律師）（国選弁護人的舊稱）

官尊民卑〔名〕官尊民卑、官貴民賤
官尊民卑の古い思想（官貴民賤的舊思想）
古い旧い奮い揮い震い篩い

官地〔名〕國有土地←→民地

官治〔名〕（與自治相對而言）國家直接行政
官治統制（國家的統制）
官治制（國家機關直接行政的制度）
官治行政（由國家行政機關的行政）
官治組織（國家行政機關組織－包括中央行政組織和地方行政組織）

官庁〔名〕官廳、行政機關
中央官庁と地方官庁（中央機關和地方機關）
官庁に勤める（在政府機關工作）勤める努める務める勉める
官庁の事務は兎角非能率だ（機關的工作效率往往是不高的）
官庁事務（官廳事務）
官庁簿記（官廳簿記）
官庁執務時間（機關辦公時間）

官長〔名〕長官，機關的首長。〔舊〕（也寫作"翰"）（內閣書記官長的俗稱）內閣官房長官，內閣秘書長。〔史〕太政官和神祇官之長

官帳〔名〕（中古）神名帳

官展〔名〕政府主辦的（美術）展覽會
毎年官展を開く（每年政府舉辦美展）開く開く

官途〔名〕宦途
官途に就く（進入宦途、當官）就く付く附く漬く搗く尽く点く憑く衝く突く着く
官途を辞める（辭去官職）辞める已める止める病める

官等〔名〕〔舊〕官級、官職的等級
低い官等の人（官級低的人）
官等が上がる（升級、晉級）上がる挙がる揚がる騰がる
官等が下がる（降級）

官人〔名〕官吏（＝役人）

官能〔名〕器官機能，器官功能、〔俗〕感覺，感官、（特指）肉感，肉慾，性的感覺
官能を刺激する（刺激器官功能）
官能障害（官能障礙）
官能の享楽（感官的享樂、性的享樂）
官能を満足させる（滿足肉慾）
官能の満足を追う（追求性慾的滿足）追う負う
官能基（〔化〕官能團）
官能的（肉感的、肉慾的）
官能的な快楽（肉感的快樂、性的快樂）

官板、官版〔名〕政府出版（物），官府出版（物）←→私版、（江戶時代）幕府〝昌平坂學問所〞出版的漢文教科書

官費〔名〕官費、〔俗〕（由組織集體負擔的）公費，集體費，團體費公費←→私費、自費
フランスへ官費で留学する（官費留學法國）

官武〔名〕文武（官員）、文官和武官
官武一途（文武一途）

官府〔名〕官府，官廳、朝廷
官府の力に由る統制（利用官府力量進行的統制）由る寄る拠る因る縁る依る縒る選る撚る

官服〔名〕官吏的制服、官家供給的服裝、政府發給的衣服←→私服

官物〔名〕官家的東西←→私物

官兵〔名〕軍官、官兵←→賊兵、中世紀政府徵集的兵←→私兵

官幣、官幣〔名〕從神祇官在祈年祭，月次祭，新嘗祭等格式高一定的神社供奉的幣帛

官辺〔名〕官方、政府方面
官辺筋では（在與官方有關的人們…）
官辺に知己が無い（官方沒有熟人）
官辺の消息に通じている人（熟悉官方消息的人）

官房〔名〕（內閣各部等直屬於長官的）辦公廳
官房長官（內閣官房長官、內閣秘書長）

かんぼうちょう
官房長（辦公廳主任）

かんぽう
官報〔名〕政府公報、官署拍發的電報
　　官報で発表する（在公報上發表）

かんぼつ
官没〔名〕沒收、沒官

かんぽん
官本〔名〕官版書籍←→坊本、政府的藏書

かんみん
官民〔名〕官和民、政府和民間
　　官民一致（官民一致）

かんむ
官務〔名〕公務員的職務、官吏的職務、官公廳的業務

かんめい
官名〔名〕官名、官銜
　　官名を詐称する（偽報官銜）
　　彼の人の官名は何ですか（他的官銜是什麼？）

かんめい
官命〔名〕政府的命令
　　官命抗拒（抗拒政府的命令）
　　官命を帯びて洋行する（奉命出差外國）

かんゆう
官有〔名〕〔舊〕官有、國有、政府所有（=国有）←→民有
　　官有地（國有土地）
　　官有林（國有林）

かんよう
官用〔名〕公事、公用、政府使用、公家的費用
　　官用で出張する（因公出差）
　　官用と為て徴発する（徴為公用）

かんり
官吏〔名〕〔舊〕官吏（=役人）（現在稱国家公務員）
　　官吏に為る（當官）
　　官吏を為ている（做官）

かんりつ
官立〔名〕〔舊〕官立、國立（国立的舊的說法）←→私立
　　官立の学校（國立學校）

かんりょう
官僚〔名〕官僚、官吏
　　官僚出身の政治家（官僚出身的政治家）
　　多少官僚的な処が有る（有些官僚氣）
　　官僚育ち（官僚出身）
　　官僚主義（官僚主義）

かんりょうないかく
官僚内閣（官僚內閣）

かんりょうてき
官僚的（官僚的）

かんりん
官林〔名〕國有林

かんれき
官歴〔名〕作官的經歷（履歷）

かんわ
官話〔名〕〔舊〕（中國的）官話（特指北京話）、普通話、標準語（=標準語）
　　北京官話（北京官話、中國的普通話）

つかさ
官、司〔名〕〔古〕衙門，官署（=役所）、有司，官吏（=役人）、官職，官位（=役目）
　　官馬（官府的馬）官司宰典士
　　菓子司（御用點心店）
　　官人（官吏）
　　官位（官職、職位）

冠（ㄍㄨㄢ）

かん
冠〔名、漢造〕冠，冠冕（=冠）、冠軍，第一
　　冠を掛ける（掛冠、辭職）
　　無冠の帝王（無冕王）
　　世界に冠たり（世界之冠）
　　王冠（王冠、瓶蓋）
　　金冠（金冠、金牙套）
　　桂冠（月桂冠）
　　戴冠（加冕）
　　衣冠（衣冠、〔平安時代〕略式朝服）
　　月桂冠（桂冠、榮耀）
　　栄冠（榮譽、勝利）
　　弱冠（男子二十歲、〔轉〕年少，青年，年輕）

かん
冠する〔他サ〕冠、給…戴上、冠戴
〔自サ〕（奈良，平安時代）（男子達十二歲以上時）進行加冠禮（=元服する）
　　会社名に〝新〞の字を冠する（公司名上冠以〝新〞字）
　　名刺に医学博士と冠する（在名片上冠以醫學博士頭銜）
　　沐猴に為て冠する者（沐猴而冠者、〔喻〕裝扮像人樣而人品低劣）

冠婚葬祭〔名〕冠婚葬祭（古來的成年，結婚，喪葬及祭祀等四大儀式）

冠詞〔名〕〔語法〕冠詞
　定冠詞（定冠詞）
　不定冠詞（不定冠詞）
　此の語は冠詞を付けない（這詞不加冠詞）

冠者〔名〕成年人（＝冠者）、六位的無官者、（大名等的）年輕僕人，侍童，年輕人（＝若者）
　猿面冠者（猴臉少年）

冠省〔名〕（日文書信中省略季節等問候時的用語）敬啟者、上略

冠狀〔名〕冠狀
　冠狀動脈（冠狀動脈）
　冠狀動脈硬化症（冠狀動脈硬化症）
　冠狀縫い合せ（冠狀縫合）
　冠狀縫合（冠狀縫合）
　冠狀の小切り（外科用冠狀圓鋸）

冠水〔名、自サ〕水淹、浸水
　冠水芋（水淹的土豆）
　冠水区域（水淹地區）
　冠水の為に不作が予想される（因水淹沒歉收是可以想像的）
　洪水で千畝の土地が冠水した（由於洪水約有一千畝的土地淹水了）

冠絶〔名、自サ〕冠絕、無雙
　天下に冠絶する（蓋世無雙）
　古今に冠絶する偉大な詩人（冠絕古今的偉大詩人）

冠注〔名〕（書的）頂頭註釋

冠動脈〔名〕〔醫〕冠狀動脈（＝冠狀動脈）

冠冕〔名〕冠冕。〔轉〕第一、做官

冠毛〔名〕〔植〕（菊科植物的）冠毛

冠木〔名〕牌樓或門上的橫木（＝笠木）、門柱上部的橫木、橫梁木門（＝冠木門）
　冠木門（兩根木柱上搭一根橫木的門）

冠〔名〕冠、冠冕、漢字的字蓋、官位的等級、敘爵、加冠禮（＝元服する事）（＝冠）

冠〔名〕冠、冠冕、（漢字的）字蓋、（前接御）有點生氣
　冠を被る（加冠）
　冠を付ける（加冠、戴冠）
　草冠（草字頭）
　竹冠（竹字頭）
　筆と言う字は竹冠です（筆字是竹字頭）
　彼女は少し御冠だ（她有點鬧情緒了）
　冠を掛かる（掛冠辭職）
　冠を曲げる（鬧情緒、不高興、固執起來）
　李下に冠を正さず（瓜田不納履，李下不整冠）

冠座〔名〕〔天〕北晃星座

冠り、被り〔名〕〔古〕冠（＝冠）、戴，蓋，蒙。〔攝〕（由於曝光過度等）底片曝光部分發黑

冠る、被る〔他五〕戴、蒙、蓋、套、穿、澆、灌、沖。
〔自五〕〔攝〕模糊，跑光、（戲劇）終場、（戲劇界隱語）失敗、（由於風浪，船隻）顛簸，搖晃
　帽子を被る（戴帽子）
　角帽を被った男（戴著大學方帽的人）
　布団を頭から被る（把被子一直蒙到頭上）
　布団を被って寝為さい（蓋上被子睡吧！）
　頭に何も被らないでいる（頭上甚麼也沒有戴著）
　シャツを頭から被る（把襯衫從頭上套上）
　甲板が浪を被る（浪沖上了甲板）
　頭から水を被る（從頭上澆水）
　家が火の粉を被る（火星落到房子上）
　車は厚く埃を被っている（車上落上厚厚的灰塵）
　崖が崩れて、線路が泥を被った（懸崖塌方鐵路被泥土蓋上了）
　罰を被る（遭受懲罰）
　人の罪を被る（替別人承擔罪責）

《

　　負債を被る（背上負債）
　　暗室で光が漏れてフィルムが被る（暗室漏光底片跑光了）
　　芝居が被る（散戲了）
冠物、被り物〔名〕頭上戴的東西（指帽子頭巾等）
冠〔名〕冠、冠冕、（漢字的）字蓋（=冠）
冠付け、冠付〔名〕冠句（"雜俳"的一種在給最初的五字題後，續七字，五字的俳句）
冠る、被る〔他五〕戴、蒙、蓋、套、穿、澆、灌、沖（=冠る、被る）
　〔自五〕〔攝〕模糊、跑光、（戲劇）終場、（戲劇界隱語）失敗、（由於風浪船隻）顛簸，搖晃
ワ冠〔名〕（漢字部首）禿寶蓋、"冖"部

棺（ㄍㄨㄢ）

棺〔名、漢造〕棺、棺材
　　棺に納める（入殮）
　　片足を棺に入れている（土埋半截了、行將就木）
　　棺を蓋うて論定まる（蓋棺論定）
　　納棺（入殮）
　　出棺（出殯）
　　寝棺（臥棺、將屍體平放的棺材）
棺桶〔名〕棺材
　　棺桶に納める（入殮）
　　人の価値は棺桶に納まってから決まる（人的價值要蓋棺論定）
　　棺桶に片足を突っ込む（土埋半截、行將就木）
棺架〔名〕棺材架
棺椁、棺槨〔名〕棺槨
棺、柩〔名〕棺、柩（=棺）
　　死体を棺に納める（入殮）
　　棺台（棺材架）

綸（ㄍㄨㄢ）

綸〔漢造〕印帶、政治規劃、皇帝命令
　　経綸（經綸、治理國家的方策）
綸言〔名〕皇帝的話
　　綸言汗の如し（出令如出汗、帝王之言駟馬難追、－漢書劉向傳）
綸旨、綸旨〔名〕聖旨
綸子〔名〕綾子
綸命〔名〕天皇的命令

関（關）（ㄍㄨㄢ）

関〔名、漢造〕門閂、關口，關卡，關鍵、關節、關係，牽連
　　関の木（門閂、門的閂）
　　郷関（〔古〕鄉間、故鄉）
　　難関（難關）
　　税関（海關）
　　玄関（正門、大門、前門）
　　山海関（山海關）
　　函谷関（函谷關）
　　相関（相關、密切關聯）
　　連関、聯関（關聯，有密切關係、〔生〕〔細胞遺傳學上的〕連鎖=リンケージ）
関する〔自サ〕關於、與…有關
　　公害に関する記事（有關公害的記事）関する冠する緘する
　　水害に関する報道（關於水災的報導）
　　其に君に関した事ではない（那件事與你無關）
　　其の事に関しては私は何も知らない（關於那件事我一無所知）
　　政局に関して所見の述べる（對於政局陳述己見）述べる陳べる延べる伸べる
関係〔名、自サ〕關係，關連，牽連、親屬，親戚，裙帶關係、關係，影響到、男女關係，不正常關係、（後接人或機關等）有關…、（前接具體機關或部門等）機構，部門，方面等
　　外交関係（外交關係）係 係

国際関係（國際關係）
因果関係（因果關係）
主従関係（主從關係）
対外関係（對外關係）
敵対関係（敵對關係）
文章の前後関係（文章的前後關係）文章 文章
物質と精神との関係（物與精神的關係）
外国との親善関係（與外國的親善關係）
関係を結ぶ（結關係、建立關係）結ぶ 掬ぶ
関係を付ける（建立關係、聯繫）
関係を打ち立てる（建立關係）
関係を断つ（斷絕關係）立つ 建つ 断つ 絶つ 裁つ 截つ 経つ 発つ 起つ
彼と関係が有る（與他有關係）有る 在る 或る
彼と関係が無い（與他沒有關係）無い 繃い
彼の会社と関係が有る（與該公司有關係）
自分と何の関係も無い（和我沒有任何關係）
関係の無い事に腹を立てる（生悶氣）立てる 起てる 経てる 絶てる 建てる 断てる 発てる 裁てる
自分と関係の無い事（與己無關的事情）
彼の事と直接の関係が有る（與那事有直接關係）
彼の事と直接の関係が無い（與那事件沒有直接關係）
米の出来と気候とは関係が有る（米的產量與氣候有關）
其の質問は此の件に関係が無い（那個問題與本件無關）
然う言う事に関係しては行けない（不要與那種事有牽連）言う 云う 謂う 行く 往く 逝く 行く 往く
極めて密切に関係している（有極其密切的關係）極めて 窮めて 究めて

両者の間には切っても切れない関係が有る（兩者之間有不可分割的關係）間 間 間
汚職事件に関係する（涉及到貪污事件）
親と子の関係（父子關係）
縁故関係（親屬關係）
祖父の関係で入社する（由於祖父關係進入公司）
関係する処が大である（關係甚大）大 大 大
作物に関係する（影響作物）作物 作物（作品）植物 食物
誕生地は人の性格に重要な関係が有る（出生地對於人的性格有重要的影響）
成績は進学に関係する（成績影響升學）
気候の関係で此の植物は日本では成長しない（由於氣候關係這種植物在日本不能成長）
時間の関係で私の話は此で終りに為ます（由於時間關係我的話就講到這裡）此れ 是 之 惟
二人は前から関係が有る（兩個人從前就有關係）
好きでもない男と関係する（與不喜歡的男性發生關係）
関係した女を妻に為る（把有過關係的女性作為妻子）刷る 摺る 擦る 掏る 磨る 揺る 摩る
彼は彼の女と関係しているらしい（他和那個女的似乎有男女關係）
彼女と不義の関係を続ける（與她繼續著不正常關係）
もう彼の女とは関係が無い（已經和她沒有關係了）
関係機関（有關機關）
関係当局（有關當局）
関係書類（有關文件）
関係方面（有關方面）
交通関係（交通部門）

軍関係に勤める（在軍事部門工作）勤める努める務める勉める

医療関係（醫療系統）

関係無く（不論、不管、不拘）

晴雨に関係無く行う（風雨無阻照樣舉行）

関係付ける（建立關係、聯繫=関係を付ける）

犯罪を貧困と関係付ける（把犯罪與貧窮聯繫起來）

関係代名詞（〔語法〕〔歐美語言的〕關係代名詞）

関係者（有關人員）

関係者一同（全體有關人員）

関係者双方（雙方有關人員）

製鉄業関係者（煉鐵界人員）

関係者の会合（有關人員的集會）

事件の関係者を集める（召集案件的有關人員）

犯罪事件の関係者と為て起訴される（以犯罪案件的有關人員而被起訴）

関係湿度（〔理〕相對溼度）

関鍵〔名〕（関是門閂、鍵是鑰匙）關鍵（=大切な処、要）

関西〔名〕〔地〕關西（指京都、大阪和神戶地方）（=京阪神地方）

関西財界（關西工商經融界）西西

関西旅行（去京阪神一帶旅行）

関西弁を使う（使用關西方言）遣う使う

関西人は商売上手だ（關西人擅長經營商業）下手上手い

関東〔名〕關東地區（指茨城、千葉、神奈川、埼玉、群馬、栃木県和東京都）←→関西、東京横濱地區←→関西、箱根以東地方（=関東八州）。〔史〕鎌倉幕府的異稱。〔史〕江戶幕府的異稱

関東八州（關東八州-指箱根以東的相模、武藏、安房、上總、下總、上野、下野等八個地方）東東

関東大震災（〔史〕〔1923年9月1日〕日本關東地區發生的大地震）

関東焚、関東焚き（〔關西說法〕關東雜燴=関東煮）

関東煮（〔關西說法〕關東雜燴=御田）

関雎〔名〕（〝關關雎鳩〞之略）（關關-鳥叫聲）（雎鳩-魚鷹-夫妻關係良好的水鳥）夫婦之道、夫婦和睦

関渉〔名〕牽涉、涉及、干涉、精通（某事）

関心〔名、自サ〕關心，關懷、感興趣

関心事（關心事、留心事）事事

無関心（漠不關心、不感興趣）

関心を抱く（關心）抱く擁く懷く抱く

関心を持つ（關心、關懷）

関心を引く（引起關心、引起興趣）引く弾く轢く挽く惹く曳く牽く退く

然う言う事には一向関心を持たない（對於那種事我一向不感興趣）

児童教育に対する関心が益益高まる（對於兒童教育更加關心起來、對教育問題越來越感興趣）

若い世代の成長に関心を払う（要關懷青年一代的成長）払う祓う掃う

彼は政治問題に最も関心を払っている（他最關心政治問題、對政治問題最感興趣）最も尤も

関数、函数〔名〕〔數〕函數

出版物の量は文化程度の函数だ（出版物的數量是文化程度的標誌）数数

代数函数（代數函數）

微分函数（微分函數）

三角函数（三角函數）

函数関係（函數關係）

函数記号（函數記號）

函数式（函數式）

函数表（函數表）

函数空間（函數空間）

かんすうろん
函数論（函數論）

かんすうぎょうれつしき
函数行列式（函數行列式）

かんすうほうていしき
函数方程式（函數方程式）

関税〔名〕關稅

かんぜい か
関税を掛ける（課關稅）掛ける 書ける 欠ける 賭ける 駆ける 架ける 描ける 翔ける 懸ける

かんぜい いちわりひ あ
関税を一割引き上げる（把關稅提高一成）

かんぜい こくないしじょう まも
関税で国内市場を守る（以關稅保護國內市場）市場 市場 守る 護る 守る 盛る 漏る 洩る

関節〔名〕〔解〕關節。〔機〕接頭，關節

かんせつ いた
関節を傷める（傷害關節）傷める 炒める 悼める 痛める 節節

かんせつ くじ
関節を挫く（扭了關節）

かんせつ はず
関節が外れる（關節脫節了）

かんせつえん ほのお
関節炎（關節炎）炎 炎

かんせつなんこつ
関節軟骨（關節軟骨）

かんせつきょうちょく
関節 強 直（關節僵直）

関知〔名、自サ〕（因有關聯而）知曉、有關聯，與…有關。（因特殊刺激而引起的反應）報知，察知

たにん しじ かんち
他人の私事は関知しない（旁人的事我不干預）私事 私 事

それ わたし かんち ところ
其は 私 の関知する処 ではない（那件事與我無關）

かさいかんちそうち
火災関知装置（火警報知裝置、火警探測裝置）

関頭〔名〕關頭

せいし かんとう た
生死の関頭に立つ（面臨生死關頭）立つ 建つ 断つ 絶つ 裁つ 截つ 経つ 発つ 起つ

関白〔名〕（古讀作関白）關白（古官名、輔佐天皇的大臣、位在太政大臣之上）。〔轉〕權勢大的人

かんぱくていしゅ
関白亭主（丈夫跋扈、男人當家、大丈夫主義）

関八州〔名〕關東八州（指箱根以東的相模、武藏、安房、上總、下總、上野、下野等八個地方）（=関東八州）

関釜〔名〕〔地〕日本下關和朝鮮釜山

かんぷれんらくせん
関釜連絡船（戰前下關和釜山間的航運船）

関門〔名〕關門，關口的門、難關、（行情）大關、〔地〕門司和下關

かんもん つうか
関門を通過する（過關）門門

こっかしけん かんもん とっぱ
国家試験の関門を突破した（突破了國家考試的難關）

じゅうだい かんもん とうたつ
重 大 な関門に到達する（到了嚴重的關頭）

いちまんえん かんもん わ
一万円の関門を割る（跌進了一萬日元的大關）

かんもんていと tunnel
関門海底トンネル（下關門司間的海底隧道）

かんもんかいきょう
関門海 峡（關門海峽）

関鑰、関鎰〔名〕（門和錠）鎖（=戸締）。〔轉〕出入的要所

関与、干与〔名、自サ〕干預、參與

けいえい かんよ
経営に関与する（參與經營）

こくせい かんよ
国政に関与する（參與國政）

われわれ かんよ ところ
我我の関与する処ではない（不是我們所應干預的事）

ぼく たにん こと かんよ ほうしん
僕は他人の事には関与しない方針だ（我的方針是不干預他人之事）

関連、関聯〔名、自サ〕關聯、聯繫、有關係

どうじけん かんれん もんだい
同事件に関連した問題（與該案件有關聯的問題）

こくさいもんだい かんれん はなし ほうどう
国際問題に関連する話を報道する（報導與國際問題有關的事）

なんら かんれん な
何等の関連も無い（毫無關聯）

きょういく ぶんか かんれん ふか
教育と文化とは関連が深い（教育與文化關係很深）

こ しりょう かんれん いけん の
此の資料に関連して意見を述べる（聯繫這份資料陳述意見）述べる 陳べる 延べる 伸べる

かんれんじこう
関連事項（有關事項）

かんれんきじ
関連記事（有關報導）

関〔名〕關口，關卡，關隘，哨卡（=関所）。〔相撲〕関取（力士的稱號，其級別次於橫綱，以前稱為大関）

箱根の関（箱根關卡）

人目の関（人眼可畏-指戀愛的人怕別人投以指責的目光）

大鵬関（大鵬關取）

関ケ原〔名〕〔地〕關原（日本歷史上有名的關原之戰的決戰地點、位於岐阜縣西南部）。〔轉〕生死關頭，決定勝負的決戰，決定命運的戰鬥

今度の試合は愈愈関ケ原だ（這次的比賽將是一場決定命運的決戰）

関ケ原の戦い・関ケ原の戦（關原之戰，關原戰役，1600年9月德川家康與石田三成爭奪天下的決戰）

関口、堰口〔名〕堰口、攔河壩口

関路〔名〕通往關卡的道路

関所〔名〕（古時的）關口，關卡（＝関）。〔轉〕難關

関所を設ける（設置關卡）設ける儲ける

関所手形（〔具有身分證明的〕通關證）

関所破り（蒙混過關或繞道偷渡關口的罪名或罪犯）

関所を越える（渡過難關）越える超える肥える銭銭

進学には入学試験と言う関所が有る（要升學有入學考試的難關）言う云う謂う有る在る或る

関銭〔名〕〔歷〕（中世紀莊園領主等徵收的）關卡稅（＝関手、関料）

関取〔名〕〔相撲〕大関的別稱（次於橫綱的最高級力士）、對十兩以上的力士的敬稱

関の戸〔名〕關門，關口的門、關口，關卡

関の山〔名〕至多，充其量，最大限度（＝精精）

一万円貸して呉れるのが関の山だ（能借給一萬日元就是最大限度了）呉れる暮れる繰れる刳れる

借金せずに居るのが関の山だ（能夠不負債已經夠好了的）居る入る要る射る鋳る炒る煎る

時間ぎりぎり迄寝ているので、朝御飯を一膳食べるのが関の山だ（時間不到差一分鐘決不起床所以早飯最多只能吃一碗）

関守〔名〕〔古〕守關人、把關人

関屋〔名〕〔古〕守關人的住處、守關人的守望所

関破り、関破〔名〕〔古〕偷渡關口（的人）（＝関所破り）

関脇、関脇〔名〕〔相撲〕關脇（次於大関、高於小結的力士的稱號）

関わる、係わる、拘わる〔自五〕關係到、涉及到、有牽連、有瓜葛（＝関係する）、拘泥（＝拘る。気に為る）

私の名誉に関わる問題（關係到我名譽的問題）

旨く行かなかったら、品質に触るし、職場の名声にも関わる（進行不順的話影響品質還關聯到工作單位的名聲）

彼の事件に関わらぬが良い（最好不要牽連到那個案件中去）

今の場合、そんな事に関わって入られない（現在沒有功夫館那樣的事）

小さな事に関わると大きな事を見失う（拘泥細節就要忽略大事）

枝葉に関わり過ぎて大本を忘れては為らぬ（不可過分拘泥末節而忽略根本）

関わり、係わり、拘わり〔名〕有關係、有牽連、有瓜葛

そんな事は私に何の関わりが有ろう（那件事與我有什麼關係！）

其の件にはもう何の関わりも無い（我對那件事已經沒有任何關係了）

国家は其の大小、貧富に関わりなく、全て平等である可きだ（國家不分大小貧富都應該一律平等）

観（觀）（ㄍㄨㄢ）

観〔名，漢造〕觀感、觀看、觀點、壯觀、美觀、景觀

全市が一大公園の観が有る（全市如同一個大公園）有る在る或る

去年の彼と比べると別人の観が有る（他與去年相比宛如兩人）比べる較べる

児童遊園地の観を呈する（呈現兒童樂園的樣子）呈する挺する訂する

参観（參觀）

傍観（旁觀）

内観（〔心〕內觀，內省、〔佛〕內觀）

客観（客觀）←→主観

主観（主觀）

概観（概觀、大致的輪廓）

外観（外觀、外表、外形）

楽観（樂觀）←→悲観

悲観（悲觀）

人生観（人生觀）

唯物観（唯物史觀）

先入観（成見、先入之見）

壮観（壯觀）

相観（〔physiognomy 的譯詞〕植物群落所形成的外觀）

美観（美觀）

偉観（壯觀、偉大場面）

異観（奇觀、罕見的景色）

景観（景觀、景色、奇景、絕景）

観じる〔他上一〕觀察。〔佛〕徹悟，看破（=観ずる）

浮世を虛栄の巷と観じる（看破人生為虛榮之市）観じる寒じる感じる

観ずる〔他サ〕觀察。〔佛〕徹悟，看破（=観じる）

浮世を虛栄の巷と観ずる（看破人生為虛榮之市）観ずる寒ずる感ずる

観閲〔名、他サ〕檢閱、閱兵

観閲式（閱兵式、檢閱式）

軍隊を観閲する（檢閱軍隊、閱兵）

観桜〔名〕賞櫻、看櫻花、觀賞櫻花（=花見）

観桜の宴（賞櫻宴）桜桜宴宴

観桜会（賞櫻會）会会

首相招待で観桜の会を開く（首相舉行賞櫻招待會）開く開く

観花植物〔名〕〔植〕觀花植物

観葉植物〔名〕〔植〕觀葉植物、賞葉植物

観艦式〔名〕〔軍〕閱艦式、檢閱軍艦的儀式

観艦式に列した艦艇（列入閱艦式的艦艇）

観菊〔名〕賞菊

観菊の御宴（舊時日皇賞菊之宴）

各国の大使を招いて観菊（の）会を催す（舉行賞菊會招待各國大使）

観客，看客、観客〔名〕觀眾、觀者（=見物人）

観客席（觀眾席）

此の映画は観客を感動させた（這部影片使觀眾大受感動）

観客が騒ぎ出す（觀眾起鬨起來）

観経〔名〕讀經（=看経）、觀無量壽經（=観無量寿経）

観劇〔名、自他サ〕觀劇、看戲

観に出掛ける（出去看戲）

観劇に行く（去看戲）行く往く逝く行く往く逝く

観劇会を催す（舉行看戲會）

一家揃って観劇（を）為る（全家看戲）

観月〔名〕賞月（=月見）

観月の宴（賞月的宴會）宴宴

観光〔名、他サ〕觀光、遊覽、旅遊

観光の名所（遊覽勝地）

観光のパンフレット（遊覽用的小冊子）

観光の為にスイスへ行く（到瑞士旅遊）行く往く逝く行く往く逝く増える殖える

中国観光の外国人の数は年年増える（前來中國遊覽的外國客人每年遞增）年年年年

北京には観光に適した名所が沢山有る（在北京可供遊覽的名勝古蹟很多）

観光バス（觀光巴士）

観光地（遊覽地）

観光ホテル（遊覽旅館）

観光ガイド（旅遊指南）

かんこうきゃく
観光客（觀光客）
かんこうcourse
観光コース（遊覽路線）
かんこうboom
観光ブーム（遊覽旺季）
かんこうれっしゃ
観光列車（旅遊列車）
かんこう　きせつ
観光の季節（觀光季節）
かんこうとし
観光都市（旅遊都市）
かんこうしせつ
観光施設（遊覽設施）
かんこうさんぎょう
観光産業（觀光產業）
かんこうだん
観光団（觀光團）
にほんけんぶつ　い　　かんこうだん
日本見物に行く観光団（到日本參觀的旅
　　　　けんぶつ　けんぶつ　い　　ゆ　ゆ　い　い　ゆ　ゆ
遊團）見物見物行く往く逝く行く往く逝
く

かんさつ
観察〔名、他サ〕觀察、仔細察看
せいかく　かんさつ
精確な観察（精確的觀察）
もの　かんさつほう
物の観察法（觀察事物的方法）
わたし　かんさつ　　　ところ
私の観察する処では（根據我的觀察）
かんさつ　ただ
観察が正しい（觀察正確）
かんさつ　もと
観察に基づく（根據觀察）
かんさつ　あやま　　　　　　　　　あやま　あやま
観察を誤る（觀察錯誤）誤る謝る
せんもんかてきかんさつ　す　　　　　　　　　　　　　　　す
専門家的観察を為る（進行專家式的觀察）為
る為る
わたし　かんさつ　あやま　　な
私の観察に誤りが無ければ（假如我的
　かんさつ
觀察沒有錯誤的話）
かがく　きそ　しぜんげんしょう　かんさつ　こと　あ
科学の基礎は自然現象を観察する事に在
　　　　　　　　　　　　　　　　　　　　あ　あ
る（科學的基礎在於觀察自然現象）在る或
　あ
る有る
　　ひと　かんさつ　するど
彼の人の観察は鋭い（他的觀察很敏銳）
かんさつがん
観察眼（觀察力、洞察力）
かんさつがん　するど
観察眼が鋭い（觀察力敏銳）
かがく　たい　　かんさつがん　すぐ
科学に対する観察眼が優れている（對科
　　　　　　　　　　　　　　　すぐ　すぐ　すぐ
學的洞察力很突出）優れる勝れる選れる

かんとり　かんしゅ
観取、看取〔名、他サ〕認出、看透、看破（=見抜く）
あいて　　いと　　すばや　かんしゅ
相手の意図を素早く観取した（很快就識
破了對方的意圖）

はや　そ　ひと　きょうちゅう　かんしゅ
早くも其の人の胸中を観取した（早就
看透他的心事了）

かんしゅう
観衆〔名〕觀眾（=見物人）
えいがかん　　かんしゅう
映画館の観衆（電影院的觀眾）
しゅうきゅうじあい　かんしゅう
蹴球試合の観衆（足球賽的觀眾）
かんしゅう　ひ　つ
観衆を引き付ける（吸引觀眾）
かんしゅう　あつ　　　　　　しあい
観衆の集まらない試合（沒有觀眾不叫座
的比賽）

かんしょう
観象〔名、自サ〕觀察氣象
かんしょうだい　　きしょうだい　　しょうぞう
観象台（氣象台）象象
かんしょうだい　かんしょう
観象台で観象する（在氣象台觀測氣象）

かんしょう
観照〔名、他サ〕靜觀，直觀、冷靜地玩味（藝
術作品的美等）
しぜん　かんしょう　　　　　　　　　　　　しぜんしぜん
自然を観照する（靜觀自然）自然自然
じんせい　かんしょう
人生を観照する（直觀地觀察人生）

かんしょう
観賞〔名、他サ〕觀賞
かんしょうぎょ　　　　　　　　　さかなうおととぎょ
観賞魚（觀賞魚）魚魚魚魚
かんしょうしょくぶつ
観賞植物（觀賞植物）
にわ　はな　かんしょう
庭の花を観賞する（觀賞院子裡的花）

かんぜおん　ぼさつ
観世音（菩薩）〔名〕〔佛〕觀音、觀世音菩薩
せんじゅかんぜおん
千手観世音（千手觀音）

かんぜより、かんじんより
観世縒、観世縒〔名〕紙捻
げんこう　かんぜより　と
原稿を観世縒で綴じる（用指捻把原稿訂
　　　　　と　と
起來）綴じる閉じる
かんぜより　つく　　　　キセル　そうじ　す　　　　つく
観世縒を作って煙管の掃除を為る（作紙
　　　　　　　　　　　　　　　　　つく　つく　つく
捻清除煙袋裡的煙油）作る造る創る

かんのん
観音〔名〕〔佛〕觀音，觀世音（=観世音）。〔俗〕
蝨子
かんのんどう
観音堂（觀音堂）
かんのんぼさつ
観音菩薩（觀音菩薩）
かんのんりき
観音力（普渡眾生的觀音力）
かんのんぎょう
観音経（〔佛〕觀音經）
かんのんちく
観音竹（〔植〕觀音竹、鳳凰竹）
かんのんびら
観音開き（左右對開的兩扇門）
かんのんびら　　　まど
観音開きの窓（左右對開的窗子）

かんせん
観戦〔名、他サ〕觀戰。〔體〕參觀比賽

旗艦に乗って観戦する（乘旗艦觀戰）乗る 載る

観戦記（觀戰記）

観戦武官（觀戰武官）

テニス試合を観戦する（觀看網球比賽）

観戦の人人がスタンドを埋める（觀看比賽的人坐滿了看台）埋める 生める 産める 膿める 倦める

観相〔名〕相面

観相術（相面術）

観想〔名〕〔佛〕觀心，觀想（自身心性中的佛性）、瞑想，靜思

観測〔名、他サ〕（天體或氣象等的）觀測、觀察（事物等）

天体観測（天體觀測）

気象の観測を為る（觀測氣象）為る 摩る 擂る 磨る 掏る 擦る 摺る 刷る

日食の観測を行う（進行日蝕的觀測）

観測気球を上げる（升起觀測氣球）

未観測の星（未曾觀測的星）

観測所（觀測所、氣象台）

観測誤差（觀測誤差）

観測値（觀測値）

私の観測では（根據我的觀察）

世界状勢の推移を観測する（觀察世界形勢之演變）

観点〔名〕觀點、看法、見地（＝見地、見方）

此の問題に就いての新しい観点（對這個問題的新觀點）

正しい観点を打ち立てる（樹立正確的觀點）

何の様な観点で処理するか（以什麼觀點處理？）

観点が違うと解釈も違う（觀點不同解釋也不一樣）

一方の観点から丈で物を見るのは危険だ（只從片面看問題是危險的）

有らゆる観点から見て、成功は先間違いない（從各方面來看成功大致是沒問題的）

観入〔名、自サ〕正確掌握（對象）、深入觀察（事物的本質）

実相観入（〔佛〕看入真如、看到真相）

自然への観入（對於自然的深入觀察）
自然自然

観念〔名〕觀念〔名、自他サ〕決心、斷念、認透、不抱希望、聽天由命（＝諦める、覚悟する）

正義観念（正義觀念）

花と言う観念（花這個觀念、花的觀念）言う 云う 謂う

時間の観念が無い（沒有時間觀念）

責任観念が無い（沒有責任觀念）

善悪正邪の観念が強い（善惡正邪觀念很強）

動物は数の観念ははっきりしない（動物對於數字的觀念不清）数数

間違った観念（錯誤的觀念）

観念の臍を固める（下定牢固的決心、做好精神準備）臍臍

此の雨では遠足中止と観念する（下這麼大的雨對郊遊不抱希望）

死を観念する（決心一死）

最早此迄と観念する（認定吾命休矣）

命は無い物と観念する（認透已經沒有命了）

御前は捕縛する、観念しろ（死了心吧！你被捕了）

人生は儚い物と観念する（大徹大悟人生的虛幻無常）

観念形態（〔哲〕意識形態、思想體系）

観念主義（〔哲〕唯心主義）

観念的（觀念的、唯心的）

観念論（唯心論）←→実在論、唯物論

観梅〔名〕賞梅（＝梅見）

観梅に出掛ける（前去賞梅）梅梅

観楓〔名〕賞楓葉（=紅葉狩り）
観楓会（賞楓會）楓 楓 会会

観兵〔名〕閲兵
観兵場（閲兵場）兵 兵 兵 場 場
観兵式（閲兵式）

観望〔名、他サ〕觀看，觀察（形勢、趨勢、情況等）、觀看，觀賞（景色等）
形勢を観望する（觀察形勢）
八卦山に立って彰化を観望する（站在八卦山上眺望彰化）法法

観法〔名〕看相（面相）的方法。〔法〕觀法，觀心的方法

観覧〔名、他サ〕觀覽、觀看、參觀
観覧無料（免費參觀）
野球の試合を観覧する（觀看棒球比賽）
観覧に供する（供人參觀）供 する 叫 する 狂 する 饗 する
一般の観覧を許す（允許一般人觀賞）許す 赦す
観覧御断り（謝絕參觀）
博物館の観覧は五時迄です（博物館參觀時間五時截止）
観覧券（觀賞券、參觀券、入場券）
観覧料（觀賞費、參觀票價）
観覧席（參觀席、觀眾席、看台）

観る、視る、見る、看る、診る、相る〔他上一〕看，觀看、(有時寫作觀る、診る)查看，觀察、參觀、(有時寫作看る)照料，輔導，閱讀、(有時寫作觀る、相る)判斷，評定、(有時寫作看る)處理，辦理，試試看，試驗，估計，推斷，假定、看作、認為、看出、顯出、反映出、遇上、遭受。
〔補動、上一型〕（接動詞連用形+て或で下）試試看。（用て見ると、て見たら、て見れば）…一看、從…看來
映画を見る（看電影）回る、廻る
ちらりと見る（略看一下）
望遠鏡で見る（用望眼鏡看）
眼鏡を掛けて見る（戴上眼鏡看）
見るに忍びない（堪えない）（慘不忍睹）
見るのも嫌だ（連看都不想看）
見て見ぬ振りを為る（假裝沒看見）
見れば見る程面白い（越看越有趣）
見る物聞く物全て珍しかった（所見所聞都很稀罕）
一寸見ると易しい様だ（猛然一看似乎很容易）
見ろ、此の様を（瞧！這是怎麼搞的）
風呂を見る（看看浴室的水是否燒熱了）
辞書を見る（查辭典）
医者が患者を見る（醫生替病人看病）
暫く様子を見る（暫時看看情況）
私の見る所に依ると（據我看來）
イギリス人の目から見た日本（英國人眼裡的日本）
博物館を見る（參觀博物館）
国会を見る（參觀國會）
見る可き史跡（值得參觀的古蹟）
子供の面倒を見る（照顧小孩）
後を見る（善後）
此の子の数学を見て遣って下さい（請幫這小孩輔導一下數學）
新聞を見る（看報）
本を見る（看書）
答案を見る（改答案）
人相を見る（看相）
運勢を見る（占卜吉凶）
政務を見る（處理政務）
学会の会計を見る（處理學會的會計工作）
味を見る（嚐味）
機械の具合を見る（看看機器的運轉情況）
刀の切味を見る（試試刀快不快）

総数は百万と見て良い（總共可以估計為一百萬）

遭難者は死んだ物と見る（推斷遇難者死了）

私は十日掛ると見る（我估計需要十天）

人生八十と見て私は未だ二十年有る（假定人生八十我還有二十年）

返事が無ければ欠席と見る（沒有回信就認為缺席）

君は私を幾つと見るかね（你看我有多大年紀？）

疲労の色が見られる（顯出疲乏的樣子）

一大進歩の跡を見る（看出大有進步的跡象）

流行歌に見る世相（反映在流行歌裡的社會相）

憂き目を見る（遭受痛苦）

馬鹿を見る（吃虧、上當、倒霉）

多くの犠牲者を見る（犧牲許多人）

其見た事か（〔對方不聽勸告而搞糟時〕你瞧瞧糟了吧！）

見た所（看來）

見た目（情況、樣子）

見て来た様（宛如親眼看到、好像真的一樣）

見て取る（認定、斷定）

見る影も無い（變得不成樣子）

見るからに（一看就）

見ると聞くとは大違い（和看到聽到的迥然不同）

見るとも無く（漫不經心地看）

見るに見兼ねて（看不下去、不忍作試）

見るは法楽（看看飽眼福、看看不花錢）

見る見る（中に）（眼看著）

見る目（目光、眼力）

見るも（一看就）

見る間に（眼看著）

一寸遣って見る（稍做一下試試看）

一口食べて見る（吃一口看看）

読んで見る（讀一讀看）

遣れるなら遣って見ろ（能做的話試著做做看）

考えても見ろ（你也該想一想嘛！）

目が覚めて見ると良い天気だった（醒來一看是晴天）

起きて見たら誰も居なかった（起來一看誰都不在）

鰥（ㄍㄨㄢ）

鰥〔漢造〕老而無妻

鰥寡〔名〕鰥寡

鰥寡孤独（鰥寡孤獨）

鰥夫、寡男〔名〕鰥夫（＝男鰥夫）←→寡婦、寡婦、寡、孀

鰥、鰥夫〔名〕鰥夫（＝男鰥夫、鰥夫、寡男）

寡、孀、寡婦、寡婦〔名〕寡婦（＝後家）←→鰥、鰥夫、男鰥夫、寡夫、寡男

戦争寡婦（戰爭中失去丈夫的寡婦）

寡婦暮らしを為る（守寡）

寡婦住み（女人一個人單過）

寡婦に為る（成為寡婦）

寡婦を立てる（守寡）

寡婦を立て通す（守一輩子寡）

管（ㄍㄨㄢˇ）

管〔漢造〕管子

〔接尾〕（助數詞用法）（數笛、筆等）支

〔漢造〕圓管、管樂器、管見、管轄、真空管的簡稱

ガス管（煤氣管）

水道の管（自來水管）

一管の笛（一支笛子）

毛管（〔理〕毛細管=毛細管、〔解〕毛細血管=毛細血管）

血管（血管）

気管（〔解〕氣管）

汽管（〔機〕汽管）

鉄管（鐵管）

鉛管（鉛管）

煙管、烟管（煙管，煙袋〔=キセル〕、〔鍋爐的〕火管）

試験管（〔理〕試管）

水道管（自來水管）

筆管（毛筆的筆桿、毛筆〔=筆〕）

移管（移管、移交）

主管（主管、主管者）

総管（總管）

保管（保管）

管下〔名〕管轄下、管轄範圍内
　東京都の管下に属する（屬於東京都管轄）
　中央気象台管下の測候所（中央氣象台直接領導下的氣象站）

管楽〔名〕管樂、吹奏樂

管楽器〔名〕管樂器、吹奏樂器←→弦楽器、打楽器

管轄〔名、他サ〕管轄
　警察管轄区（警察管轄區）
　専属管轄区（專屬管轄區）
　台中市の管轄に属する（屬於台中市管轄）
　其は文部省の管轄です（那是歸文部省的管轄）
　保健所は厚生省が管轄している（保健站屬於厚生省管轄）
　宣伝は此の役所の管轄ではない（宣傳工作不屬於這個機關管轄）
　管轄地（管轄地、管地）
　管轄範囲（管轄範圍）
　管轄区域（管轄區域）
　管轄権（管轄權）

管区〔名〕管轄區域
　管区経済調査（管轄區域的經濟調查）

管見〔名〕管見、淺見、膚淺的見識
　管見に拠れば（據我淺見、根據個人不成熟的意見）拠る選る依る因る寄る縁る由る
　時事問題管見（時事問題管見）延べる伸べる
　些か管見を述べさせて頂きます（請允許我談一談個人淺見）些か聊か述べる陳べる

管弦、管絃〔名〕管弦，管樂器和弦樂器、管弦樂
　詩歌管弦の道（詩歌管弦之道）詩歌詩歌
　妙なる管弦の音（美妙的管弦的樂聲）音音音

管弦楽〔名〕〔樂〕管絃樂（=オーケストラ orchestra）
　管弦楽団（管弦樂團）

管財〔名〕管理財產
　遺言に依る遺産管財（根據遺囑管理財產）拠る選る依る因る寄る縁る由る
　管財人（殘產管理人）

管掌〔名、他サ〕管掌、管理
　事務を管掌する（管理事務）
　一人で管掌する（由一人掌管）

管状〔名〕管狀、筒狀
　管状花（筒狀花）花花
　管状物（管狀物）物物
　管状器官（〔動〕管狀器官）
　管状コンデンサー condenser（〔理〕管形冷凝器）

管制〔名、他サ〕管制
　燈火管制（燈火管制）
　報道を管制する（對新聞報導進行管制）
　管制器（控制器）器器
　管制弁（控制閥）

かんせいばん
管制盤（管制盤）
かんせいそうち
管制装置（管制裝置）
かんせいとう
管制塔（〔飛機場的〕指揮塔〔=コントロール、タワー〕）

管足〔名〕〔動〕管足
かんそくこう　こうどぶみぞ
管足溝（步帶溝）溝溝溝

管長〔名〕管長（佛教或神道等一宗一派之長）
みな　　お　　かんちょう　　な
皆に推されて管長に為る（被大家推選為管長）皆皆推す押す捺す圧す為る成る鳴る生る

管内〔名〕管轄範圍內、管轄區域內←→管外
たいぺいしかんないちず
台北市管内地図（台北市管區地圖）
かんない　　じゅんし
管内を巡視する（巡視管轄區）

管外〔名〕管轄以外←→管內
かんないしゅっちょう
管内出張（到管轄外地區出差）
かんないりょひ
管内旅費（管外地區的旅費）

管鮑の交わり〔連語〕管鮑之交（友誼情深的比喻）（出自中國古代管仲、鮑叔二人的故事）

管理〔名、他サ〕管理，管轄，經營，保管
department store　　かんりにん
デパートの管理人（百貨店的管理人）
がっこう　かんり
学校を管理する（管理學校）
こうじょう　じむ　かんり
工場の事務を管理する（管理工廠的事務）
こうじょうこうば
工場工場
さんりん　かんり　い　とど
山林の管理を行き届く（山林管理得完善）
ひんしつかんり
品質管理（品質管理）
ざいさん　かんり　たく　　　　　　たく たく
財産の管理を託す（委託經營管理）託す托す
かんりにん
管理人（經理，管理人、財產管理人、管理員）
かんりけん
管理権（對他人財產等的管理權）
かんりしょく
管理職（公司的管理人員）

管領〔名、他サ〕管轄，總轄，總管，據為己有，霸占（土地等）、〔史〕管領（室町幕府時代輔佐將軍統管政務的重要官職）（=管領）

管領、管領〔名〕〔史〕管領（室町幕府時代輔佐將軍統管政務的重要官職）

くだ
管〔名〕管，管子、（紡）（裝在梭中的）線軸，紗管、（紡車上的）線軸。〔古〕管笛（=管の笛）

ゴム くだ　gom荷くだ
護謨管、ゴム管（橡膠管）
くだ　あな　　てん　のぞ　　　　　　のぞ のぞ
管の穴から天を覗く（以管窺天）覗く覘く
のぞ
除く
くだ　ま　　　　　　　　　　　　ま ま ま
管を巻く（沒完沒了地說醉話）巻く撒く蒔く捲く播く
くだ　もっ　てん　うかが　　　　　　　うかが うかが
管を以て天を窺う（以管窺天）窺う伺う
うかが
覗う

管水母類〔名〕〔動〕管水母類

管鋸〔名〕〔醫〕圓鋸、環鋸
くだのこ　ずがい　　かいとうじゅつ　ほどこ
管鋸で頭蓋に開頭術を施す（用圓鋸在頭蓋骨上施行開顱手術）

管鍼〔名〕〔醫〕管針（放入比針稍短的管中進行針灸用的針）

館（ㄍㄨㄢˇ）

館〔漢造〕旅館、公館、會館、圖書館
きゅうかん　　きゅうかん　　　　しんかん
旧館（舊館）←→新館
しんかん
新館（新館）
しょうかん
商館（外國人經營的商行）
ぶんかん　　　　　　　　　ほんかん
分館（分館）←→本館
べっかん　　　　　　　　　　　　　　　　　ほんかん
別館（主要建築物以外的建築物）←→本館
ほんかん
本館（原建築、主要建築物）
ようかん
洋館（西式建築物）
えいがかん
映画館（電影院）
しゃしんかん
写真館（照相館）
かいかん
開館（圖書館等開館、開設圖書館等）
へいかん
閉館（〔圖書館、電影院等〕停止營業）
かいかん
会館（會館）
りょかん
旅館（旅館）
こうかん
公館（使館、政府機關等公共建築物）
げいひんかん
迎賓館（迎賓館）
きねんかん
記念館（紀念館）
こうみんかん
公民館（〔群眾文化性活動等的〕公民館）
たいしかん
大使館（大使館）
りょうじかん
領事館（領事館）

としょかん
図書館（圖書館）
はくぶつかん
博物館（博物館）
びじゅつかん
美術館（美術館）
ぶんがくかん
文学館（文學館）

かんいん
館員〔名〕（大使館，圖書館等的）館員
こうしかんいん
公使館員（公使館的人員）

かんがい
館外〔名〕（圖書館，體育館等）館外
かんがいかつどう
館外活動（館外活動）
かんがい かしだし おことわ いた
館外の貸出は御断り致します（恕不借出館外）

かんしゅ
館主〔名〕（旅館，電影院等的）經理

かんちょう
館長〔名〕館長
としょかんちょう
図書館長（圖書館長）

かんない
館内〔名〕（圖書館，電影院等的）館內
かんないせいほんしょ
館内製本所（館內裝釘處）
かんないえつらんせいとしょかん
館内閲覧制図書館（館內閱覽制度的圖書館）
かんないきんえん
館内禁煙（館內禁止吸菸）

たち
館〔名〕（貴人的）公館，邸宅、小城堡（=館）
たて たて
館〔名〕邸院（=館）

やかた
館、屋形〔名〕貴族的邸宅，公館。〔古〕（對身分高的尊稱）閣下，員外，老爺

やかた
屋形〔名〕（也寫作館）公館，貴族的邸宅、（也寫作館）（舊時對有錢有勢人的敬稱）員外，老爺、屋頂形的船篷（=船屋形）、（牛車、馬車
ふなやかた
等的）屋形車篷、臨時寓所（=借家、借り住まい）、
かりや かず
有屋頂形船篷的遊船（=屋形船）、（藝妓的）下處、
やかたちりめん
屋形圖案的家徽或花樣〔古〕進口縐綢（=屋形縮緬）

やかたぐるま
屋形車（〔古〕屋頂形車篷的牛車）
やかたぶね
屋形船（屋頂形畫舫、有屋頂形船篷的遊船）
やかたもん
屋形紋（屋形花紋、屋形圖案=屋形模様）
やかたもよう やかたもん
屋形模様（屋形花紋、屋形圖案=屋形紋）
やかたちりめん やかたちりめん
屋形縮緬、八形縮緬（〔古〕進口縐綢）
おやかたさま
御館様（閣下）

罐、缶（ㄍㄨㄢˋ）

かん かん かん
罐、缶、鑵（荷 kan）〔名、漢造〕罐、罐頭（=缶詰）

せきゆ かん
石油の罐（石油桶）
かん つ
罐に詰める（裝在罐頭裡）
かん あ
罐を開ける（開罐頭）
あきかん
空缶（空罐）
やかん
薬缶（金屬製水壺）
せきゆかん
石油缶（石油桶）
blik にかん
ブリキ缶（白鐵罐）

かんきり かんきり かんきり かんきり
罐切、罐切り、缶切、缶切り〔名〕開罐器
かんきりつ ふた
缶切付きの蓋（帶開罐器的罐頭蓋）
かんきり い かんづめ
缶切の要らない缶詰（不需要開罐器的罐頭）

かんづめ かんづめ かんづめ かんづめ
罐詰、罐詰め、缶詰、缶詰め〔名〕罐頭、不准外出，不准對外聯繫
さけ かんづめ
鮭の缶詰（鮭魚罐頭）
えんそく かんづめ も い
遠足に缶詰を持って行く（帶罐頭去郊遊）
さっか りょかん かんづめ す
作家を旅館に缶詰に為る（把作家關在旅館裡寫東西）
hotel かんづめ な しょうせつ か
ホテルに缶詰に為れて小説を書く（被關在飯店裡寫小説）

かま かま
罐、缶〔名〕鍋爐（=ボイラー boiler）
きしゃ かま
汽車の罐（火車的鍋爐）
ふろ かま
風呂の罐（燒洗澡水的鍋爐）
かま た
罐を炊く（燒鍋爐）

かまど
竈〔名〕灶（=竃、竈）
なべ かまど か
鍋を竈に掛ける（把鍋坐再灶上）

かま
釜〔名〕鍋、（日本茶道燒開水用的）鍋
じょうきかま かまかまかまかまかま
蒸気釜（做飯用汽鍋）釜鎌窯罐缶
めし た かま
飯を炊く釜（燒飯的鍋）
かま ふた
釜の蓋（鍋蓋）
おな かま めし く
同じ釜の飯を食う（吃一鍋飯、在一起生活、受同樣款待）
ちゃ ゆ かま
茶の湯の釜（燒茶水用的鍋）
かま お
釜を起こす（成家立業、發財致富）

かま
窯〔名〕窯、爐
れんが や かま かまかまかまかまかま
煉瓦を焼く窯（燒磚的窯）窯釜鎌罐缶

パン焼窯（麵包爐）
炭焼窯（炭窯）炭墨隅
窯で炭を焼く（用窯燒炭）焼く妬く
瓦窯（瓦窯）
石灰窯（石灰窯）
回転窯（選轉窯）
窯入れ窯出し（裝窯卸窯）

鎌 〔名〕鐮刀、套人說話的話
鎌で草を刈る（用鐮刀割草）鎌釜窯罐竈
竈 刈る駆る借る駈る狩る
鎌と鎚（鐮刀與鎚子）鎚土槌
鎌と鍬（鐮刀與鋤頭）鍬粂
一丁の鎌（一把鐮刀）
鎌を掛ける（用策略套出秘密、用話套出對方不肯說的話來）

鑵（ㄍㄨㄢˋ）

鑵 〔漢造〕盛物的圓桶形器
鑵子 〔名〕（燒水用）水壺、（茶道用）燒水灌

鸛（ㄍㄨㄢˋ）

鸛 〔漢造〕鸛科鳥類的通稱，為大型涉禽類，生活在近水地區
鸛 〔名〕〔動〕鸛（＝鸛鶴）

貫（ㄍㄨㄢˋ）

貫 〔接尾、漢造〕（作助數詞用）貫、（日本重量單位）貫（約等於3、75公斤）、〔古〕（貨幣單位）貫（約等於1000文，江戶時代等於960文）、貫穿、習慣、籍貫
一貫（一貫-約等於3、75公斤、貫徹到底）
突貫（刺穿、刺透、突擊、衝鋒、一氣呵成）
旧貫（舊習慣＝旧慣）
縦貫（縱貫）
横貫（橫貫）
郷貫（故鄉）

本貫（本籍）
貫主、貫首、貫主、貫首、管主 〔名〕首領。〔佛〕（天台宗的最高僧職）貫首。〔佛〕（宗派的）管主，管長
貫生葉 〔名〕貫穿葉
貫頂、貫長 〔名〕〔佛〕（天台宗的最高僧職）貫長，貫首，貫頂（＝貫主、貫首、貫主、貫首、管主）
貫通 〔名、自他サ〕貫通、貫穿
トンネルが貫通した（隧道貫通了）
トンネルの貫通を祝う（祝賀歲到通車）
弾丸が心臓を貫通した（子彈貫穿心臟）
貫通銃創（貫通槍傷）←→盲管銃創
貫通制動機（列車的連續制動器）
貫徹 〔名、他サ〕貫徹
要求貫徹（貫徹要求）
事業を貫徹する（把事業貫徹到底）
困難を負けず初志を貫徹する（戰勝困難貫徹初衷）
貫入 〔名、自他サ〕貫入、〔地〕（岩漿的）侵入、（瓷器表面上的）細裂紋（＝貫乳）
貫入岩床（侵入岩床）
貫乳 〔名〕（瓷器表面上的）細裂紋（＝貫入）
貫の木 〔名〕門閂（＝閂）
貫目 〔名〕重量（＝目方）、貫（約等於3、75公斤）（＝貫）、〔轉〕威嚴，威勢（＝貫禄）
牛の貫目を測る（秤牛的重量）
貫目が有る（有分量重）
体重は十七貫目に増える（體重已增加到十七貫了）
貫流 〔名、自サ〕貫穿流過
長江は南京を貫流している（長江流過南京）
平野を貫流する川（流過平原的河流）
貫禄 〔名〕威嚴、威信、身分
貫禄が無い（沒有威嚴不夠身分）
貫禄の有る人（有威嚴的人）
貫禄が足りない（威信不夠）

貫禄を損なう（損害尊嚴）

博士の貫禄を備えている（具備博士的身分）

統率する丈の貫禄が有る（有足夠統率的威嚴）

彼は未だ大臣と為ての貫禄が無い（他還不夠當大臣的身分）

貫く〔他五〕貫通，貫穿，連貫（＝貫通する。突き通す）、貫徹（＝貫徹する）

弾丸が壁を貫く（子彈穿透牆壁）

一条の光が闇を貫いた（透過黑暗射出一線光明）

運河が市の中央を貫いて流れる（運河流過市中心）

東西を貫く二本の大動脈（橫貫東西的兩條大動脈）

高圧線が中空を貫く（高壓線凌空穿過）

彼の演説は二つのテーマで貫かれている（他的演說貫穿著兩個主題）

初志を貫く（貫徹初衷）

如何なる環境に有っても、彼の原則を貫ける（處在任何環境他都能堅持原則）

友好の精神を一貫して貫く（始終貫徹友好精神）

正義を貫く（堅持正義）

目的を貫く（達到目的）

貫く、抜く〔他五〕穿透

竹で足を踏み貫く（竹子把腳穿透了）

弾が壁を突き抜く（子彈穿透牆壁）

貫〔名〕（貫穿兩柱之間起加固作用的）橫木

貫を渡す（架一根橫木）

慣（ㄍㄨㄢˋ）

慣〔漢造〕習慣、慣性

習慣（習慣）

旧慣（舊習慣、舊慣例）

慣行〔名〕慣例、常規、例行

慣行犯（慣犯）

悪慣行（壞習慣惡習）

社会の慣行（社會慣例）

国際（的）慣行（國際慣例）

世間一般の慣行（社會一般的慣例）

儀式を慣行通りに行う（儀式按慣例舉行）

慣行に取らわれない様に（不要拘泥慣例）

慣行に因って処理する（根據慣例處理）

慣習〔名〕慣例（＝習慣。仕来り、慣わし）

国の慣習（國家的慣例）

商慣習（商業慣例、商業習慣）

慣習を守る（遵守慣例）

慣習に従う（遵循慣例）

慣習を破る（打破慣例）

慣習を無視する（無視慣例）

一般に認められた慣習（一般公認的慣例）

過去二十年間に亙る慣習（過去二十年間的慣例）

慣習法（習慣法、不成文法）（＝不文律）←→成文法

慣手段（慣用手段、常用手段）

慣熟〔名、自サ〕熟練

慣熟した動作（熟練的動作）

運転に慣熟する（對駕駛很熟練）

慣性〔名〕〔理〕慣性、惰性

慣性の力（慣性的力量）

慣性の法則（慣性定律）

慣性抵抗（慣性抵抗）

慣性力（慣性力）

慣性座標（慣性坐標）

慣性質量（慣性質量）

慣性誘導（慣性制導）

慣用〔名、他サ〕慣用

慣用的語法（慣用語法）

其は慣用上許されている（那在習慣上可以通用）

言葉や文字には誤用から慣用へと移った物が可也多い（語言和文字由誤用轉為慣用的相當多）

其は彼の人の慣用手段だ（那是他的慣用手法）

然う言う言い方は慣用に適っている（那種說法合乎習慣用法）

慣用音（日本對漢字的慣用發音）（如緒讀作ちょ等）

慣用句（慣用短語成語）（如油を絞る－譴責申斥。山を掛ける－猜題壓寶）

慣用語（慣用語慣用術語（如お早う－早安。今日は－你好）慣用短語成語（=慣用句）

慣れる〔自下一〕習慣，熟練，適應、（接動詞連用形或名詞下）慣了，慣於

慣れら（慣れない）人（老〔生〕手）

パン食に慣れる（習慣吃麵包）

慣れた手付き（熟練的手的動作）

授業に慣れていない（對上課不習慣）

新しい仕事に慣れる（習慣新的工作）

最初は旨く行かなくても次第に慣れる（一回生二回熟）

彼は校正なら慣れた物です（他對校對是老手）

貧乏の為彼女は困苦に慣れて平気であった（因為窮她過慣了貧苦生活）

靴が足に慣れたから、もう山の登っても大丈夫だ（鞋子合腳了爬山再也不要緊）

筆で書き慣れる（用毛筆寫慣了）

使い慣れた万年筆（用慣了的鋼筆）

通い慣れた道（走慣了的路）

旅慣れた人（習慣於旅行的人常出門的人）

熟れる〔自下一〕（醬等經過一段時間發生變化）醃好（衣服等穿久了）變舊，走樣，折皺，（魚等）開始腐爛

味噌が未だ熟れない（醬還肥醃好）

漬物が熟れる（鹹菜醃好了）

寿司が熟れる（壽司的味道出來了）

熟れや着物（皺巴巴的衣服）

熟れた魚（不新鮮的魚）

馴れる〔自下一〕馴熟

此の猫は私に良く馴れている（這貓和我很馴熟）

豹は人には馴れない（豹對人不馴服）

犬は直ぐに馴れる（狗很容易混熟）

狎れる〔自下一〕狎昵、過分親近而不莊重、嘻皮笑臉

生徒が先生に狎れる（學生跟老師嘻皮笑臉）

彼は親の寵愛に狎れている（他被父母寵得不像樣了）

狎れると馬鹿に為る物だ（親暱生狎侮）

慣れ、馴れ〔名〕習慣、熟練

何事にも慣れが必要だ（凡事都需要熟練）

慣れと言う物は恐ろしい物だ（習慣是個可怕的東西）

慣れっこ〔名〕〔俗〕司空見慣、習以為常

慣れっこに為る（習以為常）

土地の人は此の様な出来事には慣れっこに為っているから驚かない（對這樣的事當地人已司空見慣毫不驚異）

母の愚痴には慣れっこに為っている（母親的牢騷已經聽慣了）

慣れっこに為ると馬鹿に為る物だ（一習以為常就不拿當一回事了）

慣らす、馴らす〔他五〕馴養，調馴、使習慣，使慣於

ライオンを馴らす（馴獅）

長年飼い馴らした鳥（多年養熟的鳥）

猛獣を馴らす（調馴猛獸）

犬を馴らして色色の芸を為せる（訓練狗使表演種種技藝）

仕事を慣らす（使習慣於工作）

く

体を氣候に慣らす（使身體適應氣候）

体を寒さに慣らす（使身體習慣於寒冷）

イギリスの映画は耳を英語に慣らすのに良い（英國電影對訓練英語有好處）

上から命令に服從する様に慣らされた国民（習慣於聽上級命令的人民）

均す〔他五〕弄平，平整、平均

土地を均す（平整土地）

ローラーでテニス、コートを均す（用壓路機壓平網球場）

均して月に五万円の收入と為る（平均起來每月有五萬日元收入）為る成る鳴る生る

慣わす、習わす〔他五〕使學習、使習慣

子供にピアノを慣わす（讓小孩學鋼琴）

呼び慣わす（叫慣）

外人と付き合うので外国語を言い慣わしている（因和外國人來往外語說慣了）

慣わし、習わし〔名〕慣例、風習（＝仕来り、風習、習慣）

世の慣わし（世俗）

慣わしに違わず（不違俗）

此の地方には奇妙な慣わしが有る（此地有個怪風俗）

毎月十日に集まる慣わしに為っている（照例每月十日集會）

盥（ㄍㄨㄢˋ）

盥〔名〕（洗衣等的）盆

盥に水を汲み込む（把水打在盆裡）

金盥（金屬盆）

洗濯盥（洗衣盆）

盥回し〔名、他サ〕雜技中轉動盤子的特技、私相授受政權輪流掌政、轉交、推卸責任、轉押

政權の盥回しを為る（私相授受政權）

病院を盥回しに為れる（被醫院推來推去）

何の役所でも受け付けて呉れず盥回しに為れた丈だった（哪個機關也不受理只是被推來推去）

容疑者の盥回し（嫌疑犯的轉押）

灌（ㄍㄨㄢˋ）

灌〔漢造〕灌、灌入、灌木

湯灌（〔佛〕〔死人入殮前用熱水〕擦淨身體）

灌域〔名〕河水的灌漑區域

灌漑〔名、他サ〕灌漑

灌漑の便が有る（有灌漑之便）便便便り有る在る或る

灌漑を便に為る（使灌漑方便）為る為る刷る摩る磨る擂る掏る擦る摺る

土地を灌漑する（灌漑土地）

貯水池の水で灌漑する（用水庫的水灌漑）

灌漑池（灌漑池）池池

灌漑工事（灌漑工程）

灌漑農業（灌漑農業）

灌漑用水（灌漑用水）

灌頂〔名〕〔佛〕（梵 abhisecana 的譯語）灌頂（古時印度國王即位或立太子時用水從頭頂灌注的儀式）、佛位受職儀式、真言密教的儀式之一（大致分成佛法灌頂、學法灌頂、結緣灌頂三種）、掃墓時在墓碑上澆水

灌水〔名、自サ〕灌水、澆水

旱魃の為田に灌水する事が出来ない（因為天旱不能向田裡澆水）

灌水管（澆水管）管管

灌水裝置（澆水裝置）

灌水療法（澆水療法）

灌水浴（淋浴＝シャワー、バス）

灌注〔名、他サ〕灌注、注入

灌腸、浣腸〔名、自サ〕〔醫〕灌腸

滋養灌腸（滋養灌場）

腸カタル(chōtoku katarrh)の患者に灌腸を行う(給腸炎的患者灌場)点ける衝ける突ける着ける撞ける

便通を付ける為に灌腸する(為了通便進行灌場)付ける附ける漬ける尽ける搗ける憑ける

灌仏〔名〕用香水浴佛、浴佛節(=灌仏会)

灌仏会(〔佛〕〔陰暦四月八日釋迦生日舉行的〕浴佛會、浴佛節)

灌木〔名〕〔植〕灌木←→喬木、高木

灌木帯(灌木地帶)帯帯

灌木の茂った野原(灌木繁茂的原野)茂る繁る繋る

灌ぐ、注ぐ〔自五〕流，流入、(雨雪等)降下，落下。

〔他五〕流，注入，灌入，引入，澆，灑，倒入，裝入，(精神、力量等)灌注，集中，注視

川水が海に灌ぐ(河水注入海裡)灌ぐ注ぐ濯ぐ雪ぐ

雨がしとしとと降り灌ぐ(雨淅瀝淅瀝地下)

滝壺に数千丈の滝が灌ぐ(萬丈瀑布落入深潭)

田に水を灌ぐ(往田裡灌水)

涙を灌ぐ(流涙)

鉛を鋳型に灌ぐ(把鉛澆進模子裡)鉛鉛

鉢植に水を灌ぐ(往花盆裡澆花)

コップに水を灌ぐ(往杯裡倒水)

世界情勢に心を灌ぐ(注視國際情勢)心心

注意を灌ぐ(集中注意力)

溢れん許りの情熱を社会主義建設に灌いでいる(把洋溢的熱情傾注在社會主義建設中)

灌ぐ、雪ぐ〔他五〕雪恥(=雪ぐ)、洗刷(=洗い落とす)

恥を雪ぐ(雪恥)恥辱

漱ぐ、灌ぐ、濯ぐ、洒ぐ、雪ぐ〔他五〕洗濯、漱口、雪除，洗掉

洗濯物を良く濯ぐ(用水好好洗滌的衣物)

瓶を濯ぐ(洗滌瓶子)

口を漱ぐ(漱口)

恥を雪ぐ(雪恥)

汚名を雪ぐ(恢復名譽)

袞 (ㄍㄨㄣˇ)

袞〔漢造〕天子和上公的禮服

袞竜の袖〔連語〕(古時皇帝穿的)襲龍袍的袖

袞竜の袖に隠る(在天子庇護下〔作威作福〕)

滾 (ㄍㄨㄣˇ)

滾〔漢造〕旋動(打滾)、水沸(水滾)、水流動的樣子(滾滾)、衣上加一條邊(滾條)

滾滾〔形動タルト〕滾滾

滾滾と流れる(滾滾地流)

滾滾と湧き出す(滾滾地湧出)

滾滾と為て尽きない(滾滾不盡)

泉が滾滾と湧いている(泉水滾滾地冒著)湧く涌く沸く

滾る〔自五〕沸騰，燒滾，煮開、(河水)翻騰，滾滾、(感情、情緒等)激動，高漲

鉄瓶の湯が滾っている(鐵壺裡的水沸騰著)

滾り落ちる急流(翻騰流下的急流)

情熱が滾る(熱情高漲)

愛国の血潮が滾っている(愛國的熱血沸騰)

滾り落ちる異郷の涙(泉湧似的異鄉涙)

滾る憎しみを持っている(懷著熾烈的憎恨)

棍 (ㄍㄨㄣˋ)

棍〔漢造〕長的木棒

棍棒〔名〕棍棒、(體操，警察用)棍棒、警棍
　棍棒で殴る（用棒子打）
　棍棒体操（棍棒操）

光（ㄍㄨㄤ）

光〔漢造〕光、光亮、風光、時光、光榮、光臨
　来光（高山迎日出=来迎）
　夜光（夜光）
　蛍光（螢光）
　日光（日光、陽光、日光市、日光東照宮）
　月光（月光）
　電光（電光、閃電、電燈的光）
　発光（發光）
　微光（微明）
　白光（白色的光、日冕，日華，月華，光環，光圈=コロナ）
　風光（風光、風景）
　観光（觀光、旅遊）
　栄光（光榮）

光圧〔名〕〔理〕光壓

光陰〔名〕光陰、時光、歲月
　光陰を惜しむ（珍惜光陰）
　光陰矢の如し（光陰似箭）
　一寸の光陰軽んず可からず（一寸光陰不可輕、應珍惜寸陰）
　光陰一度去って又返らず（光陰一去不復返）

光栄〔名、形動〕光榮、榮譽（=誉）
　光栄有る任務（孤立）（光榮的任務〔孤立〕）
　身に余る光栄（無上光榮）
　光栄に思う（覺得光榮）
　光栄に浴する（蒙受光榮）
　光栄と為る（引以為榮）
　人民の為には死すとも光栄である（為人民而死雖死猶榮）

光炎、光焰〔名〕光焰

光画〔名〕〔攝〕（由底片印的）照片（=陽画、ポジ）

光化ハロゲン塩〔名〕〔化〕感光性鹵化物

光壊変〔名〕〔理〕光致蛻變

光解離〔名〕〔化〕光致結離

光化学〔名〕〔理〕光化學
　光化学反応（光化學反應）
　光化学当量の法則（光化學當量的定律）
　光化学スモッグ（光化學煙霧）
　光化学電池（光化電池）
　光化学的開始反応（光化初始反應）
　光化学触媒（光催化劑）

光角〔名〕〔理〕光軸角

光覚〔名〕〔生理〕光覺、光的感覺

光学〔名〕〔理〕光學
　光学ガラス（光學玻璃）
　光学兵器（光學武器）
　光学器械（光學器械）
　光学距離（光程）
　光学楔（光楔光劈）
　光学異常（光性異常）
　光学異性（旋光異構）
　光学活性（旋光性）
　光学的異方性（光學各向異性）
　光学的偏位（光位移）
　光学筒長（顯微鏡的光管長度）
　光学濃度（光密度）
　光学不活性化（外消旋）
　光学不活性物質（外消旋化合物）
　光学密度（光密度）

光環、光冠〔名〕〔天〕日冕

光輝〔名〕光輝、光榮

光輝を放つ（放光輝）
光輝燦爛と為て目を奪う（光輝燦爛奪目）
光輝有る伝統（光榮的傳統）
名声は最早光輝を失って仕舞った（聲譽已經失去了光彩）

光り輝く〔自五〕亮晃晃
　彩り鮮やかに光り輝く（金碧輝煌）

光球〔名〕〔天〕光球

光銀〔名〕〔攝〕（感光性鹵化物受光後產生的）光銀、單質銀

光景〔名〕光景、情景、場面
　全体の光景（全貌）
　惨澹たる光景（惨狀）
　楽しい（恐ろしい）光景（快樂〔恐怖〕的情景）
　美しい光景を呈する（呈現美麗的景象）
　飛行機到着の光景を放送する（廣播飛機到達時的場面）
　空から見た光景（由空中看到的光景）
　日の出の光景の美しさは筆紙に尽し難い（日出的光景筆墨難以形容）

光源〔名〕〔理〕光源

光合成〔名〕〔生化〕光合作用
　光合成を行う（進行光合作用）

光差〔名〕〔理〕光差

光彩〔名〕光彩
　光彩を放つ（放出光彩）
　光彩を添える（增加光彩）
　彼の新発現は物理学界に一段の光彩を添えた（他的新發現為物理學界增添了一層光彩）
　光彩陸離（光怪離奇）

光子〔名〕〔理〕光子

光視〔名〕〔生理〕壓眼閃光、光幻視

光軸〔名〕〔理、礦〕光軸

光周性〔名〕〔植〕光周期現象

光触媒、光触媒〔名〕〔理〕光催化劑

光心〔名〕〔理〕光心

光滲〔名〕〔理〕光滲

光跡〔名〕〔理〕光跡

光線〔名〕光線
　光線を放つ（放光）
　光線を遮る（遮光）
　太陽の光線（太陽光）
　光線の良く入る部屋（光線充足的屋子）
　此の乾板は光線が入った（這塊照相底板跑光了）
　光線束（光束）
　光線電話器（光線電話機）
　光線速度面（光線速度面）

光摂受体〔名〕光感受器

光束〔名〕〔理〕光束

光速〔名〕〔理〕光速（每秒約三十萬公里）（＝光速度）
　光速度（光速）

光体〔名〕〔理〕發光體

光沢〔名〕光澤（＝艶、光）
　繻子は光沢が有る（緞子有光澤）
　磨いて光沢を出す（磨出光澤）
　光沢機（拋光機研磨機）
　光沢仕上げ（拋光加工）
　光沢度（光澤度）

光弾〔名〕〔軍〕照明彈、曳光彈

光弾性、光弾性〔名〕〔理〕光測彈性
　光弾性学（光測彈性學）
　光弾性効果（光測彈性效應）

光点〔名〕〔理〕光點

光電〔名〕〔電〕光電
　光電管（光電管）
　光電効果（光電效應）
　光電光度計（光電光度計）
　光電分光光度計（光電分光光度計）

光電子〔名〕〔理〕光電子
　光電子電流（光電流）

光電池〔名〕光電池、光生伏特電池

光電池〔名〕〔理〕光電管

光度〔名〕〔理〕光的強度、亮度
　光度計（光度計）
　紫外線光度計（紫外線光度計）

光頭〔名〕禿頭（＝禿頭、禿頭）
　光頭の人（禿頭的人）

光熱〔名〕光與熱、照明與取暖
　光熱費（照明費和取暖費）
　光熱費は間代に含まれている（照明費和取暖費包括在房租之内）

光年〔名〕〔天〕光年（一光年為九萬四千六百七十億公里）

光波〔名〕〔理〕光波

光背〔名〕〔佛〕（佛像背後的）光圈（＝後光）

光媒〔名〕〔理〕光媒介

光被〔名、自サ〕（君德）澤被

光風〔名〕和煦的春風
　光風霽月（風清月明、胸襟開闊）
　光風霽月の心（開闊的胸襟和坦率的心地）

光分解〔名〕〔化、植〕光解

光分裂〔名〕〔理〕光致核裂變

光芒〔名〕光芒
　光芒四方に放つ（光芒四射）
　光芒陸離（光怪離奇）
　サーチライトが数条の光芒を放つ（探照燈射出數道光芒）

光房〔名〕（照相館的）光房、攝影室（用於照相館的名稱）

光崩壞〔名〕〔理〕（原子核的）光致蜕變

光明〔名〕光明、希望
　一筋の光明（一線光明）
　暗雲の中に光明を見出す（在暗雲中看到光明）
　新たな光明を与える（給予新的希望）
　前途に光明が見えて来た（前途見到光明）
　光明丹（光明丹鉛丹）（＝鉛丹）
　光明遍照（〔佛〕阿彌陀佛的智慧之光四面普照）
　光明皇后（聖武天皇的皇后）
　光明天皇（北朝的第二代天皇）

光誘導（法）〔名〕〔生〕光誘導法

光耀〔名〕輝耀（＝光、輝き、耀き）

光来〔名〕〔敬〕光臨、駕臨
　午後三時に御光来下さい（請於下午三點駕臨）
　御光来を御待ちして居ます（恭候駕臨）

光流〔名〕〔理〕光流、光通量

光粒子〔名〕〔理〕光粒子、光素

光量〔名〕〔電、理〕光通量
　光量子（光子）（＝光子）

光力〔名〕〔理〕光度
　光力が弱い（光力弱、不明亮）

光琳〔名〕（日本江戸時代畫家）尾形光琳
　光琳蒔絵（元祿年間尾形光琳創始的一種在漆器上鑲上螺或貝殼的畫）

光輪〔名〕（宗教畫神像頭上的）光環（＝後光）

光臨〔名〕〔敬〕光臨、駕臨
　御光臨を仰ぐ（恭候光臨）
　御光臨の栄を賜り度い存じます（請賜光臨）

光鹵石〔名〕〔化〕光鹵石

光參、金海鼠〔名〕〔動〕光參（海參的一種）

光る〔自五〕發光，發亮，出眾，出類拔萃、（嚴加）監視
　白く光る雪（白皚皚的雪）
　宝石が光る（寶石閃閃發光）
　舗道が雨に濡れて光る（馬路上雨澆得發亮）
　夜空に星が光る（夜空星光閃耀）
　一段と光る作品（大放異彩的作品）
　彼の絵は一際光る（他的畫卓然出眾）

彼女は仲間の中では断然光っている（她在夥伴中有如鶴立雞群）

新人中では彼が一番光っている（在新人中他最出色）

光る物必ずしも金ではない（閃閃發光未必是金子）

目を光らせる（嚴加監督才能出眾）

監視の目が光っているので逃げ出せない（監視嚴無法逃出）

光る神〔名〕雷、雷神（＝光の神）

光君〔名〕（源氏物語中的主人翁）光源氏（＝光源氏）

光り渡る〔自五〕〔光〕普照、照遍

光〔名〕光亮、光芒、光明、勢力

太陽の光（太陽光）

星の光（星光）

光を発する物体（發光的物體）

もっと強い光が欲しい（希望再亮一點）

木の間から光が射す（光線從樹縫中射過來）

平和の光（和平的曙光〔希望〕）

光を求める（尋求光明）

苦しみの中にも一筋の光を見出した（在痛苦中還找到了一線希望）

国の光（國家的光榮）

金の光（錢的威力）

親の光で良い職を得た（靠父母的勢力找到了工作）

親の光は七光（父親的權勢庇蔭子孫）

光を失う（失明變成盲人失去光明失去希望）

光を放つ（發光大放光芒）

光高温計〔名〕〔理〕光測高溫計

光蘚〔名〕〔植〕光蘚

光重合、光重合〔名〕〔化〕光致聚合

光ずれ〔名〕〔化〕光位移

光中性子〔名〕〔化〕光激中子

光通信〔名〕光學通信（用紫外線，紅外線等電磁波來傳送信息）

光梃子〔名〕〔理〕光槓桿

光堂〔名〕〔佛〕阿彌陀佛堂

光の神〔名〕雷、雷神（＝光る神）

光の電磁説〔名〕〔理〕光的電磁理論

光分解〔名〕〔化〕光解

光膨張、光膨脹〔名〕〔化〕巴德效應（蒸氣或溴蒸汽露於日光中時體積上的膨脹）

光藻〔名〕〔植〕光藻

光物〔名〕發光體、〔俗〕金銀幣，金屬、發光的魚類、（日本花紙牌中的）十二點牌

光ルミネッセンス luminescence〔名〕〔理〕光致發光、光激發光

光らす〔他五〕使發光、瞪大眼睛

皮靴をぴかぴかに光らす（把皮鞋擦亮）

目を光らして（擦亮眼睛）

目を光らして見守る（瞪著眼睛看守）

光らかす〔他五〕炫耀、誇耀（＝ひけらかす）

広（廣）（ㄍㄨㄤˇ）

広〔漢造〕廣←→狭

広域〔名〕廣域、廣大地區

広域経済（〔原由納粹德國倡導的〕超國界的大區經濟協作體制、共同體經濟）

広域変成作用（〔地〕區域變質作用）

広域防空（〔軍〕區域防空）←→目標防空

広遠、宏遠〔名ナ〕宏偉、遠大

広遠な理想（遠大的理想）

気宇広遠（氣宇宏偉）

広角〔名〕〔光〕廣角、大角度

広角レンズ（〔攝〕廣角鏡頭、廣角透鏡）

広闊〔形動〕廣闊、寬闊、寬廣

広闊な平野（廣闊的平野）

広軌〔名〕寬軌←→狭軌

広軌鉄道（寬軌鐵路）

広義〔名〕廣義←→狭義

広義に解する（作廣義解釋）解する　介する　会する　改する

広義に解すれば君の説は間違っていない（按廣義來解釋你的說法沒有錯）

広狭〔名〕寬窄（＝幅）

土地の広狭（土地的寬窄）

語意の広狭を論ずる（討論詞意的廣狭）

広言、高言、荒言〔名、自サ〕誇海口、說大話

広言を吐く（說大話）吐く　履く　掃く　刷く　穿く　佩く

自分に及ぶ者が無いと広言している（誇口自己是天下第一）

広原、曠原〔名〕遼闊的原野

広告〔名、自サ〕廣告、宣傳

案内広告（徵求廣告、招聘廣告）

三行広告（三行小廣告－主要是招聘、求職、尋人、招租等簡單的廣告）

自家広告（自我廣告〔宣傳〕）

空中広告（〔高大建築物上的〕高空廣告）

死亡広告（訃告）

新聞に広告する（報紙上登廣告）

雑誌に広告する（雜誌上登廣告）

大大的に広告する（大登廣告）

引札で広告する（用傳單作廣告）

ビラで広告する（用傳單作廣告）

新聞に尋ね人の広告を出す（在報上登尋人廣告）

広告板（張貼廣告板）板　板

広告文案家（廣告撰寫家）

広告人形（廣告偶人）

広告無用（不准張貼廣告）

広告気球（廣告氣球）

広告欄（廣告欄）

広告料（廣告費）

広告屋（廣告業者）

広告ビラ（傳單、招貼、廣告、廣告單）

其は彼の無知を広告する様な物だ（那是在宣傳他自己的無知）

広告放送（商業廣告廣播）

広告放送のスポンサー sponsor（商業廣告廣播的業主）

広告放送番組（商業廣告廣播節目）

広食性〔名〕〔生〕多食性

広壮、宏壮〔名ナ〕宏偉、宏壯

広壮な建物（宏偉的建築）

広大、宏大〔名ナ〕廣大、宏大、廣闊←→狭小

広大無辺（廣大無邊）

広大な土地（廣闊的土地）

気宇が広大である（胸懷磊落）

規模は広大だ（規模宏大）

広長舌〔名〕〔佛〕輪轉王三十二相之一

広博〔名ナ〕淵博

広博な知識（淵博的知識）

広漠〔形動タルト〕廣漠、廣闊、遼闊

広漠たる原野（遼闊的原野）

広漠と為す原野（遼闊的原野）

広漠の地（廣漠的土地）

広汎、広範〔形動〕廣泛

広汎な知識（廣泛的知識）

広汎な影響を与える（給予廣泛的影響）

取材分野が広汎に亘る（取材範圍很廣）亘る　渉る　渡る

世界平和に関する広汎な諸問題（關於世界和平的廣泛問題）

広範囲〔形動〕廣大範圍、領域寬、面積大

広範囲な人事異動（大範圍的人事異動）

広範囲に亘る地震（面積很大的地震）亘る　渉る　渡る

影響が広範囲に及ぶ（影響範圍很大）

氏の知識は広範囲に亘っている（他的知識面很廣）

広鼻猿〔名〕〔動〕寬鼻猿

広鼻類〔名〕〔動〕擴鼻類

広報、弘報〔名〕宣傳、報導、情報

広報機関を通じて発表する（通過宣傳機關發表）

広報部（宣傳部、情報部）

広報係（宣傳員）

広報活動（宣傳活動）

広袤〔名〕幅員

広袤数百マイルに亘る平原（幅員達數百英里的平原）

広袤果て無し（幅員廣大）

広目天〔名〕〔佛〕廣目天王（四天王之一）

広目屋〔名〕廣告人、廣告業者（＝広告屋、ちんどん屋）

広野、曠野〔名〕曠野

無人の広野（無人的曠野）

広野〔名〕遼闊的原野

広葉杉〔名〕〔植〕杉木、沙木

広葉樹〔名〕〔植〕闊葉樹（＝闊葉樹）←→針葉樹

広翼類〔名〕〔動〕廣翅鯊、板足鯊亞綱（＝巨甲類）

広量、宏量〔名ナ〕寬宏大量

広東料理〔名〕廣東風味的中國菜

広い、弘い、寬い、闊い〔形〕（面積、空間）廣闊，寬廣、（幅度）寬闊、（範圍）廣泛，廣博、（心胸）寬廣，寬宏←→狹い

広い野原（遼闊的原野）広い拾い

庭が広い（庭院寬廣）

此の部屋は余り広くないから、もう少し広くし度い（這房子不怎麼寬敞所以想弄稍大些）

広い道（寬闊道路）

狭い道を広くした（把狹路展開了）

彼の肩幅の広い人は大川さんです（那個寬肩膀的人是大川先生）

肩身が広い（覺得自豪、臉上有光）

知識が広い（知識廣博）

顔が広い（交際廣）

彼は交際が広い（他交際廣）

広く伝える（廣泛宣傳）

広く大衆の意見を聞く（廣泛聽取群眾意見）聞く聴く訊く利く効く

広い度量（寬宏的度量）

胸が広い（心胸寬廣）胸旨棟宗

広い心で人の話を聞く（心胸寬宏地傾聽別人的話）

徒広い、徒っ広い〔形〕〔俗〕（特別）寬敞、空曠

徒っ広い顔（大臉龐）

徒っ広い部屋は使い難い（空曠的房子不好住）

広さ〔名〕寬度，幅度、面積

広さを測る（測量寬度）測る計る量る図る謀る諮る

広め、弘め、披露目、御披露目〔名〕披露、宣布、發表、公開於眾、（藝妓等在宴席上）初次露面（＝披露）

結婚の御披露目を為る（舉行結婚招待宴席）為る為る刷る摺る擦る掏る磨る擂る摩る

広っぱ〔名〕〔俗〕（広場的轉變）廣場

広がる、拡がる、展がる〔自五〕變寬、展開、擴展、擴大←→狭まる

拡がった枝（舒展開的樹枝）

スカートが拡がる（裙子放開了）

火が四方に拡がる（火勢向四面擴展）

火の手が拡がる（火勢蔓延）

消防設備が整わなかったから火事が拡がっている（由於消防設備不完善火勢一直蔓著）

黒雲は見る間に空一面に拡がった（黒雲轉眼間瀰漫了天空）

建て増しを為たので家が拡がった（由於擴建房屋展寬了）

《

堤防の壊れた所が一層拡がった（堤壩的決口更加擴大了）

噂が拡がる（傳言越傳越廣）

事業が益益拡がる（事業愈加擴展）

伝染病が拡がる（傳染病蔓延起來）

伝染病がアフリカに拡がっている（傳染病在非洲蔓延開來）

道幅が拡がる（路面展寬）

道幅が四十メートルに拡がった（路拓寬為四十米）

全世界に拡がる（擴展到全世界）

広がり、拡がり〔名〕擴展、擴大

事件の広がりを心配する（擔心事件擴大）

松の枝の広がりが見事だ（松樹枝的擴展形狀真美麗）

火の広がりを防ぐ（防止火勢蔓延）

広げる、拡げる、展げる〔他下一〕打開，展開、擴大，擴展←→狹める、巻く

道路を拡げる（拓寬道路）

本を拡げる（把書打開）

包みを拡げる（打開包袱）

両手を拡げる（伸開雙手）

机に地図を拡げる（在桌子上展開地圖）

両手を拡げて歓迎の意を示す（展開雙手表示歡迎）

傘を拡げる（撐開傘）

雨が降って来た早く傘を拡げ為さい（下了雨趕緊把傘撐開）

彼女はナプキンを膝の上に拡げた（她在膝上鋪開餐巾）

路上に古着を拡げて売る（在街上攤開舊衣服賣）

部屋一杯に本を拡げる（擺得滿屋子書）

道を拡げる（拓寬道路）

運動場を拡げる（擴大運動場）

領土を拡げる（擴張領土）

店を拡げる（擴充店面、擺貨攤）

店を拡げたのに御客が来ない（擴大店面卻沒有顧客光臨）

広まる、弘まる〔自五〕擴大、擴展、遍及、蔓延（=広がる、拡がる）

知識が広まる（知識面擴大）

噂が広まった（流言傳開了）

彼の新説が次第に広まって来た（他的新學說漸漸地傳播開來）

活動が全国に広まる（活動遍及全國）

名が世界に広まる（馳名世界）

広める、弘める〔他下一〕擴大，增廣、普及，推廣、批露，宣揚

知識を広める（擴大知識面）

学問を広める（增廣學問）

科学知識を広める（普及科學知識）

宗教を広める（傳教）

共通語を広める（推廣普通話）

マルクス、レーニン主義を広める（宣傳馬克思列寧主義）

店の名を広める（宣揚商店的字號）

広やか〔形動〕寬廣、遼闊、廣闊

広広と〔副、自サ〕寬廣、遼闊、廣闊

広広と為た庭（寬敞的庭院）

広広と為た牧場（遼闊的牧場）

広広と展開する田園（寬敞開闊的田園）

広縁〔名〕（日式房子簷下的）寬走廊、（古時宮殿式建築的）廂房

広口〔名〕（瓶等）寬口，廣口、（插花）水盤（=水盤）

広口瓶（廣口瓶）

広小路〔名〕寬街、大路

広袖〔名〕〔縫紉〕（和服的）敞袖、一種鎧甲的袖

広庭〔名〕大院子、寬敞的庭院

広場〔名〕廣場、〔轉〕場所

天安門広場で集会を開く（在天安門廣場舉行集會）開く開く

子供達は広場の中を走り回って遊んでいる（孩子們在廣場上兜圈子玩耍）

共通の広場（共同的立場、能夠互相理解之處）

新しい世代と古い世代には共通の広場が無い（年輕一代與老一代缺乏共同的立場）

広巾、広幅〔名〕寬幅（的布）（=大幅）←→並幅

広蓋〔名〕衣箱蓋、帶縁的塗漆托盤

広間〔名〕（用於會客或開會等的）大廳、大房間

大広間（大廳、大會場）

広前〔名〕（神殿、佛殿、宮殿等的）前庭

工、エ、工（ㄍㄨㄥ）

工〔漢造〕（也讀作エ、工）作工、工作、工人、工業

高工（舊制〔高等工業學校〕的簡稱）

手工（手工藝、中小學課程之一現在稱為工作）

図工（製圖工、中小學的圖畫，手工課）

加工（加工）

名工（大師、名匠）

良工（良工、巧匠）

職工（職工、工人=工員）

織工（紡織工人）

女工（女工人=女子工員）

土工（土木工程、土木工人）

塗工（粉刷工，油漆工、粉刷作業，油漆作業）

人工（人工）

機械工（機工）

印刷工（印刷工）

熟練工（熟練工）

見習工（見習工）

商工（商工）

大工（木匠、木工）

細工（工藝品、耍花招）

木工、杢、木工（木工=大工）

工員〔名〕工人（=職工）

工員募集：経験の有無を問わず（招募工人：有無經驗均可）

工科〔名〕工業學科。〔舊〕大學工學院（=工学部）

工科大学（工科大學）

工科の学生（工學院的學生）

工学〔名〕工學

工学部（工學院）

工学製図（工程製圖）

工学士（工學士）

工学修士（工學碩士）

工学博士（工學博士）

工学単位（工程單位）

工期〔名〕施工期

工業〔名〕工業

工業の発展を促進する（促進工業發展）

工業を盛んに為る（發展工業）

此の発明の結果新しい工業が興った（由於這項發明新的工業發展了）

工業大学（工業大學）

工業学校（工業學校）

工業経済（工業經濟）

工業組合（産業工會）

工業製品（工業產品）

工業都市（工業城市）

工業用アルコール（ガソリン，水，テレビジョン）（工業用酒精〔石油，水，電視〕）

工業化（工業化）

工具〔名〕工具

動力で動かす工具（動力驅動工具）

切削工具（切削工具）
　　　工具場（工具間）
　　　工具鋼（工具鋼、鋒鋼）
　　　工具研磨盤（工具磨床）
　　　工具研削盤（工具銑床）
工芸〔名〕工藝
　　　地方色豊かな工芸（富有地方色彩的工藝）
　　　工芸学（工藝學）
　　　工芸品（工藝品）
　　　工芸家（工藝家）
　　　工芸美術（工藝美術）
　　　工芸技術（工藝技術）
工高〔名〕工科高中（＝工業高等学校）
工作〔名、他サ〕手工藝課、工程，施工、活動，工作
　　　工作時間（手工藝課）
　　　工作道具（工作工具）
　　　工作ゲージ（工作量規）
　　　塀に工作を加える（修理牆）
　　　鉄橋の補強工作（鐵橋補強工程）
　　　準備工作を為る（作準備工作）
　　　陰で色色工作する（暗中進行種種活動）
　　　工作員（工作人員）
　　　裏面工作（背後活動、幕後活動）
　　　政治工作（政治工作）
　　　工作図（製造圖）
　　　工作物（加工品〔＝製作品〕、建築物，建造物）
　　　工作船（〔附屬於艦隊的〕修理船）
　　　工作機械（〔機〕機床、工作母機）
工試〔名〕"工業試驗所"的簡稱
工事〔名、自サ〕工程、施工
　　　道路工事（道路工程）
　　　橋梁（トンネル）工事（橋梁〔隧道〕工程）
　　　鉄道工事（鐵路工程）
　　　工事を起こす（に取り掛かる）（開工）
　　　工事は既に開始された（工程已經開工了）
　　　現在の所工事中である（現在正在施工中）
　　　此の先工事中（前面施工）
　　　工事場（工地）
　　　其の工事の完成には約七年を要した（完成該項工程大約花了七年的時間）
　　　此の鉄道の建設には非常な工事上の困難が逢った（修建這條鐵路遇到過施工上很大的困難）
工手〔名〕（"工夫"的改稱）（鐵路，電氣等工程的）技術工人
　　　自動車工手（汽車製造技術工人）
工女〔名〕女工（＝女工）
工匠〔名〕〔古〕工匠，木匠（＝職人、大工）、器物的設計
工廠〔名〕兵工廠、軍火工廠
　　　海軍工廠（海軍工廠）
工場、工場〔名〕工廠
　　　自動車工場（汽車製造廠）
　　　毛織物工場（毛紡廠）
　　　機械工場、機械工場（機械場）
　　　仕上げ工場（加工廠裝配廠）
　　　戦時工場（戰時工廠）
　　　工場から出立ての自動車（剛出廠的汽車）
　　　工場を経営する（經營工廠）
　　　工場を閉鎖する（關閉工廠）
　　　工場敷地（工廠基地）
　　　工場渡し（工廠交貨）
　　　工場渡し値段（工廠交貨價格）
　　　工場管理（工廠管理）
　　　工場監督（工廠監督工頭領班）

町工場（街道工廠）

下請け工場（承包工廠附屬工廠）

工場へ通う（上工廠）

工場で働く（在工廠做工）

工人〔名〕工匠，手藝人、（中國的）工人（=労働者、工員）

工人服（工人服、勞動服）

工専〔名〕〝工業專門學校〞的簡稱

工船〔名〕（裝有加工設備，把捕獲魚類馬上加工的）工作船

蟹工船（蟹工船）

工銭〔名〕〔舊〕工錢（=工賃）

工大〔名〕〝工科大學〞的簡稱

工賃〔名〕工錢（=手間賃、手間代）

工賃を支払う（支付工錢）

工賃を上げる（提高工錢）

工賃を下げる（減らす）（降低工錢）

工程〔名〕工程進度，製造工序，工作階段。〔理〕工率（=仕事率）

作業工程（操作工序、工作程序）

生産工程（生産程序）

製造の工程を説明する（講解製造工序）

色色な工程を経る（經過種種工序）

工程の半ばに達した（工作進展到了一半）

工程を二分の一に短縮する（把工序縮減一半）

工程表（進度表）

工農兵〔名〕工農兵

工博〔名〕〝工學博士〞的簡稱

工費〔名〕工程費、建築費

総工費十億円の大建築（總工程費十億日圓的大建築）

ダム建設には多額の工費が掛かる（建造大壩要花費大筆工程費）

工夫〔名〕（新改稱為〔工手〕）（從事土木工程等在工地勞動的）工人

線路工夫（鐵路工人）

工夫長（工頭）

工夫、功夫〔名、自サ〕設法，下功夫、辦法，竅門

能率が上がる様に工夫する（設法提高效率）

彼是と工夫する（想各種辦法）

資金を工夫する（籌款）

工夫に富む（富於智謀）

工夫を凝らす（找竅門、動腦筋想辦法）

工兵〔名〕〔軍〕工兵

工法〔名〕施工方法

潜函工法（沉箱施工法）

工房〔名〕（藝術家的）工作室（=アトリエ atelier 法）

工務〔名〕工務、土木工程

工務所（課）（工務處〔科〕）

工率〔名〕生產率、〔理〕功率（=仕事率）

工料〔名〕工資、工錢（=工賃）

工面〔名、自他サ〕設法，籌措，籌畫、（個人的）經濟情況（=金回り）

工面の旨い男（會籌畫的人）

何とか工面して見よう（想想辦法看吧！）

金の工面が付かない（弄不到錢）

工面が良い（手頭寬裕）

工面ごかし（特意假裝替別人想辦法、表面上為別人辦事）

工面尽（想盡辦法、盡量設法）

工合，具合、工合，具合〔名〕（事物，健康，器物的）狀態，情況、方便、合適、作法，方法

天気（の）工合（天氣情況）

工合良く行かない（進行得不順利）

様子はどんな工合ですか（情況怎樣）

万事工合良く行っている（一切順利）

事件は今こんな工合である（事件現在是這樣的情況）

良い工合に、待たずにバスが来た（正湊巧，公車沒有等就來）

体の工合が良い（身體好）

体の工合が悪い（身體不好）

此の機械は工合が悪い（這部機器不好使用）

私の時計は此の頃工合が悪い（我的錶近來走得不準）

引出の工合が悪い（抽屜不好開）

今日の工合は如何ですか（今天您身體感覺怎樣？）

病人の工合は如何ですか（病人的情況如何）

胃の工合が悪い（胃口不好）

何だか頭の工合が悪い（我總覺得頭部不舒服）

赤ん坊は何処か工合が悪いらしい（看來嬰兒有哪裡不舒服了）

此の眼鏡は工合が悪い（這副眼鏡不合適）

明日は工合が悪い（明天不方便）

断るのは工合が悪い（不好意思拒絕）

此の服装では工合が悪い（穿這衣服不合時宜）

斯う言う工合に遣れば直ぐ出來る（如果這樣做馬上就能做好）

私が遣るとどうも然う言う工合に行かない（我做起來總不像那樣順利）

どんな工合に遣るのか（怎麼做呢？）

斯う言う工合に遣るのだ（就這樣做）

工む、巧む〔他五〕施技巧，下功夫，耍詭計，玩弄花招（=企む）

農家の娘の工まない美しさ（農村姑娘的自然美）

工まざるユーモア（humour）（自然流露的幽默）

工んだ嘘を吐く（說想好了的謊言）

彼奴奴、工んだな（那傢伙耍詭計啦！）

工、匠〔名〕木匠、木工（=大工）、雕刻匠

工偏〔名〕（漢字部首）工部

弓（ㄍㄨㄥ）

弓〔名、漢造〕弓、提琴等的弓

強弓（硬弓、拉硬弓的人）

半弓（短弓）←→大弓

大弓（正規的弓）

胡弓、鼓弓（胡琴）

弓術〔名〕射箭術（=弓道）

弓術の試合（射箭比賽）

弓状〔名〕弓狀、弓形

弓状を描く（形成弓形）

弓箭〔名〕弓箭、武器、戰爭

弓箭を帶す（攜帶武器）

弓箭の家（武士家族）

弓道〔名〕（日本武術之一）射箭術

弓馬〔名〕騎射。〔舊〕戰爭

弓馬の道（武術）

弓馬の家（武士之家）

弓馬を交える（交戰、動干戈）

弓肋〔名〕〔解〕假肋

弓〔名〕弓、弓形物、（小提琴等弦樂器的）弓

弓に弦を懸ける（弓上弦）

弓を射る（射箭）

弓を引く（拉弓射箭、〔喻〕背叛，反抗）（=弓引く）

バイオリン（violin）の弓（小提琴的弓）

弓折れ矢尽く（箭盡弓折、彈盡糧絕）

弓は袋に太刀は鞘（刀槍入庫、天下太平）

弓形、弓形、弓形〔名〕弓形

弓形折り上げ天井（〔建〕有凹圓形線角的平頂）

弓形天井（〔建〕有凹圓形線角的平頂）

弓形に曲げる（彎成弓形）

体を弓形に反らせる（把身體向後仰成弓形）

土俵際で弓形に為って堪える（在相撲場地邊上彎腰忍著）

球面弓形（球面弓形）

弓錐〔名〕〔機〕弓形錐

弓師〔名〕弓匠（=弓作り）

弓矯め〔名〕弓矯正器

弓取り〔名〕〔古〕弓手，武士，箭法好的人，以射箭為業的人。〔相撲〕舊時冠軍持弓入場的儀式、（現在）相撲比賽完後力士持弓登場的儀式

弓鋸〔名〕〔機〕弓鋸

弓鋸盤（弓鋸床）

弓場〔名〕射箭場

弓張り〔名〕上弓弦（的人）、帶弓形把的手提燈籠（=弓張り提灯）、（上，下）弦月（=弓張り月）

弓引く〔自五〕拉弓射箭、〔轉〕背叛，反抗（=叛く）

主人に弓引く（背叛主君）

弓袋〔名〕弓囊

弓偏〔名〕（漢字部首）弓字旁

弓矢〔名〕弓和箭、武器、武道

弓矢を捨てて鍬を取る（解甲歸田）

弓矢を取る身（武士武士身分）

弓矢の道（武士之道）

弓矢の神（戰神武士祈禱勝利的神）

弓矢八幡〔名〕武神、（武士發誓用語）絕無虛偽。

〔副〕決不，一定，絕對，誓…。

〔感〕（驚訝或做錯事時說的話語）八幡菩薩

弓矢八幡も照覽有れ（武神明鑒絕無虛偽）

弓勢〔名〕拉弓的力量

弓杖〔名〕拉弓為杖、弓的長度

深手を負って弓杖を付く（因受重傷拄弓為杖）

弓手、左手〔名〕拉弓的手，左手、左方，左側←→馬手、右手

弓手に持った木刀（左手拿著的木刀）

弓手に山が見え出した（在左側出現一座山）

弓懸け〔名〕射箭用的皮手套

弓籠手〔名〕（射箭時用來保護左肘的）皮護肘

弓弦〔名〕弓弦

弓筈〔名〕弓兩端繫弓弦的部分

弓爾乎波、天爾遠波〔名〕（訓讀漢文時）要補讀的詞、（江戶時代）助詞，助動詞的總稱助詞，助動詞的用法、話語的條理

弓爾乎波が合わない（話講得不合邏輯、前後矛盾）

公（ㄍㄨㄥ）

公〔名〕（也讀作"公"）公家、國家←→私。

〔代〕（對元老級文官的敬稱）公

〔漢造〕公，不偏、公家，政府，社會，集體、公共，通用、公卿、對長輩或顯貴的敬稱、（公侯伯子男的）公、接在名字下表示親密或輕蔑

義勇公に奉ずる（義勇奉公）

貴公（〔舊〕你〈原來是武士，軍人等對同輩以下的對稱，和貴樣一樣、

也曾是用作對長輩的敬稱〉）

尊公（〔敬〕足下=貴公）

義貞公（義貞公）

熊公八公（〔俗〕張三李四、雖無文化但性情善良的人）

公安〔名〕公安、公共的安寧

公安を保つ（維護公安）

公安を害する（妨害公安）

公安委員（公安委員）

公安条例（公安條例）

公安妨害行為（擾亂治安的行為）

公安妨害罪（擾亂治安罪）

公案〔名〕公案。〔佛〕（禪宗的）參禪課題

公印〔名〕官印、關防

公印偽造（偽造關防）

公営〔名〕公營←→私營

公営の質屋（公營當鋪）

公営住宅（公營住宅）

公益〔名〕公益、公共利益←→私益

公益の為に全力を尽くす（為公益而盡全力）
公益事業（公益事業）
公益法人（公益法人－指學術宗教慈善等的團體）
公益優先主義（公益優先主義）

公苑〔名〕國家公園
野猿公苑（自然猴園）
森林公苑（森林公園）
馬事公苑（跑馬公園、公共練馬場）

公園〔名〕公園
国立公園（國立公園）
公園を散歩する（在公園散步）
公園を設ける（設立公園）

公演〔名、自他サ〕公演
初公演（初次公演）
公演中のHamlet劇（正在公演的哈姆雷特戲劇）

公価〔名〕公訂價格、牌價（＝公定価格）

公課〔名〕（國家地方徵收的）稅金（＝公租公課）

公衙〔名〕官署、政府機關（＝役所）

公会〔名〕公眾的集會，公開的集會、（討論重大國際問題的）國際大會
公会堂（公眾集會廳）

公海〔名〕公海←→領海
公海漁業（公海漁業）

公開〔名、他サ〕公開、對外開放
秘密を公開する（把秘密公開出來）
公開の席で政見を発表する（在公開的場合發表政見）
新聞記者に公開する（對新聞記者公開）
庭園を公開する（開放庭園）
公開録音（公開錄音）
公開講座（公開講座）
公開市場（公開市場）（＝オープン、マーケット）

公害〔名〕公害
産業公害（工業公害）
騒音公害（噪音公害）
公害を除去する（消除公害）
公害を引き起す（引起公害）
公害防止（防止公害）
公害病（公害病）
公害対策（公害對策）

公刊〔名、他サ〕公開出版、公開發行（＝刊行）

公館〔名〕（政府機關等）公共建築物、使館
在外公館（駐外使館）

公器〔名〕公眾的器物、公有物
公器を私に為る（把公物據為己有）
新聞は天下の公器だ（報紙是社會的喉舌）

公儀〔名〕〔古〕朝廷，政府，幕府、公開（＝表向き、公）
公儀沙汰（訴訟打官司）
公儀の沙汰（改朝換代）

公企体〔名〕公共企業團體（＝公共企業体－指國家或地方出資的公共事業如日本専売公社、日本電信電話公社、日本国有鉄道等）

公企業〔名〕公營企業、國營企業←→私企業

公休〔名〕例假日、同業公會規定的休假
公休日（公休日）

公許〔名、他サ〕公家許可、政府批准（＝官許）
公許を得る（取得政府批准）

公共〔名〕公共
公共の福祉（公共福利）
公共の建造物（公共建築物）
公共の物を大切に為る（愛護公物）
公共の利益を奉仕する（為公共利益服務）
公共心（熱心公益的精神）
公共放送（公共廣播）←→商業放送
公共組合（為公共福利而設立的公會或合作社）

公共事業（公共事業公用事業－如道路，橋梁，港灣，運河，上下水道，公園，通訊，衛生，養老院）

公共施設（公共設施－指公園，圖書館，劇場）

公共企業体（國營公用事業企業單位－如日本専売公社、日本電信電話公社、日本国有鉄道）

公共職業安定所（公共職業安定所簡稱〝職安〞）

公共職業補導所（公共職業輔導所）

公教育 〔名〕正式教育

公教会 〔名〕〔宗〕天主教會

公金 〔名〕公款
公金を私消する（私用公款）
公金を濫費する（濫用公款）
公金横領（侵吞公款）
公金横領の疑いで逮捕される（以侵吞公款嫌疑被捕）

公卿、公卿 〔名〕公卿三公九卿

公卿 〔名〕〔史〕公（太政大臣及左右大臣），卿（大納言，中納言，參議及三位以上的朝臣）（=公家）
大臣公卿（公卿大臣）

公権 〔名〕公民權
公権を獲得する（獲得公民權）
公権を剥奪される（被剝奪公民權）

公権力 〔名〕公權力
公権力の行使（行使公權力）

公言 〔名、他サ〕當眾聲明
大衆の前で公言する（在大眾面前公開說）
公言して憚らない（敢以公開說出）

公庫 〔名〕公營貸款機關
中小企業金融公庫（中小企業貸款銀行）

公侯 〔名〕〔古〕公侯、公爵和侯爵、大諸侯（=大大名）

公告 〔名、他サ〕公告、公布
競売（特許）公告（拍賣〔專利〕公告）

新入生の入学期日を公告する（公布新生入學日期）

公国 〔名〕（歐洲元首稱為公的小國家）公國
モナコ公国（摩納哥公國）

公差 〔名〕〔數〕公差、（貨幣，度量衡，工業加工精度等的）誤差

公裁 〔名〕司法審判
公裁を仰ぐ（訴諸官斷、向法院控訴）

公債 〔名〕公債
公債を発行する（發行公債）
公債を償還する（償還公債）
五分利付き公債（年息五厘公債）
公債証書（公債券）

公算 〔名〕或然率，可能性（=確率、見込み）
勝つ公算は無い（沒有獲勝的可能性）
公算が大きい（可能性大）

公子 〔名〕公子，少爺（=公達）

公司、公司 〔名〕公司（=会社）

公私 〔名〕公私
公私御多忙の所（在您公私百忙得時候…）
公私の区別が付かぬ（公私不分）
公私の混同（公私混淆）

公使 〔名〕公使
代理公使（臨時代辦）
弁理公使（常駐公使）
特命全権公使（特命全權公使）
公使館（公使館）

公示 〔名、他サ〕（政府的）公告、（日本）議院的選舉通告
選挙期日を公示する（公告選舉日期）
公示相場（牌價）

公事、公事 〔名〕公共的事←→私事
公事の為に勤める（為公事盡力）

公事 〔名〕〔古〕公事（=公事）←→私事、朝中的政務及各種儀式、官司，訴訟、武家政權時代各種課稅的總稱

公式〔名〕〔數〕公式、正式←→非公式
　公式の訪問（正式的訪問）
　未だ公式に発表されていない（尚未正式發表）
　公式の歓迎を受ける（受到正式歡迎）
　外国大使と公式に会談する（和外國大使進行正式會談）
　公式承認（正式承認）
　公式定員数（〔軍〕正式編制數）
　公式で表わす（用公式表示）
　公式化（公式化）
　公式的（公式化教條式）
　公式戦（〔職業棒球等的〕正式比賽）（=公式試合、ペナント、レース）←→オープン戦
　公式試合（〔職業棒球等的〕正式比賽）（=公式戦）
　公式論（公式論、公式主義）
　公式主義（公式主義、教條主義）
　公式訪問（正式訪問）

公室〔名〕（旅館等的休息室，會客室等）公用房間、（家庭的）飯廳，內廳←→私室、（市長等的）秘書室

公舎〔名〕公務員宿舍

公社〔名〕國營公司（指"日本專売公社""日本電信電話公社""日本国有鉄道"三公司）、（地方民間財團共同投資的）公用事業公司
　専売公社（國營專賣公司）
　日本交通公社（日本運輸公司）
　公社員（日本公社職員、中國人民公社社員）

公爵〔名〕公爵
　公爵夫人（公爵夫人）

公主〔名〕（古代中國皇帝的女兒）公主

公衆〔名〕公眾、群眾
　公衆の利益を図る（為公眾謀利益）
　公衆の為に開放される（為公眾開放）
　公衆便所（公廁）
　公衆電話（公用電話）
　公衆道徳（公共道德）

公述〔名、自サ〕（在國會委員會上就某種重要法案等）公開陳述意見
　公述人（公開陳述意見者）

公準〔名〕（邏輯）根本命題（=要請）。〔數〕公設，假設

公署〔名〕公署，衙門、（市，區，町，村）公所

公序〔名〕公共秩序
　公序良俗（公共秩序和良好風俗）

公称〔名、自サ〕名義上，號稱、額定，標稱
　公称資本（名義資本）
　公称馬力（額定馬力、標稱出力）
　公称応力（名義應力）

公娼〔名〕公娼、明娼←→私娼
　公娼を廃止する（廢止公娼）

公証〔名〕公證、正式的證據
　公証人（公證人）
　公証人役場（公證機關、公證所）

公傷〔名〕因公負傷←→私傷
　公傷年金（公傷養老金）

公生涯〔名〕公職生活
　公生涯を退く（退休）

公職〔名〕公職
　公職に就く（就公職）
　公職を汚す（瀆職）
　公職追放（〔戰後根據盟軍總部進行的〕剝奪公職）

公人〔名〕公職人員、公務員←→私人
　公人と為ての責任（作為公職人員的責任）
　公人の資格で出席する（以公職人員的資格出席）

公図〔名〕（土地底帳的）附圖

公正〔名、形動〕公正、公平

公正な立場を堅持する（堅持公正的立場）
公正に分配する（公平分配）
公正無私（大公無私）
公正取引（公平交易）
公正証書（公證證書－公證人寫的有關法律行為或權利的證書）

公設〔名〕公立、公營←→私設
　公設市場（公營市場）
　公設質屋（公營當鋪）

公選〔名、他サ〕公選←→官選、公開選舉
　公選の知事（公選的知事）
　知事を公選する（公選知事）
　政党の総裁公選（政黨總裁的公開選舉）

公然〔副、形動〕公然、公開
　公然と抵抗する（公然抵抗）
　公然たる（の）秘密（公開的秘密）
　公然の事実（公開的事實）

公租〔名〕〔法〕捐稅（地方稅，國稅的總稱）
　公租公課（稅捐）

公訴〔名、他サ〕〔法〕公訴
　公訴を提起する（提起公訴）
　有罪の確証を握ったので公訴する（掌握了確鑿的罪證而提起公訴）

公葬〔名〕公葬
　公葬に為る（舉行公葬）

公孫〔名〕王侯的孫子、貴族的祖孫

公孫樹〔名〕〔植〕公孫樹，銀杏（=公孫樹、銀杏、鴨脚）

公達〔名〕公告，布告、政府通知

公達〔名〕〔古〕親王貴族的尊稱、（平安時代）貴族子弟，公子

公団〔名〕國家與地方公共團體出資為特定目的組建的事業機構（如"住宅公団""道路公団"）
　公団アパート apartment house（住宅公團修建的公寓）

公知〔名〕眾所周知
　公知の事実（眾所周知的事實）

公聴会〔名〕（日本國會上的）公聽會、意見聽取會

公廷〔名〕法庭（=公判廷）

公邸〔名〕官邸、公館←→私邸

公定〔名〕公定、法定
　公定価格（公訂價格、法定牌價）
　公定歩合（公定利率）
　公定相場（公定市價、官價）
　公定水分率（〔紡〕標準回潮）

公的〔形動〕公的、公共的、公家的、官方的←→私的
　公的記録（官方紀錄）
　公的生活（公共生活、社會生活）
　公的生涯（公務生涯）
　公的な事業（公共的事業）
　公的な立場（公的立場）
　公的性格を帯びている（具有公共的性質）

公敵〔名〕公敵、公共（公眾）的敵人
　人類の公敵（人類的公敵）

公転〔名、自サ〕〔天〕公轉←→自転
　地球は太陽の周囲を公転する（地球繞太陽公轉）
　地球は三百六十五日四分の一で一公転する（地球以三百六十五又四分之一日公轉太陽一周）

公電〔名〕官廳發出的電報

公党〔名〕公開的政黨←→私党

公道〔名〕公道，正義、交通公路
　天下の公道（人間的正道）
　公道を踏む（走正道）

公徳〔名〕公德
　公道を重んじる（注重公德）
　公徳心（公德心）
　公徳心を訴える（訴諸公德心）
　公徳心を欠く（缺乏公德心）

果たして公徳心が有るのかと疑う（懷疑究竟有沒有公德心）

公認〔名、他サ〕公認國家或政黨正式承認、政府機關的許可

候補者を公認する（公認候選人）

公認を受ける（受到公認）

此の記録は未だ未公認なのです（這紀錄還未受到公認）

文部省公認洋裁学校（教育部立案西服剪裁學校）

公認ball（公認球）

公認候補者（公認候選人）

公売〔名、他サ〕（公開）拍賣

強制公売（強制拍賣）

公売に付す（提交公開拍賣）

其の家は公売に為った（那房子決定拍賣了）

差し押さえ品を公売する（拍賣查封物品）

公売処分（拍賣處分）

公倍数〔名〕〔數〕公倍數←→公約數

最小公倍数（最小公倍數）

十五は五と三の公倍数だ（十五是五和三的公倍數）

公判〔名〕〔法〕公審

殺人事件の公判（殺人案的公審）

公判を開く（開庭公審）

公判に付する（提交公審）

事件は既に公判に廻された（案件已提交公審了）

放火事件で公判に付される（因縱火案被提交公審）

公判調書（公審紀錄）

公判廷（公審法庭）

公判中（正在進行公審中）

公比〔名〕〔數〕公比

公妃〔名〕公爵妃子、公爵夫人

公費〔名〕公費、官費←→私費

公費で立て替える（用公費墊付）

公費を無駄に使っては為らない（不要浪費公費）

公費医療制度（公費醫療制度）

公表〔名、他サ〕公布、發表

秘密の公表（公開秘密）

結果を公表する（公布結果）

意見を大衆に公表する（把意見向大眾發表）

疑惑を解く為事件の真相を直に公表す可きである（為了消除疑惑應該立即把事件真相公布）

公評〔名〕公眾的評論、公正的評論

大衆の公評に附す（付諸大眾公評）

公賓〔名〕政府正式邀請的外賓（＝国賓）

公布〔名、他サ〕公布、頒布

新法規を公布する（頒布新法規）

本則は公布の日より此れを施行する（本規定自公布之日起實施）

公武〔名〕〔古〕公家和武家、朝廷和幕府

公武合体（〔史〕幕府末期"尊王攘夷"論興起時，提倡朝廷和幕府一致對外的一種主張）

公憤〔名〕公憤←→私憤

公憤を覚える（感到憤慨）

公憤を買う（招致公憤）

公憤抑え難く直言する（抑制不住義憤而直言）

公文〔名〕公文、公函

公文で照会する（以公文通知）

公文電報（公文電報）

公文式（公文格式）

公文体（公文體裁）

公文書（公文）（＝公文）←→私文書

公分母〔名〕〔數〕公分母

最小公分母（最小公分母）

公平〔名、形動〕公平、公道

不公平（不公平）

公平無私（大公無私）

公平を欠く（欠公平）

公平に分配する（公平分配）

公平に言えば（說句公道話）

公平な待遇（公平的待遇）

公平な判断を下す（下公平的判斷）

彼の遣り方は公平だ（他的作法公道）

公平に見て君の方が正しい（公平看來你對）

公募〔名、他サ〕公開招募、公開募集

志願者を公募する（公開招募志願者）

株式を公募する（公開招股）

懸賞小説を公募する（懸賞募集小說）

公法〔名〕〔法〕公法←→私法

国際公法（國際公法）

公法人（公法人－辦理公共事業的團體）←→私法人

公報〔名〕（政府機關頒發的）公報

公報で発表する（在公報發表）

公報に依れば（據公報所載）

公報に出る（見於公報）

公報に載せる（登上公報）

受賞の公報（得獎的公報）

公僕〔名〕公僕、公務員

我が党の幹部は人民の公僕である（我們黨的幹部是人民的公僕）

公民〔名〕公民

公民の自由（公民的自由）

公民の義務（公民的義務）

公民道徳（公民道德）

公民館（〔市町村等的〕文化館）

公民権（公民權）

公務〔名〕公務、公事

公務多端の為（因公務繁多）

公務の余暇（公餘之暇）

公務で出張する（因公出差）

公務に因る負傷（公傷）

公務を執行する（執行公務）

公務を怠る（怠惰公務）

公務上で遣る事だから自分一個の考えでは行かない（因為是幹公事不能自作主張）

公務と私事とを区別せば為らぬ（必須公私分明）

公務員（公務員）

公務執行妨害罪（妨礙公務執行罪）

公命〔名〕公務方面的命令

公命を帯びる（身負公命）

公明〔名、形動〕公道、公正

公明な態度（公正的態度）

公明正大（光明正大）

公明正大な処置（光明正大的措施）

彼は何事を為るにも公明正大だ（他做甚麼都光明正大）

公明に行動する（光明磊落地行動）

公明に取引を遣る（公正地交易）

公明選挙運動（光明正大選舉運動）

公明党（日本公明黨）

公約〔名、自他サ〕公約、（政府，政黨向公眾宣布的）諾言

公約を果たす（實現諾言）

公約に背く（違背諾言）

選挙の公約を実行に移す（把競選諾言付諸實行）

実績と繋がらない公約は軽軽には信じ難い物である（與實績無關的諾言是難以輕易相信的）

公約数〔名〕〔數〕公約數←→公倍数

最大公約数（最大公約數）

こうゆう
公有〔名、他サ〕公有←→私有
　公有の建物（公有建築物）
　地下資源は国家が公有する（地下資源歸國家公有）
　公有地（公有地）
　公有林（公有林）
　公有物（公有物）

こうよう
公用〔名〕公用、公務←→私用
　公用で出張する（因公出差）
　公用車（公用車）
　公用金（公款）
　公用人（〔史〕〔古時在大小諸侯家裡〕執行公務的人）
　公用文（公文）
　公用語（公文用語〔國際會議或一國各民族的〕通用語）
　公用徴収（徴收徴用）

こうり
公吏〔名〕〔舊〕地方公務員（現稱做公務員或吏員）

こうり
公利〔名〕公益、公共利益←→私利

こうり
公理〔名〕公理、〔數〕公理

こうりつ
公立〔名〕公立←→私立
　公立学校（公立學校）
　公立病院（公立醫院）

こうろ
公路〔名〕公路、公眾的道路

こうろん
公論〔名〕公論、輿論、公正的議論
　公論に拠って決める（取決於公論）
　公論に問う（訴諸輿論）
　万機公論に決す可し（萬事決於公論）

くげ
公家〔名〕朝廷、朝臣〔史〕公（太政大臣及左右大臣），卿（大納言中納言參議及三位以上的朝臣）（=公卿）
　公家方（〔史〕（古代日本）在朝廷做官的人、擁護朝廷的人（=公家衆）←→武家方
　公家衆（〔史〕（古代日本）在朝廷做官的人←→武家衆

くげかぞく
公家華族（〔史〕明治維新後封有爵位的原公卿稱為公家華族）←→大名華族武家華族

くぼう
公方〔名〕公家，公事、朝廷，天皇、將軍，幕府
　公方様（〔敬〕將軍）

わかさぎ
公魚，若鷺、鰙〔名〕〔動〕若鷺

おおやけ
公〔名〕（原為"大宅"、天子，朝廷之意）官廳，公家、公共，公眾、公開，公布
　公の物（公物公家的東西）
　公の費用で賄う（費用由公家負擔）
　公に尽くす心（一心為公）
　公園は公の場所だ（公園是公共場所）
　公の席で（在公開的場合）
　公に為る（使公開使公布）
　真相を公に為ない（公開真相）
　公に為る（成為公開公開化）
　事件が公に為る（事件公開化）

おおやけごころ
公心〔名〕公正的心、公平的心、無私的心

おおやけざた
公沙汰〔名〕〔舊〕公開出來、表面化（=表沙汰）

功、功（ㄍㄨㄥ）

こう
功〔名、漢造〕功勞、功績、功勳（=手柄。功、勳）、功效（=効目）
　功を立てる（立功、建立功勳）
　功を争う（爭功）
　功成り名遂ぐ（功成名就）
　功を以って罪を償う（以功贖罪）
　彼を功に帰する（歸功於他）
　一将成って万骨枯る（一將功成萬骨枯）
　功を奏する（奏效）
　労して功無し（勞而無功）
　大功（大功）
　武功（武功、戰爭）
　勲功（功勳）
　成功（成功）

年功(資歷、老練)

功科 [名] 功績、成績
功科表(成績表)

功過 [名] 功過
功過相半ばする(功過參半)

功業 [名] 業績
功業を立てる(立功)
科学上の功業(科學上的功績)
功業半ばに為て死ぬ(事業未竟而死)

功罪 [名] 功罪
功罪相半ばする(功罪參半)

功臣 [名] 功臣
功臣を賞する(賞賜功臣)

功績 [名] 功績(=手柄。功、勲)
功績を立てる(立功)
功績を残す(留下功績)
功績有る人(有功的人)
功績を歌い上げる(歌功頌德)
自分の功績だと主張する(認為是自己的功勞)

功名 [名] 功名
功名を立てる(立功)
功名を争う(爭功)
怪我の功名(無意中成功、歪打正著)
抜け駆けの功名(搶先立的功)
功名心(功名心、野心)
功名心をそそる(激起功名心)
功名心に燃える(野心勃勃)

功利 [名] 功利
功利的(功利主義的)
功利的な考え(功利思想)
物事を功利的に考える人(以功利主義觀點考慮問題的人)
功利主義(説)(功利主義)

功労 [名] 功勞、功績
功労を立てる(立功)
国家に功労の有る人(對國家有功的人)
其は全く彼の功労だ(那完全是他的功勞)
功労者(有功的人)
功労者を表彰する(表揚有功者)
功労者気取り(以功臣自居)

功徳 [名] [佛]功德。[轉]恩德,恩惠
功徳を施す(行善)
功徳を積む(積德)

功夫、工夫 [名、他サ] 設法,想辦法、辦法,竅門
水が漏らない様に功夫する(設法使水不漏)
御金を功夫する(設法籌款)
功夫を凝らす(找竅門)
何とか旨い功夫は有りませんか(有什麼好辦法沒有?)
何とか功夫が付きましょう(總會有辦法吧!)

功力 [名] [佛]功力、功德之力、效驗

功、勲 [名] 功勳、功勞(=手柄)
功を立てる(立功)

功、勲 [名] 功勳、功勞(=功、勲)

攻(ㄍㄨㄥ)

攻 [漢造] 進攻、鑽研
難攻不落(難以攻陷、難以說服)
遠交近攻(遠交近攻)
専攻(專門研究)

攻囲 [名、他サ] 圍攻
攻囲を解く(解除圍攻)

攻究 [名、他サ] 攻研、鑽研

攻撃 [名、他サ] 攻擊,進攻、打擊,評擊←→守備、防禦
奇襲攻撃(奇襲)
総攻撃(總攻擊)

敵の正面（側面、背面）を攻撃する（攻打敵軍正面〔側面、背面〕）
敵の攻撃を備える（防備敵人的進攻）
敵の攻撃を食い止める（制止敵人的進攻）
最善の防禦は攻撃に在る（最好的防禦在於進攻）
攻撃能力（攻撃能力）
攻撃兵器（攻撃性武器）
攻撃機（攻撃機）
攻撃隊（攻撃部隊）
散散に攻撃される（被攻撃得體無完膚）
寄って集って攻撃する（群起而攻之）
非難攻撃に的に為る（成為攻撃的目標）
其の小説は封建的伝統に猛烈な攻撃を加えた（那篇小説對封建傳統進行了猛烈的評撃）
攻撃に立つ（輪到打撃）
攻撃用（攻撃用）
攻撃用戦略兵器（攻撃性戰略武器）
攻撃用ミサイル（攻撃性導彈）
攻撃衛星（攻撃衛星）
攻撃型潜水艦（攻撃潜艇）
攻撃波（突撃梯隊）
攻撃飛行隊（攻撃機中隊）

攻守〔名〕攻守
其のチームは攻守共に強い（那個隊攻守都很強）
攻守同盟を結ぶ（結為攻守同盟）

攻取〔名、他サ〕攻取、攻佔

攻め取る〔他五〕攻取、攻佔、攻陷（=攻め落とす）

攻城〔名〕攻城
攻城砲（攻城砲）

攻勢〔名〕攻勢←→守勢
外交攻勢（外交攻勢）
平和攻勢（和平攻勢）
攻勢に転じる（轉為攻勢）
攻勢を取る（採取攻勢）
攻勢を強める（加強攻勢）
攻勢作戦（攻勢作戰）

攻法〔名〕攻撃方法

攻防〔名〕攻防、攻守
必死の攻防（殊死的攻防戰）
攻防戦（攻防戰）

攻落〔名、他サ〕攻陷、攻克
敵陣を攻落した（攻陷敵人陣地了）

攻め落とす〔他五〕攻陷、攻克
敵城を攻め落とす（攻陷敵城）

攻略〔名他サ〕攻佔，攻破、撃敗，説服
敵の要塞を攻略する（攻下敵軍要塞）
攻略作戦（進攻作戰）
横綱を攻略する（〔相撲〕撃敗冠軍）
散散口説いてやっとの事で攻略する（翻來覆去地勸説才勉勉強強地説服了）

攻路〔名〕進攻道路、進攻路線

攻める〔他下一〕攻、攻打←→守る、守る
良く攻め、巧みに守る（能攻善守）
城を攻める（攻城）
戦いは攻める方が楽だ（戰鬥是進攻的一方容易）
敵が攻めて来ても帰れない（敵人有來無回）
質問で攻められる（被圍攻質問）
東を攻めると見せ掛けて西を打つ（聲東撃西）

攻め〔名〕進攻、圍攻
攻めるのチーム（攻隊）
攻めが拙い（攻得不高明）
歓迎攻めに会う（碰到歡迎人們的包圍）
来客攻めに会う（來訪客人應接不暇）
質問攻めに為る（紛紛提出質問）

攻め合う〔他五〕互相攻擊

攻め倦む〔自五〕攻得疲倦、(久攻不下)懶於進攻

攻め入る〔自五〕攻入、攻陷(=攻め込む)
　敵陣に攻め入る（攻陷敵陣）

攻め懸かる〔自五〕進攻
　愈愈攻め懸かる時機が到来した（眼看進攻的時機來到了）

攻め懸ける〔自下一〕進攻(=攻め寄せる)
　沢山の軍勢が城に攻め懸かる（許多軍隊向城進攻）

攻具〔名〕攻城用器具、進攻用武器(=攻め道具)

攻め口〔名〕進攻方法(=攻める方法)
　攻め口を考えて、遣って見る（考慮攻法試試看）

攻め口、攻口〔名〕進攻點

攻め込む〔自五〕攻進去(=攻め入る)
　敵陣に攻め込む（攻進敵陣）

攻め太鼓〔名〕戰鼓
　攻め太鼓を打ち鳴らす（打響戰鼓）

攻め立てる〔他下一〕連續猛攻
　敵の城を十重二十重に取り巻いて攻め立てた（把敵人城池圍得水洩不通連續猛攻）

攻め手、攻手〔名〕攻方、進攻的手段（方法）

攻め道具〔名〕攻城用器具、進攻用武器(=攻具)

攻め抜く〔他五〕攻取，攻陷、攻擊到底，徹底進攻
　攻めて攻めて攻め抜く（進攻進攻進攻到底）

攻め上る〔自五〕向高處進攻、向都城進攻

攻め滅ぼす〔他五〕擊潰、殲滅

攻め寄せる〔他下一〕攻到…附近、向…攻來
　城の間近に攻め寄せる（攻到城下）
　敵の大軍が攻め寄せて来た（敵人大軍攻到附近來了）

攻め寄る〔自五〕攻上前來、攻到眼前

供、供、供（ㄍㄨㄥˇ）

供〔漢造〕(也讀作供、供)提供、供應、供述、供養、供奉
　提供（提供、供給）
　自供（招供、供詞）
　試供（把商品供給顧客試用）
　口供（口供）

供する〔他サ〕供、提供、供給
　閲覧に供する（提供閲覽）
　薬用に供する（提供藥用、入藥）
　将来の参考に供する為（為了提供將來參考）
　客に茶菓を供する（給客人端出茶點）

供応、饗応〔名、他サ〕款待
　供応を受ける（に与る）（受到招待）
　山海の珍味で供応する（用山珍海味款待）
　当選したが、供応の廉で失格した（當選了但因招待投票人喪失了資格）

供給〔名、他サ〕供給、供應←→需要
　工場に原料を供給する（供應工廠原料）
　食糧の供給を受ける（接受食糧的供應）
　供給が足りない（供不應求）
　供給を止める（停止供應）
　不足の場合は他所から供給する（不足時從別處供應）
　より多くの工業産品は農民に供給する（把更多的工業品供應農民）
　需要と供給（需求和供給）
　需要が供給を上回ると物価が上がる（需求一超過供給供給物價就上漲）
　農業は軽工業原料の主要な供給源である（農業是輕工業原料的主要來源）
　石油の主な供給地（石油的主要供給地）
　供給路を断つ（斷絕供應渠道）
　供給電圧（供電電壓）

供給電源（電源）
供給難（供應緊張）
供給過剰（供過於求）
供給源（貨源）

供血〔名、自サ〕供血
患者の為に供血する（為病人供血）
供血者（供血者）

供出〔名、他サ〕根據法令把糧食物資賣給政府、根據政府法令繳納金錢物質
米を供出する（把稻米賣給政府、交售稻米）
供出を完遂する（完成交售）
供出を割り当てる（定額交售）
供出割り当てを完了する（完成交售定額）
割り当て供出（定額交售）
超過供出（超額交售）
供出価格（交售價格）
供出米（交售的稻米）

供述〔名、他サ〕〔法〕供述
犯行を供述する（供述罪行）
何人も自己に不利益な供述は強要されない（任何人都不被強迫不利於自己的供述）
供述を軽軽しく信じない（不輕信口供）
供述書（供狀口供）
供述人（供述人）

供水〔名、自サ〕（因自來水水量不足由其他水源）供水
供水を受ける（接受供水）

供託〔名、他サ〕（提供信託）作為保證金之用將金錢,有價證券等委託銀行或供託局保管
二万円を審理費と為て法務局に供託する（向法務局寄存二萬日元作為審理費）
有価証券を銀行に供託する（把有價證券寄存在銀行）

保証金を供託する（寄存保證金）
家賃を供託局に供託する（〔房東拒絕接受時〕把房租寄存在供託局）
供託局（供託局辦理委託金錢有價證券的機關）
供託金（〔議員參加競選時交存供託局的〕保證金）
供託所（寄存處委託保管處）
供託物（寄存物委託保管物）

供与〔名、他サ〕提供、給予
借款を供与する（提供貸款）
求めを応じて物資を供与する（按照需求給予物資）
貨物相互供与と支払いに関する協定（相互供應貨物和付款的協定）
供与結合（〔化〕配價鍵）

供用〔名、他サ〕提供使用
供用林（砍伐林）

供覧〔名〕提供觀覽、陳列展覽
供覧用の品物（展覽品）

供具〔名〕〔佛〕上供的用具、供品

供花、供華、供花〔名〕〔佛〕（在佛前）供花、（佛前的）供花

供御〔名〕〔古〕（天皇,太上皇,皇后,皇太子用的）御膳、（幕府時代）將軍用的飯食、（女）飯（=飯）

供仏〔名、自サ〕供佛、上供、供養

供米〔名〕〔佛〕（敬神佛的）供米

供米〔名〕（按定額）把稻米賣給政府交售稻米、交售的稻米
供米を完遂する（完成交售稻米的定額）
供米代金（交售稻米價款）
供米割り当て（交售稻米定額）

供物〔名〕〔宗〕（獻給神佛的）供品（=供え物、供物）
供物を捧げる（上供）
供物台（供桌祭壇）

供え物、供物〔名〕供品（=供物）

供え物を為る（上供）

供養〔名、他サ〕〔佛〕供養

永代供養（〔交給寺廟一定的錢〕在每年忌辰及春分，秋分期間為死者念經上供）

追善供養（為死者祈冥福的佛事）

針供養（二月八日和十二月八日，婦女不作針線活，收集斷針插在豆腐上，拿到神社上供）

供養塔（為供奉神佛而建立的塔）

供養塚（無名者的墳墓）

供奉〔名、自サ〕（天皇，上皇等出行時）隨從、隨從人員

供、伴〔名〕（與〔共〕同詞源）（長輩，貴人等的）隨從，伴侶、（寫作〔伴〕）伙伴，同伴（＝仲間）

主人の御供を為る（陪伴主人）

供を連れて行く（帶隨從去）

供は要らない、一人で行く（不要陪伴一個人去）

御供致しましょう（我陪您一起去吧！）

供に加わる（加入伙伴）

朋、友〔名〕友，朋友（＝友達、友人）。〔喻〕良師益友、同好，志同道合的人

良き友（好朋友）共供伴

生涯の友（終生的朋友）

友を撰ぶ（擇友）

善悪は其の友を見よ（為人好壞要看他交的朋友）

親しい友に死なれた（死了要好的朋友）

真の友（真正的朋友）真真

不幸を分かつ友（患難與共的朋友）

地図を友と為る（以地圖為友）

此の丸薬は胃病患者の友です（這種丸藥是胃病患者的良友）

友の会（同好會）

共〔名〕共同，同樣、一起、一塊；〔接頭〕共同，一起、同樣，同質；〔接尾〕共，都，全，總，共

共の布で継ぎを当てる（用同樣的布補上）

父と共に田舎へ帰る（和父親一起回鄉下）

共に学ぶ共に遊ぶ（同學習同遊戲）

苦労を共に為る（共患難）

夫婦で共働きを為る（夫婦兩人都工作）

共切れを当てる（用同樣的布料補釘）

共裏（衣服表裡一樣、表裡一樣的顏色和布料的衣服）

三人共無事だ（三人都平安無事）

男女共優勝した（男女隊都獲得第一名）

五軒共休みだった（五家商店都休息）

運賃共三千円（連運費共三千日圓）

郵送料共二百円（連郵費在內共三千日圓）

風袋共三百グラム gramme 法（連同包皮共重三百公克）

供頭〔名〕〔古〕（武士統治時代的）隨從人員的頭目

供揃え〔名、自サ〕把隨從人員全部聚齊

供人〔名〕隨員

供待ち〔名、自サ〕在門口等候主人（的隨從）、隨從休息室

供回り、供廻り〔名〕〔古〕（上級武士的）隨從人員們

供える〔他下一〕供、供給供應

御酒を供える（供酒）

英雄記念碑に花輪を供える（向英雄紀念碑獻花圈）

書物を一般の人人の閲覧を供える（把書籍供給一般的人們閱讀）

供え〔名〕供、供品（＝供え物、供物）、上供的年糕（＝供え餅、供餅）

御供え（供品）

供え餅、供餅〔名〕上供的年糕

肱（ㄍㄨㄥ）

肱〔漢造〕上臂為肱、手臂由肘到腕的部分

肱、肘、臂〔名〕肘、肘形物

　肱を曲げる（曲肘）

　肱を張る（張開臂肘）

　肱で押し退ける（用肘推開）

　肱で押し分けて、割り込む（用肘推開擠進去）

　肱を枕に為る（曲肘為枕）

　片肘を突いて起き上がる（支起一隻臂肘坐起來）

　椅子の肱（椅子扶手）

宮、宮、宮（ㄍㄨㄥ）

宮（也讀作ぐう、く）〔漢造〕宮殿、皇宮、與皇統有關的神社

　王宮（王宮、皇宮）

　離宮（離宮、行宮）

　後宮（後宮、後妃）

　迷宮（迷宮、五里霧）

　命宮（相命的命宮-兩眉之間）

　水晶宮（水晶宮）

　行宮（行宮＝行在所）

　東宮、春宮（皇太子、皇太子的宮殿）

　中宮（正宮-皇后、皇太后、太皇太后的總稱、中宮，皇后的宮殿）

　斎宮（〔史〕侍神公主-古時天皇即位時選定派往伊勢神宮服務的皇室未婚女子）

　神宮（伊勢神宮、祭祀多為天皇的神社、神的宮殿）

　新宮（新神宮、新建的神宮）←→本宮

　外宮（豐收大神宮-伊勢神宮之一、祭祀五穀神）←→内宮

　内宮（伊勢市的皇大神宮＝皇大神宮）←→外宮

宮掖〔名〕帝王的居所（＝宮中、禁中）

宮刑〔名〕（中國古代的）宮刑

宮闕〔名〕宮殿、宮城、宮門

宮室〔名〕宮室、宮殿

宮女〔名〕宮女（＝女官、宮嬪）

宮相〔名〕宮內大臣

宮城〔名〕〔舊〕皇宮（現稱皇居）

宮中〔名〕宮中、皇宮、禁中

　宮中三殿（宮中三殿-指賢所、皇靈殿、神殿）

宮廷〔名〕宮廷、皇宮、禁中

　宮廷クーデター coupd'Etat（宮廷政變）

　宮廷文学（宮廷文學-特指日本平安朝文學或法國十二，十三世紀的宮廷小說）

宮殿〔名〕宮殿

　宮殿の様な家（宮殿似的房屋）家家家家家

宮門〔名〕宮門

宮司〔名〕〔宗〕宮司（日本神社中掌管祭祀祈禱的職位）、皇大神宮的大宮司及少宮司、神社的最高神宮

宮寺、宮寺〔名〕神社附屬寺院（＝神宮寺）

宮内〔名〕宮內省宮內大臣宮內府宮內廳

宮〔名〕皇宮、皇族的尊稱、親王家的稱號、（常用御宮）神社（特指伊勢神宮）

　宮さん（皇族）

　宮参り（參拜神社）

宮居〔名〕皇宮、神社所在地

宮入貝〔名〕〔動〕光釘螺（＝片山貝）（日本吸血蟲的中間宿主因發現人宮入慶之助而命名）

宮家〔名〕王府、稱宮的皇族

宮号〔名〕宮的稱號

宮様〔名〕皇族（的敬稱）

宮芝居〔名〕在神社裡演的戲

宮相撲〔名〕（廟會時）在神社裡舉辦的相撲

宮大工〔名〕主要修建神社、寺院、宮殿的木匠

宮仕え〔名、自サ〕入宮侍候，供職宮中、在機關（公司）工作，當官，供職

　すまじき物は宮仕え（官身不自由、為人不當差、當差不自在）

宮腹〔名〕皇女所生（的子女）

宮人〔名〕宮中供職的人←→里人、侍奉神佛的人

宮参り〔名〕小孩生後滿月時初次參拜本地方保護神（=産土参り）、小孩七，五，三歲時參拜地方保護神

宮守〔名〕皇宮的守衛、神社看守人

恭（ㄍㄨㄥ）

恭〔漢造〕恭、謹

恭悦、恭悦〔名、自〕恭喜、恭賀
　御成功の由恭悦至極に存じます（知道您取得成功非常恭喜之至）

恭賀〔名〕恭賀、謹賀
　恭賀新年（恭賀新年）

恭謹〔名、形動〕恭謹

恭敬〔名〕恭敬

恭倹〔名、形動〕恭儉

恭謙〔名、形動〕恭謙、恭順、謙恭
　恭謙卑遜の態度（謙恭卑遜的態度）

恭順〔名〕恭順、順從、服從
　恭順の意を表する（表示恭順之意）表する 評する
　恭順を誓う（立誓恭順）

恭しい、恭恭しい〔形〕恭恭敬敬、很有禮貌、彬彬有禮
　恭恭しい態度（恭敬的態度）
　恭恭しげに見える（看起來很有禮貌）
　恭恭しく捧げる（很有禮貌地雙手捧舉）
　恭恭しく一礼する（恭恭敬敬地鞠個躬）

躬（ㄍㄨㄥ）

躬〔漢造〕身體、自身、彎下身
　鞠躬如（鞠躬如也-小心謹慎的樣子）

躬行〔名、自サ〕躬親、親身實踐
　実践躬行（躬親、親身實踐）

躬ら、自ら〔代〕我（江戶時代身分高的婦女自稱代名詞）
　〔名〕自己
　〔副〕親身、親自
　自らを欺かない（不自欺）
　自らを顧みる（反躬自省）
　自らの力で成し遂げた（用自己的力量來完成）
　自ら手を下す（親自動手）
　校長が自ら街頭宣伝に立つ（校長親自參加街頭宣傳）
　良い悪いを自ら反省する（反躬自省好壞）
　自ら名乗る（自我宣傳）

自ずから、自ら〔副〕自然而然地（=自然に、独りでに）
　自ら明らかな事実（自明的事實）
　自ら道理に適う物（天然是合理的）
　時節が来れば花は自ら咲く（季節來到花自然就開）
　戦功を立てた英雄に対しては自ら尊敬の念が生ずる（對戰鬥英雄自然起尊敬之念）
　美しい思想は自ら詩に為る（美好的思想自然成詩）

拱（ㄍㄨㄥˇ）

拱〔漢造〕合手為拱、兩手合抱以示恭敬、聳起或掀動

拱手、拱手〔名、自サ〕拱手，作揖、袖手
　拱手して傍観する（袖手旁觀）
　拱手傍観（袖手旁觀）
　拱手傍観する（袖手旁觀）
　だからと言って、拱手傍観する訳には行かない（雖說如此，並不能袖手旁觀）

拱廊〔名〕〔建〕拱廊（=アーケード）

拱く、拱く〔他五〕袖手、束手
　手を拱いて死を待つ事も有るまい（難道就束手待斃嗎？）
　手を拱いて傍観する（袖手旁觀）

鞏（ㄍㄨㄥˇ）

鞏〔漢造〕用皮革綁束物品、牢固、使堅固

鞏角膜〔名〕〔解〕（眼球的）鞏膜

鞏角膜炎（鞏膜炎）

きょうこ、きょうこ〔形動〕鞏固、堅固、堅強

　鞏固な意志（堅強的意志）
　地位を鞏固に為る（鞏固地位）
　鞏固な基礎の上に立つ（立於牢固的基礎上）
　鞏固な統一戦線（堅實的統一戰線）
　鞏固な後盾（堅強的後盾）
　財政収支の均衡と物価の安定を鞏固に為る（鞏固財政收支的平衡和物價的穩定）

きょうひしょう〔名〕〔醫〕硬皮症

きょうまく、きょうまく〔名〕〔解〕鞏膜
　鞏膜炎（鞏膜炎）
　鞏膜切開術（鞏膜切開術）

きょう（ㄍㄨㄥˋ）

きょう〔漢造〕共、一起、共産黨、共産主義
　公共（公共）
　中共（中共、中國共産黨）
　反共（反共）←→容共
　防共（防共）
　容共（容共、擁共）

きょうえい〔名〕共同繁榮
　共存共栄（共存共榮）

きょうえい〔名〕共同經營
　ソ連の共営農場（蘇聯的集體農場）

きょうえき〔名〕共同利益
　共益費（共同利益費－指公寓走廊的燈，門燈，草坪修剪，由住戶共同分擔的費用）

きょうえん〔名、自サ〕共同演出、合演
　A嬢とB氏共演の映画（由A女演員和B男演員合演的電影）

きょうがく〔名、自サ〕（男女或白人黒人）同校
　男女共学の学校（男女同校的學校）

きょうかん〔名、自サ〕共感，同感、同情、共鳴
　人の説に共感する（對別人的意見共鳴）
　互いに共感し合う（互相同情）
　彼は学生達の行動に共感と支持を寄せていた（他對學生們的行動表示同情和支持）

きょうかんかく〔名〕〔心〕聯覺（如聽到某種聲音而產生看見某種顔色的感覺）（=副感覺）

きょうぎてき〔形動〕〔語〕共義的

きょうさい〔名〕共濟、互助
　共済会（組合）（互助會）
　共済保険（互助保険）

きょうさい〔名、他サ〕共同主辦（=共同主催）
　A社とB社の共催（AB二社聯合舉辦）

きょうさん〔名〕共産、共産主義（=共産主義）
　完全の共産の状態（完全共産狀態）
　共産化（共産化共産主義化）
　共産系（共産黨系共産主義派系）
　共産圏（共産主義集團、共産主義陣營）
　共産主義（共産主義）
　共産主義者（共産主義者、共産黨人）
　共産制（共産主義制度）
　共産世界（共産主義世界）
　共産青年同盟（共産主義青年團）
　共産党（共産黨）
　共産党員（共産黨員）
　共産党宣言（共産黨宣言）

きょうじげんごがく〔名〕〔語〕（法 linguistique synchronique 的譯詞）共時語言學、靜態語言學（有系統地研究語言在某特定時期的情況）←→通時言語学（法 linguistique diachronique）

きょうじゅうごう〔名〕〔化〕共聚作用、異分子聚合、聚合作用
　共重合体（共聚物）

きょうじょ〔名〕互助、共濟

きょうしょう〔名〕〔理〕共晶

きょうしん〔名、自サ〕〔電〕共振、諧振
　共振器（諧振器、共鳴器）
　共振電圧（諧振電壓）

共振子（諧振器、共鳴器）
共振回路（振蕩電路）
共振れ、共振〔名〕共振（＝共振）
共進会〔名〕（工農產品等的）評選會、競賽會
共進会で入賞した牛（在競賽會得獎的牛）
共進会を開催する（舉辦競賽會）
農業共進会（農產品評選會）
共心光線束〔名〕〔理〕共心光錐
共生、共棲〔名、自サ〕〔生〕（異種生物）共生，共棲、同居，一起生活
共生生物（共生生物）
共生体（共生體）
共線〔名〕〔數〕共線
共戦国〔名〕共同作戰國、參戰友國
共存〔名、自サ〕共存、共處
共存共栄（共存共榮）
平和共存（和平共處）
共存する事が出来ない（不能共處）
共著〔名〕共著、合著、共同著作
彼と共著の本（和他合著的書）
二人の共著を出版する（出版二人的合著）
共著者（合著者）
共沈〔名〕〔化〕共沉澱、同時沉澱
共通〔名、自サ、形動〕共同
共通の利害（共同的利害）
共通の言葉（共同語言）
共通の要求（共同要求）
共通の悩み（共同的煩惱）
共通した境遇に立つ、共通した運命を荷っている（共同的處境和遭遇）
共通の敵に敵愾心を燃やす（同仇敵愾）
共通の利害の為に助ける友好国（風雨同舟的友好國家）
万人に共通である（人人如此）

二人に共通する点は何方も短気な事だ（二人共同之點是誰都是急性子）
友達と共通に使う（和朋友共同使用）
其の切符は三館共通です（那張票是三個電影院通用的）
共通イオン（〔化〕共同離子）
共通因子（〔數〕公因數）
共通語（普通話、通用語言、共同語言）
共通根（〔數〕公根）
共通性（共同性）
共通点（共同點）
共点〔名〕〔數〕共點
共点線（共點線）
共電式〔名〕〔電〕共電式、共電制
共電式交換機（共電式交換機）
共電式電話機（共電式電話機）
共闘〔名、自サ〕共同鬥爭、聯合鬥爭（＝共同闘争）
三組合が共闘して春闘を勝ち取ろう（三工會聯合鬥爭爭取春季鬥爭的勝利）
共闘委員会（共同鬥爭委員會）
共闘会議（共同鬥爭會議）
共同〔名、自サ〕共同
共同して事業を為る（共同辦事業）
水道を共同で使う（共同使用自來水）
共同の敵（共同的敵人）
共同の敵に対する激しい憤り（同仇敵愾）
国家を共同で建設する（共同建設國家）
共同で偽せ証文を作成する（合夥泡製偽證）
共同井戸（共同使用的井）
共同エネルギー市場（共同動力市場）
共同腰掛（公園中的長凳）
共同サービス部（共同服務處）
共同作業（聯合作業）
共同水栓（共同使用的自來水龍頭）
共同準備基金（共同儲備基金）

共同収益金（公益金）
　　共同宣言（聯合宣言）
　　共同便所（公廁）
　　共同墓地（公墓）
　　共同戦線（統一戰線）
　　共同正犯（共同主犯）
　　共同一致、協同一致（共同一致、同心協力）
　　共同開発（共同開發）
　　共同加入（〔電話〕合用線、同線）
　　共同管理（共同管理、共管）
　　共同経営（共同經營、合營）
　　共同研究（共同研究）
　　共同安全（共同安全）
　　共同海損（共同負擔的海損）
　　共同現象（〔理〕合作現象、協作現象）
　　共同行動（聯合行動）
　　共同作戦（聯合作戰）
　　共同市場（共同市場）
　　共同社会（共同社會 – 指家族村落）←→利益社会
　　共同住宅（公寓）（=アパート apartment house）
　　共同主催（聯合舉辦）
　　共同出資（共同出資、合資）
　　共同所有（共同所有、共有）
　　共同炊事（共同使用一個廚房做飯、搭伙做飯）
　　共同生活（共同生活、男女同居）
　　共同制作（共同製造、合製）
　　共同声明（聯合聲明）
　　共同責任（共同責任）
　　共同戦線（聯合陣線）
　　共同相続（共同繼承遺產）
　　共同体（共同體）（= 共同社会）
　　共同提案（共同提案）
　　共同闘争（聯合鬥爭）（= 共闘）

　　共同農場（集體農場）（=コルホーズ kolkhoz 俄）
　　共同販売（聯合銷售）
　　共同変動（〔外匯的〕共同浮動）
　　共同防衛（共同防衛、聯防）
　　共同謀議（共謀同謀）
　　共同募金（共同捐獻、公益捐獻）
　　共同浴場（營業澡堂）
共働〔名〕〔動〕相互作用、互應
共働き〔名、自サ〕夫婦都工作（=共稼ぎ）
共肉〔名〕〔動〕共體
共犯〔名〕共犯
　　共犯は逃走して未だ捕まらない（共犯在逃還沒逮捕）
　　共犯者（共犯者幫兇）
共尾虫〔名〕〔動〕共尾幼蟲
共沸〔名〕〔理化〕共沸（混合物）
　　共沸蒸留（共沸蒸餾）
　　共沸点（共沸點）
　　共沸混合物（共沸混合物）
共変〔名〕〔數〕共變、協變
　　共変テンソル（協變張量）
共編〔名〕共同編輯、合編
　　多人数の共編に為る辞典（多數人合編的辭典）
共謀〔名、他サ〕共謀、同謀、合謀
　　脱獄を共謀する（合謀越獄）
　　共謀して悪事を働く（朋比為奸）
　　共謀結託する（合謀勾結）
　　共謀者（同謀者）
共鳴〔名、自サ〕〔理〕共鳴，共振、同感、同情
　　核磁気共鳴（核磁共振）
　　共鳴箱（共振箱）
　　共鳴周波数（諧振頻率）
　　共鳴吸収（共振吸收）
　　共鳴放射（共振輻射）
　　共鳴器（共鳴器、諧振器）

君の意見に全く共鳴する（完全贊同你的意見）
共鳴を引き起こす（引起共鳴）
幾等説いても共鳴しなかった（怎麼說也不贊同）
互いに共鳴し、支持し合う（互相同情互相支持）
広範な人民の共鳴を得た（取得廣大人民的同情）
共鳴者（共鳴者同感者贊同者同情者）

共鳴り〔名〕共鳴（=共鳴）

共面〔名〕〔數〕共面

共役、共軛〔名〕〔數〕共軛
共役面（根、点）（共軛面〔根點〕）
共役角（弧）（共軛角〔弧〕）
共役二重結合（〔化〕共軛雙鍵）
共役複素数（〔數〕共軛複數）
共役溶液（〔化〕共軛溶液）

共訳〔名、他サ〕共同翻譯、合譯
資本論を共訳する（合譯資本論）
共訳者（合譯者）

共有〔名他サ〕共同所有、公有←→專有
山林を部落で共有する（由部落共有山林）
財産を共有に為る（財產歸為公有）
主要な生産手段は共有に為った（主要生產工具變成公有了）
村の共有地（村子的公有地）
此れは共有物だ（這是公物）
共有者（共有者）
共有林（共有林）
共有結合（〔理〕共價鍵）
共有原子価（〔化〕共價）

共融〔名〕共晶、低熔
共融合金（共晶合金、低熔合金）
共融点（共晶點、低熔點）
共融混合物（共晶混合物、低熔混合物）

共用〔名、他サ〕共同使用

共用栓（共同使用的自來水龍頭）

共立〔名、他サ〕共同設立、合辦

共和〔名〕共和
共和国（共和國）
共和政治（共和政治）
共和政体（共和政體）
共和制度（共核制度）
共和党（美國共和黨）

共〔名〕共同，同樣、一起，一塊
〔接頭〕共同，一起、同樣，同質
〔接尾〕共，都，全，總，共
共の布で継ぎを当てる（用同樣的布補上）
父と共に田舎へ帰る（和父親一起回鄉下）
共に学ぶ共に遊ぶ（同學習同遊戲）
苦労を共に為る（共患難）
夫婦で共働きを為る（夫婦兩人都工作）
共切れを当てる（用同樣的布料補釘）
共裏（衣服表裡一樣、表裡一樣的顏色和布料的衣服）
三人共無事だ（三人都平安無事）
男女共優勝した（男女隊都獲得第一名）
五軒共休みだった（五家商店都休息）
運賃共三千円（連運費共三千日圓）
郵送料共二百円（連郵費在內共三千日圓）
風袋共三百グラム（連同包皮共重三百公克）

伴、供〔名〕（與共同語源）隨從，伴侶、（寫作伴）伙伴，同伴（=仲間）
主人の御供を為る（陪伴主人）
供を連れて行く（帶隨從去）
供は要らない、一人で行く（不要陪伴一個人去）
伴に加わる（加入伙伴）

友、伴〔名〕友人、朋友（=友達、友人）
大自然を友と為る（與大自然為友）
良き友を得る（得到好朋友）得る得る
類は友を呼ぶ（物以類聚）類比

友を選ぶ（擇友）選ぶ択ぶ
真の友（真正的朋友）真　実
生涯の友（終生的朋友）

共に、俱に〔副〕共同，一同，一起、隨著、隨同、全，都，均、既…又…
事を共に為る（共事）
国家と運命を共に為る（與國家共命運）
一生を共に為る（終生在一起）
共に学ぶ共に遊ぶ（一同學習一同遊戲）
共に語るに足りない（沒有共同語言）
共に暮らす（共同生活）
地所と共に家を買う（連同地皮一起買房子）
年を取ると共に体力も減退して行く（隨著上年紀體力也逐漸衰弱）
時勢と共に進む（與時俱進）
父と共に田舎へ行く（跟著父親下鄉）
寒暑共に激しい（寒暑均甚劇烈）
二人は共に第二位であった（兩人同列第二名）
卒業して学校を去るのは嬉しいと共に寂しい（畢業離開學校既高興又覺得寂寞）
共に天を戴かず（不共戴天）

共〔接尾〕（接體言下）表示複數及輕微的蔑視、（接第一人稱下）表示自謙
家来共に申し付ける（吩咐僕人們）
私共三人です（我們三個人）
手前共では原価に近い御値段で奉仕して居ります（我們以接近成本的價格供應）

共〔接尾〕一共、連同
家を地所共買う（連房子帶地皮一起買）
蜜柑を皮共食べる（帶皮吃橘子）

共色〔名〕同樣顏色
共色の生地（顏色相同的料子）

共裏〔名〕〔縫紉〕表裡一樣
共裏の着物（襯裡和表面一樣的衣服）

共襟〔名〕和衣面一樣的布做成的衣領、和服的雙層領子（=掛け襟）
共襟を掛ける（縫上和衣面一樣的布做成的衣領）

共稼ぎ〔名、自サ〕夫婦都工作（=共働き）
共稼ぎの夫婦（雙職工的夫婦）
共稼ぎの家庭（雙職工的家庭）
共稼ぎで毎月三十万円の収入を得ている（夫婦都工作每月收入三十萬日圓）

共切れ、共布〔名〕同樣的布
共切れで継ぎ当てを為る（用同樣的布縫補）
コートの共切れでスカートを作る（用和外套同樣的料子作裙子）

共食い、共食〔名、自サ〕同類相殘、（自相殘殺）兩敗俱傷
蟷螂は共食いを為る（螳螂自相殘殺）
共食いに為って両方の店が倒れた（自相殘殺兩個商店都倒了）

共地〔名〕同樣的料子、同質同色的料子

共白髮〔名〕白頭偕老
共白髮迄添い遂げる（夫妻白頭偕老）

共倒れ〔名、自サ〕一同倒下、兩敗俱傷、同歸於盡
共倒れに為る（一同倒下）
共倒れの競争を避ける（避免兩敗俱傷的競爭）

共釣り，共釣、友釣り，友釣〔名〕誘釣香魚法、以香魚釣香魚的釣魚法
鮎の共釣り（以香魚釣香魚）

共共〔副〕共同，一同、互相，彼此
共共（に）励まし合う（互相勉勵）
親子共共（に）旅行に出掛ける（父子一起去旅行）
母共共御喜び申し上げます（母親也一同向您表示祝賀）

共寝〔名、自サ〕同床共枕（=同衾）

共蓋〔名〕相同材料製成的容器和蓋子

共笑い、共笑〔名、自サ〕一起笑

貢（ㄍㄨㄥˋ）

貢（也讀作貢）〔漢造〕進貢、貢品

 来貢（前來進貢）

 朝貢（朝貢、進貢、來朝進貢）

 入貢（入貢、進貢、朝貢）

 年貢（〔古〕〔農民繳納給領主的〕年貢，貢米，地稅、〔交給地主的〕地租）

貢す〔他サ〕進貢，納貢、推舉，推薦（人才）

貢する〔他サ〕進貢、朝貢

貢献〔名、自サ〕貢獻

 世界平和に貢献する（對世界和平作出貢獻）

 我国は人類に大きく貢献し無ければ為らない（我國應對人類有較大貢獻）

貢進〔名〕進獻、推薦

貢租〔名〕年貢

貢調〔名〕進貢（的貢品）

貢米〔名〕〔古〕（屬國）進貢的米、租米（=年貢米）

貢税〔名〕向寺社進貢的東西、貢品（=貢物）

貢ぐ〔他五〕寄生活費（學費）、供養

 息子に貢いで貰って生活している（靠兒子膽養生活）

 学資を貢いで遣る（供給學費）

 女が働いて（女的工作養活男的）

貢〔名〕（古代臣民獻給帝王或屬國獻給宗主國的）貢品

 貢物（貢品）

 貢を納める（進貢）納める 収める 治める 修める

 貢を取り立てる（徵收貢物）

 貢を捧げる（朝貢）捧げる 奉げる

刻（ㄎㄜ）

刻〔名、漢造〕〔古〕時辰（一晝夜分十二時辰）刻（漏的刻度共四十八刻、一時辰為四刻、一刻等於現在三十分鐘）

戌の刻（戌時）
彫刻（雕刻）
印刻（雕刻印章）
板刻（板刻）
篆刻（篆刻、刻字）
鏤刻、鑢刻（鏤刻、推敲）
深刻（深刻）
漏刻（漏刻＝水時計）
新刻（新版）
翻刻（翻印、複製）
時刻（時刻、時間）
時時刻刻（時時刻刻、經常、逐漸）
一刻（一刻、片刻、頑固）
遲刻（遲到）
寸刻（寸刻、片刻）
晚刻（傍晚）

刻する〔他サ〕雕刻（＝刻む、彫る、彫刻する）

文字を石に刻する（在石頭刻字）哭する克する
石碑に文字を刻する（在石碑上刻字）
心に刻する（銘刻於心）

刻一刻〔副〕一刻一刻地、時時刻刻地、每時每刻

時間は刻一刻と迫っている（時間一刻一刻地逼近了）
出發の時間は刻一刻と近付いて来た（出發時間一刻一刻地逼近了）
刻一刻と変化する（時時刻刻地變化）
雲の形は刻一刻（と）変化して行く（雲的形狀時時刻刻地變幻）
情勢は刻一刻と変化している（情勢每時每刻在變化）
情勢は刻一刻と悪く為る（形勢一刻一刻地惡化）

刻印〔名〕刻（的圖章）、刻記號、印記（＝極印）

刻限〔名〕規定的時間，限定的時間、時刻，時辰

刻限が切れる（超過限定的時間）
約束の刻限が迫っている（約定的時間迫近了）
約束の刻限が来る（約定的時間到了）
汽車はもう着く刻限だ（火車就要進站了、火車已到抵達的時間）
辰の刻限（辰時）

刻刻、刻々〔名、副〕每時每刻、一刻一刻、時時刻刻

刻刻に増加する（時時刻刻增加）
川の水嵩が刻刻に増して来た（河的水量一刻一刻往上漲）
刻刻と新しい情報が入って来る（時時刻刻有新的情報傳來）
危機が刻刻（と）迫る（危機每分每秒地逼近）

刻字〔名〕刻字、刻的文字
刻本〔名〕刻本、版本
刻銘〔名〕銘刻
刻励〔名〕刻苦精励

刻下〔名、自サ〕目前、目下、現下（＝目下、現在）

刻下の急務（當務之急）
刻下の問題（當前的問題）

刻苦〔名、自サ〕刻苦

刻苦して学問する（刻苦求學）
刻苦して難事業に取り組む（刻苦攻關）
刻苦精励（刻苦奮勉）
刻苦精励倦む事を知らず（孜孜不倦）
刻苦勉励（刻苦奮勉）
多年刻苦の末遂に此の発明を完成した（經多年刻苦終完成這項發明）

刻む〔他五〕剁碎、雕刻、銘記、刻上刻紋、分成級段

肉を刻む（把肉剁碎）

玉葱を細かく刻む（切碎洋蔥）

石を刻む（刻石）

石碑に文字が刻んで有る（石碑上刻著文字）

像を刻む（雕像）

心に刻む（銘刻於心）

母の言葉を心に刻む（把母親的話牢記在心）

胸に刻む（銘刻於心）

其の一言が深く私の心を刻み付けられた（那一句話深刻在我心裡）

時計が時を刻む（鐘一分一秒地走）

時計がかちかちと時を刻む（鐘滴答滴答地走）

借金を刻んで払う（零星還債）

金を刻んで払う（零星付款）

刻み、刻〔名〕刻上、刻紋（＝刻み目）、煙絲（＝刻み煙草）、時刻，場合（＝折、際），級，等級

〔接尾〕（極短時間、長度小的數量詞後）每

刻みを付ける（刻上刻紋、分成等級）

刻みを入れる（刻上刻紋、分成等級）

刻みを呑む（抽菸絲）

時の刻み（〔一刻一刻逝去的〕時間，時刻）

刻みを吸う（抽菸絲）

時の刻みが遅く感じられた（感覺時間過得緩慢）

斯らん刻み（此時、此刻）

八分刻みに合図する（每八分鐘給一個信號）

一寸刻み（一寸大小地）

一分刻みに電車が来る（每一分鐘來一輛電車）

小刻みに（一步一步地）

一日五円刻みの上げ幅を示す（表示每天五元的上升幅度）

刻み足、刻足〔名〕急促的碎步

刻み足で歩く（邁碎步走）

刻み足に後を追う（邁碎步從後追）

刻み荒布、刻荒布〔名〕煮後刨削成碎片的褐藻

刻み円、刻円〔名〕〔機〕（齒輪的）節圓

刻み金、刻金〔名〕零星付的錢

刻み込む、刻込む〔他五〕刻上，切進、銘刻

姓名を刻み込む（刻上姓名）

野菜を肉の中へ刻み込む（把菜切到肉裡）

其は私の心に深く刻み込まれている（那深深地銘刻在我心裡）

刻み昆布、刻昆布〔名〕海帶絲

刻み線、刻線〔名〕〔機〕（齒條）節線、齒距線、分度線

刻み煙草、刻煙草〔名〕煙絲

刻み煙草を吸う（抽菸絲）

刻み漬、刻漬〔名〕（蘿蔔、黃瓜、茄子等）切碎醃製的鹹菜

刻み付ける、刻付ける〔他下一〕刻上、銘刻

像を刻み付ける（雕像）

石碑に字を刻み付ける（在石碑上刻字）

面影を心に刻み付ける（心裡留下姿容）

恩師の言葉を心に刻み付ける（把恩師的話牢記在心）

刻み目、刻目〔名〕刻紋

刻み目を付ける（刻上刻紋）

科（ㄎㄜ）

科〔名、漢造〕科，系、判罪、規定

大学は同じでも科が違う（雖然在同一大學但科系不同）

日本語科（日語系）

数学科の学生（數學系學生）

文科（文科）

理科（理科）

分科（分科、分的專業或科目）

専科（專科、專攻的學科）

本科（本科）

別科（本科以外的課程）

ㄎ

予科（預科）
学科（學科）
教科（教授科目、課程）
全科（全部學科）
選科（選科、選修科）
前科（前科、以前被判過罪或服過刑）
放射線科（放射線科）
眼科（眼科）
小児科（小兒科）
内科（內科）
外科（外科）
霊長目人科（靈長目人科）
薔薇科（薔薇科）
猫科の動物（貓科動物）
罪科、罪科（罪惡、懲罰）
禾本科（禾本科）
厳科（嚴罰）

科する〔他サ〕科、判處
罰金を科する（科以罰金）
死刑を科する（判處死刑）
懲役十年の刑を科する（判處十年徒刑）

科学〔名、自サ〕科學
科学する心（科學的精神）
科学を応用する（應用科學）
科学の進歩に因って生活の質も向上した（隨著科學進步生活品質也提高了）
科学的（科學的、科學上的）
科学的三民主義（科學的三民主義）
科学実験（科學實驗）
君の考え方は科学的でない（你的想法是不科學的）
自然科学（自然科學）
社会科学（社會科學）
純正科学（純科學）
応用科学（應用科學）

文化科学（文化科學）
精神科学（精神科學）
科学者（科學者）
科学関係者（科學部門工作者）
科学知識（科學知識）
科学機器（科學儀器）
科学技術（科學技術）
科学兵器（科學武器）
科学時代（科學時代）
科学研究（科學研究）
科学小説（科幻小說）
科学戦（科學戰）
科学教育（科學教育）
科学協力計画（科學合作計畫）
科学用語（科學用語）
科学体系（科學體系）
科学万能主義（科學萬能主義）
科学博物館（科學博物館）

科挙〔名〕〔史〕（中國古時）科舉
科挙制度（科舉制度）

科条〔名〕法律，法律條目、罪狀

科白、科白，台詞，白〔名〕科白，台詞，口白、說詞（＝言い草、言い種）
独り科白（獨白）
うろ覚えの科白（記得模糊的台詞）
脇科白（旁白）
科白の無い俳優（沒有台詞的演員）
科白を言う（道白、說台詞）
科白の無い役を為る（扮演沒台詞的角色）
科白を間違えた（說錯台詞）
其では丸で芝居の科白だ（那聽來像舞台上的台詞）
彼奴の科白が気に食わない（他那種說詞令人生氣）

君の科白で彼はかっと来たんだ（由於你的說詞使他勃然大怒）

其は此方の言う科白だ（那倒是我該向你說的話）

貴方の科白は聞き度くも無い（你的論調我根本不想聽）

此は彼の得意の科白だ（這就是他最拿手的說法）

そんな科白は聞き飽きた（那一套說詞聽膩了）

科白回し（〔劇〕說台詞的技巧）

科白回しが旨い（台詞說得熟練）

科白回しに気を付ける（注意台詞的技巧）

科白回しが上手だ（台詞說得好）

科白回しが下手だ（台詞說得不好）

科罰〔名〕科以刑罰（＝仕置、咎め）

科目〔名〕科目、項目

植物は沢山の科目に分類されている（植物分為許多科目）

勘定の科目（帳簿的科目）

決議科目（決議項目）

科目、課目〔名〕學科、課程

必修科目（必修課程）

大学入学試験科目（大學入學考試科目）

選択科目（選修學科）

科目外の授業（課程外的授課）

科料〔名〕〔法〕罰款

五千円の科料に処せられる（被罰五千日元）

科料処分（判處罰款）

科、嬌態〔名〕風度、舉止、姿態、嬌態

科を作る（作態、作媚態、嬌裡嬌氣、裝模作樣）科品

彼女は嫌に科を作って物を言う（她說話特別嬌裡嬌氣的）

科良く踊れ（舞姿要優美！）

品〔名〕物品，東西，商品，貨物，品質，質量，品種，種類，情況，情形

貴重な品（貴重物品）品科

見舞の品が届く（慰問品送到）

大切な品だから、丁寧に取り扱う（因為是貴重物品要小心拿放）

店に品が多い（店鋪裡貨物多）

店に品が少ない（店鋪裡貨物少）

御品に手を触れないで下さい（請勿觸摸物品）

品が不足している（商品短缺）

品が切れる（東西賣光）

品が手薄に為る（貨物缺乏）

色色の品を取り揃えて置く（備齊各種貨色）

品が好い（品質好）

品が悪い（質量壞）

品が落ちる（質量差）

品を落とす（降低品質）

品を落とさず値段も上げずに置く（既不降低品質也不提高價錢）

最上等の品（最上等的品種）

其の手は二品有ります（那種商品有兩個品種）

値段は品に依って違います（價錢因品種而不同）

品を見て物を買い為さい（看看品種再買東西）

品に依ったら参ります（看情況如何也許去）

所変れば品変る（一個地方一個情況、各地有各地的風俗）

手を換え品を換え（想方設法、千方百計）

手品（戲法，魔術，騙術，奸計）

手品を演ずる（變戲法）

科の木〔名〕〔植〕椵樹

科、咎〔名〕過錯，錯誤（＝過ち）、罪過（＝罪）、（被人責難的）缺點

人の科を許す（饒恕別人的過錯）

何の科も無い子供に当るな（別向無辜的孩子發脾氣）

誰の科でもない、私の悪いのだ（不是誰的錯都是我不對）

科を被る（得罪）

我は我が科を知る（我知道我的罪過）我吾

科を受ける（得罪）

其は君の科ではない（那不是你的錯）

其の科を受ける（有罪）

彼は盗みの科で送検された（他因犯竊盜罪被抓）

科を被せる（加罪於人）

科も無いのに罰する（無罪而懲罰）

科を着せる（加罪於人）

科の無い人（無可非難的人）

科人、咎人〔名〕〔古〕罪人、犯人（＝罪人）

科人を獄に入る（把犯人關進監獄裡）

苛（ㄎㄜ）

苛〔漢造〕苛（＝きつい、厳しい、惨い、煩わしい）

厳苛（嚴苛）

煩苛（繁雜苛酷）

苛虐〔名〕苛薄殘酷

苛酷〔形動〕苛刻、嚴酷、殘酷

苛酷に取り扱い（殘酷對待）

苛酷に過ぎる要求（過分苛刻的要求）

苛酷な条件（苛刻的條件）

苛酷な虐待を受けた（受到殘酷的虐待）

苛酷な法律（嚴酷的法律）

苛酷な現実（殘酷的現實）

苛性〔名〕苛性

苛性化（苛性化）

苛性加里、苛性Kali（苛性鉀）

苛性アルカリ（苛性鹼）

苛性曹達、苛性ソーダ（苛性鈉、燒鹼）

苛政〔名〕苛政←→仁政

苛政、虎よりも猛し（苛政猛於虎）

苛政に苦しむ（苦於苛政）

苛政を施す（施行苛政）

苛政を布く（施行苛政）

苛税〔名〕苛稅

苛法〔名〕嚴苛法令

苛烈〔形動〕激烈、殘酷、厲害

苛烈な戦闘（激烈的戰鬥）

苛烈な寒さ（嚴寒、酷寒）

戦いが苛烈に為る（戰鬥激烈）

苛烈な仕打ちに泣く（為受到殘酷對待而哭泣）

苛斂〔名〕橫徵苛斂

苛斂誅求（橫徵暴斂）

苛める、虐める〔他下一〕欺負、虐待、捉弄、折磨

人に苛められる（被人欺負）

苛められて泣き出す（被欺負哭了）

侵略者は良く原住民を苛め殺す（侵略者常常虐殺本地居民）

彼奴が来たら苛めて遣ろう（那傢伙來的話整他一頓）

そんなに苛めないで下さい（別那麼刁難我吧！）

動物を苛めては行けない（不要捉弄動物）

彼の先生には数学で散散苛められた（那老師用數學把我折磨夠了）

食べ物を苛めるな（不要糟蹋吃的東西）

苛め、苛〔名〕欺侮、凌辱，虐待，捉弄

弱い者の苛め（欺侮弱小）

弱い者の苛めは止せ（不要欺侮弱小）

苛めっ子〔名〕（欺侮弱小的）淘氣孩子

苛つ〔自五〕〔古〕焦躁（＝苛苛する）

本当に苛つ（真令人焦躁）

何と無く気が苛って来る（不由得心裡焦躁起來）

苛苛〔名、副、自サ〕著急，焦急，焦躁，急躁、刺痛(=ちくちく)

苛苛が直る（不急躁了）
苛苛して落ち着かない（心裡焦急不安）
気が苛苛する（心裡焦急）
騒音に気が苛苛する（噪音弄得心裡焦躁）
待たされた苛苛する（等得心焦）
待ち人が来なくて苛苛する（等待的人不來心裡焦急）
皮膚が苛苛する（皮膚刺痛）
苛苛し乍電車を待つ（焦急地等待電車）

苛苛しい〔形〕著急的、焦躁的(=焦れったい)

苛立たしい〔形〕令人煩躁的、著急的、焦躁的

苛立たしい気持（煩躁的心情）
苛立たしく思う（感覺焦急）

苛立つ〔自五〕著急、焦急、焦躁(=苛苛する、焦れる)

気が苛立つ（心裡焦急）
仕事が捗捗しくなくて苛立つ（工作沒進展很著急）
愚図愚図して人を苛立たせる（慢慢吞吞叫人著急）
神経を苛立たせる（使神經興奮、刺激神經）
彼の言葉は僕の神経を苛立たせた（他說的話刺激了我的神經）
苛立って言う（不耐煩的說）

苛立てる〔他下一〕使焦急、使焦躁、刺激神經(=苛立たせる)

神経を苛立てる（刺激神經）
病人の気を苛立てるな（不要刺激病人）
病人をあんまり苛立てない様に為るが良い（不要刺激病人神經）

苛む〔他五〕苛責，責備(=責める)、虐待，折磨(=苛める)

世論に苛まれる（受輿論責備）
良心の苛まれて眠れない（受良心責備睡不著覺）
継子を責め苛む（虐待非親生子女）
日夜悪夢に苛まれる（日夜被惡夢折磨）
嫉妬に苛まれる（為嫉妒所苦）
捕虜を苛む（虐待俘虜）
飢えに苛まれる（挨餓）
飢えと寒さに苛まれる（飢寒交迫）

痾（ㄎㄜ）

痾〔漢造〕疾病(=病気)

宿痾（宿疾、老毛病）
宿痾が癒える（宿疾痊癒）
宿痾の為死亡する（因宿疾死亡）

蝌（ㄎㄜ）

蝌〔漢造〕蝌蚪（蛙或蟾蜍的幼蟲，能吃孑孓，是有益的小動物）

蝌蚪、科斗〔名〕〔動〕蝌蚪(=御玉杓子)、蝌蚪文(字)(=蝌蚪文字)

蝌蚪は蛙の子です（蝌蚪是蛙的幼體）蛙

顆（ㄎㄜ）

顆〔漢造〕凡小物一枚稱顆、泛指粒狀物

顆粒、粿粒〔名〕顆粒(=粒)、砂眼者結膜上的小粒、細胞或液體內微小粒子的總稱

顆粒肥料（顆粒肥料）

咳（ㄎㄜˊ）

咳〔漢造〕咳嗽

鎮咳（鎮咳）
労咳、癆咳（肺癆、肺病=肺結核）
謦咳（言笑、音容）

咳気、咳気〔名〕咳嗽、咳嗽引起的病(=風邪)

咳嗽〔名、自サ〕咳嗽(=咳、咳)

咳唾〔名〕咳唾、謦欬、談論

咳唾珠を成す（出口成章）

ㄎ

咳病、咳病、咳病、咳疾〔名〕咳病、咳疾（如感冒、氣喘、支氣管炎）

咳く〔自五〕咳嗽（＝咳く、咳を為る）
　頻りに咳く（不斷地咳嗽）堰く急く

咳〔名〕咳嗽（＝咳）
　咳が出る（咳嗽）
　咳を止める（止咳）
　咳を為る（咳嗽）
　咳に噎せる（咳得喘不過氣來）
　やっと咳が収まった（終於止了咳）
　激しく咳を為る（咳嗽得很厲害）
　百日咳（百日咳）
　乾咳（乾咳）

堰〔名〕堤堰.攔河壩（＝堰、井堰）
　堰を築く（築堤.修壩）
　堰を切る（決堤.打破水閘.洪水奔流）切る着る斬る伐る
　堰を切って落す（決堤.打破水閘.洪水奔流）
　観衆は堰を切った様に場内に雪崩込んだ（觀眾像潮水一般地湧進了會場內）込む混む
　堰を切った様に涙が流れた（淚水奪眶而出）溜まる貯まる堪る
　其迄に溜まっていた涙が其の時堰を切った様に流れた（一直控制著的眼淚那時奪眶而出）
　堰を切って落した様に泣き出す（突然放聲大哭起來）

堰、井堰〔名〕堰.攔河壩
　堰を築く（築堤.修壩）

関〔名〕關口、關卡、關隘、哨卡（＝関所）。（相撲）関取（力士的稱號.其級別次於橫綱，以前稱為大関）
　箱根の関（箱根關卡）
　人目の関（人眼可畏－指戀愛的人怕別人投以指責的目光）
　大鵬関（大鵬關取）

席〔名，漢造〕席、坐墊（＝席、蓆、筵、莚、敷物）。座位（＝座席）。宴席、會場、曲藝場、說書場、雜技場（＝寄席）
　席の取り合いを為る（爭坐位）
　席に着く（就坐）
　席を明ける（空出坐位）
　席を探す（找座位）
　席を譲る（讓坐）
　席を立つ（離席.從座位上站起來）
　席を取る（佔坐位.訂坐）
　憤然席を蹴って去る（憤然離座走開）
　席を予約する（訂座）
　席を代える（換座位）
　公開の席で（在公開的席上）
　宴会の席へ出る（出席宴會）
　此の席では言えない（在這裡不能講）
　今晩は方方の席を回らねば為らない（今晚必須到好幾處曲藝場去演出）
　御笑いを一席申し上げます（讓我給大家說一段相聲）
　席の暖まる暇も無い（席不暇暖）
　枕席（枕席）
　座席（座位）
　上席（上座.職位高.級別高）
　常席.定席（固定的座位.常設的曲藝場）
　末席.末席（末座）
　出席（出席）
　欠席.缺席（缺席）
　着席（就座.入座）
　陪席（陪坐.陪審員）
　即席（即席.當場.臨時湊合應付）
　指定席（對號座）
　会席（宴席.酒席.集會場所）
　議席（議席）

かいせき
階席（階席）

きゃくせき
客席（觀覽席．客人座席）

えんせき
宴席（酒席．宴會）

しゅせき
主席（主席．主人的席位）

しゅせき
首席（首席．第一位）

しゅせき
酒席（酒席．宴席）

よせ
寄席（曲藝場．說書場．雜技場）

むしろ　むしろ　むしろ　むしろ
席、蓆、筵、莚〔名〕蓆子，〔舊〕座席

むしろ　あ
席を編む（編蓆子）

むしろ　し
席を敷く（鋪蓆子）

うたげ　むしろ
宴の席（宴席）

せき　　　　　　じゃく
籍（也讀作籍）〔名、漢造〕戶籍，書籍、學籍

せき　い
籍を入れる（入籍）

せき　ぬ
籍を抜く（除籍）

たいわん　せき　あ
台湾に籍が有る（台灣有戶口）

だいがく　せき　お
大学の籍を置く（取得大學學籍）

せきかん
籍貫（籍貫）

げんせき
原籍（原籍．本籍．籍貫）

ほんせき
本籍（原籍）

こせき
戶籍（戶籍）

こくせき
国籍（國籍）

じょせき
除籍（除籍）

にゅうせき
入籍（入籍）

しせき
史籍（史籍．史書）

しょせき　　しょじゃく
書籍．書籍（書籍）

てんせき
典籍（典籍．書籍）

てんせき
転籍（遷移戶口．轉學籍）

けいせき
経籍（經書）

ちせき
地籍（地籍）

めいせき
名籍（名簿．名冊）

りせき
離籍（取消戶籍）

ふくせき
復籍（恢復戶籍或學籍）

がくせき
学籍（學籍）

ぐんせき
軍籍（軍籍．軍人的身分）

そうせき
僧籍（僧籍．僧人的身分）

そうせき
送籍（因結婚．入贅等轉戶籍）

きせき
鬼籍（鬼籍．死亡簿）

せき　　　　　　　　　　　　　　しゃく
石〔接尾〕（助數詞用法）表示鐘錶軸承用的鑽石數目．表示收音機上使用的晶體管，二極管等的數目。〔漢造〕（也讀作石）石、岩石。（舊地方名）
いわみ
石見（現今島根縣西部）

こ　うでどけい　　にじゅういちせき
此の腕時計は二十一石です（這手錶是二十一鑽的）

はちせきに　ｂａｎｄｒａｄｉｏ
八石二バンドラジオ（八個管兩個波段的收音機）

がんせき
岩石（岩石）

こうせき　こうせき
鉱石．礦石（礦石）

きんせき
金石（金屬和岩石．金屬器和石器．金石-指碑碣，鐘鼎上刻的文字）

ほうせき
宝石（寶石）

かせき
化石（化石．變成石頭）

がせき
瓦石（瓦磚．瓦片和石頭．無價值的東西）

いんせき
隕石（隕石）

きょせき
巨石（巨石．大石）

けいせき　けいせき
硅石．珪石（硅石）

こんごうせき　　　　　　　　　　ｄｉａｍｏｎｄ
金剛石（金剛鑽＝ダイヤモンド）

じんぞうせき
人造石（人造石）

ぎょくせき
玉石（玉和石．好的和壞的）

ぎょくせきこんこう
玉石混淆（良莠混淆）

たまいし
玉石（圓石．卵石）

ふせき
布石（布局．布置．布署．準備）

ふせき
斧石（〔礦〕斧石）

ふせき　　　　　　　　　かるいし
浮石（浮石．輕時＝軽石）

いし
石〔名〕石頭、岩石、礦石，寶石、鑽石，圍棋子。打火石，硯石，墓石，（划拳）石頭（剪刀、布）。〔喻〕堅硬、沉重、頑固、冷酷無情

みち　いし　し
道に石を敷く（路上鋪石頭）

いし　つつみ
石の堤（石頭築的堤）

いし　みが
石を磨く（磨石頭）

ち

石に彫る（刻在石上）
石を切り出す（採石）
石屋（石工．石商）
指環の石（戒指上的寶石）
十八石入りの時計（十八鑽的錶）
石を置く（〔圍棋〕擺子．下子）
ライター(lighter)の石（打火石）
石を出す（出石頭）
石の様な冷たい心（鐵石般的冷酷心腸）
石の様に固い（堅如岩石）
石が流れて木の葉が沈む（事物顛倒．不合道理）
石に齧り付いても（無論怎樣艱苦也要…）
石に灸（無濟於事．毫無效果．無關痛癢）
石に針（無濟於事．毫無效果．無關痛癢）
石に漱ぎ流れに枕す（強辯．狡辯．強辭奪理）
石に錠（判）（雙保險．萬無一失）
石に謎掛ける（叫石頭猜謎．對牛彈琴）
石に花咲く（石頭開花〔決不可能〕．鐵樹開花）
石に布団は着せられず（墓石上蓋不了被子．父母死後再想盡孝就來不及了）
石に矢が立つ（精誠所至金石為開－來自李廣射石沒羽的故事）
石枕し流れに漱ぐ（枕石漱流．隱居林泉隨遇而安）
石の上にも三年（在石頭上坐上三年也會暖和的．功到自然成）
石を抱きて淵に入る（抱石入淵．危險萬分．飛蛾撲火．自取滅亡）
軽石（〔礦〕輕石．浮石）
墓石（墓石）

咳き上げる、咳上げる〔自下一〕咳嗽不止（=咳き込む、噎せ返る）、哽咽，抽噎（=喊り上げる）
父が喘息で咳き上げる（父親氣喘咳嗽不止）
妹は何時迄も咳き上げいた（妹妹抽噎著哭個不休）

咳き入る、咳入る〔自五〕激烈地咳嗽（=咳き込む、咳込む）
患者は又一頻り咳き入った（病人又激烈地咳嗽了一陣）

咳き込む、咳込む〔自五〕不斷地咳嗽（=咳き上げる、咳上げる、咳き返す）
咳き込んで話も出来ない（咳嗽得說不出話來）
風邪を引いて咳き込んで許り入る（感冒不斷地咳嗽）
後から後から引っ切り無しに咳き込む（一聲接一聲地咳嗽不停）

咳き払い、咳払〔名、自サ〕假咳嗽、故意咳嗽、清嗓子（=声作、声繕）
えへんと咳き払い（を）為る（嗯哼一聲清嗓子、輕微地假咳嗽一聲）
田中さんの咳き払いを合図に一同は座を立った（以田中先生的咳嗽聲為信號大家離開了坐位）
此処にひとが居るのだと言う事を示す為に咳き払いを為る（為了表示這裡有人故意咳嗽了一聲）
大きな咳払いで誤魔化す（故意大聲咳嗽一聲蒙混過去）

咳く〔他五〕咳嗽
苦し然うに咳く（咳嗽得很難受）

咳〔名〕咳嗽、清嗓子（=咳、咳き払い、咳払）
場内は咳一つ聞えない（場內鴉雀無聲）
老人が咳を為る（老人咳嗽）
主人の咳が聞える（聽得見丈夫的咳嗽聲）

殻（ㄎㄜˊ）

殻〔漢造〕殻
外殻（外殼）
介殻（介殼=貝殼）
皮殻（皮殼）
甲殻（甲殼=甲羅）

卵殻（蛋殻）

地殻（地殻）

殻〔名〕外殼，外皮，蛻皮，空殼，豆腐渣（=御殻、雪菜花、雪花菜、卯の花）

玉蜀黍の殻（玉米皮）唐空漢韓

栗の殻（栗子皮）

貝の殻（貝殼）

貝殻（貝殼）

卵の殻（蛋殻）

殻を取る（剝皮）

蛇の殻（蛇蛻皮）

蛇の抜殻（蛇蛻）

蝉の殻（蟬蛻）

蝉の脱殻（蟬蛻）

古い殻を破る（打破舊框框）

蝉が殻から抜け出る（蟬從外殼裡脫出）

蛻の殻（脫下的皮、空房子）

殻の中に閉じ込む（性格孤僻）

缶詰の殻（空罐頭）

弁当の殻（裝飯的盒）

空〔名、接頭〕空、虛、假（=がらんどう、空っぽ、空虛）

空の瓶（空瓶子）殻漢唐韓幹

空の箱（空箱子）

空に為る（空了）

財布も空に為った（錢包也空了）

空に為る（弄空）

コップの水を空に為る（把杯子裡的水倒出）

箱を空に為る（把箱子騰出來）

頭の中が空の人（沒頭腦的人）

空笑いを為る（裝笑臉、強笑）

空元気を付けている（壯著假膽子、虛張聲勢）

空念仏（空話、空談）

空談義（空談）

空文句（空話、空論）

唐〔名〕中國（的古稱），外國。〔接頭〕表示中國或外國來的.表示珍貴或稀奇之意

唐から渡って来た品（從中國傳來的東西）
唐 殻 空 韓 漢 幹

唐歌（中國的詩歌）

唐錦（中國織錦）

唐衣（珍貴的服裝）

幹〔名〕幹、桿、莖、箭桿（=矢柄），柄、把。（數帶柄器物的助數詞）桿、挺

麦の幹（麥桿）幹 空 唐 殻 韓

鉄砲百幹（槍一百挺）

殻竿、連枷〔名〕（打穀用具）連枷

殻竿歌（用連枷打穀時唱的歌）

殻竿を打つ（用連枷打穀）

殻〔名〕殘渣、煤渣、雞骨頭、無用的東西

殻を煮出してスープを取る（煮雞骨頭做湯）
柄

鳥殻（雞骨頭）

石炭殻（煤渣、劣質焦炭）

柄〔名〕體格，身材，品格，身分，花樣，花紋
〔漢造〕表示身分，品格，身分、表示適應性，適合性

柄が小さい（身材小、小個兒）

柄の大きい子供（身材魁梧的孩子、高個兒的孩子）

柄が悪い（人品不好）

柄の良い人（人品好的人）

柄に無い（不合身分的、不配的）

柄に無い事を為る（不要做自己不配做的事）

そんな事を為る柄ではない（不配做那樣的事）

彼は君の細君と言う柄じゃない（她不配做你的妻子）

人を批評する柄じゃない（他沒有批評人的資格）

専門家等と言える柄ではない（不配稱為專家）

ㄎ

着物の柄（衣服的花樣）
流行の柄（流行的花樣）
派手な柄だ（鮮豔的花樣）
柄が綺麗だ（花樣很漂亮）
地味な柄（樸素的花樣）
生地はどんな柄でも有る（布的花樣什麼樣的都有）
人柄（人格、人品）
家柄（家世、門第）
場所柄を弁えない（不管什麼場所）
時節柄も弁えない（也不管什麼時候）
欧米には欧米の土地柄が有る（歐美有歐美地方的特色）

柄〔名〕（刀劍等的）把，柄，筆桿（＝筆の軸）
刀の柄に手を掛ける（手按刀柄）
刀身に柄を付ける（給刀身安上柄）
柄も通れと刺す（深刺到刀把）
柄短き筆（短桿的筆）
柄を握る（取る）（技藝精湛）

可（ㄎㄜˇ）

可〔名、漢造〕可、可以、可能、值得（＝良い事）
可と為る者多数（多數人認為可以）
其の方法を可と為る（認為那個方法可以）
分売も可（也可以分開出售）
可も無く不可も無し（不算好也不算壞）
可も無く不可も無い（不好也不壞、無可無不可）
成績の評点は可（成績評為可）
健康状態可（健康狀態正常）
許可（許可、准許）
認可（認可、許可）
允可（許可、准許）
不可（不可、不行、不好）
印可（師父承認並證明弟子已修行得道、師傅對已出師徒弟授與證明）

可逆〔名〕〔理〕可逆
可逆反応（可逆反應）
可逆電池（可逆電池）
可逆変化（可逆變化）
可逆過程（可逆過程）
可逆性（可逆性）
可逆機関（可逆發動機）
可逆電動機（可逆電動機）
可逆羽根プロペラ（可逆葉片螺旋槳）

可及的〔副〕〔俗〕盡可能（＝出来る丈、成可く、成丈、及ぶ限り）
可及的速やかに（盡可能迅速地）
可及的速やかに実現を図る事（力圖盡快實現）

可決〔名、他サ〕（提案等）通過←→否決
原案通り可決された（原案通過）
動議は満場一致で可決された（全場一致通過了提案）
総会の可決を待って決議が効力を発生する（等到總會通過決議便生效）
賛成七十八、反対一、棄権十六で可決された（78人贊成1人反對16人棄權而通過）
議案は七十票対二百票を以て可決された（議案以七十票對二百票通過了）
法案は両院で可決されて法律を取る（法案經參眾兩院通過後成為法律）

可耕〔名〕可耕、可以耕種
可耕地（可耕地）
可耕面積（可耕面積）

可視〔名〕可見、可以看見
可視光線（可視光線、普通光線）
可視炎（可見火焰）
可視度（可見度、視見度）
可視式無線航路標識（光學可視無線電航向信標）

可選性〔名〕〔礦〕可洗性、耐洗性
可塑〔名〕可塑
  可塑性（可塑性、成形性）
  可塑剤（可塑劑）
  可塑度計（塑度計、塑性計）
  可塑物（可塑體、塑料＝プラスチックス）
可鍛鋳鉄〔名〕〔冶〕可鍛鑄鐵
可動〔名〕可動
  可動関節（可動關節）
  可動橋（活動橋、開合橋）
  可動コイル（可動線圈）
  可動起重機（移動起重機）
可成、可也〔副、形動〕很、頗、相當（＝相当に）
  可成長い間待った（等了老半天）
  可成自由に日本語を話す（日語說得相當流利）
  今日は可成暑い（今天天氣很熱）
  可成長い時間掛かる（需要相當長的時間）
  可成寒い（相當冷）
  彼の人は日本語が可成出来る（他日語很不錯）
  可成の収入（相當多的收入）
  彼はテニスも可成遣る（他網球也打得頗好）
  可成の金額（相當大的款項）
  可成の人手を要する（需要相當多的人手）
  可成の距離（相當長的距離）
  此処から未だ可成の道程が有る（離這裡還有相當的路程）
  彼は可成な画家だ（他是相當有名的畫家）
可燃〔名〕可燃、易燃←→不燃
  可燃性（可燃性）
  可燃物質（可燃性物質）
  可燃物（可燃物、易燃物）
可能〔名、形動〕可能←→不可能
  可能の範囲で（在可能的範圍內）
  可能な範囲で手伝って下さい（在可能範圍內請幫個忙）
  不可能を可能に為る（把不可能變成可能）
  此の計画の実現は可能である（這個計畫的實現是有可能的）
  実現可能な（の）計画（可能實現的計畫）
  月世界旅行も可能に為った（旅行月球也有可能了）
可能性〔名〕可能性
  可能性を検討する（研究可能性）
  可能性を試す（試試可能性）
  可能性が全く無い（絲毫沒有可能性）
  優勝の可能性が濃く為った（獲得冠軍的可能性很大）
  失敗の可能性が強い（失敗的可能性很大）
  成功の可能性を調べる（探討成功的可能性）
  努力すれば可能性は開ける（努力的話就有可能性）
  無限可能性を持った若い人（前途無量的青年）
可能動詞〔名〕可能動詞（五段動詞未然形＋れる通過約音變成下一段活用表示可能的動詞、如読む→読まれる→読める、書く→書かれる→書ける）
可分〔名〕（不影響性質和價值）可以分割
可変〔名〕可變←→不変
  可変資本（可變資本）←→不変資本
  可変コンデンサー（可變電容器）
  可変性（可變性）
  可変蓄電器（可變電容器）
可溶〔名、形動〕可溶、可熔←→不溶
  可溶合金（可熔合金）
  可溶性（可溶性、可熔性）←→不溶性
  可溶片（保險絲＝ヒューズ）
  可溶性澱粉（可溶性澱粉）
可憐〔形動〕可憐、可愛
  可憐に思う（覺得可憐）

ㄎ

可憐なマッチ売りの少女（可憐的賣火柴女孩）

可憐な少女（可愛的少女）

可憐な女の子（可愛的女孩）

可愛い〔形〕可愛的，討人喜歡的、小巧玲瓏的（＝可愛らしい）←→憎い

可愛い娘様（可愛的小姑娘）

此の子は可愛い（這孩子長得可愛）

此の犬は可愛いね（這隻狗怪好玩的）

彼の子は可愛い顔を為ている（那孩子長得怪討人愛的）

未だ可愛い所が有る（還有可取之處）

誰でも自分の子は可愛い（誰都疼自己的孩子）

可愛い子には旅させよ（愛子要出外見世面經風雨，比喻對子女不可嬌生慣養）

可愛い字典（袖珍字典）

私の可愛い人（我的心愛的人-指情人）

可愛い電池（小電池）

赤ん坊の可愛い鼻（嬰兒可愛的小鼻子）

可愛がる〔他五〕愛、喜愛、疼愛←→憎む

犬を可愛がる（喜愛狗）

子供を可愛がり過ぎる（太寵愛小孩）

子供を可愛がる（愛小孩、疼小孩）

可愛がられる人（被人喜歡的人）

子供を抱き上げて可愛がる（把小孩抱起來撫愛）

母は一人息子を無闇と可愛がる（母親一味疼愛她的獨生子）

目に入れても痛くない程可愛がる（像寶貝般地疼愛）

可愛がって遣るから外へ出ろ（到外邊去讓我來教訓你一下）

可愛げ、可愛気〔形動〕可愛、討人愛

可愛げの無い子供（不討人愛的孩子）

彼女は我が子を可愛げに見詰めている（她不勝喜愛地凝視著自己的孩子）

可愛さ〔名〕可愛（的）程度

可愛さ余って憎さが百倍（愛之深責之切）

可愛らしい〔形〕可愛的、小巧玲瓏的（＝可愛い）

可愛らしい椅子（可愛的椅子）

此の柄は本当に可愛らしい（這花樣真讓人喜歡）

可愛らしい女の子（可愛的女孩）

何と可愛らしい犬だ事（多麼可愛的狗呀！）

可愛らしい小猫（可愛的小貓）

可愛らしい時計（小巧玲瓏的錶）

可愛らしげ〔形動〕可愛的樣子、討人喜歡的樣子

可愛らしげに見える（顯得很可愛的樣子）

可愛らしさ〔名〕可愛

子供の癖に可愛らしさが無い（是個小孩子可是沒有討人喜愛的樣子）

可哀相、可哀想〔形動〕可憐

可哀相な子供（可憐的孩子）

可哀相な孤兒（可憐的孤兒）孤兒

可哀相な猫（可憐的貓）

可哀相な境遇（可憐的處境）

可哀相な話（可憐的故事）

可哀相に思う（覺得可憐）

まあ可哀相に（呀！真可憐）

如何にも可哀相に見える（看起來實在可憐）

可惜〔副〕可惜（＝惜しくも）

可惜好漢を死なした（可惜死了一條好漢）

可惜若い人を死なせて終った（可惜斷送了一個青年）

可惜大金を無駄に為た（可惜白費了一筆巨款）

可笑しい〔形〕可笑的，滑稽的、奇怪的，不正當的、不恰當，不合適，可疑（＝怪しい）

可笑しくて笑ずに入られなかった（滑稽得使人不得不笑）

何か可笑しいの（有什麼可笑嗎？）

可笑しくて堪らない（非常可笑）

彼の映画は始めから終わり迄可笑しくて堪らなかった（那電影從頭到尾讓人笑不停）

可笑しければ大いに笑うが良い（好笑的話你就痛痛快快地笑好了）

彼は可笑しい事を言って人を笑わせる（他愛說笑話逗人笑）

彼が落第したのは可笑しい（他沒考上真奇怪）

機械の調子が可笑しい（機器的轉動和平常不一樣）

身体の調子が少し可笑しい（身體有點不舒服）

彼奴の頭は少し可笑しい（他的頭腦有點不正常）

彼は最近様子が可笑しい（他最近舉止不同往常）

一寸可笑しい事に為っている（出了點岔子）

夏なのにこんなに涼しいのは可笑しいですね（大夏天竟然如此涼爽有點反常）

可笑しい事には（奇怪的是）

私の口から言うのは可笑しい様だが、彼の子は天才だ（好像不應由我來說其實那孩子確有天份）

君は可笑しい事を言うね（你這話豈有此理）

彼奴の行動はどうも可笑しい（他的形跡實在可疑）

可笑しい素振り素振り（舉止可疑）

彼はあんなに金を持っているのは可笑しい（他有那麼多錢真可疑）

可笑しがる〔自五〕覺得可笑、覺得奇怪、覺得可疑

余り威張るから人が可笑しがっている（大擺架子了所以大家都覺得可笑）

君が余り威張るから人が可笑しがるのも無理は無い（因為你太擺架子難怪人們覺得可笑）

彼が冗談を言うので皆が可笑しがった（因為他開玩笑大家都覺得可笑）

戯けた事を言って人を可笑しがらせる（逗樂子讓人發笑）

何ても無い事を可笑しがる（沒甚麼好笑的事也感到好笑）

可笑しげ〔形動〕可笑，滑稽（的樣子）

可笑しげに笑う（引為可笑而笑）

可笑しげな振舞（可笑的動作、滑稽的動作）

君は何をそんなに可笑しげに笑っているのだ（你那樣嗤嗤地笑什麼？）

人が真面目に話しているのにそんなに可笑しげに笑うもんじゃない（人家在鄭重其事地講話不要那樣嗤嗤地笑）

可笑しさ〔名〕可笑（的樣子），滑稽（的程度）、荒謬，荒誕，奇怪，奇異

可笑しさを堪える（忍住笑）

其の事を思う度に可笑しさが込み上げるのだった（每逢響起那件事就忍不住要笑起來）

其の可笑しさと言ったらないんだ（再也沒有比那更荒謬的了）

可笑しな〔連体〕可笑，滑稽，奇怪，可疑，荒謬，不妥當

可笑しな人（可笑的人、古怪的人）

可笑しな話を為る様だが（說來很奇怪、說來也可笑）

可笑しな格好を為ている（打扮的樣子很可笑、服裝穿得不三不四）

可笑しな事も有るもんだね（真是無奇不有）

可笑しな事には彼は其に就いて何も言わない（奇怪的是他對此事諱莫如深）

何処が可笑しな所が有りは為ないか（有什麼不妥當的地方沒有？）

可し〔形動，形ク型〕應當，應該，當然，一定（表示推測-將會、可能-可以、義務-應該，必須、當然-一定、決意-想要、命令-不許等的助動詞）（原為文語推量助動詞、現仍為口語書寫語言，接在ラ變以外動詞的終止形、ラ變或形動的連體形、形容詞語尾かる等的下面，接サ變動詞時，仍常接在文語終止形ず、する之後。）（口語活用一般為-可から、可く、可し、可き）

明日は気温下がる可し（明天氣溫要下降）

明日は雨なる可し（明天也許要下雨、明天應該會下雨）

ㄅ

風雨強かる可し（風雨要大起來）

男子成年に達せば兵役に服す可し（男子達到成年應該服兵役）

妥協す可しとの意見が多い（大部分的人認為應該妥協）

学校の規則を厳守す可し（必須嚴守學校規則）

借りた物は返す可し（借的東西要還）

深さ測る可からず（深不可測）

特急にて行けば二時間にて達す可し（乘特別快車去兩小時可以到達）

山をも抜く可し（山也能搬走）

此は子供が見る可きテレビじゃない（這不是兒童可以看的電視）

我も訪日代表団に加わる可し（我也要參加訪日代表團）

彼を見舞う可し病院を訪れた（為了探望他到醫院去了）

日本文学を勉強す可く日本に留学した（為了學習日本文學到日本留學去了）

明日は外国へ行く可し（預定明天去外國）

汽車に注意す可し（要注意火車）

児童に注意す可し（當心兒童）

全員出席す可し（全體人員務必出席）

明日七時に集合す可し（明天要七點集合）

学生は午前八時に登校す可し（學生必須早上八點以前到校）

山田氏は明日入京す可し（山田先生將於明天到京）

明日参上致す可し（準備明天登門拜訪）

必ず参る可し（我一定去拜訪）

無用の者入る可からず（閒人勿進）

車内では煙草を吸う可からず（車內不准抽菸）

今後十分注意する可しだ（今後需要充分注意）

数十年来の合成化学の発展振りは大いに見る可き物が有る（幾十年來合成化學的發展情況大有可觀）

可く〔助動〕（文語助動詞可し的連用形）應該，值得、為了，想要

此は起る可くして起った事故だ（發生這種事故是必然的）

愛す可く且つ敬す可き我我の先生（我們可敬可愛的老師）

驚く可く誤植の多い本（排版錯誤多得驚人）

行く可く余りにも遠い（想要去但就是太遠）

解決す可く特別難しい問題（必須解決特別困難的問題）

可くして〔連語〕需要，應該、能…而…

残る可くして残った（應該留下而留下了、需要留下而留下了）

言う可くして行われない（能說而不能做）

可くもない〔連語〕當然不會，當然不可能、無可…。不可

そんな事を望む可くもない（那樣的事當然不敢期望）

当方の非は否定す可くもない（不可否認是我方的不是）

可く候〔連語〕將要、將必

明日卒業式挙行仕る可く候（明天將舉行畢業典禮）

可くんば〔連語〕如果、如果能夠（推量助動詞的未然形可+接續助詞ば）

望む可くんば（如果可以期望、可能的話）

可き〔助動〕（推量助動詞可し的連體形）應該，理應、合適，適當

解決す可き問題（該解決的問題）

君は彼女に謝る可きだ（你應該向她道歉）

悪いと思ったら直ぐ謝る可きだ（覺得錯了就該馬上道歉）

守る可き規則（必須遵守規則）

言う可き事ははっきり言い為さい（該說的清楚地說出來）

展示品には特に見る可き物は無かった（展示品沒有什麼值得看的）

此は子供が見る可き本じゃない（小孩看這書不合適）

僕は此方を買う可きだと思う（我認為買這個東西才合適）

可からざる〔連語、連體〕不可、不應該、不能（推量助動詞可し的未然形可から＋否定助動詞ず的連體形ざる構成）

知る可からざる秘密（不應該之道的祕密）

彼の暴力は許す可からざる行為である（他的動武是不能容許的行為）

電気はもう我我の日常生活に必要欠く可からざる物と為った（電已經成了我們日常生活中不可或缺的東西）

可からず〔連語〕禁止、不可、不能（推量助動詞可し的否定形式、由其未然形可から＋否定助動詞ず構成）

車内で煙草を呑む可からず（車內禁止吸菸）

池の魚を取る可からず（禁止捕捉池塘的魚）

痰を吐く可からず（禁止吐痰）

嘘を吐く可からず（不可說謊）

無用の者立ち入る可からず（閒人勿進）

立ち入る可からず（禁止入內）

可からず主義（禁止主義）

筆舌に尽す可からず（非筆墨所能形容）

虎の尻は触る可からず（不能碰觸老虎尾巴、會叫你吃不完兜著走）

其の惨状に名状す可からず（那種慘狀實在無法形容）

可かりけり〔連語〕〔古〕應該（可くありけり的轉變）

酒は静かに飲む可かりけり（酒是應該慢慢喝的）

渇（ㄎㄜˇ）

渇〔名、漢造〕渇，口渇（＝喉の渇き）、渴望、缺水

渇を覚える（感覺口渴）

渇を癒す（解渇、止渇）

多年の渇を癒す（實現多年的願望）

渇に望みて井を穿つ（臨渇掘井）

枯渇、涸渇（乾涸、缺乏）

飢渇、飢渇（飢渇）

消渇（消渇病、婦女淋病）

渇する〔自サ〕口乾、乾涸、願望

渇しても盗泉の水を飲まず（渇不飲盗泉水）

愛情の渇する（渇望愛情）

渇死〔名、自サ〕渇死

渇水〔名、自サ〕水涸←→豊水

渇水期（水涸期、缺水期、枯水期）←→豊水期

冬の渇水は例年の事だ（冬季缺水年年如此）

貯水池も渇水する場合が有る（水庫也有缺水時）

渇仰〔名、他サ〕（對宗教）篤信，虔信、渴慕、景仰

仏教を渇仰する（篤信佛教）

旧師を渇仰する（景仰昔日的老師）

渇筆〔名〕文字的飛白、（水墨畫技法）用擦筆畫（＝掠り筆、擦筆）

渇望〔名、他サ〕渇望（＝切望）

勝利の日を渇望する（渇望勝利的到來）

渇望を癒す（滿足渇望）

日照り続きで雨を渇望する（久旱渇望下雨）

旅行に出度い渇望が募った（越來越殷切盼望出去旅行）

渇命〔名、自サ〕因飢渇危及生命

渇く〔自五〕渇、渇望←→潤う

喉が渇く（口渇、喉嚨乾渇）乾く

鹹い物を食べて喉が渇いた（吃了鹹的東西喉嚨很乾）

激しい運動で喉が渇く（由於激烈運動喉嚨很乾）

汗を掻いたので喉が渇いた（因為出汗所以喉嚨乾渇）

渇き〔名〕渇、渇望

渇きを覚える（口渇）乾き

ㄎ

喉の渇きを覚える（感到口渇）
渇きを癒す（解渇）
喉の渇きを癒す（解渇）
知識の渇き（渇望求得知識、知識慾）

乾く 〔自五〕乾、乾枯、枯燥
　乾き切った（徹底乾了）渇く
　洗濯物が乾いた（洗的東西乾了）
　池の水が乾いて終った（池裡的水乾了）終う仕舞う
　満面の汗が次第に乾いて行く（滿臉的汗水逐漸乾了）行く往く逝く行く往く逝く
　乾いた老人染みた言い方（乾燥無味老人似的談話）

乾き 〔名〕乾、乾的情況（程度、速度）
　乾きが早い（乾得快）早い速い
　乾きが悪い（不愛乾）
　乾きが良い（愛乾．乾得快）良い好い善い良い好い善い
　洗いも簡単だし、乾きも速い（洗也簡單乾的也快）

克（ㄎㄜˋ）

克 〔漢造〕克服、戰勝
　超克（超越、克服）
　下克上、下剋上（以下犯上、以臣壓君）

克服 〔名、他サ〕克服、征服
　有らゆる困難を克服する（克服一切困難）
　悪条件を克服する（克服不利條件）
　インフレを克服する（克服通貨膨脹）

克復 〔名、他サ〕恢復、復原
　平和を克復する（恢復和平）

克明 〔形動〕細緻，細心、耿直老實
　克明に模写する（細緻地模寫）
　毎日の出来事を克明に記す（把每天發生的事情詳細記下）
　克明に述べる（詳細敘述）
　克明に調べる（細膩地檢察）
　克明な描写する（細膩的描寫）
　克明に働く（勤懇地工作）
　克明らしい人（看來很耿直的人）

克己 〔名、自サ〕克己、自制
　克己心（自制心、克制精神）
　克己心が強い（克制精神很強）
　克己心の有る人（有克制精神的人）

克つ、勝つ、贏つ 〔自五〕戰勝，獲勝、勝過，超過、克制，克服，獲得，贏得←→負ける
　議論に勝つ（辯論獲勝）
　兵力に於いて敵に勝つ（在兵力上勝過敵人）
　戦争に勝つ（戰爭獲勝）
　武力に於いて勝つ（在武力上優勢）
　試合に勝つ（比賽獲勝）
　勝てば官軍負ければ賊軍（勝者為王敗者為寇）
　相手に勝つ（戰勝對方）
　勝って兜の緒を締めよ（戰勝後仍要提高警惕）
　敵に勝つ（戰勝敵人）
　経済的に他国に勝つ（在經濟上勝過別國）
　意志が弱くて誘惑に勝つ事が出来ない（意志薄弱不能戰勝誘惑）
　困難に勝つ（克服困難）
　此の絵は赤味が勝っている（這張畫過於紅）
　欲望に勝つ（克制慾望）
　赤味の勝った色（紅的過多的顏色）
　己に勝つ（克制自己）
　此の料理は少し甘味が勝っている（這道菜有點過甜）
　荷が勝つ（負擔過重、不能勝任）
　私には勝ち過ぎた荷だ（我不勝負擔）

克ち取る，克取る、勝ち取る、勝取る 〔他五〕奪取、獲取、獲得、贏得、奪得

優勝を克ち取る（獲得冠軍）

豊作を克ち取る（獲取豐收）

チャンピオンの座を克ち取った（獲得冠軍寶座）

新たな成果を克ち取る（取得新的成就）

客、客（ㄎㄜˋ）

客〔名〕客人、顧客、主顧、請客←→主、主

〔漢造〕（居於）客位、（對方）客體、（旅行）旅客、（大家）劍客、（過去）客歲

〔接尾〕計算待客用器具的件數的量詞

客に接する（接待客人）

客を持て成す（招待客人、請客）

客を為る（招待客人、請客）

客を招く（邀請客人、請客）

偶に御客を為る（偶而請客）

客に行く（去作客）

御客に行く（去作客）

御客が有って忙しい（有客人很忙）

呼ばれて客に行く（被請去作客）

応接間で客に会う（在客廳會見客人）

招かれざる客（不速之客）

旅館の客（旅館的客人）

御客様ですよ（客人來了）

私は御客様じゃ有りませんよ（我可不是客人、請不要招待）

滅多に来て頂けない御客様（難得來的客人）

歓迎されない客（不受歡迎的客人）

客を取る（〔妓女〕接客）

客を呼ぶ（招攬客人、攬客）

タクシーが客を拾う（計程車攬客）

今日は客が無かった（今天媒拉到客人）

客の大部分は若い者です（大部分顧客是年輕人）

彼の店は客が多い（那商店顧客多）

客を大切に為る（好好招待顧客）

此の映画は客の入りが悪い（這部電影不叫座）

吸物碗五客（湯碗五個）

主客、主客（主人和客人、主體和客體、主格和賓格）

来客（來客）

訪客（來客）

先客（先來的客人）

食客、食客（食客、寄食者）

寄客（寄食者、旅行中的人）

接客（會客）

常客、定客（老主顧）

乗客（乘客、旅客）

上客（上賓、好主顧）

正客（主賓，主要客人、〔茶會時坐在上座的〕客人）

剣客、剣客（劍客、精通劍術的人）

観客，看客、観客（觀眾）

論客、論客（辯論家、評論家）

酔客，酔客（醉漢）

墨客，墨客（墨客、文人）

棋客、棋客（棋士）

船客（乘船的客人、船上的旅客）

客足〔名〕（商店、娛樂場的）顧客出入情況

客足が落ちる（顧客見少）

客足が減る（顧客見少）

客足が遠退く（顧客見少）

客足が鈍る（顧客見少）

客足が付く（顧客見多）

客足を引く物（招攬顧客的東西）

今の所、一寸客足が鈍っている（現在客人少了一點）

ㄎ

客あしらい〔名〕接待顧客（=客扱い）
　客あしらいを良くする（提高對客人服務的品質）
　客あしらいが旨い（很會接待客人）
　彼のホテルは客あしらいが上手だ（那個飯店對客人的服務好）
　彼のホテルは客あしらいは確かだ（若是那家飯店服務態度靠得住）
　彼の店は客あしらいが良い（那家商店服務態度好）
　客あしらいの悪い店（服務態度不好的商店）

客扱い、客扱〔名、自サ〕接待客人的態度，服務態度（=客あしらい）。〔鐵〕客運
　客扱いに気を付ける（注意對客人的服務態度）
　客扱いに為せる（被當作客人）
　彼の店は客扱いが悪い（那個商店服務態度差）

客位、客位〔名〕客位、客人位置（=賓位）

客受け、客受〔名、自サ〕顧客的反映、顧客的評價、受顧客歡迎
　客受けが良い（受顧客的歡迎、叫座）
　悲劇より喜劇の方が客受けする（喜劇比悲劇更受觀眾歡迎）
　新しい型のテレビは迚も客受けする（新式的電視很受歡迎）

客演〔名、自サ〕〔劇〕客串
　客演で名を上げる（以客串出了名）

客寓、客寓〔名〕客居，作客，客居處，旅館

客語、客語〔名〕（語法）賓語（=目的語）、（邏輯）謂詞，賓詞（=賓辞）

客座敷〔名〕客廳（=客間）

客棧、客棧〔名〕旅館

客室、客室〔名〕客廳（=客間）、（旅館，車船等的）旅客的房間

客車〔名〕客車←→貨車
　客車と貨車（客車和貨車）
　客車便で送る（隨同客車發送）

客舍、客舍〔名〕旅舍、旅館（=宿屋）

客主、客主〔名〕客人和主人

客衆、客衆〔名〕客人很多、（尊稱）客人

客思、客思〔名〕旅情、旅行途中思念故鄉（=客情、客情）

客情、客情〔名〕旅行途中的心情（=旅情、客意、客意）

客商売〔名〕（指旅館、餐飲店等）接待客人的服務行業
　客商売を為る（從事服務行業）

客人、客人、賓客、客人，賓客〔名〕〔舊〕客人、顧客
　客人権現（〔商店供奉的〕財神爺）

客好き〔名〕好客、好客的人
　中国人は皆客好きだ（中國人都很好客）

客筋〔名〕顧客，主顧、顧客的類型（=客種）
　客筋を大切に為る（好好接待顧客、珍視顧客）
　客筋が良い（顧客的類型比較好）
　場末は客筋が落ちる（近郊的顧客差些）

客席〔名〕（劇場等）觀賞席（=見物席）、宴席，客人坐席
　此の劇場は客席が少ない（這所劇場觀賞坐位少）
　此の劇場は客席が多い（這所劇場觀賞坐位多）
　客席を設ける（設宴）
　客席に出て酌を為る（到宴席上替客人斟酒）

客船、客船〔名〕客船←→貨物船

客膳〔名〕招待客人的飯食、招待客人的桌椅

客窓〔名〕旅館的窗戶、旅館

客僧、客僧〔名〕〔佛〕客僧，客居的僧人、雲遊僧，托缽僧

客種〔名〕顧客的類型（=客筋）
　彼の店の客種は良い（那個商店顧客好）
　デパートと専門店は客種が違う（百貨店和專門店顧客的類型不同）

客勤め、客勤〔名、自サ〕招待客人的工作（多用於妓女）
　客勤めに割り当てられた（被分配去招待客人）
　客勤めに回される（被分配去招待客人）
客殿〔名〕（宮殿、寺院的）會客殿
客土〔名〕（為改良土壤的）摻加的土（=置土）
客止め、客止〔名、自サ〕（劇場等因滿坐而）謝絶入場
　満員客止め（客満謝絶入場）
　満員で客止めに為る（因客満謝絶入場）
　連日客止めの盛況（連日客満謝絶入場的盛況）
客引き、客引〔名、自サ〕招攬顧客（的人）
　ホテルの客引き（飯店的攬客員）
　客引きを為る（招攬客人）
　駅に降りると宿屋の客引きが集まって来る（一出車站旅館的攬客員就湧了上來）
客分〔名〕客人身份、被當作客人
　客分と為てあしらう（被當作客人接待）
客坊〔名〕（寺院留宿客人的）客房
客間〔名〕客廳←→居間
　客間に通す（把客人請到客廳）
客待ち、客待〔名、自サ〕等待客人（的人、車、場所）
　客待ちのタクシー（等待客人的計程車）
　客待ちで車を拾う（在停車場雇車）
　客待ち顔（盼望顧客的神色）
客遊、客遊〔名〕旅遊於外國或他郷（=外遊）
客用〔名〕客人使用、待客用
　客用の座布団（客人用的褥墊）
　客用の蒲団（客人用的被褥）
客寄せ、客寄〔名〕招攬顧客、引誘顧客
　客寄せの声（招攬顧客的聲音）
客呼ぶ〔名〕邀請客人、請客
　客呼ぶを為る（請客）

客来〔名〕來客
　客来が絶えない（客人不斷）
客観、客観〔名、他サ〕〔哲〕客觀←→主觀
　主観より客観を重んずる（客觀重於主觀）
　客観から主観へ、実際から思想へ（從客觀到主觀從實際到思想）
　客観世界の合法則性（客觀世界的規律性）
　客観情況に基づいて事を運ぶ（根據客觀情況辦事）
　客観的（客觀的）←→主観的
　客観的に見る（客觀地觀察）
　事物を客観的に眺める（對事物客觀地觀察）
　客観化（使客觀化、使具體化）
　客観主義（客觀主義）←→主観主義
　客観主義者（客觀主義者）
　客観性（客觀性）←→主観性
　客観性を付与する（賦予客觀性、使客觀化）
　客観描写（客觀的描寫）
　客観条件（客觀條件）
　客観テスト（選擇法測驗）
　客観情勢（客觀形勢）
客〔名、漢造〕客人，顧客、前，過去（=客）
　賓客（賓客、客人）
　珍客、珍客（稀客）
　弔客（弔唁者）
　刺客、刺客（刺客）
　旅客（旅客）
　顧客（顧客、主雇）
　雪客（〔鷺〕的別名）
　貴客（貴賓、牡丹）
　孤客（單身旅行）
　酒客（酒徒）
　説客（説客）
　客月（上個月=先月、前月）

ㄎ

客冬（去年冬天＝昨冬）

客員、客員〔名〕會友、準會員（＝客分の会員、ゲストメンバー）guest member

　客員教授（特邀教授、客座教授）

　会の客員に為る（成為本會的特邀人員）

　客員の指揮者（特邀的指揮者）

　会の客員と為る（當上了會友）

客月〔名〕上個月（先月、前月）

客歳、客歳〔名〕去年（＝客年、客年、昨年、去年）

客冬〔名〕去年冬天（＝昨冬）

客年、客年〔名〕去年（＝客歳、客歳、昨年、去年）

客死、客死〔名、自サ〕死在國外、死在他鄉

　ロンドンに客死する（死在倫敦）

　彼は東京で客死する（他客死東京）

　出張先で客死した（死在出差的地方）

客舟〔名〕客船

客愁〔名〕旅愁（＝旅愁）

客将、客将〔名〕以賓客相待的將軍、副將

客心〔名〕旅途心境

客星、客星〔名〕只呈現一時的星星（如彗星、新星等）

客体、客体〔名〕客體，對象，目的物，客觀←→主体

　客体的（客觀的）

客亭、客亭〔名〕旅館（宿屋）

客旅〔名〕旅客（＝旅人、旅人、旅人）、旅行（＝旅）

客臘〔名〕去年臘月（＝旧臘）

客気〔名〕血氣，年輕人的熱情、輕率、魯莽（＝血気）

　客気に駆られる（為血氣所驅使、一時感情從事）

　客気を抑える（控制熱情）

恪 （ㄎㄜˋ）

恪〔漢造〕誠敬為恪、敬慎、恭敬的

恪守〔名、他サ〕恪守、恪遵

恪遵、恪循〔名、他サ〕恪守、遵循、遵守

恪勤、恪勤、恪勤〔名、自サ〕恪勤、精勵

　精励恪勤（勤勤懇懇、專心一意）

　精励恪勤の人（刻苦勤奮的人）

喀 （ㄎㄚˋ）

喀〔漢造〕吐（＝吐く）

喀痰〔名、自サ〕吐痰、吐的痰

　喀痰を禁ずる（禁止吐痰）

　喀痰禁止（禁止吐痰）

　喀痰を吐く（吐痰）

　喀痰検査（驗痰）

　喀痰に結核菌が混じっている（痰裡有結核菌）

喀血〔名、自サ〕吐血

　結核で喀血する（因結核病吐血）

　血を吐く（吐血）

　喀血で病気を自覚する（由於吐血而感到有病）

　突然喀血して倒れた（突然吐血倒下去了）

課 （ㄎㄜˋ）

課〔名、漢造〕（課程）課、（機關、企業等）科、課業，課徵

　第五課（第五課）

　前の課を復習する（複習前一課）

　日課（每天的習慣活動）

　前の課を復習を為る（複習前一課）

　学課（課程）

　各課、各科（各科、各課）

　庶務課（總務科）

　公課（稅捐）

　会計課（會計課）

　此は何の課の管轄ですか（這是屬哪一課管的？）

　賦課（徵收）

　賦課金（徵收的稅款）

課する〔他サ〕課徵、使負擔，使擔任

　税金を課する（課稅）

　輸入品に重税を課する（對輸入品課以重稅）

　宿題を課する（出習題）

　学生に宿題を課する（指定學生做作業）

　仕事を課する（派工作）

　人に任務を課する（派人擔任工作）

　自分に課せられた責任の重さを良く知っている（深知自己所肩負的重任）

課員〔名〕科員

　平課員（普通科員）

課役、課役〔名〕（律令制）課和役（稅和勞役）、分配（的）作業和工作

課外〔名〕課外

　課外活動（課外活動）

　課外講義（課外講義）

　課外読物（課外讀物）

　課外の読み物（課外讀物）

　此の学校は課外活動が盛んだ（這學校課外活動很盛行）

課業〔名〕功課、作業

　課業に励む（努力學習）

　日日の課業に精を出す（每天努力用功）

　課業に怠ける（荒廢學業、曠課）

　明日の課業を調べる（預習明天的功課）

　与えられた課業を完全に遣る（留的功課全都做完）

課試、科試〔名〕（律令制）官吏的錄用考試、出課題或作業考試

課税〔名、自サ〕課稅←→免稅

　重く課税する（徵收重稅）

　個人の所得に課税する（徵收個人所得稅）

　課税率（稅率）

　所得に応じて課税する（按所得課稅）

　課税品を御持ちですか（你帶了需納稅的東西嗎？）

課題〔名〕課題、題目、習題、問題、任務

　課題を与える（出題）

　夏休みの課題（暑假中的習題）

　作文の課題は自由と為る（作文題目自由選擇）

　失業を如何に解決す可きかは、現在多く国家の政府に課せられた大きな課題（怎樣解決失業現象是現代許多國家政府所面臨的重大問題）

課長〔名〕課長、科長

　課長補佐、課長輔佐（科長助理）

課徵金〔名〕賦課稅徵收金

課程〔名〕課程

　三年の課程（三年的課程）

　中学の課程を終える（學完中學的課程）

　中学の課程を終了する（學完中學的課程）

　課程を修了する（修完課程）

　物理学博士の学位請求に必要な課程を修める（學習申請物理學博士學位所需課程）

　右の者は本校所定の課程を修了した事を証明する（上列人員已將本校所規定的課程學習完畢特此證明）

課目、科目〔名〕學科、課程

　必修課目（必修課程）

　課目外の授業（課程外的授課）

　課目は何の科目が得意かね（你擅長哪個學科）

開（ㄎㄞ）

開〔漢造〕開、開始、開化、開拓

　打開（打開、開闢）

　展開（展開、開展、展現）

　公開（公開、開放）

ㄎ

全開（全打開）←→半開

満開（全開、盛開）

新開（新開墾、新開闢）

散開（散開、分散開）

未開（未開化、未開墾、野蠻）

開院〔名、自サ〕國會開會、醫院（美容院）開設、（醫院等）開始門診←→閉院

開院式（〔日本國會〕開院式）

議長が開院を宣する（議長宣布國會開會）

病院の開院（開設醫院）

開院時刻（開診時間）

開運〔名、自サ〕走運、交運、否極泰來

貴方の開運を祈る（祝你運氣亨通）

開運の御守り（保佑走運的護身符）

開映〔名、自他サ〕（電影等）開演、開始放映←→終映

九時から開映する（從九點開演）

映画は午後二時に開映する（電影下午二點開始放映）

開園〔名、自他サ〕開設（公園，幼稚園等）、（公園，動物園等）開放，准許進入←→閉園

多くの幼稚園が開園された（開辦了許多幼稚園）

動物園は八時に開園する（動物園八點開門）

開演〔名、自他サ〕〔劇〕開演←→終演

開演時刻（開演時間）

芝居は六時に開演される（戲劇從六點開演）

開演を遅らせる（延遲開演時間）

開演時間が迫っている（開演時間快到了）

開音節〔名〕（以母音終止的音節）開音節←→閉音節

開化〔名、自サ〕開化、進化←→未開

文明開化の今日そんな事が有って堪るか（在文明開化的今天有那樣事情還了得嗎？）

人類開化史（人類開化史）

開化した国国（已開化的各國）

開花〔名、自サ〕開花、結果←→落花

開花期（開花期、燦爛期）

桜の開花期は四月の上旬です（櫻花的開花期是四月上旬）

遅咲きの梅が開花した（開花晚的梅花開了）

暖かいと開花が早い（如果天氣暖和花開得舊早）

三月の寒さが開花の時期を遅らせた（三月的春寒延遲了開花期）

努力が開花する（努力有了成果）

開架〔名、自サ〕（圖書館）開架閱覽

開架式（開架式）

開架式図書館（開架式圖書館）

開会〔名、自他サ〕開會←→閉会

開会の辞を述べる（致開會詞）

九時から開会する（九點開會）

開会の挨拶を為る（致開會詞）

開会を早める（提前開會）

開会を告げる（宣布開會）

開会式（開會儀式、開會典禮）

議長が開会を宣する（議長宣布開會）

開学〔名〕（大學）開辦、建校

開学記念日（〔大學〕校慶）

開豁〔形動〕豁達豪爽，寬宏大量、開闊、開朗

開豁な気性（性情豪爽）

開豁な人物（寬宏大量的人）

開豁な平原（開闊的平原）

四望開豁である（四面開朗）

開函〔名〕（郵局）開信箱、開郵筒

開函時間（開信箱時間）

開卷〔名〕卷首、第一頁

開卷第一の句（開卷第一句）

開卷第一ページ（開卷第一頁）

開館〔名、自他サ〕（圖書館，博物館等）開設，建立，建館、（圖書館等）開館，開放、（電影院等）放映，開演←→閉館

博物館は午前九時に開館する（博物館在上午九點開館）

映画館は午前十時に開館する（電影院上午十點開演）

図書館は夏休み中毎日開館している（圖書館在暑假期間每天開放）

図書館は昨日開館式が行われた（圖書館昨天舉行了開館儀式）

開館日時、月曜より土曜 午前十時より午後五時半迄（開館日期和時間星期一到星期六上午十點到下午五點半）

日曜日も開館している（星期天照常開館）

近日開館（近日開館）

開眼〔名、自サ〕復明←→失明、突然領悟（＝開眼）

手術の結果開眼した（經過手術眼睛復明了）

失明者に開眼手術を施す（給失明人作復明手術）

開眼〔名、自サ〕〔佛〕開光，開光儀式、悟道，通曉佛法、（學術，技術）領會，領悟

仏像開眼供養（佛像開光的佛事）

真の演技に開眼した（領悟了真正的演技）

開龕〔名、他サ〕〔佛〕開龕（在特定日期打開佛龕參拜）（＝開帳）

開基〔名、自他サ〕奠基，創立、〔佛〕開基，開山（＝開山）

此の寺の開基は何年でしたか（這寺廟的創立是什麼年代？）

唐招提寺の開基、鑑真（唐朝昭提寺的創建人鑑真）

開渠〔名〕明渠、明溝←→暗渠

開渠で排水する（用明渠排水）

開業〔名、自他サ〕開市，開張（＝オープン）、開業，營業←→廢業、正在營業←→休業

理髪店を開業する（開理髪店）

薬局を開業する（開藥局）

開業の準備を為る（籌備開張）

其の店は明日から開業する（那商店明天開張）

開業祝い（慶祝開張）

煙草屋を開業する積りだ（打算開一家煙店）

開業費（開業費）

開業式（開業式）

開業医（開業醫師）

医者を開業する（醫師掛牌行醫）

開業免状（營業執照）

日夜無休で開業している（日夜不停地營業）

只今開業中（現在正營業中）

今開業中（現在正在營業）

開局〔名、自サ〕（郵局，電台等）開業、開設

NHKは1925年に開局した（日本廣播電台開設於1925年）

開局記念番組を放送する（播送紀念電台開設的節目）

開襟、開衿〔名〕敞領、翻領←→詰襟

開襟shirt（翻領襯衫）

開顕〔名〕〔佛〕去除拘泥顯現真實

開悟〔名〕領悟、領會

開口〔名、自サ〕開口，張嘴、開口講話

開口音（開口音）

開口一番（一開口便……）

開口一番汚い話を言う（一開口便說粗話）

開口一番与党を攻撃する（一開口就攻擊起執政黨來）

開口〔名〕（布襪等的）襪口、鞋口

開校〔名、自サ〕建校、開學←→閉校

其の学校は開校五十年に為る（那所學校已經建校五十年了）

開校記念日（學校成立紀念日）

本校は間も無く開校に為る（本校不久便要開學）

本校は九月一日に開校する（本校九月一日開學）

開港〔名、自他サ〕開港，開闢商港、通商港口、（機場）開始通航←→不開港、鎖港

函館の開港は1859年だ（函館的開港是1859年）

ㄎ

鎖国中も長崎は開港されていた（在閉關自守期間長崎也對外開放了）

開港場（對外開放的港口、通商港口）

開講〔名、自他サ〕開始講課←→閉講

来る九月三日に開講する（將於九月三日開課）

夏期講座は来月十二日から開講する（夏季講座從下月十二日開課）

開講式（開課儀式）

開合〔名〕邊分解邊結合、開音和合音

開国〔名、自サ〕開國，建國（＝建国）、門戸開放，與外國開始交往←→鎖国

開国式典（開國大典）

1858年日本は開国した（1858年日本與外國開始交往）

日本は開国以来100年を経た（日本自從與外國交往以來已經一百年了）

開墾〔名、他サ〕開墾、開荒、拓荒

開墾地（開墾的土地）

未墾地を開墾する（開荒、開墾荒地）

開墾計画（開墾計畫）

山野を開墾する（開荒、拓荒）

労力不足で開墾が捗らない（因工作量不足開墾不能進展）

開催〔名、他サ〕召開、舉辦

大会の開催を迎える（迎接大會的召開）

展覧会を開催する（舉辦展覽會）

展覧会は三月一日から一箇月間開催される（展覽會從三月一日開始舉辦為期一個月）

開作〔名〕開墾耕作

開削、開鑿〔名、他サ〕開鑿、挖掘

トンネルを開削する（開鑿隧道）

道路の開削工事（開路工程）

運河を開削する（開鑿運河）

上水道を開削する（挖掘上水道）

開削機（開鑿機、挖掘機）

山を開削して鉄道を引く（開山鋪設鐵路）

道路の開削により交通量が増大する（由於開鑿了道路交通量增加）

用水路の開削ので水の便が良くなる（由於開鑿了水渠用水方便了）

開札〔名、自サ〕〔商〕開標、（選舉）開票

入札後十五日目に開札する（在投標後第十五天開標）

開山〔名〕〔佛〕（寺廟，教派）創立人（＝開基）。〔轉〕（事業）創始者，鼻祖

其の技術の開山を目せられている（被視為那項技術的創始人）

開山忌（寺廟創立人的忌日法會）

開山〔名〕開山築路、封山開禁（＝山開き）、開設礦山

開士〔名〕〔佛〕菩薩的異稱

開市〔名〕開市、開始營業

開始〔名、自他サ〕開始←→終了

十月一日から営業を開始する（從十月一日開始營業）

九時から作業を開始する（從九點開始工作）

店の営業を開始する（商店開始營業）

バスの運転を開始する（公車開始通車）

授業の開始を遅れる（上課開始時間遲誤）

早目に準備を開始する（提前開始準備）

開示、開示〔名〕〔法〕（法庭的）宣告，宣布、明確指示

拘留理由の開示（宣布拘留理由）

開式〔名、自サ〕儀式開始←→閉式

開式の辞（開幕詞、開會詞）

開集合〔名〕〔數〕開集

開所〔名、自他サ〕新設辦事處、（研究所，事務所）開始辦公

開所式（辦事處成立儀式、開始辦公的儀式）

開城〔名、自サ〕開城投降

開場〔名〕開門入場、開辦，開幕←→閉場

劇場は四時に開場する（戲院四點開放入場）

開場前から沢山の人が列を作っていた（入場以前就有許多人在排隊等著）

事故で開場が遅れた（由於發生意外開幕延後了）

商品展示会の開場式（商品展示會的開幕式）

開設〔名、他サ〕開設、開辦←→閉鎖

支店を開設する（開設分店）

保育園の開設を望まれる（期望開設托兒所）

新しい航空路を開設する（開闢新航空線）

電話の開設で便利に為った（由於裝上電話方便了）

開戦〔名、自サ〕開戰←→終戰

開戦を宣する（宣戰、宣布開戰）

開戦の責任を相手国に転嫁する（把開戰責任轉嫁給對方國）

宣戦布告を為て開戦する（宣戰後開戰）

開祖〔名〕開山祖師、鼻祖、創建者（=開山）

浄土真宗の開祖（淨土真宗的創始人）

開題〔名、他サ〕〔佛〕（經文的）開題，解題、（書籍）內容簡介（=解題）

開拓〔名、他サ〕開墾、開闢

開拓地（開墾地）

土地を開拓する（開墾土地）

富源を開拓する（開闢富源）

荒地を開拓して耕地に変える（把荒地開闢為良田）

新生面を開拓する（開拓新領域）

新しい販路を開拓する（開闢新的銷路）

開庁〔名、他サ〕（新設機關等）開始辦公

開帳〔名、他サ〕〔佛〕開龕（=開龕、居開帳）←→出開帳。〔俗〕開賭局

開陳〔名、他サ〕陳述

自己の意見を開陳する（陳述自己的意見）

自己の信念を開陳する（陳述自己的信念）

開通〔名、自他サ〕通車、通話、通行←→不通

蘇花線は既に開通した（蘇花線已經通車）

トンネルの開通はもう直ぐだ（隧道馬上就要通車）

此の地区に電話が開通した（這個地區通電話了）

片田舎にも電話が開通した（偏僻農村也通電話了）

此の道路は来年五月開通の見込みです（這條路預定明年五月通車）

村のバスが開通した（村子裡通行公車了）

開廷〔名、自サ〕（法院）開庭←→閉廷

開廷を宣する（宣布開庭）

只今開廷中である（現在正在開庭）

此の次は月曜日に開廷する（下次星期一開庭）

開店〔名、自他サ〕開設商店（=開業）、開門營業←→閉店

此の店の開店は朝八時です（這個商店早上八點開門營業）

毎日午前九時開店、午後六時閉店（每天早上九點開門營業下午六點關店）

開店大売出し（開張大拍賣）

煙草屋を開店する（開菸草店）

開店披露（新店鋪開市）

新しい商店が開店した（新商店開張了）

開店祝い（慶賀開張）

開店の祝い（慶賀開張）

本日開店（本日營業）

開店休業（開門停業、開門營業沒有顧客）

丸で開店の休業の状態だ（完全處於開門停業的狀況）

開発〔名、他サ〕開發，開闢，啟發，研發

原始林の開発（開發原始森林）

新製品を開発する（研製新產品）

核兵器を開発する（研製核武器）

ㄎ

新しい機種を開発する（研製新機種）
電源を開発する（開闢電源）
土地を開発する（開發土地）
智能を開発する（啟發智力）
開発教育（啟發式教育）

開帆〔名〕出帆（＝出帆）

開板、開版〔名、他サ〕（木板書）出版

開扉〔名、自他サ〕開門、〔佛〕開龕，打開佛龕（＝開帳）

開闢〔名〕開天闢地
開闢以来（有史以來）
開闢以来そんな馬鹿げた事は無い（從來沒有過那樣荒謬的事）
開闢以来の出来事（開天闢地的大事件、有史以來不曾有過的事情）
天地開闢（開天闢地）

開票〔名、自他サ〕開票、開箱點票
開票立会人（監票人）
選挙の開票を行う（舉行選舉的開箱點票）
即日開票（當日開箱點票）
開票の結果田中氏が当選した（開票的結果田中先生當選了）

開府〔名〕〔古〕設置官署、開設幕府
江戸開府（在江戸開設幕府）

開封〔名、他サ〕啟封，拆開信封←→封緘、開封，敞口（＝開き封）
手紙を開封する（拆開書信）
此の手紙は郵便局で開封したらしい（這封信像是在郵局給拆封了）
開封の手紙（敞口信）
カタログを手紙で出す（用敞口信封寄目錄）

開腹〔名、他サ〕〔醫〕剖腹
開腹手術（剖腹手術）
開腹して検査する（剖腹檢查）

開平〔名、他サ〕〔數〕開平方、求平方根

開閉〔名、他サ〕開閉（＝開け閉て）
扉を開閉する（開門和關門）
扉の開閉は自動的に為っている（門的開關是自動的）
ドアの開閉を静かに為る（要輕輕地開門關門）
貯水池の水門を開閉する（開關水庫的閘門）
自動開閉扉（自動開關門）
開閉器（電路開關＝スイッチ 斷續器 轉轍器）
開閉機（鐵路路障）

開方、開法〔名〕〔數〕開方

開放〔名、他サ〕開放，公開、打開，敞開←→閉鎖
開放性結核（開放性結核）
博物館は公衆に開放されている（博物館對群眾是開放的）
開放的（開放的、開朗的）
開放的な性格（開朗的性格）
開放無用（隨手關門、出入關門）
貿易の門戸開放（貿易的門戸開放）
雨戸を開放する（打開板窗）
窓の開放は健康に良い（敞開窗戸對健康有益）
窓を開放して空気を入れて換える（打開窗戸換換空氣）

開幕〔名、自サ〕（戲劇）開幕，開演、（事物）開幕，開始←→閉幕、終幕
開幕劇（開場戲）
開幕式（開幕式）
開幕の言葉（開幕詞）
開幕中（證再上演）
開幕時間（開幕時間）
開幕試合（開場比賽）
開幕のベルが鳴る（開幕鈴響了）
オリンピックが開幕する（奧運會開幕）

開明〔名〕開明，開化，文明進化、〔舊〕聰明（＝聡明）

開門〔名、他サ〕開門←→閉門
午前九時に開門する（上午九點開門）

開落〔名〕花開花落

開立、開立〔名、他サ〕〔數〕求立方根

開裂〔名〕裂開（=裂開）

開裂果（裂果）

開く、拓く〔自五〕開（=開く、咲く）、開放，開始，開朗←→閉じる、閉ざす、拉開←→縮まる

〔他五〕開、打開，拆開、開設，開辦，開張、召開、開拓，開墾，開發，開闢，開創，開通，展開、開導、放開。〔數〕開方←→閉じる

戸が開く（門開）

戸は内に開く（門向裡開）

車の扉が開いた（車門開了）

戸は外に開く（門向外開）

傘が開く（傘張開）

夜開く花（夜晚開的花）

花が開く（花開）

蕾が開く（阿蕾開放）

銀行が開く（銀行開門）

ハンドバッグの口が開く（手提包開著）

胸が開く（心情舒暢、心情開朗）

店は九時に開く（商店九點開門）

点数が開く（分數相差懸殊）

年が開いている（年齡差距大）

先頭との間が開く（跟不上隊頭）

値段が可也開く（價錢相差很大）

AとB大分値段が開く（A和B價錢相差很大）大分大分

最後の馬と五十メートルも差が開いた（和最後匹馬距離拉開五十米）

本を開く（打開書本）

扇を開く（打開扇子）

口を開く（打開嘴巴）

戸を開く（打開門）

蓋を開く（打開蓋子）

胸部を開いて手術を為る（打開胸腔進行手術）

手紙を開いて読む（拆開信看）

魚を開いて干し物に為る（剖開魚腹曬乾）

心を開く（推心置腹）

友人に心を開く（對朋友推心置腹）

胸襟を開く（推心置腹）

愁眉を開く（展開愁眉）

百ページを開く（打開第一百頁）

作家の著書は人人の目を開かせた（作家的著作使人們大開眼界）

店を開く（開設商店）

銀行を開く（開設銀行）

新しい流派を開く（開創新派別）

祝宴を開く（舉辦慶賀宴會）

展覧会を開く（展覽會開幕）

送別会を開く（開歡送會）

口座を開く（開戶頭）

土地を開く（開墾土地）

荒地を開いて畑に為る（開荒種地）

血路を開く（打開一條血路）

昇進の路を開く（開闢高昇之路）

新天地を開く（開闢新天地）

北海道を開く（開發北海道）

新しい局面を開く（開闢新局面）

運命を開く（開創命運）

座談会を開く（召開座談會）

緊急会議を開く（召開緊急會議）

世人の蒙を開く（啟蒙世人）

知識を開く（灌輸知識）

目を開いて未来を見る（放眼看未來）

距離を開く（擴大距離）

平方を開く（開平方）

開き、開〔名〕開、差異，差別，差距、（使用合頁的普通）門（=開き戸）、（御開き）結束，解散（=終わり）（結婚，宴會等忌諱終わ

る、閉じる而用其反語）（開膛曬乾的）乾魚。〔光〕孔徑。〔電〕斷開

　開きの早い花（開得早的花）

　開きの遅い花（開得晚的花）

　戸の開きが悪い（門不好開）

　年齢の開き（年齢的差別）

　両者の開き（兩者之差）

　相当の開きが出来る（有了相當的距離）

　開きを開ける（開門）

　大きな開きで選挙に勝つ（在選舉中以很大差距獲勝）

　鯵の開き（竹筴魚乾）

　鯵の開きを買って来る（買來竹筴魚乾）

　御開き（結婚宴會結束、散會）

　もう大分遅く為ったから、御開きに為よう（因為已經很晚了就此結束吧！）

開き、開〔造語〕開、開放、開始

　観音開き（分為左右兩開的門）

　プール開き（游泳池開放）

　両開き（向左右兩面開〔的門〕）

　店開き（商店開張）

開き障子〔名〕（日本房子）合頁紙窗

開き綱〔名〕（降落傘的）開傘索

開き戸　開戸〔名〕（使用折頁的普通的）門（＝開き）←→引き戸

開き直る、開直る〔自五〕突然改變態度、突然正顏厲色、突然嚴肅起來、將錯就錯

　開き直って訊ねる（突然正顏厲色地訊問）

　開き直って問いた出す（突然正顏厲色地訊問）

　彼女は問い詰まれて開き直った（她被問住後突然臉色大變）

　彼は急に開き直って事実を否定した（他突然改變態度否定事實）

　斯う為ったらもう開き直るしかない（事到如今只好將錯就錯做到底）

開き封〔名〕開封、敵口（的信件）（＝開封）

　開き封に為て出す（開著封寄出）

　開き封の儘の封筒（開口信封）

開きポルト〔名〕〔機〕開口螺栓

開き窓〔名〕合頁窗

開ける〔自下一〕開化、開通、開運、開闊、開朗

　此の辺も近頃非常に開けた（最近這裡也非常開化了）

　其の国は今では中中開けて来た（那國家現在相當開化起來了）

　文化が開ける（文化進步）

　此の土地は未だ開けない（這個地方還沒開化）未だ

　開けた国（文明國家）

　開け行く都市（發展中的城市）

　世の中が開ける（社會進步了）

　解決への道が開けた（打通了解決之路）

　鉄道が開けた（鐵路開通了）

　新しい鉄道が開けた（新鐵路開通了）

　バス道路が開けた（公車路線開通了）

　彼女は開けている（她很開通）

　彼女の母は中中開けている（她母親相當開通）

　開けた人（開明的人）

　中中開けた老人（非常開明的老人）

　運命が開ける（時來運轉）

　今に運が開けるさ（不久要走運了）

　北側は山に遮られている南側はずっと開けている（北面被山遮著但是難面非常敞亮）

　視界が開ける（眼界開闊）

　南の開けた家（南面寬敞的房子）

　トンネルから出ると急に目の前が開けた（一出山洞眼前一片遼闊）

　素晴らしい未来は私達の目の前が開けている（美好的未來展現在我們眼前）

山上に立てば雄大な眺めが開ける（如果站在山上雄偉的景致盡收眼底）

胸が開けた（心裡痛快了）

笑みの眉開けたる（變得滿面春風的）

気持が開ける（心情舒暢）

開く、明く、空く〔自五〕開←→締める、開始（＝始める）←→締める、空閒←→塞がる

戸が開いている（門開著）

窓が南に開いている（窗戶朝南開著）

引き出しが開く（抽屜開了）

外側へ開く（向外開）

錠前が開かぬ（鎖頭打不開）

此の鍵なら何の戸でも開く（這鑰匙可開每個門）

蓋が開く（蓋子開了）

新聞が開いたら貸して下さい（報紙若是沒人看請借我）

幕が開く（開幕）

此の家は来月開く（這房子下個月騰出）

店が開く（開始營業）

店は午前九時に開く（商店上午九時開始營業）

開いた席も無い（座無虛席）

字と字の間が開き過ぎている（字與字之間太寬了）

座席が開く（坐位空出）

開いた口が牡丹餅（福自天來）

部長のポストが開く（經理職位出缺）

壁に穴が開く（牆上破了洞）

直ぐ手が開きます（馬上就有空）

明日に為れば多少時間が開くでしょう（明天可能多少有些時間）

手が開く（閒著）

開いた口が塞がらぬ（嚇得目瞪口呆）

手の開いている人は手伝って呉れ（閒著的人來幫一下忙吧！）

飽く、厭く〔自五〕滿足、膩煩

飽く無き野望（貪得無厭的野心）明く開く空く

貪欲で飽く事を知らない（貪心不足）

二人は飽きも飽かれも為ぬ仲だ（兩個好得如膠似漆）

開ける、明ける、空ける〔他下一〕開，打開（＝開く）←→締める、閉じる。穿開（＝穿つ）。空出，騰出←→塞ぐ

戸を開ける（開門）

ドアを勢い良く開けた（用力推開了門）

本を開ける（打開書）

缶詰を開ける（開罐頭）

窓を開ける（開窗）

暑いから窓を開けて下さい（因為很熱請打開窗戶）

蓋を開ける（打開蓋子）

目を醒めると直ぐカーテンを開けた（一醒過來就拉開窗簾）

教科書の十ページを開け為さい（把課本翻到第十頁）

爆弾が落ちて地面に大きな穴を開けた（炸彈落下在地上炸了個大洞）

道を開ける（讓路）

鼠が壁に穴を開けた（老鼠在牆上挖了洞）

一行開けて書く（空出一行寫）

鼠が壁を齧って穴を開けた（老鼠在牆上咬了洞）

席を開ける（空出席位、離席）

水を開ける（把水倒出、把比賽對手拉下很遠）

バケツの水を開ける（把桶裡的水倒出）

財布の中味をテーブルの上に開ける（把錢包裡的東西倒在桌上）

部屋を開ける（騰出房間、不在家）

大きな部屋を開けて置いて貰い度い（我希望你給我留一間大屋）

ㄎ

其の日は君の為に開けて有る（為了你我留下了那天的時間）

開け閉め、開閉め〔名〕開閉、開關

ドアの開け閉めに注意して下さい（請隨手關門）

開け閉て、開閉て〔名、他サ〕開閉、開關

戸の開け閉てを静かに為さい（開關門要輕些）

戸を開け閉てする（開門關門）

開け散らす〔他五〕濫開（門窗等）

開けっ放し、明けっ放し〔名、形動〕敞開，大敞大開（=開け放し）、坦率，直爽，心直口快（=明け透け）

戸を開けっ放しに為っている（門敞開著）

瓶の栓が開けっ放しに為っていた（瓶塞沒塞）

昨晩は暑いので開けっ放しの儘寢た（昨晚因為很熱舊敞著門窗睡了）

こんな寒い晩に開けっ放して寝ると風邪を引く（這麼冷的晚上大開窗戶的話會感冒）

余り開けっ放しだと人に嫌われるよ（若是太心直口快就會討人嫌的）

彼は誰とでも開けっ放しに付き合う（他跟誰都坦率交往）

開けっ放しに言う（坦率地說）

言う事が開けっ放しだ（說話直爽）

開けっ放しな（の）性格（心直口快的性格）

開け放す、明け放す〔他五〕大敞大開、全打開

門は八文字に開け放されていた門（門大敞大開著）

窓を開け放して置くと快い微風が吹き入る（把窗戶全打開就吹進清爽的微風）微風

窓を開け放して換気する（窗戶全打開來換氣）

今日は良い御天気なので、戸を開け放す（今天天氣好把門全打開）

開け放し、明け放し〔名、形動〕敞開（=開けっ放し、明けっ放し）、直率（=明け透け）

開け放しに為る（〔把門窗〕打開）

戸を開け放しに為っていた（門打開著）

開け放し無用（隨手關門）

開け放つ〔他五〕全部打開、開放（=開け放す、明け放す）

開けっ広げ、明けっ広げ〔名形動〕直率，心直口快（=開けっ放し、明けっ放し、明け透け、開け広げ、明け広げ）

開けっ広げな性格で、人に好感を与える（性格直爽給人好感）

開けっ広げな話（直爽毫不保留的話）

開けっ広げに笑う（爽朗地笑）

開け広げる、明け広げる〔他下一〕打開解開（=広く開ける）

風呂敷を開け広げる（解開包袱）

開け払う、明け払う〔他五〕敞開，全打開（=開け放す、明け放す）、騰出，讓出（=明け渡す）

障子を開け払って風を入れる（打開隔扇透風）

窓を開け払って風通しを良くする（打開窗戶充分通風）

家を開け払う（騰出房子）

売った家を開け払う（騰出賣掉的房子）

立退きを迫られて家を開け払う（被趕搬家找房子）

楷（ㄎㄞˇ）

楷〔名〕楷書（=楷書）

楷、行、草（楷書、行書、草書）

楷書〔名〕楷書

楷書で書く（用楷書寫）

楷書の字（楷體字）

楷体〔名〕楷體、楷書←→行体、草体

鎧（ㄎㄞˇ）

鎧〔漢造〕金屬製成的甲冑

鎧袖一触〔名、自サ〕鎧袖一觸即可破敵、不費吹灰之力即可擊敗敵人

あんな奴は鎧袖一触さ（那樣的傢伙不堪一擊）

誰が向かって来ようと、鎧袖一触だ（不管誰來進犯不費吹灰之力即可擊敗）

鎧装〔名〕裝甲

鎧装電線（鎧裝電線）

鎧冑〔名〕介冑（=介冑、戎衣，戎衣）

鎧う、冑う〔他五〕〔古〕穿鎧甲、披甲、全副武裝

雄雄しく鎧って出掛ける（雄赳赳全副武裝地出門）

鎧、甲〔名〕鎧甲、甲冑

鎧を着る（穿鎧甲）

鎧冑に身を固める（全副武裝）

兜、甲、冑〔名〕頭盔

兜を被る（戴頭盔）

兜を脱ぐ（投降．認輸）

彼は到頭兜を脱いだ（他終於屈服了）

兜を見透かされる（被人窺破秘密）

鎧板〔名〕百葉窗片、散熱片

鎧戸〔名〕百葉窗（=シャッター）、百葉捲門

鎧戸を下ろす（拉下百葉捲門）

店の鎧戸を下す（拉下商店百葉捲門）

鎧窓〔名〕百葉窗（=シャッター）

鎧通し、鎧通〔名〕（古時戰場上交手用）短刀、匕首

鎧張り〔名〕〔海〕鱗狀疊板、蓋瓦式疊板

凱（ㄎㄞˇ）

凱〔漢造〕打了勝仗、柔和的、和樂的

凱歌〔名〕凱歌

凱歌を奏する（奏凱歌、獲勝）

凱歌が轟く（凱歌震天）

凱歌を上げる（奏凱歌、獲勝）

近代科学の凱歌（現代科學的光輝成就）

凱陣〔名〕〔古〕凱旋（=凱旋）

凱旋〔名、自サ〕凱旋

故国に凱旋する（凱旋歸國）

凱旋した勇士（凱旋歸來的英雄）

凱旋門（凱旋門）

中華青少年球団は国に凱旋した（中華青少年球隊凱旋歸國）

凱旋将軍（凱旋將軍）

凱旋行列（凱旋隊伍）

凱風〔名〕南風（=南風、南風、南風）

剴（ㄎㄞˇ）

剴〔漢造〕大鐮刀、切實的

剴切〔形動〕剴切、切實、最恰當

剴切な言葉（剴切之言）

慨（ㄎㄞˇ）

慨〔漢造〕慨嘆、悲嘆

感慨（感慨）

憤慨（憤慨、氣憤）

慷慨（慷慨、憤慨）

梗概（梗概、節略、概要）

慨世〔名〕慨世、憂世、憤世嫉俗

慨世の言を言う（發出憂世之言）

慨然〔副、形動〕慨然、悵然

慨然と為て語る（慨然而談˙慷慨激昂地說）

慨嘆、慨歎〔名、自他サ〕慨嘆、惋惜、痛惜

慨嘆に堪えない（不勝慨然興嘆）堪える耐える絶える

時弊を慨嘆する（慨嘆時弊）

道徳の退廃実に慨嘆す可き物が有る（道德的敗壞實在值得慨嘆）

尻（ㄎㄠ）

尻〔漢造〕脊骨盡處為尻、屁股、脊椎骨的末端

尻、臀、後〔名〕屁股，臀部、底部，下部、末尾、後頭、後果、餘波

子供が御尻を丸出しに為て遊んでいる（小孩子光著屁股在玩）

子供の尻を叩く（打小孩子屁股）

尻を叩いて折檻する（打屁股懲罰）

ㄎ

ズボンの尻が抜けている（褲底破了）
夫の尻を叩いて稼がせる（逼著丈夫去掙錢）
鍋の尻（鍋的底部）
彼は私の方へ尻を向けて座った（他屁股向著我坐下了）
茶碗の尻（茶碗底）
尻を捲く（撩起後衣襟－表示要打架，挑戰）
徳利の尻（酒壺的底）
彼は責任を取らずに尻を捲った（他不但不負責任反而耍無賴）
頭隠して尻隠さず（藏住頭藏不住尾）
尻を絡げる（〔為走路方便〕把後衣襟捲起來）
帳簿の尻を合わせる（核對帳尾）
女の尻を追い回す（跟在女人屁股後面轉）
縄の尻（繩子末端）
杖の尻（拐杖的頂尖）
今更尻の持って行く場所が無い（事到如今沒有人負責了，無處去追究責任了）
尻が暖まる（久居、住慣）
尻が重い（懶惰、遲鈍、不活潑、穩重）
尻が軽い（敏捷、活潑、輕率、輕浮）
彼は尻が重い（他屁股沉）
尻が据える（專心做事）
尻が据わらぬ（呆不住、居不久、沒耐性、不能專心做事）
彼は何処に勤めても尻が据わらない（他在哪裡工作都呆不久）
尻が来る（興師問罪、找上門來、追究責任）
子供が悪戯を為たので隣から尻が来た（因為孩子淘氣惹禍鄰居前來追究責任）
尻がこそばゆい（難為情、穩不住神）
尻が長い（久坐不去、坐得太久、坐下就不動）
尻が落ち着かない（坐不穩站不安）

彼の客は何時も尻が長い（那客人每次都久坐不走）
尻が割れる（露出破綻、露出馬腳）
尻から（倒數）
尻から五番目（倒數第五）
成績は尻から五番目である（成績是倒數第五）
尻から数えた方が速い（倒數快）
尻から二番目の成績で卒業した（以倒數第二名成績畢業）
尻から抜ける（過後就忘、記不住）
尻から焼けて来る様（驚慌失措的樣子）
尻に敷く（欺壓、壓制）
亭主を尻を敷く（妻子欺壓丈夫）
尻に付く（當尾巴、跟在後頭跑）
行列の尻に付いて歩く（跟在隊伍後面走）
尻に火が付く（火燒屁股、燃眉之急）
人の尻に付いて行く（跟著別人後頭走、模仿別人）
尻に帆を掛ける（一溜煙跑了、逃之夭夭）
尻に帆を揚げて逃げる（一溜煙逃跑、溜之大吉）
尻の穴が小さい（度量小、心裡擱不住事情）
尻の持って行く処が無い（互相推諉、責任沒人肯負責、誰也不肯認帳）
尻を下す（坐下）
尻を端折る（掖起衣襟、簡略，省略）端折る
尻を食らえ（吃屎去吧！滾你的蛋！）
尻を据える（專心做事）
尻を持ち込む（前來追究責任）
尻を引く（沒完沒了、貪得無厭）
尻を拭う（處理善後、替別人擦屁股）
息子の使い込みの尻を拭う（賠償兒子盜用的公款）
彼は何時も息子の尻を拭わされている拭う（他經常替兒子收拾殘局）拭く

尻を捲る（撩起後衣襟-準備打架）
尻も結ばぬ糸（做事有始無終、不顧善後）
尻を割る（揭露、、幹的壞事）

尻〔造語〕表示帳尾、尾數的意思
帳尻（帳尾）
貿易尻（貿易尾數、差額）
どん尻（末尾、最後）
言葉尻（話尾巴、話柄、說錯了的話）

尻上がり、尻上り〔名〕前低後高，末尾高，越往後越高←→尻下り、前下り。〔體〕翻身上槓（屁股先上倒上單槓＝逆上がり）
尻上がりに物を言う（用前低後高的語調說話）
尻上がりに言うと疑問の調子に為る（句尾上升就變為疑問的語調）
尻上がりのアクセント（語尾高的聲調）
尻上がりに調子が出る（氣勢越來越好）
相場は尻上がりの傾向だ（行情有越來越高的傾向）
景気は尻上がりに良くなる（景氣越往後越見好）
尻上がりの好調子（越往後越順利）
尻上がりの市況（越來越暢旺的市場情況）

尻足，後足、後足〔名〕後腿
尻足を踏む（躊躇不前）

尻当て、尻当〔名〕（褲子的）屁股墊布（＝居敷当て）
尻当てを付ける（在褲子的臀部墊上襯布）
ズボンに尻当てを付ける（在褲子的屁股處墊上襯布）

尻馬〔名〕（二人同乘一匹馬時）乘在別人身後。〔轉〕盲從，附合雷同
尻馬に乗る（盲從，附合雷同）
人に尻馬に乗ってそんな事を為ている様じゃ君の沽券に関わるよ（跟著別人屁股後面做那種事可有失你的身份啊！）

尻尾、尻尾〔名〕尾巴

尻尾〔名〕尾巴（＝尻尾）、末端，末尾（＝端）。〔轉〕狐狸尾巴，馬腳
犬の尻尾（狗尾巴）
鰯の尻尾迄食べる（連頭帶尾吃沙丁魚）
尻尾を立てる（豎尾巴、翹尾巴）
尻尾を垂れる（尾巴下垂）
尻尾を巻く（失敗逃走）
犬は尻尾を巻いて逃げる（狗夾著尾巴逃走）
尻尾を巻いて逃げる（捲起尾巴逃開）
大根の尻尾（蘿蔔根）
一番尻尾だ（在最末尾）
列の尻尾に付く（跟在隊伍的後邊）
尻尾を振る（奉承、阿諛）
犬が尻尾を振って付いて来る（狗搖著尾巴跟著來了）
尻尾を出す（露出馬腳）
尻尾を掴む（抓住狐狸尾巴、抓住小辮子、抓住把柄）
終いには尻尾を出すだろう（終究會露出狐狸尾巴來）
言葉の訛から尻尾を出して終った（從說話的口音裡露出了馬腳）
犯人は追い詰められて、到頭尻尾を出した（犯人被窮追不捨終於露出馬角）
警察を取り調べにも彼は尻尾を出さなかった（受到警察的審問也沒露出馬角）
あんな事を働き乍ら良く尻尾を出さない物だ（做那種勾當居然還沒露出馬腳來）

尻押し、尻押〔名、他サ〕推屁股，從後面推。〔轉〕撐腰，做後盾，援助←→剥ぎ取り、（早晨上班高峰電車等壅擠時）從後面推客人（的人）
後から尻押しする（由後面推）
尻押しを頼む（請求援助）
人の尻押しを為る（做別人的後盾）
君の尻押しは誰か（誰是你的後盾？誰給你撐腰？）

ㄎ

有力者の尻押しで会長に当選した（由有勢力的人撐腰當選會長）

此の事件には尻押しが有るに違いない（這件事一定有幕後煽動的人）

尻重〔名，形動〕不愛動彈，動作遲鈍（的人）（＝物臭）←→尻軽

　尻重の人（動作遲鈍的人）

　尻重な人（懶人）

　随分尻重の人（動作非常遲鈍的人）

尻隠し、尻隠〔名〕掩飾過失、隱瞞壞事

尻絡げ、尻絡〔名自サ〕把後衣襟披在腰帶上（＝尻端折、尻っ端折）

尻軽〔名，形動〕動作敏捷、活潑、輕浮、輕挑←→尻重

　尻軽に飛び回って世話を焼く（主動幫助別人）

　尻軽な男（輕浮的人）

　尻軽な女（輕挑的女子）

尻切り、尻切〔名〕沒有尾巴（＝尻切れ、尻切）、（衣服）半身，剛剛過腰

　尻切り半纏（一種日本式半截外掛）

尻切れ、尻切〔名〕沒有尾巴，有頭無尾、（腳踵處穿破了的）破草鞋（＝足半）

　尻切草履（後跟磨破了的草鞋、日本一種看起來沒有後跟的短草鞋）＝足半）

　尻切蜻蛉（有頭無尾、半途而廢〔的人〕、沒常性〔的人〕）＝三日坊主

　尻切蜻蛉の文章（有頭無尾的文章）

　彼の人の話は尻切蜻蛉だ（他的話有頭無尾）

　尻切蜻蛉の仕事（半途而廢的工作）

　交渉は尻切蜻蛉に為った（交涉停了沒有下文）

　折角纏まり掛けた交渉尻切蜻蛉に終わって終った（好容易剛要談妥的談判終於沒有下文了）

　話は尻切蜻蛉に終わる（話說得有頭無尾）

　演説が尻切蜻蛉に為る（演講沒有講完）

　結局其の話は尻切蜻蛉に終わった（結果那事不了了之了）

尻癖〔名〕（大小便）失禁的毛病。〔俗〕（女子）淫蕩

　尻癖の悪い老人（有大小便失禁毛病的老人）

　尻癖の有る子供（愛尿床的小孩）

　尻癖の有る老人（有大小便失禁毛病的老人）

　尻癖が悪い（淫蕩）

　彼の女は尻癖が悪い（那個女人淫蕩）

尻暗い観音〔名〕〔俗〕暗夜（因觀音廟會從陰曆八月十八日到二十三日以後就沒月亮）、恩將仇報，過河折橋（寫作〝尻食い観音〞）來自臨時抱佛腳，過後罵觀音尻食え-吃屎去吧!）

尻毛〔名〕屁股毛

　尻毛を抜く（乘人不注意使大吃一驚）

尻腰〔名〕臀部和腰部

尻っ腰〔名〕（〝尻腰〞的轉變）骨氣，膽量，毅力（＝根気）

　尻っ腰が無い（沒骨氣、不剛強）

　尻っ腰の無い奴（沒骨氣的傢伙）

尻擽い、尻擽い〔形〕不好意思的、難為情的、羞得無已自容的

　余り褒められて尻擽い思いを為た（因為受到過份的誇獎而覺得難為情）

尻子玉〔名〕（古時想像）肛門口的球

　河童に尻子玉を抜かれるぞ（小心不要被河童拔去肛門球、〔喻〕別變成呆子）

尻込み，後込み，尻込，後込〔名〕後退，倒退、躊躇，畏縮（＝躊躇い）←→出しゃばり

　川の前に為て馬が尻込みして前へ進まない（馬來到河邊向後倒退不肯前進）

　推薦されても尻込みして受けない（被推薦了也躊躇不肯接受）

　いざと為ると彼は何時も尻込みを為る（一到緊要關頭他就躊躇不前）

　彼はどんなの骨を折れる仕事を与えられて尻込みする事が無い（給他多麼吃力的工作他都不畏縮）

尻下がり、尻下り〔名〕前高後低，末尾低，越來越低、後退，倒退（=尻込、後込）←→尻上がり、尻上り

　尻下がりの傾向（行情逐漸下降的趨勢）

　尻下がりのアクセント（先高後低的語調）

　尻下がりに不調に陥る（越來越不順利）

　成績が尻下がりに悪く為って行く（成績越來越壞）

尻鞘，尻鞘，尻鞘，後鞘，尻鞘〔名〕刀鞘防雨水熱氣等包毛皮的袋子

尻窄まり、尻窄り〔名、形動〕越來越窄，越來越細。〔轉〕每況越下，虎頭蛇尾←→末広がり

　尻窄まりの壺（大口小底的罐子）

　経営が尻窄まりに悪く為って行く（經營情況越來越壞）

　尻窄まりの瓶（大口小底的瓶子）

　事を為るのに尻窄まりで有っては行けない（做事不能虎頭蛇尾）

　尻窄まりの袋（大口小底的袋子）

　計画は資金難の為尻窄まりに為った（計畫由於資金不足成了虎頭蛇尾）

尻胼胝〔名〕猴子臀部皮厚無毛的部分

尻付き、尻付〔名〕臀部的樣子、追隨（別人的身後）

　尻付が良い（臀部好看）

　尻付の豊かな女（臀部豐滿的女子）

尻っ端折〔名〕為了方便工作把日本和服衣襟向外撩起掖在腰帶上（=尻端折り，尻端折、尻絡げ，尻絡）

尻端折り、尻端折〔名〕為了方便工作把日本和服衣襟向外撩起掖在腰帶上（=尻絡げ、尻絡）

尻っ臀〔名〕〔俗〕屁股（=尻、尻臀）

　子供の尻っ臀を叩く（打孩子的屁股）

尻っ尾〔名〕（尻、尻尾的混合形）後方，末尾、（兒）尾巴

　大根の尻っ尾（蘿蔔根末）

　犬の尻っ尾を踏んだ（踩到狗尾巴了）

尻取り、尻取〔名〕接尾令（一種遊戲用前一人所說末尾字起造句子依次連接下去 如あたま-まり-りんご、、）

　尻取を為て遊ぶ（玩接尾令）

尻拭い、尻拭〔名、自サ〕擦屁股。〔轉〕替別人善後，清理亂攤子

　借金の尻拭いを為る（替別人還債）

　借金の尻拭いは御免だ（我可不願意替別人還債）

　私は何時も人の尻拭い許り為せられる（我淨給人善後）

尻抜け、尻抜〔名、自サ〕健忘，沒記性，有頭無尾，有始無終、疏忽，有漏洞

　彼は尻抜けだから沢山用事は言い付けられない（他很健忘所以不能吩咐他過多的事情）

　彼の男は何を遣っても尻抜けだ（他做什麼事都有始無終）

　尻抜けに為る（虎頭蛇尾）

尻鰭〔名〕〔動〕臀鰭

尻振り、尻振〔名〕搖擺屁股、〔俗〕汽車左右搖晃（=スキッド）

　土人の尻振ダンス（土著的搖屁股舞）

　ハワイ人の尻振ダンス（夏威夷人的搖屁股舞、夏威夷人的草裙舞）

　尻振ダンサー（搖擺屁股舞女）

尻目、後目〔名〕斜眼看（表輕蔑）

　人を尻目に掛ける（斜著眼睛看人、瞧不起人）

　人を尻目に見る（斜眼看人、蔑視人）

　人の反対を尻目に自分の考えを押し通す（不顧別人反對固執己見）

尻餅〔名〕屁股著地跌倒、坐倒

　尻餅を付く（屁股著地摔倒，摔個屁股朝天、事業失敗）

　椅子に掛け損なって床の上に尻餅を付いて終った（沒坐到椅子在地板摔個屁股朝天）

考（ㄎㄠˇ）

考〔漢造〕考慮，思考、考察、死去的父親，長壽

思考（しこう）（思考）

勘考（かんこう）（深思熟慮）

私考（しこう）（個人見解、個人考證）

熟考（じゅっこう）（仔細考慮）

愚考（ぐこう）（拙見）

選考、銓衡（せんこう、せんこう）（選拔）

参考（さんこう）（參考、借鏡）

先考（せんこう）（先父）

皇考（こうこう）（先帝）

長考（ちょうこう）（長時間考慮）

寿考（じゅこう）（長壽）

考案〔名、他サ〕設計、規劃

新しい装置を考案する（研究設計新裝置）

其は山田氏の考案だ（那是山田先生的設計）

其は化学的に作る方法を考案した（設計了它的化學製法）

考案者（發明者）

考課〔名〕考核、考勤、考績（評定工作成績）

人事考課（人事考核）

考課状、考課表（考核表、營業報告）

考究〔名、他サ〕考慮研究、探索研究

古典を考究する（考證古典）

適当な処置を考究する（研究適當的措施）

考究す可き問題（值得研究的問題）

有らゆる角度から考究する（以各種角度考究）

考拠、考据〔名〕想法的根據、思考的素材

考拠学（考證學＝考証学）

考拠派（考證學派＝考証学派）

考現学〔名〕考現學現代學（研究現代社會現象的科學）←→考古学

考古〔名〕考古

考古学（考古學）←→考現学

考古資料（考古資料）

考古的研究（考古研究）

考査〔名、他サ〕審查，審核、測驗，考試

人物考査（人事考核）

考査を受ける（接受審查）

学力を考査する（審查學力）

学生の学力を考査する（審查學生的學力）

日本語の考査を為る（測驗日語）

昨日考査が有った（昨天舉行了考試）

期末考査（期末考試）

考察〔名、他サ〕考察、研究

社会問題に関する考察（關於社會問題的研究）

多面的な考察が必要だ（有必要多方面加以考察）

世界情勢に就いて考察する（就世界情勢進行研究）

考試〔名〕考試（＝試験）

考証〔名、他サ〕考證

考証上の誤り（考證上的錯誤）

仏像の制作年代を考証する（考證佛像的製造年代）

考証学（考證學）

時代の考証を正確に為る（準確的考證年代）

考訂〔名〕考訂

考妣〔名〕已死的父母、亡父和亡母

考慮〔名、他サ〕考慮

真剣に考慮する（認真考慮）

良く考慮してから返事する（好好考慮後回答）

此の点を考慮に入れる必要が有る（這點需要加以考慮）

何も考慮する程の問題ではない（並不是什麼需要考慮的問題）

考慮を払う（加以考慮＝考慮に入れる）

考慮を要する（需要考慮）

考慮の余地が無い（沒有考慮的餘地）

特別な事情の有る者に就いては別に考慮する（對於有特別情況的人另行考慮）

考量〔名、他サ〕考慮、權衡

重要さを考量する（考量重要性）

良く考量して決める（仔細衡量後決定）

色色考量した結果行く事に為た（經過各方面考慮決定去了）

種種考量した結果此方を取る（經過種種考慮的結果要這個）

考える〔他下一〕想，思索，考慮、預料、有、、看法，持、、意見，打算，希望，認為，以為、想像，回想，反省，創造，發明

深く考える（深思）

考えるのも嫌だ（連想都不願意想）

一寸考えさせて下さい（請讓我想一想）

何事も頭を使って考える可きである（凡事都要用頭腦想一想）

自分で考える習慣を付ける（培養獨立思考的習慣）

彼は考えるも為ないで笑い出した（他不加思索地笑了起來）

後の事を考えないで金を使う（花錢不顧後果）

他人の立場を考えて遣る（要考慮別人的立場）

人間は考える動物だ（人是思維的動物）

如何考えても解らない（百思不解）

考えた丈でも堪らない（不堪設想）

一人黙って考えている（獨自默默地思索著）

まあ考えて見ましょう（讓我考慮一下）

考えた所と実際とは随分違う（所想像的和實際相差很遠）

良く考え為さい（好好想一想）

家庭の経済等少しも考えない（一點也不顧慮家庭的經濟）

君は此の小説を如何考えるか（你對這部小說有什麼意見？）

君は此の計画を如何考えるか（你對這計畫有什麼意見？）

私は此の問題然うは考えない（我對這問題不是那樣看法）

私は然うは考えない（我不是那樣想的）

此の夏は海岸へ行こうと考えている（今年夏天我打算到海濱去）

父は私をトラクターの運転手に為ようと考えている（父親希望我當一名拖拉機手）

医者に為ろうと考えている（我打算當醫師）

私は彼を正直者だと考えている（我認為他是個誠實的人）

君の言う事は正しいと考えている（我認為你說的對）

自分では一かどの画家と考えている（自己以為是一個相當不錯的畫家）

何でも自分が正しいと考えている（認為自己什麼都對）

英語は日本語より難しいと考える（我認為英文比日文難）

病気は考えいた程重くない（病不是想像那樣嚴重）

考えいた程重くない（沒有我想的那樣壞）

考えて見ると私が不注意だった（反省起來是怪我的疏忽）

彼の頃の事を考えると夢の様だ（回想往事好像作夢一樣）

新しい装置を考え出す（想出新裝置）

何時も考えて美味しい料理を出す人だ（他是經常不斷研製做出美味佳餚的人）

考え、考〔名〕思想，想法，意見，觀點、意圖，打算，意料，主意，考慮，思考

君の考えは正しい（你的想法很對）

彼は進んだ考えを持っている（他有進步的思想）

考えが鈍い（思想遲鈍）

考えが甘い（想得太天真想得太簡單）

周到な考え（思想周密）

ㄎ

貴方の御考えは如何ですか（你的意見如何？）

考えが浅い（想法膚淺）

彼には又彼の考えも有ろう（他有他的看法吧！）

自分の考えを相手の頭に叩き込む（把自己的想法灌輸到對方的腦筋裡去）

私は其の点貴方の考えと違う（關於這一點我和你的意見不同）

個人の名誉と言った考えが全然無い（絲毫沒有為個人名譽的念頭）

時間に対する考え（對於時間的觀念）

下手な考え休むに似たり（想不出高招而在白費時間）

考えが外れる（事與願違）

今年結婚する考えは無い（不想今年結婚）

考えも及ばない（預料不到）

今日は映画を見に行く考えは無い（今天不想去看電影）

考えを纏める（歸納意見、確定主張）

考えは良いが実行不可能だ（主意是好的但是不能實行）

儲ける考えで病院を経営するのは間違っている（以賺錢的意圖來開醫院是不對的）

そんな考えの無い事を為るな（切勿做那種不加思索的胡塗事）

君の欺く考えは毛頭無い（絲毫也沒有欺騙你的意思）

年を取るに従って考えが深く為る（年歲越大思慮越深）

考えに沈む（沉思）

色色な問題に考えを入れて決める（對於各種問題加以考慮作決定）

考えに耽る（沉思細想）

万事を考え通りに行ている（一切事情都像期待那樣進行著）

如何して彼が離婚したか考えが付かない（為何他離婚簡直令人想想不出來）

突拍子な考え（離奇的想法）

突拍子も無い考え（想入非非、幻想）

君が其の気なら此方も考えが有る（你要是有那種意思我也有我的決心）

私は来月行く考えです（我打算下個月去）

新しい考えが浮かんだ（想起一個新的主意來）

考えを変える（改變主意、變卦）

考えが定まらない（拿不定主意、舉棋不定）

考えが纏まらない（拿不定主意）

旨い考えが浮かばない（想不出好主意來）

考え当たる、考当る〔自下一〕想起、想到（＝思い当たる）

此の手紙で考え当たる事が有る（這封信使我想起一些事來）

彼の動機に就いては少しも考え当たる所が無い（關於她的動機我一點也猜想不出來）

考え方、考方〔名〕想法、見解、觀點

物の考え方が違う（對於事物的想法不同、對於事物的觀點不同）

考え方を変える（改變想法、改變觀點）

変わった考え方を為ている（有奇異的想法）

君の考え方は正しい（你的想法很對、你的見解正確）

此の考え方は間違っているのだ（這種想法是錯誤的）

私は君の様な考え方は出来ない（我不能有你那種想法）

人生に対する考え方（對於人生的觀點、人生觀）

年は若いが考え方は確りしている（年齡雖小可是主意堅定）

此の頃の若い者の様な考え方が我我とは違う（現在的年輕人對於問題的看法與我們不同）

考え事、考事〔名〕費思索的事、擔心的事、煩心的事

考え事に耽る（苦思冥想）

考え事許りしている（老想事情）

考え事の邪魔を為る（擾亂思索）

考え事を為乍の散歩（一邊思考一邊散步）

考え事に数時間を費やす（為了思考問題花費幾個鐘頭）

彼は考え事を為ていて食事を忘れて終った（他思考問題把吃飯都忘記了）

考え事が有る（有擔心的事、有憂愁事）

考え事が有って一晩眠れなかった（有件掛心的事一夜沒能合眼）

何か考え事でも有るのですか（有什麼心事嘛！）

考え事が多くて病気に為って終った（有許多憂愁事愁病了）

考え込む、考込む〔自五〕沉思

彼は机に向かって考え込んだ（他坐在桌前沉思起來）

一日中考え込む（一整天沉思苦想）

此を聞いて考え込んで終った（聽到這個就沉思起來）

何を考え込んでいるのか（你在沉思什麼呢？）

考え出す、考出す〔他五〕想起、想出（=思い出す）、開始想（=思い始める）

誰の考え出したのですか（這是誰想出來的？）

私共が良い方法を考え出した（我們想出了好辦法）

考え出したら可笑しく為る（一想起來就覺得可笑）

そんな事を考え出したら、切りが無い（想起那樣的事來可沒有完了）

今から考え出しても遅くない（現在開始想也不晚）

考え違い、考違い〔名、連語〕誤解、想錯、記錯

考え違いを為る（誤解、想錯、記錯）

其は私の考え違いだった（那是我想錯了、那是我記錯了）

君は考え違いを為ている（你誤解了）

彼の人の世話に為ろう等と思ったら考え違いだ（你要是要求他幫忙那可就想錯了）

考え違いを為て御迷惑を掛けました（我記錯了給您添麻煩了）

考え付く、考付く〔他五〕想起、想到（=思い付く）

旨い事を考え付いた（想起一個好主意來）

素晴らしい計画を考え付く（想出一個很好的計畫）

やっと考え付いた（好容易想起來了）

考え付く限りの有らゆる手段を試みる（凡是能想到的一切手段都加以利用）

其迄は考え付かなかった（沒想到那點）

其は一寸考え付かなかった（那倒是沒有想到）

考え直す、考直す〔他五〕重新考慮、另打主意

今一度考え直して見よう（我再考慮考慮吧！）

もう一度考え直して見為さい（你再重新考慮一遍吧！）

もう一度考え直して下さい（請再重新考慮一遍吧！）

私は考え直して行かない事に為た（我改變主意決定不去了）

私は考え直して止める事に為た（我改變主意決定不做了）

其が実情なら、少々考え直さればならぬかも知れない（那如果是事實的話也許得重新考慮考慮才行）

考え抜く、考抜く〔他五〕徹底考慮、深入考慮、反覆考慮

問題を考え抜く（反覆考慮問題）

考え抜いた上（經過反覆考慮之後）

考え抜いた挙句（經過反覆考慮的結果）

考え抜いた果て（經過反覆考慮的結果）

考え抜いた末（經過反覆考慮的結果）

ㄎ

考え抜いて遂に素晴らしい方法を考え出した（反覆考慮之後終於想出一個好辦法來）

考え深い、考深い〔形〕深思的、遠慮的

中中考え深い人（是個深思熟慮的人）

考え物、考物〔名〕值得考慮的事、謎，難題（＝当て物）

考え物を解く（解謎、猜謎）

其奴は考え物だ（那是一個難題、那是需要考慮的問題）

其は考え物だ（那是一個難題、那是需要考慮的問題）

其が得策か如何か考え物だよ（那是否是上策我看有問題）

彼に金を貸すのは考え物だ（把錢借給他那是需要考慮的）

考え様、考様〔名〕想法、看法、觀點

物は考え様だ（事情要看你怎麼想像）

其は考え様に因って如何にでも取れる（那由於看法不同可以作種種的解釋）

拷、拷（ㄎㄠˇ）

拷、拷〔漢造〕捶打、用器械擊打

拷器〔名〕為拷問把罪人綁住的設備或道具

拷訊〔名、他サ〕拷問（＝拷問）

拷問〔名、他サ〕拷問、刑訊

拷問を掛ける（施加刑訊）

容疑者を拷問を掛ける（刑訊嫌疑犯）

拷問して白状させる（拷問逼供）

白状を為せる為に拷問する（為使招認進行拷問）

幾等拷問させても一言も言わない（無論怎麼拷問一言也不發）

栲（ㄎㄠˇ）

栲〔名〕用こうぞ（楮樹）纖維織的布、布類（的總稱）

栲〔名〕梶木（＝梶の木）、〝楮〞的古名

靠（ㄎㄠˋ）

靠〔漢造〕相背為靠、憑藉、依賴、信任、挨近、停泊

靠れる、凭れる、持たれる〔自下一〕憑靠，依靠（＝寄り掛かる、寄掛る）。〔俗〕停食，不消化，消化不良

ドアに靠れる（靠在門上）

壁に靠れる（靠在牆上）

机に靠れて寝る（伏在桌上睡）

彼は椅子に靠れて何か考え事を為ている（他靠在椅子上想些事情）

人の腕に靠れ乍歩く（依靠別人的胳膊走）

何時迄も人に靠れないで自分で遣れ（別老依靠別人自己做吧！）

食べ過ぎて靠れた（吃太多了消化不良）

食べ過ぎて胃が靠れる（吃得太多胃感到不舒服）

油物は胃に靠れる（油膩東西停滯在胃裡）

昨夜食べた肉が未だ胃に靠れていて気持が悪い（昨天晚上吃的肉還存胃裡很難受）

病人には靠れない様な食物を食べさせます（讓病人吃容易消化的食物）

靠れ掛かる、靠掛る、凭れ掛かる、凭掛る〔自五〕倚，靠（＝寄り掛かる、寄掛る）、依靠，依賴（別人）（＝頼る）

彼はソーファーに寄り掛かって考え込んでいた（他靠在沙發上沉思）

壁に寄り掛かって座る（靠牆而坐）

親に寄り掛かる（依靠父母）

口、口（ㄎㄡˇ）

口〔接尾、漢造〕口，把，個、口、嘴、口說，親口、人數、出入口

剣一千口（劍一千把）

壺三口（罐子三個）

銃口（槍口）

人口（人口）

糊口、餬口（餬口、生活、生計）
鶏口（雞口）
径口（口徑）
虎口（虎口、險境）
緘口（緘口、緘默）
開口（開口、張嘴）
衆口（眾人之口）
箝口，鉗口、箝口，鉗口（箝制言論、不許說話）
藉口（藉口、實）
悪口、悪口（毀謗）
戸口、戸口（戶口、門）
異口同音（異口同聲）
河口、河口，川口、江口（河口）
港口（港口、海口）
開口（開口說話、張開嘴巴）
海口（海口、港口）
突破口（突破口、打開的缺口）
噴火口（噴火口）
出入口（出入口）
黄口（小鳥的口、黃毛小子）
出口（出口）
手口（手法、買賣對象的類型）
入口、入口（入口）
経口（經過口腔）
円口類（圓口綱）
坑口（坑道口、井口）
閉口（閉口無言、為難，受不了）
口囲〔名〕〔動〕圍口部、口緣、口上片
口囲潰瘍〔名〕口潰瘍、口瘡、走馬疳
口炎〔名〕〔醫〕口腔炎（=口内炎）
口演〔名,自他サ〕口述、演說、演唱
　講談は彼が口演する（由他來說書）
口禍〔名〕口禍

口禍を招く（招致口禍）
口外、口外〔名,他サ〕說出、洩漏
　絶対に口外しては為らぬ（絕對不可說出）
　此の秘密は決して口外しません（這件秘密我絕對不洩漏）
　決して口外しないと約束する（約定絕不洩漏）
　内輪の事は口外す可きで無い（內部問題不應向外說）
口蓋〔名〕〔解〕口蓋、上顎（=上顎）
　口蓋垂（口蓋垂、懸甕垂、小舌）
　口蓋音（口蓋音）
　口蓋骨（口蓋骨）
　軟口蓋（軟口蓋、軟顎）
　硬口蓋（硬口蓋、硬顎）
　軟口蓋音（軟口蓋音）
口角〔名〕口角、嘴角、唇角
　口角炎（口角炎）
　口角沫を飛ばす（口若懸河、熱烈地辯論、口若懸河地說）
　口角沫を飛ばして論ずる（熱烈地辯論）
口気〔名〕口氣，口吻（=口振り）、口中呼出的氣（=口臭）
　口気から察せられる（從口吻裡可以猜測出來）
　口気が臭い（呼氣有臭味）
口器〔名〕〔動〕（節足動物的嘴）口器
口供〔名,他サ〕〔法〕口供、供述、供詞
　犯罪の動機を口供する（供認犯罪的動機）
　供述人は口供書に偽りの無い事を宣誓する（供述人宣誓保證供詞屬實）
　口供書（口供、供詞）
　口供状（口供、供詞）
　犯人の口供を取る（錄下犯人的口供）
　犯行を全部口供した（供認了全部罪行）
口峡炎〔名〕〔醫〕咽喉炎

ㄎ

こうくう、こうこう〔名〕〔解〕口腔
- こうくうげか　口腔外科（口腔外科）
- こうくうがん　口腔癌（口腔癌）
- こうくうえん　口腔炎（口腔炎）
- こうくうえいせい　口腔衛生（口腔衛生）

こうけい〔名〕口徑、內徑
- こうけいにじゅうinchのほう　口径二十インチの砲（口徑二十英吋的砲）
- だい（ちゅう、しょう）こうけいのたいほう　大（中、小）口径の大砲（大〔中、小〕口徑的砲）
- だいこうけいlens　大口径レンズ（大口徑鏡頭）
- よんじゅうごこうけいのpistol　四十五口径のピストル（點四五口徑的槍）
- こうけいさんじゅうmilliのきかんほう　口径三十ミリの機関砲（口徑三十毫米的機關炮）
- すいどうかんのこうけい　水道管の口径（自來水管的口徑）
- かんのこうけいをはかる　管の口径を量る（量管子的口徑）
- こうけいをあ　口径を合わない（口徑不對）
- こうけいひ　口径比（口徑比、相對口徑）

こうご〔名〕口語、白話←→文語
- こうごたい　口語体（口語體）←→文語体
- こうごほう　口語法（口語語法）
- こうごぶん　口語文（白話文）
- こうごぶんぽう　口語文法（口語語法）

こうざ、こうざ〔名〕（銀行或帳簿的）戶頭
- こうざばんごう　口座番号（戶頭號碼）
- ふりかえ（ちょきん）こうざ　振替（貯金）口座（〔郵政儲蓄存款〕轉帳戶頭）
- こうざをひらく　口座を開く（開戶頭）
- ぎんこうにこうざをひらく　銀行に口座を開く（在銀行開戶頭）

こうさい〔名〕口才、辯才
- あなたはさすがにこうさいのうまいひとだ　貴方は流石に口才の旨い人だ（你不愧是有口才的人）

こうし〔名〕〔動〕口肢

こうし〔名〕口試（=口頭試問）

こうじ〔名〕嘴和耳

- 口耳の学（口耳之學-怎麼聽的怎麼對人說自己並不明白）

こうじつ〔名〕口實、藉口
- うまいこうじつ　旨い口実（好口實、冠冕堂皇的藉口）
- こうじつをさがす　口実を捜す（找藉口）
- ひとにこうじつをあたえる　人に口実を与える（給人以口實）
- それはこうじつにすぎない　其は口実に過ぎない（那不過是個藉口）
- こうじつをもうけてよびだしにおうじない　口実を設けて呼び出しに応じない（藉故不接受傳喚）
- びょうきをこうじつにけっせきする　病気を口実に欠席する（以生病為藉口缺席）
- ぶっかだかをこうじつにちんあげする　物価高を口実に賃上げする（藉口物價上漲要加薪）
- ぶっかだかをこうじつにねあげする　物価高を口実に値上げする（以物價高為藉口而提高價格）

こうじゅ、くじゅ〔名、他サ〕接受親口傳授

こうじゅ、くじゅ〔名、他サ〕口授、口傳
- ひでんをこうじゅする　秘伝を口授する（口授秘訣）
- おうぎをこうじゅする　奥義を口授する（口授秘訣）奥義奥義
- typistにてがみをこうじゅする　タイピストに手紙を口授する（向打字員口授信稿）
- typistがてがみのこうじゅをうける　タイピストが手紙の口授を受ける（打字員聽取信的口述）
- かれのちょさくはこうじゅしてできたものだ　彼の著作は口授して出来た物だ（他的著作是口授寫成的）

こうしゅう〔名〕口臭
- こうしゅうがある　口臭が有る（有口臭）

こうじゅつ〔名、他サ〕口述←→筆記
- こうじゅつしけん　口述試験（口試=口頭試験）
- こうぎをこうじゅつする　講義を口述する（〔老師〕口述講義）
- こうじゅつひっき　口述筆記（口述筆記、口述筆錄）
- そっきいんにこうじゅつする　速記員に口述する（向速記員口述）

こうしょう〔名、他サ〕口傳、口口相傳
- こうしょうぶんがく　口承文学（口傳文學）
- こうしょうぶんげい　口承文芸（口傳文藝）

こうしょう〔名〕口頭證詞、言證←→物証、書証
- とるにたりないこうしょう　取るに足りない口証（不足採信的口頭證詞）

口誦〔名、他サ〕朗誦、背誦
　論語を口誦する（朗誦論語）
　良い文章を口誦する（背誦好文章）
　詩を口誦する（朗誦詩）

口唱〔名、他サ〕朗誦

口唱、口称〔名、他サ〕朗誦（菩薩名）

口上〔名〕口說，口述，口信，言詞、〔劇〕開場白，劇情解說
　口上で述べる（口述）
　御祝いの口上を述べる（致賀詞）
　口上を述べる（傳口信、致意）
　口上の旨い人（會說話的人）
　口上を伝える（傳口信、致意）
　恨みだらだらの口上（滿口抱怨的言詞）
　口上は立派が実行が伴わない（說的漂亮但沒有實際行動）
　口上書（口述記錄、〔江戶時代〕口供筆錄）
　口上言い（作開場白的演員）
　前口上は此の位に為て（開場白說到這裡）

口唇〔名〕嘴唇（=唇）
　口唇炎（口唇炎）

口唇紋〔名〕（用於搜查犯人，鑑定父子關係的）嘴唇紋

口数〔名〕人口數（=人数）、（存款等的）戶頭數
　預金の口数（存款的戶頭數）

口数〔名〕說話的次數，話語的數量、人數，人口、件數，股數，數額
　口数の多い人（愛說話的人）
　御前は口数が多過ぎる（你話太多）
　口数が減る（人口減少）
　口数を減らす（減少人數）
　口数が増える（人口增加）
　家族の口数が多いので食費が嵩む（家裡人多吃的開銷大）

口跡〔名〕措詞、語聲、口齒（=言葉遣い、声色）

役者の口跡が良い（演員的口齒俐落、演員的台詞說得好）

口舌〔名〕口舌、辯論
　口舌の争い（口舌之爭、爭辯）
　口舌の徒（耍嘴皮的人、賣弄口舌的人、空說白話的人）
　口舌の雄（有口才的人、能說會道的人）

口舌，口説、口舌，口説〔名〕〔舊〕（男女間）口角、爭吵
　口舌の種と為る（成為爭吵的原因）
　顔が気に入らんと口舌する（就是不喜歡你那張臉所以發生口角）

口占〔名〕吟，誦、口傳

口宣、口宣、口宣〔名〕口述（=口述）

口銭〔名〕利潤、佣金（=マージン、コミッション margin commission）
　口銭が少ない（利潤少）
　口銭を取る（收取佣金）
　五分の口銭を支払う（付給百分之五的佣金）

口達〔名、他サ〕口頭傳達、口信
　会議の内容を口達する（口頭傳達會議內容）
　学校の知らせを口達する（口頭傳達學校通知）

口端〔名〕嘴邊、唇邊（=口先、口の端、口の周り）

口中〔名〕嘴裡
　口中に含む（含在嘴裡）
　口中で唱える（口中唸唸有詞）
　口中錠（口含錠）

口頭〔名〕口頭←→文書
　口頭で返事する（口頭答覆）
　口頭で試験する（口試、用口頭測驗）
　口頭で報告する（口頭匯報）
　口頭で命令を伝える（口頭傳達命令）
　口頭に上す（說出、談到）
　口頭語（口語、白話）←→文書語
　口頭試問（口試）

ㄎ

口頭言語（口語、白話）
口頭試験（口試）
口頭伝言（口頭傳言、口信）
口頭契約（口頭契約）
口頭注文（口頭訂貨、口頭預約）
口頭投票（口頭投票）
口頭教授法（口授法）
口頭遺言（口頭遺言）
口頭通牒（口頭通牒）
口頭委任（口頭委任）
口頭審理（口頭審理）
口頭弁論（口頭辯論）
口頭演述（口頭演述）
口頭尋問（口頭審查）
口頭審問（口頭審訊）

口答〔名〕口頭回答←→筆答
口答の時間が足りなかったら書面で答えて下さい（假如口頭回答時間不夠請以書面回答）
口問口答（口問口答、口頭回答）

口答え、口答〔名、自サ〕頂嘴、頂撞
口答えするな（不要還嘴）
良く口答えを為る（愛頂嘴）
親の注意に口答え（對父母的規勸頂嘴）
親口答えするとは何事だ（你怎能跟父母頂嘴）

口道〔名〕〔動〕口道

口内〔名〕口內、嘴裡
口内炎（口腔炎）

口熱〔名〕口熱、口內發炎

口碑〔名〕傳說（=言い伝え）
地方の口碑を探る（調查民間傳說）
昔から口碑に伝わっている物語（從前傳說下來的故事）

口碑上の人物（傳說中的人物）

口腹〔名〕口腹
口腹を満たす（吃飽了）
口腹を異なっている（口是心非、心口不一）
口腹の欲に耽る（貪口腹之慾）
口腹の慾を満たす（滿足口腹之慾）

口吻〔名〕口吻，口氣，語氣（=口振り）、嘴邊，喙
人の口吻を真似る（學別人的口吻）
不満の口吻を漏らす（漏出不滿的口吻）
口吻を探る（探探口氣）
どうも反対の様な口吻だった（彷彿是不同意的口氣）

口辺〔名〕口邊、嘴邊（=口許）
口辺に微笑を湛える（嘴邊泛出微笑）称える讃える
口辺に微笑を浮かべる（嘴邊泛出微笑）

口弁〔名〕口頭辯論、能說善道

口沫〔名〕口沫

口約〔名、自他サ〕口頭約定（=口約束）
口約では証拠に為らない（單是口頭約定不足為憑、空口無憑）
好条件に釣られて口約する（受到好條件的引誘口頭約定下來）
口約を守る（遵守口頭約定）
口約を破る（背棄口頭約定）

口糧〔名〕（一個士兵的）口糧、乾糧
携帯口糧（攜帶口糧）
三日分の口糧を携帯する（攜帶三天份的口糧）
兵隊に口糧を配給する（發給軍隊口糧）

口論〔名、自サ〕口角、爭吵、爭論（=言い合い、口喧嘩）
些かの事で口論する（為了一點小事爭吵起來）
詰まらぬ事で口論を始める（由於一點小事爭吵起來）

口論の末、殴り合いを始めた（吵著吵著終於打起來了）

口論から殴り合いに為った（因口角互相毆打起來）

二人は激しく口論した（兩個人大吵了一頓）

口論を止め為さい（不要爭吵）

口話〔名〕唇語（=手話）

口話法（唇語法）

口〔名、漢造〕口，嘴、（助數詞用法）口，把，個

盆五口（五個盤子）

鍬二口（兩把鋤頭）

異口同音（異口同聲）

身口意（身口意、日常生活行動，語言，精神）

金口（帶金嘴的香菸）

金口（金口、佛口、釋迦牟尼的講經）

悪口、悪口（毀謗）

九〔名〕九、九個（=九、九つ）

九分九厘（十有八九）

九〔名、漢造〕九（=九つ）、很多、極

三拝九拝（三拜九叩、再三敬禮）

区〔名〕地區，區域、（行政區劃單位）區、（公車等的）區間，段、（為了特殊目的而設的）區域

特別区（特別區-指東京都所轄區）

行政区（行政區-指經日本政府指定人口超過五十萬以上的城市的區）

自治区（自治區）

以前、バスの料金は一区五十円であった（以前公車票價曾是一段五十日元）

選挙区（選區）

全国区（全國範圍選舉區）

解放区（解放區）

市区（市區、市和區、市街的區畫）

管区（管轄區域）

海区（海域）

街区（街區）

学区（學校區-包括公立中小學的區域和高中生按居住劃分的走讀區）

地区（地區）

風致地区（風景區）

猟区（獵區）

句〔名〕（文章或詩歌中的）句，詞組，短語、一些單詞的組合、連歌，俳句中的五個音節或七個音節的一組單詞、俳句

一言半句（一言半語）

慣用句（慣用詞組）

上の句（指短歌裡五七五的前三句、俳句裡開頭的五個字）

句を作る（做俳句）作る造る創る

此の景色は句に為る（這裡的風景可寫成俳句）る成る鳴る生る

苦〔名、漢造〕辛苦，勞苦（=骨折）、痛苦，苦惱（=苦しみ）、愁苦（=心配）←→楽

何の苦も無い（毫不費力）

苦も無く遣り終えた（不費事地做完了）

苦の無い人（無所掛慮的人）

苦も無く相手を倒す（不費力地打倒對方）

人の苦を救う（救人之苦）

苦楽を共に為る（同甘共苦）

苦を忍ぶ（忍受痛苦）

苦は楽の種（苦盡甘來）

其を苦に為て病気に為って終った（憂慮該事惹出病來）

苦に為る（為…苦惱、愁）

苦に為る（把…當成苦惱、愁）

苦は色変える松の風（苦有各種各樣）

困苦（困苦、辛酸）

労苦（勞苦、辛苦）

病苦（病苦）

貧苦（貧苦、貧困）

ㄎ

痛苦（痛苦）

刻苦（刻苦）

辛苦（辛苦、辛酸）

死苦（死苦、非常痛苦）

四苦（生老病死）

四苦八苦（生老病死+愛別離苦，怨憎会苦，求不得苦，五陰盛苦）

愛別離苦、哀別離苦（生離死別的痛苦-八苦之一）

軀〔名、漢造〕軀幹，身軀、（助數詞用法）尊（=体）

短軀よく長身に勝つ（小個子常常打敗大個子）

仏薩像一軀（一尊菩薩像）

長躯（高個子）

体躯（體軀、體格）

病躯（病軀、病身）

老躯（老軀、老年人）

矮躯（矮個子）

口訣、口訣〔名〕口傳秘訣←→口伝

口調、句調〔名〕腔調、語氣

穏やかな口調で語る（以柔和的語調說）

口調を変える（變換語調）

口調を改める（改口）

演説口調（演講腔調）

日本語は口調が難しい（日本語的腔調很難）

口伝〔名、他サ〕口傳、口授、傳授祕訣的繕本

口伝を授ける（親口傳授）

口説く〔他五〕苦苦勸說，翻來覆去地說服、沒完沒了發牢騷、追求，勾引，誘惑

人を口説く秘訣（說服人的祕訣）

色色口説いて見たが一向に応じなかった（左說右說怎麼也不答應）

彼を口説いて役員に為って貰った（好說歹說讓他當了負責人了）

父は弟に口説かれて入院した（父親被弟弟勸得住了院）

返らぬ事を口説く（對無法挽回的事牢騷個沒完）

女を口説く（向女人求愛、追求女人）

強引に女を口説く（強追求女人）

彼の手此の手で女を口説く（用盡辦法向女人求愛）

口説き〔名〕勸說，說服、（謠曲，淨琉璃等）述懷的詞句，表達心願的詞句

口説き上手（善於勸說）

口説き言（勸說時用的語言）

口説き落とす、口説き落す〔他五〕說服、勸服

彼は容易に口説き落とせる人だ（他是個容易說服的人）

中中口説き落とせる人じゃない（是個很難說服的人）

女を口説き落とす（把女人追求到手）

口説き立てる〔他下一〕努力勸說、大力勸說、再三勸說

先生が学生を口説き立てる（老師再三勸說學生）

口入〔名、自サ〕〔舊〕提意見，干涉，斡旋，介紹（=斡旋、口入）

口分〔名〕按人分（的東西）

口分田（〔史〕〔班田制每人分到的〕口田）

口惜しい〔形〕可惜的、遺憾的、覺得委曲的（=口惜しい、悔しい）

あんな人間と同じ様に思われるのが口惜しい（把我當成那樣的人真覺得委曲）

あんな相手に負けて全く口惜しい（敗給那樣的對手實在遺憾）

彼の事が口惜しい（那件事真遺憾）

決勝で負けるとは口惜しい事だ（在決賽中失敗太可惜了）

口惜しい，悔しい，口惜しい〔形〕遺憾的、氣憤的、令人悔恨的

彼等に馬鹿に為れたと思うと実に口惜しい（想起被他們於弄得事就不禁氣憤）

落第したのは口惜しい（沒考上真遺憾）

其の事は今考えても口惜しいです（那件事想起來還真懊惱）

彼所で決心しなかった事が口惜しい（在當時沒下決心真遺憾）

口惜しがる、悔しがる、口惜しがる〔他五〕悔恨、懊悔、氣憤、窩囊

失敗して口惜しがる（因失敗而悔恨）

地団駄を踏んで口惜しがる（悔恨得直跺腳）

口惜しがるのも無理は無い（後悔也是理所當然的）

口惜しがって涙を流す（懊悔得流淚）

口惜し泣き、悔し泣き〔名、他サ〕因悔恨（氣憤）而哭←→嬉し泣き

一点差で敗れて口惜し泣きする（以一分之差輸了悔恨得流下了眼淚）

口惜し涙、悔し涙〔名〕悔恨的眼淚←→嬉し涙

口惜し涙を流す（悔恨得流下眼淚）

口惜し涙に暮れる（直流悔恨的眼淚）

口惜し紛れ、悔し紛れ〔名、形動〕由於悔恨、由於氣憤

彼は口惜し紛れに彼の人を殴った（他由於氣憤而打了他）

口惜し紛れに飛び掛っていった（恨得撲向對方）

口惜し紛れに嚙み付く（由於氣憤而大肆攻擊）

口惜し紛れに悪口を言う（由於氣憤罵起人來）

口〔名〕口，嘴、說話、言語、傳聞、話柄、門、出入口、塞子、蓋、位置、地方、傷口、味覺、口味、扶養人數、吃、工作、工作地方、開端、開始、窟窿、縫隙、頭緒、端緒、（口が掛かる）（舊時曲藝演員或妓女被客人）叫去、請去、召喚、（物品）種類、宗餉口、生計、（腫瘡）口、（雅樂，淨琉璃樂曲）開頭、邊、緣、框、尖端、稜角、門路、關係

口を漱ぐ（漱口）

口を尖らして言う（翹著嘴說話）

病は口から（病從口入）

煙草を口に銜える（把香菸叼在嘴裡）

口が悪い（說話挖苦）

口と腹が違う（心口不一）

田中は口が悪いけれども心が良い人（田中先生是個嘴惡心善的人）

口の旨い人（嘴甜的人）

部屋の口（屋門）

世間の口が煩い（人言可畏）

公園の口（公園的門口）

非常口（太平門）

口を取る（啟開蓋子）

樽の口を開ける（打開桶口）

口を抜く（把塞子拔掉）

瓶の口を抜く（拔開瓶塞）

徳利に口を為る（塞上酒壺）徳利徳利

衝突で船腹にぽっかり口が開く（船艙被撞了一個大窟窿）

急須の口（茶壺嘴）

登山口（登山口）

口が肥える（口味高、講究吃）

彼は口の贅沢な人だ（他是個講究吃的人）

傷口に薬を塗る（給傷口上藥）

未だ口を付かない（還沒吃）

口に合う食物（合口味的食品）

中国料理は口に合う（中國菜合口味）

口を探す（找工作）

家族の口が増える（家裡人口增加）

靴の口が開いた（鞋子開了口）

口を見付かって縺れが解けた（找到頭緒解決了紛爭）

口を付ける（打開個頭）

話の口を切る（先開口說話、帶頭發言）

ㄎ

人気が有って引っ切り無しに口が掛かる（因為很紅經常被人請去）
宵の口（剛剛入夜、夜還不深）
口が干上げる（不能糊口）
一口加入する（加入一股）
一口入る（加入一股）
太刀一口（一口大刀）
一口に食べて終った（一口就吃完了）
五口申し込む（申請五股）
別口（另外一種）
口の開いた腫物（破了口的腫疙瘩）
此の口は品切れに為りました（這路貨脫售了）
口あんぐり（目瞪口呆）
口が開いた（破了、裂縫了）
口が旨い（嘴甜、善於奉承）
口が合う（言語相符、談得來）←→口が合わない
口が多い（人口多）
口が上がる（能說善辯、不能糊口）
口が奢る（口味高、吃東西挑剔）
口が五月蠅い（人言可畏、多嘴多舌）
口が重い（寡言、話少）
口が掛かる（聘請、被邀請）
口が固い（嘴緊、守口如瓶）
口が軽い（嘴快、愛說話）←→口が固い
口が利けない（不會說話）
口が汚い（嘴饞）
口がきつい（嘴厲害、嘴不饒人）
口賢い（有口才）
口が過ぎる（說話過分、說話不禮貌）
口が酸っぱく為る（苦口相勸、費盡唇舌）
口が滑る（失言、說溜了嘴）
口が走る（失言、說溜了嘴）

口を滑らす（失言、說溜了嘴）
口が贅沢だ（好吃、講究吃）
口が達者だ（口才好、能說善道）
口が無い（失業、沒有工作）
口が減らない（能說善辯、嘴硬）
口が見付かった（找到頭緒了）
口が塞がらぬ（張口結舌、嚇得發呆）
口から口へと伝わる（一個傳一個）
口から先に生まれる（能說善辯）
口から付いて出る（衝口而出）
口から出任せに言う（信口開河）
口から出任せに喋る（信口開河）
口が曲がる（嘴變歪）
口から高野（禍從口出）
口が悪い（說話損人、說話帶刺）
口喧嘩（吵嘴、吵架）
口食うで一杯（勉強餬口）
口では大阪の城も建つ（把死人說活了）
口と腹とは違う（口是心非）
口尚乳臭い（乳臭未乾）
口とは心は裏腹だ（口是心非）
口と目で知らせる（又怒嘴又遞眼神）
口に合う（合口味）
口に締まりが無い（信口開河、多嘴多舌）
口に為る（吃呵、說講）
口に入る（膾炙人口）
口に掛ける（說）
口に風を引かす（說廢話）
口に税は掛からぬ（信口開河）
口に出さない（說不出來、不讓人知道）
口に戸を立てる（封嘴）
口に出す（插嘴）
口に絶つ（口緊、忌口）

口に乗せる（用花言巧語騙人）
口に任せる（信口開河、胡說八道）
口に乗る（上當、受騙、膾炙人口）
口は禍の門（禍從口出）
口の先で旨い事を言う（光是說得好聽）
口に針有り（話裡藏針、含有惡意）
口に蜜有り腹に剣有り（口蜜腹劍）
口も利けない（連話也說不出來）
口も八丁手も八丁（又能說又能做、嘴巧手巧）
口は口心は心（口是心非、心口不一）
口より出せば世間（一言既出駟馬難追）
口程にも無い（並不像說的那麼高明）
口を開ける（開口、張嘴）
口を合わせる（異口同聲）
口をあんぐり開けている（目瞪口呆）
口を入れる（插嘴、幹旋、推薦）
口を押さえる（梧嘴）
口を返す（還嘴、還口）
口を掛ける（邀請、聘請、事先通知）
口を利く（說話、調停、幹旋）
口を切る（先說、先講、開口、開封）
口を極めて罵る（破口大罵）
口を極めて褒める（讚不絕口）
口を消す（堵嘴、撤銷作證時發言）
口を肥やす（飽口福、飽嘗美味）
口を探す（找工作）
口を縛る（緊閉著嘴）
口を吸う（接吻、親嘴）
口を酸っぱくする（苦口相勸）
口を滑らす（失言、說漏了嘴）
口を滑らして言う（脫口而出）
口を過ごす（餬口、謀生）

口を添える（推薦、推舉、幫腔）
口を揃える（異口同聲）
口を出す（插嘴、干預、說話）
口を叩く（喋喋不休、多嘴多舌）
口を垂れる（說話謙卑、低聲下氣）
口を衝いて出る（脫口而出）
口を噤む（緘默、一言不發、噤若寒蟬）
口を慎む（慎言、說話謹慎）
口を尖らす（撅嘴）
口を鎖す（沉默）
口を閉じて語らない（閉口無言、閉口不談）
口を濡らす（餬口、勉強度日）
口を拭う（擦嘴、若無其事、假裝不知道）
口を糊す（る）（餬口、勉強度日）
口を挟む（插嘴、打岔）
口を塞ぐ（閉嘴、堵嘴）
口を黙して語らない（默默不語、閉口不談）
口を毟る（探口氣、套真話）
口を守る瓶の如くす（守口如瓶、腎炎）
口を歪める（咧嘴、撇嘴）
口を濯ぐ（漱口）
口を割る（坦白、招認、供認）

ぐち〔接尾〕（出入、上下）口，地方
出入口（出入口）
非常口（太平門）
山の登り口（登山口）
乗降口（車門）
木口（木材橫斷面）
小口（小額、零星、橫斷面、頭緒）
地口（雙關語－江戶時代流行的一種語言遊戲，模擬諺語，成語的發音的詼諧語）

くちあい、くちあい〔名〕說話投機、談得來、中間人，調停人、介紹人、雙關語（＝洒落、語呂，地口）、開口談話的方法，開始發言的方法

ㄎ

口合いが良い（說話投機）

口明け，口明，口開け，口開〔名、自他サ〕打開（器物的）口、起頭，開始，開端

　口明けのウイスキー（剛開瓶的威士忌酒）

　口明けですから、御負けします（因為是頭場買賣減價賣給您）

　今朝は口明けですから御安くして置きましょう（您是今天早上開張的顧客可以便宜一些）

　口明けの客（開門後第一位顧客）

口当たり，口当り〔名〕口味（＝口触り）、款待，招待

　此の御菜は口当たりが良い（這道菜很合口味）

　此の酒は口当たりが良い（這酒很可口）

　此の煙草は口当たりが強い（這個煙辣）

　口当たりの良い人（善於奉承的人、善於交際應酬的人）

口荒い〔形〕說話粗野的

　口荒く罵る（破口大罵）

　酒を飲むと口荒く為る（一喝酒說話就粗暴起來）

口争い〔名〕爭吵、口角

　口争いを為る（爭吵、口角）

くちい〔形〕〔俗〕吃得很飽的

　腹がくちく為った（吃得太飽了）

口あんぐり〔副、自サ〕〔俗〕張開大嘴、目瞪口呆

　驚いて口あんぐりだ（嚇得目瞪口呆貌）

　其を聞いて口あんぐりだった（聽到那消息嚇得張口結舌）

口入れ，口入〔名、自サ〕多嘴，插嘴（＝口出し）、介紹，斡旋，調停人，介紹人，中人

　口入れを為ては行けない（不許插嘴）

　御手伝い様の口入れを為る（介紹女佣人）

　結婚の相手を口入れする（介紹對象）

　口入れ屋（古代職業介紹所）

口歌、口唄〔名〕（沒有三弦等伴奏的）唱歌

　口歌を為乍仕事を為る（一邊唱歌一邊工作）

口写し，口写〔名〕學舌、口氣完全一樣、照別人的樣子說話

　彼の人は口写しに田中さんの話を伝えた（他照原來的口吻傳達了田中先生的話）

口移し，口移〔名、他サ〕嘴對嘴（餵）、口授，口傳（＝口伝）、直接對著容器的口喝

　口移しに食べさせる（嘴對嘴餵）

　口移しに飯を食べさせる（嘴對嘴餵飯）

　口移しに水を飲ませる（嘴對嘴地餵水喝）

　口移しに教える（口授）

　口移しで伝える（口傳）

口裏，口占〔名〕根據旁人的話來推斷吉凶、口氣、口吻

　口裏を引いて見る（刺探旁人口氣、摸摸底）

　彼の口裏で略解った（由那種口氣大概明白了）

　口裏を返す（改變口氣）

　口裏を合わせる（統一說話口吻）

口煩い，口五月蠅い〔形〕多嘴，嘮叨、吹毛求疵，挑剔

　口煩い人（愛嘮叨的人）

　此の老人は食物の事に口煩い（這老人愛挑剔吃的東西）

口絵〔名〕卷頭畫、卷頭插圖

　小説の口絵（小說的卷頭插圖）

　口絵は別刷りに為る（卷頭插圖另印）

　雑誌の口絵を書く（畫雜誌的卷頭插圖）

口重〔名、形動〕說話不流利，說話慢、不輕易開口，說話小心謹慎←→口軽

　口重だから、吃りと間違えられる（因為口齒不伶俐所以被以為口吃）

　口重な人（話少的人、寡言的人）

口重い〔形〕言語少的、寡言的、慎言的←→口軽い

　口重い人（言語少的人）

　兄は口重いが良い人間だ（哥哥雖然不愛說話但為人很好）

口軽〔名、形動〕說話流利、說話輕率、不能保密←→口重

　口軽に話す（說話很輕率）

　彼は口軽で困る（他太不能保密）

　彼は口軽だから秘密は話せない（他說話太隨便不能和他談機密的事）

口軽い〔形〕說話輕率的、說話隨便的、容易洩密的←→口重い

　口軽い人には大事な事は話せない（重要的事不能對嘴不緊的人講）

口書き、口書〔名、自サ〕（江戶時代）審訊紀錄，口供，供詞、序言，前言（＝端書）、用口銜筆寫（畫）

　口書きを取る（錄口供）

　口書きする（用口銜筆寫）

口堅い〔形〕說話可靠的，嘴緊的、〔古〕嘴硬，一口咬定

　口堅い男（說話可靠的人、嘴緊的人）

口固め、口固〔名、自サ〕使人保密，堵嘴（＝口止め）、盟誓，約定

　金を遣って口固めを為る（給錢使人保密）

　口固めを為て有るから間違い無い（和他約定好了所以錯不了）

　夫婦の口固めを為る（約定終身）

口金〔名〕（容器的）金屬蓋、金屬口蓋

　beerビール瓶の口金を外す（打開啤酒瓶的金屬蓋）

　lampランプの口金を嵌める（安上媒油燈的燈口）

　電球の口金（燈泡的螺絲口）

　bagバックの口金（手提包的銅扣）

　財布の口金（錢包的銅扣）

口利き、口利〔名〕有口才的人，能言善辯的人、和事佬，調停人，斡旋，調停，說項

　人に口利きを頼む（請人調停）

　口利き役を買って出る（出面調停）

　彼の口利きで取引が纏まった（由他出面斡旋買賣談妥了）

口汚い、口汚ない〔形〕嘴髒的，說話下流的、嘴饞的，貪嘴的←→口清い

　口汚く罵る（用下流話罵人、罵得難聽）

　口汚く悪口を言う（用下流話毀謗人）

　妹の分の御八迄欲しがる何て口汚い（連妹妹的那份點心都想吃真是饞嘴）

口切り、口切〔名〕開口、開封，開罐、帶頭，率先、新茶品茗會、〔商〕初次成交

　口切りした許りの酒（才剛開罐的酒）

　話の口切りを為る（帶頭開口、首先說話）

　余興の口切りを為る（帶頭表演餘興）

　余興の口切りに先ず私が遣る（我先表演個餘興）

口綺麗〔形動〕說得漂亮，說得好、斯文地吃

　口綺麗な事を言う（說漂亮話）

口薬〔名〕火藥信子、封住嘴巴的賄賂

口癖〔名〕口頭語，口頭禪（＝決まり文句）、說話的特徵

　口癖の様に言う（經常掛嘴上、常說）

　口癖に為る（成了口頭禪）

　其が彼の口癖だ（那是他的口頭禪）

　師匠の口癖を真似る（模仿師父說話的特徵）

口口〔名〕異口同聲、各個出入口

　口口に言う（異口同聲地說）

　誰彼と無く口口に言う（你一言我一語地說）

　口口に平和を守れと叫ぶ（異口同聲地高呼保衛和平）

　人人は口口に其の美しさを稱えた（其美有口皆碑）

　城の口口を固める（加強城的各出入口的警衛）

口車〔名〕花言巧語、甜言蜜語

　口車に乗せる（用花言巧語騙人）

　人を口車に乗せる（用花言巧語騙人，使人上當）

　人の口車に乗せる（被別人花言巧語所騙）

ㄎ

うっかり彼奴の口車に乗せて終った（輕易信了他的話上了當）

彼女は口車に乗せられて可也の御金を巻き上げられた（她被別人花言巧語騙走了相當大的一筆錢）

口喧嘩〔名、自サ〕口角，爭吵，吵架

二人は口喧嘩許りしている（他倆老吵架）

彼の二人は良く口喧嘩を為た物だ（過去他倆經常爭吵）

口巧者〔名、形動〕能言善道、嘴巧、口才好（＝口上手）

口巧者な人（能言善道的人、耍嘴皮的人）

口言葉、口詞〔名〕口頭語言（＝話し言葉）←→書き言葉、言詞，語言（＝言葉）

口communication〔名〕〔俗〕口頭互傳、小道消息、街談巷議

口communicationを通して伝えられる噂（街談巷議、風傳）

口籠る、口籠もる〔自五〕結結巴巴地說、吞吞吐吐地說、吱唔、說半截話

口籠り乍言う（結結巴巴地說）

問い詰められれて口籠って終った（被追問得說不出話來）

言い掛けたが口籠った（剛要說出但又吞回去了）

彼女は何か言い掛けって口籠った（她想要說什麼但又吞回去了）

口賢い〔形〕嘴巧、能說會道（＝口上手）

口上手〔名、形動〕嘴巧 能說善道（＝口賢い）←→口下手

口上手な人（口才好的人）

彼程口上手な人は無い（沒有比他再能說善道的人）

口調法、口調練〔名〕嘴巧、能說善道

口下手〔名、形動〕嘴笨、不善於講話（＝口不調法）←→口上手

私は口下手で思った事の半分も言えない（我口齒笨拙連要說的一半也說不出來）

口下手でsalesmanに向かない（嘴笨的人不適合當推銷員）

口不調法〔名、形動〕嘴笨、沒有口才←→口達者

口不調法で思った事も言えない（嘴笨心裡有話說不出來）

口達者〔名、形動〕嘴巧、會說、健談（的人）←→口不調法

本当に口達者で油断が為らない（她嘴巧得很可不能大意）

彼は口達者な人だ（他是個話匣子、他是愛說話的人）

口さがない〔形〕挖苦的、尖酸刻薄的，嘴頂的

口さがない連中（專愛說長論短的人們）

口先〔名〕嘴邊、口頭

口先で銜える（用嘴尖銜著）

彼が口先に出掛かった（話到嘴邊沒有說出）

口先を尖らせる（噘嘴生氣）

口先で誤魔化す（用嘴敷衍）

口先許りです（口是心非）

彼が言った事は口先許りだ（他說的全是敷衍話）

口先許りの親切（掛在口頭上的好意）

口先が旨い（能說、善辯、嘴巧）

口先が達者だ（能說、善辯、嘴巧）

口先丈の約束（只是口頭上的約定）

口先丈の民主主義者（只是口頭上的民主主義者）

口先で言い包める（花言巧語哄騙）

口寂しい、口淋しい〔形〕（由於沒有東西吃）嘴閒、嘴饞、嘴巴發慌

夕食を取った許りなのに、もう口寂しく為って来た（剛剛吃過晚飯可是又覺得嘴裡少了點什麼）

口三味線、口三味線〔名〕哼唱三弦的聲音、嘴哼的三弦、花言巧語

口三味線に合わせて歌う（用嘴哼的三弦伴奏來唱）

口三味線に乗せる（花言巧語騙人）

彼を口三味線に乗せる（哄他上圈套）

口触り、口触〔名〕吃到嘴裡的感覺
　　口触りがざらざらしている（吃起來舌頭上感覺粗澀）
　　口触りの良い（順口的）
　　口触りの良い料理（合口的菜、好吃的菜）
　　此の薬は口触りは悪くない（這藥不難吃）

口凌ぎ、口凌〔名〕暫時充飢的食物、勉強維持生活（＝一時凌ぎ）
　　一時の口凌ぎの為働きに行く（為了臨時勉強餬口而去做事）

口尻〔名〕嘴角
　　口尻の仕舞った丸顔（嘴角緊繃的圓臉）

口ずから〔副〕親口
　　口ずから伝える（親口轉告）
　　口ずから白状する（親口供認）

口過ぎ〔名、自サ〕糊口、謀生、生活
　　収入が少なくて口過ぎが難しい（收入少難以餬口）
　　彼の稼ぎ高では一家の口過ぎが漸くであった（他賺的錢只能勉強維持一家的生活）

口少な〔名、形動〕不多說、話語少、寡言

口吟む, 口遊む、口遊ぶ〔他五〕即興吟詩、低聲哼唱
　　散歩し乍詩を口吟む（一邊散步一邊吟詩）
　　歌を口吟み乍仕事を為る（一邊哼歌一邊工作）

口吟み、口遊み〔名〕即興吟詩，低聲哼唱、〔古〕風聞，傳聞，謠傳（＝噂）

口酸っぱく〔副〕反覆勸告地、苦口相勸地、苦口婆心地
　　口酸っぱく言っても聞かない（雖然苦口相勸但是不聽）
　　口酸っぱく為る迄言って遣った（舌敞唇焦地跟他說了）
　　自動車に気を付けよと口酸っぱく言う（再三警告要注意汽車）

口添え、口添〔名、自サ〕美言、關說、推薦
　　人に口添えを為る（替人關說）
　　友人に口添えして貰う（請朋友美言一番）

　　親戚に就職の口添えを頼む（拜託親戚在就職的事上美言一番）
　　私が口添えして上げよう（我給你說些好話吧！我來給你說個情吧！）

口出し〔名、自サ〕多嘴、插嘴、干預
　　傍から口出しを為ては行けません（不可從旁插嘴）
　　話を為ている時に口出しを為るな（講話的時候不要插嘴）
　　知りも為ない事に口出しを為るな（對根本不了解的事不要多嘴）
　　余計な口出しを為る（多管閒事）
　　余計な口出しは概して喜ばれない物だ（多管閒事大致都不受歡迎）
　　彼が拙い時に口出しを為た（他在不恰當的時候多了嘴）

口出し線〔名〕（電機）導線、引（出入）線

口茶〔名〕後續的茶葉、從劣茶加新茶後沏的茶

口中風〔名〕因中風而不能言語

口付き、口付〔名〕口形，口氣，口吻，馬伕，煙嘴
　　子供が可愛い口付きを為て議論する（孩子用可愛的小嘴來進行爭論）
　　彼の口付きでは一寸信用が出来ない（看那種口氣有點靠不住）
　　不満然うな口付き（帶有不滿的口氣）
　　口付き煙草（帶濾嘴的香菸）

口付け、口付〔名、自サ〕接吻（＝キス）、口頭語，口頭禪、嘴對著嘴
　　口付けを為る（親嘴、接吻）
　　恋人に御別れの口付けを為る（臨別時吻了一下情人）
　　母が子に優しく口付けを為る（母親溫柔地親孩子的嘴）
　　瓶から口付けに為て飲む（嘴對著瓶口喝）

口付ける〔他下一〕親嘴、接吻

口伝え、口伝〔名、他サ〕口傳、口授
　　口伝えに彼の消息を聞いた（從旁人嘴裡聽到了他的消息）

ㄎ

口伝えに広まる（一個傳一個地傳播開來）
　昔からの口伝え（從前的傳說）
　口伝えの秘法（口授秘方）

口伝〔名〕口傳（=口伝え、口伝）
　恩師の死を口伝てに聞いた（從傳聞中聽到恩師去逝之消息）

口止め、口止〔名、自サ〕堵嘴、堵嘴費（=口止料）
　確り口止めして置かないと漏らすよ（如果不好好地囑咐他保密就會洩漏的）
　其の事は決して話しては為らぬと口止めされた（他不許我向外說那件事）
　子分に口止めを遣る（付給下人保密的賄賂）
　口止料（堵嘴費、保密費）
　口止料を貰ったが喋って終った（雖然拿了保密費還是說出去了）

口取り、口取〔名〕馬夫、飯前小菜（=口取肴）、茶前點心（=口取菓子）
　口取縄（牽牛馬的韁繩）
　口取肴（正式日本飯菜首先端出的小菜拼盤 =口取、口取物）
　口取菓子（茶會客人就座後端出的茶前點心 =口取）
　口取皿（裝口取肴用的碟子、拼盤用的淺碟）

口直し〔名、自サ〕清口、換口味
　口直しにさっぱりした物が欲しい（想吃點清淡的東西換口味）
　苦い薬の口直しに飴を食べる（吃糖解解藥的苦味）
　口直しに御一つ如何ですか（換換口味來一個如何？）

口舐めずり、口舐り〔名、自サ〕舔嘴唇（表示想吃或吃得很香）、期待著（某事發生）
　口舐めずりして待つ（熱切等待著）

口馴らし，口馴し，口慣らし，口慣し〔名、自サ〕使說慣，練習說、使吃慣，試吃
　口馴らしに早口言葉を言う（練嘴說繞口令）
　口馴らしを為る（為了養成習慣練習吃）

口馴れる、口慣れる〔他下一〕說慣、吃慣
　口馴れて来ると其の旨さが解る（吃慣了就懂得它的滋味）

口抜き、口抜〔名〕瓶蓋起子、拔塞器（=栓抜き）

口走る〔他五〕順口說出，走嘴，洩漏秘密、亂說話，無意識地說
　思わず口走る（無意中說溜了嘴）
　調子に乗って終口走って終った（在興頭上無意中說溜了嘴）
　高熱が出て訳の解らない事を口走る（因發高燒而亂說話）

口八丁〔名〕嘴巧、嘴巴厲害、能說善道、油嘴滑舌
　彼女は口八丁だ（她能說善道）
　口八丁手八丁（又能說又能幹）
　彼は口八丁手八丁だ（他又能說又能幹）

口幅〔名〕嘴的寬度、說話的口氣，說法
　口幅広い（說話傲氣、大言不慚）

口幅ったい〔形〕吹牛的、說大話的、大言不慚的
　口幅ったい事を言う（說大話）
　彼は私に口幅ったい事を言うからには自信が有る様だ（他對我大誇海口像有把握似的）

口早、口速〔形動〕說話快、嘴塊（=早口）
　口早に言う（說得很快）
　口早に用事を言い付けて出て行った（他很快叮嚀了工作就出去了）
　余り口早なので聞き取り難い（說話太快聽不清楚）

口早い、口速い〔形〕說話快的
　口早い人（說話快的人）

口火〔名〕導火線，導火索，引火管。〔機〕火花塞，電花插頭。〔轉〕起因，原因
　口火に点火する（點著導火線）
　口火を切る（開端、開頭、開始發言）
　非難の口火を切る（點起責難之火）
　戦争の口火（戰爭的導火線）

戦争の口火と為る（成為戰爭的導火線）

口髭〔名〕鬍子
　口髭を生やす（留鬍子）
　口髭を捻る（捻鬍子）
　口髭を剃る（剃鬍子）

口紐〔名〕（繫容器口的）繩子，帶子，線
　袋の口紐を締める（繫上繫口袋的繩子）
　口紐を緩める（把繫容器口的繩子放鬆）

口拍子〔名〕用嘴打（的）拍子
　口拍子に合わせて歌う（隨著嘴打的拍子唱）
　口拍子に乗る（越說越起勁）

口笛〔名〕口哨
　口笛を吹く（吹口哨）
　子供は合図に口笛を吹いた（小孩子吹口哨做信號）
　口笛で小鳥を呼び寄せる（用口哨引誘小鳥）

口拭き〔名〕（西餐桌上的）餐巾，擦嘴巾

口塞ぎ、口塞〔名〕堵嘴（＝口止め）。〔謙〕粗茶淡飯
　御口塞ぎに御一つ何卒（菜不好請吃一點吧！）
　本の御口塞ぎですが何卒御上がり下さい（沒有什麼好吃的請您用一點吧！）

口振り、口振〔名〕口氣，口吻，腔調、說話的樣子（＝口付き）
　何でも知っている様な口振りで話す（用無所不知似的口吻講述）
　辞職し然うな口振り（似乎要辭職的口吻）
　彼の口振りでは彼は合格したらしい（聽他的口吻好像考上了）
　口振りを探る（探口氣）
　口振りを折れる（鬆口了）
　君の酷い口振りじゃ面接試験で落ちるよ（憑你那笨口拙舌的樣子面試可要落選了）

口紅〔名〕口紅（＝リップスティック、ルージュ）
　口紅を付ける（抹口紅）
　口紅を差す（抹口紅）

口減らし、口減し〔名、自サ〕減少家庭吃飯的人、減少（扶養的）家口

口偏〔名〕（漢字部首）口字旁

口返答〔名、自サ〕頂嘴、頂撞（＝口答え）

口前〔名〕口才
　口前が旨い（會說話）

口任せ、口任〔名〕信口開河、隨便說說
　口任せに喋る（信口開河）
　口任せに大法螺を吹く（信口說大話）

口真似〔名、自他サ〕模仿他人說話、學別人說話的樣子
　口真似が旨い（善於模仿他人說話、學話學得像）
　此の鸚鵡は口真似が旨い（這隻鸚鵡很能學話）
　私の発音通り口真似を為て下さい（請模仿我的發音）
　先生の口真似を為て皆を笑わせた（學老師說話逗得大家發笑）

口忠実〔名形動〕愛說話，話多，健談（的人）
　口忠実に話す（沒完沒了地說）
　口忠実な（の）子（喋喋不休的孩子）

口元、口許〔名〕嘴邊，嘴角，嘴形、門口←→奧、入門，說話幼稚
　口元に微笑を浮かべる（嘴邊泛現微笑）
　口元の可愛い娘（嘴形可愛的姑娘）
　込み合いますから、口元に立たないで奥へ入って下さい（因為人多壅擠不要站在門口請往裡面走）

口喧しい〔形〕話多的、嘴碎的、嘮嘮叨叨的、吹毛求疵的
　口喧しい人（嘴碎的人、嘮叨的人）
　口喧しい老人（吹毛求疵的老人）
　口喧しく注意する（絮絮叨叨地囑咐）
　老人は食物の事に口喧しい（老人對吃的東西吹毛求疵）
　母は行儀の事に迚も口喧しい（母親在禮貌上很愛挑毛病）

口約束〔名、自サ〕口頭約定
　口約束丈では心配だ（只憑口頭約定是靠不住的）
　口約束では当てに為らない（只憑口頭約定是靠不住的）

口汚し〔名〕少量的食物。〔謙〕簡陋的飯食，不足果腹的飯食
　彼の刺身は旨いが、彼丈では口汚しにしか為らない（那份生魚片很好吃就是量太少了）

口寄せ、口寄〔名、自サ〕（神仙等借女巫傳話）巫術、（神仙附體的女巫）巫者

口利口〔名、形動〕嘴巧、能言善辯（=口巧者）
　口利口な人（能言善道的人）

口輪〔名〕口套、口鉗
　犬に口輪を嵌める（給狗裝上口鉗）

口脇〔名〕嘴角
　口脇が白い（乳臭未乾、幼稚）

口分け〔名〕〔商〕分類、類別
　口分け番号（分類號碼）

口悪〔名、形動〕講人家壞話（的人）、嘴上無德（的人）、說話尖酸刻薄（的人）

口悪い〔形〕嘴上無德的、說話尖酸刻薄的
　口悪い批評家（挖苦的批評家）

叩（ㄎㄡˋ）

叩〔漢造〕言語聲音輕微為叩、敲擊、詢問、叩頭

叩頭〔名、自サ〕叩頭、頓首（=叩首）

叩く、砕く〔他五〕撣、拍、傾（囊）
　塵を叩く（撣塵土）
　机の上の埃を叩く（撣掉桌上的塵土）
　叩きで叩く（用撣子撣）
　毛布の埃を叩き落す（撣掉毛毯上的灰塵）
　袋に付いている砂糖を叩いて落とす（撣掉黏在袋子上的砂糖）
　蠅を叩く（拍蒼蠅）
　毛布を庭に出して叩く（把毯子拿到院子裡拍打塵土）
　布団を叩く（拍打被子）
　相手の頬を叩く（拍打對方的臉龐）
　相手の顔をぴしゃりと叩いた（啪的一聲給對方一記耳光）
　身代を叩く（傾家蕩產）
　有金を叩いて株を買う（用所有錢來買股票）
　財布の底を叩く（花掉所有的錢、傾囊）
　財布の底を叩いて宝籤を買った（把所有錢都掏出來買了彩票）

叩き、叩〔名〕撣，撣子、失敗，損失。〔相撲〕叩倒（順勢掌拍頸背前倒）
　叩きを掛ける（撣）
　部屋に叩きを掛ける（用撣子打掃房間）
　叩きで叩く（用撣子撣）
　蠅叩き（蒼蠅拍）

叩く、敲く〔他五〕叩，敲，打（=打つ、殴る）、詢問，徵求（=尋ねる、質問する）、拍，鼓（掌）、攻擊、駁斥、花完，用光（=払い尽す、使い果す）、殺價，還價（=値切る）、（用刀背）拍鬆（魚肉）、說，講（=言う、喋る）、青蛙咯咯地叫
　戸を叩く（敲門）
　戸を軽く叩く（輕輕敲門）
　背中を軽く叩く（輕輕敲背）
　神社の祭りには、太鼓を叩きます（在神社的祭日敲鼓）
　頭を叩く（打腦袋）
　人の頭を叩く（打別人的頭）
　赤ん坊の尻を叩く（打嬰兒的屁股）
　タイプライター(typewriter)を叩く（打字）
　棒で空罐を叩く（用木棍敲打空罐）
　専門家の意見を叩く（徵詢專家的意見）
　専門家の意見を叩いて見る（徵詢專家的意見）
　老師の門を叩く（到老師家登門請教）
　此以上叩かれては、儲けに為らない（若是再殺價就沒賺頭）

半値に叩いて買った（殺到半價購買）

肉を細かく叩く（把肉剁碎）

鯵を叩いて皿に盛り付ける（把竹筴魚肉拍鬆裝在碟裡）

叩けば埃が出る（如果吹毛求疵不可能沒有缺點）

彼の論点は新聞で酷く叩かれた（他的論點在報上遭到了嚴厲的攻擊）

彼の作品は評論家に叩かれた（他的作品受到評論家的攻擊）

彼奴を叩いて遣る（狠狠地教訓一下那傢伙）

財布の底を叩く（把錢用完）

手を叩く（拍手）

人人は手を叩いて喜んだ（人們拍手稱快）

手を叩いて人を呼ぶ（拍手叫人）

後ろから肩を叩かれた（有人從背後拍了我的肩膀）

胸を叩いて承知する（拍胸脯答應）

無駄口を叩く（說廢話）

叩き，叩、敲き，敲 〔名〕叩，敲、（江戶時代）杖刑，笞刑、拍鬆的魚肉或牛肉、拙（笨）工匠、三和土（＝叩土、敲土）。〔隱〕強盜、（石匠用語）輕敲（石面）。〔舊〕唱〔蓮花落〕的乞丐

太鼓叩き（敲鼓〔人〕、〔轉〕吹鼓手）

鰹の叩き（拍鬆的鰹魚肉）

叩き，叩、敲き，敲、三和土（水泥地）

庭の土間を叩きに為る（把院子的泥地修成水泥地）

叩き合う，叩合う 〔他五〕互相（親暱地）拍打、互相毆打、互相打嘴巴

肩を叩き合って再会を喜ぶ（互相拍著肩膀慶祝重逢）

御互いに遠慮の無い悪口を叩き合った（雙方用毫不客氣的口吻謾罵）

叩き合い，叩合い 〔名〕互相拍打、互相毆打

叩き上げる，叩上げる（自、他下一）熬出來、鍛鍊出來、敲打製成

小さい時から叩き上げた腕だ（是從小鍛鍊出來的本領）

給仕から叩き上げて会社社長（由工友熬成公司經理）

職工から叩き上げて社長と為る（從職員鍛鍊成經理）

刀を叩き上げる（打出一把刀子）

漆喰で叩き上げた土間（用泥灰敲打製成的土地房間）

叩き売り、叩売〔名〕廉價叫賣，廉價出售（＝大安売り、投売り）、（攤販的）叫賣

夜店でバナナの叩き売りを為る（在夜市中叫賣香蕉）

叩き起こす、叩起す〔他五〕敲門叫醒起來、從睡夢中硬叫起來

真夜中に電報配達に叩き起こされた（半夜三更被送電報的給叫起來了）

夜中に隣に叩き起こされた（夜裡被鄰居叫醒起來了）

眠っている人を叩き起こす（把睡著的人叫起來）

眠っている人を寝床から叩き起こす（把睡著的人從床上叫起來）

眠っている者を叩き起こして番に当てる（把睡著的人硬叫起來值班）

彼は手荒く叩き起こされた（他被粗暴叫醒了）

叩き落とす〔他五〕打掉，打落、推翻，打倒

竿で木の実を叩き落とした（用竹竿把果實打落）

彼の独裁者を叩き落とせ（打倒那個獨裁者！）

叩き鐘，叩鐘、叩き金、金叩、金叩き鉦，叩鉦、敲き鉦，敲鉦、敲鐘〔名〕（佛具）磬鐘

叩き金、叩金〔名〕門環

叩き切る〔他五〕猛砍、一刀砍掉

首を叩き切る（砍頭、斬首）

叩き消す〔他五〕打滅（火）

叩き独楽〔名〕（繩鞭抽擊使之旋轉的）陀螺

叩き込む〔他五〕敲進去、送進，關進，塞進，裝入、練習，學習，教，灌輸

釘を叩き込む（把釘子敲進去）

牢屋に叩き込む（關進監牢）

俺は女房の着物を皆質に叩き込んで酒を飲んで終った（我把太太的衣物全部送到當舖裡換錢去喝酒）

本場で叩き込んだ英語（在英國學的英文）

思想を頭に叩き込む（向頭腦裡灌輸思想）

演説の要点を有効に叩き込む（有效地灌輸演講要點）

叩き殺す、叩殺す〔他五〕打死、揍死

余り吠えると叩き殺すぞ（再吠叫就揍死你）

犬殺しが犬を叩き殺した（殺狗的把狗打死了）

叩き毀す、叩毀す〔他五〕敲碎，打碎、（毀す的加強語氣）毀掉，拆掉

窓ガラスを叩き毀す（把窗玻璃打碎）

手当り次第片っ端から叩き毀す（見了什麼就打壞什麼）

こんな家何か叩き毀して終え（這樣的房子拆掉算了）

悪い制度を叩き毀す（毀掉壞制度）

叩き台、叩台〔名〕棒捶石、砧板、準備提交討論或審議的原案

此の試案を討議の叩き台と為て提出します（提出這個試行辦法作為討論的原案）

叩き大工、叩大工〔名〕笨木匠、不熟練的木匠

彼は何時迄経っても叩き大工だ（他無論到何時也是個笨木匠）

叩き倒す〔他五〕打倒、擊倒

叩き出す、叩出す〔他五〕敲打起來，趕走，趕出

出て行かないと叩き出すぞ（不出去就把你趕出去）

泥棒猫を叩き出す（把偷東西的貓感出去）

叩き付ける、叩付ける〔他下一〕打倒，摔倒、扔，摔、強硬提出〔自下一〕猛下

相手に地上に叩き付ける（把對方摔到地上）

コップを床に叩き付ける（把玻璃杯摔在地板上）

猫を土間に叩き付ける（把貓摔到地上）

饂飩粉を練って板の上に叩き付ける（和好麵粉往麵板上摔）

外に叩き付けられる（被扔到外面）

辞表を叩き付けて去る（把辭職書一扔而去）

社長に辞表を叩き付ける（向總經理毅然決然地提出了辭呈）

札束を叩き付ける（扔給一束鈔票）

雨を叩き付ける（雨勢很大）

叩土、敲土〔名〕三和土（紅土、石灰、砂礫）
（＝叩き，叩，敲き，敲，三和土）

叩き潰す〔他五〕敲碎，打碎、打潰，打敗，打破、花光，耗盡錢財

蝿を叩き潰す（打死蒼蠅）

人種の壁を叩き潰す（打破人種隔閡）

相手は直ぐ叩き潰された（對方馬上被打垮了）

叩き直す〔他五〕敲直、〔轉〕改正，糾正

怠け癖を叩き直す（矯正懶惰的毛病）

叩きのめす〔他五〕痛打，痛擊、打翻在地

彼丈戦争で叩きのめされたのに…（在戰爭中被打成那個樣子但…）

叩き伏せる、叩伏せる〔他下一〕打倒，擊倒、制服，壓服

虎を叩き伏せた（把老虎打倒）

猛犬を叩き伏せた（把猛犬打倒）

ちんぴらを叩き伏せた（把小流氓打倒）

三寸の舌で敵を叩き伏せる（憑三寸不爛之舌壓服敵人）

叩き破る〔他五〕敲打（壞）、用力敲（打）

叩き割る〔他五〕敲（打）開、敲（打）破

佝（ㄎㄡˋ）

佝〔漢造〕駝背為佝、彎腰駝背的樣子

佝僂、痀瘻〔名〕〔醫〕佝僂（＝傴僂）

佝僂病（佝僂病）

寇（ㄎㄡˋ）

寇〔漢造〕加害、集團攻入

外寇（外寇、外寇入侵，入寇）

寇掠（攻入搶奪財貨）

寇盜（又偷盜又危害的〔人〕）

寇する〔自サ〕危害、入寇，侵入（＝攻め入る）

釦（ㄎㄡˋ）

釦〔漢造〕以金裝飾器物口部為釦

釦、ボタン〔名〕鈕扣、按鈕

釦を掛ける（扣上鈕扣）

釦を嵌める（扣上鈕扣）

釦を付ける（縫上鈕扣）

上着の釦を外す（解開外衣鈕扣）

釦が取れている（釦子掉了）

飾り釦（裝飾鈕扣）

カフス釦（袖扣）

釦（の）穴（釦眼）

上着の釦を掛ける（扣上外衣鈕扣）

上着の釦が掛けられない（上衣的鈕扣釦不上）

此のドレスは背中を釦で止める様に為っている（這件衣服是背後釦口釦）

ズボンの釦が外れているよ（褲子的鈕扣開了）

シャツの釦が取れていた（襯衫的扣子掉了）

呼び鈴の釦を押す（按電鈴的電鈕）

ベルの釦を押す（按電鈴的按鈕）

刊（ㄎㄢ）

刊〔名、漢造〕刊行、出版

一九八八年刊（一九八八年出版）

日刊紙（日報）

既刊（已經出版）

季刊（季刊）

休刊（暫時停刊）

近刊（近期出版、最近出版）

週刊（周刊）

終刊（最後一期）創刊

旬刊（旬刊、十日刊）

新刊（新刊、新刊讀物）

創刊（創刊）

増刊（增刊）

朝刊（早報、晨報、日報）

日刊（日刊）

年刊（年刊）

廃刊（停刊）

夕刊（晚報）

月刊（月刊）

隔月刊（雙月刊）

発刊（發刊、創刊、刊行、出版）

旧刊（舊版本、舊刊物）

刊記〔名〕（日本舊出版物）底頁、版權頁

刊行〔名、他サ〕出版、發行

刊行物（刊物、出版物）

定期刊行（定期出版）

辞書の刊行を急ぐ（加緊出版辭典）

刊行日付（發行日期）

刊本〔名〕版本，印刷的圖書←→写本、（江戸時代）木版刊本，銅版刊本

清代の刊本（清代的版本）

此の本は宋代の刊本だ（此書是宋代版本）

栞（ㄎㄢ）

栞、枝折り，枝折〔名〕書籤、入門書，指南書、（走山路時折曲樹枝作的）路標、（芭蕉俳句用語）纖細的餘情、餘韻（＝撓）、柵欄門（＝枝折戸）

ㄎ

本に栞を挟む（書裡夾上書簽）挟む挿む鋏む剪む

読み掛けの本に栞を挿む（把書籤夾在看一半的書裡）

読み止しのページに栞を挟む（讀到中途的書頁裡夾上書簽）

名所の栞（名勝指南）

旅行の栞（旅行指南）

英語研究の栞（英語研究指南）

勘（ㄎㄢ）

勘〔名〕（本能的）直覺，直感，第六感、靈感，靈機，理解力，知覺力

〔漢造〕核對、問罪

勘で行く（全憑直覺、全憑第六感）

勘で解る（憑第六感理解）

勘に頼む（憑直覺）

盲人は勘が良い（盲人知覺力強）

如何して分かりましたが？－勘です（怎麼明白的？－全憑靈機）

勘が良い（直覺靈敏）

新聞記者の勘が有る（有新聞記者的天賦）

勘が鈍い（直覺遲鈍）

商売の勘が有る（有作生意的靈機）

勘が鋭い（直覺敏銳）

颯と勘が働く（靈機一動）

ニュースを嗅ぎ付けるの勘の有る記者（有發現新聞的直覺的記者）

勘の良い人（理解力強的人）

勘が悪い人（理解力差的人）

校勘（校對）

勅勘（日本天皇的斥責）

後勘（日後考察、日後譴責）

勘案〔名、他サ〕考慮、酌量

諸諸の事情を勘案する（考慮各種情況）

勘気〔名〕（受到君主，長輩，師父等）貶斥、懲罰

勘気を蒙る（受懲罰）

主君の勘気を蒙る（受到主公的懲罰）

勘繰る〔自五〕推測、猜測

相手の腹を勘繰る（猜測對方的心裡）

人を勘繰るのも好い加減に為ろ（別胡亂猜疑人、猜疑人應適可而止）

勘決〔名〕充分考慮後決定、調查後決斷

勘考〔名、他サ〕考慮、深思熟慮

勘考の末（經過反覆考慮之後 考慮的結果）

取る可き処置に就いて勘考する（認真考慮應採取的措施）

勘校〔名、他サ〕校勘、校對

勘合〔名、他サ〕核對、勘合符（符節式執照、正式交易證）

勘合符〔名〕（室町時代中國明朝政府為防止倭寇頒發給室町幕府正式使節船隻的）符節式執照、正式交易證

勘事、勘事〔名〕〔受〕譴責

勘定〔名、他サ〕計數，計算，算帳，計算收支、（會計上的）帳，帳款，帳目，帳單，考慮，估計，顧及

二十四時間以内を一日と為て勘定する（二十四小時以內按一天計算）

何人集まった勘定して下さい（請算一算來了多少人）

人員を勘定する（點人數、清點人數）

人数を勘定する（點人數、數人數、計算人數）人數人數人數

利子を勘定する（計算利息）

金を勘定する（數錢數）

暗算で勘定する（用心算計算）

勘定出来ない程の（算不清的、數不完的）

勘定が速い（算得快）

勘定が上手だ（善於算帳、善於打算盤）

勘定が合う（算得對、帳目對）

勘定が合わない（算得不對、帳目不對）

此の取引は勘定に合わない（這項交易不合算、這項交易划不來）

そんなに高くては勘定に合わない（這麼貴不合算）

勘定に合って銭足らず（比喻理論與實踐不一致）

現金勘定（現金帳目）

当座勘定（往來帳目）

借方勘定（借方帳目）

貸方勘定（貸方帳目）

実在勘定（實際帳目）

仮勘定（臨時帳目）

資本勘定（資本帳目）

清算勘定（清算帳目）

残高勘定（結存帳目）

勘定を締め切る（結帳）

勘定を取る（討帳）

勘定に取りに来る（來討帳）

勘定を払う（清付帳款）

勘定を延ばす（延期付款、緩期支付帳款）

勘定を付ける（計帳）

勘定が嵩む（欠帳增加、債台高築）

御勘定を願います（請算帳）

勘定を持って来て呉れ（請把帳單拿來）

勘定は全部で幾等に為るかね（帳目一共多少錢？）

勘定は済んでいますか（帳算完了嗎？）

勘定は別別に為て下さい（帳目請各算各的）

二人一緒に勘定して呉れ給え（兩個人的帳請算在一起）

私の勘定に付けて置いて呉れ（請記在我的戶頭裡）

人の勘定に付ける（記在旁人的帳上）

月末勘定で結構です（〔不要現金〕你可以在月底付款）

人の骨折りも勘定に入れる（別人的勞力也要考慮在內）

彼も勘定に入れる（他也估計在內）

損害を勘定に入れる（把損失估計在內、顧及損失）

其の時間を勘定に入れる（把那個時間估計在內）

不慮の出来事も十分勘定に入れて置かねば為らぬ（意外的事故也要充分估計在內）

天候の事は勘定に入れていなかった（天氣的好壞沒有考慮在內）

勘定書き、勘定書〔名〕結算單（＝勘定書）

勘定書〔名〕結算單、算帳單、帳單（＝勘定書き、勘定書）

勘定方〔名〕會計、會計員

勘定尽く〔名〕單純利益觀點、專打小算盤（＝計算尽く、算盤尽く）

こんな仕事は勘定尽くでは出来ない（這種事不是計算得失所能辦到）

勘定尽くで遣った事ではない（不是為利益觀點而做的）

彼は何でも勘定尽くで仕事を為る（他做一切工作都從個人利益觀點出發）

勘定高い〔形〕專在金錢上打算盤的、吝嗇的、專在利益得失上打算盤的、善於計算損益的

商人は勘定高い者だ（商人是精打細算的）

勘定高〔名〕（算帳的）總金額、總計、合計

勘定帳〔名〕帳簿

勘定日〔名〕結帳日、付款日

勘違い、勘違〔名、自サ〕誤會、錯認、判斷錯誤（＝考え違い、思い違い）

其は君の勘違いだ（那是你的誤會）

君は私を誰かと勘違いしている（你把我錯認為別的人了）

君は私に何か勘違いを為ている（你對我有點誤解）

ㄎ

勘違いを為て彼女を貴方の妹だと思った（我把她錯當你妹妹了）

慌てて他人を兄と勘違いする（慌慌張張地誤把旁人當作哥哥）

勘付く、感付く〔自五〕感覺到、察覺出

危険を勘付く（感到危險）

彼は勘付かれない様に変装して行った（為了不被發現他化上了妝）

彼は人に勘付かれない様にこっそり逃げ出した（他神不知鬼不覺地偷偷溜走了）

母の態度から何か良い事が有ると勘付く（從母親神態看感覺到將有什麼好事）

勘亭流〔名〕勘亭體（日本的一種漢字書法，圓角粗字體，常用於書寫〔歌舞伎〕等的海報）（始於江戶時代〔中村座〕的〔岡崎勘亭〕）

勘当〔名、他サ〕斷絕父子（師徒）關係

親に勘当された（被斷絕了父子關係）

息子を勘当する（與兒子斷絕關係）

涙を呑んで勘当する（飲淚斷覺父子〔師徒〕關係）

道楽に耽って勘当を受ける（因荒唐過度被父親斷絕關係）

勘所、甲所、甲処〔名〕（弦樂器的）指板。〔轉〕重點，要點，關鍵

勘所を押さえる（掌握關鍵、抓住要點）

勘所をちゃんと押さえている（掌握住要點）

勘所を押さえた発言（抓住要點的發言）

試験では勘所を押さえて答案を書かなければ駄目だ（考試時必須抓住重點解答才行）

勘所を捜す（找竅門）

勘所を会得する（領會要點）

勘忍、堪忍〔名、自サ〕忍耐，容忍、寬恕、饒恕

もう此れ以上勘忍出来ない（再也不能容忍了）

勘忍の強い人（忍耐性強的人）

勘忍強い、堪忍強い（忍耐性強）

勘忍強い人（能忍耐的人）

為らぬ勘忍するが勘忍（忍人所不能忍才是真忍）

勘忍は一生の宝（忍耐是一生之寶、認為高）

勘忍は無事長久の基（忍耐是平安無事的根本）

勘忍袋（容忍的限度、容人之量）

勘忍袋の緒が切れる（超過可以容忍的限度、忍無可忍）

何卒今度許りは勘忍して下さい（請你寬恕這一次）

勘忍出来ない（不能饒恕）

勘弁、勘辨〔名、他サ〕容忍、原諒，饒恕，寬恕、〔古〕精通數理

もう勘弁出来ない（再也不能容忍了、已經無法容忍、忍不下去了）

今度丈は此で勘弁して遣ろう（這一次就這樣饒恕你了）

其丈は御勘弁願います（只那一點請您原諒）

殊の外勘弁な人と見えた（他格外向個精通數理的人）

堪問〔名〕邊調查罪狀邊訊問、責問

堪略〔名〕儉約、簡略

堪（ㄎㄢ）

堪〔漢造〕忍受（＝堪忍、勘忍）、出色（＝堪能、堪能）

不堪（不擅長技藝的人、田地荒蕪不能耕種、貧窮）

堪忍、勘忍〔名、自サ〕忍耐，容忍、寬恕、饒恕

もう此れ以上勘忍出来ない（再也不能容忍了）

勘忍の強い人（忍耐性強的人）

勘忍強い、堪忍強い（忍耐性強）

勘忍強い人（能忍耐的人）

為らぬ勘忍するが勘忍（忍人所不能忍才是真忍）

勘忍は一生の宝（忍耐是一生之寶、認為高）

勘忍は無事長久の基（忍耐是平安無事的根本）

勘忍袋（容忍的限度、容人之量）

勘忍袋の緒が切れる（超過可以容忍的限度、忍無可忍）

何卒今度許りは勘忍して下さい（請你寬恕這一次）

勘忍出来ない（不能饒恕）

堪能、湛能〔名、形動〕擅長，精通，熟練，巧妙，高明（＝上手）←→不堪

運動に堪能な（の）人（擅長運動的人）

外国語に堪能な（の）人（擅長外語的人）

彼はFrance語に堪能だった（他精通法語）

湛能〔名、形動〕（堪能的習慣用法）擅長、熟練〔名、自サ〕十分滿足，足夠（足んぬ之訛-足りぬ音便的名詞化）

語学に堪能である（擅長語學）

書に堪能だ（擅長書寫）

歌の（に）堪能な（の）人（擅長唱歌的人）

Franceでは美術館に行って、堪能する迄有らゆる芸術品を鑑賞した（在法國參觀美術館盡情地欣賞了所有的藝術品）

二人で夜通し堪能する迄喋った（兩個人盡情談心到天亮）

堪能する程食った（吃得十分飽了）

堪航空性〔名〕〔空〕適航性、飛行性能

堪航性〔名〕〔海〕適航能力、適航性、耐波性

堪航能力〔名〕〔海〕適航能力

堪える〔他下一〕忍耐，忍受（＝堪える、湛える，耐える）、支持，維持（＝保つ）

堪えられない（忍受不住、支持不住）堪える答える応える

迚も堪えられない（怎麼都忍受不了）

貴方には此の暑さに堪えられるだろうか（這麼熱你能受得了嗎？）

注射で命を持ち堪える（靠打針維持生命）

此丈有れば三箇月は堪えられる（有這些可維持三個月）

応える〔自下一〕反應，響應，報答、感應，強烈影響，打擊

歓呼に応える（回答歡呼、向歡呼者致意）答える応える堪える

御恩に応える（報答恩情）

期待に応える（不辜負期待）

彼は皆の期待に応えて見事優勝した（他不辜負大家的期望得到了冠軍）

好意に応える（不辜負好意）

今日の暑さは身に応える（今天的暑熱真夠瞧的）

暑さが酷く応える（熱得夠受）

寒さが身に応える（冷得厲害）

今度の失敗は彼には相当応えた様だ（這次的失敗可夠他受的）

胸に応える（打動心靈）

真情溢れる友の言葉が彼の胸に応えた（友人充滿真情的話觸動了他的心）

答える〔自下一〕回答、答覆、解答

答えて言う（回答說）応える堪える

答える言葉が無い（無話可答）

然うだと答える（回答說是的）

質問に答える（回答提問）

私は如何答えて良いか分らなかった（我不知道怎樣答覆是好）

呼べば答える程の所だ（近在咫尺）

問題に正しく答える（正確地解答問題）

問題が難し過ぎて答えられない（問題太難答不出來）

堪えられない〔形〕〔俗〕不能忍受，受不了、〔轉〕好得很，好得不得了

堪えられない暑さ（熱得受不了）

堪えられない匂い（受不了的氣味）

風呂上りのbeerは堪えられない（洗完澡後喝啤酒真是一大享受）

ち

一日働いた後、風呂に入って、一杯遣るのは堪えられない（做了一天之後洗個澡喝上一杯真美）

面白くて堪えられない（非常有趣）

堪えられない程面白いゲーム（非常有趣的遊戲）

此は堪えられない（這可太好了）

堪えられない程魅力が有る（非常有魅力）

堪える〔他下一〕忍耐，忍受、忍住，抑制住。〔俗〕容忍，寬恕

痛さを堪える（忍痛）

痛さをじっと堪える（強不作聲忍著痛）

堪え難い苦痛（難忍的痛苦）

歯の痛いをじっと堪える（強不作聲忍著牙痛）

眠たさを堪える（忍受睏倦）

堪え様と為ても此以上堪え切れない（忍無可忍）

苦労を堪える（吃苦耐勞）

無理に笑って堪える（強作笑臉忍受）

笑いを堪える（忍住不笑）

可笑しさを堪えられない（忍不住笑）

怒りを堪える（忍住怒氣）

一杯飲む度いのを堪える（內心想喝一杯忍著不喝）

腹も立とうが私に免じて堪えて呉れ（你也許很氣憤不過看在我的面上饒了他吧！）

堪え性、堪性〔名〕耐性、耐力

堪え性が無い（沒有耐性）

堪える、耐える、勝える〔自下一〕忍耐（＝我慢する、辛抱する、堪える、忍ぶ）、勝任、值得

貧窮に堪える（忍耐貧窮）絶える

苦労に堪える（吃苦耐勞）

誘惑に堪える（經得起誘惑）

悪の誘惑に堪える（經得起邪惡的誘惑）

湿気に堪える（能耐濕）

寒さに堪える（耐寒）

水に堪える（耐水）

高温に堪えるコップ（奈高溫的杯子）

痛みに堪える（忍痛）

惨状は聞くに堪えない（慘不忍聞）

任に堪える（勝任）

重い責任に堪える（能勝重任）

試練に堪える（承受考驗）

長年の使用に堪える（經得起多年使用）

生活の為に苦しみに堪える事は当然な事だと看做す（把為生活吃苦耐勞看成是當然的事情）

此以上こんな生活は堪えられない（這種生活再也無法忍受）

彼は老人で職に堪えない（他已年老無法工做了）

此の本は読むに堪えない悪文だ（這本書是不值得一讀的壞文章）

聞くに堪えない下品な話（不堪入耳的下流話）

鑑賞に堪える（值得鑑賞）

絶える〔自下一〕斷絕、終了、停止、絕滅、消失

息が絶えた（斷了氣）

食糧が絶える（糧食斷絕）

子孫が絶える（絕子絕孫）

私の子供は体が弱いので、心配の絶える時が無い（我的孩子體弱老是無時無刻地擔心）

父が死んで、学資がふっつり絶えた（父親死了學費突然斷絕了）

通信は全く絶えた（通信完全停止）

彼の国は内乱が絶えない（那個國家不斷發生內亂）

此の人種は既に絶えて終った（這個人種已經滅絕了）終う仕舞う

富士山の頂上には年中雪の絶えた事が無い（富士山頂上的雪整年不消）

泉の水が絶えた（泉水斷了、泉水枯竭了）
泉水

堪え難い、耐え難い〔形〕難以忍受的、忍耐不了的、受不了的（＝忍び難い）

堪え難い侮辱を受ける（遭受難以忍受的侮辱）

堪え難い暑さ（受不了的暑熱）

東京の暑さは堪え難い（東京的炎熱不好受）

梅雨時の蒸し暑さは堪え難い程だ（梅雨季節的悶熱實在難受）

堪え難い苦痛を忍ぶ（忍住難以忍受的痛苦）

寒風が堪え難く肌を刺す（寒風刺骨難以忍受）

堪え兼ねる、耐え兼ねる〔自下一〕難以忍受，忍不住，受不了，支持不了，負荷不了

空腹に堪え兼ねる（飢餓難耐）

昨晩は暑さに堪え兼ねて窓を皆開けて寝た（昨晚受不了炎熱把窗戶全都打開才睡）

床が其の重さに堪え兼ねて落ちた（地板經不起那種重量而坍塌了）

★床（床、榻榻米、苗床、河床、壁龕、理髮廳）

☆床、牀（地板、演唱淨琉璃時坐的高台）

堪え切れる、耐え切れる〔自下一〕（多下接否定助動詞）能忍耐、忍受得了

暑さに堪え切れない（對炎熱不能忍受、受不了炎熱）

堪え忍ぶ，耐え忍ぶ，堪忍ぶ，耐忍ぶ〔自、他五〕忍住、忍受、忍耐（＝堪える）

悲しみを堪え忍ぶ（忍住悲哀）

苦しい生活を堪え忍ぶ（忍受艱苦的生活）

他人の嘲笑を堪え忍ぶ（忍受他人的嘲笑）

堪え忍ぶのも限りが有る（忍耐也有個限度）

堪え抜く、耐え抜く〔自五〕忍受（過來）經受（住）、克制（住）

苦しさに堪え抜く精神を養う（培養能承受艱苦的精神）

苦難の年月を堪え抜く（從艱苦的日子裡熬出來）

春の草花は冬の寒さに堪え抜いて綺麗な花を咲かせる（春天的花草承受了冬天的寒冷開出美麗的花朵）

堪る〔自五〕（下接否定或反語）忍受，受得了（＝我慢する、堪える）

斯う寒くては堪らない（這麼冷可受不了）溜る

一晩中蚊に攻められて堪ったもんじゃない（整個晚上被蚊子咬可夠受了）

此の上搾られては堪ったもんじゃない（再叫我出錢可受不了！）

そんな事を為て堪るもんか（做這種事怎能容忍呢？）

此位でへこたれて堪るもんか（為這點事就氣餒那怎麼行？）

負けて堪るか（輸了還得了！）

怖くて堪らず逃げ出した（我害怕得不得了地逃跑了）

仕事も目鼻が付き、楽しくて堪らない（工作有了頭緒高興得不得了）

溜まる、溜る〔自五〕積存、積壓、停滯

水が溜る（積水）

雨上がりで道が水が溜っている（雨後路上積水）

雨が降ると直ぐ水が溜る（一下雨就積存水）
溜まる、溜る 貯まる 堪る

埃が溜った（灰塵落了很多）

テーブルの上に埃が溜っている（桌子上落了一層灰塵）

泥が溜る（泥巴淤積了）

塵が沢山溜った（堆滿了垃圾）塵芥 塵芥

溜っていた涙が到頭流れ出た（含著的眼淚終於流了出來）

大分金が溜った（積存了很多錢）大分 大分

借金が大分溜った（負了很多債）

金は中中溜らない（錢可不易積存）

ㄊ

ㄎ

仕事(しごと)が溜(たま)る（工作積壓）

此丈(これだけ)仕事(しごと)が溜(たま)って中中(なかなか)片付(かたづ)かない（工作積壓這麼多總處理不完）

溜(たま)っている仕事(しごと)を片付(かたづ)ける（處理積壓的工作）

堪(たま)らない〔形〕無法忍受的、難堪的、受不了的、難以形容的、不得了

暑(あつ)くて堪(たま)らない（熱得受不了）

今日(きょう)は寒(さむ)くて堪(たま)らない（今天冷得受不了）

痛(いた)くて堪(たま)らない（痛得受不了）

こんなに忙(いそが)しくては体(からだ)が堪(たま)らない（這麼忙身體可吃不消）

堪(こら)えていたが終(つい)に堪(たま)らなく為(な)って泣(な)き出(だ)した（一直忍著終於忍不住哭了起來）

そんなに金(かね)が掛(か)かっちゃ堪(たま)らない（那樣花錢可受不了）

嬉(うれ)しくて堪(たま)らない（高興得不得了）

悲(かな)しくて堪(たま)らない（傷心極了）

心配(しんぱい)で堪(たま)らない（擔心得不得了）

腹(はら)が減(へ)って堪(たま)らない（餓得要命）

会(あ)い度(た)くて堪(たま)らない（真想見一面）

堪(たま)り兼(か)ねる〔自下一〕忍耐不住、難以容忍

堪(たま)り兼(か)ねて泣(な)き出(だ)す（忍不住哭起來）

到頭(とうとう)堪(たま)り兼(か)ねて殴(なぐ)り付(つ)けた（終於忍耐不住揮起拳來）

到頭(とうとう)堪(たま)り兼(か)ねて口(くち)を出(だ)した（終於忍耐不住插了嘴）

騒音(そうおん)に堪(たま)り兼(か)ねて住民(じゅうみん)は立(た)ち上(あ)がった（居民受不了噪音起來抗議）

戡(かん)（ㄎㄢ）

戡(かん)〔漢造〕戈刺深入為戡、平靖、攻克

戡定(かんてい)〔名、他サ〕〔古〕以武力平定戰亂、勘亂

龕(がん)（ㄎㄢ）

龕(がん)〔名〕佛龕（=厨子(ずし)、仏壇(ぶつだん)）、柩，棺材（=柩(ひつぎ)）

龕箱(がんばこ)（棺材）

龕灯(がんとう)〔名〕供神佛的燈，佛龕前面的燈、孔明燈（=龕灯提灯(がんとうちょうちん)、強盗提灯(ごうどうちょうちん)）

龕灯、強盗(がんとう、ごうとう)〔名〕強盗(ごうとう)（強是強的唐音、盗是盗的唐宋音）、孔明燈（=龕灯提灯(がんとうちょうちん)、強盗提灯(ごうどうちょうちん)）、自下推換舞台的裝置（=龕灯返(がんとうがえ)し、強盗返(ごうどうがえ)し）

龕灯提灯、強盗提灯(がんとうちょうちん、ごうどうちょうちん)〔名〕（向一方面射光的）孔明燈

龕灯返し、強盗返し(がんとうがえし、ごうどうがえし)〔名〕〔劇〕由底部往上推更換佈景裝置

侃(かん)（ㄎㄢˇ）

侃(かん)〔漢造〕剛直貌、從容不迫貌

侃侃諤諤(かんかんがくがく)〔名、連語〕直言不諱（=侃諤(かんがく)）

侃侃諤諤(かんかんがくがく)の議論(ぎろん)（直言不諱之論）

侃諤(かんがく)〔名〕侃侃諤諤、直言不諱、直話直說

侃諤(かんがく)の論(ろん)（直言不諱之論、剛直之言）

轗(かん)（ㄎㄢˇ）

轗(かん)〔漢造〕車觸阻險難進為轗、道路不平的樣子、不得志地

轗軻、坎坷(かんか)〔名〕坎坷（=不遇(ふぐう)、不運(ふうん)）

轗軻不遇(かんかふぐう)の中(なか)に一生(いっしょう)を送(おく)る（在坎坷不遇中度過一生）

檻(かん)（ㄎㄢˇ）

檻(かん)〔漢造〕圍籬，牢房（=檻(おり)）、扶手，欄杆（=手摺(てすり)、欄干(らんかん)、欄(おばしま)）

折檻(せっかん)（責備、責打）

檻車(かんしゃ)〔名〕囚車

檻送(かんそう)〔名〕把罪犯送入牢房

檻(おり)〔名〕（動物的）欄，籠，圈、（罪犯、瘋子的）牢房，牢籠

虎(とら)を檻(おり)に入(い)れる（把老虎圈在籠裡）

檻(おり)の中(なか)のlion（獸欄裡的獅子）

熊(くま)の檻(おり)（熊籠）

続続(ぞくぞく)と檻(おり)から飛(と)び出(だ)す（紛紛出籠）

折(お)り、折(おり)〔名〕折，折疊、折疊物、折縫、時候，時機

〔接尾〕（計算紙盒木盒的助數詞）盒，匣。（作紙張的助數詞）開數

子供の折の思い出（孩子時候的回憶）

其の折私も其処に居合わせた（那個時候我也正在那裡）

上海へ行った折に彼を訪れました（去上海的時候我訪問過他）

忙しく彼に会う折が無い（忙得沒有機會跟他見面）

此れは又と無い折だ（這是難得的機會）

折が有れば早速御訪ね致します（有了機會我就盡早去拜訪您）

折を待つ（等待時機）

折を利用する（利用時機）

折が良い（時機好）

折が悪い（時機不好）

折に触れて（碰到機會、偶而、即興）

折も有ろうに（偏偏在這個時候、偏巧這時）

折も折（正當這個時候、偏巧這時）

折を見て（看機會、找時機、見機行事）

菓子を折に入れる（把點心放在盒裡）

海苔巻きを折に詰める（往盒子裡裝壽司飯捲）

御菓子一折（一盒點心）

折詰の鮨を二折注文する（訂購兩盒壽司）

二つ折の本（對開本的書）

八つ折の本（八開本的書）

二つ折に為る（折成對開）

もう一つ畳むと三十二折に為る（再折疊一次就成三十二開）

澱〔名〕（液體中的）沉渣、沉澱物

水の澱（水裡沉澱物）

酒の澱（酒裡沉渣）

coffeeの澱（咖啡渣）

澱が沈んだ（渣滓沉澱了）

澱を立てる（攪起沉渣）

澱酒（渾酒）

檻〔名〕牢房

看（ㄎㄢˋ）

看〔漢造〕遙望為看、以目視物、探望、對待、觀賞、以為、當心、診治、拿取、守護

看過〔名、他サ〕裝作不見，不加追究，寬恕、忽略過去，沒看出來，忽視，看漏、過目

過失を看過する（不追究過失）

悪質な交通違反を看過する訳には行かない（惡劣的違反交通規則不能饒恕）

誤植を看過する（沒看出來排錯了的字）

看過出来ない問題（不容忽視的問題）

看過出来ない事態（不容忽視的事態）

SPYの入り込んだを看過する（忽視了間諜的滲透）

看客、看客，観客〔名〕觀眾、讀者（＝観衆、見物人）

映画の看客（電影觀眾）

此の映画は看客を感動させた（這部電影使觀眾大受感動）

看客席（觀眾席）

看客が騒ぎ出す（觀眾起哄起來）

看貫〔名〕過秤，秤量、台秤，地秤（＝看貫秤）

看貫に掛ける（用台秤秤）

看官〔名〕觀眾、讀者（＝看客、看客，観客）

看経〔名、他サ〕默讀經文←→読経、誦経（誦經），讀經，在經堂小聲讀經

看護〔名、他サ〕看護、護理（＝看病）

寝食を忘れて看護する（廢寢忘食地護理病人）

病人を看護する（護理病人）

傷病兵を看護する（護理傷病兵）

手厚い看護（精心護理）

行き届いた看護（無微不至的看護）

手厚い看護の御蔭で危機を脱する（由於精心護理而脫險）

ㄎ

看護婦（護士）
看護人（看護人）
看護兵（看護兵）
看護学（護理學）
病院看護婦（醫院護士）
見習看護婦（見習護士）
看護婦長（護士長）
看護婦学校（護士學校）
看護婦養成所（護士培訓所）
付き添い看護婦（陪伴護士、照管護士）

看視、監視〔名、他サ〕監視、監視人

厳重に看視する（嚴加監視）
行動を看視する（監視行動）
国境を看視する（監視國境）
看視を受ける（受監視）
看視を続ける（繼續監視）
看視を厳に為る（嚴加監視）
看視者（監視者）
看視人（監視人）
看視局（監視站）
看視網（監視網）
看視灯（監視燈）
看視装置（監視裝置）
看視信号（監視信號）
看視制御（監視控制）

看守〔名〕看守的人（=見張り）、（監獄的）看守

看守長（看守長）
看守が見回りに来る（看守前來巡邏）

看取、観取〔名、他サ〕識破、看破（=見抜く）

相手の意図を看取した（看出對方的意圖）
早くも其の人の胸中を看取した（早就看透他的心事了）

看破〔名、他サ〕看破、看穿、識破（=見破る、見抜く）

一見して彼が食わせ者と言う事を看破した（一眼就看穿了他是一個騙子）
悪巧みを看破する（識破陰謀詭計）
敵の計略を看破する（看穿敵人的計策）
真意を看破する（看透真情實意）

看板〔名〕招牌，廣告牌。〔轉〕外表，幌子（=外観）。〔轉〕牌子、（商店的）停止營業時間，下班時間，關店

看板を出す（掛出招牌、開業）
看板を立てる（設廣告牌）
看板を目立つ所に立てる（設廣告牌在顯眼的地方）
看板を塗り替える（重新油漆招牌、〔轉〕改變政策，改頭換面）
店の看板（商店的招牌）
理髪屋の看板（理髮廳的招牌）
広告の看板（廣告招牌）
看板が良いが中味はさっぱりだ（外表不錯可是内容不好、虛有其表）
看板は素晴らしいが内容は貧弱だ（外表壯觀可是内容貧乏）
看板に偽り無し（表裡一致、名副其實）
看板に偽り有る（名不副實、表裡不一致）
慈善を看板に為て（打著慈善的幌子）
援助を看板に為る（以援助為幌子）
選挙毎に減税を看板に掲げる（每次選舉都打出減稅的招牌）
内の社長は看板だ（我們這裡的總經理是有名無實）
看板を下す（關門、歇業）
もう看板で御座います（〔顧客注意〕現在已到下班時間、已打烊了）

看板書き、看板書〔名〕畫招牌廣告的人

看板倒れ、看板倒〔名〕虛有其表

看板倒れの名士（虛有其表的名士）

看板娘〔名〕（吸引顧客的）招牌女店員

煙草屋の看板娘（香煙舖的招牌女店員）

看病〔名、他サ〕看護

病人を看病する（護理病人）

病人の看病で僕も疲れた（由於護理病人我也累了）

友の看病を為る（看護朋友的病）

手厚い看病（周到的看護）

心を込めて看病する（用心看護）

一に看病、二に薬（護理為主吃藥為輔）

看る、見る、観る、視る、診る、相る、覧る〔他上一〕
處理、照料、輔導

政務を看る（處理政務、辦公）

事務を看る（處理事務）

家の事は母が看ている（家裡的事由母親處理）

チェーンホテルの会計を看る（負責連鎖旅館的會計事務）

学会の会計を看る（處理學會的會計工作）

後を看る（善後）

政治を看る（搞政治、從事政治活動）

子供の面倒を看る（照料小孩、照顧小孩）

子供の勉強を看て遣る（留意一下孩子的功課）

出来ない学生の数学を看る（對成績差的學生輔導數學）

此の子の数学を看て遣って下さい（請幫這個小孩輔導一下數學）

看る、見る、視る、観る、診る、相る、覧る〔他上一〕看，觀看

（有時寫作観る、診る）查看，觀察，參觀

（有時寫作看る）照料，輔導，閱讀

（有時寫作観る、相る）判斷，評定

（有時寫作看る）處理，辦理，試試看、試驗、估計，推斷，假定，看作、認為，看出，顯出，反映出，遇上，遭受

〔補動、上一型〕（接動詞連用形+て或で下）試試看
（用て見ると、て見たら、て見れば）…一看，從…看來

映画を見る（看電影）回る、廻る

ちらりと見る（略看一下）氷松海松

望遠鏡で見る（用望眼鏡看）

眼鏡を掛けて見る（戴上眼鏡看）

見るに忍びない（堪えない）（慘不忍睹）

見るのも嫌だ（連看都不想看）

見て見ぬ振りを為る（假裝沒看見）

見れば見る程面白い（越看越有趣）

見る物聞く物全て珍しかった（所見所聞都很稀罕）

一寸見ると易しい様だ（猛然一看似乎很容易）

見ろ、此の様を（瞧！這是怎麼搞的）

風呂を見る（看看浴室的水是否燒熱了）

辞書を見る（查辭典）

医者が患者を見る（醫生替病人看病）

暫く様子を見る（暫時看看情況）

私の見る所に依ると（據我看來）

イギリス人の目から見た日本（英國人眼裡的日本）

博物館を見る（參觀博物館）

国会を見る（參觀國會）

見る可き史跡（值得參觀的古蹟）

子供の面倒を見る（照顧小孩）

後を見る（善後）

此の子の数学を見て遣って下さい（請幫這小孩輔導一下數學）

出来ない学生の数学を見る（對成績差的學生輔導數學）

子供の勉強を見て遣る（留意一下孩子的功課）

新聞を見る（看報）

本を見る（看書）

答案を見る（改答案）

人相を見る（看相）

運勢を見る（占卜吉凶）

政務を見る（處理政務）

政治を見る（搞政治、從事政治活動）

事務を見る（處理事務）

家の事は母が見ている（家裡的事由母親處理）

学会の会計を見る（處理學會的會計工作）

チェーンホテルの会計を看る（負責連鎖旅館的會計事務）

味を見る（嚐味）

機械の具合を見る（看看機器的運轉情況）

刀の切味を見る（試試刀快不快）

総数は百万と見て良い（總共可以估計為一百萬）

遭難者は死んだ物と見る（推斷遇難者死了）

私は十日掛ると見る（我估計需要十天）

人生八十と見て私は未だ二十年有る（假定人生八十我還有二十年）

返事が無ければ欠席と見る（沒有回信就認為缺席）

君は私を幾つと見るかね（你看我有多大年紀？）

疲労の色が見られる（顯出疲乏的樣子）

一大進歩の跡を見る（看出大有進步的跡象）

流行歌に見る世相（反映在流行歌裡的社會相）

憂き目を見る（遭受痛苦）

馬鹿を見る（吃虧、上當、倒霉）

多くの犠牲者を見る（犧牲許多人）

其見た事か（〔對方不聽勸告而搞糟時〕你瞧瞧糟了吧！）

見た所（看來）

見た目（情況、樣子）

見て来た様（宛如親眼看到、好像真的一樣）

見て取る（認定、斷定）

見る影も無い（變得不成樣子）

見るからに（一看就）

見ると聞くとは大違い（和看到聽到的迴然不同）

見るとも無く（漫不經心地看）

見るに見兼ねて（看不下去、不忍作視）

見るは法楽（看看飽眼福、看看不花錢）

見る見る（中に）（眼看著）

見る目（目光、眼力）

見るも（一看就）

見る間に（眼看著）

一寸遣って見る（稍做一下試試看）

一口食べて見る（吃一口看看）

読んで見る（讀一讀看）

遣れるなら遣って見ろ（能做的話試著做做看）

考えても見ろ（你也該想一想嘛！）

目が覚めて見ると良い天気だった（醒來一看是晴天）

起きて見たら誰も居なかった（起來一看誰都不在）

看取る、見取る〔他五〕看護、看出來，看到、抄寫，看著畫，寫生、見習

病人を看取る（看護病人）

郷里に帰って父を看取る（回家鄉照顧父親的病）

皆に看取られて死ぬ（在大家照顧下死去）

はっきりと看取る（清楚看到）

師の武芸を看取る（見習師父的武藝）

看取り，看取，見取り，見取〔名、他サ〕看護，護理（病人）、看見，看到

看護婦さんは患者に心を込めて見取りを為す（護士小姐細心地看護著病患）

看取りの事を記録する（記錄所看到的事情）

見取り算、見取算（邊看邊打算盤、算盤看算法）

看取女〔名〕護士（=看護婦）

見取り、見取〔名〕（任意）選取
　選り取り見取り（隨便挑選、任意挑選）
　選り取り見取り一つ百円（任意挑選一個一百日元）

看做す、見做す〔他五〕看作，認為、假設，當作
　返事の無い者は欠席と看做す（沒有回答的認為缺席）
　証拠不十分と看做された（被認為證據不足）
　一人前と看做す（當作成年人看待）
　A国を攻撃の目標と看做す（把A國假想成攻擊目標）
　職場を戦場と看做して不眠不休の努力を続ける（把工作本位當作戰場夜以繼日地努力工作）

瞰（ㄎㄢˋ）

瞰〔漢造〕俯視
　下瞰（俯視、往下看）
　俯瞰（俯瞰）
　鳥瞰（鳥瞰、府是）
瞰下〔名〕眼下（=眼下）
瞰視〔名〕俯視（=俯瞰、下瞰）

肯（ㄎㄣˇ）

肯〔漢造〕肯定、答應、關鍵
　首肯（首肯、同意）
　頷く、首肯く（首肯、點頭）
肯綮〔名〕關鍵、要害、要點
　肯綮に当る（深中要害、中肯）
肯定〔名、他サ〕肯定、承認←→否定
　既成事実を肯定する（肯定既成的事實）
　事実の存在を肯定する（肯定事實的存在）
　全面的に肯定は為ない（並不全面肯定）
　肯定的な答えを為る（作肯定的回答）
　敗北を肯定する（承認敗北）
　肯定も否定も為ない（既不肯定也不否定）

　彼は其の報道が事実である事を肯定する（他肯定了那個報導是事實）
　其の学説は未だ一般に肯定されては居ない（那個學說還沒得到普遍的認同）
肯んじる〔他上一〕同意、承認、允許（=肯んずる）
　幾等説明しても彼は肯んじない（無論怎麼說明他也不同意）
肯んずる〔他サ〕同意、承認、允許（=肯んじる）
　幾等説明しても彼は肯んじない（無論怎麼說明他也不同意）
頷く、首肯く〔自五〕點頭、首肯
　頷いて同意する（點頭答應）
　軽く頷く（輕微點頭）
　彼は頻りに頷く（他連連點頭）
　貴方が説明すれば、皆大人しく頷いて呉れるだろう（你如加以解釋大家是會乖乖同意的）
肯う〔他五〕應允、答應（=承知する、承諾する、引き受ける）

墾（ㄎㄣˇ）

墾〔漢造〕開墾
　開墾（開墾、拓荒）
墾田〔名〕新開墾的田地

懇（ㄎㄣˇ）

懇〔漢造〕誠懇
　別懇（特別親密、交往密切）
懇意〔名、形動〕懇切，親切，好意，有交情，親密往來
　御懇意忝い（你的好意不勝感謝）
　御懇意に甘えて御願いします（承您盛情就拜託您了）
　両人は不図した事から懇意に為った（兩個人由於偶然的機會成了好朋友）
　彼とは五年来懇意に為ている（五年來和他交往親密）
　懇意な間柄（關係親密、親密的交情）

ㄎ

彼とは懇意な間柄だ（跟他是至交）
私は彼と懇意です（我跟他是至交）
懇意な人（熟人）
今後御懇意に願います（今後請多關照）
御懇意の方方に此れを御吹聴下さい（請您向您的至交宣傳一下）

懇願〔名、自サ〕懇求、懇請、墾乞
助力を懇願する（懇求援助）
彼に協力を懇願する（懇求他的協助）
切に懇願する（懇切要求）
会議に出席する様に切に懇願する（懇切要求出席會議）
彼の懇願を入れて出発を延ばした（依他的懇求延遲出發）

懇懇〔副〕懇切地、諄諄地
懇懇と諭す（諄諄教誨）
改める様懇懇諭した（諄諄告誡改過自新）
懇懇と説く（懇切地勸說）

懇志〔名〕（多用於書信）懇切的心深情厚意、

懇書〔名〕（對別人來信的敬稱）大札、華翰
御懇書拝読（拜讀貴函）

懇情〔名〕深情厚意、盛情好意
懇情に絆される（為盛情所感動）

懇親〔名〕聯誼、聯歡、親密
懇親を結ぶ（結成親密關係）
会員相互の懇親を図る（謀求會員相互間的聯誼）
懇親会（聯歡會、聯誼會）
懇親会を催す（舉辦聯歡會）
仕事を兼ねた懇親会（兼談工作的聯歡會）

懇請〔名、他サ〕懇請、懇求
援助を懇請する（請求援助）
懇請を断り難く出馬する事を為た（盛情難卻終於出馬）
人の懇請を聞き入れる（接受別人的懇求）

人の懇請を容れる（接受別人的懇求）

懇切〔名、形動〕懇切，誠懇，詳細，周密
懇切に生徒を扱う（誠懇地對待學生）
説明は懇切を極めている（說明得極其詳細）
懇切丁寧に説明する（熱心地講解）
懇切叮嚀な教え方（懇切耐心的教法）
由来等に就いて懇切に説明する（詳盡地解釋來龍去脈）

懇談〔名、自サ〕懇談、暢談（=懇話）
腹を打ち割って懇談する（開誠佈公地暢談）
一寸懇談し度い事が有る（有點事想和你談一談）
懇談会（懇談會、談心會）

懇到〔形動〕懇切周到

懇篤〔形動〕誠懇、熱忱、熱誠、懇切周到
懇篤な持て成し（熱誠的招待）
御懇篤な御助言（誠懇的建議）
懇篤な説明（懇切周到的說明 詳細的說明）

懇望、懇望〔名、他サ〕（懇望為老舊讀法）懇請、懇求、懇切希望
彼等は私の参加を懇望した（他們懇請我參加）
援助を懇望する（懇請援助）
演説を懇望される（被懇請去演講）
母校で教鞭を取る様にと懇望する（懇求在母校任教）

懇命〔名〕（上對下的）懇切囑咐、懇切的命令

懇諭〔名〕懇切教誨

懇話〔名、自サ〕暢談、懇談（=懇談）
父兄が先生と懇話する（父兄和老師座談）
懇話会（懇談會）
父兄と先生との懇話会を開く（召開父兄和老師的懇談會）

懇ろ、懇〔形動〕懇切，誠懇，殷勤、精心，仔細，周密、（男女、朋友）親密
懇ろな態度（誠懇的態度）

懇ろに教える（懇切地教誨、諄諄教誨）
懇ろな挨拶（誠懇的問候）
懇ろに歓待する（殷勤地款待）
懇ろな心遣い（親切地關懷）
御客様を懇ろに持て成す（殷勤地招待客人）
懇ろに作る（精心製作）
遺体を懇ろに葬った（鄭重地埋葬了遺體）
懇ろに為る（相愛、成為親密朋友）
彼女と懇ろに為ってから二年経つ（和她親密交往已有兩年時間）
懇ろな間柄（親密的關係、好朋友）
二人は懇ろな間柄に為った（他們倆變得親密無間）

懇、懇〔形動〕懇切,誠懇,殷勤、精心,仔細,周密（懇ろ、懇 的古形）

慷（ㄎㄤ）

慷〔漢造〕激昂狀
慷慨〔名、自他サ〕慷慨、憤慨
　悲憤慷慨する（慷慨激昂）

糠（ㄎㄤ）

糠〔名、接頭〕米糠（=米糠、籾糠、籾殻）、微小，細碎、徒勞，無效,落空
　米糠（米糠）
　籾糠（稻殻）（=籾糠）
　麦糠（麥糠）
　糠星（繁星）
　糠雨（毛毛雨）
　糠に釘（往米糠釘釘子、〔喻〕無效,白費,徒勞）
　彼等に警告しても糠に釘だった（對他們提出警告也只是白費力氣）
　僕何かが忠告しても糠に釘だ（像我這樣的人去勸說也是無效）
　糠喜び（空歡喜）

糠油〔名〕米糠油
糠雨〔名〕毛毛雨、濛濛細雨（=霧雨）

　糠雨が降っている（正在下毛毛雨）
糠泡〔名〕玻璃上殘留的小泡
糠釘〔名〕小釘子、徒勞，白費（=糠に釘）
糠漬け、糠漬〔名〕米糠醬菜（=糠味噌漬け、糠味噌漬）
糠床〔名〕（醃菜用）拌鹽的米糠
糠働き、糠働〔名〕白費力氣（=無駄骨折り）
　糠働きを為る（白費力氣）
糠袋〔名〕（洗澡擦身用）米糠包
糠星〔名〕繁星，無數的小星、武士鋼盔上星形小金屬
　何程有っても皆糠星で役に立たぬ（有多少都沒有用、全是無名小卒）
糠味噌〔名〕（醃菜用）拌鹽的米糠（=糠漬け,糠漬、どぶ漬け）
　茄子を糠味噌に漬ける（把茄子放在米糠鹽裡醃）
　糠味噌が腐る（〔俗〕唱得難聽、令人作嘔）
　糠味噌女房（糟糠之妻、荊妻）
糠味噌臭い〔形〕有米糠醬味道的、（婦女）一副操勞家務的樣子
糠味噌漬け、糠味噌漬〔名〕米糠醬醃的鹹菜
糠喜び、糠喜〔名、自サ〕空歡喜
　糠喜びに為る（空歡喜、白歡喜一場）
　糠喜びに為らない様に為よ（不要落了個空歡喜！不要高興得太早）
　糠喜びに終る（落了個空歡喜）
　其は糠喜びだった（那事白歡喜一場）
　事業が旨く行き然うだと思ったのも糠喜びだった（以為事業就此一帆風順結果空歡喜一場）
糠蝦，醤蝦、糠蝦〔名〕〔動〕糠蝦

扛（ㄎㄤˊ）

扛〔漢造〕兩人以橫木對舉一物為扛
扛秤,扛秤、杠秤,杠秤〔名〕大槓秤,大桿秤、小秤（=扛秤、杠秤）

亢（ㄎㄤˋ）

ㄎ

亢 〔漢造〕高傲，極，甚

亢進、高進、昂進〔名、自サ〕亢進、惡化、騰貴、上漲←→鎮静

　心悸亢進（心跳過速）
　病勢が亢進する（病勢惡化）
　彼は心配で病狀が亢進する（他因為擔心病情惡化）
　物価が益益亢進する（物價日漸上漲）

亢奮、興奮、昂奮〔名、自サ〕興奮、激動

　亢奮して口も利けない（過於激動連話都說不出來）
　亢奮して眠れない（興奮得睡不著）
　亢奮し易い（易興奮、好激動）
　強いcoffeeを飲んだ為亢奮し眠れなかった（因為喝了濃咖啡興奮得睡不著）
　然う亢奮しないで落ち着き為さい（別那麼興奮冷靜一點）
　過度の亢奮から疲れる（由於過度興奮而疲倦）
　亢奮を覚える（感到興奮）
　亢奮を静める（抑制興奮）
　亢奮剤（興奮劑）
　亢奮性（應激性、激動性）
　亢奮状態（興奮狀態）
　神経性亢奮（神經性興奮、過敏性激動）
　亢奮の余り泣き出した（激動之餘哭了出來）
　彼の顔に亢奮の色が見えた（他的臉上出現了激動的神色）

亢龍、亢竜〔名〕亢龍

　亢龍の悔い（亢龍有悔、〔喻〕樂極生悲）（易：乾卦）

伉（ㄎㄤˋ）

伉〔漢造〕配偶

伉配〔名〕伉儷、夫婦、夫妻、配偶（＝連れ合い）
伉儷〔名〕伉儷、夫婦、夫妻、配偶（＝連れ合い、夫婦）

抗（ㄎㄤˋ）

抗〔漢造〕對抗

　反抗（反抗、對抗）
　抵抗（抵抗、反抗、抗拒、抗衡、阻力）
　対抗（對抗、抵抗、抗衡、比賽）

抗議〔名、自サ〕抗議

　抗議を申し込む（提出抗議）
　抗議を招く（招致抗議）
　抗議を相継ぐ（相繼抗議）
　不当な処置に抗議する（抗議不合理的處置）
　抗議文（抗議書）

抗拒〔名、自サ〕〔法〕抗拒、違抗

　抗拒罪（違抗罪）

抗菌〔名〕〔醫〕抗菌

　抗菌素（抗菌素）
　抗菌性物質（抗菌性物質）

抗元、抗原〔名〕〔生理〕抗原←→抗体
抗体〔名〕〔醫〕抗體、免疫體←→抗元、抗原
抗言〔名、自サ〕反駁、抗辯
抗告〔名、自サ〕〔法〕上訴

　即時抗告する（立刻上訴）
　抗告の申し立てを為る（提出上訴）
　仮処分の判決に抗告する（對臨時處分的判決進行上訴）
　抗告審（上訴審判）

抗酸性菌〔名〕〔醫〕抗酸性菌、抗酸菌（如結核菌）
抗生物質〔名〕〔藥〕抗生素
抗戦〔名、自サ〕抗戰

　全国人民が立ち上がって抗戦した（全國人民奮起抗戰）
　被抑圧民族が立ち上がって抗戦する（被壓迫民族奮起抗戰）
　彼等は徹底抗戦の構えである（他們準備抗戰到底）
　対日抗戦（抗日戰爭）

こうそう 抗争〔名、自サ〕抗爭、對抗、反抗

内部の抗争（内部的鬥爭）

彼等は内部抗争を繰り返している（他們內鬨反覆不已）

相手の自由に為れまいと必死に抗争する（為了不讓對方任意擺布拼命反抗）

こうちょうせき 抗張積〔名〕〔化〕抗張積

こうちょうりょく 抗張力〔名〕〔理〕抗張力、抗拉強度（=引張強さ）

こうてき 抗敵〔名〕反抗，抵抗、敵對、抗擊敵人

こうどくせい 抗毒性〔名〕抗毒性

こうどくそ 抗毒素〔名〕〔醫〕抗毒素

こうにち 抗日〔名〕抗日←→親日

抗日戦争（抗日戰爭）

抗日陣営（抗日陣線）

抗日連合軍（抗日聯軍）

こうびょうりょく 抗病力〔名〕抗病能力、抵抗力

こうべん 抗弁〔名、自サ〕〔法〕抗辯、辯駁，駁斥

却下抗弁（駁回的抗辯）

抗弁権（答辯權）

事実否認の抗弁（否認事實的抗辯）

相手の主張に抗弁する（駁斥對方的主張）

負けずに強く抗弁する（一個勁地爭辯）

彼の為に色色抗弁したが駄目だった（為了他做種種抗辯但還是無效）

こうめい 抗命〔名、自サ〕違抗命令

上官に抗命する（違抗上級命令）

こうりょく 抗力〔名〕〔理、機〕抵抗力、阻力

抗力支柱（〔空〕阻力支柱）

こうろん 抗論〔名、自サ〕論駁、辯駁

一方的な議論を抗論する（反駁片面的議論）

こうする 抗する〔自サ〕抵抗、抗拒

敵に抗する（抵抗敵人）

敵の圧迫に抗する（抗拒敵人的壓迫）

歴史の流れに抗する事は出来ない（歷史的潮流是無法抵抗的）

世論に抗する世論（抗拒輿論）

あらがう 抗う〔自五〕抗爭、反抗（=争う、諍う）

権勢に抗う（反抗權勢、不畏權勢）

詰まらぬ事で人に抗う（為無謂的事情與人爭執）

坑（ㄎㄥ）

こう 坑〔名、漢造〕礦坑，礦井、坑埋

坑の換気（礦井通風）

炭坑（煤礦、煤礦井）

金坑（金礦、金礦坑）

銅坑（銅礦井）

廃坑（廢礦）

こうがい 坑外〔名〕坑道外、礦井外、井上←→坑内

坑外で働く（在井上工作）

坑外設備（井上設備）

こうこう、こうぐち 坑口、坑口〔名〕坑道入口、坑道口、井口

こうてい 坑底〔名〕〔礦〕坑底、井底

こうどう 坑道〔名〕〔礦〕坑道、地道

坑道を掘る（挖坑道）

こうない 坑内〔名〕〔礦〕坑内、坑道内、礦坑内←→坑外

坑内を巡視する（巡視坑内）

坑内点灯（坑内照明）

坑内に下りる（下井）

坑内ガス（坑内瓦斯）

坑内作業（坑内作業）

坑内掘り（坑内採掘）←→露天掘り

坑内夫（礦工）

坑内巻上機（礦坑捲揚機）

坑内火災（井下火災）

坑内労働者（井下工人）

坑内軌道（井下軌道、井下礦車道）

こうふ 坑夫〔名〕〔礦〕礦工（=鉱員）

こうぼく 坑木〔名〕〔礦〕坑道支柱

剋（ㄎㄨ）

こく 剋〔漢造〕以刀挖物使其分離為剋

ㄎ

刳る〔他五〕挖、旋、錐、鑽、刨（=刳る、抉る、剔る）
　穴を抉る（鑽洞）刳る来る繰る
　襟を大きく刳る（把領口挖大些）
　木を刳って舟を造る（刨木為舟）

刳り、刳〔名〕挖、旋、錐、鑽、刨
　襟の刳が浅い（領口開得淺）
　襟刳の深いブラウス（衣領開口低的女罩衫）
　此の盆は刳が拙い（這個木盤旋得不好）
　刳鉋（刨凹槽用的凹刨）

刳り形、刳形〔名〕旋孔，旋的孔眼、〔建〕柱基的凹形邊飾
　半円形刳形（半圓花邊、柱腳月盤）

刳り抜く，刳抜く、刳り貫く、刳貫く〔他五〕挖通，旋開，打穿、挖出
　板を刳り抜く（把木板挖通）
　tunnelを刳り抜く（把隧道挖通）
　中の刳り抜いた木（中間挖通了的木頭）
　林檎の心を刳り抜く（把蘋果核挖出來）
　目玉を刳り抜く（挖出眼珠）

刳り抜き、刳り貫き〔名〕挖出，掘出，刨，旋

刳り舟，刳舟、刳舟〔名〕獨木舟（=丸木舟）

抉る、抉る、剔る〔他五〕挖，剜、挖苦、揭露
　刀で抉る（用刀子挖）
　小刀で抉る（用小刀挖）
　腐った部分を抉る（挖去腐爛部分）
　人の肺腑を抉る様な事を言う（說刺人肺腑的話）
　心の抉る様な言葉（傷人肺腑的挖苦話）
　肺腑を抉る悲しみ（心如刀割的悲痛）
　問題の核心を抉る（追究問題的核心）
　誤りを大胆に抉り出す（大膽地揭露錯誤）

抉り鉋、抉り鉋〔名〕（木工）槽刨、偏刨

抉り出す、抉り出す〔他五〕挖出、剜出、揭出
　犯罪行為を抉り出す（揭發罪行）
　内幕を抉り出した記事（揭開內幕的報導）

抉り取る、抉り取る〔他五〕挖掉，挖取、剜掉、剜取
　患部を抉り取って傷口を治療する（剜除患部醫治傷口）
　頬の肉を抉り取られた様に落ちている（面頰瘦得塌陷了）

抉り舟〔名〕獨木舟（=刳り舟，刳舟、刳舟、丸木舟）

枯（ㄎㄨ）

枯〔漢造〕枯、衰敗，衰落
　栄枯盛衰（榮枯盛衰）

枯渇、涸渇〔名、自サ〕乾涸、枯竭、耗盡
　旱魃で水源が枯渇した（因乾旱水源乾涸了）
　井戸の水が枯渇した（井水乾涸了）
　資金が枯渇する（資金用盡）
　彼の才能が枯渇した（他已江郎才盡了）

枯槁〔名、自サ〕枯槁、枯萎
　形容枯槁する（形容枯槁）

枯骨〔名〕枯骨、死者
　戦野の枯骨（戰地的枯骨）
　恩枯骨に及ぶ（恩及死者）

枯死〔名、自サ〕枯死
　日照りで草木が枯死した（由於乾旱草木枯死了）草木
　霜害の為に作物が枯死した（由於霜害作物枯死了）

枯草、枯草、枯草、枯草〔名〕枯草

枯痩〔名〕枯瘦

枯燥〔名〕枯燥、水分缺少、缺少朝氣

枯淡〔名、形動〕淡泊
　枯淡の境地（淡泊的境地）
　年を取って枯淡の境に達する（由於上了年紀而達到淡泊的境地）境
　枯淡な画風（淡泊的畫風）
　此の絵には枯淡の趣が有る（這幅畫裡有淡泊的意境）

枯凋〔名〕枯凋、衰落，衰敗

こぼく、かれき、からき [名] 枯木
　枯木に花開く（枯木逢春、枯而繁榮、鐵樹開花、非常少見）

ころぼしがき、ころがき [名] （去皮）柿餅（＝干柿）

かる [自下二][古] （枯れる的文語形式）枯
　一将功成り万骨枯る（一將功成萬骨枯）

かる [他五] 割、剪
　草を刈る（割草）刈る駆る狩る駈る借る
　頭を刈る（剪髮）
　此丈の草は一日では刈り切れない（這麼多的草一天割不完）
　もう一寸短く刈って下さい（請再剪短一點）
　羊毛を刈る（剪羊毛）
　木の枝を刈る（剪樹枝）木樹枝枝
　芝生を刈る（剪草坪）

かる、かる [他五] 打獵，狩獵、獵捕。[舊] 搜尋、尋找
　兎を狩る（打兔子）
　猛獣を狩る（獵捕猛獸）
　桜を狩る（尋找櫻花）
　茸を狩る（採蘑菇）

かる、かる [他五] 驅趕，追趕、使快跑、驅使，迫使、（用被動式駆られる、駈られる）受…驅使、受…支配
　牛を駆る（趕牛）
　自動車を駆って急行する（坐汽車飛奔前往）
　馬を駆って行く（策馬而去）
　国民を駆って戦争に赴かせる（驅使國民參加戰爭）
　欲に駆られる（利慾薰心）
　一時の衝動に駆られて自殺する（由於一時衝動而自殺）
　感情に駆られる（受感情支配）
　好奇心に駆られる（為好奇心所驅使）

からす [他五] 使枯萎、使枯乾
　木を枯らす（把樹弄枯萎）枯らす涸らす嗄らす
　此の材木は良く枯らして有る（這個木材很乾）
　鉢植えの草花を枯らす（把盆栽的花草弄枯乾）
　折角丹精していた植木を枯らす（精心培育的樹苗給弄枯乾了）

からす、からす [他五] 使乾涸
　井戸を涸らす（把井水淘乾）
　資源を涸らす（耗盡資源）

からす [他五] 使聲音嘶啞
　叫び続けて喉を嗄らす（繼續喊叫把嗓子弄啞）枯らす涸らす
　声を嗄らして叫ぶ（嘶啞著嗓子叫喊）

かれる [自下一] （草木）凋零，枯萎，枯死、（木材）乾燥、（修養、藝術）成熟、老練、（身體）枯瘦，乾瘪，乾巴、（機能）衰萎
　木が枯れる（樹木枯萎）枯れる涸れる嗄れる
　花は水を遣らないと枯れる（花不澆水就枯萎）
　草木は冬に為れば枯れる（草木到冬天就枯萎）
　良く枯れた材木（乾透了的木材）
　人間が枯れている（為人老練）
　彼の人の字は中中枯れている（他的字體很蒼老）
　名人の枯れた芸を見る（觀看名家純熟的技藝）
　彼の芸は年と共に枯れて来た（他的技藝一年比一年精煉）
　白く枯れた手（枯瘦得發白的手）
　痩せても枯れても俺は武士だ（雖然衰老潦倒我也算是個武士啊！）

かれる [自下一] 乾涸
　川の水が涸れた（河水乾涸了）

嗄れる〔自下一〕（聲音）嘶啞（=嗄がれる）

喉が嗄れて歌が歌えない（喉嚨嘶啞不能唱歌）枯れる涸れる

私は風邪を引いて声が嗄れた（我因為感冒嗓子啞了）

声が嗄れる迄喋る（說話把聲音都說啞了）

枯れ，枯、涸れ〔接尾〕枯萎，凋謝、枯竭，乾涸

冬枯れ（冬季草木枯萎）

霜枯れ（霜打草木枯萎）

資金枯れ（資金缺乏）

品枯れ（物品缺乏）

水枯れ（水乾涸）

枯れ色、枯色〔名〕枯黃色

枯れ枝，枯枝、枯枝、枯枝〔名〕枯枝、乾樹枝

焚き付けに枯枝を拾う（撿枯枝作引柴）

枯れ尾花、枯尾花〔名〕〔植〕枯芒、枯乾的芒草（=枯れ芒、枯芒）

道の行手の枯尾花（道路前方的枯芒）

枯れ芒、枯芒〔名〕〔植〕枯芒、枯萎的狗尾草（=枯れ尾花、枯尾花）

冬の野の枯芒（冬天田野的枯芒草）

枯れ枯れ、枯枯〔形動〕枯萎、凋零

野辺の草が枯枯に為る（原野上的草開始枯萎）

枯れ木、枯木〔名〕枯木

枯木に花が咲く（枯樹開花、死灰復燃、起死回生）

枯木も山の賑わい（聊勝於無）

枯れ草、枯草〔名〕枯草，乾草、飼草（=秣）

辺り一面枯草だ（周圍滿是枯草）

枯草を牛に遣る（餵牛乾草）

枯れ草色、枯草色〔名〕枯草色、土黃色、茶褐色

枯れ材、枯材〔名〕乾枯的木材

枯れ山水、枯山水〔名〕（庭院裡的）假山假水

枯れ芝、枯芝〔名〕枯黃的草坪

枯れ野、枯野〔名〕草木枯萎的原野、荒野（=枯れ野原、枯野原）

茫茫と為た枯野の暮色（茫茫荒野的暮色）

枯れ野原、枯野原〔名〕荒野（=枯れ野、枯野）

枯れ葉、枯葉〔名〕枯葉←→青葉

枯ればむ〔自五〕開始枯萎

草木が枯ればむ（草木將枯）

枯れ山、枯山〔名〕草木枯萎的山

窟（ㄎㄨ）

窟〔漢造〕洞穴，山洞、很多人聚集的地方、道理

石窟（石窟、岩窟、岩穴）

洞窟（洞窟、洞穴）

岩窟、巖窟（岩窟、山洞）

巣窟（巢穴、匪窟）

魔窟（賊窩、暗娼巢穴、妓院區）

貧民窟（貧民窟）

理窟、理屈（道理，理由、藉口）

窟、岩屋〔名〕石窟、岩洞（=岩室、岩窟、巖窟）

哭（ㄎㄨ）

哭〔漢造〕悲泣、放聲大哭（=泣く）

痛哭（痛哭、慟哭）

慟哭（放聲大哭）

鬼哭啾啾（鬼哭啾啾）

哭する〔自サ〕痛哭、放聲大哭（=慟哭する）

亡き友の墓前に哭する（在亡友墓前痛哭）

苦（ㄎㄨˇ）

苦〔名、漢造〕辛苦，勞苦（=骨折）、痛苦，苦惱（=苦しみ）、愁苦（=心配）←→楽

何の苦も無い（毫不費力）

苦も無く遣り終えた（不費事地做完了）

苦の無い人（無所掛慮的人）

苦も無く相手を倒す（不費力地打倒對方）

人の苦を救う（救人之苦）

苦楽を共に為る（同甘共苦）

苦を忍ぶ（忍受痛苦）

苦は楽の種（苦盡甘來）

其を苦に為て病気に為って終った（憂慮該事惹出病來）

苦に為る（為…苦惱、愁）

苦に為る（把…當成苦惱、愁）

苦は色変える松の風（苦有各種各樣）

困苦（困苦、辛酸）

労苦（勞苦、辛苦）

病苦（病苦）

貧苦（貧苦、貧困）

痛苦（痛苦）

刻苦（刻苦）

辛苦（辛苦、辛酸）

死苦（死苦、非常痛苦）

四苦（生老病死）

四苦八苦（生老病死+愛別離苦、怨憎会苦、求不得苦、五陰盛苦）

愛別離苦、哀別離苦（生離死別的痛苦-八苦之一）

苦役〔名〕苦役，苦工。〔法〕徒刑

　三年の苦役を服する（服三年徒刑）

苦界〔名〕〔佛〕苦界、苦海。〔轉〕火坑，妓女的境遇

　苦界に身を沈める（墜入火坑、被迫當妓女）

苦海〔名〕〔佛〕苦海、苦界（=苦界）

　苦海を離れる（脫離苦海）

苦艾、苦艾〔名〕〔植〕苦艾、洋艾

苦灰石〔名〕〔礦〕白雲石（=白雲石）

苦学〔名、自サ〕工讀

　苦学で博士に為る（工讀而得博士學位）

　苦学して大学を出る（半工半讀大學畢業）

　苦学生（工讀生）

苦爪〔名〕苦爪、苦長指甲

苦爪楽髪（〔連語〕〔俗〕苦長指甲、樂長頭髮←→苦髪楽爪）

苦髪楽爪（〔連語〕〔俗〕苦長頭髮，樂長指甲←→苦爪楽髪）

苦爪楽髪（〔連語〕〔俗〕苦長指甲、樂長頭髮←→苦髪楽爪）

苦寒〔名〕嚴寒，隆冬，陰曆十二月的異稱、苦渡嚴寒、苦於貧困

苦諫〔名〕苦諫、忠告

苦艱〔名〕苦難（=難儀、苦しみ）

苦境〔名〕苦境、窘境、困境

　苦境に陥る（陷於窘境）

　苦境に立つ（陷於窘境）

　人の苦境を救う（救人脫離困境）

　友人の援助で苦境を切り抜ける（靠朋友的援助擺脫了困境）

　内外共に苦境に立たされる（處於內外交困之中）

苦況〔名〕艱苦情況

苦行〔名、自サ〕〔宗〕苦修、艱苦修業

　苦行僧（苦行僧）

　難行苦行（苦修苦行）

苦吟〔名、他サ〕苦心吟誦、苦心吟誦而成的詩歌

　苦吟の末の名句（苦心吟誦而成的名句）

苦言〔名、自サ〕忠言（=忠言）←→甘言

　苦言を呈する（進忠言）

　友人に苦言する（勸告朋友）

　苦言を忌んで甘言を喜ぶ（討厭忠言喜歡蜜語）

苦患〔名〕〔佛〕苦難、苦惱

苦業〔名〕〔佛〕惡報、作惡的報應

苦索〔名、他サ〕苦索、搜索枯腸

苦使〔名〕苦役

苦思〔名〕苦思

苦汁〔名〕苦汁、痛苦的經驗、滷水（=苦汁，苦塩、苦塩）

　苦汁を嘗める（嚐受艱苦）

彼には何度苦汁を嘗めさせられたか分からない（我不知吃了他多少次苦頭）

苦汁、苦塩、苦塩〔名〕（作豆腐用的）鹽滷，鹽放久後的苦汁（=苦汁）

苦汁を入れる（加滷汁）

苦渋〔名、自サ〕苦澀。〔轉〕（為事情不順利而）苦惱，痛苦

苦渋の色を浮かべる（面呈難色）

苦渋の色を浮かべ乍遣り通す（雖然面呈難色卻堅持到底）

苦渋に満ちた表情（充滿痛苦的表情）

難問を抱えて苦渋する（為有不好解決的問題而苦惱）

苦集滅道〔名〕〔佛〕四諦、苦集滅道四個真理

苦笑〔名、自サ〕苦笑（=苦笑い）

苦笑を漏らす（露出苦笑）

其を聞いて苦笑を禁じ得なかった（聽了那番話不禁令人苦笑）

痛い所を突かれて思わず苦笑する（被觸了痛處不禁苦笑）

悪口を言われて苦笑する（受到毀謗而苦笑）

苦笑い、苦笑〔名、自サ〕苦笑（=苦笑）

自分の考えを相手に見透かされて苦笑いする（自己的內心被對方看穿而苦笑）

仕方が無いので苦笑いを浮かべる（沒有辦法只好露出苦笑的表情）

思わず苦笑いした（不由得苦笑了起來）

苦情〔名〕苦楚，不平，抱怨。〔商〕請求，要求，索賠，催詢，交涉（=クレーム）

苦情を言う（訴苦、抱怨）

苦情を並べる（發怨言）

苦情を訴える（抱怨、訴說不滿）

苦情を持ち込む（鳴不平）

隣へ苦情を持ち込む（向鄰居提不滿的意見）

相手から苦情が出る（對方提出不滿的意見）

私には少しも苦情が無い（我沒有什麼可抱怨的、我沒有什麼意見）

苦情を申し立てる（提出要求、索賠）

苦心〔名、自サ〕苦心、費心、絞腦汁

色色苦心する（費盡心血）

苦心に苦心を重ねる（煞費苦心）

苦心の作（費盡心血的作品）

苦心談（談煞費苦心的過程）

折角の苦心も水泡に帰した（所做的一番努力最後化為泡影了）

苦心惨憺〔形動〕苦心惨澹、煞費苦心

此処迄に漕ぎ着けるには実に苦心惨憺たる物が有った（搞到這步田地真是費盡心思了）

苦心惨憺たる努力（煞費苦心的努力）

苦心惨憺して新しい商品を開発した（煞費苦心地研製出新商品）

苦辛〔名、自サ〕辛苦、苦味和辛味、苦參的異名

苦参〔名〕〔植〕苦參（苦參的異名）

苦参〔名〕〔植〕（豆科多年草）苦參（=草槐）

苦節〔名〕節操、苦守節操

苦節十年（苦守節操達十年之久）

苦戦〔名、自サ〕苦戰、艱苦的戰鬥（=苦闘）

苦戦の末に勝つ（艱苦的戰鬥後勝利了）

苦戦の末遂に相手を打ち負かした（經過一場苦戰終於擊敗了對方）

強力な敵軍を相手に苦戦する（面對強大敵軍而苦戰）

中中の苦戦だった（一場激烈的戰鬥）

苦闘〔名、自サ〕苦戰、艱苦戰鬥

苦闘の生涯（艱苦戰鬥的一生）

二年間の苦闘の末やっと会社が軌道に乗った（經過二年苦戰好不容易使公司上了軌道）

敵軍に包囲されて苦闘する（在敵軍包圍下艱苦戰鬥）

一家の生活を支える為に苦闘する（為了維持全家生活而苦幹）

氏の生涯は長い苦闘の連続だった（他的一生是長期無休止的艱苦奮鬥）

悪戦苦闘（艱苦戰鬥）

苦衷〔名〕苦衷、難處
　君の苦衷は察します（你的苦衷是可以理解的）
　彼の苦衷は察するに余り有る（他的苦衷不說也十分明白）
　其処には実に止むを得ない（其中實有不得已的苦衷）

苦痛〔名〕（肉體和精神上的）痛苦←→快楽
　苦痛を感ずる（感覺痛苦）
　病人が苦痛を訴える（病人自訴痛苦）
　苦痛を堪える（忍受痛苦）
　黙って苦痛に耐える（默默地忍受痛苦）
　苦痛を和らげる（減輕痛苦）
　苦痛を除く（解除痛苦）
　他人から学資を出して貰うのは苦痛だ（靠別人幫助學費很痛苦）

苦土〔名〕氧化鎂（=酸化マグネシウム magnesium）

苦土（にがつち）〔名〕苦土（下層土還沒風化有機物少適合植物生長）

苦難〔名〕苦難、艱難困苦
　人の苦難を救う（解救旁人的苦難）
　苦難を共に為る（患難與共）
　数数の苦難を嘗めた（經歷了千辛萬苦）
　有らゆる苦難に耐える（忍受一切苦難）
　苦難に耐えて生き抜く（忍受苦難活下去）
　苦難の道を歩く（走艱難的道路）

苦肉〔名〕苦肉
　苦肉の策（苦肉計）
　苦肉の策を用いる（使用苦肉計）

苦熱〔名〕酷暑、炎熱
　苦熱と闘い乍仕事を為る（冒著酷暑工作）

苦悩〔名、自サ〕苦惱、苦悶（=悩み）
　苦悩の色が彼の顔に現れた（他的臉上現出了苦惱的神色）
　苦悩の色を顔に浮かべる（臉上露出苦惱的神色）
　苦悩に満ちた心（充滿憂傷的心靈）
　彼は非常な苦悩を味わった（他經歷了煩惱的折磨）

苦杯、苦盃〔名〕痛苦的經驗
　苦杯を嘗める（飽受痛苦的經驗、吃苦頭）
　苦杯を喫する（飽受痛苦的經驗、吃苦頭）

苦扁桃〔名〕〔植〕苦巴旦杏

苦悶〔名、自サ〕苦悶、難受
　苦悶に耐えない（苦悶不堪、不勝苦悶、苦悶得很）
　胃の痛みに堪え兼ねて苦悶する（忍受不了胃痛的折磨）
　彼は何か頻りに苦悶している様だ（他好像為了什麼一直在苦悶）

苦厄〔名〕〔佛〕苦惱和災厄

苦薬〔名〕苦味藥

苦楽〔名〕苦樂
　苦楽を共に為る（同甘共苦）
　人生の苦楽（人生的甘苦）

苦慮〔名、自サ〕苦思焦慮
　事故防止の対策に苦慮する（為防止意外的對策而傷腦筋）
　貧乏人の救済に苦慮する（為救濟窮人而苦思焦慮）

苦労〔名、自サ、形動〕勞苦，艱苦，辛苦（=骨折り）、操心，擔心
　苦労を嘗め尽くす（飽經風霜）
　色色と苦労を嘗める（飽經風霜、受盡各種辛苦）
　苦労を厭わない（不辭辛勞）
　苦労を共に為る（共艱苦）
　御苦労様（でした）（您辛苦了！）
　御苦労掛けて済みません（讓您受累真對不起）
　世間の苦労を知らない（不懂得生活的痛苦）
　御国の為に言い知れぬ苦労を為た（為祖國經歷了難以形容的艱苦）

苦労した甲斐が有った（沒白辛苦一場、沒白費力氣）

苦労を掛ける（給人添麻煩）

親に苦労を掛ける（叫父母擔心）

浮世の苦労（塵世的煩惱）

世帯の苦労（家庭的操勞）

其が苦労の種だ（那是操心的原因）

金で苦労を為る（為錢操心）

人は年を取るに連れて苦労が増える（一上了年紀操心事就多起來）

金持ち苦労多し（有錢人煩惱多）

子供が多いので苦労の種が絶えない（孩子多擔心的事連接不斷）

苦労性（心胸窄、愛操心、愛嘀咕）

彼の人は苦労性で小さい事迄心配する（他心胸窄連一點事都要嘀咕）

苦労人（閱歷深的人、久經世故的人、飽受艱辛的人、歷盡滄桑的人）

苦蘇、クッソ、クッソ〔名〕〔植〕苦蘇（驅蟲藥）

苦力、クーリー〔名〕苦力

苦しい〔形〕痛苦的，難受的，苦惱的，煩悶的，困難的，艱難的、難辦的，為難的，（接在動詞連用形下表示）難…，不好…

（苦しゅない）沒有關係（=構わない，差し支えない）（舊時有身分的人對下人的用語）←→楽しい

胸が苦しい（胸部難受）

息が苦しい（呼吸困難、憋得慌）

苦しい思いを為る（感覺苦惱）

苦しい財政（財政困難）

苦しい立場に在る（處境困難）

彼は苦しい立場に追い込まれた（他陷於困境）

家計が苦しい（生活窮困）

苦しい仕事を果たす（完成艱苦的工作）

苦しい目に会う（吃苦頭）

苦しい時の神頼む（平時不燒香臨時抱佛腳）

苦しい弁解（勉勉強強的辯解）

苦しい言い訳（使人聽不進去的辯解）

見苦しい（難看的、不好看的）

聞き苦しい（難聽的、不好聽的）

苦しゅうない、近う寄れ（不必客氣坐近一些）

苦しがる〔自五〕感覺痛苦

病気で苦しがっている（因為有病很痛苦）

病人は迚も苦しがっていた（病人十分痛苦）

苦しげ、苦し気〔形動〕痛苦的樣子

苦しげに唸っている（難受似地哼哼著）

苦しさ〔名〕痛苦、難受

若い時の生活の苦しさを思い出す（想起年輕時生活的痛苦）

其の苦しさったら無かった（沒有比那個更難受的了）

苦し然う〔形動〕痛苦的樣子

此の苦し然うな顔付を為ている（面上露出痛苦的神色）

苦し紛れ、苦し紛〔名、形動〕被迫、無奈、迫不得已

苦し紛れに嘘を言った（迫不得已撒了謊）

苦し紛れにどんな事を為るか分らない（逼急了說不定幹出什麼事來）

苦しむ〔自五〕痛苦，苦惱（=悩む）、苦於，難以（=困る）、費力，吃苦

病気で苦しむ（因病而痛苦）

圧制に苦しむ（在壓制下受罪）

喘息で苦しむ（因氣喘而苦惱）

重税に苦しむ（在重稅下掙扎）

了解に苦しむ（難以了解）

彼の態度は理解に苦しむ（他的態度真叫人難以理解）

苦しんだ甲斐が有った（沒白費力氣）

何を苦しんで此の様な事を為るか（何苦做這樣的事呢？）

もっと苦しまなければ上手に為れない（不多吃一點苦就不能長進）

苦しみ〔名〕痛苦、難受

生みの苦しみ（陣痛）

苦しみを嘗める（承受痛苦）

死の苦しみ（死的痛苦）

苦しみを受ける（受苦、受折磨）

塗炭の苦しみ（荼炭之苦）

人生の苦しみを嘗め尽くす（飽嚐人生的辛酸）

苦しめる〔他下一〕使…痛苦 使…為難 使…操心、虐待，折磨

親を苦しめる（叫父母為難）

人を苦しめる（欺負人、使人痛苦）

何時も悪い成績を取って親を苦しめる（總是考的成績不好叫父母操心）

心を苦しめる（操心、為難）

家畜を苦しめる（虐待家畜）

身を苦しめる（苦修）

貧乏に苦しめられる（受窮苦的折磨 窮苦）

そんなに自分を苦しめるな（別那樣地折磨自己）

苦い〔形〕苦的、痛苦的、難受的（=苦しい、辛い）、不愉快的，不痛快的（=不機嫌）

苦い薬を飲む（喝苦藥）

此の御茶は濃くて苦い（這茶濃得發苦）

苦い経験を嘗める（嚐到苦的經驗）

弱点を突かれて苦い顔を為る（被指出弱點面呈不悅）

苦い顔（哭喪著臉）

苦い思い出（痛苦的回憶）

良薬は口に苦し（良藥苦口）

良薬口に苦し（良藥苦口）

苦瓜〔名〕〔植〕苦瓜（=蔓茘枝）

苦さ〔名〕苦味、苦的程度（=苦味）

酷く苦さ（苦得要命）

苦竹〔名〕〔植〕苦竹（=苦竹, 真竹、呉竹、乾竹, 幹竹）

苦手〔名、形動〕不好對付的人，棘手的對方、不擅長的事物←→得意

御喋りな人はどうも苦手だ（我最怕的就是喋喋不休的人）

理詰めの人はどうも苦手だ（我最怕一味講道理的人）

彼のピッチャー(pitcher)は此方には苦手だ（那個投手是我們的勁敵）

私は数学が苦手だ（我最怕數學）

代数は私の苦手だ（我最怕代數）

私は斯う言う仕事は苦手だ（我不擅長於這種工作）

苦手な学科（不擅長的科目）

苦苦しい〔形〕令人不痛快的、令人討厭的←→微笑ましい

苦苦しい事実（痛心的事實）

苦苦しい事件（令人不痛快的事件）

陰でこそこそ言う者が居るが実に苦苦しい（有人背地裡說三道四真討厭）

彼の横柄な態度を苦苦しく思う（他那傲慢的態度真叫人討厭）

苦苦しげに笑う（苦笑）

苦味、苦味〔名〕苦味（=苦さ）

苦味が有る（有苦味）

此の胡瓜は苦味が有る（這小黃瓜有苦味）

苦味が取れる（苦味消除）

苦味丁幾、苦味チンキ(tinctuur 荷)（苦味酊－健胃藥）

苦味走る〔自五〕（男人面貌）嚴肅端莊

苦味走った顔（嚴肅的面孔、嚴肅端莊有男性美的面孔）

苦味走った良い男（莊重的男人）

苦虫〔名〕（嚼時發苦的一種想像中的蟲子）板著面孔的人

苦虫を噛み潰した様な顔（表示極端不愉快的面孔、愁眉苦臉）

苦る〔自五〕現出很不痛快的神色（表情）

ㄎ

苦り切る〔自五〕現出很不愉快的神色（表情）、愁眉苦臉
　仕事が旨く行かないので苦り切っている（因為工作不順利神色非常不悅）
　苦り切った表情を浮かべる（露出很不痛快的表情）

庫、庫（ㄎㄨˋ）

庫〔漢造〕庫
　倉庫（倉庫、貨棧）
　金庫（金庫、保險櫃）
　書庫（書庫、藏書室）
　車庫（車庫）
　文庫（書庫、文卷匣、叢書，文集）
　武庫（武器庫）
　宝庫（寶庫）
　公庫（公庫）
　貯蔵庫（貯藏庫）
　冷蔵庫（冷藏庫、冰箱）
　四庫（唐朝中國朝廷分經史子集四部分類藏書的書庫）

庫銀〔名〕中國清代通用的錢幣

庫平〔名〕中國清朝的秤

庫裡、庫裏〔名〕〔佛〕寺院的廚房、住持僧的居室 ←→本堂

庫、倉、蔵〔名〕倉庫，庫房，堆房、穀倉
　穀物の倉（穀倉）鞍競
　売り残りの品を倉に終う（把賣剩的商品放入倉庫）
　倉が建つ（〔喻〕發財、十分賺錢）
　御米を倉に入れる（把米放進糧倉）

鞍〔名〕鞍、鞍子
　荷鞍（駄鞍）鞍　蔵倉庫　競
　鞍を置く（備鞍子）
　鞍を卸す（卸鞍子）
　鞍に跨る（跨上馬鞍）
　鞍に乗る（坐上馬鞍）乗る載る
　鞍壺（鞍座）
　鞍帯（馬的肚帶）
　鞍擦れ（馬的馬鞍擦傷）
　鞍師（馬鞍工人）

競〔接尾〕比賽.競賽（在口語中往往在競前面加促音）
　駈けっ競（賽跑）

袴（ㄎㄨˋ）

袴〔漢造〕褲（=ズボン jupon 法）
　布袴（布製八幅捆紮的褲子）

袴〔名〕和服褲裙、〔植〕葉鞘、酒瓶拖，放酒瓶的台座
　袴を穿く（穿和服褲裙）
　袴を脱ぐ（脫和服褲裙）
　袴地（和服褲裙布料）
　四幅袴（四幅和服褲裙）

袴着〔名〕日本古代男孩初次穿和服褲裙時的儀式（古時為三歲、以後為五歲七歲）

袴能〔名〕演員不戴面具不裝扮只穿戴有家徽的日本禮服褲裙表演的能樂

酷（ㄎㄨˋ）

酷（名、形動、漢造）濃，烈、苛刻，殘酷，嚴酷，嚴厲，厲害、很，甚，過於
　酷の有る酒（烈酒、醇酒）
　此の酒は迚も酷が有る（這個酒醇得很）
　酷の有る料理（味濃的菜餚）
　此の文章は酷が無い（這篇文章沒有味道）
　酷な命令（嚴酷的命令）
　酷に取り扱い（嚴酷對待）
　酷な条件（苛刻的條件）
　酷な取り扱いを受ける（受到虐待）
　酷な批評（嚴酷的批評）
　人に酷だ（對人苛刻）

酷に過ぎる（過於苛刻、過於殘酷）

其は少し酷だ（那有點太苛了）

酷な事を言う（説話苛刻）

酷な採点（評分過嚴）

苛酷（苛刻、嚴酷、殘酷）

過酷（過於苛刻、過於殘酷）

冷酷（冷酷無情）

厳酷（嚴酷、嚴苛）

残酷，惨酷、残刻，惨刻（殘酷、殘忍）

酷悪〔名、形動〕殘酷、殘暴、兇惡

酷遇〔名、他サ〕虐待、苛待←→優遇

女中を酷遇する（虐待女傭）

酷遇を受ける（受虐待）

酷使〔名、他サ〕任意驅使、殘酷使用（＝扱き使う）

使用人を酷使する（虐待傭人）

牛馬の如く酷使する（如同牛馬般地驅使）

頭脳を酷使する（用腦過度）

酷使の耐える旅行鞄（耐摔打的旅行皮包）

頭脳の酷使（腦力的過度使用）

肉体の酷使（肉體的過度使用）

労働者を悪条件で酷使する（在惡劣條件下任意驅使工人）

酷似〔名、自サ〕酷似、很像

両者は酷似している（兩者非常相像）

彼は父親に酷似している（他很像他的父親）

一卵性双生児は常に同性で心身共に酷似する（同卵雙胞胎通常同性而且身心都酷似）

酷暑〔名〕酷暑、炎熱←→酷寒

酷暑に耐えられない（熱得受不了）

酷暑の候（盛夏季節、時值盛夏）

台湾の七、八月頃は酷暑に喘ぐ（台灣七八月間真是熱得難受）

労働者は酷暑の夏でも一生懸命働いている（無論酷熱工人都努力工作）

酷税〔名〕苛稅、重稅

酷税を課せられる（被課以重稅）

酷熱〔名〕酷熱、炎熱（＝酷暑、炎熱）

酷熱の地（酷熱的地方、熱帶地方）

酷熱にぐったりする（熱得精疲力盡）

酷薄、刻薄〔名、形動〕苛薄、冷酷無情

酷薄な扱いを為る（苛薄對待）

雇人に対して酷薄な雇主（對待傭人很苛薄的雇主）

恩人を売る酷薄な（の）人間（出賣恩人冷酷無情的人）

酷薄非道（非常殘忍）

酷評〔名、他サ〕嚴厲批評←→絕贊

酷評を下す（下嚴厲的批評）

酷評を加える（嚴加批評）

新作を酷評する（把新作品批評得一無是處）

批評家の酷評を受ける（受到批評家的嚴厲批評）

酷吏〔名〕酷吏，暴虐的官吏、酷暑

酷烈〔名、形動〕激烈、劇烈、強烈

酷烈な（の）批評（嚴厲的批評）

酷烈な（の）批評を下す（給予劇烈的批評）

酷寒〔名〕嚴寒←→酷暑

酷寒に耐える（耐嚴寒）

酷寒の候（時值嚴冬）

零下四十度の酷寒（零下四十度的嚴寒）

酷刑〔名〕嚴刑←→寬刑

酷刑を科する（處以嚴刑）

酷い、非道い〔形〕殘酷的，無情的、暴亂的，不講理的、嚴厲的，激烈的，厲害的

酷い手を打つ（下毒手）

酷い扱いを受ける（受到冷酷的待遇）

酷い事を為る人（不講理的人）

随分酷い事を言う（你說得可真狠啊！）

酷い目に会う（倒大霉）

其は余り酷い（那太殘酷了、那太不講理了）

ㄎ

酷い目に会わせる（給他點顏色看）
酷い仕打ち（殘酷的做法）
酷い暑さ（酷暑）
酷い寒さだ（冷得厲害）
酷い風（大風、暴風）
酷い雨（大雨、暴雨）
酷い感冒（重感冒）
酷く叱る（嚴厲申斥）
どんな人も戦争を酷く恨んでいる（任何人都恨透了戰爭）
長い間歩いたので酷く疲れた（因長時間的步行累得很）
蚊が酷くて遣り切れない（蚊子太厲害受不了）
彼は酷いけちん坊だ（他是個極端的吝嗇鬼）
酷く侮辱される（受到奇恥大辱）
全く酷い格好だ（穿得不成體統）
酷い病気に罹った（得了重病）
君の発音は酷い（你發音很糟）

酷い、惨い〔形〕悽慘的、殘酷的
事故現場は見るのだに酷い有様だ（事故現場慘不忍睹）
飛行機事故の現場は実に酷い有様だった（空難現場的情景真是太悽慘了）
何と酷い物語だろう（多麼悽慘故事啊！）
弱者に対し酷い仕打ちを為る（用殘酷手段對待弱者）
彼は目下の者に酷く酷い（他對屬下很殘酷）
彼奴は酷い男だ（他是一個殘暴的人）
酷過ぎる仕打ちだ（太殘酷的行為）
手口が酷い（手段狠毒）
そんな酷い事を言うな（別說那麼狠心的話）

酷しい、厳しい〔形〕嚴格的，嚴厲的（＝激しい）、厲害的（＝甚だしい、酷い）、殘酷的（＝酷い）↔緩い、弛い
厳しい規則（嚴厲的規則）

規則が厳しい（規章嚴格）
厳しい表情（嚴肅的表情）
厳しく叱る（嚴厲申斥）
厳しい先生（嚴厲的老師）
厳しく咎める（嚴厲譴責）
厳しい試練（嚴厲的考驗）
厳しく鍛える（刻苦鍛鍊）
厳しい寒さ（嚴寒）
暑さが厳しい（熱得很厲害）
厳しい抑圧（嚴厲鎮壓）
躾が厳しい（管教嚴格）
厳しい拒否（嚴正拒絕）
躾が厳しくする（嚴加管教）
厳しい拷問（殘酷的拷問）
生活が厳しい（生活艱苦）
厳しい条件（苛刻的條件）
子供に厳しい（對待孩子很嚴）
厳しい事態（嚴重的局勢）
厳しさが足りない（不夠嚴厲）

誇（ㄎㄨㄚ）

誇〔漢造〕虛誕不實之語以自炫耀為誇、說大話、自我炫耀、讚美

誇示〔名、他サ〕誇示、炫耀
近代的な設備を誇示する（以近代的裝備來誇耀）
威勢を誇示する（耀武揚威）
武力を誇示する（炫耀武力）

誇称〔名、他サ〕誇稱、自誇、誇張
世界一と誇称するトンネル（號稱世界第一的隧道）

誇大〔名、他サ、形動〕誇大、誇張（＝大袈裟）
誇大して言う（誇大其辭）
誇大に言う（誇大其辭）
誇大の言（誇大之辭）

誇大に宣伝する（誇大宣傳）
誇大な広告（誇大的廣告）
誇大妄想（誇大妄想症）
誇大妄想に陥る（陷入誇大妄想）
誇大妄想狂（誇大狂）
誇大狂（誇大狂）

誇張〔名、他サ〕誇張、誇大
事実を誇張した宣伝（誇大事實的宣傳）
然う言っても誇張ではない（那樣說也不算誇張）
途方も無く誇張する（誇張得過分）
誇張して言う（誇張的說）
誇張して話す（誇張的說）
少しの誇張も交えずに言う（毫不誇張地說）
少しも誇張しているのではない（絲毫不誇大）

誇負〔名、他サ〕自負、自誇（＝自慢）

誇る〔自五〕自誇、自豪、炫耀←→恥じる、羞じる、慚じる、愧じる
成功を誇る（以成功自豪）
自分の腕を誇る（誇耀自己的本領）
自分の功を誇る（誇耀自己的功勞）
彼は自分の長所を誇る様な事を為ない（他不會誇耀自己的優點）
誇らぬ人（不自誇的人）
誇るに足りない（不足以誇耀）
単に義務を尽した丈では誇るに足りない（只是盡了義務並不足以誇耀）
何も別に誇る程の事は無い（並沒甚麼值得自豪）
此れこそ世界に誇る可き発見だ（這才是值得在全世界誇耀的發現）

誇り、誇〔名〕自豪、自尊心、引以為榮，值得誇耀
誇りを感じる（感覺自豪）
誇りを感ずる（感覺自豪）
誇りを傷付ける（挫傷自尊心）
どんな人でも誇りは有る者だ（任何人都有自尊心）
彼は村の誇りだ（他是村裡引以為榮的人、他是村裡的驕傲）
彼の様な人が居ると言うのは工場の誇りである（工廠裡有這樣的人是工廠的榮譽）

誇らか〔形動〕自豪、洋洋得意
誇らかな態度（洋洋得意的態度）
誇らかに叫ぶ（自豪地叫喊）
山門の仁王が誇らかな態度で目を剥いて睨んでいる（山門的哼哈二將用自豪的態度瞪著大眼睛）

誇らしい〔形〕自豪的、洋洋得意的←→恥ずかしい
誇らしく思う（感到自豪）
素晴らしい成績を収め、誇らしく為る（取得好成績洋洋得意）
勝利を収めて誇らしい気持に為る（取得勝利內心洋洋得意起來）
誇らしげに語る（洋洋得意地說）

跨（ㄎㄨㄚˋ）

跨〔漢造〕騎（跨馬）、越過（跨越）、架在上面（橫跨）

跨線橋〔名〕〔鐵〕（橫跨鐵路線上的）天橋（＝オーバーブリッジ）

跨道橋〔名〕跨路橋、人行橋（＝歩道橋）

跨がる、股がる〔自五〕跨，乘，騎、橫跨，跨越、（日期等）拖長，拖延
馬に跨がる（騎馬）
五年に跨がる国民経済発展計画（為期五年的國民經濟發展計畫）
三県に跨がる大工事（跨越三縣的大工程）
村は川に跨がっている（村子跨越河的兩岸）
南京大橋は長江に跨がっている（南京大橋橫跨長江）大橋大橋
此の仕事は来月に跨がるかも知れない（這件工作說不定要拖到下月去）

ㄎ

数箇月に跨がる病気（纏綿好幾個月的病）

跨ぐ〔他五〕跨立，叉開腿站立、跨過，跨越，叉開腿走過

敷居を跨ぐ（跨過門檻、〔轉〕訪問）

溝を跨いで立つ（跨過站立）

跨ぎ〔名〕跨（步）

一跨ぎで溝を越える（一步跨過水溝）

其処迄は本の一跨ぎだ（到那裏只是幾步就到了）

跨げる〔他下一〕（叉開兩腿）跨、騎

〔自下一〕能跨騎、能跨過

胯（ㄎㄨㄚˋ）

胯〔漢造〕大腿之間謂之胯

胯間、股間〔名〕胯股之間、胯襠（=股座）

胯間の急所（胯襠的要害）

胯上、股上〔名〕〔縫紉〕立襠←→股下

蛞（ㄎㄨㄛˋ）

蛞〔漢造〕蛞蝓（蟲名，形似去殼的蝸牛，身體能分泌黏液，俗稱鼻涕蟲）

蛞蝓、蛞蝓、蛞蝓〔名〕〔動〕蛞蝓，蜒蝦。〔俗〕鼻涕蟲

蛞蝓を這う（蛞蝓爬行）

蛞蝓に塩（を掛けた様だ）（好像老鼠見了貓、畏縮）

蛞蝓魚〔名〕〔動〕蜒蝦魚、文昌魚

拡（擴）（ㄎㄨㄛˋ）

拡〔漢造〕擴大

軍拡（擴軍、擴充軍備=軍備拡張）←→軍縮

拡散〔名、自サ〕〔理〕擴散，漫射、〔化〕滲濾

核の拡散を防ぐ（防止核武器的擴散）

拡散電流（擴散電流）

拡散ポンプ（擴散幫浦）

拡散光（漫射光）

拡充〔名、他サ〕擴充

生産設備を拡充する（擴充生產設備）

工場施設を拡充する（擴充工廠設施）

組織の拡充を図る（計畫擴充組織）

軍備の拡充を企む超大国（企圖擴軍的超級大國）

拡充工事（擴建工程）

拡声器〔名〕傳聲筒（=メガホン）、擴音器，揚聲器（=ラウドスピーカー）

拡声器で拡大する（用擴音器擴大聲音）

拡大、廓大〔名、他サ〕擴大、放大←→縮小

二倍に拡大する（擴大為二倍）

拡大器で図面を二倍に拡大する（用放大器把圖面放大一倍）

二倍に拡大された写真（放大一倍的照片）

事件の拡大を防ぐ（防止事件擴大）

戦火の拡大を食い止める（阻止戰火擴大）

ストライキが拡大する（罷工擴大）

紛争に就いては不拡大方針を取る（對糾紛採取不擴大的方針）

虫眼鏡で蟻を拡大して観察する（用放大鏡放大螞蟻進行觀察）

拡大鏡（擴大鏡、放大鏡）

拡大解釈（擴大解釋）

拡大率（放大率）

拡大再生産（〔經〕擴大再生產）

拡大損失（〔理〕擴張損失）

拡張〔名、他サ〕擴張、擴充、擴大←→縮小

機構を拡張する（擴充機構）

公園の敷地を拡張する（擴充公園用地）

販路を拡張する（擴大銷路）

道路の拡張工事（拓寬道路工程）

胃拡張（胃擴張）

軍備拡張（擴充軍備）

拡幅〔名、他サ〕（道路、通路等）加寬、拓寬

拡幅工事（拓寬工程）

拡がる、広がる、展がる〔自五〕變寬、展開、擴展、擴大←→狭まる

　拡がった枝（舒展開的樹枝）
　スカートが拡がる（裙子放開了）
　火が四方に拡がる（火勢向四面擴展）
　火の手が拡がる（火勢蔓延）
　消防設備が整わなかったから火事が拡がっている（由於消防設備不完善火勢一直蔓延著）
　黒雲は見る間に空一面に拡がった（黑雲轉眼間瀰漫了天空）
　建て増しを為たので家が拡がった（由於擴建房屋展寬了）
　堤防の壊れた所が一層拡がった（堤壩的決口更加擴大了）
　噂が拡がる（傳言越傳越廣）
　事業が益益拡がる（事業愈加擴展）
　伝染病が拡がる（傳染病蔓延起來）
　伝染病がAfricaに拡がっている（傳染病在非洲蔓延開來）
　道幅が拡がる（路面展寬）
　道幅が四十メートルに拡がった（路拓寬為四十米）
　全世界に拡がる（擴展到全世界）

拡がり、広がり〔名〕擴展、擴大

　事件の広がりを心配する（擔心事件擴大）
　松の枝の広がりが見事だ（松樹枝的擴展形狀真美麗）
　火の広がりを防ぐ（防止火勢蔓延）

拡げる、広げる、展げる〔他下一〕打開，展開、擴大，擴展←→狭める、巻く

　道路を拡げる（拓寬道路）
　本を拡げる（把書打開）
　包みを拡げる（打開包袱）
　両手を拡げる（伸開雙手）
　机に地図を拡げる（在桌子上展開地圖）
　両手を拡げて歓迎の意を示す（展開雙手表示歡迎）
　傘を拡げる（撐開傘）
　雨が降って来た早く傘を拡げ為さい（下了雨趕緊把傘撐開）
　彼女はナプキンを膝の上に拡げた（她在膝上鋪開餐巾）
　路上に古着を拡げて売る（在街上攤開舊衣服賣）
　部屋一杯に本を拡げる（擺得滿屋子書）
　道を拡げる（拓寬道路）
　運動場を拡げる（擴大運動場）
　領土を拡げる（擴張領土）
　店を拡げる（擴充店面、擺貨攤）
　店を拡げたのに御客が来ない（擴大店面卻沒有顧客光臨）

廓（ㄎㄨㄛˋ）

廓〔漢造〕城郭（與郭通）

　外廓、外郭（外廓、外圍）
　輪廓、輪郭（輪廓、概略）

廓清、郭清〔名、他サ〕肅清

　腐敗した政党政治を廓清する（肅清腐敗的政黨政治）

廓然、郭然〔形動〕空而大

廓大、拡大〔名、他サ〕擴大、放大←→縮小

　二倍に拡大する（擴大為二倍）
　拡大器で図面を二倍に拡大する（用放大器把圖面放大一倍）
　二倍に拡大された写真（放大一倍的照片）
　事件の拡大を防ぐ（防止事件擴大）
　戦火の拡大を食い止める（阻止戰火擴大）
　ストライキが拡大する（罷工擴大）
　紛争に就いては不拡大方針を取る（對糾紛採取不擴大的方針）
　虫眼鏡で蟻を拡大して観察する（用放大鏡放大螞蟻進行觀察）

ㄎ

拡大鏡（擴大鏡、放大鏡）
拡大解釈（擴大解釋）
拡大率（放大率）
拡大再生産（〔經〕擴大再生產）
拡大損失（〔理〕擴張損失）
廓外、郭外〔名〕城郭外、煙花巷外
廓内、郭内〔名〕城郭內、煙花巷內
廓中、郭中〔名〕城郭內、煙花巷內（=廓内、郭内）
廓、郭、曲輪〔名〕城郭、花街柳巷（=遊郭）
　郭通い（經常嫖妓＝悪所通い）
　郭言葉、郭詞（花街柳巷用語、妓女之間用語）

闊（ㄎㄨㄛˋ）

闊〔漢造〕廣闊，廣大、間隔久遠
　広闊（廣闊、寬廣、寬闊）
　寛闊（寬大、豁達、闊綽）
　迂闊（愚蠢、無知、糊裡糊塗）
　久闊（久遠）
闊大〔形動〕超大
　闊大品（大小重量超過規定限度的鐵路貨物＝闊大貨物）
闊達、豁達〔形動〕豁達、開闊
　闊達な人物（豁達的人）
闊歩〔名、他サ〕闊步，大步、闊步橫行，大搖大擺地走，任意而為
　街頭を闊歩する（在街上大踏步而行）
　大通りを闊歩する（在大街大搖大擺地走）
　金の力で世の中を闊歩する（仗勢金錢在社會任意橫行）
闊葉樹〔名〕〔植〕闊葉樹（=広葉樹）←→針葉樹

快（ㄎㄨㄞˋ）

快〔名、漢造〕快樂、快速
　快を貪る（貪圖快樂）
　一時の快を貪るに非ず（並非貪圖一時之快）
　快を叫ぶ（稱快）
　快言う可からず（樂不可言）
　欣快（欣慰）
　人を助けるを以て快と成す（助人為快樂之本）
　不快（不愉快、不舒服）
　全快（痊癒）
　明快（明快、通暢、舒暢、條理清楚）
　愉快（愉快、暢快、想不到）←→不愉快
　痛快（痛快、於快）
　爽快（爽快）
　豪快（豪爽、豪邁）
　壮快（壯觀、暢快）
快音〔名〕（發動機開動時的）正常聲音、（棒球擊球時的）清脆的聲音
　エンジンは再び快音を立てて動き出した（發動機又發出正常聲音開始運轉了）
快活〔形動〕快活、爽快、乾脆
　快活な気性（快活的性格）
　快活な性格（爽朗的性格）
　快活な顔付（快活的面孔）
　彼は快活な青年だ（他是個活潑的青年）
　快活に話す（快活地講話）
　快活に笑う（爽朗地笑）
　快活に遣る（高高興興地做）
快感〔名〕快感
　快感を覚える（感覺愉快）
　快感を味わう（嚐到快感）
　スポーツは肉体的な快感を誘い起こす（體育運動能使人身體舒暢）
　温泉に浸った後の快感（在溫泉裡泡過後的舒暢感）
快漢〔名〕性格直爽的男人（=好漢）
快気〔名、自サ〕愉快、病預

快気祝い（病癒的慶祝）

快奇〔名、形動〕奇怪、怪異
　快奇な事件（奇怪的事件）
　快奇な容貌を為ている（長得一副怪樣）
　快奇小説（神奇小説）

快技〔名〕高超的技藝、出眾的技巧
　快技を披露する（表演高超的技藝）

快挙〔名〕壯舉、勇敢的行動、令人稱快的舉動
　胸の透く様な快挙だ（振奮人心的壯舉）
　此の度の快挙を見て溜飲が下がった（看到這次壯舉暢快極了）
　元禄の快挙（元禄的壯舉－指赤穗四十七武士的復仇）

快哉〔名〕快哉
　快哉を叫ぶ（大聲稱快）

快作〔名〕傑作、傑出的作品
　此の小説は彼の最近の快作だ（這小説是他近來的快心之作）

快事〔名〕大快人心的事
　此は近頃の一大快事だ（這是最近一件大快人心的事）

快勝〔名、自サ〕大勝←→慘敗
　レースに快勝する（在競賽中大勝）
　快勝を博した（獲大勝利）
　十点の差で快勝する（以十分之差大勝）

快翔〔名〕快速的飛翔、漂亮的飛行
　新鋭機は無着陸で一万キロを快翔した（新型飛機中途不停地飛翔了一萬公里）

快心〔名〕心情愉快

快晴、快霽〔名〕十分晴朗、萬里無雲
　快晴に恵まれて広場の大勢の人が集まった（因為天氣晴朗廣場上聚集了很多人）
　快晴に恵まれて運動会は大成功だった（拜晴朗天氣所賜運動會十分成功）
　快晴を恵まれて海山への人出が多い（拜晴朗天氣所賜登山玩水去的人很多）
　快晴の日曜日（晴朗的星期天）

　快晴続き何より結構（天氣連日晴朗好極了、天氣連日晴朗比什麼多好）

快絶〔形動〕非常愉快、痛快至極

快戦〔名、自サ〕痛快的戰鬥、精彩的比賽

快然〔形動〕愉快、病癒（＝快気）

快走〔名、自サ〕快跑、疾馳
　快走艇（快艇）
　ゴールを目指してヨットは快走した（帆船向著終點飛馳了）
　海原をヨットが快走する（快艇在海上飛馳）

快足〔名〕跑得飛快、快腿，飛毛腿
　快足の馬（駿馬）
　快足を利して一挙に教室に達した（拔起飛毛腿一下子跑到教室）

快速〔名、形動〕快速，高速度、高速電車（＝快速電車）←→鈍行
　快速を利用して敵機を追撃する（利用高速度追擊敵機）
　快速で敵艦を追撃する（利用高速度追擊敵艦）
　快速な（の）建設振り（高速度的建設情況）
　快速部隊（快速部隊）
　快速列車（快車）
　快速力（高速度、快速度）
　快速艇（快艇）
　快速受信機（快速收報機）
　快速調（〔樂〕〔allegro的譯詞〕快板）

快打〔名、他サ〕〔棒球〕打得漂亮，打得好、好球（＝クリーンヒット）
　快打を飛ばす（打得好）
　四番打者の快打に場内は割れる許りの歓声を上げた（對第四棒打手打的好球全場歡聲雷動）

快諾〔名、他サ〕慨允、欣然允諾
　彼は私の申し出を快諾した（他慨然應允了我的請求）

原作者の快諾を得て日本語に訳して出版した（取得原作者的欣然同意譯成日語出版了）

快談〔名、自サ〕暢談、愉快的談話
旧友と快談する（與舊友暢談）
旧友と快談数刻に及ぶ（與舊友暢談達數小時）

快男子〔名〕好男兒、好漢（=快漢、好漢、快男児）
我が校の快男子（我校的好漢）

快男児〔名〕好男兒、好漢（=快男子）

快調〔名、形動〕順利、情況良好
仕事が快調に進む（工作順利進展）
万事快調に進む（一切進行得很順利）
身体が快調である（身體很好）
機械が快調に回転する（機器轉動情況良好）
会議が快調に捗る（會議進行順利）
快調其の物だ（非常順利、情況極好）
快調なスタートを切る（作出一個順利的開端）
年度計画は快調なスタートを切った（年度計畫順利地開始了）

快適〔名、形動〕舒適、舒服
快適な船旅（舒適的海上旅行）
快適な椅子（舒服的椅子）
快適な生活を為る（過舒適的生活）
季節は今が一番快適だ（現在是最舒適的季節）

快刀〔名〕快刀
快刀乱麻を断つ（快刀斬亂麻）

快投〔名、自サ〕〔棒球〕快投，漂亮的投球、順利投球

快復〔名、自サ〕康復、恢復、病癒
快復を祈ります（祝痊癒、盼康復）
病気も快復して元気で通学している（病已痊癒精神飽滿地去上學）

快弁、快辯〔名〕痛快的辯論、口若懸河地演講、滔滔不絕的講

壇上で快弁を振う（在台上口若懸河地演講）
快弁の人（口若懸河的人、雄辯者）

快便〔名〕積便排除後的輕鬆

快方〔名〕（傷病）逐漸恢復、逐漸痊癒、好轉
病気が快方に向かう（病情好轉）
快方に向かっている患者（恢復期的病人）
さしもの重病も漸く快方に向かう（那樣的重病也逐漸好轉）

快報〔名〕好消息、喜訊（=好い知らせ、嬉しい知らせ、吉報、朗報）←→悲報
快報に接する（接到喜訊）
快報が入る（喜訊傳來）
静かに快報を待つ（靜待佳音）

快味〔名〕快感、痛快、爽快
スキーの快味（滑雪的痛快感）

快眠〔名、自サ〕熟睡、香甜的睡眠
快眠を貪る（貪睡）
四時間快眠した（熟睡了四個鐘頭）

快癒〔名、自サ〕痊癒（=快復、全快）
負傷の快癒を見た（傷痊癒了）
過日の負傷も快癒しましたから御安心下さい（前幾天受的傷現已痊癒請放心）

快樂、快楽〔名〕快樂←→苦痛
快楽に耽る（沉溺於快樂）
快楽を追う（追求快樂）
快楽を捨てる（拋棄快樂）
快楽には苦痛が伴う（快樂中有痛苦）
人生の快楽を尽すデカダン（極盡人生快樂的頹廢派）
快楽丈が人生の目的ではない（人生的目的不只是快樂）
快楽説（〔哲〕快樂說-hedonism 的譯音）

快い〔形〕高興的，愉快的，爽快的（=楽しい、愉快）、（病情）良好的
快い眠り（舒服的睡眠）

こころよ そよかぜ
快い微風（清爽的微風）微風
こころよ あさ くうき
快い朝の空気（爽快的早晨空氣）
こころよ おも
快く思わない（不高興）
わたし はんたい あいて こころよ おも
私の反対を相手は快く思わない（我的反對使對方感到不高興）
ちかごろ な こころよ はなし
近頃に無い快い話（近來少有的愉快事）
こころよ ひ う く
快く引き受けて呉れた（很爽快的答應下來）
こころよ かれ いけん さんせい
快く彼の意見に賛成した（欣然同意他的意見）
こころよ ひと ため はたら
快くに人の為に働く（愉快地為別人工作）
ほ ことば いつまで みみ こころよ もの
褒め言葉は何時迄も耳に快い物だ（讚美的話總是很中聽的）
びょうき こころよ な き
病気が快く為って来た（病情好轉）
やまい ひま こころよ な き
病も日増しに快く為って来た（病情日益好轉）

塊（ㄎㄨㄞˋ）

塊〔漢造〕塊

ど かい つちくれ
土塊、土塊（土塊）
けっかい
血塊（血塊）
にっかい にくかい
肉塊、肉塊（肉塊、肉體）
さんかい
山塊（叢山、孤立的山群）
たいかい
大塊（大塊）
こおり たいかい
氷の大塊（大冰塊）
きんかい
金塊（金塊）
ぎんかい
銀塊（銀塊）
せっかい いしくれ
石塊、石塊（石塊）

塊茎〔名〕塊茎、塊狀地下茎

塊根〔名〕〔植〕塊根
さつまいも かいこん
薩摩芋の塊根（紅薯的塊根）

塊状〔名〕塊狀
かいじょうかざん
塊状火山（塊狀火山）
かいじょうこうしょう
塊状鉱床（塊狀礦床）
かいじょうようがん
塊状熔岩（塊狀熔岩）

塊炭〔名〕塊媒←→粉炭

塊、固まり〔名〕塊，疙瘩、群，集團，堆。〔轉〕頑迷，執迷不悟（的人）。〔轉〕極端（的人）。〔轉〕硬化，進步停止，（病等）不再發展

こおり かたまり
氷の塊（冰塊）
ゆき かたまり
雪の塊（雪塊）
せきたん かたまり
石炭の塊（媒塊）
でんぷん あま きゅう に かたまり な
澱粉は余り急に煮ると塊に為る（澱粉煮得過急就凝成疙瘩）
しお かたまり つぶ つか くだ
塩の塊は潰してから使って下さい（請把鹽塊弄碎再用）
こども かたまり
子供の塊（一群小孩）
ひと かたまり な
人の塊に為っている（人集成一團）
とお ひと かたまり み
遠くに人の塊が見える（遠處有一群人）
あそこ ひとかたまり ここ ひとかたまり
彼処に一塊、此処に一塊（那邊一群這邊一群）
がっこう もん まえ ひとかたまり がくせい い
学校の門の前に一塊の学生が居る（學校大門口有一群學生）
はいきんしゅぎ かたまり
拝金主義の塊（頑迷的拜金主義者）
よく かたまり
欲の塊（極端貪婪的人）
かれ よく かたまり
彼は欲の塊だ（他是個貪婪的人）
かたまり
けちの塊（吝嗇鬼）
あいつ かたまり
彼奴はけちの塊だ（那傢伙是個吝嗇鬼）

塊〔名〕（多接於名詞後）塊
ど かい つちくれ
土塊、土塊（土塊）
せっかい いしくれ
石塊、石塊（石塊）

塊打ち、塊打〔名、自サ〕〔農〕打碎石塊
たはた す お あと くれう す
田畑を鋤き起こした後、塊打ちを為る（翻地後打碎石塊）

塊叩き、塊叩〔名〕打碎土塊（用的農具）（＝塊割り、塊割）

塊割り、塊割〔名〕用來打碎土塊的農具（＝塊叩き、塊叩）

檜（ㄎㄨㄞˋ）

ㄏ

檜〔漢造〕植物名，松杉科常綠喬木，與松柏相似，樹冠塔形，葉有針狀鱗狀二類，果為球果，木質細密，可作高級建材

檜扇〔名〕古時公卿用的薄檜木做的扇子（用於代笏）、〔植〕射干

檜垣〔名〕薄塊木板圍成的籬笆

檜笠〔名〕檜木做的網代笠

檜葉〔名〕〔植〕絲柏（=檜、檜木）、絲柏葉、羅漢柏（=翌檜）

檜皮〔名〕絲柏皮、絲柏皮的屋頂（=檜皮葺き、檜皮葺）

　檜皮葺き、檜皮葺（用絲柏皮葺屋頂、絲柏皮的屋頂）

檜、檜木〔名〕〔植〕絲柏、扁柏

　檜舞台（絲柏板舖的舞台、〔轉〕大顯身手的場所）

　愈愈檜舞台に登場する（馬上就要登上大顯身手的舞台）

　世界の檜舞台を踏む（踏上大顯身手的世界舞台）

　夏の甲子園は高校野球の檜舞台だ（夏天的甲子園是高中棒球隊大顯身手的舞台）

膾（ㄎㄨㄞˋ）

膾〔漢造〕細切肉為膾

膾炙〔名、自サ〕膾炙

　人口に膾炙する（膾炙人口、人人稱讚）

膾、鱠〔名〕切得很細的魚肉、醋浸生魚絲、醋浸蘿蔔絲

　大根の膾（醋拌蘿蔔絲）

　羹に懲りて膾を吹く（懲羹吹齏，比喻失敗過一次就過分地小心起來）

窺（ㄎㄨㄟ）

窺〔漢造〕窺視（=窺う、覗く）

　管窺、管闚（管窺=管見）

窺知〔名、他サ〕窺探、領會，理解

　機密は窺知する事は許さない（不許窺探機密）

其は我我の窺知す可からざる事だ（那是我們無法理解的事）

窺う〔他五〕窺視，偷看，窺伺（=狙う）、窺見，看出

　隣の様子を窺う（偷看鄰家的情況）伺う、覗う

　相手の顔色を窺う（窺視對方臉色）顔色

　人の顔色を窺う（察顏觀色）

　時機を窺う（等候時機、伺機、相機）

　人の鼻息を窺う（仰人鼻息）

　敵の隙を窺う（找敵人的漏洞、抓敵人的弱點）

　復讐のチャンスを窺う（伺機復仇）

　天下の大勢を窺う（觀察天下大勢）

　其の一端から全体を窺う（藉一斑而窺全豹）

　彼の話から其の学識の深い事が窺われた（從他的談話中可以看出他的學識很淵博）

　彼の発言は任務達成の自信を窺わせている（從他的發言中可以看出完成任務的信心）

伺う〔他五〕（聞く、問う、尋ねる、訪れる的自謙說法）拜訪、請教、打聽、聽說

　何時御伺いしましょうか（什麼時候拜訪您好呢？）

　今夜御伺い致します（今晚去拜訪你）

　明日御伺いする積りです（我打算明天去看您）

　先生の御宅に伺う（到老師家裡去拜訪）

　もう一つ伺い度い事が有ります（還要向您打聽〔請教〕一件事）

　御意見を伺い度い（我願聽聽您的意見）

　一寸伺いますが（對不起請問…）

　御病気の様に伺っていましたが、如何ですか（聽說您不舒服了現在如何呢？）

　彼は其の事を貴方から伺った様に申して居ります（他說那是從您那裡聽來的）

葵（ㄎㄨㄟˊ）

葵〔漢造〕葵科多年生草本（＝葵）
　紅蜀葵（紅葉葵 的異名）
　黃蜀葵（黃蜀葵的漢名）

葵〔名〕葵（葵類的總稱）
　葵祭り、葵祭（五月十五日京都賀茂神社祭典＝賀茂祭り）

魁（ㄎㄨㄟˊ）

魁〔漢造〕魁首、高大
　首魁（魁首、主謀＝魁）
　党魁（黨魁）
　巨魁、渠魁（魁首、頭目）
　花魁（花魁、名妓）

魁偉〔形動〕魁梧
　容貌魁偉な男（相貌魁梧的男子漢）

魁首〔名〕首魁、頭目（＝首魁）

魁、先駆け，先駆、先駈け，先駈〔名、自サ〕首先攻入敵陣、領先、率先，先驅←→殿
　先駆けを為る（打頭陣、充當先鋒）
　先駆けに為って敵陣に突入した（帶頭衝入敵人陣地）
　先駆けの功を立てる（立先驅之功）
　労働運動の先駆けを為る（帶頭做工人運動）
　春の先駆け（春的前奏）
　秋の先駆け（秋的氣息）
　春の先駆けの桜が咲いた（預告春天來臨的櫻花開了）
　時代の先駆けと為る（成為時代的先驅）
　微かな轟きを先駆けに汽車が鉄橋へ差し掛かった（先隱約地轟響聲火車開到鐵橋前）
　東洋の医学は近代医学の先駆けしている（東洋醫學是現代醫學的先河）

傀（ㄎㄨㄟˇ）

傀〔漢造〕演戲用的木頭人或被人操縱者

傀儡、傀儡〔名〕傀儡（＝手先）、木偶（＝操り人形）
　傀儡と為って働く（充當傀儡）木偶木偶木偶
　侵略者の傀儡と為って働く（充當侵略者的傀儡）
　彼を傀儡に為る（把他當作傀儡）
　彼は傀儡に過ぎない（他只不過是個傀儡）
　傀儡と為て登場する（作為傀儡登場）
　傀儡を守り立てる（扶植傀儡）
　傀儡政権（傀儡政權）
　傀儡政府（傀儡政府）
　傀儡軍（傀儡軍）
　傀儡皇帝（傀儡皇帝）
　傀儡師（操縱木偶的人＝人形使い、幕後人＝黑幕）

傀儡〔名〕傀儡，木偶、傀儡戲，木偶戲、演傀儡戲者、耍木偶的人、妓女，舞妓
　傀儡師（演傀儡戲者，耍木偶的人＝傀儡師、傀儡回し）
　傀儡回し（演傀儡戲者，耍木偶的人＝傀儡師、傀儡師）
　傀儡女（耍木偶的女人、妓女＝遊女，遊び女）

喟（ㄎㄨㄟˋ）

喟〔漢造〕心有所感而發的嘆息聲為喟、歎息、嘆息聲、嘆息貌

喟然〔形動〕喟然
　喟然と為て嘆く（喟然而嘆）

愧（ㄎㄨㄟˋ）

愧〔漢造〕羞恥、羞愧（＝恥、恥じる）
　慚愧、慙愧（慚愧）

愧死〔名、自サ〕愧死、羞死人、含羞而死

潰（ㄎㄨㄟˋ）

潰〔漢造〕崩潰
　決潰、決壞（決口）

ㄎ

崩潰、崩壞（崩潰、蛻變、剝蝕）

倒潰、倒壞（倒塌）

破潰（破潰）

潰走、壞走〔名、自サ〕潰退、敗走（=敗走）

　敵は遂に潰走した（敵人終於潰退了）

　敵は算を乱して潰走した（敵人潰不成軍逃散了）

潰敗〔名、自サ〕潰敗、大拜

潰滅、壞滅〔名、自他サ〕毀滅、殲滅、崩潰

　潰滅的な打撃（毀滅性的打擊）

　侵略軍に潰滅的な打撃を与える（給予侵略軍毀滅性的打擊）

　敵軍を潰滅する（消滅敵軍）

　敵軍の戦闘力を潰滅させる（消滅敵軍的戰鬥力）

　敵の一個師団を潰滅する（殲滅敵軍一個師）

　火山の爆発で一都市が潰滅する（由於火山爆發一個城市毀滅了）

　事業が潰滅に瀕する（事業瀕臨毀滅）

潰瘍〔名〕〔醫〕潰瘍

　胃潰瘍（胃潰瘍）

　悪性の潰瘍（惡性潰瘍）

　侵食性潰瘍（侵蝕性潰瘍）

　胃に潰瘍が出来た（胃潰瘍了）

　潰瘍性大腸炎（潰瘍性大腸炎）

　皮膚に潰瘍を起こす（皮膚潰瘍了）

　潰瘍性口内炎（潰瘍性口內炎）

　潰瘍癌（潰瘍癌）

潰乱、壞乱〔名、自サ〕潰敗、潰散

　敵に潰乱させる（使敵人潰敗）

　潰乱状態に陥る（陷於潰敗狀態）

潰爛〔名、自サ〕潰爛

　患部はすっかり潰爛している（患處完全潰爛了）

潰える〔自下一〕潰敗，崩潰（=潰れる）、（計畫、希望）落空，破滅，垮台

　敵は脆くも潰え去った（敵人不堪一擊地潰敗了）潰える費える

　将来への夢は潰えた（前途的美夢破滅了）

潰す〔他五〕弄碎，研碎，搗碎，壓碎，壓壞，擠壞，熔毀，熔化，敗壞，使破產，消磨，消耗、消費、宰殺、（把窟窿等）堵上，堵死，塗蓋上、（接其他動詞連用形，作接尾詞用法）表示弄壞，弄毀

　馬鈴薯を潰す（把馬鈴薯搗碎）馬鈴薯

　馬鈴薯を茹でて潰す（把煮好的馬鈴薯搗碎）

　卵を潰す（打碎雞蛋）

　蚤を潰す（把跳蚤碾死）

　箱を踏んで潰す（把箱子踩碎）

　帽子を尻に敷いて潰す（把帽子坐在屁股底下坐得變了樣）

　果物を潰す（把水果擠壞）

　パン屑を擂鉢で擂って潰す（用研缽把麵包屑研碎）

　胆を潰す（消す）（喪膽、嚇破膽）

　余り高いので肝を潰す（貴得嚇破了膽）

　顔を潰す（使丟臉）

　面目を潰す（使丟臉）面目

　家が倒れて中に居る者が潰された（房子倒塌把裡面的人壓死了）

　メダルを潰す（熔毀獎章）

　釣鐘を潰して銭を鋳る（熔毀吊鐘鑄造錢幣）

　道楽で身代を潰した（吃喝玩樂以致傾家蕩產了）

　大声で応援して声を潰した（大聲加油把嗓子喊啞了）

　家を潰す（敗家、破產、拆房子）

　身上を潰す（蕩盡家產）

　財産を潰す（破產）

　畑を潰して家を建てる（毀田建屋）

　暇を潰す（消閒）

　時間を潰す（消磨時間、浪費時間、打發時間）

鶏を潰す（宰雞）

映画を見て時間を潰す（看電影消磨時間）

牛を潰す（宰牛）

俗用で貴重な時間を潰した（因閒事浪費了寶貴時間）

豚を潰す（宰豬）

画面を潰す（把畫面塗蓋上）

穴を潰す（把窟窿堵上）

網の目を潰す（把網眼堵死）

推し潰す（壓壞、擠壞）

目を泣き潰す（把眼睛哭壞）

鋳潰す（熔毀）

酔い潰す（使泥醉）

潰し、潰〔名〕弄碎，搗碎，研碎（的東西）、廢料

煮えた小豆を潰し餡に為る（把煮好的小豆弄碎做餡）

潰しの値で売る（按廢料的價錢出售）

此の鉄器は潰しに為る値段でしか売れない（這個鐵器只能當作廢料賣）

潰しが利く（〔人〕多才多藝、不是本行的工作也能做得很好、〔物〕當廢料賣也值錢）

金の指輪は潰しが効く（金戒指當廢料賣也值錢）

潰しの利く幹部が欲しい（要的是手藝好的幹部）

あんな人は他に潰しが利かない（那種人別的工作做不好）

潰し餡、潰餡〔名〕豆沙餡、帶皮的小豆餡←→漉し餡

煮えた小豆を潰し餡に為る（把煮好的小豆弄碎做餡）

潰し島田、潰島田〔名〕（日本婦女髮型的一種）中髻凹下的島田髮型

潰し島田に結う（梳成島田髻）

潰し値、潰値〔名〕廢料的價錢

潰し値段、潰値段〔名〕廢料的價錢

潰し値段で売る（按廢料的價錢出售）

潰れる〔自五〕壓壞，擠破，壓碎、倒塌、坍塌、破產，倒閉,垮台、磨鈍,磨損、（耳）聾、（眼）瞎、（時間）浪費掉、沮喪，洩氣

玉子が潰れる（雞蛋破了）

トマトガ潰れた（番茄壓壞了）

籠の中の卵が大半潰れた（筐裡的雞蛋多半都擠破了）

顔が潰れる（丟人、丟臉）

胆が潰れる（嚇破膽、喪膽）

声が潰れる（嗓門啞了）

胸が潰れる（心碎）

胸の潰れる思いが為る（心如刀割）

そんな事を為れては私の面目が潰れて終う（搞出那種事簡直叫我丟臉）

大きな声を出し過ぎて声が潰れた（大聲喊得嗓子啞了）

時間が潰れる（打發時間）

雪崩で家が潰れた（由於雪崩房子壓壞了）

銀行が潰れる（銀行倒閉）

地震で家が潰れた（房子因地震倒塌了）

不景気で中小企業がどんどん潰れる（因為蕭條中小企業相繼倒閉）

不況で会社が潰れた（由於不景氣公司倒閉了）

読書会は会員が減って潰れて終った（讀書會由於會員減少垮台了）

刀の刃が潰れた（刀刃磨鈍了）

鋸の目が潰れる（鋸齒不快了）

刃の潰れた包丁（刃鈍了的菜刀）

鋸の目が潰れて切れなく為った（鋸齒鈍了不好用）

耳が潰れた（耳聾了）

彼は目が潰れた（他眼睛瞎了）

日曜日は家の手伝いで一日潰れて終った（星期天因為幫忙做家務白白浪費了一天）

来客で一晩潰れた（因為來了客人一晚上白白耗掉了）

チャンスが潰れる（錯過機會）

此位の事で潰れては行けない（不要因為這點事就洩氣）

潰れ〔名〕壓碎、倒塌、崩潰、破產

潰れ家（倒塌的房屋）

潰れ百姓（〔江戶時代的〕破產農民）

簣（ㄎㄨㄟˋ）

簣〔漢造〕運土竹籠

一簣（一簣，一筐、〔轉〕少量）

一簣の功（一簣之功、最後一把力）

九仞の功を一簣に欠く（為九仞功虧一簣）

畚子、畚〔名〕用繩索編的網籃（用來運土石）

畚子を担ぐ（擔網籃、挑網籃）

畚褌、畚犢鼻褌（繫帶的男子兜襠布）

寬（ㄎㄨㄢ）

寬〔名〕寬、寬恕、寬容

人を責むるは寬に、己を責むるは嚴成可し（責人要寬責己要嚴）

寬に過ぎる（失於過寬）

寬仮〔名〕寬恕

寬解〔名、自サ〕（精神分裂症的）症狀消失

寬闊〔形動〕寬闊，寬大、寬宏大量、俏皮、闊綽（＝派手、伊達）

寬闊な性質（寬宏大量的性情）

寬闊者（豁達的人、闊綽的人）

寬刑〔名〕寬大的刑罰←→嚴刑

寬嚴〔名〕寬嚴

彼の教育方法は寬嚴宜しきを得ている（他的教育方法寬嚴適中）

寬厚〔形動〕寬厚

寬厚な長者（寬厚長者）

寬恕〔名、他サ〕寬恕

御寬恕を請う（請求寬恕）

偏に御寬恕を乞う（衷心請求寬恕）

寬仁〔名、形動〕寬宏大量

寬仁大度（寬宏大量）

寬仁大度の人（寬宏大量的人）

寬大〔名、形動〕寬大←→嚴格

寬大な行為（寬大的行為）

寬大な批評（寬大的批評）

寬大な判決（寬大的判決）

寬大な態度で臨む（以寬大的態度對待）

寬大過ぎる（過於寬大）

寬大な態度を取る（採取寬大的態度）

頗る寬大である（頗為寬大）

寬大に処置する（寬大處理、從寬處理）

寬大に失する（失於寬大）

捕虜を寬大に取り扱い（寬待俘虜）

寬典〔名〕寬大的法典、從寬處分

寬典に浴する（受到寬大處分）

寬容〔名、他サ、形動〕寬容←→狹量

寬容な（の）態度（寬容的態度）

寬容の精神の持ち主（有寬容精神的人）

或る程度な自由は寬容しなければならない（某種程度的自由是應該容許的）

子供の教育に寬容で有り過ぎるのは良くない（對於兒童過於寬容是沒有好處的）

人の落度を寬容する（寬容別人的過失）

何卒御寬容下さい（請多原諒）

御寬容の程願います（請予寬恕）

寬ぐ〔自五〕寬敞、舒適、舒暢、輕鬆休息、不拘禮節，隨便←→固くなる

此の庭は寬いでいる（這個院子很寬敞）

心が寬ぐ（心裡舒暢）

家で寬ぐ（在家休息）

少し寬ぎましょう（稍微休息一會吧！）

夕食の後で寬ぐ（晚飯後隨便休息休息）

寛いで話を為る（隨便談、暢談）
寛いで話し合う（暢談）
何卒御寛ぎ下さい（請不要拘束）
何卒御ゆっくり寛いで下さい（請舒適地休息吧！）
胡坐を組んで御寛ぎ下さい（請隨便盤腿坐吧！）

寛ぎ〔名〕舒適，舒暢，輕鬆自在、餘裕，餘地
心に寛ぎが有る（心裡舒暢）
寛ぎを付ける（留出餘地）
家庭生活には寛ぎが大切だ（在家庭生活中舒暢是很重要的）

寛げる〔他下一〕使…舒暢，使…不受拘束，使愜意、放鬆，放寬，緩和
客の気持を寛げる（使客人不拘束）
ワイシャツの襟を寛げてビールを飲む（把白襯衫裡子敞開來喝啤酒）

款（ㄎㄨㄢˇ）

款〔名、漢造〕款，條款、真心，真誠
各部中に於いては此れを款、項、目に区分する（在各個部內分為條款目）
款を通じる（通款，結誼，互通款曲、通敵）
落款（落款）
約款（條款）
定款（章程）
借款（借款）
第一款（第一款）
通款（通好、通敵）
交款、交歡、交驩（聯歡）

款語〔名〕暢談、融洽交談

款項〔名〕款和項
款項目節（〔舊會計法對預算的分類用語〕款項目節）

款識、款識〔名〕金石字畫燈籠上題記（的文字）

款待、歡待〔名、他サ〕款待

款待を受ける（受款待）
真心を込めた款待を受ける（受到熱誠的款待）
文化使節を款待する（款待文化使節）

款談、歡談〔名、自サ〕暢談、歡談
款待に時を忘れる（因暢談忘掉時間）
友と款待する（與友人暢談）

坤（ㄎㄨㄣ）

坤〔漢造〕土地，大地、（八卦之一）坤、（方位名）西南
乾坤（乾坤、天地、陰陽，西北方與西南方）
坤、艮（東北、八卦之一）

坤儀〔名〕大地，地球（=坤輿）、皇后，皇后之德（=坤德）

坤軸〔名〕地軸（=地軸）

坤道〔名〕大地的原理、婦道←→乾道

坤徳〔名〕皇后之德←→乾德

坤輿〔名〕大地、地球（=坤儀）

坤、未申〔名〕〔舊〕西南（=西南）

昆（ㄎㄨㄣ）

昆〔漢造〕子孫、蟲、多的
後昆（後世、子孫、後裔）

昆虫〔名〕昆蟲
昆虫学（昆蟲學）
昆虫採集（採集昆蟲）
昆虫類（昆蟲綱）

昆弟〔名〕兄弟、兄和弟

昆布、昆布〔名〕〔植〕海帶、海菜
昆布を養殖する（養殖海帶）
刻み昆布（海帶絲）

昆布巻、昆布巻〔名〕〔澎〕（包著小青魚的）海帶卷

昆布出〔名〕用海帶煮的原湯（用於調味）

昆布茶〔名〕（將海帶細切加工的）海帶茶

焜（ㄎㄨㄣ）

焜〔漢造〕火光盛大為焜

焜炉〔名〕（家庭炊事用的）小爐子

　焜炉に火を起こす（生爐子）
　電気焜炉（電爐）
　ガス焜炉（瓦斯爐、煤氣爐）
　石油焜炉（煤油爐）

褌（ㄎㄨㄣ）

褌〔漢造〕有襠之袴子為褌

褌、犢鼻褌〔名〕（男子的）兜襠布、〔俗〕（蟹腹部的）甲殼

　褌を締める（繋上兜襠布）
　褌を締めて掛かる（下定決心做）
　人の褌で相撲を取る（借花獻佛、借人之物圖利自己）

褌担ぎ〔名〕〔相撲〕最下級的力士。〔轉〕職位低微的人

　未だぺいぺいの褌担ぎです（還是個微不足道的小人物）

褌、回し〔名〕（力士用）兜襠布。〔相撲〕力士圍的飾裙

　此の仕事は褌を締め直して掛からねば駄目だ（這項工作不鼓足勁做不行）
　此の仕事は褌を締め直して掛からねば無理だ（這項工作不鼓足勁做不行）

褌、三つ〔名〕兜襠布在背後橫豎交叉處（＝後褌、三つ結）、兜襠布（＝褌、回し）

　前褌（兜襠布在前面成T字交叉的地方）

梱（ㄎㄨㄣˇ）

梱〔漢造〕直豎門中止住門面的直木為梱

梱包〔名、他サ〕捆包、包裝

　紙で梱包する（用紙包裝）
　ハトロン紙で梱包する（用牛皮紙包裝）
　荷物を梱包する（綑行李）
　梱包料（包裝費）

梱る〔他五〕（行李的名詞化）捆綁、拴上

　荷物を梱る（捆行李）
　荷物を梱って送り出す（把行李捆綁起來送出去）
　行李を梱る（捆行李）

梱る〔他五〕捆、捆紮、打包

梱〔名〕（貨物單位）捆，件、（口語）行李（＝行李）

　梱詰めに為る（打成捆）
　生糸一梱（一捆生絲）

困（ㄎㄨㄣˋ）

困〔漢造〕困難

　貧困（貧困、貧窮、貧乏）
　窮困（困窮，貧困、極度疲勞）

困却〔名、自サ〕困惑、困窘、為難、不知所措

　困却至りである（十分為難）
　返事に殆困却した（窘得不知該如何回答）
　人手が足りなく困却する（人手不足很為難）

困窮〔名、自サ〕窮困、貧困（＝窮困、貧困）

　人の困窮を救う（救濟別人的窮困）
　困窮の時に備える（為貧困時作準備）
　困窮の極に達する（極為窮困）
　子供が多いので困窮している（因為孩子多很貧困）
　対策に困窮する（苦無對策）
　彼の死後家族は困窮している（他死後家人的生活十分困難）
　住宅困窮者（沒有房子的人）
　生活困窮者（生活困難的人、貧困者）

困苦〔名、自サ〕困苦、辛酸

　困苦に慣れる（受慣了苦）
　困苦を嘗める（歷經困苦、備嚐辛酸）
　困苦にめげない（不怕困苦）
　色色な困苦を経て来た（歷經了千辛萬苦）
　困苦欠乏（貧困）

困苦欠乏に耐える（忍受困苦）

彼は幼い時から困苦の中で育った（他從小是在困苦中長大的）

困難〔名、自サ、形動〕困難、窮困←→容易

手始めの困難（開頭的困難）

打ち勝つ難い困難（不易克服的困難）

困難に直面する（遇上困難）

困難な道を辿る（踏上艱難的道路）

呼吸に困難を感じる（呼吸感到困難）

有らゆる困難に耐える（忍耐一切困難）

困難を排して進む（排除困難前進）

有らゆる困難に打ち勝つ（克服一切困難）

膝を傷めて歩行が困難に為る（傷了膝蓋步行困難）

其の問題を解決するのは困難だ（解決那個問題是很困難的）

遺族は大いに困難している（遺族非常窮困）

何処でも困難にめげずに出掛けて行く（哪裡有困難就去哪裡）

困憊〔名、自サ〕疲憊

疲労困憊（疲憊不堪）

疲労困憊其の極に達する（累得疲憊不堪）

困厄〔名、自サ〕困難（＝難儀）

貧窮困厄（貧窮困厄）

困惑〔名、自サ〕困惑、困頓、為難、不知所措（＝当惑）

困惑した顔付（為難的神色）

うっかりして借り物を失くして困惑する（不小心把借的東西丟了感到為難）

前途の見通しが付かず困惑する（前途茫茫不知所措）

困じる〔自上一〕為難（＝困る、困ずる）

策に困じる（想不出辦法）

処理に困じる（束手無策、難以處理）

困ずる〔自サ〕為難（＝困る、困じる）

策に困ずる（想不出辦法）

処置に困じて果てる（束手無策、難以處理）

困る〔自五〕受窘，為難、難過，難受、苦惱，難辦，沒有辦法，窮困、不行，不可以

方法が無く困る（沒有辦法很為難）

板挟に為って困る（左右為難）

困ったなあ（怎麼辦好呢？）

困ったなあと言う顔（為難的表情、困窘的表情）

其は困りました（那可難辦了）

私を困らせないで（請不要為難我、你別叫我為難）

事前に良く研究すれば其の時に為って困らずに済む（事前充分研究到時就不致於為難）

字引が無くても困らない（沒有字典也不感到困難）

歯痛で困っている（牙痛得難熬）

蚊に食われて困る（被蚊子咬得苦）

返事に困る（難以答覆、無法答覆）

何と言って良いか返事に困る（不知該怎麼回答才好）

此は困った事に為った（這下子糟了）

此奴は困った事に為った（這下子可難辦了、這一下子可糟了）

困った奴（難對付的傢伙、盡給人找麻煩的傢伙）

一日遊び暮すとは困った奴だ（一天到晚遊手好閒令人傷腦筋的傢伙）

困った時には電話して下さい（有困難時請來電話）

困った事に其の日は塞がっている（偏巧那天找不出時間）

雨が降ると困るから傘を持って行った（下雨就難辦所以帶了雨傘去）

如何なる困難も我我を困らせる事は出来ない（任何困難也難不倒我們）

生活に困る（生活困難）

食うには困らない（吃喝不發愁）

其の日の暮らしも困っている（日子難過）

ㄎ

ㄎ

困っている友人を助けて遣る（救濟窮困的朋友）

君困るじゃないか、こんな事を為て（那怎麼行呢？你這樣做）

約束を守って呉れないちゃ困る（你說了不算可不行啊！不守約可不行啊！）

何時も然う遅く帰っては困るね（總是回來這麼晚太不應當了）

廊下で騒いでは困る（別在走廊吵鬧）

終う、仕舞う、了う〔自五〕完了,結束（=終わる）。〔他五〕做完、弄完（=終える済ます），收拾起來、放到……裡面，關閉。〔補動・五型〕（用〝…て仕舞う〞、〝…で仕舞う〞的形式）完了、表示無可挽回或事出意外

仕事が早く仕舞った（工作很快就結束了）

仕事を仕舞う（做完工作、結束工作）

勉強を仕舞ってから遊ぶ（做完功課再玩）

箱に仕舞う（放到箱子裡）

道具を仕舞う（把工具收拾起來）

着物を仕舞う（把衣服收拾起來）

品物を蔵に仕舞って置く（把東西放到倉庫裡）

布団を押し入れに仕舞う（把被子放到壁櫥裡）

物事を胸に仕舞って置く（把事情藏在心裡）

店を仕舞う（關門、打烊、收工、歇業）

一日で読んで仕舞った（一天就讀完了）

金皆使って仕舞った（錢都花光了）

直ぐ読んで仕舞う（馬上就讀完）

仕事を遣って仕舞った（工作做完了）

早く食べて仕舞え（快點吃完）

死んで仕舞った（死了）

財布を落して仕舞った（把錢包丟了）

忘れて仕舞う（忘掉了）

盗まれて仕舞った（被偷去了）

たった二日で出来て仕舞った（只用兩天就做出來了）

仕舞った（事を為た）（糟了）

終う、仕舞う、了う〔自五〕完了,結束（=終わる）。〔他五〕做完、弄完（=終える済ます）。收拾起來、放到……裡面。關閉。〔補動・五型〕（用〝…て仕舞う〞、〝…で仕舞う〞的形式）完了。表示無可挽回或事出意外

仕事が早く仕舞った（工作很快就結束了）

仕事を仕舞う（做完工作．結束工作）

勉強を仕舞ってから遊ぶ（做完功課再玩）

箱に仕舞う（放到箱子裡）

道具を仕舞う（把工具收拾起來）

着物を仕舞う（把衣服收拾起來）

品物を蔵に仕舞って置く（把東西放到倉庫裡）

布団を押し入れに仕舞う（把被子放到壁櫥裡）

物事を胸に仕舞って置く（把事情藏在心裡）

店を仕舞う（關門．打烊．收工．歇業）

一日で読んで仕舞った（一天就讀完了）

金皆使って仕舞った（錢都花光了）

直ぐ読んで仕舞う（馬上就讀完）

仕事を遣って仕舞った（工作做完了）

早く食べて仕舞え（快點吃完）

死んで仕舞った（死了）

財布を落して仕舞った（把錢包丟了）

忘れて仕舞う（忘掉了）

盗まれて仕舞った（被偷去了）

たった二日で出来て仕舞った（只用兩天就做出來了）

仕舞った（事を為た）（糟了）

困り切る、困切る〔自五〕一籌莫展、束手無策（=困り抜く、困抜く）

金が無くて困り切っている（因為沒有錢一籌莫展）

彼の放蕩息子には彼も困り切っている（對於那個敗家子他也是毫無辦法）

困り切った顔（非常為難的神色）

困り抜く、困抜く〔自五〕一籌莫展、束手無策（=困り切る、困切る）

借金で困り抜いている（因為有負債十分困窘、被債壓得喘不過氣來）

困り果てる、困果てる〔自下一〕一籌莫展、束手無策（=困り切る、困切る）

事業が振わなくて困り果てている（事業不振正在一籌莫展）

困り者、困者〔名〕令人操心的人，無法對付的人、不可救藥的人（=厄介者、持て余し者）、不好對付的事、令人為難的事、棘手的事

家の息子は落第許りして困り者だ（我的兒子常常不及格實在令人擔心）

彼の子は悪戯許りして困り者だ（那孩子一直很淘氣真令人操心）

此の子は全く困り者だ（這孩子真叫人操心）

彼は一家の困り者だ（他是個使全家操心的人）

此奴は困り者だ（這事不好辦）

匡（ㄎㄨㄤ）

匡〔漢造〕改正、輔佐

匡正〔名、他サ〕匡正、糾正、指正（=正す事）

風俗匡正（移風易俗）

悪習を匡正する（矯正惡習）

匡救〔名、他サ〕匡救（=匡済）

匡済〔名、他サ〕救助善導、救正（=匡救）

匡弼〔名、他サ〕匡弼（的人）（=匡輔）

匡輔〔名、他サ〕匡輔（=匡弼）

框（ㄎㄨㄤ）

框〔名〕（門窗等的）框、（地板四周的）木框，橫木、（飛機的）機身，機艙、（石匠用的）鑿子

障子の框（紙拉門框）

上がり框（日本房屋入口處的地板框）

框、枠〔名〕框、（畫等的）線框，輪廓、範圍，界線，圈子，框框、〔建〕護板，嵌板，鑲板，模子（=パネル）

障子の框（紙拉門框）

眼鏡の框（眼鏡框）

額の框（畫框）

ガラスを框に嵌める（把玻璃鑲在框裡）

各ページに框を付ける（每頁都加上邊線）

糸を框に巻く（把線框到線框上）

見出しを点線の框で囲む（用虛線把標體框起來）

黒枠の広告（訃聞、訃告）

他人に框を嵌める（限制別人）

予算の框を決める（決定預算的範圍）

予算の框内で処理する（在預算範圍內處理）

狭い框から抜き出した（走出了狹隘的圈子）

法律の框を超えた行動（超出法律界線的行動）

古い考え方の框を打ち破る（破除舊想法的圈子）

框に嵌まった表現（拘泥於框框的表現）

セメントが固まったので框を外す（水泥乾了拆掉模子）

筐（ㄎㄨㄤ）

筐〔漢造〕竹製編成的方形盛物器

筐筥〔名〕竹編作成的箱子

筐〔名〕細竹筐、細竹籃

花筐（花籃=花籠、花駕籠）

狂（ㄎㄨㄤˊ）

狂〔名、漢造〕瘋人、狂熱者

活動狂（電影迷）

野球狂（棒球迷）

競馬狂（賽馬狂）

収集狂、蒐集狂（收集狂）

書狂（書狂、書癡、藏書癖）

詩狂（滑稽詩、諷刺詩、打油詩）

酒狂（酒狂）
酔狂、粋狂（酒瘋、好奇、想入非非）
誇大妄想狂（誇大妄想狂）
発狂（發狂、發瘋）
風狂、瘋狂（瘋狂、風雅不羈）
熱狂（狂熱、熱烈）
佯狂（裝瘋）
癲狂（癲狂，瘋子、癲癇）
気違い、気狂い（發瘋、瘋子）
気違い雨、気狂い雨（忽停忽降的雨）
気違い沙汰、気狂い沙汰（瘋狂的行為、狂妄的行徑）
気違い日和、気狂い日和（忽晴忽雨的天氣）
気違い水、気狂い水（〔俗〕酒）
気違い茄子、気狂い茄子（〔植〕曼陀羅）
気違い染みる、気狂い染みる（如同瘋子一般）

狂歌〔名〕（江戶時代中期流行的）庸俗的滑稽和歌
　狂歌師（滑稽和歌詩人、以吟詠滑稽和歌為業者）

狂画〔名〕滑稽畫（＝戲畫）

狂簡〔名〕粗枝大葉

狂漢〔名〕瘋子、瘋人（＝気違い、気狂い）

狂気〔名〕發瘋、瘋癲、瘋狂↔正気
　狂気の様に暴れる（瘋狂地亂鬧）
　狂気の様に言い立てる（狂妄地宣稱）
　狂気の爆撃（亂轟亂炸）
　狂気の叫ぶ（狂叫、狂吠）
　狂気の行動（瘋狂的行動）
　そんな事を為るとは全く狂気の沙汰だ（那麼做簡直是瘋狂的行為）
　エジプトを侵略するのは狂気の沙汰だ（侵略埃及真是瘋狂的舉動）
　母親は狂気の如く子供を探し回った（母親發了瘋似的到處尋找小孩）

狂喜〔名,自サ〕狂喜
　狂喜の余り涙が出る（喜極而泣）
　狂喜して迎える（熱烈歡迎）
　狂喜して踊り上がる（欣喜若狂手舞足蹈）
　狂喜の叫ぶ（歡呼）
　勝利の報に狂喜する（聽到勝利通知而狂歡）
　其の知らせ人人は狂喜した（那個消息使人們狂歡）

狂句〔名〕（流行江戶時代後期的）詼諧的俳句、狂詩、打油詩

狂愚〔名〕瘋子和愚人

狂犬〔名〕狂犬、瘋狗
　狂犬病（狂犬病、恐水病）
　狂犬病ビールス（狂犬病病毒）
　狂犬に嚙まれる（被瘋狗咬）
　狂犬が太陽に遠吠えする（狂犬吠日）

狂言〔名〕〔劇〕狂言，能狂言（夾在能樂中間演的滑稽劇-鎌倉時代由猿樂發展起來的）。〔劇〕歌舞伎劇、歌舞伎狂言（以史實傳說為主題的古裝劇-類似中國的京劇），詭計，騙局、戲言，諢語
　狂言に仕組む（排成歌舞伎劇）
　小説を狂言に仕組む（把小說排成歌舞伎劇）
　今晩の狂言は何ですか（今天晚上的歌舞伎劇演什麼？）
　狂言を仕組む（搞騙局）
　狂言自殺（假裝自殺、假裝自殺的騙局）
　狂言強盗（假裝遭到搶劫）
　彼等が仕組んだ狂言（他們搞得騙局）
　強盗に襲われたと言うのは狂言だった（遭強盜搶劫是個騙局）
　狂言を為る（作戲言、開玩笑）
　自分の失敗を一場の狂言と為て済ます（把自己的失敗當作一場詼諧混過去）

狂言謠〔名〕狂言用的歌謠

狂言神楽〔名〕狂言用的一種用和琴，大和笛，梆子合奏的音樂-有時加筆簧

狂言方〔名〕歌舞伎劇的舞台監督

狂言記〔名〕能狂言集（內有插圖、曾為民眾讀物）

狂言綺語、狂言綺語〔名、連語〕浮誇的詞藻、華麗的虛構故事

狂言作者〔名〕（隸屬於劇院的）狂言作者

狂言師〔名〕狂言

狂言役者〔名〕狂言的演員，歌舞伎劇的演員、騙子，陰謀家

狂言幕〔名〕舞台的前幕

狂言回し〔名〕雖不是主角，但在整個劇中始終不能缺少的角色

狂死〔名、自サ〕瘋狂而死
　酷くショックで狂死した（因重大打擊瘋狂而死）

狂詩〔名〕（盛行江戶中期以後）滑稽詩、諷刺詩
　狂詩曲（狂想曲=ラプソディー）

狂疾〔名〕精神病

狂者〔名〕狂人、瘋人（=気違い、気狂い、狂人）

狂女〔名〕瘋女人、女瘋子、發瘋的女人

狂信〔名〕狂信、盲信、狂熱信奉
　狂信者（狂信者）
　狂信的な態度（狂信的態度）
　狂信的に信じる（狂信）

狂人〔名〕瘋人、瘋子（=狂者、気違い、気狂い）
　狂人の様に暴れる（像發瘋似地亂鬧）
　狂人に刃物（瘋子操刀、十分危險、危險萬分）
　狂人走れば不狂人も走る（一犬吠影百犬吠聲）

狂騷、狂躁〔名〕狂躁、瘋狂的喧鬧（=気違い染み騷ぎ、気狂い染み騷ぎ）

狂想〔名〕狂想
　狂想曲（〔樂〕狂想曲=カプリチオ、カプリス）

狂態、狂体〔名〕狂態、（詩歌等）狂體，狂放體裁←→常態

狂態を演じる（舉止猖狂）
酔っ払って狂態を演じた（喝醉酒狂態百出）

狂的〔形動〕瘋狂
　狂的な熱意（瘋狂的熱情）
　狂的な信仰（狂信）
　狂的な遣り方（瘋狂的作法）
　自分の正当な事を狂的に主張する（瘋狂地強調自己的正當）
　彼の行動は狂的だ（他的行動近乎瘋狂）

狂濤〔名〕狂濤、駭浪

狂熱〔名〕狂熱

狂飆〔名〕狂飆、急驟的狂風

狂風〔名〕狂風
　狂風が荒れ狂う（狂風怒吼）
　狂風が吹き荒ぶ（狂風呼嘯）
　狂風と戰う（與狂風搏鬥）

狂暴〔名、形動〕狂暴、凶暴（=狂い暴れる）
　狂暴を働く（極其狂暴）
　狂暴な性質（狂暴的性質）
　狂暴性患者病棟（狂暴病人病房）
　狂暴にも我が領土を侵略する（狂妄地侵占我國領土）

狂奔〔名自サ〕狂奔、瘋狂地奔走、到處亂跑、拼命奔走
　暴れ馬が狂奔する（驚馬狂奔）
　求職に狂奔する（拼命奔走找工作）
　資金集めに狂奔する（為籌募資金而瘋狂奔走）
　軍備拡張に狂奔する（瘋狂擴軍）
　金儲けに狂奔する（為發財而瘋狂奔走）

狂文〔名〕（江戶中期以後）滑稽的文章

狂乱〔名、自サ〕狂亂、瘋狂
　悲しみの余り狂乱する（由於過分悲傷而瘋狂起來）
　狂乱物価（暴漲暴跌的物價）

石油ショックが狂乱物価を引き起こした（由於石油危機引起了物價暴漲暴跌）

狂瀾〔名〕狂瀾、（比喻）（局勢的）混亂，紛亂

狂瀾怒涛（驚濤駭浪）

狂瀾を既倒に巡らす（挽狂瀾於既倒）

狂恋〔名〕狂戀

狂恋に耽る（耽於熱戀、迷於熱戀）

狂する〔自サ〕發瘋，發狂，瘋狂，瘋癲（＝気違う，気狂う），狂熱，熱衷（＝夢中に為る）

狂う〔自五〕發瘋，發狂，著謎，沉溺，失常，有毛病、錯誤，錯亂，故障，不準、翹曲，歪斜，彎曲

気が狂う（發瘋）

悲しみの余り気も狂わん許りだ（悲痛得簡直要發瘋）

頭が狂う（發瘋）

機械が狂っている（機器出了毛病）

女に狂う（迷於女色）

彼は音楽に狂っている（他對音樂著了迷）

調子が狂う（走調）

彼の男は一寸調子が狂っている（那個男人有點失常）

手元が狂う（失手）

偏見が有ると判断が狂う（有偏見就會判斷錯誤）

見込みが狂う（希望落空）

時計が狂っている（錶不準）

予定が狂った（預定計畫打亂了）

計画が狂った（計畫打亂了）

予算が狂った（估計錯誤）

手筈が狂った（步驟弄亂了）

狙いが狂った（沒瞄準）

狂い、狂〔名〕瘋狂，發瘋，狂亂，失常，失調，紊亂，錯亂，錯誤，翹曲，歪斜，彎曲

手順に狂いが有る（程序有打亂的地方）

時計の狂い（錶走不準）

狙いの狂い（瞄得不準）

体の調子に狂いが有る（身體不正常）

私の目に狂いは無い（我的眼睛不會看錯）

此の板に狂いが来た（這塊木板翹稜了）

狂い、狂〔接尾〕沉溺於…、迷於…、熱衷於…、…迷

女狂い（迷戀女人、色迷）

映画狂い（電影迷）

酒狂い（酗酒）

狂い咲き、狂咲き〔名、自サ〕開花不合時令，不合季節的花，反常的花（＝狂い花、狂花）

狂い花、狂花〔名〕開花不合時令，不合季節的花，反常的花（＝狂い咲き、狂咲き）

狂い死に、狂死〔名、自サ〕發狂而死（＝狂死）

狂い回る〔自五〕發狂、瘋狂地亂跑

狂おしい〔形〕瘋狂一般的、發了瘋似的（＝狂わしい）

私は狂おしい喜びで顔を火照らせた（我高興得簡直要發瘋臉上直發燒）

狂わしい〔形〕瘋狂一般的、發了瘋似的（＝狂おしい）

狂わせる〔他下一〕使發狂，使精神失常。使失態，使發生毛病。打亂，弄亂，變更

気を狂わせる（使發狂）

気を狂わせる位心配した（愁得要發狂）

位置を狂わせる（使位置錯亂）

計器を狂わせる（把計量儀器弄得不準了）

取扱を乱暴に為て機械を狂わせた（操作不經心使機器發生了毛病）

時計を態と一時間狂わせる（故意讓錶差一小時）

列車のダイヤを狂わせる（弄亂火車的行車時間）

敵の作戦計画を狂わせる（弄亂敵人的作戰計畫）

予想外の事故が仕事の計画を狂わせた（意外的事故打亂了工作計畫）

手続きが遅れて予定を狂わせた（因為晚辦手續使預定發生了變動）

狂わす〔他五〕使發狂。使失態。使發生毛病。打亂，弄亂，變更（＝狂わせる）

誑（ㄎㄨㄤˊ）

誑〔漢造〕不實之言以欺人為誑、欺騙

誑惑〔名〕欺騙

誑す、蕩す〔他五〕欺騙，引誘，勾引，哄，騙（＝騙す）
　女を誑す（勾引女人）
　子供を誑す（哄小孩）
　人を誑して物を取る（騙人財物）

誑し〔名〕誘騙，欺騙、騙子手
　女誑し（勾引女人、誘騙女人〔的人〕）

誑し込む〔他五〕〔俗〕誘騙，欺騙，勾引（＝旨く騙す）
　女を誑し込む（勾引女人、誘騙女人）

誑かす〔他五〕騙、誑騙（＝騙す、欺く）
　人を誑かして金を巻き上げる（騙人詐財）

況（ㄎㄨㄤˋ）

況〔漢造〕樣子
　状況、情況（情況、狀況）
　近況（近況）
　実況（實況、真實情況）
　現況（現況、現狀、現在情況）
　概況（概況）
　好況（繁榮、景氣、興盛）
　商況（商情、交易情況）
　盛況（盛況）
　不況（不景氣、蕭條）
　比況（比喻狀況）
　悲況（慘狀、悲慘狀況）

況して、増して〔副〕何況，況且（＝尚更、況や）、〔古〕更，更加（＝一層）

海の上でも浮かばないのに況してプールでは泳げる筈が無い（連在海上都漂不起來何況在游泳池裡更不能游泳了）

僕でさえ無理なのに況して君では迚も駄目だ（連我都很勉強了何況是你就更不行了）

彼等は必要品さえ買えない、況して贅沢品をやだ（他們連必需品都買不起何況奢侈品）

英語すら知らない、況してフランス語は尚更だ（連英語都不懂何況法語就更不懂了）

明日の事すら解らない況して来年の事等約束出来ない（明天的事都不清楚明年的事更不必說）

都会は好きではない況して今の東京は（我不喜歡大都市況現在的東京）

大人でも動かせないのに況して子供が動かせる物だ（連大人都挪不動何況小孩子）

況や〔副〕（由言う的未然形＋推量助動詞む的連體形＋助詞や）何況（＝況して、尚更）
　大人でさえ難しい、況や子供に於いてをや（連大人都感覺困難何況小孩）

絖（ㄎㄨㄤˋ）

絖〔漢造〕八十縷之絮棉為絖、絲絮

絖〔名〕白綾子薄絹（絹的一種、薄而光澤、可供繪畫造花做帽裡之用）
　絖の様な肌（柔軟光滑的皮膚）滑

鉱（鑛）（ㄎㄨㄤˋ）

鉱〔漢造〕礦
　金鉱（金礦）
　銀鉱（銀礦）
　黄銅鉱（黃銅礦）
　炭鉱（煤礦）
　輝鉄鉱（輝鐵礦）
　鉄鉱（鐵礦）
　採鉱（採礦）
　探鉱（勘察礦脈）
　砕鉱（碎礦、破碎礦石）

ㄎ

鉱員〔名〕礦工（＝鉱夫）

鉱業、鑛業〔名〕礦業
- 鉱業労働者（礦工）
- 鉱業労働組合（礦業工會）

鉱区〔名〕礦區

鉱坑〔名〕礦坑、礦井

鉱滓、鉱滓〔名〕況渣
- 鉱滓道床（礦渣路基）
- 鉱滓綿（渣棉、渣絨）
- 鉱滓煉瓦（渣磚）

鉱産〔名〕礦産
- 鉱産資源が豊富である（礦産資源豐富）
- 鉱産物（礦産品）

鉱酸〔名〕〔化〕無機酸

鉱山〔名〕礦山
- 金属鉱山（金屬礦山）
- 鉱山機械（礦山機械）
- 鉱山測量（礦山測量）
- 鉱山労働者（礦工）
- 鉱山を採掘する（開採礦山）
- 鉱山を開発する（開發礦山）

鉱舎〔名〕礦石倉庫

鉱車〔名〕礦車、運礦車

鉱床〔名〕礦床
- 銅の鉱床（銅礦床）
- 石油の鉱床を探し当てた（找到了石油礦床）

鉱水〔名〕礦泉水、含有礦毒素的水

鉱石、鑛石〔名〕礦石
- 鉱石篩（選礦篩）
- 鉱石検波器（礦石檢波器）
- 鉱石ラジオ（礦石收音機）
- 鉱石式受信機（晶體檢波接受機）

鉱泉〔名〕礦泉（溫泉、冷泉）
- ラジウム鉱泉（鐳礦泉）
- 鉱泉療法（礦泉療法）
- 鉱泉浴（礦泉浴）
- 鉱泉を飲むと体の為に良いと言われている（據說喝礦泉對身體有益）

鉱素〔名〕〔化〕造礦元素。〔地〕礦化因素

鉱層〔名〕礦層

鉱筒〔名〕〔地〕火山筒、筒狀火成礫岩

鉱毒〔名〕（採礦或冶煉中發生）礦毒
- 鉱毒の為に農作物が全滅した（農作物因礦毒全死了）

鉱夫〔名〕礦工、採礦工人、採媒工人（新稱改為鉱員）

鉱物、鑛物〔名〕礦物
- 鉱物学（礦物學）
- 鉱物を採取する（採集礦物）
- 鉱物化学（礦物化學）
- 豊富な鉱物資源（豐富的礦物資源）
- 鉱物顕微鏡（礦物顯微鏡）
- 鉱物資源は豊かである（礦物資源豐富）
- 鉱物繊維（礦物繊維）
- 鉱物種（礦物種）

鉱物質〔名〕礦物質
- 鉱物質顔料（礦物顔料）
- 鉱物質を除去する（除去礦物質）

鉱脈〔名〕礦脈、礦苗
- 交差鉱脈（交差礦脈）
- 鉄の鉱脈を開発する（開採鐵礦脈）
- 鉱脈が地表に露出する（礦脈露出地表）

鉱油〔名〕礦物油

鉱、粗金〔名〕礦石，礦砂、鐵（＝鉄）

曠（ㄎㄨㄤˋ）

曠〔漢造〕廣大光明為曠、空著、荒廢、寬廣的、明朗，豁達的

曠原、広原〔名〕遼闊的原野

曠古〔名〕曠古、空前
- 曠古の大業（曠古大業、空前的大事業）

曠古の盛儀（空前的盛典）
曠古の大戰（自古未有的大戰）
曠日彌久〔連語〕曠日持久、拖延很久（＝曠久）
曠久〔名〕空費時日（曠日彌久的簡稱）
曠職〔名〕曠職、空缺
　曠職の謗りを免れない（不免要受到曠職的責備）
曠達〔形動〕豁達
曠野、広野〔名〕曠野、荒野
　無人の曠野（無人的荒野）
　曠野を彷徨う（在荒原徘徊）
　曠野をさ迷う（在荒野徘徊）
曠野，荒野，曠野，荒野，荒野〔名〕曠野、荒野
　今、曠野も麦畑に変わった（如今荒野也變成了麥田）
　曠野を開墾する（開墾荒野）

空（ㄎㄨㄥ）

空〔名、形動〕空中，上空，空間、空虛，落空←→有
　空に消える（消失在空中）
　シャボン玉が空に消えた（肥皂泡消失在空中了）
　空を飛ぶ（在空中飛）
　空を睨む（凝視天空）
　空対空ミサイル（空對空飛彈）
　空な話（空話）
　空な噂を本気に為る（把沒根據的謠言信以為真）
　空に為る（落空、白費）
　努力は空に帰した（努力落空）
　空に帰す（落空、白費）
　一切は空に帰した（一切都成泡影）
　一生を空に過ごした（白活了一輩子）
　此の世は全て空だ（這世界一切都是空虛渺茫）

虚空（太空、空中）
上空（上空、高空、天空）
滞空（在空中續航）
真空（真空）
防空（防空）
色即是空（色即是空）
天空（天空）
航空（航空）
中空（中空、空心、半懸空）
対空射撃（對空射擊）
空位〔名〕空缺，虛位、空座位、有名無實的職位
　後継者が無くて空位に為る（因沒有後任而成為空額）
空尉〔名〕〔軍〕空尉（日本航空自衛軍軍階之一、分為一二三等、介於空佐和空士之間）
空域〔名〕空間領域、空中範圍、上空範圍
　羽田空域（羽田機場的上空）
空運〔名〕空運、飛機運輸←→海運、陸運
空屋〔名〕空屋（＝空家，空き家，明家，明き家，空部屋，明部屋，空間，明間）
空海〔名〕海空
　空海作戰（〔軍〕海空作戰）
空界〔名〕太空，天空。〔佛〕地水火風空識的六界之一
空株，空株〔名〕〔商〕空股、買空賣空的股票←→正株、現株、実株（現貨股票）
空間〔名〕空間←→時間
　空間電荷（空間電荷）
　時間と空間（時間和空間）
　空間芸術（造型藝術）←→時間芸術
　時間と空間を超越する（超越時間和空間）
　空間格子（空間點陣）
　空間速度（空間速度）
　空間電荷格子（空間電荷柵極）
　空間都市（空中城市）

空間率（空隙率、孔率）

空間, 空き間, 明間, 明き間〔名〕空房間（=空部屋、空き部屋、明部屋, 明き部屋）、空隙（=隙間、空間, 空き間, 透間, 透き間）

空間に為て置く（把房間空起來）

部屋を借り度いのですが、空間は有りませんか（想租房子有空房間嗎？）

少しの空間も無い（一點空地方也沒有）

部屋は荷物が一杯で空間が無い（屋子裡堆滿了東西一點空地方也沒有）

空間, 空き間, 透間, 透き間, 隙間〔名〕間隙, 空隙，縫隙、空暇，閒暇（=手隙、暇）

戸の空間から風がぴゅうぴゅう吹き込む（風從門縫中颼颼地吹進來）

戸の空間から雪が吹き込む（由門縫吹進來雪花）

岩の空間から透き通った水が流れている（從岩石縫隙中流出清澈的水）

本棚には空間無く本が並んでいる（書架上擺滿了書毫無空隙）

地震で柱と壁の間に空間が出来た（由於地震柱子和牆壁之間出現了縫隙）

歯の空間を穿る（剔牙縫）

空間を狙って逃げ出す（乘隙逃跑）

空間を見ては勉強する（一有功夫就用功）

空間を見て手伝う（抽空就幫忙）

空瞰図〔名〕鳥瞰圖

空閑地〔名〕空閑地、空地（=空地, 空き地, 明地, 明き地）

空閑地を利用して子供の遊び場所に為る（利用空地作孩子玩的地方）

空閑地を利用して野菜を作る（利用空地種菜）

空気〔名〕空氣、〔轉〕氣氛

タイヤに空気を入れる（往輪胎裡打氣）

部屋の空気を入れ替える（換房間的空氣）

空気を吸う（吸空氣）

人間は空気を吸って生きている（人呼吸空氣而活著）

窓を開けて綺麗な空気を吸う（打開窗戶呼吸新鮮空氣）

空気が旨い（空氣新鮮）

緊張した空気（緊張的氣氛）

自由の空気の中で育つ（在自由的氣氛中成長）

空気圧縮機（空氣壓縮機=エア.コンプレッサー）

空気動力学（空氣動力學）

空気力学（空氣力學）

空気電池（空氣電池）

空気療法（空氣療法）

空気物理学（空氣物理學）

空気lamp（氣燈）

空気活栓（氣塞、氣門）

空気機械（空氣動力機）

空気酸化（空氣氧化染色方法）

空気shower（空氣簌射）

空気銃（氣槍）

空気制動器（空氣制動器、氣閘）

空気選別（風力分選）

空気turbine（空氣渦輪機）

空気伝染（空氣傳染）

空気調節（空調=エア.コンディショニング）

空気抜き（通氣孔、排氣裝置）

空気発条（氣墊、氣枕）

空気hammer（空氣錘）

空気弁（氣閥）

空気pump（氣幫浦、真空幫浦）

空気pocket（氣袋、氣穴=エア.ポケット）

空気枕（氣枕）

空気浴（空氣浴）

空気冷却（氣冷）

空気コンベヤ（氣壓式輸送機）

空虚〔名、形動〕空虛、空洞←→充実

空虚な内容（空虛的內容）

空虚な生活（空虛的生活）

頭が空虚だ（腦袋空空洞洞的）

誰も居ない空虚な講堂（沒有人的空禮堂）

御座成の空虚な話を為る（講敷衍了事的空話）

時時空虚な気持に襲われる（常常感到空虛）

空御〔名〕（貴人等）死去

空空〔副、形動〕空虛，茫然，空空洞洞。〔佛〕空空，無牽掛，無煩惱

失望の為空空たる気持で時を過す（因為失望而已空虛的心情度過時光）

空空漠漠（空空蕩蕩、空曠、空虛、茫然）

空空寂寂（空寂、空空、無牽掛、無煩惱）

空軍〔名〕〔軍〕空軍←→陸軍、海軍

空軍基地（空軍基地）

空軍情報（空軍情報〔機構〕）

空軍規程（空軍條例）

空閨〔名〕空閨、空房

空閨を守る（守空閨）守る

空隙〔名〕空隙、縫隙、間隙（＝隙間）

戸の空隙から風が入る（從門縫裡進風）入る

空隙を生じた（產生空隙）

空拳〔名〕空拳、空手、徒手（＝空手）

徒手空拳（徒手空拳）

赤手空拳（赤手空拳）

空拳で身を立てる（白手成家）

空言〔名〕空言，空話，廢話、假話，謊言

空言を吐く（說空話、空談）

空言を弄する（說空話）

空言、虛言〔名〕虛偽的話假話謊言（＝嘘、虛言）

空言を言う（說謊話）

好い加減な空言を言う（說荒唐話、隨便說假話）

空言を言って其の場を繕っても、今にばれる（說假話雖然可敷衍一時但很快會露出馬腳的）

空言、虛言〔名〕〔古〕謊話、誑言（＝嘘、虛言）

空港〔名〕機場（＝エアポート）

成田空港（成田機場）

羽田空港（羽田機場）

国際空港（國際機場）

空港に着陸する（在機場著路）

空盒気圧計〔名〕無液氣壓表、無液晴雨計（＝空盒晴雨計）

空盒晴雨計〔名〕無液氣壓表、無液晴雨計（＝空盒気圧計）

空孔理論〔名〕〔理〕空穴理論

空谷〔名〕空谷、寂寞的山谷

空谷の跫音（空谷跫音、〔喻〕寂寞中有人來訪，意外的喜悅）

空佐〔名〕〔軍〕空佐（日本航空自衛軍軍階之一、分一二三等、介於空將補和空尉之間）

空山〔名〕空寂無人的山

空際〔名〕天際、天邊

空士〔名〕〔軍〕空士（日本航空自衛官最低官階、位於空曹下、分為空士長及一二三等空士）

空自〔名〕航空自衛隊（＝航空自衛隊）

空室〔名〕空屋、空房間（＝空部屋）

空車、空車、空車〔名〕空車←→実車（裝載有乘客或貨物的車）

バスは空車の儘走っている（公車空著行駛）

空車〔名〕（特指計程車）空車（＝空車）

空車〔名〕空車（＝空車）

空手〔名〕空手（＝空手、空拳、徒手、素手）

空手〔名〕空手、赤手空拳

空手で帰る（空手而回）

空手で帰らせる（叫人空手而歸）

空手で帰らせない（不能叫人白走一趟）

空手で商売を始める（白手起家做起生意來）

ㄎ

ㄎ

土産も持たずに空手で行く（什麼禮物也沒拿空手去）

空手で敵に立ち向かう（赤手迎敵）

空手、徒手〔名〕空手、徒手、赤手（=空手、空手、素手、空し手）

空手、唐手〔名〕（由沖繩傳來的）空手道

空手チョップ（用手掌狠砍）

二人で空手の試合を為る（二人賽空手道）

空手形、空手形〔名〕空頭支票、不能兌現的諾言

空手形を発行する（發行空頭票據）

空手形を振り出す（開空頭支票）

空手形に為る（成了空話）

空手形に終る（落得一場空）

彼の言う事はどうせ空手形だろう（他的話終歸是一句空話吧！）

空手〔名〕（因年老發生的一種神經痛）手痛

空襲〔名、他サ〕〔軍〕空襲

空襲を行う（進行空襲）

東京大空襲（東京大空襲）

空襲警報（空襲警報）

空襲警報のサイレンが鳴り渡る（響起了空襲警報的汽笛）

空襲警報発令（發布空襲警報）

空襲警報を解除する（解除空襲警報）

空集合〔名〕〔數〕空集（合）

空所〔名〕空地、空處

庭の空所に木を植える（在院子的空地上種樹）

空所を埋めよ（〔考試〕填寫）

空相〔名〕空軍大臣，空軍部長、航空大臣，航空部長

空将〔名〕〔軍〕空將（日本航空自衛隊的最高軍階、和下一級空佐之間有空將補的軍銜）

空席〔名〕空座位、空缺

飛行機が混んで空席が無い（飛機乘客擁擠沒有空座位）

空席を見付けて座る（找到空位坐下）

空席を補充する（補缺）

空席を補う（補缺）

空説〔名〕無稽之談

空戦〔名〕〔軍〕空戰（=空中戦）

空戦性能（空戰性能）

空船〔名〕（沒有載貨或乘客的）空船（=空船 空船、空船）

空船、空船〔名〕（沒有載貨或乘客的）空船

漁が無く空船で帰る（沒有捕到魚空船而歸）

空前〔名〕空前（=絶後）

空前絶後（空前絶後）

史上空前の大惨事（史無前例的大慘案）

空前絶後の事件（空前絶後的事件）

会は空前の盛況を呈した（會場呈現了空前的盛況）

空疎〔名、形動〕空洞，空泛、稀疏，稀落

空疎な理論（空洞的理論）

内容空疎な言葉（內容空洞的言詞）

左右の人家が段段空疎に為る（左右人家漸漸稀疏起來）

空曹〔名〕〔軍〕空曹（日本航空自衛官的軍銜之一、分一二三等、介於空尉和空士之間）

空想〔名、他サ〕空想、假想←→現実

空想に耽る（耽於空想）

空想を描く（空想、幻想）

空想を馳せる（任意空想）

空想を逞しゅうする（異想天開 胡思亂想）

空想的な物語（假想的故事）

空想家（空想家）

空想的社会主義（空想社會主義）

途轍も無い事を空想する（幻想離奇無比的事）

空想科学小説（科學幻想小説）

空想科学映画（科學幻想影片）

空相場 空相場〔名〕〔商〕買空賣空（=空取引、空取引）

空取引、空取引〔名〕〔商〕買空賣空（=空相場 空相場）

空売買 [名]〔商〕買空賣空（=空相場，空相場，空取引，空取引）

空即是色 [名連語]〔佛〕空即是色←→色即是色

空帯 [名]〔理〕空帯、非填充區域

空対空ミサイル [名]〔軍〕空對空飛彈（=空対空誘導弾）

空対空誘導弾 [名]〔軍〕空對空飛彈（=空対空ミサイル）

空対地ホーミング、ミサイル [名]〔軍〕空對地誘向導彈

空対地ミサイル [名]〔軍〕空對地導彈（=空対地誘導弾）

空対地誘導弾 [名]〔軍〕空對地導彈（=空対地ミサイル）

空弾 [名] 空砲彈（=空包）
　空弾を二発打つ（放二發空砲彈）

空談 [名、自サ] 空談，空話、廢話，閒聊
　空談に日を暮らす（整天空談）
　空談に時を費やす（瞎聊消磨時間）

空地 [名] 空地，空場（空地、空き地、明地、明き地）、空中和地上，上空和地面
　空地連絡（上空和地面的聯繫）
　空地電流（空中地面間電流）

空地，空き地，明地，明き地 [名] 空地，閒地、建築空地，沒蓋房子的地
　裏の空地で縄跳びを為て遊ぶ（在後面空地上跳繩玩）
　空地が小さい公園に為った（空地成了小公園）
　空地に労働者住宅が建った（空地上建了勞工住宅）

空中 [名] 空中、天空
　空中機動（空中機動）
　飛行機が空中を飛ぶ（飛機在天空飛行）
　空中回廊（空中走廊）
　空中警戒管制システム（機載預警和控制系統）
　空中早期警戒（空中預警）
　空中給油（空中加油）
　空中哨戒網（空中警戒網）
　空中補給（空中加油）
　空中炸裂（空中爆炸）
　空中魚雷（空中魚雷）
　空中滑走（空中滑翔）
　空中戦（空戰）
　空中曲芸（特技飛行、空中表演）
　空中偵察（空中偵察）
　空中撮影（空中照相）
　空中司令部（空中司令部）
　空中写真（空中拍的照片）
　空中発射（空中發射）
　空中優勢（空中優勢）
　空中生物学（大氣生物學）
　空中権（空中權）
　空中線（天線=アンテナ）
　空中衝突防止装置（空中防撞裝置）
　空中窒素（大氣中的氮）
　空中実験（空中實驗）
　空中電気（大氣電）
　空中投下（空投）
　空中輸送（空運）
　空中爆撃（空中轟炸）
　空中楼閣（空中樓閣、海市蜃樓）
　空中ブランコ（〔雜技〕空中鞦韆）
　空中楼閣を描く（幻想、空想）
　空中分解（空中解體、半途而廢）

空調 [名] 空調、空氣調解、溫度調解（=空気調節 エア．コンディショニング）
　空調設備（空調設備、空氣調解設備、自動空氣調解器）

空腸 [名]〔解〕空腸

空挺 [名] 空中挺進（=空中挺進）
　空挺作戦（空中挺進作戰）
　空挺部隊（空降部隊、傘兵部隊）

空転〔名、自サ〕（機器、車輪等）空轉，打滑（=空回り）、（事物）空轉，空忙，空發
　線路に油が流れて車輪が空転する（因鐵軌有油車輪空轉）
　話が空転する丈だ（只是空發議論、白說一遍）
　議論が空転して結論が出なかった（議論紛紛得不出結論）

空電〔名〕〔理〕空電、天電、大氣干擾
　空電妨害（空中電波干擾）
　空電が多くて聞き難い（由於大氣干擾聽不清楚）

空洞〔名〕空洞，洞穴（=洞穴）。〔醫〕（結核病）空洞、空虛（=空、空ろ）
　空洞の有る山（有洞的山）
　山の空洞に入る（進入山洞）
　肺に空洞が有る（肺部有空洞）
　左肺の上葉に豆粒大の空洞が発見された（在肺上葉發現了豆粒大的空洞）
　空洞化（空洞化）
　空洞化した議会制民主主義（化為空洞無物的議會制民主主義）
　空洞現象（〔建〕中空現象=ドーナツ化現象、〔理〕空化）

空に〔副〕白白地（=無駄に）

空嚢〔名〕空袋子、空錢包

空白〔名〕空白、空缺（=ブランク blank）
　空白を埋める（填補空白）
　紙面に空白を残して置く（紙上留下空白地方）
　記憶の中の空白（記憶中的空白點）
　病気中の空白を埋める（補上生病期間的空白）
　一に貧窮二に空白（一窮二白）

空爆〔名、他サ〕〔軍〕空中轟炸、空襲（=空中爆擊）
　敵の基地を空爆する（轟炸敵方基地）

空漠〔形動〕空曠、空虛、空洞

　空漠たる野原（空曠的園冶）
　空漠と為た理論（空洞的理論）
　空漠たる視野（遼闊的視野）

空発〔名、自サ〕白白爆炸、虛發，盲目射擊

空費〔名、他サ〕白費、浪費（=無駄遣い）
　大切な時間を空費する（浪費寶貴時間）
　其は甚だしい時間の空費だ（那是時間上很大的浪費）
　時間を空費しては為りません（不要浪費時間）
　時間と労力を空費する（浪費時間和勞力）

空便〔名〕航空郵件（=航空便）

空腹〔名、形動〕空腹、空肚子（=空腹、空腹、空きっ腹）←→満腹
　空腹を忍ぶ（忍飢）
　非常に空腹を感じる（覺得非常餓）
　空腹を訴える（喊餓、叫餓）
　病人は頻りに空腹を訴えている（病人直叫餓）
　空腹を満たす（充飢）
　空腹の儘寝る（空著肚子睡）
　空腹に為る（肚子餓了）
　空腹で泳ぐのは毒だ（空腹游泳對身體有害）
　空腹に不味い物無し（飢不擇食）
　空腹で目眩が為る（餓得頭昏眼花）
　空腹で物も言えない（餓得話都說不出來）

空腹，空き腹、空腹，空き腹〔名〕空腹（=空腹、空きっ腹、空腹）←→満腹
　空腹抱えて仕事を為る（忍著餓工作）

空きっ腹、空っ腹〔名〕〔俗〕空腹（=空腹, 空き腹、空腹, 空き腹、空腹）←→満腹
　空っ腹では働けない（空肚子做不好工作）
　空っ腹で酒を飲むと良く回る（空肚子喝酒醉得快）

空文〔名〕空文、具文
　一紙の空文に帰する（成為一紙具文）

此の法律は今や空文に帰した（這法律已經成為一紙具文）

空文化する（化為空文）

空文に等しい（等於一紙具文）

空壁〔名〕〔建〕空心牆

空母〔名〕航空母艦（＝航空母艦）

空包〔名〕〔軍〕空包彈←→実包

空包を撃つ（放空包彈）

空包を放つ（放空包彈）

空砲〔名〕〔軍〕空砲，空槍、放空砲，放空槍

空砲を撃つ（放空炮）

空法〔名〕航空法規（的總稱）、不現實的方法

空胞〔名〕〔生〕空胞、液胞

空乏〔名〕（物資）缺乏、匱乏

空房〔名〕空房，空屋（＝空き間）、空閨（＝空閨）

空房を守る（守空閨）

空米〔名〕〔商〕沒有現貨的大米（交易）、買空賣空的大米←→正米

空米相場（買空賣空的大米行情）

空名〔名〕空名、虛名（＝虛名）

社長と言っても空名に過ぎない（所謂總經理也只是空名而已）

空名を追わない（不務虛名）

空也念仏〔名〕〔佛〕（創自平安時代空也上人）邊念佛經邊敲木魚的舞蹈（＝空也踊り、踊り念仏、鉢叩）

空也餅〔名〕一種豆餡糯米點心

空輸〔名他サ〕空運、空中運輸（＝空中輸送）

鰻を空輸する（空運鰻魚）

戦地に大部隊を空輸する（空運大部隊到前線去）

被災区に食糧と薬品を空輸する（向災區空運糧食和藥品）

空輸機動隊（空運機動部隊）

空雷〔名〕〔軍〕空中魚雷（＝空中魚雷）

空欄〔名〕空欄、空格

次の空欄に記入せよ（填寫下列空格）

空理〔名〕空洞理論

空理空論に走る（流於不切實際的理論）

現実を見ないで空理空論を弄ぶ（不顧現實玩弄空洞理論）

現実を無視して空理空論を弄ぶ（不顧現實玩弄空洞理論）

空陸〔名〕空中和陸地、空軍和陸軍

空冷〔名〕〔機〕氣冷、空氣冷卻←→水冷

空冷式エンジン（氣冷式發動機）

空冷シリンダー（氣冷式汽缸）

空路〔名、副〕〔空〕航空路線、坐飛機←→海路、陸路

東京、台北間に空路が開かれた（東京台北之間開闢了航線）

成田から空路台北へ飛ぶ（從成田機場坐飛機往台北）

空路帰国する（乘飛機回國）

空路ベルリンへ赴く（坐飛機前往柏林）

過密化した日本の空路の現状（往來過於頻繁的日本航空現狀）

空論〔名〕空論、空彈

机上の空論（紙上談兵）

空論を吐く（說空話）

空論家（空談家）

空、徒〔名、形動〕徒然，白費（＝無駄、悪戯）、浮蕩，虛幻

好意を空に為る（辜負好意）仇婀娜

折角の好意も空に為る（一番好意也白搭了）

多年の希望が空と為った（多年的指望落得一場空）

空に時を過す（虛度時光）

徒夢（幻夢、幻想）

徒や疎かに思う（不當回事、輕視、小看）

人の好意を徒疎かに思うな（別把人家好意不當回事）

仇、寇〔名〕〔古〕（唸作仇、寇）敵人（＝敵）、仇人（＝仇、敵）、仇恨（＝怨み、仕返し）、報仇、危害，毀滅

父の仇を討つ返す（為父報仇）徒

ㄎ

恩を仇で返す（恩將仇報）

其の事を仇に思う（為那事而懷恨）

親切の積りが仇と為った（好心腸竟成了惡冤家）

愛情が彼女の身の仇と為った（她的愛情反而毀滅了她）

仇を恩で報いる（以德報怨）

仇を成す（為る）（加以危害，禍害人，冤枉人、動物禍害人）

空し、徒し〔連語〕易變的，無常的、空洞的、無益的

徒し心（〔男女間〕不忠實的心）空し、徒し他し、異し（別的、以外的）

徒し世（塵世）

徒し言葉（空話、費話）

空、虛、全〔名、造語〕完全，全部、傻瓜（＝愚か者）

空せ貝、虛貝〔名〕（海灘上的）空貝殼。〔動〕鶉螺（＝津免多貝）

空蟬〔名〕蟬蛻，知了殼（＝蟬の脱殼）、蟬（＝蟬）。〔轉〕空虛的心情，呆然若失的心情

空木、卯木〔名〕〔植〕溲疏、水晶花樹

空、虛、洞〔名〕空、虛（＝空ろ、虛ろ）

空木（空心木、空心樹＝空ろ木、空木）

空舟、虛舟（獨木舟＝空ろ舟、空舟）

空草（蔥的異名＝蔥）

空く、虛く〔自下二〕空、虛（＝空ける、虛ける）

空、虛、腔〔名、形動〕空，空虛（から）、呆，傻（＝間抜け）

空者（呆子、傻瓜）←→利け者

空，空穗、空，空穗〔名〕〔古〕中空、空虛（＝空ろ，虛ろ、空，虛，洞）

空舟（獨木舟＝空舟，虛舟、空ろ舟、空舟）

靫、空穗〔名〕箭袋（＝靫、靫、靫）

空ろ，空、虛ろ，虛，洞〔名、形動〕空洞（＝空、虛、洞）、空虛，發呆

幹の内部が腐って空ろに為る（樹幹内部腐爛變成空洞）

木が空ろに為った（樹空心了）

空ろ木、空木（空心樹＝空ろ木）

空ろ舟、空舟（獨木舟＝空舟、虛舟）

空ろな心を抱いて日を送る（内心空虛地打發日子）

空ろな話（空話、空談）

空ろな目付き（發呆的眼神）

空ろな感じ（空虛的感覺）

空ろな目を為た人（兩眼發呆的人）

空ろな眼差し（呆滯的眼光）

空ろな眼差しで見る（用呆滯的眼光看）

空、虛、洞〔名〕孔、洞、窟窿

木の空（樹洞）

歯に空が出来た（牙蛀空了）

虫歯の空に綿を詰める（往蛀牙的洞裡塞棉花）

空く、明く〔自五〕空閒，騰出、打開，離開←→塞がる

字と字の間が空き過ぎている（字與字之間空得太寬了）空く明く開く飽く厭く倦く

壁に穴が開く（牆上破了洞）

座席が空く（座位空出）

空いた席も無い（座無虛席）

蓋が空く（蓋子開了）

部長のポストが空く（經理職位出缺）

本が空いたら貸して下さい（書若不看請借給我）

手が空く（閒著）

手の空いている人は手伝って呉れ（閒著的人來幫忙一下吧！）

毎日忙しくて夜八時に為らないと体が空かない（天天忙得不到晚上八點鐘不得空閒）

空いた口が塞がらない（〔嚇得〕目瞪口呆）

空いた口へ牡丹餅（福自天來）

明く、開く〔自五〕開、開始←→締める

戸が開いている（門開著）

窓が開いているから、留守ではないでしょう（因為窗戶開著大概沒出去吧！）

此の引き出しは良く開かない（這個抽屜不好開）

此の鍵なら何の戸でも開く（這把鑰匙可以開每個門）

外側へ開く（向外開）

幕が開く（開幕）

デパート(department store)は九時に為らないと開かない（百貨公司不到九點不開門）

銀行は六時迄開いている（銀行營業到六點）

飽く、厭く〔自五〕滿足、膩煩

飽く無き野望（貪得無厭的野心）明く開く空く

貪欲で飽く事を知らない（貪心不足）

二人は飽きも飽かれも為ぬ仲だ（兩個好得如膠似漆）

空，空き、明，明き〔名〕空隙、空白、空閒、空缺

空を埋める（填空）

行間の空が少し足りない（行間的距離有點小）

空を詰める（縮小空隙）

忙しくて空が無い（忙得沒有閒空夫）

座席の空が無い（沒空座位）

空を見て遊びに来為さい（有空請來玩）

空缶（空罐子）

空地（空地）

君の会社に空が有るかね（你們公司有沒有缺額？）

傘の空が有ったら貸して呉れ（有閒著的雨傘借我用一下）

本の空が有ったら貸して呉れ（書若不用的話借我看一下）

空家，空き家、明家，明き家〔名〕空房（=空家，空き家、明家，明き家）

空家，空き家、明家，明き家〔名〕空房、閒房（=空家，空き家、明家，明き家）

空家に為る（房子空出來了）

彼の家は今に空家に為る（那房子現在空著）

空家で声嘆らす（徒勞無功）

空部屋，空き部屋、明部屋，明き部屋〔名〕（沒人住或媒占用的）空房間

空間，空き間、明間，明き間〔名〕空房間（=空部屋、空き部屋、明，部屋明き部屋）、空隙（隙間）

空間に為て置く（把房子空出來）

少しの空間も無い（一點空隙也沒有）

空殼，空き殼、明殼，明き殼〔名〕空殼、空容器、空貝殼

空缶，空き缶、明缶，明き缶〔名〕空鐵罐、空罐頭

空巢〔名〕空窩，空房，空宅、乘人不在家時行竊（的賊）（=空巢狙い）

空巢に入られた（家中無人時被偷了）

空巢に遭られた（家中無人時被偷了）

空巢狙い〔名〕乘人不在家時行竊（的賊）

空巢狙いに入られた（家中無人時被偷了）

年末は空巢狙いが多い（年底時闖空門的賊很多）

空店，空き店、明店，明き店〔名〕沒人住的空房子、空的招租房屋（=空家，空き家、明家，明き家）、沒有商品的商店（=空店，空き店、明店，明き店）

空店，空き店、明店，明き店〔名〕（沒有使用的）空店鋪、沒有商品的商店（=空店，空き店、明店，明き店）

空樽，空き樽〔名〕空木桶

空瓶，空き瓶、明瓶，明き瓶、空壜，空き壜〔名〕空瓶子（=空瓶）

空瓶、空瓶，空き瓶、明瓶，明き瓶、空壜，空き壜〔名〕空瓶

明ける〔自下一〕天明，天亮、過年、期滿，到期←→暮れる

もう夜が明けた（已經天亮了）夜夜

夜明け切らぬ内から起き出す（天剛亮就起來）

明くれば五月一日（第二天是五月一日）

其の日は雪に明け雪に暮れた（那天雪從天亮一直下到傍晚）

明けまして御目出度う（新年恭喜！）
明けまして御目出度う御座います（新年恭喜！）
休暇が明ける（假滿）
冬が明ける（冬天過去了）
大寒は昨日明けた（昨天已經過了大寒）
年が明けると直ぐ新しい仕事を始める予定だ（預定過了年就開始新的工作）
年が明けて三十に為る（過了年就三十歲）
年が明けて数えて四十に為る（過了年就虛歲四十了）
僕の年期は此の月で明ける（我本月就期滿了）
僕の年期は此の月末で明ける（本月底我就要出師了）

空ける、明ける〔他下一〕空出，騰出，倒出，留出←→塞ぐ

机と机の間をもっと空けると通り易く為る（把桌子和桌子之間多留點空位就好通過了）
二行宛空ける（各空兩行）
一行空けて書く（空開一行寫）
道を空ける（讓路）
部屋を空ける（騰出房間、不在屋裡）
数日家を空けますから宜しく（我要出門幾天請多照料）
速く場所を空け為さい（快把地方騰出來）
席を空ける（離位、空出座位）
後から来る人の為に席を空けて置く（給後來的人空出座位來）
水を空ける（把水倒出去、把水倒在另一容器、把比賽對手拉下很遠）
バケツの水を空ける（把桶裡的水倒出來）
財布の中味をテーブルの上に空ける（把錢包裡的東西倒在桌子上）
二人でウイスキーを一本空けた（兩人把一瓶威士忌喝光了）
日曜日の午後は空けて置きましょう（星期天的下午我給你空出來）
其の日は体を空けて置いて呉れ（那一天你騰出時間來不要做別的事）
大きい部屋を空けて置いて貰い度い（希望你給我留下一間大房間來）
彼の為に今朝は体を空けて置く（今天早晨空出時間等他）

空ける、明ける〔他下一〕打開、穿開、空開←→締める

鼠が壁に穴を空けた（老鼠把牆咬了個洞）
鼠が壁を齧って穴を空けた（老鼠把牆咬了個洞）
爆弾が落ちて地面に大きな穴を空けた（炸彈落下來在地上炸了個大洞）
本を空ける（打開書）
教科書の十pageを空け為さい（把課本翻到第十頁）
戸を空ける（開門）
ドアを勢い良く空けた（用力推開了門）
窓を空ける（開窗）
暑いから窓を空けて下さい（因為太熱請打開窗戶）
缶詰を空ける（開罐頭）
目が醒めると直ぐcurtainを空けた（一醒來就拉開了窗簾）
蓋を空ける（打開蓋子）
勝手に人の手紙を空けては行けない（不要隨便拆開別人的信）

空く、透く〔自五〕有空隙，有縫隙，有間隙、變少，空曠，稀疏，透過…看見，空閒，有空，有工夫、舒暢，痛快，疏忽，大意←→込む

戸と柱の間が空いている（門板和柱子間有空隙）鋤く好く漉く梳く酸く剝く剝く抄く
間が空かない様に並べる（緊密排列中間不留空隙）

未だ早かったので会場は空いていた（因為時間還早會場裡人很少）

旅行の季節が過ぎたので旅館は空いている然うです（因為已經過了旅行季節聽說旅館很空）

歯が空いている（牙齒稀疏）

枝が空いている（樹枝稀疏）

座るにも空いてない（想坐卻沒座位）

バスが空く（公車很空）

汽車が空いた（火車有空座位了）

手が空く（有空閒）

今手が空いている（現在有空閒）

胸が空く（心裡痛快、心情開朗）

カーテンを通して向こうが空いて見える（透過窗簾可以看見那邊）

レースのカーテンを通して向こうが空いて見える（透過織花窗簾可以看見那邊）

腹が空く（肚子餓）

御腹が空く（肚子餓）

杖も空かん男だ（真是叫人大意不得的人）

好く〔他五〕喜好.愛好.喜歡.愛慕（=好む。好きに為る。好きだ）。（現代日語中多用被動形和否定形，一般常用形容動詞好き，代替好く。不說好きます，而說好きです。不說好くけば而說好きならば。不說好くだろう，而說好きに為る）

塩辛い物は好きだが、甘い物は好かない（喜歡鹹的不喜歡甜的）

彼奴はどうも虫が好かない（那小子真討厭）

好きも好かんも無い（無所謂喜歡不喜歡）

好いた同士（情侶）

彼の二人は好いて好かれて、一緒に為った（他倆我愛你你愛我終於結婚了）

洋食は余り好きません（我不大喜歡吃西餐）

好く好かぬは君の勝手だ（喜歡不喜歡隨你）

人に好かれる質だ（討人喜歡的性格）

梳く〔他五〕（用梳篦）梳（髮）

櫛で髪を梳く（用梳子梳髮）

剥く〔他五〕切成薄片.削尖.削薄.削短

魚を剥く（把魚切成片）透く 空く 好く 梳く 漉く 抄く 鋤く 酸く

竹を剥く（削尖竹子）

髪の先を剥く（削薄頭髮）

枝を剥く（打枝.削短樹枝）

結く〔他五〕結.編織（=編む）

網を結く（編網、織網、結網）

抄く、漉く〔他五〕抄、漉（紙）

紙を抄く（抄紙、用紙漿製紙）透く 空く 好く 梳く 剥く 鋤く 結く

海苔を抄く（抄製紫菜）

鋤く〔他五〕（用直柄鋤或鍬）挖（地）

畑を鋤く（挖地、翻地） 畑 畠 畑 畠

空き、透き，透、隙〔名〕間隙,縫隙,空隙（=隙間、透き間、空き間）、空處,空間,餘地（=余地）、空餘,閒暇（=暇）、空隙,漏洞,疏忽,可乘之機（=油断、chance）

戸の隙（門縫）抄き 鋤き 好き 漉き 梳き 酸き 剥き 剥き 抄き

戸の隙から覗く（從門縫裡看）

戸の隙からそっと中を覗く（從門縫裡偷偷地往裡看）

人集かりの隙を縫って歩く（從人堆的縫隙穿過去）

割り込む隙が無い（沒有擠過去的餘地）

今一人入る隙が有る（還能容納一個人）

仕事の隙を見て送りに駆け付ける（乘著工作的餘暇前來送行）

仕事の隙を見て伺いましょう（乘著工作的餘暇去拜訪您吧！）

隙を伺って逃げる（乘隙逃跑）

間がな隙がな勉強する（一有工夫就用功）

隙を見て逃げる（乘隙逃跑）

敵は中中隙を見せない（敵人警戒森嚴無懈可撃）

隙を見て脱走する（乘隙逃跑）

敵に隙を見せない（不給敵人可乘之機）

隙を狙う（伺機）

敵に隙を与えない（不給敵人可乘之機）

隙を乗ずる（乘隙、成績）

相手に付っ込む隙を与えない（不給對方可乘之機）

隙を乗じて入る（乘虛而入）

隙さえ有れば潜り込む（有空隙就鑽）

隙無く武装している（全副武裝）

彼の身形には一分の隙も無かった（他穿戴得整整齊齊）

隙の無い防備（萬全的準備）

一分の隙も無い（無可乘之機、無懈可撃）

隙の無い議論（無懈可撃的論述）

油断も隙も為らない（不可有半點疏忽）

家の子供は悪戯で油断も隙も有った物じゃない（我的孩子很淘氣一時都不能疏忽）

空かす，透かす，透す〔他五〕留開縫隙，留出空隙，留出間隔、間伐，間拔，透過（…看）、空著肚子。〔俗〕放悶屁

雨戸を少し空かして置く（把板窗打開一小縫）賺す（哄騙）

板を空かして打ち付ける（把板子隔開釘上）

羽目板を空かして打ち付ける（把護牆板稀開釘上）

行間を空かさずに組む（行間不留空隙排字）

樹木は空かさなければならない（樹木必須間伐）

庭の立木を空かす（間伐庭園的樹木）

木の枝を空かす（間伐樹枝）

枝を空かして風通しを良くする（疏剪樹枝使通風良好）

木の間を空かして見る（透過樹縫看）

木の間を空かして日を射し込む（陽光透過樹縫射了進來）

ガラスを空かして見る（透過玻璃看）

ランプを空かして見る（迎著油燈看）

卵を明りに空かして見る（迎亮檢查雞蛋）

腹を空かす（餓肚子、不吃東西）

御腹を空かして食事を待つ（餓著肚子等候開飯）

腹を空かせた儘食事を待つ（空著肚子等候開飯）

子供達は御腹を空かして母親の帰りを待っていた（孩子們空著肚子等媽媽回來）

誰が空かした（有人放悶屁了）

賺す〔他五〕（用好話）哄，勸，(＝宥める、賺す、騙す)、誆騙，哄騙（＝騙す、瞞す）

子供が泣いているから賺して遣り為さい（孩子哭了去哄哄吧！）

赤ん坊を賺して寝付かせる（哄嬰兒睡覺）

脅しつたり賺しつたりして、遂にうんと言わせた（連嚇帶哄終於使他答應了）

子供を宥め賺す（哄孩子）

やっと賺して帰して遣った（好不容易勸他回去了）

賺して金を取る（騙錢）

空〔名、接頭〕空、虛、假（＝がらんどう、空っぽ、空虛）

空の瓶（空瓶子）殼漢唐韓幹

空の箱（空箱子）

空に為る（空了）

財布も空に為った（錢包也空了）

空に為る（弄空）

コップの水を空に為る（把杯子裡的水倒出）

箱を空に為る（把箱子騰出來）

頭の中が空の人（沒頭腦的人）

空笑いを為る（裝笑臉、強笑）

空元気を付けている（壯著假膽子、虛張聲勢）

空念仏（空話、空談）

空談義（空談）

空文句（空話、空論）

空手形（空頭支票、一紙空文）

殻〔名〕外殻,外皮.蛻皮.空殻.豆腐渣（=御殻.雪莱花.雪花菜.卯の花）

玉蜀黍の殻（玉米皮）唐空漢韓

栗の殻（栗子皮）

貝の殻（貝殻）

貝殻（貝殻）

卵の殻（蛋殻）

殻を取る（剝皮）

蛇の殻（蛇蛻皮）

蛇の抜殻（蛇蛻）

蝉の殻（蝉蛻）

蝉の脱殻（蝉蛻）

古い殻を破る（打破舊框框）

蝉が殻から抜け出る（蝉從外殻裡脱出）

蛻の殻（脱下的皮.空房子）

殻の中に閉じ込む（性格孤僻）

缶詰の殻（空罐頭）

弁当の殻（裝飯的盒）

唐〔名〕中國（的古稱），外國。〔接頭〕表示中國或外國來的.表示珍貴或稀奇之意

唐から渡って来た品（從中國傳來的東西）
唐殻空韓漢幹

唐歌（中國的詩歌）

唐錦（中國織錦）

唐衣（珍貴的服裝）

がら空き、がら明き、空明き〔名、形動〕完全空的、空空的

家は空明きだ（房子裡空空如也）

車は空明きだった（車裡空無一人）

空揚げ、空揚〔名、他サ〕〔京〕（不裹雞蛋的）乾炸（的食品）

雛鳥の空揚げ（乾炸子雞）

鯉の空揚げ（乾炸鯉魚）

空威張り、空威張〔名、自サ〕虚張聲勢、假逞威風、擺空架子

空威張りを為る（虚張聲勢、假逞威風、擺空架子）

喧嘩過ぎての空威張りを為る（打完架假裝好漢）

弱虫なのに空威張りを為る（本來是個膽小鬼偏要逞威風）

酒の上に空威張りを為る（酒後逞威風、藉酒裝神氣）

随分強然うな事を言うが、どうせ空威張りだろう（說得很強硬只不過是虚張聲勢罷了）

空写し、空写〔名〕（膠卷沒裝好）空拍、（無目的）瞎拍

空馬〔名〕（不騎人、不載貨的）空馬

空馬に怪我無し（不負責任就不犯錯）

空売り、空売〔名、他サ〕交易（賣空）←→空買い、空買

株の空売りを為て損を為る（賣空股票賠了）

空買い、空買〔名、他サ〕（交易）買空←→空売り、空売

空嘔〔名、自サ〕〔舊〕空嘔、乾嘔、嘔不出東西來

空送り〔名〕（錄音機等）空轉

空押し〔名、自サ〕（用花紋模型不塗顔料或油墨在紙布革等上面壓出花紋來）素壓花

空風、乾風〔名〕乾風、旱風、不帶與雨雪的風（=空っ風）

空っ風〔名〕（不帶雨雪、濕度小的）乾風（=空風、乾風）

空っ風が強いから火の元に気を付ける（因乾風很大要小心火警）

空籤〔名〕空籤、空彩←→当り籤（有獎的彩、重了獎的彩）

空籤は一本も無い（沒有一個空彩、彩彩不空）

空籤無しの大サービス（酬謝顧客籤籤有獎）

空籤を引いた（抽了一個空彩）

ㄎ

空景気〔名〕假景氣、假繁榮
　空景気を付ける（製造虛假繁榮）
　空景気を煽る（製造虛假繁榮）

空穴〔名〕〔俗〕空無一物、一文不名、一分錢也沒有（＝空っ穴）
　空穴の財布（空錢包）
　懐が空穴に為った（口袋裡一分錢也沒有了）
　月末に為って懐が空穴に為る（一到月底就囊空如洗）

空っ穴〔名〕空無一物、一文不名（＝空穴）

空元気〔名〕虛張聲勢、外強中乾、假裝勇敢
　然う空元気を張るな（別那麼虛張聲勢）
　夜道は怖かったが、空元気を出して歌を歌った（夜裡走路有點害怕唱起歌來壯膽子）
　なあに空元気だよ、直ぐ尻尾を巻くよ（沒什麼那是虛張聲勢很快就會夾著尾巴跑了）

空騒ぎ、空騒〔名、自サ〕大驚小怪、無謂的紛擾
　詰まらない事に空騒ぎするな（芝麻大的事用不著大驚小怪）
　彼は良く空騒ぎを為る（他常常大驚小怪）
　子供じゃあ有るまいし、こんな空騒ぎするのはみっともない（又不是個小孩子這樣大驚小怪太不像話）

がら空〔名〕空空的、空蕩蕩的
　がら空の地下鉄（乘客稀少的地下鐵）

空臑, 空脛, 空臑, 空脛〔名〕露出腿來、露著的腿
　空臑で歩く（光著腳走路）

空咳, 乾咳, 虛咳, 空咳, 乾咳, 虛咳〔名〕乾咳
　頻りに出る空咳（不斷地乾咳）
　空咳は肺癌の前兆です（乾咳是肺癌的前兆）

空咳、空咳〔名〕故意咳嗽（＝咳払い）

空世辞、空世辞〔名、自サ〕假意奉承、口頭奉承
　空世辞を言う（假意奉承）
　空世辞を使う（假意奉承）
　空世辞を並べる（假意奉承）

空誓文、空誓文〔名〕假誓文

空焚き、空焚〔名〕（鍋裡、壺裡無水的）乾燒、空燒
　風呂を空焚きしない様に（注意不要空燒澡盆）

空茶〔名〕（沒有點心的）清茶
　空茶で済ます（清茶待客）
　空茶を出す（清茶待客）
　客に空茶を出す（清茶待客）

空っ下手〔名、形動〕極端笨拙（的人）、非常拙劣（的人）（＝空下手）

空下手〔名、形動〕極其拙劣、非常笨拙（＝空っ下手）
　彼女の歌ときたら空下手だ（提起她的歌來差得很呢！）

空っぽ〔名、形動〕空、空虛
　空っぽの箱（空箱子）
　包みを開けて見たら中は空っぽだった（打開包裹一看裡面是空的）
　頭が空っぽの人（沒有頭腦的人）
　家の中を空っぽに為る（把屋裡弄空）
　彼の演説の内容は丸で空っぽだった（他的演說完全沒有內容）
　私の心は全くの空っぽに為った（我的腦裡完全空無一物了）
　其の問題に就いては私の記憶は全くの空っぽだ（關於那個問題在我的記憶中一點都沒有了）

空梅雨〔名〕（梅雨時期不下雨）乾梅雨
　今年は空梅雨だ（今年梅雨期無雨）

空釣り、空釣〔名、他サ〕（不放釣餌）空鉤釣魚

空念仏〔名〕〔佛〕空念佛、空談，空話
　空念仏に終る（止於空談）

空念仏〔名、自サ〕假裝念佛（＝空念誦）
　空念仏を唱える（空話連篇）
　空念仏も三合止り（中途而廢、沒有恆心）

空箱、空箱〔名〕空箱子、空盒子

空振り、空振〔名、他サ〕（棒球、網球）打空，沒打到球。〔轉〕落空、（刀棍，球拍）假裝要打的姿態（=素振り）

カーブを空振りする（未擊中曲球）

天気予報は空振りに終った（氣象預報以落空告終）

空掘、空濠〔名〕乾水渠、沒水的護城壕

空回り、空回〔名、自サ〕（車輪、機器）空轉。〔轉〕空談，空喊，白忙，徘徊不前

車輪が空回り（を）為る（車輪空轉）

討論が空回りする（白討論一場）

議論が空回りを繰り返す（反覆地空爭論）

非力のの為空回りして仕事は少しも捗らない（由於沒有能力白忙一陣但工作毫無進展）

空身〔名〕（旅行時不帶人、物）空身、隻身

空身で旅行する（空身不帶東西旅行）

空身に旅に出る（隻身空手外出旅行）

空身の気楽さ（隻身旅行的輕鬆）

空溝〔名〕（唱片的）啞紋

空蒸〔名〕〔烹〕清蒸

松茸の空蒸（清蒸松茸）

空約束〔名〕空頭保證、空頭答應、空頭支票、黃牛

空約束で人を誤魔化す（說空話騙人）

彼は空約束許りしている（他淨開空頭支票）

空、虛〔名〕天，天空，空中，天氣，（遠離的）地方，（旅行的）途中，心情，撒謊，虛偽，恍惚，背誦，記憶

晴れた空（晴空）

太陽が空に輝く（太陽在天空照耀）

空の旅行（空中旅行）

空は雲一つ無く晴れ渡っている（晴空萬里沒有一片雲）

飛行機が空を飛ぶ（飛機在天上飛）

空にはきらきら銀の星（天上閃爍著銀星）

アドバルーンが空に浮かんでいる（廣告氣球在天空飄著）

空が怪しく為って来た、雨が降るかも知れない（天氣有點靠不住說不定要下雨）

今にも降り出し然うな空（馬上要下雨的天氣）

旅の空（旅途）

遠く祖国の空を偲ぶ（遙念祖國）

異国の空で、全く話も出来ず、何を見ても解らず（身在異國既不會講話看什麼都不懂）

旅の空で誰に頼む事も出来ない（在旅途沒有可依靠的人）

生きた空も無い（擔心得要死）

余りの恐ろしさに生きた空も無かった（恐怖得魂不附體）

上の空（心不在焉、漫不經心）

心も空な手付きを為て（以漫不經心的手勢）

足も空に（急得繳不著地）

動もすれば心は空に為って人の言う事を聞き漏らす（動輒就心不在焉聽不見別人話）

空を言う（說謊）

空を使う（假裝不知、裝聾作啞）

空を打つ（撲空）

空で日本の地図を書く（憑記憶畫日本地圖）

空で読む（背誦、暗記）

空で覚える（憑腦子記、背誦、暗記）

彼の詩は好きなので全部空で言う事が出来る（我喜歡那首詩所以能全背出來）

此の寒空に出掛けなければならない（這樣冷天還得出去）

此の寒空にセーターも着ていない（這樣寒天連毛衣都沒有穿）

空〔接頭、造語〕假的，偽裝的、沒根據的，空的，無益的

空聞かずして（假裝聽不見）

空惚ける（裝傻）

ち

空急ぎ（假著急）

空喧嘩（假裝在打架）

空泣き（假哭）

空知らず顔（假裝不知的神色）

空知らぬ雨（眼淚）

空吹く風と聞き流す（充耳不聞、假裝沒聽見）

空恐ろしい（覺得非常可怕）

空悲しい（無故的悲傷）

空頼む（空指望）

空飛ぶ鳥も落とす（勢力很大、很有權勢）

空合い、空合〔名〕天氣（=空模様）、趨勢，局勢，形勢

曇った空合い（陰天）

空合いが悪く為った（天陰起來了）

交渉が破談に為り然うな空合いだ（交涉似有破裂的趨勢）

物騒な空合い（危險的局勢）

空鼾〔名〕假裝打鼾

空鼾を掻く（假裝打鼾）

空色〔名〕天藍色（=薄い青色）、天氣（=空模様）

空色が怪しい（天氣靠不住）

空嘯く〔他五〕裝做若無其事、假裝不理、故作不知

そんな事は知らんと空嘯く（若無其事地說他不知道那件事）

折角意見したのに空嘯いて聞きも為ない（好意地勸說可是他故意不加理睬）

警察の調べにも空嘯いて白状しない（警察訊問他可是他假裝不知不肯交代）

空酔〔名〕裝醉

空恐ろしい〔形〕覺得非常可怕的、感覺一種模糊憂慮的

自分の為ている事が空恐ろしく為った（對自己所做的事覺得害怕起來）

小さい内から嘘を付く子は先が空恐ろしい（從小就說謊的孩子前途令人感到可怕）

空覚え〔名〕死記，背會（=暗記）、模糊的記憶（=空覚え、疎覚え）

空覚えで詩を読む（背誦詩歌）

空覚えの住所（記憶模糊的住址）

祖母の事は空覚えにしか覚えていない（對於祖母只有朦朧的印象）

空事〔名〕虛構的事、編造的事（=作り事）

白白しい空事（顯而易見的捏造事）

絵空事（虛構的事物、玄虛、誇張）

空方、空様〔名〕上方、朝上、向上

蜻蛉が空方に高く舞い上がる（蜻蜓向上方高高飛起）

ボールを空方に投げる（朝上扔球）

空死に〔名、自サ〕裝死、假裝死去

空上戸〔名〕喝酒不上臉、喝酒後臉不紅（酒後曹操=盗人上戸）

空空しい〔形〕分明是假的，顯然是虛偽的、假裝不懂的，佯裝不知的

空空しく平和を守る様な振りを為る（假心假意裝作維護和平的樣子）

空空しい嘘を付く（明顯的說謊）

良くもそんな空空しい事を言えた物だ（竟能裝蒜說出那種謊話）

空空しい御世辞を言う（說假心假意的奉承話、假惺惺地奉承）

空空しい顔付を為る（裝作不知的樣子、裝作若無其事的樣子）

知っている癖に知らない何て空空しい人だ（明明知道卻說不知道顯然是個虛偽的人）

空高く〔連語〕在空中高高地

空高く舞い上がる（昇到高空）

赤旗が空高く翻っている（紅旗在空中高高飄揚）

空頼み、空頼〔名、他サ〕空指望、白指望、瞎盼望

此の乾天に雨を待つ何て空頼みだ（這種乾燥天等待下雨真是瞎盼望）

私の予想は空頼みだった（我的期望落了一場空）

無事でいて欲しいと言う願いも空頼みに終った（希望他平安無事的願望終於落空了）

空聾〔名〕裝聾

空で〔副〕憑記憶

空で読む（背誦）

空解け、空解〔名〕（帶子、鈕扣）自然鬆開

空飛ぶ円盤〔名〕（UFO 的譯詞）（不明飛行物）飛碟

空惚ける〔他下一〕假裝不知道

空惚けてもちゃんと証拠が有るから駄目だよ（已經有了證據假裝不知道也不行）

何を聞かれても空惚けていた（被問到什麼都裝聾作啞）

彼は良く空惚けて聞く（他常常明知故問）

空泣き、空泣〔名、自サ〕裝哭、假哭（＝嘘泣き）

空泣き（を）為て騙す（裝哭騙人）

叱られると空泣きを為る（一被罵就裝哭）

空泣きを流して許しを乞う（裝哭求饒）

空涙〔名〕假眼淚、假哭（＝嘘の涙）

空涙を流す（流假淚）

其は空涙だろうよ（那是貓哭耗子吧！）

良くもあんなに旨く空涙を流せる物だ（居然哭得像真有其事似的）

空似〔名〕（無血緣的人）面貌相似、偶然的相似

他人の空似（陌生人的面貌相似）

姉妹で無く他人の空似だ（不是親姊妹只是長得很像）

空音〔名〕模仿的聲音、虛幻的樂器聲、謊言

鳥の空音（學鳥叫聲）

琴の空音（古箏似的聲音、好像有琴聲）

空音を吐く（說謊）

空寝（入り）〔名、自サ〕裝睡、假睡（＝狸寝入り）

嫌な人が来ると空寝（を）為て知らん顔を為る（討厭的人來了就裝睡不理）

彼は会い度くない人が来ると空寝を為て知らない振りを為る（一有不想見的人來了他就裝睡假裝不知道）

彼は空寝の名人だ（他很會裝睡）

空恥ずかしい、空恥かしい〔形〕不由得害羞的、說不出來地害羞的、一想起就害羞的

先の粗相を思い出すと空恥ずかしい（一想起剛才的疏忽不由得害羞起來）

一人で行くのは空恥ずかしい（一個人去總覺得害羞）

空褒め〔名〕虛情假意的誇獎

空負け〔名〕假輸、假敗

空豆、蠶豆〔名〕〔植〕蠶豆

空耳〔名〕聽錯、假裝聽不見

昨日来ると言って様に思ったが空耳だったかな（昨天好像聽說他來是不是我聽錯了？）

今のは空耳だったのか（剛才聽的或許我聽錯了）

其は君の空耳だろう（那大概是你聽錯了吧！）

具合の悪い時には空耳を使う（不方便的時候就假裝聽不見）

空目〔名〕看錯、假裝沒看見、向上翻眼珠、使眼色

闇の中をすっとユーフォが飛んだと思ったが空目だったかも知れない（黑暗中仿佛看見一個迅速不明飛行物飛過去可能是我看錯了也不一定）

自分の損に為る時には空目を使う（對自己不利時就假裝看不見）

空目使い（向上翻眼珠）

空模様〔名〕天氣，天空的樣子（＝天気の具合）。〔轉〕氣氛，形勢

空模様は如何ですか（天氣怎麼樣？）

空模様が怪しい（要變天氣的樣子）

空模様が怪しく為った（看來要變天了）

空模様が可笑しいから夕立が来るかも知れない（天陰起來了也許要下一陣驟雨）

談判は険悪な空模様だ（談判的氣氛很緊張）

空夢〔名〕假夢、夢想，空想

空夢の話を為る（說夢想）

空読み〔名、他サ〕背誦

空喜び〔名〕空歡喜、白高興

ㄎ

空喜びに終る（白歡喜一場）
一時病気が良く為るかと思ったのも空喜びでした（一時以為病好了哪知是空歡喜）

空笑い〔名、自サ〕假笑、裝笑（=作り笑い）
空笑いを為る（假笑、裝笑）
空笑いを為て上役の機嫌を取る（裝笑以諂媚上級）
ニュースを聞いて空笑いする（聽到消息後假笑）

空しい、虚しい〔形〕空的，空虛的，沒有內容的、白白的，枉然的、死去，去世
空しい弁舌（空洞的辯論）
内容の空しい文章（內容空洞的文章）
空しい一生（虛度的一生）
演説の内容が空しい（演講的內容很空洞）
空しく時を過す（虛度光陰）
三年の歳月は空しくなかった（三年的光陰沒虛度）
空しい弁舌を振う（枉費口舌）
彼の努力も空しかった（他的努力也白費了）
空しく一時間待った（白等了一小時）
希望は空しく消えて終った（希望落空了）
空しく為る（去世、逝世）
己を空しく為る（捨己）

空しく〔副〕空、虛、白白
空しく三年を費やした（白白浪費了三年時光）

空しき煙〔連語〕火葬時冒的煙、無常的煙
空しき空〔連語〕太空、高空

倥（ㄎㄨㄥ）

倥〔漢造〕無知的、多事而忙碌的
倥偬〔名〕倥傯、緊迫
兵馬倥偬の間に在って（在兵馬倥傯之間、在日夜忙於戰爭之際）
倥侗〔名〕幼稚無知

箜（ㄎㄨㄥ）

箜〔漢造〕古樂器名，體曲而長，有二十三弦，可抱於懷中，兩手一齊演奏
箜篌、箜篌、箜篌、箜篌〔名〕（古代弦樂器）箜篌、百濟琴（=百濟琴）

孔、孔（ㄎㄨㄥˇ）

孔、孔〔漢造〕洞穴、（中國人姓）孔
瞳孔（瞳孔）
鼻孔（鼻孔）
気孔（氣孔）
洞孔（洞孔）
穿孔（穿孔、鑽孔、鑽眼、打洞）
噴気孔（噴氣孔）
孔雀、孔雀（孔雀）

孔隙率〔名〕（土或岩石容積的）孔隙率、空隙率、鬆度
孔穴〔名〕孔穴、（針灸）經穴
孔子〔名〕孔子
孔版〔名〕鋼版、謄寫版（=がり版、謄写版）
孔版を切る（刻鋼版）
孔版印刷（謄寫、印刷油印本）
孔廟〔名〕孔廟（孔子廟的簡稱）
孔孟〔名〕孔子和孟子
孔孟の教え（孔孟之道）
孔孟の道（孔孟之道）
孔門〔名〕孔子的門下
孔雀、孔雀〔名〕〔動〕孔雀
尾を広げた孔雀（開屏的孔雀）
孔雀座〔名〕〔天〕孔雀星座
孔雀石〔名〕〔礦〕孔雀石
孔雀草〔名〕〔植〕掌葉鐵線蕨
孔雀鳩〔名〕〔動〕扇尾鴿

孔、穴〔名〕孔，穴，洞，眼，坑，窩，窟窿、缺點，缺陷，虧空，空缺，墓穴，墳墓、（別人不知道的）賺錢的地方，賺錢的事、（賽馬等）意外得勝，意外之財

孔を開ける（開洞、穿孔、打眼、挖窟窿、拉虧空）

孔を穿つ（開洞、穿孔、打眼、挖窟窿）

孔を塞ぐ（堵住窟窿）

壁の孔を塞ぐ（堵住牆上的窟窿）

鼠が壁に孔を開けた（老鼠在壁上咬了個窟窿）

針の孔に糸を通す（把線從針眼穿過）

知らない中に靴下に孔を開いていた（不知不覺襪子上穿了洞）

シャベルで地面に孔を掘る（用鐵鍬在地上挖坑）

熊が孔に隠れる（熊藏在洞穴）

熊が孔から出て来た（熊從洞裡爬出來了）

孔に住む（住在洞穴）

孔に潜る（鑽進洞裡）

孔に隠れている（藏在隱匿處）

道は孔だらけだ（路上滿是坑）

其の計画は孔だらけだ（這計畫缺點很多）

人の孔を探す（找人的錯誤）

五万円の孔を開けた（虧空了五萬日元）

帳簿に五万円の孔を開けた（帳簿裡虧空了五萬日元）

委員の孔を空いた（委員有了空缺）

孔を埋める（埋める）（填補虧空）

孔を当てる（得意外之財）

大穴を当てる（押中大冷門）

一発穴を狙う（押冷門想撈一筆）

大穴を狙う（押了大冷門、賭大空門、想得到意外之財）

孔が有れば入り度い（羞得有個地洞想趕快鑽進去、羞得無地自容）

孔の開く程見る（目不轉睛地看、盯著看）

人を呪わば孔二つ（害人反害己）

恐（ㄎㄨㄥˇ）

恐〔漢造〕恐怕、害怕、嚇唬

誠惶誠恐（〔用於書信末尾表示敬意〕誠惶誠恐）

恐悦、恭悦〔名、自サ〕恭喜、恭賀、可賀

恐悦至極に存じる（不勝恭喜之至）

御成功の由恐悦至極に存じます（知道您的成功不勝恭喜之至）

恐角獣〔名〕（古生物）恐角獸

恐火症〔名〕〔醫〕恐火症

恐喝〔名、他サ〕恐嚇、恫嚇、威嚇、嚇唬

恐喝罪（恐嚇罪）

金を目当てに人を恐喝する（為騙錢嚇唬人）

恐喝状（恐嚇信）

恐喝して金品を巻き上げる（恐嚇人勒索錢財）

恐喝取材（恐嚇採訪）

恐喝を働く（進行訛詐）

恐恐〔名〕（書信結尾用語）誠惶誠恐

恐恐謹言（惶恐謹言、謹啟）

恐恐、怖怖〔副〕提心吊膽、戰戰兢兢、誠惶誠恐、擔心害怕、小心翼翼、儒怯，羞怯

恐恐質問する（羞羞怯怯地提問題、提心吊膽地提問題）

恐恐顔を上げて見る（怯生生地抬起頭來看）

恐恐仮橋を渡る（提心吊膽地走過臨時搭的橋）

恐恐丸木橋を渡る（提心吊膽地走過獨木橋）

恐懼〔名、自サ〕恐懼、惶恐

恐懼に堪えぬ（不勝惶恐）

恐懼に堪えず置く所を知らず（非常惶恐）

恐懼感激する（受寵若驚）

恐慌〔名〕恐慌、經濟恐慌，經濟危機（=パニック）

恐慌を来す（引起恐慌）

彼の証言で恐慌を来す（由於他的證言引起恐慌）

ㄎ

恐慌
恐慌が来る（經濟恐慌已到）
恐慌の色が面に現れた（面現恐慌之色）
恐慌状態（危機狀態）
恐慌を乗り切る（度過危機）
経済恐慌（經濟恐慌）
金融恐慌（金融危機）
恐慌は資本主義に付き物である（資本主義擺脫不了經濟恐慌）

恐惶〔名〕惶恐
恐惶謹言（〔書信結尾用語〕謹啟、不勝惶恐之至）
恐惶の態（誠惶誠恐）

恐妻〔名〕懼內、怕老婆
恐妻家（怕老婆的人）

恐察〔名、他サ〕恭維、敬維、伏維（=拝察）

恐縮〔名、自サ、形動〕（表示客氣或謝意）惶恐、羞愧、對不起、過意不去
恐縮ですが此れを写して下さい（對不起請您把這個抄一抄）
恐縮ですが戸を御閉め下さい（勞駕把門關上）
何時も頼んで許りいて恐縮です（老麻煩您真過意不去）
御土産を貰って恐縮する（謝謝您的禮物）
此は恐縮の至りです（這太謝謝您了、這太不敢當）
度度頂戴して恐縮です（屢次都讓您送東西太過意不去了）
態態御越し頂きまして恐縮に存じます（您特意來實在過意不去）
恐縮に思う（覺得過意不去）
恐縮千万（太不敢當、惶恐之至）
誤りを指摘されて大いに恐縮した（被指出錯誤感覺非常羞愧）
然う言われると全く恐縮です（您這麼一說我太不好意思了）

恐水病〔名〕恐水病、狂犬病（=狂犬病）

恐怖〔名、自サ〕恐怖、恐懼、害怕（=恐がる，怖がる、恐れる，怖れる，畏れる，懼れる）
恐怖を感じる（感覺恐怖）
恐怖に襲われる（感到恐怖、感到害怕）
恐怖を覚える（感到害怕）
恐怖の色を見せる（現出恐怖神色）
恐怖の念を抱く（心懷恐懼）
恐怖に戦く（嚇得發抖、驚恐萬狀、膽戰心驚）
恐怖の声を出す（驚叫）
恐怖と不安に駆られる（陷於惶恐不安）

恐怖感〔名〕恐怖感、恐懼心理、恐惶情緒
恐怖感を抱く（心懷恐懼）

恐怖気分〔名〕恐怖氣氛
恐怖気分を包まれる（籠罩著恐怖氣氛）

恐怖時代〔名〕恐怖時代
反動派が跋扈する恐怖時代（反動派猖狂的恐怖時代）

恐怖症〔名〕〔醫〕恐怖症、病態的恐懼
暗黒恐怖症（黑暗恐怖症）
血液恐怖症（血液恐怖症）
高所恐怖症（懼高症）
蛇恐怖症（蛇恐怖症）
蜘蛛恐怖症（蜘蛛恐怖症）
男性恐怖症（男性恐怖症、害怕男人）
女性恐怖症（女性恐怖症、害怕女人）
恐怖症を無くする（消除恐怖）

恐怖心〔名〕恐怖心理、害怕的心理
恐怖心を抱く（懷恐怖心）
恐怖心から服従する（因害怕而服從）

恐怖政治〔名〕恐怖政治
ファシズムの恐怖政治（法西斯主義的恐怖政治）

恐竜、恐龍〔名〕（古生物）恐龍
恐竜類（恐龍類）

おそらく〔副〕（用於推量句）恐怕、大概、或許（=大方、多分）←→必ず

恐らく雨に為るでしょう（怕要下雨了）

恐らく不可能だろう（恐怕辦不到吧！）

其の計畫は恐らく失敗に終るだろう（那個計畫恐怕會失敗吧！）

今日は恐らく会えるでしょう（今天大概能見到吧！）

恐らく彼は風邪を引いたのだろう（他恐怕是感冒了吧！）

恐らく御気に入りますまい（很可能不如您的意）

彼は恐らく成功出来まい（恐怕他不會成功）

恐らく其は本当でしょう（大概那是真的）

約束したのだから恐らく来るだろう（已經約好了大概會來吧！）

恐れる、怖れる、畏れる、懼れる〔自下一〕恐懼、害怕、擔心（=怖がる，恐がる，心配する）

蛇を非常に恐れる（非常怕蛇）

何も恐れない（無所畏懼）

彼は恐れる事を知らない（他不知道害怕、他無所畏懼）

人人は彼を恐れて近付こうと為ない（人人都怕他不敢跟他接近）

私達は平和を熱愛しているが、戰争を恐れたりは為ない（我們熱愛和平但也不怕戰爭）

失敗を恐れる（擔心失敗）

実験が失敗しは為ないかと恐れる（擔心試驗會不會失敗）

思う様に行かないのではないかと恐れる（擔心是否能夠如願以償）

此の規定が悪用されるのを恐れる（擔心這項規定被人濫用）

私の恐れていた事が遂に現実と為った（我所擔心的事終於成了事實）

恐れ，恐、虞れ、虞、畏れ、畏〔名〕畏懼、恐懼、害怕、憂慮、擔心

恐れを抱く（心懷恐懼）

恐れを為す（畏懼、害怕、有所恐懼）

恐れを知らず（不知恐懼）

彼は恐れを知らない男だ（他天不怕地不怕）

恐れを知らぬ気概（大無畏的氣概）

失敗する恐れが有る（有失敗之虞、怕會失敗）

落第する恐れが無い（不會考不上）

大雨の恐れが有る（怕下大雨）

豪雨の恐れが有る（可能有暴雨）

生命に危害の及ぶ恐れが有る（有生命危險）

余病併発の恐れは無い（沒有發生併發症的危險）

心配の恐れが無い（不必擔心）

彼等は恐れを為して此の事業に手を出そうと為ない（他們有所畏懼不墾伸手做這事業）

君の態度は皆の誤解を招く恐れが有る（你的態度恐怕會引起大家的誤解）

最も重大のは吸着が平衡に達しない恐れが有る事である（最重要的是唯恐吸收達不到平衡）

恐れ入る，恐入る，畏れ入る，畏入る〔自五〕惶恐，不好意思,不敢當,非常感激、勞駕、對不起，十分抱歉、折服、服輸、吃驚、出乎意料、感到意外、為難、吃不消

御迷惑を掛けまして、恐れ入ります（給您添麻煩實在不好意思）

態態持って来て下さって恐れ入ります（您特地替我拿來實在不好意思）

本日は態態御出で下さいまして、誠に恐れ入ります（今蒙您特地賞光實在不敢當）

御高配に預かりまして、恐れ入ります（蒙您關照不勝感激）

御招待頂き恐れ入ります（蒙您招待感謝之至）

恐れ入りますが、其の窓を開けて下さいませんか（麻煩您請把那個窗戶打開好嗎？）

恐れ入りますが一緒に行って頂けませんか（對不起請您跟我一起去好不好？）

恐れ入りますが鉛筆を貸して下さい（對不起請把鉛筆借我用一下）

恐れ入りますが暫く御待ち下さい（對不起請再稍等一下）

誤りを指摘されて恐れ入った（被指出錯誤來非常感激）

彼は恐れ入って引き下がった（他不好意思地退出去了）

君の腕前には恐れ入った（你真有本事我算服了你、沒想到你還有兩下子）

御前の遣り方の旨いのに恐れ入ったよ（你做得真妙我算服了）

如何だ、今度は確かに恐れ入ったろう（怎麼樣？這回你確實服輸了吧！）

君の記憶力の良いのに恐れ入った（你記憶力好得沒話說）

恐れ入った話だ（我認輸了、簡直沒轍）

被告は恐れ入りましたと言った（被告說認罪了）

容疑者は図星を指されて恐れ入った（嫌疑犯被指中要害認罪了）

こんなに寒いのに水泳とは恐れ入る（這麼冷天還游泳可真夠瞧的）

彼で学者だと言うから恐れ入るね（那種人還說是個學者可真不敢恭維）

此の問題には恐れ入った（這個問題可難倒我了）

彼は毎度の長話には恐れ入ったよ（他總是說起來沒完沒了可真叫人吃不消）

恐れ多い，恐れ多い、畏れ多い，畏多い〔形〕不勝感激的、誠惶誠恐的

こんなに御心配を頂くとは恐れ多い事です（蒙您這樣關懷不勝感激）

御心配を戴いて誠に恐れ多う御座います（承蒙關照不勝感激之至）

恐れ多い言葉を頂く（蒙您關懷惶恐得很）

そんな事は口に為るのも恐れ多い（那種事我連說也不敢說）

口に出すのも恐れ多い事乍ら（說起來感到非常惶恐）

恐れ多くて頭が上がらない（惶恐得抬不起頭來）

余り恐れ多いので、思わず頭が下がって終った（惶恐之虞不由得低下頭來）

恐れ戦く、恐戦く〔自五〕嚇得發抖、嚇得戰戰兢兢

終日恐れ戦く（終日惶恐不安）終日終日終日

恐れ戦いて顔色を変えた（嚇得臉色都變了、震驚失色）

恐れ戦き、わなわな震える（膽戰心驚）

恐れ気〔形動〕害怕的樣子、畏懼的樣子

恐れ気も無く進み出る（毫無畏懼地走到前面去）

恐れ乍ら〔副〕恭謹、不揣冒昧、很抱歉、很對不起

恐れ乍ら申し上げます（恕我冒昧地奉告、謹陳）

恐れ乍ら此処は如何言う意味でしょうか（對不起請問這是什麼意思）

恐る〔自下二〕（恐れる的文語形式）恐、劇

恐るるに足らず（不足懼）る（れる的文語形表示被動、自發、可能、尊敬）

其の程度のリスクは恐るるに足りない（那個程度的危險不足懼）

恐る恐る〔副〕戰戰兢兢地、提心吊膽地、小心翼翼地（=怖がり乍ら、怖怖、怖ず怖ず）、誠惶誠恐地、惟恭惟謹地、恭恭敬敬地（=恭しく）

恐る恐る中を覗く（提心吊膽地往裡頭看）

恐る恐る外を覗いて見る（提心吊膽地往外頭看）

恐る恐る部屋に入って来た（戰戰兢兢地走進屋子裡來了）

遅刻して恐る恐る教室に入った（遲到了戰戰兢兢地走進了教室）

氷の上を恐る恐る歩く（小心翼翼地在冰上走）

恐る恐る意見を述べる（必恭必敬地陳述意見）

恐る恐る前に出る（誠惶誠恐地走到前面去）

恐る可き〔連語、連体〕（恐る可し的連體形）可怕的，可懼的，非常的，驚人的

　恐る可き災難（可怕的災難）

　其は恐る可き伝染病だ（那是可怕的傳染病）

　恐る可き実例を目に為ている（看到了可怕的例證）

　彼等は恐る可き陰謀を企んでいる（他們策劃著可怕的陰謀）

　恐る可き才能の持ち主（具有驚人的才能）

　恐る可き暑さ（熱得厲害）

　誠に恐る可きだ（實在驚人、實在可怕）

恐ろしい〔形〕可怕的（=怖い）、驚人的，非常的，厲害的（=酷い）

　恐ろしい毒（可怕的毒）

　恐ろしい顔を為ている（一副可怕的臉）

　恐ろしい顔を為て私を睨んだ（狠狠地瞪了我一眼）

　コレラ(cholera)は恐ろしい病気だ（霍亂是一種可怕的病）

　昨日は恐ろしい雷だった（昨天的雷真可怕）

　恐ろしい物音が為た（聽見了驚人的聲音）

　夜道の一人歩きは恐ろしい（夜裡一個人走路令人害怕）

　何も恐ろしい事は無い（沒甚麼可怕的）

　恐ろし然うに見える（樣子有點可怕）

　恐ろして身の毛が弥立つ（怕得毛骨悚然）

　一度恐ろしい目に会うと些細な事も驚く（驚弓之鳥）

　恐ろしい大雪（驚人的大雪）

　恐ろしいけちん坊（大吝嗇鬼）

　彼は恐ろしい近眼だ（他近視得厲害）

　恐ろしく暑い（非常熱、熱得厲害）

　恐ろしく疲れている（非常疲倦）

　恐ろしく速い（快得驚人）

　物価が恐ろしく上がっている（物價上漲得驚人）

　恐ろしく物価が高い（物價貴得嚇人）

　恐ろしく背の高い人（個子非常高的人）

　彼の人は恐ろしい早口だ（他說話特別快）

　恐ろしい事に為った（成了負擔）

　恐ろしい時の念仏（臨時抱佛腳、臨渴掘井）

　末恐ろしい（前途可怕的、前途不堪設想的）←→末頼もしい（前途有為、前途無限）

　末恐ろしい子供（前途不堪設想的孩子）

恐ろしがる〔自五〕覺得可怕（=恐れる）

恐ろし気〔形動〕可怕的樣子、令人害怕的樣子

　恐ろし気な形相（令人害怕的面孔）

恐ろしさ〔名〕可怕、害怕（的程度）

　恐ろしさで頭が一杯だ（怕字當頭）

　恐ろしさの余り気絶した（嚇得暈過去了）

　余りの恐ろしさに彼は歯の根も合わなかった（他怕得戰戰競競）

　其の時の彼の顔の恐ろしさは未だ忘れられぬ（那時他那可怕的面孔還忘不掉）

　結核の恐ろしさを始めて知った（我第一次知道結核病的可怕）

恐い、怖い〔形〕可怕的、令人害怕的（=恐ろしい）

　恐い話（可怕的故事）強い

　何も恐い事は無い（沒什麼可怕的、不要害怕）

　此さえ有れば恐い物無しだ（只要有了這個就再也沒有什麼可怕的了）

　先生は恐い顔を為て私を睨んだ（老師橫眉豎眼地瞪了我一眼）

　彼は恐い物知らずだ（他天不怕地不怕）

　此の子は未だ恐い物知らずだ（這孩子是初生之犢不怕虎）

　恐くて大声を上げる（嚇得喊叫起來）

　恐くて声が出なかった（嚇得說不出話來）

　恐い目に会う（受了一場驚）

ㄎ

恐い思いを為て丈で済む（受了一場虛驚）
彼は怒ると恐い（他一發怒很可怕）
犬が恐い（怕狗）
私は雷が恐い（我怕打雷）
恐し見たし（又害怕又想看、越害怕越想看）
恐い物見たさ（又害怕又想看、越害怕越想看）
恐い物見たさそっと覗く（又害怕又想看偷偷地看了一下、越害怕越想看偷偷地看了一下）

恐がらせる、怖がらせる〔他下一〕嚇唬、恫嚇
気味の悪い話を為て恐がらせる（講可怕的故事嚇唬人）
彼は人を恐がらせる丈だ（那不過是嚇唬人而已）

恐がらせ、怖がらせ〔名〕恐嚇、恫嚇、恫嚇手段
恐がらせを言う（出言恫嚇）
彼は恐がらせに過ぎない（那不過是恫嚇手段）

恐がる、怖がる〔自五〕害怕（=恐れる）
地震を恐がる（怕地震）
彼は恐がって口も利けなかった（他嚇得連話也說不出來）
何も恐がる事は無い（沒什麼可怕的、不要害怕）
彼は毎日露見するのを恐がっていた（他每天提心吊膽怕被人發現）
お化けの話を為て子供達を恐がらせる（講鬼故事嚇唬孩子）

恐がり、怖がり〔名〕害怕（的人）
恐がり屋（膽小鬼）
恐がり屋で一人では便所にも行けない（膽怯得連廁所也不敢去）

恐持て，恐持、怖持、強持〔名〕出於恐懼的必恭必敬的接待、由於對方畏懼才受到厚待
役人と言えば田舎で随分恐持が為る（一說是官在農村要受到出於畏懼的必恭必敬接待）

控（ㄎㄨㄥˋ）

控〔漢造〕用手拉開為控、拉、告、投、開弓、操縱、控制

控除、扣除〔名、他サ〕扣除（=差し引き）
必要な費用を控除する（扣除必要費用）
収入から必要な費用を控除する（從收入中扣除必要費用）
費用から二割を控除する（從費用中扣去二成）
控除額（扣除額）

控制〔名、他サ〕控制、牽制（=牽制）

控訴〔名、自サ〕上訴
控訴を申し立てる（提起上訴）
控訴を棄却する（駁回上訴）
控訴を取り下げる（撤回上訴）
被告が下級裁判所の判決に対して控訴する（被告對低級法院的判決不服提起上訴）
第一審の判決を不服と為て控訴する（不服第一審判決而上訴）

控える〔自下一〕等候、待命
〔他下一〕勒住、拉住、控制、抑制，節制、打消，暫不、面臨，靠近、迫近、記下（備忘），保守，穩健，不過分
主人の後ろに控える（在主人後面侍立）
殿様の後には刀を持って小姓が控えている（在老爺身後站著一個持刀的侍童）
交代の選手達がベンチに控えている（接替的選手坐在長凳上等著）
隣室に控える（在隔壁房間等待）
次の室に控えさせる（令在鄰室等候）
別室に控えてい為さい（請在別的房間等著）
其処に控えてい為さい（在那裏等一等）
其処に暫く控えて居れ（在那裏稍等一下）
暫く其処に控えてい為さい（請暫時在那裏等一下）
馬を控えて待つ（勒馬等候）

袖を控えて諫める（曳袖進諫、苦口勸告）
腹を立つのを控える（抑制怒火、耐住性子）
射撃を控える（抑制射擊）
砲撃を控える（抑制炮擊）
食事を控える（節制飲食、控制飲食）
煙草を控える（節制吸菸）
酒を控える（節制喝酒）
外出を控える（暫不外出、控制外出）
手紙を出すのを控える（暫不發信）
両方の言い分を聞く迄判断を控える（在聽到雙方的說法以前暫不下結論）
何か言おうとしたが発言を控えていた（本想講兩句但暫不發言了）
後ろに山を控えている（後邊靠著山）
西に山を控えた家（西邊靠山的房子）
私は急ぎの用事を控えている（我有急事要辦）
農村を控えた此の町へは東京からの買い出しの人も多い（緊靠農村的這個城鎮也有不少從東京來採購的人）
試験に間近に控えている（眼看就要考試了）
目前に試験を控えている（眼看就要考試了）
選挙を間近に控えている（選擧迫在目前）
我我は幾多の難関を控えている（我們面臨著許多難關）
勝利を目の前に控える（勝利在望）
電話の番号を控えて置く（把電話號碼記下來）
話をノートに控える（把講的話記在筆記本上）
用件を手帳に控える（把重要的事記在筆記本上）
言葉を控える（慎言、不多說話）
実際より控えて報告する（把事件報告得不像實際情況那麼嚴重）
控え、控〔名〕等候，侍候，備用，副本，存根，記下，記錄，（牆壁等的）支架，支柱

控えの間（候客間、休息室）
控え（の）力士（等候上場的力士）
控えの馬（備用馬）
控えの者（備用的人、身邊的助手）
控えのチーム（預備隊）
万一の時の控え（以備萬一的物品）
控えの投手（候補投手）
控えのピッチャー（預備投手）
控えを作る（作副本、製抄件、留底子）
控えを取る（作副本、製抄件、留底子）
控えを取って置く（作副本、製抄件、留底子）
申込書の控えは取って置いて下さい（請把申請書的副本保存好）
原稿の控えを取る（製原稿的副本）
手帳の控えを残す（為備忘記在本子上）
手帳の控えを見る（查看本子上的記錄）
手帳の控えを調べる（查看筆記本上的筆記）
此の文書の控えは有りますか（這文書有副本嗎？）
控え柱（支柱）
控え書き、控書〔名〕備忘錄、抄件、副本、底子、筆記
控え壁、控壁〔名〕（防止牆壁傾倒的）支牆垜
控え杭，控杭、控え杙，控杙〔名〕（防止傾倒的）支柱
控え思案、控思案〔名〕謹慎的想法、保守的想法
控え室、控室〔名〕等候室、等待室、休息室（＝待合室）
議員の控え室（議員休息室）
控え所、控所〔名〕等候的地方、休息室
小使控え所（工友休息室、工友室）
控え性、控性〔名〕不肯出風頭、靦腆（＝内気）
控え地、控地〔名〕（緊急時的）備用地（＝予備地）
控え帳、控帳〔名〕備忘冊、記事本、筆記本
控え銃、控銃〔名〕持槍
控え銃の姿勢（持槍的姿勢）

控え銃（〔口令〕持槍！）

担え銃（〔口令〕槍上肩！）

立て銃（〔口令〕槍放下！）

控え綱、控綱〔名〕（防止立桿等傾倒的）拉繩。〔喻〕（神佛的）庇護

控え柱、控柱〔名〕支柱（=支柱）

控え本、控本〔名〕（看戲等時的）劇情介紹單、內容介紹單

控え目、控目〔名、形動〕保守、客氣、謹慎、節制
←→大袈裟

控え目な態度（謹慎的態度）

控え目な（の）態度を取る（採取謹慎的態度）

控え目の見積もり（保守的估計）

万事控え目に為よ（一切不要過火、萬事要謹慎）

控え目に言う（客氣地說）

食事を控え目に為る（節制飲食）

控え目に食べる（少吃）

言葉を控え目に為る（慎言）

コーヒーに入れる砂糖は控え目に為ている（把適量的糖放入咖啡內）

控え家、控家〔名〕備用房子

控え屋敷、控屋敷〔名〕〔舊〕（本宅以外的）備用住宅、別邸

控え力士、控力士〔名〕〔相撲〕等候上場的力士

國家圖書館出版品預行編目資料

日華大辭典(三) / 林茂編修.
-- 初版. -- 臺北市：蘭臺, 2020.07-
ISBN 978-986-9913-79-9(全套：平裝)

1.日語 2.詞典

803.132　　　　　　　　　　　109003783

日華大辭典（三）

編　　修：林茂(編修)
編　　輯：塗宇樵、塗語嫻
美　　編：塗宇樵、塗語嫻
封面設計：塗宇樵
出　版　者：蘭臺出版社
發　　行：蘭臺出版社
地　　址：台北市中正區重慶南路1段121號8樓之14
電　　話：(02)2331-1675或(02)2331-1691
傳　　真：(02)2382-6225
E—MAIL：books5w@gmail.com或books5w@yahoo.com.tw
網路書店：http://5w.com.tw/
　　　　　https://www.pcstore.com.tw/yesbooks/
　　　　　https://shopee.tw/books5w
　　　　　博客來網路書店、博客思網路書店
　　　　　三民書局、金石堂書店
總　經　銷：聯合發行股份有限公司
電　　話：(02) 2917-8022　　傳　真：(02) 2915-7212
劃撥戶名：蘭臺出版社　帳號：18995335
香港代理：香港聯合零售有限公司
電　　話：(852)2150-2100　　傳　真：(852)2356-0735
出版日期：2020年7月 初版
定　　價：新臺幣12000元整（全套不分售）
ISBN：　978-986-9913-79-9

版權所有・翻印必究